あ
か
さ
た
な
は
ま
や
ら
わ
付録

詳解 俳句古語辞典

宗田安正
監修

学研

■企画・編集

学研　辞典編集部　成川　章

■執筆・編集協力

宗田　安正
池部　淳子
オフィスロード

■写真協力

(株)プラントピア
光川　十洋

■装丁

吉田　誠＋稲垣直美（プリズマ）

■製作管理

近藤　肇

はじめに

正岡子規の革新によって生まれた近代俳句は、百余年の歴史を重ねて近代、現代を生きる人たちの表現形式として定着、今ではかつて考えられなかったほどの多くの人たちによって創られたり、鑑賞されたりしています。その間、明治期の小説に言文一致運動があったように、俳句に用いられている語と日常使われている現代語との間のズレが問題になり、自由律俳句や口語俳句の運動が起こったりしましたが、最短定型詩という俳句の特殊性から、余り広がりませんでした。逆に俳句近代化の先頭に立った水原秋櫻子、山口誓子などは、俳諧以前の万葉語を自作に導入、俳句に清新な抒情をもたらして一世を風靡したことさえあったりしました。今日の俳句は、文語体中心ですが、口語体、歴史的仮名遣い、現代仮名遣い、古語、漢語、現代語、カタカナ語、時には外国の原語までが共存、あらゆる言葉や文体の富を活用しているのがおおかたの傾向のように思われます。なかでも長い歴史によって洗練された古語は、貴重な財産であり、現に意欲的な俳人ほど古語を活用した秀作をのこしています。

と言っても古語については、日常生活で使われていないための馴染みにくさや知識不足の悩みもあります。本書はこうした事情にお応えするために編まれた俳句古語用例辞典です。俳句に用いられている古語について語釈を加え、その古語の使用例句を集めました。語釈はできるだけ分かりよく、活用語にはその語の活用型を示すだけでなく全活用を載せるなど、文語に馴れていない人にとっても親しみやすく、かつ使いやすいように意を用いました。例句は現代俳句を中心に古典から最近作に至る名句・秀句を選び、アンソロジーとしても楽しめるように努めました。

このような本書ができましたことについては、まずなによりも、掲載させていただいた例句の作者にお礼を申し上げなくてはなりません。おかげで、現在の時点では内容・規模からして類例のない『俳句古語辞典』になり得たのではないかと自負しております。俳句の鑑賞に創作に、少しでもお役に立つことができれば幸甚です。

二〇〇五年 春

宗田安正

本書の使い方

■見出しの体裁

見出し語の仮名表記は、歴史的仮名遣いによる平仮名で示し、見出しの語には漢字表記、現代仮名遣い表記（見出しの仮名が現代の読み方と異なる場合）、その語が季語である場合はその表示と季節の分類、品詞分類、そして意味を解説し、例句を掲げた。

［例］

い・づ【出づ】《イズ》 ■一〈自動・ダ下二〉{で／で／づ／づる／づれ／でよ} ❶（中から外に）出る。❷でかける。出発する。❸のがれる。超越する。❹（表に）現れる。発生する。■二〈他動・ダ下二〉❶出す。現す。❷（言《こと》に出づの形で）口に出す。■三〈補助動・ダ下二〉（動詞の連用形に付いて）❶…はじめる。❷…だす。

「禅寺の門を**出づれ**ば星月夜」　正岡子規
「藍々と五月の穂高雲を**いづ**」　飯田蛇笏
「翅わっててんたう虫の飛び**いづる**」　高野素十

■配列について

見出し語は、歴史的仮名遣いによる読みの五十音順に配列した。

仮名見出しが同じである語についての配列は名詞、代名詞の順に、次に動詞、形容詞、形容動詞の用言、継いで活用する助動詞を主なる順とした。

例句の配列については、俳句作者の生年順を原則とした。しかし、歴史的にみた活動の時期や師弟の関係などを考慮したことにより、わずかながら原則と異なる配列もある。

■表記について

1 歴史的仮名遣いによる見出しの仮名が現代の読み方と異なる場合、現代仮名遣いによる読み方を片仮名で示した。

2 見出し語の漢字表記については常用漢字・人名用漢字を用い、それ以外には、最も一般的と認められる漢字を用いた。ただし、例句の漢字表記・仮名遣いは作者の意図を考慮し、それを尊重した。

3 見出し語が活用語の場合、見出しは終止形で示した。また、活用語の語幹と語尾の間は・で区切って示した。

4 動詞は自動詞・他動詞を区別し、また、本来の動詞と補助動詞も区別した。表記には〈自動・カ四〉〈他動・ハ下二〉〈補助動・サ四〉などのように、いずれも活用の行・段を併せて示した。

5 形容詞はク活用とシク活用を区別した。

6 助動詞は〈四型〉〈ラ変型〉のように活用の型も示した。

7 動詞・形容詞・形容動詞・助動詞の活用語については、全て活用表を示した。その表記は次の活用形にあてはめてその活用を示した。

{未然形／連用形／終止形／連体形／已然形／命令形}

8 接頭・接尾語は品詞に準じて扱い、接頭語はその後に、接尾語はその前に、それぞれ「-」を示した。

9 二つ以上の語が結びついてできた語のうち、結合のしかたが弱く、一語とは考えにくいものは「連語」として扱い、その表示をして、組成、語形の変化などをできるだけわかりやすく示した。

10 枕詞は品詞の表示をせず、《枕詞》と表示した。

11 解説の文章は、原則として常用漢字・現代仮名遣いを用いたが、これ以外の漢字を用いる場合や、難読・誤読のおそれのある語には読み仮名を示した。

12 一つの見出し語に意味が二つ以上ある場合は❶❷❸…によって区分した。また、その下位は㋐㋑㋒…で、上位は㊀㊁で区分した。一つの見出し語内で品詞が異なる場合は[一][二]に区分した。

13 ▽の印のあとには語釈の補足説明をした。

14 ▼の印のあとには文法的事項や語義の移り変わりなどの参考知識を載せた。

■記号について

季語の場合、四季と季節の分類は次の記号で示した。

- [季・新]…新年（旧正月を含む）に関するもの
- [季・春]…立春から立夏の前日まで
- [季・夏]…立夏から立秋の前日まで
- [季・秋]…立秋から立冬の前日まで
- [季・冬]…立冬から立春の前日まで

■品詞の省略

名詞→名	補助動詞→補助動	連体詞→連体
代名詞→代名	助動詞→助動	副詞→副
自動詞→自動	形容詞→形	接続詞→接続
他動詞→他動	形容動詞→形動	感動詞→感
格助詞→格助	接続助詞→接続助	連語→連語
係助詞→係助	間投助詞→間投助	派生語→派生
終助詞→終助	接頭語→接頭	枕詞→枕詞
副助詞→副助	接尾語→接尾	

四→四段活用	ク→形容詞ク活用
上一→上一段活用	シク→形容詞シク活用
上二→上二段活用	タリ→形容動詞タリ活用
下一→下一段活用	ナリ→形容動詞ナリ活用
下二→下二段活用	
カ変→カ行変格活用	
サ変→サ行変格活用	
ナ変→ナ行変格活用	
ラ変→ラ行変格活用	

＊活用の実際の表示は、例えば動詞では〈自動・カ四〉のようになっているが、これは、自動詞カ行四段活用の意味である。

■言葉は過去から現代へと連続しているものであり、どこからを古語とするかは大変難しいものがあります。本書は学研辞典編集部発行『全訳古語辞典』他の古語辞典に収録されている語を一応の基準とし、さらに、「溶岩（ラバ）」「濃ゆし」などのような外国語や方言に由来する、俳句独特の用語をも収録しました。

■例句の使用につきましては、あらかじめ著作権者のご了承をいただくように鋭意つとめましたが、著作権継承者の不明なお方がなお若干名いらっしゃいます。お心当たりのお方はご教示いただければ幸甚です（お手数ですが奥付の辞典編集部連絡先へご一報願います）。

あ

あ【吾・我】〈代名〉わたし。私。

「故山**我**を芹つむ我を忘れしや」　橋　閒石

「初蝶を見しと汝は言ふ**吾**は見ねど」　安住　敦

「雲へ呼びし聲戻り来て**吾**にうるむ」　細見綾子

「**吾**を真似てをさなの使ふ秋団扇」　森　澄雄

あ【彼】〈代名〉あれ。あちら。あの人。

「南の冬**あ**向きこ向きに泥鰌《どぢやう》居て」　中村草田男

「この世より**あ**の世思ほゆ手毬唄」　大野林火

ああ【嗚呼・噫】〈感〉❶あっ。ああ。（驚いたり感動したりしたときに発する語）❷おい。（呼びかけるときに発する語）❸はい。（答えるときに発する語）

「椿散る**あゝ**なまぬるき晝の火事」　富澤赤黄男

「この世にて会ひし氷河に**嗚呼**といふ」　平畑静塔

「河骨の池に着きたり**嗚呼**といふ」　飯島晴子

「耳の五月よ／**嗚呼**／**嗚呼**と／耳鐘は鳴り」　高柳重信

「**嗚呼**といふ声が頭上にさくさくら」　柿本多映

「一人静ときどき**噫**と言ひをるぞ」　河原枇杷男

「川に声**ああ**と落して春めける」　小檜山繁子

あい-す【愛す】〈他動・サ変〉{せ／し／す／する／すれ／せよ}❶かわいがる。愛情をそそぐ。❷気に入る。好む。❸気にかける。執着する。❹あやす。適当にあしらう。

「鴛鴦や即刻**愛し**即刻絶つ」　永田耕衣

「稲の花**愛する**人は受精せり」　高屋窓秋

「青年鹿を**愛せ**り嵐の斜面にて」　金子兜太

「夫**愛す**はうれん草の紅愛す」　岡本　眸

あい-らし【愛らし】〈形シク〉{（しく）・しから／しく・しかり／し／しき・しかる／しけれ／しかれ}かわいらしい。

「鈴蘭に火を噴き育つ山**愛らし**」　長谷川かな女

「甚平やすこしお凸で**愛らしき**」　日野草城

「泊夫藍や童女ドイツ語**愛らしく**」　澁谷　道

あ-うら【蹠】〈名〉あしのうら。▼「あなうら」とも。

「釈迦眠る**蹠**に山を画かれて」　山口誓子

「**蹠**より梅雨のはかなさはじまりぬ」　桂　信子

「泳ぐ**蹠**ひらひら白し頭のめぐり」　高橋睦郎

「三冬を越え来し白き**足裏**かな」　正木浩一

「ねむさうな**足裏**揃へり浜日傘」　仙田洋子

あ-うん【阿吽・阿呍】〈名〉❶吐く息と吸う息。呼吸。❷寺院の山門にある仁王《におう》や神社の狛犬《こまいぬ》などの一対。❸相対する二つのもの。表裏、明暗、善悪など。▼「阿」は口を開いて発する声、「吽」は口を閉じて発する声で、すべての音声の始めと終わりを表す。

「白露に**阿吽**の旭さしにけり」　川端茅舎

「蝸牛　**阿呍**と動くおもたさよ」　富澤赤黄男

「菜の花や**阿吽**の苔もうすみどり」　安東次男

あえか・なり〈形動ナリ〉{なら／なり・に／なり／なる／なれ／なれ}か弱い。弱々しい。きゃしゃだ。繊細だ。

「種芋のこの**あえかなる**芽を信じ」　山口青邨

「**あえかなる**薔薇撰《え》りをれば春の雷」　石田波郷

「寡婦住めり**あえかに**百合を咲かしめて」　中村苑子

「**あえかなる**夜明の音を芦の花」　山田みづえ

「寒卵微笑**あえかに**閉じこめて」　徳弘純

あ‐おと【足音】〈名〉あしおと。▼「あのと」とも。

「寝返りの幼き**足音**梅雨の床」　中村草田男

「唐寺の冬韋駄天の**跫音**《あおと》過ぐ」　飯田龍太

「若き日の**跫音**《あおと》帰らず夜の落葉」　堀口星眠

あか【閼伽】〈名〉仏に供える水。また、それを入れる器。

「雪中の**閼伽**あたゝかく汲まれけり」　西島麦南

「**閼伽**水のながれの尖《さき》が吾にくる」　橋本多佳子

「御降りを**閼伽**とし仏寂びたりや」　石塚友二

あか・がね【銅・赤金】〈名〉銅《どう》。▼「あかかね」とも。

「くろちりめんひんやりす**あかがね**ひばち」　中塚一碧楼

「楠の芽のこがね**あかがね**復活祭」　鍵和田秞子

「**あかがね**のまたくろがねの秋の蜂」　青柳志解樹

「**あかがね**の茶筒に雉子の遠音あり」　友岡子郷

あ‐が・く【足掻く】〈自動・カ四〉{か／き／く／く／け／け}❶(馬などが)前足で地面をける。❷もがく。❸あくせくする。

「山肌の代馬《しろうま》**足掻く**雪解風」　水原秋櫻子

「青饅や情におぼれて**足掻く**日日」　稲垣きくの

「よもすがら神田《かみだ》の蚊田《かだ》を**足掻く**なり」　夏石番矢

あかし【明かし・灯】〈名〉ともしび。あかり。▼多く「みあかし」「おほみあかし」の形で、神仏の灯明の意に用いる。

「雨の日は御**灯**《みあかし》ともし一人居る」　尾崎放哉

「早苗餐《さなぶり》の御**あかし**あぐる素裸」　高野素十

「御**灯**のうへした暗し涅槃像」　芝不器男

あか・し【明かし】〈形ク〉{(く)・から／く・かり／し／き・かる／けれ／かれ}❶明るい。❷清らかだ。偽りがない。

「磯**明かし**月の大波くだけ寄り」　中村汀女

「噴煙の夜は**あかければ**鳴く千鳥」　篠原鳳作

「顔上げしに春の日あまり**明かかりし**」　細見綾子

「木の足もとの**明き**言霊よ黒猫」　金子皆子

「月**明き**浜に流木曳きしあと」　上田五千石

「京よりも山科**明かき**居待月」　山本洋子

あか・し【赤し・紅し】〈形ク〉{(く)・から／く・かり／し／き・かる／けれ／かれ}赤い。

「酸素足ればわが掌も**赤し**梅擬《うめもどき》」　石田波郷

「荷馬見ず過ぎたる炉火の**赤き**家」　金子兜太

「芝焼いて曇日**紅き**火に仕ふ」　野澤節子

「鬼**赤く**戦争はまだつづくなり」　三橋敏雄

「過ちて**紅き**酒飲む雨月かな」　小泉八重子

あ

あか・す【明かす】〈他動・サ四〉〔さ／し／す／す／せ／せ〕❶明るくする。❷夜を明かす。❸明らかにする。はっきりさせる。❹打ち明ける。

「松島に一夜を**明かす**冬の蝶」　阿部みどり女

「颱風に夜を**明かし**たる顔揃ふ」　大橋敦子

「ほめられて匂ひ袋の名を**明かす**」　大石悦子

あか-・ず【飽かず】〈連語〉❶満ち足りない。不満足だ。もの足りない。❷飽きることがない。いやになることがない。

▼動詞「あく」の未然形＋打消の助動詞「ず」

「昼のをんな遠火事**飽かず**眺めけり」　桂　信子

「涼しくて山雀の芸**飽かず**見る」　辻田克巳

「碧揚羽三輪さうめんを**飽かず**喰ふ」　角川春樹

あか-つき【暁】〈名〉夜明け前。未明。▼夜半過ぎから夜明け近くのまだ暗い時分。「あけぼの」よりやや早い時刻をいう。「あかとき」の変化した語。上代は「あかとき」で、中古以降は「あかつき」という。

「**暁**や北斗を浸す春の潮」　松瀬青々

「秋の声**あかつき**風雨強ければ」　山田みづえ

「**あかとき**の桔梗とはなり死にゆけり」　寺井谷子

「**あかつき**を日月の舟わたりゆく」　高澤晶子

あがな・ふ【購ふ】〈他動・ハ四〉〔は／ひ／ふ／ふ／へ／へ〕買い求める。

「人の晩年新緑の地を**購ひ**に」　山口誓子

「晩年の冬帽と思ひ**購ひ**ぬ」　能村登四郎

「母に月夜少量の酒**あがなはん**」　磯貝碧蹄館

「苗木市棒のごときを**購へ**り」　手塚美佐

あがな・ふ【贖ふ】〈他動・ハ四〉〔は／ひ／ふ／ふ／へ／へ〕金品を代償にして罪をつぐなう。贖罪《しょくざい》する。

「鵙の贄罪**贖ふ**に似て十字」　下村梅子

あかね【茜】［季・秋］〈名〉❶草の名。根から赤色の染料をとる。❷①の根からとった染料で染めた色。ややくすんだ赤色。

「**茜**さし童女比ぶるものもなく」　高屋窓秋

「わが胸の**茜**を染めよ初昔」　安東次男

「たかぶれば空蟬も鳴く夕**茜**」　澁谷　道

「指さして雪大文字《ゆきだいもんじ》**茜**さす」　黒田杏子

「茜草**あかね**を染めて花は黄に」　野沢　純

あかね-さす【茜さす】《枕詞》赤い色がさして、美しく照り輝くことから「日」「昼」「君」「紫」などにかかる。後世、枕詞から転じて、あかね色に色づく意に。

「**茜さす**雪雲に消え晴著の子」　佐藤鬼房

「**茜さす**雪のベンチに婆と鳩」　金箱戈止夫

「**あかねさす**白嶺にはやもはたた神」　大屋達治

あが・む【崇む】〈他動・マ下二〉〔め／め／む／むる／むれ／めよ〕❶尊敬する。崇拝する。❷大切にする。寵愛《ちょうあい》する。

「先達を**崇め**忘れん大暑かな」　三橋敏雄

「ムキアサリなれど深空を**崇め**居る」　鳴戸奈菜

「日輪を**崇め**て蓮ひらきけり」　和田耕三郎

あから・さま・なり〈形動ナリ〉（なら／なり・に／なり／なる／なれ／なれ）❶急だ。突然だ。たちまちだ。❷ほんのちょっとだ。かりそめだ。❸（下に打消の語を伴って）ほんの少しも。かりそめにも。まったく。ちっとも。❹あらわだ。明白だ。露骨だ。

「山蟻《やまあり》の**あからさまなり**白牡丹」　与謝蕪村

「明月や道を曲れば**あからさま**」　原　石鼎

「末枯に**あからさまなり**酒を飲む」　波多野爽波

「人目も草も十一月は**あからさま**」　清水径子

あから・む【赤らむ】〈自動・マ四〉（ま／み／む／む／め／め）❶赤くなる。赤みがかる。赤みをおびる。

「一日〳〵麦**あからみ**て啼《なく》雲雀《ひばり》」　松尾芭蕉

「ほほづきの妻こそ恋ひし**赤らみし**」　森　澄雄

「鬼灯の**赤らむ**頃に鬼となる」　平井照敏

「凧の日の目もと**あからむ**落花あり」　原　裕

あが・る【上がる】〈自動・ラ四〉（ら／り／る／る／れ／れ）❶高い方に上がる。❷（馬が）はねる。❸時代がさかのぼる。❹（京都で内裏《だいり》のある）北へ行く。❺官位が進む。昇進する。❻上達する。❼のぼせる。上気する。

「桜の芽海より雨の**あがりけり**」　皆川盤水

「感情や少年海より**上がりけり**」　攝津幸彦

「プールより**上がる**耳たぶ光らせて」　西村和子

「酒二升置いて**あがらず**雪見舞」　中原道夫

あか・る・し【明るし】〈形ク〉（く・から／く・かり／し／き・かる／けれ／かれ）❶光が十分にさして物がよく見える。明らかである。❷色があざやかで美しい。❸陽気で明朗である。やましいところがない。❹見通しがよい。❺そのことについてよく知っている。

「夕顔は月よりすこし**明るけれ**」　中尾寿美子

「沙羅紅葉来世**明るし**とぞ思ふ」　後藤比奈夫

「いつまでも**明るき**野山半夏生」　草間時彦

「枯蓮は日霊《ひる》のごとくに**明るけれ**」　安井浩司

「芋虫のまはり**明るく**進みをり」　小澤　實

あぎ・と【顎・鰓・腮】〈名〉❶あご。❷（魚の）えら。

「髯剃りし**あぎと**の青き夏をとこ」　富安風生

「夕月や**あぎと**連ねて鯉幟」　三橋鷹女

「**あぎと**もて病後もの食ふ小暑かな」　皆吉爽雨

「初花の枝に触れたる**あぎと**かな」　岡井省二

「うつくしき**あぎと**とあへり能登時雨」　飴山　實

「**顎**ある寂しさに散る蓮ならむ」　河原枇杷男

あぎ・と・ふ《アギトウ》〈自動・ハ四〉（は／ひ／ふ／ふ／へ／へ）❶魚が水面で口を開閉する。❷幼児が片言を言う。

「金魚**あぎとひ**主婦また同じ二間掃く」　中村草田男

「金魚**あぎとふ**尾鰭胸鰭《をびれむなびれ》みな使ひ」　相馬遷子

「谷鶯登頂少女**あぎとふ**かに」　香西照雄

「寒鯉の**あぎとふ**を夢寝入りぎは」　森　澄雄

あきな・ふ【商ふ】《アキナウ・アキノウ》〈他動・ハ四〉（は／ひ／ふ／ふ／へ／へ）商売する。取り引きする。

「行春の日向埃に**商へ**り」　臼田亜浪
「磯ものを砂に**商**ふ祭かな」　石田勝彦
「蟠桃に豊頬載せて**商へ**り」　中戸川朝人

あきら-か・なり【明らかなり】〈形動ナリ〉｛なら／なり・に／なり／なる／なれ／なれ｝❶明るい。❷はっきりしている。明白だ。❸物事の道理・筋道に明るい。賢明だ。❹ほがらかだ。明朗だ。
「死期**明らかなり**山茶花の咲き誇る」　中塚一碧楼
「寒燈や身に古る月日**あきらかに**」　西島麦南
「梨食うぶ雨後の港の**あきらかや**」　中村汀女
「荒天の鴨の羽音の**あきらかに**」　野見山朱鳥
「夏鹿の斑の**あきらかに**霧晴るる」　石田郷子
「**呆**《あき》**らかに**杳《とほ》き母なり風の白夜」　沼尻巳津子

あきら-け・し【明らけし・瞭らけし】〈形ク〉｛(く)から／く・かり／し／き・かる／けれ／かれ｝❶清らかだ。けがれがない。❷はっきりしている。明白だ。❸賢明だ。聡明《そうめい》だ。
「蟋蟀の啼くゆゑ草木**瞭らけく**」　山口誓子
「黄落の月**明らけき**夜に入りぬ」　村山古郷

あき・る【呆る】〈自動・ラ下二〉｛れ／れ／る／るる／るれ／れよ｝どうしてよいかわからなくなる。途方にくれる。
「旅ごろもひつぱる鹿に**あきれ**ける」　阿波野青畝

あ・く【飽く】〈自動・カ四〉｛か／き／く／く／け／け｝❶あきる。いやになる。❷十分に満足する。
「誕生日の夫や落葉を焼き**飽かず**」　細見綾子
「花芯ふかく溺るる蜂を見て**飽かず**」　木下夕爾
「後尾にて車掌は広き枯野に**飽く**」　小川双々子

あ・く【明く】〈自動・カ下二〉｛け／け／く／くる／くれ／けよ｝❶(夜が)明ける。❷(年・月・日・季節などが)改まる。
「白梅に**あくる**夜ばかりとなりにけり」　与謝蕪村
「老斑のうするる梅雨の**明け**にけり」　石川桂郎
「寒暁や神の一撃もて**明くる**」　和田悟朗
「方丈に寒の**明け**たる水の音」　星野　椿
「竹の声晶々と寒**明くる**べし」　上田五千石
「水と火の妻の業終へ年**明くる**」　能村研三

あ・く【開く・空く】㊀〈自動・カ四〉｛か／き／く／く／け／け｝❶ひらく。❷(すきま・穴などが)あく。❸欠員ができる。㊁〈他動・カ下二〉｛け／け／く／くる／くれ／けよ｝❶(閉じていたものを)あける。❷(すきま・穴などを)あける。
「席立って席ひとつ**空く**秋の暮」　橋　閒石
「空蟬のごとく服脱ぐ背を**開けて**」　加藤三七子
「納戸**あけ**潜みし凍てに突き当る」　福田甲子雄
「本**あけ**て文字の少なき木槿かな」　岸本尚毅

あ・ぐ【上ぐ・挙ぐ・揚ぐ】〈他動・ガ下二〉｛げ／げ／ぐ／ぐる／ぐれ／げよ｝❶上へやる。位置を高くする。❷(髪を)結いあげる。❸神仏に供える。奉納する。❹(地方から)都へ行かせる。❺昇任・昇格させる。❻声を大きくする。❼世に名を広める。❽成し遂げる。仕上げる。❾差し上げる。

「多摩の子は葱畑より凧揚ぐる」　山口青邨
「春なれや満月上げし大藁家」　川端茅舎
「秋空に人も花火も打ち上げよ」　眞鍋呉夫
「凍むる日々鴉のあぐる一つうた」　村越化石
「冬桜三十畳を拭きあげて」　夏井いつき

あくが・る【憧る】〈自動・ラ下二〉{れ/れ/る/るる/るれ/れよ}❶心が体から離れてさまよう。うわの空になる。❷どこともなく出歩く。さまよう。❸他のことに心を引かれる。❹心が離れる。疎遠になる。▼現代語の「あこがれる」のもとになった語。
「あくがれし雪国に来て飛雪の夜」　大島民郎
「空国《むなくに》を／醜男《しこを》／あくがれ／喪屋《もや》ごもり」　高柳重信
「冬麗の馬のしっぽに憧るる」　大木あまり

あく-まで【飽くまで】〈副〉思う存分。どこまでも。
「冬木にて欅あくまで枝わかつ」　篠田悌二郎
「真珠筏八月明星飽くまで黄」　中村草田男
「厳寒やあくまで蒼き八ツ手の葉」　大橋櫻坡子
「白靴をあくまで白く北国へ」　山田弘子

あ-ぐら【胡坐・胡床】〈名〉❶足を組んですわること。❷脚のついた高い座席。古代の貴族が足を組んですわったり、寝所に用いたりした。❸腰掛け。脚を交差させる折り畳み式のものなど。▼「あ」は足、「くら」は座・台などの意。
「網つくろふ胡座どつかと春の浜」　西東三鬼
「胡坐居《ゐ》の童女の莫蓙にゆすらうめ」　秋元不死男
「朝餉待つ胡坐に吾子とぬくみ育てつ」　篠原　梵
「賀の客の若きあぐらはよかりけり」　能村登四郎
「胡坐して自負も自戒も裸かな」　藤田湘子
「秋寒く胡座をかくと倒れさう」　桑原三郎

あけ【朱・赤・緋】〈名〉赤色。(朱色・緋《ひ》色・紅色などを含む)▼「あか(赤)」の変化した語。
「燕や朱ケの楼門くだつまま」　篠原鳳作
「雪国の細月のへり朱に燃え」　上村占魚
「凍蝶の天与の朱を失はず」　飯島晴子

あけ-くれ【明け暮れ】㊀〈名〉❶夜明けと夕暮れ。朝と晩。朝夕。❷毎日。ふだん。日常。㊁〈副〉明けても暮れても。いつも。
「百舌の子の育つにまかせ明暮れを」　臼田亜浪
「松風に明け暮れの鐘撞いて」　種田山頭火
「あけくれに富貴を夢む風邪哉」　前田普羅
「海のあけくれのなんにもない部屋」　尾崎放哉
「あけくれの背に子をくくり秋立ちぬ」　中山純子
「これよりは花の明け暮れ観世音」　星野　椿

あげ-て【挙げて】〈副〉いちいち。残らず。こぞって。
「市をあげて野馬追祭の竹立つる」　阿部みどり女
「病家族あげて紫苑に凌がるゝ」　石田波郷

あけぼの【曙】〈名〉夜が明け始めるころ。夜明け方。▼夜明け前のまだ暗い時分の「暁《あかつき》」の終わりころから、日の出前の明るくなる時分の「朝ぼらけ」に先立つ時刻をさす。

「**明ぼの**やしら魚しろきこと一寸」　松尾芭蕉
「**あけぼの**の春**あけぼの**の水の音」　野澤節子
「**あけぼの**や泰山木は蠟の花」　上田五千石
「今生の春の**あけぼの**父醒めよ」　大石悦子
「春は**曙**そろそろ帰つてくれないか」　櫂未知子

あ-こ【吾子】㊀〈名〉わが子。㊁〈代名〉おまえ。きみ。▼ともに上代には「あご」。

「**吾子**ひしと抱きて柚湯にひたりけり」　高橋淡路女
「萬緑の中や**吾子**の歯生え初むる」　中村草田男
「ごうごうと**吾子**を焼くなり**吾子**の手を」　渡邊白泉
「桜葉となり実となり**吾子**は乳びたり」　鷹羽狩行

あ-ご【網子】〈名〉地引き網を引く人。漁師。

「鰯雲**網子**の一生はてしらず」　阿波野青畝

あさ-い【朝寝】〈名〉あさね。

「**朝寝**せり牡丹の客を待ちつつも」　水原秋櫻子
「カーテンを透けて紅来る**朝寝**かな」　山口青邨
「雪趨《はし》る音の中なる**朝寝**かな」　高橋睦郎

あさ-がほ【朝顔】《アサガオ》 季・秋 〈名〉❶朝の寝起きの顔。❷草花の名。㋐ききょう。㋑むくげ。㋒今の朝顔。▼室町時代以前には㋐㋑㋒をさしたが、江戸時代には㋒だけとなった。

「**朝顔**の紺の彼方の月日かな」　石田波郷
「**朝顔**や濁り初めたる市の空」　杉田久女
「身を裂いて咲く**朝顔**のありにけり」　能村登四郎
「**朝顔**が日ごとに小さし父母訪はな」　鍵和田秞子
「**朝顔**やわれを引き抜く天つ空」　夏石番矢

あさ-ぎ【朝葱・浅黄】〈名〉❶緑色がかった薄い藍色。「葱《き》(ねぎ)」の葉色の浅い色の意。❷六位の者が着た浅葱色の「袍《ほう》」。また転じて、六位のこと。

「山々は萌黄**浅黄**やほとゝぎす」　正岡子規
「ふとん裂れの**浅黄**格子に銀杏散る」　細見綾子
「朝顔の**浅葱**普羅忌のくもり空」　文挾夫佐恵

あさ-け【朝明】〈名〉朝早く、東の空の明るくなるころ。▼「あさあけ」の変化した語。

「**朝明**よし投げ苗の水音さばしりて」　高田蝶衣
「新茶くむ宇治の**朝け**は窓に瀬々」　皆吉爽雨

あさ-け【朝食・朝餉】〈名〉朝食。▼「け」は食事の意。のちに「あさげ」。

「**朝餉**なる小蕪がにほふやゝ寒く」　及川　貞
「屋根は雪をしみじみ積んで下は**朝餉**」　細谷源二
「桜桃の花の静けき**朝餉**かな」　川崎展宏
「鈴虫のこゑの全き**朝餉**かな」　原　裕

あさ・し【浅し】〈形ク〉{(く)・から／く・かり／し／き・かる／けれ／かれ}❶浅い。深さや距離があまりない。また、時間がたっていない。❷情が薄い。考えが浅い。いいかげんだ。❸平凡だ。情趣が少ない。❹(色や香りが)淡い。薄い。❺身分や家柄が低い。
「女出て螢売よぶ軒**浅き**」　富田木歩
「春**浅く**病癒えずば妻子飢う」　野見山朱鳥
「老人の昼薑《はじかみ》の土**浅き**」▼　飯島晴子
「遠く飛び来し白鳥に湖**浅し**」　津田清子

あさ-ぢ【浅茅】アサジ〈名〉荒地に一面に生える、丈の低いちがや。
「浅茅生の一ト本ざくら咲きにけり」　久保田万太郎

あさ-づくよ【朝月夜】〈名〉月が残っている明け方。また、そのときの月。▼陰暦で月の下旬の夜明け方になる。「つくよ」は月の意。
「百姓の驚くほどの**朝月夜**」　高野素十
「歩み入る島は中夏《ちゅうか》の**朝月夜**」　中村草田男
「**朝月夜**踏めば落葉の匂ひある」　中川宋淵

あさと-で【朝戸出】〈名〉朝、戸を開けて出て行くこと。
「**朝戸出**や溝板踏んで鳴るも夏」　原石鼎
「**朝戸出**の人人のみに春の虹」　中村汀女

あさな-あさな【朝な朝な】〈副〉朝ごとに。毎朝毎朝。▼「あさなさな」とも。反対語は「夜な夜な」。
「**朝な〳〵**手習す、むきり〳〵す」　松尾芭蕉
「**朝な〳〵**粥くふ冬となりにけり」　正岡子規
「うき宿の**朝な朝な**や蕪汁」　松瀬青々
「**朝な朝な**南瓜を撫しに出るばかり」　日野草城

あさに-けに【朝に日に】〈副〉朝に昼に。いつも。▼「あさなけに」とも。
「**あさにけに**桔梗白し雲白し」　深谷雄大

あさ-ぼらけ【朝ぼらけ】〈名〉朝、ほのぼのと明るくなるころ。夜明け方。
「山葵田《わさびだ》の水のささらや**朝ぼらけ**」　阿波野青畝
「鰤敷《ぶりしき》にとまる鷗の**朝ぼらけ**」　森田峠
「蝶生まるこの青くさき**朝ぼらけ**」　柿本多映

あさま-し〈形シク〉{(しく)・しから／しく・しかり／し／しき・しかる／しけれ／しかれ}❶驚くばかりだ。意外だ。❷情けない。興ざめだ。❸あきれるほどひどい。❹見苦しい。みっともない。
「古寺の藤**あさましき**落葉哉」　与謝蕪村
「**あさましき**顔して水からくりを見る」　小川双々子
「桐咲けり**あさましき**下痢まぬがれず」　佐藤鬼房
「**あさましく**草木にまぎれ冬羽織」　飯島晴子

あさ-まだき【朝まだき】〈副〉朝早く。▼「まだき」は、まだその時になりきっていない、の意。
「横顔の鶯が居る**朝まだき**」　三橋敏雄
「**朝まだき**田に水引いて桜桃忌」　堀口星眠
「金剛の青葱抜かめ**朝まだき**」　沼尻巳津子

あざ-む-く【欺く】㊀〈他動・カ四〉{か／き／く／く／け／け}❶だます。いつわる。言いくるめる。❷みくびる。軽べつする。㊁〈自動・カ四〉(詩歌を)吟ずる。吟詠する。

「冬の水一枝《いっし》の影も**欺かず**」　中村草田男
「十六夜や幾度妻を**あざむきし**」　加藤楸邨
「蓼《たで》紅しもののみごとに**欺けば**」　藤田湘子
「啄木忌山河はわれを**欺かず**」　遠藤若狭男

あざ-やか・なり【鮮やかなり】〈形動ナリ〉〔なら/なり・に/なり/なる/なれ/なれ〕❶際立っていて美しい。鮮明だ。❷きっぱりしている。はきはきしている。❸新鮮だ。いきがよい。
「轢かれた燕の半身があり**鮮やかなり**」　金子兜太
「怒るとき生**あざやか**に白絣」　鷹羽狩行
「**あざやかに**鳥獣保護区とりかぶと」　黒田杏子

あさ-ゆふ【朝夕】《アサユウ》 ━〈名〉朝と夕方。朝晩。また、毎日。 ━〈副〉朝晩。毎日。いつも。
「**朝夕**がどかとよろしき残暑かな」　阿波野青畝
「**朝夕**の潮の遠音《とほね》も羽子《はね》日和」　西島麦南
「牡丹のため**朝夕**を土に佇つ」　細見綾子

あざらけ・し【鮮らけし】〈形ク〉〔(く)・から/く・かり/し/き・かる/けれ/かれ〕新鮮だ。
「春山に薪を積めるは**鮮らけき**」　富安風生
「探ぐり得ていろ**あざらけき**龍の玉」　高橋淡路女

あさ・る【漁る】〈他動・ラ四〉〔ら/り/る/る/れ/れ〕❶えさや食物を探し求める。❷魚や貝や海藻などをとる。❸あちらこちら探し求める。
「新緑やたましひぬれて魚**あさる**」　渡邊水巴
「春月のさす古本を**漁り**けり」　長谷川かな女
「岩波文庫といへども暖房の書肆に**漁る**」　石田波郷
「読み**あさる**鏡花集あり春の風邪」　加藤三七子

あし【足・脚】〈名〉❶(人や動物の)あし。❷歩くこと。歩み。❸物の下部についていて、下から上を支える部分。❹(「雨のあし」「風のあし」の形で)雨の降るようす。風の吹くようす。❺船の進みぐあい。船の速力。
「考へに**足**とられ居し蓼の花」　竹下しづの女
「銭湯へ父子がつれだち日**脚**のぶ」　石橋秀野
「巣をあるく蜂の**あし**おと秋の昼」　宇佐美魚目
「秋を待つ歌舞伎の馬の**脚**二人」　有馬朗人

あ・し【悪し】〈形シク〉〔(しく)・しから/しく・しかり/し/しき・しかる/しけれ/しかれ〕❶悪い。❷荒れ模様である。❸みすぼらしい。いやしい。❹下手だ。❺まずい。❻具合が悪い。不都合である。
「郭公に建付け**悪し**と思ひつつ」　波多野爽波
「サーカスをとりまく色の**悪しき**魚」　宇多喜代子
「的中の**悪しき**予感や三鬼の忌」　上田五千石

あしく【悪しく】〈副〉下手に。まずく。間違えて。
「折**あしく**門こそ叩け鹿の聲」　与謝蕪村
「**悪しく**老いたり早乙女の線偸む」　田川飛旅子

あした【晨・朝】〈名〉❶朝。朝方。明け方。❷翌朝。あくる朝。(前夜に何か事があった次の日の朝)
「馬をさへ眺むる雪の**朝**かな」　松尾芭蕉

「うちしきてあしたの沙羅のよごれなし」　長谷川素逝
「長き夢みたる**朝**のまくはうり」　清水径子

あしびき‐の【足引きの】《枕詞》「山」「峰」「木の間」を導く。▼古くは「あしひきの」。
「**あしびきの**山の霧降る湖施餓鬼」　加倉井秋を
「**あしびきの**青富士が根に捨てがひこ」　渡邊白泉

あ‐じろ【網代】 季・冬 〈名〉❶川の流れを横切って杭を立て、簀を水面に置いてかかった魚をとるしかけ。❷竹や檜《ひのき》をうすく細くけずって編んだもの。垣根や天井に用いる。
「親のおやの打し杭也**あじろ**小屋」　小林一茶
「花椰子に蜑が伏屋の**網代**垣」　篠原鳳作
「炎天を**網代**に組んでゐたりけり」　岡井省二
「**網代**戸を手で押し名苑の夏確かむ」　楠本憲吉

あ・す【浅す・褪す】〈自動・サ下二〉〔せ／せ／す／する／すれ／せよ〕❶（海・川・池などが）浅くなる。干上がる。❷（色が）さめる。あせる。❸（勢いが）衰える。
「野良着の背**褪せ**ぬ日を得て野菊色」　香西照雄
「陽**褪せ**ゆく海苔粗朶に舟すがりつく」　佐藤鬼房
「金**褪せ**ず色**褪せ**にけり古雛」　大橋敦子
「颱風圏紅雲時をかけて**褪す**」　橋本美代子
「死に下手の吾に**褪せ**ゆく曼珠沙華」　三好潤子
「晩夏光もの言ふごとに言葉**褪せ**」　西村和子

あぜ‐くら【校倉】〈名〉古代の倉の一つ。高床式の倉。防湿、通風にすぐれ、物の保存に適した作り方。▼「あぜ」は交差させる意。
「**校倉**に日が差し太子と太子のひとと」　楠本憲吉
「**校倉**の床下に臥《ね》て夕鹿の子」　下村槐太

あそ・ぶ【遊ぶ】㊀〈自動・バ四〉〔ば／び／ぶ／ぶ／べ／べ〕❶（詩歌を作ったり、音楽を演奏したり、歌舞をしたりして）楽しむ。❷遊戯する。❸狩りをする。❹自由に動き回る。㊁〈他動・バ四〉（楽譜を）演奏する。
「十五夜の雲の**あそび**てかぎりなし」　後藤夜半
「眠る子の髪春灯に舞ひ**あそぶ**」　野見山朱鳥
「**遊ぶ**ごと病臥の外の遠田打」　齋藤　玄

あた【仇・敵・賊】〈名〉❶敵。外敵。❷かたき。仇敵《きゅうてき》。❸害。❹恨み。恨みの種。▼近世以降、「あだ」。
「鈴虫の**仇**の蜘蛛なり潰して憎む」　日野草城
「牛乳に雨意あり父を**仇**に母」　金子　晉

あたか‐も【恰も】〈副〉ちょうど。まるで。
「**恰も**よし牛を椿と共に見る」　相生垣瓜人
「桐一葉**あたかも**落つる虚子山廬」　山口青邨

あだ・なり【徒なり】〈形動ナリ〉〔なら／なり・に／なり／なる／なれ／なれ〕❶はかない。もろい。❷誠実でない。いいかげんだ。浮気だ。❸疎略だ。❹無駄だ。無用だ。
「梢より**あだに**落けり蟬のから」　松尾芭蕉
「**あだに**寒き花に日輪照りまさる」　渡邊水巴

「野の遊びせむとて徒に齢とりぬ」　後藤綾子

あだ-はな【徒花】〈名〉実らない花。

「**あだ花**は雨にうたれて瓜ばたけ」　与謝蕪村

「**徒花**のいづれも白き倅かな」　攝津幸彦

あたひ【価・値】《アタイ》〈名〉❶値打ち。価値。❷代金。値段。

「人賤しく蘭の**価**を論じけり」　正岡子規

「柿落葉うつくしく紙幣**値**なく」　山口青邨

「夜咄に紙の**價**や詩《たう》の値《かた》」　高橋睦郎

あた-ふ【与ふ】《アタウ》〈他動・ハ下二〉{へ/へ/ふ/ふる/ふれ/へよ}与える。

「青き踏む左右の手左右の子に**あたへ**」　加藤楸邨

「孫に**与へ**妻にも供へ蓬餅」　森　澄雄

「仏らに朝日を**与へ**うねる蛇」　飯島晴子

「食べこぼし蟻に**与へ**て昼寝人」　岩田由美

あだ-め-く【阿娜めく・徒めく・艶めく】〈自動・カ四〉{か/き/く/く/け/け}色っぽく振る舞う。うわつく。▼「めく」は接尾語。

「梅散るや衣紋**あだめく**人の脊」　尾崎紅葉

「朱の緒のなほ**艶めく**や別れ蚊帳」　前田普羅

「花野径扇かざすは**艶めける**」　富安風生

あたら【惜・可惜】［一］〈連体〉惜しい。もったいない。せっかくの。［二］〈副〉もったいないことに。惜しいことにも。

「**あたら**秘む櫛笄や己が春」　高橋淡路女

「もぐらもち雪間を**可惜**うがちたり」　阿波野青畝

「**可惜**夜の桜かくしとなりにけり」　齊藤美規

あたら-し【新し・鮮し】〈形シク〉{(しく)・しかり/しく・しかり/し/しき・しかる/しけれ/しかれ}新しい。▼上代には「あらたし」といったが、中古以降音変化で「あたらし」の形が現れ、定着した。

「辞書割つて夜が**あたらし**桃青忌」　岡井省二

「雪となりひとの過失の**鮮らし**や」　堀井春一郎

「**鮮しき**日に傷みゆく白牡丹」　黒田杏子

「青萩や日々**あたらしき**母の老い」　正木ゆう子

あたり【辺り】〈名〉❶付近。周辺。あたり。❷(その状態にある)人。方。❸親類・縁者。

「鳩尾の**あたり**や一つ椿咲く」　中尾寿美子

「下北の首の**あたり**の炎暑かな」　佐藤鬼房

「緋目高のわれに似るてふ眼の**あたり**」　上村占魚

「菱取りし**あたり**の水のぐつたりと」　波多野爽波

「鳥辺山**あたり**を過ぎて雪ばんば」　柿本多映

「めざめゐて**あたり**瓜の香のこりゐる」　中田　剛

あち【彼方】〈代名〉あちら。あっち。▼「そち」「こち」の対。

「案山子翁**あち**見こち見や芋嵐」　阿波野青畝

「月青し寝顔**あち**むきこちむきに」　篠原鳳作

「お歳暮の蝦**あち**抑へこち抑へ」　後藤綾子

あぢ【味】《アジ》〈名〉❶飲食物が舌に触れた時に起こる感覚。❷

体験によって知った感じ。❸物事のおもむき。面白み。❹快いさま。

「みちのくの水の**味**しれ心太」　正岡子規

「どの道も見えて居るなり餅の**味**」　永田耕衣

「そら豆はまことに青き**味**したり」　細見綾子

「てふてふや噛みしめてゐし水の**味**」　河原枇杷男

「母の日のてのひらの**味**塩むすび」　鷹羽狩行

あぢき-な・し【味気無し】《アジキナシ》〈形ク〉〔(く)・から／く・かり／し／き・かる／けれ／かれ〕❶思うようにならない。❷つまらない。努力のかいがない。❸にがにがしい。道理に合わない。❹はかない。世が無常だ。

「あぢきなや冬へ病み越す粥の舌」　松根東洋城

「水涕のとめどもなうて**味気なや**」　日野草城

あち-こち【彼方此方】〈副〉❶あちらこちら。あっちこっち。❷あれやこれや。いろいろ。❸反対に。

「なんとなく**あちこち**浮遊残り鴨」　桂信子

「**あちこち**に足がぶつかり地虫出る」　四ツ谷龍

「矮鶏の首**あちこち**向いて虫の秋」　岩田由美

あぢ-はひ【味はひ】《アジワイ》〈名〉❶(飲食物の)味。❷趣《おもむき》。おもしろみ。❸食べ物。

「晩婚といふ**味はひ**の葛桜」　櫂未知子

あぢ-は・ふ【味はふ】《アジワウ》〈他動・ハ四〉〔は／ひ／ふ／ふ／へ／へ〕意義を深く考える。味をよくかみわけてみる。

「へふへふとして水を**味ふ**」　種田山頭火

「花むしろ象牙の塔は**味へず**」　平畑静塔

「賜はりし蘇を**味はへる**薄暑かな」　筑紫磐井

あ・つ【当つ】〈他動・タ下二〉〔て／て／つ／つる／つれ／てよ〕❶ぶつける。当てる。❷さらす。向ける。❸分け与える。配分する。❹推測する。当てる。❺直面させる。

「寒燈を**当つ**神将の咽喉《のど》ぼとけ」　橋本多佳子

「牛の背に手を**当つ**牛の温さよし」　津田清子

「顔押し**当つる**枕の中も銀河かな」　三橋敏雄

「秋蛇に暗く光りし眼を**当て**ぬ」　山田みづえ

「夏風邪のここちや幹に手を**当てて**」　岡田史乃

「膝に手を**あてて**見入つて秋の鮒」　小澤實

あつか・ふ【扱ふ】《アツカウ・アツコウ》〈他動・ハ四〉〔は／ひ／ふ／ふ／へ／へ〕❶世話を焼く。面倒をみる。❷うわさをする。❸もてあます。❹仲裁する。

「手一杯にシーツ**扱ふ**星涼し」　岡本眸

「一つ火を**あつかふ**袖に火色溜め」　西村和子

あづか・る【与る】《アズカル》〈自動・ラ四〉〔ら／り／る／る／れ／れ〕❶関与する。かかわる。❷手に入れる。❸(目上の人に配慮・恩恵を)受ける。いただく。

「十五日粥に**あづかり**病快し」　後藤夜半

「深大寺蕎麦に**あづかる**年忘」　上田五千石

あづ・く【預く】《アズク》〈他動・カ下二〉〔け／け／く／くる／くれ／けよ〕❶預ける。

❷縁づける。結婚させる。
「他意なくて花冷の手を**預け**しや」　安住　敦
「息切れし口を飛雪に**あづけ**をり」　林　翔
「かろき子は月に**あづけ**む肩車」　石　寒太
「海に脛**あづけ**西鶴忌の夫婦」　熊谷愛子
「啓蟄や幹に**あづけ**し草箒」　井上　雪

あづさ【梓】《アズサ》〈名〉❶木の名。今の「よぐそみねばり」にあたるといわれる。硬い木なので弓の材とした。「梓の花」は春の季語。❷「梓弓」の略。
「花**梓**引寄せて歌いや遠し」　加藤知世子

あづさ-ゆみ【梓弓】《アズサユミ》 ㊀〈名〉梓の木で作った丸木の弓。狩猟のほか祭りにも用いられた。㊁《枕詞》❶弓を引き、矢を射るときの動作・状態から「ひく」「はる」「い」「いる」にかかる。❷射ると音が出るところから「音」にかかる。❸弓の部分の名から「すゑ」「つる」にかかる。
「**梓弓**弦月宙を寒うせり」　和田悟朗
「**あづさゆみ**春の虹立つ淡海かな」　大屋達治

あつ・し【厚し】〈形ク〉{(く)・から／く・かり／し／き・かる／けれ／かれ} ❶厚い。❷甚だしい。深い。
「羽**厚く**なつて蝶々吾を包む」　永田耕衣
「星とんでのち山国の闇**厚し**」　柴田白葉女
「往生際雲**厚から**ず薄からず」　栗林千津
「栗の花丹波は雲の**厚き**国」　茨木和生

あつ・し【熱し・暑し】 季・夏 〈形ク〉{(く)・から／く・かり／し／き・かる／けれ／かれ} ❶熱い。❷暑い。❸熱がある。
「摘草の汝が汗われもほの**暑き**」　喜谷六花
「眼前に人出て**暑し**浜の町」　原　石鼎
「心までぬくもらずとも燗**熱し**」　下村梅子
「舞ふ鳶ひとつ心の中に**熱かり**き」　沼尻巳津子
「鶏鳴のみじかし今日も**暑から**む」　片山由美子

あづま【東・吾妻】《アズマ》〈名〉❶東国。都から見て東の地方。❷鎌倉。鎌倉幕府。▼「あづま」の範囲は時代・文献によって違う。上代でも碓氷《うすい》峠・足柄峠以東、信濃《しなの》の国・遠江《とおとうみ》の国以東、近江《おうみ》の国以東などと一定しないが、現在の東北地方をも含んで呼んだ。以後、次第に現在の関東地方をさすようになった。
「もののふの**東**にをりて西鶴忌」　森　澄雄
「花なれや／**東**荒ぶる／鉾ひとつ」　折笠美秋
「**あづま**はや洽く五月到りけり」　高橋睦郎

あづま-や【四阿・東屋】《アズマヤ》〈名〉❶屋根を四方にふきおろした簡素な家。❷特に、庭園などに休息・眺望などのために設けた①。
「**四阿**にとりためありし零余子かな」　富安風生
「**四阿**に花冷のかたまつてゐし」　後藤比奈夫

あつ・む【集む】〈他動・マ下二〉{め／め／む／むる／むれ／めよ} 集める。
「竹馬の子が寄つて来て頭を**集め**」　清崎敏郎

「寄せ集めだんだら縞の毛糸編む」 野見山ひふみ
「国中の猛暑を集め甲斐盆地」 有馬朗人
「自転車を落花のもとに集めけり」 林 桂
「秋爽や水桶は子を集むる木」 小林貴子

あと【跡】〈名〉❶足もと。足のあたり。❷足跡。❸(去って行った)方向。行方。❹痕跡。形跡。❺筆跡。❻(定まった)形式。様式。先例。❼家のあとめ。家督。
「夏草や兵共がゆめの跡」 松尾芭蕉
「跡かくす師の行方《ゆきがた》や暮の秋」 与謝蕪村
「父と子や樏《かんじき》の跡混へつつ」 石田波郷
「夏定かコップの跡の水の輪も」 友岡子郷
「馬市の跡は荒地の月見草」 大木あまり

あと【後】〈名〉❶後ろ。背後。❷(その時より)あと。のち。❸死後。
「あとからあとから月の出寒い波頭」 鈴木六林男
「飲食のあとちりぢりの彼岸かな」 清水径子
「楤の芽や日の暈のあと月の暈」 大峯あきら
「春の昼煙のあとに炎立ち」 廣瀬直人

あな〈感〉ああ。あれ。まあ。(感動・驚き・苦痛などを表す)▼強めて「あな…や(間投助詞)」の形をとることも多い。
「あな白し露葛の葉のうらがへり」 川端茅舎
「あなかしこ不老の水の涸れし跡」 中尾寿美子
「あな白き二百十日の瀧柱」 木内彰志
「あなかしこ火の見櫓も火の海へ」 鳴戸奈菜

あ-ない【案内】〈名〉❶文書の内容。草案。❷ようす。事情。▼「あんない」の撥音《はつおん》「ん」が表記されない形。中古では通常「ん」を表記しない。
「鈴虫や浄土に案内の鈴を振れ」 阿部みどり女
「船長の案内くまなし大南風」 杉田久女
「闇汁の案内の墨痕淋漓たり」 鈴木鷹夫
「眉薄く立ちて菖蒲へ案内かな」 辻 桃子

あ-な-うら【足裏・蹠】〈名〉足の裏。▼「あうら」とも。
「足袋脱いで蹠かゆき花疲れ」 稲垣きくの
「秋風に蹠見せて歩む象」 眞鍋呉夫
「蹠は卯波の砂を踏みゐたり」 岡井省二
「足裏にいのち涌くつぼ夏はじめ」 手塚美佐
「足裏に秋の白さを集め臥す」 中嶋秀子

あながち【強ち】〈副〉(下に打消の語を伴って)決して。必ずしも。むやみに。
「あながちに肌ゆるびなきうすごろも」 飯田蛇笏

あな-じ【乾風】季・冬〈名〉西北風。▼「あなぜ」とも。
「乾風吹くこのはふり路忘れめや」 松村蒼石

あなた【彼方】〈代名〉❶あちら。むこうの方。❷以前。過去。❸将来。これから先。
「夏川のあなたに友を訪ふ日かな」 正岡子規

「あなたなる夜雨の葛の**あなた**かな」　芝不器男
「十三夜くもり硝子の**あなた**かな」　高柳重信
「花火華やぐ**あなた**は闇と山脈と」　坂戸淳夫
「橋の**あなた**に橋ある空の遠花火」　仙田洋子

あなと【穴門】〈名〉関門海峡の古称。▼「あなど」とも。
「夕暮のさくら**海**《あな》**峡**《と》へ深すべり」　柿本多映

あな-に-や-し【美哉】〈感〉ほんとに、まあ。▼感動詞「あなに」＋感動の助詞「や」＋強意の助詞「し」
「**あなにやし**土筆は睡深かりけり」　橋　閒石

あな-や〈感〉ああっ。あら。強い感動を表す。
「母亡きを**あなや**そら似の夕霞」　林　翔

あに【豈】〈副〉❶(下に打消の語を伴って)決して。少しも。❷(下に反語表現を伴って)どうして。なんで。
「手を以て**豈**嫂を溺らしむ」　高橋　龍

あ-の【彼の】〈連語〉あの。(話し手から遠く離れている人・事物をさす)▼代名詞「あ」＋格助詞「の」
「**あの**声は冥よりの声牛蛙」　桂　信子
「ヘルメットぬげば**あの**夜の雪女」　眞鍋呉夫
「日向ぼこ**あの**世さみしきかも知れぬ」　岡本　眸

あはあは-・し【淡淡し】《アワアワシ》〈形シク〉｛(しく)・しから／しく・しかり／し／しき・しかる／しけれ／しかれ｝いかにもうすい。いかにも軽薄だ。浮ついている。

「雪国の日は**あは〱し**湖舟ゆく」　飯田蛇笏
「秋日芝生にむしろ**あはあは**吾等ゐし」　細見綾子
「**あはあは**と風の嘆きの枯芙蓉」　岸田稚魚
「空蟬のなか**あはあは**と風が吹く」　鍵和田秞子

あは・し【淡し】《アワシ》〈形ク〉｛(く)・から／く・かり／し／き・かる／けれ／かれ｝❶薄い。あわい。❷淡白だ。❸軽薄だ。
「秋風や水より**淡き**魚のひれ」　三橋鷹女
「菊の花月**あはく**さしかぞへあかぬ」　高屋窓秋
「冬日濃し冬日**淡し**と干す瓦」　後藤比奈夫
「惜別は夏山に濃く人に**淡し**」　上村占魚
「蟬しぐれ濃き日**淡き**日口紅も」　澁谷　道
「水葬や花より**淡く**日が落ちて」　澤　好摩

あは・す【合はす】《アワス》 ■一〈他動・サ下二〉｛せ／せ／す／する／すれ／せよ｝❶合わせる。❷合奏する。❸結婚させる。❹(優劣を)対比させる。■二〈補助動・サ下二〉(動詞の連用形に付いて)互いに…する。同時に…する。
「萩叢や酒あり**合はす**夜の雨」　石田波郷
「細雪《ささめゆき》愛ふかければ歩を**あはす**」　佐野まもる
「鰯雲青年われに歩を**合はせ**」　林　翔
「藤の花了る匂ひに顔**合はす**」　飯島晴子

あはせ【袷】《アワセ》 季・夏 〈名〉❶裏地のついた着物。❷初夏に着る綿の入らない裏地のついた着物。
「**袷**着て母より父を恋ふるかな」　安住　敦

「**袷**愛す終生病む身つつむとも」　野澤節子
「初**袷**やせて美しとは絵そらごと」　石橋秀野
「そよそよと生きて来しなり春**袷**」　山田みづえ

あはひ【間】《アワイ》〈名〉❶（物と物との）あいだ。すきま。❷仲。間柄。❸組み合わせ。つりあい。色の調和。❹情勢。形勢。
「庇《ひ》**あはひ**に雪狂ふ日も寒晒《かんざらし》」　阿波野青畝
「青胡桃《あをくるみ》山の**あはひ**に雲沈め」　岸田稚魚
「水ぷるぷるると芹の**あはひ**かな」　鎌倉佐弓
「舞茸の襞の**あはひ**のうつそりと」　辻美奈子

あは-や《アワヤ》〈感〉❶ああ。（喜んだりほっとしたりしたときに発する語）❷ああっ。（驚いたり緊張したりしたときに発する語）
「冬濤の湧かんか**あはや**鷗発つ」　中村草田男
「**あはや**とはいま紅椿落つるさま」　桂　信子
「飛ぶ夏帽**あはや**火口に追ひ伏せて」　能村登四郎

あは-ゆき【淡雪】《アワユキ》 季・春 〈名〉春先に降る雪。積もることなく、すぐ解けてしまうはかない雪。▼上代にみられる「沫雪《あわゆき》」は「沫《あわ》のような」の意で使われたが、中古にみられる「淡雪」は「淡い」「はかない」などの意を含んで用いられている。
「**淡雪**やかりそめにさす女傘」　日野草城
「**淡雪**に母臨終の静かなる」　長谷川かな女
「**淡雪**の友や高みを少し落つ」　永田耕衣
「**淡雪**や訪はむに誰もやや遠く」　岡本　眸

あはれ《アワレ》〈名〉❶しみじみとした趣。風情。しみじみとわき上ってくる気持。❷寂しさ。悲しさ。悲哀。❸愛情。人情。情け。慈悲の心。
「向日葵やもの、**あはれ**を寄せつけず」　鈴木真砂女
「白魚の腸《わた》透き見ゆる**あはれ**さよ」　眞鍋呉夫
「面伏せる古代の雛の持つ**あはれ**」　小川濤美子
「南浦和のダリヤを仮りの**あはれ**とす」　攝津幸彦
「ゆたんぽのぶりきのなみの**あはれ**かな」　小澤　實

あはれ《アワレ》〈感〉ああ。あれまあ。なんとまあ。
「**あはれ**子の夜寒の床の引けば寄る」　中村汀女
「くちすへばほほづきありぬ**あはれあはれ**」　安住　敦
「寒晴や**あはれ**舞妓の背の高き」　飯島晴子
「鹿の子の**あはれ**舌出すにはたづみ」　永島靖子

あはれ-なり《アワレナリ》〈形動ナリ〉｛なら／なり・に／なり／なる／なれ／なれ｝❶しみじみとした思いだ。❷しみじみと心打たれる。すばらしい。❸どうしようもなく悲しい。身につまされて悲しい。❹もの寂しく、心引かれる。❺かわいそうだ。気の毒だ。❻しみじみとかわいい。いとしい。❼尊く、ありがたい。
「懐手して躓《つまづ》きぬ老**あはれ**」　川端茅舎
「蒲公英の茎の**あはれ**に残りけり」　高屋窓秋
「**あはれなる**寄生木《やどりぎ》さへや芽をかざす」　加藤楸邨

あはれ-む【哀れむ・憐れむ】《アワレム》〈他動・マ四〉｛ま／み／む／む／め／め｝

❶しみじみと感じ賞美する。❷あわれみをかける。同情する。
「海の鴨あはれまむにもみな潜《づか》く」　山口誓子
「葛城の神を憐む蝶千羽」　橋　閒石
「女来て病むを憐れむ鷗外忌」　鈴木六林男
「網の魚と父といずれの眼を憐れむ」　林田紀音夫

あひ【間】《アイ》〈名〉あいだ。
「長き夜や生死の間にうつらうつら」　村上鬼城
「母と子の間白露の幾千万」　橋本多佳子
「あかあかと天地の間の雛納」　宇佐美魚目
「山あひの親しさ暗さ反魂草」　手塚美佐
「知命とは龍頭汗ばむ帯の間」　高橋睦郎

あひ-【相】《アイ》〈接頭〉(動詞の上に付いて)❶ともに。いっしょに。❷互いに。❸たしかに。まさに。
「氷上にかくも照る星あひふれず」　渡邊水巴
「蜻蛉の相搏つ音の空真澄」　山口青邨
「炎天や相語りゐる雲と雲」　木下夕爾
「春寒の日ざしに濤はあひうてり」　清崎敏郎

あひだ【間】《アイダ》〈名〉❶(空間的にみた)あいだ。すきま。隔たり。❷(時間的にみた)あいだ。期間。うち。❸(時間的な)切れ目。絶え間。❹仲。間柄。❺…ので。…だから。
「松のあひだに鎌倉はある冬日かな」　長谷川かな女
「帯のあひだにはさんでありし辻うらよ」　安住　敦
「はなれたる朴の落葉のくるあひだ」　長谷川素逝
「人間は杉菜と土筆の間かな」　柿本多映

あひ-びき【逢引・媾曳】《アイビキ》〈名〉男女がこっそりあうこと。
「天地のあひびき長し月見草」　三橋鷹女
「あひびきの夕星にして樹にかくれ」　鈴木しづ子
「媾曳の跨ぎし水の蝌蚪黒し」　藤田湘子
「枯れし野の遠ちに逢曳立ち上がる」　宗田安正
「逢引の蝙蝠傘は滴りぬ」　鳴戸奈菜

あ・ふ【合ふ】《アウ》㊀〈自動・ハ四〉―は/ひ/ふ/ふ/へ/へ―❶調和する。似合う。❷一つになる。一致する。㊁〈補助動・ハ四〉(動詞の連用形に付いて)みなで…する。互いに…し合う。
「白髪となりて一樹を歎きあふ」　中村苑子
「遠く呼びあふ汽笛その尾に凍る星」　佐藤鬼房
「紅梅や枝々は空奪ひあひ」　鷹羽狩行
「啓蟄や命あるもの光り合ふ」　星野　椿
「冬の鹿フランスパンを引き合へる」　茨木和生

あ・ふ【会ふ・逢ふ】《アウ・アオ》〈自動・ハ四〉―は/ひ/ふ/ふ/へ/へ―❶出会う。巡り合う。❷結婚する。❸対する。向かう。❹争う。戦う。
「ほうたるに逢はず山河のほのぼのと」　阿部みどり女
「逢ふもよし逢はぬもをかし若葉雨」　杉田久女
「七夕や髪ぬれしまま人に逢ふ」　橋本多佳子
「会ひに来ていま花時よ蜜柑島」　石川桂郎
「ゆるやかに着てひとと逢ふ螢の夜」　桂　信子
「日盛を来て会ふモネの睡蓮に」　後藤比奈夫

「足袋の型おろかし逢ひにゆくときも」　寺田京子

「男一人京のしぐれにあひにゆく」　矢島渚男

あ・ぶ【浴ぶ】〈他動・バ上二〉{び/び/ぶ/ぶる/ぶれ/びよ}湯や水を体にかぶる。あびる。

「父と母抱きて展墓の水を浴ぶ」　平畑静塔

「雪の野へ吾子がゆあぶる音ゆけり」　渡邊白泉

「火祭の火の粉浴びたる髪膚かな」　澤木欣一

「切株のもう樹になれず月を浴ぶ」　吉田汀史

あふ・ぐ【仰ぐ】《アオグ》〈他動・ガ四〉{が/ぎ/ぐ/ぐ/げ/げ}❶仰ぎ見る。❷尊敬する。❸請い求める。

「那須の馬雁をあふぎし我を乗せ」　阿波野青畝

「春の杉仰ぐに白き唾をのむ」　飯島晴子

「降る雪を仰げば昇天する如し」　夏石番矢

「また別の窓より仰ぎ梅雨の月」　岩田由美

あふ・ぐ【扇ぐ・煽ぐ】《アオグ》〈他動・ガ四〉{が/ぎ/ぐ/ぐ/げ/げ}（風が）吹く。■〈他動・ガ四〉あおぐ。

「朝顔を煽ぎて遊ぶ扇かな」　前田普羅

「元旦の焜炉をあふぎはじめけり」　日野草城

「盆の風山を煽げるやうに吹く」　村越化石

「くたぶれてあふぎあふなり踊の子」　辻　桃子

あふ-せ【逢ふ瀬】《アウセ》・《オウセ》〈名〉男女が会う機会。

「くり舟の上の逢瀬は月のまへ」　篠原鳳作

「碑に佇つは逢ふ瀬のごとし白山茶花」　横山房子

「芍薬に逢瀬のごとき夜があり」　森　澄雄

「風花を綺羅と眺むる逢瀬かな」　楠本憲吉

あふち【楝・樗】《オウチ》 季・夏 〈名〉栴檀《せんだん》の別名。センダン科の落葉高木。暖地の海岸近くに自生。多くは街路や庭園に植えられる。実は秋の季語。

「島の教会島の学校楝の実」　山田みづえ

「遺影みな眉の淡さよ花あふち」　福永耕二

「今昔や何故か楝は梟首の木」　坂戸淳夫

「花樗霧吹く如き盛りかな」　西村和子

あふ・つ【煽つ】《アオツ》〈他動・タ四〉{た/ち/つ/つ/て/て}❶（風の力で）動かす。あおる。❷（感情を）燃え立たせる。（行動に）駆り立てる。❸（手足を）ばたばた動かす。

「山風のふき煽つ合歓《ねむ》のからす哉」　飯田蛇笏

「草蟬のあはれは硫気草あふつ」　臼田亜浪

「谿ふかく篁《たかむら》あふつ霙かな」　加藤楸邨

あふ-のけ【仰のけ】《アオノケ》〈名〉あおむけ。

「仰のけに落ちて鳴きけり秋のせみ」　小林一茶

あふま-が-とき【逢魔が時】《オウマガトキ》〈名〉禍いの起る時刻。夕方の薄暗い時。▼「大禍時」の転。

「田螺鳴き亀応ふべき逢魔時」　相生垣瓜人

「花咲く樹下も逢魔ケ刻や少年立つ」　高柳重信

「くちなしの逢魔が時をしろじろと」　下村梅子

「継母逝けり逢魔が刻の蝶白く」　菖蒲あや

「ゆくりなく／**逢魔が時**の／笛／太鼓」　林　桂

あふみ【淡海】《オウミ》〈名〉湖。▼「あはうみ」の変化した語。淡水湖の意で琵琶湖を指す。

「秋の**淡海**かすみ誰にもたよりせず」　森　澄雄
「**淡海**また器をなせり鯉幟」　鈴木六林男
「近つ**淡海**の秋よ老い易く老い難く」　沼尻巳津子
「**淡海**といふ大いなる雪間あり」　長谷川櫂

あふ-む・く【仰向く】《アオムク》〈自動・カ四〉｛か／き／く／く／け／け｝上を向く。

「水底に**仰き**しづむおちつばき」　飯田蛇笏
「われは**仰向き**ちちろ虫は俯向《うつむ》きに」　日野草城
「死ぬや虻死のよろこびは**仰向き**に」　河原枇杷男
「**仰向き**て空蟬山を離れゆく」　齋藤愼爾

あふ-むけ【仰向け】《アオムケ》〈名〉上を向いた状態。

「天空下蝦蛄**仰向け**に干されける」　山口草堂
「**仰向け**に冬川流れ無一物」　成田千空
「**仰向け**に天水桶の金亀虫」　藤本安騎生
「**あふむけ**の鮫の子息をしてゐたり」　大木あまり
「愛しきを**仰向け**にして兜虫」　久保純夫

あふ・る【溢る】〈自動・ラ下二〉｛れ／れ／る／るる／るれ／れよ｝あふれる。▼古くは「あぶる」とも。

「鯉こくや梅雨の傘立**あふれ**たり」　石川桂郎
「朝焼の雲海尾根を**溢れ**落つ」　石橋辰之助
「年の湯に妻と沈みて**溢れ**しむ」　大屋達治
「藤棚を**あふるる**蔓や地蔵盆」　藺草慶子

あふ・る【煽る】《アオル》〈他動・ラ四〉｛ら／り／る／る／れ／れ｝❶（あぶみで）馬の腹をける。❷おだてる。そそのかす。❸風や火の勢いで物を動かす。あおる。

「**あふら**るる菅笠押さへ電車を見ず」　波多野爽波
「唐もろこし焼く火を**あふり**祭の夜」　菖蒲あや
「**あふら**るる一粒萩の咲きはじめ」　川崎展宏

あぶ・る【炙る・焙る】〈他動・ラ四〉｛ら／り／る／る／れ／れ｝太陽や火の熱に当て熱する。

「**炙ら**るる肉に火明り冬の暮」　下村槐太
「焦げ臭さの**炙り**だしから聖母立つ」　小川双々子
「餅一つ**焙り**妻ならず母ならず」　岡本　眸
「肉**炙る**などかなしけれ昼の虫」　黒田杏子

あへ・く【喘く】《アエク》〈自動・カ四〉｛か／き／く／く／け／け｝息づかい激しく苦しげに息をする。▼後に「あへぐ」とも。

「雲海に溺れ**喘げ**り八ケ岳」　水原秋櫻子
「**喘ぐ**牛の重さが雪に印せしあと」　加藤楸邨
「芍薬の白きがくづる**あへぐ**とき」　古賀まり子

あへ-・ず【敢へず】《アエズ》〈連語〉❶堪えられない。こらえきれない。❷…しようとしてもできない。最後まで…できない。❸…し終わらないうちに。…するや否や。▼下二段動詞「敢《あ》ふ」の未然形＋打消の助動詞「ず」

あ

「雨来り鈴虫声をたたみあへず」　臼田亜浪
「芸道のきびし寒紅落しもあへず」　長谷川かな女
「かなしみつのりくればしろぐつはきもあへず」　眞鍋呉夫
「流水のかくれもあへずいなびかり」　上田五千石

あへ・て【敢へて】《アエテ》〈副〉❶進んで。力いっぱいに。押し切って。しいて。❷(下に打消の語を伴って)㋐進んでは。押し切っては。㋑少しも。まったく。▼下二段動詞「敢《あ》ふ」の連用形に接続助詞「て」が付いて一語化したもの。

「松の花めでたし敢てかひぐる」　富安風生
「壁炉美《は》し吾れ令色を敢へてなす」　竹下しづの女
「春疾風屍は敢て出でゆくも」　石田波郷
「初観音あへて後生を願はねど」　上村占魚

あへ・な・し【敢へ無し】《アエナシ》〈形ク〉〔(く)・から／く・かり／し／き・かる／けれ／かれ〕❶(今さら)どうしようもない。どうにも仕方がない。❷がっかりする。張り合いがない。

「雪礫《つぶて》あへなく没し雪に帰す」　阿波野青畝
「古暦あへなく燃えてしまひけり」　成瀬櫻桃子

あま【海士・海人・蜑】〈名〉海で魚や貝を採ったり、塩を作ることを仕事とする人。漁師。漁夫。

「草枯や海士が墓皆海に向く」　石井露月
「凪あぐる子もなき蜑の村を過ぎ」　清崎敏郎
「巴旦杏海人たち皓き歯をもてり」　加藤三七子

あま【海女】 季・春 〈名〉海に潜って貝や海藻を採る女性。

「潮潜るまで海女が身の濡れいとふ」　橋本多佳子
「命綱たるみて海女の自在境」　津田清子
「海女の舟海女の昼寝の刻ただよふ」　きくちつねこ

あま・が・け・る【天翔ける】〈自動・ラ四〉〔ら／り／る／る／れ／れ〕天高く飛び走る。▼「あまかける」とも。多く、神・霊魂などについていう。

「巣を獲《と》られたる親雀天翔くる」　山口誓子
「干足袋の天駆けらんとしてゐたり」　上野　泰
「天翔りきぬ寒牡丹一輪に」　野澤節子
「白南風やたましひは天翔るてふ」　西村和子

あまぎら・ふ【天霧らふ】《アマギラウ・アマギロウ》〈連語〉空が一面にくもっている。▼動詞「あまぎる」の未然形＋反復継続の助動詞「ふ」

「天霧らひ雄峰は立てり望の夜を」　水原秋櫻子
「天霧らふ山たたなはり蕨《わらび》萌ゆ」　村山古郷
「天霧らふ望のひかりは空にのみ」　高屋窓秋

あま・くだ・る【天降る】〈自動・ラ四〉〔ら／り／る／る／れ／れ〕天から下界に降りる。

「桃園といふ花園があまくだり」　平畑静塔
「柿の朱に天降りくる歓喜天」　平井照敏
「天くだる一筋の瀧十方空」　川崎展宏

あま・ざかる【天離る】《枕詞》天遠く離れている地の意から、「鄙《ひな》」にかかる。▼「あまさかる」とも。

「**天ざかる**鄙に住みけり星祭」　相馬遷子

「**天離る**石見の国の神楽見つ」　野見山朱鳥

「**天離る**遺賢の声か蟬時雨」　沼尻巳津子

あま・し【甘し】〈形ク〉{(く)・から／く・かり／し／き・かる／けれ／かれ} ❶(味が)甘い。❷おいしい。うまい。❸(性格・態度ややり方などが)しっかりしていない。なまぬるい。甘い。

「葡萄**あまし**づかに友の死をいかる」　西東三鬼

「石刷の墨の匂の**あまき**雨」　富澤赤黄男

「ひややかな水こそ**甘し**疲れては」　野澤節子

「冬の汗乳暈のあたりにて**甘し**」　矢島渚男

「夕顔や抱き上げて子の息**甘し**」　長谷川櫂

あまた【数多】〈副〉❶数多く。たくさん。❷非常に。はなはだ。▼中古以降は①の意味だけになった。

「鯛**あまた**ゐる海の上盛装して」　桂　信子

「みえねども指紋**あまた**や種袋」　小宅容義

「復活祭神父の腰に鍵**あまた**」　有馬朗人

「未帰還機若干日暮れひぐらし**数多**と誌す」　折笠美秋

「むかし清瀬に**あまた**の悲恋花水木」　七田谷まりうす

「空蟬の一つが見えて**あまた**見ゆ」　岩田由美

あまた‐たび【数多度】〈副〉何度も。たびたび。

「高燈籠消なんとする**あまたゝび**」　与謝蕪村

「砲音の霜野にひびく**あまたたび**」　柴田白葉女

「家までのかへり路時雨**あまたたび**」　上村占魚

あま‐ぢ【天路・天道】《アマジ》〈名〉❶天上への道。❷天上にある道。

「西までの**天路**月にも遥かなり」　山口誓子

「水煙の塔の**天路**を鳥帰る」　野見山朱鳥

「肩の辺まで**天路**を下る烏蛇」　安井浩司

あま‐つ【天つ・天津】〈連語〉天の。天空の。天にある。▼「つ」は上代の格助詞。

「**天つ**日の燃えくるめきて凶作田」　山口青邨

「水泡にうつりて曲る**天つ**空」　宇多喜代子

「**天つ**風**天つ**亜細亜をアカシヤに」　攝津幸彦

「朝顔やわれを引き抜く**天つ**空」　夏石番矢

あま‐づた・ふ【天伝ふ】《アマヅタウ・アマヅトウ》〈自動・ハ四〉{は／ひ／ふ／ふ／へ／へ} 空を伝い行く。

「蟬やむと夜は**天づたふ**滝こだま」　神尾久美子

あまな・ふ【甘なふ】《アマナウ・アマノウ》〈自動・ハ四〉{は／ひ／ふ／ふ／へ／へ} 甘んじる。同意する。満足する。

「玉碗に茗**あまなふ**や梅の宿」　夏目漱石

「暖冬とやわれ健康に**あまなひ**て」　中村草田男

あまね・し【周し・普し・遍し・洽し】〈形ク〉{(く)・から／く・かり／し／き・かる／けれ／かれ} すみずみまで広く行き渡っている。

「鷹とんで冬日**あまねし**龍ヶ嶽」　前田普羅

「日**洽し**芭蕉の囲ひ解きをれば」　安住　敦

「いちまいの柿の落葉に**あまねき**日」　長谷川素逝

「牡丹のひかり遍き濁りかな」　中尾寿美子
「大山《だいせん》の水をあまねく早苗月」　飴山　實

あまびこ【天彦】〈名〉❶やまびこ。こだま。❷天上の人。
「田鶴群の鳴く**天彦**をうち仰ぎ」　野見山朱鳥

あま・ゆ【甘ゆ】〈自動・ヤ下二〉〔え／え／ゆ／ゆる／ゆれ／えよ〕❶甘い味・香りがする。❷甘えてなれなれしくする。好意によりかかる。❸恥ずかしがる。
「百千鳥《ももちどり》もつとも鳥の声**甘ゆ**」　中村草田男
「鴉らもこゑ**甘ゆ**なり草の餅」　森　澄雄
「炉に**あまゆ**山霧を来し膝頭」　野澤節子
「弁天に鳥**甘ゆる**春の水」　八木三日女

あまり【余り】■〈名〉❶余分。余り。❷…の結果。…の余り。■〈副〉❶あまりにひどく。度を越えて。❷(下に打消の語を伴って)たいして。
「晩年や**あまり**に淡き春の虹」　柴田白葉女
「**あまり**明るくてで虫家を捨てたき日」　能村登四郎
「母ませし年を惜しみて**余り**ある」　高木晴子
「繭ごもるこの世の**あまり**明る過ぎ」　鷹羽狩行

-あまり【余り】〈接尾〉❶…ぐらい。…余。❷…と。
「花みづき十**あまり**咲けりけふも咲き」　水原秋櫻子
「行春は七尺**あまり**白木綿」　中尾寿美子
「妖かしの時刻夕顔十**余り**」　横山房子
「月齢も十日**余り**や冬柏」　榎本好宏

あみだ【阿弥陀】〈名〉❶西方浄土にいる仏。すべての人々を救うために四十八の誓いを立てているとされる。平安時代の中ごろからこの仏の信仰が盛んになり、浄土宗、浄土真宗の本尊となる。この仏の名を唱えれば死後ただちに極楽に往生するとされた。弥陀《みだ》。阿弥陀如来。阿弥陀仏。❷帽子などを後頭部に傾けてかぶる「あみだかぶり」の略。
「父の字の南無**阿弥陀**仏墓洗ふ」　大橋敦子
「指先で帽子を**あみだ**桃の花」　川崎展宏
「雨の日は**阿弥陀**のそばに障子貼れ」　大峯あきら

あ・む【浴む・沐む】〈他動・マ上二〉〔み／み／む／むる／むれ／みよ〕(湯や水を)浴びる。
「山茶花の新月に**浴む**妹を待つ」　宮武寒々
「**湯浴み**つつ黄塵なほもにほふなり」　相馬遷子
「吹あげて散りくる花を**浴み**にけり」　石川桂郎

あめ【天】〈名〉❶天上界。❷空。
「影は**天**の下照る姫か月の顔」　松尾芭蕉
「**天**の下人の小さきとんどかな」　金尾梅の門
「人が焼く**天**の山火を奪ふもの」　水原秋櫻子

あめ-が-した【天が下】〈名〉❶地上の全世界。この世の中。世間。❷日本の全国土。❸国家。国の政治。
「**天が下**登ることなき木木の春」　三橋敏雄
「**天が下**雨垂れ石の涼しけれ」　村越化石
「ぜんまゐの丈のふぞろひ**天が下**」　宇多喜代子

「天が下に春いくたびを洗ふ箸」　沼尻巳津子

あめ‐つち【天地】〈名〉❶天と地。❷天の神と地の神。

「**あめつち**の静かなる日も蟻急ぐ」　三橋鷹女

「畦火走せ**あめつち**ひそと従へり」　大野林火

「麦秋のなほ**あめつち**に夕明り」　長谷川素逝

「**あめつち**の天なる声も夜の蛙」　井沢正江

「**あめつち**の気の満ちてきし牡丹かな」　鷲谷七菜子

「**あめつち**の端へ端へと雛流す」　小泉八重子

あも・る【天降る】〈自動・ラ四〉{ら/り/る/る/れ/れ}❶天上から地上にくだる。あまくだる。❷(天皇が)お出かけになる。行幸する。

「**天降り**来て心身臭し揚羽蝶」　永田耕衣

「まのあたり**天降りし**蝶や桜草」　芝不器男

「鳩過ぎて糞が**天降り**ぬ雪後にて」　石田波郷

「**天降りくる**黄《き》の梯子木《はしごき》のアマテラス」　高橋　龍

「雪となり父母**天降りくる**誕生日」　品川鈴子

あや【文・彩・綾】〈名〉❶模様。❷筋道。道理。理由。わけ。❸(文章の)かざり。修辞。❹絹織物。

「時鳥女はものヽ**文**秘めて」　長谷川かな女

「底石よりも清水の**あや**のさはにして」　中村草田男

「疲れたる瞳に青空の**綾**もゆる」　篠原鳳作

「うすものの水輪の如き**綾**まとふ」　赤松蕙子

あや・し【怪し・奇し・妖し】〈形シク〉{(しく)・しから/しく・しかり/し/しき・しかる/しけれ/しかれ}❶不思議だ。神秘的だ。❷おかしい。変だ。❸みなれない。もの珍しい。❹異常だ。程度が甚だしい。❺きわめてけしからぬ。不都合だ。❻不安だ。気がかりだ。

「青蛾眼は**あやしけれ**ども心うつ」　高屋窓秋

「火に捨ててくすり**あやしき**年の暮」　加藤知世子

「**妖しく**太く寒の金星犬吠えて」　原子公平

「月光を五月の海は吸ひて**妖し**」　文挟夫佐恵

「吹雪く夜の勾玉の穴**あやしけれ**」　鎌倉佐弓

あや‐な・し【文無し】〈形ク〉{(く)・から/く・かり/し/き・かる/けれ/かれ}❶道理・理屈に合わない。理由がわからない。❷つまらない。無意味である。取るに足りない。

「大嶺と暮れて**あやなき**案山子かな」　水原秋櫻子

あや‐に【奇に】〈副〉❶なんとも不思議に。言い表しようがなく。❷むやみに。ひどく。

「大銀杏黄はめも**あやに**月の空」　川端茅舎

「目も**あやに**かたち作りぬ帚草」　中村汀女

「行く年やヨルダン受洗主**あやに**若し」　中村草田男

あやふ・し【危ふし】《アヤウシ》〈形ク〉{(く)・から/く・かり/し/き・かる/けれ/かれ}❶あぶない。危険だ。❷不安だ。気がかりだ。❸不確実だ。

「曼珠沙華風すぎこころふと**危し**」　加藤楸邨

「秋ゆくと涙**あやふき**ほとけたち」　伊丹三樹彦

「春風に君子いよいよ**あやふかり**」　松澤　昭

「豊年のあやふき崖を下りてきし」　辻　桃子

あやぶ・む【危ぶむ】 一〈他動・マ四〉{ま/み/む/む/め/め} あぶないと思う。気にかかって不安に思う。二〈他動・マ下二〉{め/め/む/むる/むれ/めよ} あぶない状態にする。危険なめにさらす。

「雨となることを**あやぶみ**春の旅」　上村占魚
「花の雨明日の祭を**あやぶめる**」　清崎敏郎
「全山の晴を**あやぶむ**紅葉かな」　安東次男

あやまた・ず【過たず】〈連語〉❶…のとおり。…にたがわず。❷ねらいたがわず。案の定。▼動詞「あやまつ」の未然形＋打消の助動詞「ず」

「道をしえ法のみ山を**あやまたず**」　杉田久女
「**あやまたず**声とどきけり青芒」　中村汀女
「接待の麦湯の冷えの**あやまたず**」　後藤比奈夫
「秋冷のかはせみ声を**あやまたず**」　岡井省二
「散り際を**あやまたず**散る百日紅」　宇多喜代子
「食ひどきの夏蚕の音を**あやまたず**」　綾部仁喜

あやま・つ【過つ・誤つ】〈他動・タ四〉{た/ち/つ/つ/て/て} ❶間違える。取り違える。❷たがえる。背く。❸過失や不正をおかす。❹傷つけ、そこなう。こわす。

「舟遊び**あやまち**ぬらす袂かな」　高橋淡路女
「病む師走わが道或は**あやまつ**や」　石田波郷
「鶯の啼き**誤ち**てより啼かず」　鷹羽狩行
「靴先を波に**あやまつ**俊寛忌」　上田五千石

あや・む【殺む・危む】〈他動・マ下二〉{め/め/む/むる/むれ/めよ} 傷つける。殺す。殺傷する。

「滝壺に蛇を**殺め**し杖冷す」　秋元不死男
「ほうたるを指に裹《つつ》めり**殺め**けり」　永島靖子
「凌霄やギリシャに母を**殺め**たる」　矢島渚男
「蝶**殺め**をれば日月入れ替はる」　齋藤愼爾
「**殺め**ては拭きとる京の秋の暮」　攝津幸彦

あや・め【文目】〈名〉❶模様。❷物の形・色などの区別。❸筋道。分別。

「葛城の**あやめ**もわかぬ五月闇」　松瀬青々
「夕土の昏き**文目**や落雲雀」　阿波野青畝
「**文目**なき雪譜の国の時刻表」　文挾夫佐恵
「**文目**濃く母の老いゆく春の暮」　原　裕

あゆ・む【歩む】〈自動・マ四〉{ま/み/む/む/め/め} 歩く。▼「あゆぶ」「あよぶ」「あよむ」とも。

「水音とほくちかくおのれを**あゆます**」　種田山頭火
「百歩**あゆめ**ば海と思ひて海を見ず」　高柳重信
「師と**歩む**初冬青空眼に尽きず」　野澤節子
「夏の暮**あゆみ**て杉と入れ替る」　中尾寿美子

あら〈感〉ああ。（驚いたり感動したりして発する語）

「**あら**何ともなやきのふは過てふくと汁」　松尾芭蕉
「**あら**涼し松の下陰草もなし」　正岡子規
「**あら**なんともなや高熱脱ぎしわが痩身」　江里昭彦

あら-【荒・粗】〈接頭〉❶荒々しい。荒い。荒れた。❷目があらい。こまやかでない。

「三伏の月の穢《ゑ》に鳴く**荒**鵜かな」　飯田蛇笏
「**荒**野菊身の穴穴に挿して行く」　永田耕衣
「顔洗へば**粗**髯につく山清水」　大野林火
「**荒**御霊に大樹が降らす蟬時雨」　林　翔
「厄日果つ厨に水を**荒**使ひ」　菖蒲あや

あら-【新】〈接頭〉新しい。

「煮凍の出来るも嬉し**新**所帯」　正岡子規
「**新ら**畳辷り易くて乙鳥《つばめ》来る」　長谷川かな女

あらあら-・し【粗粗し】〈形シク〉｛(しく)・しから/しく・しかり/し/しき・しかる/しけれ/しかれ｝❶ひどく粗雑だ。❷いかにも粗末だ。

「禅林の干梅の朱の**あらあらし**」　井沢正江
「寒中の茜**粗々し**き筑波」　原　裕
「流れ去る凧の紅色**粗々し**」　澁谷　道

あらあら-・し【荒荒し】〈形シク〉｛(しく)・しから/しく・しかり/し/しき・しかる/しけれ/しかれ｝❶激しい。乱暴だ。❷粗野だ。武骨だ。

「戸をしむる音**あらあらし**冬木宿」　高橋淡路女
「東海の岸や貝殻**あら〳〵し**」　中村草田男
「春ふかし肉親の情**あらあらし**」　藤木清子
「冬最上**あらあらしく**も岐れずに」　澁谷　道
「牡丹鍋うしろ**あらあらしく**ありぬ」　金田咲子

あらかじめ【予め】〈副〉前もって。かねて。

「**あらかじめ**浦凪ぎすれば牡丹雪」　阿部青鞋

あらかね-の【粗金の】《枕詞》「粗金」は採掘したまま精錬していない金属、または鉄。槌で鍛えることから「つち(土・地)」にかかる。「あらがね」とも。

「師を埋む**あらがねの**土塊《ちっ》秋風裡」　角川源義

あらが・ふ【抗ふ・争ふ】アラガウ・アラゴウ〈自動・八四〉｛は/ひ/ふ/ふ/へ/へ｝❶言い争う。抗弁する。反論する。否定する。❷(かけごとなどで)張り合う。

「太陽と月の**あらがひ**鳥世界」　高屋窓秋
「早潮に**抗ふ**船や冬に入る」　桂　信子
「南風の麦みな鎌に**あらがへ**り」　木下夕爾
「夏濤夏岩**あらがふ**ものは立ちあがる」　香西照雄
「**抗ひ**もならで喜の寿の春や来し」　大橋敦子
「初蝶は風に**抗ふ**ことからする」　坂戸淳夫

あらけ-な・し【荒けなし】〈形ク〉｛(く)・から/く・かり/し/き・かる/けれ/かれ｝乱暴だ。荒々しい。▼「なし」は甚だしいの意の接尾語。

「**あらけなく**霜の狐を通しけり」　岡井省二
「実朝忌伊豆の山脈**あらけなく**」　原　裕
「湯豆腐を箸**あらけなく**食ひにけり」　綾部仁喜

あら・し【荒し】〈形ク〉｛(く)・から/く・かり/し/き・かる/けれ/かれ｝❶(風・波など

あ

の勢いが）強く激しい。❷（気持ち・態度などが）荒々しい。❸荒れてけわしい。

「**荒**き瀬の流燈並ぶこともなし」 馬場移公子

「犬より**荒**き少年の息冬すみれ」 鍵和田秞子

「頰かむりしてゐて言葉みな**荒し**」 大岡頌司

「春**荒**く入間を走る詞神《ことばがみ》」 桑原三郎

「父がりの西日に**荒**き柱なり」 奥坂まや

あら・し【粗し】〈形ク〉（〈く〉・から／く・かり／し／き・かる／けれ／かれ）（目が）粗い。

「かく**粗**くかつ軽けれど今年米」 竹下しづの女

「ほととぎす啼いて雨滴が**粗**くなる」 細見綾子

「霧に来て葉脈**あらき**飛驒の蝶」 能村登四郎

「うろこ雲うろこ**粗し**や眠り足る」 津田清子

あら-ず〈連語〉あることはない。そうではない。▼ラ変動詞「あり」の未然形＋打消の助動詞「ず」

「誰彼も**あらず**一天自尊の秋」 飯田蛇笏

「このおもひ戀には**あらず**龍の玉」 加藤三七子

「心身は扉に**あらず**や冬の暮」 河原枇杷男

「水母《くらげ》浮き水にも**あらず**母にも**あらず**」 折笠美秋

「勝つための拳に**あらず**冬走者」 能村研三

あらそ・ふ【争ふ】《アラソウ》〈自動・ハ四〉（は／ひ／ふ／ふ／へ／へ）❶張り合う。争う。❷さからう。抵抗する。❸言い争う。議論する。

「死なば野分生きてゐしかば**争へ**り」 加藤楸邨

「野老《ところ》掘り山々は丈**あらそは**ず」 飯田龍太

「美しき羽根を使ひて鶴**争ふ**」 大串　章

「さるすべり懈《ものう》く亀の**争へ**り」 角川春樹

「ざりがにあまた中の二匹の**争へ**り」 小澤　實

あらた・なり【新たなり】〈形動ナリ〉（なら／なり・に／なり／なる／なれ／なれ）新しい。

「尾を振りつ蝌蚪浮き上る世は**新た**」 香西照雄

「僅か焚く枯菊思ひ**あらたなり**」 古賀まり子

「山襞の**あらた**に生まれ桜満つ」 原　裕

「水鉄砲受けて母の威**新た**にす」 上田日差子

あらたま-の【新玉の】《枕詞》「年」「月」「日」「春」などにかかる。転じて「新年」「正月」の意も。

「**あらたまの**彩はこびきし緋連雀」 きくちつねこ

「**あらたまの**闇ほのぼのと僧のこゑ」 山田みづえ

「**あらたまの**年のはじめの風邪薬」 池田澄子

「**あら玉の**餅を焦してゐたりけり」 永方裕子

あらた・む【改む】〈他動・マ下二〉（め／め／む／むる／むれ／めよ）❶新しくする。変える。❷吟味する。調べる。

「門燈の守宮居どころ**改め**し」 阿波野青畝

「**改め**て石蕗を黄なりと思ふ日よ」 後藤比奈夫

あら-で【有らで】〈連語〉ないで。なくて。▼ラ変動詞「あり」の未然形＋打消の接続助詞「で」

「こころにも**あらで**ながらへ歌留多読む」 上田五千石

あら-なく-に【有らなくに】〈連語〉ないことなのに。あるわけではないのに。▼ラ変動詞「あり」の未然形＋打消の助動詞「ず」の未然形の古い形「な」＋接尾語「く」＋助詞「に」

「夏雲湧けり妙義は岫《きく》も**あらなくに**」 中村草田男

「枢担きし痕の**あらなく**裸かな」 岸田稚魚

「白鳥も恋も**あらなく**降りしきる」 文挾夫佐恵

あら-ぬ〈連体〉❶ほかの。別の。❷意外な。思いもかけない。❸いやな。不都合な。望ましくない。

「つゝじ野や**あらぬ**所に麦畠」 与謝蕪村

「踏みはづす**あらぬ**思ひの冬田道」 齋藤 玄

「**あらぬ**方へ手毬のそれし地球かな」 川崎展宏

あらは・す【現す・表す・顕す】《アラワス》〈他動・サ四〉｛さ/し/す/す/せ/せ｝❶表面に出して示す。明らかにする。❷隠さずに言う。打ち明ける。❸(神仏などが)この世に姿を現す。霊験を示す。❹(文章に)表現する。書き記す。

「冬筑波萱のきりぎし**あらはせり**」 瀧 春一

「寒月下海浪干潟**あらはしつつ**」 橋本多佳子

「正体を**現はさ**ぬ人青き踏む」 波多野爽波

あらは・なり【露なり・顕なり】《アラワナリ》〈形動ナリ〉｛なら/なり・に/なり/なる/なれ/なれ｝❶まる見えだ。むき出しだ。❷あけっぴろげだ。おおっぴらだ。無遠慮だ。慎みがない。❸明白だ。はっきりしている。

「月出でて鬼も**あらはに**踊りかな」 河東碧梧桐

「月**あらはに**きはまる照りや夏柳」 富田木歩

「生徒居ねば疲れ**あらはに**夕焼けをり」 林 翔

「暗闇くぐる紅き鼻緒を**あらはにし**」 攝津幸彦

あらは・る【現る・顕る】《アラワル》〈自動・ラ下二〉｛れ/れ/る/るる/るれ/れよ｝❶表面に出る。はっきり見えるようになる。❷人に知られるようになる。露顕する。❸(神仏などが)この世に現れる。

「蹴ちらせば霜**あらはるゝ**落葉かな」 高野素十

「いただきの**現るる**より冬木かな」 後藤夜半

「雪嶺のひとたび暮れて**顕はるる**」 森 澄雄

「湯をかけて墓**現はるる**雪の原」 蘭草慶子

あら・ふ【洗ふ】《アラウ》〈他動・四〉｛は/ひ/ふ/ふ/へ/へ｝❶水などですすぎ清める。よごれをおとす。❷不純なものを取り除く。❸(水や波が)岸辺に寄せたり返したりする。❹調べる。

「夕立は貧しき町を**洗ひ**去る」 松瀬青々

「菊挿すと肉親の墓はごしごし**洗ふ**」 三橋鷹女

「森田家の背高の墓を**洗ひけり**」 森田 峠

「とろろ汁男体山を**洗ふ**雨」 今瀬剛一

あら・ぶ【荒ぶ】〈自動・バ上二〉｛び/び/ぶ/ぶる/ぶれ/びよ｝❶荒々しくする。あばれる。❷情が薄くなる。疎遠になる。

「瀬を**あらび**堰に遊べる螢かな」 原 石鼎

「荒海の秋刀魚を焼けば火も**荒ぶ**」 相生垣瓜人

「梅雨**荒ぶ**わが庭の木も山の木か」 大野林火

「外套に**荒ぶる**魂を包みゆく」 長谷川櫂

あ

あらまし ■一〈名〉❶願望。期待。予想。❷だいたいの内容やようす。あらすじ。■二〈副〉（多く「に」を伴って）だいたい。おおよそ。

「あらましを閉ざせしのみの夕牡丹」　中村草田男

あら・まほし〈連語〉あってほしい。好ましい。▼動詞「あり」の未然形＋希望の助動詞「まほし」

「黄菊白菊一もとは赤もあらまほし」　正岡子規

「香水に孤高の香りあらまほし」　高濱虛子

あら・らか・なり【荒らかなり・粗らかなり】〈形動ナリ〉〔なら／なり・に／なり／なる／なれ／なれ〕❶荒々しい。荒っぽい。❷粗野だ。大ざっぱだ。

「倉壁高しかげろふ届かずあららかに」　中村草田男

あららぎ【塔】〈名〉仏塔の異名。▼齋宮の忌み詞。

「鶴を閉ぢ込め塔青み青みゆく」　夏石番矢

あ・り【有り・在り】■一〈自動・ラ変〉〔ら／り／り／る／れ／れ〕❶（人・動物などが）いる。（無生物・物事が）ある。❷生きている。無事でいる。❸住む。暮らす。生活する。❹ちょうどそこにいる。居あわせる。❺すぐれたところがある。❻（「世にあり」の形で）繁栄して暮らす。時めいて過ごす。❼行われる。起こる。❽たつ。経過する。■二〈補助動・ラ変〉■一❶…（で）ある。❷…の状態にある。…（て）いる。…（て）ある。■二…なさる。お…なる。

「空蟬のまなこは泡の如くあり」　野見山朱鳥

「蒲団着て先づ在り在りと在る手足」　三橋敏雄

「死ぬことの楽しさあらん草いきれ」　和田悟朗

「かいつぶり蕉門の裔ありやなし」　廣瀬直人

「夫あるはよし無きもまた桜満つ」　古賀まり子

「深秋に水掻きあるは恐ろしき」　増田まさみ

「蹼《みずかき》のあるは還れり水の秋」　高澤晶子

「秋思なら電子レンジにかけてある」　櫂未知子

あり・あけ【有明】［季・秋］〈名〉❶陰暦十六日以後、月が出ていながら夜が明けること。そのころの夜明け。❷夜が明けてもまだ空に残っている月。

「ありあけの枕をただすしぐれかな」　金尾梅の門

「うすきうすき有明月に鵙高音」　川端茅舎

「有明の月消えかねし木槿かな」　ながさく清江

「服のまま泳ぎ着く有明の月」　五島高資

あり・あ・ふ【有り合ふ】アリアウ・アリオウ〈自動・八四〉〔は／ひ／ふ／ふ／へ／へ〕❶たまたまそこにある。居合わせる。ありあわせる。❷出会う。めぐりあう。❸生きていて会う。

「有り合はすものにて祭る子規忌かな」　高濱虛子

「静けさとして有合はす額の花」　後藤夜半

あり・か【在り処】〈名〉❶落ち着く所。❷物のある所。人のいる所。▼「ありど」とも。

「布留涼し鳥魚の有り処の見えざるに」　阿波野青畝

「梅を愛せし友よ遺骨の在《あり》処《ど》知れず」　中村草田男

あ

あり‐がたう【有り難う】《アリガトウ》〈感〉感謝の気持を表す語。▼「ありがたし」の連用形「ありがたく」のウ音便。

「着て秋の手針の縫目**有難う**」　三橋敏雄

あり‐がた・し【有り難し】〈形ク〉｛(く)・から／く・かり／し／き・かる／けれ／かれ｝❶めったにない。めずらしい。❷めったにないほど優れている。貴重だ。❸生きにくい。過ごしにくい。❹むずかしい。容易でない。❺尊い。おそれ多い。

「かたびら**ありがたし**渋紙の肌」　細見綾子

「雪降るや経文不明《きやうもんふめい》**ありがたし**」　相馬遷子

「御ン座主のさやけき経の**有難し**」　高木晴子

あり・く【歩く】㊀〈自動・カ四〉｛か／き／く／く／け／け｝❶あるく。外出する。訪問する。❷動きまわる。行き来する。㊁〈補助動・カ四〉❶(動詞の連用形に付いて)…してまわる。方々で…する。❷ずっと…して過ごす。…して日を送る。

「名月やすた〳〵**ありく**芋畑」　正岡子規

「月見草大輪能登の夜を**ありく**」　前田普羅

「つゆじもの烏が**ありく**流離かな」　加藤楸邨

「浮巣見に**ありく**は何の病かな」　河原枇杷男

あり‐し【有りし】〈連語〉昔の。以前の。いつぞやの。▼ラ変動詞「あり」の連用形＋過去の助動詞「き」の連体形

「**ありし**日の若葉にあらたなる思ひ」　寺田寅彦

「顔見せや**有りし**浪花の凋落す」　松瀬青々

あり‐そ【荒磯】〈名〉岩石が多く、荒波の打ち寄せる海岸。▼「あらいそ」の変化した語。

「大王崎**荒磯**の海老を除夜に煮る」　水原秋櫻子

「ただ**荒磯**海苔を掻く火も月も失せ」　加倉井秋を

「汐柄杓濃き汐も澄み能登**荒磯**」　澤木欣一

「呼び交いて**荒磯**の子らの懐手」　鈴木六林男

「石を置く屋根も**荒磯**や立葵」　古舘曹人

あり‐どころ【在り処・在り所】〈名〉物のある所。人のいる所。所在。

「朝朝を掃く庭石の**ありどころ**」　尾崎放哉

「夏の夜の女の足袋の**ありどころ**」　飯田龍太

「夢殿や彼の世の月の**ありどころ**」　角川春樹

「飛び移りては鳥の巣の**在りどころ**」　藺草慶子

あり‐ぬ‐べし【有りぬべし】〈連語〉あるに違いない。あるはずだ。きっとあるだろう。▼ラ変動詞「あり」の連用形＋完了の助動詞「ぬ」の終止形＋推量の助動詞「べし」

「眠る山狸寝入りも**ありぬべし**」　茨木和生

「夢殿に失意の太陽**ありぬべし**」　攝津幸彦

ある【或る】〈連体〉不確定の人や物事を漠然とさす語。

「藤はさかり**或る**遠さより近よらず」　細見綾子

「**或る**ときは洗ひざらしの蝶がとぶ」　阿部青鞋

「**或る**斜面死など易しと梨咲けり」　北原志満子

「**或る**闇は蟲の形をして哭けり」　河原枇杷男

「**或る**櫂は海から空へ漕ぎ出でぬ」　徳弘　純

あ・る【現る・生る】〈自動・ラ下二〉{れ/れ/る/るる/るれ/れよ}現れる。生ずる。

「蘆原に雲**生れ**しとき濁り鮒」　角川源義
「土掘らば都ぞ**現れ**む百千鳥」　中尾寿美子
「月白に色**生るる**もの消ゆるもの」　後藤比奈夫
「菊人形**生れ**て菊師と見つめ合ふ」　大串章
「夢遊病の見開いた眼へ牡鹿**現る**」　四ツ谷龍
「遠花火闇より**生れ**て海に散る」　五島高資

あ・る【荒る】〈自動・ラ下二〉{れ/れ/る/るる/るれ/れよ}❶荒れる。荒れ騒ぐ。❷荒れ果てる。荒廃する。❸すさむ。❹興ざめする。

「黒南風や杜国流寓の海**荒るる**」　福田甲子雄
「燦爛《さんらん》と波**荒るゝ**なり浮寝鳥」　芝不器男
「沖**荒るる**日の枯草に松の影」　廣瀬直人
「紀の海を今日行く直後**荒るる**鳶」　大屋達治

あるじ【主】〈名〉❶主人。主君。❷持ち主。

「萩刈りて**あるじ**がなせしごとくする」　阿部みどり女
「秋風の**あるじ**家憲に囚はれて」　中塚一碧楼
「鳥渡るをみな**あるじ**の露路ばかり」　石橋秀野
「枇杷の花犬も**主**も微恙あり」　堀口星眠
「齢かすみて夕顔の**あるじ**かな」　鷲谷七菜子

ある・は ㊀〈連語〉あるものは。▽ラ変動詞「あり」の連体形＋係助詞「は」㊁〈接続〉❶(「あるは…、あるは…」の形で)ある場合には。一方では。❷または。もしくは。

「冬籠黄表紙**あるは**赤表紙」　夏目漱石
「結晶体白夜に唯球《ただうき》**或るは**多面」　中村草田男
「小墾田《をはりだ》の趾の田を植う**或るは**起ち」　下村槐太

ある・べき【有るべき】〈連語〉❶適当な。それ相応の。❷することになっている。当然しなければならない。▼ラ変動詞「あり」の連体形＋推量の助動詞「べし」の連体形

「山頂の**有るべき**場所に雪残る」　山口誓子
「またの世の**あるべき**夜の桜かな」　山本洋子

ある・まじ【有るまじ】〈連語〉❶する必要がない。❷当然あってはならない。とんでもない。❸生きていられそうもない。▼ラ変動詞「あり」の連体形＋打消推量の助動詞「まじ」

「後悔未練**あるまじ**と説く妻よどこで泣いてきた」　折笠美秋
「**あるまじき**蟹の睫毛や冬の椅子」　増田まさみ

あろじ【主・主人】〈名〉主人。あるじ。

「壁炉あかし**あろじ**のひとみひや、かに」　竹下しづの女
「葉隠《ごも》り桜井の**あろじ**蜂を肩に」　渡邊白泉
「作らねど披講をきて炉の**主**」　清崎敏郎

あわたた・し【慌たたし・遽し】〈形シク〉{(しく)・しから/しく・しかり/し/しき・しかる/しけれ/しかれ}落ち着いていられない。気ぜわしい。あわただしい。▼近世以降、「あわただし」とも。

「降りかけの雲**慌し**昼の蟬」　臼田亜浪
「夕かげりおかめ南瓜《かぼちゃ》も**慌し**」　阿波野青畝

「何か**慌**し立つは冬日のどん底に」　赤尾兜子

「登山靴**慌**しくは紐結はず」　後藤比奈夫

あわ・つ【慌つ・周章つ】〈自動・タ下二〉{て／て／つ／つる／つれ／てよ}あわてる。

「茶の花が沢山さきて**慌て**けり」　中尾寿美子

あを【青】《アオ》━〈名〉❶青い色。本来は白と黒の間の広い範囲の色で、主として青・緑・藍《あい》。❷馬の毛色の名。全体に青みがかった黒色。またその毛色の馬。━〈接頭〉人を表す名詞に付けて未熟である、経験が浅いなどの意を表す。また、俳句では、地形・地名の上に付けて夏の季語とすることもある。

「水無月の**青**女房の嘆言《かごと》かな」　石田波郷

「落石か我か墜ちゆく**青**峠」　中村苑子

「少年ありピカソの**青**のなかに病む」　三橋敏雄

「シャガールの**あを**の透明遠泳す」　石　寒太

「産むといふおそろしきこと**青**山河」　寺井谷子

「花終る打身の**青**の浮き立ちて」　大木あまり

あを‐あらし【青嵐】《アオアラシ》 季・夏 〈名〉初夏青葉のころに吹くやや強い風。▼「青嵐《せいらん》」の訓読。

「**青嵐**吹やずらりと植木賣」　小林一茶

「放たれし揚羽いくつぞ**青あらし**」　藤田湘子

「金泥の仁王の乳首**あをあらし**」　川崎展宏

あを・し【青し・蒼し・碧し】《アオシ》〈形ク〉{(く)・から／く・かり／し／き・かる／けれ／かれ}❶(色が)青い。広くは、青・緑・藍などをいう。❷人格・学問・技能などの未熟なこと。

「大阿蘇の波なす青野夜も**あをき**」　橋本多佳子

「寒卵割りて啜るや湖**あをし**」　加藤楸邨

「ちるさくら海**あをけれ**ば海へちる」　高屋窓秋

「畦草の**あをき**鮮烈も結氷前」　能村登四郎

あをに‐よし【青丹よし】《アオニヨシ》《枕詞》奈良坂の付近で染料に用いられる青黒い土「青丹」を産したところから「奈良」にかかる。

「**青丹よし**寧楽《なら》の墨する福寿草」　水原秋櫻子

「槿花一朝咲きてプールは**青丹よし**」　平畑静塔

「**あをによし**奈良の一夜の菖蒲酒」　深見けん二

「**あをによし**反歌雄々しのふきあげや」　加藤郁乎

あを‐ひとくさ【蒼生・青人草】《アオヒトクサ》〈名〉人民。人の繁栄を草の繁茂にたとえていう。

「見わたせば**蒼生**よ田植時」　与謝蕪村

「逆白波の河口よしづかな**蒼生**よ」　夏石番矢

あを・む【青む】《アオム》〈自動・マ四〉{ま／み／む／む／め／め}❶青くなる。青みを帯びる。❷(草木が)青々と茂る。

「花の雨濡れたる芝の**あをみ**そめ」　石川桂郎

「草川の瀬がしら**あをむ**雁の秋」　三田きえ子

「昼休みみじかくて草**青み**たり」　黒田杏子

あん‐ぎや【行脚】〈名〉❶禅僧が諸国を巡って仏法を修行

することを歩いて回ること。また、その僧。❷広く、修業などのために諸国を歩いて回ること。また人。
「われは火燵君は行脚の姿かな」　正岡子規
「京の塚近江の塚や花行脚」　角川照子

あん‐ぐう【行宮】〈名〉天皇の旅行の際、その地に一時的に設けられる御所。行在所《あんざいしょ》。
「行宮趾はたして通草かかりけり」　山本洋子

あん‐ご【安居】［季・夏］〈名〉僧が陰暦四月十六日から三か月間、外出しないで一室にこもり、経典の講読などの仏法修業に専念すること。夏安居《げあんご》。夏籠《げごも》り。
「身構へてをれば近づく安居かな」　長谷川双魚
「まつさをな雨が降るなり雨安居《あめあんご》」　藤後左右
「谷空に鳥の糞散る安居かな」　大峯あきら
「袖口をひろらに安居したまへり」　大石悦子

あん‐じん【安心】〈名〉信仰によって心の動揺をなくし、迷いのない境地に達すること。仏教語。
「螢籠われに安心あらしめよ」　石田波郷
「安心の枯れ芳ばしき蘆荻《ろてき》かな」　山田みづえ
「春昼の藪の中なる安心や」　柿本多映

あん‐ず【案ず】〈他動・サ変〉（ぜ／じ／ず／ずる／ずれ／ぜよ）❶あれこれと考える。工夫する。❷心配する。思い煩う。
「幽艶の句に芥子《けし》よけん案じ佗ぶ」　小沢碧童
「青饅を食べて奇計を案じけり」　波多野爽波
「栗の句を案じゐるとき栗が爆ぜ」　鷹羽狩行

あん‐ど【安堵】〈名〉❶居所に安住すること。❷安心すること。▼堵（かき）の中に安んずる意。
「青梅を洗ひ上げたり何の安堵」　細見綾子
「柚餅子百吊って安堵の冬籠」　文挾夫佐恵
「睡蓮の白いま閉づる安堵かな」　野澤節子
「篝火草うすくれないの安堵かな」　澁谷　道
「埋み火のひとつ育てし安堵かな」　井上　雪

あん‐どん【行灯】〈名〉角形または円形の木・竹の枠に紙を張り、中に油皿を置いて火をともす照明器具。
「涼しさや糊のかはかぬ小行燈」　小林一茶
「螢籠行燈に遠くつるしけり」　正岡子規
「行燈に頰片かげり近松忌」　阿部みどり女

あん‐ばい【塩梅】〈名〉❶料理の味加減。特に、よい味加減。❷物事の具合。また、物事の味加減を調えること。また、その物事のやり方。❸体の具合。健康状態。
「塩梅のなれて今年の柚味噌かな」　尾崎紅葉

い

い【寝・睡】〈名〉眠ること。睡眠。
「冬浪の音はもかすか寝の安く」　富安風生
「灯を消して百千の牡丹寝を誘ふ」　稲垣きくの

い

「友の**寝**にみどりしたたる夏暁かな」　飯田龍太
「仏法僧啼きゐることに**寝**を惜しむ」　菖蒲あや

い-〈接頭〉動詞に上接して、語調を整え、意味を強める。
「白き馬**い**ゆけばうたふ青の朝」　西東三鬼
「十夜寺を**い**ゆるがすなり山颪」　芝不器男
「旅**い**ゆく湧き立つ木の芽散る櫻」　星野立子
「瀧径を**い**行かんずるにひとしぐれ」　石塚友二

いう-ぢょ【遊女《ユウジョ》】〈名〉❶招かれて歌舞・音曲を演じるなどして、客の遊興の相手をすることを職業とする女。遊び女《め》。遊君《いうくん》。❷近世以降、官許の遊郭に抱えられた女と、各地にいた官許を得ていない私娼《ししよう》。女郎《じよろう》。
「一家《ひとつや》に**遊女**もねたり萩と月」　松尾芭蕉
「夜牡丹や長谷の**遊女**は二階から」　藤後左右
「ゆく春の江口の**遊女**即菩薩」　下村梅子

いか-が【如何】〈副〉❶どのように…か。どんなに…か。（疑問の意を表す）❷どうして…か、いや、そんなことはない。（反語の意を表す）❸どんなものだろうか。どうしたものだろうか。（ためらいや、心配する気持ちを表す）❹どのようであるか。どうであるか。（相手に問いかける語）
「四つ足も獅子なら**如何**茅輪式」　平畑静塔
「りんご掌にこの情念を**如何**せむ」　桂　信子

いかつ・し【厳つし】〈形ク〉{（く）・から／く・かり／し／き・かる／けれ／かれ}いかめしい。きびしい。ごつい。

「仔馬やせぬ冬不二**いかつき**頃なれば」　中村草田男
「菱は実にすこし**いかつき**佐賀ことば」　成瀬櫻桃子

いかづち【雷《イカヅチ》】〔季・夏〕〈名〉かみなり。
「白日の**いかづち**近くなりにけり」　川端茅舎
「**雷**の丘も過ぎゆく野焼火も」　加藤楸邨
「**いかづち**に会ひたる服に火熨斗かけ」　野見山朱鳥

いか-な【如何な】㊀〈連体〉どんな（…でも）。どのような（…も）。㊁〈副〉（多く下に打消を伴って）どうしても。どうにも。
「**如何な**日もひとりはさびし青芒」　中村汀女
「蝶々が**如何な**息して草の中」　細見綾子
「摺鉢に**いかな**睡蓮現はれむ」　清水径子
「本阿彌光悦卯月に**如何な**もの着しや」　藤田湘子
「山祇《やまつみ》は**いかな**はんざき懐に」　中原道夫

いか・なり【如何なり】〈形動ナリ〉{なら／なり・に／なり／なる／なれ／なれ}どうだ。どのようだ。どういうわけだ。（状態・状況・程度・理由などを疑う意を表す）
「浮寝して**いかなる**白の冬鷗」　森　澄雄
「茅花嗅ぐわれは**如何なる**風ならむ」　河原枇杷男
「眼も碧き玉虫の界**いかならん**」　品川鈴子

いか-に【如何に】㊀〈副〉❶どう。どのように。❷どうして。なぜ。❸どれほど。どんなにか。❹なんと。じつに。❺どんなに（…だとしても）。㊁〈感〉おい。もしもし。

「鶯の老いの艶音を如何に聴く」　中村苑子
「雑草の夏や嬰児の墓如何に」　鈴木六林男
「薔薇の瓶倒れぬ遠き母いかに」　大島民郎
「この夢如何に青き啞蟬と日本海」　高柳重信
「裏声のいかにせよとの早春譜」　川崎展宏

いかに-せ-む【如何にせむ】〈連語〉❶どうしよう。どうしたらよいだろう。（疑問・困惑の意を表す）❷どうすることができようか（どうしようもない）。（反語的に嘆きあきらめる意を表す）▼副詞「いかに」十サ変動詞「す」の未然形十推量の助動詞「む」

「湯あがりの妻の若さを如何にせむ」　日野草城
「家枯れて北へ傾《かし》ぐを如何にせむ」　三橋敏雄
「麵棒を吊して秋を如何にせん」　津沢マサ子

いか-のぼり【凧・紙鳶】 季・春 〈名〉竹の骨組みに紙をはり、糸をつけて風力で空にあがるおもちゃ。たこ。

「几巾《いかのぼり》きのふの空のありどころ」　与謝蕪村
「海が見えしか凧下りて来ず」　鷹羽狩行
「茫々と平城宮址やいかのぼり」　鍵和田秞子

いから-す【怒らす】〈他動・サ四〉｛さ／し／す／す／せ／せ｝おどろかすようなようすをする。怒らせる。

「少年を怒らす朝の初燕」　長谷川かな女
「肩いからし最も小さき入学生」　能村登四郎

いか-る【怒る】〈自動・ラ四〉｛ら／り／る／る／れ／れ｝❶腹を立てる。おこる。❷荒々しく振る舞う。あばれる。❸ごつごつする。

「蟷螂の地をはえば地に怒りけり」　石橋秀野
「稲光り男怒りて額美し」　加藤知世子
「晩景やわが佇つのみに蜘蛛怒る」　飯島晴子

いか-ん【如何・奈何】〈副〉どのよう。どう。▼「いかに」の撥《はつ》音便。

「他の蟹を如何ともせず蟹暮るる」　永田耕衣
「春満月仲麻呂如何杜甫如何」　山田みづえ
「水鱧やこの件如何ともなし難し」　宇多喜代子
「いかんとも し難い霧を吸って吐く」　池田澄子

いき-づ-く【息衝く】〈自動・カ四〉｛か／き／く／く／け／け｝❶大きく呼吸する。苦しそうに呼吸する。あえぐ。❷ため息をつく。

「天心に光りいきづくおぼろかな」　川端茅舎
「深吉野や息づくもののみな青し」　鈴木真砂女
「たゞひとり息づく微笑夕の虹」　赤尾兜子

いき-どほ-る【憤る】《イキドオル》〈自動・ラ四〉｛ら／り／る／る／れ／れ｝❶息を荒げて怒る。いきりたつ。❷勢力をふるう。時めく。

「茶碗さむくいきどほる歯のふれにけり」　飯田蛇笏
「老い毛虫うす日を這うて憤り」　原石鼎
「憤りわが踏む雪に雪明り」　加藤楸邨
「蚊の声の銀の如しといきどほり」　赤松蕙子

いきほひ【勢ひ】《イキオイ》〈名〉❶気勢。気力。活力。❷権勢。威勢。❸（盛んな）ようす。形勢。

「水が押す水の**勢ひ**鰯雲」 今瀬剛一

「筧水**勢ひ**よしや百千鳥」 田中裕明

いきれ【熱・熅】〈名〉むれること。むれるような熱気。

「薔薇**いきれ**とは心憎かりしかな」 後藤夜半

「微熱あるかに白梅の花**いきれ**」 上田五千石

「草**いきれ**潮引く力遠きより」 宇佐美魚目

い・く【生く】㊀〈自動・カ四〉{か/き/く/く/け/け}生きる。生存する。㊁〈自動・カ上二〉{き/き/く/くる/くれ/きよ}生きる。生存する。㊂〈他動・カ下二〉{け/け/く/くる/くれ/けよ}❶生かす。生存させる。❷（草花などを）器にさす。いける。

「つばくろや人が笛吹く**生くる**ため」 秋元不死男

「ころころと老婆**生き**たり光る風」 相馬遷子

「誰がために**生くる**月日ぞ鉦叩」 桂　信子

「きりぎりす遂に弱音を吐きて**生く**」 橋本美代子

「胡桃割る**生き**むと言ふは死を思ふ」 西村和子

い・く【行く・往く】〈自動・カ四〉{か/き/く/く/け/け}❶行く。❷うまくはかどる。❸満足する。納得がいく。

「鷹**行け**り妻よともども存《なが》らへねば」 大野林火

「アダム**行き**エバ**行き**蛇の**行き**し道」 津田清子

「蝶の國に**往か**むと湯浴みする母や」 河原枇杷男

「恥ずかしや**往き**て戻りて芽を出しぬ」 鳴戸奈菜

「どこへでも**行ける**明るさ石蕗の花」 鎌倉佐弓

「わが**行け**ばうしろ閉ぢゆく薄原」 正木ゆう子

いく‐か【幾日】〈名〉いくにち。何日。

「秋の空**幾日**仰いで京に着きぬ」 夏目漱石

「**幾日**はも青うなばらの円心に」 篠原鳳作

「山焼の雄心たもつ**幾日**あり」 沼尻巳津子

いくさ【軍・戦】〈名〉❶兵士。武人。軍勢。軍隊。❷戦い。合戦。

「麦畑歩いて愛と**戦**のこと」 鈴木六林男

「**戦**するないづこも春の橋壊すな」 清水径子

「実南天一村一寺**いくさ**経ぬ」 斎藤夏風

「少年も向日葵も**いくさ**を知らず」 大串　章

「**戦**近き昨日より今日風光る」 寺井谷子

いくそ‐たび【幾十度】〈副〉何十回。何度も。たびたび。

「氷河への礼砲汽笛**いくそたび**」 平畑静塔

「**いくそたび**時雨る、萩を刈りにけり」 岸風三楼

「**幾そたび**神輿かつぎて笛方に」 榎本好宏

いく‐とせ【幾年・幾歳】〈名〉何年。どれほどの年数。

「**いくとせ**も落葉を踏まずかたみわけ」 長谷川双魚

「黴《かび》の宿**いくとせ**恋の宿として」 鈴木真砂女

「夜の霜**いくとせ**蕎麦をすすらざる」 下村槐太

「**幾とせ**や掛かりしままの夏帽子」 徳弘　純

いく‐ばく【幾許】〈副〉❶どのくらい。どれほど。❷いくらも。たいして。

「寒苺われにいくばくの齢のこる」　水原秋櫻子
「雁仰ぐいくばく年を距《へだ》ててぞ」　中村草田男
「行雁の妻に残りの日々**幾許**」　斎藤玄

いく‐へ【幾重】《イクエ》〈名〉幾つかのかさなり。多くのかさなり。
「雲**幾重**楓樹幾群秋ふかむ」　石田波郷
「その眼**幾重**なすらむ鯉幟」　相生垣瓜人
「春潮の**幾重**にも夜に入らむとす」　桂信子
「みんなみはしらなみ**いくへ**松の花」　上田五千石

いく‐よ【幾世・幾代】〈名〉どれほどの年代、年月。
「墓山に蝶くるふさま**いく世**経し」　松村蒼石
「雛の唇紅ぬるるまま**幾世**経し」　山口青邨
「木は水に浸り**いく世**を経たる夏」　斎藤梅子

いくり【海石・礁】〈名〉海中にある岩。暗礁。
「春光や**礁**あらはに海揺るゝ」　前田普羅
「渦潮の滝なす**いくり**近よれず」　稲垣きくの
「ひじき現《あ》れひじき隠るる**礁**かな」　渡邊白泉
「春宵の波が**礁**をなめる音」　清崎敏郎

いこ・ふ【息ふ・憩ふ】《イコウ》**一**〈自動・ハ四〉〔は/ひ/ふ/ふ/へ/へ〕休む。休息する。**二**〈他動・ハ下二〉〔へ/へ/ふ/ふる/ふれ/へよ〕休ませる。平穏にする。
「土に**憩ひ**眼にひろがれる野焼黒」　橋本多佳子
「榧の樹を涼しがりつつみな**憩ふ**」　下村槐太
「いのち短し泉のそばに**いこひ**けり」　野見山朱鳥

いさ **一**〈感〉さあねえ。ええと。**二**〈副〉（下に「知らず」などを伴って）さあ、どうだかわからない。
「人は**いさ**花も紅葉も握り飯」　星野昌彦

いざ〈感〉❶さあ。人を誘うときに発する語。❷どれ。さあ。行動を起こすときに発する語。
「**いざ**いなん江戸は涼みもむづかしき」　小林一茶
「ふんばつて**いざ**田遊の牛となり」　岸田稚魚
「宇陀の野に薬草掘りに**いざ**行かむ」　下村梅子
「島船の千一夜**いざ**ビッグバン」　夏石番矢

いさかひ【諍ひ】《イサカイ》〈名〉言い争い。口論。
「**いさかひ**を楽しむ子等か暑き夜も」　相馬遷子
「**諍ひ**も天に筒抜け月の峡」　馬場移公子

いさか・ふ【諍ふ】《イサカウ・イサコウ》〈自動・ハ四〉〔は/ひ/ふ/ふ/へ/へ〕口論する。けんかする。
「行春の鳥の**いさかふ**草の上」　石井露月
「**いさかへ**る夫婦に夜蜘蛛さがりけり」　種田山頭火
「酔ひ**諍かひ**森閑戻る天の川」　石塚友二

いさぎよ・し【潔し】〈形ク〉〔（く）・から/く・かり/し/き・かる/けれ/かれ〕❶清らかだ。清浄だ。❷（心・行為などが）清らかだ。潔白だ。❸思い切りがよい。さっぱりしている。
「貧**いさぎよし**秋耕の鍬火花」　津田清子

い

「うつぼ草いさぎよき戀したきかな」　加藤三七子
「潔く蓮小積まれし一ト處」　高橋睦郎

いさ‐ご【砂・砂子】〈名〉砂。▼「すなご」とも。
「除夜の灯は金の**砂子**を撒いてをり」　阿波野青畝
「秋浜の**沙**《いさご》を膝に弄ぶ」　山口誓子
「転げきて**砂子**の上の柿の花」　山西雅子

いささ‐〈接頭〉ほんの小さな。ほんの少しばかりの。
「いさゝ舟比良の初雪孕み来し」　松瀬青々
「わが宿の**いささ**群竹酔ふ日かも」　相生垣瓜人
「世を隔つ**いささ**むら竹春寒し」　橋　閒石
「いささ竹寒雀来よ子無き家に」　鍵和田秞子

いささ‐か【聊か・些か】〈副〉❶少し。わずか。❷（下に打消の語を伴って）少しも。まったく。
「**いささか**の草市たちし灯《とも》しかな」　渡邊水巴
「朝寒や**いさゝか**青きものゝ蔓」　久保田万太郎
「忘年の酒**いささか**の覚悟あり」　桂　信子
「**些か**の無理もなく垣繕はれ」　波多野爽波
「**いささか**も動かぬ山や冬耕す」　手塚美佐

いさ‐な【鯨・勇魚】〈名〉くじら。
「**鯨**取《いさなとり》けふはあやめを引きにけり」　飴山　實
「大祖は**勇魚**取なり柏餅」　木内彰志
「**勇魚**捕る碧き氷河に神がゐて」　角川春樹

「**鯨**とる伊勢よりおこる大南風」　筑紫磐井

いざな・ふ【誘ふ】《イザナウ・イザノウ》〈他動・ハ四〉〔は／ひ／ふ／ふ／へ／へ〕❶（呼びかけて）さそう。❷（さそって）連れて行く。伴う。
「涸れ瀧へ人を**誘ふ**極寒裡」　飯田蛇笏
「太陽へ鳥の**いざなひ**鳥世界」　高屋窓秋
「万燈籠たかきへたかきへ道**いざなふ**」　橋本多佳子
「残る露残る露西へ**いざなへ**り」　大野林火
「**いざなふ**となく秋蝶のひかりかな」　蘭草慶子

いさま・し【勇まし】〈形シク〉〔（しく）・しから／しく・しかり／し／しき・しかる／しけれ／しかれ〕❶気乗りする。心が奮い立つ。❷勢いが強い。勇ましい。
「**いさましく**もかなしくも白い函」　種田山頭火
「独り漕ぐボートは岸の子に**いさまし**」　星野立子

いさ・む【勇む】㊀〈自動マ四〉〔ま／み／む／む／め／め〕気負ってはやり立つ。㊁〈他動・マ下二〉〔め／め／む／むる／むれ／めよ〕励ます。元気づける。
「山ざくら**勇む**を制する**勇み**声」　中村草田男
「炎天やこころ**勇め**ば風が添ふ」　石塚友二

いざ‐や〈感〉さあ。どれ。
「**いざや**寝ん元日はまたあすのこと」　与謝蕪村
「雪白を心に**いざや**梵天に」　林　翔

いさよひ【十六夜】《イサヨイ》 季・秋 〈名〉十六夜の月の略。特に陰暦八月十六日の夜。欠けた感じはないが陰影が感じられる。▼中世以降「いざよひ」。

「いざよひや露の梨子地《なしぢ》の青芭蕉」 川端茅舎
「十六夜や妻への畳皎々と」 加藤楸邨
「十六夜の白瀬や滝に発しつつ」 野澤節子
「十六夜の渚広しと手をつなぎ」 齊藤美規

いさよ・ふ【猶予ふ】《イサヨウ》〈自動・ハ四〉｛は/ひ/ふ/ふ/へ/へ｝ためらう。たゆたう。ただよう。
「やす〳〵と出ていざよふ月の雲」 松尾芭蕉
「石垣に火照りいざよふ夕べかな」 芥川龍之介
「形代のいざよふは日の衰へし」 長谷川双魚

いさり-び【漁り火】〈名〉夜の漁で、魚を誘い集めるために船上でたく火。
「漁り火にあらず島の火夜の秋」 清崎敏郎
「五月闇隠岐の漁り火かも知れず」 森田峠
「つぎつぎに漁り火を出す夜の梅」 中戸川朝人

いざ・る【漁る】〈他動・ラ四〉｛ら/り/る/る/れ/れ｝魚や貝などをとる。漁をする。▼古くは「いさる」とも。
「須磨の舟梅天に何漁るらむ」 阿波野青畝
「鳥むつみをり枯れ海に漁る吾が子」 高屋窓秋
「さむき夜の見えざる沖にひと漁る」 宮津昭彦

いし-ずゑ【礎】《イシズエ》〈名〉❶建物の土台石。❷基礎。基礎となる人。
「礎を尋ねてまはる月夜哉」 正岡子規
「千年の礎を吹く青嵐」 臼田亜浪
「礎に天平の玉《ぎょく》璃璃蜥蜴」 和田耕三郎

いし-はし【石階】〈名〉石の階段。石段。▼「いしばし」とも。
「石階に蔦紅潮し昔の友」 細見綾子
「失語して石階にあり鳥渡る」 鈴木六林男
「石階を上り第二の薔薇の園」 橋本美代子

いし-ぶみ【石文・碑】〈名〉（事業や業績などを後世に伝えるために建てた）石碑《せきひ》。
「いしぶみのもと一塊の芝枯るる」 富安風生
「指で読む碑わっと藪蚊湧く」 野木桃花

いそが・し【忙し】〈形シク〉｛(しく)・しから/しく・しかり/し/しき・しかる/しけれ/しかれ｝❶多忙である。忙しい。❷気ぜわしい。落ちつかない。
「いそがしき妻も眠りぬ去年今年」 日野草城
「病人の日課いそがし含羞草《おじぎさう》」 石田波郷
「いそがしきことのさみしきみそさざい」 鷹羽狩行

いそがは・し【忙はし】《イソガワシ》〈形シク〉｛(しく)・しから/しく・しかり/し/しき・しかる/しけれ/しかれ｝いかにも忙しそうである。そわそわとおちつかない。
「ほとゝぎすなく〳〵とぶぞいそがはし」 松尾芭蕉

いそし・む【勤む】〈自動・マ四〉｛ま/み/む/む/め/め｝よくつとめる。精を出す。
「月涼しいそしみ綴る蜘蛛の糸」 杉田久女
「いそしめることの即ちつづれさせ」 後藤夜半

「裔《いえ》にして田植**いそしむ**甲賀びと」　森　澄雄

「菱採の密かな音に**いそしめり**」　岩城久治

いそ‐ぢ【五十《イソジ》】〈名〉❶五十《ごじゅう》。❷五十年。五十歳。▼「ぢ」は「はたち(二十)」の「ち」と同じく、「十」「百」「千」の単位の数詞に付く接尾語「ち」の連濁したもの。後世「路《ぢ》」と解されて「五十路」と書かれることが多い。

「利休梅**五十**はつねの齢ならず」　石田波郷

「雪卸し雪ふりかぶるとき**五十路**」　赤城さかえ

いたいけ‐なり【幼気なり】〈形動ナリ〉（なら／なり・に／なり／なる／なれ／なれ）（幼くて）かわいらしい。いじらしい。

「**いたいけに**小草露持つ夜明かな」　正岡子規

「**いたいけの**仮名の敷寝のたからぶね」　富安風生

いた‐く【痛く・甚く】〈副〉❶はなはだしく。ひどく。❷うまく。❸（下に打消の語を伴って）それほど。たいして。

「火星**いたく**もゆる宵なり蠅叩」　原　石鼎

「初神楽**太《たい》く**神慮に叶ひたり」　山口誓子

「黒猫も**いたく**夏痩せ吾が家に」　三橋鷹女

「欄干に**いたく**身反らせ涼みをり」　波多野爽波

「牡蠣雑炊テーブル**いたく**古びけり」　林　徹

「とんぼうや**いたく**錆びたるものばかり」　石田郷子

いだ‐く【抱く・懐く】〈他動・カ四〉（か／き／く／く／け／け）❶抱《だ》く。❷心にもつ。▼「うだく」の変化した語。「だく」の古形。

「淑気満つ源氏嬰児**いだく**絵も」　堀口星眠

「**抱か**れて痛き夏野となりにけり」　津沢マサ子

「玉繭の闇を**抱ける**白さかな」　片山由美子

「村村の夏の鳥居を**抱く**なり」　夏石番矢

いた‐し【痛し・甚し】〈形ク〉（（く）から／く・かり／し／き・かる／けれ／かれ）❶痛い。❷苦痛だ。つらい。❸甚だしい。ひどい。❹すばらしい。感にたえない。❺見ていられない。情けない。

「寒梅や**痛き**ばかりに月冴えて」　日野草城

「野にあればどこかが**痛し**草雲雀」　中村苑子

「深爪が**いたし**七日の菜を打てば」　中尾寿美子

いた‐す【致す】■一〈他動・サ四〉（さ／し／す／す／せ／せ）❶至らせる。❷尽くす。ささげる。❸もたらす。❹いたす。させていただく。（「す」「なす」の謙譲語）❺します。（「す」「なす」の丁寧語。また、改まった言い方）■二〈補助動・サ四〉…させていただく。…申し上げる。…します。（謙譲・丁寧の意を表す）

「故郷や馬も元日**いたす**顔」　小林一茶

「ひたぶるに念佛**いたせ**龍の玉」　辻　桃子

「涼しさの忘るることに**いたしけり**」　藺草慶子

「着ぶくれて列車に辞儀を**いたしけり**」　岩田由美

いだ‐す【出だす】■一〈他動・サ四〉（さ／し／す／す／せ／せ）❶（外へ）出す。❷行かせる。❸提出する。差し出す。❹引き起こす。❺口に出す。言う。歌う。❻表す。■二〈補助動・サ四〉（動詞の連用形について）外に向かって行う、または外へ表し出す意を表す。

「入学の吾子人前に押し出だす」 石川桂郎

「夏来ると胸より黒子《ほくろ》とび出だす」 岸風三樓

「命綱投ぐるごと蟬鳴きいだす」 馬場移公子

「縁の下の筍汝を掘り出だす」 鎌倉佐弓

いただ・く【頂く・戴く】〈他動・カ四〉{か/き/く/く/け/け} ❶頭の上に載せる。❷あがめ敬い、大切にする。❸ちょうだいする。(「もらふ」の謙譲語)❹「飲む」「食ふ」の謙譲語、また丁寧語。

「銀河濃き天球を船に載けり」 山口誓子

「炎天をいただく嶺の遠き数」 飯田龍太

「仏の名いただく町や梅雨深む」 山田みづえ

「押し戴くやうに海鼠を買ひにけり」 川崎展宏

「蚊柱の傍に居させていただきぬ」 池田澄子

いたつき【労き・病き】〈名〉❶骨折り。苦労。❷病気。

「いたつきに名のつきそむる五月雨」 正岡子規

「いたつきも久しくなりぬ柚《ゆず》は木に」 夏目漱石

「いたつきの身に殺生の蛇を打つ」 木村蕪城

いたづら・なり【徒らなり】《イタズラナリ》〈形動ナリ〉{なら/なり・に/なり/なる/なれ/なれ} ❶つまらない。むなしい。❷無駄だ。空だ。無意味だ。❸手持ちぶさただ。ひまだ。❹何もない。

「いたずらに僧うつくしや二月の山」 橋閒石

「すかんぽや墓いたづらに大いなる」 清崎敏郎

「いたづらに睡蓮花を増やしつつ」 波多野爽波

「いたづらに長寿願はず実朝忌」 下村梅子

「いたづらに時間のみがあるにせあかしや」 大岡頌司

いたは・し【労し】《イタワシ》〈形シク〉{(しく)・しから/しく・しかり/し/しき・しかる/しけれ/しかれ} ❶苦労だ。❷病気で苦しい。❸大切にしたい。いたわってやりたい。❹気の毒だ。痛々しい。

「いたはしき法親王の夏書かな」 正岡子規

いたはり【労り】《イタワリ》〈名〉❶骨折り。功績。手柄。❷用心深く大切に扱うこと。手間。工夫。❸ねぎらうこと。世話をすること。❹病気。

「あはび採る底の海女にはいたはりなし」 橋本多佳子

「いつはりもいたはりのうち水中花」 鷹羽狩行

いたは・る【労る】《イタワル》㊀〈自動・ラ四〉{ら/り/る/る/れ/れ} ❶気をつかう。苦労する。骨を折る。病気になる。㊁〈他動・ラ四〉❶ねぎらう。手厚くもてなす。❷治療する。休養する。

「碧梧桐のわれをいたはる湯婆《たんぽ》かな」 正岡子規

「荒るる足の妻を見てより労れる」 長谷川かな女

「秋の夜やいたはりたゝむ旅ごろも」 西島麦南

「受験子を励まし風邪をいたはらる」 林翔

「父の喪の母をいたはる極暑かな」 森田峠

いたま・し【悼まし・傷まし・痛まし】〈形シク〉{(しく)・しから/しく・しかり/し/しき・しかる/しけれ/しかれ} ❶ふびんだ。かわいそうだ。❷つらい。苦しい。悩ましい。

「新雪の上いたましや玩具燃ゆ」 飯田龍太

「きつつきに順徳院のいたましき」 加藤三七子

いた・む【痛む・傷む】 ■一〈自動・マ四〉{ま/み/む/む/め/め} ❶（体が）痛む。苦痛を感じる。❷（心が）痛む。苦痛を感じる。嘆く。❷破損する。傷つく。■二〈他動・マ四〉（人の死を）悲しむ。▽「悼む」とも書く。■三〈他動・マ下二〉{め/め/む/むる/むれ/めよ} 苦痛を感じさせる。痛めつける。

「百合に**いたむ**『勇者と裏切者の歴史』」　中村草田男
「青空ゆ辛夷《こぶし》の**傷み**たる匂ひ」　大野林火
「うらがれの続く限りを**悼む**なり」　岸田稚魚
「縄とびの寒暮**いたみ**し馬車通る」　佐藤鬼房
「乳の木のある精神を**傷めけり**」　攝津幸彦

いた・る【至る・到る】〈自動・ラ四〉{ら/り/る/る/れ/れ} ❶行き着く。到達する。やって来る。❷（ある時期・時点に）なる。（あるときが）やって来る。❸（ある地位に）達する。なる。❹（極限に）達する。極まる。❺行きわたる。およぶ。

「紫陽花に秋冷**いたる**信濃かな」　杉田久女
「野分中かの墓原に**到ら**むと」　齋藤　玄
「卵ほごす冬の**至れ**る日なりけり」　高橋睦郎
「梨食うてすつぱき芯に**いたりけり**」　辻　桃子

いち-ご【一期】〈名〉一生。生涯。

「逆さ浪**一期**の鮭の上るなり」　平畑静塔
「八十を**一期**と決めし鳥曇」　原　裕
「ブラジルに**一期**一会のアマリリス」　星野　椿
「断腸花**一期**は経をもて絶つや」　深谷雄大
「寒鴉一語を発し**一期**終ふ」　高澤晶子

いち-しる・し【著し】〈形ク〉{(く)・から/く・かり/し/き・かる/けれ/かれ} 明白だ。はっきりしている。▼古くは「いちしろし」。中世以降、シク活用となり、「いちじるし」と濁って用いられる。「いち」は接頭語。

「春愁や草の柔毛の**いちしるく**」　芝不器男

いち-はや・し【逸早し】〈形ク〉{(く)・から/く・かり/し/き・かる/けれ/かれ} ❶すばやい。性急だ。❷激しい。熱烈だ。❸激しい。容赦ない。

「**いちはやく**白山覚めし冬野かな」　金尾梅の門
「**いちはやき**秋風男の眉めだつ」　野澤節子
「**いち早く**朝の来てゐる金魚玉」　木内彰志
「秋風を**いちはやく**知る法衣かな」　大木あまり

い・つ【凍つ・冱つ】 季・冬 〈自動・タ下二〉{て/て/つ/つる/つれ/てよ} 凍《こお》る。凍りつく。

「胸像の芯の虚ろを抱へ**凍つ**」　横山房子
「雲白し柱に蠅の**凍つる**日は」　飯田龍太
「裏街の福音耳まで**凍てて**聞く」　有馬朗人
「凍瀧を水にじみ出てさらに**凍つ**」　鷹羽狩行

い・づ【出づ】《イズ》 ■一〈自動・ダ下二〉{で/で/づ/づる/づれ/でよ} ❶（中から外に）出る。❷でかける。出発する。❸のがれる。超越する。❹（表に）現れる。発生する。■二〈他動・ダ下二〉❶出す。現す。❷（言《こと》に出づの形で）口に出す。■三〈補助動・ダ下二〉（動詞の連用形に付いて）❶…はじめる。❷…だす。

「禪寺の門を**出づれ**ば星月夜」　正岡子規

「藍々と五月の穂高雲をいづ」　飯田蛇笏
「翅わっててんたう虫の飛びいづる」　高野素十
「寒食の真似事なれど涙出づ」　佐藤鬼房
「日の出でて東さみしき足袋を干す」　寺田京子
「人出でて寝待の門に水を打つ」　田中裕明

いづ-かた【何方】《イズカタ》〈代名〉❶どちら。❷どれ。❸どこ。❹どなた。
「いづかたも敵と思はず弓始」　赤尾兜子
「いづかたへ浜昼顔の飛砂流砂」　加藤三七子
「いづかたへ父は逝きしか蟬時雨」　星野昌彦

いつ・く【斎く】〈自動・カ四〉｛か／き／く／く／け／け｝けがれを除き、身を清めて神に仕える。大切に祭る。大切に祭っている。
「うら、かや斎き祀れる瓊《たま》の帯」　杉田久女
「大瀧や斎きかしづく巫女ひとり」　高橋淡路女
「斎かれて白妙の鞠《まり》梶の葉に」　山口誓子
「車前草《おほばこ》の花に山神斎きたる」　行方克巳

いづ-く【何処】《イズク》〈代名〉どこ。（場所についていう不定称の指示代名詞）
「桃の花いづくに靄の生れゐる」　松村蒼石
「帰らんと我はいづくへ鳥帰る」　森　澄雄
「竹の秋折からいづくより飢ゑる」　小川双々子

いつく・し【厳し】〈形シク〉｛（しく）・しから／しく・しかり／し／しき・しかる／しけれ／しかれ｝❶威厳がある。おごそかだ。いかめしい。❷きびしく、厳格だ。❸端正で美しい。
「古雛をみなの道ぞいつくしき」　橋本多佳子
「岩壁いつくし群燕丁々貼りとまり」　中村草田男
「海神のいつくしき辺に巣ごもりぬ」　篠原鳳作

いづ-こ【何処】《イズコ》〈代名〉どこ。どちら。（場所についていう不定称の指示代名詞）
「故郷はいづこ月下に螢追ふ」　前田普羅
「夏蜜柑いづこも遠く思はるる」　永田耕衣
「看護婦のふるさといづこ螢籠」　石田波郷
「八頭いづこより刃を入るるとも」　飯島晴子
「すずしさのいづこに坐りても一人」　藺草慶子

いつ-し-か【何時しか】〈副〉❶いつになったら…か。❷いつのまにか。早くも。▼代名詞「いつ」に強意の副助詞「し」と係助詞「か」が付いて一語化したもの。❸（多く下に願望の表現を伴って）早く。いつになったら。
「いつしかついて来た犬と浜辺に居る」　尾崎放哉
「いつしかに春の星出てわれに添ひ」　中村汀女
「いつしかに百方の忌の花菫」　齋藤　玄
「陽炎やいつしかけもの道となる」　五島高資

いづ-ち【何方・何処】《イズチ》〈代名〉どこ。どの方向。（方向・場所についていう不定称の指示代名詞）▼「ち」は方向・場所を表す接尾語。
「水こえていづちの山のほたるかも」　飛鳥田孋無公

「いづちの野焼かる次ぎ次ぎ影鴉」　村越化石
「リラの雨ねむりは夜のいづちより」　深谷雄大

いっ‐てん【一天】〈名〉❶空一面。❷「一天下」の略。全世界。世の中。

「誰彼もあらず**一天**自尊の秋」　飯田蛇笏
「大夕焼**一天**をおしひろげたる」　長谷川素逝
「**一天**の翳りなきとき帰燕かな」　桂　信子
「茄子の苗**一天**の紺うばひ立つ」　有馬朗人

いつはり【偽り・詐り】《イツワリ》〈名〉うそ。つくりごと。

「**偽り**のなき香を放ち山の百合」　飯田龍太
「戦火やまず**いつはり**なきは嬰児の便」　佐藤鬼房

いつは・る【偽る・詐る】《イツワル》㊀〈自動・ラ四〉{ら/り/る/る/れ/れ}うそをつく。それらしくよそおう。㊁〈他動・ラ四〉だます。

「寒林に来て**佯**《いっは》**り**し狂を解く」　相生垣瓜人
「いわし雲おのが**偽る**ことは難し」　稲垣きくの
「病歴を**偽り**しこと藤に来て」　田川飛旅子
「薔薇に対き已れ**偽る**こともなし」　津田清子

いづ‐れ【何れ】《イズレ》㊀〈代名〉❶どれ。❷いつ。❸どこ。㊁〈副〉いずれにしても。どちらにせよ。

「梅雨ふかし**いづれ**吾妹《わぎも》と呼び難く」　西東三鬼
「春落葉**いづれ**は帰る天の奥」　野見山朱鳥
「乱世と濁世と**いづれ**根深汁」　安東次男
「初冬や遺作**いづれ**も水の景」　友岡子郷
「蜩と乳房と**いづれ**が敏なるや」　齋藤愼爾

いで‐いり【出で入り】〈名〉❶出はいり。❷立ち居振る舞い。❸訴訟沙汰《ざた》。▼①③は「でいり」とも。

「**いでいり**のさみしくなりぬ月の家」　松村蒼石
「たましひの**出で入り**しては日向ぼこ」　森　澄雄
「玉のれん鳴らす**出で入り**五月くる」　稲垣きくの

いで‐い・る【出で入る】〈自動・ラ四〉{ら/り/る/る/れ/れ}出たりはいったりする。ではいりする。

「薄氷や我を**出で入る**美少年」　永田耕衣
「冷房と炎天の間**出で入る**も」　草間時彦

いで‐た・つ【出で立つ】〈自動・タ四〉{た/ち/つ/つ/て/て}❶突き出てそびえ立つ。❷出ていってそこに立つ。❸出発する。旅立つ。❹宮仕えに出る。出仕する。❺立身出世する。❻身支度する。

「裾くらく人の**いでたつ**夏夜かな」　松村蒼石
「父はまた雪より早く**出立ち**ぬ」　三橋敏雄
「炎帝へ醜《こし》の翁と**出で立ち**ぬ」　山上樹実雄

いで‐ゆ【出で湯】〈名〉温泉。

「御降りや**いでゆ**の門の迎へ笠」　水原秋櫻子
「万緑のしたたる谿に**温泉**あり」　上村占魚
「青葉蔭薬師瑠璃光の**出湯**とぞ」　高橋睦郎

いと〈副〉❶大変。非常に。❷(下に打消の語を伴って)それほど。たいして。

「梅の軒いと丹念に柑皮干す」　川端茅舎

「いと白う八つ手の花にしぐれけり」　中村汀女

「夜の林檎いと遠くより来る春か」　細見綾子

「紙雛いとゆるやかに襟合せ」　下村梅子

いとけ-な・し【幼けなし・稚けなし】〈形ク〉{(く)・から／く・かり／し／き・かる／けれ／かれ} 幼い。あどけない。子供っぽい。

「いとけなく植田となりてなびきをり」　橋本多佳子

「桜東風文字いとけなき恋の絵馬」　有馬籌子

「いとけなく天草採りの海女といふ」　清崎敏郎

「いとけなき手がふれてさへ餅の花」　飴山實

いと-こ【愛子】〈名〉 いとしい人。男女を問わず愛《とい》しい人を親しんで呼ぶ語。

「布團かけていだき寄せたる愛子かな」　村上鬼城

いと・し【愛し】〈形シク〉{(しく)・しから／しく・しかり／し／しき・しかる／しけれ／しかれ} ❶かわいい。❷気の毒だ。哀れだ。▼「いとほし」の変化した語。

「雛愛しわが黒髪をきりて植ゑ」　杉田久女

「疵ありて小春の玉の愛しけれ」　橋　閒石

「湯の中に乳房いとしく秋の夜」　鈴木しづ子

「いとしきは枯野に残る蒙古斑」　櫂未知子

いと-ど〈副〉 ❶ますます。いよいよ。いっそう。❷そのうえさらに。

「酒のめばいとゞ寝られね夜の雪」　松尾芭蕉

「けふの海いとゞ濁りて揚雲雀」　原　石鼎

「老幹にいとど雨しみ花ひらく」　皆吉爽雨

いとど・し〈形シク〉{(しく)・しから／しく・しかり／し／しき・しかる／しけれ／しかれ} ❶ますますはなはだしい。❷ただでさえ…なのに、いっそう…である。

「いとゞしき猟夫《さつを》の狐臭炉のほとり」　山口誓子

「いとどしき朱《あけ》や折れたる曼珠沙華」　中村草田男

いと・は・し【厭はし】《イトワシ》〈形シク〉{(しく)・しから／しく・しかり／し／しき・しかる／しけれ／しかれ} いやだ。

「つくづくと気楽いとはし胡瓜漬く」　阿部みどり女

「時鳥人待つ吾のいとはしく」　岩田由美

いと・ふ【厭ふ】《イトウ》〈他動・ハ四〉{は／ひ／ふ／ふ／へ／へ} ❶いやがる。❷(多く「世をいとふ」の形で)この世を避ける。出家する。❸いたわる。かばう。大事にする。

「古書に見む春を厭ひし事共も」　相生垣瓜人

「ゆきやなぎ人をいとひつ人を恋ふ」　篠田悌二郎

「人待つ如人厭ふごと着膨れぬ」　石田波郷

「田の土の微光をいとひ夕猟人」　飯島晴子

いとほ・し《イトオシ》〈形シク〉{(しく)・しから／しく・しかり／し／しき・しかる／しけれ／しかれ} ❶気の毒だ。かわいそうだ。❷かわいい。❸困る。いやだ。

「日にやけし子守いとほし桃をやる」　長谷川かな女

「吾子嫁きてよりの小春のいとほしき」　後藤比奈夫

「いとほしや人にあらねど小紫」　森　澄雄

いとほし・む《イトオシム》〈他動・マ四〉{ま／み／む／む／め／め} ふびんに思う。

かわいく思う。大切にする。
「煤掃いてなほ残る菊をいとほしむ」　渡邊水巴
「わが老をわがいとほしむ菊の前」　富安風生
「あたたかのこころ沁むまでいとほしみ」　松村蒼石

いとま【暇】〈名〉❶ゆとり。ひま。余暇。❷休み。休暇。❸辞任。辞職。❹別れ。離別。離婚(状)。❺別れのあいさつ。いとまごい。
「風邪薬のむいとまなく午過ぎぬ」　加藤楸邨
「年神の来給ふ雪のいとまあり」　宮津昭彦
「春月の出にいとまある浜明り」　上田五千石

いと-ゆふ【糸遊】《イトユウ》 季・春 〈名〉かげろふ(陽炎)のこと。
「死にそびれ絲遊はいと遊ぶかな」　中村苑子
「糸遊を見てゐて何も見てゐずや」　齋藤 玄
「糸遊やいまも筑波に陣中膏」　原 裕
「糸遊にいまはらわたを出しつくす」　安井浩司

いな【否】〈感〉❶いいえ。いいえ。(相手の問いに対して、それを否定するときに発する語)❷いやだ。(相手の言動に対して不同意を表す語)
「茎立つや不運とおもひ否と思ふ」　藤田湘子
「ものの芽のすつくと決すべきや否」　鷹羽狩行
「父なりや否時計無き時計台」　夏石番矢

いな・む【否む・辞む】㊀〈他動・マ上二〉〔み/み/む/むる/むれ/めよ〕拒む。断る。辞退する。㊁〈他動・マ四〉〔ま/み/む/む/め/め〕拒む。断る。辞退する。▼「いなぶ」とも。
「炭焼夫否みて袖の雪払ふ」　平畑静塔
「女學生御見合ひ否む謂《ひぃ》も汗」　筑紫磐井
「やはらかに人を否める団扇かな」　長谷川櫂

いな-や【否や】㊀〈感〉❶いいや。いやいや。❷これはこれは。❸どうであろうか。㊁〈副〉(「…といなや」「や…いなや」の形で)…するとすぐに。
「母帰るや否や鶲が来しといふ」　竹下しづの女
「晩鐘を撞くや否や桜散る寸前」　橋本夢道

いに-し【往にし・去にし】〈連体〉去る。過ぎ去った。(時を表す語を修飾する)
「颱風の去にし夜よりの大銀河」　竹下しづの女
「疾く去にし日日よ祭よ浮いてこい」　文挾夫佐恵
「いにし世の冬ごもりけむ床柱」　伊丹三樹彦

いにし-へ【古へ・古】《イニシエ》〈名〉❶遠い昔。❷以前。❸昔の人。過去のこと。
「燈火なき乱のいにしへ花あざみ」　三橋敏雄
「雪が降るいにしへくらき階下にゐて」　小川双々子
「筝や古へは食客三千人」　高橋睦郎
「いにしへの花の奈落の中に坐す」　角川春樹

い-ぬ【寝ぬ】〈自動・ナ下二〉〔ね/ね/ぬ/ぬる/ぬれ/ねよ〕寝る。眠る。▼名詞「寝《ぃ》」と下二段動詞「寝《ぬ》」が複合した語。
「犬の子の草に寝ねたる暑さかな」　正岡子規

「いねし子に虹たつも吾悲壮なり」　佐藤鬼房
「十方に月光逆子まだ寝ねず」　眞鍋呉夫
「妻いねて壁も柱も月の中」　飴山實
「海彦とふた夜寝ねたり花でいご」　小林貴子

い・ぬ【往ぬ・去ぬ】〈自動・ナ変〉{な/に/ぬ/ぬる/ぬれ/ね}❶立ち去る。去る。行ってしまう。❷過ぎ去る。❸死ぬ。亡くなる。
「籐椅子に深々とあり去なんと思ふ」　後藤夜半
「乞へば茅花《つばな》すべて与へて去にし子よ」　中村汀女
「若者みな去ににはかにねむき星月夜」　中村草田男
「梅は見き蘆の芽ぐみは見ず往なむ」　加藤楸邨
「目に見えて冬去にし野へ窓開く」　上村占魚

いね・がて【寝ねがて】〈連語〉❶寝る時。❷寝られない。
▼動詞「寝ぬ」の連用形＋補助動詞「かつ」の未然形。ただし「かつ」は「…耐える。…することができる。…られる」の意だが、濁音化するとともに「難《がて》」の意と混同されるようになって「…しにくい」の意味を生じた。
「いねがてや小鴨のこゑとも身に添へる」　岸田稚魚
「稲妻の夜をいねがての団扇なる」　三橋鷹女
「繭玉に寝がての腕あげにけり」　芝不器男

いのち【命】〈名〉❶生命。寿命。❷生涯。一生。❸死。臨終。❹唯一のよりどころ。
「命より俳諧重し蝶を待つ」　阿部みどり女
「湯豆腐やいのちのはてのうすあかり」　久保田万太郎
「銀河濃し救ひ得たりし子の命」　杉田久女
「雪深し経《きやう》をいのちの峠越え」　中川宋淵

いは【岩・石・磐】《イワ》〈名〉❶岩石。❷(岩を砕いて作った)錨《いかり》や魚網のおもり。
「蛇笏忌の岩うつ滝の音聞ゆ」　飯田龍太
「陰岩《いほと》を蹴りもしてみる寒さかな」　飯島晴子
「みづうみに岩出てゐたる旱かな」　茨木和生
「石ばしる水まろ〳〵と福寿草」　角川春樹

いは・く【曰く・言はく】《イワク》〈連語〉言うことには。言うこと。▼動詞「いふ」の未然形＋接尾語「く」
「繭帽子の主の曰く万事了」　高野素十
「麦曰く斯く熟しては切に寂しと」　永田耕衣
「桃曰く憂きものはわが種なりと」　河原枇杷男
「曰く言ひ難し四月は下駄履きて」　中尾寿美子
「老師曰く百足虫の足は百以上」　鈴木鷹夫

いは・くら【岩座・磐座】《イワクラ》〈名〉❶神の鎮座する所。❷山中の大岩や崖。
「目をかくす雲の岩座鹿の聲」　古舘曹人
「泰山木は神の岩座花ひらく」　神蔵器
「磐座をたどる日の道山桜」　茨木和生

いは・ば【言はば】《イワバ》〈連語〉言うならば。たとえると。
▼動詞「いふ」の未然形＋接続助詞「ば」
「腋毛をいはば暫くぶりに見る」　阿部青鞋

「小火《やぼ》と云ふいはゞ現代俳句かな」　加藤郁乎

いは・ふ【祝ふ】《イワウ》〈他動・ハ四〉｛は/ひ/ふ/ふ/へ/へ｝将来の幸福を願い祈る。祝福する。

「子を**祝ふ**俳句の会や柏餅」　正岡子規

「うら、かや新造下ろす舟**祝ひ**」　小沢碧童

いは-ほ【巌】《イワオ》〈名〉高くそびえる、大きな岩。▼「ほ」は「秀《ほ》」で、高くぬき出たところの意。

「泳ぎあがりし**巌**大きくて巌肌《いははだ》」　中塚一碧楼

「女体山**いはほ**なめらか豊の秋」　澤木欣一

「枯葛をまとひて阿闍梨めく**巌**」　上村占魚

「甲斐駒の一**巌**《ひとついはほ》や辛夷咲く」　小澤　實

いは-ゆる【所謂】《イワユル》〈連体〉世間で一般に言われている。よくいうところの。▼動詞「いふ」の未然形に上代の受身の助動詞「ゆ」の連体形が付いて一語化したもの。

「橙の**いはゆる**贋の記憶かな」　田中裕明

いばり【尿】〈名〉尿。小便。小水。▼「ゆばり」の転。

「**尿**してここは沙漠か星ひとつ」　富澤赤黄男

「草木瓜や幼女の**尿**またゝく間」　殿村菟絲子

「青草に**尿**さんさん卑屈捨てよ」　金子兜太

「梅白し隠れて妻は**尿**すも」　清水基吉

いは-れ【謂はれ・言はれ】《イワレ》〈名〉理由。由来。

「夏帽子**いはれ**因縁古りにけり」　久保田万太郎

「梅雨の花病みて怠る**謂れ**なし」　石田波郷

いひ【飯】《イイ》〈名〉飯《めし》。

「花人の箸にはさめる**飯**白し」　後藤夜半

「木曾の宿山女魚《やまめ》に**飯**も豊かなり」　水原秋櫻子

「露草や**飯**噴くまでの門歩き」　杉田久女

いひ【謂】《イイ》〈名〉❶言うこと。言うところ。❷いわれ。意味。理由。

「女學生御見合ひ否む**謂**も汗」　筑紫磐井

いひ-な・す【言ひ做す・言い成す】《イイナス》〈他動・サ四〉｛さ/し/す/す/せ/せ｝❶言いまぎらわす。言いつくろう。❷ことさらに強調して言う。

「しみじみと年の港と**いひなせる**」　富安風生

「百千鳥名のいちいちを**言ひなせる**」　宇多喜代子

「黒をもて派手と**言ひなす**三鬼の忌」　中原道夫

い・ふ【言ふ・云ふ】《ウイ》㊀〈他動・ハ四〉｛は/ひ/ふ/ふ/へ/へ｝❶言葉で表現する。言う。話す。❷(詩歌を)詠む。吟ずる。❸(「…いふ」形で)名付ける。呼ぶ。❹うわさをする。評判を立てる。㊁〈自動・ハ四〉❶鳴く。❷言い寄る。求婚する。

「咳いて泣きしことをかしと妻は**いへど**」　長谷川素逝

「人肌に桜じめりと**いふ**があり」　能村登四郎

「寒鯉のものを**言ひ**たる目が動く」　森　澄雄

「山ざくら男に眉宇《うび》と**いふ**言葉」　藤田湘子

「鯨屋と**いふ**船宿の白障子」　今井杏太郎

「栗虫の麻呂と謂へるが出できたり」　大石悦子

「みづうみの湧き立つといふ吹雪かな」　茨木和生

いぶか・し【訝し】〈形シク〉{(しく)・しから/しく・しかり/し/しき・しかる/しけれ/しかれ} ❶心が晴れない。気がかりだ。❷不審である。疑わしい。❸（ようすが）知りたい。見たい。聞きたい。

「いぶかしき日没ぞ桃とどきけり」　清水径子

「睦月まだ球體を切る術いぶかし」　竹中宏

いぶかし・む【訝しむ】〈他動・マ四〉{ま/み/む/む/め/め} ❶いぶかしく思う。❷不審に思う。

「一粒の種の仔細をいぶかしみ」　中村汀女

「鰻裂くを一心に見ていぶかしむ」　細見綾子

「露の父碧空に齢いぶかしむ」　飯田龍太

「石臼の穴いぶかしむ梅雨の鶏」　福田甲子雄

いぶか・る【訝る】〈自動・ラ四〉{ら/り/る/る/れ/れ} 気がかりに思う。知りたいと思う。

「桜狩葬煙をいぶかりもせず」　橋本多佳子

「春の池にいぶかられをる夕べかな」　岡井省二

「いぶかられ庭に穴掘る春夕べ」　福永耕二

いぶせ・し〈形ク〉{(く)・から/く・かり/し/き・かる/けれ/かれ} ❶気が晴れない。うっとうしい。❷気がかりである。❸不快だ。気づまりだ。

「雪国の医院いぶせき藁囲ひ」　山口誓子

「みちのくの町はいぶせき氷柱かな」　山口青邨

「いぶせき陽落つとネオンはなかぞらに」　篠原鳳作

「飯食うていぶせき夏至の日暮かな」　川崎展宏

いへ【家】《イエ》〈名〉❶住居。住まい。❷自宅。我が家。❸一族。一家。❹家柄。血筋。名門。

「蘆原の中に家あり行々子」　正岡子規

「いま人が死にゆくいへも花のかげ」　高屋窓秋

「雲の峰一人の家を一人発ち」　岡本眸

「本郷に家借りたしよ夕桜」　小川軽舟

いへ・ども【雖も】《イエドモ》〈接助〉（逆接の仮定条件・逆接の確定条件）…といっても。…であっても。…というけれども。

「藷粥や一家といへど唯二人」　三橋鷹女

「青梅や島といへども国分寺」　角川源義

いへ・ゐ【家居】《イエイ》〈名〉❶（家を造って）住むこと。❷住居。住まい。

「麦の芽の鏡にうつる家居かな」　木下夕爾

「狂言師の家居閑かや冬桜」　文挟夫佐恵

「家居がちに帰雁の頃となりゐたり」　村越化石

いほ【庵・廬】《イオ》〈名〉❶仮小屋。❷草庵《そうあん》。

「蓑虫の音を聞きに来よ草の庵」　松尾芭蕉

「己《わ》が庵に火かけて見むや秋の風」　原石鼎

「わが庵は酒屋に遠く梅早し」　清水基吉

「いま張りし田水に草の庵浮きぬ」　手塚美佐

い・ほ【五百】《イオ》〈名〉五百《ごひゃく》。また、数の多いことのたとえ。

▼「い」は五、「ほ」は百の意。
「松朽ち葉か丶らぬ**五百**木無かりけり」　原　石鼎
「**五百重**《いほへ》山雲こそか丶れ春ふかく」　水原秋櫻子
「秀を競はずに小春日の**五百**重山」　鷲谷七菜子

いほり【庵・廬】《イオリ》〈名〉❶仮小屋。❷草庵。
「来あはした人も煤はく**庵**哉」　正岡子規
「初明り山河を前のわが**庵**」　阿部みどり女
「水近き**庵**の隅の余寒かな」　眞鍋呉夫

いま【今】━〈名〉❶現在。現代。今の世。❷新しいこと。新しいもの。━〈副〉❶たった今。ちょうど今。❷今すぐ。すぐに。❸間もなく。❹新たに。最近。❺さらに。もう。
「堪ふる事**いま**は暑のみや終戦日」　及川　貞
「虫のこゑ**いま**なに欲しと言はるれば」　石川桂郎
「**今**逝きしばかりの年とその夜空」　能村登四郎
「散るさくら孤独は**いま**にはじまらず」　桂　信子
「饕食の天ぼうぼうと自愛の**いま**」　佐藤鬼房

いま-さら【今更】〈副〉今はもう。今になって。今改めて。
「歌留多散らばり**今さら**蔵書とぼしさよ」　中村草田男
「**いまさら**の如くにみるよたんぽぽ黄」　鈴木しづ子
「枝豆や**いまさら**なにを咎めだて」　稲垣きくの

いま-し【今し】〈副〉今まさに。ちょうど今。
「こは幸か大秋虹が**今し今し**」　及川　貞
「慟哭の群像**今し**涅槃かな」　和田悟朗

いまし-む【戒む・警む】〈他動・マ下二〉{め／め／む／むる／むれ／めよ}❶教えさとす。❷禁じる。❸縛る。罰する。❹用心する。
「春雷し弟子を**戒む**虚子忌かな」　阿波野青畝
「三寒四温余生濫用を**いましめて**」　安住　敦

い-ま-す【坐す・在す】━〈自動・サ四〉{さ／し／す／す／せ／せ}・〈サ変〉{せ／し／す／する／すれ／せよ}❶いらっしゃる。おいでになる。おいでになる。(「行く」「来《く》」の尊敬語)❷おでかけになる。おいでになる。━〈他動・サ下二〉{せ／せ／す／する／すれ／せよ}いらっしゃるようにさせる。いらっしゃっていただく。━〈補助動・サ四〉・〈サ変〉(活用形の連用形、またはそれに助詞「て」の付いた形に付いて)…ていらっしゃる。…おいでになる。━〈補助動・サ下二〉(動詞の連用形に付いて)…ていらっしゃるようにさせる。…申し上げる。
「生身魂《いきみたま》ち、は丶**います**ごときかな」　川端茅舎
「花ごとに**在す**みほとけ水芭蕉」　山田みづえ
「妻と寝て銀漢の尾に父母**います**」　鷹羽狩行
「銀屏はありふるさとに父**在さ**ず」　下村梅子
「主はつねに**いませ**りおでん煮えてくる」　如月真菜

いま-だ【未だ】〈副〉❶(下に打消の語を伴って)まだ。❷まだ。今でも。
「百千鳥堂塔**いまだ**整はず」　高野素十
「春**いまだ**火傷の痕はさくらいろ」　林　翔
「還暦や**いまだ**踏まざる裏日本」　高柳重信

「**未だ**青き風の芭蕉葉亀裂して」　安井浩司
「救世**いまだ**観音春の闇にあり」　橋本榮治

いまだ・し【未だし】〈形シク〉〔(しく)・しから／しく・しかり／し／しき・しかる／しけれ／しかれ〕
未熟だ。まだその時期でない。
「月見草に食卓就りて母**未だし**」　竹下しづの女
「霧ふかく酔**いまだし**や酔芙蓉《すいふよう》」　水原秋櫻子
「夕顔に蛾も来ず月も**いまだし**や」　五十嵐播水
「灸穴に春**いまだし**の手を添えぬ」　宇多喜代子

いま・は【今は・今際】《イマワ》〈連語〉❶もはや、今となっては。もうこうなっては。❷もはやこれまで。最後の臨終。▼名詞「いま」十係助詞「は」
「もの音や人の**いまは**の皿小鉢」　三橋敏雄
「地虫鳴く父の**いまは**のくちびるに」　八田木枯
「**いまは**のきはの尖端として木の芽」　齋藤愼爾

いみ・じ〈形シク〉〔(じく)・じから／じく・じかり／じ／じき・じかる／じけれ／じかれ〕❶はなはだしい。並々でない。❷よい。すばらしい。❸ひどい。恐ろしい。
「鏡餅**いみじき**罅を見せにけり」　安住　敦
「笹にさす冬日**いみじき**喪にありぬ」　藤木清子
「**いみじく**も湧ける水かな芭蕉林」　森田　峠
「朝寝してをんなの齢**いみじけれ**」　大石悦子

い・む【忌む・斎む】㊀〈自動・マ四〉〔ま／み／む／む／め／め〕身を清めて慎む。㊁〈他動・マ四〉忌み嫌う。不吉として避ける。
「三角を**忌ま**ずげんげの三角田」　山口誓子
「槻《きっ》夏木この路地来るごと都**忌む**」　金子兜太
「美童ありつつじの朱を**忌みに**けり」　永島靖子
「虚空《おおぞら》もいたどりぐさもわれを**忌む**」　安井浩司

い・むか・ふ【い向ふ】《イムカウ》〈自動・ハ四〉〔は／ひ／ふ／ふ／へ／へ〕❶向き合う。❷敵対する。
「いまはいま**いむかふ**しろき夕牡丹」　山口青邨

いも【妹】〈名〉❶妻。恋人。姉妹。（男性から女性を親んで呼ぶ語）❷あなた。（対称の人称代名詞に用いて、女性から親しい女性を呼ぶ語）
「**妹**が垣根さみせん草の花咲ぬ」　与謝蕪村
「この岡に根芹つむ**妹**名のらさね」　正岡子規
「**妹**とあがをれば来鳴きぬ鴫らも」　篠原鳳作

いも・がり【妹許】〈名〉愛する妻や女性のいる所。▼「がり」は居所および居る方向を表す接尾語。
「**妹がり**に鰒《ふぐ》引さげて月夜哉」　小林一茶
「ひとの家に粽結ふ見え**妹許**へ」　下村槐太
「**妹許**に星をまつるといふことも」　京極杞陽

いも・せ【妹背】〈名〉❶特に親しい間柄の男女。夫婦。❷妹と兄。姉と弟。
「はしきよし**妹背**並びぬ木彫雛」　水原秋櫻子
「貝雛やまこと**妹背**の二人きり」　高橋淡路女
「みささぎは**妹背**にましぬ百千鳥」　下村梅子
「春の日や**妹背**のごとき鷹ヶ峰」　大石悦子

いや【弥】〈副〉❶いよいよ。ますます。❷きわめて。最も。
「病院船晩餐の僧いや哄ふ」　平畑静塔
「いや白く雪嶺媚びぬ彼岸前」　相馬遷子
「いや古きうゑばうさうの夏来る」　三橋敏雄
「蹴球の夕べいや澄む誕生日」　徳弘　純

いや・し【卑し・賤し】〈形シク〉｛しく・しから／しく・しかり／し／しき・しかる／しけれ／しかれ｝❶身分が低い。地位が低い。❷粗末である。みすぼらしい。❸けちだ。さもしい。いじきたない。❹下品だ。
「食堂の西日の卓の蠅いやし」　星野立子
「涅槃図のいやしきは口あけて泣く」　殿村菟絲子
「涅槃図に嘆きすぎゐるもの賤し」　後藤比奈夫
「潮凍り声のいやしく使はるゝ」　飯島晴子

いやしく-も【苟くも】〈副〉❶身分不相応にも。柄でもないが。もったいなくも。❷かりそめにも。
「山稜はいやしくも花散らしめず」　阿波野青畝

いやし・む【卑しむ・賤しむ】〈他動・マ四〉｛ま／み／む／む／め／め｝さげすむ。見下す。

「雑器窯すこし卑しみ蚯蚓鳴く」　文挾夫佐恵

いや-まさ・る【弥増さる】〈自動・ラ四〉｛ら／り／る／る／れ／れ｝ますますつのる。いよいよ多くなる。

「母の老いやまさる春の暮つ方」　永田耕衣

い・ゆ【癒ゆ】〈自動・ヤ下二〉｛え／え／ゆ／ゆる／ゆれ／えよ｝（病気や傷が）なおる。回復する。いえる。
「萬両や癒えむためより生きむため」　石田波郷
「貝割菜癒ゆるとは空まぶしきこと」　友岡子郷
「菠薐草《はうれんさう》スープよ煮えよ子よ癒えよ」　西村和子

い-ゆ・く【い行く】〈自動・カ四〉｛か／き／く／く／け／け｝行く。進む。▼「い」は接頭語。上代語。
「春泥をいゆきて人を訪はざりき」　三橋鷹女
「松林い行くも別れおそざくら」　石橋秀野
「天の原いゆくは日のみ菜殻焼き」　野見山朱鳥

いよ-いよ【愈愈】〈副〉ますます。いっそう。
「洗へば大根いよいよ白し」　種田山頭火
「鰯雲鰯いよいよ旬に入る」　鈴木真砂女
「火を焚いて沼をいよいよ寒くせり」　岸田稚魚

いよ-よ【愈・彌】〈副〉なおその上に。いよいよ。いっそう。
「いよゝ歯も乏しく白魚澄みにけり」　渡邊水巴
「尾長来ていよゝたわゝの若楓」　川端茅舎
「星出でていよよ茅の輪の匂ふかに」　永井東門居
「大寒のいよよ小さき手足かな」　野澤節子

いらか【甍】〈名〉❶（瓦《かわら》でふいた）屋根の峰の部分。上棟《うわむね》。また、その瓦。棟瓦。❷瓦ぶきの屋根。また、その瓦。
「法華寺の甍の雨の秋の昼」　森　澄雄
「或る夏の甍の上の黒旗かな」　柿本多映
「時雨くる転害門の甍より」　山本洋子

いら・つ【苛つ】❶〈自動・タ四〉{た/ち/つ/つ/て/て}いらいらする。いらだつ。❷〈他動・タ下二〉{て/て/つ/つる/つれ/てよ}せかす。せきたてる。

「行人の影さと**いらつ**霜の風」　飛鳥田孋無公
「驟雨来し野を**いらち**駈け嘆かる」　石田波郷
「**いらち**むしる草てのひらにやはらかく」　香西照雄

いら・ふ【答ふ・応ふ】《イラウ・イロウ》〈自動・ハ下二〉{へ/へ/ふ/ふる/ふれ/へよ}答える。返事をする。▼「こたふ」とも。ただし、「こたふ」が相手の問いにまともにこたえるのに対し、「いらふ」は適当に返事する場合に用いられるとする説がある。

「山桑の花白ければ水**応ふ**」　臼田亜浪
「囀のちゅんと**応へ**てをりにけり」　後藤夜半
「板塀の**応ふ**音佳し水を打つ」　日野草城
「春雷に**応ふ**べくして身をかたく」　行方克巳

いらへ【答へ】《イラエ》〈名〉返事。返答。

「蕗煮ゆる呼びても**いらへ**なき土間に」　木下夕爾
「短日や**応へ**なき語を繰返し」　赤尾兜子
「水餅や母の**応へ**のあるところ」　山本洋子
「芝踏めば土の**応へ**や冬初め」　小川軽舟

いり‐あひ【入相】《イリアイ》〈名〉❶夕暮れ時。日没時。❷「入相の鐘《かね》（夕暮れにつく寺の鐘）」の略。

「**いりあひ**の衢《ちどり》なるべき光かな」　阿波野青畝
「**入相**の秋の鐘きく葱提げて」　稲垣きくの

いり‐ひ【入り日・没日】〈名〉沈みゆく太陽。落日。

「葡萄食む子に光背の**没日**炎ゆ」　佐藤鬼房
「円空の眦を彫る秋**没日**」　原　裕
「松とれてゆるき刻あり**没日**あり」　金田咲子
「すでに**没日**白樺の樹の瘦せ揃う」　江里昭彦

い・る【入る・没る】❶〈自動・ラ四〉{ら/り/る/る/れ/れ}❶はいる。はいってゆく。❷沈む。隠れる。没する。❸（宮中・仏門などに）はいる。❹至る。なる。達する。❺（心に）しみる。はいりこむ。❻必要になる。「要る」とも書く。❼（尊敬語を伴って）いらっしゃる。おいでになる。❷〈他動・ラ下二〉{れ/れ/る/るる/るれ/れよ}❶入らせる。入れる。❷含める。加える。❸こめる。うちこむ。

「太陽の出て**没る**まで青岬」　山口誓子
「子ども**入り**来し扉《と》より泰山木の白」　野澤節子
「内海や日の**没る**となく小判草」　吉田鴻司
「冬に**入る**墓碑透きとほるまで磨く」　有馬朗人
「鳥よりも人の多くが雲に**入る**」　齋藤愼爾

いろ【色】〈名〉❶色。色彩。❷衣服の色。❸喪服。喪服の色。❹表面。顔色。表情。態度。❺風情。趣。気配。❻はなやかさ。華美。❼優しさ。人情味。❽恋愛。色欲。❾恋人。愛人。

「山かげや水鳥もなき淵の**色**」　原　石鼎
「初冬のこゝろにたもつ**色**や何」　原コウ子
「夏風邪をひき**色**町を通りけり」　橋　閒石

「菠薐草の花は葉の**色**さびしき日」　中尾寿美子
「コスモスとしか言ひやうのなき**色**も」　後藤比奈夫
「待つのみの生涯冬菜はげしき**いろ**」　寺田京子
「**色**好む鬼のあはれも里神楽」　上田五千石
「桔梗にあいまいな**色**なかりけり」　中嶋秀子

いろ-いろ【色色】一〈名〉❶さまざまの色。❷さまざまな種類。種々さまざま。二〈副〉❶色とりどりに。❷さまざま。いろいろ。
「花衣ぬぐやまつはる紐**いろ〳〵**」　杉田久女
「栃木に**いろいろ**雨のたましいもいたり」　阿部完市
「啓蟄や奥で**いろいろ**騒ぎあり」　鳴戸奈菜
「**いろいろ**な破れ方にしてみな蓮」　辻　桃子
「ぶらんこを揺すりなりたいもの**色々**」　寺井谷子

いろ-せ【同母兄弟】〈名〉同じ母から生まれた兄または弟。▼「いろ」は接頭語。上代語。
「夜振火の二つが寄れば**いろせ**なり」　阿波野青畝
「二上山《ふたかみ》を**兄弟**《いろせ》と呼ばむ曼珠沙華」　津田清子
「**いろせ**ともおもへる寒の牡丹かな」　加藤三七子

いろ-ど-る【色取る・彩る】〈他動・ラ四〉〔ら／り／る／る／れ／れ〕❶色をつける。彩色する。❷紅や白粉《おしろい》などを顔にぬる。化粧する。
「雲いろいろ**彩る**二百十日かな」　前田普羅
「**彩り**し犬の画姉妹夜学かな」　長谷川かな女

「向日葵をつよく**彩る**色は黒」　京極杞陽
「砂深く蛤**彩ら**れてあり」　澁谷　道

い-ろ-は【伊呂波】〈名〉❶「伊呂波歌」の略。❷「いろは歌」を仮名書きにした平仮名四十七文字。また、その末尾に「ん」または「京」の文字を加えた四十八文字。❸物事の初歩。特に稽古事《けいこごと》の初め。
「竹馬や**いろは**にほへとちり〴〵に」　久保田万太郎
「いが散りてろが散り**いろは**紅葉かな」　後藤比奈夫
「涅槃会や**いろは**うた説き法を説く」　大橋敦子

いろ-め-く【色めく】〈自動・カ四〉〔か／き／く／く／け／け〕❶美しく色づく。はなやかな色を見せる。❷色好みのように見える。なまめかしく見える。❸敗色が見える。▼「いろ」は接頭語。
「笹鳴のいつ来て二つ**いろめき**ぬ」　原コウ子
「出帆の銅鑼に**色めく**冬灯かな」　日野草城
「月の雲**いろめき**たちて流れをり」　草間時彦
「岳の幟発つに**色めく**夏の露」　宮津昭彦

いん-ぐわ【因果】《インガ》〈名〉❶すべてのものにある原因と結果。❷悪業《あくごう》。悪業の報い。仏教語。
「花時の猫の足拭く**因果**かな」　長谷川双魚
「夕青葉香具師《やし》に**因果**をきかされつ」　大野林火

う

う【得】一〈他動・ア下二〉〔え／え／う／うる／うれ／えよ〕❶手に入れる。自分のものにする。❷得意とする。優れる。❸（多く「心を得」「意を得」などの形で）理解する。□二〈補助動・ア下二〉（動詞の連用形に付いて）…（することが）できる。

「死病得て爪うつくしき火桶かな」 飯田蛇笏

「野分中月は光を得つつあり」 富安風生

「柿を好き給ふ母ゆゑ慰め得」 永田耕衣

「牡丹得て壺は命を得たりけり」 下村梅子

「藁灰を得べき焚火のすぐ終る」 林 翔

「映し得ぬ身の内側や水澄みても」 鷲谷七菜子

「椋鳥の群九輪にすべてとまり得ず」 森田 峠

「逢ひ得たる胸突坂は雪の坂」 沼尻巳津子

う〈助動・特殊型〉（う/○/う/う/○/○）❶（推量）…だろう。…う。❷（意志）…う。…よう。❸（仮定・婉曲）…ならば。…ような。❹（適当・当然）…するのがよい。…するのが当然だ。…すべきだ。▼動詞の未然形に付く。助動詞「む」が「ん」となり、さらに「う」に変化した語。

「死なうかと囁かれしは螢の夜」 鈴木真砂女

「眼をつむり軍船の豚にならう」 藤後左右

「雲の峰上手に死んでやらうかな」 栗林千津

「水火かの椿を一つ盗りにゆかう」 小川双々子

う・う【植う】〈他動・ワ下二〉（ゑ/ゑ/う/うる/うれ/ゑよ）植える。

「田一枚うゑて立ち去る柳かな」 松尾芭蕉

「切株の累々諸《もい》を植うるなり」 相馬遷子

「植ゑられし木を感じをり隣の木」 矢島渚男

「球根を植う生涯の悔も植う」 中嶋秀子

う・う【飢う・餓う】〈自動・ワ下二〉（ゑ/ゑ/う/うる/うれ/ゑよ）飢える。

「飢ゑてみな親しや野分遠くより」 西東三鬼

「餓ゑし瞳《め》に雪の白さがふりやまぬ」 篠原鳳作

「春浅く病癒えずば妻子飢う」 野見山朱鳥

「春潮をへだてて飢ゑる民族よ」 小泉八重子

「ペン先を蛾に近づけ詩に飢うる」 上田日差子

う・えん【有縁】〈名〉❶関係があること。因縁があること。❷仏に導かれる因縁のあること。仏教語。

「日盛りに出世有縁の狆《ちん》の顔」 中村草田男

「かたかごの花や有縁やわれは正客」 阿部完市

うかが・ふ【窺ふ】（ウカガウ・ウカゴウ）〈他動・ハ四〉（は/ひ/ふ/ふ/へ/へ）❶それとなくようすを探る。こっそりのぞく。❷ひそかに待つ。❸調べてみる。尋ね求める。❹ひととおり知っておく。

「鷺草の花の窺ふ方位かな」 後藤夜半

「オーバーのまま風邪の子の熱うかがふ」 大野林火

「蜥蜴《とかげ》うかがふ『目には目を歯には歯を』」 加藤楸邨

「三寒四温老の機嫌を窺へり」 能村研三

「屏風絵の鷹が余白を窺へり」 中原道夫

うが・つ【穿つ】〈他動・タ四〉（た/ち/つ/つ/て/て）❶穴をあける。❷突きさす。❸人や物の癖・欠陥、世態・人情の機微などを指摘し、明らかにする。

「洞門をうがつ念力短日も」 杉田久女

「種下ろす足山影を**穿ち**けり」　水原秋櫻子
「啄木鳥が**穿て**る洞や葛の花」　石塚友二

う‐かひ【鵜飼】《イウカ》 季・夏 〈名〉鵜を使ってあゆなどの川魚をとること。また、それをする人。
「**鵜飼**名を勘作と申し哀れなり」　夏目漱石
「**鵜飼**の火川底見えて淋しけれ」　村上鬼城
「**鵜飼**一生水の匂ひを陸《がく》に曳き」　野澤節子

うがひ【嗽・含嗽】《イウガ》 〈名〉水などを含んで口やのどをすすぐこと。
「彼岸鐘**嗽**のこゑを大きくす」　川崎展宏

うか・む【浮かむ・泛かむ】一〈自動・マ四〉{ま/み/む/む/め/め}❶浮く。浮かんでいる。❷落ち着かない。うわつく。❸思い出される。思い浮かぶ。❹あてにならない。いいかげんだ。❺出世する。世に出る。❻成仏する。二〈他動・マ下二〉{め/め/む/むる/むれ/めよ}❶水面に浮かべる。❷暗記する。暗唱する。❸出世させる。世に出す。❹成仏させる。
「デスマスク蒼く**うかめ**り楽澄めば」　篠原鳳作
「年たけて**浮かむ**瀬もあり亀鳴けり」　清水基吉
「草餅の大潮に**うかみ**つ、食うべ」　安東次男
「茶畑に**浮み**沈むや雨つばめ」　高橋睦郎

うから【親族】〈名〉血縁のある人。血族。身内。▼上代には「うがら」とも。
「餅搗の**うから**やからや土間板間」　松根東洋城
「新豆腐**うから**還らぬ誰々ぞ」　加藤楸邨
「死神は**うから**まで来し桃啜る」　中戸川朝人
「雪國の**うから**となりて深庇」　筑紫磐井

うか・る【浮かる】〈自動・ラ下二〉{れ/れ/る/るる/るれ/れよ}❶自然に浮く。❷あてもなくさまよう。ふらふらと出歩く。❸動揺する。❹(気持ちなどが)浮かれる。(心が)浮き立つ。
「**うかれ**ける人や初瀬の山櫻」　松尾芭蕉
「敷石を渡りて失せぬ**うかれ**猫」　原　石鼎
「夏の月うかれ坊主のまづ**浮かれ**」　久保田万太郎
「満月に**うかれ**出でしは山ざくら」　飯田龍太

うき‐ね【浮き寝】〈名〉❶水鳥が水上に浮いたまま寝ること。▼「浮寝鳥」は冬の季語。❷(水上にとめた)船で寝ること。❸流す涙に浮くほどの悲しみをいだいて寝ること。また、落ち着かず不安な思いで寝ること。❹(夫婦でない男女の)一時的な共寝。転じて、仮の男女関係。
「朝見れば吹きよせられて**浮寝**鳥」　正岡子規
「**浮寝**鳥覚めて失ふ白ならむ」　後藤比奈夫
「初老とは四十のをんな**浮寝**鳥」　黒田杏子

うき‐よ【憂き世・浮き世】〈名〉❶つらいこの世。❷無常のこの世。俗世間。❸つらい男女の仲。❹現世。この世。❺楽しむべきこの世。❻遊里。遊里での遊び。
「花さくや欲の**うき世**の片隅に」　小林一茶
「**浮世**なほ酒に酔ひ哭く秋のくれ」　中川宋淵

「わが世のあと百の月照る**憂世**かな」 金子兜太
「**浮き世**とや逃げ水に乗る霊柩車」 原子公平

う・く【受く・請く・享く】〈他動・カ下二〉｛け/け/く/くる/くれ/けよ｝❶受け止める。受け取る。❷聞き入れる。承知する。❸こうむる。授かる。身に受ける。❹信頼する。好意をもつ。❺引き取る。請け出す。

「真白さのつくばね**うけよ**初御空」 三橋鷹女
「**受け**答へつつねんごろに挿木して」 清崎敏郎
「秋彼岸てのひら出して羽毛**享く**」 波多野爽波
「妻より**受く**吾子は毛布の重さのみ」 大串 章
「日を**享け**て初常念となりにけり」 小澤 實

う・く【浮く】[一]〈自動・カ四〉｛か/き/く/く/け/け｝❶浮かぶ。❷落ち着かない。❸あてにならない。いいかげんだ。[二]〈他動・カ下二〉｛け/け/く/くる/くれ/けよ｝浮かべる。浮かす。

「春祭笛吹くたびに嶺**浮けり**」 吉田鴻司
「うきくさという名の**浮かぬ**月日かな」 津沢マサ子
「てふてふや水に**浮きたる**語彙一つ」 河原枇杷男
「虫の夜をねむる白波に**浮く**ごとく」 平井照敏
「**泛く**薔薇に茎のありける深空かな」 正木ゆう子

うぐひす【鶯《ウグイス》】[季・春]〈名〉ヒタキ科の小鳥。「春告げ鳥」ともいわれるように、春を告げる鳥として馴染みがある。

「**うぐひす**の初音のひゞく障子かな」 日野草城
「**うぐひす**や昼は使はぬ文机」 大峯あきら

うけ‐が・ふ【肯ふ】《ウケガウ・ウケゴウ》〈他動・ハ四〉｛は/ひ/ふ/ふ/へ/へ｝承知する。

「跳ぶばつたひとりの強さ**肯ふ**も」 秋元不死男
「加留多歌老いて**肯ふ**恋あまた」 殿村菟絲子
「墓の苔**肯ふ**目なりひややかに」 廣瀬直人

うさ【憂さ】〈名〉つらさ。

「羽抜鶏馳け出して**憂さ**晴らしけり」 鈴木真砂女
「身のなかに種ある**憂さ**や鶏頭花」 中村苑子
「ふところに乳房ある**憂さ**梅雨ながき」 桂 信子

うし【大人】〈名〉❶土地や物を領有している人の尊敬語。❷学者・師匠に対する尊敬語。

「**大人**の墓故山の梅雨の月とあり」 水原秋櫻子
「遠花火童顔**大人**はもう寝たか」 山口草堂
「初夢にさつぱりわやと青畝**大人**」 後藤綾子

う・し【憂し】〈形ク〉｛(く)・から/く・かり/し/き・かる/けれ/かれ｝❶つらい。❷わずらわしい。嫌いだ。いやだ。❸恨めしい。

「**うき**我をさびしがらせよかんこどり」 松尾芭蕉
「濠の鳰見つつゐて顔**憂かり**けり」 森 澄雄
「三十の**憂き**黄炎の夏日かな」 野澤節子
「勤め**憂し**涸河に毬今日も見え」 鷹羽狩行

うしな・ふ【失ふ・喪ふ】《ウシナウ・ウシノウ》〈他動・ハ四〉｛は/ひ/ふ/ふ/へ/へ｝❶(物などを)なくす。❷なくなるようにする。消滅させる。❸亡くす。死別する。❹殺す。

「曼珠沙華佛は首《かうべ》**失は**れ」　阿波野青畝
「仏見て**失は**ぬ間に桃喰めり」　細見綾子
「綿虫を見失ひまた何**失ふ**」　林　翔
「芳草や**喪へ**るもの何と多き」　佐藤鬼房
「黄落や**うしなひ**し海まひるなる」　小川双々子

うしほ【潮】《ウシオ》〈名〉❶潮流。潮《しお》の干満。❷海水。
「冷し馬**潮**北さすさびしさに」　山口誓子
「泰山木咲いて**潮**の土佐の国」　森　澄雄
「麦飯や**潮**の縞の濃く薄く」　川崎展宏
「待春のぬけ道どれも**潮**の香」　上田日差子

うし-みつ【丑三つ】〈名〉時刻の名。丑の時を四分した第三刻。午前二時過ぎ。真夜中とされる。
「凍屋根に**丑満**の富士かぶさりぬ」　大野林火
「**うしみつ**の金剛杖の歩幅なる」　平畑静塔
「不知火を見る**丑三つ**の露を踏み」　野見山朱鳥

うしろ【後ろ】〈名〉❶後方。背後。❷背中。後部。❸後ろ姿。❹亡きあと。去ったあと。❺着物の裾《すそ》。また、下襲《したがさね》の、後ろに垂れ引く部分。裾《きよ》。
「**うしろ**手に閉めし障子の内と外」　中村苑子
「八十八夜**うしろ**姿の湖国人」　鈴木六林男
「火の**後ろ**ふいに二月の蓮畑」　永末恵子
「君がため**うしろ**の海をたち割らん」　夏石番矢

う・す【失・す】〈自動・サ下二〉｛せ/せ/す/する/すれ/せよ｝❶なくなる。消える。❷いなくなる。
「五感先づ何から**失せ**む沈丁花」　文挾夫佐恵
「霧深き天へ**失せ**ゆく滝も杉も」　野見山朱鳥
「齢きて白歯**失せ**ゆく雛かな」　寺田京子
「穴掘って人の**失せ**ける冬渚」　高橋睦郎
「底みせぬ海に咳き込み何か**失す**」　齋藤愼爾
「川の名の**失せ**しあたりの螢狩」　能村研三

うす・し【薄し】〈形ク〉｛(く)・から/く・かり/し/き・かる/けれ/かれ｝❶厚みがない。薄い。❷味・匂い・色・密度・濃度が淡い。薄い。❸浅はかだ。気持ちが深くない。薄情だ。❹とぼしい。少ない。恵まれていない。
「年つまる湯を出て**薄き**土ふまず」　松村蒼石
「春雷が鳴りをり**薄き**耳朶の裏」　三好潤子
「往生際雲厚からず**薄からず**」　栗林千津
「紙漉くや天の羽衣より**薄く**」　有馬朗人

うす-づ・く【臼搗く・舂く】〈自動・カ四〉｛か/き/く/く/け/け｝❶うすに入れてつく。うすをつく。❷夕日が西の山に入ろうとする。日が傾く。▼「うすつく」とも。

「ふるさとや**舂く**頃の紫蘇の壺」　柿本多映

うすら-【薄ら】〈接頭〉厚さが少ない。程度が少ない。かすかな。なんとなく。どことなく。
「降る雪の**薄ら**明りに夜の旗」　西東三鬼
「茹で栗の**うすら**甘さよこれの世の」　細見綾子

「薄らまゆ影うごきつつ音ごもる」 野澤節子
「冬山を這ふ薄ら日や銭洗ふ」 鍵和田秞子

うすら-ひ【薄氷《ウスライ》】 季・冬 〈名〉薄くはった氷。うすごおり。▼上代は「うすらび」。
「**薄氷**にふたたび降りし雀かな」 皆川盤水
「**うすらひ**は深山へかへる花の如」 藤田湘子
「紙漉くや**薄氷**掬ふごとくにも」 高橋睦郎

うそ-【薄】〈接頭〉どことなく、なんとなく、ぼんやり、の意を表す。
「薬煮るわれ**うそ**寒き夜ごろ哉」 芥川龍之介
「雲うすれゆくたそがれの**うそ**寒き」 富田木歩
「八手咲く**うそ**暖く**うそ**寒く」 相生垣瓜人

うそ-ぶ・く【嘯く】㊀〈自動・カ四〉{か/き/く/く/け/け}❶口をすぼめて息をつく。息をきらす。❷そらとぼける。❸口笛を吹く。㊁〈他動・カ四〉(詩歌を)口ずさむ。吟ずる。
「猫の恋月に**嘯く**とはいへど」 川端茅舎
「**うそぶき**て銀杏《ぎんなん》腹の噯《おくび》出し」 平畑静塔

うた【歌・唄】〈名〉❶歌。その言葉。声を出し、節をつけて歌うもの。❷韻文。詩歌。短歌。長歌などの和歌や、歌謡や漢詩など、語音の調子を整えたもの。❸和歌。❹短歌。
「防人《さきもり》の妻恋ふ**歌**や磯菜摘む」 杉田久女
「春愁の胡客の**歌**に低く和す」 能村登四郎
「旅の女の戯《ざ》れ**唄**しばし夏の後」 金子兜太
「橋までの鳥追ひ**歌**や闇白し」 角川春樹

うた-かた【泡沫】㊀〈名〉(水に浮かぶ)あわ。(多くはかないもののたとえに用いられる)㊁〈副〉少しの間。▼「うたかた」とも。あわが、はかなく消える意から。
「**うたかた**と文字にし書けば遠き鵙」 中村汀女
「此の岸にふゆる**泡沫**鳥帰る」 成田千空
「秋の水三輪山を出で**うたかた**に」 和田悟朗
「**うたかた**の涙珠のネックレースかな」 堀井春一郎
「今捨てし水の**うたかた**春の闇」 手塚美佐

うたが-は・し【疑はし《ウタガワシ》】〈形シク〉{(しく)・しから/しく・しかり/し/しき・しかる/しけれ/しかれ}信じられない。疑わしい。
「著莪の花仏の掖の**疑はしく**」 飯島晴子
「冬蜂の溺死といふは**疑はし**」 星野麦丘人

うたた【転】〈副〉❶いっそう嫌で。不快に。うとましく。❷ますます。いよいよ。いっそう。
「突風や喪服黒白春**うたた**」 阿波野青畝
「**うたた**浅学雪かぎりなく炭に降る」 中村草田男
「春**うたた**昼の火ときにおそろしく」 宇佐美魚目

うたた-ね【仮寝・転寝】〈名〉うとうとと寝ること。思わずうとうとと眠ること。仮寝《かりね》。
「**うたた寝**の夢に大きな凧が鳴る」 廣瀬直人
「**うたたね**のわれも浮きたし浮氷」 永島靖子
「**うたた寝**に何の卵を抱きおらん」 森田智子

うたて【転】 一〈副〉❶ますますはなはだしく。いっそうひどく。❷異様に。気味悪く。❸面白くなく。不快に。いやに。いとわしく。二形容詞「うたてし」の語幹。→うたてし
「**うたて**やな喪にこもる頃の時鳥」 正岡子規
「雪卍**うたて**や子らを置き去るか」 山田みづえ
「春**うたて**袋いろいろふくらみぬ」 鳴戸奈菜

うたて・し【転てし】〈形ク〉｛(く)・から/く・かり/し/き・かる/けれ/かれ｝❶がっかりする。いやだ。情けない。気にくわない。❷いたわしい。気の毒だ。心が痛む。
「かす〳〵の身過ぎ**うたてし**冬菜生ゆ」 長谷川零餘子
「花莚**うたてし**乳子借り出すよ」 平畑静塔
「日本**うたてし**憂しと黙せる春蟬かな」 坂戸淳夫

うたひ【謡】《ウタイ》〈名〉❶詞章(歌詞)に節を付けて歌う韻文。謡《うた》い物。❷能楽の詞章・台本。また、それに節を付けて謡う音曲。謡曲。
「春月や**謡**をうたふ小僧と僧」 前田普羅
「**謡**にも月になまめく一女性」 京極杞陽
「紅梅や**謡**の中の死者のこゑ」 宇佐美魚目

うた・ふ【歌ふ・唄ふ】《ウタウ》〈他動・ハ四〉｛は/ひ/ふ/ふ/へ/へ｝❶歌う。❷詩歌を吟じる。朗詠する。
「蛾の来ぬ夜嵐吹き荒れ森**うたふ**」 高屋窓秋
「**歌は**ねば歳月くもる虎耳草《ゆきのした》」 小泉八重子
「ふれあうて**うたひ**し千草枯れにけり」 矢島渚男
「とめどなく春歌**うたへ**ば名残雪」 辻 桃子
「なきがらに雲雀**うたふ**と思ふのみ」 岸本尚毅

うち-【打ち】〈接頭〉(語調を整えたり、意味を強めて)❶ちょっと。ふと。❷すっかり。❸勢いよく。
「摘草の手を洗ふなり**うち**そろひ」 山口青邨
「神父必死颱風の傘**うち**すぼめ」 加藤楸邨
「うらがれや遠樹は夕日**うち**かむり」 木下夕爾
「**うち**曇る淡海に芦を焚く音す」 飴山 實
「湖は小面《こおもて》さくら能衣を**打ち**ひろげ」 河野多希女

うち【内】〈名〉❶中。内側。内部。屋内。❷宮中。内裏《だいり》。❸天皇。帝《みかど》。主上。❹心の中。胸の内。❺間。うち。ある期間内。❻中。ある範囲内。❼以内。以下。数を示す語とともに用いる。❽家。建物。❾夫。妻。❿仏教。儒教を「そと」「ほか」というのに対する。
「聞く**うち**に蟬は頭蓋の**内**に居る」 篠原 梵
「羽抜鶏鳴くまではわが**内**に飼ふ」 小檜山繁子
「夢寐《むび》の間《ま》も光陰の**うち**きりぎりす」 上田五千石
「冷まじや身の**うち**の鈴鳴り続け」 久保純夫
「障子貼る父の口出し無き**うち**に」 能村研三

うぢ【氏】《ウジ》〈名〉❶古代社会で、家系を同じくする血縁的同族集団。❷家柄。家系。❸家の名。名字《みようじ》。
「蚕屋の主甲斐の武田の**氏**を云ふ」 長谷川かな女
「梅雨の犬で**氏**も素性もなかりけり」 安住 敦

う

「射干《ひあふぎ》や氏藤原の禰宜の墓」　大屋達治

うち‐かへ・す【打ち返す】《ウチカエス》〈他動・サ四〉{さ/し/す/す/せ/せ}❶裏返す。ひっくり返す。❷繰り返す。❸耕す。▼「うち」は接頭語。

「高波**打ちかへす**砂浜に一人を投げ出す」　尾崎放哉

「白光の島あり畑を**打ち返す**」　佐藤鬼房

「**打ち返す**頃となりたる春田かな」　清崎敏郎

うち‐こ・む【打ち込む】 ■一〈他動・マ四〉{ま/み/む/む/め/め}❶(刀などで)切り込む。切りつける。❷突き入れる。たたき込む。投げ入れる。❸(財産などを)つぎ込む。❹熱中する。ほれ込む。■二〈自動・マ四〉大勢が入り交じる。

「秋の江に**打ち込む**杭の響かな」　夏目漱石

「祭太鼓**打ち込む**撥《ばち》と若き身と」　山口誓子

「雪の中十字架深く**打ち込める**」　有馬朗人

うち‐つけ・なり〈形動ナリ〉{なら/なり・に/なり/なる/なれ/なれ}❶あっという間だ。❷軽率だ。無分別だ。❸ぶしつけだ。露骨だ。

「**うちつけに**小綬鶏鳴くや雹のあと」　水原秋櫻子

「黒き地や身を降る雪の**打ちつけに**」　中村草田男

「**うちつけに**芭蕉の雨のきこえけり」　日野草城

「**うちつけに**水見えてゐる秋思かな」　山西雅子

うち‐つ・る【打ち連る】〈自動・ラ下二〉{れ/れ/る/るる/るれ/れよ}連れ立つ。▼「うち」は接頭語。

「初凪の宇多の松原**うちつれて**」　下田歌子

「**打ち連れて**闇あたたかき三の酉」　橋本榮治

うち‐なび・く【打ち靡く】 ■一〈自動・カ四〉{か/き/く/く/け/け}❶(草・髪などが)なびく。❷(人が)横になる。横たわる。❸心がある方になびく。㋐慕う。㋑服従する。■二〈他動・カ下二〉{け/け/く/くる/くれ/けよ}服従させる。▼「うち」は接頭語。

「細々と**打ちなびき**ゐる芒かな」　阿部みどり女

「**うちなびき**音こそなけれ枯芒」　川端茅舎

うち‐まじ・る【打ち交じる】〈自動・ラ四〉{ら/り/る/る/れ/れ}❶まじり合う。入りまじる。❷人と交際する。仲間に入る。▼「うち」は接頭語。

「櫻貝軒端の砂に**うちまじり**」　阿波野青畝

「春の滝たらちねのこゑ**うちまじり**」　鍵和田秞子

「盆花やゐのころ草の**打ちまじり**」　石田郷子

う・つ【打つ】〈他動・タ四〉{た/ち/つ/つ/て/て}❶たたく。打ちつける。❷(楽器や手などを)打ち鳴らす。❸(額《がく》、札《ふだ》などを)打ちつける。打って揚げる。❹(つやを出すため、布を)砧《きぬた》で打つ。❺(仮設物などを)設ける。❻たたいて鍛える。加工する。❼投げて当てる。投げつける。まく。❽耕す。掘り起こす。❾(文字に点を)つける。❿勝負事をする。⓫(動作・興行などを)する。行う。やる。⓬攻め滅ぼす。殺す。

「家康公逃げ廻りたる冬田**打つ**」　富安風生

「子を**殴**《う》**ち**しながき一瞬天の蟬」　秋元不死男

「寒雷や一匹の魚天を**搏**《う》**ち**」　富澤赤黄男

「蘖や愛は左右の頰**打たす**」　有馬朗人
「小百足《こむかで》のみづみづしきを**打ち**にけり」　大木あまり

うづ【渦】《ズウ》〈名〉❶流れの中で、こまのように自転している部分。❷めまぐるしい動きのあるところ。
「母の**渦**子の**渦**鳴門故郷の**渦**」　橋本夢道
「落椿呑まんと**渦**の来ては去る」　福田蓼汀
「ひと**渦**をともして寝入る蚊遣香」　福田甲子雄
「大試験いまうつくしき**渦**の中」　大串　章

うづ・く【疼く】《ウズク》〈自動・カ四〉｛か／き／く／く／け／け｝ずきずきと重苦しく痛む。
「寒き夜やをりをり**うづく**指の傷」　鈴木しづ子
「日輪の**疼き**どほしに落葉舞ふ」　井沢正江
「海**疼く**椿の花の落ち伏しに」　八木三日女
「小判草**疼く**ごとくに熟れゐたり」　加藤三七子

うつく・し【美し・愛し】〈形シク〉｛（しく）・しから／しく・しかり／し／しき・しかる／しけれ／しかれ｝❶いとしい。❷かわいい。愛らしい。❸美しい。きれいだ。❹見事だ。りっぱだ。申し分ない。
「含羞《はにか》みて**うつくしかりき**落葉の中」　富澤赤黄男
「なが性《さが》の炭**うつくしく**ならべつぐ」　長谷川素逝
「雁《かりがね》やのこるものみな**美しき**」　石田波郷
「渾身に真向へば夏**美しや**」　岡本　眸
「**うつくしき**世をとりもどすうろこ雲」　鷹羽狩行

うづくま・る【蹲る・踞る】《ウズクマル》〈自動・ラ四〉｛ら／り／る／る／れ／れ｝❶体を丸くして膝を折り腰を落とす。しゃがむ。❷獣などが前肢を折り地面に腹をつけてすわる。
「砂丘に**うづくまりけ**ふも佐渡は見えない」　種田山頭火
「河豚を剥ぐ男や道に**うづくまる**」　橋本多佳子
「**うづくまる**兎にはとり露の中」　中田　剛

うづ-しほ【渦潮】《ウズシオ》季・春〈名〉渦巻く潮流。
「**渦潮**に浮けるを鵜としあはれむや」　稲垣きくの
「**渦潮**のその底をゆくうねりかな」　桂　信子
「**渦潮**をたましひ覗き込むごとく」　矢島渚男

うつし-み【現し身】〈名〉現世の人の身。生きている身。
「**現身**の黒髪にほふ雛の前」　西島麦南
「昼寝覚**うつしみ**の空あをくと」　川端茅舎
「**現身**の何も残らず昼寝覚め」　中村汀女
「**うつしみ**を蝶よ花よと籠枕」　橋　閒石

うつし-よ【現し世】〈名〉この世。▼隠世《かくしよ》の反対語。
「**うつし世**のあしたや門火燃え残り」　高橋淡路女
「**現し世**の身姿のセル単へもの」　高野素十
「**うつし世**の浮燈台の灯のおぼろ」　きくちつねこ
「**現世**をはみ出してゆく鴨数羽」　小泉八重子
「**うつし世**の冬瓜を煮て透きとほる」　辻美奈子

うつせみ【現人・現身】〈名〉❶この世の人。生きている人。

❷この世。現世。▼「うつそみ」の転。

「鳥雲にうつせみの子は影踏みあひ」　齋藤愼爾

うつせみ【空蟬】 季・夏 〈名〉❶蟬のぬけがら。❷蟬。❸魂がぬけた虚脱状態の身。

「空蟬をひろふ流人《るにん》の墓ほとり」　大野林火

「空蟬の両眼濡れて在りしかな」　河原枇杷男

「空蟬のなほ苦しみを負ふかたち」　鷹羽狩行

うつそみ【現人・現身】 ❶この世の人。生きている人。❷この世。現世。▼「現《うつ》し臣《おみ》」の変化したもの。「うつせみ」の古形。

「黄泉《よみ》の子もうつそみの子も白絣」　能村登四郎

「現身は寒し水にはみをつくし」　八田木枯

「うつそみの男を恋へず花氷」　繭草慶子

うづ-たか・し【堆し】《ウズタカシ》 〈形ク〉｛(く)・から／く・かり／し／き・かる／けれ／かれ｝盛り上がって高い。うずたかい。

「春草を踏みてをりをり堆し」　皆吉爽雨

「賀状うづたかしかのひとよりは来ず」　桂　信子

「うづたかき怨憎会苦の落椿」　文挾夫佐恵

「ほのとあをみてうづたかきさくらかな」　岡井省二

うった・ふ【訴ふ】《ウッタウ・ウットウ》 〈他動・ハ下二〉｛へ／へ／ふ／ふる／ふれ／へよ｝❶訴訟する。❷申し出る。告げる。

「蚊一つを訴ふるなり月の客」　前田普羅

「一片の紅葉の何を訴ふる」　富安風生

「訴ふる姿勢で敵意師走犬」　香西照雄

「きりぎりす訴ふることありて鳴く」　宮津昭彦

うつつ【現】 〈名〉❶現実。現世。実在。❷正気。❸夢心地。(「夢うつつ」と続けて言うところからの誤用)

「夢よりも現の鷹ぞ頼母《たのも》しき」　松尾芭蕉

「松風をうつつに聞くよ夏帽子」　芥川龍之介

「隙間風天井うまき今のうつゝ」　中村草田男

「夢はじめ現はじめの鷹一つ」　森　澄雄

「春の茸生えてうつつの地と思ふ」　飯田龍太

「一期は夢一会はうつつ旅はじめ」　石　寒太

うつつ-な・し【現無し】 〈形ク〉｛(く)・から／く・かり／し／き・かる／けれ／かれ｝正気でない。

「子を守りて母うつつなき飛燕かな」　中村汀女

「うつつなく昼の螢は蚕屋に匐ふ」　加藤楸邨

「現なく日輪しろき郁子《むべ》咲けり」　角川源義

「うつつなや角《つの》を切られし鹿の貌」　眞鍋呉夫

うつは【器】《ウツワ》 〈名〉❶入れもの。❷事を担当するに足る能力。器量。人物の大きさ。

「淡海また器をなせり鯉幟」　鈴木六林男

「器から器へのびる蝶の舌」　柿本多映

「淡海といふ水の器を鳥渡る」　齋藤愼爾

「抛らばすぐに器となる猫大切に」　攝津幸彦

うつ-ぶ・す【俯す】 〈自動・サ四〉｛さ／し／す／す／せ／せ｝❶うつぶせに

なる。❷うつむく。

「ニーチェ読む黒髪の蠅**うつぶして**」　増田まさみ

「何嗅ぐとなく冬草へ**俯せて**」　中田　剛

うづみ-び【埋み火】《ウズミビ》 季・冬 〈名〉火種を絶やさないように炉や火鉢の灰に埋めた炭火。

「**うづみ火**や我かくれ家《が》も雪の中」　与謝蕪村

「**埋火**や白湯もちんく夜の雨」　小林一茶

「**埋火**をひろぐさながら夜寒星」　大野林火

「さぐりあつ**埋火**ひとつ母寝し後」　桂　信子

うづ・む【埋む】《ウズム》 〈他動・マ四〉{ま／み／む／む／め／め}❶うずめる。かぶせて覆う。❷気持ちをめいらせる。▼室町時代の用法として下二段活用もある。

「不二ひとつ**うづみ**殘してわかばかな」　与謝蕪村

「金を以てメロンの皿の瑕《きず》を**うづむ**」　後藤夜半

「天碧し盧橘《ろきつ》は軒を**うづめ**咲く」　杉田久女

「夫**うづむ**真白き菊をちぎりたり」　橋本多佳子

「汗拭くや谷を**埋むる**くはずいも」　上村占魚

うづも・る【埋もる】《ウズモル》 〈自動・ラ下二〉{れ／れ／る／るる／るれ／れよ}❶覆われて見えなくなる。うずもれる。❷人に知られないでいる。うずもれる。

「蛇いちご珠と**うづもれ**畦を塗る」　皆吉爽雨

「十薬に**うづもれ**富貴うしなへり」　原コウ子

「母の日よ妻の日よ供華に**埋づもれ**て」　殿村菟絲子

うつろ【空・虚・洞】〈名〉中がからなこと。中がからになった所。空洞。▼「うつほ」とも。

「椎の樹の**うつろ**見越して人を待つ」　長谷川零餘子

「凧の尾の見えずなりたる空**うつろ**」　石橋秀野

「胸像の芯の**虚ろ**を抱へ凍つ」　横山房子

「白地着て山鳩のこゑ陽は**洞**」　森　澄雄

「寒鴉**うつほうつほ**に声入れて」　茨木和生

うつろ・ふ【移ろふ】《ウツロウ》 〈自動・ハ四〉{は／ひ／ふ／ふ／へ／へ}❶移動する。移り住む。❷（色が）あせる。さめる。なくなる。❸色づく。紅葉する。❹（葉・花などが）散る。❺心変わりする。心移りする。❻顔色が変わる。青ざめる。❼変わってゆく。変わり果てる。衰える。▼「移る」の未然形＋反復継続の助動詞「ふ」からなる「移らふ」が変化した語。

「秋風やいのち**うつろふ**心電図」　飯田蛇笏

「針山も紅絹《もみ》**うつろへ**る供養かな」　芝不器男

「**うつろ**へる日にうすずみの花絵巻」　大橋敦子

うてな【台】〈名〉❶物を載せる台。❷見晴らしがきくように作った高い建物。高殿。

「南《な》もほとけ草の**うてな**も涼しかれ」　松尾芭蕉

「琵琶冴えて星落來る**臺**かな」　正岡子規

「蓮の葉の**うてな**の露は動く珠」　山口誓子

「青蛙尼公《あまぎみ》の掌を**台**とし」　堀井春一郎

「**臺**より眺めて夏の景色かな」　中原道夫

うてな【萼】〈名〉花の萼《がく》。または苞。花の外部にあって花を保護する部分。

「綻《ほこ》びてありたる梅のうてなかな」　後藤夜半

「北限の花のうてなのあさみどり」　眞鍋呉夫

「枯蓮となりても蕚捧げをり」　きくちつねこ

うと・し【疎し】〈形ク〉{(く)・から／く・かり／し／き・かる／けれ／かれ}❶疎遠だ。親しくない。関係がうすい。❷よそよそしい。わずらわしい。うとましい。❸よく知らない。不案内だ。❹無関心だ。❺よくきかない。鈍い。

「おとろへや歯の冷えうとき夜の膳」　富田木歩

「味噌汁はうとき泪に冷めゆけり」　富澤赤黄男

「丁字咲き逢はねばうとき人の貌」　原子公平

「受験期の母てふ友はみな疎し」　山田みづえ

うとま・し【疎まし】〈形シク〉{(しく)・しから／しく・しかり／し／しき・しかる／しけれ／しかれ}❶いやな感じだ。避けたい。❷気味が悪い。

「うとましき人離るればかげろへり」　橋本多佳子

「金目鯛の赤うとましや春の雨」　鈴木真砂女

「うとましき顔みられけり花疲れ」　石橋秀野

うと・む【疎む】㊀〈他動・マ四〉{ま／み／む／む／め／め}いやだいやだと思ってそっけなくする。よそよそしくする。きらう。㊁〈他動・マ下二〉{め／め／む／むる／むれ／めよ}…してきらいにさせる。いやけがさすように…する。

「吾が性《さが》に肖《に》し子を疎み冬籠」　竹下しづの女

「芹の香のたまゆら人を疎むかな」　橋閒石

「羽抜鶏ゆゑなくひとを疎みをり」　安住敦

「飛雪なり吾を疎みし父の忌の」　楠本憲吉

「だんだんに仕事を疎む菖蒲の湯」　古舘曹人

「この旅は酒色うとめる嫁菜飯」　上田五千石

うな-【海】〈接頭〉「うみ」の意を表し、複合語をつくる。

「海原へひた走る青芒原」　平井照敏

「海ナぞこの秋錆びにけり沖鱸」　高橋睦郎

「わが寝落ちゆく海原は十三夜」　小檜山繁子

「海原は塩味バレンタインデー」　櫂未知子

うな-さか【海境・海界】〈名〉海上遠くにあるとされる海神の国と地上の人の国との境界。海の果て。

「うなさかのいろさだまりし芙蓉かな」　藤田湘子

「海界をはなれて速き夏の月」　川崎展宏

うなじ【項】〈名〉首の後ろ。えりくび。▼「項後《うなじり》」の変化した語。

「額づけば秋冷至るうなじかな」　竹下しづの女

「泣きしづむうなじつめたき傀儡《くぐつ》かな」　西島麥南

「向日葵の垂れしうなじは祈るかに」　篠原鳳作

「手足もて浪の項を越えむとす」　渡邊白泉

「牡蠣の酢に噎《む》せてうなじのうつくしき」　鷹羽狩行

うな-ゐ【髫・髫髪】ウナイ〈名〉❶子供の髪を首のあたりに垂らして切りそろえた髪型。❷その髪型をする年ごろの幼い子供。

「**うなゐ**髪推古雛と申すあり」　水原秋櫻子
「**うなゐ**髪あぐべくのびぬ卒業す」　富安風生
「藤棚に風きりたての**うなゐ**髪」　大石悦子

うは-【上】《ウワ》〈接頭〉他の語に冠して「上《うえ》」「表面」の意を表す語。
「**うは**風に音なき麥を枕もと」　与謝蕪村
「大文字の大はすこしく**うは**向きに」　藤後左右
「青葉木菟『藥をくだされ』と**上**眼《うはめ》」　竹中　宏

うば【姥】〈名〉老婆。
「一摑み**姥**がなげたる霰かな」　前田普羅
「はじめから烟りでありし冬の**姥**」　中尾寿美子
「生き足りてにこにこと**姥**山桜」　森　澄雄
「**姥**盛りなる蓑虫もをりぬべし」　伊藤白潮
「**姥**ひとり色なき風の中に栖む」　川崎展宏

うはさ【噂】《ウワサ》〈名〉❶ある人の身の上や物事についてかげで話すこと。また、その話。❷世間で根拠もなく言いふらす話。世評。風説。
「校長のかはる**うはさ**や桐の花」　久保田万太郎
「山鳩も**噂**も遠くみぞれけり」　三橋鷹女
「めつむりて花の**噂**を聴きゐたり」　村越化石
「頰被付け火の**噂**してゆけり」　茨木和生

うばたま-の【烏羽玉の】《枕詞》「黒」「闇」「夜」「夢」などにかかる。▼「ぬばたまの」の変化した語。
「**烏羽玉の**闇の色なるあら鵜哉」　正岡子規
「**うば玉の**天にかゝれり山焼く火」　山口青邨
「三時打つ**烏羽玉の**汗りんりんと」　川端茅舎

うは-なり【後妻】《ウワナリ》〈名〉最初の妻に対して後にめとった妻。のちぞい。
「**後妻**の姑の若さや藍ゆかた」　杉田久女

うば・ふ【奪ふ】《ウバウ・ウボウ》〈他動・ハ四〉{は/ひ/ふ/ふ/へ/へ}❶奪う。❷盗み取る。❷(心を)ひきつける。
「話声**奪ふ**風に野を行く天の川」　臼田亜浪
「北風に言葉**うばは**れ麦踏めり」　加藤楸邨
「窯出しの地熱を**奪ふ**白雨かな」　澤木欣一
「紅梅や枝々は空**奪ひ**あひ」　鷹羽狩行

うひ-【初】《ウイ》〈接頭〉(名詞に付いて)初めての。
「**初**産の髪みだしたる暑さ哉」　正岡子規
「雪原に佇つ**初**陣のこころあり」　中原道夫
「紅梅の**初**の一花に溺れむと」　手塚美佐
「**初**冠《うひかぶり》桃の宮女の打ち咲《ゑ》めり」　筑紫磐井

うひうひ・し【初初し】《ウイウイシ》〈形シク〉{(しく)・しから/しく・しかり/し/しき・しかる/しけれ/しかれ}❶初心だ。まだ慣れていない。うぶだ。❷きまりが悪い。気恥ずかしい。
「雪解川海に流れ入る**うひうひし**」　松村蒼石
「**うひうひしかり**しは那須の子馬たち」　後藤比奈夫

「桜湯に深山の風のうひうひし」　友岡子郷

うぶ-すな【産土】〈名〉出生地。▼「うぶ（産）す」と「な（土・地）」の結合したもの。

「冬鳥も詩もうぶすなの青きより」　橋　閒石
「産土の落葉に雪の舞ひそめし」　飯田龍太
「うぶすなの蕈がちの香よ疲れ勃つ」　三橋敏雄
「産土の苗字に還る冬帽子」　山田みづえ

うぶすな-がみ【産土神】〈名〉生まれた土地の守護神。鎮守の神。氏神。▼「うぶすな」「うぶのかみ」「うぶかみ」とも。

「産土神に頬被解く田植道」　阿波野青畝
「産土神を良き座に秋の島歌舞伎」　宮津昭彦
「産土神へ懸けしばかりの菜もありぬ」　田中裕明

うぶ-や【産屋】〈名〉❶出産のために別に建てた建物。❷出産するための部屋。

「龍膽《りんだう》に狐の産屋立ちならぶ」　水原秋櫻子
「花桐や産屋に懸けし聖母の図」　西島麦南
「春隣むかし産屋に砂を敷き」　友岡子郷

うへ【上】《ウエ》〈名〉❶表面。うわべ。おもて。❷上方。上部。❸付近。ほとり。❹天皇。主上。❺奥方。奥様。❻御座所。高貴な方の部屋。❼殿上《てんじやう》の間《ま》。

「お骨声なく水のうへをゆく」　種田山頭火
「花と子ら日はそのうへにひと日照る」　高屋窓秋

「月光に手足漾《ただよ》ひ波のうへ」　石田波郷
「椿落つうすきひかりの水のうへ」　原　裕

うべ【宜・諾】㊀〈副〉なるほど。もっともなことに。㊁〈形動ナリ〉{なら／なり・に／なり／なる／なれ／なれ}もっともなことである。道理だ。▼中古以降「むべ」とも表記する。

「戸隠の霧のにほひも宜ならむ」　阿波野青畝
「行く雲は秋意宜なるかな自裁」　古賀まり子

うべ-な・ふ【諾ふ】《ウベナウ・ウベノウ》〈他動・ハ四〉{は／ひ／ふ／ふ／へ／へ}❶服従する。❷承服する。❸謝罪する。▼「なふ」は接尾語。

「夏に入るその日の離京うべなひつ」　中村汀女
「三山の霞それぞれをうべなへり」　安東次男
「うべなふや一間の起居花の後」　藤田湘子
「身ほとりに諾ふいろを秋の草」　廣瀬直人
「春寒くうべなひがたき訃ぞ続く」　福永耕二

うま-い【熟寝・熟睡】〈名〉ぐっすり眠ること。快く眠ること。快眠。

「木犀匂ふ月経にして熟睡なす」　鈴木六林男
「仏間はまた熟寝の間にて冬の月」　鷲谷七菜子
「熟寝してゆきつくところすべて雪」　八田木枯
「秋風の杜の下の熟睡かな」　飴山　實
「熟睡して酒は銀河に冷やし置け」　小檜山繁子

うま-ご【孫】〈名〉まご。子孫。▼「むまご」とも。

「コスモスをうまごに折りて我も愉し」　臼田亜浪

うま‐さけ【味酒・旨酒】 ㊀〈名〉味のよい上等な酒。㊁《枕詞》㊀を神酒《みわ》（神にささげる酒）にすることから「神酒《みわ》」と同音の地名「三輪《みわ》」に、また「三輪山」のある地名「三室《みむろ》」「三諸《みもろ》」などにかかる。

「**味酒**を月の幸とし仰ぎ酌む」　阿波野青畝
「**うま酒**の伯耆にあれば春寒し」　石橋秀野

うま・し【甘し・旨し・美し】 ㊀〈形ク〉｛(く)・から／く・かり／し／き・かる／けれ／かれ｝❶おいしい。味がよい。❷都合がよい。ぐあいがよい。美しい。㊁〈形シク〉｛(しく)・しから／しく・しかり／し／しき・しかる／しけれ／しかれ｝すばらしい。立派だ。よい。

「麦の芽の丘の起伏も**美まし**国」　高濱虚子
「杉**美し**鹿島は風のかをる宮」　川端茅舎
「飯**うまし**枯木籠りに正座して」　石田波郷
「骨がらみのものこそ**旨し**花の山」　岡井省二

うま‐や【馬屋・廏・厩】〈名〉馬小屋。馬を飼っておく小屋。

「時鳥**廐**に仔馬ひとつゐる」　水原秋櫻子
「行く春の**廐**にのこす馬の鞍」　馬場移公子
「騎馬始**厩**は今年建て替ふと」　波多野爽波
「**厩**出し一握の塩ふるまはれ」　新谷ひろし

うま・る【生まる】〈自動・ラ下二〉｛れ／れ／る／るる／るれ／れよ｝出生する。生まれる。▼「むまる」とも。

「朧より**うまるる**白き波おぼろ」　藤田湘子
「荒涼と**生まれ**たる日の金盥」　津沢マサ子
「花紙にロールシャッハの蝶**生まる**」　攝津幸彦
「闇**生まる**花桐二本歩み寄り」　高野ムツオ

うみ【海】〈名〉❶ひろびろと水をたたえた所。㋐海。㋑湖。大きな沼。▼「あふみ」とも。❷硯《すずり》の墨汁をためる部分。

「瀬戸の**海**もとよりしづか蝶わたる」　阿部みどり女
「菜の花の沖に**海**鳴り星の見ゆ」　今井杏太郎
「**海**の女神生誕の日の春手套」　有馬朗人
「墨おきて硯の**海**も水の秋」　鷹羽狩行

う・む【埋む】〈他動・マ下二〉｛め／め／む／むる／むれ／めよ｝❶穴や空所を満たす。また、中に入れた物の上をおおい、見えなくする。うずめる。❷水を加えてうすめる。湯の温度を下げる。

「廃園や燕も嘴《はし》を胸に**うめ**」　中村草田男
「落花霏々この光陰を**埋め**つくす」　野見山ひふみ
「屋根の雪おろして雪に**埋めらるる**」　平井照敏
「人**埋め**て信濃の国は木の芽かな」　長谷川櫂

う・む【績む】〈他動・マ四〉｛ま／み／む／む／め／め｝（麻または苧《からむし》の繊維を）長くより合わせて糸にする。

「雪山のあなた雪山麻を**績む**」　文挾夫佐恵

うも・る【埋もる】〈自動・ラ下二〉｛れ／れ／る／るる／るれ／れよ｝❶うずまる。❷引きこもる。❸奥まって、陰気である。

「雪女旅人雪に**埋れ**けり」　正岡子規
「一村や杏の花に**うもれ**住み」　星野立子
「凡人浄土丸太も雪に**うもれ**たる」　成田千空

「サフランに埋もれし父という廃駅」　澁谷　道

うやうや・し【恭し】〈形シク〉{(しく)・しから／しく・しかり／し／しき・しかる／しけれ／しかれ}礼儀正しい。丁重である。

「はくれんに朝日うやうやしくありぬ」　綾部仁喜

「老鶯やうやうやしくも酒こぼす」　岡田史乃

「うやうやしき波の列くる懐手」　大木あまり

うやま・ふ【敬ふ】《ウヤマウ・ウヤモウ》〈他動・ハ四〉{は／ひ／ふ／ふ／へ／へ}相手を尊んで礼をつくす。尊敬する。

「コンクリートに水打つて死を**敬へ**り」　中尾寿美子

「秋風や**敬ふ**故に言少な」　深見けん二

「金色に芽吹く欅を**敬へ**り」　山田みづえ

う・ゆ【飢ゆ】〈自動・ヤ下二〉{え／え／ゆ／ゆる／ゆれ／えよ}飢える。▼本来はワ行の下二段動詞「飢う」である。

「河ほとり荒涼と**飢ゆ**日のながれ」　高屋窓秋

「秋は部屋の四隅明るく醒めて**飢ゆ**」　石川桂郎

「老婆のやうな脚長娘アフリカ**飢ゆ**」　佐藤鬼房

うら-〈接頭〉(多く形容詞や形容詞の語幹に付けて)心の中で。心から。何となく。

「無月なり**うら**安しとも言ふべきか」　相生垣瓜人

「山河まだ**うら**若ければ冬霞」　福永耕二

「**うら**若き菩提樹をただ揺するなり」　夏石番矢

うら【末・梢】〈名〉草木の枝や葉の先端。枝先。こずえ。端。▼「うれ」とも。

「秋の日や榎の**梢**の片なびき」　芥川龍之介

「何の木か**梢**そろへけり明の春」　渡邊水巴

「温突《オンドル》の**末**の温みの寝覚かな」　文挾夫佐恵

「**末**枯の近江に枕重ねつつ」　柿本多映

うら【心】〈名〉心。内心。

「酸の香は夜干の梅ぞ**心**やすし」　山口誓子

「**心**八重に旅空八雲立ち初めぬ」　中村草田男

「元日の昼過ぎに**うら**さびしけれ」　細見綾子

うら-うら(と・に)〈副〉のどか(に)。うららか(に)。

「我影のうら〳〵濃さよ枯葎」　水原秋櫻子

「てふてふうらうら天へ昇るか」　種田山頭火

「雀こぼす松うらうらと老いにけり」　蓬田紀枝子

うら-がな・し【うら悲し】〈形シク〉{(しく)・しから／しく・しかり／し／しき・しかる／しけれ／しかれ}何とはなしに悲しい。もの悲しい。▼「うら」は心の意。

「**うら**かなし葵が天へ咲きのぼる」　三橋鷹女

「木々曇り秋昼の楽《がく》**うらがなし**」　日野草城

「夕焼の天の隅々**うらがなし**」　山口誓子

「盆過ぎの簾に透く草木**うらがなし**」　馬場移公子

うらな・ふ【占ふ・卜ふ】《ウラナウ・ウラノウ》〈他動・ハ四〉{は／ひ／ふ／ふ／へ／へ}占って神意や吉凶を判断する。占う。

「春の雪落ちめの運と**占はる**」　稲垣きくの
「トランプを**占ふ**吾子の知る世間」　後藤比奈夫
「冬雨や**うらなふ**ことを好むさが」　鈴木しづ子

うら・ぶ・る〈自動・ラ下二〉{れ/れ/る/るる/るれ/れよ} わびしく思う。悲しみに沈む。しょんぼりする。
「**うらぶれ**し冬にも心遣すなり」　相馬遷子
「綿虫を**うらぶれ**に似て掌に受くる」　能村登四郎
「**うらぶれ**し夜は美しき炭火かな」　鷲谷七菜子

うら・む【恨む・怨む・憾む】㊀〈他動・マ上二〉{み/み/む/むる/むれ/みよ} ❶恨みに思う。憎く思う。❷恨み言を言う。❸恨みを晴らす。仕返しする。❹悲しむ。嘆く。❺(虫や風が)悲しげに音をたてる。㊁〈他動・マ四〉{ま/み/む/む/め/め} ㊀に同じ。
「側に柿くふ人を**恨み**けり」　正岡子規
「業平忌女は**怨み**易きかな」　加藤三七子
「涙して汗して劫暑**憾ま**ざる」　深谷雄大

うら・やま・し【羨まし】〈形シク〉{(しく)・しから/しく・しかり/し/しき・しかる/しけれ/しかれ} うらやましい。
「夏草に生く人見ゆる**羨まし**」　長谷川かな女
「木枯も使徒の寝息も**うらやまし**」　西東三鬼

うら・や・む【羨む】〈他動・マ四〉{ま/み/む/む/め/め} ❶不満に思う。ねたむ。❷そうなりたいと願う。うらやましく思う。
「花百合や隣**羨む**簾越し」　芥川龍之介
「天上の恋を**うらやみ**星祭」　高橋淡路女
「椿落つる量感を水**うらやめ**り」　能村登四郎

うらら・か・なり【麗らかなり】季・春〈形動ナリ〉{なら/なり・に/なり/なる/なれ/なれ} ❶(日の光が)明るくのどかだ。❷(声が)明るくほがらかだ。❸(心の中に)隠すところがなく、さっぱりしている。
「年の瀬の**うららかなれ**ば何もせず」　細見綾子
「**うららかに**みんなで浴びる宇宙線」　桑原三郎
「**うららかに**憑き物落ちし音のせり」　中原道夫
「**うららかに**道のわかれてゆきにけり」　石田郷子

うらら・なり【麗らなり】季・春〈形動ナリ〉{なら/なり・に/なり/なる/なれ/なれ} ❶(日の光が)明るくのどかだ。(多く、春の日をいう) ❷(声が)明るくほがらかだ。❸(心の中に)隠すところがなく、さっぱりしている。▼多く「うららに」の形で副詞的に用いられる。
「あと追へるひよこにすくむ子よ**麗ら**」　臼田亜浪
「**うららにて**雲雀はしれる墳の前」　水原秋櫻子
「盃の蒔絵**うららに**隅田川」　京極杞陽
「モザイクの街を眼下に冬**麗ら**」　西村和子

うら・わ【浦曲・浦廻・浦回】〈名〉入り江。海岸の曲がりくねって入り組んだ所。▼「うらみ」とも。
「ことづてよ須磨の**浦わ**に昼寝すと」　正岡子規
「盆綱を編むや**浦曲**の藁集め」　澤木欣一
「湖の**浦曲**に星を祀れるも」　大橋敦子
「五浦の一つ**浦曲**のちゝろ虫」　高木晴子

うら‐わか・し【うら若し】〈形ク〉（く・から／く・かり／し／き・かる／けれ／かれ）❶木の枝先が若くてみずみずしい。❷若くて、ういういしい。

「うら若き月の出てゐる蜆買ふ」　加倉井秋を
「夜櫻やうらわかき月本郷に」　石田波郷
「うら若くして流燈を二つ持つ」　田川飛旅子
「春雷や灯りてビルうら若し」　奥坂まや

う・る【売る】㊀〈他動・ラ四〉（ら／り／る／る／れ／れ）❶販売する。❷利に誘われて裏切る。❸世間に評判などを広める。❹わざとしかける。❺口実にする。かこつける。㊁〈自動・ラ下二〉（れ／れ／る／るる／るれ／れよ）❶よく買われる。さばける。❷世にもてはやされる。広く人に知られる。❸売ることができる。

「降る雪やこゝに酒売る灯をかゝげ」　鈴木真砂女
「ランプ売るひとつランプを霧にともし」　安住　敦
「夢もなき顔をして売るシャボン玉」　堀口星眠
「キリストが売られし日なり星朧」　古賀まり子
「こがらしをピアノ売りたる部屋にきく」　澁谷　道
「売れもせず赤い鼻緒の滑り下駄」　川崎展宏

う・る【熟る】〈自動・ラ下二〉（れ／れ／る／るる／るれ／れよ）果実が熟する。

「蜜柑うるる耳のごとくに葉を垂らし」　上村占魚
「麦熟れて鴉らも身をもちくづす」　津田清子
「金色のコーランの文字枇杷熟るる」　有馬朗人
「秋の暮たましひ熟れて堕ちゆくも」　河原枇杷男
「神仏のあはひで白桃熟れゆけり」　小泉八重子

うるさ・し【煩し・五月蠅し】〈形ク〉（く・から／く・かり／し／き・かる／けれ／かれ）❶めんどうだ。わずらわしい。❷わざとらしくていやみだ。❸立派だ。すぐれている。❹ゆきとどいている。気配りがされている。細心だ。

「馬の尾のうるさうるさと夏薊」　小澤　實
「目の端に蜘蛛のうるさき夕焼空」　和田耕三郎
「夕涼みばばあは誰もうるさくて」　如月真菜

うるは・し【麗し・美し・愛し】《ウルワシ》〈形シク〉（しく・しから／しく・しかり／し／しき・しかる／しけれ／しかれ）❶壮大で美しい。壮麗だ。立派だ。❷きちんとしている。整っていて美しい。端正だ。❸きまじめで礼儀正しい。堅苦しい。❹親密だ。誠実だ。しっくりしている。❺色鮮やかだ。❻まちがいない。正しい。

「鹿の斑の夏うるはしや愁ふまじ」　橋本多佳子
「麗はしの朱ヶのしとねの寝釈迦哉」　篠原鳳作
「うるはしくうるさく隣女房かな」　筑紫磐井
「文旦にうるはしき臍ありにけり」　片山由美子

うるふ【閏】《ウル》〈名〉暦と季節とのずれを調整するため月数を平年より多くすること。また、その月・年。

「雛壇や閏遅れに百姓家」　阿波野青畝
「如月のことに閏の月繊く」　永井龍男
「閏二月饅頭を置き臈たけぬ」　中尾寿美子

うるほ・す【潤す】《ウルオス》〈他動・サ四〉（さ／し／す／す／せ／せ）水気を含ませる。しめらす。

「あきさめの巌うるほすや樹々の中」　飯田蛇笏

「春の湖すいすいと葦**うるほせり**」　松村蒼石
「ものの芽を**うるほし**ゐしが本降りに」　林　翔

うるほ・ふ【潤ふ】《ウルオウ》〈自動・ハ四〉｛は/ひ/ふ/ふ/へ/へ｝❶湿りけを帯びる。ぬれる。しめる。❷恩恵を受ける。
「春雷に舗道**うるほふ**ほどの雨」　柴田白葉女
「栗の花垂れて朝夕**うるほひ**ぬ」　高屋窓秋
「啓蟄やたかまりし曲すぐ**潤ふ**」　能村登四郎
「家を出てひと**うるほへ**る芒道」　飯田龍太
「蜜柑一つ**うるほふ**ほどに夜の深し」　松澤　昭
「道**うるほへ**り桃の花したがへり」　廣瀬直人

うれ【末・梢】〈名〉草木の枝や葉の先端。▼「うら」とも。
「手術まつ窓が切りとる枯れし**梢**」　横山白虹
「木の**梢**に父きて怺へ怺へし春」　中村苑子
「**梢**の雪仰ぎ女の坂とおもふ」　神尾久美子
「**梢**でうすれる薄倖の雲蝸牛」　友岡子郷
「あるときは**梢**より高く散る桜」　坂本宮尾
「恋人よ茨の**末**を這ふ煙」　夏石番矢

うれ・し【嬉し】〈形シク〉｛（しく）・しから/しく・しかり/し/しき・しかる/しけれ/しかれ｝❶うれしい。❷ありがたい。おそれ多い。
「貝寄せや我も**うれしき**難波人《なにはびと》」　松瀬青々
「羽子板の重きが**嬉し**突かで立つ」　長谷川かな女
「**嬉し**くもなき甘茶仏見てゐたり」　田中裕明

うれひ【憂ひ・愁ひ】《ウレイ》〈名〉❶嘆き。❷嘆願。訴え。❸災い。心配事。
「外套の襟立てて何の**うれひ**ある」　大野林火
「きぬぎぬの**うれひ**がほある雛かな」　加藤三七子
「人のせて舟ゆく春の**うれひ**かな」　奥坂まや

うれ・ふ【憂ふ・愁ふ】《ウレウ・ウリョウ》㊀〈他動・ハ下二〉｛へ/へ/ふ/ふる/ふれ/へよ｝❶嘆き訴える。ぐちをこぼす。❷悲しむ。嘆く。悲しみ嘆く。❸心配する。気づかう。❹病気になる。患う。㊁〈他動・ハ上二〉｛ひ/ひ/ふ/ふる/ふれ/ひよ｝❶心を悩ませる。嘆き悲しむ。❷病気になる。患う。
「**愁ひ**つゝ岡にのぼれば花いばら」　与謝蕪村
「こでまりの**愁ふる**雨となりにけり」　安住　敦
「散るさくら空には夜の雲**愁ふ**」　石田波郷
「亀**憂ふ**その長き首思ふべし」　高橋睦郎

うろ-くづ【鱗】《ウロクズ》〈名〉❶（魚などの）うろこ。❷魚。▼古くは「いろくづ」とも。
「**うろくづ**にゆふべがくるよひばりにも」　三橋鷹女
「**うろくづ**の重なるあはれ花の冷え」　岸田稚魚
「亀が鳴くとは**うろくづ**の中にをり」　岡井省二
「冬山の**いろくづ**に似し光かな」　原　裕

うろた・ふ【狼狽ふ】《ウロタウ》〈自動・ハ下二〉｛へ/へ/ふ/ふる/ふれ/へよ｝❶不意のできごとに驚きあわててまごつく。❷うろつく。
「足跡を蟻**うろたへ**てわたりけり」　星野立子
「**うろたへ**て帯巻く秋の夕かな」　安東次男

「御不興に狼狽へこぼす冷し蜜」　筑紫磐井
「うろたへてゐて手袋のなかの指」　鎌倉佐弓

うゐ‐てんぺん【有為転変】《ウイテンペン》〈名〉この世のすべての現象は、種々の因縁《いんねん》によって生じた仮のもので、常に移り変わるものであるということ。多く、この世のはかないことをいうのに用いる。▼「うゐてんぺん」とも。仏教語。
「菊を売り**有為転変**もおもしろし」　山口青邨
「**有為転変**だってあるさと蝌蚪の国」　伊丹三樹彦

うゑ【飢ゑ・饑ゑ】《ウエ》〈名〉飢え。飢餓《がき》。空腹。
「短夜の**飢ゑ**そのまゝに寝てしまふ」　澤木欣一
「春泉かそけき**飢ゑ**は恋に似て」　鍵和田秞子
「眠りては**飢ゑ**をまぎらす隼か」　大木あまり

うを【魚】《ウオ》〈名〉魚類の総称。さかな。▼古くは「いを」とも。
「硝子《びいどろ》の**魚**《いを》おどろきぬ今朝の秋」　与謝蕪村
「秋風や**魚**のかたちの骨のこり」　鷹羽狩行
「大き鳥さみだれ**うを**をくはへ飛ぶ」　田中裕明

うん【運】〈名〉巡り合わせ。運命。運勢。
「夏帯や**運**切りひらき切りひらき」　鈴木真砂女
「**運**といひ命といひ冷奴かな」　加藤郁乎
「**運**のなき日は背高や泡立草」　平井照敏

うん‐すい【雲水】〈名〉❶雲と水。❷行雲流水のように一所にとどまらず、諸所を巡り歩くこと。また、その人。特に諸国を行脚《あんぎゃ》する僧。
「緑縁を出て**雲水**の青頭」　石塚友二
「**雲水**の一歩は大き花下をゆく」　後藤比奈夫
「寒鯉を見て**雲水**の去りゆけり」　森　澄雄
「**雲水**の疾風あるきや百千鳥」　藤田湘子

うん‐ぬん【云云】〈名〉これこれ。しかじか。なんとかかんとか。▼「うんうん」の上の「ン」がア行音「ウ」に続くため、n音が入ってナ行音の「ヌ」に転じた現象（連声《れんじょう》）。
「於《あ》春々大哉《おほひなるかな》春と**云々**」　松尾芭蕉
「瓢簞の足らぬくびれを**云々**す」　飯島晴子

え

え【枝】〈名〉（草木の）えだ。
「桃が**枝**やひらき加はるけふの花」　日野草城
「袋角鬱々と**枝**を岐《わか》ちをり」　橋本多佳子
「長き**枝**のすぐに盛りや桃の花」　蘭草慶子

え【江】〈名〉❶入り江。❷大河。河。
「**江**の北に雲なき日なり鳥帰る」　松瀬青々
「雪催ふ**江**の黝々と梅ひらく」　松村蒼石
「**江**の奥に防波堤置く松の花」　水原秋櫻子
「眼の前を**江**の奥へ行く秋の波」　中村草田男
「坂東太郎白鳥の**江**となりにけり」　堀口星眠

「迷子ながれてこの**江**のなみとなりにけり」　阿部完市

え〈副〉❶（下に打消の語や反語表現を伴って）とても…でき（ない）。❷（下に肯定の表現を伴って）うまく…できる。よく…する。▼下二段動詞「得《う》」の連用形の副詞化。中古以降、下に「ず・じ・で・まじ」などがくる①が生まれる。

「秋ふかきほとけのまみに**え**堪へざる」　伊丹三樹彦

えい-ぐわ【栄華・栄花】《エイガ》〈名〉世に時めいて栄えること。栄耀《えいよう》。

「布團たゝむ人を去来す**栄華**かな」　飯田蛇笏

「妻子待つ野や螢火の**栄華**なし」　原　裕

「色鳥や離宮に遠き**栄華**の世」　大橋敦子

えせ-【似非・似而非】〈接頭〉❶見せかけの。にせの。❷劣っている。ひどい。くだらない。つまらない。

「くぼみ眼の鴉を愛し**似非**故郷」　三橋鷹女

「狗尾草や五七五七の**似非**和讃」　沼尻巳津子

「我に問ふわれ**似而非**者《えせもの》か石に露」　小澤　實

「寝入りめに**似非**の時雨の朴落葉」　宇多喜代子

えに-し【縁】〈名〉えん。ゆかり。▼名詞「縁《えに》」に強意の副助詞がついて一語化したもの。

「短夜の肴とり給ふも**縁**かな」　石橋秀野

「春深し句につながれる**縁**濃く」　小川濤美子

「月祀る**縁**なかなかたのもしき」　黒田杏子

「夢の夜の**えにし**で藍がふかくなる」　大西泰世

えびす【夷・蛭子・恵比須】〈名〉七福神の一つ。福をもたらす神とされる。福々しい笑顔で風折り烏帽子《えぼし》・狩衣《かりぎぬ》・指貫《さしぬき》を着用、釣り竿《ざお》を持ち鯛《たい》を抱えた姿で表す。特に商家に厚く信仰された。「恵比寿」は近世以降の当て字。

「爪に灯をとぼしおふせて**夷**講」　小林一茶

「陋巷を好ませたまひ本**戎**」　阿波野青畝

「奥白根晴れてとどろく**夷**講」　福田甲子雄

えみし【蝦夷】〈名〉古代、東北地方から東部日本に居住していた先住民。▼「えぞ」とも。

「みちのくの**蝦夷**の顔の閻魔かな」　下村梅子

「**蝦夷**の裔にて木枯をふりかぶる」　佐藤鬼房

「かくまでももみづれるとは荒**蝦夷**《あらえみし》」　飯島晴子

え-やみ【疫病】〈名〉悪質な流行病。瘧《おこり》。

「龍胆は**疫**《えや》**み**の草と云へど捨てず」　山口誓子

えら-む【選む・撰む・択む】〈他動・マ四〉{ま／み／む／む／め／め}❶選択する。選抜する。❷（歌集などを）編集する。❸吟味する。取り調べる。

「寒菊を**えらみ**剪る音一つ二つ」　富安風生

「布目よき豆腐を**えらみ**針供養」　安東次男

え-る【選る・撰る・択る】〈他動・ラ四〉{ら／り／る／る／れ／れ}選ぶ。

「ひたすらにおかめの器量熊手**撰る**」　高橋淡路女

「淡き**撰る**何故か十二月八日の花」　古沢太穂

「衣かつぎにも頃あひや撰りて食ぶ」　中村汀女
「栄螺《さざえ》選る無口を栖に島男」　古賀まり子
「種子を撰りて祈りにゆかぬ日曜日」　加藤郁乎

えん【縁・掾】〈名〉家屋の外縁の板敷きの部分。
「縁涼し浮べるごとく人坐る」　五十嵐播水
「縁に婆柚子の彼方の死者の数」　飯島晴子
「小春日や縁に脱ぎたる下駄の数」　高橋睦郎

えん【艶】〈名〉優美な風情。はなやかな美しさ。
「三伏の杉間の天を艶と見る」　富安風生
「春の氷柱樹間に艶を尽しけり」　林　翔
「見るほどに枝垂桜の老いて艶」　深見けん二
「艶すこしありて冬木の桜かな」　青柳志解樹

えん‐ぎ【縁起】〈名〉❶(事物の)起源・由来。❷寺社・仏像・宝物などの由来・沿革・霊験などの伝説。また、それを記した文章や絵。❸(吉凶の)前兆。きざし。
「初なすび出羽の縁起のききおぼえ」　伊藤敬子

えん‐なり【艶なり】〈形動ナリ〉{なら／なり・に／なり／なる／なれ／なれ}❶しっとり美しい。優美で風情がある。❷しゃれている。粋《いき》だ。❸人の気をそそる。なまめかしい。
「灯りぬ花より艶に花の影」　竹下しづの女
「人妻の風邪声艶に聞えけり」　高橋淡路女
「猫よりも艶なり雀交りけり」　石塚友二
「夕づつやわけても艶に菊畑」　手塚美佐

えん‐ま【閻魔】〈名〉仏教における地獄の王。死者の魂を支配して生前の罪悪を審判し、懲罰を与えるとされる。忿怒の相をしているという。▼「閻魔王」「閻魔大王」「閻羅《えんら》」「閻王《えんおう》」とも。
「今昔《こんじゃく》の施主の名のある閻魔かな」　阿波野青畝
「蒟蒻《こんにゃく》に切火たばしる閻魔かな」　川端茅舎

えん‐り【厭離】〈名〉汚れた現世を嫌って捨てること。▼「おんり」とも。
「厭離早や秋の舗道に影を落す」　西東三鬼
「雨の鶏頭厭離てふ語を思ひをり」　石田波郷

お

おい【老い】〈名〉年を取ること。老年。老人。
「冬の航跡老いのひろがりゆくごとし」　長谷川双魚
「躓くや老いも裾濃の夕霞」　橋　閒石
「海女なりし老が物売る磯開」　藤田湘子
「百草《ももくさ》に土筆は老の姿かな」　矢島渚男

おい‐らく【老いらく】〈名〉年老いること。老年。▼「おゆらく」の転。
「老いらくの高き匂ひを椎の花」　秋元不死男
「老いらくのはるばる流し雛に逢ふ」　大野林火
「老ゆらくをさやさや都忘れかな」　岩城久治

おいらん【花魁・華魁】〈名〉❶江戸吉原の遊郭で、姉女郎の称。転じて一般に遊女の称。❷娼妓。女郎。

「まんじゅしゃげ昔**おいらん**泣きました」 渡邊白泉

「**花魁**が雄蝶・雌蝶の舞ごころ」 筑紫磐井

おうな【嫗・媼・老女】〈名〉老女。老婆。

「秋耕のもろ乳垂るる**嫗**かな」 松村蒼石

「鴨翔たばわれ白髪の**媼**とならむ」 三橋鷹女

「**嫗**らの皺こそよけれ鳥雲に」 山本洋子

「立葵影を**嫗**として立てる」 宇多喜代子

おき【沖・澳】〈名〉❶(海・湖・川などの)岸から遠く離れた所。沖合い。❷(田畑や原野の)広く開けた所。

「玫瑰《はまなす》や今も**沖**には未来あり」 中村草田男

「火を焚くや枯野の**沖**を誰か過ぐ」 能村登四郎

「流氷の**沖**に古りたる**沖**ありき」 齋藤 玄

「**沖**のまたその先にまた春の**沖**」 宗田安正

おき【熾・燠】〈名〉❶赤くおこった炭火。❷けしずみ。薪《まき》などが燃え尽きて炭火のようになったもの。

「**燠**の上に重ねてかろき牡丹榾《ほだ》」 山田みづえ

「寒落暉雪間の**燠**となりにけり」 鍵和田秞子

「こころのおくの**燠**がこぼれてくる九月」 大西泰世

「手焙の**燠**消えてゐて昭和過ぐ」 大屋達治

おき-つ【沖つ】〈連語〉沖の。沖にある。▼「つ」は「の」の意の上代の格助詞。

「ゆく春やをりをりたかき**沖津波**」 久保田万太郎

「夏鳥はわが化身なれ**沖つ**石」 佐藤鬼房

「水仙のうしろ向きなる**沖つ**濤」 古舘曹人

おきな【翁】〈名〉❶老人。❷ご老人。おじいさん。(老人を親しみ敬って呼ぶ語) ❸じじい。このじじ。(老人が自分のことを謙遜していう語)

「源流に腰かけて居る**翁**かな」 永田耕衣

「**翁**かの桃の遊びをせむと言ふ」 中村苑子

「**翁**二人がすれちがうとき黒牡丹」 安井浩司

「水無月の猫で手を拭く**翁**かな」 攝津幸彦

おぎな・ふ【補ふ】《オギナウ》〈他動・ハ四〉〔は／ひ／ふ／ふ／へ／へ〕不足をみたす。埋め合せる。

「氷菓舐めては唇の紅**補ふ**」 津田清子

「さくらんぼ笑《ゑみ》で**補ふ**語学力」 橋本美代子

おき-ふし【起き伏し・起き臥し】〈名〉起きたり寝たりすること。

「たゞ見る**起き伏し**枯野の**起き伏し**」 山口誓子

「紫雲英田の**起き伏し**邪馬台国に入る」 岸風三樓

「母の視野のなかの**起き伏し**春嵐」 桂 信子

「ひそかなる**起伏**の中罌粟散りぬ」 古賀まり子

おき-ふ・す【起き伏す・起き臥す】〈自動・サ四〉〔さ／し／す／す／せ／せ〕起きたり寝たりする。

「洋蘭と**起き伏し**七曜過ぎにけり」 阿部みどり女

「地蟲出づひそみつ焦土起き伏しぬ」　石田波郷
「起き臥して離れぬ青田ばかりなり」　福田甲子雄

おく【起く】〈自動・カ上二〉(き/き/く/くる/くれ/きよ) ❶目覚める。寝床から出る。❷起き上がる。立ち上がる。❸寝ないでいる。
「むつくりと昼寝児ひとり起きて来し」　高橋淡路女
「寝て起きて日日炉にあはすおなじ顔」　長谷川素逝
「黄落や骨相の沼起きあがる」　増田まさみ

おく【奥】〈名〉❶物の内部に深く入った所。❷奥の間。❸(書物・手紙などの)最後の部分。❹「陸奥《みちのく》」の略。❺遠い将来。未来。行く末。❻心の奥。
「何か呼ぶ吹雪の奥へ帰りたし」　橋 閒石
「誰か咳きわがゆく闇の奥をゆく」　篠原 梵
「夕辛夷山なみ天の奥へ消え」　友岡子郷
「君の瞳《め》のおくの銀河に片思い」　鎌倉佐弓

おく-か【奥処】〈名〉❶奥まった所。果て。❷将来。▼「か」は場所の意の接尾語。「おくが」「おくど」とも。
「初ひばり胸の奥処といふ言葉」　細見綾子
「僧入りし梅雨の奥處の奥いかに」　齋藤 玄
「青空の奥処は暗し魂祭」　三橋敏雄

おく-つ-き【奥つ城】〈名〉❶墓。墓所。❷神霊をまつってある所。▼「つ」は「の」の意の上代の格助詞。「き」は構え作ってある所の意。
「奥津城の庭の蘇鉄の刈られけり」　篠原鳳作
「奥津城は木を樵る山や薄霞」　飴山 實
「奥津城や願ひしごとく花下に在り」　下村梅子

おく・る【後る・遅る】〈自動・ラ下二〉(れ/れ/る/るる/るれ/れよ) ❶あとになる。おくれる。❷後に残る。取り残される。❸先立たれる。生き残る。❹劣る。乏しい。
「瀧水の遅るるごとく落つるあり」　後藤夜半
「石蕗《つは》の虻ひとり後るる如くなり」　石田波郷
「少しおくれて涼しき人の入り来る」　川崎展宏

おこた・る【怠る】━〈自動・ラ四〉(ら/り/る/る/れ/れ) ❶なまける。休む。❷(病気が)よくなる。快方に向かう。━〈他動・ラ四〉なまける。やらない。
「神棚の灯は怠らじ蚕時」　与謝蕪村
「怠りてまた今日を消す花八つ手」　倉橋羊村
「かなかなや少し怠り少し励み」　矢島渚男
「日のどこか怠るさまに花散れり」　金田咲子

おご・る【驕る】〈自動・ラ四〉(ら/り/る/る/れ/れ) 得意がる。思い上がる。わがままに振る舞う。
「氣おごりて日輪をみる冬景色」　飯田蛇笏
「書き驕るあはれ夕焼野に腹這ひ」　三橋鷹女
「陶窯《すゑがま》の火の色驕る立夏かな」　木下夕爾
「牡丹鍋驕る火力を赦さうぞ」　糸 大八

おご・る【奢る】〈自動・ラ四〉(ら/り/る/る/れ/れ) ぜいたくをする。
「大ジョッキ奢りし方が早く酔ふ」　田川飛旅子

「この年は旅を**奢り**ぬ万年青の実」　上田五千石

おさ・ふ【押さふ・抑ふ】《オサウ・オソウ》〈他動・ハ下二〉｛へ/へ/ふ/ふる/ふれ/へよ｝❶押さえる。押しとどめる。❷下に見る。❸こらえる。我慢する。

「**抑へ抑へ**し花椎の香の雨後発す」　能村登四郎

「親ゆびを**おさへ**てあそぶゆびを見る」　阿部青鞋

「**おさへ**ねば浮き出しさうな良夜なり」　平井照敏

お-し【御師】〈名〉祈禱を専門にする身分の低い神職・社僧。

「山眠る大鋸かかる**御師**の門」　福田蓼汀

「襖絵の鳥も囀る**御師**の宿」　平畑静塔

おし-【押し】〈接頭〉（動詞に付いて）しいて…する。強く…する。

「鮎かかり来しよろこびを**押し**かくす」　右城暮石

「**おし**ころす母が嗚咽の冬みぞれ」　橋　閒石

「**押し**戴くやうに海鼠を買ひにけり」　川崎展宏

「猪鍋の肉をあまして**押し**黙る」　福田甲子雄

おし-とほ・す【押し通す】《オシトオス》〈他動・サ四〉｛さ/し/す/す/せ/せ｝❶無理に通す。❷やりぬく。

「恋猫の恋する猫で**押し通す**」　永田耕衣

「鬼灯市そしらぬ顔で**押し通す**」　安住　敦

おしなべ-て〈副〉❶一様に。すべて。みな同じく。❷（多く下に助詞「の」を伴って）普通に。人並みに。

「**おしなべて**懈怠の山河燕来る」　飯田蛇笏

「**おしなべて**坊の紅穂の花すすき」　後藤夜半

「**おしなべて**葉となる頃のシテ柱」　高橋睦郎

おそ・し【遅し】〈形ク〉｛（く）・から/く・かり/し/き・かる/けれ/かれ｝ゆっくりしている。おそい。のろい。遅れている。

「**遅き**日の欠伸《あくび》のあとはやる気出て」　能村登四郎

「藻がらみの白魚に春**遅き**かな」　中村苑子

「このあたりやや**遅けれ**ど植田さび」　清崎敏郎

「ぞくぞくと竹がそびえて春**遅し**」　鷲谷七菜子

おそ・ふ【襲ふ】《オソウ》〈他動・ハ四〉｛は/ひ/ふ/ふ/へ/へ｝❶不意に攻めかかる。襲いかかる。❷（地位・家督などを）受け継ぐ。

「提灯を螢が**襲**ふ谷を来《き》り」　原　石鼎

「鳥籠を風の**襲**へり柿の花」　大木あまり

「白蟻に山蟻**襲ひ**かかりけり」　岸本尚毅

おぞま・し【悍まし】〈形シク〉｛（しく）・しから/しく・しかり/し/しき・しかる/しけれ/しかれ｝❶勝ち気だ。強情だ。❷恐ろしい。こわい。

「春の蚊がゐて**おぞまし**や亭を去る」　高濱虚子

「颱風の**おぞましき**夜ぞ壁の額」　鈴木しづ子

おそ・る【恐る・畏る・懼る】〈自動・ラ下二〉｛れ/れ/る/るる/るれ/れよ｝❶恐れる。こわがる。❷心配する。用心する。❸おそれかしこまる。

「室咲の巨花そも神を**畏れ**ざる」　山口青邨

「この齢で何を**恐る**ゝ虎落笛」　及川　貞

「白鳥の長首をもて四囲怖る」 津田清子
「空蝉の眼懼るる昼餉かな」 柿本多映
「山神を畏れつつ貼る大障子」 有馬朗人

おそろ・し【恐ろし】〈形シク〉{(しく)・しから/しく・しかり/し/しき・しかる/しけれ/しかれ} ❶恐ろしい。こわい。❷なみなみでない。驚嘆すべきだ。
「大阪の煙おそろし和布売《わかめうり》」 阿波野青畝
「土蜘蛛を母と思ひて恐ろしや」 永田耕衣
「雪崩止《なだれどめ》青空の夜がおそろしき」 加藤楸邨
「谷水のみ葱一本のおそろしき」 飯島晴子
「おそろしきこと言ひにゆく十二月」 夏井いつき

おち-あ・ふ【落ち合ふ】《オチアウ・オチオウ》〈自動・ハ四〉{は/ひ/ふ/ふ/へ/へ} ❶出会う。来合わす。❷意見が一致する。仲直りする。❸進んで出会って相手になる。立ち向かう。
「落ち合ひて新酒に名乗る医者易者」 夏目漱石
「蝶失せぬ早瀬落合ふ渦の上」 水原秋櫻子
「家々の水の落ち合ふ盆の果」 神尾久美子

お・つ【落つ・墜つ・堕つ】〈自動・タ上二〉{ち/ち/つ/つる/つれ/ちよ} ❶落ちる。落下する。❷(花や葉が)散る。(雨や雪が)降る。❸光がさす。照らす。❹(日や月が)沈む。没する。❺落ちぶれる。堕落する。❻逃げる。逃げ落ちる。❼治る。(つきものが)去る。❽(多く下に打消の「ず」を伴って)欠ける。欠かす。❾白状する。
「春空に鞠とどまるは落つるとき」 橋本多佳子

「闇の闇月落つ海は黄に染まり」 高屋窓秋
「子どもつれ遊び雪落つ音しきり」 野澤節子
「唇吸へば花は光を曳いて墜ち」 眞鍋呉夫
「秋の暮たましひ熟れて堕ちゆくも」 河原枇杷男

お・づ【怖づ】《オズ》〈自動・ダ上二〉{ぢ/ぢ/づ/づる/づれ/ぢよ} 恐れる。こわがる。
「船おづる妻に夜涼のさむかりき」 森川暁水
「向日葵の照るにもおぢてみごもりぬ」 篠原鳳作
「春の航わが紅唇を怖ぢにけり」 飯島晴子
「物怖ぢもせで繭籠りすることよ」 中原道夫

おと【音】〈名〉❶物音。響き。❷声。鳴き声。❸訪問。たより。❹うわさ。
「櫂の音洲の音春の洗ひ髪」 栗林千津
「昼ふかく稲刈る音のすすみくる」 桂信子
「さうめんの淡き昼餉や街の音」 草間時彦

おとがひ【頤】《オトガイ》〈名〉下あご。あご。
「おとがひに糀《かうぢ》の花や寒造」 阿波野青畝
「春風や顎とがるをんながた」 高橋睦郎
「おとがひを酒に濡らしぬ夏料理」 榎本好宏

おと-づ・る【訪る】《オトズル》〈自動・ラ下二〉{れ/れ/る/るる/るれ/れよ} ❶音を立てる。❸訪問する。訪れる。❸安否をたずねる。
「淡路女忌過ぎても初蝶訪れず」 阿部みどり女
「夕萩に訪れ月の出にも逢ふ」 後藤夜半

お

おとな-・し【大人し】〈形シク〉{（しく）・しから／しく・しかり／し／しき・しかる／しけれ／しかれ} ❶大人っぽい。大人だ。ませている。❷思慮深い。分別がある。❸年配だ。主だっている。❹穏やかだ。静かだ。

「姉ゐねば**おとなしき**子やしやぼん玉」　杉田久女

「睡たさのうなじ**おとなし**天瓜粉《てんかふん》」　水原秋櫻子

おと-な・ふ【音なふ・訪ふ】《オトナウ》〈自動・ハ四〉{は／ひ／ふ／ふ／へ／へ} ❶音がする。音をたてる。❷訪問する。訪れる。訪ねる。

「盆灯籠ともせば**訪ふ**人のあり」　柴田白葉女

「**訪ひ**の聲低かりし茂かな」　波多野爽波

「一枚の秋の簾を**訪へり**」　星野恒彦

おどろ【藪・棘】〈名〉❶草木が乱れ茂っていること。乱れ茂っている所。やぶ。❷髪などの乱れているようす。

「泥濘に**おどろ**が影やきりぎりす」　芝不器男

「兄と会ひつ城の石垣の秋**おどろ**」　石田波郷

「**おどろ**にも枯れたるしだれ桜かな」　下村梅子

「風を聴くさくらは**おどろ**なる木なり」　大木あまり

おとろ・ふ【衰ふ】《オトロウ》〈自動・ハ下二〉{へ／へ／ふ／ふる／ふれ／へよ} ❶勢いが弱くなる。❷（体力・容色などが）衰える。

「冬の夜や**おとろへ**動く天の川」　渡邊水巴

「蟬の穴またあり夏は**衰ふる**」　阿部青鞋

「昭和**衰へ**馬の音する夕かな」　三橋敏雄

「一月の畳ひかりて鯉**衰ふ**」　飯島晴子

「寺領**衰へ**たりといへども時鳥」　大峯あきら

おな・じ【同じ】〈形シク〉{（じく）・じから／じく・じかり／じ／じき・じかる／じけれ／じかれ} 同じだ。一致している。差がない。等しい。

「姉妹思ひ**同じく**春火鉢」　中村汀女

「月光と海とわが血は**同じ**比重か」　折笠美秋

「勾玉と**同じ**曲りの青山田」　茨木和生

「手毬唄妻と故郷を**同じうす**」　大串　章

おに【鬼】〈名〉恐ろしい姿をして人に害を与えるという想像上の怪物。

「石の上に　秋の**鬼**ゐて火を焚けり」　富澤赤黄男

「友よ我は片腕すでに**鬼**となりぬ」　高柳重信

「節分や海の町には海の**鬼**」　矢島渚男

「**鬼**となり言の葉を吐く櫨紅葉」　高澤晶子

おに-【鬼】〈接頭〉名詞の上に付けて、荒々しい、勇猛な、恐ろしいなどのようすを表す。

「四十二の**鬼**子育つる破魔矢かな」　村上鬼城

「螢火の一つは**鬼**火高舞へる」　手塚美佐

「**鬼**あざみ鬼のみ風に吹かれをり」　攝津幸彦

「**鬼**百合まであるいて女かぐはしき」　仙田洋子

おの【己】〈代名〉自分自身。その物自身。われ。私。（自称の人称代名詞。ふつう助詞「が」を伴った「おのが」の形で用いられる）

「慈悲心鳥**おの**が木魂《こだま》に隠れけり」　前田普羅

「一寒燈**おの**が柱を照らすのみ」　香西照雄

「炎天下おのが影より羽音して」　鎌倉佐弓

おの-おの【各・己己】 ■一〈代名〉みなさん。あなたがた。（対称の人称代名詞。多人数に呼びかける語）■二〈副〉それぞれ。めいめい。

「寒い鍵束**おのおの**の持ちて鳥の群」　栗林千津

「今年竹**おのおの**に揺れもどしをり」　川崎展宏

「着ぶくれてその**おのおの**の机かな」　斎藤夏風

おの-が-じし【己がじし】〈副〉それぞれ異なったようすに。めいめい思い思いに。

「寒凪と雀と昏る、**おのがじし**」　竹下しづの女

「鶏頭は次第に**おのがじし**立てり」　細見綾子

「**己がじし**喉ぼとけ見せ寒の水」　安東次男

おの-づから【自ら】オノズカラ〈副〉❶自然に。いつのまにか。❷偶然に。たまたま。まれに。❸（下に仮定表現を伴って）もしも。万一。ひょっとして。

「吹き晴るる雪山の威の**自ら**」　阿部みどり女

「静けさや炭が火となる**おのづから**」　日野草城

「**自ら**古りゆくものに花氷」　中村苑子

「坂下る杖にも秋意**おのづから**」　村越化石

「鉦叩闇の深浅**おのづから**」　島谷征良

おの-づ-と【自づと】オノズト〈副〉ひとりでに。自然に。

「片栗や**自づと**ひらく空の青」　加藤知世子

「頬杖の**おのづと**伏眼鉦叩」　稲垣きくの

おの-れ【己】 ■一〈代名〉❶本人。自分自身。❷私。❸おまえ。■二〈副〉おのずから。ひとりでに。■三〈感〉やい。こらっ。相手をののしったり、強く呼びかけるときに発する語。

「**おのれ**やれ今や五十の花の春」　小林一茶

「**己れ**もの言はねば炭火に呟かる」　林　翔

「**おのれ**恃《たの》み水を打ちては虹つくる」　鈴木六林男

「花咲いて**おのれ**をてらす寒椿」　飯田龍太

おばしま【欄・欄干】〈名〉てすり。らんかん。

「**おばしま**にかはほりの闇来て触る、」　竹下しづの女

「**欄**に尼僧と倚りぬ花菖蒲」　横山房子

「**欄**に火の残り香や修二会堂」　西村和子

おは-す【御座す】オワス ■一〈自動・サ変〉｛せ／し／す／する／すれ／せよ｝❶いらっしゃる。おいでになる。おありになる。（「あり」の尊敬語）❷いらっしゃる。おいでになる。お越しになる。（「行く」「来《く》」の尊敬語）■二〈補助動・サ変〉（用言の連用形、断定の助動詞「なり」の連用形「に」、またそれらに助詞「て」が付いた形に付いて）…ていらっしゃる。…ておいでになる。（尊敬の意を表す）

「先生が瓜盗人で**おはせ**しか」　高濱虚子

「観世音**おはす**花野の十字路」　川端茅舎

「新茶淹《い》れ父は**おはし**きその遠さ」　加藤楸邨

「大鈴の**おはしまし**けり冬の山」　宗田安正

「枯蓮の白き台《うてな》に父在**はす**」　齋藤愼爾

おひ【笈】オイ〈名〉修験者や行脚僧などが、仏具・衣服・書籍・食器などを入れて背負って歩く道具。箱形で脚が四本付いており、開閉する戸がある。

「はつ雪や聖小僧の**笈**の色」　松尾芭蕉

「**笈**を負ひその後の月日福寿草」　深川正一郎

「旅いまも穂麦に**笈**を負ひしより」　古舘曹人

おびただ・し【夥し】〈形シク〉{（しく）・しから／しく・しかり／し／しき・しかる／しけれ／しかれ}❶程度が甚だしい。ものすごい。❷騒がしい。❸（規模が）非常に大きい。❹非常に多い。▼「おびたたし」とも。

「石人の嘆きの蟆子《とぶ》の**おびただし**」　阿波野青畝

「渡り鳥目二つ飛んで**おびただし**」　三橋敏雄

「音楽を降らしめよ**夥しき**蝶に」　藤田湘子

おひ‐たち【生ひ立ち】オイタチ〈名〉子供が成長すること。また、その過程。

「野菊流れつつ**生ひ立ち**を考ふる」　清水径子

「**生ひたち**の処に冬の山が在り」　中尾寿美子

「**生ひ立ち**のコスモスはなかなか見えぬ」　飯島晴子

おひ‐ばね【追羽子・追羽根】オイバネ 季・新〈名〉女児の代表的な新年の遊びで、二人以上で一つの羽根を羽子板でつきあうこと。▼「おいはご」「羽根つき」とも。

「**追羽子**や森の尾長は森を翔び」　石田波郷

「噴煙はなびき**追羽子**ながれがち」　皆吉爽雨

「杯をふせて**追羽根**見るとなく」　石橋秀野

おび・ゆ【怯ゆ】〈自動・ヤ下二〉{え／え／ゆ／ゆる／ゆれ／えよ}こわがってびくびくする。おびえる。

「晩霜に**おびえ**て星の瞬けり」　相馬遷子

「昔**怯えし**心音をきく生き作り」　北原志満子

「犬の眼の青さに**怯ゆ**梅の春」　四ツ谷龍

「花は花のうねりに**おびえ**はじめたる」　夏井いつき

お・ふ【生ふ】オウ〈自動・ハ上二〉{ひ／ひ／ふ／ふる／ふれ／ひよ}生《は》える。伸び育つ。

「妻子住む春の里辺や楸《ひさぎ》**生ふる**」　中村草田男

「雪解や石に平たく**生ひ**し草」　細見綾子

「蓬**生ふ**ところにをりぬ仏生会」　岸田稚魚

「土筆**生ふ**夢果たさざる男等に」　矢島渚男

お・ふ【負ふ】オウ 一〈自動・ハ四〉{は／ひ／ふ／ふ／へ／へ}似合う。似つかわしい。ふさわしい。二〈他動・ハ四〉❶背負う。❷こうむる。身に受ける。❸借金する。借りる。❹（名として）持っている。

「かなかなや母を**負ひ**ゆく母の里」　三橋鷹女

「荒縄で己が棺**負ふ**吹雪かな」　眞鍋呉夫

「足萎えの美女も**負はれ**て鍋被り」　星野石雀

お・ふ【追ふ・逐ふ】オウ〈他動・ハ四〉{は／ひ／ふ／ふ／へ／へ}❶追いかける。❷追いつく。❸（「…（地名）を追ふ」の形で）めざして進む。❹追いやる。追い払う。❺（多く「先（を）追ふ」の形で）先払いをする。❻せきたてて進ませる。追い立てる。❼踏襲する。受けつぎ従ってゆく。

「筆遅々と黒きこほろぎ追へば跳び」　野澤節子
「人影を夜色の追へる冬旱《ふゆひでり》」　松澤 昭
「花の寺追はるるやうに名を呼ばれ」　廣瀬直人
「穂絮一つ夢窓國師を逐ひゆけり」　河原枇杷男
「法師蟬水の流れを追ふやうに」　大串 章
「子を追へば冬のかもめに追はれたり」　上田日差子

お・ぶ【帯ぶ】 ㊀〈他動・バ四〉{ば/び/ぶ/ぶ/べ/べ} ❶身につける。帯びる。❷含みもつ。㊁〈バ上二〉{び/び/ぶ/ぶる/ぶれ/びよ} ㊀に同じ。

「暖冬の白砂は紅を帯べりけり」　富安風生
「こぼれても山茶花薄き光帯び」　眞鍋呉夫
「まひまひつぶろ吾子も少女の相を帯ぶ」　伊藤白潮

おほ-【大】《オオ》〈接頭〉❶大きい、広大な、の意を表す。❷量が多い、また、程度が甚だしいことを表す。❸偉大なもの、貴ぶべきものを表す。❹年長である、順序が上位であることを表す。

「おほみそら瑠璃南無南無と年新た」　飯田蛇笏
「あの世へも顔出しにゆく大昼寝」　瀧 春一
「牛の舌まれに歯をもれ大野分」　加藤楸邨

おほい・なる【大いなる】《オオイナル》〈形動ナリ〉{なら/なり・に/なり/なる/なれ/なれ} 大きい。程度がはなはだしい。▼「大《おほ》きなり」の連体形「大きなる」の音便形。

「鶴の影舞ひ下りる時大いなる」　杉田久女
「大いなる山に向ひて盆の道」　成田千空
「大いなる顔秋風の戸口より」　青柳志解樹
「大いなる迂回路と知る白椿」　五島高資

おほうち-やま【大内山】《オオウチヤマ》〈名〉❶宮中。皇居。❷京都西郊にある山。御室山。

「大内山立春の雨御空より」　渡邊水巴
「夕ざくら大内山へ鳥とぶ」　山口青邨
「嘉き氷下魚大内山にまゐらせよ」　筑紫磐井

おぼえ【覚え】〈名〉❶評判。世評。❷(多く「御覚え」の形で)寵愛《ちょうあい》。目上の人からよく思われること。かわいがられること。❸感じ。感覚。❹記憶。心あたり。思い当たること。❺(腕前などの)自信。

「睡蓮や聞き覚えある水の私語」　中村苑子
「洗ひ髪身におぼえなき光ばかり」　八田木枯
「蜷の水とび損ねたるおぼえあり」　山本洋子
「身に覚えなき夢に似て蟬の殻」　鎌倉佐弓

おほ-かた【大方】《オオカタ》 ㊀〈名〉❶全体。大体。一帯。❷普通。世間一般。㊁〈副〉❶大体。大ざっぱに言って。❷(下に打消の語を伴って)まったく。一向に。㊂〈接続〉そもそも。総じて。

「木葉髪おほかたはわが順ひぬ」　石田波郷
「おほかたは一会の名刺鳥雲に」　鷹羽狩行
「鳥雲に入るおほかたは常の景」　原 裕

おほかみ【狼】《オオカミ》 季・冬 〈名〉❶イヌ科の哺乳類。かつて北

お

半球に広く分布したが、西ヨーロッパ、中国の大部と日本などでは絶滅。❷うわべはやさしそうに見えて、内心の恐ろしい人。

「沼涸れて**狼**渡る月夜かな」　村上鬼城
「絶滅のかの**狼**を連れ歩く」　三橋敏雄
「**狼**のごとく消えにし昔かな」　赤尾兜子
「滅びたる**狼**の色山眠る」　矢島渚男

おほ・し【多し】《オオシ》〈形ク〉〔(く)・から／く・かり／し／き・かる／けれ／かれ〕多い。

「紫陽花や夫《つま》を亡くする友**おほく**」　竹下しづの女
「三日はや雲**おほき**日となりにけり」　久保田万太郎
「障子して読めば外の面に音**おほし**」　篠原　梵
「未来図は直線**多し**早稲の花」　鍵和田秞子
「野分より眠りに入りて夢**多し**」　細見綾子
「白靴や忘れて生きること**多き**」　西村和子

おほ・し【大し・巨し】《オオシ》〈形ク〉〔(く)・から／く・かり／し／き・かる／けれ／かれ〕❶(数量・容積などの)大きい。(程度の)甚しい。❷身体の大きい。❸偉大な。広大な。▼中古以降は「おほきなり」が用いられるようになった。

「**大き**わが熱の掌霰はずみ消ゆ」　佐藤鬼房
「四万六千日なる**大き**夜空あり」　岸田稚魚
「**巨き**眼の枯野となりて昏れゆけり」　宗田安正

おぼ・し【覚し・思し】〈形シク〉〔(しく)・しから／しく・しかり／し／しき・しかる／しけれ／しかれ〕❶(そのように)思われる。❷(したいと)思っている。

「雪囲と**おぼしく**雪をかぶりたる」　清崎敏郎
「蔵跡と**おぼしき**日向浮氷」　宇佐美魚目
「黄泉坂に橇と**おぼしき**ものありぬ」　攝津幸彦
「湯上りの声と**おぼしき**初電話」　西村和子

おぼし-め・す【思し召す】〈他動・サ四〉〔さ／し／す／す／せ／せ〕お思いになる。お思いあそばす。▼尊敬の動詞「思《おぼ》す」の連用形に尊敬の補助動詞「めす」が付いて一語化したもので、より敬意が高い。

「心天《ところてん》手自《てづから》にせんと**おぼしめす**」　与謝蕪村
「入院に倦めば避寒と**思し召せ**」　大島民郎
「川端道喜《かはばた》のちまきづくりを**思し召す**」　筑紫磐井

おほ・す【仰す】《オオス》〈他動・サ下二〉〔せ／せ／す／する／すれ／せよ〕❶言いつける。命じる。❷おっしゃる。(「言ふ」の尊敬語)

「山坊涼し火宅と**仰せ**給ひしに」　阿波野青畝
「**仰せ**の如く今年の紅葉美しき」　星野立子

おほ・す【果す・遂す】《オオス》〈補助動・サ下二〉〔せ／せ／す／する／すれ／せよ〕(動詞の連用形に付いて)…遂げる。…果たす。…終える。

「太幹に隠れ**おほせ**し秋思びと」　大野林火
「金雀枝や時計を隠し**おほす**べう」　柚木紀子

おぼつか-な・し【覚束無し】〈形ク〉〔(く)・から／く・かり／し／き・かる／けれ／かれ〕❶ぼんやりしている。ようすがはっきりしない。ほのかだ。❷気がかりだ。不安だ。❸不審だ。疑わしい。❹会いたく思っている。待ち遠しい。

「子規忌までかくては月も**覚束な**」　山口青邨
「地芝居の**おぼつかなく**も嘆きけり」　長谷川双魚
「足し算も**覚束無く**て桃の花」　飯島晴子
「滝を見にゆく二人とは**おぼつかな**」　金田咲子

おほどか・なり《オオドカナリ》〈形ナリ〉{なら/なり・に/なり/なる/なる/なれ/なれ}おおらかだ。おっとりしている。
「美《よ》き人や雷**おほどかに**古風なる」　中村草田男
「牛の喉**おほどかに**たるみ春の土」　瀧　春一
「**おほどかに**日輪のぞく春の寺」　日美清史

おほ-とし【大年・大歳】《オオトシ》 季・冬 〈名〉十二月の末日。大みそか。また大みそかの夜。▼「おほどし」とも。
「**大年**の法然院に笹子ゐる」　森　澄雄
「**大年**の出船のあとを少し掃く」　友岡子郷
「**大年**の夕日見にくる奴らなり」　夏井いつき

おほ-はは【祖母】《オオハハ》〈名〉❶祖母。❷老いた女性。
「**祖母**をたのみの子等が厚衾」　松村蒼石
「**祖母**を立木のごとく支へ冬」　橋本榮治

おほ・ふ【覆ふ・被ふ】《オオウ》〈他動・ハ四〉{は/ひ/ふ/ふ/へ/へ}❶覆いかぶさる。❷包み隠す。❸(徳・威勢・名声などを)広く行きわたらせる。
「夜ざくらに屋を**掩はれ**て眠り得ず」　能村登四郎
「夏座敷棺は怒濤を**蓋ひ**たる」　川崎展宏
「秋かぜや耳を**覆へ**ば耳の聲」　河原枇杷男

「母の背後をあさがほが**覆ふ**なり」　金田咲子

おほ-みそか【大晦日・大三十日】《オオミソカ》 季・冬 〈名〉(各月の「みそか」に対して)一年の最終の日。十二月の末日。▼「大つごもり」とも。
「漱石が来て虚子が来て**大三十日**」　正岡子規
「父祖の地に闇のしづまる**大晦日**」　飯田蛇笏
「掛取も来てくれぬ**大晦日**も独り」　尾崎放哉
「**大晦日**御免とばかり早寝せる」　石塚友二
「山の声木の声充てり**大晦日**」　和田悟朗

おほ-むね【大旨・概】《オオムネ》 ■一〈名〉だいたいの趣意。大意。■二〈副〉おおよそ。だいたい。
「這《この》婢《ひ》少《わか》くて背の子**概ね**日傘の外」　竹下しづの女
「丘なすところ**概ね**桃の花」　京極杞陽
「天寿**おほむね**遠蟬の音に似たり」　飯田龍太

おぼ-め・く〈自動・カ四〉{か/き/く/く/け/け}❶まごつく。よくわからなくなる。❷不審に思う。いぶかしがる。❸そらとぼける。
「粉黛のかほ**おぼめき**て玉の春」　飯田蛇笏

おぼ・ゆ【覚ゆ】 ■一〈自動・ヤ下二〉{え/え/ゆ/ゆる/ゆれ/えよ}❶思われる。感じられる。❷思い出される。思い起こされる。❸似る。似ている。■二〈他動・ヤ下二〉❶思い出す。❷思い出して語る。❸記憶する。体得する。
「目に遠く**おぼゆる**藤の色香《かいろ》哉」　与謝蕪村

お

「つばめの子ひるがへること**覚え**けり」　阿部みどり女
「麻の服風はまだらに吹くを**おぼゆ**」　篠原　梵
「同齢のこゑと**おぼゆる**春の水」　原　裕

おほ・よそ【大凡・凡そ】《オオヨソ》 ━〈名〉普通。ひととおり。━〈副〉❶だいたい。およそ。あらまし。❷まったく。
「**おほよそ**の夏の終りの蟬しぐれ」　阿部青鞋
「残る生《よ》の**おほよそ**見ゆる鰯雲」　齋藤　玄
「天の川**おほよそ**の人見ず知らず」　桑原三郎
「**凡**のまんなかをゆく芒原」　正木ゆう子

おほ・らか・なり【多らかなり・大らかなり】《オオラカナリ》〈形動ナリ〉｛なら／なり・に／なり／なる／なれ／なれ｝❶多量だ。多い。たくさんある。❷ゆったりとして、こせこせしないさま。
「**おほらかに**鶏なきて海空から晴れる」　尾崎放哉
「**おほらかに**山臥す紫雲英田《げんげだ》の牛も」　石田波郷
「ほとけより神は**おほらか**公孫樹《いちやう》散る」　茨木和生

おぼ・る【溺る】〈自動・ラ下二〉｛れ／れ／る／るる／るれ／れよ｝❶(水に)おぼれる。おぼれ死ぬ。❷(「涙におぼる」の形で)目の中が涙でいっぱいになる。❸心を奪われる。
「新しき蛾を**溺れ**しむ水の愛」　永田耕衣
「おのがこゑに**溺れ**てのぼる春の鳥」　飯田龍太
「誰かまた銀河に**溺るる**一悲鳴」　河原枇杷男
「川幅は川に**溺れ**てかがやけり」　折笠美秋

おぼろ・なり【朧なり】〈形動ナリ〉｛なら／なり・に／なり／なる／なれ／なれ｝❶おぼろげだ。❷ぼんやりとして、はっきりしない。
「栄螺の荷三日月すでに**朧なる**」　大野林火
「落葉松原四方にせめぎて**朧なり**」　堀口星眠
「**おぼろなる**仏の水を蘭にやる」　大木あまり
「帯きつく締め**おぼろなる**母の声」　鎌倉佐弓

おほ・わた【大海・大洋】《オオワタ》〈名〉大きな海。▼「おほわだ」とも。
「**おほわた**へ座うつしたり枯野星」　山口誓子
「**大和田**やただよひ湧ける雲の峯」　篠原鳳作
「**おほわた**に陽の入りつつや梅もどき」　森　澄雄

おも【面】〈名〉❶顔。顔つき。❷表面。❸面影。
「月の**面**吹き現れし朧かな」　川端茅舎
「油蟬山陰路にて**面**焦がす」　堀井春一郎
「稲妻を浴びし不覚や**面**変り」　中村苑子

おも・かげ【面影・俤】〈名〉❶顔つき。おもざし。❷まぼろし。幻影。
「**おもかげ**のうするる芙蓉ひらきけり」　安住　敦
「寒牡丹その**おもかげ**の夜に充つ」　安東次男
「露けしや**面影**死ねばひとりの生《よ》」　手塚美佐
「ははきぎの**俤**のある帚かな」　長谷川櫂

おも・し【重し】〈形ク〉｛(く)・から／く・かり／し／き・かる／けれ／かれ｝❶重い。目方が多い。❷落ち着いている。重々しい。❸(身分・価値などが)高い。貴重だ。重要だ。❹しっかりしている。安定している。❺(病気・罪などが)重い。甚だしい。ひどい。

「をりとりてはらりとおもきすゝきかな」　飯田蛇笏

「風騒ぐ十六夜月のおもかりき」　松村蒼石

「蔵の戸のしづしづ重し星月夜」　野澤節子

「花すすき袂重しと思ひけり」　加藤三七子

おも-しろ・し【面白し】〈形ク〉｛(く)・から／く・かり／し／き・かる／けれ／かれ｝❶趣がある。風流だ。すばらしい。❷楽しい。興味深い。❸珍しい。風変わりだ。

「子ら迎へ火おもしろく彼《か》の家この家」　喜谷六花

「母の機嫌の三寒四温おもしろき」　山田みづえ

「つくづくと黴面白し墨の尻」　高橋睦郎

おも-て【面】〈名〉❶顔面。顔。❷体面。面目。❸外面。表面。

「花を見し面を闇に打たせけり」　前田普羅

「笏もちて面かくるゝ雛かな」　高野素十

「鰯雲月の面てにかかりそむ」　篠原鳳作

おも-はゆ・し【面映ゆし】〈形ク〉｛(く)・から／く・かり／し／き・かる／けれ／かれ｝きまりが悪い。

「老とても面映きとき梅椿」　後藤夜半

「胸に菊つけ面映ゆくをりにけり」　高木晴子

おもひ【思ひ】《オモイ》〈名〉❶考え。思慮。❷念願。意向。❸心配。憂い。❹恋しい思い。愛情。❺喪に服すること。喪中。

「在ることの思ひの外を滴れる」　齋藤　玄

「顔変はりしたるおもひの白絣」　上田五千石

「夏草のおもひの丈といふがあり」　中原道夫

おもひ-い・づ【思ひ出づ】《オモイイズ》〈他動・ダ下二〉｛で／で／づ／づる／づれ／でよ｝思い出す。

「月見草百姓泣きしを思ひ出づ」　石田波郷

「虫鳴けり天仰ぐことおもひ出づ」　加藤楸邨

おもひ-つ・む【思ひ詰む】《オモイツム》〈自動・マ下二〉｛め／め／む／むる／むれ／めよ｝思い詰める。深く悩む。

「秋水や思ひつむれば吾妻のみ」　永田耕衣

「その夜暑し思ひ詰めては死に到る」　大野林火

「寒雲の中を暗しと思ひつむ」　三橋敏雄

「烏瓜思ひつむれば仏かな」　柿本多映

おもひ-ね【思ひ寝】《オモイネ》〈名〉思い続けながら寝ること。

「思ひ寝とみわけがたくて病螢」　清水径子

「思ひ寝と言ふほどでなし秋しぐれ」　中村苑子

「思ひ寝の死貌あれば月ぞ降る」　沼尻巳津子

おもひ-み・る【思ひ見る・惟る】《オモイミル》〈他動・マ上一〉｛み／み／みる／みる／みれ／みよ｝よく考える。あれこれと思いをめぐらす。

「おもひ見るや我屍にふるみぞれ」　原　石鼎

おも・ふ【思ふ】《オモウ》〈他動・ハ四〉｛は／ひ／ふ／ふ／へ／へ｝❶感じる。考える。❷心配する。悩む。❸回想する。懐かしむ。❹愛する。恋しく思う。❺願う。望む。❻予想する。想像する。

「蝶とべり飛べよとおもふ掌の菫」　三橋鷹女

「土蜘蛛を母と**思ひ**て恐ろしや」　永田耕衣
「藤袴いつか誰かに**思は**れよ」　清水径子
「山を**憶へ**ば川を**おもへ**ば饂飩かな」　中尾寿美子
「秘色とは秋蝶の黄と**思ひ**けり」　宗田安正
「死を**想へ**極彩色の浜草履」　小澤　實

おもへ-ら-く【思へらく】《オモエラク》〈連語〉思っていることには。▼動詞「おもふ」の已然形＋完了の助動詞「り」の未然形＋接尾語「く」

「**以為**《おもへらく》あの世浮かれて凌霄花」　寺井谷子

おもほ・ゆ【思ほゆ】《オモオユ》〈自動・ヤ下二〉〔え／え／ゆ／ゆる／ゆれ／えよ〕（自然に）思われる。▼動詞「思ふ」＋上代の自発の助動詞「ゆ」からなる「思はゆ」が変化した語。「おぼゆ」の前身。

「合歓咲けば母の**おもほゆ**ゆゑしらず」　篠田悌二郎
「この世よりあの世**思ほゆ**手毬唄」　大野林火
「**思ほへ**ば吹雪に暮る、父子墓」　高橋睦郎

おも・む・く【赴く・趣く】㊀〈自動・カ四〉〔か／き／く／く／け／け〕❶（その方に）向かう。向かって行く。❷その方に心が向かう。志す。㊁〈他動・カ下二〉〔け／け／く／くる／くれ／けよ〕❶向かわせる。向かって行かせる。❷心を向かわせる。❸感じさせる。意向を示す。ほのめかす。

「風萱に**赴き**怪む鹿の子かな」　阿波野青畝
「何に**赴く**泉の水の奔り出す」　石田波郷

おも・る【重る】〈自動・ラ四〉〔ら／り／る／る／れ／れ〕❶（目方が）重くなる。❷（病気・悩みなどが）重くなる。

「持ち**重る**茄子やトマトや水見舞」　星野立子
「吾子娶《とめ》り良夜かすかに老い**重り**」　能村登四郎
「持ち**重る**顔のかなしく秋の暮」　平井照敏

おも-わ【面輪】〈名〉顔。顔面。

「角巻が匿す**面輪**や眼は佐渡人」　石川桂郎
「秋草もひとの**面輪**もうちそよぎ」　木下夕爾

おや【親・祖】〈名〉❶父母。❷祖先。❸物のはじめ。元祖。❹人の上に立つ者。長。第一人者。

「**親**一人子一人螢光りけり」　久保田万太郎
「遠つ**祖**ここらや漕げる松涼し」　臼田亜浪
「秋茄子の紫おもし**親**遠し」　石橋秀野

お・ゆ【老ゆ】〈自動・ヤ上二〉〔い／い／ゆ／ゆる／ゆれ／いよ〕❶年をとる。❷盛りを過ぎる。衰える。

「蟷螂のなまぐさきもの食ひて**老ゆ**」　山口青邨
「**老い**しとおもふ**老い**じと思ふ陽のカンナ」　三橋鷹女
「夏帯に泣かぬ女となりて**老ゆ**」　鈴木真砂女
「鯉**老い**て真中を行く秋の暮」　藤田湘子

おゆび【拇・指】〈名〉親指。指。▼「おほゆび」の約。

「青栗が落ちているなり**親指**冷ゆ」　金子兜太
「炎日の薄刃をためす**拇指**の腹」　横山房子
「晩涼の漣を生む**拇指**かな」　佐藤鬼房

およそ【凡そ】〈副〉概して。総じて。だいたい。いったい。

「およそ吹きひろがるばかり罌粟の花」　後藤夜半
「コスモスの**凡そ**百輪色同じ」　水原秋櫻子
「鬼　**およそ**／その背姿　は／桔梗　なり」　折笠美秋

および【指】〈名〉指《ゆび》。▼「おゆび」とも。

「初夢のなくて紅とく**および**かな」　三橋鷹女
「煙草火に**指**ぬくめて去年今年」　秋元不死男
「寒鯛の身を拶したる**指**かな」　岡井省二

おら【己】〈代名〉❶おまえ。きさま。❷わたし。

「**おら**が家の花も咲いたる番茶かな」　芥川龍之介
「**おら**は此のしっぽのとれた蜥蜴づら」　渡邊白泉

おら・ぶ【叫ぶ】〈自動・バ四〉{ば/び/ぶ/ぶ/べ/べ}泣き叫ぶ。大声で叫ぶ。

「濤**おらぶ**夏草藪とけじめなし」　中村草田男
「颪**おらび**夏蝶よりも馬怯《ひる》む」　殿村菟絲子
「夜叉舞や／舞ひ崩れては／**おらびつつ**」　高柳重信
「荒地菊**喚**《おら》べば涙かすかにも」　齋藤愼爾

お・る【降る・下る】〈自動・ラ上二〉{り/り/る/るる/るれ/りよ}❶(高い所から)おりる。❷(馬・車などから)下りる。❸退出する。下がる。❹退位する。❺(神霊が)乗り移る。

「白馬を少女瀆れて**下り**にけむ」　西東三鬼
「下萠に心が先に**下り**立ちし」　後藤比奈夫
「夜食とる駅の反対口に**降り**」　能村研三

おろ-か・なり【疎かなり・愚かなり】〈形動ナリ〉{なら/なり・に/なり/なる/なれ/なれ}❶疎略だ。いい加減だ。❷(「言ふもおろかなり」「言へばおろかなり」「…とはおろかなり」などの形で)まだ言い足りない。言い尽くせない。❸愚かだ。賢くない。❹劣っている。下手だ。

「貝寄や**愚な**貝もよせて来る」　松瀬青々
「日のさして今**おろかなる**寝釈迦かな」　永田耕衣
「走馬燈**おろかなる**絵のうつくしき」　大野林火
「横光忌**おろかに**古稀を過ぎをりし」　石塚友二

おろ・す【下ろす・降ろす】〈他動・サ四〉{さ/し/す/す/せ/せ}❶低い位置に移す。おろす。❷引き下げる。垂らす。❸(仏門にはいるため髪を)剃《そ》り落とす。おろす。❹退出させる。❺供え物や貴人の物などを下げわたす。おさがりをいただく。❻退位させる。❼悪くいう。けなす。非難する。

「鯉幟**下ろす**ときだけ庭狭し」　後藤比奈夫
「この辺で腰を**下ろし**て麦の穂よ」　桑原三郎
「みほとけに見**下ろされ**ゐる涼しさよ」　片山由美子

おろ-そか・なり【疎かなり】〈形動ナリ〉{なら/なり・に/なり/なる/なれ/なれ}❶疎略だ。いい加減だ。おろそかだ。❷粗末だ。簡素だ。❸よくない。劣っている。つたない。

「菊は黄に雨**疎かに**落葉かな」　与謝蕪村
「万愚節**おろそかならず**入院す」　相馬遷子
「**おろそかに**くらせと空蟬に言はれ」　阿部青鞋

「おろそかにせず盆路を歩きゐる」　岩城久治

おん-【御】〈接頭〉名詞に付いて尊敬を表す。▼「おほん」の変化したもの。

「**御**僧や今朝さへづりの揶揄《やゆ》に覚め」　川端茅舎
「八十路《やそぢ》なる母の**おん**名を祝箸」　角川照子
「**おん**像《かたち》修すと此處も時雨かな」　高橋睦郎

おん-じき【飲食】〈名〉飲み物と食べ物。飲食《いんしよく》。

「**飲食**のもの音もなき安居寺《あんごでら》」　篠原鳳作
「**飲食**に性《しやう》顕るる大暑かな」　安東次男
「**飲食**の火のとぼとぼと三日暮る」　福田甲子雄
「新涼の母**飲食**の灯の濃かれ」　石田勝彦
「かなしみの人の**飲食**松の芯」　山本洋子

おん-ぞ【御衣】〈名〉お召し物。▼「おほんぞ」の変化した語。

「山櫻佛の**御衣**ゆるやかや」　大野林火
「夕祓**御衣**大いに翻り」　飯島晴子
「麦熟るる弥陀の**御衣**のいろにかな」　大石悦子

おん-み【御身】㊀〈名〉おからだ。（「身」の尊敬語）㊁〈代名〉あなたさま。（対称の人称代名詞。相手を敬っていう語）
▼「おん」は接頭語。

「肘まくら**御身**涅槃をふくよかに」　平畑静塔
「**御身**愛しめリラの押花送られたし」　鈴木しづ子
「魂を抜いて**御身**を拭ひけり」　眞鍋呉夫

か

か【彼】㊀〈代名〉あれ。あちら。（遠称の指示代名詞。「かの」などの形で）㊁〈副〉（多く「か…かく…」の形で）ああ。あのように。

「鰭《ひれ》となり**か**ゆきかくゆき海女涼し」　阿波野青畝
「**彼**の日**彼**の山路眼に在りわらび買ふ」　及川 貞
「何も**彼**も遅れおらんだ菊蒔けり」　殿村菟絲子
「書初めや先づ**彼**の人に文書かな」　野見山ひふみ
「日向水**か**の渤海をさまよわん」　津沢マサ子
「何も**彼**も遠し天河は白き鹿」　沼尻巳津子
「誰も**彼**も都会のさびしいバクテリア」　松本恭子

か〈係助〉㊀文中にある場合。（受ける文末の活用語は連体形で結ぶ）❶（疑問）…か。❷（反語）…か、いや…ではない。㊁文末にある場合。❶（疑問）…か。❷（反語）…か、いや…ではない。（多く「かは」「かも」「ものか」の形）

「ひまわり**か**われ**か**ひまわり**か**われ**か**灼く」　三橋鷹女
「春嵐奈翁は華奢な手なりしと**か**」　中村草田男
「虹飛んで来たる**か**といふ合歓の花」　細見綾子
「体内の迷路も夏**か**水いそぐ」　高柳重信
「月光の象番にならぬ**か**といふ」　飯島晴子
「対岸の木枯は母呼ぶ声**か**」　今瀬剛一
「帰るべき山霞みをり帰らむ**か**」　小澤 實

か

か〈終助〉❶(詠嘆)…なあ。(多く「…も…か」の形で)❷(念を押したり、納得した気持ちを表す)…か。

「椎若葉さわぎさやぐは何念ふ**か**」　石田波郷
「深山に蕨採りつつ滅びる**か**」　鈴木六林男
「炎天にテントを組むは死にたる**か**」　藤田湘子
「月山のふところ深き梟**か**」　山田みづえ
「叱られし星**か**流れて海の上」　鷹羽狩行
「夢《ぼう》夢《ぼう》と湯舟も北へ行く舟**か**」　折笠美秋
「五感衰へ陽炎となる母**か**」　奥坂まや

か〈副助〉(不定)…か。(不定の数量・程度を表す語に付く)。

「筍飯や母はいくら**か**ふとり在《ま》す」　鈴木しづ子
「いくら**か**は僧形に似む白絣」　能村登四郎
「いくつ**か**は採りしあとなる榠樝の実」　西村和子
「媚薬そもそも霞いくら**か**混ぜしもの」　中原道夫
「坂東の野を焼く町をいくつ**か**過ぐ」　和田耕三郎

か‐〈接頭〉主として形容詞に付いて、語調を整え、語勢を強める。

「雛の瞳《め》といづれ**か**ぼそく明石の灯」　宮武寒々
「山椒の芽食べて**か**ぐろき遊びする」　中村苑子
「死はいつもけむれり蓮の**か**暗がり」　河野多希女

が【賀】〈名〉❶祝い。❷長寿の祝い。賀の祝い。▼②は四十歳から十年ごとに「四十の賀」「五十の賀」などと祝い、平安貴族が行った。室町以後は「還暦」「古稀《こき》」「喜寿」「米寿」「白寿」などを祝った。

「老の**賀**のこころかがやく柚子一つ」　後藤夜半
「己が**賀**に参じ身に入む人の恩」　菖蒲あや
「祝電を漆の盆に紅葉の**賀**」　茨木和生

が〈格助〉❶(連体修飾語をつくる)㋐(所有)…の。㋑(所属)…の。㋒(類似)…のような。㋓人名・人称代名詞について(親愛・軽侮)…の。❷(主格)…が。❸(同格)…で。…であって。…でまた。❹(体言・連体形の下に付き)「ごとし」「まにまに」「からに」などに続ける。❺(希望・好悪・能力などの対象)…が。❻(体言に準ずる意味に用いる)…のもの。

「象《きさ》潟《かた》や雨に西施**が**ねぶの花」　松尾芭蕉
「目出度さもちう位也おら**が**春」　小林一茶
「柿くふや道灌山の婆**が**茶屋」　正岡子規
「つぶらなる汝**が**眼吻はなん露の秋」　飯田蛇笏
「病院にとぶ蝙蝠は誰**が**化身」　山口誓子
「白桃はきみ**が**掌にあり月あかり」　富澤赤黄男
「死神**が**死んで居るなり百日紅」　永田耕衣

が〈終助〉❶(感動)…なあ。…だがなあ。❷(考えを述べ、相手の返事を促す)…が、どうか。❸(相手をののしる)…ぞ。

「俳諧は寒き事ぞと教へし**が**」　松根東洋城
「夜の瞼の落葉よ街に遊びし**が**」　北原志満子
「遺失物となれり牡丹雪を見ていし**が**」　齋藤愼爾

が〈接助〉❶(単純接続)…が。❷(逆接の確定条件)…けれど。

…のに。

「をん鶏気負ひしが風にわかれたり」　尾崎放哉

「どっと笑いしがわれには病める母ありけり」　栗林一石路

「冬扇おもひ出せしが忘れけり」　長谷川双魚

「返り咲く花とも見しが夕ざくら」　石塚友二

かい-だう【海道《カイドウ》】〈名〉❶海沿いの地域を結ぶ道。また、その道に沿った地域。❷「東海道」の略。❸諸国の主要地を結ぶ道路。（多く「街道」と書く）。

「**街道**をキチキチと飛ぶばつたかな」　村上鬼城

「**街道**を挾んで盛る田植かな」　篠原温亭

「寒しづもり燈る**海道**犬馳せすぐ」　佐藤鬼房

「**街道**や青嶺囲ひに蹄鉄屋」　森　澄雄

「**街道**にダリアとわれと濃くゐたり」　金田咲子

かい-ちゃう【開帳《カイチョウ》】季・春〈名〉❶（寺院で）厨子《ずし》の扉を開き、ふだんは公開しない秘仏などを一般の人々に拝ませること。❷賭博の座をひらくこと。

「子を負ふて餓鬼大将ぞ海羸《いば》**開帳**」　川端茅舎

「**開帳**の夢殿夢もかい間見ぬ」　井沢正江

「千手見せ給はぬ恨み御**開帳**」　森田　峠

かいま-みる【垣間見る】〈他動・マ上一〉〔み／み／みる／みる／みれ／みよ〕物の透き間からこっそりとのぞき見る。▼「かきまみる」のイ音便。

「ぬば玉の闇**かいまみ**ぬ嫁が君」　芝不器男

「**垣間み**しものに憑かれて十三夜」　橋　閒石

「土佐の冬青き地球を**垣間見**し」　原　裕

「青嵐阿修羅の笑みを**垣間見**し」　高澤晶子

かい-らう【偕老《カイロウ》】〈名〉夫婦が死ぬまで仲良く連れ添うこと。偕《とも》に老い、死んだら同じ穴に葬られる意から。「偕老同穴《どうけつ》」に同じ。

「**偕老**の思ひを語り花下に笑む」　阿波野青畝

「**偕老**の八十八夜の茶もともに」　大野林火

「**偕老**の歩幅をゆるせ山つつじ」　斎藤梅子

かう【更《コウ》】〈名〉日没から日の出までを五等分した時間の単位。順に初更・二更・三更・四更・五更と分けるが、季節により日没・日の出の時刻が異なるので、時間は春夏は短く、秋冬は長い。

「夜三**更**僧去つて梅の月夜かな」　夏目漱石

「復員船寒夜二**更**に河口出づ」　平畑静塔

かう【斯う《コウ》】〈副〉❶このように。❷（「かうなり」の形で）そうそう。そのとおり。❸もうこれまで。❹これこれ。しかじか。▼「かく」のウ音便。

「ここに**かう**してわたしをおいてゐる冬夜」　種田山頭火

「**かう**してはをられぬ春の雪となり」　齊藤美規

「どうして**かう**ボタンのあはぬ裘」　如月真菜

かう-かう・たり【皓皓たり・皎皎たり《コウコウタリ》】〈形動タリ〉〔たら／たり・と／たり／たる／たれ／たれ〕白く美しい。白く光り輝いている。

「十六夜や妻への畳皎々と」　加藤楸邨
「皎々として凍瀧の刻うつる」　古舘曹人
「正月の月皓々と人死ぬる」　大峯あきら
「かうかうと欠けたる月や暦売」　蘭草慶子

かう‐じん【行人】《コウジン》〈名〉通行人。旅人。
「行人の螢くれゆく娼家かな」　富田木歩
「秋風の行人の紛れ易し」　小林康治
「行人に影を奪はれ仕事なし」　林田紀音夫

かう・す【抗す】《コウス》〈自動・サ変〉{せ／し／す／する／すれ／せよ}（あるものに反対して）さからう。抵抗する。
「暑に抗す老の襷をかけにけり」　阿部みどり女
「世にも暑にも寡黙をもつて抗しけり」　安住　敦
「ハンカチをきつちり八つに折り抗す」　後藤綾子

かうば・し【香ばし・芳し】《コウバシ》〈形シク〉{しく・しから／しく・しかり／し／しき・しかる／しけれ／しかれ}❶香りが高い。よいにおいがする。❷誉れが高い。評判がよい。▼「かぐはし」の変化した語。
「親の名を継ぎけり草の香ばしき」　久保田万太郎
「肉体を芳しくせり夏の海」　中尾寿美子
「追儺豆炒り香ばしき老婆たち」　中山純子
「刈り上げし田の香ばしき祭かな」　宮津昭彦

かう‐べ【首・頭】《コウベ》〈名〉かしら。あたま。▼「かみべ」のウ音便。
「水仙や美人かうべをいたむらし」　与謝蕪村
「望郷台暮春の頭垂れ登る」　村越化石
「蠟涙や少年われは頭垂れ」　高柳重信
「零の発見垂れて頭の栗の花」　加藤郁乎

かうむ・る【被る・蒙る】《コウムル》〈他動・ラ四〉{ら／り／る／る／れ／れ}❶お受けする。いただく。❷身に受ける。負う。
「凍瀧の生けるしぶきを蒙れり」　三橋敏雄

かか・ぐ【掲ぐ】〈他動・ガ下二〉{げ／げ／ぐ／ぐる／ぐれ／げよ}❶高く上げる。持ち上げる。引き上げる。❷（灯心を）かき立てる。
「露の秋かかげし絵馬の合掌図」　松村蒼石
「白浪を一度かゝげぬ海霞」　芝不器男
「友と語れば海峡やがて月かかぐ」　藤木清子
「新年の星座掲ぐる原始林」　津田清子
「イタリアの旗をかかげしヨットかな」　今井杏太郎
「碧空へ花野の帯をかかげたる」　川崎展宏

かがし【案山子】季・秋〈名〉田畑の作物を鳥獣の害から守るために立てる人形。かかし。そほづ。▼鳥獣の嫌う悪臭を発するものを立てた「鹿驚《かがし》」が人形にかわったもので、本来は田の神をかたどったもの。
「花守の身は弓矢なきかゞし哉」　与謝蕪村
「某《それがし》は案山子にて候《そろ》雀どの」　夏目漱石
「倒れたる案山子の顔の上に天」　西東三鬼
「本を持つ案山子もひとつ作らばや」　丸谷才一

かかづら・ふ【拘ふ】《カカズラウ・カカズロウ》〈自動・ハ四〉（は/ひ/ふ/ふ/へ/へ）❶からまる。まといつく。❷関係する。かかわる。従事する。❸生き長らえる。出家せずにいる。❹こだわる。とらわれる。

「鳥曇よしなきことに**か丶づらひ**」　久保田万太郎
「蛾にひそと女**か丶づらひ**座はずむ」　富田木歩
「夏蜜柑をみなは海に**かかづらふ**」　平畑静塔
「**拘ふ**何事もなし春怒濤」　飯島晴子

かが-なべ-て【日日並べて】〈連語〉日数を重ねて。▼「て」は接続助詞。

「**かゞなべて**指のこゞしき余寒かな」　松根東洋城
「**かゞなべて**春愁三歳四歳とも」　石橋秀野
「**かがなべて**川を見つむる青き川を」　細谷源二
「**かがなべて**ひとりの夜の竹の春」　鈴木六林男
「**かゞなべて**キャベツ玉巻く春は老ゆ」　石塚友二

かか・ふ【抱ふ】《カカウ・カコウ》**一**〈他動・ハ下二〉（へ/へ/ふ/ふる/ふれ/へよ）❶抱きかかえる。❷自分に課せられたものとして持つ。かかえる。**二**〈自動・ハ下二〉香りが漂う。におう。

「遠不二に稗の抜穂を**かかへ**佇つ」　木村蕪城
「胸像の芯の虚ろを**抱へ**凍つ」　横山房子
「大寺の鯱《しゃち》の**かかふる**春の山」　森　澄雄
「烈風や余生の菫抱き**かかふ**」　齋藤　玄
「夕方の枯野を**抱へ**込みにけり」　桑原三郎
「猿酒を**かかへ**祭の尾に蹤けり」　石　寒太
「銀杏散る中をフランスパン**抱へ**」　片山由美子

かがま・る【屈まる】〈自動・ラ四〉（ら/り/る/る/れ/れ）腰などが曲がる。かがむ。

「罪なきパン**かがまり**嚙る吾子と吾」　佐藤鬼房
「箒老人　いっそう**屈まる**　マロニエ散る」　伊丹三樹彦
「浜千鳥墓のひくさに**かがまりて**」　細見綾子
「遠目にもあをさ搔くかや**かがまりて**」　きくちつねこ
「冬ざれて虎刈りの神**屈まりぬ**」　攝津幸彦

かかやか・す【輝かす・耀かす】〈他動・サ四〉（さ/し/す/す/せ/せ）まぶしいほど美しくする。かがやかせる。▼近世中期以降は「かがやかす」とも。

「奥白根かの世の雪を**かゞやかす**」　前田普羅
「鉄階にいる蜘蛛智慧を**かがやかす**」　赤尾兜子
「寒四郎火星を珠と**かがやかす**」　宮津昭彦
「落葉掃く黒人肌を**輝かし**」　有馬朗人
「鷹狩の鷹飢ゑし眼を**かがやかす**」　茨木和生

かかや・く【輝く】〈自動・カ四〉（か/き/く/く/け/け）❶まぶしいほど光る。光るように、目立って美しく見える。❷（恥ずかしくて）顔がほてる。恥ずかしがる。▼近世以降は「かがやく」とも。

「ゆで玉子むけば**かがやく**花曇」　中村汀女
「葉櫻や人を拒まず**輝かず**」　和田悟朗
「アルプスの濡れ身**かがやく**桃の花」　矢島渚男

「死者の書を閉じて**輝く**夏の街」　高澤晶子
「アスファルト**かがやき**鯖の旬が来る」　岸本尚毅

かがよ・ふ【耀ふ】《カガヨウ》〈自動・ハ四〉｛は／ひ／ふ／ふ／へ／へ｝きらきら光って揺れる。きらめく。
「日輪の**かがよふ**潮の鮫をあぐ」　水原秋櫻子
「行く限り鉄路**かがよふ**初詣」　山口誓子
「白壁を**かがよひ**つたふ手毬唄」　大野林火
「魂極るいのち**耀ふ**雪煙」　佐藤鬼房
「羽抜鶏いまし**かがよふ**風の沼」　岸田稚魚
「花どきの微熱**かがよふ**ごときかな」　平井照敏

かがり・もり【篝守】〈名〉夜間の戸外の照明のために、鉄かごの中にたく火をまもる人。
「花冷の闇にあらはれ**篝守**」　高野素十
「傘さして都をどりの**篝守**」　後藤夜半

かか・る【掛かる・懸かる・係る】㊀〈自動・ラ四〉｛ら／り／る／る／れ／れ｝❶垂れ下がる。❷頼る。❸(目や心に)とどまる。❹覆いかぶさる。❺水などがかかる。❻(災難に)出遭う。❼(「手にかかる」の形で)殺される。❽関係する。❾襲う。❿通りかかる。㊁〈補助動・ラ四〉(他の動詞の連用形に付いて)途中まで…する。…しそうになる。…かかる。
「樏《かんじき》の用なく**掛かる**暮春かな」　清崎敏郎
「大粒の星なり樏に**かかれる**は」　津田清子
「ねこじやらし人の足もと暮れ**かかる**」　川崎展宏

「滝**懸かる**比喩に疲れた男らに」　徳弘純
「櫻散り箱書にまた**掛かる**紐」　中原道夫
「馬の眸《め》に前髪**かかる**朝曇」　正木ゆう子

かかる【斯かる】〈連体〉このような。こんな。こういう。
「生涯に**かかる**良夜の幾度か」　福田蓼汀
「をみなとは**かかる**ものかも春の闇」　日野草城
「**かゝる**苦もやがて消ゆべし魂祭」　石橋秀野
「**かゝる**朝かなかなきけば目も冴えぬ」　高屋窓秋
「**かかる**小さき墓で足る死のさはやかに」　岡本眸
「**かかる**世の菊たべて菊いとほしむ」　中尾寿美子
「秋の昼**かかる**奈落もあると思ふ」　柿本多映

かき-【掻き】〈接頭〉動詞に付いて、語調を整え、また、語意を強める。▼「掻い」は「掻き」のイ音便。
「冬の日の胸**かい**抱き町を行く」　阿部みどり女
「**かい**抱く秋の日焼子かぐはしき」　西島麦南
「鴨の鳴く土師《じは》の古道**かい**暮れぬ」　阿波野青畝
「ランプ吊り火鉢**掻**抱き雨の夜を」　石塚友二
「烏賊船の数珠火**かき**消す秋驟雨」　文挾夫佐恵
「山霧に**掻き**消えし子は霧の子か」　大串章

がき【餓鬼】〈名〉❶生きている時の悪業《あくごう》の報いとして、餓鬼道に落ち、飢えや渇きに苦しむ亡者。❷「餓鬼道《だう》」の略。❸人を卑しめていう語。子供をさす場合が多い。
「掃苔や**餓鬼**が手かけて吸へる桶」　山口誓子

「百方に**餓鬼**うづくまる除夜の鐘」　石田波郷
「花の下骸骨踊り**餓鬼**笑ひ」　行方克巳

かき‐ほ【垣穂】〈名〉垣。垣根。
「るすにきて梅さへよその**かきほ**かな」　松尾芭蕉
「時雨鳥しばし**垣穂**に沿へりけり」　臼田亜浪

かぎり‐な・し【限り無し】〈形ク〉｛（く）・から／く・かり／し／き・かる／けれ／かれ｝❶限りがない。際限がない。果てしない。❷ひととおりでない。はなはだしい。❸この上ない。最高だ。
「十五夜の雲のあそびて**かぎりなし**」　後藤夜半
「蔓手毬石段**限りなく**現れぬ」　手塚美佐
「経机秋の白波**かぎりなし**」　友岡子郷
「**限りなく**髪のなびけることも春」　鎌倉佐弓

かぎ・る【限る】㊀〈他動・ラ四〉｛ら／り／る／る／れ／れ｝日限を切る。（範囲）を区切る。打ち切りにする。㊁〈自動・ラ四〉限定される。定まる。きまっている。
「絵に書くは黄菊白菊に**限り**けり」　正岡子規
「巣燕に金星見えぬとも**限らぬ**」　三橋鷹女
「年の夜や夢にも酒の**限らるる**」　石川桂郎
「流涕や山茶花色に**かぎらるる**」　齋藤　玄

かぎろひ【陽炎】カギロイ 季・春 〈名〉❶東の空に見える明け方の光。曙光《しょこう》。❷「かげろふ（陽炎）」に同じ。▼上代語。
「鱒鮨や**かぎろひ**立てる亡父の面」　山田みづえ
「**かぎろひ**の白砂に棺の置かれけり」　鷲谷七菜子
「犬放つうしろ姿や野**かぎろひ**」　及川　貞

かぎろ・ふ【陽炎ふ】カギロウ〈自動・ハ四〉｛は／ひ／ふ／ふ／へ／へ｝光がほのめく。光がちらちらする。
「ギヤマンの如く豪華に**陽炎へ**る」　川端茅舎
「糞塊の**かぎろへ**り声うたとなり」　加藤楸邨
「陽炎にゐて**かぎろふ**と思はざる」　鷲谷七菜子
「南溟の未完の戦記**かぎろへ**る」　文挾夫佐恵

か・く【欠く・闕く・缺く】㊀〈他動・カ四〉｛か／き／く／く／け／け｝一部分を損じる。必要なことを抜かす。おろそかにする。欠く。㊁〈自動・カ下二〉｛け／け／く／くる／くれ／けよ｝一部分がなくなる。不足する。欠ける。
「**欠け**そめし日にとびかくれ秋の蝶」　高橋淡路女
「頭もて氷柱《つらら》**欠き**たる父貧し」　佐藤鬼房
「片袖**欠け**金ンの葉っぱに埋れるまで」　八木三日女
「対のものいつしか**欠くる**ひめ始」　上田五千石
「大寒や大三角の一星**缺け**」　坂戸淳夫
「君を**欠き**世界が違う今朝の秋」　高澤晶子

か・く【舁く】〈他動・カ四〉｛か／き／く／く／け／け｝（乗り物などを）肩に載せて運ぶ。かつぐ。
「放生の生簀**舁き**いづ河豚供養」　水原秋櫻子
「福笹の蔵からからと**舁き**にけり」　大橋敦子
「棺を**舁き**下《おろ》し青草踏む數人」　竹中　宏

か・く【駆く・駈く・翔く】〈自動・カ下二〉｛け／け／く／くる／くれ／けよ｝❶馬

に乗って疾走する。速く走る。❷敵中に攻め入る。敵に向かって攻め進む。❸空高く飛ぶ。

「**駆くる**野馬夏野の青にかくれなし」　橋本多佳子
「寒林にまぎれず**駈くる**一騎あり」　桂　信子
「古本を買うて驟雨を**かけ**て来ぬ」　鈴木しづ子
「大学を**駆け**抜けし翳五月憂し」　鈴木六林男
「馬**駆け**て菜の花の黄を引伸ばす」　澁谷　道
「黄泉平坂《よもつひらさか》一騎**駆け**ゆく花月夜」　角川春樹
「牡《を》の鹿の血のさらさらと**駈くる**夜か」　正木ゆう子

か・く【懸く・掛く】㊀〈他動・カ四〉（か／き／く／く／け／け）垂れ下げる。かける。㊁〈他動・カ下二〉（け／け／く／くる／くれ／けよ）❶垂れ下げる。❷かけ渡す。❸（扉に）錠をおろす。❹合わせる。❺かぶせる。❻降りかける。❼はかり比べる。❽待ち望む。❾（心や目に）かける。❿話しかける。⓫託する。⓬（時間や場所の範囲が）…にわたる。㊂〈補助動・カ下二〉（動詞の連用形に付いて）❶しかける。仕向ける。…かける。❷途中まで…する。…しそうになる。…かける。

「穂麦原日は光輪を**懸け**にけり」　臼田亜浪
「光太郎住む山**かけ**て芒出穂《ほで》」　中村草田男
「死螢に照らしを**かける**螢かな」　永田耕衣
「へくそかづら首に**掛くれ**ば珠數かづら」　殿村菟絲子
「雨降れば雨にけぶりて鮎**掛くる**」　後藤比奈夫
「点す火にいのちを**懸くる**恋螢」　三好潤子
「門前の石蕗に声**掛く**十二月」　原　裕

「炎天の真水**掛け**合ふ海女親子」　井上　雪
「まだ形なさざるものへ袋**掛**」　片山由美子

かく【斯く・是く】〈副〉このように。こう。

「**かく**多き人の情に泣く師走」　相馬遷子
「櫻桃をふふむ昔も**かく**したり」　森　澄雄
「死後も**かく**あらむ花菜の黄の世界」　鷲谷七菜子
「死者は**かく**ぐつすりねむり秋の風」　平井照敏
「空海も**かく**日に焼けて旅せしか」　長谷川櫂

かく・かく【斯く斯く】〈副〉こうこう。あれこれ。しかじか。

「夜涼《よすずみ》や生涯を**斯く〳〵**興じ」　星野立子
「蟇出でて**かくかく**しかじかと言へり」　鈴木鷹夫
「我が死にやう**かくかく**しかと浮いてこい」　小林貴子

かくさ・ふ【隠さふ】《カクソウ》〈連語〉繰り返し隠す。▼「ふ」は反復継続の助動詞。

「あかぎれを**かくさふ**べしや今年妻」　前田普羅
「初富士を**隠さふ**べしや深庇《ふかびさし》」　阿波野青畝
「棚畑**かくさふ**桐の花ざかり」　岡井省二

かく・て【斯くて】㊀〈副〉このようにして。㊁〈接続〉こうして。さて。

「汗の日日**かくて**相逢ふこともなし」　加藤楸邨
「**斯くて**二人ほとほと蝌蚪も見飽きたり」　中村苑子
「**かくて**はや露の茅舎の齢こゆ」　上田五千石

「みどりなす海老の複眼**かくて**夏」　宇多喜代子

か-ぐは・し【香ぐはし・芳はし・馨し】《カグワシ》〈形シク〉〔(しく)・しから／しく・しかり／し／しき・しかる／しけれ／しかれ〕❶香り高い。かんばしい。❷美しい。心がひかれる。

「肉体を**芳しく**せり夏の海」　中尾寿美子

「**香ぐはしき**細身の鰻昼と晩」　澤木欣一

「木の芽和山河は夜も**かぐはしき**」　井沢正江

「小正月ヒロシマに雪**かぐはしく**」　吉田鴻司

かくま・ふ【匿ふ】《カクマウ・カクモウ》〈他動・ハ四〉〔は／ひ／ふ／ふ／へ／へ〕人をひそかに隠しておく。

「厚氷思はず君を**匿へり**」　清水径子

かく-も【斯くも】〈副〉このようにまで。これほど。

「太陽を孕みしトマト**かくも**熟れ」　篠原鳳作

「蒼海の**斯くも**寂寥サングラス」　馬場移公子

「誰をおもひ**かくも**やさしき雛の眉」　加藤三七子

「**かくも**濃き桜吹雪に覚えなし」　飯島晴子

「白鳥に**かくも**醜き鼻濁音」　櫂未知子

「冬銀河**かくも**しづかに子の宿る」　仙田洋子

かく・る【隠る】❶〈自動・ラ四〉〔ら／り／る／る／れ／れ〕❶隠れる。❷亡くなる。(「死ぬ」を遠回しにいう言葉) ❷〈自動・ラ下二〉〔れ／れ／る／るる／るれ／れよ〕❶に同じ。

「高浪に**かくるる**秋のつばめかな」　飯田蛇笏

「麦秋や麦に**かくるる**草苺」　芥川龍之介

「はまゆふに**かくるる**ほどに妻老いぬ」　山口青邨

「鶏頭に**隠るる**如し昼の酒」　石田波郷

「花に**隠れし**なつかしきひとの文」　黒田杏子

かくれ-な・し【隠れ無し】〈形ク〉〔(く)・から／く・かり／し／き・かる／けれ／かれ〕❶あらわだ。はっきりそれとわかる。❷広く知られている。

「初富士や茶山の上に**かくれなし**」　富安風生

「月光に深雪の創の**かくれなし**」　川端茅舎

「夕風の谷戸**かくれなき**冬至かな」　石川桂郎

「大寒の一戸も**かくれなき**故郷」　飯田龍太

「**隠れなく**星墜ちゆけり雪の森」　堀口星眠

かくれ-ぬ【隠れ沼】〈名〉草などに隠れて見えにくい沼《ぬま》。

「**隠れ沼**や古巣日光透くばかり」　野澤節子

か-ぐろ・し【か黒し】〈形ク〉〔(く)・から／く・かり／し／き・かる／けれ／かれ〕黒い。黒々としている。▼「か」は接頭語。

「山椒の芽食べて**かぐろき**遊びする」　中村苑子

「星月夜**かぐろく**鳴るは狐川」　角川源義

「先師の胸像永遠に**かぐろし**卒業す」　楠本憲吉

「母奥に病む**かぐろき**まで冬日」　原　裕

かくろ・ふ【隠ろふ】《カクロウ》❶〈自動・ハ四〉〔は／ひ／ふ／ふ／へ／へ〕隠れている。物陰にひそむ。人目を避ける。❷〈自動・下二〉〔へ／へ／ふ／ふる／ふれ／へよ〕隠れている。物陰にひそむ。人目を避ける。▼「かくらふ」の変化した語。中古には主に下二段活用。

「大菩薩嶺三日をかくろふ雪解靄」　水原秋櫻子
「尾がのこりこの家の蜥蜴**かくろはず**」　山口誓子

かげ【陰・蔭】〈名〉❶物陰。陰。❷かばってくれるもの。よりどころ。❸かばってくれる人。おかげ。恩恵。
「なかば日に半は**陰**や城の梅」　川崎展宏
「野路暮れて草の**陰**より鉦叩」　星野椿
「無音といふ音溜めてゐる花の**陰**」　小泉八重子
「鳥も日も柱の**蔭**へ急ぐ秋」　徳弘純

かげ【影・景】〈名〉❶(日・月・灯火などの)光。❷(人や物の)姿・形。❸面影。❹(人や物の)影。❺(実体のない)影。
「生涯の**影**ある秋の天地かな」　長谷川かな女
「鶴の**影**舞ひ下りる時大いなる」　杉田久女
「朝**光**《かげ》に紅薔薇愛《かな》し妻となりぬ」　桂信子
「月**かげ**のくまなき山に入り失せん」　高橋睦郎
「朝**かげ**の大きな枝垂桜かな」　田中裕明

かけ-がへ【掛け替へ】《カケガエ》〈名〉かわりの用意にとっておく、同じ種類のもの。
「**かけがへ**なき一人の我茜富士」　沼尻巳津子
「冬菫**かけがへ**のなき受苦もあり」　友岡子郷

かけ-ごひ【掛け乞ひ・掛け請ひ】《カケゴイ》〈名〉掛け売りした代金を集めること。また、その集金人。掛け取り。▼「かけこひ」とも。
「貧乏は**掛乞**も来ぬ火燵かな」　正岡子規
「**掛乞**に幼きものをよこしたる」　中村汀女
「**掛乞**に話し込まれてたがやせる」　藤木清子
「借景の**掛乞ひ**に来ることもがな」　中原道夫

かけ-ぢ【懸け路・懸け道】《カケジ》〈名〉険しい山道。また、険しい山道に、板などを棚のように組んで設けた道。桟道《さんどう》。

「夏山の**懸路**あまたに牛さま〴〵」　中村草田男

かけ-ひ【懸け樋・筧】《カケイ》〈名〉竹などを用い、庭などへ水を引くためにかけ渡した樋《とい》。
「春雨や少し濁りし**筧**水」　高野素十
「はつ春の細き**筧**をみちびける」　後藤夜半
「花**筧**椎《しひ》が本《もと》とは知られけり」　安東次男
「**筧**より次の**筧**へ水温む」　森田峠
「秋の昼**筧**へあゆむ長子あり」　宇佐美魚目

かけ-まく-も〈連語〉心にかけて思うことも。言葉に出して言うことも。▼なりたちは動詞「か(懸)く」の未然形＋推量の助動詞「む」の古い未然形「ま」＋接尾語「く」＋係助詞「も」
「**かけまくも**貂《てん》の糞嗅ぐ春の人」　後藤綾子
「**かけまくも**かしこき海の夜のとばり」　夏石番矢

かけ-めぐ-る【駆け巡る・馳け巡る・翔け巡る】〈自動・ラ四〉｛ら／り／る／る／れ／れ｝❶あちこち走って回る。❷感情がはげしく動きまわる。

「旅に病《やん》で夢は枯野を**かけ廻**《めぐ》**る**」　松尾芭蕉

「蒼い斧**かけめぐる**からだぢゅう川」　増田まさみ
「サマルカンドの茶碗や星の**駈けめぐり**」　小檜山繁子
「風童子鶴のまはりを**翔けめぐる**」　大串　章

かけ・る【翔る・駆ける・駈ける】〈自動・ラ四〉{ら/り/る/る/れ/れ}❶空高く飛ぶ。❷飛ぶように速く走る。
「児が**駈け**ぬ母が**駈けり**ぬ山椿」　竹下しづの女
「花園の夜空に黒き鳥**翔ける**」　西東三鬼
「飛魚の**翔けり翔ける**や潮たのし」　篠原鳳作
「わが鷹の**翔れ**ばきざす眩暈かな」　眞鍋呉夫

かげろふ【陽炎】《カゲロウ》 季・春 〈名〉春の晴れて直射日光の強い日などに、地面からゆらめいてのぼる気。▼「かぎろひ」の変化した語。
「**陽炎**の見えぬ齢に順じけり」　阿部みどり女
「**かげろふ**や仮の身生きて何なさむ」　柴田白葉女
「空だけが見ゆる不在の水**かげろふ**」　齋藤　玄
「**かげろふ**へ時計の世からまたひとり」　熊谷愛子
「**かげろふ**を二階にはこび女とす」　加藤郁乎

かげろふ【蜻蛉・蜉蝣】《カゲロウ》 季・秋 〈名〉❶虫の名。とんぼ。❷虫の名。とんぼに似た、小さく弱々しい昆虫。成虫は寿命が非常に短く、はかないもののたとえに用いられる。
「**蜻蛉**の夢や幾度杭の先」　夏目漱石
「閑かさや**蜻蛉**とまる火消壺」　原　石鼎
「生れたる**かげろふ**の身の置きどころ」　後藤比奈夫

「燈を消して逃がす**かげろふ**盆の月」　野澤節子
「草**かげろふ**手に置けば手を死にどころ」　吉田汀史

かげろ・ふ【影ろふ・陰ろふ・陽炎ふ】《カゲロウ》〈自動・ハ四〉{は/ひ/ふ/ふ/へ/へ}❶光がほのめく。光がちらちらする。❷日がかげる。陰になる。
「産みし乳産まざる乳海女**かげろふ**」　橋本多佳子
「めら〳〵と焚火**かげろひ**山揺るゝ」　星野立子
「海士《まあ》老いて仏頂面も**陽炎へり**」　加藤楸邨
「蘆刈や日の**かげろへ**ば河流る」　森　澄雄
「**かげろは**ぬものにはりつけの像一つ」　有馬朗人
「**かげろへ**る隅田の川に洲を見ずよ」　大木あまり
「**かげろひ**易きやう石組まれけり」　長谷川櫂

か-こ【水手・水夫】〈名〉船乗り。水夫。▼「か」は「かぢ(楫)」の古形、「こ」は人の意。
「あきかぜや**水夫**にかゞやく港の灯」　飯田蛇笏
「**水夫**がゐて外套黒く夜を守れる」　山口誓子
「荷役後の舷の孤独に**水夫**眠る」　金子兜太
「**水夫**に吹く風海からも陸からも」　宇多喜代子

かこ・つ【託つ・喞つ】〈他動・タ四〉{た/ち/つ/つ/て/て}❶かこつける。❷恨みごとを言う。嘆く。ぐちを言う。❸頼る。
「貧を**かこつ**鄰同士の寒鴉」　正岡子規
「亀鳴いて己が不運を**喞つ**なよ」　安住　敦
「過去を**喞つ**や浪々の身に芒枯れ」　原子公平

「禱りたるあとは夏寒かこち合ふ」 岡本眸

か-ごと【託言】〈名〉❶言い訳。口実。❷不平。ぐち。恨みごと。

「女房の**かごと**も古りて寝正月」 小沢碧童
「はつたいをふくみて姥の**かごと**かな」 飯田蛇笏
「文書くも**かごと**も日向福寿草」 中村汀女
「万葉の恋の草摘む**託言**なり」 稲垣きくの
「水無月の青女房の**嘆言**《かごと》かな」 石田波郷

かごと-がま・し【託言がまし】〈形シク〉{(しく)・しから/しく・しかり/し/しき・しかる/しけれ/しかれ}いかにも恨みがましい。▼「かことがまし」とも。「がまし」は接尾語。

「蟲賣の**かごとがましき**朝寝哉」 与謝蕪村

かこひ【囲ひ】《カコイ》〈名〉❶かこうこと。❷かこうもの。塀・垣根・柵《さく》など。❸野菜などを長く貯蔵しておくこと(所)。❹茶室。

「新緑のアパート妻を玻璃**囲ひ**」 鷹羽狩行
「白波は流人の**囲ひ**きりぎりす」 友岡子郷
「母までもかくしてしまひ冬**囲ひ**」 今瀬剛一
「明日のこと知らず牡丹の**囲ひ**解く」 神蔵器

かこ・ふ【囲ふ】《カコウ》〈他動・ハ四〉{は/ひ/ふ/ふ/へ/へ}❶周囲をとりまき、中と外とを区別する。❷めかけにして養う。❸たくわえておく。

「葭簀して**囲ふ**流や冷し瓜」 正岡子規
「牡丹を**囲ふ**百万石ありぬ」 松澤昭
「初螢手に**囲ひ**しははるかなる」 沼尻巳津子

かさ【嵩】〈名〉❶重なった物の高さ、また、大きさ。❷高い所。❸威厳。貫禄。

「うらぶれや櫛に**嵩**増す木の葉髪」 竹下しづの女
「日々溜る落葉の**嵩**を嘆くまじ」 安住敦
「水**嵩**の増しくる如く芹洗ふ」 石川桂郎
「翁よりみな年**かさ**や菊の宿」 丸谷才一

かざし【挿頭】〈名〉花やその枝、のちには造花を、頭髪や冠などに挿すこと。また、その挿したもの。髪飾り。

「花むくげ裸わらはの**かざし**かな」 松尾芭蕉
「秋時雨柴を**かざし**の気安さよ」 大須賀乙字
「舞ふ雪や巫女の**挿頭**の松を恋ひ」 後藤夜半
「わだつみの神の**かざし**の濱おもと」 鈴鹿野風呂
「京びとの**髪挿**《かざし》の枝垂桜かな」 澁谷道

かざ・す【挿頭す】〈他動・サ四〉{さ/し/す/す/せ/せ}❶草木や花、枝葉などを飾りとして髪や冠にさす。後世は造花を用いる。❷物の上に飾りつける。

「藤**挿頭す**宇佐の女禰宜《によぎ》は今存《いま》さず」 杉田久女
「夏雲を**髪挿す**女島やアテネ近し」 林翔
「梔子を**挿頭し**閻魔に逢ひに行く」 野見山ひふみ

かざ・す【翳す】〈他動・サ四〉{さ/し/す/す/せ/せ}❶手にもった物を頭上にあげてかまえる。❷光にあてるようにして高くあげる。❸かげを作るようにさしかける。また、ものの上にさしかける。

「夜振の火**かざせ**ば水のさかのぼる」　中村汀女
「烏瓜夜ごとの花に火を**かざし**」　星野立子
「柿の実を夕焼雲に**かざし**みる」　中村苑子
「杣が妻四温の濡手**かざす**なる」　木村蕪城
「満開の花の一枝と**かざし**見せ」　深見けん二
「戦友よいまも濡れたる花**かざし**」　八田木枯

かさ・ぬ【重ぬ・襲ぬ】〈他動・ナ下二〉{ね/ね/ぬ/ぬる/ぬれ/ねよ} 積み加える。重ねる。繰り返す。

「流し雛ひとびと業を**重ねつ**つ」　後藤比奈夫
「磯なげき月日を白く**累ね**たり」　宇佐美魚目
「あはれとは蝶貝二枚を**重ね**けり」　折笠美秋
「月あかり鴛鴦《をしどり》は色**襲ね**しや」　大石悦子

かざはや【風速・風早】〈名〉❶和歌山県日高郡日御崎の東北三尾(古くは三穂)付近の古名。「かざはやの」で「みほ」などにかかる枕詞。❷風が激しく(早く)吹くこと。多くは風の激しい土地の形容に用いられる。

「**風早**の檜原となりぬ夕霞」　芝不器男
「**風速**の故郷に小錦を飾る」　夏石番矢

かし〈終助〉❶(強く念を押す)…ね。…よ。❷(自分に言い聞かせる)…よ。▼文の言い切りの形に付く。係助詞「か」に副助詞「し」が付いたもの。「さぞかし」「これ見よがし」などの形で現代語にも残る。

「降る雪よ今宵ばかりは積れ**かし**」　夏目漱石
「共に雑炊喰すキリストの生れよ**かし**」　中村草田男
「青栗に風起れ**かし**車椅子」　石田波郷
「野分川荒ぶる一詩授け**かし**」　平井さち子

かし・ぐ【傾ぐ】〈自動・ガ四〉{が/ぎ/ぐ/ぐ/げ/げ} 船・車や建物などが傾く。

「**傾ぎ**し家どうにか春となりゐたり」　桂　信子
「小屋**傾ぎ**十日戎の箕をかぶる」　古舘曹人
「大正の母者は**傾ぐ**片手桶」　三橋敏雄
「烏瓜引けば男の**傾ぎ**けり」　柿本多映
「旧軍港直立の父**傾ぐ**母」　齋藤愼爾
「春泥にハーレーダヴィットソン**傾ぐ**」　如月真菜

かし・ぐ【炊ぐ・爨ぐ】〈他動・ガ四〉{が/ぎ/ぐ/ぐ/げ/げ} 飯をたく。米・麦などを煮たり蒸したりして飯をつくる。▼近世以前は「かしく」。

「せせらぎや氷を走る**炊ぎ**水」　小林一茶
「**炊ぎ**つゝながむる山や露のおと」　飯田蛇笏
「雪飛ぶ艀女が**炊ぐ**尻立てゝ」　小林康治
「**炊ぐ**火を焚きけぶらせて西行忌」　野見山ひふみ

かし・こ【彼処】〈代名〉あそこ。かのところ。〈遠称の指示代名詞〉

「端居せし**かしこ**を濡らす夕立かな」　前田普羅
「通草摘むなにか降りつぐ其処**彼処**」　松村蒼石

「玄海かしこ日の出の前の松の芯」　西東三鬼
「水過ぎゆくここにかしこに我立つに」　高柳重信
「白萩のこぼるる加賀のここかしこ」　大峯あきら

かしこ・し【畏し】〈形ク〉｛(く)・から／く・かり／し／き・かる／けれ／かれ｝❶もったいない。恐れ多い。❷恐ろしい。恐るべきだ。❸高貴だ。身分が高い。貴い。
「常磐木のしぐれ畏し吉野山」　石井露月
「四方拝雪のあなたの畏けれ」　長谷川かな女
「月魄《つきしろ》のすでにかしこし秋の空」　阿波野青畝
「花よりも若葉かしこし吉野山」　石塚友二
「落胡桃踏みこみし地の畏けれ」　吉本伊智朗

かしこ・し【賢し】〈形ク〉｛(く)・から／く・かり／し／き・かる／けれ／かれ｝❶賢い。賢明だ。分別がある。❷すぐれている。立派だ。❸上手だ。大変よい。巧みだ。❹都合がよい。ありがたい。❺(「かしこく」の形で)盛大に。大いに。非常に。
「紅葉見や用意かしこき傘二本」　与謝蕪村
「蚯蚓鳴く辺に来て少女賢しや」　岸田稚魚
「栃の実がふたつそれぞれ賢く見ゆ」　宮津昭彦

かしこま・る【畏まる】〈自動・ラ四〉｛ら／り／る／る／れ／れ｝❶恐れ慎む。恐れ敬う。恐縮する。❷わびる。謝罪する。❸慎んで正座する。❹慎んで命令を受ける。
「かしこまる膝のあたりやそぞろ寒」　夏目漱石
「藻の花や畏まらねば宜しけれ」　永田耕衣

「五月光白粥を前畏まる」　大野林火
「大いなる海鼠火鉢に畏まる」　川崎展宏
「隣りの子月見の莫蓙にかしこまり」　辻　桃子

かしこ・む【畏む】〈自動・マ四〉｛ま／み／む／む／め／め｝恐れ慎む。
「かしこみて白粥二椀寒のうち」　石橋秀野
「寒雲や草木魚介畏めり」　齋藤　玄
「一撞一礼飛雪に年を畏みぬ」　森　澄雄
「遠山をせつに畏み竹酔日」　後藤綾子

かしづ・く【傅く】カシズク〈他動・カ四〉｛か／き／く／く／け／け｝❶大事に育てる。❷大事に面倒を見る。後見する。大切に扱う。
「削り木を神とかしづき熊祭」　山口誓子
「冬呆として野良犬にかしづかる」　三橋鷹女
「葦茂る平たい乳房かしづかれ」　飯島晴子
「七十の母がかしづく雛かな」　山田みづえ
「わが十指われにかしづく寒の入」　岡本　眸
「かしづくや木霊をさなき欅苗」　正木ゆう子

かしは・で【柏手・拍手】カシワデ〈名〉神を拝むとき、両手のてのひらを打ち合わせて鳴らすこと。
「柏手の二つひゞきし冬日かな」　高野素十
「今年初のわが骨の音拍手に」　加倉井秋を

かしま・し【囂し・喧し・姦し】〈形シク〉｛(しく)・しから／しく・しかり／し／しき・しかる／しけれ／しかれ｝やかましい。うるさい。▼「かしかまし」とも。

「鯛や乗合舟の**かしましき**」　正岡子規
「夜光虫しばらくの銅鑼**喧しき**」　阿波野青畝
「**かしましき**藪の雀に百舌猛る」　上村占魚
「**姦しく**蔭間もつどふ葭簾かな」　筑紫磐井

かす-か・なり【幽かなり・微かなり】〈形動ナリ〉{なら／なり・に／なり／なる／なれ／なれ}❶かすかだ。微妙だ。❷ひっそりしている。物さびしい。人目につかない。❸貧弱だ。❹幽遠だ。
「白樺を**幽かに**霧のゆく音か」　水原秋櫻子
「山峡に沢蟹の華**微かなり**」　金子兜太
「鳥寄せの口笛**かすか**枯峠」　佐藤鬼房
「足跡の**かすかに**蒼し雪女」　眞鍋呉夫
「枯草の倒るる音の**微かなる**」　桑原三郎
「**幽かなる**防風の砂嚙みにけり」　矢島渚男
「木の実落ち**幽かに**沼の笑ひけり」　大串　章
「白面に干戈のひびき**微かなり**」　徳弘　純

かず-なら-・ず【数ならず】〈連語〉物の数ではない。取るに足りない。▼名詞「かず」＋断定の助動詞「なり」の未然形＋打消の助動詞「ず」
「**数ならぬ**身となおもひそ玉祭り」　松尾芭蕉
「さんま焼くひとりはものの**数ならず**」　稲垣きくの

かす・む【掠む】㊀〈他動・マ四〉{ま／み／む／む／め／め}かすめ奪う。盗む。㊁〈他動・マ下二〉{め／め／む／むる／むれ／めよ}❶かすめ奪う。盗む。❷軽く事に触れて言う。それとなくほのめかす。❸すれすれにすばやく過ぎ去る。
「翡翠が**掠めし**水のみだれのみ」　中村汀女
「頰**掠む**ぬくもり鳥の渡りけり」　能村登四郎
「餅搗が来るさえざえと母**掠め**」　飯島晴子
「白樺を雪片**掠め掠め**飛ぶ」　清崎敏郎
「**掠めき**し／妻が機織る／干潟の／湖賊」　高柳重信
「翡翠の**かすめし**色のまだ残る」　鷲谷七菜子

かせ【枷】〈名〉❶刑具の一つ。鉄や木で作り、罪人の手・足・首などにはめ、自由を拘束するもの。❷行動を拘束し、妨げとなるもの。
「木の葉髪妻を**枷**とも柱とも」　西島麦南
「金雀枝やどの家も**枷**あるごとし」　森　澄雄
「人間の**枷**を砂漠の何處で解く」　津田清子
「物食ふを**枷**とし干し物など干して」　安東次男
「かぶとむし一糸は鉄の**枷**以上」　鷹羽狩行
「黙契といふ**枷**のあり返り花」　片山由美子

かそけ・し【幽けし】〈形ク〉{(く)・から／く・かり／し／き・かる／けれ／かれ}かすかだ。ほのかだ。
「ひとつ残りて燈籠湖を**かそけくす**」　臼田亜浪
「晩稲田に音のみ**かそけき**夜の雨」　五十崎古郷
「**かそけく**も咽喉《どの》鳴る妹よ鳳仙花」　富田木歩
「万燈籠**かそけし**人の歩にあはす」　橋本多佳子
「桜落葉**かそけき**音を惜しまざる」　山田みづえ
「春泉**かそけき**飢ゑは恋に似て」　鍵和田秞子

かぞ・ふ【数ふ】《カゾウ》〈他動・ハ下二〉｛へ／へ／ふ／ふる／ふれ／へよ｝❶数える。❷数に入れる。❸列挙する。❹拍子をとって歌う。
「よそに鳴る夜長の時計数へけり」　杉田久女
「河童忌の朝の薬は八つ数ふ」　石田波郷
「二男二女孫は数へず走馬燈」　長谷川双魚
「ここは地の底鬼女も草木に数へらる」　栗林千津
「数ふるははぐくむに似て手毬唄」　片山由美子
「原爆の日や蟬の穴数へては」　藺草慶子

かた【方】❶〈名〉❶方。方向。方角。方位。❷所。場所。地点。❸方面。それに関する点。❹人。方。❺方法。手段。❻時。ころ。❼組。仲間。❷〈接尾〉（動詞の連用形について）「方法」「手段」「ようす」などの意。
「おのづから日移るかたの浮寝鳥」　橋　閒石
「雲に鳥少しかなしき方にわれ」　清水径子
「いろいろな破れ方にしてみな蓮」　辻　桃子
「青蚊帳のたたみ方など思ひ出す」　能村研三
「美しき身のふりかたよそうめんつゆ」　永末恵子

かた-【片】〈接頭〉（名詞に付いて）❶片一方の。❷不完全な。整っていない。少しの。❸一方に片寄っている。
「まどかさや片《かた》面《も》は白茶白団扇」　渡邊水巴
「片手ぶくろ失ひしより春めくや」　及川　貞
「みやげものの店片蔭に入りしは美し」　篠原　梵
「片紅葉しぐれけぶりに鷹ケ峰」　野澤節子
「紅梅に片寄せてあるオートバイ」　川崎展宏
「壁越しに聞く片言もみどりの夜」　原　裕

-がた【方】〈接尾〉❶…ごろ。だいたいの時期・時分を表す。❷一方の側、また、その方角、仲間などを表す。❸人を表す語に付いて、敬意をこめて、複数であることを表す。
「夕方は滝がやさしと茶屋女」　後藤比奈夫
「暮れ方の人の向うを翔ぶ穂絮」　柿本多映
「冬の水明け方は夢あまたみて」　徳弘　純

かた・ぐ【担ぐ】〈他動・ガ下二〉｛げ／げ／ぐ／ぐる／ぐれ／げよ｝❶肩にのせる。かつぐ。❷負ける。まいる。
「月《つき》待《まち》や梅かたげ行《ゆく》小山ぶし」　松尾芭蕉
「かたげこぼす壺の水より秋のこゑ」　三橋鷹女

かた-くな・なり【頑なり】〈形動ナリ〉｛なら／なり・に／なり／なる／なれ／なれ｝❶偏屈だ。頑固だ。❷無教養だ。物わかりが悪い。愚かだ。❸粗野だ。見苦しい。
「かたくなに日記を買はぬ女なり」　竹下しづの女
「冬さうびかたくなに濃き黄色かな」　長谷川かな女
「老いし木の枝かたくなに柿紅葉」　水原秋櫻子
「頑なに汗の背中や泥鰌汁」　加藤楸邨
「春寒の土かたくなに塵をとめず」　長谷川素逝

かた・し【固し・堅し】〈形ク〉｛（く）・から／く・かり／し／き・かる／けれ／かれ｝❶かたい。（力を加えても形が変わらないようす）❷かたい。（物が動かないようす）❸堅固だ。❹厳しい。しっかりしている。強い。❺堅苦しい。ぎこちない。

「寒餅の荷の釘づけの**固し固し**」　細見綾子
「旅人に枕が**かたし**河鹿鳴く」　原子公平
「北辺の木の芽**かたし**と思はずや」　小林康治
「帯**かたき**和服一生粉雪降る」　野澤節子
「巻き**固き**レタスほぐして夕長し」　岡本　眸
「小鳥屋が**堅き**戸下ろす月の町」　山本洋子
「雪渓の汚れて**堅き**象皮なす」　茨木和生

かた・し【難し】〈形ク〉{(く)・から／く・かり／し／き・かる／けれ／かれ／・} ❶難しい。困難だ。❷めったにない。

「病人の十歩は**難し**花に笑む」　阿波野青畝
「まないたに載ること**難し**春の鯉」　永田耕衣
「蝸牛や人の世生くること**難し**」　岸風三樓

-がた・し【難し】〈接尾・ク〉（動詞の連用形に付いて）…しがたい。…するのがむずかしい。

「春愁や虚構の恋の捨て**がたく**」　山口青邨
「人目あり落ち**難から**む花椿」　相生垣瓜人
「寒さ堪へ**がたし**妻子待つ灯に急ぐ」　大野林火
「耐へ**がたき**まで蓮枯れてゐたりけり」　安住　敦
「生き**難し**華人下り来る神戸の坂」　鈴木六林男
「沢瀉や生き**難かり**し昔あり」　森　澄雄
「水母にもなりたく人も捨て**がたく**」　藤田湘子

かたじけ・な・し【忝し・辱し】〈形ク〉{(く)・から／く・かり／し／き・かる／けれ／かれ} ❶恐れ多い。もったいない。❷面目ない。恥ずかしい。❸ありがたい。もったいない。（身に余る恩恵を受けて感謝するようす）

「河豚指南鰭酒指南**かたじけな**」　小澤　實

かた-しろ【形代】〈名〉季・夏 ❶祭りのとき、神体の代わりとして据える人や人形。❷祓《はら》えや祈禱などのときに用いる人の形をしたもの。紙やわらで作り、これで体をなでて、身の罪・けがれ・災いを移して、身代わりに川に流す。❸身代わり。本物の代わりになるもの。また、本物にまねて作ったもの。

「**形代**の襟しかと合ふ遠青嶺」　能村登四郎
「**形代**のまだ罪を被ぬ白ふかし」　林　翔
「**形代**に瑛といふ名をこの日より」　古舘曹人
「半身を病む**形代**の白さかな」　熊谷愛子
「**形代**に有為の山々高みけり」　鷲谷七菜子
「泳ぐかなからくれなゐの**形代**と」　夏石番矢

かたち【形・容・貌】〈名〉❶（物の）形。外形。形態。❷容貌《ようぼう》。顔立ち。顔つき。❸美しい容姿（の人）。美人。❹（人の）姿。ようす。

「花南天実る**容**をして重し」　長谷川かな女
「父ゆきし二月は山の**容**せり」　津沢マサ子
「暮れ遅し物の**容**のいつまでも」　宮津昭彦
「庭師来て冬の**形**をつくりだす」　平井照敏
「睡蓮は日を恋ふ**かたち**晩年へ」　鍵和田柚子
「灰となる新聞紙の**かたち**かな」　桑原三郎

かた‐とき【片時】〈名〉わずかな間。しばし。ほんのしばらくの間。
「かたときの山茶花しぐれ石鼎忌」 原 裕

かた‐は‐ら【傍ら・側】カタワラ〈名〉❶（ある物・場所の）そば。わき。すぐ近く。❷そばにいる人。周囲の人。
「かたはらに鹿の来てゐるわらび餅」 日野草城
「鵙の贄《にへ》木瓜の實となるかたはらに」 高屋窓秋
「怒濤聞くかたはら秋の蠅叩」 飯島晴子
「かたはらに祈りの手あり社会鍋」 井沢正江
「かたはらにゐて散る花にさへぎられ」 今井千鶴子
「かたはらに吾も膝を抱き虫聴かな」 西村和子

かた‐びら【帷・帷子】〈名〉季・夏 ❶几帳《きちやう》・帳《とばり》などに用いる垂れ布。夏は生絹《すずし》、冬は練り絹を用いる。❷裏を付けない衣服。❸夏に着る、麻・木綿などで作った単衣《ひとへ》。❹「経帷子《きやうかたびら》」の略。仏葬で、死者に着せる白い麻の着物。
▼裏のない一枚だけの布である「片枚《かたひら》」の意。
「京の夜や白い帷子白い笠」 小林一茶
「帷子の膝うす〳〵と我身かな」 高野素十
「帷子の越の国ゆく雲とゆく」 橋 閒石
「今日は父背縫ますぐに黄帷子」 星野立子
「帷子や口にひびきし盆生姜」 森 澄雄

かた‐ぶ・く【傾く】㊀〈自動・カ四〉{か/き/く/く/け/け}❶かたむく。❷（太陽や月が）沈みかける。❸衰える。滅びる。❹首をかしげる。不審に思う。㊁〈他動・カ下二〉{け/け/く/くる/くれ/けよ}❶かたむける。❷滅ぼす。くつがえす。衰えさせる。❸非難する。
「涼しさや嶋かたぶきて松一つ」 正岡子規
「空ゆけば野は枯れ地軸傾ける」 山口誓子
「雛の日や海はかたぶき砂に沁み」 永田耕衣
「かたぶきて花冷の皿沈みゆく」 眞鍋呉夫
「日を伊勢にかたぶけにけり花芒」 飴山 實
「桃は實に地軸かたぶく寂しさに」 河原枇杷男
「日と月と歎きかたぶき涅槃変」 手塚美佐

かた‐へ【片方】カタエ〈名〉❶片方《かたはう》。片側。❷一部分。❸かたわら。そば。❹仲間。同輩。そばにいる人。
「鶯や母をかたへにパン切れば」 中村汀女
「葱囲ふ妻の傍《かたへ》に居りしのみ」 佐藤鬼房
「座敷杖かたへに病みて春を待つ」 上村占魚
「燕子花《かきつばた》家のつめたきかたへあり」 岡井省二
「踊子草踊るかたへの蝮蛇草《まむしぐさ》」 青柳志解樹
「春鹿の宝物殿のかたへより」 榎本好宏

かた‐ほとり【片辺り・偏辺り】〈名〉❶町外れ。片田舎。❷片隅。
「寒菊や日の照る村の片ほとり」 与謝蕪村
「送り火や野里の橋の片ほとり」 松瀬青々
「氷水花なき瓶をかたほとり」 石橋秀野

かた‐ま・く【片設く】〈自動・カ下二〉{け/け/く/くる/くれ/けよ}（その時を）待ち受ける。（その時に）なる。上代語。

「治聾酒に酔ひかたまけて老母かな」　阿波野青畝

かたみ-に【互に】〈副〉互いに。かわるがわる。

「主よ人等ゆふべ**互みに**の、しれり」　西東三鬼
「別れ路や虚実**かたみに**冬帽子」　石塚友二
「瓜の花夫婦**かたみに**倖待つも」　草間時彦
「春の爪十指**互に**伸び競ひ」　宮脇白夜
「善哉をたべて**互みに**息白し」　長谷川櫂

かた・む【固む・堅む】〈他動・マ下二〉〔め／め／む／むる／むれ／めよ〕❶固くしっかりしたものにする。固める。❷しっかり締める。身にしっかりと着ける。❸しっかり守る。厳重に警備する。❹かたく約束する。厳しくいましめる。

「農具市深雪を踏みて**固めけり**」　前田普羅
「石をもて**固むる**民家海は夏」　阿波野青畝
「防風林澄むにぎりめし**固められ**」　和田悟朗

かたら・ふ【語らふ】《カタラウ・カタロウ》〈他動・ハ四〉〔は／ひ／ふ／ふ／へ／へ〕❶親しく話し合う。じっくりと話す。❷相談する。❸親しく交際する。懇意にする。❹(男女が)契る。❺説得する。仲間に引き入れる。

「霜日和渓**かたらへ**ば丘応ふ」　飯田蛇笏
「螢火や**語らひ**あふといへど僧」　三橋鷹女
「父あらば今**語らは**む更衣」　村越化石
「北窓を開き**語らふ**山がそこ」　山田弘子

かち【徒・徒歩】〈名〉❶徒歩《とほ》。❷「徒侍《かちざむらひ》」の略。徒歩で主人の供をしたり行列の先導をつとめたりする、下級の武士。「徒士」とも書く。

「**歩行**《かち》ならば杖つき坂を落馬哉」　松尾芭蕉
「紅袂**徒歩**に石踏み踊るなり」　中村草田男
「**徒歩**ゆくや花野の絵巻巻くごとし」　伊藤敬子
「稲光一遍上人**徒**跣」　黒田杏子

かぢ【揖・梶・舵】《カジ》〈名〉❶櫓《ろ》や櫂《かい》。船をこぐ道具。❷船尾につけて船の進行、方向を定める道具。

「舟鉾の螺鈿の**梶**があらはれぬ」　平畑静塔
「春潮に**舵**とりてうら若き眉」　稲垣きくの

-がち【勝ち】〈接尾・ナリ〉(名詞、動詞の連用形に付いて)とかく…(すること)が多い。とかく…(する傾向)が目立つ。

「寒玉子のこる一つは夢み**がち**」　清水径子
「目醒め／**がち**なる／わが尽忠《じんちゅう》は／俳句《はいく》かな」　高柳重信
「花青木夫婦で病みて灯し**がち**」　岡本　眸
「傾き**がち**に体はかたし秋の風」　池田澄子
「咲き初めてまだ枝**がち**や糸桜」　長谷川櫂

かち-わた・る【徒渡る】〈自動・ラ四〉〔ら／り／る／る／れ／れ〕徒歩で川を渡る。

「柳鮠《やなぎはえ》さばしる水を**かちわたる**」　富安風生
「十六夜のわが影出水**渉**《かちわた》**り**」　松村蒼石
「自他もなき歩で**徒渡る**霞かな」　安東次男

かつ【且つ】㊀〈副〉❶一方では。同時に一方で。二つの事

柄が並行して行われていることを表す。「かつ…かつ…」の形、また、単独でも用いる。❷すぐに。次から次へと。❸ちょっと。ほんの少し。わずかに。やっと。二〈接続〉その上。ほかに。また。

「そと咳くも且つ脱落す身の組織」 川端茅舎

「昼の星相遇うて且つ相識らず」 中川宋淵

「ただの山寒鴉を涌かし且収め」 三橋敏雄

「紅きもの欲り且つ怖れ雪女郎」 鷹羽狩行

「皇国《みくに》に且つ柱時計に真昼来ぬ」 攝津幸彦

かつ-がつ【且且】〈副〉❶ともかく。何はともあれ。❷とりあえず。❸早くも。真っ先に。

「夕顔のかつがつひらく夢幻能」 伊藤白潮

「からすみの手酌かつがつ香奩集《かうれんしふ》」 加藤郁乎

かづ-く【被く】カズク 一〈他動・カ四〉（か／き／く／く／け／け）❶かぶる。❷貴人から賞としていただいた衣服を左肩にかける。（褒美などを）いただく。❸負担する。二〈他動・カ下二〉（け／け／く／くる／くれ／けよ）❶頭からかぶせる。❷（褒美・引き出物として衣服を）左肩にかけてやる。与える。❸押しつける。負わせる。

「厄介に鶏冠《とさか》をかづく羽抜鶏」 阿波野青畝

「毛の衣喪のうすぎぬを被き垂れ」 山口誓子

「湖国の雪被き鳰めく声を出す」 林　翔

「月夜かな靈衣被ける葎かな」 河原枇杷男

かづ-く【潜く】カズク 一〈自動・カ四〉（か／き／く／く／け／け）❶水中にもぐる。❷（水中にもぐって魚や貝などを）とる。二〈他動・カ下二〉（け／け／く／くる／くれ／けよ）（水中に）もぐらせる。

「鵜のかづく波みて昏れし一日かな」 稲垣きくの

「月待つや寄りては潜く鳰《にほ》二つ」 石田波郷

「はづかしや見られて潜くかいつむり」 森　澄雄

「純白の水泡を潜きとはに陥つ」 三橋敏雄

「海女潜くまへの生身が生火欲る」 飯島晴子

かつ-て【曾て・嘗て】〈副〉（下に打消の語を伴って）❶今まで一度も。ついぞ。決して。まったく。❷昔。以前。あるとき。いつぞや。

「嘗てみかどをここに埋むと木菟が鳴く」 竹下しづの女

「葦原を出づる嘗ての螢の身」 齋藤　玄

「蠅打つといふ歓びの曾てあり」 藤田湘子

「冬座敷かつて昭和の男女かな」 宇多喜代子

「枯蘆に風吹くかつてここに立ちし」 奥坂まや

かて【糧・粮】〈名〉❶旅行用の携帯食。糒《ほしいい》の類。❷食物。

「蟻地獄その日その夜の糧量り」 石川桂郎

「拾ひたる栗一夕の糧となる」 下村梅子

「凍光の船にその日の糧を積む」 飯田龍太

「空の糧ならずや木守柿ふたつ」 櫂未知子

がて-に〈連語〉…できないで。…られないで。…しにくく。

▼補助動詞「かつ」の未然形「かて」に打消の助動詞「ず」の上代の連用形「に」がついた「かてに」が一語と考えられ、濁音

化したもの。濁音化するとともに、「難《てが》に」の意と混同されるようになって、「…しにくく」の意味が生じた。

「散り**がてに**粧ひ**がてに**冬紅葉」 後藤夜半

「茅舎忌のありあけの月消え**がてに**」 柴田白葉女

「ときに梅雨を見**がてに**見つめ傳道者」 竹中 宏

がてら(に) ㊀〈接助〉…を兼ねて。…のついでに。…ながら。(動詞型活用語の連用形に付く) ㊁〈副助〉…を兼ねて。…のついでに。…ながら。(体言に付く)

「餅腹をこなし**がてら**のつぎほ哉」 小林一茶

「手紙出し**がてら**月夜を妻と歩す」 野見山朱鳥

かど-で【門出・首途】〈名〉❶出発すること。出立《しゅったつ》。❷仮の門出。実際の旅立ちに先立ち、吉日に吉の方角に一時移ること。

「夏山に足駄を拝む**首途**哉」 松尾芭蕉

「鵙は尾をくるりくるりと吾が**首途**」 山口誓子

かどは-か・す【誘拐かす・勾引かす】カドワカス 〈他動・サ四〉{さ/し/す/す/せ/せ} 誘拐《ゆうかい》する。▼「かどはす」とも。

「曼珠沙華子の**かどはかし**などなくなれ」 山口誓子

「海市見せむと**かどはかされ**し子もありき」 小林貴子

か-な 〈終助〉(詠嘆)…だなあ。▼体言や活用語の連体形に付く。終助詞「か」に終助詞「な」が付いて一語化したもの。中古以降、上代の「かも」に代わって、和歌・俳句や会話文に多く用いられた。「哉」と当てることも多い。

「よく続く冬日和**かな**母を訪ふ」 星野立子

「大津絵の鬼の朱色の大暑**かな**」 能村登四郎

「睡蓮の白いま閉づる安堵**かな**」 野澤節子

「齢**かな**白桃という霜を手に」 澁谷 道

がな 〈終助〉❶(願望)…がある(いる)といいなあ。…がほしいな。❷(強調・確認・願望)…くれればなあ。

「芹の花かざせば失せむ我も**がな**」 河原枇杷男

「マント着て魔女の力を得てし**がな**」 西村和子

「かいつぶりほどの愛嬌なくも**がな**」 片山由美子

かな・し【愛し】〈形シク〉{(しく)・しから/しく・しかり/し/しき・しかる/しけれ/しかれ} ❶しみじみとかわいい。いとしい。❷身にしみておもしろい。すばらしい。心が引かれる。

「一とせの契**愛しく**椿咲く」 富安風生

「疵ありて小春の玉の**愛しけれ**」 橋 閒石

「霜夜来し髪のしめりの**愛しけれ**」 大野林火

かな・し【悲し・哀し】〈形シク〉{(しく)・しから/しく・しかり/し/しき・しかる/しけれ/しかれ} ❶切なく悲しい。❷ふびんだ。かわいそうだ。いたましい。❸くやしい。残念だ。しゃくだ。❹貧しい。生活が苦しい。

「雷魚殖ゆ公魚《わかさぎ》などは**悲しからん**」 高野素十

「初富士の**かなしき**までに遠きかな」 山口青邨

「菊白く死の髪豊かなり**かなし**」 橋本多佳子

「野火の色**かなしき**までに光背に」 野見山朱鳥

「長病みの医師こそ**かなし**韮《にら》の花」 相馬遷子

「女ざかりといふ語かなしや油照り」 桂 信子

かなし・ぶ【愛しぶ】〈他動・バ四〉{ば/び/ぶ/ぶ/べ/べ} ❶かわいいと思う。いとしく思う。❷すばらしいと思う。

「ひよんの笛皇子をかなしぶしらべかな」 阿波野青畝

「山國の道をかなしぶ西日消え」 平畑静塔

「かなしびの満ちて風船舞ひあがる」 三橋鷹女

かなし・む【愛しむ】〈他動・マ四〉{ま/み/む/む/め/め} かわいいと思う。いとしく思う。

「色鳥と呼びて愛しむ心かな」 富安風生

「受験期や少年犬をかなしめる」 藤田湘子

「百合鷗道中は手を愛しめる」 宇多喜代子

「氷菓舐む不実の詩句を愛しみて」 徳弘 純

か-な-た【彼方】〈代名〉あちら。(遠称の指示代名詞)

「乗鞍のかなた春星かぎりなし」 前田普羅

「山吹流す岩門《いはと》の彼方本流過ぐ」 中村草田男

「麦の穂のかなたの村の夕汽笛」 飯田龍太

「京といひ都と呼びて雪降る彼方」 高柳重信

かな・づ【奏づ】《カナズ》〈他動・ダ下二〉{で/で/づ/づる/づれ/でよ} ❶舞を舞う。❷音楽を奏する。奏でる。

「去年今年闇にかなづる深山川」 飯田蛇笏

「花の悲歌つひに国歌を奏でをり」 高屋窓秋

「頬白は竪琴かなで聖五月」 古賀まり子

「網代木は幽かに水を奏でけり」 長谷川櫂

かな・ふ【適ふ・叶ふ】《カナウ・カノウ》 ㊀〈自動・ハ四〉{は/ひ/ふ/ふ/へ/へ} ❶適合する。ぴったり合う。❷思いどおりになる。成就する。❸(多く下に打消の語を伴って)いられる。すまされる。❹対抗できる。かなう。㊁〈他動・ハ下二〉{へ/へ/ふ/ふる/ふれ/へよ} 実現させる。かなえる。

「冬三日月祈りて叶ふことならず」 福田蓼汀

「冬虹のいま身に叶ふ淡さかな」 飯島晴子

「叶はざる戀に玉虫似て光る」 加藤三七子

「身にかなふものに白粥夏ゆふべ」 大石悦子

「小机やひとりに適ふ雪見して」 手塚美佐

「春しぐれ京の人にはかなはざる」 大串 章

「叶はねば割れよ手中の猫目石」 大西泰世

かな-へ【鼎・釜】《カナエ》〈名〉❶食物を煮たり湯を沸かしたりするのに用いる青銅製の器。足が三本あるのがふつう。❷王位など権威の象徴。

「ふぐと汁鼎に伽羅をたく夜哉」 与謝蕪村

「雑煮腹鼎あぐるに足りぬべし」 鈴鹿野風呂

「亡き人の鼎に現る冬日かな」 永田耕衣

かに〈連語〉…ように。…そうに。…ばかりに。▼終助詞「か」+格助詞「に」

「引鴨を追ふかに濤の打返す」 原コウ子

「寒の鶏鳴くかに見えて終りけり」 橋 閒石

「笑ふかに泣くかに雛の美しく」 上野 泰

「血肉噛むかに巴旦杏甘く澁し」 津田清子

「志あるかに起きるすみれぐさ」　安東次男

がに〈接助〉❶（程度・状態）…そうに。…ほどに。（動詞の終止形および完了の助動詞「ぬ」の終止形に付く）❷（目的・理由）…だろうから。…ばかりに。…ように。（動詞の連体形に付く）

「秋の暮消ぬ**がに**小さき紅雀」　中村汀女

「うす茜ワインゼリーは溶くる**がに**」　日野草城

「薔薇の辺やこたびも母を捨つる**がに**」　石田波郷

「わが大き耳羽搏つ**がに**夜の雷」　藤田湘子

かに-かくに〈副〉あれこれと。いろいろに。

「**かにかくに**逢へばやすらぐ花柚《はなゆ》の香」　野澤節子

「蛤の**かにかく**重し数は知らず」　林　翔

-か・ぬ【兼ぬ】〈接尾・ナ下二〉｛ね／ね／ぬ／ぬる／ぬれ／ねよ｝（動詞の連用形に付いて）❶（…することが）できない。❷（…することに）耐えられない。

「水寒く寝入り**かね**たるかもめかな」　松尾芭蕉

「時鳥厠半ばに出**かね**たり」　夏目漱石

「思ひ濃くなほ逢ひ**かね**つ花の夜を」　石塚友二

「薔薇を剪る心に支へ**かね**し日に」　中村苑子

「田雲雀や日暮れ**かね**つつ塔ふたつ」　岡井省二

「暮れ**かぬる**谿間の村や白躑躅」　高橋睦郎

かね-て【予ねて・兼ねて】〈副〉前もって。あらかじめ。▼動詞「かぬ」の連用形＋接続助詞「て」

「**かねて**見し不折の筆の梅があり」　河東碧梧桐

か-の【彼の】〈連語〉❶あの。（話し手から離れた位置のものであることを示す）❷その。あの。（前に話題となったもののであることを示す）▼代名詞「か」＋格助詞「の」

「光堂**かの**森にあり銀夕立」　山口青邨

「どこやらに似しと思ひぬ**かの**茂り」　星野立子

「賀状うづたかし**かの**ひとよりは来ず」　桂　信子

「**かの**世まで枯葉一枚持ち帰る」　齋藤愼爾

「**かの**谷の千年桜ふぶく頃」　黒田杏子

「やがて**かの**なきがらも無し春の空」　正木ゆう子

「**かの**山の白瀬氷ると初便」　長谷川櫂

かは【川・河】《カワ》〈名〉地表の水が集まって、くぼ地にそって流れてゆくもの。▼「河」は、もと中国の黄河のことで、特に、大きな川に使うこともある。

「朝の**河**眩しくながる花買ひに」　秋元不死男

「初夢に**河**が光つてをりしのみ」　加倉井秋を

「一月の野路**川**あれば**川**に沿ひ」　野見山ひふみ

「千手観音普通の**河**で身を洗ふ」　攝津幸彦

か-は〈係助〉❶（疑問）…か。…だろうか。❷（反語）…だろうか、いや…ではない。▼係り結びの法則で、文末の活用語は連体形になる。

「遙かなるは妻子のみ**かは**蕗苦し」　山口草堂

「女《め》の鹿は驚きやすし吾のみ**かは**」　橋本多佳子

「帰農せし汝がかりそめの日焼**かは**」　林　翔

がは【側】《ガワ》〈名〉❶相対するものの一方。❷ある物の一方・一面。❸ある物のまわり。また、それをとり囲んでいるもの。❹そば。かたわら。はた。

「昼寝びと背中この世の**側**にして」　小川双々子

「色戀が雪見障子の向う**がは**」　筑紫磐井

かはい-が・る【可愛がる】《カワイガル》〈他動・ラ四〉(ら/り/る/る/れ/れ)かわいいと思って大事にする。いつくしむ。

「紙漉いて九官鳥も**可愛がり**」　京極杞陽

「麦秋の子がちんぼこを**可愛がる**」　森　澄雄

「**可愛がる**甲斐なきものは蛙の子」　岩田由美

-がは・し《ガワシ》〈接尾・シク〉(体言・動詞連用形などに付いて)…のようである。…の風である。

「十三夜風のいで来てらう**がはし**」　久保田万太郎

かは・す【交はす】《カワス》一〈他動・サ四〉(さ/し/す/す/せ/せ)❶互いに通わせる。やりとりする。❷交差させる。交える。❸移す。ずらす。二〈補助・サ四〉(動詞の連用形に付いて)互いに…し合う。

「青年と言**交はす**間も落葉降る」　柴田白葉女

「寒禽やささやき**かはす**人の前」　下村槐太

「ゆきずりに一揖**交はす**紅葉坂」　横山房子

「春著の子走り**交し**て色**交し**」　上野　泰

「行き逢ひて猟夫と**かはす**言葉なし」　橋本美代子

かは・す【躱す】《カワス》〈他動・サ四〉(さ/し/す/す/せ/せ)身をひるがえして避ける。

「わが行くにどの寒木も軀を**躱す**」　三橋鷹女

「倒産を**躱せ**る汗と知らざりき」　文挟夫佐恵

「死より身を**かはす**は誰ぞ鯉幟」　上田五千石

かはたれ-どき【彼は誰時】《カワタレドキ》〈名〉(明け方、または夕方の)薄暗い時分。▼「あれはだれ」と見分けられない時分の意。夕方に「たそかれどき」が定着すると、「かはたれどき」はもっぱら明け方について用いるのが通例となった。

「たちばなの**かはたれ時**や古《ふるや》舘《かた》」　与謝蕪村

「山吹に**かはたれ**の雨しぶきけり」　日野草城

「**かはたれ**の白き闇にて笹子鳴く」　長谷川双魚

「**かはたれ**の花の数減る夏椿」　福永耕二

「**かはたれ**の花びらを享《う》く舌の先」　柿本多映

かはづ【蛙】《カワズ》[季・春]〈名〉❶かじかがえる。かじか。山間の清流にすみ、澄んだ涼しい声で鳴く。「河蝦」とも書く。❷かえる。

「村の灯のまうへ山ある**蛙**かな」　芝不器男

「ねむい子にそとは**かはづ**のなく月夜」　長谷川素逝

「覚めきらぬ者の声なり初**蛙**」　相生垣瓜人

「豆ほどの子**蛙**すでに跳ねる意志」　有馬朗人

「**蛙**の夜どこへも行かぬ父と寝よ」　鷹羽狩行

かは-と【川音】《カワト》〈名〉川の水の流れる音。▼「かはおと」

の変化した語。

「雪散るや千曲の**川音**立ち来り」　臼田亜浪

「鮎のぼる**川音**しぐれと暮れにけり」　石橋秀野

「母の忌も黄瀬の**川音**もかすみたり」　文挾夫佐恵

かばね【屍】〈名〉❶死体。なきがら。❷遺骨。

「燭寒し**屍**にすがる聖母の図」　西東三鬼

「大鯉の**屍**見にゆく凍の中」　飯田龍太

「天寿にて春白妙の**屍**かな」　成田千空

かは-ほり【蝙蝠《カワホリ》】 季・夏 〈名〉❶動物の名。こうもり。❷「蝙蝠扇《おうぎ》」の略。せんす。▼「かはぼり」とも。

「**かはほり**は火星を逐はれ来しけもの」　三橋鷹女

「**かはほり**や遠くの豆腐買ひに行く」　飯島晴子

「**かはほり**の天地反転くれなゐに」　小川双々子

かは-も【川面《カワモ》】〈名〉川の水面。川面《かわづら》。

「待つひまを**川面**みてゐる土用丑」　桂　信子

「虚子の忌の**川面**を流れゆきしもの」　片山由美子

かは-や【厠《カワヤ》】〈名〉便所。▼川の上につき出た「川屋」の意とも、母屋のそばに建てた「側屋《かわや》」の意ともいう。

「短夜の**厠**に踞む父に侍す」　田川飛旅子

「立派なる**厠**をもてる梅林よ」　波多野爽波

「黄泉の**厠**に／人ひとり居る／暑さかな」　大岡頌司

「法華寺の**厠**正しき暑さかな」　攝津幸彦

「樟若葉父は**厠**へ行つたきり」　あざ蓉子

かはら【川原・河原・磧《カワラ》】〈名〉❶川べの土地で、水が流れていなくて、砂や小石が表面に現れている所。▼「かははら」の転。❷江戸時代、京都賀茂川の四条川原のこと。

「温泉《ゆ》の町の**磧**に尽くる夜寒かな」　久保田万太郎

「**磧**湯の八十八夜星くらし」　水原秋櫻子

「瀬と淵とならびて**磧**涼しさよ」　川端茅舎

「**磧**にて白桃むけば水過ぎゆく」　森　澄雄

「月光は**川原**伝ひに雛の家」　廣瀬直人

「菜の花や**河原**に足のやはらかき」　田中裕明

かはら-け【土器《カワラケ》】〈名〉❶素焼きの陶器。❷素焼きの杯。❸酒杯のやりとり。酒宴。

「**土器**のほどこし栗や草の露」　小林一茶

「**かはらけ**の宙とんでゆく二月かな」　桂　信子

「満月を**かはらけ**投げのごときかな」　平井照敏

かは・る【代はる・替はる《カワル》】〈自動・ラ四〉〔ら／り／る／る／れ／れ〕❶交替する。❷代理となる。

「**替り**する墨まだうすし青嵐」　杉田久女

「鵯の樹下妻が**かはり**て鞴おす」　佐藤鬼房

「燻り炭胎児に**代り**妻むせぶ」　鷹羽狩行

かは・る【変はる《カワル》】〈自動・ラ四〉〔ら／り／る／る／れ／れ〕❶変化する。❷改まる。

「朴の花瀬の音**かはり**滝ありぬ」　殿村菟絲子

「凩の吹き**かはり**ゐる外厠」　原　裕
「新走り飲屋の猪口の**変はり**けり」　大串　章
「乾鮭《からざけ》の重たき向きの**かはり**けり」　黒田杏子

かひ【峡】《カイ》〈名〉山と山の間。
「磨崖佛青雲梅雨の**峡**に垂れ」　水原秋櫻子
「**峡**深き日はうつうつと杉の花」　西東三鬼
「けぶる日が一輪**峡**の春祭」　藤田湘子

かひ【効・甲斐】《カイ》〈名〉❶効果。ききめ。❷(するだけの)価値。
「ゆく船へ蟹は**かひ**なき手をあぐる」　富澤赤黄男
「梅漬ける**甲斐**あることをするやうに」　細見綾子
「放ち**甲斐**なき冬蝶をたなごころ」　林　翔

かひな【肱・腕】《カイナ》〈名〉肩からひじまでの間。二の腕《でう》。また、肩から手首までの間。腕《でう》。
「明易き**腕**ふと潮匂ひある」　中塚一碧楼
「いなづまに瑕瑾とどめぬ**かひな**かな」　野澤節子
「蛇の衣**腕**組むこと知らずして」　攝津幸彦
「腕組んでおのが**腕**のすさまじき」　小澤　實
「なきがらに長き**腕**や青あらし」　蘭草慶子

か・ふ【飼ふ】《カウ・コウ》〈他動・ハ四〉｛は／ひ／ふ／ふ／へ／へ｝❶(動物に食物や水を)与える。❷飼育する。
「夕涼や生き物**飼**はず花作らず」　相馬遷子
「眼を伏せて一匹の鯉**飼ひ**にけり」　飯島晴子
「邯鄲を**飼へ**ば火攻めのごとく鳴く」　堀口星眠
「空蟬の完全なるをしばらく**飼ふ**」　桑原三郎
「河鹿**飼ふ**小鳥の死後の青き籠」　吉田汀史
「水替へてひと日蜆を**飼ふ**ごとし」　大石悦子

か・ふ【交ふ】《カウ・コウ》❶〈他動・ハ下二〉｛へ／へ／ふ／ふる／ふれ／へよ｝(互いに)さし交わす。入れ違わせる。❷〈補助動・ハ四〉｛は／ひ／ふ／ふ／へ／へ｝(動詞の連用形に付いて)互い違いに…する。交差して…する。
「國二つ呼び**かひ**落とす雪崩かな」　前田普羅
「生霊か螢か闇を飛び**交ふ**は」　中村苑子
「雨蛙とび**かふ**羅漢浄土かな」　飴山　實
「蜘蛛の糸飛び**交ふ**まひるに落伍せり」　夏石番矢

か・ふ【替ふ・換ふ・代ふ】《カウ・コウ》〈他動・ハ下二〉｛へ／へ／ふ／ふる／ふれ／へよ｝とりかえる。引き換えにする。
「神棚に**代へ**て初富士拝むなり」　大須賀乙字
「閻王のほとりの障子**替へ**てあり」　後藤夜半
「鶯**替ふる**ならば徹頭徹尾**替ふ**」　後藤比奈夫
「はしたかの闇踏み**替ふる**淑気かな」　安東次男
「水**換ふる**金魚をゆるく握りしめ」　川崎展宏
「一日で橋を架け**替ふ**冬景色」　能村研三

か・ふ【変ふ】《カウ・コウ》〈他動・ハ下二〉｛へ／へ／ふ／ふる／ふれ／へよ｝❶前とちがう状態にする。変化させる。❷前とちがう時(所)に移す。
「情欲や乱雲とみにかたち**変へ**」　鈴木しづ子
「芽ぶく銀杏自分を**変へ**てゆく勇気」　津田清子

「引鴨に浚渫船は位置**変へ**ず」 森田 峠
「明るさへ気を**変へ**てをり冬の水」 岡本 眸
「寒鯉のぎくと向き**変ふ**帰心かな」 鍵和田秞子
「かなかなやある日は帰る道**変へ**て」 大木あまり
「歯刷子を**変へ**きさらぎの雲ゆたか」 奥坂まや

か・ふ【支ふ】《カウ・コウ》〈他動・ハ四〉（は/ひ/ふ/ふ/へ/へ）ささえる。支柱をする。
「颱風のこころ**支ふ**べき灯を点ず」 加藤楸邨
「桐の花北国の空いつも**支ふ**」 細見綾子

か・ふ【買ふ】《カウ・コウ》〈他動・ハ四〉（は/ひ/ふ/ふ/へ/へ）❶買う。❷（好ましくない結果を）受ける。
「数珠**買ひ**に僧とつれだつ暮春かな」 西島麦南
「甘きもの**買は**む母亡し冬の街」 堀口星眠
「極北の街で真白き日記**買ふ**」 有馬朗人
「榮螺一籠**買う**て困りて夜の長き」 多田智満子
「松茸を**買へ**り倉庫に入りゆきて」 茨木和生

かぶ・る【被る・冠る】■一〈他動・ラ四〉（ら/り/る/る/れ/れ）❶上からものの表面を覆う。かぶる。❷頭から浴びる。❸（恩恵や賞罰を）受ける。■二〈自動・ラ四〉だまされる。▼「かうぶる」の変化した語。「かむる」とも。
「炎天に笠も**かむら**ず毒蛇捕り」 篠原鳳作
「師より吾に蒲団**かぶる**な起きよと文」 京極杞陽
「水無月の青波**かぶる**潮佛」 加藤三七子
「還暦の海女の**被れ**る真水かな」 宇多喜代子

かへ・す【返す】《カエス》〈他動・サ四〉（さ/し/す/す/せ/せ）❶帰らせる。戻らせる。（「帰す」とも書く）❷戻す。返却する。返上する。❸返歌をする。返事をする。❹吐き戻す。❺染め返す。❻繰り返す。もう一度…する。❼裏返す。ひっくり返す。（「反す」とも書く）❽すき返す。耕す。
「桔梗やまた雨**かへす**峠口」 飯田蛇笏
「七夕を押し**返す**風ありにけり」 阿部みどり女
「落葉ふりひとあやまちを繰り**かへす**」 藤木清子
「寂しさのてのひら**返す**雲の峰」 橋 閒石
「一螢火別なる闇へ**返し**ゆく」 加倉井秋を
「露の門覗けば覗き**かへさ**るる」 小澤 實
「豆にして**返す**約束豆の花」 岩田由美

かへ・す【帰す】《カエス》〈他動・サ四〉（さ/し/す/す/せ/せ）（人を）もといた所に行かせる。帰らせる。
「十六夜や片瀬へ**帰す**姪ひとり」 稲垣きくの
「送り火や帰りたがらぬ父母**帰す**」 森 澄雄
「もう一度雪降つてから鴨**帰す**」 矢島渚男
「見下ろしていし黄落に人**帰す**」 寺井谷子

かへっ-て【却って】《カエツテ》〈副〉反対に。▼「かへりて」の撥《はつ》音便。
「**却つて**稚拙四十路の恋の雪模様」 石川桂郎
「花どきの**却つて**彼我の眼のくらさ」 能村登四郎

「帰り花つけて**かへつて**淋しき枝」　後藤比奈夫

かへり-みる【顧みる・省みる】《カエリミル》〈他動・マ上一〉｛み/み/みる/みる/みれ/みよ｝❶ふりかえって見る。❷心にかける。世話をする。気にかける。懸念する。❸目をかける。反省する。

「穴惑《あなまどひ》**顧みすれ**ば居ずなんぬ」　阿波野青畝

「春蟬のなくふるさとを**かへりみる**」　飯田龍太

「**顧みし**君病む門の夏萩を」　深見けん二

「冬怒濤衰ふるとき**かへりみず**」　山田みづえ

「**かへりみる**ときの素顔や秋の昼」　綾部仁喜

「春愁はポストの朱さ**かへりみる**」　原　裕

かへ-る【反る・返る・帰る・還る】《カエル》〈自動・ラ四〉｛ら/り/る/る/れ/れ｝❶(もとのところに)戻る。帰る。❷(もとの状態に)戻る。返る。❸(年が)改まる。❹裏返しになる。ひっくり返る。❺(波が)返る。❻(色が)あせる。

「雛買うて杣雪山に**帰りけり**」　原　石鼎

「恋猫の**かへる**野の星沼の星」　橋本多佳子

「義士祭香煙**かへりきて**もにほふ」　石田波郷

「空谿《からだに》の何の谺ぞ鴨**かへる**」　藤田湘子

「凩の琴立てられて木に**還る**」　澁谷　道

「前へススメ前へススミテ**還ラザル**」　池田澄子

がへん-ず【肯んず】《ガエンズ》〈他動・サ変〉｛ぜ/じ/ず/ずる/ずれ/ぜよ｝承諾する。同意する。▼「がへにす」の変化した語。本来、「承諾しない」の意であったが、その否定の意味が失われた。打消の助動詞「ず」を伴った「がへんぜず」の形で、「承諾しない」「同意しない」の意で用いられるようになった。

「杜若咲きて末枯**肯んぜず**」　阿波野青畝

「炭吹きてしばらく何も**肯んぜず**」　中村汀女

かほ【顔】《カオ》〈名〉❶顔面。顔。❷顔つき。表情。❸顔立ち。容貌《ようぼう》。容姿。❹物の表面。❺対面。面目。

「**顔**寄せて馬が暮れをり枯柏」　臼田亜浪

「泣くまじとゆがみしままの柚子の**かほ**」　中嶋秀子

「風邪ひいて赤子の**かほ**でなくなりぬ」　田中裕明

-がほ【顔】《ガオ》〈接尾〉(動詞の連用形、形容詞の終止形や語幹などに付いて)いかにも…のような表情・態度・ようす。

「幼**顔**して長病めり土用照」　鈴木六林男

「はじめより愁ひ**顔**なる傀儡かな」　井沢正江

「おどけ**顔**泣き**顔**どれも寒卵」　小檜山繁子

か-ほど【斯程】〈副〉これぐらい。この程度。

「軍用に伐る竹**かほど**秋晴れて」　久米三汀

かほ-ばせ【顔ばせ】《カオバセ》〈名〉顔だち。顔つき。▼「かんばせ」とも。古くは「かほはせ」。

「春愁の世に**かほばせ**のほそくあり」　三橋鷹女

かま-ど【竈】〈名〉❶土や石で築き、鍋《なべ》、釜《かま》などをかけて物を煮炊きする設備。くど。へっつい。❷家財。

「何もかも知つてをるなり**竈**猫」　富安風生

「梅雨かなし**竈**の前に掌などつき」　北原志満子

「かまど火の奥透きとほり雪の暮」　馬場移公子

かま-びす・し【囂し・喧し】■一〈形ク〉〔（く）・から／く・かり／し／き・かる／けれ／かれ〕うるさい。やかましい。騒がしい。■二〈形シク〉〔（しく）・しから／しく・しかり／し／しき・しかる／しけれ／しかれ〕■一と同じ。▼鎌倉時代以降に用いられる。

「横向きに鳴く蟬見えて**喧し**」　山口誓子

かま・ふ【構ふ】《カマウ・カモウ》■一〈自動・ハ四〉〔は／ひ／ふ／ふ／へ／へ〕かかわる。関係する。■二〈他動・ハ四〉追放する。■三〈他動・ハ下二〉〔へ／へ／ふ／ふる／ふれ／へよ〕❶組み立てる。構築する。つくる。❷計画を練る。工夫する。❸準備する。備える。用意する。❹身構える。振る舞う。

「樫の木の花に**かまは**ぬ姿かな」　松尾芭蕉

「霜つよき芝生を**構へ**松の内」　原　石鼎

「枯蟷螂《かれたうらう》落ちても**構ふ**石の上」　山口草堂

「行く水や赤蜂も吾を**構ひ**かね」　永田耕衣

「土用波にいどむ体を斜に**構へ**」　鈴木真砂女

「なりふりを**構ふ**ゆきどけ烏かな」　橋　閒石

「スキードーム海への斜度を**構へ**をり」　能村研三

かみ【上】〈名〉❶上《うえ》。上方。❷川上。上流。❸上の位。上位。❹為政者。お上。❺年長者。年上。❻主人。主婦。おかみ。❼優位。上位。❽上席。上座。❾京都。京阪地方。❿（京都で内裏《だいり》に近い）北の方。⓫はじめ。冒頭。（和歌の）上の句。⓬月の前半。上旬。⓭古い時代。昔。

「山吹の枝長過ぎし枕**上み**」　細見綾子

「その**かみ**の嘗人形《おしゃぶり》の味夏の味」　三橋敏雄

「川**上**に北のさびしさ閑古鳥」　岡本　眸

「風**上**の男はさびし花菖蒲」　黒田杏子

かみ【神】〈名〉❶神。人の目には見えないが、超自然的能力をもつ存在。❷神。神話で、人格化され、国土を創造し支配したとされる存在。❸天皇。最高の支配者である天皇を神格化した。❹雷。❺（神社の）祭神。

「里の子と路に遊べり風邪の**神**」　石井露月

「野は梨の花の月夜の三輪の**神**」　長谷川素逝

「雲の峰ピエロは**神**の忘れもの」　栗林千津

「砂漠の木**神**の像《かたち》をして立てり」　津田清子

「人間なくば**神**また不在寒牡丹《かんぼたん》」　折笠美秋

「鈴振りて**神**をあゆます祭かな」　奥坂まや

かみ-こ【紙子・紙衣】〈名〉季・冬　紙で作った衣服。厚くて丈夫な和紙に柿渋《かきしぶ》を塗った渋紙を、日光でかわかし、もみやわらげて仕立てる。軽くて、保温や防水に役立つ。もと僧が用いた。

「かげろふの我肩にたつ**紙衣**哉」　松尾芭蕉

「しはしはと**紙子**の中の一日かな」　加藤楸邨

「こもり僧**紙衣**の裂け目風うごき」　加藤知世子

「**紙衣**着て明日《あした》の眼《まなこ》してをらむ」　小檜山繁子

かみ-よ【神代・神世】〈名〉もっぱら神々が活動していた時代。ふつう、神武天皇以前の時代をさす。神代《じんだい》。▼「かむよ」とも。

「椋鳥は**神代**より在る樹々を知る」 久米三汀
「おほらかに**神代**はみだら里神楽」 平畑静塔
「鵰等は**かむ代**の鳥かかく白き」 篠原鳳作
「初夏の川ながれて**神代**かも知れぬ」 平井照敏

かむ‐さ‐ぶ【神さぶ】〈自動・バ上二〉（び／び／ぶ／ぶる／ぶれ／びよ）❶神々《こうごう》しくなる。荘厳に見える。❷古めかしくなる。古びる。❸年を取る。▼「さぶ」は接尾語。「かみさぶ」とも。

「**神さびし**宮の木立や鵯《ひよ》の前」 寺田寅彦
「**神さびて**大緑蔭に宮居あり」 星野立子
「行く雁やわが胸板も**かむさびて**」 桑原三郎

かむさ‐る【被さる】〈自動・ラ四〉（ら／り／る／る／れ／れ）❶上におおいかぶさる。❷負担や圧迫が及ぶ。

「昼寝覚め妻子のことが**かむさり**来」 上野 泰
「晩年に桜**かむさる**夕べかな」 鷲谷七菜子

かむ‐なぎ【巫・覡】〈名〉神に仕えて、神楽《かぐら》を奏したり神託を伝えたりして、神と人とのなかだちをする者。女性が多い。▼「かうなぎ」「かみなぎ」「かんなぎ」とも。神の心を和ませる人の意の「かむ（神）なぎ（和）」から。

「**巫**の阿堵物消えし春の闇」 飯田龍太
「**巫**《かんなぎ》の白衣《しらぎぬ》くもる二日かな」 飯島晴子
「**かんなぎ**の扇招けば鶴渡る」 野澤節子
「**かんなぎ**が出歩く雪の笠と簑」 筑紫磐井

かむり【冠】〈名〉❶かんむり。❷（和歌・俳諧などの）初めの五文字。▼「かんむり」の変化した語。「かぶり」「かうぶり」とも。

「痩せし頬に五月の**冠**たゞしけれ」 長谷川かな女
「雨の日は**冠**重たき曼珠沙華」 橋本美代子
「**冠**なき汝が髪に降れ桜しべ」 鷹羽狩行

か‐も〈終助〉❶（感動・詠嘆）…ことよ。…だなあ。❷（詠嘆を含んだ疑問）…かなあ。❸（詠嘆を含んだ反語）…だろうか、いや…ではない。❹（助動詞「ず」の連体形「ぬ」に付いた「ぬかも」の形で、願望）…てほしいなあ。…ないかなあ。▼上代に用いられ、中古以降は「かな」。

「人殺す我**かも**知らず飛ぶ螢」 前田普羅
「みえてゐて遠き海**かも**つくし摘む」 木下夕爾
「絵双六死にはぐれたる生活**かも**」 古賀まり子
「雨の夜の障子は暗い**かも**知れぬ」 今井杏太郎
「姉の手のけむりたけの刹那**かも**」 安井浩司

かも‐す【醸す】〈他動・サ四〉（さ／し／す／す／せ／せ）❶発酵《はっこう》させて、酒・しょうゆなどを造る。醸造《じょうぞう》する。❷（ある雰囲気・状態などを）つくり出す。

「鈍《のろ》き詩人《うたびと》青梅あをきまま**醸す**」 中村苑子
「この峡の水を**醸して**桃の花」 飴山 實
「酒蔵は酒**醸しつつ**春の月」 山田弘子
「おのづから夜気**醸しけり**黒葡萄」 辻美奈子

かも‐ゐ【鴨居】《カモイ》〈名〉敷居《しきい》に対応させて上に渡す横木。みぞがついていて、障子・ふすま・引き戸などをはめてあけたてする。

「寝るとせん**鴨居**の月となりたれば」　森田　峠

「**鴨居**より寒気おりくる仏間かな」　福田甲子雄

か‐や〈終助〉❶(感動・詠嘆)…ことだなあ。❷(詠嘆を含んだ疑問)…かなあ。❸(反語)…か、いや…ではない。▼①は詠嘆の終助詞「か」に詠嘆の間投助詞「や」が付いて一語化した。②③は疑問・反語の係助詞「か」に詠嘆の間投助詞「や」が付いて一語化したもの。

「薄氷も心根《こころね》あらむ女人**かや**」　永田耕衣

「でで虫の手習にゆく途中**かや**」　橋　閒石

「海鳴りか虎落笛《もがりぶえ》**かや**暮れ落ちぬ」　高木晴子

「日の沈む国**かや**雁をわたしつゝ」　飴山　實

かゆ・し【痒し】〈形ク〉{(く)・から／く・かり／し／き・かる／けれ／かれ}皮膚がむずむずして、そこをかきたくなるような感じがする。

「昔むかしの種痘の痕のまだ**痒し**」　能村登四郎

「頭の中の一個処**かゆし**薄氷」　河原枇杷男

「凍滝に**痒き**ところのありぬべし」　宗田安正

「よしきりや鼻**痒く**なるとろゝ飯」　角川春樹

「春といふひと言で足る指**痒し**」　鎌倉佐弓

かよ・ふ【通《カヨ》ふ《ウ》】〈自動・ハ四〉{は／ひ／ふ／ふ／へ／へ}❶通う。❷通る。行き来する。❸(男が女の家へ)通う。結婚する。❹通じる。❺よく知っている。通じている。❻似通う。通じる。❼交差する。入り交じる。❽つながっている。通じる。

「紅梅の紅の**通へる**幹ならん」　高濱虚子

「水音の縷々と**通へり**枯るる中」　清崎敏郎

「武蔵より相模へ**通ふ**猫の恋」　有馬朗人

「雨蛙母の**通ひし**寺を訪ふ」　原　裕

「秋霖やむかし**通ひぬかよはれぬ**」　榎本好宏

「雛の闇おのれの闇と**かよふ**かな」　金田咲子

から〈格助〉❶(動作・作用の起点)…から。❷(動作・作用の経由点)…を通って。…に沿って。❸(原因・理由)…によって。…のために。❹(手段・方法)…で。❺(引き続き、すぐ次の事態が起こることを表す)…とすぐに。…そばから。

「死んで**から**背丈がのびる霞かな」　栗林千津

「魚眠り夢の中**から**黄落す」　柿本多映

「男**から**死ねと茅花の野に笑う」　寺井谷子

「げんのしょうこ**から**夕闇の子守唄」　高野ムツオ

から〈接助〉❶(原因・理由)…のために。…ので。(活用語の連体形に付く)❷(判断の根拠を強調)…からには。…以上は。(活用語の連体形に付く)❸(逆接の仮定条件)…ても。…たところで。

「風が吹く**から**墓がある**から**岩菲咲く」　中尾寿美子

「心濁る**から**心太など食ふな」　今瀬剛一

「秋風に煮しめてもらふ顔だ**から**」　櫂未知子

からう‐して【辛う《カロウ》して《シテ》】〈副〉やっとのことで。ようやく。▼「からうじて」とも。形容詞「からし」の連用形「からく」に接続助詞「して」が付いた「からくして」のウ音便。

「辛うして蠟燭ともる寒さかな」　久保田万太郎
「からうじて鶯餅のかたちせる」　桂　信子

から・ぐ【絡ぐ・紮ぐ】〈他動・ガ下二〉{げ/げ/ぐ/ぐる/ぐれ/げよ}❶縛りくくる。ぐるぐる巻きつける。❷まくり上げる。
「川狩や陶淵明も尻**からげ**」　芥川龍之介
「糸游や野崎参りの褄**からげ**」　松瀬青々
「涼しさや長けし蓬を縄**からげ**」　宇佐美魚目

から・くり【絡繰り・機関】〈名〉❶人形などを糸やぜんまい、歯車・てこなどの仕掛けによって動かすこと。また、その仕掛け。❷仕組み。構造。❸計略。たくらみ。❹「絡繰り人形」の略。①の仕掛けで動くように作った人形。
「白眉を水**からくり**に寄せにけり」　吉本伊智朗
「内部にて卵ころがる鶴**機関**《つるからくり》」　大屋達治
「暮れてより水たけなわの水**からくり**」　永末恵子

から・くれなゐ【韓紅・唐紅】《カラクレナイ》〈名〉染め色の一つ。濃い紅色。▼「韓《から》」から渡来した紅色であったことから。
「秋　風　や　**唐　紅**　の　咽　喉　仏」　夏目漱石
「火の島の**からくれなゐ**に鷹舞へり」　野見山朱鳥
「春の塵**からくれなゐ**のまじりけり」　長谷川櫂
「泳ぐかな**からくれなゐ**の形代と」　夏石番矢

から・し【辛し】〈形・ク〉{(く)・から/く・かり/し/き・かる/けれ/かれ}❶塩辛い。❷つらい。切ない。苦しい。❸むごい。残酷だ。ひどい。❹いやだ。気にそまない。❺あやうい。あぶない。❻はなはだしい。ひどい。
「ひとり煮て伽羅《きやら》蕗《ぶき》**辛き**五月かな」　石田波郷
「刈田見ゆ荒雄《あらを》の妻の**辛き**恋」　澤木欣一
「飛驒の酒甘しと**辛し**と夜の秋」　加藤三七子
「舌のみぞ知る夏椿**辛き**こと」　攝津幸彦

から・に〈接助〉❶(原因・理由)…ために。…したばかりに。❷(即時)…と同時に。…とすぐに。❸(逆接の仮定条件)…だからといって。たとえ…だとしても。…たところで。▼格助詞「から」に格助詞「に」が付いて一語化したもの。
「湧く**からに**流るる**からに**春の水」　夏目漱石
「草の花反魂草と聞く**からに**」　山口青邨
「吹く**からに**秋といふ字や萱の原」　清水径子
「山茶花の散る**からに**　咲く**からに**　ああ」　伊丹三樹彦

から・は〈連語〉(活用語の連体形に付いて)…(する)以上は。▼接続助詞「から」+係助詞「は」
「いつも二階に肌ぬぎの祖母ゐる**からは**」　飯島晴子

から・ぶ【乾ぶ】〈自動・バ上二〉{び/び/ぶ/ぶる/ぶれ/びよ}❶乾く。ひからびる。❷(声が)かすれる。しわがれ声を出す。❸枯れて物さびる。枯淡の趣に見える。
「寒雷の**乾び**切つたる音すなり」　相生垣瓜人
「百日紅心つまづき声**からび**」　石田波郷
「山中に菌《きのこ》**からび**ぬ冬日輪」　野澤節子
「ひき潮に残され海星**からび**をり」　きくちつねこ

「**からび**ごゑどこから聞ゆ新走り」　吉田鴻司

かり【仮】〈名〉一時的のものであること。間に合わせ。かりそめ。

「**仮**の世の足袋がつるりと初鴉」　飯田龍太

「時雨聴く四角な布を**仮**だたみ」　沼尻巳津子

「向日葵は**仮**の姿で終わりしよ」　齋藤愼爾

「**仮**の世の日だまりとなる百日紅」　金田咲子

-がり【許】〈接尾〉（人を表す名詞・代名詞に付いて）…のもとに。…の所へ。居所を示すとともに、その居所が移動する先の場所であることを示す。

「母**がり**の屠蘇の美《う》ましとうけ重ね」　後藤夜半

「足あとの雪の大路を妹**がり**へ」　中村草田男

「大根の花母**がり**へ遠く着く」　中村汀女

「妹**許**の近江は鳰の都かな」　山崎十生

かり-が-ね【雁・雁金】〈名〉季・秋　鳥の名。がん。秋に渡来し、春に北へ帰る。

「**かりがね**のこゑするたびに吾を隔つ」　山口誓子

「焼跡に**かりがね**の空懸りけり」　大野林火

「曇り空**かりがね**過ぎし跡ひかる」　相馬遷子

「**雁**が落ちてみるみる苦海かな」　齋藤　玄

「蔵の間に**かりがね**仰ぐ里帰り」　金子兜太

かり-が-ね【雁が音】〈連語〉季・秋　雁の鳴き声。

「**かりがね**を聴きとめてゐるしらべごと」　鷲谷七菜子

「**雁が音**のそののち知らず石鼎忌」　原　裕

かり-くら【狩倉・狩座】〈名〉❶狩りをする場所。かりば。❷狩猟。また、狩猟の競争。

「**狩倉**の露におもたきうつぼ哉」　与謝蕪村

「**狩くら**の雲にあらはれ寒の鳶」　飯田蛇笏

「**狩くら**や雪を押しゆく犬の胸」　宇佐美魚目

「**狩座**の皇子たち駆くる野の涯」　筑紫磐井

かり-そめ【仮初】〈名〉❶一時的なこと。間に合わせ。❷軽々しいこと。

「絶頂は吹雪の雪の**仮初**よ」　平畑静塔

「**かりそめ**の世の水無月を過しけり」　桂　信子

「**かりそめ**の生のなかばに焚火爆ぜ」　上田五千石

「**かりそめ**の水輪の中のかいつぶり」　倉田紘文

「**かりそめ**の色にはあらず冬薔薇《ふゆさうび》」　片山由美子

かり-そめ-なり【仮初なり】〈形動ナリ〉｛なら／なり・に／なり／なる／なれ／なれ｝❶仮づくりだ。一時的だ。❷はかない。❸ふいだ。偶然だ。❹いいかげんだ。軽はずみだ。▼本格的なものではなく、ほんの一時しのぎのものというのがもとの意味。

「海辺の墓地冬砂深し**かりそめに**」　中村草田男

「**かりそめに**蔬菜籠置く露の墓」　木下夕爾

「**かりそめに**秋風踏むや翁道」　矢島渚男

「ひととせは**かりそめならず**藍浴衣《あいゆかた》」　西村和子

「句縁ただ仮りそめならず春の雷」　石　昌子

かり‐ね【仮寝】〈名〉❶ほんのちょっとの間寝ること。うたた寝。仮枕。❷旅先で宿泊すること。旅寝。野宿。仮枕。

「外套のままの**仮寝**に父の霊」　八田木枯

「懐中に椎の実のある**仮寝**かな」　鳴戸奈菜

かり‐まくら【仮枕】〈名〉仮寝。旅寝。

「水の香や花薄縁の**仮枕**」　橋　閒石

「充ち来たる蝿の頭脳や**仮枕**」　永田耕衣

「**仮枕**そこら四出紐散らばつて」　柿本多映

か・る【借る】〈他動・ラ四〉〔ら／り／る／る／れ／れ〕借りる。借用する。

「草臥《くたび》れて宿**かる**比や藤の花」　松尾芭蕉

「金**借る**べう汗しまはりし身の疲れ」　石塚友二

「夜着ぬくぬく人手**借り**ずに生きるべう」　後藤綾子

「死にばかり遭ひて小さき傘を**借る**」　林田紀音夫

「肩**借り**て岐阜提灯を吊りにけり」　山本洋子

「目を**借ら**る新幹線の中にても」　茨木和生

か・る【枯る】［季・冬］〈自動・ラ下二〉〔れ／れ／る／るる／るれ／れよ〕❶(植物が)枯れる。❷(動物が死んで)ひからびる。

「年の夜やもの**枯れ**やまぬ風の音」　渡邊水巴

「ただ黒き裳すそを**枯るる**野にひけり」　橋本多佳子

「**枯れ**てより現し世永しうめもどき」　殿村菟絲子

「枯どきが来て男**枯る**爪先まで」　能村登四郎

「**枯るる**ものまだあたたかし山の雨」　古賀まり子

か・る【涸る・乾る】〈自動・ラ下二〉〔れ／れ／る／るる／るれ／れよ〕(水が)干上がる。

「水**涸れ**し杭の細りに舫《もや》ふなり」　中村汀女

「ライターの火のポポポポと滝**涸るる**」　秋元不死男

「はんにちは母半日は**涸れ**し川」　津沢マサ子

か・る【離る】〈自動・ラ下二〉〔れ／れ／る／るる／るれ／れよ〕❶遠ざかる。離れる。❷間《ま》があく。途絶える。❸疎遠になる。離れる。

▼空間的、時間的、心理的に「はなれる」という意味。

「ぬかご飯妻子を**離るゝ**箸ほそく」　石橋秀野

「また汝の**離れ**ゆく闇の梅雨滂沱《ぼうだ》」　角川源義

「此の岸を**離れ**ゆく澪《みを》や神渡」　多田智満子

「俤の**離れ**ゆくばかり野分雲」　徳弘　純

か・る【狩る・猟る】〈他動・ラ四〉〔ら／り／る／る／れ／れ〕❶狩りをする。❷(花や草木を)たずね求めて観賞する。

「茸**狩る**やゆんづる張つて月既に」　竹下しづの女

「獅子を**狩る**男でありし前世かな」　和田悟朗

「汐干狩雲に**狩ら**れるごとくをり」　大木あまり

「早蕨の切なきこぶし**狩り**にけり」　田中裕明

か・る【駆る・駈る】〈他動・ラ四〉〔ら／り／る／る／れ／れ〕❶追い立てる。せきたてる。❷(馬や車を)駆けさせる。走らせる。❸無理にさせる。

「安豊といふ馬を**駆る**牧の秋」　阿部みどり女

「或時は星ほど遠く橇を**駆り**」　京極杞陽
「春の日やあの世この世と馬車を**駆り**」　中村苑子

か・る【嗄る】〈自動・ラ下二〉{れ/れ/る/るる/るれ/れよ}（声が）かすれる。しわがれる。
「虫**嗄れ**し夜々の浅寝に疲れたり」　臼田亜浪
「雷**嗄れ**て青嶺ばかりの夕煙り」　飯田龍太
「枯野くるひとりは**嗄れ**し死者の聲」　河原枇杷男
「こゑ少し**嗄れ**ゐしよ昼顔に」　行方克巳

-が・る〈接尾・ラ四〉{ら/り/る/る/れ/れ}❶…のように思う。❷…のように振る舞う。▼名詞や形容詞・形容動詞の語幹に付いて動詞をつくる。
「木菟きいて悪妻持ちが悲し**がる**」　秋元不死男
「出でゆくや寺を寒**がる**猫の謎」　和田悟朗
「ちやぼ不思議**がる**落蟬の断末魔」　辻田克巳
「鯉幟海へ出た**がる**尾を振れり」　菖蒲あや
「桜並木一番端がさびし**がる**」　小泉八重子

かるさん【軽袗・軽衫】〈名〉もんぺに似た一種のはかま。上部をはかま風、下部をももひき風に仕立てたもの。もと、ポルトガル語。
「梨売のセルの**かるさん**もえぎ色」　前田普羅
「睡蓮なれや忽ちおどる**軽衫**《カルサン》の母」　安井浩司

かる・し【軽し】〈形ク〉{(く)・から/く・かり/し/き・かる/けれ/かれ}❶軽い。目方が少ない。❷重々しくない。重大でない。
「かく粗くかつ**軽けれ**ど今年米」　竹下しづの女
「木霊より**軽き**子を抱く冬隣」　橋　閒石
「セル**軽し**妻の身忘れ歩みけり」　柴田白葉女
「桃活けてその一日を**軽く**せり」　山田みづえ
「身のどこか**軽く**すり減るとろろ擂」　小檜山繁子
「朴の花**軽く**狂ひて旅したし」　茨木和生

かろがろ(と)【軽軽(と)】〈副〉さも軽そうなさま。いかにも軽そうに(たやすそうに)物事をするようす。
「耕の鍬**かろがろと**父帰り」　阿波野青畝
「御仏の身の**かろがろと**草の花」　右城暮石
「**かろがろと**単衣となりし骸かな」　清崎敏郎

かろがろ・し【軽軽し】〈形シク〉{(しく)・しから/しく・しかり/し/しき・しかる/しけれ/しかれ}❶軽薄だ。軽率だ。軽はずみだ。❷手軽だ。気軽だ。❸低い。軽い。身分・家柄・価値などについていう。▼「かるがるし」とも。
「空蟬のことなど**軽ろがろしく**いふな」　宗田安正

かろ・し【軽し】〈形ク〉{(く)・から/く・かり/し/き・かる/けれ/かれ}❶軽い。目方が少ない。❷重々しくない。重大でない。❸あっさりしている。淡白だ。❹軽薄だ。軽率だ。❺価値が低い。身分が低い。軽んずべきである。
「温突《オンドル》に木版の**軽き**書を読めり」　山口誓子
「夜の蟬の起きし**かろき**しじまかな」　中村汀女
「冬蜆砂吐いて身を**軽ろく**せり」　鈴木真砂女

「あけびの実軽しつぶてとして重し」　金子兜太
「睾丸をかろく握るや秋の風」　堀井春一郎
「かろき嘘つきし少女に草紅葉」　柚木紀子
「冬浅き旅なれば声かろくなる」　永方裕子
「かろき子は月にあづけむ肩車」　石　寒太

かをり【香り・薫り】《カオリ》〈名〉❶よいにおい。❷(顔などの)つややかな美しさ。
「味噌汁の月山筍《だけ》のかをりかな」　加藤楸邨
「枯菊の終の香りは火の中に」　桂　信子
「青麦や湯の香りする子を抱いて」　森　澄雄
「温石《をんじやく》や衾に母のかをりして」　小林康治
「受難の図晩夏の花はかをりなき」　堀口星眠

かを・る【薫る・香る】《カオル》〈自動・ラ四〉｛ら／り／る／る／れ／れ｝❶(煙や霧などが)ほのかに立ちのぼる。❷よい香りがする。❸つややかに美しく見える。
「花びらに風薫りては散らんとす」　夏目漱石
「さとかをる伽羅の油や梳き始」　高橋淡路女
「菊かをり金槐集《きんかいしゆう》を措きがたき」　水原秋櫻子
「海山ゆ絶えざる風の薫るなり」　中川宋淵
「梅の花ひとりとなれば香りけり」　深見けん二
「虚空より定家葛の花かをる」　長谷川櫂

かんが・ふ【考ふ・勘ふ】《カンガウ・カンゴウ》〈他動・ハ下二〉｛へ／へ／ふ／ふる／ふれ／へよ｝❶調べて判断を下す。占って判断する。❷調べて罰を与える。責める。▼「かむがふ」の変化した語。
「鬘のふかみで考へてゐる夜の胡桃」　能村登四郎
「考ふる手に佗助の手がふれる」　加藤郁乎
「ぶらんこに乗つて助役は考へる」　夏井いつき
「遊ぶことばかりかんがへ春の泥」　田中裕明

かん-・ず【感ず】❶〈自動・サ変〉｛ぜ／じ／ず／ずる／ずれ／ぜよ｝❶強く心が動かされる。感動する。❷前世の行為の報いを受ける。報いが現れる。❷〈他動・サ変〉感心してほめる。
「わがからだを感じつ、海苔一まいをあぶり」　中塚一碧楼
「抵抗を感ずる熱き煖炉あり」　後藤夜半
「妻が持つ薊の棘を手に感ず」　日野草城
「植ゑられし木を感じをり隣の木」　矢島渚男

かん-ながら【神ながら・随神】〈副〉❶神そのものとして。❷神のお心のままに。▼「かむながら」とも。
「神ながら巌《いはほ》ぞ立てり神無月」　原　石鼎
「無花果《いちじく》の神ながらなる青さかな」　右城暮石

かん-ばせ【顔・容】〈名〉顔つき。容貌《ようぼう》。顔。▼「かほばせ」の撥《はつ》音便。
「かんばせを日に照らされて墓詣」　川端茅舎
「かんばせを見せてとまりし初鳥」　平畑静塔
「かんばせに夕日のこる甘茶佛」　小原啄葉
「故人みなよき顔に冬深し」　宇多喜代子
「かんばせの上気よろしき初昔」　岩城久治

き

き【気】〈名〉❶(万物を生育させるという)精気。❷空気。大気。また、季節・風雨・寒暑などの気配や、雲・霧など。❸活力。生気。気勢。❹気持ち。気分。❺心の働き。意識。

「筆とりて門辺の草も摘む**気**なし」　杉田久女
「初冬の**気**をのぼりゆく水のかげ」　長谷川双魚
「**気**にかかりゐる白魚の透明度」　後藤比奈夫
「明るさへ**気**を変へてをり冬の水」　岡本　眸

き【忌】〈名〉❶忌中。いみ。喪に服して身を慎む一定の期間。❷(死者の)命日。忌日。

「震災**忌**向きあうて蕎麦啜りけり」　久保田万太郎
「夫の**忌**やあの日も今日も日短く」　及川　貞
「桜咲く我が黒髪の**忌**なりけり」　中尾寿美子
「いつしかに百方の**忌**の花菫」　齋藤　玄
「ヒロシマ**忌**泳ぎし素足地を濡らす」　鈴木六林男
「秋深き**忌**の薫香を身にまとふ」　大橋敦子

き【季】〈名〉❶季節。❷年季。江戸時代、奉公の期間を表す単位としての一年を「一季」とし、半年を「半季」とする。❸(連歌・俳諧《はいかい》で、句の分類概念としての四季それぞれの)季節。(句に詠み込む)四季の景物。

「猿蓑の秋の**季**あけて読む夜哉」　正岡子規
「鐘供養行春の**季**に適ひたり」　高木晴子
「日雇ひと共に言荒れ養蚕**季**」　馬場移公子
「鬱の**季**の男と菫そだている」　寺井谷子

き〈助動・特殊型〉〔(せ)/○/き/し/しか/○〕(過去)以前に…た。(自分が直接体験した過去を表す)

「春昼のくらげを食み**しか**ば黙す」　三橋鷹女
「白藤の揺りやみ**しか**ばうすみどり」　芝不器男
「死ねば野分生きてゐ**しか**ば争へり」　加藤楸邨
「わが歌のふと蜩《ひぐらし》に和したり**き**」　金子兜太
「螢籠兄の肉声聞き忘れ**し**」　飯島晴子
「葉鶏頭父の端座の長かり**き**」　鎌倉佐弓

き-お-ふ【気負ふ】《キオウ》〈自動・ハ四〉〔は/ひ/ふ/ふ/へ/へ〕(りっぱにやりとげようと)心をふるいたたす。われこそと思う。勇みたつ。

「開幕の投手**気負へ**ば花の雨」　大島民郎
「**気負は**ずに吹けばぽっぺんぽっぺんと」　大橋敦子

きぎす【雉・雉子】季・春〈名〉きじの古名。「きぎし」とも。

「吊したる**雉子**に遅き日脚かな」　石井露月
「ひえびえと吉野葛餅**雉子**鳴く」　飯田龍太
「夜の**雉子**望郷の宴張られたり」　村越化石
「**雉子**鳴く渓より暗き蹠より」　原　裕
「切藁のみるみるたまる夕**雉子**」　神尾久美子

きき-な-す【聞き做す】〈他動・サ四〉〔さ/し/す/す/せ/せ〕聞いてそれと思う。聞いて思い込む。

「耳鳴りを秋の声とも**聞きなせり**」　岸田稚魚

きき・わ・く【聞き分く】 ㊀〈他動・カ四〉｛か／き／く／く／け／け｝❶（音を）聞き分ける。❷聞いて判断する。聞いて理解する。㊁〈他動・カ下二〉｛け／け／く／くる／くれ／けよ｝❶（音を）聞き分ける。❷聞いて判断する。聞いて理解する。❸聞いて納得する。承知する。

「濁流に立ちひぐらしを**聞き分くる**」　細見綾子

「囀を**聞きわけ**て旅さびしきかな」　澁谷 道

「蝸牛たがひの音を**聞き分けて**」　鎌倉佐弓

き・く【利く】〈自動・カ四〉｛か／き／く／く／け／け｝❶役に立つ。ききめがある。❷上手である。巧みである。

「春昼や魔法の**利か**ぬ魔法壜」　安住 敦

「塩味**利く**男の昼餉雑木山」　桂 信子

「天辺に鳥の目が**利き**紅葉す」　森田智子

「顰面にてどぶろくを**利き**にけり」　小澤 實

き・く【聞く】〈他動・カ四〉｛か／き／く／く／け／け｝❶聞く。耳にする。❷聞いて、知る。伝え聞く。❸従う。承知する。❹尋ねる。❺味わいを試す。❻（香を）かぐ。

「眠れねば香**きく**風の二月かな」　渡邊水巴

「雪さそふものとこそ**聞け**手毬唄」　久保田万太郎

「水無月の吹かぬ笛**聞く**夜もすがら」　中川宋淵

「**聞く**うちに蟬は頭蓋の内に居る」　篠原 梵

「見ず**聞かず**言はず俯向く大向日葵」　橋本美代子

「津の国の春の霰ぞ**聞き**に来よ」　大石悦子

き・げん【機嫌・譏嫌】〈名〉❶人のそしりきらうこと。人の不愉快に思うこと。仏教語。❷（物事をする上の）時機。しおどき。❸事情。ようす。❹意向。おもわく。❺気分。気持ち。

「肌寒や妻の**機嫌**子の**機嫌**」　日野草城

「風鈴や一と泣きしたる児の**機嫌**」　高橋淡路女

「筍の**機嫌**ななめに出でにけり」　鷹羽狩行

「膝ついて見るは早苗の**機嫌**かな」　山本洋子

「村々に梅咲いて山**機嫌**よし」　大串 章

きこし・め・す【聞こし召す】〈他動・サ四〉｛さ／し／す／す／せ／せ｝❶お聞きになる。❷お聞き入れなさる。承知なさる。❸関心をお持ちになる。気にかけなさる。❹お治めになる。（政治・儀式などを）なさる。❺召し上がる。▼最高敬語で、天皇・中宮などに用いる。

「時雨るゝや又**きこしめす**般若湯《はんにやたう》」　川端茅舎

きこ・ゆ【聞こゆ】 ㊀〈自動・ヤ下二〉｛え／え／ゆ／ゆる／ゆれ／えよ｝❶聞こえる。❷うわさされる。評判になる。世間に聞こえる。❸理解できる。わけがわかる。❹受け取られる。思われる。㊁〈他動・ヤ下二〉❶申し上げる。（「言ふ」の謙譲語）❷（…と）お呼びする。（…と）申し上げる。（「言ふ」「呼ぶ」などの謙譲語）❸差し上げる。（手紙などを送ることをいう謙譲語）㊂〈補助動・ヤ下二〉（動詞の連用形に付いて）お…する。…申し上げる。（謙譲の意を表す）

「月の餅《もち》搗く音**きこゆ**蘆の風」　水原秋櫻子

「鉦叩《かねたたき》落葉の底に**きこゆ**なり」　川端茅舎

「衣更へて遠くの汽笛まで**聞ゆ**」　加倉井秋を
「遠蛙《とほかはづ》やがて男の咳**きこゆ**」　飯田龍太
「十五夜と声の**きこゆる**お茶の水」　川崎展宏

きさき【后・妃】〈名〉天皇の正妻。皇后および中宮。また、太皇太后・皇太后をもいい、女御《にょうご》・更衣《こうい》などをさす場合もある。▼「きさい」とも。
「のこり咲く嵯峨菊臥せり**后**の如」　長谷川かな女
「かの**后**鏡攻めにてみまかれり」　飯島晴子

きざ-はし【階】〈名〉階段。
「**きざはし**を降りる沓なし貴妃桜」　杉田久女
「**きざはし**に浮根息づく除夜篝」　原　裕
「身のうちに紅の**階**雛飾る」　辻　桃子
「ひとづまに**きざはし**はある著莪の花」　大西泰世

き-さんじ【気散じ】〈名〉ふさいだ気分を紛らすこと。気晴らし。
「人魂でゆく**気散じ**や夏の原」　葛飾北斎
「花かつみ**気散じ**の歩を水辺まで」　手塚美佐

き-し-かた【来し方】〈連語〉→「こしかた」

きしゃ【喜捨】〈名〉財物をすすんで寺社・貧者などに与えること。
「花慈姑《はなくわゐ》ほそみの門に**喜捨**の箱」　石川桂郎
「夕空の**喜捨**まぶしくて歩道橋」　林田紀音夫

き-す【帰す】〈自動・サ変〉{せ／し／す／する／すれ／せよ}❶最後に一つのところに落ち着く。帰着する。❷従う。帰服する。❸帰依する。
「糸瓜忌や俳諧**帰する**ところあり」　村上鬼城
「雪礫《つぶて》あへなく没し雪に**帰す**」　阿波野青畝
「クリスマスちちははあまた天に**帰し**」　伊丹三樹彦

き-す【期す】〈他動・サ変〉{せ／し／す／する／すれ／せよ}❶時日を定める。❷約束する。▼「期す」を「ごす」と読むと、別語。
「**期する**ことなくもなくして冬ごもり」　下村梅子

き-ぞ【昨・昨日・昨夜】〈名〉昨日。昨夜。▼東国方言は「きそ」とも。
「薔薇白し処女の倫理の**昨日**の栄」　竹下しづの女
「**昨日**の河さゞなみすでに凍てしなり」　高屋窓秋
「枝ぶりの紅梅の**昨**《ぞき》に置かれたる」　安東次男
「**昨夜**《ぞき》の恋語らず猫ら集ひ居て」　宮脇白夜
「**昨日**といふ父の世のあり秋桜」　上田日差子

きそ-ふ【競ふ】《キソウ》〈他動・ハ四〉{は／ひ／ふ／ふ／へ／へ}（負けまいとして）互いに争う。競争する。はりあう。
「雪解や妙高戸隠**競ひ**立つ」　前田普羅
「髪真白川波真白立ち**競ふ**」　桂　信子
「渡りきし白鳥声を**競ひ**をり」　皆川盤水
「秋燕に高嶺を**きそひ**甲斐の国」　井沢正江
「ゆびとゆび高さを**きそふ**夏は来ぬ」　八田木枯
「ふつと消ゆ草矢を**競ひ**をりし子等」　川崎展宏

き

き

きだ【段・階】〈名〉❶わかち。きれめ。わかれめ。❷土地面積の単位。一段は三〇〇歩(坪)で、約九九一・七平方メートル。五畝を段半《きだなか》という。❸階段。▼「きざ」とも。

「新緑の島根を洗ふ濤の**段**」　西島麥南

「初蝶の人ゆく**段**を舞ひつれて」　山口青邨

「造船の対岸青どろの海への**階**」　金子兜太

きたな・し【汚し・穢し】〈形ク〉{(く)・から/く・かり/し/き・かる/けれ/かれ}❶よごれている。けがれている。❷見苦しい。❸腹黒い。正しくない。❹卑劣だ。ひきょうだ。▼「きたない」はイ音便。

「**きたない**下駄ぬいで法話の灯に遠く坐る」　尾崎放哉

「その父**きたなき**首巻をたらし骨捨ふ」　大橋裸木

「寮の春みんな**汚ない**足の裏」　永井龍男

きた・ふ【鍛ふ】《キタウ》〈他動・ハ下二〉{へ/へ/ふ/ふる/ふれ/へよ}❶金属を熱し打って、硬度を強くする。❷心や身体を、修練して強くする。また、わざをみがく。

「声は皆山に**鍛へ**し盆踊り」　加藤知世子

「くりかへし海を**鍛へる**土用波」　津田清子

「臆病な虎を**鍛へる**十二月」　櫂未知子

きた・る【来たる】〈自動・ラ四〉{ら/り/る/る/れ/れ}やって来る。

「提燈に螢が襲ふ谷を**来り**」　原　石鼎

「おそるべき君等の乳房夏**来る**」　西東三鬼

「春隣闇がふくらみ**来る**なり」　柴田白葉女

「盆僧の汗芳しく**来たり**けり」　草間時彦

「炎昼の胎児ゆすりつ友**来る**」　野澤節子

「みぞおちを照らしに**来たる**大螢」　柿本多映

「いづくより**来たり**しわれか落葉焚く」　高澤晶子

きち-かう【桔梗】《キチコウ》[季・秋]〈名〉❶ききょう。「秋の七草」の一つ。❷襲《かさね》の色目の一つ。表は二藍《ふたあい》(青みを帯びた紫)、裏は青。❸織り色の一つ。縦糸・横糸ともに縹《はなだ》色(薄い藍色)。

「**桔梗**に稲妻うすきほむらかな」　川端茅舎

「**桔梗**の丈に風吹く山の昼」　桂　信子

「**桔梗**をざつくり束ね宇陀未通女《おとめ》」　後藤綾子

きち-にち【吉日】〈名〉(物事を行うのに)縁起のよい日。▼「きちじつ」とも。

「笠きるや桜さく日を**吉日**と」　小林一茶

「**吉日**の麦藁蛸を茹であげる」　宇多喜代子

きっ-さき【切っ先・鋒】〈名〉太刀《たち》などの先端部分。刀先。▼「きりさき」の促音便。

「筍の**鋒**高し星生る」　中村草田男

「**切先**のどこを向いても神無月」　神尾久美子

「雛流す水の**切先**選びゐて」　能村研三

「肩に置く髪の**切先**冬に入る」　正木ゆう子

き-づな【絆・紲】《キズナ》〈名〉❶動物をつなぎとめる綱。❷断ちがたい情愛のつながり。

「女夫とは哀しき**絆**流し雛」　稲垣きくの

「凌霄花《のうぜん》咲く**絆**はなくて深き空」　澁谷　道
「**絆**にも似たる疲れや遠き蟬」　岡本　眸
「泥眼に**きと**見て露の出し小袖」　富安風生

き-と〈副〉❶すばやく。さっと。❷厳しく。きりっと。❸ちょっと。ちらっと。▼鎌倉時代以後は促音便「きっと」。

き-な-く【来鳴く】〈自動・カ四〉{か／き／く／く／け／け}（鳥などが）飛んで来て鳴く。
「朝毎に**来鳴く**笹子の待たれけり」　大須賀乙字
「蜩の**来鳴く**家垣翌檜」　右城暮石
「妹とあがをれば**来鳴き**ぬ鷗等も」　篠原鳳作

きぬ【衣】〈名〉衣服。着物。▼上代、衣服をいう語に「きぬ」「ころも」があり、「きぬ」は上半身にまとうものが中心。中古以降は「きぬ」が一般的になり、「ころも」は僧衣に限られ、衣服の意味での「ころも」は歌語にのみ用いられた。
「寝る妹に**衣**うちかけぬ花あやめ」　富田木歩
「羅にちがひなかりし蛇の**衣**」　後藤比奈夫
「**衣**脱ぎしばかりの蛇が水を行く」　野見山ひふみ
「**衣**擦れの淑気やまして辻が花」　鈴木鷹夫
「秋蝶らし**衣**づれの音せるは」　齋藤愼爾

きぬ-ぎぬ【衣衣・後朝】〈名〉❶二人の衣服を重ね掛けて共寝をした男女が、翌朝各々の衣服を着て別れること。また、その別れる朝。❷男女が別れること。
「**きぬ〴〵**や裏の篠原露多し」　夏目漱石
「**きぬ〴〵**の心やすさよ竹婦人」　正岡子規
「**きぬぎぬ**のうれひがほある雛かな」　加藤三七子
「水草《みくさ》生《お》ふ**後朝**のうた昔より」　藤田湘子
「**後朝**にあらず冷夏の風の声」　徳弘　純
「**きぬぎぬ**やかさこそかさと冬雀」　辻　桃子

きぬた【砧・碪】〈名〉季・秋　木槌《きづち》で布を打って布地をやわらげ光沢を出すのに用いる、板や石の台。また、それを打つこと。また、その音。
「うきことを身一つに泣く**砧**かな」　高橋淡路女
「見えてゐて**砧**の槌のあがりけり」　阿波野青畝
「尼の打つ**砧**の音がききたくて」　下村梅子
「月代や芭蕉林に**砧**打つ」　澤木欣一

きのふ【昨日】《キノウ》〈名〉❶きのう。❷ごく近い過去。
「ふゆしほの音の**昨日**をわすれよと」　久保田万太郎
「トゲ残る**きのふ**の不快合歓《ねむ》に覚め」　川端茅舎
「人間は**きのふ**をはりて今日春野」　平井照敏

きは【際】《キワ》〈名〉❶（物の）端。へり。❷（物と物との）境目。仕切り。❸わき。そば。❹分《ぶん》。ある限られた範囲のもの。❺身分。家柄。身の程。分際。❻（物事の）限り。限界。❼程度。❽時。場合。折。当座。
「小天地作《な》して蟬鳴く海の**際**」　右城暮石
「凍鶴となる**際**の首ぐぐと入れ」　飯島晴子
「秋草を活けて若さの**きは**に立つ」　中嶋秀子

き

「講演の際まで使ひ扇子かな」 岩城久治

-ぎは【際】ギワ〈接尾〉❶(名詞や動詞の連用形に付いて)…のすぐそばの意。❷(動詞の連用形に付いて)…しようとするころ。…しはじめる時の意。

「生れ**際**に謝罪する蛾よ天の川」 永田耕衣

「水**際**に来て螢火の火を強め」 能村登四郎

「氷る湖日の落ち**際**をきびしくす」 岸田稚魚

「死に**ぎは**うすもいろの合歓ねむたし」 小川双々子

「山**際**の茜消えゆく凝鮒《こごりぶな》」 福田甲子雄

「暮れ**際**に桃の色出す桃の花」 上田五千石

き-ぼう【既望】キボウ 季・秋 〈名〉陰暦八月十六日の夜。また、その夜の月。いざよい。▼既に望《もち》(満月)の終った意。

「深山の風にうつろふ**既望**かな」 飯田蛇笏

「十五夜は大雨なりし**既望**かな」 富安風生

「月並のいまにめでたき**既望**かな」 加藤郁乎

きは-ま・る【極まる・窮まる】キワマル〈自動・ラ四〉{ら/り/る/る/れ/れ} ❶極限に達する。きわまる。❷ゆきづまって窮する。❸終りとなる。尽きる。❹決まる。決定する。

「孤り棲む埋火の美の**きはまれ**り」 竹下しづの女

「**きはまり**て連翹の黄は緑さす」 松村蒼石

「深寝して錦木紅葉**きはまり**ぬ」 加藤三七子

「雲の峯**きはまり**蜂の子をこぼす」 中戸川朝人

「**きはまり**て漂ふ夏至の日一輪」 正木ゆう子

きは-み【極み】キワミ〈名〉(時間や空間の)極まるところ。極限。果て。

「悲しさの**極み**に誰か枯木折る」 山口誓子

「蘇鉄咲く不幸の**極み**何来るや」 殿村菟絲子

「女通り汚染の**極み**河に見る」 林田紀音夫

きは・む【極む・窮む】キワム ━〈他動・マ下二〉{め/め/む/むる/むれ/めよ} ❶極限に到達させる。きわめる。❷終わらせる。❸尽くす。❹決める。決定する。━〈自動・マ下二〉極限に達する。きわまる。

「白百合や色を**極め**て夜の底」 松根東洋城

「花のもと熊笹は縁《ふち》**きはめ**けり」 石川桂郎

「細雪《ささめゆき》過ぎゆくものとして**極む**」 和田悟朗

「虞美人草寂しさ**極む**真昼あり」 橋本美代子

「風船かづら禁欲のいろ**極め**けり」 大木あまり

「初刷の天気図精緻**極め**たる」 片山由美子

きは-やか・なり【際やかなり】キワヤカナリ〈形動ナリ〉{なら/なり・に/なり/なる/なれ/なれ} ❶特に目立っている。際立っている。❷思い切りがよい。てきぱきとしている。

「薔薇浸けし葉の**きはやかに**甕の水」 飯田蛇笏

「猟艇の下**際やかに**水澄めり」 山口誓子

「水引の白は紅より**きはやかに**」 五十嵐播水

「能管の**きはやかなりし**朧かな」 森澄雄

「み仏の眉宇**きはやかに**立夏なり」 鷲谷七菜子

きび・し【厳し・酷し】〈形シク〉｛(しく)・しから／しく・しかり／し／しき・しかる／しけれ／しかれ｝❶すきまがない。密だ。❷厳重だ。つけいるすきがない。❸いかめしい。厳かだ。❹険しい。

「蝶の目に触れて**きびしき**小花かな」　杉田久女
「雪嶺の青の**きびしき**生糸繰る」　加藤知世子
「監視**きびしき**中少年囚蝶手摑む」　津田清子
「啄木鳥の羽音**きびしく**霰止む」　堀口星眠

きびす【踵】〈名〉かかと。▼「くびす」とも。

「枯原に赤き**踵**を見せらるる」　齋藤　玄

きふ・なり【急なり】《キユウナリ》〈形動ナリ〉｛なら／なり・に／なり／なる／なれ／なれ｝❶さし迫った状態だ。突然だ。❷気短だ。せっかちだ。

「ゆくほどに坂は**急なる**落花かな」　阿部みどり女
「湯ざめして**急に**何かを思ひつく」　加倉井秋を
「夕星を見てゐて**急に**野火のこと」　岡本　眸

きほ・ふ【勢ふ・競ふ】《キオウ》〈自動・ハ四〉｛は／ひ／ふ／ふ／へ／へ｝❶争う。張り合う。❷先を争って散る。散り乱れる。

「冬の鳶父を**勢は**す木場娘」　中村草田男
「花冷や**きほひ**て白き利根の波」　高橋睦郎

きみ【君・公】㊀〈名〉❶天皇。帝《みかど》。❷主君。主人。❸お方。(貴人を敬っていう語)❹君。人名・官名などの下に付いて、「…の君」の形で、敬意を表す。❺遊女。㊁〈代名〉あなた。(対称の人称代名詞)

「我死なで**君**生きもせで秋の風」　正岡子規
「紅枝垂桜を**君**が墓標とす」　下村梅子
「ひかり野へ**君**なら蝶に乗れるだろう」　折笠美秋
「**君**が居にねこじやらしまた似つかはし」　田中裕明

き・む【決む】〈他動・マ下二〉｛め／め／む／むる／むれ／めよ｝❶(物事を)一つの結果に落ちつかせる。定める。決定する。❷…と思い込んでいる。いつも…である。❸(用いた技が効果をあらわして)勝負をつける。❹型にはめて、動きがとれないようにする。

「誘はれて船旅と**決む**百日紅」　横山房子
「瀬戸夕焼平家不幸と誰が**決めし**」　三好潤子
「沙羅散華神の**決め**たる高さより」　鷹羽狩行
「八十を一期と**決めし**鳥曇」　原　裕
「眠れねば眠らぬと**決めし**虫の闇」　片山由美子

き・むか・ふ【来向かふ】《キムカウ・キムコウ》〈自動・ハ四〉｛は／ひ／ふ／ふ／へ／へ｝近づいて来る。

「ふるさとを去ぬ日**来向ふ**芙蓉かな」　芝不器男
「夕立の**来むかふ**樹々のひかりなく」　石橋辰之助
「土用波**来むかふ**いまを斜めなり」　井沢正江
「人生の夏の**来向かふ**初暦」　西村和子

き・もん【鬼門】〈名〉陰陽道《おんようどう》で、たたりをする鬼が出入りするとして忌む、艮《うしとら》(北東)の方角。また、その角《かど》。

「初花や**鬼門**の方に人の声」　橋　閒石
「月天心**鬼門**に水の溜り居る」　柿本多映

きゃ・しゃ・なり【華奢なり・花車なり】〈形動ナリ〉（なら／なり・に／なり／なる／なれ／なれ）❶上品で優雅だ。優美で風流だ。❷体つきがほっそりとして上品だ。

「塀華奢に木戸より低き竹の秋」　富安風生

「羹《あつもの》はさよりの華奢に木の芽して」　細見綾子

ギヤマン 季・夏〈名〉❶ガラス。また、ガラス製の容器。❷江戸時代、ダイヤモンドのこと。金剛石。▼ガラスの切削にダイヤモンドを使ったために、切って細工したものを「ギヤマン細工」といったことから。

「葛切のギヤマン雷火奔りけり」　水原秋櫻子

「ギヤマンの如く豪華に陽炎へる」　川端茅舎

「かなしきはギヤマンの瞳の毛皮の瞳」　三橋鷹女

き・ゆ【消ゆ】〈自動・ヤ下二〉（え／え／ゆ／ゆる／ゆれ／えよ）❶消える。なくなる。❷正気を失う。意識がなくなる。❸亡くなる。

「富士消えて秋草どつと寒くなりぬ」　加藤楸邨

「雨降やそばの花にて消ゆる雨」　平畑静塔

「金柑や年寄り順に消ゆる島」　川崎展宏

「幼な雪自分を夢と思い消ゆ」　折笠美秋

ぎょ・い【御意】〈名〉❶お考え。おぼしめし。❷お指図。ご命令。（相手の考えなどに対する尊敬語）

「てうちんを消せと御意ある水鶏哉」　与謝蕪村

「木枯らしやどちへ吹かうと御意次第」　芥川龍之介

きょう・・ず【興ず】〈自動・サ変〉（ぜ／じ／ず／ずる／ずれ／ぜよ）興に入る。おもしろがる。

「立ちよろめき女等興ず遊び舟」　富安風生

「打興じ田楽食ふや明日別る」　大野林火

「妻と子の何興ずるや花あんず」　安住 敦

きよ・し【清し】〈形ク〉（く・から／く・かり／し／き・かる／けれ／かれ）❶澄んで美しい。❷（景色が）美しく、すがすがしい。清らかだ。❸神聖だ。清浄だ。❹（心に）けがれがない。潔白だ。

「氷室守《もり》清き草履のうらを干す」　前田普羅

「声清く蚯蚓の鳴くと信ぜばや」　相生垣瓜人

「とんどして雪汚しゝが清かりき」　細見綾子

「遠浅の水清ければ桜貝」　上田五千石

きよ・ら・なり【清らなり】〈形動ナリ〉（なら／なり・に／なり／なる／なれ／なれ）❶気品があって美しい。輝くように美しい。❷はなやかで美しい。華美だ。

「美き翅に青蛾のいのち清らなる」　高屋窓秋

「涅槃西風《ねはんにし》乙訓《おとくに》の藪きよらなり」　藤田湘子

「朴の花散るや清らに骨の音」　正木ゆう子

き・ら【綺羅】〈名〉❶美しい衣服。❷はなやかな美しさ。❸盛んな威光。権勢。▼「綺」は綾絹《あやぎぬ》、「羅」は薄絹の意。

「星合の夜はうち栄えてもの綺羅」　後藤夜半

「囀の綺羅を船型光背に」　野見山ひふみ

「雲巌寺洞に消えたる蛇の綺羅」　小檜山繁子

きら・ふ【霧らふ】キラウ・キロウ〈自動・ハ四〉（は／ひ／ふ／ふ／へ／へ）（霧・

霞《かすみ》などが)辺り一面に立ちこめる。
「迎火やほのに**霧ら**へる竹の奥」　臼田亜浪
「月高し遠の稲城はうす**霧らひ**」　杉田久女
「稔田を裳裾に**霧らひ**国上山」　石塚友二
「天**霧ひ**日にこそ見えね杉の花」　高橋睦郎

きら・ふ【嫌ふ】キラウ・キロウ〈他動・ハ四〉{は/ひ/ふ/ふ/へ/へ}❶いやがる。いやがって退ける。いやがって遠ざける。❷(選び)区別する。分け隔てする。
「寺に生れて経を**きらひ**ぬ冬椿」　阿部みどり女
「薬**きらへ**ば日空より朴落葉」　長谷川双魚
「風邪髪の櫛を**きらへ**り人**嫌ふ**」　橋本多佳子
「何ごとも半端は**嫌ひ**冷奴」　鈴木真砂女
「老人に**嫌は**れてゐる蜥蜴かな」　今井杏太郎
「豆まくや新しき女**きらひ**なり」　加藤郁乎

きら-め・く【煌めく】〈自動・カ四〉{か/き/く/く/け/け}❶きらきらと光り輝く。美しく光り輝く。❷はなばなしく栄える。時めく。派手に飾りたてる。❸盛んにもてなす。大いに歓待する。▼「めく」は接尾語。
「**きらめき**て月の海へとながるる缶」　横山白虹
「白帆曳《きひ》く順風に冬湖**きらめき**て」　野澤節子
「わが夢に**きらめく**雁の泪かな」　眞鍋呉夫
「**きらめく**は野か歳月か君に会い」　津沢マサ子
「海二月ついに**きらめく**なにもなし」　折笠美秋

きら-らか・なり【煌らかなり】〈形動ナリ〉{なら/なり・に/なり/なる/なれ/なれ}輝くように美しい。きらびやかだ。
「**きららかに**芭蕉枯れゆく立居かな」　橋　閒石
「火の香して林中は凍て**きららかに**」　鷲谷七菜子
「光琳忌**きらゝかに**紙魚走りけり」　飴山　實

-きり【切り】〈接尾〉…だけ。…限り。▼「ぎり」とも。物事の限度や終わりを表す。
「卯月住むや楓の花と妹**ぎり**」　渡邊水巴
「歩く夫妻冬の花火は一つ**きり**」　八木三日女
「おぼろ夜の漁師の怒声それつ**きり**」　川崎展宏
「虫出しや遊山といふも一夜**きり**」　手塚美佐
「水遊びする子が庭にひとり**きり**」　片山由美子
「深海魚　二人ののちの一人**きり**」　松本恭子

きり-ぎし【切岸】〈名〉まっすぐに切り立った(けわしい)がけ。絶壁。
「**切岸**へ出ねば紫雲英の大地かな」　中村草田男
「**きりぎし**に藤吹きあぐる限りなし」　安東次男
「**切岸**を真葛ぞ被ふ流離なる」　金子兜太
「**きりぎし**の満面に日や年歩む」　岡本　眸

きり-び【切火・鑽火】〈名〉❶棒を板にすり合わせておこした火。また、火打ち石でおこした火。❷(旅立ちや芸人がつとめに出るときなどに)清めのために火打ち石で身に打ちかける火。

き

「お火焚の切り火たばしりたまひけり」　後藤夜半
「切火して鵜舟々々の送らるる」　京極杞陽
「長城へ切火を放つ初紅葉」　神蔵　器
「年神へ切火柝栗たてまつる」　宮津昭彦

き-りやう【器量】《キリヨウ》〈名〉❶才能。力量。その才能・力量を持っている人。❷容姿。容色。

「不器量の猫を愛して卯の花腐し」　長谷川かな女
「ひたすらにおかめの器量熊手撰る」　高橋淡路女
「木の実にも器量よしあし拾ひけり」　深見けん二
「器量良き柚子胸もとに長湯せり」　中嶋秀子

き・る【切る】㊀〈他動・ラ四〉{ら/り/る/る/れ/れ}❶切る。❷定める。決着をつける。❸(期限を)区切る。限る。㊁〈自動・ラ下二〉{れ/れ/る/るる/るれ/れよ}❶切れる。分断される。❷定まる。決着がつく。❸尽きる。なくなる。❹それる。㊂〈補助動・ラ四〉(動詞の連用形に付いて)…し終える。完全に…する。

「障子あけて置く海も暮れきる」　尾崎放哉
「北風の身を切るといふ言葉かな」　中村苑子
「光らねば冬の芒になり切れず」　後藤比奈夫
「むせび寄る暮天の岩を切りくづす」　佐藤鬼房
「凍てきれずあり滝音の乱れざる」　鷲谷七菜子
「鶏頭の短く切りて置かれある」　岸本尚毅

き・る【斬る・伐る・剪る】〈他動・ラ四〉{ら/り/る/る/れ/れ}❶人をきる。❷木をきる。❸植木をきりそろえる。

「百年の柳伐られし響きあり」　阿部みどり女
「伐りし竹積んで餅箱その上に」　波多野爽波
「紫陽花剪るなほ美しきものあらば剪る」　津田清子
「霧ごと剪る吉野の藤のむらさきを」　澁谷　道
「七夕の竹青天を乱し伐る」　原　裕
「向日葵《ひまはり》や信長の首斬り落とす」　角川春樹
「斬るぞ夏石番矢の匂ひを着る女」　夏石番矢

き・る【着る】〈他動・カ上一〉{き/き/きる/きる/きれ/きよ}❶(衣服を)着る。❷(袴《はかま》・裳《も》などを)はく。❸(笠《かさ》やふとんなどを)かぶる。❹(罪や恩を)受ける。こうむる。▼カ行上一段活用の動詞は、この「着る」一語だけ。

「木綿着て豪華はすてぬ牡丹哉」　松瀬青々
「新調の久留米は着よし春の襟」　杉田久女
「玉虫や旭夕日を着るごとく」　加藤知世子
「回《めぐ》りくる春やうつくしく物着れと」　北原志満子
「生身魂浴衣ふはりと着給へる」　草間時彦
「喪服着て常より若し竹落葉」　古賀まり子
「被てみたきもの羅《うすもの》の緋の僧衣」　正木ゆう子

き-れい・なり【綺麗なり・奇麗なり】〈形動ナリ〉{なら/なり・に/なり/なる/なれ/なれ}❶美しく華やかである。❷姿や顔が美しい。❸清らかである。❹残りなく行われる。❺潔い。

「椿道奇麗に昼もくらきかな」　川端茅舎
「次の子も屠蘇を綺麗に干すことよ」　中村汀女
「ペチカ燃ゆ星をきれいに食べしあと」　栗林千津

「兎がはこぶわが名草の名**きれいなり**」　阿部完市

きん-だち【公達・君達】〈名〉❶貴公子（たち）。ご子息（がた）。姫君（がた）。❷あなた。あなたがた。（代名詞的に用いて、高貴な家柄の青年にいう）▼「きみたち」の撥《はつ》音便。

「**公達**に狐化たり宵の春」　与謝蕪村

「**公達**もしどけなかりし夕涼み」　筑紫磐井

「青萩や**公達**となり野に遊ぶ」　和田耕三郎

く

く【来】㊀〈自動・カ変〉〔こ／き／く／くる／くれ／こ・こよ〕❶来る。❷行く（目的地に自分を置いた気持ちで）。❸おとずれる。㊁〈補助動・カ変〉（動詞の連用形に付いて）以前からずっと…する。…てくる。▼命令形は、中古までは「こ」が普通。中世以降「こよ」が多くなる。

「立ちわかれ寒夜の坂は闇より**来**」　加藤楸邨

「何をいつ満ち**来る**を待つ白桃に」　齋藤　玄

「遠きより現世は**来**つつ松の芯」　和田悟朗

「出雲へも**来よ**と手紙や松の内」　藤田湘子

「つばめ**来よ**胸に穴あく燕**こよ**」　鎌倉佐弓

「ミイラ展春の驟雨を抜けて**来し**」　四ツ谷龍

く【消】〈自動・カ下二〉〔け／け／く／くる／くれ／けよ〕消える。なくなる。

「雪**消**つつ木々の箴言《しんげん》めけるかな」　石田波郷

「手花火のしだれ柳となりて**消**ぬ」　三橋鷹女

「春愁の**消**ぬるともなく談笑す」　上田五千石

ぐ【愚】㊀〈名〉愚かなことや、もの。くだらないことや、もの。㊁〈代名〉自分を謙遜《けんそん》して言う語。

「春立や**愚**の上に又**愚**にかへる」　小林一茶

「**愚**に堪へて鳩も吹きけり薬掘」　松瀬青々

「万**愚**また万賢にして春霞」　寺井谷子

ぐ-あひ【具合・工合】グァイ〈名〉❶ある事の、なりゆき・状態・調子。❷物の状態の調子。❸体の状態・調子。❹やり方。様式。❺体裁。対面。

「蚊柱や蚊遣の烟のよけ**具合**」　正岡子規

「御降になるらん旗の垂れ**具合**」　夏目漱石

くが【陸】〈名〉陸上。陸地。

「みれんなく**陸**後にせり春の雁」　松村蒼石

「鱚《きす》釣りや青垣なせる**陸**の山」　山口誓子

「わが電波北風吹く夜の**陸**よびつ」　橋本多佳子

「冬濤を見て立つ**陸**のさびしさに」　野見山朱鳥

「鵜飼一生水の匂ひを**陸**に曳き」　野澤節子

く-がね【黄金】〈名〉金《きん》。おうごん。こがね。▼「こがね」の上代語。

「山吹の**黄金**とみどり空海忌」　森　澄雄

「**黄金**の如生きよ一字金輪佛《いちじきんりんさん》涼し」　辻　桃子

「秋澄むや頻伽《びんが》の声も**くがね**色」　佐怒賀正美

くぐひ【鵠】《クグイ》 季・冬 〈名〉「はくちょう」の古称。
「白き山河をゆるめず**鵠**引く」　松村蒼石
「雪女あはれ**鵠**の頸を秘め」　眞鍋呉夫
「花合歓や**白鳥**《くぐひ》明かりの水の上」　林　桂

くぐまる【屈る・跼る】〈自動・ラ四〉{ら/り/る/る/れ/れ}腰をまげ体を縮める。▼「かがまる」「こごまる」とも。
「**くぐまる**ごと侍すや初蝶墓一基」　鷲谷七菜子
「冬ざれて虎刈りの神**屈まり**ぬ」　攝津幸彦

くぐ・る【潜る】〈自動・ラ四〉{ら/り/る/る/れ/れ}❶物の間のすきまを通り抜ける。水が漏れ流れる。❷(水中に)潜《もぐ》る。▼古くは「くくる」。
「底沙すずし**潜ぐれ**ど見ゆる鳰一つ」　中村草田男
「ゆるやかに橋**潜り**をり花筏」　石塚友二
「世の寒さ鳰の**潜る**を視て足りぬ」　澤木欣一
「虹**くぐり**戻り来し子が叱られて」　鷹羽狩行
「潮けむり**くゞり**冬菜を運びけり」　中岡毅雄

くさ-ぎ・る【耘る】〈自動・ガ四〉{が/ぎ/ぐ/ぐ/げ/げ}田畑の雑草をとりさる。除草をする。
「**くさぎり**鶏頭の太いのもきる」　喜谷六花
「萌え出でしばかりの草を**耘れ**り」　富安風生

くさ-ぐさ【種種】〈名〉いろいろ。さまざま。(物の品数・種類の多いこと)
「**くさ〱**の団扇用ひずなりにけり」　阿波野青畝
「古町の路**くさぐさ**や秋の暮」　芝不器男
「**くさぐさ**は平にありて盆の道」　齋藤　玄
「苗売の雨**くさぐさ**の苗ぬれて」　小川双々子
「土地柄のものを**くさぐさ**花御堂」　清崎敏郎

くさ・し【臭し】〈形ク〉{(く)・から/く・かり/し/き・かる/けれ/かれ}❶くさい。❷あやしい。うさんくさい。
「墓掘の膚《だは》土**くさき**二月かな」　西島麦南
「梅雨の雷黴《かび》**くさき**廊うちひびき」　加藤楸邨
「煙草**くさき**夫につんつん苔の花」　横山房子
「脱ぐ冬シャツ子には父**臭からむ**」　伊丹三樹彦
「鬼**くさし**海から来た道の野や山」　金子皆子
「学問の窓並ぶぎんなん**臭き**道」　川崎展宏
「青天や皇帝いつも蝶**臭し**」　攝津幸彦

くさ-の-いほ【草の庵】《クサノイオ》〈連語〉草ぶきの粗末な住まい。俗世を避けて住む人の住まい。▼「くさのいほり」とも。
「門《かど》礼《れい》や**草の庵**にも隣あり」　正岡子規
「元日や軒深々と**草の庵**」　原　石鼎
「帰らなんいざ**草の庵**は春の風」　芥川龍之介
「一炷《ちゅう》の香の春色**草の庵**」　後藤夜半

くさ-の-と【草の戸】〈連語〉草《そう》庵《あん》の戸。草庵。
「**草の戸**も住替る代ぞひなの家」　松尾芭蕉
「**草の戸**に住むうれしさよ若菜摘」　杉田久女
「先づは思ふべし**草の戸**にさす初日」　細見綾子

「草の戸に乗込鮒の籠と竿」　加藤三七子

くさ‐びら【草片】〈名〉❶あおもの。野菜。❷きのこ。

「森影や**くさびら**生えし馬の糞」　寺田寅彦

「**くさびら**を流し目にして旅の空」　岸田稚魚

くさ‐まくら【草枕】㊀〈名〉旅の枕《まくら》。旅寝。旅。旅での野宿で、草を結んで作った枕。転じて、旅寝そのものや旅をもいう。㊁《枕詞》旅にあっては草を結んで枕とし、夜露にぬれて仮寝をしたことから「旅」「旅寝」、「度《たび》」、「多胡《たこ》」、草の枕を「結《ゆ》ふ」から「夕《ゆふ》」、夜露にぬれるから「露」、仮寝から「かりそめ」などにかかる。

「**草枕**ジジジジジ自恃と螻蛄の声」　文挾夫佐恵

「くるえくるえとかりてころがす**くさまくら**」　阿部完市

「あらたまや俳枕とは**草枕**」　原　裕

くさめ【嚔】季・冬〈名〉くしゃみ。

「手うつしの嬰が**くさめ**をすることも」　長谷川双魚

「あめつちを俄かに思ふ**くさめ**して」　阿部青鞋

「風花は千万**くさめ**一つ出づ」　堀口星眠

「**嚔**の巣臍の右とも左とも」　宇多喜代子

「大**くさめ**したるも鶴とならざりき」　宗田安正

く・し【奇し】〈形シク〉｛(しく)・しから／しく・しかり／し／しき・しかる／しけれ／しかれ｝神秘的だ。不思議だ。霊妙な力がある。

「雑炊や病後の**奇しき**健啖に」　皆吉爽雨

「樺の中**くしく**も明き夕立かな」　芝不器男

「彩《いろ》**奇しき**山車が我が前祇園祭」　楠本憲吉

くし‐けづ・る【梳る・櫛る】クシケズル〈他動・ラ四〉｛ら／り／る／る／れ／れ｝(頭髪を)くしですいてととのえる。とかす。梳《す》く。

「**くしけづる**ことていねいに松の内」　及川　貞

「橿鳥の朝な来る刻**梳る**」　石　昌子

「樹々密に陽を**梳り**春疾風」　桂　信子

「分水嶺に髪の枯色**梳る**」　八木三日女

「炎昼の馬に向いて**梳る**」　澁谷　道

ぐ・す【具す】㊀〈自動・サ変〉｛せ／し／す／する／すれ／せよ｝❶いっしょに行く。連れ立つ。従う。❷連れ添う。縁づく。❸備わる。そろう。㊁〈他動・サ変〉❶連れて行く。引き連れる。伴う。❷備える。そろえる。添える。

「婢を**具して**登校の児の緋のマント」　竹下しづの女

「さくら狩**具す**や白髪の馬の頭《かみ》」　筑紫磐井

くそまる【糞放る】〈自動・ラ四〉｛ら／り／る／る／れ／れ｝大便をする。

「船ばたの海に**糞まり**鳥ともなり」　藤後左右

「港湾に**糞まり**雪をつのらしむ」　佐藤鬼房

くた‐かけ【腐鶏】〈名〉❶ばか鶏《どり》め。にわとりをののしっていう語。❷鶏。▼「くだかけ」とも。

「涼しさや天神地祇も**鶏**も」　阿波野青畝

くた・す【腐す・朽たす】〈他動・サ四〉｛さ／し／す／す／せ／せ｝❶腐らせる。❷無にする。やる気をなくさせる。気勢をそぐ。❸非難する。けなす。けがす。▼後世は「くだす」とも。
「卯の花をくたすばかりや忘れ鍬」　飴山 實
「花冷に仏頭腐す天意かな」　和田悟朗
「白牡丹自愛の首を腐しけり」　増田まさみ

くだ・す【下す・降す】〈他動・サ四〉（さ/し/す/す/せ/せ）❶おろす。（下流に）流す。❷降らせる。❸（地方に）行かせる。❹下賜《しか》する。与える。（命令などを）申し渡す。
「痩身に生きて見下すなめくぢり」　能村登四郎
「糸桜口中の砂のみ下す」　岡田史乃
「月明の水飲み下しまた遊ぶ」　徳弘 純
「嚥み下す穭田に身を置いてより」　久保純夫

くたち【降ち】〈名〉❶末となること。日が傾くこと。夕ぐれ。❷夜がふけること。▼「くだち」とも。
「きさらぎや小夜のくだちのマンドリン」　日野草城
「忿怨のちらせし薔薇か夜のくだち」　稲垣きくの
「物いふは心のくだち栗の花」　原 裕

くた・つ【降つ】〈自動・タ四〉（た/ち/つ/つ/て/て）❶盛りがすぎて衰えゆく。傾く。❷日が傾く。❸夜がふける。深夜から明け方に向かう。▼「くだつ」とも。
「燕や朱ケの楼門くだつまま」　篠原鳳作
「笑ひ茸笑ひころげてくたつあり」　上田五千石
「壁炉焚きをり海原へ闇くだち」　伊藤敬子

くたび・る【草臥る】〈自動・ラ下二〉（れ/れ/る/るる/るれ/れよ）疲れはてる。くたくたに疲れる。▼「草臥」は、疲れて草に臥す意の当て字。
「七十年雪嶺あふぎてくたびれたり」　齊藤美規
「もやしの手で霞を食べてくたびれて」　八木三日女

くだり【件】〈名〉❶文章の記述の一部分。❷（前に述べた）事項。
「読初の春はあけぼののなるくだり」　下村梅子
「湯あかりの簾や子規の病むくだり」　斎藤夏風
「『立子へ』の恃むくだりを読みはじむ」　西村和子

くだ・る【下る・降る】〈自動・ラ四〉（ら/り/る/る/れ/れ）❶おりる。（下流に）移る。❷（雨や雪が）降る。❸（都から地方に）行く。下向する。❹（京都で）南へ行く。❺下賜《しか》される。与えられる。❻言い渡される。❼時が移る。（ある時刻を）過ぎる。❽（身分・品性・才能が）低くなる。落ちぶれる。❾降伏する。❿へりくだる。謙遜《けんそん》する。
「ひとうねりごぼりと消えて下り簗」　加藤知世子
「金借りて冬本郷の坂くだる」　佐藤鬼房
「大薊死海へ下る細き道」　有馬朗人
「鮎釣のどんどん川を下りけり」　田中裕明

くだん‐の【件の】〈連体〉❶上に述べた。あの。❷例の。いつもの。▼「くだりの」の音便形。
「秋茄子十《と》まりくだんのごとくあり」　安東次男

くち‐すす・ぐ【嗽ぐ・漱ぐ】〈自動・ガ四〉（が/ぎ/ぐ/ぐ/げ/げ）❶

口をゆすぐ。うがいをする。❷(名文を)味わい読む。

「**嗽ぐ**水まろくあり初明り」　長谷川かな女
「今日を生き薊に旅の**口漱ぐ**」　野見山朱鳥
「雪山を奔《はし》りきし水**口漱ぐ**」　長谷川櫂
「春昼のさびしきゆゑに**口漱ぐ**」　和田耕三郎

くち‐なは【蛇】《クチナワ》 季・夏 〈名〉へびの異名。

「上衣もて少年打つは**蛇**か」　山口誓子
「南無帰命冬眠の亀も**くちなは**も」　上村占魚
「**くちなは**を見し眼のどこか汚れたる」　大橋敦子
「**蛇**が〈隠れて生きよ〉と人妻に」　攝津幸彦

くぢら【鯨】《クジラ》 季・冬 〈名〉クジラ目の哺乳《ほにゅう》動物の総称。海にすみ、形は魚に似る。現存する動物中最大。

「龍胆も**鯨**も摑むわが双手」　杉田久女
「割箸のうれしきさらし**くぢら**かな」　川崎展宏
「籠枕**くぢら**の夢を見るとせむ」　正木ゆう子

くち‐を・し【口惜し】《クチオシ》 〈形シク〉〔(しく)・しから／しく・しかり／し／しき・しかる／しけれ／しかれ〕❶残念だ。がっかりする。❷不本意だ。はがゆい。不満だ。惜しい。❸情けない。つまらない。感心しない。▼「くちをしう」はウ音便。

「一石《いっせ》路《きろ》の枕頭に五分遅れしぞ**口惜しき**」　橋本夢道
「春苑にぼうたん見ざる**口惜しや**」　三橋鷹女
「跳ねる蝌蚪**口惜し**がる性《さが》まだ残り」　能村登四郎

く・つ【朽つ】〈自動・タ上二〉〔ち／ち／つ／つる／つれ／ちよ〕❶腐る。朽ちる。❷すたれる。衰える。❸(生を)むなしく終える。死ぬ。

「秋冷の木椅子に人も**朽ちて**ゆく」　横山房子
「能舞台**朽ちて**朧のもののの影」　鷲谷七菜子
「**朽ちつつ**も野に立つ櫂よ**朽ち**ずあれ」　高橋　龍

くつ‐がへ・る【覆る】《クツガエル》 〈自動・ラ四〉〔ら／り／る／る／れ／れ〕ひっくりかえる。倒れる。

「秋燕の天**くつがへる**河口かな」　山田みづえ
「朝顔や一輪風に**くつがへる**」　長谷川櫂

くづ・す【崩す】《クズス》 〈他動・サ四〉〔さ／し／す／す／せ／せ〕❶くずす。壊す。乱す。❷少しずつ話す。

「空蟬の威を**くづさ**ずにあはれなり」　阿部みどり女
「獅子舞の骨まで**崩し**伏せにけり」　殿村菟絲子
「不惑とや豆腐一丁手で**崩す**」　大西泰世
「夕映の端から**くづす**かき氷」　鎌倉佐弓

くづ‐ほ・る【頽る】《クズオル》 〈自動・ラ下二〉〔れ／れ／る／るる／るれ／れよ〕❶(肉体的に)衰える。❷(精神的に)気がくじける。気落ちする。❸くずれるように倒れる。

「わが前にいま**くづほれ**し牡丹あり」　安住　敦
「ありあまるゆゑに**くづほる**薔薇と詩人」　香西照雄
「ひと雨に更待《ふけまち》の気の**くづほれ**し」　藤田湘子
「衣桁より**くづほれ**落ちて花ごろも」　鷹羽狩行
「**頽るる**ほかなき白き葦らの時間」　坂戸淳夫

くづ・る【崩る・頽る】《クズル》 〈自動・ラ下二〉〔れ／れ／る／るる／るれ／れよ〕❶

砕けて壊れる。整ったものが乱れる。崩れる。❷(集まっていた人々が)一度に散る。

「露の玉朝餉のひまもくづれざる」　高屋窓秋
「おのづからくづるる膝や餅やけば」　桂　信子
「梅雨深き浴衣崩れて着たりけり」　草間時彦
「波崩れくづれてたひら櫻貝」　鈴木鷹夫
「本の山くづれて遠き海に鮫」　小澤　實

くなぎ【婚ぎ】〈名〉交合。交接。まぐわい。

「雷《いかづち》の婚ぎの恩寵《ガラサ》や大八州」　夏石番矢

くに-はら【国原】〈名〉平野、土地。▼「原」は広い平たい所の意。「海原」の対。

「煙りなき甲斐国原の秋日かな」　飯田蛇笏
「国原の水満ちたらふ蛙かな」　芝不器男
「雲の峯大和国原横移る」　森　澄雄
「国原の鬼と並びてかき氷」　柿本多映

くは《クワ》・し《シ》【詳し・精し】〈形シク〉｛(しく)・しから／しく・しかり／し／しき・しかる／しけれ／しかれ｝❶ごく細かい部分までも尽くしている。詳細である。❷細かい部分までよく知っている。精通している。

「魂棚のくはしきことは教はらで」　後藤夜半
「桃の花老の眼にこそ精しけれ」　永田耕衣
「吾子等はやくはしきかなや絵双六」　中村汀女
「草の名にくはしき老女夏休」　藤田湘子
「ぼろ市の由緒くはしき河童の図」　有馬朗人

くは《クワ》・し《シ》【細し・美し】〈形シク〉｛(しく)・しから／しく・しかり／し／しき・しかる／しけれ／しかれ｝うるわしい。細やかで美しい。

「吾児美しラガーと肩を組みて行く」　竹下しづの女
「掛香を柱に掛けて黴美し」　後藤夜半
「七種《ななくさ》のみどり細しき一籠かな」　野澤節子
「佛足に春のくはしき松の影」　森　澄雄

くは・ふ【衘ふ・啣ふ】《クワ・ウ・クオ・ウ》〈他動・ハ下二〉｛へ／へ／ふ／ふる／ふれ／へよ｝軽くかんで口で持つ。くわえる。

「遠くよりわづかの巣藁啣へ来し」　山口誓子
「鳥衘へ去りぬ花野のわが言葉」　平畑静塔
「蟻かなし穴出づる日も土を啣へ」　上村占魚

くは・ふ【加ふ】《クワ・ウ・クオ・ウ》〈他動・ハ下二〉｛へ／へ／ふ／ふる／ふれ／へよ｝❶付け加える。増し加える。❷(一員として)加える。仲間に入れる。❸与える。施す。

「界隈の冬木わが家の木も加ふ」　大野林火
「春雨の音にくはへん鋏鈴」　安東次男
「一日に一齢加へ白牡丹」　鷹羽狩行
「つれづれに父を加ふる火の見かな」　桑原三郎
「花鳥風月虫を加へてゆめうつつ」　手塚美佐
「地獄絵に風の牡丹を加ふべし」　大木あまり

くびす【踵・跟】〈名〉かかと。きびす。▼上代には「くひす」。

「踵かへして海をそがひや春の空」　福田甲子雄

くひぜ【杌・株】《クイ・ゼ》〈名〉切り株。▼「くひせ」とも。

「かはせみの**杭**を替へて又濃ゆし」 山口青邨

「**杭**より影の細りて冬日和」 清崎敏郎

くび・る【縊る】〈他動・ラ四〉（ら／り／る／る／れ／れ） 首をしめて人を殺す。

「春蝉や**縊れ**たまひし皇子の墓」 下村梅子

「天翔《あまがけ》る鬣《たてがみ》母は子を**縊り**」 眞鍋呉夫

く・ふ【食ふ・喰ふ】《クウ》〈他動・ハ四〉（は／ひ／ふ／ふ／へ／へ） ❶くわえる。かみつく。❷食べる。食う。❸（薬を）飲む。❹（好ましくないものを）受ける。食らう。

「柿**くへ**ば鐘が鳴るなり法隆寺」 正岡子規

「櫻鯛かなしき眼玉**くは**れけり」 川端茅舎

「春の街横向きにわれは飯**食へ**り」 石田波郷

「人喰人種も**食は**れて滅び人の秋」 高柳重信

「水鳥の**食は**ざるものをわれは**食ふ**」 阿部青鞋

「鉄を**食ふ**鉄バクテリア鉄の中」 三橋敏雄

く・ぶ【焼ぶ】〈他動・バ下二〉（べ／べ／ぶ／ぶる／ぶれ／べよ） 火の中に入れる。くべる。

「牡丹散らば寄せて**薫べ**ばや釈迦如来」 渡邊水巴

「惜別の榾を**くべ**足し**くべ**足して」 高野素十

くま【隈・曲】〈名〉❶曲がり角。曲がり目。❷（ひっこんで）目立たない所。物陰。❸辺地。片田舎。❹くもり。かげり。❺欠点。短所。❻隠しだて。秘密。❼くまどり。

「枯蓮に**隈**おとしたる道化たち」 橋 閒石

「残り菊棚田の**隈**に伏してゐし」 細見綾子

「二寸鮎日輪**隈**をみなぎらす」 石橋秀野

「牡丹をぼかし**隈**どる一少女」 澤木欣一

「閑居とは**隈**にたためる白日傘」 神尾久美子

くま・な・し【隈無し】〈形ク〉（（く）・から／く・かり／し／き・かる／けれ／かれ） ❶かげりがない。❷陰になるところがない。光がすみずみまで照らしている。❸抜け目ない。精通している。ゆきとどいている。❹あけひろげだ。

「春月の**くまなき**土に雪一朶」 川端茅舎

「胡麻の花夕日**隈なく**なりにけり」 大野林火

「野の果も**隈なき**月夜富士の見ゆ」 高屋窓秋

「月光にあはれ**隈なき**土ふまず」 眞鍋呉夫

「竹伐るに**隈なき**月の三日ほど」 宇佐美魚目

「むらむらと聽て**隈なき**時雨かな」 高橋睦郎

くみ・す【与す・組す】〈自動・サ変〉（せ／し／す／する／すれ／せよ） 仲間になる。味方する。

「青あらし白樺の葉も**与し**たり」 平畑静塔

「雪渓の図太く立てり**与せ**むか」 飯島晴子

く・む【汲む・酌む】〈他動・マ四〉（ま／み／む／む／め／め） ❶すくい取る。くむ。❷注ぎいれる。飲む。❸人の心中を思いやる。あれこれ推察する。

「若水を**汲む**足笹にとられけり」 石川桂郎

「いま**汲み**て提げゆく水の立夏かな」 村越化石

「濃き酒を酌みかはしけり螢の夜」　加藤三七子
「朧夜のゐない男と酒を酌む」　鈴木鷹夫
「傘さして酌みかはしけり春の雨」　加藤郁乎
「人の世に水汲む姿ありにけり」　攝津幸彦

-ぐ・む〈接尾・マ四〉{ま/み/む/む/め/め}（名詞に付いて）その兆しが現れ出す、その状態になり始める意の四段動詞を作る。
「土濡れて久女の庭に芽ぐむもの」　杉田久女
「涙ぐみ立てばふるさと夕霙」　高柳重信
「卯の花を高野に見ては涙ぐむ」　澤木欣一

くも-ゐ【雲居・雲井】クモイ〈名〉❶大空。天上。❷雲。❸はるかに離れた所。❹宮中。皇居。
「百里来たりほどは雲井の下涼」　松尾芭蕉
「蝿生る雲井はるかに鳶は舞ひ」　久保田万太郎
「雲居の日低く砂丘の雪厚き」　森川暁水

く-やう【供養】クヨウ 一〈名〉❶「三宝《さんぼう》（仏・法・僧）」に対して施しを行うこと。物を供える、堂塔を建立する、読経をすることなど。❷（死者の霊のために）法会《ほうえ》を営むこと。二〈名〉僧が布施《ふせ》を受けた飲食物。
「彼岸会や万燈供養《まんとうくやう》灯の仄《のほ》か」　松根東洋城
「獺《をそ》棲《す》みし淵はむかしや鮎供養」　水原秋櫻子
「艶といふつめたきひかり針供養」　長谷川双魚
「河豚諸君とぞ呼びかくる供養かな」　森田　峠

くや・し【悔し・口惜し】〈形シク〉{(しく)・しから/しく・しかり/し/しき・しかる/しけれ/しかれ}悔しい。後悔される。残念だ。
「いつ来ても此処に涌井があり口惜し」　池田澄子
「琴始くやし涙にくれたるが」　辻　桃子

く・ゆ【悔ゆ】〈自動・ヤ上二〉{い/い/ゆ/ゆる/ゆれ/いよ}後悔する。悔やむ。
「悔ゆる身を忘ぜんとする冬日かな」　飯田蛇笏
「悔いに悔ゆ牡丹散りたる後に来て」　相生垣瓜人
「枯蓮に光は満てり来て悔いず」　篠田悌二郎
「口にして悔ゆる名ありき花れもん」　稲垣きくの

く・ゆ【崩ゆ・壊ゆ】〈自動・ヤ下二〉{え/え/ゆ/ゆる/ゆれ/えよ}崩《くず》れる。朽ちる。
「朝の郭公砂の轍のまだ崩えず」　中村草田男
「枯山を断つ崩え跡や夕立雲」　芝不器男
「木のひかり二月の畦は壊えやすし」　加藤楸邨
「雪の峰崩ゆる中より湧きたかまる」　篠原　梵
「夏の月肺壊えつつも眠るかな」　石橋秀野

くゆ・る【燻る・薫る】〈自動・ラ四〉{ら/り/る/る/れ/れ}❶くすぶる。煙や匂いが立ちのぼる。❷思いこがれる。
「鶴燻ゆるひろげし翼のむらさきに」　富澤赤黄男
「吸殻のまだくゆりをり青胡桃」　木下夕爾
「コーヒーを挽き薫らすも事始」　辻田克巳

くら・し【暗し・昏し・幽し・冥し・杳し】〈形ク〉{(く)・から/く・かり/し/き・かる/けれ/かれ}❶暗い。❷わからない。はっきりしない。❸愚かだ。❹不足している。欠けている。

「咲き満ちてほのかに**幽し**夕椿」　日野草城
「黄塵や肩を**くらし**とくる人に」　小川双々子
「修二会果て**暗し幽し**と帰りけり」　鷲谷七菜子
「さくらんぼルオーの**昏き**をんなたち」　石　寒太

くら・す【暮らす】❶〈他動・サ四〉{さ/し/す/す/せ/せ}❶日が暮れるまで時を過ごす。昼間を過ごす。❷(年月・季節などを)過ごす。月日をおくる。生活する。❷〈補助動・サ四〉(動詞の連用形に付いて)一日じゅう…する。…して一日を過ごす。
「短日の氣息のままに**暮しけり**」　阿部みどり女
「犬吠の海見て**くらす**犬寒し」　原コウ子
「元日を睡り**くらして**雅《みやび》やか」　中尾寿美子
「襖しめて空蟬を吹き**くらす**かな」　飯島晴子
「飯少し食うて金魚と**くらす**かな」　金箱戈止夫
「牡蠣鍋や狂はぬほどに**暮し**をり」　大木あまり

くら・ふ【食らふ・喰らふ】《クラウ・クロウ》〈他動・ハ四〉{は/ひ/ふ/ふ/へ/へ}❶食《く》う。飲む。❷生計を立てる。❸(好ましくないものを)受ける。こうむる。
「夏痩せて大めし**喰ふ**男かな」　正岡子規
「海老動く瑠璃の生身を**くらひ**けり」　野見山朱鳥
「吾が**啖ひ**たる白桃の失せにけり」　永田耕衣
「何に起きゐて白桃を夜半**食らふ**」　森　澄雄
「じょんからの寒き丼めし**くらふ**」　辻　桃子

くら・ぶ【比ぶ・較ぶ・競ぶ】〈他動・バ下二〉{べ/べ/ぶ/ぶる/ぶれ/べよ}❶比べる。比較する。❷(優劣を)競《きそ》う。争う。❸(互いに)心を通わせ合う。つき合って親しくする。
「つちふるや嫌な奴との生き**くらべ**」　藤田湘子
「**競べ**吹く金管楽器風死せり」　柿本多映
「雲と蝗しづかな軽さ**比べ**あふ」　友岡子郷
「一天に**比ぶ**日と月春隣」　深谷雄大

くらみ【暗み・昏み】〈名〉暗さ。暗い所。
「女三人の無言の**昏み**曼珠沙華」　野澤節子
「黒羽や梅雨の**昏み**に野干出む」　大橋敦子
「ずつしりと海の**暗み**の桜鯛」　川崎展宏

くら・む【暗む・眩む】❶〈自動・マ四〉{ま/み/む/む/め/め}❶暗くなる。❷(目が)見えなくなる。❸分別がなくなる。❷〈他動・マ四〉わからなくする。くらます。
「藻の花の**昏らみ**明るみつつ夜へ」　篠田悌二郎
「雪を来し目が**暗む**なり雛の間」　安住　敦
「降り白み降り**くらみ**して一と日雪」　下村梅子
「青無花果次第に**くらむ**雨やどり」　岸田稚魚
「たちまちに**昏み**て雪の石叩」　中岡毅雄

くら-ゐ【位】《クライ》❶〈名〉❶天皇の位。皇位。帝位。❷(官職などの)地位。身分。❸宮中での序列。位階。❹(学問・芸能などの能力の)段階。程度。等級。❺品位。品格。❻(俳諧《はいかい》で)句の品位。❷〈副助〉ほど。ばかり。だけ。ある事柄を例示して、その程度であることを表す。

「氷水これくらゐにして安達ヶ原」　飯島晴子
「初屏風まへの座布団位あり」　井沢正江
「鷹居つくほどの位の木なりけり」　能村研三
「牡蠣するわが塩味もこれくらゐ」　正木ゆう子

く・り【庫裏・庫裡】〈名〉❶寺院の台所にあたる建物。❷寺院で、住職やその家族が住む建物。
「花の庫裡白き襖に仕切られし」　大野林火
「庫裡の戸のあけたての音夕の萩」　桂　信子
「鴨引いて庫裡の障子は灯となりぬ」　大峯あきら
「豊年や庫裡に観音像を据ゑ」　廣瀬直人

くり・や【厨】〈名〉飲食物を調理する所。台所。厨房《ちゅうぼう》。また、そこで働く調理人。
「飯蛸をめでたきものとして厨」　高野素十
「蜩や暗しと思ふ厨ごと」　中村汀女
「妻よ厨に水音高く塔を望む」　金子兜太
「死後も坐すむらさきいろの厨の火」　和田悟朗

く・る【呉る】■一〈他動・ラ下二〉{れ/れ/る/るる/るれ/れよ}❶(相手が自分に物を)くれる。❷(自分があいてに物を)与える。やる。■二〈補助動・ラ下二〉(動詞の連用形に助詞「て」が付いたものに付いて)❶…(て)くださる。❷…(て)やる。
「焚くほどは風がくれたる落葉かな」　小林一茶
「女ゐて吾子に青梨を剝きくれぬ」　加藤楸邨
「釣堀を雨が綺麗にしてくれし」　波多野爽波
「白魚にわれ生みくれし母一人」　吉田汀史
「よき友はものくるる友草紅葉」　田中裕明

く・る【暮る・昏る】〈自動・ラ下二〉{れ/れ/る/るる/るれ/れよ}❶(日が)暮れる。❷(季節や年月が)終わりになる。
「ランプ吊りなほ暮れかねつ時鳥《ほととぎす》」　水原秋櫻子
「寒椿怠らざりし日も昏る」　石田波郷
「水すまし水の四隅にゆかず昏る」　桂　信子
「蓑虫のうしろの空の暮れはじむ」　草間時彦
「飲食《おんじき》の火のとぼとぼと三日暮る」　福田甲子雄
「萩散つて地は暮れ急ぐものばかり」　岡本　眸
「初富士の小さくなつて昏れにけり」　星野　椿

く・る【繰る・絡る】〈他動・ラ四〉{ら/り/る/る/れ/れ}❶(糸など細長い物を)たぐり寄せる。また、そうして物に巻き取る。❷順々に引き出す。順々に送り出す。
「朝戸繰りどこも見ず又冬を見し」　原　石鼎
「枯れに向き重き辞書繰る言葉は花」　細見綾子
「雪嶺の青のきびしき生糸繰る」　加藤知世子
「狐火を自在に繰りて陰陽師」　筑紫磐井

くる・し【苦し】〈形シク〉{(しく)・しから/しく・しかり/し/しき・しかる/しけれ/しかれ}❶苦しい。つらい。❷困難である。❸心配だ。気がかりだ。❹不都合だ。差しさわりがある。❺不快だ。見苦しい。聞き苦しい。
「風流は苦しきものぞ蟬の声」　正岡子規

「直《ひた》面《めん》はくるしかりけり秋茄子」　永田耕衣
「僧坊にくるしきこひをのみくだす」　藤木清子
「苦しき日百足のごとく女と居る」　四ツ谷龍

くる・ふ【狂ふ】クルウ〈自動・ハ四〉｛は／ひ／ふ／ふ／へ／へ｝❶(神や物の怪《け》などがのりうつって心が)正常ではなくなる。❷精神が異常になる。心が乱れる。❸(つかれたように)激しくあばれ回る。

「寒き沖見るのみの生狂ひもせず」　山口誓子
「椋鳥がかこめばくるふ冬日かな」　加藤楸邨
「狂ひても母乳は白し蜂光る」　平畑静塔
「つばめ追ふこころの少しづつ狂ふ」　山田みづえ
「一と日啼き暮れて狂はず春の鳥」　青柳志解樹

くるほ・し【狂ほし】クルオシ〈形シク〉｛(しく)・しから／しく・しかり／し／しき・しかる／しけれ／しかれ｝常軌を逸してしまいそうな気分だ。気持ちが高ぶる。ものぐるおし。

「奈良坂の葛狂ほしき野分かな」　阿波野青畝
「袷着て狂ほしきものわれになし」　井沢正江
「狂ほしき馬の母情や吾亦紅」　堀口星眠

くる・め・く【転めく・眩く】〈自動・カ四〉｛か／き／く／く／け／け｝❶くるくると回る。❷(「目くるめく」の形で)目まいがする。❸あわてて騒ぎまどう。騒がしく立ち回る。

「天つ日の燃えくるめきて凶作田」　山口青邨
「めくるめく闇をたよりに桜さく」　鎌倉佐弓

くるる【枢】〈名〉❶戸の上端と下端にある突起(とまら)を穴(とぼそ)に差し込んで回転軸を作り、開《ひら》き戸が開閉するようにする装置。「くる」とも。❷戸の桟《さん》から敷居の穴に差し込んで戸が開かないようにする木片。❸「枢戸《くるるど》」の略。①によって開閉する開き戸。「くろろ」とも。

「月漏りてこころもとなき枢かな」　阿波野青畝
「小夜時雨樞《くるる》おとして格子うち」　石橋秀野
「寒雀枢の音を嫌ふらし」　藤田湘子
「遠き世に枢をおとし露の堂」　鷲谷七菜子

くれ・つ・かた【暮れつ方】〈名〉❶日の暮れるころ。❷年・季節などの終わろうとするころ。▼「くれがた」とも。「つ」は「の」の意の古い格助詞。

「ひろびろと母亡き春の暮つ方」　永田耕衣
「傘寿越すことを二日の暮れつ方」　皆吉爽雨
「みだれ髪手で撫す春の暮つ方」　清水径子

くれ・なゐ【紅】クレナイ〈名〉❶紅花《べにばな》の別名。末摘花《すえつむはな》。花の汁から赤色の染料を作る。❷染め色の一つ。①の汁で染め出した鮮明な赤色。紅《べに》色。

「山茶花のくれなゐひとに訪はれずに」　橋本多佳子
「花よりもくれなゐうすき乳暈《ちがさ》かな」　眞鍋呉夫
「はんざきの傷くれなゐにひらく夜」　飯島晴子
「わが骨の髄はくれなゐ夕月夜」　沼尻巳津子
「ひしひしと芽のくれなゐも桜かな」　廣瀬直人
「掃き寄せてうすくれなゐの雛あられ」　鷹羽狩行

くろ【畔・畦】〈名〉あぜ。土を盛り上げて作った、田と田のしきり。

「犬ふぐり色なき**畦**とおもひしに」　及川貞

「寒の月**畦**の木の影うごきをる」　鈴木しづ子

くろ-がね【鉄・黒金】〈名〉鉄。非常に堅固なもののたとえにもなる。

「雪来るか野を**くろがね**の川奔《はしり》」　相馬遷子

「**くろがね**の丹田ひかる甘茶仏」　野澤節子

「**くろがね**に附く風花のありて無し」　小川双々子

「寒潮のその**くろがね**を峠より」　大峯あきら

「牡丹の種**くろがね**や秋のこゑ」　原裕

くろ・し【黒し】〈形ク〉〔(く)・から／く・かり／し／き・かる／けれ／かれ〕❶黒い。❷悪い。正しくない。

「葦の穂の今朝こそ**くろし**春の雨」　竹下しづの女

「昆布《こんぶ》干柿陀羅尼助《だらにすけ》みな**黒し**」　山口誓子

「幼馴染と会ふ日や**くろき**小鳥飛ぶ」　寺田京子

「林檎の花色の**黒き**はまじめ妻」　川崎展宏

「岩**黒**しわが名呼ばれて死ぬ日まで」　津沢マサ子

「砂丘ひろがる女の**黒き**手袋より」　有馬朗人

くろ・む【黒む】㊀〈自動・マ四〉〔ま／み／む／む／め／め〕❶黒くなる。黒ずむ。❷なんとか暮らしが立つ。なんとか暮らせるようになる。㊁〈他動・マ下二〉〔め／め／む／むる／むれ／めよ〕❶黒くする。黒く染める。❷取り繕う。ごまかす。

「しぐるゝや田のあらかぶの**黒む**程」　松尾芭蕉

「岬**黒**み来し風前の帰雁かな」　臼田亜浪

「**黒**みつつ充実しつつ向日葵立つ」　西東三鬼

くゎう-いん【光陰】《コウイン》〈名〉月日。年月。歳月。とき。

▼「光」は太陽、「陰」は月の意。

「**光陰**は竹の一節蝸牛」　阿部みどり女

「**光陰**を継ぐぽつねんと虚栗《みなしぐり》」　秋元不死男

「**光陰**のやがて淡墨桜かな」　岸田稚魚

「すみれ束解くや**光陰**こぼれ落つ」　鍵和田秞子

くゎう-くゎう・たり【煌煌たり】《コウコウタリ》〈形動タリ〉〔たら／たり・と／たり／たる／たれ／たれ〕（強い光が）きらきらとかがやくようす。

「荒鋤きの田に**煌々**と波打てり」　松村蒼石

「救命棟**煌々**と灯り去年今年」　水原春郎

「陰謀の場を**煌々**と菊人形」　鷹羽狩行

くゎう-こつ・たり【恍惚たり】《コウコツタリ》〈形動タリ〉〔たら／たり・と／たり／たる／たれ／たれ〕❶心をうばわれて、うっとりするようす。❷意識がはっきりしないようす。

「白菊に**恍惚**と藁かかりけり」　金尾梅の門

「**恍惚**と秘密あり遠き向日葵あり」　藤田湘子

「**恍惚**と盆会の鍋を煮えたたす」　寺井谷子

くゎう-はい【光背】《コウハイ》〈名〉仏像のうしろにたてて光明をあらわすかざり。後光《ごこう》。

「花人の一**光背**をはなれくる」　宇佐美魚目

「黄落に立ち**光背**をわれも負ふ」 井沢正江
「**光背**に山蟻あそぶ磨崖仏」 古賀まり子

くゎう-ばう【光芒】《コウボウ》〈名〉(さっと輝くときの)光のほさき。光のすじ。
「一点の露の**光芒**拡大す」 中村汀女
「舞ふ鶴の**光芒**を師の言葉とす」 沼尻巳津子

く-をん【久遠】《クオン》〈名〉時がかぎりなくつづくこと。また、遠い昔。
「堂塔の月も**久遠**や花会式」 水原秋櫻子

くん-・ず【薫ず】**一**〈自動・サ変〉{ぜ/じ/ず/ずる/ずれ/ぜよ}かおる。におう。**二**〈他動・サ変〉かおらせる。におわせる。
「緑星荒野に酒を**薫じ**けり」 高屋窓秋
「牡丹**薫ず**旅でほぐれしわだかまり」 稲垣きくの
「倦怠や暮るる小部屋に菊**薫ず**」 江里昭彦

くん-なか【国中】〈名〉国の中央部。▼「くになか」とも。
「古漬や大和**国中**別れ霜」 石橋秀野
「**国中**や日和つづきの年の暮」 鈴木六林男
「**国中**を動きはじめし冬霞」 川崎展宏

け

け【気】〈名〉❶気分。心地。❷ようす。気配。
「双六の賽に雪の**気**かよひけり」 久保田万太郎
「影法師髪みだれたる風邪**気**かな」 中村汀女
「秋の風男のむら**気**吹かれゐる」 廣瀬直人

け【食・餉】〈名〉食事。飲食物。▼「げ」とも。
「血まめ得て寒夜灯ともる**餉**に急ぐ」 佐藤鬼房
「秋は**餉**のあともくつろぐ木の果《み》あり」 森 澄雄
「金縷梅《まんさく》や留守居のごとき昼**餉**して」 手塚美佐
「霜くすべ夕**餉**了へても明るかり」 中原道夫

け-【気】〈接頭〉(動詞・形容詞に付いて)…ように感じられる。何となく…だ。
「有明も葬の威に**気**おされぬ」 山口草堂
「腰湯して**気**遠くなりぬ梅雨の底」 大野林火
「新緑に立つ**け**だるさは祖母ゆずり」 鎌倉佐弓

-げ【気】〈接尾〉❶(動詞および一部の助動詞の連用形、形容詞および形容動詞の語幹に付いて)…のようすだ。…らしく見える。❷(名詞、動詞の連用形、形容詞の語幹に付いて名詞をつくる)…のけはい。…のもよう。
「初しぐれ猿も小蓑をほし**げ**也」 松尾芭蕉
「浮世繪の女蟲賣輕《かろ》**げ**の荷」 後藤夜半
「をかし**げ**に夫婦老いをり初日中」 加藤知世子
「ねむた**げ**な茅萱の花穂に触れにけり」 七田谷まりうす
「このさり**気**なきやどかりの流転かな」 中原道夫

けい-せい【傾城】〈名〉❶美女。美人。❷遊女。▼美人の色香に迷って城を傾け、滅ぼすの意。
「**傾城**に鳴くは故郷の雁ならん」　夏目漱石
「年玉に**傾城**のうつりけり」　松瀬青々
「**傾城**の蹠白き絵踏かな」　芥川龍之介

けい‐めい【鶏鳴】〈名〉❶(夜明けに鳴く)ニワトリの声。❷夜明け。あけがた。▼もとは一番どりが鳴くころ(丑《うし》の刻。今の午前二時ごろ)を言った。
「**鶏鳴**の芯の紅らむ雪解空」　飯田龍太
「霜旦の**鶏鳴**悲鳴にも似たり」　宮津昭彦
「**鶏鳴**のめぐる一木初明り」　原　裕
「**鶏鳴**のみじかし今日も暑からむ」　片山由美子

け‐うと・し【気疎し】〈形ク〉{(く)・から/く・かり/し/き・かる/けれ/かれ}❶うとましい。なじめない。❷人気《ひとけ》がなくて寂しい。気味が悪い。▼「け」は接頭語。近世以降「きょうとい」と発音。
「山寺の冬夜**けうとし**火吹竹」　原　石鼎
「梟の半眼ひとの**けうとき**か」　稲垣きくの

けが・す【汚す・穢す】〈他動・サ四〉{さ/し/す/す/せ/せ}❶きたなくする。よごす。醜くする。❷(名誉・名声などに)傷をつける。❸分不相応な地位につく。その地位をはずかしめる。
「赤とんぼ夕空**瀆**《けが》**し**群れにけり」　相馬遷子
「目で滝を**汚し**て帰る情事行」　堀井春一郎
「闇**穢す**こともこの世の白障子」　倉橋羊村
「人格を**穢す**満開の花の幹」　増田まさみ

「つづじ燃ゆこころ**穢し**て堪へにけり」　和田耕三郎

けが・る【汚る・穢る】〈自動・ラ下二〉{れ/れ/る/るる/るれ/れよ}❶きたなくなる。よごれる。❷(死・出産・月経などにかかわって)不浄の身となる。
「白馬を少女**瀆れ**て下りにけむ」　西東三鬼
「桔梗や男も**汚れ**てはならず」　石田波郷
「春は血の**汚るる**ごとし水にイつ」　石川桂郎
「**穢れ**ざる天のひろさや囀れる」　古賀まり子
「口中で**汚れる**淡き日のかもめ」　攝津幸彦

け‐さう【懸想】ケソウ〈名〉(異性に)思いを懸けること。恋い慕うこと。求婚すること。▼「けんさう」の撥音《はつおん》「ん」を表記しない形。
「**懸想**文首尾無きごとく有るごとく」　阿波野青畝
「淡雪を讃ふることも**懸想**文」　後藤比奈夫
「萩・露にまみれてをかし**懸想**びと」　筑紫磐井
「家鼠**懸想**ばみたる雛かな」　小澤　實

け‐ざやか・なり〈形動ナリ〉{なら/なり・に/なり/なる/なれ/なれ}(他との対照が)はっきりしている。きわだっている。▼「け」は接頭語。
「けざやかに口あく魚籃の山女魚かな」　飯田蛇笏
「けざやかに秋蘭花のおびたゞし」　高橋淡路女

け‐しき【気色】〈名〉❶(自然の)ようす。模様。❷(人の)ようす。そぶり。表情。態度。❸きざし。兆候。❹機嫌。心の動き。❺意向。心に抱いている考え。❻特別な事情。わけ。
「頓《やが》て死ぬ**けしき**は見えず蟬の聲」　松尾芭蕉
「寝ころんで牛も雪待つ**けしき**哉」　正岡子規
「鴨渡る**気色**に夜を徹しけり」　原　石鼎
「箱庭も秋の**けしき**に寂びにけり」　高橋淡路女
「紅梅の**気色**たゞよふ石の中」　飯島晴子
「遍路消え浪にしぐれの**けしき**かな」　吉田汀史

けしき-だ・つ【気色立つ】〈自動・タ四〉（た／ち／つ／つ／て／て）❶きざす。（その季節）らしくなる。❷（思いを）ほのめかす。❸気取る。▼「だつ」は接尾語。

「鵜舟近き空明りぞと**気色だつ**」　富安風生

け-しゃう【化性・化生】ケシヨウ〈名〉❶「四生《ししよう》」の一つ。母胎や卵から生まれるものではなく、何もない所からこつ然と生まれ出ること。仏・菩薩《ぼさつ》の生まれ方とされる。❷神仏が姿を変えて現れること。化身。❸化けること。化け物。
「盗汗《ねあせ》冷ゆ**化性**のものに圧《お》されゐし」　相馬遷子
「もらひ泣く父母《ぶも》の**化生**の白魚とも」　筑紫磐井

け-しん【化身】〈名〉❶神仏が人々を救うために姿を変えてこの世に現れること。また、その姿。❷獣や鬼、妖怪《ようかい》などが人間の姿に化けて世に現れること。また、その姿。
「病院にとぶ蝙蝠は誰が**化身**」　山口誓子
「夏鳥はわが**化身**なれ沖つ石」　佐藤鬼房
「揚雲雀我の**化身**が我の手に」　高澤晶子

け-だい【懈怠】〈名〉なまけること。怠惰《たいだ》。怠慢。▼「けたい」とも。
「寒雀よりも**懈怠**の一病者」　石田波郷
「爪寒しこれのみ**懈怠**なく伸ぶよ」　石塚友二
「秋燕に満目**懈怠**なかりけり」　飯田龍太

けだし【蓋し】〈副〉❶（下に疑問の語を伴って）ひょっとすると。あるいは。❷（下に仮定の表現を伴って）もしかして。万一。❸おおかた。多分。大体。
「山眠る**けだし**や夢も山の夢」　高橋睦郎

けち-みゃく【血脈】〈名〉❶仏教の教理や戒律を師から弟子へと、代々伝えていくこと。法脈。❷在家の結縁《けちえん》者（仏門に入った人）に与える、仏法を受け継いできた系譜を記した系図。これを受けると出家と同じ功徳《くどく》があるとされる。❸血管。血のつながり。▼「けつみゃく」とも。
「**血脈**を誇りたる句碑天高し」　阿波野青畝
「枯谷の流れ**血脈**かと思ふ」　鷹羽狩行
「米飾るわが**血脈**は無頼なり」　角川春樹

けぢめケジメ〈名〉❶相違。区別。❷変化の境目。変化。❸仕切り。隔て。
「雪谷と**けぢめ**を強く水くだる」　平畑静塔
「山国の**けぢめ**の色の青葡萄」　藤田湘子
「島々に**けぢめ**をつける秋の蝶」　宗田安正
「前の世に**けぢめ**をつける春の瀧」　齋藤愼爾

けっ-かい【結界】〈名〉仏道修行の妨げとなるものを避けるために、僧を一定の区域に集めて出入りを制限すること。また、その区域。

「**結界**を提げて移して夏《げ》に籠る」　後藤夜半
「蔦紅葉巌の**結界**とざしけり」　大野林火
「女人葷酒**結界**の闇螢とぶ」　津田清子
「走り根の女人**結界**さくら狩」　角川照子

けっ-こう【結構】〈副〉不完全だが、どうにかうまくいくようす。かなり。なんとか。相当。

「優曇華の**結構**たのしさうに咲く」　後藤比奈夫
「一日は**結構**永く綿虫とぶ」　桑原三郎
「葦咲いてわが命**けっこう**永し」　池田澄子

けづ-る【削る】《ケズル》〈他動・ラ四〉{ら/り/る/る/れ/れ} ❶削る。❷取り除く。

「雪解川名山**けづる**響かな」　前田普羅
「冬の幹**削れ**ばその香逼迫《ひっぱく》す」　加藤楸邨
「**削る**ほど紅さす板や十二月」　能村登四郎
「晩春の**けづり**細めし畦をゆく」　木村蕪城

けな-げ【健気】〈名〉❶武勇がすぐれているさま。❷しっかりとして強いさま。❸健康。壮健。

「鰯雲小舟**けなげ**の頭をもたげ」　西東三鬼
「獅子身中の虫は**けなげ**か秋袷」　山上樹実雄
「吹雪飛ぶ雀の**健気**おもはるる」　中田剛

けな-げ-なり【健気なり】〈形動ナリ〉{なら/なり・に/なり/なる/なれ/なれ} ❶勇ましい。勇壮だ。❷殊勝である。しっかりとしている。

「蔦紅葉**けなげに**登りつめにけり」　阿波野青畝
「**けなげなる**娘御ありて菊悲し」　京極杞陽
「小説も読まず**けなげに**夜なべ妻」　上村占魚

け・なり【異なり】〈形動ナリ〉{なら/なり・に/なり/なる/なれ/なれ} ❶(普通とは)違っている。変わっている。❷一段とまさっている。特にすぐれている。▼連用形「けに」の形で使われることが多い。「日に異に」は、日増しにの意。

「凍る鐘ひとつびとつの音を**異に**」　山口誓子
「姥が家の日に**けに**赤し唐がらし」　森　澄雄
「耳立つや日に**けに**家の枯る中」　高橋睦郎

げ・に【実に】〈副〉❶なるほど。いかにも。本当に。(同調する意を表す)❷本当に、まあ。まことに、まあ。(感動の意を表す)

「寒月や**げに**晴れわたる鶴の空」　星野立子
「**げに**寒のわかさぎにして短かからず」　阿部青鞋
「**げにも**/やさしく/いま髪を撫す/毒手袋」　高柳重信
「**げに**長きみとりなりけり髪洗ふ」　野見山ひふみ

け・ぬ【消ぬ】〈連語〉消えてしまう。▼動詞「く(消)」の連用形に完了の助動詞「ぬ」が付いたもの。

「みちのくの雲を深しと鳥**消ぬる**」　山口青邨
「夕日**消ぬ**わが悔恨にかゝはりなく」　横山白虹

「萩の露消ぬべく月を宿したる」　柴田白葉女
「春の虹消ぬまでの物思ひかな」　中村苑子
「金雀枝の森なさば時消ぬべしや」　柚木紀子

けは・し【険し】《ケワシ》〈形シク〉{(しく)・しから/しく・しかり/し/しき・しかる/しけれ/しかれ}❶(山・坂などが)険しい。❷(風・波などが)激しい。荒々しい。❸あわただしい。

「年の端や馴れても嶮し切絵の眼」　富安風生
「鳰載せてけはしき水となり初めつ」　竹下しづの女
「紅梅のつぼみいよいよけはしけれ」　長谷川素逝
「紅梅の裏は険しき父の声」　橋　閒石
「稲刈つて田の面けはしく暮れにけり」　鷲谷七菜子

け-はひ【気配】《ケワイ》〈名〉❶ようす。雰囲気。❷ものごし。態度。品位。❸香り。匂い。❹話し声。物音。❺面影。名残り。❻血縁。ゆかり。

「咲き闌けしけはひに散るや花あふち」　日野草城
「月あかり霜ふるけはひ目にも見ゆ」　高屋窓秋
「烏蝶けはひは人とことならず」　川端茅舎
「気配して日のかげりたる草の花」　深見けん二
「睡蓮が閉ぢ金星の出るけはひ」　鷹羽狩行
「雨ながら月のけはひの魂送」　上田五千石

け-はひ【化粧・仮粧】《ケワイ》〈名〉化粧。室町時代以降の用法。

「秋風や化粧ひもならぬ男の面」　上田五千石

けは・ふ【化粧ふ・仮粧ふ】《ケワウ》〈自動・ハ四〉{は/ひ/ふ/ふ/へ/へ}❶身づくろいをする。❷顔を化粧する。▼名詞「けはひ」を動詞化した語。

「冴返る面輪を薄く化粧ひけり」　日野草城
「化粧ふれば女は湯ざめ知らぬなり」　竹下しづの女
「むらさきに瞼化粧へり桜鯛」　大橋敦子
「霞む日は鳥と競うて化粧うかな」　澁谷　道

けふ【今日】《キョウ》〈名〉本日。きょう。

「けふもいちにち風をあるいてきた」　種田山頭火
「寒椿けふもの書けて命延ぶ」　大野林火
「けふあすは誰も死なない真葛原」　飯島晴子
「けふ我は揚羽なりしを誰も知らず」　沼尻巳津子
「水ひろきところにけふもかいつぶり」　倉田紘文

けぶり【煙・烟】〈名〉❶けむり。❷水蒸気。霞《かすみ》。霧。もや。塵《ちり》。❸火葬のけむり。❹炊事のけむり。暮らし・生活を意味する。▼「けむり」の古い形。

「天の川冷え極まりてけぶりたつ」　渡邊水巴
「けぶり/立つ毛野《ぬけ》や/つくつく/法師蟬《ほふしぜみ》」　高柳重信

けぶ・る【煙る】〈自動・ラ四〉{ら/り/る/る/れ/れ}❶煙が立ちのぼる。❷煙などでかすんで見える。❸ほんのりと美しく見える。❹(火葬にされて)煙となる。

「月魄にけぶりそむなり天の川」　後藤夜半
「時雨れつゝけぶれる遠ち へ牛車」　星野立子
「比良の雪春はけぶりてきてをりぬ」　森　澄雄

「松の花海の月の出**けぶり**つつ」　藤田湘子

「香煙に**けぶる**近江路秋彼岸」　川崎展宏

けみ・す【閲す】〈他動・サ変〉{せ/し/す/する/すれ/せよ}見る。調べる。調べて読む。

「人の子の卒業論文わが**閲す**」　山口青邨

「泛子《うき》一つづつを**閲して**梅早し」　波多野爽波

けむ〈助動・四型〉{(けま)/○/けむ/けむ/けめ/○}❶(過去の推量)…ただろう。…だっただろう。❷(過去の原因の推量)…たというわけなのだろう。(…というので)…たのだろう。❸(過去の伝聞)…たとかいう。…たそうだ。▼活用語の連用形に付く。中世以降の散文では「けん」と表記する。

「鎌倉を生て出**けむ**初鰹」　松尾芭蕉

「三日月の鎌や触れ**けん**桐一葉」　高田蝶衣

「涅槃雪玄奘も筆休め**けむ**」　有馬朗人

「身のなかを北より泉ながれ**けむ**」　河原枇杷男

「鬼灯はいかなる唇にしのび**けむ**」　平井照敏

「涅槃図の貝いかにして来たり**けむ**」　小澤　實

け・らく【快楽】〈名〉気持ちよく楽しいこと。特に、欲望が満たされたときの、こころよい感情。▼「くゎいらく」とも。

「淡墨桜聴けば**快楽**の日もありき」　殿村菟絲子

「花桃に泛いて**快楽**の一寺院」　飯田龍太

「筍をゆがく焔の**快楽**かな」　飯島晴子

「更くるまで**快樂快樂**とこほろぎは」　大井戸辿

「恍惚の母の**快楽**や小鳥来る」　石　寒太

「なにほどの**快楽**か大樹揺れやまず」　大西泰世

けらし〈助動・特殊型〉{○/○/けらし/けらし(けらしき)/けらし/○}❶(過去の事柄の根拠に基づく推定)…たらしい。…たようだ。❷(過去の詠嘆)…たのだなあ。…たなあ。▼過去の助動詞「けり」の連体形「ける」に推定の助動詞「らし」の付いた「けるらし」の変化した語。

「餅花をかつぎてすこし酔ひ**けらし**」　山口青邨

「褞袍着て風邪の女房となり**けらし**」　原コウ子

「壬生念仏の鉦を叩いて老い**けらし**」　安住　敦

「雀らも老いに**けらし**な葎枯れ」　福永耕二

けり〈助動・ラ変型〉{(けら)/○/けり/ける/けれ/○}❶(過去)…た。…たそうだ。…たということだ。(過去の事柄を他から伝え聞いたこととして述べる)❷(詠嘆)…だった。…だったのだなあ。…ことよ。▼活用語の連用形に付く。俳句の切れ字の一つ。

「しら梅に明る夜ばかりとなりに**けり**」　与謝蕪村

「いくたびも雪の深さを尋ね**けり**」　正岡子規

「鵙ひびく深大寺蕎麦冷えに**けり**」　石田波郷

「夕顔は月よりすこし明る**けれ**」　中尾寿美子

「年を積み芋食ふことの似合ひ**ける**」　村越化石

「晩夏の海は内股にこそ流れ**ける**」　津沢マサ子

ける【蹴る】〈他動・カ下一〉{け/け/ける/ける/けれ/けよ}(足で)蹴る。▼古語では下一段活用に活用し、この活用の語は「蹴る」一語だけ。下一段活用は語幹と語尾の区別がない。
「冬日蹴るくびれのふかき勁《つよ》き足」　篠原　梵
「月の夜の蹴られ踏まれて水に沈む石」　鈴木しづ子
「毒茸の蹴られてへつらへる」　鷹羽狩行
「春愁よどけと腹蹴る胎児かな」　仙田洋子

けん-くゎ【喧嘩・諠譁】ケンカ〈名〉❶騒がしいこと。やかましいこと。❷いさかいをすること。あらそい。
「川鳥の喧嘩いつ果つ厳寒し」　原　石鼎
「ペリカンの人のやうなる喧嘩かな」　星野立子
「泣くまでのけんくわしたことゆすらうめ」　藤後左右
「ぶらんこにをりて喧嘩に関はらず」　行方克巳

けん-こん【乾坤】〈名〉❶天と地。陽と陰。❷天地の間。人の住む所。❸戌亥《いぬい》と未申《ひつじさる》。北西と南西。
「乾坤の間に接木法師かな」　前田普羅
「乾坤の動くは乾の鰯雲」　山口誓子
「石鹸玉《しゃぼんだま》乾坤ときの間の豪華」　加藤楸邨
「乾坤に髪伸び充つる暑さかな」　高橋睦郎
「乾坤にこの軒あり豊の秋」　小澤　實
「乾坤に水打つ秋の初めかな」　長谷川櫂

けん-・ず【献ず】〈他動・サ変〉{ぜ/じ/ず/ずる/ずれ/ぜよ}差し上げる。献上する。(「与ふ」の謙譲語)
「冬帝の献ず枯れいろ晴れ晴れし」　臼田亜浪
「廻廊に献じて春の燈かな」　富安風生
「菊の香のくらき仏に灯を献ず」　杉田久女
「里人は紙を献じて人麿忌」　福田蓼汀
「神迎して歌神に献ず句碑」　大橋敦子

げん-・ず【現ず】㊀〈自動・サ変〉{ぜ/じ/ず/ずる/ずれ/ぜよ}現れる。㊁〈他動・サ変〉出現させる。しでかす。
「全身を現じて土の霞むかな」　松瀬青々
「坂上に現じて春の馬高し」　西東三鬼
「霜柱白宮殿を現じけり」　下村梅子

げん-ぜ【現世】〈名〉「三世《さんぜ》」(前世・現世・来世)の一つ。現在の世。この世。▼「げんせ」「げんせい」とも。
「簾吊れば現世たちまち隔絶す」　相馬遷子
「遠きより現世は来つつ松の芯」　和田悟朗
「サングラス黒く見ゆるはみな現世」　橋本美代子

けん-ぞく【眷属・眷族】〈名〉❶身内の者。一族。❷家来。配下の者。従者。
「猫の子の眷族ふゑて玉の春」　正岡子規
「この夏や眷属のみな飛蚊症」　沼尻巳津子
「眷族に石垣ながき螢狩り」　宇多喜代子

こ

こ【此】〈代名〉これ。ここ。▼近称の指示代名詞。話し手に近い事物・場所をさす。現代語では「この」の形で連体詞とするが、古語では「こ」は代名詞。

「こは幸か大秋虹が今し今し」　及川 貞
「南の冬あ向きこ向きに泥鰌居て」　中村草田男
「もの、芽のこは真紫小紫」　星野立子
「此の世に開く柩の小窓といふものよ」　高柳重信
「此の姿見に一滴の海を走らす」　加藤郁乎
「花茨《はなうばら》此の世は遠きランプかな」　鳴戸奈菜

こ-【小】〈接頭〉❶（姿や形などが）小さい、細かいの意を表す。「こ鈴」❷（量・程度が）わずかであるの意を表す。「こ雨《さめ》」❸人や生き物を表す名詞に付いて、若い、幼いの意を表す。「こ童《わら》」❹数量を表す名詞に付いて、おおよその数量に近い意を表す。「こ一里」❺体の部分を表す名詞に付いて、ちょっとした動作の意を表す。「こ手をかざす」❻用言や副詞に付いて、動作・状態がちょっとしたことであるの意を表す。「こぎれい」❼名詞や用言に付いて、軽んずる気持ちを添える。「こせがれ」「こ憎らし」
「秋の昼妻の**小**留守をまもりけり」　日野草城
「**小**をんなの髪に大きな春の雪」　高野素十
「月涼し僧も四条へ**小**買物」　川端茅舎
「大いなる日傘のもとに**小**商ひ」　篠原鳳作
「ジングルベル星を**小**出しに夜の雲」　三好潤子
「**小**一時間噴水見たり見なかったり」　池田澄子

こ-【濃】〈接頭〉名詞に付いて、色や密度が濃いことを表す。
「**濃**あやめを結びて下げし神事髪《しんじがみ》」　後藤夜半
「**濃**あぢさゐ海の明るさ夜もあり」　柴田白葉女
「誰も俯きゆく雪柳は**濃**みどりに」　北原志満子
「たかんなの産毛の奥の**濃**紫」　宮津昭彦
「アネモネや来世も空は**濃**むらさき」　中嶋秀子

こう-か【後架】〈名〉❶禅寺で、僧堂のうしろに設けられた洗面所。❷便所。かわや。雪隠《せっちん》。
「山寺は竈《かま》も**後架**もつつじ哉」　小林一茶
「**後架**にも竹の葉降りて薄暑かな」　飯田蛇笏
「あかのまま雨の出入りの外**後架**」　石川桂郎

こ-がく・る【木隠る】〈自動・ラ四〉｛れ／れ／る／るる／るれ／れよ｝木の陰に隠れる。人目に立たないでいる。
「**木隠れ**て茶摘みも聞くやほととぎす」　松尾芭蕉
「**木隠れ**の命濡らすや初茜」　橋 閒石
「秋立つや**木隠れ**沢に日のこもり」　大野林火

こが・す【焦がす】〈他動・サ四〉｛さ／し／す／す／せ／せ｝❶（火や日で焼いて）焦がす。❷香《こう》をたきしめる。❸（恋などで）心を苦しめ悩ます。心を焦がす。
「鱒釣を朝日**焦がし**つ山若葉」　渡邊水巴
「柚子釜の葉を**焦さ**んと焔かな」　皆吉爽雨
「雪の町はんぺん**焦がし**ゐたりけり」　原 裕
「黍刈るや月に冷えしを陽に**焦がし**」　小檜山繁子

こが・る【焦がる】〈自動・ラ下二〉｛れ／れ／る／るる／るれ／れよ｝❶焦げる。❷（日に焼けて）変色する。❸香《こう》がたきしめられている。❹しきりに恋い慕う。恋い焦がれる。

「昼を蚊のこがれてとまる徳利哉」　与謝蕪村
「炎天に恋ひ焦れゆくいのちかな」　野見山朱鳥
「待ち焦がれゐしごと濃ゆき花あやめ」　後藤比奈夫
「麦の穂の焦がるるなかの流離かな」　森　澄雄
「螢火や焦がれて長き帯を捲く」　稲垣きくの

こ・く【転く・倒く】〈自動・カ下二〉{け/け/く/くる/くれ/けよ} ❶ころぶ。ころがる。転倒する。❷ころげ落ちる。▼口語体「こ・ける」は下一段活用。
「甘茶佛杓にぎはしく**こけ**たまふ」　川端茅舎
「むつつりと春田の畦に**倒け**にけり」　飯島晴子
「文字摺の野に**こけ**しまゝ**こけ**てをり」　岡井省二

こ・く【扱く】〈他動・カ四〉{か/き/く/く/け/け} しごき落とす。むしり取る。
「渋柿の下に稲**こく**夫婦かな」　夏目漱石
「ふくよかな乳に稲**扱く**力かな」　川端茅舎

こ-ぐら・し【小暗し】〈形ク〉{(く)・から/く・かり/し/き・かる/けれ/かれ} 薄暗い。▼「こ」は接頭語。
「枯芦や日かげ**小暗き**家そがひ」　富田木歩
「藤垂れてチャペル**小暗く**人いのる」　柴田白葉女
「三越の鉄扉**小暗し**ほたる買ふ」　石橋秀野

こ-こ【此処】〈代名〉❶この場所。ここ。❷この国。日本。❸この世。現世。❹このこと。この点。(①〜④は近称の指示代名詞)❺自分。私。(自称の人称代名詞)❻あなた。(対称の人称代名詞)❼この方。こちらの方。(他称の人称代名詞)
「水仙や寒き都の**ここ**かしこ」　与謝蕪村
「秋草の**ここ**ら人間不在のまま」　清水径子
「**茲**三日夫婦の浴衣掛けてあり」　藤田湘子
「走り出の山の桜の**ここ**と咲く」　川崎展宏
「生涯の**ここ**までは来し髪洗ふ」　沼尻巳津子

こご・し【凝し】〈形シク〉{(しく)・しから/しく・しかり/し/しき・しかる/しけれ/しかれ} 凝り固まってごつごつしている。(岩が)ごつごつと重なり険しい。
「**こごし**冬山星は天火の名のまゝに」　中村草田男
「工場街冬を**こゞしく**日空絶え」　高屋窓秋
「根の国をくだる**こごしき**岩根凍み」　宮津昭彦

ここ-だ【幾許】〈副〉❶こんなにもたくさん。こうも甚だしく。(数・量の多いようす)❷たいへんに。たいそう。(程度の甚だしいようす)▼「ここだく」とも。
「**ここだ**とる盆花ぬれてにぎやかに」　飯田蛇笏
「世辞**ここだ**咳《しはぶ》くことも又多し」　香西照雄
「春の川虚名**こゝだく**流れ」　加藤郁乎
「子の服をこのむ**ここだ**の草虱」　福永耕二

こご・る【凝る】〈自動・ラ四〉{ら/り/る/る/れ/れ} (冷えて)かたまる。凝固《ぎょうこ》する。
「白芥子の妬心まひるの陽に**こごる**」　篠原鳳作
「烈日の曼珠沙華みて髪**凝る**」　小檜山繁子

こころ-あて【心当て】〈名〉当て推量。
「**心当て**鵜の出立のまぎれなし」　平畑静塔
「気に入りの春服を出す**心当て**」　能村登四郎
「中辺路の更待月を**心あて**」　高木晴子

こころ-・す【心す】〈自動・サ変〉{せ/し/す/する/すれ/せよ}気を配る。注意する。用心する。
「門出で旅の**心す**秋の風」　殿村菟絲子
「**心**せし京の寒さに会はず去る」　石川桂郎
「旱《ひでり》の夜こころせんわが定型詩」　鈴木六林男
「**心**してこの片蔭を行くとせむ」　波多野爽波

こころ-づ・く【心付く】■一〈自動・カ四〉{か/き/く/く/け/け}❶気がつく。❷分別がつく。わかる。■二〈他動・カ下二〉{け/け/く/くる/くれ/けよ}❶思いをかける。心を寄せる。❷気づかせる。注意させる。
「**心**づけば汝《な》を待居たる春隣」　石田波郷
「口にして**心**づきたる春の風」　大井戸辿

こころ-にく・し【心憎し】〈形ク〉{(く)・から/く・かり/し/き・かる/けれ/かれ}❶奥ゆかしい。心が引かれる。上品で美しい。❷恐ろしい。気がかりだ。(中世以降の語)❸怪しい。いぶかしい。(近世語)
「**心憎**き菊の主の蔵書かな」　高橋淡路女
「薔薇いきれとは**心憎かり**しかな」　後藤夜半

こころ-ね【心根】〈名〉心の奥底。本当の気持ち。心底《しんてい》。
「薄氷も**心根**あらむ女人かや」　永田耕衣
「こころねの深きところに龍の玉」　中尾寿美子

こころ-もとな・し【心許なし】〈形ク〉{(く)・から/く・かり/し/き・かる/けれ/かれ}❶じれったい。待ち遠しい。❷不安で落ち着かない。気がかりだ。❸ほのかだ。ぼんやりしている。かすかだ。▼「こころもとなう」はウ音便。
「落葉して**心元**なき接木かな」　村上鬼城
「雲海の**心**もとなき岩踏まへ」　下村梅子
「**心許**なく歯朶刈に逢ひし道」　田川飛旅子
「青瓢《あをふくべ》こころもとなく坐りけり」　猪俣千代子
「紙箱のこころもとなし蓬餅」　長谷川櫂

ござ・る【御座る】■一〈自動・ラ四〉{ら/り/る/る/れ/れ}❶いらっしゃる。(「居《ゐ》る」「行く」「来《く》」の尊敬語)❷あります。ございます。(「有り」の丁寧語)■二〈補助動・ラ四〉…(て・で)あります。…(て・で)ございます。(「有り」「居《を》り」の丁寧語)▼動詞「ござある」の変化した語。
「御佛や寝て**ござつ**ても花と銭」　小林一茶
「飯食ひに**ござれ**田端は梅の花」　芥川龍之介
「野の地蔵雪間の土を見て**ござる**」　村越化石

こし【越】〈名〉北陸道(若狭《わかさ》・佐渡《さど》を除く)の古名。今の福井県・石川県・富山県・新潟県。大化改新の後、越前・越中・越後に分かれ、さらにその後に能登《のと》・加賀に分かれた。越の国。越の道。越路《こしじ》。
「七夕をよべに星澄む**越**の空」　文挟夫佐恵

「春尽くる**越**に来てをり伊勢神楽」　森　澄雄
「頂ならぶ**越**の雪山きのこ取り」　川崎展宏
「迎へくれし雪の一丈**越**の春」　鈴木鷹夫
「苗代や日と月とある**越**の空」　大峯あきら

こ・し【濃し】〈形ク〉｛(く)・から／く・かり／し／き・かる／けれ／かれ｝❶（色が）濃い。❷紫色または紅色が濃い。❸濃厚だ。濃い。
「口紅の**濃から**ぬ程に男雛かな」　高橋淡路女
「罪障のふかき寒紅**濃かり**けり」　鈴木真砂女
「全集の**濃き**藍色や草城忌」　桂　信子
「血より**濃し**植田植田をつなぐ水」　津田清子
「卯浪**濃し**水平線に島一つ」　星野　椿

こ・じ【居士】〈名〉❶出家せずに仏門に入った男子。❷僧以外の一般信者の男子の法名の下に付ける称号。
「秋の蝶死はこはくなしと**居士**は言ふ」　長谷川かな女
「篁《たかむら》に飛花堰きあへず**居士**が家」　芥川龍之介
「枯草の大孤独**居士**ここに居る」　永田耕衣

こ・し・かた【来し方】〈連語〉❶通り過ぎて来た方向。通って来た場所。❷過ぎ去った時。過去。▼なりたちは、カ変動詞「来《く》」の未然形＋過去の助動詞「き」の連体形＋名詞「かた」。過去の助動詞「き」の連体形「し」が、カ変動詞に付くときは、未然形「こ」、または、連用形「き」に付く。従って、「きしかた」の例もある。中古、「きしかた」の方が優勢であったが、中古末期以降、逆に「こしかた」の方が圧倒的に多くなった。
「冬夜妻と**来し方**の恩語り尽きず」　大野林火
「**来《き》し方**は白き磧《かわら》の凍夜かな」　橋　閒石
「外套や**来し方**の闇行方にも」　鈴木六林男
「**来し方**を時空といへり雪舞へり」　齊藤美規

ご・しゃう【後生】《ゴショウ》〈名〉❶死後に生まれ変わること。また、その世。来世《らいせ》。❷極楽に往生すること。後生の安楽を願う意から、相手に無理に頼むときにいう。❸お願い。
「けむり茸ぱたぱたと踏みいざ**後生**」　飯島晴子
「優曇華や父の**後生**をわが生きて」　大石悦子
「法華経に**後生**けぶれるきのこかな」　筑紫磐井

こしら・ふ【拵ふ】《コシラウ・コシロウ》〈他動・ハ下二〉｛へ／へ／ふ／ふる／ふれ／へよ｝❶作り上げる。造り構える。❷用意する。整える。
「**拵へ**たやうな紅葉やはつ氷」　小林一茶
「**拵へ**て育てて榾火信濃かな」　高橋睦郎
「ほとほとと母の**拵ふ**盆燈籠」　西村和子

こ・ずゑ【梢】《コズエ》〈名〉木の幹や枝の先。こずえ。
「芽立つ空風のもみあふ**梢**かな」　小沢碧童
「あきつとぶ白樺たかき夕**こずゑ**」　飯田蛇笏
「木蓮に杉の**梢**の皆禿《かむろ》」　川端茅舎

こそ〈係助〉❶…こそ。（多くの事物の中から一つのことを取り立てていう意）❷…は…だけれども。…こそ…けれども。（一応肯定して、反対の思想を導き出す）▼係り結びの場合には文末の活用語は已然形で結ぶ。

「めまぐるしきこそ初蝶と言ふべきや」　阿部みどり女
「春暁や人こそ知らね樹々《きぎ》の雨」　日野草城
「ほたる火の冷たさをこそ火と言はめ」　能村登四郎
「鈴に入る玉こそよけれ春のくれ」　三橋敏雄
「終身の喪とす白菊の冷をこそ」　山田みづえ
「安曇野は爛漫といふ桜こそ」　廣瀬直人

こぞ【去年】〈名〉季・新 昨年。去年《きよねん》。
「梅雨ひぐらし去年をきのふと思ひ聞く」　水原秋櫻子
「目を覚ます去年繙きしものの辺に」　石川桂郎
「大寒の医院に逢ひぬ去年の人」　野澤節子

こそ-はゆ・し〈形ク〉{(く)・から/く・かり/し/き・かる/けれ/かれ} くすぐったい。▼「こそばゆし」とも。
「墓の面落葉煙にこそはゆき」　川端茅舎
「卒業や尻こそばゆきバスに乗り」　西東三鬼
「母に蹤き筍流しこそばゆし」　岸田稚魚
「青胡桃風こそばゆく過ぐるかな」　鷲谷七菜子

こぞ・る【挙る】〈自動・ラ四〉{ら/り/る/る/れ/れ} ❶残らずにそろう。❷みんな集まる。集合する。
「白遍路醤油の街をこぞり来る」　阿波野青畝
「星降りて枯木の梢《うれ》にゐ挙れる」　山口誓子
「八朔やいよいよこぞる竹の青」　皆川盤水
「辛夷満開こぞりて天に祈るかな」　成瀬櫻桃子

こだは・る《コダワル》〈自動・ラ四〉{ら/り/る/る/れ/れ} ❶つまらないことに気持ちがとらわれて、そのことに必要以上に気をつかう。❷細かいことなどに特に気をつかう。
「帯の上の乳にこだはりて扇さす」　飯田蛇笏
「埋火や思ひこだはる一つ事」　日野草城
「魞替の竹にこだはるしぐれかな」　安東次男
「こだはりて夏炉の炭を組み直す」　飯島晴子
「よんどころなく蓮穴にこだはれり」　宗田安正

こたび【此度】〈名〉今回。このたび。▼「こたみ」とも。
「鹿子草こたびも手術寧《やす》からむ」　石田波郷
「いくたび会ひこたび遺影や秋の暮」　大野林火
「秋がすみこたびは越ゆる芋峠」　森　澄雄
「白河を越すにこたびは木ぶし咲く」　岡井省二
「ますほ貝拾ふこたびは藤のころ」　加藤三七子

こた・ふ【答ふ・応ふ】《コタウ・コトウ》〈自動・ハ下二〉{へ/へ/ふ/ふる/ふれ/へよ} ❶返答する。うけこたえする。❷反響する。こだまする。❸感応する。
「臘梅と幾度も答へ淋しき日」　阿部みどり女
「月光をふめばとほくに土こたふ」　高屋窓秋
「冬晴に応ふるはみな白きもの」　後藤比奈夫
「餅搗の音にしばらく耳応ふ」　廣瀬直人
「目礼に深く応へて薄ごろも」　鷹羽狩行

こ-だま【木魂・木霊・谺】〈名〉❶樹木に宿る霊魂。木の精霊。❷こだま。やまびこ。▼近世以前は「こたま」。

「一斉に**木霊**の醒むる春の森」　柴田白葉女
「月山の**木魂**と遊ぶ春氷柱」　有馬朗人
「短日の家の中まで潮**冴**」　中岡毅雄

こち【東風】季・春〈名〉東から吹く風。ふつう、春風をいう。こちかぜ。
「**東風**の波埠頭《ふとう》の鉄鎖濡れそぼつ」　山口誓子
「荒**東風**の髪は狂女や隅田川」　鍵和田秞子
「きつぱりと海山わかつ桜**東風**」　宇多喜代子

こ‐ち【此方】〈代名〉❶こちら。こっち。（近称の指示代名詞）❷私。自分。（自称の人称代名詞）
「**こち**向いてぽかり〳〵と桔梗かな」　山口青邨
「**こち**ばかり見てゐる人や屛風の絵」　星野立子
「お歳暮の蝦《えび》あち抑《おさ》へ**こち**抑へ」　後藤綾子
「相知らぬ**こち**も翁や暮の春」　三橋敏雄
「梟の正しく**こち**を向きにけり」　如月真菜

こつ・たり【忽たり】〈形動タリ〉〜(たら)/たり・と/たり/たる/たれ/たれ〜 突然だ。にわかだ。
「東より**忽と**夜明の初鶯」　殿村菟絲子
「山川に**忽と**日照雨や蚕のねむり」　馬場移公子
「働きて**忽と**死にたし稲びかり」　古賀まり子
「**忽と**地上に枯菊を抜きし穴」　堀井春一郎

‐ごつ〈接尾・タ四〉〜た/ち/つ/つ/て/て〜（名詞・動詞の連用形に付いて）❶その事をする意を表す。❷ものを言う意を表す。
「独り**ごち**て萩おこし居る母老いし」　長谷川かな女
「暗室に暑気ひとり**ごつ**『やられたか』」　石川桂郎

こつ‐じき【乞食】〈名〉❶修行のために、僧が経文《きょうもん》を唱えながら家々を回り、食物や金銭を施してもらうこと。托鉢《たくはつ》。また、その僧。❷（生活のために）人に物をもらい歩くこと。
「落花の中吾も**乞食**たり得しに」　永田耕衣
「**乞食**のめをとあがるや花の山」　芝不器男
「良寛の**乞食**のみち田植かな」　澤木欣一
「白山に**乞食**にゆくすがたかな」　小川双々子

こ‐てふ【胡蝶】《コチヨウ》季・春〈名〉❶（昆虫の）ちょう。❷舞楽の曲名「胡蝶楽《らく》」の略。
「くみあふて一つに見ゆる**胡蝶**哉」　正岡子規
「松苗の日の筋にとぶ**胡蝶**かな」　松瀬青々
「日の**胡蝶**こころを支ふ夫の愛」　柴田白葉女

こと【事】〈名〉❶出来事。❷事件。一大事。重大な出来事。❸行い。事柄。❹宴。儀式。行事。❺（活用語の連体形に付いて）…すること。❻（文末に用いて）…ことだなあ。（感動の意を表す）
「生身魂生涯言はぬ**こと**一つ」　鈴木真砂女
「家の**事**としては鶏頭を起せしのみ」　加倉井秋を
「船内や百合の蕾の短き**こと**」　飯島晴子
「恋の**こと**報せくる子や麦穂立つ」　福田甲子雄

「煮凝《にこごり》やわれなべ夫婦事もなし」 辻田克巳
「秋雨に非といふことのありにけり」 山本洋子

こと【言】〈名〉❶ことば。言語。❷うわさ。評判。❸和歌。
「命終の言なきもよし夏の露」 能村登四郎
「桜は葉言かはしをる末寺僧」 猪俣千代子
「花柊父子にひとり言が増え」 宮津昭彦
「麦刈ると父の言載せ母の文」 大串 章
「碧濃き夏潮に言奪はれし」 西村和子

ごと【如】〈助動〉…のように。…のよう。（活用語の連体形や、助詞「の」「が」に付く）▼助動詞「ごとし」の語幹。
「しやぼんだま天が映りて窓の如」 京極杞陽
「蹴上げたる鞠のごと月金色に」 下村梅子
「明易し何か待つごと寝返りて」 清水基吉
「うすらひは深山へかへる花の如」 藤田湘子
「椿落つ赤き不幸の殖ゆるごと」 齋藤愼爾

-ごと【毎】〈接尾〉…それぞれ。…するたび。（名詞や動詞の連体形などに付く）
「坊毎に春水はしる筧かな」 杉田久女
「走馬燈夜毎ともして子と住めり」 高橋淡路女
「さくら前線切株ごとに猫がいて」 澁谷 道
「この窓を照らす日毎の朝桜」 沼尻巳津子

こと-き・る【事切る】〈自動・ラ下二〉｛れ／れ／る／るる／るれ／れよ｝❶物事が終わる。決着する。❷命が終わる。死ぬ。
「霜月のかたつむりことぎれてゐし」 日野草城
「こほろぎのことぎれし夜を誰も知らず」 山口青邨
「ことぎれて涼しくなりし蹠かな」 長谷川双魚
「凍蝶のことぎるるとき百の塔」 宗田安正

ことごと-く【尽く・悉く】〈副〉すべて。残らず。
「囀《さへづり》に石ことごとく頭を擡《もた》ぐ」 山田みづえ
「ことごとく出て相触れず星月夜」 鷹羽狩行
「臥して謝すことことごとく露となる」 中嶋秀子
「悉く全集にあり衣被」 田中裕明
「ことごとくやさしくなりて枯れにけり」 石田郷子

こと-さら・なり【殊更なり】〈形動ナリ〉｛なら／なり・に／なり／なる／なれ／なれ｝❶意図的だ。❷格別だ。
「花冷えや夜はことさらに花白く」 後藤夜半
「稚児育つ夏や杉の香ことさらに」 原コウ子
「枯いそぐ大切な草ことさらに」 及川 貞

ごとし【如し】〈助動・ク〉｛(ごとく)／ごとく／ごとし／ごとき／○／○｝❶(同等)…と同じである。…のとおりだ。❷(比況)…のようだ。…みたいだ。❸(例示)たとえば…のようだ。
「大寒の日は金粉のごとく降る」 山口青邨
「雨だれの棒の如しや秋の雨」 高野素十
「春潮や水藻のごとき海女の髪」 三橋鷹女
「妻のみが働く如し薔薇芽立つ」 石田波郷
「妻老いて母の如しやとろろ汁」 成田千空

「野に遊ぶごとき長考碁仇は」　澁谷　道

こと-だま【言霊】〈名〉言葉の霊力。言葉が持っている不思議な力。

「**言魂**の言《こと》をやすめて昼寝妻」　中村草田男

「夜《よ》をこめて／哭《な》く／**言霊**《ことだま》の／金剛《こんがう》よ」　高柳重信

「**言霊**も花も絶えたる木を愛す」　中村苑子

「じゃがいもの花に**言魂**ねむりけり」　佐藤鬼房

「春一番**言霊**のごと駈け抜けし」　原　裕

こと-と・ふ【言問ふ】コトトウ〈自動・ハ四〉｛は／ひ／ふ／ふ／へ／へ｝❶ものを言う。言葉を交わす。❷尋ねる。質問する。❸訪れる。訪問する。

「**言問は**む春はさざなみさざれ石」　八田木枯

「鞦韆が揺れて**言問ふ**秋ゆふぐれ」　沼尻巳津子

「余念なきわれに**言問ふ**菫かな」　大石悦子

こと-な・し【事無し】〈形ク〉｛(く)・から／く・かり／し／き・かる／けれ／かれ｝❶平穏無事である。❷心配なことがない。❸取り立ててすることがない。❹たやすい。❺非難すべき点がない。

「今日も**事なし**凩に酒量るのみ」　種田山頭火

「地下街の禽舗**ことなく**秋出水」　宮武寒々

「**事なく**て救命ボート雪を享く」　津田清子

こと・なり【異なり・殊なり】〈形動ナリ〉｛なら／なり・に／なり／なる／なれ／なれ｝❶違っている。変わっている。別だ。❷特にすぐれている。特別だ。格別だ。

「旅遥か稲城**異なる**国に来し」　松村蒼石

「女三人の背丈**ことなり**夏白浪」　桂　信子

「麻の皮楮を剝くと**異なら**ず」　森田　峠

「女体とは揺れ**異なれる**桜かな」　小林貴子

こと-に【異に・殊に】〈副〉❶とりわけ。特に。❷その上。なお。

「柿もぐや**殊に**もろ手の山落暉」　芝不器男

「妹が居や**ことに**まつかき仏桑花」　篠原鳳作

「立秋の**ことに**草木のかがやける」　澤木欣一

「夜は**殊に**帯重くなるさくらどき」　古賀まり子

こと-の-は【言の葉】〈名〉❶ことば。❷和歌。歌。

「結願《けちがん》といふ**言の葉**の身に入《し》みて」　深川正一郎

「帰り花母の**言の葉**詩に近し」　加藤知世子

「かぞえきれない木の実熟れるよ**言の葉**よ」　池田澄子

「流れ着く水草**言の葉**面影など」　鳴戸奈菜

「**言の葉**も契りたる夜は紅葉す」　中里麦外

こと-の-ほか【殊の外】〈副〉とりわけ。格別。特別。思いのほか。

「**ことのほか**蒸す夜となりし螢かな」　久保田万太郎

「湯の町の春の宵とは**殊の外**」　星野　椿

「青竹の香を**ことのほか**年用意」　伊藤敬子

「**ことのほか**初湯ほてりの蒙古斑」　岩城久治

こと-ほ・ぎ【言祝ぎ・寿】〈名〉言葉で祝うこと。また、その言葉。祝賀。
「ことほぎに人来てゐたる朝寝かな」　富安風生
「ことほぎの灯に来る蛾ありま白なる」　岸風三樓

こと-ほ・く【言祝く・寿く】〈他動・カ四〉{か/き/く/く/け/け}言葉で祝福する。祝う。▼「ほく」は祝う意。後世は「ことほぐ」。
「おびただしい蝗の羽だ**寿ぐ**よ」　金子兜太
「石橋を**寿い**でをり蟾蜍」　岡井省二
「せゝらぎて初山歩き**ことほぐ**か」　上田五千石

こ-なから【小半・二合半】〈名〉❶半分の半分。❷米または酒の一升の四半分。すなわち二合五勺の称。
「春寒く**こなから**酒をしたみけり」　石橋秀野

こなた【此方】〈代名〉❶こちら。ここ。❷以後。あれから。❸それより前。以前。❹この人。(話題の中心人物をさす他称の人称代名詞)❺あなた。❻わたし。われ。
「人を恋ふ野分の彼方**此方**かな」　石田波郷
「盆過ぎの草木**此方**へ吹かれけり」　宮津昭彦
「深淵のあなたの椅子と**こなた**の焼野」　夏石番矢

こ-ぬれ【木末】〈名〉木の枝の先端。こずえ。▼「こ(木)のうれ(末)」の変化した語。上代語。
「夕栄に水打つ松の**木末**かな」　正岡子規
「露涼し**木末**に消ゆるはゝき星」　石井露月

こ-の【此の】〈連語〉❶この。(話し手に近い事物・人をさす)❷その。この。(話題となっている事物や人をさす)❹それ以来の。最近の。▼代名詞「こ」十格助詞「の」
「もしかして菩提樹の花**この**匂ひ」　飯島晴子
「はんなりといふは**この**色染卵」　森田　峠
「**此の**世まではみ出している実南天」　久保純夫
「火のなかの**此の**世にのこる落椿」　大屋達治

こ-の-ま【木の間】〈名〉木と木の間。
「二三人**木の間**はなるゝ月夜かな」　前田普羅
「朧夜や人にも逢はず**木の間**行く」　日野草城
「冬麗の海を**木の間**に子守唄」　片山由美子

このも-かのも【此の面彼の面】〈連語〉❶こちら側とあちら側。❷あちらこちら。そこここ。
「舞ひ下りて**このもかのも**の鶴啼けり」　杉田久女
「山高み**このもかのも**に花の雲」　川端茅舎

このも・し【好もし】〈形シク〉{(しく)・しから/しく・しかり/し/しき・しかる/しけれ/しかれ}❶心がひかれる。好きだ。❷感じがよい。風流だ。❸好色じみている。浮気だ。▼「このまし」とも。
「紅葉すれば西日の家も**好もしき**」　村上鬼城
「風が咲かす羅馬色なるマフラ**好もし**」　長谷川かな女
「奈良扇男扇の**好もしき**」　後藤夜半
「茶よりむしろ白湯が**好もし**夕蛙」　大野林火

こは-【強《コワ》】〈接頭〉(名詞・動詞などに付いて)固い。こわい。きびしい。

「**強**秋や我に残んの一死在り」　永田耕衣
「明日晴れるための**強**東風夜半を吹く」　中村汀女
「**強**霜の富士や力を裾までも」　飯田龍太

こは・し【強し】《コワシ》〈形ク〉〔(く)・から／く・かり／し／き・かる／けれ／かれ〕❶しっかりしている。強い。❷強情だ。がんこだ。手ごわい。❸堅い。ごわごわしている。❹険しい。

「みちのくの波荒ければ若布《め》も**こはし**」　山口青邨
「雪中に湧く情**強き**山清水」　山口誓子
「情**こはき**人のこのめる凝り鮒」　安東次男
「父来るらし桔梗の**強き**かな」　柿本多映

こは・し【怖し・恐し】《コワシ》〈形ク〉〔(く)・から／く・かり／し／き・かる／けれ／かれ〕おそろしい。

「六月の夢の**怖し**や白づくし」　岸風三樓
「刻々と瀧新しきこと**怖し**」　矢島渚男
「藻の花や眠り間際に死は**怖く**」　辻美奈子

こは・る【壊る・毀る】《コワル》〈自動・ラ下二〉〔れ／れ／る／るる／るれ／れよ〕❶(破れたり砕かれたりして)破損する。❷(使いすぎたり乱暴に扱ったりして)故障する。❸物事のまとまった状態がくずれる。

「柿の朱を点じたる空**こはれ**ずに」　細見綾子
「ほろほろと茸**こはるゝ**眠《ねむり》姥《うば》」　飯島晴子
「皿一枚**こはれ**一気に冬ざるる」　小泉八重子
「白鷺の**壊れ**んとして発ちにけり」　五島高資

こひ・し【恋し】《コイシ》〈形シク〉〔(しく)・しから／しく・しかり／し／しき・しかる／しけれ／しかれ〕慕わしい。なつかしい。恋しい。

「紫蘇しぼりしぼりて母の**恋ひしかり**」　橋本多佳子
「まのあたり瑞穂《みづほ》**戀しき**涙かな」　永田耕衣
「亡母《はは》**恋ひし**電柱に寄せよごれし雪」　細見綾子
「祖父**恋し**野を焼く子等と共に駈け」　金子兜太

こひ-ぶみ【恋文】《コイブミ》〈名〉恋している心を書きつづった手紙。色文《いろぶみ》。ラブレター。

「**恋文**のごとく書き溜め牡丹の句」　安住 敦
「春寒し柩に古き**恋文**を」　飯島晴子
「**恋文**も時効のころの桐の花」　正木ゆう子

こひ-わた・る【恋ひ渡る】《コイワタル》〈自動・ラ四〉〔ら／り／る／る／れ／れ〕(ずっと長い間にわたって)恋い慕い続ける。

「**戀わたる**鎌倉武士のあふぎ哉」　与謝蕪村
「空蟬《うつせみ》の身の透くばかり**恋わたる**」　稲垣きくの
「枕立て狐の声を**恋ひわたる**」　後藤綾子
「霜の夜悪友を**恋ひわたる**なり」　中尾寿美子

こ・ふ【恋ふ】《コウ》〈他動・ハ上二〉〔ひ／ひ／ふ／ふる／ふれ／ひよ〕心が引かれる。慕い思う。なつかしく思う。(異性を)恋い慕う。

「ゆく春や海**恋ふ**ものは海で死ね」　鈴木真砂女
「袷着て母より父を**恋ふる**かな」　安住 敦
「雪解けの五丁ばかりを**恋ふる**かな」　岸田稚魚
「遠野火や家**恋ひ**病める夫との夜」　野見山ひふみ

「茶の花のおろかにもひと恋ひにけり」 金田咲子

こふ【劫】《コウ》〈名〉極めて長い時間。▼「ごふ」とも。

「ざりがにの劫つめたきは曼珠沙華」 松村蒼石

「ひでり池劫経し亀も出づるなり」 筑紫磐井

こ・ふ【乞ふ・請ふ】《コウ》〈他動・ハ四〉（は／ひ／ふ／ふ／へ／へ）❶頼み求める。望み求める。❷（神仏に）祈り願う。祈り求める。

「炎天をいただいて乞ひ歩く」 種田山頭火

「安楽死乞はれ蓬野踏みしめをり」 岡井省二

「緑蔭に銭乞ふことを恥とせず」 橋本美代子

「啓示乞ふ泉の面にくちづけて」 上田五千石

こ・ぶ【媚ぶ】〈自動・バ上二〉（び／び／ぶ／ぶる／ぶれ／びよ）❶（男に対して、女が）なまめかしい態度をとる。こびる。❷（多く、上位の）相手に気に入られるように振る舞う。へつらう。

「古川にこびて目を張《は》る柳かな」 松尾芭蕉

「身を扁《ひらた》くし青蜥蜴吾に媚ぶ」 山口誓子

「秋風よ人に媚びたるわが言よ」 相馬遷子

「硬き聲して同伴《つれ》に媚び袴能」 竹中 宏

ごふ【業】《ゴウ》〈名〉❶人が、身《しん》・口《く》・意（心）によって起こす善悪のいっさいの行為。この行為が、未来に善悪の果（報い）を招く因（原因）となる。業因《ごういん》。❷前世の行為によってこの世で受ける報い。特に、悪い報い。

「長らへし業やまじまじ初鏡」 富安風生

「鮟鱇《あんかう》もわが身の業も煮ゆるかな」 久保田万太郎

「黴の中業の筆執るあぐら組む」 清水基吉

こ・ぶか・し【木深し】〈形ク〉（（く）・から／く・かり／し／き・かる／けれ／かれ）木が茂っていて奥深い。

「提灯を木深くさげぬ秋祭」 富田木歩

「川蜻蛉木深き水のいそぎをり」 能村登四郎

ごふ・くわ【業火】《ゴウカ》〈名〉❶悪業《あくごう》の報いとして、死後地獄に落ちた罪人を焼き苦しめる猛火。悪業の報いとしての火災にたとえる。❷ほかの人を害する悪業のたとえ。

「業火降るな今は月光地を平《なら》す」 西東三鬼

「秋の暮業火となりて秬《きび》は燃ゆ」 石田波郷

「大文字燃え切る女の業火なる」 河野多希女

こほ・し【恋ほし】《コオシ》〈形シク〉（（しく）・しから／しく・しかり／し／しき・しかる／しけれ／しかれ）慕わしい。恋しい。懐かしい。

「若菜摘む人を恋ほしく待つ間かな」 中村汀女

「もろもろのほとけ恋ほしも秋晩るる」 伊丹三樹彦

「法起寺の山茱萸恋ほしと思ふころ」 大橋敦子

こぼ・つ【毀つ】〈他動・タ四〉（た／ち／つ／つ／て／て）壊す。打ち崩す。▼「こほす」とも。古くは「こほつ」。

「城もなし寺もこぼちぬ夏木立」 正岡子規

「こぼつ家失ふ庭いまつつじ燃ゆ」 及川 貞

「兄おとと青野に机毀ちけり」 柿本多映

こほり【氷】《コオリ》〈名〉氷。凍ること。

「**氷**挽く音こきこきと杉間かな」　臼田亜浪
「水差にかちんかちんと夏**氷**」　日野草城
「鴛鴦《をし》ねむる**氷**の上の日向かな」　長谷川素逝
「飢ゑし子が行きつ、谷の**氷**割る」　高屋窓秋

こほり【郡】《コオリ》〈名〉律令制で、国の下に属する地方行政区画。その下に郷《ごう》・里などがある。今日の郡《ぐん》に当たる。また、「県《あがた》」とも同義に用いた。
「みちのくの伊達の**郡**の春田かな」　富安風生
「夜枕の蕎麦殻すさぶ**郡**かな」　三橋敏雄
「さるすべり美しかりし与謝**郡**」　森　澄雄
「母在れば泣いて草摘む**郡**かな」　鳴戸奈菜

こほ・る【凍る・氷る】《コオル》〈自動・ラ四〉{ら/り/る/る/れ/れ}温度が低いため、液体が固体に変わる。特に、水が固まって氷になる。
「耿々《かうかう》と**氷る**きりぎしいく重ね」　川端茅舎
「春眠や金の柩に四肢**氷らせ**」　三橋鷹女
「白鳥の浮寝のまはり**氷らざり**」　加藤知世子
「取り皿の脂**こほり**来牡丹鍋」　茨木和生

こぼ・る【零る・溢る】〈自動・ラ下二〉{れ/れ/る/るる/るれ/れよ}❶(水などが)あふれ出る。こぼれる。❷散り落ちる。❸(衣服の裾《すそ》などが)余ってはみ出る。❹(表情などが)表面にあらわれ出る。
「流星の針の**こぼるる**ごとくにも」　山口青邨
「秋の蝶不等式より**零れ**けり」　橋　閒石
「寒禽の声の**こぼるる**磨崖佛」　皆川盤水
「秋の夜の**こぼれ**しままの水の玉」　宇佐美魚目
「音一つしぬ沙羅一つ**零れ**たる」　篠崎圭介
「子燕の**こぼれ**むばかり**こぼれ**ざる」　小澤　實

こま-か・なり【細かなり】〈形動ナリ〉{なら/なり・に/なり/なる/なれ/なれ}❶極めて小さい。こまごましている。❷親密だ。親切だ。❸詳しい。綿密だ。❹細部まで整っていて美しい。精妙だ。
「**細かなる**雨や二葉のなすび種」　松尾芭蕉
「**こまかにて**冬着の縞は何もせず」　永田耕衣
「雛調度碁盤の筋の**細かなり**」　山口誓子
「**こまかなる**光を連れて墓詣」　能村登四郎

こまぬ・く【拱く】〈他動・カ四〉{か/き/く/く/け/け}❶(腕を)組み合わせる。❷何もせず、はたで見ている。▼「こまねく」とも。
「**拱きて**ゐて五月とはなりにけり」　阿波野青畝
「**拱きて**をるならねども暮の秋」　石塚友二

こま-やか・なり【細やかなり・濃やかなり】〈形動ナリ〉{なら/なり・に/なり/なる/なれ/なれ}❶繊細で美しい。きめこまやかだ。❷心がこもっている。懇切丁寧だ。❸精細だ。綿密だ。❹色が濃い。染色がきめこまかく、深みがある。
「秋思夜々に募り銀漢**濃かに**」　日野草城
「竹挽く音**こまやかなる**を冬の寺」　岸田稚魚
「寒鰈《かんがれひ》箸**こまやかに**食うべけり」　草間時彦
「藤の夕誰も心を**こまやかに**」　古賀まり子

「こまやかに夕日の萩の言葉かな」　宮津昭彦

こ・む【込む・籠む】 ■一〈自動・マ四〉{ま/み/む/む/め/め} ❶ぎっしり詰まる。混雑する。❷複雑に入り組む。精巧に作られる。手間がかかる。❸霧・煙などがあたりいっぱいに広がる。たちこめる。■二〈他動・マ四〉詰め込む。押し込む。■三〈他動・マ下二〉{め/め/む/むる/むれ/めよ}（他の動詞の連体形に付いて）❶中に入れる。とじこめる。❷包み隠す。秘密にする。

「秋の江に打ち**込む**杭の響かな」　夏目漱石
「山**こむる**霧の底ひの猫の恋」　中村汀女
「刈干に結び**込**まれし女郎花」　川崎展宏
「雪の中十字架深く打ち**込める**」　有馬朗人
「渦潮をたましひ覗き**込む**ごとく」　矢島渚男
「底みせぬ海に咳き**込み**何か失す」　齋藤愼爾
「凍蝶を**籠め**てのひらの地中海」　大屋達治

こ-むら【木叢・木群】〈名〉（自然に）樹木が群がり生えている所。森や林をいう。

「棺覆ふ乾風《あなじ》の**木叢**禽啼ける」　松村蒼石
「**木叢**より富士見えて夏果てしかな」　飯田龍太
「侘助の**木叢**ふくらむ盛りかな」　猪俣千代子
「凍鶴に日翳れば一**木叢**なり」　平井照敏

こむら【腓・腨】〈名〉ふくらはぎ。▼「こぶら」とも。

「猟銃音歩む**腓**《こぶら》に響きたり」　山口誓子
「古草のあはひを踏んで**こむら**かな」　岡井省二
「寒の闇**腓**返りに呼ばれたる」　徳弘　純

-ごめ【籠め・込め】〈接尾〉（名詞に付いて）…もろとも。…ごとそっくり。…ぐるみ。

「谷の闇赤子生む灯の氷柱**籠め**」　飯島晴子
「虫しぐれ灯も谷**ごめ**の村ひとつ」　鷲谷七菜子
「霧**込め**の攝津の道や馬の脚」　攝津幸彦

こもり【籠り・隠り】〈名〉❶閉じこもって隠れること。❷（ある一定期間を）寺社に泊まりこんで祈願すること。参籠《さんろう》。おこもり。

「十一月仏間**ごもり**に衰へぬ」　中尾寿美子
「みづうみの風の荒《さす》める年**籠**」　木村蕪城
「巣**籠り**の空みるまなこ風のなか」　鷲谷七菜子
「温もるは汚るるに似て風邪**ごもり**」　岡本　眸
「シャガールの蒼きをんなと冬**籠り**」　鍵和田秞子
「物怖ぢもせで繭**籠り**することよ」　中原道夫

こもりく-の【隠り口の・隠り国の】〈枕詞〉地名の「初（泊）瀬」にかかる。大和の国の初瀬《はつせ》の地は、四方から山が迫っていて隠れているように見える場所であるから。

「**こもりくの**泊瀬の花のちることよ」　稲垣きくの
「**隠国の**いづこで摘まん初薺《はつなづな》」　安東次男
「**隠國の**雀がくれも露しとど」　眞鍋呉夫

こもり-ぬ【隠り沼】〈名〉草木などにかくれて見えない沼。

「簾つりかの**隠沼**を恋ひわたる」　橋　閒石

「枯野人より**隠り沼**を教へられ」　能村登四郎
「**隠沼**に空席ひとつあるにはある」　柿本多映
「**隠沼**の少年薔薇を抱き沈む」　金子　晉

こもり-ゐ【籠り居・隠り居】コモリイ〈名〉❶(家や自室に)閉じこもること。❷寺社などに(祈願のため)こもること。
「**こもり居**の妻の内気や金屏風」　飯田蛇笏
「**籠り居**の二月の風を高くきく」　阿部みどり女
「**籠居**にシャネル五番の匂ふ日も」　後藤夜半
「**籠居**や三日のうちに思ふ貌《ほか》」　石川桂郎

こも・る【籠る・隠る】〈自動・ラ四〉{ら/り/る/る/れ/れ}❶入る。囲まれている。包まれている。❷閉じこもる。引きこもる。❸隠れる。ひそむ。❹寺社に泊まりこむ。参籠《さんろう》する。
「籠り十日このまま**籠る**冬とせむ」　大野林火
「怖れつつ葉裏に**こもり**透きとほる」　中村苑子
「一すぢの毛糸編む喪に**こもり**ゐて」　津田清子
「夏に**籠る**さすらひごころなしとせず」　加藤三七子
「広縁に**籠る**ぬくもり実南天」　赤尾恵以

ご-や【後夜】〈名〉❶「六時《ろくじ》」の一つ。一夜を初夜・中夜・後夜に区分した最後のもの。夜半から早朝までをいい、おおよそ午前三時から五時までに当たる。❷後夜に行う勤行《ごんぎよう》。後夜の行い。
「春月や**後夜**の明るき初瀬川」　阿波野青畝
「猫の恋**後夜**かけて父の墓標書く」　中村草田男

「月界にひびきて涅槃**後夜**の鐘」　野澤節子

こや・す【肥やす】〈他動・サ四〉{さ/し/す/す/せ/せ}❶肥えさせる。太らせる。❷(目、耳などを)楽しませる。喜ばせる。
「年々や桜を**肥やす**花の塵」　松尾芭蕉
「畦焼きてもはらに**肥やす**コシヒカリ」　平畑静塔

こや・る【臥やる】〈自動・ラ四〉{ら/り/る/る/れ/れ}横になる。伏す。上代語。
「山の五月は寒しとばかり昼を**こやる**」　臼田亜浪
「**こやる**身に毛布は厚し誰もやさし」　野澤節子

こ・ゆ【越ゆ・超ゆ】〈自動・ヤ下二〉{え/え/ゆ/ゆる/ゆれ/えよ}❶越える。通り過ぎる。❷(次の年に)移る。❸(ほかの人を)追い越して地位が上になる。❹(程度が、ほかより)まさる。
「真夜中の冬田を**越ゆる**雨の音」　松村蒼石
「鳥雲に**越ゆ**べき齢**越え**にけり」　清水基吉
「春の月砂丘**越ゆれ**ばなかりけり」　森田　峠
「極月の竹藪の橋誰か**越ゆ**」　廣瀬直人
「雷連れて白河**越ゆる**女かな」　鍵和田秞子

こ・ゆ【肥ゆ】〈自動・ヤ下二〉{え/え/ゆ/ゆる/ゆれ/えよ}❶太る。肥える。❷土地が肥える。
「三日月の頃より**肥ゆる**小芋かな」　正岡子規
「痩せて男**肥え**て女や走馬燈」　竹下しづの女
「芋の如**肥え**て血うすき汝かな」　杉田久女
「**肥え**たるはおほよそ駿馬にはあらず」　下村梅子

「天高く馬**肥ゆ**と妻**肥え**にけり」　辻田克巳

こゆ・し【濃ゆし】〈形ク〉{(く)・から/く・かり/し/き・かる/けれ/かれ}(色などが)濃い。▼西日本の方言「こゆい」からか。

「花の末のいろみな**濃ゆし**初時雨」　松村蒼石
「老いてなほ**濃ゆき**を好み花蘇枋」　後藤夜半
「妻は湯にわれには**濃ゆき**冬夕焼」　富澤赤黄男
「待ち焦がれゐしごと**濃ゆき**花あやめ」　後藤比奈夫
「この頃の昼月**濃ゆき**干菜かな」　大峯あきら
「かゝり藤朝の間は色**濃ゆし**」　星野　椿
「合歓の花眉毛**濃ゆく**て佐渡に住む」　斎藤夏風
「能継いで竈火**濃ゆき**野菊かな」　山本洋子

こよ・な・し〈形ク〉{(く)・から/く・かり/し/き・かる/けれ/かれ}❶かけはなれている。この上ない。❷格段にすぐれている。❸格別に劣っている。

「太陽の匂ひ**こよなき**二月かな」　阿部みどり女
「秋晴の**こよなき**日なり山の家」　星野立子
「麨《むぎこがし》妻を**こよなき**友として」　大野林火

こ-よひ【今宵】《コヨイ》〈名〉❶今晩。今夜。❷昨晩。昨夜。夜が明けてから、前日の夜をさす語。

「降る雪よ**今宵**ばかりは積れかし」　夏目漱石
「手に熱き穂麦や**今宵**娶るべく」　岸本尚毅
「ちちははの父の在らざる月**今宵**」　上田日差子

こら・す【凝らす】〈他動・サ四〉{さ/し/す/す/せ/せ}❶凝り固まらせる。❷(心を)一つに集中させる。

「玉芒みだれて露を**凝らし**けり」　川端茅舎
「寒の星昴けぶるに眼を**こらす**」　橋本多佳子
「我來ると黒を**凝らし**て蝶ゐるも」　河原枇杷男
「母となる年の闇へと眸を**凝らす**」　寺井谷子

こら・ふ【堪ふ・怺ふ】《コラウ》〈他動・ハ下二〉{へ/へ/ふ/ふる/ふれ/へよ}❶(苦しみや痛みなどを)しんぼうする。がまんする。❷(感情などを)おさえて外に出さない。

「黒揚羽じつと**怺へ**て樹々はあり」　永田耕衣
「暮るるまで雨を**怺へ**て流燈会」　倉橋羊村
「野韮抜き**堪《こらへ》**袋を埋めしも」　小泉八重子
「蕗の薹ふつふつ笑ひ**こらへ**をり」　矢島渚男
「曇天の虹**怺へ**をり消えつつも」　小澤　實

こ・る【凝る】〈自動・ラ四〉{ら/り/る/る/れ/れ}❶寄り集まって固まる。密集する。❷凍る。

「花散るや瑠璃の**凝り**たる夢の淵」　阿波野青畝
「抱きすくめたき菜の花の夕**凝り**に」　八田木枯
「あるときは一木に**凝り**夏の雲」　原　裕
「岩をみて肩の**凝り**たる紅すすき」　大木あまり
「一念の**凝り**て海鼠や桶の底」　奥坂まや

これ【此・是・之】━〈代名〉❶これ。このこと。(事物をさす)❷ここ。この場所。(場所をさす)❸今。この時。(近い時をさす)❹自分。私。❺おまえ。あなた。❻この人。❼これはすなわち。(語調を強めたり、整えたりする語) 二〈感〉もしもし。おい。これこれ。(呼びかけて注意を促すときなどに用いる)

「これをしも余命と云うか初茜」　橋　閒石
「これは病みかれは世に亡し十三夜」　石塚友二
「九十の顔《かんばせ》かこれ初鏡」　桂　信子
「山は是れ山水は水青き踏む」　宇佐美魚目
「わが名書きこれより長き夜の稿」　鷹羽狩行
「いなびかりこれはこれはと靴を脱ぐ」　永末恵子

これ-や-この【此や此の・是や此の】〈連語〉これこそあの例の。これがあの。▼「や」は係助詞。

「これやこの御柱立つる祭びと」　水原秋櫻子
「これやこの外套師恩忘れめや」　岸風三樓
「これやこの鬼房牡蠣やいのち延ぶ」　三橋敏雄

ころ-ほひ【頃ほひ・比ほひ】コロオイ〈名〉❶(ちょうどその)時分。ころ。時節。❷今の時節。当節。現代。

「大年やころほひわかぬ燠くづれ」　芝不器男
「葉がでて木蓮妻の齢もその頃ほひ」　森　澄雄
「菓子にある柚の香柚の花咲くころほひ」　野澤節子
「家にあれば寝るころほひを萩と月」　上田五千石

ころも【衣】〈名〉❶衣服。❷僧の着る衣服。僧衣。▼平安時代以後、①は歌語としてだけ用いられ、衣服一般には「きぬ(衣)」、その尊敬語には「おんぞ(御衣)」を使った。

「わが衣草より青き野分かな」　鈴木真砂女
「白河の旅に更へたる衣かな」　下村梅子
「衣更ふますすほの小貝拾はむと」　飯島晴子

ころも-がへ【衣更へ・更衣】コロモガエ 季・夏 〈名〉❶衣服を着替えること。❷季節によって、衣服をその季節にふさわしいものに取り替えること。特に陰暦四月一日と十月一日のものをいう。❸近世以降、特に、四月一日に綿入れを袷《あわせ》に取り替えること。

「冷々と雲に根は無し更衣」　渡邊水巴
「衣更へひとり住む釘打ちにけり」　殿村菟絲子
「更衣多情と知りてなほ待てり」　横山房子
「ともしびの明石の宿で更衣」　川崎展宏
「これよりを華と信じて更衣」　星野　椿
「ふたかみを二階に見たり更衣」　徳弘　純

ころも-で【衣手】一〈名〉袖《そで》。二《枕詞》袖を水に浸すことから、「ひたす」と同じ音を含む地名「常陸《ひたち》」にかかる。

「虫をきく月の衣手ほのしめり」　杉田久女
「立雛の衣手藤の匂ふなり」　水原秋櫻子

こ-わっぱ【小童】〈名〉幼い子供を卑しめていう語。こぞっこ。▼「こわらは」の転。

「小わつぱの舟に棹さす浮葉かな」　富安風生
「蟷螂の小童われとたたかへる」　山口青邨
「三日はや小童が足袋破れ初む」　石塚友二

こ

こゑ【声】コエ〈名〉❶（人の）声。（動物の）鳴き声。❷響き。❸楽器などの音色。❹発音。アクセント。

「炎天や笑ひし**こゑ**のすぐになし」　橋本多佳子
「秋蟬の**こゑ**澄み透り幾山河」　加藤楸邨
「きはまりし夕焼人の**こゑ**染まる」　長谷川素逝
「鶴啼くやわが身の**こゑ**と思ふまで」　鍵和田秞子
「ちちははのとほくに老ゆる雉子の**こゑ**」　黒田杏子

こん-がう【金剛】コンゴウ〈名〉❶金剛石《せき》（ダイヤモンド）のこと。堅固で破れない事物のたとえに用いる。❷「金剛杵《しょ》」「金剛力士《りきし》」などの略。

「寒を盈《み》つ月**金剛**のみどりかな」　飯田蛇笏
「**金剛**の露ひとつぶや石の上」　川端茅舎
「鬼薊**金剛**力に枯れにけり」　野見山朱鳥
「**金剛**の青葱抜かめ朝まだき」　沼尻巳津子

こん-じき【金色】〈名〉金色《きんいろ》。こがねいろ。

「夜焚火に**金色**の崖峙《そばだ》てり」　水原秋櫻子
「干されある藻の**金色**や紫や」　篠原鳳作
「洗ひ髪かわく夕雲**金色**に」　柴田白葉女
「木偶の目の夜は**金色**に木枯吹く」　桂　信子

こん-じやう【今生】コンジョウ〈名〉生きている、この世。現世《げんせ》。

「**今生**の夏うぐひすや火山灰地」　西東三鬼
「**今生**と思へぬ声に雁渡る」　大野林火
「焼藷のある**今生**といふところ」　清水径子
「**今生**の汗が消えゆくお母さん」　古賀まり子

こんりん-ざい【金輪際】㊀〈名〉❶大地の底。この世界の地層の三輪（金輪・水輪・風輪）の一つ、金輪の下方で水輪と接している所。仏教語。❷（物事の）極限。㊁〈副〉底の底まで。とことんまで。

「**金輪際**牛の笑はぬ冬日かな」　飯田蛇笏
「櫂入れて**金輪際**にとどく見ゆ」　後藤夜半
「**金輪際**此合掌を瀧打てり」　川端茅舎
「楤《たら》の芽のかなた**金輪際**の沖」　岡井省二
「蠅叩き**金輪際**を打ちにけり」　小川双々子

さ

さ【然】〈副〉そう。そのように。（前にのべたことばを受けて、その事態を指示する語）

「**さ**なくとも彼は嘘つき四月馬鹿」　下村梅子
「殻荒れし蝸牛なり**さ**もあらむ」　飯島晴子
「**さ**もなくば独活の花見て帰られよ」　榎本好宏

さ-〈接頭〉名詞・動詞・形容詞に付いて、語調をととのえ、また、語意を強める。

「花うぐひ**さ**ばしりきそふいさぎよき」　水原秋櫻子
「春暁の嶺々**さ**みどり**さ**むらさき」　福田蓼汀
「捨苗のまだ**さ**みどりの色見ゆる」　吉田鴻司

「さみどりの小蜘蛛登らす指の先」　山田みづえ
「さゆらぎてさゆらぎて花心かな」　稲畑汀子
「彼が向く方を眺める狭霧かな」　池田澄子
「さを鹿の角にたばしる霰かな」　長谷川櫂

-さ〈接尾〉❶形容詞・形容動詞の語幹に付いて、程度・状態を表す名詞をつくる。「恋しさ」「静かさ」❷動詞の終止形に付いて、その動作の行われつつある時・場合の意を表す名詞をつくる。「行くさ」「来《く》さ」❸名詞または動詞の連体形に付いて、方向を表す名詞をつくる。「縦《たた》さ」「入《い》るさ」

「砂村の能登恋しさよ蚊の日暮」　松瀬青々
「青巒《せいらん》の月小ささよたかむしろ」　飯田蛇笏
「かへるさの日照雨《そばへ》に濡れし蓬籠《よもぎかご》」　西島麦南
「しづけさに山蟻われを嚙みにけり」　相馬遷子
「春はまだ土中でわるさしてをるや」　清水径子
「枯れる嶺の暗さ烈しさ飯の味」　寺田京子

ざ【座】〈名〉❶座るべき場所に敷く畳・円座などの敷物。また、座る席。❷仏像などを据えて置く台座。❸集会。❹朝廷・貴族・寺社などの保護のもとに販売の独占的利益を認められた同業者の組合。❺田楽《でんがく》・猿楽《さるがく》などの芸能を演ずる人々の団体。また、演ずる場所。❻幕府が貨幣その他特許品を作らせた場所。「金座」「銀座」「秤座」など。❼歌舞伎《かぶき》・浄瑠璃《じょうるり》などの興行組織。その劇場。

「ゆく春やとげ柔らかに薊の座」　杉田久女
「座にひびく波となりけり十三夜」　金尾梅の門
「屠蘇の座に遠山脈も加はれり」　大野林火
「涅槃の座たまはば吾は寝てしまふ」　橋本美代子
「観阿弥一座里芋村に旗上す」　小澤 實
「嫁の座といふ冬瓜のごときもの」　奥坂まや

ざい-しょ【在所】〈名〉❶住んでいる所。居所。❷あり場所。所在。❸田舎。地方。❹国もと。郷里。

「古雛を佛と思ふ在所かな」　平畑静塔
「夜食粥在所の冷えは膝よりす」　石橋秀野
「大根をきのふ蒔きたる在所かな」　大峯あきら
「竜骨ののこる在所の夏雲雀」　田中裕明

さいな・む【苛む・嘖む】〈他動・マ四〉〔ま／み／む／む／め／め〕❶責め立てる。しかる。❷つらく当たって苦しめる。いじめる。▼「さきなむ」のイ音便。

「枯菊を苛む雨となりしかな」　安住 敦
「極月の夜の風鈴責めさいなむ」　渡邊白泉
「鉛筆で蟻をさいなむ夜の机上」　片山由美子

さい-はて【最果(て)】〈名〉最後。最終。一番はし。

「さいはての貨車を塩もて充たしをり」　飴山 實
「さいはての犬猫の来て一つ炉火」　中山純子
「さいはての船笛痛きまで耳冴え」　堀井春一郎

さ-う【左右】《ソウ》〈名〉❶左と右。❷あれこれ言うこと。とやかく言うこと。❸指示。指図。❹知らせ。❺状況。ようす。

「泥鰌掘る手にちよろちよろと左右の水」　阿波野青畝

さ

「負うて行く銀河や左右へ翼なす」 中村草田男
「木犀やあまり陰なき左右の簷」 石塚友二
「天心の月の左右なる去年今年」 井沢正江

さう【相】《ソウ》〈名〉❶様相。外見。ありさま。外面に現れた姿・形。❷外面に現れて、ものの吉凶をしめすもの。人相・家相・地相など。
「凍滝の阿修羅の相を愛しめる」 堀口星眠
「仔猫すでに捨猫の相ほうせん花」 野澤節子
「水鳥に兵営の相たゞならじ」 竹下しづの女
「春禽の声も万物相の中」 富安風生

-さう《ソウ》〈接尾〉…に見える。動詞の連用形、形容詞の語幹に付いて、（ありさま、ようすなどが）…だと推定される意味を表わす語。▼「さま」の転とも、「相」の字音ともいう。
「誰か来さうな雪がちらほら」 種田山頭火
「大粒の雨が来さうよ鱧《はも》の皮」 草間時彦
「すきとほる滝壺すぐに死ねさうなり」 津田清子
「雪が降る杉の林も折れさうに」 今井杏太郎
「鞦韆《しうせん》の少女さらはれさうに漕ぐ」 鍵和田秞子
「薔薇まみれなきがら笑ひだしさうな」 辻　桃子

さう【然う】《ソウ》〈副〉そのように。そんなに。▼「さ（然）」の転。
「さうかとも思ふことあり水温む」 星野立子
「走るなりさうしなければ皆すすき」 高柳重信
「妻がゐて夜長を言へりさう思ふ」 森　澄雄
「さういへばたまのを咲きぬ湖の朝」 岡井省二
「思ひ出せぬ句をよしといふさう思ふ」 筑紫磐井
「さういへば吉良の茶会の日なりけり」 岸本尚毅

ざう・す【蔵す】《ゾウス》〈他動・サ変〉{せ／し／す／する／すれ／せよ}貯える。所蔵する。
「雪明り一切経を蔵したる」 高野素十
「甕の水雪夜は言葉蔵しをり」 能村登四郎
「胡桃充ち迷路の如き肉蔵す」 田川飛旅子
「ものの種これを蔵すること久し」 岩城久治

さうら・ふ【候ふ】《ソウラウ・ソウロウ》㊀〈自動・ハ四〉{は／ひ／ふ／ふ／へ／へ}❶お仕えする。伺候する。お傍にいる。（「あり」「仕ふ」の謙譲語）❷あります。ございます。（「あり」の丁寧語）㊁〈補助動・ハ四〉（活用語の連用形、または接続助詞「て」の下に付いて）…ます。…ございます。（丁寧の意を表す）▼中世以降「さぶらふ」から変化した語。約して「そろ」とも。
「旅の雛御覧候へばせを仏」 小林一茶
「貧しさの蚊帳の設《まうけ》も候はず」 寺田寅彦
「渋柿の如きものにては候へど」 松根東洋城
「妻にて候死後の証しの白足袋は」 栗林千津
「菊月の五日の生まれにて候」 鷹羽狩行
「さん候と風邪ごゑの太郎冠者」 七田谷まりうす

さが【性・相】〈名〉❶性格。生まれつきの性質。❷運命。宿命。❸ならわし。慣習。

「みちのくのつたなき**さが**の案山子かな」　山口青邨
「涙せで泣きじやくる子は誰の**性**」　篠原鳳作
「なが**性**の炭うつくしくならべつぐ」　長谷川素逝
「火の**性**にあらねど凌霄花好き」　文挾夫佐恵
「わが**性**はさびし運河に放尿す」　眞鍋呉夫
「ことごとに乗りやすき**性**草の絮」　手塚美佐

さか・し【賢し】〈形シク〉｛〈しく〉・しから／しく・しかり／し／しき・しかる／しけれ／しかれ｝❶賢明だ。賢い。❷しっかりしている。判断力がある。気丈である。❸気が利いている。巧みだ。❹利口ぶっている。生意気だ。こざかしい。
「小柄にてさても**賢し**や狩の犬」　阿波野青畝
「青瓢をめでて**賢しき**女かな」　飯田蛇笏

さか-しま【逆しま・倒しま】〈名〉❶（方向・位置・順序などが）さかさまなこと。❷（道理や事実に）反すること。
「春泥を歩く胎児は**さかしま**に」　野見山朱鳥
「天地ふと**さかしま**にあり秋を病む」　三橋鷹女
「秋芝に**さかしま**に寝て青年達」　金子兜太
「少年を**さかしま**に抱き寒昴」　増田まさみ
「**逆しま**に氷柱の映る水の底」　辻　桃子
「瑠璃紺の身を**さかしま**に鯉の空」　久保純夫

さかし-ら【賢しら】〈名〉❶りこうぶること。こざかしいこと。❷差し出がましいこと。❸告げ口。密告。
「**賢しら**に菊描く墨を惜しみけり」　相生垣瓜人
「初花にはや**賢しら**の虻来をり」　大橋敦子

さか-づき【杯・盃】《サカヅキ》〈名〉❶酒杯。❷「杯事《さかづきごと》」の略。酒宴。▼「さか（酒）つき（杯）」の意。
「**杯**を啣《ふく》みて蟇《ひき》と相見たる」　石井露月
「**杯**をふせて追羽根見るとなく」　石橋秀野
「さかづきに映る祭の燈ものみほす」　篠原　梵

さか-ほがひ【酒祝ひ】《サカホガイ》〈名〉酒宴をして祝うこと。
「**酒ほがひ**倦みつかれたる睦月かな」　飯田蛇笏
「繭玉の下に足尾の**酒ほがひ**」　平畑静塔
「**酒ほがひ**老の金色沈みけり」　高屋窓秋

さから・ふ【逆らふ】《サカラウ》〈自動・ハ四〉｛は／ひ／ふ／ふ／へ／へ｝反抗する。
「ものありて川に**逆ふ**蘆の花」　山口誓子
「落葉風**逆へ**ば躬は鳥のごとし」　大野林火
「炎天に**さからふ**ことをせざりけり」　岸田稚魚
「梅凛と理に**逆は**ず青年期」　原　裕

さか・る【盛る・交る】〈自動・ラ四〉｛ら／り／る／る／れ／れ｝❶勢いがさかんになる。繁栄する。❷獣類が発情する。交尾する。
「咲き**さかる**木瓜を近みの夕ざくら」　石川桂郎
「捕虜吾に牛の**交る**は暑くるし」　佐藤鬼房
「風蝕の崖さんらんと鳥**交る**」　鷲谷七菜子
「鳥**交る**恋といふには淡すぎし」　福田甲子雄
「虫を祭れる船や音なく燃え**盛る**」　夏石番矢

さか・る【離る】〈自動・ラ四〉〔ら/り/る/る/れ/れ〕はなれる。遠ざかる。隔たる。

「**離り**きて松美しや櫻貝」　中村汀女

「箸措くや春月松を**離り**けり」　石塚友二

「**さかり**ゆくひとは追はずよ烏瓜」　鈴木しづ子

「輝る星のはなればなれに暑を**離る**」　飯田龍太

「白馬、**離り**ゆく長調のクヮルテット」　加藤郁乎

さが・る【下がる】〈自動・ラ四〉〔ら/り/る/る/れ/れ〕❶垂れる。ぶら下がる。❷低くなる。❸後になる。遅れる。❹退く。❺時がある時刻を過ぎる。❻(勢い・技能などが)衰える。

「黄泉の火をやどして切子**さがり**けり」　久保田万太郎

「揚羽蝶おいらん草にぶら**下る**」　高野素十

「簑虫の**さがれ**る下は昏き谷」　柴田白葉女

さき【先・前】〈名〉❶先端。はし。❷先頭。前。❸以前。前。過去。❹将来。

「蜻蛉の夢や幾度杭の**先**」　夏目漱石

「**さき**見たる巫子そこにをる秋の宮」　星野立子

「**先**に寝し顔のかなしき夜長の灯」　殿村菟絲子

「死の**先**を越えゆくものよ冬渚」　齋藤玄

「蟷螂の斧の**先**より枯れはじむ」　大橋敦子

「**前**の世と入れ替るかなかなかな」　齋藤愼爾

さき-が・く【先駆く・魁く】〈自動・カ下二〉〔け/け/く/くる/くれ/けよ〕他に先立って進む。他より先に物事をする。

「蓮の実の一つ**魁け**空に凪」　原コウ子

「蓮一つ**魁け**咲ける田を植うる」　有馬朗人

「**さきがけ**て薔薇の黄をとどけねばならぬ」　宇多喜代子

「**さきがけ**しうれしさこはさ梅の花」　矢島渚男

「學校のさくら咲きけり**魁け**て」　高橋睦郎

さき-がけ【先駆け・魁】〈名〉❶戦場で先頭に立って敵中に攻め入ること。また、その人。❷他に先んじること。また、その人や物。

「こがらしの**さきがけ**の星山に咲く」　大野林火

「妹がいつも**さきがけ**女郎花」　八木三日女

さき-く【幸く】〈副〉幸いに。無事に。変わりなく。▼「く」は副詞をつくる接尾語。

「菊日和天皇《すめろぎ》**幸く**在せ民と」　日野草城

「野の涯に野火のはじまり**さきく**ませ」　加藤郁乎

さき-しゃう【前生】《サキシヨウ》〈名〉現世に生まれ出る前の世。前《ぜん》世《せ》。

「**前生**の桔梗の朝に立ち昏む」　中村苑子

「**前生**といふ言葉ふと虻の顔」　川崎展宏

「**前生**をさくらと思ふ身のさぶさ」　上田五千石

さき-だ・つ【先立つ】㊀〈自動・タ四〉〔た/ち/つ/つ/て/て〕❶先に立つ。先に進む。❷真っ先に起こる。先に生じる。❸先に行う。先んずる。❸先に死ぬ。㊁〈他動・タ下二〉〔て/て/つ/つる/つれ/てよ〕先に行かせる。

「初鶏に先立つ隣家の母の声」　中村草田男
「くちびるを先立て来たり遠泳子」　能村登四郎
「ほうたるほい先立ちし人ぞろぞろほい」　後藤綾子
「胸に手を組む先立つ者の昔から」　林田紀音夫

さき-はひ【幸ひ】《サキワイ》〈名〉幸福。幸運。
「さきはひのもとも身近く春耕土」　飯田蛇笏
「幸ひと言へどキャラメルの銀紙ほど」　細見綾子

さき-は・ふ【幸ふ】《サキワウ》 一〈自動・ハ四〉{は/ひ/ふ/ふ/へ/へ}幸福になる。栄える。二〈他動・ハ下二〉{へ/へ/ふ/ふる/ふれ/へよ}幸福を与える。栄えさせる。
「そばまきのことばことだま幸きはふよ」　平畑静塔
「あらたまのさきはふ深山樒《みやましきみ》かな」　森　澄雄

さき-もり【防人】〈名〉辺境の防備についた兵士。上代から平安時代初期にかけて、壱岐《いき》・対馬《つしま》・筑紫《つくし》など九州北部に配置された兵士で、主に東国地方の農民が三年交代で徴発された。▼「崎守《さきもり》(辺境を守る人)」の意。
「防人の妻恋ふ歌や磯菜摘む」　杉田久女
「凍道やむかし防人に歌ありき」　加藤楸邨
「防人も烽火《とぶひ》も遠し葛枯るる」　文挾夫佐恵
「防人にふと木苺の鬱金《うこん》あり」　友岡子郷

さきん・ず【先んず】〈自動・サ変〉{ぜ/じ/ず/ずる/ずれ/ぜよ}先に立って事を行う。▼「さきにす」の音便形。
「翼あるもの先んじて誘蛾燈」　西東三鬼
「先んじて兄耕せし跡乾く」　中村草田男
「船の点燈夕焼激しき刻に先んず」　山口誓子
「先んじて風はらむ草颱風圏」　遠藤若狭男

さ・く【避く】〈自動・カ下二〉{け/け/く/くる/くれ/けよ}かかわらないように一定の距離を保つ。遠ざかる。のがれる。
「藁塚我を次々避くる母の死へ」　永田耕衣
「畦に避けて若き毒消売にほふ」　石川桂郎
「水引の花の人目を避くる紅」　後藤比奈夫
「うつむけど蝶のひかりは避けられず」　寺田京子

さ・ぐ【下ぐ・提ぐ】〈他動・ガ下二〉{げ/げ/ぐ/ぐる/ぐれ/げよ}❶垂らす。つり下げる。❷低い所へ下ろす。❸地位・格式や価値などを下げる。見下げる。❹目上の人などの前から退かせる。
「もの提げし僧の子につくゐのこづち」　長谷川双魚
「葱提げて煩悩の歩の前のめり」　殿村菟絲子
「死んだ子が水瓜提灯さげてくる」　眞鍋呉夫
「赤飯を下げ露の村二つ越ゆ」　福田甲子雄
「初蝶や何にとはなく頭さげ」　河原枇杷男
「産みに行く車燈に頭を下げ給いし母よ」　寺井谷子
「消えやすき灯を祭より提げ戻る」　辻　桃子

さぐり-あ・つ【探り当つ】〈他動・タ下二〉{て/て/つ/つる/つれ/てよ}探りあてる。

「さぐりあつ埋火ひとつ母寝し後」　桂　信子

「曇日の簑虫探りあてしかな」　村越化石

ささ【酒】〈名〉酒。▼もと女房詞。
「白馬會《あをうま》に賜はる酒の壽《いのちなが》」　筑紫磐井

ささ-【細・小】〈接頭〉（主に名詞に付いて）小さい。細かい。わずかな。▼後には「さざ」とも。
「花菖蒲小波びたし利根びたし」　平畑静塔
「日は午後に冬至の空のさゝ濁り」　石塚友二

ささ-・ぐ【捧ぐ】〈他動・ガ下二〉〔げ/げ/ぐ/ぐる/ぐれ/げよ〕❶両手で高く差し上げる。❷高く上げる。❸献上する。奉る。
「み仏にささぐる花も葦の花」　竹下しづの女
「餅花を今戸の猫にささげばや」　芥川龍之介
「泰山木一花を朝の日に捧ぐ」　岸風三樓
「捧ぐるものなし墓前にて日傘たたむ」　津田清子
「蝌蚪の辺に胎児をささぐごとくたつ」　佐藤鬼房
「夕永く刻も悼みを捧ぐなる」　宮津昭彦
「捧げもて氷見の初鰤とどきたり」　井上　雪

ささ-なみ-の【細波の・楽浪の】《枕詞》❶琵琶《わび》湖南西沿岸一体を楽浪《ささなみ》といったことから、地名「大津」「志賀《しが》」「長等《ながら》」「比良《ひら》」などにかかる。❷波は寄るところから「寄る」や同音の「夜」にかかる。▼「さざなみの」とも。
「ささなみの国の濁酒《どぶろく》酔ひやすし」　赤尾兜子
「さざなみのあふみに春の祭あり」　今井杏太郎
「かりがねとさざなみの志賀見えわたり」　廣瀬直人

ささ・ふ【支ふ】《ササウ・サソウ》〈他動・ハ下二〉〔へ/へ/ふ/ふる/ふれ/へよ〕支える。もちこたえる。
「学帽を耳に支へて入学す」　上野　泰
「雁塔の支へし空も雁のころ」　井沢正江
「一島を潮の支ふる曼珠沙華」　大木あまり
「山桜わがこころ根を支へねば」　金田咲子
「支ふとも縛るとも残菊に紐」　藺草慶子

さざめか・す〈他動・サ四〉〔さ/し/す/す/せ/せ〕ざわつかせる。
「がちやがちやの鳴きさざめかす葎かな」　阿波野青畝
「雨ならず萍《うきくさ》をさざめかすもの」　富安風生
「さし込んでくる日が紅葉さざめかす」　清崎敏郎

ささ-め・く〈自動・カ四〉〔か/き/く/く/け/け〕ひそひそと話す。ささやく。▼「ささ」は擬声語、「めく」は接尾語。
「己が空洞に落葉ささめく椋大樹」　山口草堂
「ささめきに蝶も加われ信夫摺」　橋　閒石
「嫁く人のほかはささめく夜の雪」　鷲谷七菜子

さざ-め・く〈自動・カ四〉〔か/き/く/く/け/け〕騒がしい音を立てる。がやがやする。ざわざわする。ざわめく。さんざめく。▼近世以前は「ささめく」とも。
「雪風の夜をさざめけり人形は」　臼田亜浪
「さゞめきて秋水落つる山家かな」　前田普羅
「春の雪病み臥すものらさざめきて」　石田波郷
「六月の花のさざめく水の上」　飯田龍太

「かんばせにさざめく翳や初扇」　下村梅子

ささ‐め‐ごと【私語・ささめ言】〈名〉❶ささやき。ひそひそ話。内緒話。❷男女間の愛のかたらい。むつごと。▼「ささめきごと」「さざめごと」とも。

「ゆくはるや同車の君の**さゝめごと**」　与謝蕪村

「月のあかるさ旅のめをとの**さざめごと**」　種田山頭火

「夜となるや椿重たき**ささめ言**」　河野多希女

さし‐【差し】〈接頭〉動詞に付いて、意味を強めたり、語調をととのえたりする。

「梅いまだ枝のひかりを**さし**かはす」　長谷川素逝

「いねがたき手を**さし**のべぬ蚊帳の外」　上村占魚

「青空に枝**さし**かはしみな冬木」　古賀まり子

「凍蝶の熟《つじ》と虚空へ**さし**かかる」　正木ゆう子

さし‐い・る【差し入る】㊀〈自動・ラ四〉{ら/り/る/る/れ/れ}❶差し込む。❷入る。入り込む。㊁〈他動・ラ下二〉{れ/れ/る/るる/るれ/れよ}入れる。▼「さし」は接頭語。

「月かげの海に**さしいり**なほ碧く」　高屋窓秋

「塩ぎつしり祈る形に掌**差し入れ**」　澤木欣一

「**さし入り**ししんじつの日や花八ッ手」　森　澄雄

「天体に身を**差し入れ**し髭くぢら」　攝津幸彦

さ‐じき【桟敷】〈名〉❶見物や物見の席として、地面より一段高く構えた観覧席。❷劇場・相撲小屋などで、一段高く作られた観客席。

「夏場所の**桟敷**蠢めく蚕かな」　久米三汀

「水打つや花火**桟敷**の組上り」　長谷川かな女

さ‐して〈副〉（下に打消の語を伴って）これといって。さほど。▼「さいて」とも。

「瓜揉んで**さして**いのちの惜しからず」　鈴木真砂女

「鉦叩虚子の世**さして**遠からず」　波多野爽波

「数の子や金婚**さして**遠からず」　深見けん二

さし‐はさ・む【差し挟む・差し挿む】〈他動・マ四〉{ま/み/む/む/め/め}❶（物の）間に入れる。❷心に持つ。▼「さし」は接頭語。

「あがなひし日記に仮に**さしはさむ**」　後藤夜半

「囀にぼそと人語を**さしはさむ**」　中村汀女

「螢火へいつも水音**さしはさむ**」　横山白虹

さ‐しも〈副〉❶あんなにも。そんなにも。それほどまでに。❷（下に打消・反語の表現を伴って）それほどには。そのようには。そうとばかり。たいして。▼副詞「さ」に、副助詞「しも」が付いて一語化したもの。

「捨トラック**さしも**かしがず枯野久し」　中村草田男

「永き日の**さしも**の海となりにけり」　岡井省二

さ・す【差す・射す】〈自動・サ四〉{さ/し/す/す/せ/せ}❶（光が）当たる。❷芽が出る。枝が伸びる。❸（雲が）わく。わき出る。❹（潮が）満ちる。

「雷や赫《かく》と日の**さす**桐の花」　石井露月

「食ひ惜しむ一片の餅月**させ**り」　加藤楸邨
「侘助に日の**射す**ことのいつも今」　草間時彦
「づかづかと日の**射し**てをり秋簾」　鷲谷七菜子
「雨粒やみどり**さし**たる牛の貌」　永島靖子

さ・す【刺す・挿す・螫す】〈他動・サ四〉｛さ／し／す／す／せ／せ｝❶突き刺す。❷食いつく。かむ。❸間に差し挟む。❹突き立てる。❺縫う。縫いつける。

「春寒や買うてすぐ**さす**ふだん櫛」　高橋淡路女
「荒野菊身の穴穴に**挿し**て行く」　永田耕衣
「鬼も蛇も来よと柊**挿さ**でけり」　後藤綾子
「**螫さ**れたる身体か夜の海泳ぐ」　小川双々子
「うつくしき櫛**さし**ゐたり秋遍路」　吉田汀史
「一茎のあざみを**挿せ**ば野のごとし」　黒田杏子
「八千草を**挿せ**鎌足の冠に」　大屋達治

さ・す【注す・点す】〈他動・サ四〉｛さ／し／す／す／せ／せ｝❶ともす。❷（酒などを）つぐ。

「水**さし**て釜の音止む野の雪解」　殿村菟絲子
「日も月も窃かに**注せ**り鴛鴦の池」　飯島晴子
「水**注し**て音のこもれる春の壺」　山上樹実雄
「初蝶や目薬**さし**て溺れさう」　辻　桃子

さ・す【指す・差す】〈他動・サ四〉｛さ／し／す／す／せ／せ｝❶目指す。向かって進む。❷指名する。❸指定する。❹掲げ持つ。かざす。差し掛ける。

「傘**さし**てまつすぐ通るきのこ山」　桂　信子
「訥々と語り葡萄の花を**指す**」　廣瀬直人
「まづ父が**指す**日本の鰯雲」　宇多喜代子
「手を出して将棋**指す**なり秋の海」　永末恵子

さ・す【鎖す・閉す】〈他動・サ四〉｛さ／し／す／す／せ／せ｝かぎなどをかける。門や戸を閉ざす。

「新涼や一と日**鎖す**戸に虫鳴いて」　臼田亜浪
「雨蛙**閉さ**ず入り来し門にひびかふ」　山口誓子
「時雨の戸**閉し**ありされど敲かばや」　波多野爽波
「堂**鎖し**て夕凍みたまふ観世音」　安東次男
「夜の秋の鍵**鎖す**音を憚りぬ」　西村和子

さ・す〈助動・下二型〉｛させ／させ／さす／さする／さすれ／させよ｝❶（使役）…せる。…させる。❷（尊敬）お…になられる。…なさる。…あそばす。❸（受身）…られる。

「人を忘れ**さする**一瞬よ山焼くる火に」　細見綾子
「栗飯を子が食い散らす散ら**させよ**」　石川桂郎
「怠惰な足は犬になめ**させ**夏休み」　鈴木六林男
「瀧の大音響吾を孤立**さす**」　津田清子
「ワイシャツ干す炎天の他触れ**させず**」　橋本美代子
「村人のさくら見**させ**てもらひけり」　矢島渚男
「蚊柱の傍に居**させ**ていただきぬ」　池田澄子

-さ・す〈接尾・サ四型〉❶（他動詞の連用形に付いて）…しかける。…し残す。（その動作や状態を中断する意を表す）

❷〈自動詞の連用形に付いて〉…しかかる。〈その動作や状態が中途である意を表す〉▼「言ひ止《さ》す」などのように、「止す」と当てることもある。

「ミモザ壺にイタリア紀行読み**さして**」　山口青邨
「読み**さし**の恋おろかしや熱帯夜」　丸谷才一
「読みさしを又読み**さして**籐寝椅子」　三村純也

ざ・す【座す・坐す】〈自動・サ変〉{せ/し/す/する/すれ/せよ}座《すわ》る。

「花一ト日仏事に**座し**て尊とけれ」　長谷川かな女
「端居よりゐこぼれてをり芝に**座し**」　後藤夜半
「火の色の石あれば来て男**坐す**」　中村苑子
「大戦のかの日日を**坐し**白き祖母」　三橋敏雄
「**坐し**てすぐ燈籠の灯に染まりけり」　中嶋秀子

さすが【流石】〈副〉❶そうはいうものの。そうかといって、やはり。前のことと裏腹になるさま。❷いかにも。なんといってもやはり。当然であるさま。

「一月の汐鳴り**さすが**鞆《とも》の浦」　鈴鹿野風呂
「髪梳くや**流石**は越の雪なりけり」　橋　閒石
「夜どほしの**さすが**乱れし踊髪」　下村梅子
「鮎食うて月も**さすが**の奥三河」　森　澄雄
「日の春を**さすが**いづこも野は厠」　高山れおな

さすが・なり【流石なり】〈形動ナリ〉{なら/なり・に/なり/なる/なれ/なれ}❶そうはいっても、やはり…だ。❷やはり、それだけのことはある。

「人通り**さすが**に絶えし白夜かな」　久保田万太郎
「男山**さすが**に春の寒さかな」　飯島晴子

さすらひ【流離(ひ)】《サスライ》〈名〉さすらうこと。漂泊。流浪。

「花火散り**さすらひ**人の如くあり」　齋藤　玄
「夏に籠る**さすらひ**ごころなしとせず」　加藤三七子

さすら・ふ【流離ふ】《サスラウ・サスロウ》㊀〈自動・ハ四〉{は/ひ/ふ/ふ/へ/へ}放浪する。さまよう。落ちぶれる。㊁〈自動・ハ下二〉{へ/へ/ふ/ふる/ふれ/へよ}放浪する。さまよう。落ちぶれる。

「ペンと月　冬木の翳に**さすらひ**て」　高屋窓秋
「遠ければ**さすらふ**ごとし夜番の柝《き》」　井沢正江
「地中なる筍のさて**さすらは**んと」　小川双々子
「凩にこころ**さすらふ**湯呑かな」　鍵和田秞子

さ-ぞ【然ぞ・嘸】〈副〉〈下に推量の表現を伴って〉さぞかし。さだめし。どんなにか。

「梅柳**さぞ**若衆かな女かな」　松尾芭蕉
「かすむ日や**さぞ**天人の御退屈」　小林一茶
「一口の若布汁熱ければ**さぞ**」　秋元不死男

さそ-ふ【誘ふ】《サソウ》〈他動・ハ四〉{は/ひ/ふ/ふ/へ/へ}❶誘う。いざなう。❷持ち去る。さらって行く。

「松籟に**誘は**れて鳴く蟬一つ」　日野草城
「藤の実やたそがれ**さそふ**薄みどり」　富田木歩
「人形を悪事に**誘ふ**日向水」　栗林千津

「散るものを誘ふ碧さの冬の空」　後藤比奈夫
「梅雨晴間孔雀を見むと妻誘ふ」　岸田稚魚

さ-た【沙汰】〈名〉❶協議。評議。裁定。訴訟。さばき。❷処置。始末。❸指図。命令。仰せ。❹知らせ。音信。報告。❺うわさ。評判。❻手配。支度。準備。
「注連作遷宮の沙汰待ちながら」　阿波野青畝
「一弟子の離婚の沙汰も十二月」　安住　敦
「七十や釣瓶落しの離婚沙汰」　文挾夫佐恵
「沙汰ありて二十世紀の小豆粥」　宇多喜代子

さだ-か・なり【定かなり】〈形動ナリ〉｛なら／なり・に／なり／なる／なれ／なれ｝確かだ。はっきりしている。
「萍《うきくさ》や月夜さだかにかすかにも」　中村汀女
「落葉踏みさだかに一人音違ふ」　殿村菟絲子
「うす〳〵としかもさだかに天の川」　清崎敏郎
「落鮎や定かならざる日の在り処《ど》」　片山由美子
「夏負けをさだかにさぐる骨の位置」　筑紫磐井

さだま・る【定まる】〈自動・ラ四〉｛ら／り／る／る／れ／れ｝❶決まる。決定する。❷安定する。落ち着く。静かになる。
「この頃の蕣《あさがほ》藍に定まりぬ」　正岡子規
「大原や日和さだまる花大根」　飯田蛇笏
「海の色まだ定まらぬ立夏かな」　中村苑子
「存念のいろ定まれる山の柿」　飯田龍太

さだ・む【定む】〈他動・マ下二〉｛め／め／む／むる／むれ／めよ｝❶決める。決定する。落ち着かせる。❷意見を出し合う。議論する。❸治める。安定させる。
「独走の流燈を夫と定め追ふ」　横山房子
「マント被り憶ひ定むる星の位置」　澤木欣一
「揚雲雀とどまる高さ定めをり」　福田甲子雄

さだめ【定め】〈名〉❶定めること。決定。❷規則。おきて。❸運命。
「開花竹星は定めの座をつづく」　平畑静塔
「なんと云ふさだめぞ山も木も野分」　細谷源二
「逢ふがわかれのさだめの落葉美しき」　木下夕爾

さだめ-な・し【定め無し】〈形ク〉｛(く)・から／く・かり／し／き・かる／けれ／かれ｝移り変わりやすい。一定しない。無常である。
「盆の川潮のみち干のさだめなく」　松村蒼石
「さだめなき日々見送れり夜の蠅」　石塚友二
「六月の雨さだめなき火桶かな」　石田波郷
「密々とパセリ繁りてさだめなし」　山田みづえ

さち【幸】〈名〉❶漁や狩りで獲物が多いこと。また、その獲物。❷幸福。しあわせ。さいわい。
「露草のひとつぶの瑠璃天の幸」　柴田白葉女
「幸うすき人と霜夜の一つ屋根」　林　翔
「まみえざることも幸とよ鰯雲」　村越化石
「稲妻のそびゆる方に幸ありや」　鷹羽狩行
「掌中に幸ある如く竜の玉」　星野　椿

さづ・く【授く】《サズク》〈他動・カ下二〉（け／け／く／くる／くれ／けよ）❶下位の者に、物を与える。授ける。❷師が弟子に伝授する。

「かへり梅雨手に**さづけ**られ枇杷三顆」　石橋秀野

「初霙大きい顔に**授け**られ」　飯島晴子

「桜濃く天が**授くる**男の児の名」　神尾久美子

「人の子に名を**授け**たる月見草」　黒田杏子

さつを【猟夫・猟男】《サツオ》 季・冬 〈名〉猟師。

「行きずりの銃身の艶**獵男**の眼」　鷲谷七菜子

「夕蘆原行きて**獵夫**の肩没す」　藤田湘子

「御降に**猟夫**はとほくゆきにけり」　田中裕明

「後の世も**猟夫**となりて吾を追へ」　藺草慶子

さ‐て【然て・扠・扨・偖】〈接続〉❶そうして。それで。そこで。（前の内容を受けて、次の話題に展開させる）❷ところで。さて。（それまでの話とは別の話を新たに言い起こす）❸そうはいうものの。ところが。（前の内容から逆説的に言いはじめる）▼副詞「さ」に接続助詞「て」が付いて一語化したもの。

「これは**さて**入学の子の大頭《おほつむり》」　山口誓子

「ぬる好きか熱好きか**さて**春の月」　宇佐美魚目

「夕顔や戸をあけて**扨**何処へゆく」　中尾寿美子

「初桜**さて**世の中は化鳥かな」　加藤郁乎

「なにが**さて**いのち祝ぐべし小豆粥」　山上樹実雄

「**さて**穴にもどるか干潟見つくして」　正木ゆう子

さては【然ては】〈接続〉❶それでは。❷あるいは。

「寒念仏**さては**貴殿でありしよな」　小林一茶

「梅雨に入る**さては**頭の後ろより」　阿部青鞋

さと【里】〈名〉❶人里。里。集落。❷上代の地方行政区画の一つ。人家五十戸を一つの「里」として、「郡《こほり》」の下に置かれた。のち「郷」と書いた。❸自分の住んでいる所。住んだことのある土地。郷里。ふるさと。❹実家。宮仕えの者の自宅。❺実家。嫁・養子・奉公人などの実家、生家。❻（都や都会に対しての）田舎。地方。在所。❼（寺に対して）俗世間。❽遊里。色里。

「白繭の信夫の**里**となりにけり」　加藤三七子

「梅の**里**水段々に落しけり」　川崎展宏

「田を植うる黒比命《くろひめ》の**里**飾るかに」　宮津昭彦

「法華寺の**里**に玉苗余りけり」　大屋達治

さ‐と【颯と】〈副〉❶さっと。ぱっと。（その動作・状態が瞬時に行われるさま）❷どっと。わっと。（多人数が一度に声を出すさま）▼中世以降は、「さっと」の形が普通になる。

「群蜻蛉**さと**向きを変ふ日のひかり」　大橋櫻坡子

「立冬を**さつと**雨降る四辻かな」　蓬田紀枝子

「錫《すず》**さつと**刷きたるごとく鱸あり」　長谷川櫂

さと・し【聡し・敏し】〈形ク〉（(く)・から／く・かり／し／き・かる／けれ／かれ）明敏である。理解が早い。賢い。

「照り昃りわれより**敏く**福寿草」　山口青邨

「きさらぎの家出て色に**さとく**なり」 長谷川双魚
「さくらさくら少女少年より**聡し**」 橋 閒石
「耳**さとく**目**ざとく**夏の露のなか」 飯島晴子
「耳**聡**き汝の耳も紅葉せよ」 大木あまり

さと・る【悟る・覚る】〈他動・ラ四〉{ら/り/る/る/れ/れ} ❶物事の道理をわきまえ知る。理解する。❷推しはかって知る。❸迷いを離れて仏道の真理を知る。
「稲妻に**さとら**ぬ人の貴《たふと》さよ」 松尾芭蕉
「雪鴉葬あることを**さとり**ゐる」 阿部みどり女
「露けさを誰にも**さとら**れまいとする」 加倉井秋を
「深秋の**悟り**きれない旅をする」 藤木清子

さ-なか【最中】〈名〉さいちゅう。たけなわの時。
「化粧の間塵もとどめず梅雨**最中**」 水原秋櫻子
「風邪負ひて紅葉**さ中**の湯を怖る」 野澤節子
「大試験**さなか**の氷湖かがやけり」 木村蕪城
「月蝕の**さ中**しろじろ黄萱原」 斎藤夏風
「寒の**最中**に石を見て石に触れ」 金田咲子
「問答の**最中**を凍る海鼠かな」 中原道夫

さ-ながら【然ながら】〈副〉❶そのまま。そのままの状態で。❷そっくりそのまま。ことごとく。❸(下に打消の語を伴って)まったく。全然。❹(下に「ごとし」「やうなり」など比況の表現を伴って)まるで。ちょうど。
「枯蓮や学舎は古城**さながら**に」 竹下しづの女
「毛糸玉幸**さながら**に巻きふとり」 能村登四郎
「母情**さながら**楓古木に粉雪舞ひ」 飯田龍太
「**さながら**に人なつかしむ寒の蠅」 攝津幸彦

さ-なき-だに【然なきだに】〈連語〉そうでなくてさえ。▼副詞「さ」＋形容詞「なし」の連体形＋副助詞「だに」
「地虫鳴く**さなきだに**谷戸低きものを」 大野林火
「**さなきだに**草津はさびし秋の風」 上村占魚
「**さなきだに**湖尻はさびし時鳥草」 上田五千石

さ-・なり【然なり】〈連語〉そうだ。そのとおりだ。▼副詞「さ」＋断定の助動詞「なり」
「はればれと**然なり**扇を置きにけり」 久保田万太郎
「捲《ま》きふかき薔薇の蕾よしばし**然なれ**」 中村草田男

さに-つら・ふ【さ丹頰ふ】サニツラウ・サニツロウ〈連語〉(赤みを帯びて)美しく映えている。ほの赤い。▼接頭語「さ」＋「に(丹)」＋名詞「つら(頰)」＋動詞をつくる接尾語「ふ」
「**さにつらふ**妹を百済の桃と讃ふ」 筑紫磐井

さね【核・実】〈名〉❶果実の種。❷根本のもの。本体。
「白驟雨桃消えしより**核**は冴ゆ」 赤尾兜子
「明日は妻戻る昼餉の梅の**核**」 伊丹三樹彦

さ-のみ【然のみ】〈連語〉❶そのようにばかり。そのようにだけ。そうむやみに。❷(下に打消の語を伴って)それほど。そんなにも。たいして。▼副詞「さ」＋副助詞「のみ」

「さのみ目に見るべからざる月とせり」　相生垣瓜人

さ-は【然は】〈副〉そうは。そのようには。▼副詞「さ」に係助詞「は」が付いて一語化したもの。

「恨み佗び**さは**待ち顔や梅雨長文」　松根東洋城

「吾妹子《わぎもこ》のいのちにひびき**さは**な鳴きそ」　篠原鳳作

「鵙叱咤癒えよ起てよと**さは**言へど」　福田蓼汀

さば-く【捌く】〈他動・カ四〉{か/き/く/く/け/け}❶(乱れもつれる物を)解きほぐす。❷使いこなす。❸うまく始末する。

「雪の暮魚を**捌ける**小人数」　清崎敏郎

「鯵**さばく**葭簀の下を水流れ」　藺草慶子

「鮭**さばく**空が壊れてゆく前に」　櫂未知子

さ-ばし-る【さ走る】〈自動・ラ四〉{ら/り/る/る/れ/れ}早く走る。早く動く。▼「さ」は接頭語。

「ぎんねずに朱ヶの**さばしる**ねこやなぎ」　飯田蛇笏

「花うぐひ**さばしり**きそふいさぎよき」　水原秋櫻子

「蕗の薹ふちを**さ走る**濃むらさき」　伊藤敬子

「鰤の子の**さばしる**夏に入りにけり」　矢島渚男

さは-だ-つ【爽だつ】《サワダツ》〈自動・タ四〉{た/ち/つ/つ/て/て}さわやかになる。爽快になる。

「おはぐろや水の**さはだつ**奥出雲」　吉田鴻司

さは-に【多に】《サワニ》〈副〉たくさん。

「**さはに**ある髪をすき居る月夜」　尾崎放哉

「底石よりも清水のあやの**さはに**して」　中村草田男

「ぬばたまの黒飴**さはに**良寛忌」　能村登四郎

「数珠玉を**さはに**つなぎてまだ軽し」　後藤比奈夫

「根のものを**多ハに**豊カに冬籠」　高橋睦郎

「神神を待つ穭《ひつじ》田の**さはに**青」　大屋達治

さばへ【五月蠅】《サバエ》 季・夏 〈名〉田植時(夏の初め)のむらがり騒ぐハエ。『古事記』では「狭蠅」。

「華胥《かしよ》の國**五月蠅**の一つ連れてゆく」　平畑静塔

「涅槃図に**五月蠅**ひとつの参じたり」　大橋敦子

「**狭蠅**なす空より独楽のあらわれて」　久保純夫

さは-やか・なり【爽やかなり】《サワヤカナリ》 季・秋 〈形動ナリ〉{なら/なり・に/なり/なる/なれ/なれ}❶すがすがしい。さっぱりしている。❷はっきりしている。明白だ。❸美しく鮮やかだ。▼「やか」は接尾語。

「竈《かまど》冷えて蠅**爽かに**遊びけり」　原石鼎

「**爽かに**眼《まなこ》の光る別れ哉」　中川宋淵

「越後湯沢に降り立ちしこと**爽やかに**」　細見綾子

さはり【障り】《サワリ》〈名〉❶邪魔。❷差し支え。妨げ。❸月経。

「芙蓉には蝕《むしば》むといふ**障り**あり」　後藤夜半

「跳ばず数ふ二月**障り**のバレリーナ」　田川飛旅子

「灌仏に青潮**さはり**なくながれ」　友岡子郷

「錦秋は月の**さはり**となりにけり」　宮入聖

さは-る【障る】《サワル》〈自動・ラ四〉{ら/り/る/る/れ/れ}❶妨げられる。

邪魔される。❷都合が悪くなる。用事ができる。
「花火会城の樹木が**障る**なり」 津田清子
「方一里**障る**ものなし椋鳥《むく》巣立」 藤田湘子
「降る雪に**さはられ**てゐるクリスマス」 攝津幸彦

さは・る【触る】《サワル》〈自動・ラ四〉{ら/り/る/る/れ/れ}手で触れる。接触する。
「ぎらぎらと晩夏の芒手に**さはる**」 松村蒼石
「麦の芽に汽車の煙の**さはり**消ゆ」 中村汀女
「ひるがほのつる観音に**さはり**をる」 辻 桃子
「浅蜊の舌別の浅蜊の舌に**さはり**」 小澤 實

さはれ《サワレ》 ㊀〈感〉えい。ままよ。どうとでもなれ。㊁〈接続〉それはそうだが。しかし。
「**さはれ**死は寒からむ母よ厚着せよ」 能村登四郎
「薄からむ**さはれ**祈らむ年の幸」 林 翔

さび-さび【荒び荒び・寂び寂び】〈副〉❶荒涼たるさまになる。さびしげに。❷心さびしい。▼「さび」を重ねて強調した語。多く「と」を伴って用いる。
「人のまへ**さびさび**ひゞき冬の堰」 原コウ子
「人声も**さびさびと**して青葉鯉」 安東次男
「僕 捨身 日暮の沖で**さびさび**浮く」 伊丹三樹彦
「**さびさびと**ステテコくはへ昼狐」 加藤郁乎

さび・し【寂し・淋し】〈形シク〉{(しく)・しから/しく・しかり/し/しき・しかる/しけれ/しかれ}❶(あるべきものがないので)物足りない。活気がない。寂しい。貧しい。❷もの悲しい。ひっそり静かである。心細い。▼上代の「さぶし」が中古に「さびし」となる。「さみし」は「さびし」がさらに変化した語。
「妻よ**さびしき**顔あげて見るか夕空」 栗林一石路
「押ならぶ海燕さへ霧は**さびし**」 橋本多佳子
「子は胸にジャズというもの**さびしき**冬」 金子兜太
「天上も**淋しからん**に燕子花《かきつばた》」 鈴木六林男
「いつの世か鯨でありし**寂しかりし**」 正木ゆう子

さ・ぶ【荒ぶ・寂ぶ】〈自動・バ上二〉{び/び/ぶ/ぶる/ぶれ/びよ}❶荒れた気持ちになる。❷(光や色が)弱くなる。あせる。❸(古びて)趣が出る。❹さびる。▼「錆ぶ」とも書く。
「箱庭も秋のけしきに**寂びにけり**」 高橋淡路女
「雪くる前の落葉松林すでに**錆ぶ**」 柴田白葉女
「頓《とみ》に冬教師の服の紺**寂びて**」 石田波郷
「桐は実に日輪**寂び**てかかりけり」 木下夕爾

-さ・ぶ〈接尾・バ上二〉{び/び/ぶ/ぶる/ぶれ/びよ}(名詞に付いて)…のようだ。…のようになる。▼上二段動詞をつくり、そのものらしく振る舞う、そのものらしいようすであるの意を表す。
「松過ぎの青**さぶ**空をかさねけり」 岡井省二
「乙女さ**び**子は母寄りに雪夜坐す」 大野林火
「懸煙草山姥のこのをとめさ**び**」 森 澄雄
「風花は雪か花かと翁**さぶ**」 大串 章

さぶ・し【寂し・淋し】〈形シク〉{(しく)・しから/しく・しかり/し/しき・しかる/しけれ/しかれ}

心が楽しまない。物足りない。▼中古以降は「さびし」。
「冬の雨さぶしからめと人の言ふ」　細見綾子
「さぶしくも野面は照りぬ梅咲けり」　高屋窓秋
「膝まづけば湖国さぶしや観世音」　草間時彦
「孟秋の真清水さぶし踝も」　攝津幸彦

さぶら・ふ【侍ふ・候ふ】《サブラウ・サブロウ》 **一**〈自動・ハ四〉〔は/ひ/ふ/ふ/へ/へ〕 ❶お仕え申し上げる。（貴人のそばに仕える意の謙譲語）❷参る。参上する。うかがう。（「行く」「来《く》」の謙譲語）❸（貴人のそばに）あります。ございます。（「あり」の謙譲語）❹あります。ございます。（「あり」の丁寧語）▼「さもらふ」の変化した語。初めは謙譲語として使われたが、中古末期ごろから丁寧語の用法が現れ、それまで用いられた「侍《はべ》り」に代わる。後「さむらふ」「さうらふ」と語形が変化する。**二**〈補助動・ハ四〉（活用語の連用形、および接続助詞「て」に付いて）…ます。…（で）あります。…（て・で）ございます。（丁寧の意を表す）
「藪陰も湯が候ととぶ螢」　小林一茶
「去《さ》ん候是は名もなき菊作り」　夏目漱石
「立待つに蟇もさむらふ峡の月」　林　翔
「狂気にて候風の鳥威」　辻田克巳
「清涼にさぶらふ猫は戀知らず」　筑紫磐井

さへ《サエ》〈副助〉❶（添加）…までも。そのうえ…まで。❷（程度の軽いものを例示し、より重大なものを予想させる）…でさえ。…だって。❸（最小限の限定）…だけでも。…なりと。▼「添《そ》へ」の変化したもので、「添加」を表すのが、本来の用法。
「るすにきて梅さへよそのかきほかな」　松尾芭蕉
「爪切るはさみさへ借りねばならぬ」　尾崎放哉
「この新樹月光さへも重しとす」　山口青邨
「燈火親し言ひたきことのいへるさへ」　稲垣きくの
「朧にて寝ることさへやなつかしき」　森　澄雄
「金魚玉昭和でさへもなくなりぬ」　榎本好宏

さへ-ぎ・る【遮る】《サエギル》〈他動・ラ四〉〔ら/り/る/る/れ/れ〕 ❶妨げる。❷隔てて見えなくなる。▼「先《さい》切《ぎ》る」の転。
「誘蛾燈遮りたるは人影か」　高野素十
「夜の瀬音さへぎり鳴くは葭切か」　水原秋櫻子
「鉄の扉までの月下さへぎる物もなし」　安東次男

さ-ほど【然程】〈副〉それほど。大して。
「青芒歴史はさほど遠からず」　京極杞陽

さほ-ひめ【佐保姫】《サオヒメ》 季・春 〈名〉春を支配する女神。平城京の東方にある佐保山を神格化したもの。五行思想で東は春に当たる。春の霞《かすみ》は佐保姫が織りなすものとされる。▼秋の女神は竜田姫《たつたひめ》。
「佐保姫の眼をきれ長に風吹ける」　今瀬剛一
「佐保姫に山童の白にぎりめし」　大串　章
「佐保姫の海より来たる素足かな」　大屋達治

さま【様】〈名〉❶ようす。ありさま。状態。❷容姿。身なり。

品格。態度。❸趣。趣向。❹形式。❺やり方。方法。
「様見えて土になりゐる落葉かな」 松根東洋城
「賽子《さいころ》のころがるさまに雪卸」 阿波野青畝
「はしたなき昼寝の様をみられけり」 篠原鳳作
「火の奥に牡丹崩るるさまを見つ」 加藤楸邨
「目薬さす落花を仰ぐさまをして」 安住 敦
「晩菊は世に隠れたるさまにかな」 清崎敏郎
「文楽の嘆きのさまも雁の頃」 山田みづえ

-さま【様】〈接尾〉❶(動詞の連用形に付いて)㋐…のとき。…するとすぐに。㋑…するぐあい。…のようす。▽「-ざま」とも。❷(名詞・代名詞に付いて)…の方。…の方面。▽「-ざま」とも。❸…さま。(室町時代以降の用法で、人名・官職名や身分の名などに付いて、敬意を表す)
「落ちざまに野に立つ櫛や揚げ雲雀」 中村苑子
「真向の芦の枯れざま舞扇」 桂 信子
「腕ぬけて振りむきざまの嗚咽《をえつ》かな」 高柳重信
「目もとより時雨の晴るる庵主さま」 川崎展宏
「すれ違ひざまに火の香や秋の蝶」 河原枇杷男
「秋草を活けて宮様お迎へす」 星野 椿
「凌霄や寄せて男波の崩れざま」 七田谷まりうす

さま-ざま・なり【様様なり】〈形動ナリ〉{なら/なり・に/なり/なる/なれ/なれ}いろいろである。
「さま〳〵に恋つくしたる蛙かな」 石井露月
「さまざまに雨降る戸棚の奥深く」 津沢マサ子

さま・す【冷ます】〈他動・サ四〉{さ/し/す/す/せ/せ}❶(熱いものを)冷やす。❷(高まった気持ち・興味などを)しずめる。
「夕蟬の揃ひ大地を冷ましけり」 阿部みどり女
「船笛のこだまが冷ます聖夜餐」 鷹羽狩行
「さましゐて冷ましすぎたる葛湯かな」 片山由美子

さま・す【覚ます・醒ます】〈他動・サ四〉{さ/し/す/す/せ/せ}❶目覚めさせる。❷迷いや物思いから覚めるようにする。悲しみを薄れさせる。
「目を覚ます去年繙きしものの辺に」 石川桂郎
「山車曳いて田畑を覚ます春祭」 馬場移公子
「百合ひらき甲斐駒ヶ嶽目をさます」 福田甲子雄
「青海波悪霊すでに目を覚まし」 鳴戸奈菜

さまた・ぐ【妨ぐ】〈他動・ガ下二〉{げ/げ/ぐ/ぐる/ぐれ/げよ}妨害する。邪魔する。
「赤ん坊の昼寝妨げ駄目爺」 石塚友二
「皿洗ふ音も春宵さまたげず」 皆吉爽雨
「妨げにならぬ蓑虫掲示読む」 森田 峠

さ-まで【然まで】〈副〉そうまで。それほどまで。
「紫のさまで濃からず花菖蒲」 久保田万太郎
「尾道の花はさまでも櫻鯛」 後藤夜半

さまよ・ふ【彷徨ふ・さ迷ふ】《サマヨウ》〈自動・ハ四〉{は/ひ/ふ/ふ/へ/へ}❶うろうろする。漂い歩く。❷心が落ち着かない。迷う。

「笹枯るる明さ山中猫さまよひ」 橋本多佳子

「拓榴《ざくろ》揺れゐてさ迷へる国ありき」　飯田龍太
「さまよへる翅音かすかに夏蓬」　鷲谷七菜子
「山いまも霞の中をさまよへる」　長谷川櫂

さ・む【冷む】〈自動・マ下二〉{め/め/む/むる/むれ/めよ} ❶熱が去る。熱がひく。さめる。❷関心が薄れる。興ざめする。
「ミモーザの花下の珈琲まだ**冷め**ず」　阿波野青畝
「外燈つく芝焼かれまだ**冷め**ざるに」　秋元不死男
「葛溶きし余り湯のすぐ**冷め**にけり」　大石悦子

さ・む【覚む・醒む】〈自動・マ下二〉{め/め/む/むる/むれ/めよ} ❶眠りや夢・酔いなどからさめる。❷迷いや物思いからさめる。
「雷をまぢかに**覚め**てかしこまる」　種田山頭火
「ぬれ縁に早桃おとせし音に**さむ**」　前田普羅
「御僧や今朝さへづりの揶揄《やゆ》に**覚め**」　川端茅舎
「短日やつぶやけば**醒む**ひとつの名」　楠本憲吉
「心**覚むる**を待たず初蝶去りゆけり」　藤田湘子

さ・む【褪む】〈自動・マ下二〉{め/め/む/むる/むれ/めよ} (色が)褪せる。
「秋風や彩色**さむる**塔の裏」　松根東洋城
「日りんのしだいに**さむる**桐広葉」　飯田蛇笏
「夕焼の**さむれ**ど湖舟灯をつけず」　阿波野青畝
「夕焼の**褪め**てしまへば明日の雲」　後藤比奈夫

さむ・し【寒し】 季・冬 〈形ク〉{(く)・から/く・かり/し/き・かる/けれ/かれ} ❶寒い。❷貧しい。貧弱である。
「でゞ虫の腸《はらわた》**さむき**月夜かな」　原石鼎
「もの言へば円空仏も**さむかりき**」　加藤楸邨
「鶸啼いて君が住む山**寒から**ん」　中川宋淵
「ジャズ**寒し**それをきき麵麭《パン》を焼かせをり」　石田波郷
「日暮れは**寒し**足下の街に馬集まり」　金子兜太
「人の顔ふたたび**寒く**松過ぎぬ」　井沢正江
「**寒き**日や障子のうちに煮ゆるもの」　高橋睦郎

さむ-み【寒み】〈連語〉寒いので。▼形容詞「さむし」の語幹＋接尾語「み」
「かりそめの病なれども朝**寒み**」　夏目漱石
「夜を**寒み**髪のほつれの影となる」　石橋秀野
「倖ちうすき頤持つや蘭**寒み**」　鈴木しづ子
「朝**寒み**ほとけの蹠見まく欲る」　伊丹三樹彦

さ-も【然も】〈副〉❶いかにも。まったく。ほんとうに。❷(下に打消の語を伴って)それほど。たいして。▼副詞「さ」に係助詞「も」が付いて一語化したもの。
「古庭に**さも**定まりて蟻の道」　中村草田男
「亡き父に**さも**似て歩む雪の道」　相馬遷子
「秋茄子《なすび》剪る**さも**大事さうな音」　飯島晴子
「**さも**貞淑さうに両手に胼出来ぬ」　岡本眸
「**さも**なくば独活の花見て帰られよ」　榎本好宏

さも-あら-ば-あれ【然も有らば有れ】〈連語〉どうなろうともかまわない。どうとでもなれ。▼副詞「さも」＋ラ変動詞「あり」の未然形＋接続助詞「ば」＋ラ変動詞「あり」の

命令形

「学窓秘話さもあらばあれかたつむり」　竹下しづの女

「遮莫《さもあらばあれ》焦げすぎし目刺かな」　久保田万太郎

「遮　莫　秋　水　に　顔　写　り」　森　澄雄

「『遮莫』二字書きて春は暮れたり」　折笠美秋

さ-やう-なら【左様なら】サヨウナラ〈感〉別れの挨拶語。▼もとは接続詞で「それならば」の意。

「炬燵の火よきほどにして左様なら」　山口青邨

「さようなら霧の彼方も深き霧」　三橋鷹女

「崖の端のひなげし浅間山《あさま》さやうなら」　川崎展宏

「声白き霧氷となれりさやうなら」　平井照敏

「さやうなら笑窪荻窪とろゝそば」　攝津幸彦

さ-やう-なり【左様なり・然様なり】サヨウナリ〈形動ナリ〉{なら/なり・に/なり/なる/なれ/なれ}　そのようだ。そのとおりだ。

「罌粟の花さやうに散るは慮外なり」　夏目漱石

「ことほど左様に汗はしぶといものだから」　櫂未知子

さやか-なり【清かなり・明かなり】〈形動ナリ〉{なら/なり・に/なり/なる/なれ/なれ}　❶はっきりしている。❷明瞭《めいりょう》だ。❷高く澄んでいる。さえてよく聞こえる。❸大変に明るい。

「乗鞍岳雪さやかなり桑の上に」　水原秋櫻子

「秋簾素顔さやかに人にあふ」　柴田白葉女

「織り上げて藍さやかなり今年絹」　古賀まり子

「田作はさはにさやかに目をならべ」　飴山　實

さや-ぐ〈自動・ガ四〉{が/ぎ/ぐ/ぐ/げ/げ}（草木の葉などが）さやさやと音を立てる。

「朝みぞれ夕みぞれとてさやぐ木よ」　細谷源二

「月代や竹のさやぎを身のほとり」　岸田稚魚

「新茶酌む竹のさやげる朝の庭」　皆川盤水

「竹若し日ざしをさやぐ音に変へ」　宮津昭彦

さや-け-し【清けし・明けし・爽けし】季・秋〈形ク〉{(く)・から/く・かり/し/き・かる/けれ/かれ}　❶明るい。明るくてすがすがしい。❷すがすがしい。きよく澄んでいる。

「熱さめて心さやけし蟲の宵」　富田木歩

「鷹現れていまぞさやけし八ヶ嶽」　石田波郷

「草刈も影もさやけし花凝宝珠《はなぎぼし》」　藤田湘子

「貝ひとつのせてさやけきたなごころ」　遠藤若狭男

さや-に【清に・明に】〈副〉はっきりと。あきらかに。

「月照りて描きし眉もさやに見ゆ」　日野草城

「音さやに家一とめぐり嫁が君」　中村草田男

「火取虫思ひをさやにかはし得ず」　文挾夫佐恵

「ビール冷ゆ渓流さやに笛となり」　原　裕

さ-や-る【障る】〈自動・ラ四〉{ら/り/る/る/れ/れ}　❶触れる。ひっかかる。❷差しつかえる。妨げられる。

「初島にさやる下枝《しづえ》の春意かな」　富安風生

「銀漢や野山の氷相さやり」　高屋窓秋

「夏童女白鷺の檻へ手はさやり」　渡邊白泉

さ・ゆ【冴ゆ】 季・冬 〈自動・ヤ下二〉(え/え/ゆ/ゆる/ゆれ/えよ)❶冷えこむ。冷たく凍る。❷光・音・色などが澄みわたる。さえる。

「冬萌や夕踏まれて朝**冴ゆ**」加藤知世子
「白菊とわれ月光の底に**冴ゆ**」桂　信子
「葛城や夜の念仏の鉦《かね》**冴ゆる**」有馬朗人
「灯を消してより鍋釜のあたり**冴ゆ**」小檜山繁子
「一つ火の再びの火の**冴ゆる**かな」西村和子

さ‐よ【小夜】〈名〉夜。▼主に和歌に用いられ、「さよ更けて」の形で詠まれることが多い。「さ」は接頭語。

「籾磨《もみすり》や遠くなりゆく**小夜**嵐」芝不器男
「**小夜**時雨樞《くる》おとして格子うち」石橋秀野
「**小夜**更けて霰らしきが散らばりぬ」手塚美佐

さら・す【晒す・曝す】〈他動・サ四〉(さ/し/す/す/せ/せ)❶外気・風雨・日光の当たるにまかせて放置する。❷布を白くするために、何度も水で洗ったり日に干したりする。❸人目にさらす。

「百千の指紋の躍る書を**曝す**」竹下しづの女
「楮**晒す**声の終りの水の音」加藤楸邨
「生きざまを**曝し**てをりし田螺かな」京極杞陽
「漢籍を**曝し**て父の在るごとし」上田五千石

さら‐に【更に】〈副〉❶その上。重ねて。いっそう。ますます。❷改めて。新たに。事新しく。今さら。❸(下に打消の語を伴って)全然…(ない)。決して…(ない)。

「鼻かみて雪夜を**更に**貧しうす」原コウ子
「人生を**さらに**離るる秋思かな」中尾寿美子
「月光裡さくらの**更に**さくら色」きくちつねこ
「枯薄まはりを見ては**更に**枯れ」小泉八重子
「大雨を妻は来つ　胸中**さらに**豪雨ならむ」折笠美秋

さら‐ば【然らば】㊀〈接続〉❶(順接の仮定条件)それならば。そうしたら。❷(逆説の確定条件。下に打消の語を伴って)それなら…すべきなのに。それなのに。しかるに。㊁〈感〉それでは。では。さようなら。(別れのあいさつの語)▼ラ変動詞「さり」の未然形「さら」に接続詞「ば」が付いて一語化した。

「草くれて**さらばさらば**よ駒の主」小林一茶
「いざ**さらば**甘栗むかん雪夜かな」芥川龍之介
「ぼろ市**さらば**精神ぼろの古男」西東三鬼
「夏ばての**さらば**東京行進曲」八田木枯
「**さらば**御嶽銀漢に見送らる」福田甲子雄
「**さらば**夏の日輪を踏まばいまはの火」加藤郁乎
「御僧の**さらば**と別る野焼かな」田中裕明

さら・ふ【復習《サラ》ふ《ウ》】〈他動・ハ四〉(は/ひ/ふ/ふ/へ/へ)復習する。

「叱られて三味線**さらふ**浴衣かな」久保田万太郎
「夜の秋の謡を**さらふ**妻わかし」飴山　實
「枯山に唄を**さらへ**る鵤《いか》るかな」矢島渚男

さら・ふ【浚ふ・渫《サラ》ふ《ウ》】〈他動・ハ四〉(は/ひ/ふ/ふ/へ/へ)❶川・井戸

などの底、また容器の中などのものを取り去る。

「母と子の生活の幅の溝浚ふ」　菖蒲あや

「溝浚ふ家並の影を濃くすべく」　加倉井秋を

さら・ふ【攫ふ・掠ふ】《サラウ》〈他動・ハ四〉｛は／ひ／ふ／ふ／へ／へ｝すきを見て奪い去る。全部持ち去る。

「薫風にさらはれさうな駅広場」　野澤節子

「顔古き夏ゆふぐれの人さらひ」　三橋敏雄

「木枯にさらはれたくて髪長し」　熊谷愛子

「攫はれるほどの子ならず七五三」　亀田虎童子

「朝顔や風にさらはれさうな母」　鍵和田秞子

「十三夜姉を攫ひに来る蝶か」　齋藤愼爾

「蝶あらく荒くわが子を攫ひゆく」　石　寒太

さらぼ・ふ《サラボウ》〈自動・ハ四〉｛は／ひ／ふ／ふ／へ／へ｝やせ衰える。▼近世以後は「さらばふ」。

「沼神の老いやさらばひ菱の花」　原　石鼎

「御僧のさらばへざまや十夜鉦」　草間時彦

ざら・む〈連語〉❶（「む」が意思の場合）…まい。❷（「む」が推量の場合）…ないだろう。▼打消の助動詞「ず」の未然形「ざら」＋推量・意思の助動詞「む」

「医の友の年祝《ほ》ぐ宴《うたげ》行かざらむ」　水原秋櫻子

「紙《かみ》子《こ》着てゐるとは誰も知らざらむ」　加藤楸邨

「蓬《よもぎ》まで蓬まで来て老いざらむ」　永田耕衣

さ・り【然り】〈自動・ラ変〉｛ら／り／り／る／れ／れ｝❶そうだ。そうである。

そのようである。❷適切である。それにふさわしい。▼副詞「さ」にラ変動詞「あり」の付いた「さあり」の変化した語。

「さりとては此長い日を田舎哉」　小林一茶

「ゆく秋のさりとは風のなき日にて」　久保田万太郎

さりげ・な・し【然りげ無し】〈形ク〉｛（く）・から／く・かり／し／き・かる／けれ／かれ｝そのようなようすが見えない。何もなかったようすである。▼「さりげ」は「然《さ》あり気《げ》」の変化した語。

「さり気なく聞いて身にしむ話かな」　富安風生

「ペンだこに手袋被せてさりげなく」　竹下しづの女

「さりげなくゐてもの思ふ端居かな」　高橋淡路女

「さりげなく置きて白魚売られけり」　蓬田紀枝子

「このさり気なきやどかりの流転かな」　中原道夫

さり・ながら【然りながら】〈接続〉しかしながら。そうではあるが。

「露の世はつゆの世ながらさりながら」　小林一茶

「萩芒来年逢んさりながら」　正岡子規

「若き日の虹今の虹さりながら」　篠田悌二郎

「あたたかしその人柄もさりながら」　下村梅子

さる【然る】〈連体〉❶そういう。そんな。❷しかるべき。立派な。❸ある。▼ラ変動詞「さり」の連体形から変化した語。

「さる方にさる人すめるおぼろかな」　久保田万太郎

「さる程に萩も芙蓉も実となんぬ」　安住　敦

「さる寺の煤け杉戸の曼珠沙華」　能村登四郎

さ・る【去る】■一〈自動・ラ四〉｛ら／り／る／る／れ／れ｝❶（季節や時刻を表す語に付いて）来る。なる。❷離れる。立ち去る。❸（地位などから）退く。おりる。❹過ぎ去る。❺（「世をさる」の形で）死ぬ。出家する。❻変化する。あせる。❼隔たる。■二〈他動・ラ四〉❶遠ざける。離す。❷離縁する。

「望の月雨を尽して雲**去りし**」　渡邊水巴
「夜**さり**この河べの氷思ほゆる」　高屋窓秋
「綿虫や誰もが影を置いて**去る**」　栗林千津
「海へ**去る**水はるかなり金魚玉」　三橋敏雄
「夕**されば**人と離るる春の鹿」　和田悟朗
「志高くて**去れり**龍の玉」　田中裕明

ざ・る【戯る】〈自動・ラ下二〉｛れ／れ／る／るる／るれ／れよ｝❶たわむれる。はしゃぐ。❷才気がある。気が利く。❸色気がある。❹しゃれている。風情がある。趣がある。▼「さる」とも。

「甚平や簡素の文字を**戯れ**書きに」　秋元不死男
「酔うて男は金魚に**戯るる**ときありぬ」　文挾夫佐恵
「旅の女の**戯**《ざ》**れ**唄しばし夏の後」　金子兜太

され-かうべ【髑髏《サレコウベ》】〈名〉風雨にさらされてしらけた頭骨。どくろ。▼「曝《さ》れ頭《こうべ》」の意。

「あやめ生ひけり軒の鰯の**されかうべ**」　松尾芭蕉
「つはぶきの蘂や小猫の**されかうべ**」　多田智満子
「**髑髏**磨く砂漠の月日かな」　津田清子

ざれ-ごと【戯れ言】〈名〉ふざけて言う言葉。冗談。▼「ざれこと」とも。

「**戯れ言**で別れてきしが風花す」　小泉八重子

され-ど【然れど】〈接続〉そうではあるが。けれども。だが。

「かつこうや農魂**されど**額小さし」　細谷源二
「泪いづ**されど**嫁菜のごまよごし」　中尾寿美子
「池涸るる**されど**刈込み行き届き」　波多野爽波
「天気かな**されど**見えざる雪降る愛よ」　折笠美秋
「**されど**死は水羊羹の向かう側」　櫂未知子

され-ども【然れども】〈接続〉そうではあるが。けれども。だが。しかし。▼ラ変動詞「さり」の已然形に接続助詞「ども」が付いて一語化したもの。

「男憎し**されども**恋し柳散る」　鈴木真砂女
「鶏頭や**されども**赤き唐辛子」　森　澄雄

され-ば【然れば】■一〈接続〉❶そうであるから。それゆえ。だから。❷そもそも。いったい（ぜんたい）。❸さて。ところで。■二〈感〉そう。さよう。まったく。（相手の質問に応じる語）▼ラ変動詞「さり」の已然形に、接続詞「ば」が付いてできた語。

「啞蟬や**されば**無音の地の乾き」　富澤赤黄男
「不退寺の**されば**やここに真葛《さねかづら》」　森　澄雄

さわが・し【騒がし】〈形シク〉｛（しく）・しから／しく・しかり／し／しき・しかる／しけれ／しかれ｝❶騒がしい。騒々しい。❷忙しい。あわただしい。落ち着かない。❸世の中が穏やかでない。騒然としている。

「寂として遠く騒がし夜半の冬」　大須賀乙字
「暁闇や耳騒がしき霜の聲」　石塚友二
「口中に梨さわがしやナセル死す」　加藤知世子
「蜜豆を食ぶさわがしき舌二枚」　大屋達治

さを【竿・棹】《サオ》〈名〉❶木や竹の棒。❷（船を進める）さお。水棹《みさお》。❸衣類をかける木または竹の棒。衣紋《えもん》掛け。
「ぬるむ水に棹張りしなふ濁りかな」　杉田久女
「一と竿に干しも干したり足袋ばかり」　高橋淡路女
「若布《め》刈棹淡路の山の秀《ほ》より高」　平畑静塔
「深川や竿竹売りも冬の声」　桂信子
「浦島草夜目にも竿を延したる」　草間時彦

さ-をとめ【早乙女・早少女】《サオトメ》 季・夏 〈名〉❶田植をする女。植女《うえめ》。❷おとめ。少女。▼「さ」は接頭語。
「早乙女やつげのをぐしはさ、で来し」　与謝蕪村
「早乙女や箸にからまる草の花」　小林一茶
「早乙女の夕べの水にちらばりて」　高野素十
「踏切を越え早乙女となりゆけり」　波多野爽波

さん-かう【三更】《サンコウ》〈名〉時刻の名。「五更《ごこう》」の第三。今のおよそ午後十一時から午前一時。子《ね》の刻に当る。
「灯を過ぐる蚊の音かれて夜は三更」　尾崎紅葉
「朧三更友ありき否兄ましき」　中村草田男

さん-げ【散華・散化】〈名〉法事の時などに、清めのために、読経《どきょう》しながら樒《しきみ》の葉や紙製の蓮《はす》の花びらなどをまき散らすこと。▼仏教語。
「朴散華即ち知れぬ行方かな」　川端茅舎
「蓮散華美しきものまた壊る」　橋本多佳子
「沙羅散華神の決めたる高さより」　鷹羽狩行
「焚き余す萩へ散華のふたみひら」　手塚美佐

さん-げ【懺悔】〈名〉❶過去の罪悪を悔いて、仏の前などで告白し、その許しをこうこと。❷転じて、包み隠さずに心の中を打ち明けること。▼近世中期以後「ざんげ」。
「懺悔の涙ぽつんと冬木ともるとき」　大野林火
「懺悔室懺悔つもりて黴びにけり」　堀口星眠
「みみず鳴く日記はいつか懺悔録」　上田五千石

さん・ず【参ず】〈自動・サ変〉｛ぜ／じ／ず／ずる／ずれ／ぜよ｝参上する。参る。（「行く」の謙譲語）
「飄々と雲水参ず一茶の忌」　飯田蛇笏
「椿咲き悉皆《しっかい》忘却の茶に参ず」　水原秋櫻子
「菊に早き萩にはおそき忌に参ず」　鈴木真砂女
「まんじゆしやげ飛車角参じ候や」　栗林千津

さん・ず【散ず】[一]〈自動・サ変〉｛ぜ／じ／ず／ずる／ずれ／ぜよ｝❶散る。散ってなくなる。❷逃げ失せる。退散する。[二]〈他動・サ変〉❶散らす。ばらまく。❷恨み・憤り・不安・不審などを晴らす。
「老銀杏散ずる快を貪れる」　相生垣瓜人
「鞦韆の月に散じぬ同窓会」　芝不器男
「噴水が噴き大都市の鬱散ず」　津田清子

さんまい【三昧】〈名〉❶心を一つの対象に集中して、乱さないこと。心が統一されて安定していること。また、その境地。❷好き勝手にすること。したいままにすること。

「月見して如来の月光**三昧**や」　松瀬青々

「洗面の水**三昧**に小鳥来る」　上田五千石

「泪目やしくじり**三昧**夜は朧」　宇多喜代子

し

し【己】〈代名〉❶おのれ。自分。❷なんじ。おまえ。

「寒鴉**己**が影の上へにおりたちぬ」　芝不器男

「**己**が影に釘打つてゐる夜長人」　安東次男

し〈副助〉〈強意〉文節を強調する。…こそ。…さえ。▼「係助詞」「間投助詞」とする説もある。中古以降は、「しも」「しぞ」「しか」「しこそ」など係助詞を伴った形で用いられることが多くなった。

「君が代や旅に**し**あれど笥《け》の雑煮」　小林一茶

「うたかたと文字に**し**書けば遠き鵙」　中村汀女

「朴咲けり生きとし生けるもの仰ぎ」　石田波郷

「余花しづく髪に**し**磨崖仏もまた」　きくちつねこ

「雄蘂相逢ふいまし**し**スパルタのばら」　加藤郁乎

「夢ありや生きとし生けるものに雪」　折笠美秋

「菜の花や妻に**し**あれば耳冷ゆる」　田中裕明

じ〈助動・特殊型〉〔○／○／じ／じ／じ／○〕❶（打消の推量）…ないだろう。…まい。❷（打消の意思）…するつもりはない。…ないようにしよう。…まい。▼主語が一人称の場合は②の意味に、二人称・三人称の場合は①の意味になることが多い。

「勧進の鈴聞きぬ春も遠から**じ**」　前田普羅

「麻茂り伏屋の軒を見せ**じ**とす」　富安風生

「庭の松小さし雷呼ぶこともあら**じ**」　山口青邨

「掛布團二枚の今後夢は捨て**じ**」　永田耕衣

「夢いまだ子には託さ**じ**いわしぐも」　木下夕爾

「いくさなき国などあら**じ**鳥帰る」　安東次男

「不遇とも思は**じ**秋の片日焼」　伊藤白潮

し-あはせ【仕合はせ・幸せ】シアワセ〈名〉❶運。めぐりあわせ。❷よい運にめぐまれていること。好運。

「菜の花が**しあはせ**さうに黄色して」　細見綾子

「**しあはせ**を告げに来て泣く暮はやし」　加藤知世子

「布巾おろすは**幸せ**に似て蝉しぐれ」　北原志満子

しか【然】〈副〉❶そう。そのとおり。そのように。〈先に述べた事柄をさす〉❷そのとおり。そう。〈相手の言うことを肯定して相づちを打つ意〉

「ビール吹くかつて波郷と**しか**せりき」　加藤楸邨

「庵主の**しか**嘆かひそ庭落葉」　伊丹三樹彦

し-か〈連語〉…か。…か、いや…でない。〈疑問・反語の意を強める〉▼強意の副助詞「し」＋疑問の係助詞「か」

「生きもの丶塵をいつ**しか**蟻地獄」　山口誓子

「群千鳥何食ひてしか跡もなし」　殿村菟絲子
「蚊帳の中いつしか応えなくなりぬ」　宇多喜代子

しかう-して【而して・然して】《シコウシテ》〈接続〉そうして。それから。▼「しかくして」のウ音便。「しかして」とも。
「春風やしかうしてから柳から」　小林一茶
「而して春草うたゝ人うたゝ」　高野素十
「高き窓に礫を欲し而して咳く」　渡邊白泉
「夏あらし而してわが紺屋絶え」　八田木枯

しか-じか【然然】〈副〉これこれ。こうこう。▼「しかしか」とも。具体的な内容を省略する時に用いる語。
「拡声機しかじかと芽木暮るるまで」　中村汀女
「松過ぎや酔うて来し仕儀しかじかと」　永井東門居
「しかじかと貨物列車が通りゆく」　阿部青鞋

しか-す-がに【然すがに】〈副〉そうはいうものの。そうではあるが、しかしながら。▼上代語。副詞「しか」＋動詞「す」の終止形＋接続助詞「がに」が連なって一語化したもの。一般には「しか」が「さ」に代わった「さすがに」が多く用いられるようになる。
「しかすがに撫子《なでしこ》赤し草いきれ」　松根東洋城
「しかすがに雪にときめく心あり」　瀧　春一
「しかすがに秋の蚊連れの媼かな」　中尾寿美子
「恋路しかすがに末黒の薄かな」　岩城久治

しかと【確と】〈副〉❶はっきりと。❷確かに。必ず。❸すきまもなく、ぎっしりと。
「灯を消してなほ確かとある破魔矢かな」　永井龍男
「留針を真昼の蝶にしかと刺す」　中村苑子
「春暁の焼くる我家をしかと見き」　桂　信子
「寒中を抜けゆく音の確とあり」　岸田稚魚
「蓮の花風音しかと蚶満寺」　皆川盤水

しが-な〈終助〉（自己の願望）…たいものだ。…たいなあ。▼終助詞「しが」に終助詞「な」が付いて一語化したもの。「てしがな」「にしがな」の形で使われることが多い。
「マント着て魔女の力を得てしがな」　西村和子

し-かばね【屍】〈名〉死体。なきがら。かばね。
「萍のわが屍を蔽ふべく」　三橋鷹女
「しかばねの九穴濡るる秋深し」　高橋睦郎

しか-も【然も】㊀〈連語〉❶そのようにも。❷（下に「…か」を伴って）そんなにも（…かなあ）。▼「も」は係助詞。㊁〈接続〉なおその上に。
「富士白衣《びゃくえ》弾琴しかも唱《うた》の声」　中村草田男
「うすうすとしかもさだかに天の川」　清崎敏郎
「陸橋の逢曳しかも十二月」　堀井春一郎

しがらみ【柵】〈名〉川の流れをせきとめるため、杭《くい》を打ち渡し、竹・柴《しば》などを横にからませたもの。ひゆ的に、物事をひきとめるものをいうことも多い。
「しがらみを落花の水のみ過ぐ」　山口誓子

「歳月にしがらみ掛けよ山桜」　橋　閒石
「しがらみと言へば恋なり冷し葛」　八田木枯
「しがらみを抜けてふたたび春の水」　鷹羽狩行
「しがらみのひとときは濃く花樗」　寺井谷子

しか・り【然り】〈自動・ラ変〉{ら/り/り/る/れ/れ}そうである。▼副詞「しか」にラ変動詞「あり」が付いた「しかあり」の変化した語。
「春立てりまづ髭剃らむ**然る**後」　石塚友二
「**然り**藤房のしたたる直下にゐき」　小川双々子
「**然る**あひだに旧臘の酔まはる」　中原道夫

しきり-に【頻りに】〈副〉❶繰り返し。しばしば。たびたび。❷たいそう。むやみに。
「日暮る、や夜蟬**頻りに**葉を落ち合ふ」　原　石鼎
「鳥かげの**しきりに**さすや暮の春」　久保田万太郎
「春落葉**しきりに**音をかさねけり」　岸田稚魚
「父として**しきりに**かなし春の海」　鈴木六林男
「春田のなか**しきりに**勇気勇気といふ」　飯島晴子
「杉の雪**しきりに**落ちぬ初薬師」　大峯あきら
「老山河花火**しきりに**揚がるなり」　徳弘　純

しき・る【頻る】〈自動・ラ四〉{ら/り/る/る/れ/れ}何度も繰り返す。あとからあとから続く。
「**頻り頻る**これ俳諧の雪にあらず」　中村草田男
「落葉松《からまつ》の葉のふり**しきる**とき陽の箭《や》」　富澤赤黄男

「去年《こぞ》今年雪降り**しきる**閉伊郡《へいごほり》」　眞鍋呉夫
「残花なほ降り**しきる**ことありと知れ」　川崎展宏
「篠原の那須を深しと雪**頻る**」　高橋睦郎

し・く【如く・若く・及く】〈自動・カ四〉{か/き/く/く/け/け}❶追いつく。❷匹敵する。及ぶ。
「著心の古き頭巾に**しく**はなし」　正岡子規
「あかぎれや貝詰膏に**如く**はなき」　水原秋櫻子
「冷ややか胸にをさめておくに**及かず**」　安住　敦
「螻蛄の闇鬼の安吾に**及かざる**も」　佐藤鬼房

しげ・し【繁し】〈形ク〉{(く)・から/く・かり/し/き・かる/けれ/かれ}❶（草木が）茂っている。❷多い。たくさんある。❸絶え間がない。しきりである。❹多くてうるさい。多くてわずらわしい。
「たたずみて秋雨**しげき**花屋跡」　飯田蛇笏
「稲光見舞妻来ぬ夜は**しげし**」　石田波郷
「浪**繁き**子のよろこびを岸辺にし」　下村槐太
「虫**しげし**四十とならば結城着む」　桂　信子
「垣を結ひ直して落花**しげからず**」　清崎敏郎
「**しげく**逢はば飽かむ余寒の軒しづく」　田中裕明

しこ【醜】〈名〉頑強なもの。醜悪なもの。〈多くは、憎みののしる語〉▼「しこ女《め》」「しこ男《お》」「しこほととぎす」のように直接体言に付いたり、「しこつ翁《おきな》」「しこの御楯《みたて》」のように格助詞「つ」「の」を添えて体言を修飾する。
「風呂敷に**醜**の貽貝《ひいが》をもたらしつ」　佐野まもる

「手袋をはめわが醜をわが摑む」　林　翔

「苞ひらき醜の自然薯現はるる」　澤木欣一

「炎帝へ醜の翁と出で立ちぬ」　山上樹実雄

「わが庭にはや醜草の芽のいくつ」　福永耕二

し‐さい【仔細・子細】〈名〉❶細かなこと。詳しいこと。❷（事の）いわれ。わけ。❸差し支え。異論。異議。

「欅の秀《ほ》枯るる**仔細**を極めたり」　富安風生

「燈籠の**仔細**にうつる水に置く」　後藤夜半

「冬経たる蘭の一花の**仔細**かな」　野澤節子

「雛の日の川波のたつ**仔細**かな」　飯島晴子

「鷺という**仔細**はあらず白き山」　和田悟朗

じ‐ざい・なり【自在なり】〈形動ナリ〉{なら／なり・に／なり／なる／なれ／なれ}思いのままだ。自由自在だ。

「綿虫もそれを追ふ眼も**自在なり**」　皆吉爽雨

「人体の**自在**に曲る螢の夜」　寺井谷子

しさ・る【退る】〈自動・ラ四〉{ら／り／る／る／れ／れ}後ずさりする。▼「しざる」とも。

「月の出に二歩三歩寄りあと**しざる**」　原コウ子

「植ゑ**しざり**つつ見る田はや風そよぐ」　篠原　梵

「木枯やがくりがくりと馬**しざる**」　西東三鬼

「ひたすらに仔馬が**しざる**合歓の花」　安東次男

「桐咲いて山の端を日の**退りゆく**」　永方裕子

しし【肉・宍】〈名〉にく。肉づき。

「宵闇や**肉**をごめきて骸おぼろ」　松根東洋城

「紅塵を吸うて**肉**とす五月鯉」　竹下しづの女

「柿照るや母系に享けて肥り**肉**」　岡本　眸

しじ‐に【繁に】〈副〉数多く。ぎっしりと。びっしりと。

「樫叢の**繁に**雷雲押し通る」　右城暮石

「サイダーや**繁**《じ》**に**泡だつ薄みどり」　日野草城

「**繁に**出る仔蜥蜴家も事無くて」　香西照雄

しし‐びしほ【肉醬・醢】《シシビシオ》〈名〉❶魚や鳥の肉を塩漬けにしたもの。❷古代中国の人体を塩漬けにする刑。

「日向寒人は碾《ひ》かれて**肉醬**」　山口誓子

「さし湯して永久に父なる**肉醬**」　三橋敏雄

しじま【無言・黙・静寂】〈名〉❶黙っていること。無言。❷静まりかえっていること。沈黙。静寂。

「冬山の**しじま**が生みし一遍路」　野見山朱鳥

「日盛りの桃紅らむを**しじま**とす」　森　澄雄

「森といふ大き**しじま**よ寒の内」　上田五千石

「大寒の夜の**しじま**に骨還る」　高澤晶子

しし‐むら【肉叢】〈名〉肉のかたまり。肉塊。

「春月の木椅子きしますわが**ししむら**」　桂　信子

「**肉**《ししむら》に月ありといへ許婚者《いひなづけ》」　大屋達治

「**ししむら**や夏野は櫂の音ならん」　永末恵子

し・す【死す】〈自動・サ変〉{せ／し／す／する／すれ／せよ}死ぬ。

「金魚鉢我等**死す**こと明らかなり」 永田耕衣

「夕牡丹桐壺**死せ**る頁閉ず」 後藤綾子

「水青き葉月に生まれ葉月に**死す**」 宇多喜代子

「わが金魚**死せ**り初めてわが手にとる」 橋本美代子

「はるばると**死す**チチハルに大夕日」 攝津幸彦

じ・す【侍す】〈自動・サ変〉{せ/し/す/する/すれ/せよ}はべる。さぶらう。

「終焉に**侍せ**しは秋のかきつばた」 篠田悌二郎

「息つめて夫の大書に**侍す**春昼」 横山房子

「鳥曇虚ろの吾にわが**侍し**て」 馬場移公子

「夏の霧くちびる厚く**侍し**ゐたり」 八田木枯

「眼あけたる寒鯉が岩に**侍す**」 廣瀬直人

「曉暗の思惟仏《しゆいぶつ》に**侍す**梅雨の山」 原　裕

じ・す【辞す】 ■一〈自動・サ変〉{せ/し/す/する/すれ/せよ}(あいさつをして)引き下がる。辞去する。■二〈他動・サ変〉辞退する。辞任する。退ける。

「雪に**辭す**人に手燭をこころより」 飯田蛇笏

「喜雨亭を**辞す**かはたれを法師蟬」 松崎鉄之介

「冬の夜や**辞し**ゆくひとの衣《ぬき》のしわ」 鈴木しづ子

「師の家**辞す**春雨頬を打たば打て」 森田　峠

「弔をしめくくり**辞す**春の寺」 蓬田紀枝子

し‐せき【咫尺】〈名〉❶近い距離・長さ。❷すぐそこまで近づく。「咫」は中国の周尺で八寸(約一八センチ)、「尺」は十寸(二二・五センチ)。

「五月乙女の笠の**咫尺**に青朝日」 竹下しづの女

「雲下りて**咫尺**のあやめ消《け》ぬべくも」 山口青邨

「ほふし蟬こゑをさむるもわが**咫尺**」 山口誓子

「涅槃図を**咫尺**に拝す仔細かな」 大橋敦子

し・そ・む【為初む】〈他動・マ下二〉{め/め/む/むる/むれ/めよ}し始める。

「臆病に蔦は紅葉を**しそめ**たる」 清崎敏郎

し‐だい【次第】 ■一〈名〉❶順序。❷経過。いきさつ。■二〈接尾〉❶(名詞や動詞の連用形に付いて)…しだい。…まま。❷(動詞の連用形に付いて)…するとすぐに。…しだい。

「木枯らしやどちへ吹かうと御意**次第**」 芥川龍之介

「柿羊羹忖度《そんたく》なしの**次第**かな」 飯島晴子

「男**次第**ぞリヤカー押すも紙干すも」 藤田湘子

しだい‐に【次第に】〈副〉❶順序よく。次々。❷だんだんに。少しずつ。

「人のつく手毬《てまり》**次第に**さびしけれ」 中村汀女

「鶏頭は**次第に**おのがじし立てり」 細見綾子

「猫下りて**次第に**くらくなる冬木」 佐藤鬼房

「竹を伐る男**しだいに**白狐たり」 熊谷愛子

「黙読へ**しだいに**冬の小鳥たち」 高野ムツオ

したが・ふ【従ふ・随ふ】シタガウ・シタゴウ ■一〈自動・ハ四〉{は/ひ/ふ/ふ/へ/へ}❶従う。言うことをきく。服従する。❷ついてゆく。供をする。❸順応する。応じる。❹所有する。■二〈他動・ハ下二〉{へ/へ/ふ/ふる/ふれ/へよ}❶服従させる。従わせる。

❷引き連れる。後について来させる。

「山遊び我に随ふ春の雲」　石井露月

「さし招く団扇の情にしたがひぬ」　後藤夜半

「雲よりも花に従ふ空の色」　長谷川双魚

「枯るる道ひとに従ひゆくはよき」　橋本多佳子

「冬の鷺歩むに光したがへり」　加藤楸邨

「草も又山の錦に従ひぬ」　深見けん二

し-だく ㊀〈自動・カ四〉〔か／き／く／く／け／け〕乱れる。荒れる。㊁〈他動・カ四〉（多く「踏む」「噛《か》む」などに付いて）乱す。めちゃくちゃにする。▼「したく」とも。

「踏みしだく芝の青さや労働祭」　水原秋櫻子

「緑蔭踏みしだく山靴は大甲虫」　宮津昭彦

「踏みしだく霜一寸に教へなし」　大岡頌司

「炎天や貝殻山を踏みしだき」　中田　剛

した・し【親し】〈形シク〉〔（しく）・しから／しく・しかり／し／しき・しかる／しけれ／しかれ〕❶関係が近い。近い間柄にある。❷仲がよい。むつまじい。

「さくらより桃にしたしき小家《こいへ》哉」　与謝蕪村

「冬至の日しみじみ親し膝に来る」　富安風生

「身の上の相似て親し桜貝」　杉田久女

「湯あがりの素顔したしく春の昼」　日野草城

「夜長ゆゑ小人数ゆゑ親しけれ」　清崎敏郎

したた-か〈副〉❶たくさん。❷ひどく。

「朝顔やしたたかぬれし通り雨」　小林一茶

「紅藍《べに》の花したたか裾を濡らしけり」　古舘曹人

「固き地へしたたか落ちて寒椿」　林　徹

「夫ある顔となるやしたたか水打って」　山田みづえ

したた-か・なり〈形動ナリ〉〔なら／なり・に／なり／なる／なれ／なれ〕❶手堅い。確かだ。しっかりしている。❷大げさだ。甚だしい。❸頑丈で手強《てごわ》い。がっしりして強い。

「したゝかに水をうちたる夕ざくら」　久保田万太郎

「河の匂ひ夏したたかに到りけり」　大野林火

「したたかに水打ち孤独なる夕」　柴田白葉女

「籾殻火あいまいに亦したたかに」　中尾寿美子

「したたかに凍る一夜を百夜かな」　齋藤　玄

「したたかに餅花の宙ありにけり」　小川双々子

したた・む【認む】〈他動・マ下二〉〔め／め／む／むる／むれ／めよ〕❶処理する。整理する。❷準備を整える。仕掛ける。❸飲み食いする。❹書き記す。したためる。

「日の本へ遺書したゝめむ明治節」　加藤郁乎

「旅信したたむ昨日雪けふも雪」　篠崎圭介

した・ふ【慕ふ】《シタウ・シトウ》〈他動・ハ四〉〔は／ひ／ふ／ふ／へ／へ〕❶（心引かれ）あとを追う。ついて行く。❷恋しく思う。愛惜する。

「簾巻くや風鈴星をしたひ鳴る」　原　石鼎

「春蟬にわが身をしたふものを擁き」　飯田龍太

「地のぬくみ慕ふ山の蛾十二月」　古賀まり子

「諦めて蛾が慕ふ灯も消してしまふ」　藤田湘子

「子が**慕**ふ下宿学生地蔵盆」　大串 章

し-だ・る【し垂る・垂る・枝垂る】■一〈自動・ラ四〉{ら/り/る/る/れ/れ}垂れる。垂れ下がる。■二〈自動・ラ下二〉{れ/れ/る/るる/るれ/れよ}□一に同じ。

「木萩伸ぶ**しだるる**ことを肯《がへん》ぜず」　阿波野青畝

「老桜笠をかさねて**しだれ**けり」　下村梅子

「うち泣かむばかりに花の**しだれ**けり」　上田五千石

「しだれ桜**しだれ**とどまり地に触れず」　岡田日郎

「この華の夢にや**しだれ**ゐたりけむ」　角川春樹

しちだう-がらん【七堂伽藍《シチドウガラン》】〈名〉寺院の主要な七つの建物。ふつう、金堂《こんどう》・講堂・塔・鐘楼《しょうろう》・経蔵《きょうぞう》・僧房・食堂《じきどう》をいうが、時代・宗派によって違いがある。

「奈良七重**七堂伽藍**八重ざくら」　松尾芭蕉

「蝶の空**七堂伽藍**さかしまに」　川端茅舎

「**七堂伽藍**即ち美貌の蛇である」　鳴戸奈菜

じ-ちゃう【仕丁《ジチヨウ》】〈名〉❶諸国から徴収されて、諸官庁の労役・雑務に従事する役。また、その者。❷下人《げにん》。宮中、貴族の家、寺社、幕府などで、掃除などの雑役に使われた者。

「松明もちて春寒さうな**仕丁**かな」　正岡子規

「火を焚くが**仕丁**の勤め薪能」　西東三鬼

しづ【賤《シズ》】〈名〉卑しいこと。卑しい者。身分の低い者。

「**賤**のこやいね摺《す》りかけて月をみる」　松尾芭蕉

「蜻蛉やいま起つ**賤**も夕日中」　芝不器男

「豊作や**賤**の四五戸に餓鬼喚く」　村山古郷

しづえ【下枝《シズエ》】〈名〉下の方の枝。▼反対語は上枝《ほつえ》・中つ枝。

「**下枝**より咲き上りつつ花夕べ」　永井東門居

「雪を経し屋根石**下枝**の梨いびつ」　香西照雄

しづく【雫《シズク》】〈名〉水滴。したたった涙のつぶをいうこともある。

「新茶汲むや終りの**雫**汲みわけて」　杉田久女

「朝市に買ひしさざえの潮**しづく**」　柴田白葉女

「寒暁の音なき母を**雫**とす」　栗林千津

「親馬は海霧《じり》の**しづく**の音にも覚め」　福田甲子雄

「山国の雪解《ゆきげ》**しづく**は星からも」　鷹羽狩行

しづ・く【沈く《シズク》】〈自動・カ四〉{か/き/く/く/け/け}❶(水底に)沈んでいる。❷(水面に)映っている。

「厨には食器**沈著**《しづ》けりちちろ虫」　山口誓子

「雪解水**沈く**朽葉に真白き垢」　香西照雄

「ふるさとは盥に**沈着**《しづ》く夏のもの」　高橋睦郎

しづ-け-さ【静けさ《シズケサ》】〈名〉静かな状態。

「**しづけさ**は死ぬるばかりの水が流れて」　種田山頭火

「瀧となる前の**しづけさ**藤映す」　鷲谷七菜子

「あかるさも**静けさ**も白障子越し」　片山由美子

「径ひとつ水漬く**しづけさ**額の花」　山西雅子

しづ・け・し【静けし】《シズケシ》〈形ク〉{(く)・から/く・かり/し/き・かる/けれ/かれ}静かだ。落ち着いている。▼「けし」は接尾語。
「盛装の妻の**静けき**桐の花」 久米三汀
「冬木影**しづけき**方へ車道《みち》わたる」 篠原鳳作
「満山の**しづけき**落葉掻きにけり」 中川宋淵
「ひかりといふ**静けき**ものに懸崖菊」 齋藤愼爾

しづ・ごころ【静心】《シズゴコロ》〈名〉静かな心。落ち着いた気持ち。
「墓草をとる**しづごころ**秋に入る」 飯田蛇笏
「鯛や泊るつもりに**しづ心**」 高橋淡路女
「**しづごころ**干梅の香の迷ひかな」 中尾寿美子

しづま・る【鎮まる・静まる】《シズマル》〈自動・ラ四〉{ら/り/る/る/れ/れ}❶(神が)鎮座する。❷(騒ぎや戦乱などが)おさまる。穏やかになる。❸(声・音が)やむ。静かになる。❹眠りにつく。寝静まる。❺(性格・態度などが)落ち着く。物静かになる。❻(勢いが)衰える。
「雪積んで一丁の斧**しづまれり**」 清水径子
「初松魚燈入りて胸**しづまりぬ**」 草間時彦
「白梅や掃けば浄まり**しづまる**土」 野澤節子
「戻り路や拳の鷹の**鎮まらず**」 森田峠

しづ・む【沈む】《シズム》■一〈自動・マ四〉{ま/み/む/む/め/め}❶水中に沈む。❷不遇である。落ちぶれる。❸落ち込む。沈み込む。❹(「病にしづむ」の形で)重い病気にかかる。わずらう。❺(「涙にしづむ」の形で)泣き続ける。泣き暮らす。■二〈他動・マ下二〉{め/め/む/むる/むれ/めよ}❶水中に沈める。❷落ちぶれさせる。❸(評判を)落とす。
「月光を葦に**沈め**て鴨のこゑ」 松村蒼石
「海の日のあり〳〵**しづむ**冬至かな」 久保田万太郎
「ところてん煙の如く**沈み**居り」 日野草城
「冬の蝶睦《むつ》む影なく**しづみ**けり」 西島麥南
「日の**沈む**まで一本の冬木なり」 橋閒石
「雪**しづみ**ゆく泉は雪のこゑがする」 大石悦子

しづ・む【鎮む】《シズム》〈他動・マ下二〉{め/め/む/むる/むれ/めよ}❶(騒動・戦乱を)おさめる。しずめる。❷(声・音を)小さくする。❸(「人をしづむ」の形で)寝静まるのを待つ。❹(気持ちを)落ち着かせる。平静にさせる。
「貧なる父玉葱噛んで気を**鎮む**」 西東三鬼
「谷水を撒きて**しづむる**とんどかな」 芝不器男
「鶲《ひたき》見て息**しづめ**をり雪の坂」 相馬遷子
「啞蟬や怒り**しづむる**腹の波」 澤木欣一
「秋冷の書を買ふ怒り**鎮め**んため」 山田みづえ

しづも・る【鎮もる・静もる】《シズモル》〈自動・ラ四〉{ら/り/る/る/れ/れ}静けさが深まる。
「茶畠に入り日**しづもる**在所かな」 芥川龍之介
「**しづもり**て鯉も青葉の冷にをり」 森澄雄
「降る雪に耀《せ》らるる蟹の紅《こう》**しづもる**」 三好潤子
「螢の喪ありて**しづもる**暁の川」 手塚美佐
「肺臓は花の斜面に**静もれ**り」 松本恭子

しつら・ふ《シツラウ・シツロウ》〈他動・ハ四〉〔は／ひ／ふ／ふ／へ／へ〕飾り付ける。設備する。造作する。

「膳代り盆に**しつらふ**冷奴」 石川桂郎

「蹴込炉を**しつらへ**祭会所なり」 清崎敏郎

しづ・る【垂る】《シズル》〈自動・ラ下二〉〔れ／れ／る／るる／るれ／れよ〕したたり落ちる。

「暮れぎはの家並かたぶく雪**しづれ**」 富田木歩

「轣轆《れきろく》とゆけば**しづるる**つららかな」 富澤赤黄男

「棕櫚《しゅろ》の雪**しづるる**父の生家訪ふ」 木村蕪城

「雪**しづれ**たり**しづれ**たり杉林」 三村純也

して 〈格助〉❶（その動作を行う人数・範囲を表わす）…で。❷（手段を表わす）…をもって。…で。❸（代りにその動作を行う人を表わす）…に。…を使って。…命じて。

「夫婦**して**月の葎を素通りす」 岸田稚魚

「二人**して**何もつくらず昼寝覚」 鈴木六林男

「父娘**して**蕗むく雨の厨かな」 菖蒲あや

「二人**して**宙《そら》に淡雪産み散らす」 江里昭彦

して 〈接助〉❶（対等・並列）…て。❷（状態）…の状態で。…で。❸（原因・理由）…ために。…だから。❹（逆説）…が。…のに。▼サ変動詞「す」の連用形に接続助詞「て」が付いて一語化したもの。

「ふるさとは遠く**して**木の芽」 種田山頭火

「満開に**して**ふつと消ゆ桃の花」 齋藤 玄

「月の中透きとほる身をもたず**して**」 桂 信子

「きらめくもの多く**して**雪解けてゆく」 津田清子

「雪虫の恋一寸に**して**一途」 鷹羽狩行

「あと戻り多き踊に**して**進む」 中原道夫

「春一番透明に**して**つよき酒」 小澤 實

し-で【死出】〈名〉死んで冥土《めい》へ行くこと。

「もう何もするなと**死出**の薔薇持たす」 平畑静塔

「冬シャツか**死出**の衣か知らねども」 京極杞陽

「**死出**の足袋足にあまるや法師蟬」 角川源義

「ととのえよ**死出**の衣は雪紡《つむ》ぎたる」 折笠美秋

「**死出**の髭剃りあやまてり春寒し」 大石悦子

「春なれや歌舞伎これより**死出**の旅」 岸本尚毅

しと【尿】〈名〉小便。

「蚤虱《のみしらみ》馬の**尿**する枕もと」 松尾芭蕉

「棺負うたままで**尿**する吹雪かな」 眞鍋呉夫

「朗々のわが**尿**褒めて百千鳥」 藤田湘子

「**しと**しては水足す秋のからだかな」 矢島渚男

しどけ-な・し 〈形ク〉〔（く）・から／く・かり／し／き・かる／けれ／かれ〕❶くつろいでいる。気楽だ。❷だらしない。しまりがない。

「**しどけなく**帯ゆるみ来ぬ花衣」 高橋淡路女

「風立ちて萩の座とても**しどけなし**」 鈴木真砂女

「**しどけなく**山雨が流す蛇の衣」 能村登四郎

「アネモネの花いとけなく**しどけなく**」 石田郷子

しとど〈副〉びっしょり。ぐっしょり。

「馬の背のしとどの汗を掻き落す」　山口誓子
「牡丹七日中の三日は雨しとど」　細見綾子
「汗しとど写楽の目して口をして」　林　翔
「大灘を前に芒種の雨しとど」　宇多喜代子

しとね【褥・茵】〈名〉座るときや寝るときに、畳やむしろの上に敷くもの。敷物。

「納め雛草のしとねに影長く」　阿部みどり女
「夫の忌を修すや風邪の褥より」　竹下しづの女
「青麦の褥に山ののってをり」　上野　泰
「寝待月しとねのぶればまことと出づ」　井沢正江
「たれも見ぬ留守のわが家の春褥」　澁谷　道
「倒れ伏すものを褥に菖蒲の芽」　稲畑汀子

しどろ・なり〈形動ナリ〉〔なら/なり・に/なり/なる/なれ/なれ〕取りとめがない。乱雑だ。整わない。

「風色やしどろに植し庭の秋」　松尾芭蕉
「一八の水にひたりてしどろなり」　正岡子規
「山吹やしどろと伸びし芝の上」　芥川龍之介

しな・ふ【撓《シナ・シノ》ふ《ウ・ウ》】〈自動・ハ四〉〔は/ひ/ふ/ふ/へ/へ〕❶しなやかにたわむ。美しい曲線を描く。❷逆らわずに従う。

「晩年や杖に撓ひて水の秋」　安東次男
「春天下人に撓ひて生簀板」　宇佐美魚目
「手花火に二人子の影しなひをり」　原　裕

「弟は大根を跳び撓ひけり」　桑原三郎

しな・やか・なり〈形動ナリ〉〔なら/なり・に/なり/なる/なれ/なれ〕なよやかで上品だ。▼「やか」は接尾語。

「しなやかに飛びちがひざま路地つばめ」　岸田稚魚
「やませ来るいたちのやうにしなやかに」　佐藤鬼房
「しなやかに男根揺れて佐渡おけさ」　堀井春一郎
「海猫《ごめ》帰る午前の羽をしなやかに」　和田耕三郎

し・ぬ【死ぬ】〈自動・ナ変〉〔な/に/ぬ/ぬる/ぬれ/ね〕生命が絶える。

「夏雲群るこの峡中《かひなか》に死ぬるかな」　飯田蛇笏
「我死ぬ家柿の木ありて花野見ゆ」　中塚一碧楼
「少しだけ死にたくなりぬ露の玉」　齋藤　玄
「いつか死ぬ話を母と雛の前」　山田みづえ
「春眠のかたちに死なばやすからむ」　平井照敏

しの【篠】〈名〉篠竹。群がって生える細い竹。

「雪被れば篠もおそろし青こもらす」　大野林火
「凍きびし牛の飼葉に篠まじる」　下村槐太
「万歳や篠に小笹に雪つもり」　小川軽舟
「刈りあとの篠が足つく暮秋かな」　鷲谷七菜子

しの・ぐ【凌ぐ】〈他動・ガ四〉〔が/ぎ/ぐ/ぐ/げ/げ〕❶押さえつける。押し伏せる。❷他より抜き出る。押し分けて進む。のりこえて進む。❸（堪え忍んで）努力する。

「不自由をしのぎきたりし炭をつぐ」　阿波野青畝

「直情に冬松**凌ぐ**空の碧」　原コウ子
「陋巷や芋の葉育ち主婦を**凌ぐ**」　藤田湘子
「向日葵に丈**しのが**れてわが庭木」　福永耕二
「街燈が雪山**凌ぐ**虚空かな」　須藤　徹

しののめ【東雲】〈名〉明け方。あけぼの。夜明けのほのかに明るくなるころ。
「**しのゝめ**や露の近江の麻畠」　与謝蕪村
「濡れ巌の**しののめ**あかり蛇苺」　松村蒼石
「**しののめ**の吹雪やみたる手鞠唄」　橋　閒石

しのび-ね【忍び音】〈名〉❶人知れず声をひそめて泣くこと。また、その声。❷(ほととぎすの)初音《はつね》。
「**しのび音**の咽び音となり夜の蟬」　三橋鷹女
「**忍び音**のやがて聞こゆる泣仏」　伊丹三樹彦
「**しのび音**といへど鋭し磯嘆き」　加藤三七子

しの・ぶ【忍ぶ】一〈他動・バ上二〉{び/び/ぶ/ぶる/ぶれ/びよ}❶こらえる。我慢する。❷つつみかくす。秘密にする。二〈自動・バ四〉{ば/び/ぶ/ぶ/べ/べ}❶こらえる。我慢する。❷人目を避ける。
「算術の少年**しのび**泣けり夏」　西東三鬼
「近松忌**しのび**泣きもす女とは」　鈴木真砂女
「男は耐へ女は**忍ぶ**北おろし」　福田甲子雄
「**忍び**泣く母より秋ははじまりぬ」　高澤晶子
「月光を堪え**忍ぶ**山ここへ来い」　夏石番矢

しの・ぶ【偲ぶ】一〈他動・バ四〉{ば/び/ぶ/ぶ/べ/べ}❶めでる。賞美する。❷思い出す。思い起こす。思い慕う。二〈他動・バ上二〉{び/び/ぶ/ぶる/ぶれ/びよ}思い起こす。思い慕う。
「柚《ゆ》の花や昔**しのば**ん料理の間」　松尾芭蕉
「**偲ぶ**ことわすれてをりし冬の鐘」　神尾久美子
「**偲ぶ**とは恋しきことよ夕端居」　星野　椿
「水遁の術**しのぶ**べし初夏の父」　鳴戸奈菜

しば【柴】〈名〉山野に生える丈の低い雑木。また、薪《まき》にしたり垣に編んだりする枝。柴木《しばき》。
「誰か**柴**搔きて枯山匂ひくる」　馬場移公子
「**柴**負ふて街角まがる妻ならずや」　佐藤鬼房

しば【屢】〈副〉しばしば。しきりに。▼主に「しば鳴く」「しば立つ」「しば見る」のように動詞のすぐ上に付いて、その動詞を修飾するので、形の上では接頭語に近い。
「時鳥**しば**鳴き清水蕗を打つ」　水原秋櫻子
「短夜の守宮**しば**鳴く天井かな」　篠原鳳作
「夜の眼の**しば**たたくゆゑ小雪くる」　川崎展宏

し-はう【四方】《シホウ》〈名〉❶東西南北の総称。また、四方。周囲。❷諸国。天下。❸四角。
「**四方**より花吹き入れて鳰《にほ》の海」　松尾芭蕉
「**四方**より霧ぶつつかるケルンかな」　下村梅子
「砂漠の木百里**四方**に友はなし」　津田清子

しばし【暫し】〈副〉暫く。少しの間。▼「しまし」の変化した語。

「秋しばし寂《じゃく》日輪をこずゑかな」　飯田蛇笏
「人波にしばしさからひ秋の暮」　中村汀女
「熱の目にしばし草木や秋の暮」　石田波郷
「ぼろ市の鏡にしばし映りゐる」　藺草慶子

しば-しば【屢屢】〈副〉度々。何度も。
「夜雨しば〴〵照り極つて秋近し」　大須賀乙字
「百合の香にしばしば気づき昼ながき」　日野草城
「月の前しばしば望よみがへる」　加藤楸邨
「稲雀しばしば柿を襲ひけり」　岸本尚毅

しは-ぶ-く【咳く】《シワブク》 季・冬 〈自動・カ四〉(か／き／く／く／け／け) ❶せきをする。❷(訪問などの合図に)せきばらいをする。
「咳きて神父女人のごと優し」　西東三鬼
「咳けば枯木の天も咳けり」　富澤赤黄男
「しはぶけば四方より幹のかこみ立つ」　長谷川素逝
「咳きて金剛石を吐かんとす」　上野　泰
「母につぎ兄も柱も**咳きぬ**」　宇多喜代子

しばらく【暫く】〈副〉❶少しの間。一時。❷かりそめに。一時的に。▼古くは「しまらく」。
「春雪の**暫く**降るや海の上」　前田普羅
「芹の水しばらく流れ滝となる」　五十嵐播水
「籐椅子の客をしばらくひとりにす」　阿部青鞋
「春の雷聴けり**暫く**兄と会はず」　山田みづえ
「淵に来てしばらく水の涼むなり」　河原枇杷男

「湯を出でてしばらく裸秋蛙」　矢島渚男

しば-ゐ【芝居】《シバイ》〈名〉❶野外で行う勧進の猿楽《さるがく》などの芸能で、舞台と桟敷との間の芝生に設けた、庶民の見物席。❷劇場。❸演劇。歌舞伎《かぶき》。
「地**芝居**のおぼつかなくも嘆きけり」　長谷川双魚
「遠まきに山が居並ぶ土地**芝居**」　今瀬剛一
「騙されてみたき男や夏**芝居**」　片山由美子

しひ-て【強ひて】《シイテ》〈副〉❶無理に。無理をおして。❷むやみに。むしょうに。▼動詞「し(強)ふ」の連用形に接続助詞「て」が付いて一語化したもの。
「**強ひて**言へば無聊海の日と砂時計」　佐藤鬼房
「**強ひて**言へば綿虫百はわが胎児」　栗林千津
「**強ひて**手を入れてゐたりし龍の髯」　岡井省二

し-ふ【強ふ】《シウ》〈他動・ハ上二〉(ひ／ひ／ふ／ふる／ふれ／ひよ) 無理に押し付ける。しいる。
「微笑をば立ちたる春が**強ふる**なり」　相生垣瓜人
「障子替へ身に養生を**強ふ**ごとし」　宮津昭彦
「寒食やひとりを**強ふる**声のまた」　手塚美佐

しふ-しん【執心】《シュウシン》〈名〉物事に執着する心。物事に深くとらわれる心。
「夕焼の中**執心**す油蟬」　山口誓子
「颪の日も妻の**執心**大根《だいこ》洗ふ」　相馬遷子
「枯れてなほこの**執心**の牛膝《ゐのこづち》」　中戸川朝人

しふ・す【執す】《シユウス》〈他動・サ変〉{せ/し/す/する/すれ/せよ}深く心にかける。執着する。▼「しっす」とも。

「翡翠《かはせみ》の飛ばねばものに**執し**をり」　橋本多佳子

「かへらざるものに**執す**愚の朝寝」　稲垣きくの

「ががんぼの一つところに**執し**をり」　岸田稚魚

しふね・し【執念し】《シユウネシ》〈形ク〉{(く)・から/く・かり/し/き・かる/けれ/かれ}❶執念深い。しつこい。❷頑固である。強情である。

「秋の蚊の**しふねき**ことを怒りけり」　富安風生

「早鉦《はやがね》の**執念き**天満祭かな」　西村和子

「某月某日濹東秋日**しふねかり**」　小澤　實

「青侍**執念き**蛇の性見する」　筑紫磐井

しぶ・る【渋る】〈自動・ラ四〉{ら/り/る/る/れ/れ}❶気が進まず、ぐずぐずする。ためらう。❷難渋する。とどこおる。

「露の蟬鳴き**渋り**ゐる弥撒《ミサ》の前」　水原秋櫻子

「眼に**渋る**蚊遣や女可愛ゆき日」　秋元不死男

「春蟬の**しぶりしぶり**でそろひけり」　藤田湘子

「焼け**しぶり**つつ秋茄子の雫かな」　岸本尚毅

しほ【潮・汐】《シオ》〈名〉❶満ち干する海水。潮流。❷よい機会。潮時。▼「潮汐」については本来、朝は「潮」、夕方は「汐」だが、現在では一般的に「潮」と書かれる。

「暁や北斗を浸す春の**潮**」　松瀬青々

「**汐**上げて淋しくなりぬ澪標」　長谷川かな女

「鳥曇あきらかにさす**汐**のみち」　原コウ子

「小望月出**しほ**を船の座にありて」　能村登四郎

しほ・さゐ【潮騒】《シオサイ》〈名〉潮がさしてくるとき、波が騒がしく音を立てること。▼「しほざゐ」とも。

「**潮騒**やぶちまけし藍に冬日照る」　渡邊水巴

「夜の駅のとほき**しほざゐ**肉桂かむ」　鈴木しづ子

しほ・た・る【潮垂る】《シオタル》〈自動・ラ下二〉{れ/れ/る/るる/るれ/れよ}❶しずくが垂れる。❷ぐっしょりぬれる。❸涙で袖がぬれる。

「浜木綿に**潮垂れ**顔の男寄る」　文挾夫佐恵

「蛇よ汝が身**しほたる**ことありや」　柿本多映

しほ・ひ【潮干】《シオヒ》〈名〉潮が引くこと。また、潮の引いた海岸。

「**汐干**狩夫人はだしになりたまふ」　日野草城

「手拭を水に落とせし**汐干**かな」　高橋淡路女

「ひとで乾き長き**潮干**を耐へゐたり」　津田清子

「鳶の輪のもとに**汐干**の一家族」　森田　峠

「**汐干**狩雲に狩られるごとくをり」　大木あまり

しぼ・る【絞る・搾る】〈他動・ラ四〉{ら/り/る/る/れ/れ}❶(ぬれた布などを)ねじったりして水分を出す。❷声を無理に出す。❸弓の弦《つる》を強く引く。引きしぼる。

「夜の町は紺**しぼり**つつ牡丹雪」　桂　信子

「糊**しぼる**ひとりのときの曼珠沙華」　横山房子

「来る秋の一点へ弓引き**絞り**」　野見山ひふみ

「雑巾を固く**絞り**たる薄暑」　川崎展宏

「一橋に道絞らるる日傘かな」　ながさく清江

しま・く【風巻く】〈自動・カ四〉{か/き/く/く/け/け}（風などが）激しく吹く。吹き巻く。▼「し」は風の意。

「僧院のそびえや霧は**しまく**とも」　中村汀女

「雛の夜の雪**しまく**夜ぞ吾子を召す」　渡邊白泉

「雪**しまく**中すべり来て子の熱し」　今瀬剛一

し-まひ【仕舞ひ・終ひ・了ひ】《シマイ》〈名〉❶し終えること。終わり。最後。❷締めくくり。特に、商家での年末の総決算。❸化粧・結髪などの身づくろい。

「滝を見る**しまひ**に巌があがるなり」　藤後左右

「左義長や婆が跨ぎて火の**終**」　石川桂郎

「萩供養**終ひ**の空の泣きにけり」　岸田稚魚

「横笛を置く月の座の**しまひ**かな」　上田日差子

し-ま・ふ【仕舞ふ・終ふ・了ふ】《シマウ・シモウ》〈他動・ハ四〉{は/ひ/ふ/ふ/へ/へ}❶し終える。なし遂げる。❷し終えて片づける。❸収支の決算をする。特に、年末にその年の総決算をする。❹殺して片をつける。やっつける。

「幽霊を季題と思ひ寝て**しまふ**」　三橋敏雄

「蓮の露しづかに今日を**しまひ**たし」　古舘曹人

「指くらく**しまへ**り夏の島多く」　飯島晴子

「あやとりの川が流れて**しまひ**けり」　大石悦子

「風鈴を**しまふ**は淋し**仕舞**はぬも」　片山由美子

しまら-く【暫らく】〈副〉ちょっとの間。▼「しばらく」の古形。

「椅子に凭る雪白くなる**しまらく**を」　臼田亜浪

しみ-い・る【染み入る】〈自動・ラ四〉{ら/り/る/る/れ/れ}深く中までしみる。しみこむ。

「閑さや岩に**しみ入《い》る**蟬の聲」　松尾芭蕉

「ひぐらしの土に**しみ入る**沼明り」　飯田蛇笏

「砂の上に夕日**しみ入る**石蓴《あをさ》採り」　古沢太穂

し・む【占む・標む】〈他動・マ下二〉{め/め/む/むる/むれ/めよ}❶自分の領地であることを示す目印をする。❷占有する。自分のものにする。敷地とする。❸身に備える。

「なきやみてなほ天を**占む**法師蟬」　山口誓子

「黙しゐてこほろぎに家を**占めらる**ゝ」　馬場移公子

「落葉尽き寄生木の群天を**占む**」　林　翔

「寒き日や胸中白く城が**占む**」　鍵和田秞子

「何の神いまこの冬田**占めゐる**は」　島谷征良

し・む【染む・沁む・浸む】□一〈自動・マ四〉{ま/み/む/む/め/め}❶しみ込む。ひたる。❷しみつく。染まる。❸深く感じる。心にしみる。関心を寄せる。□二〈他動・マ下二〉{め/め/む/むる/むれ/めよ}❶しみ込ませる。しみ通らせる。❷深く感じさせる。しみ込ませる。執着する。

「しかと着て身に**沁む**紺の絣かな」　長谷川かな女

「生き堪へて身に**沁む**ばかり藍浴衣」　橋本多佳子

「断層に秋風が**しむ**別れかな」　細見綾子

「峠空身に**しむ**青さ誰が現れむ」　野澤節子
「柚子湯**沁む**無数の傷のあるごとく」　岡本眸
「乳**沁み**の上布の織人《をりびと》不知《しらず》かな」　沼尻巳津子

し・む【凍む】 季・冬 〈自動・マ上二〉{み/み/む/むる/むれ/みよ} ❶凍りつく。❷恐怖などでぞっとする。
「**凍む**闇にねそびれし目と耳ひらく」　篠原梵
「徹夜の稿にいつ置かれたる林檎**凍む**」　森澄雄
「声**凍み**て頬白とべり夕穂高」　堀口星眠
「凧ひとつ**凍み**て白山遠くせり」　宮津昭彦

し・む【締む・絞む】〈他動・マ下二〉{め/め/む/むる/むれ/めよ} ❶(紐《ひも》・帯などを)かたく結ぶ。締める。❷締めつける。❸懲らしめる。❹話をまとめる。取り決める。❺勘定する。合計する。❻(取引・工事などの完了を祝って)手打ちの式をする。
「帯**締め**て貫ひしかたさ女正月」　阿部みどり女
「胸**緊むる**番が来て雪のふり出だす」　能村登四郎
「風邪ごこち夜《よる》の水栓**締め**ても洩る」　三好潤子
「仲秋や銀の腕輪が腕**締め**て」　辻桃子
「オートバイ内股で**締め**春満月」　正木ゆう子
「帯きつく**締め**おぼろなる母の声」　鎌倉佐弓

しむ〈助動・下二型〉{しめ/しめ/しむ/しむる/しむれ/しめよ} ❶(使役)…せる。…させる。❷(尊敬)お…になる。…なさる。…あそばす。❸(謙譲)…申し上げる。…させていただく。
「ペン執りし身を冬天に爆ぜ**しめ**き」　加藤楸邨
「日覆に少女は水を滝なさ**しめ**」　石田波郷
「泉のごとくよき詩をわれに湧か**しめよ**」　木下夕爾
「寒雀母死な**しむる**こと残る」　永田耕衣
「窓の雪女体にて湯をあふれ**しむ**」　桂信子

しめ【標・注連】〈名詞〉❶神や人の領有区域であることを示して、立ち入りを禁ずる標識。また、道しるべの標識。(縄を張ったり、木を立てたり、草を結んだりする)❷「標縄《しめなわ》」の略。▼新年の季語。
「**注連**結ひて雛をさめの大樹かな」　石橋秀野
「悴むや**注連**を引きあふ陰の石」　古舘曹人
「**注連**飾り南の海の静かな眼」　川崎展宏
「世紀末圏内に在り**注連**太し」　寺井谷子
「作りたる**注連**をならべて日もささぬ」　岸本尚毅

しめ-やか・なり〈形動ナリ〉{なら/なり・に/なり/なる/なれ/なれ} ❶(ようすが)ひっそりと静かだ。❷物静かだ。しとやかだ。❸しみじみと感じる。しんみりとする。
「**しめやかに**夜は土ねむる百日紅」　原石鼎
「朝曇**しめやかに**かくるはたきかな」　中村汀女
「盆の仏着きし夜の雨**しめやかに**」　成瀬櫻桃子
「**しめやかにしめやかに**雨椿燃ゆ」　和田耕三郎

しめ・る【湿る】〈自動・ラ四〉{ら/り/る/る/れ/れ} ❶湿気を含む。❷(火・灯火が)消える。雨・風・火の勢いが弱まる。衰える。❸(物思いに)沈む。しんみりする。❹落ち着いている。もの静かである。

「炎天のところどころに湿める家」　長谷川双魚
「塩湿る滝壺茶屋の茹たまご」　草間時彦
「晩年をもたれて湿る夏木かな」　宇多喜代子

しも【下】〈名〉❶下の方。下方。❷身分の低い者。下層の者。❸下位。劣っていること。(技術などにいう)❹下座。❺控室。部屋。(女房や召使の居場所)❻川下。下流。❼下の句。(和歌の下の七七の部分)❽終わり。末尾。❾のち。後世。❿南の方。下京。(京都で内裏《だいり》から離れた方)
「下つ瀬は秋日木の間にこもりをり」　篠原　梵
「下京や風花遊ぶ鼻の先」　澤木欣一
「白木槿下京に足損ねけり」　山本洋子
「下京の小路の餉犬光る」　四ツ谷龍

し-も〈副助〉❶(多くの中から特にその事柄を強調する)…にかぎって。❷(強調)よりによって。折も折。❸(逆説的な感じを添える)…にもかかわらず。かえって。❹(部分否定)必ずしも…(でない)。下に打消の語をともなう。
「鮓《すし》つけて誰《たれ》待《まつ》としもなき身哉」　与謝蕪村
「山をなす用愉しゝも母の春」　竹下しづの女
「走馬灯去るものをしも追ひにけり」　安住　敦
「旅をしも草枕とや合歓の花」　細見綾子

しも-じも【下下】〈名〉身分の低い者ども。一般の庶民。古くはめしつかいのことをいった。▼「げげ」とも。
「下下に生れて櫻櫻哉」　小林一茶

「葭簀透くものに石臼下々《げげ》の国」　長谷川双魚

しもと【楉・細枝】〈名〉細長く伸びた若い木の枝。
「國原や桑のしもとに春の月」　阿波野青畝
「みちのくの桑の楉や薬喰」　藤田湘子
「連翹のしもと一本我にむく」　加藤三七子

しもと【笞・楚】〈名〉(木の細い枝などで作った)刑罰に用いるむち。また、杖《つえ》。
「吹き落ちしものを笞に野分の子」　中村汀女
「山百合を笞に折りて残世かな」　飯島晴子
「青山を指して笞や競べ馬」　西村和子

しも-べ【僕・下部】〈名〉❶雑事に召し使われる者。召使い。❷身分の卑しい者。
「雷雲のしもべとなりて往診す」　平畑静塔
「白鳥の僕となりて頬冠《ほほかむり》」　古舘曹人

しやう-ぎ【床机・床几・将机】《シヨウギ》〈名〉陣中や狩り場などで使う、一人用の折り畳み式の腰掛け。尻《しり》の当たる部分に布や皮を張り、脚を打ち違えに組んである。
「落柿舎の二つの床几春の風」　高野素十
「閻王の前に昼寝の床几在り」　山口誓子
「桃の日の床几に何も落ちてこず」　田中裕明

じやう-ご【上戸】《ジヨウゴ》〈名〉酒好きで、酒をたくさん飲む人。酒飲み。▼反対語は下戸《げこ》。

「雪をまつ**上戸**の顔やいなびかり」　松尾芭蕉

「雪見酒泣き**上戸**には非ざれど」　高木晴子

しやう-じ【生死】《シヨウジ》〈名〉❶生き死に。❷死。死期。（「生」には意味がなく、「死」に重きをおいていう語）❸生・老・病・死の四苦の初めと終わり。人々の苦と迷いの世界。

「下萌に疑ふ**生死**悲しけれ」　長谷川かな女

「**生死**の中の雪ふりしきる」　種田山頭火

「梅を干す村を越ゆれば**生死**越ゆ」　和田悟朗

しやう-じ【障子】《シヨウジ》 季・冬 〈名〉室内を仕切ったり、部屋と部屋とを隔てたりするための建具。「明かり障子」「衝立《ついたて》障子」「襖障子」などがあるが、現代では「明かり障子」をさす例がほとんどである。

「寒雷や肋骨のごと**障子**ある」　臼田亜浪

「病める母の**障子**の外の枯野かな」　原　石鼎

「**障子**して夜川音なし菊膾」　石田波郷

「文楽の人形の手の泣く**障子**」　文挾夫佐恵

しやう-じや【精舎】《シヨウジヤ》〈名〉寺院。寺。仏教を修行する者の住まい。

「さえ返る**精舎**の春の雲井かな」　飯田蛇笏

「しづかなる**精舎**や牡丹咲ける奥」　水原秋櫻子

「雪は**精舎**に似せてつゝめり一離屋」　清水基吉

じやう-ず【上手】《ジヨウズ》〈名〉❶物事に巧みなこと。また、その人。名人。❷口先の巧みなこと。また、その言葉。おせじ。お愛想。

「竹馬の雪蹴散らして**上手**かな」　星野立子

「梅雨のバス教師はねむり**上手**にて」　能村登四郎

「雲の峰**上手**に死んでやらうかな」　栗林千津

しやう-ぞく【装束】《シヨウゾク》〈名〉❶衣服。服装。また、衣服を身につけること。❷飾り。また、飾ること。

「手毬唄猿の**装束**うたひけり」　水原秋櫻子

「螢の死**装束**といふはもたず」　鈴木真砂女

「身に入むや白**装束**の笛吹くは」　田中裕明

じやう-ど【浄土】《ジヨウド》〈名〉❶仏や菩薩《ぼさつ》の住む、煩悩のけがれのない清浄な国土。数多くの浄土があるが、ふつう、西方《さいほう》にある阿弥陀仏《あみだぶつ》の浄土である「極楽浄土」をさす。反対語は穢土《えど》。❷「浄土宗《しゅう》」の略。鎌倉時代法然《ほうねん》が起こした仏教の一派。ひたすら阿弥陀仏の救いを信じ、一心に念仏を唱えて極楽浄土へ往生することを願う。

「鈴虫や**浄土**に案内の鈴を振れ」　阿部みどり女

「落椿**浄土**と眺め終んぬる」　後藤夜半

「お**浄土**がそこにあかさたなすび咲く」　橋　閒石

じやく-くわう【寂光】《ジヤッコウ》❶仏の心理である寂静《じゃくじょう》（悟り）と知恵の光。また、寂静のはたらきを光にたとえたもの。❷「寂光浄土《じょうど》」の略。天台宗で説かれる仏のいる世界。

「一斉《いっせい》に大掃苔の**寂光**土」　川端茅舎

「庇にもおよぶ**寂光**朴ひらく」　井沢正江

「穴を出し蛇暫くの**寂光**を」　飯島晴子

じゃく-まく【寂寞】〈名〉もの寂しくひっそりとしていること。静寂。▼「せきばく」とも

「**寂寞**と湯婆《たうば》に足をそろへけり」　渡邊水巴

「蟻地獄**寂寞**として飢ゑにけり」　富安風生

「**寂寞**と蔵片付くる日の盛り」　馬場移公子

しゃば【娑婆】〈名〉人間世界。俗世間。▼「さば」とも。

「真意とは**娑婆**のはからひ露慈光」　中村草田男

「司令戦死せしめし**娑婆**の運転手」　渡邊白泉

しゅ-ら【修羅】〈名〉❶「阿修羅《あしゆら》」の略。帝釈天《たいしやくてん》に敵対して戦う悪神。のち、仏法に帰依《きえ》して仏法を守護する。❷「修羅道《どう》」の略。常に争いの絶えない世界。▼仏教語。

「鳥雲に**修羅**の遊びの月日かな」　草間時彦

「蔦紅葉イエスは**修羅**をまだ知らず」　齋藤愼爾

「**修羅修羅**と十三ななつ蛇苺」　鳴戸奈菜

「まのあたり**修羅**なす雪の別れかな」　西村和子

しょ-せん【所詮】〈副〉つまるところ。結局。要するに。

「春鹿も**所詮**貧しう諸食へり」　原コウ子

「人の世の**所詮**火宅の切子かな」　稲垣きくの

「げぢげぢの背後を渡る**所詮**愚痴」　岸田稚魚

しょ-まう【所望】シヨモウ〈名〉望み願うこと。欲しがること。希望。

「棚経の青龍和尚酒**所望**」　高野素十

「生魚すぐ飽き萵苣を**所望**かな」　川端茅舎

しら-く【白く】㊀〈自動・カ下二〉{け/け/く/くる/くれ/けよ}❶白くなる。色があせる。❷気分がそがれる。興がさめる。しらける。❸間が悪くなる。気がまずくなる。㊁〈他動・カ下二〉明らかにする。すっかり打ち明ける。

「臨終ぞナイターの燈が**白けきる**」　山口誓子

「流木のごとく**白けて**樹々枯れし」　大野林火

「**白けた**顔の青年吃る雨水かな」　田川飛旅子

しら-ぐ【精ぐ・白ぐ】〈他動・ガ下二〉{げ/げ/ぐ/ぐる/ぐれ/げよ}❶玄米を白米にする。精白する。❷(木などを)削って白くする。❸仕上げる。精製する。

「**精げ**たる米を拾はで雀迮っ」　阿波野青畝

「干梅の香や悲しみの言**精らぐ**」　殿村菟絲子

しら-じら-し【白白し】〈形シク〉{(しく)・しから/しく・しかり/し/しき・しかる/しけれ/しかれ}❶いかにも白い。❷味気ない。興ざめだ。❸そらぞらしい。しらじらしい。▼古くは「しらしらし」。

「芹摘みが来れば空港**白々し**」　平畑静塔

「首都の夜明**しらじらし**兵の遺児赤し」　三橋敏雄

しら-たま【白玉・白珠】〈名〉白色の美しい玉。また、真珠。愛人や愛児をたとえていうこともある。▼「白玉の」は「緒」「姨捨山」などにかかる枕詞。

「**白珠**をささげ良夜の芙蓉閉づ」　長谷川かな女

「**白珠**の四温の星のうるむなり」　柴田白葉女

しら-に【知らに】〈連語〉知らないで。知らないので。▼「に」は打消の助動詞「ず」の古い連用形。

「雪**知らに**三十二相黄金咲く」　平畑静塔

しら・む【白む】〈自動・マ四〉{ま/み/む/む/め/め} ❶白くなる。明るくなる。❷衰える。❸勢いがくじける。ひるむ。

「戸の隙を雪吹き**白らめ**神代記」　野澤節子

「しんしんと髪**白み**ゆく青葉山」　鷲谷七菜子

「闇凍てて遠くの闇の**白らむ**なり」　松澤　昭

しり-からげ【尻紮げ】〈名〉着物の裾をまくり上げて、その端を帯にはさむこと。裾《すそ》からげ。

「川狩や陶淵明も**尻からげ**」　芥川龍之介

「草の実や**尻からげ**なる裏表」　阿波野青畝

しり-ぞ・く【退く】 一〈自動・カ四〉{か/き/く/く/け/け} ❶引き下がる。後へ下がる。❷退出する。❸引退する。二〈他動・カ下二〉{け/け/く/くる/くれ/けよ} ❶引き下がらせる。❷遠ざける。

「冬滝を日の**しりぞけ**ば音変る」　西東三鬼

「ふる雪に駅は**しりぞき**はじむなり」　藤後左右

「鶏頭枯れ川は**退く**ばかりなる」　岡本　眸

「開帳や雪は**しりぞく**藪の陰」　大峯あきら

「拝みたる位置**退き**て瀧仰ぐ」　茨木和生

「頬に北風あてて一歩も**退か**ず」　鎌倉佐弓

しり-へ【後方】《シリエ》〈名〉❶後の方。後方《こうほう》。❷（競技や物合わせで、先に行う左方の組に対して、あとに行う）右方の組。▼「へ」は方向の意。

「声とめてさらに**後方**の蟬なかす」　山口誓子

「稲舟を**しりへ**に緩く上総線」　石塚友二

「米空軍基地の**しりへ**の松黒し」　佐藤鬼房

し・る【知る】 一〈他動・ラ四〉{ら/り/る/る/れ/れ} ❶解る。理解する。わきまえる。知る。❷かかわる。つき合う。親しくする。❸世話をする。面倒を見る。❹（打消の語を伴って）気にする。かまう。二〈自動・ラ下二〉{れ/れ/る/るる/るれ/れよ} 知られる。

「忘れしか**知ら**ぬ顔して畠打つ」　夏目漱石

「子の髪の汗の匂ひを**知り**てゐる」　細見綾子

「逢ふてゐて明日なき夜長かも**知れず**」　後藤綾子

「花時のいつも得体の**知れ**ぬ雲」　桂　信子

「肉附の匂ひ**知ら**るな母の春」　三橋敏雄

「道ゆづりしは雪女かも**知れ**ず」　鷹羽狩行

「死につつ生きておる我れと**知れ**紫蘇《しそ》時雨《しぐれ》」　折笠美秋

「沖がすみ人のほとんど**知り**合わず」　池田澄子

し・る【痴る】〈自動・ラ下二〉{れ/れ/る/るる/るれ/れよ} 無知になる。愚かになる。ぼける。

「**痴れ**て青い風景を塗り風を描く」　三橋鷹女

「湖凍るひびきの夜夜を書に**痴るる**」　木村蕪城

「あえかなる人の香に**癡れ**秋の蚊は」　高橋睦郎

「死後の骨の白さに**痴れ**ている夜長」　高野ムツオ

「一谷の羽虫痴れたる吾亦紅」　小澤實

しる・し【著し】〈形ク〉（（く）・から／く・かり／し／き・かる／けれ／かれ）❶はっきりわかる。明白である。❷（「…もしるし」の形で）まさにそのとおりだ。予想どおりだ。▼はっきりと目立つようすを表す。現代語の「いちじるし」のもとになった語。

「椰子《やし》の丘朝焼**しるき**日日なりき」　金子兜太
「緑蔭を出て仕事着の紺**しるし**」　香西照雄
「朝の路地箒目**しるく**夏は来ぬ」　菖蒲あや

しる・す【記す・誌す】〈他動・サ四〉（さ／し／す／す／せ／せ）書き付ける。記録する。

「一人の日記今日鷺草のこと**記す**」　北原志満子
「方位盤眠れる嶺々の名を**記す**」　大橋敦子
「苗札を詩《うた》書くごとく**誌しけり**」　山田みづえ
「メモ帳に**記した**春が見当らぬ」　津沢マサ子

しる・べ【導・標・知る辺】〈名〉❶道の案内をすること。また、その人・もの。道案内。道しるべ。❷教え導くこと。また、その人・もの。❸知り合い。知人。

「月ぞ**しるべ**こなたへ入せ旅の宿」　松尾芭蕉
「よらで過ぐ**しるべ**の門や鳥総松」　高橋淡路女
「晩秋の魚を描いて道**しるべ**」　有馬朗人
「峰道の露けき**しるべ**辿り来し」　稲畑汀子
「朴の木を**しるべ**に父の盆路かな」　能村研三

しろ・かね【銀】〈名〉❶銀《ぎん》。（「銅《あかがね》」「金《くがね》・《こがね》」「鉄《くろがね》」に対していう）❷銀貨。▼近世以降は「しろがね」。

「芍薬を剪る**しろがね**の鋏かな」　日野草城
「**しろがね**のやがてむらさき春の暮」　草間時彦
「尼寺に**しろがね**の雨枝蛙《えだかはず》」　堀井春一郎
「暮れながら**しろがね**いろの霜くすべ」　今井杏太郎
「照る月の**しろがね**浴びて高野槇」　宮津昭彦
「乾鮭の貌の**しろがね**夜に入る」　藺草慶子

しろ・し【白し】〈形ク〉（（く）・から／く・かり／し／き・かる／けれ／かれ）❶色が白い。❷色をつけず、生地のままであり白い。

「来し方は**白き**磧の凍夜かな」　橋閒石
「水仙より母の白髪の**白かりき**」　石田波郷
「子がなくて**白き**もの干す鵙の下」　桂信子
「**白からぬ**蔵王となりぬおきなぐさ」　加藤三七子
「雪**しろき**奥嶺があげし二日月」　藤田湘子
「息**白くして**愛しあふ憎みあふ」　鷹羽狩行
「むしろ快楽を極めて**白し**夜のさくら」　奥坂まや

しろたへ・の【白妙の・白栲の】《シロタエノ》《枕詞》❶白栲《しろたへ》で衣服を作ることから、衣服に関する語「衣《ころも》」「袖《そで》」「袂《たもと》」「帯」「紐《ひも》」「たすき」などにかかる。❷白栲は白いことから、「月」「雲」「雪」「波」など、白いものを表す語にかかる。

「**白妙の**菊の枕をぬひ上げし」　杉田久女
「飛騨人に夏**白妙の**朴葉餅《ほほばもち》」　大野林火
「**白たへの**塑像いだきて海の旅」　篠原鳳作
「**白妙の**初夜の襖を閉めにけり」　野見山朱鳥

「しろたへの月しろたへの花ふぶき」　黒田杏子

しわ・む【皺む】〈自動・マ四〉｛ま／み／む／む／め／め｝しわが寄る。

「十月薄暮人列**皺み**つつ移る」　中村草田男

「湯地獄の**皺み**てやまず炎天下」　清崎敏郎

「終戦日生残りしは**皺み**しよ」　大井戸辿

しわ・る【撓る】〈自動・ラ四〉｛ら／り／る／る／れ／れ｝たわむ。しなう。

「簗竹の**しわる**や杭のおごそかに」　阿波野青畝

し-をり【枝折り・栞】《シオリ》〈名〉山道などで木の枝を折って道しるべとすること。また、そのもの。道しるべ。転じて、読みかけの本の間にはさむ目じるし。

「曝す書の仮の**栞**と思へども」　中村汀女

「白鳥の生毛を**栞り**大日経」　岡井省二

「**しをり**あり春帆楼の秋の雨」　後藤比奈夫

「桜桃の茎を**しをり**に文庫本」　丸谷才一

「緑蔭に読みくたびれし指**栞**」　辻田克巳

し-を・る【枝折る・栞る】《シオル》〈他動・ラ四〉｛ら／り／る／る／れ／れ｝❶木の枝を折って道しるべとする。❷道案内をする。❸読みかけの本の間に目じるしをはさむ。

「風花を**栞り**しごとく詩集閉づ」　阿波野青畝

「中辺路の色ある木の葉**栞り**来し」　稲畑汀子

「凍蝶を風の**栞り**てゆきしなる」　片山由美子

し-を・る【萎る】《シオル》■一〈自動・ラ下二〉｛れ／れ／る／るる／るれ／れよ｝❶草木などがしおれる。❷悲しみにうちひしがれる。❸ぬれてぐったりする。■二〈他動・ラ四〉｛ら／り／る／る／れ／れ｝草木などをしおれさせる。

「冬薔薇の咲いて**しをれ**て人遠き」　日野草城

「湯豆腐に咲いて**萎れ**ぬ花かつを」　石塚友二

「絽の喪服日暮れて紋の梅**萎る**」　殿村菟絲子

「水郷や茄子苗植ゑて**萎れ**気味」　森田　峠

しん-がり【殿】〈名〉隊列・序列などの最後。

「**しんがり**は鞠躬如《きつきゅうじょ》たり放屁蟲《へひりむし》」　川端茅舎

「**しんがり**の子に風の吹く鰯雲」　長谷川双魚

「秋深き渚づたひの**しんがり**に」　齋藤　玄

「雁列の**しんがり**おもふ齢かな」　齋藤愼爾

「**しんがり**のたうとうこずに秋の山」　岡田史乃

じん-じゃう・なり【尋常なり】《ジンジョウナリ》〈形動ナリ〉｛なら／なり・に／なり／なる／なれ／なれ｝❶普通だ。あたりまえだ。❷しとやかだ。上品だ。❸結構だ。立派だ。❹殊勝だ。いさぎよい。

「放ちやる蟹大海は**尋常に**」　阿部みどり女

「大賀蓮花**尋常に**開きゐし」　右城暮石

「厄の年**尋常に**地蟲出にけり」　田中裕明

しん-ず【進ず】■一〈他動・サ変〉｛ぜ／じ／ず／ずる／ずれ／ぜよ｝差し上げる。奉る。■二〈補助動・サ変〉（動詞の連用形に助詞「て」「で」が付いた形に付いて）…（て）差し上げる。…（て）あげる。

「短日や味噌漬三ひら**進じ**そろ」　芥川龍之介

「一筋の寒柝に酒進ぜんや」 秋元不死男
「忌の母に冷さうめんを進ぜんか」 上田五千石

しん-ぢゅう【心中】《シンジユウ》〈名〉❶心の中。また、心の中で考えていること。❷義理を立てること。真心。誠意。❸愛し合った男女が、自分の愛情が変わらないことを示すこと。心中立て。❹情死。相対死《あいたいしに》。
「其はてが萩と薄の心中かな」 正岡子規
「心中より殺しの平成近松忌」 森 澄雄
「さくら心中絞められてゐてうつとりす」 筑紫磐井

しん-りょ【神慮】〈名〉神の心。神意。
「霜ふみて神慮を秘するふところ手」 飯田蛇笏
「神慮涼し菅一と叢を島となす」 富安風生
「臥牛とは神慮に適ひあたたかし」 後藤夜半

す

す【簾】〈名〉すだれ。▼割り竹・細枝・葦などを粗く編んだものの総称が「す」で、敷物には「簀」、部屋を仕切るものには「簾」の字を当てる。
「人ひとり簾の動き見てなぐさまんや」 中村草田男
「簾を垂れて野の夕月の淡きいろ」 柴田白葉女
「盆過ぎの簾に透く草木うらがなし」 馬場移公子
「簾のゆるる明暗昼を夢見をり」 宮津昭彦

す【簀】〈名〉竹・葦などをあらく編んだむしろ。日よけやかこい・敷物などにする。
「灯ともせば簀の外くらし風鈴売」 富田木歩
「簀を搏つて太刀魚おのれ失せにけり」 山田みづえ
「恋をせぬ顔のやつるる葭簀かな」 大木あまり

す-【素】〈接頭〉❶他のものを付け加えない。ただそれだけの、の意を表す。❷人を表す語に付けて、「ただの」「みすぼらしい」などの意を表す。
「桔梗見る眼を遣さんと素晩年」 永田耕衣
「素はだしの男聖樹に寄らむとす」 平畑静塔
「すはだかに髪梳く音の降りにけり」 八田木枯

す【為】㊀〈自動・サ変〉〔せ/し/す/する/すれ/せよ〕❶感じられる。❷する。ある動作・状態がおこる。㊁〈他動・サ変〉❶行う。する。❷ある状態におく。❸みなす。扱う。▼「愛す」「対面す」などのように、体言や体言に準ずる語の下に付いて、複合動詞を作る。
「戀をせよ戀をせよ夏のせみ」 小林一茶
「風車寒き落暉を翼にせり」 橋本多佳子
「あやめ黄に卯月はものを思ひもす」 三橋鷹女
「古びゆく紐の音する柿の花」 飯島晴子
「むつつりと居て夕焼を濃くしたり」 中尾寿美子
「涼しさに坐して暑さを口にせし」 手塚美佐

す㊀〈助動・サ四〉〔さ/し/す/す/せ/せ〕(尊敬)お…になる。…なさる。

二〈助動・サ下二〉{せ／せ／す／する／すれ／せよ} ❶(使役)…せる。…させる。❷(尊敬)お…になる。…なさる。…あそばす。❸(謙譲)…てさし上げる。…申し上げる。▼四段・ナ変・ラ変動詞の未然形に付く。

「寒き夜の仏に何を参らせん」　渡邊水巴

「サルトルに聞かせよ海の虎落笛」　山口誓子

「けぶらせて夜長の尼のみそかごと」　後藤綾子

「黒き帯のたうたせ縫ふ夜の野分」　横山房子

「耕すや時を知らする汽車通る」　森　澄雄

「金魚死なせし透明の金魚鉢」　津田清子

「大日如来胎《はら》に梟鳴かせをり」　熊谷愛子

「通りゃんせ青鬼灯の中までも」　岸本マチ子

ず〈助動・特殊型〉{(な)〈ず〉ざら／(に)ず ざり／(ぬ)ず／ぬ ざる／ね ざれ／ざれ} (打消)…ない。…ぬ。

「大柳散りつくすとも見えざりき」　正岡子規

「春暁や人こそ知らね樹々《きぎ》の雨」　日野草城

「わが牡丹散る日のさまは思はざれ」　安住　敦

「バスを待ち大路の春をうたがはず」　石田波郷

「恋とならざりき大年の髪洗ふ」　きくちつねこ

「たかからぬ風が尾をひく螢の夜」　宇多喜代子

「口寄せに呼ばれざる魂雪となる」　中原道夫

すい-たい【翠黛】〈名〉❶緑色のまゆずみ。緑色のまゆずみで描いた美しい眉《まゆ》。❷緑色にかすんで見える遠景の山。

「門限を出て翠黛の春ふかむ」　飯田蛇笏

「翠黛とひもすがらある櫻狩」　後藤夜半

「翠黛の時雨いよいよはなやかに」　高野素十

すい-び【翠微】〈名〉❶山の頂上を少し下がった所。山の中腹。❷うす緑色の山の気。また、遠く青くかすむ山。

「翠微より蚊火の起居《たちゐ》のうかむ時」　阿波野青畝

「青天を余し翠微を織る飛燕」　香西照雄

す・う【据う】〈他動・ワ下二〉{ゑ／ゑ／う／うる／うれ／ゑよ} ❶置く。据える。❷住まわせる。とどめておく。❸設置する。設ける。❹位につかせる。❺判を押す。❻(灸《きゅう》を)据える。

「走る火に野仏を据ゑ母を据ゑ」　中村苑子

「雪嶺を据ゑ一故旧なき故郷」　林　翔

「花祭張り子の象の据ゑらるる」　福田甲子雄

「豊年や庫裡に観音像を据ゑ」　廣瀬直人

「早稲の香に伊吹を据ゑし国津神」　大屋達治

「春銀河柩を据うる賑はひに」　正木ゆう子

すが・し【清し】〈形シク〉{(しく)・しから／しく・しかり／し／しき・しかる／しけれ／しかれ} 清らかである。

「除夜過ぐる清しき火種絶やすなく」　野澤節子

「霰すがし崩るるものを身に蔵し」　鷲谷七菜子

「十薬の花のすがしき通り雨」　菖蒲あや

すか・す【透かす】〈他動・サ四〉{さ／し／す／す／せ／せ} ❶すきまを作る。減らす。❷透けて見えるようにする。❸油断する。

「半眼に見すかす春のまだ寒き」　中川宋淵

「すかし見る河鹿の闇といふものを」　高木晴子
「臘梅の花臘梅の花を**透かす**」　後藤比奈夫
「黒ビール白夜の光**すかし**飲む」　有馬朗人
「繭を日に**透かせ**ば驟雨遙かより」　河原枇杷男

すか・す【賺す】〈他動・サ四〉{さ／し／す／す／せ／せ}❶だます。だまして誘う。❷おだてる。❸なだめる。なぐさめる。
「新ジャガや子を**すかす**喉すでに嗄れ」　石橋秀野

すがすが・し【清清し】〈形シク〉{（しく）・しから／しく・しかり／し／しき・しかる／しけれ／しかれ}❶（気分が）さわやかである。❷思いきりがよい。こだわらない。❸滞ることがない。
「炎天の**清々し**さよ鉄線花」　橋本多佳子
「舞茸の鬱然としてすが**すがし**」　澁谷　道
「冬の松籟朝の言葉は**清々し**」　上田五千石

-すがら〈接尾〉❶…の間じゅうずっと。❷…の途中で。❸ただ…だけ。
「夜**すがら**の月をながめぬ蚊帳のうち」　原　石鼎
「道**すがら**祭の家の炉火赤し」　木村蕪城
「青萩や深き言葉をみち**すがら**」　草間時彦
「寒紅梅風ははるばる夜も**すがら**」　成田千空

すが・る【縋る】〈自動・ラ四〉{ら／り／る／る／れ／れ}頼みとして取り付く。頼りにする。
「向日葵《ひまはり》に夜蟬**すがれる**蔵屋敷」　水原秋櫻子
「縋るものなし寒風に取り**縋る**」　三橋鷹女

「魂魄の塔に**すがりし**忍冬花」　澤木欣一
「脱け殻に**すがりて**蟬が曙光待つ」　鷹羽狩行

すが・る【闌る・末枯る】〈自動・ラ四〉{ら／り／る／る／れ／れ}末になっておとろえる。盛りがすぎる。
「雨をふくむ菊玲瓏と**すがれけり**」　渡邊水巴
「天地にす**枯れ**葵と我痩せぬ」　篠原鳳作
「松葉牡丹**すがれて**からぶ藻に似たり」　宮津昭彦

す・く【好く】㊀〈自動・カ四〉{か／き／く／く／け／け}❶打ち込む。異性に熱中する。色好みである。❷風流に熱中する。風流を好もしがる。㊁〈他動・カ四〉好む。めでる。
「牛飼が**好き**で牛飼ふ秋の風」　飯島晴子
「夕暮の木は**好き**胸の奥までの並木」　金子皆子
「ポピー咲く帽子が**好き**で旅**好き**で」　岡本　眸
「青空のこの色が**好き**冬支度」　大峯あきら
「蜜豆のつめたさが**好き**銀座雨」　中嶋秀子
「柑橘類**好く**児湯浴みしうすあぶら」　江里昭彦

す・く【透く・空く】〈自動・カ四〉{か／き／く／く／け／け}❶すきまができる。まばらになる。❷すけて見える。透き通る。❸（光・風が）すきまを通り抜ける。
「金魚売る鉢町中の地面**透き**」　山口誓子
「足浸ける泉徹底して**透けり**」　津田清子
「小鳥死に枯野よく**透く**籠のこる」　飴山　實
「薄氷に**透けて**ゐる色生きてをり」　稲畑汀子

「水**透き**て河鹿のこゑの筋も見ゆ」　上田五千石

す・く【梳く】〈他動・カ四〉｛か／き／く／く／け／け｝櫛で髪をとかす。

「束ね髪泉に**梳き**し櫛目なる」　大野林火

「雁鳴くや**梳き**てなびかぬ髪一縷」　稲垣きくの

「髪の先手に持ちて**梳き**晩夏光」　大橋敦子

「明易し看取女《みとりめ》おのが髪を**梳く**」　森田　峠

「木の家に女髪**梳く**きりぎりす」　小澤　實

す・く【漉く・抄く】〈他動・カ四〉｛か／き／く／く／け／け｝(紙などの)原料を水にとかし、簀《す》の上に薄く平らにひろげて作る。

「幼き主婦海苔**漉く**朝の指脹れて」　佐藤鬼房

「国栖人はさくらの色の紙を**漉く**」　加藤三七子

「**漉き**し紙**漉き**し手をもて賜りぬ」　永島靖子

「紙一枚**漉く**間に老ゆる女かな」　小泉八重子

す・ぐ【過ぐ】〈自動・ガ上二〉｛ぎ／ぎ／ぐ／ぐる／ぐれ／ぎよ｝❶通り過ぎる。通過する。過ぎる。❷時がたつ。経過する。❸消え失せる。人が死ぬ。❹超過する。❺勝る。❻暮らす。生活する。

「炎天を槍のごとくに涼氣**すぐ**」　飯田蛇笏

「凪**過ぐる**まで初蝶の草にあり」　後藤夜半

「鵙啼けりひとと在る時かくて**過ぐ**」　橋本多佳子

「ひとひとりこころにありて除夜を**過ぐ**」　桂　信子

「冬の雁**過ぐれ**ば暮るるふたりかな」　黒田杏子

すく・せ【宿世】〈名〉❶前世。先の世。❷宿命。前世の因縁。▼「しゅくせ」とも。

「親と子の**宿世**かなしき蚊遣かな」　久保田万太郎

すぐ・なり【直なり】〈形動ナリ〉｛なら／なり・に／なり／なる／なれ／なれ｝❶まっすぐだ。❷素直だ。ありのままだ。

「理にも情にも**直なる**『君』居ず木賊《とくさ》薙ぐ」　中村草田男

「命美《は》し槍鶏頭の**直なる**は」　石田波郷

「花ちるや**すぐに**戻らぬ山谺」　岸田稚魚

「臘梅や**直なる**枝を大まかに」　川崎展宏

「笛の音や**直なる**ものに春立てり」　原　裕

す・く・ふ【巣くふ】《スクウ》〈自動・ハ四〉｛は／ひ／ふ／ふ／へ／へ｝(鳥などが)巣をつくる。

「寒鴉当麻の塔に**巣くふ**らし」　細見綾子

「大いなる虚空に**すくふ**鷲であれ」　長谷川櫂

すく・ふ【掬ふ】《スクウ》〈他動・ハ四〉｛は／ひ／ふ／ふ／へ／へ｝❶手・ひしゃくなどで、物をくみ取る。しゃくる。❷(物をしゃくるように)持ち上げる。❸手前へひきしめる。たぐる。繰る。

「うれしさは春のひかりを手に**掬ひ**」　野見山朱鳥

「紙漉くや薄氷**掬ふ**ごとくにも」　高橋睦郎

「**掬ひ**たるものに眼のある春の水」　大木あまり

「**すくは**れて屋台の亀の鳴きにけり」　辻　桃子

「てつぺんにまた**すくひ**足す落葉焚」　藺草慶子

すぐ・る【勝る・優る】〈自動・ラ下二〉｛れ／れ／る／るる／るれ／れよ｝他よりもまさる。ひいでる。すぐれる。

「燭かへて寒気**勝れ**ぬ義士祭」　長谷川かな女

「葱を見る男の夕べ勝れたり」　永田耕衣
「炎天のすぐれてくらき思ひかな」　阿部青鞋

すげな・し〈形ク〉{(く)・から/く・かり/し/き・かる/けれ/かれ}そっけない。思いやりがない。
「ひとり尼わら家すげなし白つゝじ」　松尾芭蕉
「晴れて汗すげなく多佳子忌はすぎし」　平畑静塔
「草の露吸うてすげなき朝なりけり」　沼尻巳津子

すご・し【凄し】〈形ク〉{(く)・から/く・かり/し/き・かる/けれ/かれ}❶気味が悪い。❷ぞっとするほど寂しい。❸殺風景だ。冷ややかだ。❹ぞっとするほどすばらしい。▼背筋が寒くなるような強い感じ方を表す。いやなものにも、よいものにも用いる。
「日が射して凄き白かな野分浪」　山口誓子
「もろもろの縦皺凄し燕子花」　三橋敏雄
「葉桜となりても凄し老桜」　平井照敏

すこしく【少しく】〈副〉いささか。わずかに。
「風雲の少しく遊ぶ冬至かな」　石田波郷
「大文字の大はすこしくうは向きに」　藤後左右
「すこしくは霞を吸って生きてをり」　能村登四郎
「かげろうてわが身少しく太りしか」　金田咲子
「怒り少しく打水展く高さあり」　中原道夫

すご・す【過ごす】〈他動・サ四〉{さ/し/す/す/せ/せ}❶やり過ごす。❷時を過ごす。年月をおくる。❸暮らす。生活する。❹そのままにしておく。❺養う。❻度をこす。やりすぎる。▼「すぐす」の変化した語。中古までは「すぐす」が一般的で、中世以降は「すごす」が優勢となる。
「やりすごす向うむきなる夜番かな」　中村汀女
「霜の夜の寝酒の量を過したる」　安住　敦
「葛の中人を見すごす峠神」　森　澄雄
「板敷に冬瓜と時をすごしけり」　川崎展宏
「青葉木菟声とめて何やりすごす」　上田五千石

すさび【遊び・荒び】〈名〉❶気まぐれ。気まま。❷慰み。もてあそび。
「たけのこや稚《をさな》き時の繪のすさび」　松尾芭蕉
「白牡丹遠近人《をちこちびと》のすさびかな」　安東次男
「草木ねむる闇を落花のすさびかな」　鷲谷七菜子
「一句一恨とはわがすさび更衣」　中嶋秀子
「銭亀を飼うて百夜のすさびかな」　永島靖子

すさ・ぶ【遊ぶ・荒ぶ】〈自動・バ上二〉{び/び/ぶ/ぶる/ぶれ/びよ}〈自動・バ四〉{ば/び/ぶ/ぶ/べ/べ}❶慰み楽しむ。気の向くままに…する。慰みに…する。❷盛んに…する。ほしいままに…する。❸衰えてやむ。▼多く、他に接続して複合動詞の形で用いられる。上代は上二段活用、中古から多く四段活用。
「烏麦怒濤のごとく荒び熟る」　山口青邨
「秋扇手にすさび居り背《そむ》きあへず」　中村苑子
「鍋焼や洛南に風荒びゐる」　波多野爽波
「風鈴に荒ぶる神ののりうつり」　飴山　實
「ある夜わがすさびて胡桃割りゐたり」　藤田湘子

「霧**荒**さぶこれ以上何捨つるべき」　岡本　眸
「芒野に空描き足せば**荒び**けり」　小泉八重子
「**荒ぶる**や海も墓標も一言語」　折笠美秋

すさま・じ【凄じ・冷じ・荒まじ】〈形シク〉{(じく)・じから/じく・じかり/じ/じき・じかる/じけれ/じかれ} ❶おもしろくない。興ざめだ。しらけている。❷寒々としている。殺風景だ。情趣がない。❸冷たい。寒い。❹ものすごい。激しい。ひどい。

「一寒燈あり**すさまじく**引潮す」　大野林火
「冴返る**すさまじき**ものの中に恋」　鈴木真砂女
「思ひいま**すさまじけれ**ばすぐ返す」　相馬遷子
「雛の間といふ**すさまじき**真闇あり」　齋藤愼爾
「**冷まじ**や人の面うつ蔦かづら」　手塚美佐
「**凄じく**女でありぬ黄菊残菊」　鳴戸奈菜

すさ・む【遊む・荒む】㊀〈自動・マ四〉{ま/み/む/む/め/め} ❶気の向くままに…する。慰みに…する。❷勢いが甚だしくなる。激しく…する。㊁〈他動・マ下二〉{め/め/む/むる/むれ/めよ} ❶心がひかれて楽しむ。もてはやす。❷きらって避ける。

「鉄鋳《い》りて海へ駈けだす海**すさむ**」　佐藤鬼房
「髪**荒み**おほむらさきのとび交へる」　飯島晴子
「葉櫻を入れて**荒み**てまなこかな」　高橋睦郎

すさ・る【退る】〈自動・ラ四〉{ら/り/る/る/れ/れ} しりぞく。退去する。下がる。▼「すざる」「しさる」「しざる」とも。

「寄るや冷え**すさる**やほのと夢たがへ」　加藤知世子
「きらきらと夜を**すさり**ゆく踊かな」　藺草慶子

す・し【酸し】〈形ク〉{(く)・から/く・かり/し/き・かる/けれ/かれ} すっぱい。

「色なき風強歩の唾を**酸く**したり」　長谷川かな女
「子の忌過ぐもう**酸く**ないか蜜柑供ふ」　及川　貞
「玫瑰《はまなす》を噛めば**酸かり**し何を恋ふ」　加藤楸邨
「すかんぽを礁にかけて噛めば**酸し**」　清崎敏郎
「さねさし相模の蜜柑**酸く**甘く」　加藤三七子

ず・して〈連語〉…ないで。…なくて。▼打消の助動詞「ず」の連用形＋接続助詞「して」

「焚火には即かず離れ**ずして**遊ぶ」　後藤夜半
「ふれ合は**ずして**敗荷の音を立て」　深見けん二
「死な**ずして**青き樹海を出で来たり」　三好潤子
「蝶を見**ずして**けんめいに真昼かな」　金田咲子
「物音も雨月の裏戸出で**ずして**」　田中裕明

すす・く【煤く】〈自動・カ下二〉{け/け/く/くる/くれ/けよ} ❶すすがしみついて黒ずむ。すすける。❷よごれてすす色になる。

「枯れてよき**煤け**てならじいぼむしり」　後藤比奈夫
「寒夜明け歩きつづける顔**煤け**」　鈴木六林男
「ゆく春を**煤け**て焦土雀かな」　岸田稚魚

すす・ぐ【濯ぐ・雪ぐ・漱ぐ・滌ぐ】〈他動・ガ四〉{が/ぎ/ぐ/ぐ/げ/げ} ❶水で洗い清める。❷汚名・恥を除き去る。▼古くは、「すすく」。「そそぐ」とも。

「紅芙蓉かくさず**濯ぐ**膝二つ」 殿村菟絲子
「秋彼岸**濯ぎ**慣れたる川瀬あり」 友岡子郷
「口**漱ぎ漱ぎ**しのちの鶴の舞」 宮脇白夜
「泣きながら青き夕を**濯ぎ**けり」 高澤晶子
「波少し入れて**濯ぎ**ぬ浅蜊籠」 中岡毅雄

すずし【生絹】〈名〉練っていない(灰汁《あく》などで煮ていない)絹糸。また、その糸で織った布。
「夜の秋の影も**生絹**の往来かな」 橋　閒石
「遠山火寝息**生絹**のごとくゆれ」 飯田龍太
「**生絹**めく山路の雨に鶯鳴けり」 井沢正江

すず・し【涼し】 季・夏 〈形シク〉{(しく)・しから／しく・しかり／し／しき・しかる／しけれ／しかれ} ❶涼しい。❷清らかに澄んでいる。曇りがない。❸さわやかである。すがすがしい。さっぱりしている。
「闇**涼し**草の根を行く水の音」 石井露月
「みづからの**涼しき**星に遇ひにけり」 中川宋淵
「同胞よ会へば**涼しく**なつかしく」 星野　椿
「街ゆけり独りを**涼し**と思ひつつ」 山田みづえ
「いのちひしめく雲のやちまた**涼しけれ**」 夏石番矢

すず・しろ【清白・蘿蔔】 季・新 〈名〉だいこんの別名。特に、「春の七草」の一つとしての呼び名。
「**蘿蔔**と呼べば大根すらりとす」 加藤楸邨
「ふつと立つ**すずしろ**粥の湯気あかり」 斎藤夏風

すずな【菘】 季・新 〈名〉蕪《かぶ》の別名。春の七草の一つ。
「身ほとりに**すずな**すずしろ喪明けまだ」 清水径子
「**すずな**と言ひすずしろといひ祝ひけり」 下村梅子

すずめ・いろ・どき【雀色時】〈名〉たそがれどき。
「**雀色時**野の日に柿のたはむるる」 大野林火
「**雀色時**雪は光輪持ちて降る」 角川源義
「**雀色**どきの山音種袋」 岡井省二
「**雀色**どきの大蛤を食ふ」 藤田湘子
「鹿の斑の**すゞめいろどき**苔の花」 角川春樹

すずろ・なり【漫ろなり】〈形動ナリ〉{なら／なり・に／なり／なる／なれ／なれ} ❶何とはなしだ。何ということもない。❷思いがけない。予期していない。❸無関係だ。筋違いだ。❹むやみやたらだ。▼「すぞろなり」「そぞろなり」とも。
「おそ月の**すずろ**に秋の仏かな」 飯田蛇笏
「啓蟄《けいちつ》の鳥語**すずろ**に美しく」 後藤夜半
「葉桜や**すずろ**に過ぐる夜の靴」 金尾梅の門
「亀鳴くといへば**すずろ**に聞かれけり」 岸田稚魚
「**漫**《すずろ》かな松風も又麨《はったい》も」 八田木枯

すそ・ご【裾濃・末濃】〈名〉❶染め色の一つ。上になる方を薄く、裾の方を濃くするもの。❷鎧《よろい》の「縅《をどし》」で、最上部の白から次第に裾の方へ濃い色の糸でおどすもの。▼「裾濃」とは逆に、上を濃く、下にいくほど薄いものを「匂《にほひ》」といい、同色の濃淡でまだらになっているものを「斑濃《むらご》」という。

「鬼灯は**裾濃**に染まり鬼貫忌」　石田波郷
「なだれおつる**裾濃**の水を滝といふ」　眞鍋呉夫
「うぐひすや空気ゆたかに**裾濃**なる」　三橋敏雄

すそ-わ【裾回・裾曲・裾廻】〈名〉山のふもとの周り。▼「すそみ」とも。
「三輪好しと**裾曲**の道をゆく春着」　阿波野青畝
「大嶺や**裾曲**の道を炭車」　山口誓子
「鶯や**裾回**を赤く火の山は」　秋元不死男

すだ・く【集く】〈自動・カ四〉{か/き/く/く/け/け} ❶群がり集まる。❷(虫や鳥などが)鳴く。
「藻に**すだく**白魚やとらば消えぬべき」　松尾芭蕉
「虹の中河内の蟬も**すだく**べし」　松瀬青々
「春闇や賽《さい》の磧《かはら》に**すだく**魂《たま》」　松根東洋城
「月光の**すだく**にまろき女《ひと》のはだ」　篠原鳳作
「虫**すだく**夜のひそかに乳張りぬ」　菖蒲あや

す-だま【魑魅・霊】〈名〉山林・木石から生じるという人面鬼身の怪物。ちみ。▼「すたま」とも。
「霧の夜は女**すだま**に魅入られぬ」　稲垣きくの
「風花か**すだま**か夜の勿来川」　佐藤鬼房
「どんど焼き**すだま**は人の手のかたち」　寺田京子

す-た・る【廃る】 ■一〈自動・ラ四〉{ら/り/る/る/れ/れ} ❶衰える。すたれる。❷用いられなくなる。不用になる。■二〈自動・ラ下二〉{れ/れ/る/るる/るれ/れよ} □一と同じ。
「向日葵が咲くのみ運河**廃るる**か」　水原秋櫻子
「山中に**廃れ**宿あり鳥渡る」　大野林火
「冬旅耐えし**廃れ**空洞《カベルネ》こそ羨《とも》し」　楠本憲吉
「梅雨嵐勤王のこと世に**すたり**」　高柳重信

すぢ【筋】《スジ》〈名〉❶筋。線。❷血統。家系。系統。流派。❸性分。気質。❹筋道。道理。理由。❺方角。方向。❻事柄。一件。❼作風。趣向。おもむき。
「くもの糸一**すぢ**よぎる百合の前」　高野素十
「鼻**筋**のよき人とゐて春の雨」　原コウ子
「春の土荒れて**筋**ひく竹箒」　桂　信子
「榛咲くや不意をつかれし風の**筋**」　鷲谷七菜子
「飛び過ぎの話の**筋**や菊人形」　森田　峠
「首**すぢ**にほつと螢の生まれけり」　あざ蓉子

すぢ-かひ【筋交・筋違】《スジカイ》〈名〉❶ななめに交差していること。❷建物の耐震力を強めるために、柱と柱の間にななめにとりつける木材。
「ほと、ぎす平安城を**筋違**に」　与謝蕪村
「土蔵から**すぢかひ**にさすはつ日哉」　小林一茶
「**筋違**にさゝ波雲や盆の月」　松瀬青々
「**筋交**の大八文字梅雨の寺」　富安風生

す・つ【捨つ・棄つ】 ■一〈他動・タ下二〉{て/て/つ/つる/つれ/てよ} ❶捨てる。❷見捨てる。❸世俗からのがれる。出家する。❹身命を投げ出す。犠牲にする。■二〈補助動・タ下二〉(動詞の連用

形や助詞「て」に付いて)…(て)しまう。
「朝支度死にし金魚を**捨つ**ことも」 中村汀女
「炎天に花なき瓶の水を**捨つ**」 野見山朱鳥
「わらんべの蛇投げ**捨つる**湖の荒れ」 金子兜太
「月に**棄つ**花瓶の水の青みどろ」 澁谷 道
「ひとつづつ夢**捨つる**如苺つぶす」 藤田湘子
「秋の雲立志伝みな家を**捨つ**」 上田五千石
「海鳴やこの夕焼に父**捨てむ**」 奥坂まや

ず-て〈連語〉…ないで。…なくて。▼打消の助動詞「ず」の連用形＋接続助詞「て」
「月も見**ずて**籠れるわれに星ま近」 原 石鼎
「黄落にまぎれはせ**ずて**雉子の瑠璃」 細見綾子
「緑吹く銭は足ら**ずて**日々過ごす」 森 澄雄
「虹現前人徳遂に詩価なら**ずて**」 香西照雄

すで-に【既に・已に】〈副〉❶すっかり。まったく。❷(多く下に過去や完了の表現を伴って)もはや。もう。とっくに。❸(多く下に推量の表現を伴って)今まさに。もう少しで。❹(断定の表現を伴って)まさしく。現に。
「暗黒物質《ブラックマター》彗星**すでに**去りにけり」 和田悟朗
「豆ほどの子蛙**すでに**跳ねる意志」 有馬朗人
「霾《つちふる》や**すでに**消えたる蒙古斑」 坂本宮尾

すな-どり【漁】〈名〉❶漁をすること。❷漁夫。すなどりをする人。
「夕蟬や詩の**すなどり**のなほ一網」 中村草田男
「**漁り**の父の小舟へ凧伸ばす」 秋元不死男
「**漁り**の熔岩《バラ》の一戸も花曇」 神尾久美子

すな-ど・る【漁る】〈他動・ラ四〉{ら/り/る/る/れ/れ}漁をする。漁具をとる。
「帆立貝**すなどる**舟の帆を立てて」 山口青邨
「てのひらを**すなどら**むかと思ひけり」 阿部青鞋
「**すなどる**やめをとに寒の子持鮒」 飴山 實

すなはち【即ち・則ち】《スナワチ》 ㊀〈名〉その時。当時。㊁〈副〉すぐに。ただちに。即座に。㊂〈接続〉❶とりもなおさず。言うまでもなく。つまり。❷そういうわけで。そこで。
「玉解いて**即ち**高き芭蕉かな」 高野素十
「爆音や**すなはち**響き障子貼る」 石田波郷
「山は**即ち**水と思へば蟬時雨」 高柳重信
「蓑蟲や**即ち**にして非といへる」 岡井省二

すなほ・なり【素直なり】《スナオナリ》〈形動ナリ〉{なら/なり・に/なり/なる/なれ/なれ}❶ありのままだ。素朴だ。❷心がまっすぐだ。正直だ。❸穏やかで逆らわない。従順だ。
「**すなほに**咲いて白い花なり」 種田山頭火
「蔦かづら**素直に**枯れてしまひけり」 阿波野青畝
「因業に**素直に**蟇の鳴くことよ」 飯島晴子

すは《ワス》〈感〉❶それ。そら。相手の注意をひくために発する語。❷あっ。ヤッ。突然の出来事に驚いて発する語。

「風花に**驚破**《すは》一角の日の光」　山口誓子
「秋が吹く**すは**海風が人を吸ふ」　高屋窓秋
「鉦叩**驚破**やと聴けど幽《かす》かかな」　川端茅舎
「**驚破**事ぞ木の実生きてはころげけり」　中川宋淵

ず-ば〈連語〉もし…ないならば。…なかったら。▼近世以後の用法。連語「ずは」の変化した語だが、打消の助動詞「ず」の未然形＋接続助詞「ば」とすることもできる。
「起さ**ずば**残菊匂はずにすみし」　加倉井秋を
「秋草を売る束ね**ずば**散る色を」　宮津昭彦
「冬木鳴る教師雄《を》ごころ保た**ずば**」　友岡子郷

す-ぶ【統ぶ】〈他動・バ下二〉{べ／べ／ぶ／ぶる／ぶれ／べよ} ❶（ばらばらのものを）一つにまとめる。❷支配する。統治する。
「夏山を**統べ**て槍ケ岳真蒼なり」　水原秋櫻子
「盆すぎの夜陰を**統ぶる**みづたまり」　大野林火
「冬ざれを**統べ**し巨石とおもひをり」　岸田稚魚
「寒卵馥郁と夜を**統べ**むとす」　正木ゆう子
「乱の夜の嬰児しずかに星を**統ぶ**」　須藤　徹

すべ【術】〈名〉手段。方法。てだて。
「せん**すべ**もなくてわらへり青田売」　加藤楸邨
「買戻す**すべ**のなき書や蟲の宿」　石田波郷
「怠惰また身を守る**すべ**か夕凪す」　草間時彦

すべから-く【須く】〈副〉（多く、助動詞「べし」と呼応して）当然。▼サ変動詞「す」の終止形に推量の助動詞「べし」の未然形と接尾語「く」が付いて一語化したもの。漢文訓読で「須」を「すべからく…べし」と読んだことから生じた語。
「元日や句は**須く**大らかに」　高濱虚子
「**須らく**盆燈籠の句あるべし」　阿波野青畝
「**すべからく**山の日のかげ箒草」　岡井省二
「**すべからく**大和焚くべし山桜」　攝津幸彦

す-べ-て【統べて・総べて・凡て】〈副〉❶全部合わせて。まとめて。❷総じて。だいたい。❸（下に打消の語を伴って）全く。いっさい。
「**凡て**忘却春暁の火事目のあたり」　阿部みどり女
「我と軍人寒夜の生徒**統べて**寝る」　中村草田男
「寒夕焼終れり**すべて**終りしごと」　細見綾子
「忘年や身ほとりのもの**すべて**塵」　桂　信子
「葱**すべて**折れたり何を全うせし」　小川双々子
「枯木見ゆ**すべて**不在として見ゆる」　加藤郁乎

すべ-な-し【術無し】〈形ク〉{(く)・から／く・かり／し／き・かる／けれ／かれ} なすべき方法がない。どうしたらよいかわからない。どうしようもなくつらい。
「老い母の違和は**すべなし**朝ぐもり」　相馬遷子
「甘へるよりほかに**すべなし**夾竹桃」　鈴木しづ子
「寒き夜を**術なく**て飛び立ちにけり」　今瀬剛一
「世に隠るる**すべなき**ものを遠千鳥」　西村和子

すまう【相撲・角力】《スモウ》 季・秋 〈名〉二人が組み合って力を

たたかわせる競技。すもう。▼「すまふ」「すまひ」とも。

「よき角力いでこぬ老のうらみ哉」　与謝蕪村

「蒼天《さうてん》に髻《もとどり》とけし相撲かな」　原　石鼎

「春祭子供相撲も終るころ」　飯島晴子

すま・す【澄ます・清ます】 一〈他動・サ四〉｛さ/し/す/す/せ/せ｝❶洗い清める。❷清らかにする。澄ます。心を落ち着かせる。❸(「目をすます」「耳をすます」の形で)目をみはる。聞き耳をたてる。❹世をしずめる。平定する。二〈補助動・サ四〉(動詞の連用形に付いて)❶精神を集中して…する。❷うまく…する。完全に…する。…おおせる。

「身にしむや横川《よかは》のきぬをすます時」　与謝蕪村

「野火はるか胸の濤音聴き澄ます」　鷲谷七菜子

「伊豆の夜の泉か脈かききすます」　八木三日女

「おとうと髪切虫に耳すます」　黒田杏子

「野を渡る夜叉嫁入道具になりすまし」　西川徹郎

すまひ【住まひ・住居】《スマイ》〈名〉❶住居《じゅうきょ》。すみか。❷住みつくこと。暮らすこと。

「五月雨や二階住居の草の花」　小林一茶

「一寸したことが涼しく町住居」　京極杞陽

「白酒やひよどり多き嵯峨住ひ」　大峯あきら

すま・ふ【住まふ】《スマウ・スモウ》〈自動・ハ四〉｛は/ひ/ふ/ふ/へ/へ｝住みついて暮らす。住む。▼上代語の連語「住まふ」(動詞「住む」の未然形＋継続の助動詞「ふ」)が中古以降一語化したもので、同じような例に「語らふ」「呼ばふ」などがある。

「人めなき露地に住ひて秋の暮」　久保田万太郎

「垣隣秋隣とて住まひけり」　安東次男

「飴いろの簾の奥に師の住まふ」　福田甲子雄

「注連かけて人の住まひぬ昼螢」　山本洋子

すみ・な・す【住み成す】〈自動・サ四〉｛さ/し/す/す/せ/せ｝住んでそのような状態にする。…のようにして住む。

「住吉にすみなす空は花火かな」　阿波野青畝

「父とわが住みなせる日をこの路次に」　三橋敏雄

「住みなせしところまほろば萩と月」　上田五千石

すみ・やか・なり【速やかなり】〈形動ナリ〉｛なら/なり・に/なり/なる/なれ/なれ｝❶速《はや》い。❷(時期的に)早い。▼「やか」は接尾語。

「すみやかに且つ真直ぐに蜥蜴走す」　山口誓子

「すみやかに月は高みへ蕎麦の花」　中田　剛

す・む【住む】〈自動・マ四〉｛ま/み/む/む/め/め｝❶住む。❷女のもとに通う。結婚生活を営む。

「柳散つて柿を赤うす野に住めば」　小沢碧童

「むさし野のま、に住み古り落葉焚」　及川　貞

「侘住めば楪《ゆづりは》青しやや紅し」　石田波郷

「渡り鳥人住み荒らす平野見え」　矢島渚男

すめら・みくに【皇国】〈名〉天皇の治める国。

「松飾るすめらみくにの民なれば」　三橋鷹女

「夏草やすめらみくにの墓のかず」　成田千空

「巻貝に**すめらみくに**の秋の砂」　木内彰志

すめろ-ぎ【天皇】〈名〉天皇。▼「すめろき」「すめらぎ」「すべらき」とも。

「**すめらぎ**にますらをに我が松立てぬ」　渡邊水巴

「炉話の聖《ひじり》**すめろぎ**みな流人」　上田五千石

ず-や〈連語〉❶(下に打消の語を伴って)…ないで…ないだろうか。…ないで…ないか。(打消の疑問の意を表す)❷(文末に用いて)…ではないだろうか。…ではないか。(打消の疑問・反語の意を表す)▼①は、打消の助動詞「ず」の連用形十係助詞「や」、②は、打消の助動詞「ず」の終止形十係助詞「や」

「紅茸を怖れてわれを怖れ**ずや**」　西東三鬼

「くちづけを宥せし牡丹汚れ**ずや**」　稲垣きくの

「うすら繭信夫《しのぶ》文字摺《もじずり》り浮かば**ずや**」　加藤三七子

「鬼の子は遊びたら**ずや**花の山」　角川春樹

す・ゆ【饐ゆ】〈自動・ヤ下二〉{え/え/ゆ/ゆる/ゆれ/えよ}飲食物が腐ってすっぱくなる。▼「飯饐える」は、夏の季語。

「楽たのし**饐ゆる**マンゴの香もありて」　篠原鳳作

「飯**饐え**て妻には大事夫に些事」　井沢正江

「遠きこと思へと飯の**饐ゆる**なり」　岡本　眸

「狂言白《うま》さく鼻腔**饐ゆれ**ば天地酸しと」　竹中　宏

すら〈副助〉❶(ある事物や状態を、程度の軽いものあるいは極端なものとして例示し、程度の重いものや一般的なものを類推させ、強調する)…でさえも。…でも。❷(最小限の希望)せめて…だけでも。

「虫に**すら**つづれささせし祖《おや》遠し」　竹下しづの女

「影**すら**も本土の見えず昆布干す」　森田　峠

「眩暈や白芒**すら**暗すぎる」　齋藤愼爾

すゑ【末・裔】エス〈名〉❶先端。末端。❷下。果て。奥。❸将来。未来。後の世。❹子孫。❺終わり。❻結果。❼和歌の下の句。

「みじか夜の劫火の**末**にあけにけり」　久保田万太郎

「**末**の世のかなしき麦を打ちにけり」　中川宋淵

「烏瓜海に拾ひて海の**裔**」　木村蕪城

「末黒野のイエスの**裔**として吃る」　鈴木六林男

「炉火とあり家系の**すゑ**の影法師」　宮津昭彦

「人はみな鬼の**裔**にて芒原」　木内彰志

すゑ【陶・須恵】エス〈名〉上代の、釉薬《うわぐすり》をかけずに焼いた、黒みをおびた焼き物・陶器。須恵器。

「霜降の**陶**ものつくる翁かな」　飯田蛇笏

「**陶**やきのけむりや月を見失ふ」　加藤楸邨

「母の日の水こんこんと**陶**の町」　長谷川双魚

ずん-ば〈連語〉もし…でないならば。…なかったら。▼「ずは」に、強調のための撥《はつ》音が入るとともに「は」が濁音化したもの。漢文訓読によって生じた語形。

「一と本の青麦若し死な**ずんば**てふ語なし」　中村草田男

す

せ

せ【兄・夫・背】〈名〉あなた。夫。あの人。

「**背**山より今かも飛雪寒牡丹」　皆吉爽雨

「妹山に見る**背**の山の花霞」　能村登四郎

「冬めくや**背**の君に次ぐ人の訃も」　高橋睦郎

「菱の実を採つてくるるは**兄**のごとし」　大石悦子

せ【背】〈名〉背中。裏側。物の後ろ側。

「**背**を押すは露の光と思ふのみ」　齋藤　玄

「兜虫だれか**背**にのるだれの子か」　平井照敏

「牛の**背**の稜線なせる夏薊」　正木ゆう子

せ【瀬】〈名〉❶川や海の浅くなっている所。また、浅くて流れのはやい所。浅瀬。❷物事に出会う時。場所。折。機会。❸(その)点。(その)節《ふし》。(その)こと。形式名詞的に用いる。▼①の対語は「淵(水がよどんで深くなった所)」。

「**瀬**と淵とならびて磧《かはら》涼しさよ」　川端茅舎

「胡桃影をのべて秋めく**瀬**となりぬ」　木下夕爾

「雪夜の**瀬**こころを遣れば奏でをり」　馬場移公子

「年の**瀬**や音締め相手にむかひ酒」　加藤郁乎

せ-う《ショウ》〈連語〉…しよう。▼サ変動詞「す」の未然形＋意思の助動詞「む」からなる「せむ」の変化した形。

「片貝のうしろめたさを何と**せう**」　阿部青鞋

せう-そこ【消息】《ショウソコ》〈名〉手紙。便り。訪問すること。取次ぎを依頼すること。▼「せうそく」とも。

「**消息**に代へてと若き鮎を呉れ」　阿波野青畝

「露けしや松山人も**消息**なく」　石田波郷

「**消息**のつたはりしごと一葉落つ」　後藤夜半

「駅頭に梅の**消息**まづ伝へ」　山田弘子

せう-でう・たり【蕭条たり】《ショウジョウタリ》〈形動タリ〉〔たら／たり・と／たり／たる／たれ／たれ〕ひっそりとしてもの寂しい。

「**蕭条**として石に日の入る枯野かな」　与謝蕪村

「**蕭条**とつまびらかなる枯柳」　富安風生

「旅の雨**蕭条**として星合ふ夜」　柴田白葉女

せき-ぞろ【節季候】〔季・冬〕江戸時代、歳末に家々をめぐり、米や金銭をもらい歩いた物ごいの一種。しだの葉を挿した編み笠《あみがさ》をかぶって赤い布で覆面し、「せきぞろ(節季《せっき》に候《さうら》ふ)、せきぞろ」と唱えて、二、三人で家々を謳い踊って歩いた。▼「せっきぞろ」「せきざうらふ」とも。

「**節季候**の来れば風雅も師走哉」　松尾芭蕉

「**せき候**やはる〴〵帰る寺の門」　小林一茶

「門を出て門に入けり**節季候**」　松瀬青々

せ・く【逼く・急く】〈自動・カ四〉〔か／き／く／く／け／け〕❶いそぐ。あわてる。あせる。❷いらだつ。嫉妬する。

「**急く**水は常に渦巻く鵜川もまた」　山口誓子

「紅梅や露伴も稿を**急かれ**しや」　秋元不死男

「秋晴るることにも人のこころ**急く**」　後藤比奈夫
「汗の頸没日も風も沖へ**急く**」　飯田龍太
「長き夜のかくも短し生き**急く**な」　野澤節子
「著たきりの死装束や汗は**急き**」　三橋敏雄

せ・く【咳く】季・冬〈自動・カ四〉{か/き/く/く/け/け}せきをする。
「誰か**咳き**わがゆく闇の奥をゆく」　篠原　梵
「女人**咳き**われ**咳き**つれてゆかりなし」　下村槐太
「父の忌や**咳け**ば応ふる星一つ」　菖蒲あや

せ・く【堰く・塞く】〈他動・カ四〉{か/き/く/く/け/け}❶せき止める。おさえとどめる。❸邪魔をする。妨げる。
「唐辛子干して道**塞く**飛鳥びと」　水原秋櫻子
「春昼を来て木柵に**堰か**れたり」　木下夕爾
「石一つ**堰き**て綾なす秋の水」　深見けん二
「稲架の列海の朝日を**堰き**にけり」　大串　章

せ-ぐくま・る【跼る】〈自動・ラ四〉{ら/り/る/る/れ/れ}からだを前方にかがめ、背を丸くする。かがむ。▼「せくぐまる」とも。
「**せぐくまる**蒲団の中や夜もすがら」　夏目漱石
「**背ぐくまる**葵の上や薪能」　阿波野青畝
「雲厚し紙漉衆は**せぐくまる**」　平畑静塔

せせらぎ【細流】〈名〉浅瀬など、さらさらと音をたてて流れるところ。小川。▼古くは「せせらき」「せぜらき」とも。
「**せせらぎ**をわかてる岩に九輪草」　水原秋櫻子
「**せせらぎ**を河鹿の谷を子に語らせ」　三橋鷹女
「門川の**せせらぎ**芹を育てをり」　栗林千津

せせ・る【挵る】〈他動・ラ四〉{ら/り/る/る/れ/れ}❶もてあそぶ。なぶる。いじる。つっつく。❷(虫などが)ちくちくと刺す。
「炭**せせる**貧乏性をきらはるる」　富安風生
「徒に齢蟹**せせる**指拙なくて」　伊丹三樹彦

せち-に【切に】〈副〉しきりに。ひたすら。▼「せつに」とも。
「代牛に言ふ声ばかり**切に**する」　中村汀女
「**切に**濡らすわれより若き父母の墓」　西東三鬼
「麦曰く斯く熟しては**切に**寂しと」　永田耕衣
「白縫ひの燕や**せちに**ひるがへり」　高橋睦郎

せ-つ・く【責付く】〈他動・カ四〉{か/き/く/く/け/け}急がせる。強く催促する。うるさくせがむ。
「**せつか**れて年忘するきげんかな」　松尾芭蕉
「月見草見る間も齢に**責つか**れる」　文挾夫佐恵

せっ-ちん【雪隠】〈名〉便所。厠《かわや》。トイレ。▼「せついん」とも。
「砂**雪隠**螢光色に冬日溜め」　殿村菟絲子
「日盛の**雪隠**は灯をつけて入る」　波多野爽波
「初雪の日の**雪隠**に香焚けり」　古舘曹人

せつ-な・し【切なし】〈形ク〉{(く)・から/く・かり/し/き・かる/けれ/かれ}❶心にかけて深く思っている。❷困る。つらい。やりきれない。

「芍薬と芥子の苔の性せつなし」 松村蒼石
「寒林の透きゐて愛の切なきまで」 上田五千石
「何かせつなく寒林を通り過ぐ」 伊藤敬子
「子規の忌の子規の齢の切なかり」 大串 章
「牡蠣剥くやたのしくもまた切なくも」 大木あまり
「田螺という切なきものを握りしめ」 鳴戸奈菜
「健啖のせつなき子規の忌なりけり」 岸本尚毅

せつ・なり【切なり】〈形動ナリ〉―(なら／なり・に／なり／なる／なれ／なれ) ❶ひたむきだ。いちずだ。❷痛切だ。思いが甚だしい。❸すばらしい。感きわまる。▼「せちなり」とも。

「杜《とう》氏《じ》には人肌てふ切なるもの」 平畑静塔
「火蛾せつに灯を恋ひ吾れら詩を欲るも」 吉田未灰
「菠薐草茹でて自愛や切なりと」 宇多喜代子

せ・と【瀬戸・迫門】〈名〉❶狭い海峡。川の両岸が迫って狭くなっている所。❷「瀬戸際《ぎは》」の略。安否・勝負などの分かれ目。物事の重大な分かれ目。▼「せ」は狭い、「と」は所の意。

「島の迫門涼しき潮のたぎち落つ」 水原秋櫻子
「さくら鯛瀬戸にあらがひ背を見せつ」 佐野まもる
「年の瀬や五十の瀬戸も越えまさず」 石塚友二
「瀬戸夕焼平家不幸と誰が決めし」 三好潤子

せ・ど【背戸】〈名〉❶裏門。裏口。❷家の後ろの方。屋敷の背後にある土地。▼「せと」とも。

「冬山やあけくれ通ふ背戸の納屋」 原 石鼎
「秋風の背戸から〳〵と昼餉かな」 富田木歩
「紅梅や汲めばいろある背戸の水」 斎藤夏風

せ・な【背】〈名〉せ。せなか。

「背の子の燕見てをり雨やどり」 福田蓼汀
「ひとやさし背に置かれし冬日また」 木下夕爾
「よその子に背さわられぬ青芒」 永末恵子

せ・に【狭に】〈連語〉狭く感じるほどに。ふさがるくらいに。いっぱいに。▼「…も狭に」の形で用いる。形容詞「せし」の語幹＋格助詞「に」

「庭もせに椿圧して椎茂る」 高濱虚子
「目刺うまし今宵の友ら部屋もせに」 森川暁水
「北鎌倉道も狭に落椿かな」 川崎展宏

ぜに【銭】〈名〉銅・鉄などの金属で作られた貨幣。多く円形で、中央に穴がある。江戸時代には、高額の「かね」に対して小額の一文銭をさす。

「ねはん像銭見ておはす貌《かほ》も有」 小林一茶
「緑蔭に銭乞ふことを恥とせず」 橋本美代子
「銭落ちし音炎天のどこか破れ」 藤田湘子

せは・し【忙し】《セワシ》〈形シク〉―(しから／しく・しかり／し／しき・しかる／しけれ／しかれ) ❶忙しい。あわただしい。❷(生活が)苦しい。差し迫っている。❸気ぜわしい。性急である。

「雲飛んで砧《きぬた》せはしき夜となりぬ」 芥川龍之介

「曇り来て飛燕**せはしく**なりにけり」　山田みづえ
「時の日や出入り**せはしき**蟻の穴」　鷹羽狩行

ぜ-ひ【是非】㊀〈名〉❶是と非。道理に合っていることと、合っていないこと。善悪。❷善悪を判断すること。批評。㊁〈副〉なんとしても。是が非でも。必ず。
「山雨来て牡丹を濡らす**是非**もなし」　安住　敦
「**是非**もなき夏や豆腐が買つてある」　阿部青鞋
「むし暑し**是非**ネクタイを取り給へ」　高木晴子
「**是非**もなき丈比べなり葱坊主」　小泉八重子

せ-・む【為む】《セン》〈連語〉❶(「む」が推量の意の場合)…するだろう。❷(「む」が意思の意の場合)…しよう。▼サ変動詞「す」の未然形＋推量・意思の助動詞「む」。「せん」とも。
「何と**せん**母痩せたまふ秋の風」　正岡子規
「酒友来しよ千の蛙ら如何に**せん**」　石川桂郎
「溺愛をときには**せむ**と虹が顕つ」　清水径子
「月白や指などからむ遊び**せむ**」　熊谷愛子

せ・む【迫む・逼む・攻む】㊀〈自動・マ下二〉〜め/め/む/むる/むれ/めよ〜❶近づき迫《せま》る。差し迫る。おしつまる。㊁〈他動・マ下二〉❶追いつめる。押し寄せて戦う。攻撃する。❷ぴったりと身につける。
「枯れてなほ芝は炎と石を**攻む**」　林　翔
「夜の餅海暗澹と窓を**攻め**」　金子兜太
「硝子戸に濤の**攻め**来る寒卵」　鍵和田秞子

せ・む【責む】〈他動・マ下二〉〜め/め/む/むる/むれ/めよ〜❶とがめる。責める。❷催促する。せがむ。強要する。❸悩ます。苦しめる。❹追求する。苦しめる。❺馬を乗りならす。調教する。
「冬潮のくづるる荒さ胸を**せむ**」　稲垣きくの
「泣きながら**責め**たる母の荒野かな」　津沢マサ子
「春一番砂ざらざらと家を**責め**」　福田甲子雄
「永劫に**責む**形影のきりぎりす」　堀井春一郎
「地吹雪が北の斜面を**責め**やまず」　能村研三

せめ・ぐ【鬩ぐ】〈他動・ガ四〉〜が/ぎ/ぐ/ぐ/げ/げ〜恨み訴える。恨み嘆く。▼古くは「せめく」。
「踏み込んで血が**せめぎ**あふ曼珠沙華」　能村登四郎
「子が**鬩ぐ**枕辺の餅一と筵」　小林康治
「雪国は黒瞳**せめぐ**や夜の国」　森　澄雄
「**せめぎ**合ふ一鉄板と枯芝と」　岡本　眸

せめ-て〈副〉❶しいて。無理に。❷痛切に。切実に。❸甚だしく。きわめて。ひどく。❹よくよく。なおも。しきりに。❺少なくとも。せめて…だけでも。
「**せめて**この箸にもとまれ蜆蝶」　北原白秋
「流木よ　**せめて**南をむいて流れよ」　富澤赤黄男
「更衣**せめて**真白な手袋も」　高木晴子
「しぐれ来る**せめて**薄暮の熱き粥」　飯田龍太

せ-ゐ【所為】《セイ》〈名〉しわざ。ため。ゆえ。
「一切を桜の**せゐ**にしてしまふ」　夏井いつき

ぜん‐ぜ【前世】〈名〉「三世《さんぜ》」の一つ。この世に生まれる前の世。▼「ぜんせ」とも。

「金雀枝に**前世**のごとき記憶あり」　平井照敏

「炎天や**前世**のやうに異国過ぎ」　桑原三郎

「放蕩やビルに**前世**の落花生」　攝津幸彦

せん‐な‐し【詮無し】〈形ク〉{(く)・から／く・かり／し／き・かる／けれ／かれ}しかたがない。無益だ

「一生を悔いて**せんなき**端居かな」　久保田万太郎

「蟬の穴蟻のぞきても**詮なしや**」　山口青邨

「一雷雲**せんなや**充ちて充ちて充ちる」　中村草田男

そ

そ【衣】〈名〉ころも。着物。

「椅子涼し**衣**通る月に身じろがず」　杉田久女

「月光の**衣**どほりゆけば胎動を」　篠原鳳作

そ【其】〈代名〉それ。その人。（中称の指示代名詞。前に話題となったものをさす）

「みみず鳴く**そ**を聞く顔を怖るゝか」　石田波郷

「陶枕の見えゐたりしが**そ**を薦む」　木村蕪城

「米洗ふ**そ**を末枯《うらがれ》が囲みだす」　森　澄雄

「籠枕**そ**を山風の吹き抜けて」　飴山　實

「水馬《あめんぼう》**そ**は定型に泳ぐのみ」　宇多喜代子

そ〈終助〉❶（穏やかな禁止）（どうか）…してくれるな。しないでくれ。（副詞「な」と呼応した「な…そ」の形で）❷（禁止）…しないでくれ。（中古末ごろから副詞「な」を伴わず「…そ」の形で）▼禁止の終助詞「な」を用いた禁止表現よりも、禁止の副詞「な」と呼応した「な…そ」の方がやわらかく穏やかなニュアンスがある。

「妹泣き**そ**天下の晝なり秋の風」　渡邊水巴

「月となり汝となる我な老い**そ**」　永田耕衣

「落し櫛　な踏み**そ**　雨の落花もまた」　伊丹三樹彦

「月並の句をな恐れ**そ**獺祭忌」　茨木和生

「切株の木の名な問い**そ**片時雨」　池田澄子

ぞ〈係助〉㊀文中にある場合。（強意）…こそ…。（受ける文末の活用語は連体形で結ぶ）㊁文末にある場合。❶（強い断定）…だぞ。…なのだ。❷（問いただす）…か。（疑問を伴う）▼文末にある「ぞ」を終助詞とする説もある。

「霧しぐれ富士をみぬ日**ぞ**面白き」　松尾芭蕉

「乳啣《くふ》ます事にのみ我が春**ぞ**行く」　竹下しづの女

「いつの世に習うて蘆を刈る人**ぞ**」　後藤夜半

「華やかに風花降らすどの雲**ぞ**」　相馬遷子

「蓑虫も盥《たらひ》の水も謎の世**ぞ**」　清水径子

「誰がために生くる月日**ぞ**鉦叩」　桂　信子

「死が見ゆるとはなにごと**ぞ**花山椒」　齋藤　玄

「柿たわわ荷を提げ慣れて撫肩**ぞ**」　香西照雄

そう【叟】〈名〉❶おきな。老人。❷老人の敬称。

「二閑**叟**五万米《ごまめ》の歯軋笑ひあひ」　富安風生
「**叟**一人巴里《パリ》に食ふ鴨寒からむ」　芥川龍之介

そう-・す【奏す】〈他動・サ変〉{せ/し/す/する/すれ/せよ}❶(天皇や上皇に)申し上げる。奏上する。❷音楽を演奏する。
「春山に向ひて**奏す**祝詞かな」　高野素十
「百千鳥舞楽も**奏し**はじめけり」　水原秋櫻子
「月天子氷柱も楽を**奏すべし**」　下村梅子

ぞ-かし〈連語〉…なのだよ。…ことだよ。▼文末に用いられ、強く判断したものにさらに念を押す意を添える。係助詞「ぞ」+終助詞「かし」
「わが足に蝸牛擢くる音**ぞかし**」　相生垣瓜人
「葭切の裏門に来て鳴く**ぞかし**」　山口青邨
「団々と大つごもりの月**ぞかし**」　石塚友二
「秋霖の蝶を洗へる音**ぞかし**」　阿部青鞋

そがひ【背向】《ソガイ》〈名〉背後。後ろの方角。
「冬木暮る、**そがひ**の空の夢に似し」　富田木歩
「湖凍る**そがひ**の山に人葬る」　木村蕪城
「踵かへして海を**そがひ**や春の空」　福田甲子雄

そ・ぐ【削ぐ・殺ぐ】〈他動・ガ四〉{が/ぎ/ぐ/ぐ/げ/げ}❶(端を)削り落とす。切り落とす。❷簡略にする。省く。
「錆を**削ぎ**錆をたたきて全身冷ゆ」　佐藤鬼房
「白鳥の身を**そぐ**如く身づくろふ」　有馬朗人
「黒き蝶ゴッホの耳を**殺ぎ**に来る」　角川春樹
「身を**そぎ**し苦も果てなむと霜浄土」　橋本榮治

そく-さい【息災】〈名〉❶仏の法力《ほうりき》で災難を防ぎ、とどめること。❷健康で無事なこと。▼仏教語。
「寅の年迎ふ一病**息災**に」　角川源義
「胸あれば胸滴りて**息災**に」　沼尻巳津子
「一つ火の**息災**なりしあづき粥」　原　裕

そぐ・ふ《ソグウ》〈自動・ハ四〉{は/ひ/ふ/ふ/へ/へ}似合う。つりあう。
「巡錫の夜毎**そぐは**ぬ蒲団かな」　大谷句佛
「土工等の昼寝**そぐふ**よ地の起伏」　中村草田男

そ-こ【其処・其所】〈代名〉❶そこ。(相手に近い場所をさす)❷そこ。その場所。(以前に話題になった場所をさす)❸その事。その点。(以前に話題になった内容をさす)❹どこそこ。どこ。(はっきりしない場所をさす)❺お前。君。あなた。(目の前にいる、自分と同等かそれ以下の相手をさす)
▼「そ」は中称の指示代名詞で、「こ」は場所の意味の接尾語。
「地球こそ**其処**に涼しく照るといふ」　中村汀女
「アマリ、ス**其処**は厨の水流る」　殿村菟絲子
「春**そこ**に母と使ひし鮨の桶」　古賀まり子
「下流まで家並うらぶれ**其処**へ帰る」　林田紀音夫
「毛虫落つ**そこ**に始まる物語」　小泉八重子

そこ-な【其処な】〈連体〉そこにいる。そこにある。そこの。▼「其処なる」の略。
「**其処な**門五山の一つ秋ふかし」　阿波野青畝

「新句碑をそこな菩提子摶つたるる」 岸田稚魚

そこな・ふ【損ふ・害ふ】ソコナウ・ソコノウ ㊀〈他動・ハ四〉{は/ひ/ふ/ふ/へ/へ} ❶(物を)傷つける。こわす。損ずる。❷(人を)傷つける。殺傷する。❸やつれさせる。衰えさせる。㊁〈補助動・ハ四〉(動詞の連用形に付いて)(…するのに)失敗する。誤る。

「鬼をこぜ見そこなふなと面がまへ」 加藤知世子
「虎杖《いたどり》の花そこなはずけものみち」 鷹羽狩行
「かぶとむし地球を損はずに歩く」 宇多喜代子
「歌詠みも天気《てけ》をそこなふ梅曇」 筑紫磐井

そこ・ぬ【損ぬ】〈他動・ナ下二〉{ね/ね/ぬ/ぬる/ぬれ/ねよ} ❶物をいためる。傷つける。そこねる。❷危害を加える。殺傷する。❸(他の動詞に付いて)…に失敗する。機会をのがす。

「白魚をすりそこねて死ぬことなし」 齋藤玄
「夢の端をとらへそこねし虎鶫」 福永耕二
「蜷の水とび損ねたるおぼえあり」 山本洋子

そこはか・と〈副〉❶どこそこと(場所をはっきりわきまえて)。たしかに。はっきりと。❷どうということなく。何となく。

「宵浅く柚子そこはかと匂ふなる」 飯田蛇笏
「そこはかと薔薇の溜息らしきもの」 後藤夜半
「そこはかと茶の間の客や秋の暮」 川端茅舎
「そこはかと夕日ただよひ萩枯るる」 橋本鶏二

そこはかと・な・し〈連語〉❶何となく。❷どこということがない。❸はっきりした理由がない。▼副詞「そこはかと」＋形容詞「なし」

「そこはかとなくそこら木の葉のちるやうに」 種田山頭火
「そこはかとなく昼寝すと人の云ふ」 相生垣瓜人
「稲塚のそこはかとなく暮れそめぬ」 五十崎古郷

そこば・く【若干・許多】〈副〉❶たくさん。数量の多いさま。❷たいそう。ひどく。程度のはなはだしいさま。❸若干。いくらか。▼「そくばく」とも。

「枇杷《びは》の花夜はそくばくの星かかげ」 大野林火
「妻去《い》んでそくばくの香に夜長寝ず」 森 澄雄
「夏未明音のそくばく遠からぬ」 野澤節子
「そこばくの銭と枯葉と手風琴」 有馬朗人

そこ・ひ【底ひ】ソコイ〈名〉極まる所。奥底。極み。果て。

「寒潮の底ひのものの悲しけれ」 高野素十
「春水のそこひは見えず櫛沈め」 三橋鷹女
「紅梅の蕊の底方のひかりかな」 飯島晴子

そし・る【謗る・誹る・譏る】〈他動・ラ四〉{ら/り/る/る/れ/れ} 悪く言う。非難する。けなす。

「白壁のそしられつつもかすみけり」 小林一茶
「ひとをそしる心をすて豆の皮むく」 尾崎放哉
「身に沁みて死にき遺るは謗らるる」 加藤楸邨
「山上の墓原をゆく天を誹り」 金子兜太

そそ・く〈自動・カ下二〉{け/け/く/くる/くれ/けよ} ほつれる。髪・草などそろっていたものが乱れる。
「雪の鳥居くぐる不漁の**そそけ**髪」　林　翔
「病む師走**そそけ**ポプラが空を掃く」　楠本憲吉

そそ・く【注く・灌く・灑く】㊀〈自動・カ四〉（か／き／く／く／け／け）❶(水が)流れる。❷(雨・雪などが)降りかかる。❸(涙が)流れ落ちる。㊁〈他動・カ四〉❶振りかける。流しかける。❷(器などに液体を)つぎ込む。▼近世以降は「そそぐ」。
「甘茶もて恒河の水のごと**そそぐ**」　下村梅子
「片栗や見えざる淵に雨**そそぎ**」　堀口星眠
「まっすぐに菊に**注ぎ**し水の跡」　川崎展宏
「白酒のとうとうたらり**注がる**る」　上田五千石

そそのか・す【唆かす】〈他動・サ四〉（さ／し／す／す／せ／せ）❶せき立てる。よい事だからと、相手にすすめる。❷誘惑する。おだてて悪い方へと誘う。
「夕顔ひらく女は**そそのかさ**れ易く」　竹下しづの女
「日を射よと草矢もつ子を**そゝのかす**」　橋本多佳子
「**唆さ**れても水着姿になる気なし」　鈴木真砂女
「包丁始鬼ゐて逆手**そそのかす**」　熊谷愛子

そそ・る ㊀〈自動・ラ四〉（ら／り／る／る／れ／れ）❶心が浮つく。そわそわする。❷浮かれ騒ぐ。ひやかして歩く。㊁〈他動・ラ四〉(物を)揺り動かす。もよおさせる。
「咳**そそる**夜気に窓さす落葉かな」　富田木歩
「灯蛾ひとつ炎えたち倦みし眸を**唆《そそ》る**」　赤尾兜子
「海風にひぐらしは鳴き**そそる**かな」　平井照敏

そそ・る【聳る】〈自動・ラ四〉（ら／り／る／る／れ／れ）そびえ立つ。そびえる。
「鬼斧《ふき》の巌瀧さへかけず天**そそる**」　富安風生
「秋日沈める深さや木場の木が**そそり**」　中村草田男
「伐りごろの杉**そそり**立つ夏の空」　福田甲子雄

そぞろ-がみ【漫ろ神】〈名〉なんとなく人の心を浮き立たせる神。
「春寒やうしろすがたの**そぞろ神**」　加藤楸邨
「**そぞろ神**と仲良く迎ふ年の暮」　山田みづえ

そぞろ・なり【漫ろなり】〈形動ナリ〉（なら／なり・に／なり／なる／なれ／なれ）❶何ということがない。何とはなしである。❷無関係だ。筋違いだ。いわれや根拠がないさま。❸むやみだ。わけもない。▼「すずろなり」とも。
「人そぞろ而して簗**そぞろなり**」　阿波野青畝
「萍《うきくさ》は**そぞろに**青み母の老い」　中村汀女
「囀や**漫ろに**着たるめくら縞」　秋元不死男
「卯の花の咲けば**そゞろに**旅心」　星野立子

そ-ち【其方】〈代名〉❶そちら。そっち。(中称の指示代名詞。相手のいる方向をさし示す語)❷なんじ。おまえ。(対称の人称代名詞。目下の相手に用いる。中世以降の用法)
「**そち**こちに縄垂れてゐる春障子」　古舘曹人

そ-と〈副〉❶ちょっと。少し。❷ひそかに。そっと。

「そとかくす嬶の手を見のがさじ」 臼田亜浪

「針供養といふことをしてそと遊ぶ」 後藤夜半

「鶺鴒に洗面の水そと流す」 殿村菟絲子

そとば【卒塔婆・卒都婆】〈名〉❶仏舎利を安置するため、また、供養・報恩のために作る塔状の建造物。❷供養のために墓所に立てる塔をかたどった細長い板。▼「そとうば」とも。

「雪模様卒都婆の垣をかためけり」 川端茅舎

「卒塔婆より身におよびたる朧」 齋藤愼爾

「蝶舞うや卒塔婆は瑕《きず》さらけだす」 鎌倉佐弓

そな・ふ【備ふ・具ふ・供ふ】ソナウ・ソノウ〈他動・ハ下二〉〔へ/へ/ふ/ふる/ふれ/へよ〕❶欠けるところなくそろえる。欠けるところなく身につける。❷食膳《しょくぜん》や物を調えて神仏や貴人などに差し上げる。ふつう「供ふ」と書く。

「鏡餅供ふ漁船の命綱」 右城暮石

「りんだうのひらかぬ紺を供ふなり」 柴田白葉女

「月に供ふうぶむらさきの山桔梗」 きくちつねこ

「雫ごと今朝の椿を供へけり」 星野椿

「龍王に供ふ春卵Lとあり」 星野恒彦

「寒き世に泪そなへて生れ来し」 正木浩一

「両眼を備へ乾鮭吊られあり」 奥坂まや

そ‐の【其の】〈連語〉❶その。前述の。❷ある。何々の。（ある特定の人や物をぼかしていう）▼代名詞「そ」＋格助詞「の」

「メリーゴーラウンドその番人の懐手」 中村草田男

「頂上に来てその先に秋の山」 桂信子

「その人の顔に夕日や春隣」 草間時彦

その‐ふ【園生・苑生】ソノウ〈名〉庭。植物を栽培する園。

「日まはりのゆらりと高き苑生かな」 木下夕爾

そは【岨】ソワ〈名〉がけ。険しい山の急な斜面。▼後には「そば」とも。

「大揚羽ゆらりと岨の花に酔ふ」 飯田蛇笏

「花影婆娑と踏むべくありぬ岨の月」 原石鼎

「岨《そば》に向く片町古りぬ菊の秋」 芝不器男

「月の岨天上に行く思ひなる」 大野林火

そ‐は【其は】〈連語〉それは。▼代名詞「そ」＋係助詞「は」

「鳥の死のそは日月の森なりき」 高屋窓秋

「風に舞ふ白椿そは都鳥」 石田波郷

「黄麦やそは罪標のしろき月」 小川双々子

「水馬そは定型に泳ぐのみ」 宇多喜代子

そば‐だ・つ【峙つ・欹つ・聳つ】■一〈自動・タ四〉〔た/ち/つ/つ/て/て〕❶高くそびえ立つ。❷かどが立つ。とげとげしくなる。■二〈他動・タ下二〉〔て/て/つ/つる/つれ/てよ〕❶高くそびえ立たせる。❷斜めに傾ける。❸（「耳をそばだつ」の形で）聞き耳を立てる。耳を澄ます。▼「そばたつ」とも。

「常念も爺も峙つ雪の果」 森澄雄

「みなかみに夜増しの氷**そばだてる**」　三橋敏雄
「白鳥来佐渡の山脈**聳ちて**」　中嶋秀子
「ねぷた絵の天鈿女命《あめのうづめ》の**聳てり**」　辻　桃子
「馬追の髭**そばだてし**夜風かな」　長谷川櫂

そばへ【日照雨】ソバエ　〈名〉日が照っているのに降る雨。
「山川に忽と**日照雨**や蚕のねむり」　馬場移公子
「立冬の竹ひゞくまで**日照雨**かな」　藤田湘子
「**日照雨**来ぬ島の匂ひの藪椿」　山田みづえ

そば・む【側む】　■一〈自動・マ四〉{ま/み/む/む/め/め}　❶横を向く。❷知らないふりをする。よそよそしくする。❸かたよる。■二〈他動・マ下二〉{め/め/む/むる/むれ/めよ}　❶(顔を)横に向ける。❷(目を)そむける。❸かたわらに押しやる。
「時鳥月に**側めて**去りしかも」　松瀬青々
「冬館昼の闇見る身を**そばめ**」　中村草田男

そび・ゆ【聳ゆ・峙ゆ】〈自動・ヤ下二〉{え/え/ゆ/ゆる/ゆれ/えよ}　❶(樹木・山などが)ひときわ高く立つ。そびえる。❷(体つきが)すらりとして高い。
「雪山の**そびえ**幽《くら》みて夜の天」　飯田蛇笏
「秋天に**聳ゆる**峰の近さかな」　原　石鼎
「花野より巌《いは》**そびえ**たり八ヶ岳」　相馬遷子
「**聳え**ゐて氷壁に翳まぎれなし」　鷲谷七菜子
「北風の吹けば吹くほど富士**聳ゆ**」　福田甲子雄

そびら【背】〈名〉背。背中。うしろ。▼「背《そ》平《ひら》」の意。
「ふるさとの山河**そびら**に夏痩せたり」　三橋鷹女
「木の葉髪月を**そびら**にものを言ふ」　柴田白葉女
「竹林を**そびら**に紅葉うきあがり」　長谷川素逝
「葉ぼたんを**そびら**に思ひ当りしこと」　飯島晴子
「病めば死が何時も**そびら**に柳散る」　古賀まり子

そ・ふ【沿ふ】ソウ　〈自動・ハ四〉{は/ひ/ふ/ふ/へ/へ}　他のものから離れず、それに伝わってゆく。
「烏賊《いか》干して太平洋に**沿ふ**部落」　星野立子
「夜の散歩銀河の岸に**そふ**如し」　井沢正江
「一月の野路川あれば川に**沿ひ**」　野見山ひふみ
「犬急ぎゆけり聖夜の塀に**沿ひ**」　森田　峠

そ・ふ【添ふ・副ふ】ソウ　■一〈自動・ハ四〉{は/ひ/ふ/ふ/へ/へ}　❶付け加わる。増す。❷付き添う。寄り添う。❸結婚する。夫婦になる。■二〈自動・ハ下二〉{へ/へ/ふ/ふる/ふれ/へよ}　加わる。添わる。■三〈他動・ハ下二〉❶増す。足す。加える。❷なぞらえる。たとえる。❸伴わせる。
「寄り**添ひ**て野鶴はくろし草紅葉」　杉田久女
「挿し**そへ**て紫菀は月に消ゆる花」　後藤比奈夫
「もの読んで身の**添は**ぬなり露けしや」　森　澄雄
「来し方のつねに母**添ふ**合歓の花」　きくちつねこ

そぼ・つ【濡つ】〈自動・タ上二〉{ち/ち/つ/つる/つれ/ちよ}　❶(雨・涙などで)ぬれる。びしょびしょになる。❷(雨・涙などが)しめやかに落ちる。びしょびしょになる。そぼふる

「秋の雨征馬をそぼち人をそぼち」 竹下しづの女

「濡れそぼつさみだれ傘をひろげ出づ」 中村汀女

「松の花葬場の屋根濡れそぼち」 西東三鬼

「蘖《ひこばえ》や馬のたてがみ濡れそぼち」 友岡子郷

そま【杣】〈名〉❶「杣山《そまやま》（樹木を植えつけて材木をとる山）」の略。❷「杣木《そまぎ》（①から切り出した材木）」の略。❸「杣人《そまびと》（①から材木を切り出すことを職とする人）」の略。

「杣が子の摘みあつめゐる曼珠沙華」 原 石鼎

「甲斐の**山人**《そま》と近江の海人《あま》が蜂憎めり」 渡邊白泉

「杣の馬に泉はあをくふくらめり」 木下夕爾

そ・む【染む】㊀〈自動・マ四〉〔ま／み／む／む／め／め〕❶染まる。しみ込んで色がつく。❷感化される。執着する。❸心に深くしみいる。㊁〈他動・マ下二〉〔め／め／む／むる／むれ／めよ〕❶色を付ける。染める。❷思いこむ。心を傾ける。

「物として我を夕焼**染め**にけり」 永田耕衣

「噴火口のぞく片頰冬日**染む**」 鈴木真砂女

「堕市街の灯もあたたかし波を**染む**」 飯田龍太

-そ・む【初む】〈接尾・マ下二〉〔め／め／む／むる／むれ／めよ〕（動詞の連用形に付いて）…し始める。初めて…する。

「炎々と蚊火見え**そむる**運河かな」 阿波野青畝

「夕河鹿百のランプを配り**初む**」 山口青邨

「鴨鳴いて月さし**そめ**し障子かな」 加藤楸邨

「男のことば魔力もち**そむ**氷澄みて」 寺田京子

「巻き**そめ**し眉間のつむじ黒仔牛」 正木ゆう子

そむ・く【背く・叛く】㊀〈自動・カ四〉〔か／き／く／く／け／け〕❶後ろ向きになる。背中を向ける。❷逆らう。❸夫婦が別れる。離れる。❹出家する。隠遁《いんとん》する。㊁〈他動・カ下二〉〔け／け／く／くる／くれ／けよ〕❶後ろや横を向かせる。そらす。❷離す。離反する。

「鶏つるみ吹雪に顔を**そむけ**けり」 前田普羅

「北風や此処までくるとみな**背き**」 高柳重信

「**背か**れて女帝のあわき合歓の花」 和田悟朗

「女が**背く**とき寒滝の流れだす」 齋藤愼爾

ぞめ・く【騒く】〈自動・カ四〉〔か／き／く／く／け／け〕浮かれてさわぐ。遊里を冷やかして歩きまわる▼古くは「そめく」。

「ぬれ**ぞめき**来て回転扉春の雷」 飯田蛇笏

「庵雀初音の今朝を**ぞめき**居り」 川端茅舎

「古草のそめき**ぞめき**や雪間谷」 芝不器男

そ-も【抑】〈接続〉それにしても。そもそも。いったいぜんたい。（前に述べたことに関係して、改めて説き起こすのに用いる語）

「女郎花**そも**茎ながら花ながら」 与謝蕪村

「**そも**人生の振り返る日は汗噴く日」 細谷源二

ぞ-も〈連語〉❶…こそはまあ。（詠嘆を込めて強調する）▼係助詞「ぞ」＋係助詞「も」❷（疑問表現を伴って）…あるのかな。（詠嘆を込めて疑問の気持ちを強調する）▼係助詞

「ぞ」十終助詞「も」

「何をよぶ海の聲**ぞも**毛絲編む」 久保田万太郎

「氷の窓に冥き海**ぞも**氷下魚釣る」 山口誓子

「芽柳を仰ぐに大気広き**ぞも**」 中村草田男

「いつ果てし夏**ぞも**ひとり膝抱けば」 篠田悌二郎

そもそも【抑・抑抑】 一〈接続〉いったい。あるいは。または。 二〈名〉初め。起こり。

「**そもそも**のはじめは紺の絣かな」 安東次男

「**そも〱**はぬしの仕掛けし秋の暮」 加藤郁乎

「春はあけぼのの**そもそも**は堯舜禹」 岩城久治

「媚薬**そもそも**霞いくらか混ぜしもの」 中原道夫

そ-や【初夜】〈名〉❶一昼夜を六分した「六時《ろくじ》」の一つ。夜を初・中・後に三分した最初の時間で、だいたい午後六時から午前九時までに当たる。❷戌《いぬ》の刻のこと。午後八時ごろ。また、午後七時ごろから午後九時まで。また、その時刻に行う勤行《ごんぎょう》。また、その時につき鳴らす鐘。❸新婚の夫婦が初めて寝床をともにする夜。▼「しょや」とも。

「歯を磨く母子の上を**初夜**の雁」 山口誓子

「**初夜**の雁四五日の穹《そら》澄みにけり」 下村槐太

「現《うつ》つとも夢とも過ぎて**初夜**の雁」 桂 信子

「蜩はいのちの**初夜**を啼くならむ」 平井照敏

そや【征矢・征箭】〈名〉実践用の矢。

「**征箭**見れば玉虫窓をよぎりけり」 水原秋櫻子

「雪はれて小角を照らす金色の**征矢**」 横山白虹

「**征矢**ならで草矢さりし国家かな」 小川双々子

ぞ-や〈連語〉❶（疑問を表す語を伴って）…か。…であろうか。（自問する意を表す）❷（疑問を表す語を伴って）…か。…であるか。（相手に問いかける意を表す）▼係助詞「ぞ」十係助詞「や」

「冬日柔か冬木柔か何れ**ぞや**」 高濱虚子

「一枚の焼肉何の枯葉**ぞや**」 山口青邨

「晩年とは何**ぞや**北の秋空瑠璃」 中村草田男

ぞ-や〈連語〉❶…だなあ。…ことだ。…だぞ。（感動・詠嘆を込めて強く指示する）❷…ね。…だよ。（念を押したり、言い含めたりする意を表す）▼係助詞「ぞ」十間投助詞「や」

「五月雨の木曽は面白い処**ぞや**」 正岡子規

「鶴は居ても松はありても暑い**ぞや**」 尾崎紅葉

「はるばると来し證據**ぞや**水中り」 三橋敏雄

そや・す【煽す・称す】〈他動・サ四〉{さ/し/す/す/せ/せ} ❶言いはやす。❷おだてる。

「鮨桶の笹の青さを褒め**そやす**」 鈴木鷹夫

ぞ-よ〈連語〉…ね。…だよ。（念を押して確かめる意を表す）▼係助詞「ぞ」十間投助詞「よ」

「ことしから丸儲け**ぞよ**娑婆遊び」 小林一茶

「たらたらと日が真赤**ぞよ**大根引」 川端茅舎

「平凡の無念が父母の後光**ぞよ**」 江里昭彦

そ

そよ・ぐ【戦ぐ】〈自動・ガ四〉{が/ぎ/ぐ/ぐ/げ/げ}そよそよと音を立てる。

「白骨の手足が戦ぐ落葉季」 三橋鷹女
「寂光に穴出し蛇の身の戦ぎ」 楠本憲吉
「眼閉づ箱庭の草戦ぐにも」 飯島晴子
「葦原の戦ぐそよがぬ天命かな」 坂戸淳夫
「理髪屋に剃刀そよぎ秋立ちぬ」 高橋睦郎

そら‐さま【空様・空方】〈名〉上の方。空の方。▼「そらざま」とも。

「空さまの葉末や萩の花すくな」 松瀬青々
「葉牡丹のそらざまの葉の濃紫」 下村槐太

そら‐みつ《枕詞》「大和《やまと》」にかかる。「そらにみつ」とも。

「桃の咲くそらみつ大和に入りにけり」 川崎展宏

そらん・ず【諳んず】〈他動・サ変〉{ぜ/じ/ず/ずる/ずれ/ぜよ}暗記する。

「苜蓿に母の台詞をそらんじゐる」 安住 敦
「化学式諳んじおれば蚊柱照る」 澁谷 道
「埋火や諳んじゐたる彼の私語」 山田みづえ
「立秋やわざわざ古歌を諳ずる」 宇多喜代子

そ・る【逸る】㊀〈自動・ラ四〉{ら/り/る/る/れ/れ}思わぬ方向に進む。離れる。それる。㊁〈自動・ラ下二〉{れ/れ/る/るる/るれ/れよ}㊀と同じ。

「たのみたる雨雲それぬ凌霄花」 高橋淡路女
「まんじゅしゃげ希臘《ギリシャ》の聖火道それず」 平畑静塔
「我あゆみ世にそるるかも冬の雁」 能村登四郎

「大鳴門それずに鷹の渡りけり」 森田 峠

それ【其れ】〈代名〉❶それ。そのこと。そのもの。その人。❷ある。なになに。なにがし。❸お前。あなた。

「裏切者それは見事に日焼して」 鈴木六林男
「二三段並べてそれが種物屋」 藤田湘子
「ジーンズとTシャツそれに烏賊も干す」 今瀬剛一
「芹摘むや姫の悲鳴はそれとして」 高山れおな

それ‐がし【某】〈代名〉❶だれそれ。だれだれ。❷私。

「それがしも宿なしに候秋の暮」 小林一茶
「某は案山子にて候《そろ》雀どの」 夏目漱石

そろ【候】〈補助動〉…でございます。▼「さうらふ」の約。

「まかり出たるは此藪の蟇《ひき》にて候」 小林一茶
「夜の冬比叡の木菟も参り候」 長谷川かな女
「短日や味噌漬三ひら進じそろ」 芥川龍之介
「この家売り候桜落葉は積り候」 伊丹三樹彦

そろ・ふ【揃《ソロ》ふ《ウ》】㊀〈自動・ハ四〉{は/ひ/ふ/ふ/へ/へ}❶形状・程度などが等しい。同一である。一致している。❷ととのう。❸集まる。❹きちんと並ぶ。㊁〈他動・ハ下二〉{へ/へ/ふ/ふる/ふれ/へよ}❶そろえる。❷合わせる。❸用意する。❹集める。❺並べる。

「道の多さ膝を揃へて餅切つて」 永田耕衣
「松の芽のそろふただしさ日は太古」 高屋窓秋
「夜蛙のそろはぬ声のまま揃ふ」 鷲谷七菜子

「膝そろへ火をつかひをる夕ざくら」　宇佐美魚目
「母のこゑ足して七草揃ひけり」　あざ蓉子

そん-・ず【損ず】■一〈自動・サ変〉｛ぜ／じ／ず／ずる／ずれ／ぜよ｝いたむ。こわれる。■二〈他動・サ変〉❶こわす。だめにする。❷し損なう。しくじる。

「隅占めてうどんの箸を割**損ず**」　林田紀音夫
「雲雀野に出て投縄を仕**損ずる**」　中村苑子
「駆け落をし**損じ**たるは櫻頃」　後藤綾子

ぞん-・ず【存ず】■一〈自動・サ変〉｛ぜ／じ／ず／ずる／ずれ／ぜよ｝そのままにある。存在する。生き長らえる。生存する。■二〈他動・サ変〉❶(心を)持つ。有する。❷存じます。思います。(「考ふ」「思ふ」の謙譲語)❸存じます。承知しております。(「知る」の謙譲語)

「梅雨です助です破防法など**存じ**ません」　赤城さかえ
「鎮守さまだけご**存じ**の鴉の巣」　鷹羽狩行

た

た【誰】〈代名〉だれ。(不定称の人称代名詞)▼格助詞「が」を伴って「たが」の形で、連体修飾語として用いる例がほとんどである。

「春の夜のそこ行くは**誰**そ行くは**誰**そ」　正岡子規
「病院にとぶ蝙蝠は**誰**が化身」　山口誓子
「斑猫やこのみちは**誰**が遁走《のが》れけむ」　富澤赤黄男
「**誰**が為に花鳥諷詠時鳥」　京極杞陽
「峠空身にしむ青さ**誰**が現れむ」　野澤節子

だい-じ-・なり【大事なり】〈形動ナリ〉｛なら／なり・に／なり／なる／なれ／なれ｝❶難儀だ。容易ではない。甚だしい。❷大切だ。手厚い。

「きのふより今日を**大事**に冬籠」　大野林火
「何となき時を**大事**に朧かな」　手塚美佐
「豆飯の湯気を**大事**に食べにけり」　大串　章

たい-せつ-・なり【大切なり】〈形動ナリ〉｛なら／なり・に／なり／なる／なれ／なれ｝重大である。さし迫っている。大事である。

「**大切**に西日まるめて牛冷す」　秋元不死男
「古郷忌やすがれ朝顔**大切に**」　石田波郷
「舌いちまいを**大切に**群集のひとり」　林田紀音夫

たい-はく【太白】〈名〉太白星(金星)のこと。

「**太白**のつらぬく檜葉《ひば》や猫の戀」　永田耕衣
「花寒きひまの**太白**月のごと」　皆吉爽雨
「**太白**の語りそめたる初桜」　山田弘子

だう【堂】《ドウ》〈名〉❶表御殿。正殿。❷神仏を祭る建物。

「臘八の**堂**の静けさつたはりぬ」　後藤夜半
「**堂**おぼろ青衣の女人現れませよ」　下村梅子
「うづくまる身の心音や雪の**堂**」　鷲谷七菜子

だう-しゃ【道者】《ドウシヤ》〈名〉❶仏道を修行する者。僧。道士。

❷寺社・霊場などを参拝するとき連れ立って旅をする人。巡礼。

「淡雪や野なら藪なら道者達」　小林一茶

「瀧のぼる蝶を見かけし富士道者」　飯田蛇笏

たう・ぶ【食ぶ】《トゥブ》〈他動・バ下二〉{べ／べ／ぶ／ぶる／ぶれ／べよ}❶いただく。〔「飲む」「食ふ」の謙譲語〕❷いただく。食べる。〔「飲む」「食ふ」を改まっていう丁寧語〕

「子なければ妻と**たうぶる**さくらんぼ」　富安風生

「寒のつくし**たうべ**て風雅菩薩かな」　川端茅舎

「諏訪のうなぎ氷解けて捕られ吾**食うぶ**」　橋本多佳子

「紅き鯛をひとつ**たうべ**ぬ秋の室」　渡邊白泉

「尋常にはなびら餅を**食うべ**をり」　藤田湘子

「桃**たうべ**母山姥となりゆくか」　吉田汀史

たえ-ず【絶えず】〈副〉常に。絶えることなく。

「**絶えず**人いこふ夏野の石一つ」　正岡子規

「枯野ゆく幼子**絶えず**言葉欲り」　馬場移公子

「運動会嶺より**絶えず**雲の使者」　辻田克巳

「晩学や**絶えず**沖より春の波」　鍵和田秞子

たえ-だえ【絶え絶え】〈副〉途切れ途切れに。

「**絶〳〵**の雲しのびずよ初しぐれ」　与謝蕪村

「雪を吐き白鳥笛を**たえだえ**に」　古舘曹人

「山桜**たえだえ**に蘂こぼしては」　長谷川久々子

「きさらぎの**たえ〴〵**白き鹿の耳」　角川春樹

たか-【高】〈接頭〉〔名詞や動詞などに付いて〕高い。大きい。立派な。「たか嶺《ね》」「たか殿」「たか敷く」など。

「山川に**高**浪も見し野分かな」　原　石鼎

「夜蛙や**高**嶺をめざす人に逢ふ」　堀口星眠

「枯黍の**高**鳴る町に入りにけり」　平井照敏

た-が【誰が】〈連語〉❶だれの。〔連体修飾語として用いる〕❷だれが。〔主語として用いる〕▼代名詞「た」＋格助詞「が」

「吾子に似て泣くは**誰が**子ぞ夜半の秋」　杉田久女

「**たが**ためのいのち酷暑に継がむとす」　野澤節子

「百日紅**誰が**聖痕をさづかりし」　齋藤愼爾

「業平に**誰が**付添ひし春の川」　榎本好宏

「**誰が**ための高き石垣冴え返る」　金田咲子

たか・し【高し】〈形ク〉{(く)・から／く・かり／し／き・かる／けれ／かれ}❶高い。上のほうにある。❷高く積もっている。厚みがある。❸〔声・音が〕大きい。高い。❹評判が高い。広く知られている。❺身分が高い。すぐれている。高貴だ。❻自尊心がある。考えがすぐれている。高尚である。❼年をとっている。古い。昔のことだ。年月がたっている。

「あるときは船より**高き**卯浪かな」　鈴木真砂女

「冬日**たかし**乙女らがいて琴ひく家」　古沢太穂

「緯度**たかき**緑大圏馬嘶く」　成田千空

「大津絵の口あけ笑ひ月**たかし**」　中山純子

「思想より**喬く**ヒマラヤ杉の在り」　久保純夫

たか-ど【高処】〈名〉高いところ。高所。
「青葉木菟おのれ恃めと夜の**高処**」　文挾夫佐恵
「雪嶺より**高処**ホテルの桜草」　神尾久美子
「梨狩りの**高処**の道は雲通ふ」　山本洋子

たか-どの【高殿】〈名〉高く造った建物。高楼。
「たかどの、灯影《ほかげ》にしづむ若葉かな」　与謝蕪村

たがひ-に【互ひに】《タガイニ》〈副〉入れ違いに。かわるがわる。それぞれに。
「浴衣着て**互ひに**闇にまぎれ去り」　中村汀女
「氷菓**互ひに**中年の恋ほろにがき」　秋元不死男
「早梅の影をコートにお**互ひに**」　川崎展宏

たが・ふ【違ふ】《タガウ・タゴウ》■一〈自動・ハ四〉〔は/ひ/ふ/ふ/へ/へ〕❶相違する。食い違う。外れる。❷背く。逆らう。❸いつもと変わる。正常でなくなる。■二〈他動・ハ下二〉〔へ/へ/ふ/ふる/ふれ/へよ〕❶食い違うようにする。背いて裏切る。❷方違《かたたが》えをする。❸間違える。誤る。
「寄るや冷えすさるやほのと夢**たがへ**」　加藤知世子
「夢の景とすこし**違へる**焼野かな」　能村登四郎
「冬の鳥約**たがへ**たる人憎し」　高柳重信
「畦《あぜ》を**違へ**て虹の根に行けざりし」　鷹羽狩行
「落合ひて山水澄みを**たがへ**ざる」　上田五千石
「四方の景**たがへ**て天守閣涼し」　片山由美子

たか-ぶ・る【高ぶる】〈自動・ラ四〉〔ら/り/る/る/れ/れ〕❶高まる。進む。高進する。❷おごりたかぶる。いばる。
「青き踏むハレルヤ唄ひ**たかぶりて**」　阿波野青畝
「**亢ぶる**もふ、む牡丹に永蹰む」　殿村菟絲子
「紅梅やをちこちに波**たかぶれる**」　飴山　實
「薪能火を継ぎて蟬**たかぶれ**り」　角川源義
「**たかぶれ**る水を束ねて瀧柱」　大木あまり
「少年の指さして虹**昂ら**す」　上田日差子

たか・む【高む】〈他動・マ下二〉〔め/め/む/むる/むれ/めよ〕（程度を）高くする。高める。強める。
「蓼の花昏くなりつつ濤**高む**」　松村蒼石
「春の鳶寄りわかれては**高みつ**つ」　飯田龍太
「輪を**高む**鳶鳥追の触太鼓」　宮津昭彦
「等身にまで**高め**たる焚火の炎」　能村研三

たか-むな【筍・笋】〔季・夏〕〈名〉たけのこ。▼「たかんな」「たかうな」とも。
「**たかんな**の土出でてなほ鬱々と」　山口誓子
「**筍**の大を土産《とつ》とし峡出づる」　岸風三樓
「**笋**《たかんな》や古へは食客三千人」　高橋睦郎
「断言のごとく**笋**《たかんな》置かれけり」　奥坂まや

たか-むら【竹叢・篁】〈名〉たけやぶ。
「**篁**を染めて春の日沈みけり」　日野草城
「霊還る**篁**青くダリヤ緋に」　加藤楸邨
「うす紅の日を**竹むら**は落葉どき」　岸田稚魚

「水の闇たかむらの闇丈草忌」　藤田湘子
「たかむらや垣の椿の残り花」　川崎展宏

たか-ゆ・く【高行く】〈自動・カ四〉｛か／き／く／く／け／け｝空の高いところを吹いている（飛んでいる）。
「木枯は高ゆき瓦礫地に光る」　西東三鬼

たか-らか・なり【高らかなり】〈形動ナリ〉｛なら／なり・に／なり／なる／なれ／なれ｝❶高さがいかにも高い。❷（声や音が）いかにも高く大きい。▼「らか」は接尾語。
「貫之の歌たからかに菜摘人」　竹下しづの女
「そば畑高らかにゆく老衰死」　宇多喜代子
「万緑の山高らかに告ₒりたまへ」　奥坂まや

たぎ・つ【滾つ・激つ】〈自動・タ四〉｛た／ち／つ／つ／て／て｝水がわき立ち、激しく流れる。心が激することをたとえていうことも多い。▼上代には「たきつ」とも。
「朝の日のはげしく梅の花たぎつ」　山口青邨
「大谷川たぎち逆立つつらら かな」　川端茅舎
「ごんごんと黄泉路の下り簗激つ」　秋元不死男
「父よ父よとうすばかげろふ来て激つ」　中村苑子
「みちのくの炎天といふたぎつもの」　有馬朗人
「冬川といのちの間の滾ちけり」　齋藤愼爾

たき-つ-せ【滝つ瀬・滾つ瀬】〈名〉水が激しく速く流れる瀬。急流。激流。▼「たぎつせ」とも。
「朝凪ぎし熔岩の瀧津瀬蝶わたる」　前田普羅
「滝津瀬に三日月の金さしにけり」　飯田蛇笏
「激つ瀬に囲を張りわたし深山蜘蛛」　木村蕪城

た・く【長く・闌く】〈自動・カ下二〉｛け／け／く／くる／くれ／けよ｝❶（日や月が）高くのぼる。高くなる。❷長じる。円熟する。❸盛りを過ぎる。季節・時期・年齢についていう。
「開拓村春闌けて咲く花もなし」　水原秋櫻子
「雛あられ晝も闌けしと思ふかな」　後藤夜半
「山月も長けてありけり芹の原」　永田耕衣
「青麦に闌けたる昼の水ぐるま」　木下夕爾
「みちのくも幽霊も秋闌けにけり」　高柳重信

た-くさ【手草】〈名〉竹や木の葉を束ね歌舞のとき手に取るもの。また、手でもてあそぶもの。▼「たぐさ」「てぐさ」とも。
「西行忌手草に揉みし蓬の香」　森 澄雄
「衝羽根を手ぐさは終の道ならむ」　岡井省二

たくは・ふ【蓄ふ・貯ふ】《タクワウ・タクオウ》㊀〈他動・ハ四〉｛は／ひ／ふ／ふ／へ／へ｝㊁〈他動・ハ下二〉｛へ／へ／ふ／ふる／ふれ／へよ｝㊀に同じ。ためておく。蓄える。
「蓄へし緋のあからさま桃ひらく」　原コウ子
「しばらくは息を蓄へしぐれ傘」　岸田稚魚
「生きものの縞をたくはへ蝮草」　伊藤敬子
「麻服の臀《ゐしき》は皺をたくはふる」　大石悦子
「大杉の蓄へてゐる滝の音」　和田耕三郎

たぐひ【類・比】《タグイ》〈名〉❶仲間。連れ。❷人々。連中。❸

例。同類。❹種類。…ようなもの。

「摘み来しは三味線草の**類**かな」　後藤夜半

「花ぐもりなほ円柱の**たぐひ**かな」　岡井省二

「夏痩せて黴の**たぐひ**を喰らひをり」　糸　大八

たぐひ-な・し【類無し《タグイナシ》】〈形ク〉{(く)・から/く・かり/し/き・かる/けれ/かれ}比べるものがない。▼非常にすぐれていることにも、非常に悪いことにもいう。

「**たぐひなき**良夜に集ひては別れ」　きくちつねこ

「**たぐひなき**真夜中の月遺稿集」　中山純子

たぐ・ふ【類ふ・比ふ】《タグウ》 ■一〈自動・ハ四〉{は/ひ/ふ/ふ/へ/へ}❶一緒になる。寄り添う。❷似合う。釣り合う。■二〈他動・ハ下二〉{へ/へ/ふ/ふる/ふれ/へよ}❶寄り添わせる。連れ添わせる。❷まねる。なぞらえる。

「まんじゆさげ蘭に**類ひ**て狐啼」　与謝蕪村

「千万の宝に**たぐひ**初トマト」　杉田久女

「蓮の実に**たぐひ**て柿の味かろし」　富田木歩

たくま・し【逞し】〈形シク〉{(しく)・しから/しく・しかり/し/しき・しかる/しけれ/しかれ}力強くがっしりしている。豪勢である。勢いが盛んである。

「**たくましき**裸日輪に愛されて」　柴田白葉女

「火口開けば緋緘のごと火夫**たくまし**」　細谷源二

「**逞しき**噴煙のもと種を蒔く」　相馬遷子

「東風の痩身腕**たくましく**岩起す」　佐藤鬼房

「注連縄の**逞しき**縒りよ男の子産め」　鷹羽狩行

「**たくましき**樹木に良夜来つつあり」　金田咲子

たけ【丈・長】〈名〉❶(物の)高さ。たけ。長さ。❷身の丈。身長。❸(「…のたけ」の形で)ありったけ。全部。

「朝顔や土に匐ひたる夢の**たけ**」　芥川龍之介

「桔梗の**丈**に風吹く山の昼」　桂　信子

「宵闇や女人高野の草の**丈**」　大峯あきら

「土用波くるよ子の**丈**父の**丈**」　辻田克巳

「枯菊を焚くうち身の**丈**ほどの火に」　山本洋子

だけ〈副助〉❶…かぎり。…だけ。(物事の及ぶ限界・限度を示す)❷…だけに。…だけあって。(相応する意を表す)❸(多く代名詞「これ」「それ」「あれ」などに付いて)…ぐらい。…ほど。(程度を表す)

「鰊そばうまい分**だけ**我は死す」　永田耕衣

「黍の葉に黍の風**だけ**かよふらし」　中川宋淵

「思ひ**だけ**白魚に柚子したたらす」　細見綾子

「月光に震えているのは橋**だけ**か」　夏石番矢

たけ・し【猛し】〈形ク〉{(く)・から/く・かり/し/き・かる/けれ/かれ}❶勇ましい。勇猛だ。気丈だ。❷勢いが盛んだ。激しい。荒々しい。❸精いっぱいだ。❹まさっている。すばらしい。

「残菊や**猛き**犬吠ゆ谷戸の家」　水原秋櫻子

「侘助を剪らむにまなこ**猛くし**て」　齋藤　玄

「歌よみの**猛き**言の葉年忘」　森田　峠

「草庵の秋なほ**猛き**木立かな」　長谷川櫂

たけ‐なは【酣・闌】《タケナワ》〈名〉最も盛んなとき。真っ最中。

「重湯飲めば春闌の山河あり」　相馬遷子
「収穫《とりいれ》たけなは磐梯山もいま火中」　森　澄雄
「鮎汲も酣ならむ廂かげ」　宇佐美魚目
「なだらかにひらけて春をたけなはに」　宮津昭彦
「たけなはの春や昔の歯磨粉」　桑原三郎

たけ・る【猛る・哮る】〈自動・ラ四〉｛ら／り／る／る／れ／れ｝❶いさみたつ。❷荒れ狂う。❸鋭く叫ぶ。ほえる。

「浅間猛る日々を黄ばめり山の麦」　臼田亜浪
「錦木に高麗雉子の猛りけり」　長谷川かな女
「野火哮るくらやみに帯解きをれば」　中村苑子
「欠航の波止を春濤哮り越え」　清崎敏郎
「あやまちか否かわが生鴟たける」　岡本　眸
「どんど火の猛らば己が髄もまた」　斎藤梅子
「まだ起きぬ父の母家へ鴟猛り」　能村研三

たし〈助動・ク型〉｛(たく)・たから／たく・たかり／たし／たき・たかる／たけれ／○｝❶(自己の希望)…たい。❷(他への期待)…ほしい。…たい。▼「たし」は中古の末期ごろから用いられたが、中古の希望の助動詞「まほし」に比べ、口語的・俗語的な語であった。以後、「たし」が優勢になり、現代語の「たい」に続く。

「炭つぐのみ何か訊きたき顔は見ず」　加藤楸邨
「泣角力《なきずまふ》見たく狐は杉に化け」　平畑静塔
「泳ぎつつふと溺れたし鰯雲」　能村登四郎
「旅したしとも思はずなりぬ落葉ふる」　石田波郷
「水中花にも花了りたきこころ」　後藤比奈夫
「月の出の木に戻りたき柱達」　鈴木六林男
「産むといふ遊びをしたき晩夏かな」　櫂未知子

たし‐か・なり【確かなり】〈形動ナリ〉｛なら／なり・に／なり／なる／なれ／なれ｝❶しっかりしている。確実である。❷信頼できる。安心できる。

「羅の折目たしかに着たりけり」　日野草城
「猟銃音ネッカチーフがたしかに赤」　原コウ子
「遠雷の今たしかなる楡大樹」　中村汀女
「空蟬もたしかに鳴いて居りにけり」　阿部青鞋
「雲流れたしかに秋の松の幹」　桂　信子
「さむけれど春たしかなり日の光」　平井照敏
「たしかなる日差しの音や氷菓子」　坂本宮尾

たしか・む【確かむ】〈他動・マ下二〉｛め／め／む／むる／むれ／めよ｝確認する。あいまいな点をはっきりさせる。

「木犀の香をたしかめんとする息する」　篠原　梵
「暗がりのこゑ確かむる宵まつり」　馬場移公子
「歩きつゝ、鷹匠小手を確かむる」　森田　峠
「額の花脳天を掌にたしかむる」　小檜山繁子
「子の寝息確かめ消しぬ春灯」　西村和子

たしな・む【嗜む】〈他動・マ四〉｛ま／み／む／む／め／め｝❶好んで精を出す。心がけて励む。❷好んで親しむ。❸心がけて用意する。❹慎む。さしひかえる。

「胸紅く酒**嗜む**や秋の風」 山口誓子
「しぐるるや僧も**嗜む**実母散」 川端茅舎
「医の友の寝酒**嗜む**便りあり」 星野麥丘人
「白毫や烏犀角など**たしなみ**て」 沼尻巳津子

た-す・く【助く・扶く・輔く】〈他動・下二〉{け/け/く/くる/くれ/けよ} ❶助力する。補佐する。❷支える。❸救う。▼「た」は手、「すく」は力を添える意。
「**扶け**起さるるや濃霜衝迫す」 石田波郷
「かげろふの弱きを**助く**ごとくなり」 大木あまり

たそ-かれ【黄昏・誰そ彼】〈名〉夕暮れ方。夕方。薄暗くなって向こうにいる人が識別しにくくなった時分。たそかれどき。▼近世以後「たそがれ」とも。反対語は「彼《か》は誰《たれ》時《どき》」。
「**たそがれ**は微光とならむ蛞蝓《なめくじ》」 能村登四郎
「花桐の**たそがれ**四ツ家荒木町」 加藤郁乎
「**誰そ彼**や破れ吹かるる蛇の衣」 徳弘純
「**黄昏**へまだ音のある鯉のぼり」 鎌倉佐弓
「**誰そ彼**をいちはやく知る氷柱かな」 中原道夫

ただ【唯・只】〈副〉❶わずかに。たった。単に。(それだけに限定する意)❷ただもう。むやみに。まったく。❸ちょうど。まるで。
「初蝶のいまだ過ぎねば**ただ**の石」 加藤かけい
「紅梅や**たゞ**まるかりし母の顔」 渡邊白泉
「思ふことなし**たゞ**白菊の吹き散るか」 赤尾兜子

「柿接ぐや遠白波の**唯**一度」 大峯あきら
「**ただ**狂《ふ》れてみたき年頃夏よもぎ」 中里麦外

たた・く【叩く・敲く】 一〈他動・カ四〉{か/き/く/く/け/け} ❶音を立てて、たたく。❷強く打つ。なぐる。ぶつ。たたく。❸(「口をたたく」の形で)しゃべる。二〈自動・カ四〉鳴く。水鶏《くいな》の、戸をたたくような声をいう。
「**叩か**れて昼の蚊を吐く木魚哉」 夏目漱石
「山荻の日に出て埃**叩き**けり」 原石鼎
「老松を**叩け**ば四月なかばなる」 中尾寿美子
「雑踏や桐の一葉に**敲か**れし」 鈴木六林男
「水鶏きて戸を**叩く**夜は我とおもへ」 上村占魚
「ががんぼの一肢かんがへ壁**叩く**」 矢島渚男
「**叩か**れて川になりきる春の水」 攝津幸彦

ただ・し【正し】〈形シク〉{(しく)・しから/しく・しかり/し/しき・しかる/しけれ/しかれ} ❶正当だ。善だ。正しい。❷きちんとしている。整っている。❸道理に合っている。道徳に合っている。正しい。▼「ただしう」はウ音便。
「芋の露連山影を**正しう**す」 飯田蛇笏
「冬日あたるうぶ毛の中のひよめき**正し**」 篠原梵
「草もみぢ礎石は列を**正しう**す」 下村梅子
「急流切る泳法**正しから**ねども」 津田清子
「折目**正しき**屏風より隙間風」 鷹羽狩行
「燦々と**ただしき**繭をなしにけり」 平井照敏
「榧の木の榧の**正しき**夏来たり」 鳴戸奈菜

たたずまひ【佇まひ】《タタズマイ》〈名〉ようす。ありさま。

「梅雨雲のたたずまひさへ常ならず」　富安風生
「鳥入るを待つらむ雲の佇まひ」　相生垣瓜人
「蒼かりき月下の地震《なゐ》のたたずまひ」　中村草田男
「新茶汲む夜は松の木のたたずまひ」　金田咲子

ただち-に【直ちに】〈副〉❶直接に。じかに。❷すぐに。

「牡丹切るあとをただちに埋むる葉」　皆吉爽雨
「万蕾のある日ただちに曼珠沙華」　大石悦子
「白露《はくろ》より現《あ》れて直ちに富士高し」　竹中　宏

ただ-なか【直中・只中】〈名〉❶まん中。まっただ中。❷まっ最中。

「山つつじ照る只中に田を墾く」　飯田龍太
「春泥の真只中の網走市」　清崎敏郎
「米提げて野分ただ中母小さし」　飴山實
「大根の真只中や親鸞忌」　大峯あきら
「滝いつも身の只中を裂きて落つ」　宮坂静生

たたな-づく【畳なづく】《タタナズク》《枕詞》❶幾重にも重なっている意で、「青垣」「青垣山」にかかる。❷「柔肌《にきはだ》」にかかる。かかる理由は未詳。▼普通の動詞とみる説もある。

「たたなづく御巣鷹山に墓参せむ」　阿波野青畝

たたなは・る【畳なはる】《タタナワル》〈自動・ラ四〉｛ら/り/る/る/れ/れ｝❶畳み重ねたような形になる。重なり合って連なる。❷寄り合って重なる。▼①の「たたなはる」は、「青垣山」にかかる枕詞《まくらことば》とする説もある。

「爽《さはやか》や山たたなはり雲渡り」　松根東洋城
「みちのくの山たゝなはる花林檎」　山口青邨
「たたなはる山の栞の名なき滝」　秋元不死男
「青垣の山たたなはる雛屏風」　上田五千石
「たたなはる山恐ろしや螢の夜」　柿本多映

ただなら-・ず【徒ならず・只ならず】〈連語〉❶意味ありげだ。いわくありげだ。❷すぐれている。並々でない。▼形容動詞「ただなり」の未然形＋打消の助動詞「ず」

「口切りや小城下ながら只ならね」　与謝蕪村
「冬木鳴る闇鉄壁も啻《ただ》ならず」　竹下しづの女
「姉川ときくに虫の音ただならず」　水原秋櫻子
「まなぞこに尾をひく雪のただならず」　長谷川素逝
「法然忌なり京の冷ただならず」　大橋敦子
「海に出て後の雨月と只ならね」　高橋睦郎
「お山焼大仏殿もただならね」　長谷川櫂

ただ・なり【直なり・徒なり】〈形動ナリ〉｛なら/なり・に/なり/なる/なれ/なれ｝❶直接だ。じかだ。まっすぐだ。❷生地のままだ。ありのままだ。❸普通だ。あたりまえだ。❹何もせずにそのままである。何事もない。❺むなしい。何の効果もない。

「道化出てただにあゆめり子が笑ふ」　西東三鬼
「月は雲に抗ひ蝙蝠ただに飛ぶ」　中村草田男
「ただに在る一つ枯山たのみなる」　齋藤　玄
「神発ちてただに楮《かうぞ》の吹かれをり」　田中裕明

たた・ふ【称ふ・讃ふ】タタウ〈他動・ハ下二〉｛へ／へ／ふ／ふる／ふれ／へよ｝ほめたたえる。称賛する。

「炉開いて人を**讃へ**ん心かな」　原　石鼎

「降誕祭**讃へ**て神を二人称」　津田清子

「極楽も地獄も師恩**たたふる**日」　高柳重信

「牧師も咳われも咳して神**讃ふ**」　橋本美代子

「をりからの雨を**称へ**て植物祭」　小原啄葉

「極月の水を**讃へ**て山にあり」　茨木和生

「山国の苦き蓬も**たたふ**べし」　筑紫磐井

「仰ぐとは**称ふる**ことぞ銀杏散る」　片山由美子

たた・ふ【湛ふ】タタウ 一〈自動・ハ四〉｛は／ひ／ふ／ふ／へ／へ｝満ちてふくれる。いっぱいになる。二〈他動・ハ下二〉｛へ／へ／ふ／ふる／ふれ／へよ｝（水を）たたえる。

「青葉蔭金の涙を眼に**たたへ**」　野見山朱鳥

「パパイヤ熟れ潮は**湛ふる**とき碧し」　野澤節子

「小山田の**湛へ**しそれも雪解水」　井沢正江

「春日をはじきかへして潮**湛へ**」　清崎敏郎

「荒梅雨を洗礼の井に**湛へ**たり」　三好潤子

たたら【蹈鞴・踏鞴】〈名〉足で踏んで空気を送る大型のふいご。鋳物・製鉄に用いる。

「**たたら**ふむ火の宵々や冬木立」　篠原温亭

「子守して花の芥に**たたらふむ**」　阿波野青畝

「麦秋の丘は炎帝に**たたらふむ**」　篠原鳳作

「万緑なす**たたら**遺跡を秘めし村」　松崎鉄之介

たち-【立ち】〈接頭〉動詞に付いて意味を強める。「たち代わる」「たち添《そ》ふ」「たち勝《まさ》る」

「**たち**騒ぐ加太の浦波流し雛」　稲垣きくの

「風知草**たち**さわぎをる一日あり」　岸田稚魚

「**立ち**馴るるとも冬瀧の裾暗く」　飯島晴子

-たち【達】〈接尾〉…方《がた》。多くの…。▼神および尊敬する人を表す名詞の下に付き、複数である意を表す。同様の意味の「ども」は敬意を含んでいないが、「たち」には、自分より上位の人への敬意が含まれている。「だち」とも。

「行く秋や一千年の仏**だち**」　正岡子規

「葉柳に舟おさへ乗る女**達**」　阿部みどり女

「砲いんいん口あけて寝る歩兵**達**」　鈴木六林男

「夏野の道風のかたちの娘**達**」　川崎展宏

「夏服を着よトランプのジャック**達**」　有馬朗人

た-ぢから【手力】〈名〉手の力・腕力。「た」は「手」の古形。

「遠く鋤く人の**手力**みえにけり」　松村蒼石

「畑人の**手力**蕪を引き抜けり」　水原秋櫻子

「立冬や老の**手力**杭を抜く」　林　翔

「白魚網揚ぐる女の**手力**に」　大橋敦子

「わが**手力**奪ひてすすむ兜虫」　赤尾兜子

たち-こ・む【立ち込む・立ち籠む】一〈自動・マ四〉｛ま／み／む／む／め／め｝ぎっしり入り込む。混雑する。たてこむ。（人や車などにいう）二〈自動・マ下二〉｛め／め／む／むる／むれ／めよ｝立ち込める。霧・煙があたりを覆う。㊂〈他動・マ下二〉取り囲む。

「死にければ闇**たちこむる**螢籠」　山口誓子

「白粉花《おしろい》の闇の匂ひの**たちこめし**」　深見けん二

「大脳やミルクの湯気の**立ち込めり**」　松本恭子

「**たちこめて**花の匂ひや蜘蛛の糸」　中田　剛

たちまち(に)【忽ち(に)】〈副〉❶またたく間(に)。すぐさま。たちどころ(に)。❷突然に。にわかに。❸現(に)。実際(に)。▼古くは「に」を伴って用いることが多い。

「ふた親に**たちまち**わかれ霜のこゑ」　飯田蛇笏

「**たちまちに**鯛の声揃ふなり」　中村汀女

「**忽ちに**月をほろぼす春の雷」　日野草城

「偉丈夫《ゐぢゃうぶ》の**たちまち**あらず冬旱《ふゆひでり》」　相馬遷子

「鳴きおこる蛙**たちまち**腹へりぬ」　石川桂郎

「**たちまち**秋あの戦争も古りたれば」　高柳重信

「一本が鳴き**たちまちに**蟬の森」　鷹羽狩行

たち-ゐ【立ち居・起ち居】《タチイ》〈名〉❶立ったり座ったりすること。また、日常のありふれた動作。❷(雲が)現れて漂うこと。

「はくれむや**起ち居**のかろき朝来り」　臼田亜浪

「きららかに芭蕉枯れゆく**立居**かな」　橋　閒石

「骨の音させて溽暑《じよくしよ》の**立居**なる」　大野林火

「尼たちが少女の**起居**灌仏会」　熊谷愛子

「うべなふや一間の**起居**花の後」　藤田湘子

「いつしかに乙女の**立ち居**花柚かな」　長谷川櫂

た・つ【立つ・起つ】㊀〈自動・タ四〉〔た/ち/つ/つ/て/て〕❶(人や動物が)立つ。(植物が)生える。(物が)立つ。❷置いてある。止まる。❸位置を占める。位置する。❹地位に着く。即位する。❺(風や波などが)起こる。立ち昇る。❻(季節が)やってくる。始まる。❼知れ渡る。ひろがる。❽出発する。出かける。❾(鳥が)飛び立つ。❿(月日が)過ぎる。経過する。㊁〈補助動・タ四〉(動詞の連用形に付いて)盛んに…する。きわだって…する。㊂〈他動・タ下二〉〔て/て/つ/つる/つれ/てよ〕❶立たせる。立てる。❷止めて置く。❸つかせる。即位させる。❹(門・戸などを)閉める。▽「閉つ」とも書く。❺建てる。▽「建つ」とも書く。❻起こす。立たせる。❼(願いや誓いを)立てる。❽出発させる。出向かせる。

「鳴き**立て**ゝつく〳〵法師死ぬる日ぞ」　夏目漱石

「沈思より**起て**ば冬木の怖ろしき」　石井露月

「北風や肌青々と桐**立て**り」　阿部みどり女

「あるほどの茎**たち**竝び曼珠沙華」　高橋淡路女

「炎天に**立つ**師も弟子も遠くして」　能村登四郎

「ときめきてかの嶺も**起てる**山火かな」　井沢正江

「存念のごと白鷺の**佇てり**けり」　永島靖子

「ついて来し寒月に木戸**閉て**にけり」　赤尾恵以

た・つ【断つ・絶つ・截つ】〈他動・タ四〉〔た/ち/つ/つ/て/て〕❶切り離す。❷(続けていた物事や習慣を)やめる。❸滅ぼす。

「梅雨の川荒れて家ぬちの音を**断つ**」　馬場移公子

「独奏や雷雨を厚き壁に**絶ち**」　津田清子

「おのが分けし芒に退路**断たれ**けり」　岡本　眸

「春しぐれ一行の詩はどこで**絶つ**か」　加藤郁乎
「炎天を**断つ**叡山の杉襖」　矢島渚男
「魚尾**断て**ば芯はましろき骨氷」　平井照敏
「酒**断ち**て麦秋の米甘かりき」　正木浩一

た・つ【顕つ】〈自動・タ四〉〔た/ち/つ/つ/て/て〕あきらかにあらわれる。「立つ」とも書く。
「かはたれの春雷山を**顕た**しむる」　長谷川双魚
「藻の花に音なく富士の**顕ち**にけり」　桂 信子
「水打ちて太白星の**顕て**りけり」　三田きえ子
「青北風や滝現はれて**顕ち**にけり」　角川春樹

たづ【鶴・田鶴】《タズ》〈名〉鶴。▼『万葉集』の時代にはすでに「つる」という語と併存していたが、歌語としては「たづ」が用いられた。
「冬晴の雲井はるかに**田鶴**まへり」　杉田久女
「降る雪は天飛ぶ**田鶴**を消しにけり」　下村梅子
「**田鶴**ひくやぢかに骨なる母の脛」　小檜山繁子

-だ・つ〈接尾・タ四〉（名詞・形容詞語幹などに付いて）…のようになる。…がかる。…めく。
「寒気**だつ**合歓の逢魔がときのかげ」　川端茅舎
「ひと仰ぐたび殺気**立つ**寒の滝」　桂 信子

た-づき【方便】《タズキ》〈名〉❶手段。手がかり。方法。特に、生活の手段。生計。❷ようす。状態。見当。▼古くは「たどき」ともいった。中世には「たつき」と清音にもなった。
「石切りの**たつき**に老いて蜩や」　小沢碧童
「睡蓮の明暗**たつき**のピアノ打つ」　中村草田男
「秋雨に酔ふ尼寺の**たつき**跡」　殿村菟絲子
「画を売って**たつき**なさねど麦は穂に」　野見山朱鳥

たづさ・ふ【携ふ】《タズサウ・タズソウ》㊀〈自動・ハ四〉〔は/ひ/ふ/ふ/へ/へ〕連れ立つ。連れ添う。㊁〈他動・ハ下二〉〔へ/へ/ふ/ふる/ふれ/へよ〕手に持つ。携帯する。携える。
「**たづさふ**や龍胆《りんだう》折りし妹が手を」　山口誓子
「白鳥へわが身**たづさへ**来りけり」　栗林千津
「雪の匂ひと熱気**たづさへ**北より友」　能村登四郎
「雨傘の青**たづさへ**む雪もよひ」　丸谷才一
「沢庵を**たづさへ**てくる通夜の客」　佐川広治

たつた-ひめ【竜田姫】［季・秋］〈名〉秋を支配する女神。「竜田山」を神格化したもので、竜田山は平城京の西に当たり、西の方角は五行説で秋に当たるところからいう。秋の木々の紅葉はこの女神が織りなすとされた。反対語は佐保姫《さほひめ》。
「もみぢ葉の一葉をいつき**竜田姫**」　松瀬青々
「**竜田姫**森に来たまふ句碑びらき」　古賀まり子
「**竜田姫**塔見の丘に吾を招く」　上田五千石

たづ・ぬ【尋ぬ・訪ぬ】《タズヌ》〈他動・ナ下二〉〔ね/ね/ぬ/ぬる/ぬれ/ねよ〕❶ありかを捜し求める。追い求める。❷事情を調べて明らかにする。調べる。❸訪問する。❹問いただす。質問する。
「一つ二つ螢見て**たづぬる**家」　尾崎放哉

「夢に見し花をたづねて水分《みくまり》へ」　眞鍋呉夫
「早稲の香を尋ねたづねて入日海」　高橋睦郎
「燈籠をもつ子に道をたづねけり」　田中裕明

たてまつ・る【奉る】■一〈他動・ラ四〉{ら／り／る／る／れ／れ}❶差し上げる。献上する。(「与ふ」「贈る」の謙譲語)❷お伺いさせる。参上させる。(「遣る」の謙譲語)❸召し上がる。お召しになる。(「飲む」「食ふ」「着る」の尊敬語)■二〈自動・ラ四〉お乗りになる。(「乗る」の尊敬語)■三〈他動・ラ下二〉{れ／れ／る／るる／るれ／れよ}■一に同じ。■四〈補助動・ラ四〉…申し上げる。(謙譲の意を表す)
「温室咲きのフリージヤに埋め奉り」　竹下しづの女
「仲秋の太玉串を奉る」　高野素十
「占領地区の牡蠣《かき》を将軍に奉る」　西東三鬼
「たてまつるばらを嗅ぎ居る涅槃かな」　永田耕衣
「末法の甘茶を灌ぎたてまつる」　日野草城
「詩丸また酒たてまつる露伴の忌」　加藤郁乎
「兵の死に砂一握を奉る」　宇多喜代子

たと・ふ【譬ふ・喩ふ】《タトウ》〈他動・ハ下二〉{へ／へ／ふ／ふる／ふれ／へよ}なぞらえる。たとえる。
「梟や住めば都と譬ふれど」　石　昌子
「亡きひとを木に喩へつつ寒暮かな」　友岡子郷
「たとふれば一塊の雪萩茶碗」　長谷川櫂
「春煖炉花に喩へて人語り」　上田日差子

たとへ-ば【例へば・譬へば】《タトエバ》〈副〉❶他のものにたとえて言えば。さながら。ちょうど。❷具体的に説明すると。❸端的に言うと。言うなれば。❹仮に。たとえ。もし。▼動詞「たとふ」の未然形に接続助詞「ば」が付いて一語化したもの。
「例へば婦人中年の瀟洒さの長良川が秋の日」　喜谷六花
「たましひのたとへば秋のほたるかな」　飯田蛇笏
「たとへば雲たとへば砂や冬帽子」　栗林千津
「たとへば海市に見たる羅馬を憶ふかな」　大石悦子

たな-〈接頭〉動詞に付いて、一面に・十分になどの意を表す。「たな知る」「たな曇《ぐも》る」「たな霧《ぎ》らふ」など。
「右ひだりはて菜の花やたなぐもる」　加藤郁乎

た-な-ごころ【掌】〈名〉手のひら。▼「た」は「て(手)」の意。「な」は「の」の意の上代の格助詞。
「たなごころ繭を妃と思ひけり」　秋元不死男
「若鮎の生きの伝はるたなごころ」　加藤知世子
「冬耕のすめば多感なたなごころ」　能村登四郎
「たなごころ墨によごさば蘆刈らむ」　田中裕明

たな-び・く【棚引く】■一〈自動・カ四〉{か／き／く／く／け／け}雲・霞《かすみ》や、煙が横に長く引く。■二〈他動・カ四〉長く連ねる。引きつれる。
「老年を釣る綿菓子をたなびかせ」　三橋鷹女
「たなびくは山や仏や諸葛菜」　中尾寿美子
「春霞たな引きにけり速達とどく」　阿部完市

だに〈副助〉❶（最小限の限度）せめて…だけでも。せめて…なりとも。（命令・願望・意思などの表現を伴って）❷（ある事物・状態を取り立てて強調し、他を当然のこととして暗示、または類推させる）…だって。…でさえ。…すら。（下に打消の語を伴って）

「螢火の飛ぶ一つ**だに**相寄らず」　原コウ子
「さくら満ち一片を**だに**放下せず」　山口誓子
「一羽**だに**峯越の鴨は帰らざる」　平畑静塔
「一花**だに**散らざる今の時止まれ」　林　翔

たに‐ぐく【谷蟇】［季・夏］〈名〉ひきがえる。▼「くく」は蛙《かえる》の古名。

「急ぐなかれ月**谷蟇**に冴えはじむ」　赤尾兜子
「陽はまひる**谷蟇**に刻とどまりて」　柿本多映

だに‐も〈連語〉❶…だけでも。❷…さえも。▼副助詞「だに」＋係助詞「も」

「翡翠の一毛**だにも**吹き立たず」　中村草田男
「鳥**だにも**来ぬ夕暮をむかご落つ」　上村占魚

たの・し【楽し】〈形シク〉〔（しく）・しから／しく・しかり／し／しき・しかる／しけれ／しかれ〕❶楽しい。❷裕福である。

「山恋はぬわれに**愉しく**雪がふる」　高屋窓秋
「冬椿ちんどんやの楽**たのしけれ**」　石田波郷
「蟻が書を渡りをはるを待つ**愉し**」　林　翔
「柿食ふや不精**たのしき**女の日」　山田みづえ

たの・む【頼む・恃む】㊀〈他動・マ四〉〔ま／み／む／む／め／め〕❶頼りにする。あてにする。頼る。期待する。❷頼って仕える。主人とする。㊁〈他動・マ下二〉〔め／め／む／むる／むれ／めよ〕頼りにさせる。あてにさせる。期待させる。

「**たのみ**たる雨雲それぬ凌霄花」　高橋淡路女
「伎藝天に**たのむ**芸なき身の小春」　稲垣きくの
「冬星のひとつを**恃みつつ**あゆむ」　木下夕爾
「根を深く**恃める**草も冬の色」　橋　閒石
「龍の玉深く**恃み**しひとのあり」　眞鍋呉夫
「人はみな**頼む**に足らず帰る雁」　高柳重信
「文才をいささか**たのむ**懐炉かな」　上田五千石

たのも・し【頼もし】〈形シク〉〔（しく）・しから／しく・しかり／し／しき・しかる／しけれ／しかれ〕❶頼みになる。心強い。あてにできる。❷楽しみだ。期待できる。❸裕福だ。

「寒けれど二人寝る夜ぞ**頼もしき**」　松尾芭蕉
「干梅の皺**たのもしく**夕焼くる」　竹下しづの女
「小鳥来る空**たのもしく**み上げけり」　久保田万太郎
「**頼もしき**二十七顆の福壽草」　後藤夜半
「初湯して身のあからむも**たのもしき**」　能村登四郎
「郭公や吾が石頭**たのもしく**」　飯島晴子

たばか・る【謀る】〈他動・ラ四〉〔ら／り／る／る／れ／れ〕❶考えをめぐらす。工夫する。❷たくらむ。だます。▼「た」は接頭語。

「引堀に鴨を**たばかる**罪ふかし」　富安風生
「亀鳴くと**たばかり**ならぬ月夜かな」　富田木歩

「獺がたばかりそこね花あかり」　筑紫磐井

た‐ばさ・む【手挟む】〈他動・マ四〉{ま/み/む/む/め/め}手に挟んで持つ。脇《わき》に挟んで持つ。▼「た」は「て(手)」の古形。

「秋扇人に見られてたばさみし」　中村汀女

「夏帯にたばさむものやパスポート」　稲垣きくの

た‐ばし・る【た走る】〈自動・ラ四〉{ら/り/る/る/れ/れ}激しい勢いで飛び散る。▼「た」接頭語。

「羅針盤しづけし雷火たばしるに」　橋本多佳子

「霰たばしり雲の切間に雪の佐渡」　森　澄雄

「巌を打ってたばしる水に蕁《が》咲けり」　飯田龍太

「町筋を霰たばしりたばしりて」　清崎敏郎

「柚の花を切ればたばしる雨雫」　飴山　實

「拝めとやゆふべたばしる春の雹」　宗田安正

たば・ぬ【束ぬ】〈他動ナ下二〉{ね/ね/ぬ/ぬる/ぬれ/ねよ}束にする。一つにまとめる。統率する。

「菫**束ぬ**寄りあひ易き花にして」　中村草田男

「残菊の枯るるいのちを**束ね**けり」　中村苑子

「死後のわれ月光の瀧**束ね**ゐる」　佐藤鬼房

「朝の髪一つに**束ね**終戦日」　菖蒲あや

「柴すこし**束ね**てありぬ春まつり」　大串　章

「教会の**束ね**て青き薔薇の棘」　大木あまり

たは・ぶ・る【戯る】《タワブル》〈自動・ラ下二〉{れ/れ/る/るる/るれ/れよ}❶遊び興じる。❷ふざける。[冗談を言う。▼「たはむる」の古形。

「月光ほろほろ風鈴に**戯れ**」　荻原井泉水

「深山の日の**たはむるる**秋の空」　飯田蛇笏

「湯婆を第二夫人などと**戯るる**」　山口青邨

「箸先に豆飯の豆**戯るる**」　上村占魚

「**たはむるる**とは流木を獺祀る」　岡井省二

「親猫の尾の偉に子猫**たはむれ**て」　有馬朗人

たはぶれ【戯れ】《タワブレ》〈名〉❶遊び興じること。遊び事。❷ふざけること。ふざけて言う言葉・語・[冗談。▼「たわむれ」とも。

「**戯れ**に触れ手袋に恋をさす」　三好潤子

「**たはむれ**に枕《ま》く籠枕髪嚙みぬ」　大石悦子

「**戯れ**の遺書は螢のことばかり」　小泉八重子

「**たはむれ**に亡き子が降らす落葉かな」　宮入　聖

「**たはぶれ**に美僧をつれて雪解野は」　田中裕明

たは・やす・し【たは易し】《タワヤスシ》〈形ク〉{(く)・から/く・かり/し/き・かる/けれ/かれ}❶容易だ。たやすい。❷気軽だ。軽々しい。

「**たはやすく**昼月消えし茅花かな」　芝不器男

「**たはやすく**過ぎしにあらず夏百日」　石田波郷

「花の家思想転変**たはやすく**」　渡邊白泉

「**たはやすき**泪もありぬ諸葛菜」　飯島晴子

「**たはやすく**良夜の粟となりにけり」　大峯あきら

「**たはやすく**恋歌揃へ歌留多とり」　辻　桃子

たは・る【戯る・狂る】《タワル》〈自動・ラ下二〉{れ/れ/る/るる/るれ/れよ} ❶みだらな行為をする。色恋におぼれる。❷ふざける。たわむれる。❸くだけた態度をとる。
「石に戯るる水のこゑとも河原鶸」　山口草堂
「父と戯れ納涼園の記念砲」　渡邊白泉

たば・る【賜る・給ばる】〈他動・ラ四〉{ら/り/る/る/れ/れ} いただく。(「受く」「もらふ」の謙譲語)▼謙譲の動詞「たまはる」の変化した語。上代語。
「双眼鏡遠き薊《あざみ》の花賜る」　山口誓子
「鳩羽搏つ春光あまねし吾子賜る」　大石悦子

たび【度】㊀〈名〉❶くり返される物事の、それぞれの一回一回。❷…(を)するごとに。㊁〈接尾〉数を表す語に付いて度数を表す。
「電車通ふ度びの地ひびき冬籠」　臼田亜浪
「いく度の大火の草津繁盛記」　高野素十
「忌七たび七たび踏みぬ桜蘂」　鈴木真砂女
「七生七たび君を娶《めと》らん吹雪くとも」　折笠美秋
「ひと通るたび翳さして冬の寺」　矢島渚男
「ガラス拭くたびラグビーのポール見ゆ」　徳弘　純

たび-と【旅人】〈名〉旅人《たびびと》。▼「たびびと」の変化した語。
「旅人みな袴をぬぐや明易し」　前田普羅
「雷やみし合歓の日南《ひなた》の旅人かな」　飯田蛇笏
「旅人われ牡丹の客の中にゐる」　水原秋櫻子
「蝶の眼や海の旅人についてゆく」　高屋窓秋

たび-ね【旅寝】〈名〉常の住まいを離れてよそで寝ること。旅先で寝ることばかりではなく、外泊にもいう。たびまくら。
「しにもせぬ旅寝の果よ秋の暮」　松尾芭蕉
「潮鳴りと篠のこがらしきく旅寝」　稲垣きくの
「二夜三夜たけのこ梅雨の旅寝かな」　草間時彦
「月照らす師のふるさとに師と旅寝」　深見けん二
「恙寝は旅寝のごとし冬木見え」　鷲谷七菜子

た-ひら【平ら】《タイラ》〈名〉平らなこと。平坦な場所。
「囀りや海の平らを死者歩く」　三橋鷹女
「水すまし平らに飽きて跳びにけり」　岡本　眸
「パレットの平ら枯野の色を溶く」　橋本美代子
「宍道湖につづく平らを耕せる」　片山由美子

たひら-か・なり【平らかなり】《タイラカナリ》〈形動ナリ〉{なら/なり・に/なり/なる/なれ/なれ} ❶平らだ。❷無事だ。平穏だ。❸穏やかだ。心静かだ。▼「か」は接尾語。
「行く水の平らかに桃流れ来ず」　永田耕衣
「平らかに畳に居るや春のくれ」　桂　信子
「更衣どこの水面も平らかに」　森田智子

たひら・なり【平らなり】《タイラナリ》〈形動ナリ〉{なら/なり・に/なり/なる/なれ/なれ} ❶平らだ。❷ひざを崩して、あぐらをかいている。
「朝寒の硯たひらに乾きけり」　石橋秀野

「狐火や黒き袂の平らなる」　飯島晴子
「さうび一本刑場をたひらにす」　小川双々子
「花杏たひらに広き夜の雲」　川崎展宏
「渦をやや平らに秋のかたつむり」　鷹羽狩行
「梅雨の海平らならんとうねりをり」　原　裕
「霜の花出雲阿国の墓平ら」　有馬朗人

た・ふ【耐ふ・堪ふ】タウ・トウ〈自動・ハ下二〉〔へ／へ／ふ／ふる／ふれ／へよ〕❶堪える。我慢する。こらえる。❷十分応じ得る。すぐれる。❸もちこたえる。
「手の平にひたひをささへ暑に耐ふる」　阿波野青畝
「白薔薇は雨に耐へをり明日知らず」　加藤楸邨
「ひとの死や薔薇くづれむとして堪ふる」　稲垣きくの
「咳くことに堪ふる両手をついて俯す」　長谷川素逝
「夏河の碧の湛への堪へよとよ」　高屋窓秋
「炎昼や虚に耐ふるべく黒髪あり」　野澤節子
「男は耐へ女は忍ぶ北おろし」　福田甲子雄
「風船を売るさびしさに耐へゐたり」　上田五千石

た・ぶ【食ぶ】〈他動・バ下二〉〔べ／べ／ぶ／ぶる／ぶれ／べよ〕❶いただく。(「飲む」「食ふ」の謙譲語)❷いただく。食べる。(「飲む」「食ふ」の丁寧語)
「酒をたべてゐる山は枯れてゐる」　種田山頭火
「四月の詩銭妻つつましく市に食ぶ」　中村草田男
「銀婚を忘ぜし夫婦葡萄食ぶ」　相馬遷子
「無花果食ぶ死ぬ話など少しして」　中村苑子
「蜜豆を食ぶさわがしき舌二枚」　大屋達治
「今宵たぶ茗荷の子など水に浮く」　金田咲子

た・ぶ【賜ぶ・給ぶ】㊀〈他動・バ四〉〔ば／び／ぶ／ぶ／べ／べ〕お与えになる。下さる。(「与ふ」の尊敬語)㊁〈補助動・バ四〉(動詞の連用形、または、それに接続助詞「て」の付いた形に付いて)お…になる。…なさる。…てくださる。(尊敬の意を表す)
「出来塩の熱きを老の掌より賜ぶ」　橋本多佳子
「袴ピシと能楽師来て淑気賜ぶ」　文挟夫佐恵
「あまた賜ぶ盆燈籠のかなしけれ」　角川源義

たふさぎ【犢鼻褌】〈名〉今のふんどしのような、男の下ばきに用いるもの。下袴《したばかま》。▼「たふさき」とも。
「椿落ちたふさぎという物ありき」　橋　閒石
「母を捨て犢鼻褌つよくやはらかき」　三橋敏雄
「たふさぎの男や淑気たちのぼる」　伊藤白潮
「老い父のたふさぎを縫ふ夜涼かな」　大石悦子

たふと・し【尊し・貴し】トウトシ〈形ク〉〔(く)・から／く・かり／し／き・かる／けれ／かれ〕❶けだかい。高貴だ。尊い。❷価値が高い。すぐれている。貴い。▼「たっとし」とも。
「あらたふと青葉若葉の日の光」　松尾芭蕉
「句を読めば昔たふとき初暦」　原コウ子
「花一ト日仏事に座して尊とけれ」　長谷川かな女
「一椀の諸粥の朝たふとかり」　石川桂郎
「鱚《すき》添へて白粥命尊けれ」　石田波郷

「大鋸屑《おがくず》の山も**たふとき**大旦《おほあした》」 眞鍋呉夫
「唇も肉なれば**尊し**桃の花」 桑原三郎

たふと・ぶ【尊ぶ・貴ぶ】《トウトブ》 ■一〈他動・バ上二〉｛べ／べ／ぶ／ぶる／ぶれ／べよ｝ 尊ぶ。尊重する。■二〈他動・バ四〉｛ば／び／ぶ／ぶ／べ／べ｝ ■一に同じ。▼「たっとぶ」「たふとむ」とも。
「和を以て**貴ぶ**ために菊の酒」 阿波野青畝
「朴の花父を**尊ぶ**ごと対し」 深見けん二

たふ・る【倒る・斃る】《タオル》 〈自動・ラ下二〉｛れ／れ／る／るる／るれ／れよ｝ ❶倒れる。❷くじける。屈する。屈従する。❸滅びる。
「秋風にある噴水の**たふれ**ぐせ」 中村汀女
「噴煙の吹きも**たふれ**ず鷹澄める」 篠原鳳作
「幻の砲車を曳いて馬は**斃れ**」 富澤赤黄男
「野菊まで行くに四五人**斃れ**けり」 河原枇杷男
「仏間にて月光**倒る**音したり」 宗田安正
「妹がまたぐ**たふれ**し向日葵《ひまはり》よ」 林 桂

たへ-がた・し【堪へ難し・耐へ難し】《タエガタシ》 〈形ク〉｛(く)・から／く・かり／し／き・かる／けれ／かれ｝ 堪えることができない。我慢できない。つらい。苦しい。
「**堪へがたし**稲穂しづまるゆふぐれは」 山口誓子
「月の出や海**堪へがたく**暗くなり」 山田みづえ

たへ・なり【妙なり】《タエナリ》 〈形動ナリ〉｛なら／なり・に／なり／なる／なれ／なれ｝ ❶神秘的だ。不思議だ。❷上手だ。巧妙だ。
「新緑や**たへ**にも白き琴弾く像」 山口青邨
「樹を抱けば**妙なる**冷えや朧月」 渡邊白泉
「綿虫の空の**妙なる**羽音かな」 桑原三郎

たま【玉・珠】〈名〉❶宝石。宝玉。❷真珠。❸(多く「たまの」の形で体言を修飾して)美しいものの形容にいう語。❹涙・露など、形のまるいもののたとえ。
「手袋とるや指輪の**玉**のうすぐもり」 竹下しづの女
「かざす手の**珠**美くしや塗火鉢」 杉田久女
「**玉**の汗鳩尾《みづおち》をおちゆきにけり」 川端茅舎
「**珠**を揺るごとく冬の日沈みたる」 平井照敏

たま【魂・霊】〈名〉たましい。霊魂。
「誰が**魂**の夢をさくらん合歓の花」 正岡子規
「白日は我が**霊**なりし落葉かな」 渡邊水巴
「禽獣とゐて**魂**なごむ寒日和」 西島麥南
「母の**魂**梅に遊んで夜は還る」 桂 信子
「秋蝶は**魂**のごと失せ隅田川」 鍵和田秞子

たま-きはる【魂極る】《タマキワル》 《枕詞》「内」や「宇智」、また「命」「幾世」などにかかる。
「**魂きはる**いのちの限り夏痩せて」 野見山朱鳥
「**たまきはる**立木の数をかぞうれば」 中尾寿美子
「**たまきはる**いのちすぐりの実が赤し」 大橋敦子
「**たまきはる**いのちなりけり白牡丹」 加藤三七子
「**たまきはる**いのちのいの字筆始」 上田五千石
「**たまきはる**いのち惜しまず年逝かす」 角川春樹

たま‐ぎ・る【魂消る】〈自動・ラ四〉｛ら／り／る／る／れ／れ｝気絶するほど驚く。たまげる。
「山彦《やまびこ》も／魂《たま》ぎる／多摩《たま》や／血止《ちど》め草《ぐさ》」　高柳重信

たま‐くしげ【玉櫛笥・玉匣】《枕詞》くしげは櫛などの化粧道具を入れる美しい箱。そのくしげを開けることから「あく」に、くしげにはふたがあることから「二《ふた》」「二上山」「二見」「覆ふ」に、身があることから、「三諸《みもろ》」「三室戸《みむろと》」に、箱であることから「箱」などにかかる。
「玉くしげ箱根の山の花火かな」　久保田万太郎
「玉くしげ箱根の上げし夏の月」　川崎展宏

たま‐さか【偶・適】〈副〉❶思いがけず出あうようす。❷ひどくまれなようす。たまに。
「たまさかは夜の街見たし夏はじめ」　富田木歩
「たまさかは濃き味を恋ふ雲の峰」　正木浩一

たまさか‐なり【偶なり】〈形動ナリ〉｛なら／なり・に／なり／なる／なれ／なれ｝❶偶然だ。たまたまだ。❷まれだ。ときたまだ。❸（連用形を仮定条件を表す句の中に用いて）万一。
「たまさかに飲む酒の音さびしかり」　種田山頭火
「たまさかに浪の音する夜の雪なり」　北原白秋
「たまさかに妻とゐる宵遠蛙」　橋　閒石

たましひ【魂】《タマシイ》〈名〉❶人間の体内に宿り、精神の働きをつかさどると考えられるもの。❷心の働き。精神。知恵。思慮分別。❸天分。才能。
「ぼろぼろの芹摘んでくるたましひたち」　飯島晴子
「たましひのいたるところに泳ぎつく」　松澤　昭
「蝶々をたましひと呼ぶ希臘人」　有馬朗人
「飛込の途中たましひ遅れけり」　中原道夫

たま‐たま【偶・適】〈副〉❶偶然に。思いがけず。ふと。❷時おり。時たま。まれに。
「紫蘇の香やたまたま着たる藍微塵」　草間時彦
「左腕たまたま繃帯の女広島は」　赤尾兜子
「一月や母にたまたま夜の客」　廣瀬直人
「独りとはたまたま独り亀鳴くや」　手塚美佐

たま‐づさ【玉梓・玉章】《タマズサ》〈名〉❶使者。使い。❷便り。手紙。消息。▼「たま（玉）あづさ（梓）」の変化した語。便りを使者が梓の木に結び付けて運んだことから。
「かげろふの身を玉章と矯はめ矯はみ」　中村草田男
「玉づさの古志は雪ふる彌生盡」　高橋睦郎

たま‐の‐を【玉の緒】《タマノオ》〈名〉❶美しい宝石を貫き通すひも。❷少し。しばらく。（短いことのたとえ）❸命。▼「玉」に「魂」をかけ、「魂」を肉体につなぎとめる緒の意からこの意味が生まれた。「玉の緒の」は玉を貫き通す緒の状態から「絶ゆ」「長し」「短し」「思い乱る」などにかかる枕詞。
「玉の緒にすがりて耐ふる大暑かな」　富安風生
「夏草に玉の緒絶えし女かな」　長谷川かな女
「点滴につなぐ玉の緒蟬しぐれ」　角川源義

「**玉の緒**の縷々と息づく梅雨幾夜」　能村登四郎
「**たまのを**の鉢持ちはこぶ湖の上」　岡井省二
「**玉の緒**の子おもふ旅寝青鬼灯」　中山純子

たまは・る【賜る】《タマワル》 ㊀〈他動・ラ四〉{ら/り/る/る/れ/れ} ❶いただく。ちょうだいする。（「受く」「もらふ」の謙譲語）❷お与えになる。くださる。（「与ふ」の尊敬語）㊁〈補助動・ラ四〉（動詞の連用形、また、それに接続助詞「て」の付いた形に付いて）…していただく。（謙譲の意を表す）
「芭蕉忌の行火**たまはる**瑞巌寺」　澤木欣一
「春光の山を枕に**たまはる**死」　上村占魚
「四万六千日子忘れの日を**賜らず**」　山田みづえ
「純白の富士を**たまはる**十一月」　川崎展宏
「菩提寺の土筆《つくし》仰山**たまはりぬ**」　宗田安正
「また夏を**賜る**朝のおでこかな」　池田澄子

たま・ふ【賜ふ】《タマウ・タモウ》 ㊀〈他動・ハ四〉{は/ひ/ふ/ふ/へ/へ} ❶お与えになる。下さる。（「与ふ」「授く」の尊敬語）❷（命令形を用いて）しなさい。（人を促す意を表す）㊁〈補助動・ハ四〉（動詞や助動詞「る」「らる」「す」「さす」の連用形に付いて）…てくださる。お…になる。お…なさる。（尊敬の意を表す）
「山独活を掘りて**賜ひ**し大き手よ」　石塚友二
「雪止んで日ざしを**給ふ**伎藝天」　細見綾子
「寧き夜を**賜へ**時かけて蜜柑食ふ」　石田波郷
「百合彫つて**賜ふ**手鏡日々爽やか」　野澤節子
「蛇の目を**賜ひ**て蛇や空眺め」　河原枇杷男

たま-ふ【給ふ・賜ふ】《タマウ・タモウ》 ㊀〈他動・ハ下二〉{へ/へ/ふ/ふる/ふれ/へよ} いただく。ちょうだいする。（「受く」「飲む」「食ふ」の謙譲語）㊁〈補助動・ハ下二〉（「思ふ」「見る」「聞く」などの連用形に付き）…させていただく。（謙譲の意を表す）
「白魚和満月もまた**賜ひ**けり」　大野林火
「冬麗を**賜ふ**身ぐるみ影ぐるみ」　村越化石
「昼寝とるかにしづかなる死を**たまふ**」　上村占魚
「**賜ひ**たる冬薔薇なれど包むまま」　岡本　眸

-たま・ふ【給ふ】《タマウ・タモウ》 〈補助動・ハ下二〉お…になる。お…なさる。…てくださる。（尊敬の意を表す。動詞の連用形に付く）
「寒に入る地蔵鼻かけ**給ふ**」　尾崎放哉
「大顔をむけ**たまふ**なる寝釋迦かな」　後藤夜半
「汐干狩夫人はだしになり**たまふ**」　日野草城
「人滅びぬ神よ山火を消し**たまへ**」　野見山朱鳥
「虹二重神も恋愛し**たまへ**り」　津田清子
「生身魂青蚊帳ぐるみ透き**たまふ**」　眞鍋呉夫
「地蔵盆ちちはは山になり**たまふ**」　熊谷愛子

たま-も【玉藻】〈名〉藻の美称。▼「たま」は接頭語。「玉藻刈る」「玉藻よし」は枕詞。
「**玉藻**刈る海女のしぐさもして見つゝ」　星野立子
「**たまも**よしゆふべ春潮闌くるころ」　斎藤梅子

たま-ゆら【玉響】〈副〉しばらくの間。わずかの間。

「芹の香の**たまゆら**人を疎むかな」　橋　閒石
「**たまゆら**の藻屑火きえし十三夜」　鷲谷七菜子
「**たまゆら**のこむらがえりを鶏とせり」　永末恵子
「たぎる湯の中の**たまゆら**山桜」　長谷川櫂

た・む【溜む】〈他動・マ下二〉{め／め／む／むる／むれ／めよ}❶とどめておく。とめる。❷集めてためる。
「柿食うて暗きもの身に**たむる**かな」　大野林火
「まんさくは薄日の力**溜めて**咲く」　柴田白葉女
「冬浪となるべく沖に力**溜む**」　菖蒲あや
「花筏行きとどまりて夕日**溜む**」　宮津昭彦

た-む・く【手向く】〈他動・カ下二〉{け／け／く／くる／くれ／けよ}❶願い事をして神仏に供え物を供える。❷旅立つ人に餞別《せんべつ》を贈る。
「**手向け**り芋ははちすに似たるとて」　松尾芭蕉
「金魚**手向けん**肉屋の鉤に彼奴を吊り」　中村草田男
「**手向くる**に似たりひとりの手花火は」　馬場移公子

たむろ【屯】〈名〉❶人の群。同類の群。❷兵士が集まる場所。
「流れきて次の**屯**へ蝌蚪一つ」　高野素十
「眠りたき目に春星の幾**屯**」　加藤楸邨
「産土神に露けき老のひと**屯ろ**」　石田勝彦
「**屯**して口伝の奥義鳥渡る」　榎本好宏

ため【為】〈名〉❶ため。(目的とすることを表す)❷ため。(利益になるようにすることを表す)❸ゆえ。せい。(原因・理由を表す)❹(「…の(が)ため」の形で)…にとっては。…に関しては。(関係していることを表す)
「誰が**為**に花鳥諷詠時鳥」　京極杞陽
「街燈は夜霧に濡れる**ため**にある」　渡邊白泉
「男の旅岬の端に佇つ**ため**に」　桂　信子
「蟻殺す見失はざる**ため**殺す」　岡本　眸

ためら・ふ【躊躇ふ】《タメラウ・タメロウ》■一〈他動・ハ四〉{は／ひ／ふ／ふ／へ／へ}❶心を静める。感情をおさえる。❷病勢を落ち着かせる。体を休ませる。養生する。■二〈自動・ハ四〉気持ちが決まらず迷う。ぐずぐずする。躊躇《ちゆうちよ》する。
「**ためらは**でゆくさきざきの曼珠沙華」　松村蒼石
「吾よりも薄暮の蝶の**ためらはず**」　橋本多佳子
「初鷗ころびし子起つ**ためらはず**」　石田波郷
「蜷の道ふかく彫るるは**躊躇ひ**し」　中戸川朝人
「老人と呼ぶを**ためらふ**夏野かな」　福田甲子雄

だも〈副助〉(軽いものを例示し、他の重要なものを類推させる)…でさえも。…だって。▼中古以降に現れ、主に漢文訓読調の文に用いられた。副助詞「だに」に係助詞「も」が付いた「だにも」が「だんも」から「だも」と変化した語。
「皮袋スキー片鱗**だも**見せず」　山口誓子
「一鱗の乱れ**だも**なき鰯雲」　富安風生

た-もとほ・る【徘徊る】《タモトオル》〈自動・ラ四〉{ら／り／る／る／れ／れ}行ったり来たりする。歩き回る。▼「た」は接頭語。上代語。
「茨匂ふ辺を**たもとほり**雲うとんず」　臼田亜浪

「茎高くほうけし石蕗《つは》に**たもとほり**」　杉田久女
「**たもとほる**寒鯉釣りの一人かな」　阿波野青畝
「紅梅や薄紅梅や**たもとほる**」　下村梅子
「老松の冬木といふや**たもとほる**」　齋藤　玄

たや・す【絶やす】〈他動・サ四〉〔さ／し／す／す／せ／せ〕❶すっかりなくしてしまう。絶つ。❷なくなったままにする。きらす。

「大いなる戦役を祖父**絶やしけり**」　三橋敏雄
「除夜過ぐる清しき火種**絶やすなく**」　野澤節子
「人の世に花を**絶やさず**返り花」　鷹羽狩行

た‐やす・し【た易し】〈形ク〉〔(く)・から／く・かり／し／き・かる／けれ／かれ〕❶容易だ。簡単だ。たやすい。❷軽率である。軽々しい。気安い。▼「た」は接頭語。

「秋扇ひとは**たやすく**婚を捨つ」　安住　敦
「寒の水飲めば**たやすく**心満つ」　殿村菟絲子
「いちじくに母の拇指**たやすく**没す」　桂　信子
「ひでり野に**たやすく**友を焼く炎」　佐藤鬼房
「小紋着て**たやすく**老けし妻の冬」　草間時彦

た・ゆ【絶ゆ】〈自動・ヤ下二〉〔え／え／ゆ／ゆる／ゆれ／えよ〕❶途切れる。絶える。切れる。❷息が絶える。死ぬ。

「吹雪きつつあはれ東京に電車**絶ゆ**」　水原秋櫻子
「禅堂に蟇《ひき》鳴く声の**絶えぬ**なり」　中川宋淵
「**絶ゆる**とは人も**絶えにし**鳳仙花」　高屋窓秋
「言霊も花も**絶えたる**木を愛す」　中村苑子
「道**絶えて**帰燕の空の広さあり」　鷲谷七菜子
「紛乱の蝶来て刻の**絶えざる**も」　和田悟朗

たゆ・し【弛し・懈し】〈形ク〉〔(く)・から／く・かり／し／き・かる／けれ／かれ〕❶だるい。疲れて力がない。❷ぼんやりしている。のんびりしている。

「あぢさゐの花より**懈く**みごもりぬ」　篠原鳳作
「夏すでに兄妹**懈く**叱り合ふ」　石田波郷
「観世音千手**たゆし**と栗の花」　森　澄雄
「**懈き**身に蕗の薹とる音聞かす」　飯島晴子
「どてら着て**懈き**家長でありしかな」　楠本憲吉

たゆた・ふ【揺蕩ふ・猶予ふ】タユタウ・タユトウ〈自動・ハ四〉〔は／ひ／ふ／ふ／へ／へ〕❶定まるところなく揺れ動く。❷ためらう。

「双椿《もろつばき》**たゆたふ**流し雛かと思ふ」　山口青邨
「日の**たゆたひ**湯の如き家や木々芽ぐむ」　富田木歩
「夕風や毛虫**たゆたふ**道の上」　西東三鬼
「蟻たたかふ**たゆたひ**がちにありしとき」　加藤楸邨
「初花の夜を**たゆたひ**雨泊り」　吉田鴻司

たゆみ‐な・し【弛み無し】〈形ク〉〔(く)・から／く・かり／し／き・かる／けれ／かれ〕気のゆるむことがない。なまけない。

「桐一葉音**たゆみなき**鍛冶の音」　中村草田男
「若竹に梅雨雲張りて**弛みなし**」　石塚友二
「鉦叩一打も**弛みなかりけり**」　倉田紘文

たゆ・む【弛む・懈む】㊀〈自動・マ四〉〔ま／み／む／む／め／め〕気がゆるむ

む。油断する。㊁〈他動・マ下二〉{め/め/む/むる/むれ/めよ}気をゆるめさせる。油断させる。

「盆梅の咲きそめて気の**弛み**たる」 柴田白葉女

「**弛む**とき厚着の麗子壁にいる」 澁谷 道

「魂の**弛む**真昼の夏蓬」 寺井谷子

たらち‐ね【足乳根・垂乳根】〈名〉❶母。❷親。両親。❸父。▼枕詞《まくらことば》「たらちねの」から転じて、そのかかる語「母」「親」をさすようになった。後、母は「女《め》」であるとの意識が働いて、母を「たらちめ」というようになり、「たらちね」を父とするようになった。「たらち」を「垂乳」と書くのは、当て字。

「**たらちね**の花見の留守や時計見る」 正岡子規

「霞立つ**たらちね**の背の折れ曲り」 三橋鷹女

「**たらちね**を触りに行くや春の道」 永田耕衣

「**たらちね**の蚊帳の吊手の低きまま」 中村汀女

「**たらちね**の体温の鳥曇かな」 橋 閒石

「**たらちね**の老美しや去年今年」 星野立子

「生いたちに **垂乳根**知らず 額の花」 伊丹三樹彦

「春の瀧**たらちね**のこゑうちまじり」 鍵和田秞子

たらひ【盥】《タライ》〈名〉❶手や顔を洗う、平たい器。多くは左右に二本ずつ角のような取っ手が付いている。❷湯や水を入れて洗濯などをするまるく平たい容器。▼「たあら(手洗)ひ」の変化した語。

「荒涼と生まれたる日の金**盥**」 津沢マサ子

「ある暗さ行水**盥**置くほどの」 岡本 眸

「水替の鯉を**盥**に山桜」 茨木和生

「簗番の**盥**に飼へる大雷魚」 辻 桃子

たら・ふ【足らふ】《タラウ・タロウ》〈自動・ハ四〉{は/ひ/ふ/ふ/へ/へ}❶すべて不足なく備わっている。完全である。❷十分に資格が備わる。▼動詞「たる」の未然形に反復継続の助動詞「ふ」が付いて一語化したもの。

「山住《やまずみ》のこころ**足らふ**や夏蕨」 木村蕪城

「芽ぶく樹々夫の哀歓に生き**足らふ**」 桂 信子

「昼寝よく**足らひ**花火の夜がくる」 波多野爽波

「数へ日の数へて**足らふ**餅のかず」 原 裕

「蕎麦刈の老一人にて**足らふ**なり」 大串 章

たら・む〈連語〉❶…ているだろう。…ていよう。(実現されているはずのことで、まだ確認されていない事態を推量する)❷(多く連体修飾や準体言の用法で)…したならば、その…。…いたような。(実現していない事態を仮定して述べたり、実現している事態を婉曲《えんきょく》に述べたりする)▼活用語の連用形に付く。完了の助動詞「たり」の未然形+推量の助動詞「む」

「今日のみは江戸っ子**たらむ**初鰹」 林 翔

「一羽毛**たらむ**霞へ身を入るる」 齋藤 玄

「佳き男**たらむ**と白地買ひにけり」 草間時彦

「悪女**たらむ**氷ことごとく割り歩む」 山田みづえ

たり〈助動・ラ変〉{たら/たり/たり/たる/たれ/たれ}㊀(完了)…た。…てしまった。（動作・作用が完了した意を表す）㊁（存続）❶…ている。…てある。…た。（動作・作用が行われ、その結果が残っている意を表す）❷…ている。…てある。（動作・作用が現在も続いている意を表す）▼接続助詞「て」＋ラ変動詞「あり」からなる「てあり」の変化した語。

「居《すわ》りたる舟あがりけり春の暮」　与謝蕪村
「菊枯れ尽したる海少し見ゆ」　尾崎放哉
「秋の晝一基の墓のかすみたる」　飯田蛇笏
「野の露に濡れたる靴をひとの前」　高屋窓秋
「奈良の闇焼きたる山の闇加ふ」　野澤節子
「あてどなく急げる蝶に似たらずや」　藤田湘子
「集団就職の列あたたかき雲得たり」　山田みづえ
「冬景色暮れたれば灯を置きにけり」　宮津昭彦

たり〈助動・タリ〉〔たら／たり・と／たり／たる／たれ／たれ〕（断定）…である。…だ。▼格助詞「と」＋ラ変動詞「あり」からなる「とあり」の変化した語。中古は漢文訓読調の文章に用いられ、和文にはほとんど用いられなかったが、中世以降和漢混交文に用いられて一般化した。

「母長寿たれ家裾に冬の草」　大野林火
「囮鴨《おとりがも》照りかがやきて囮たれ」　平畑静塔
「竹を伐る男しだいに白狐たり」　熊谷愛子
「雪後たりぶざまに戸口細目なる」　金田咲子
「木の葉髪もとより無神論者たり」　西村和子

たり〈接助〉（並列）…たり…たり。（二つ以上の動作・作用を交互に行う意を表す。完了の助動詞「たり」から）

「いつでも死ねる草が咲いたり実ったり」　種田山頭火
「縁側に射したり消たり雨月かな」　阿波野青畝
「冬すみれ富士が見えたり隠れたり」　川崎展宏
「父無き二月木に跨がったり馬に跨がったり」　西川徹郎

たり・き〈連語〉…ていた。…た。▼活用語の連用形に付く。完了の助動詞「たり」の連用形＋過去の助動詞「き」

「新聞なれば遺影小さく冴えたりき」　石田波郷
「母となるか枯草堤行きたりき」　細見綾子
「日本の金柑に種子満ちたりき」　池田澄子
「手花火や母もゐたりき父もゐて」　平井照敏

たり・き〈連語〉……であった。…だった。▼体言に付く。断定の助動詞「たり」の連用形＋過去の助動詞「き」

「野遊びの皆伏し彼等兵たりき」　西東三鬼
「われら永く悪友たりき春火鉢」　高柳重信
「身体髪膚これを借り受け火事たりき」　加藤郁乎

たり・けり〈連語〉❶…た。❷…ていた。▼活用語の連用形に付く。完了の助動詞「たり」の連用形＋過去の助動詞「けり」

「凩に昼行く鬼を見たりけり」　石井露月
「ことしより堅気のセルを著たりけり」　久保田万太郎
「牡丹得て壺は命を得たりけり」　下村梅子
「初夢に大き背中を見たりけり」　安東次男

「秋風に人は走りてゐたりけり」 柿本多映
「花火船ただならぬ波きたりけり」 大木あまり
「雪渓に蝶くちづけてゐたりけり」 仙田洋子

たり-し〈連語〉…ていた。…であった。…た。▼活用語の連用形に付く。完了の助動詞「たり」の連用形＋過去の助動詞「き」の連体形

「身の老いを引き寄せたりし蔓たぐり」 文挾夫佐恵
「美濃の雪つまさき踏みて来たりしなり」 鈴木しづ子
「藪傾げたりし雨なり鮎下る」 森田 峠
「拭き浄めたりし黒板年つまる」 行方克巳
「いづくより来たりしわれか落葉焚く」 高澤晶子

たり-し〈連語〉…であった。▼体言に付く。断定の助動詞「たり」の連用形＋過去の助動詞「き」の連体形

「万両や万両たりし妻死にし」 森 澄雄
「月見草山城たりし砦石」 山本洋子
「兵たりし父外套を残しけり」 榎本好宏

た・る【足る】〈自動・ラ四〉〔ら／り／る／る／れ／れ〕❶十分である。満ち備わっている。❷相応している。価値がある。値する。❸満足する。

「一つあれば事足る鍋の米をとぐ」 種田山頭火
「死や霜の六尺の土あれば足る」 加藤楸邨
「釘をもて打てば足るなる松飾る」 安住 敦
「邯鄲に美しき客あれば足る」 京極杞陽
「カットグラス一個足りねば初さざんくわ」 清水径子
「さくら咲き心足る日の遠まわり」 林 翔
「麦秋の人去るに足るひかりかな」 飴山 實
「今生の狂ひが足らず秋螢」 手塚美佐

た・る【垂る】 一〈自動・ラ四〉〔ら／り／る／る／れ／れ〕❶垂れ下がる。❷したたる。二〈他動・ラ下二〉〔れ／れ／る／るる／るれ／れよ〕❶垂れ下げる。ぶら下げる。垂らす。❷したたらす。❸現し示す。

「航海燈かがやき雪の帆綱垂る」 橋本多佳子
「礫像《たくぞう》や日本の芭蕉広葉垂り」 山口誓子
「花火垂る夜の泉が声あげて」 小林康治
「水仙に手相をたれて観世音」 野見山朱鳥
「リー伝記終焉の章葡萄垂る」 村越化石
「蠟涙や少年われは頭垂れ」 高柳重信
「一本の糸瓜の垂るる伊予の国」 今井杏太郎
「地に垂りていよ〳〵あをきさくらかな」 角川春樹

たれ【誰】〈代名〉だれ。（不定称の人称代名詞）

「たれも見ぬ留守のわが家の春褥」 澁谷 道
「末枯れて國のためとはたれも言はぬ」 田中裕明

たれ-かれ【誰彼】〈代名〉あの人かこの人。（名前を示さずに特定の人をさしていう語。不定称の人称代名詞）▼「だれかれ」とも。

「誰彼の余命や花の非常口」 栗林千津
「文束に亡き誰彼や桐の花」 ながさく清江

「貧交の**誰彼**とほし春の雁」　上田五千石
「**誰れかれ**も湯気の向うや茗荷汁《めうがじる》」　糸　大八
「黴咲いて**たれかれ**信じ得ざりけり」　向田貴子

たれ-こ・む【垂れ籠む】〈自動・マ下二〉{め/め/む/むる/むれ/めよ}簾《すだれ》や帳《とばり》をおろして室内にこもる。閉じこもる。
「**垂れこめて**古人を思ふ春日かな」　正岡子規
「**垂れこめし**簾のかげの夫婦箸」　鷲谷七菜子

たわ【撓】〈名〉山の尾根の、くぼんで低くなっている部分。鞍部《あんぶ》。峠。▼「たを」「たをり」とも。
「**撓撓**に高野道あり山ざくら」　矢島渚男
「冬凪て黄泉比良坂どの**撓**ぞ」　宮津昭彦

たわ-わ・なり【撓なり】〈形動ナリ〉{なら/なり・に/なり/なる/なれ/なれ}たわみしなうほどだ。
「春の雪**たわわ**に妻の誕生日」　日野草城
「文旦の**たわゝ**に垂れて好きひかり」　高屋窓秋
「柿**たわわ**亡き子を腕に提げしこと」　香西照雄
「枯れの中胸乳**たわわ**にうつむきて」　佐藤鬼房
「柘榴**たわわ**人間に触れたくて**たわわ**」　小檜山繁子

たを-やか・なり【嫋やかなり】《タオヤカナリ》〈形動ナリ〉{なら/なり・に/なり/なる/なれ/なれ}❶しなやかだ。やわらかだ。❷物やわらかだ。穏やかだ。▼「やか」は接尾語。
「我が国の衣裳**たをやか**早梅に」　長谷川かな女
「遅日光御手**たをやかに**うけたまふ」　水原秋櫻子
「**たをやかに**柚子の木に入る長梯子」　野澤節子
「**嫋やかに**朝霧を脱ぎ田沢湖なり」　澁谷　道

たをや-め【手弱女】《タオヤメ》〈名〉しなやかで優しい女性。▼「たわやめ」とも。「たわや」は、たわみしなうさまの意の「撓《たわ》」に接尾語「や」が付いたもの。「手弱」は当て字。反対語は「益荒男《ますらを》」。
「**手弱女**にあやめられたき黄すげ原」　飯田蛇笏

た-を・る【手折る】《タオル》〈他動・ラ四〉{ら/り/る/る/れ/れ}手で折り取る。
「窓越しに**手折り**て重き白椿」　横山房子
「天才を思い虎杖**手折り**けり」　鳴戸奈菜

たん-ざ・す【端座す】〈自動・サ変〉{せ/し/す/する/すれ/せよ}❶行儀正しくすわる。きちんとすわる。❷ぼんやり日を暮らす。
「**端座**して四恩を懐ふ松の花」　富安風生
「老人**端座せ**り秋晴をあけ放ち」　久米三汀

たん-ぽ【湯婆】[季・冬]〈名〉中に湯を入れて腰・脚などをあたためる金属製または陶製の容器。▼「ゆたんぽ」とも。
「冷え尽す**湯婆**に足をちゞめけり」　正岡子規
「生涯のあはたゞかりし**湯婆**かな」　村上鬼城
「ほかほかと花の月夜の**湯婆**かな」　渡邊水巴

ち

-ぢ【路】《ジ》〈接尾〉❶地名などに付いて、そこへ行く道、そこを通る道であることを表す。「家ぢ」「海《うな》ぢ」「山ぢ」❷日数に付いて、それだけかかる道のりであることを表す。「二日《ふつか》ぢ」❸心に関する語に付いて、その状態にあることを表す。「恋ぢ」「夢ぢ」

「夏雲や八十**路**初めて患者食」　松村蒼石
「眉引も四十**路**となりし初鏡」　杉田久女
「野**路**こゝにあつまる欅落葉かな」　芝不器男
「小いびきにはや乗る夢**路**宝船」　井沢正江
「汐まねき夕日の家**路**はるかかな」　友岡子郷

ち-いほ【千五百】《チイオ》〈名〉数が非常に多いこと。数限りないこと。

「五月《さつき》なる**千五百**産屋《うぶや》の一つなれど」　中村草田男
「**千五百**椿もろびと来たれとぞ思ふ」　石田波郷

ぢか【直】《ジカ》〈名〉間に他のものを入れないこと。直接。

「麦の芽に**ぢか**に灯を当て探しもの」　波多野爽波
「田鶴ひくや**ぢか**に骨なる母の脛」　小檜山繁子
「**直**には見えぬ自分の顔や囮籠」　池田澄子

ちか・し【近し】〈形ク〉｛（く）・から／く・かり／し／き・かる／けれ／かれ｝❶（距離的・時間的に）近い。❷（心理的に）近い。親しい。身近だ。手近だ。❸（関係が）近い。似ている。

「花ふゞき音楽**近**く起りけり」　石井露月
「死**近**しとげらげら梅に笑ひけり」　永田耕衣
「暁**近**き風あり月が見あたらず」　加藤楸邨
「死が**近**し黒く小さき櫛さして」　鈴木六林男
「木瓜咲いて天日**近**き山家あり」　大峯あきら
「便箋の白に螢火**近**く置く」　井上　雪

ちか・ふ【誓ふ】《チカウ・チコウ》〈他動・ハ四〉｛は／ひ／ふ／ふ／へ／へ｝❶神仏に誓約する。❷固く約束する。

「鰯雲美しき死を夜に**誓ふ**」　文挟夫佐恵
「天の川逢ひては生きむこと**誓ふ**」　鷲谷七菜子

ちが・ふ【違ふ・交ふ】《チガウ・チゴウ》㊀〈自動・ハ四〉｛は／ひ／ふ／ふ／へ／へ｝❶行きかう。交錯する。❷行き違いになる。遭《あ》わないようにする。❸外れる。❹相違する。食い違う。背く。㊁〈他動・ハ下二〉｛へ／へ／ふ／ふる／ふれ／へよ｝❶交差させる。❷悪夢を吉夢に変える。夢違《たが》えをする。❸相違させる。変える。❹間違える。

「秋風や模様の**ちがふ**皿二つ」　原　石鼎
「太宰忌の螢行き**ちがひ**行き**ちがひ**」　石川桂郎
「すれ**違ふ**春の峠の樽《たる》と樽」　中村苑子
「花冷の**ちがふ**乳房に逢ひにゆく」　眞鍋呉夫
「恋とも**ちがふ**紅葉の岸をともにして」　飯島晴子
「牽牛織女文字間**違へ**てそよぎをり」　川崎展宏
「春燈の色**違ひ**たる二間かな」　正木ゆう子

ちか-み【近み】〈派生語〉近いので。▼形容詞「ちかし」の語幹＋接尾語「み」

「凧荒き灘を**近み**の凧の空」　上村占魚

「少し荒れし海を見て来ぬ春**近み**」 岸田稚魚

ちか-む【近む】〈連語〉近くなる。▼形容詞「ちかし」の語幹＋接尾語「む」

「冬**近む**白雲の虚子樹の蛇笏」 廣瀬直人

「冬**近む**日の径にして日のにほひ」 金田咲子

ちぎり【契り】〈名〉❶約束。特に男女の間の恋の約束。❷前世からの約束。宿縁。因縁。

「木々は息深めて星の**契**かな」 鷲谷七菜子

「くすりゆび滅ぶは雪の日の**契り**」 増田まさみ

「草に木に**ちぎり**を結ぶ針まつり」 田中裕明

ちぎ・る【千切る・捩る】 一〈他動・ラ四〉{ら/り/る/る/れ/れ} ❶(手で)細かく切る。❷もぎとる。ねじ切る。 二〈自動・ラ下二〉{れ/れ/る/るる/るれ/れよ} ねじれて切れる。切れて分かれる。 三〈補助動・ラ四〉(動詞の連用形に付いて)(ちぎれるほど)盛んに…する。

「明日ありやあり外套のボロ**ちぎる**」 秋元不死男

「鴨たつや影より己ひき**ちぎり**」 有馬朗人

「寒食や耳たぶほどに麵麭**ちぎり**」 上田五千石

「パン**ちぎる**無月の海と知りながら」 岡田史乃

ちぎ・る【契る】〈自動・ラ四〉{ら/り/る/る/れ/れ} 約束をする。夫婦の約束をする。

「鳥雲に**契り**て今も七つ違ひ」 鷹羽狩行

「短夜の戯畫の狐と**ちぎり**けり」 後藤綾子

「露ふたつ**契り**しのちも顫へをり」 眞鍋呉夫

「死んできて山の芒と**契る**日よ」 桑原三郎

「**契り**たる女ひたすら毛糸編む」 宗田安正

ち-くさ【千草・千種】〈名〉❶いろいろの草。多くの草。❷種類が多いこと。いろいろ。さまざま。❸「千草色《いろ》」の略。薄い藍《あい》色《いろ》。萌黄《もえぎ》色《いろ》。▼「ちぐさ」とも。

「きりしづくして枯れ競ふ**千種**の実」 前田普羅

「露ざむの情くれなゐに**千草**かな」 飯田蛇笏

「病閑に風鈴はあり**千種**あり」 阿部みどり女

「大空は雲のまんだら**千草**咲く」 矢島渚男

「子を探す夢に**千草**のみな歩く」 山西雅子

ち-ご【稚児・児】〈名〉❶乳飲み児。あかご。❷幼児。❸寺で、出家しない姿のままで勉学や行儀見習いをし、また、雑用に当たったりする少年。❹祭礼などに着かざって加わる男女の児童。

「名月や**兒**たち並ぶ堂の縁」 松尾芭蕉

「やはらかき**稚児**の昼寝のつづきけり」 山口誓子

「尼と**稚児**みどりの奥へ消えゆけり」 福田甲子雄

「**稚児**よりも憎うつくしき花会式」 角川春樹

「**稚児**うまれ円座一途に古びけり」 小林康治

ぢ-ごく【地獄】ジゴク〈名〉「六道《ろくどう》」の一つ。生前に悪事をはたらいた者が、死後に落ちてさまざまの罰を受ける所。地獄道。▼仏教語。反対語は極楽《ごくらく》(浄土《じょうど》)。地下深い所にあると考えられ、閻魔大王《えんまだいおう》が死者の生前の悪事を裁き、鬼たちが罪人にさまざまの罰を与えるという。ふつう八大《はちだい》地獄(「八熱《はちねつ》地獄」とも。等活・黒縄《こくじょう》・衆合《しゅごう》・叫喚《きょうかん》・大叫喚・焦熱・大焦熱・無間《むげん》の八種の極熱の地獄)をいうが、ほかに八寒《はっかん》地獄もある。

「煮大根《にだいこ》を煮かへす孤独**地獄**なれ」　久保田万太郎
「罌粟の花**地獄**思へば凪晴れて」　原コウ子
「寒雀胸の**地獄**に囁《ささや》き来」　加藤楸邨
「大年の**地獄**にひびく火打石」　澤木欣一
「遠祖の赤毛や油蟬**地獄**」　栗林千津
「病みて知る**地獄**の釜の蓋の花」　正木浩一

ぢ-ざう【地蔵】《ジゾウ》〈名〉「地蔵菩薩《ぼさつ》」の略。釈迦《しゃか》の死後、弥勒《みろく》菩薩が出現するまでの仏のいない時代に、人々を救い、教え導く菩薩。平安時代の中期以降、地獄の罪人を救い、また、子供を守る仏として信仰された。地蔵尊《そん》。

「わが松は縛**地蔵**に燃ゆる頃」　阿部みどり女
「**地蔵**の前鉢の孑孑《ぼうふら》生命《いのち》千々《ちぢ》」　中村草田男
「湖の子の肩揚げ深き**地蔵**盆」　能村登四郎

ちさ・し【小さし】〈形ク〉〜(く)・から/く・かり/し/き・かる/けれ/かれ〜小さい。▼「ちひさし」の変化した語。

「帰省子に年々**ちさき**母のあり」　篠原鳳作
「貰ふべき芭蕉見て来て家**小さし**」　林　翔
「嫁く友のくちびる**ちさし**つばくらめ」　鈴木しづ子
「草餅や**ちさき**つまみを愁とも」　安東次男

ぢぢい【爺】《ジジイ》〈名〉年を取った男。▼「じじ」の長音化。

「ばばが餅**ぢぢい**が櫻咲にけり」　小林一茶
「赤ん坊の昼寝妨げ駄目**爺**」　石塚友二

ち-ぢ・なり【千千なり】〈形動ナリ〉〜なら/なり・に/なり/なる/なれ/なれ〜いろいろだ。さまざまだ。▼「ぢ」は接尾語。

「掛稲に集る雀のこゑ**千々**に」　飯島晴子
「空深くあれば**千々なり**楝の実」　手塚美佐

ち-と【些《ち》と】〈副〉少し。ちょっと。

「春の雨この軒の色**ちと**賑やか」　宇多喜代子
「ひるまへに空酒《からざけ》を**ちと**更衣」　茨木和生

ちな・む【因む】〈自動・マ四〉〜ま/み/む/む/め/め〜ある縁にもとづいて物事を行う。縁を結ぶ。親しく交わる。

「ちなみぬふ陶淵明の菊枕」　杉田久女
「因《ちな》みに/言《い》へば/鳥海《てうかい》は/血染《ちぞめ》の父《ちち》か」　高柳重信
「白雲に**因む**わが名を箸包」　正木ゆう子

ちはや-ぶる【千早振る】《枕詞》❶荒々しい「氏《うぢ》」ということから、地名「宇治《うぢ》」にかかる。❷荒々しい神ということから、「神」および「神」を含む語、「神」の名、「神社」の名などにかかる。▼たけだけしい、荒々しいの意の上二段動詞「ちはやぶ」の連体形から。

「秋立つや**千早古る**世の杉ありて」　夏目漱石
「**ちはやぶる**臍を原とし霰かな」　岡井省二
「**ちはやふる**破魔矢の鈴に初の闇」　原　裕

「ちはやぶる一姫二太郎三胡瓜」　夏石番矢
「ちはやぶる鳥居に迫る黄砂かな」　五島高資

ちひさ・し《チイサシ》【小さし】〈形ク〉｛(く)・から／く・かり／し／き・かる／けれ／かれ｝❶小さい。❷幼い。
「枝打ちの谺小さく日の澄めり」　松村蒼石
「百千鳥ちひさかりける子の棺」　平井照敏
「船室の枕ちひさし雁帰る」　奥坂まや
「あぶな絵にいやにちひさき螢籠」　中原道夫

ちふ《チユウ》〈連語〉…という。▼「といふ」の変化した語。上代には「とふ」の形も、中古以後は「てふ」が用いられる。
「赤とんぼ空中頓死ちふことあり」　坂戸淳夫
「俳句ちふ淵や在るらし星の秋」　河原枇杷男
「八月大名馬の脚ちふ演し物で」　辻　桃子
「月旅行ちふ名の花火松に果つ」　中原道夫

ち・ぶ【禿ぶ】〈自動・バ上二〉｛び／び／ぶ／ぶる／ぶれ／びよ｝すりへる。
「筆ちびてかすれし冬の日記哉」　正岡子規
「枯草がふまれちびゐる道と言ひ」　細見綾子
「汝が禿びし指もてとぼす白切子」　村越化石

ち-また【巷・岐・衢】〈名〉❶道の分岐点。分かれ道。辻《つじ》。❷街中の道。街路。❸所。地。場所。❹世間。▼「道股《ちまた》」の意。
「冬の眼のむらがつてゐるちまたをゆく」　日野草城
「春塵の衢落第を告げに行く」　大野林火
「蜆桶巷の埃浮かべけり」　鈴木真砂女
「蝸牛やただ嫋々《でうでう》と巷の歌」　石田波郷
「薄氷の何も映さぬ巷かな」　山田みづえ

ぢゃ《ジヤ》〈助動・特殊〉｛ぢゃら／(で)・ぢゃっ／ぢゃ／(な)・ぢゃ・ぢゃる／○／○｝❶(断定)…だ。…である。❷(資格・続き柄)…にあたる。…である。(親族を表す名詞に付いて)❸(疑問)…か。…なのか。(疑問・不定を表す語を受けて)❹(反語)…(である)か(いや、そうではない)。(疑問・不定を表す語を受けて)❺(軽い敬意)…おいでだ。(助詞「て」「に」に付いて)▼中世末期に「である」が変化してできた語。関東の「だ」に対する形で関西で用いられ、現代でも関西以西の地方で用いられる。
「あゝ誰ぢや下女が枕の初尾花」　松尾芭蕉
「花ぢやぞよ我もけさから卅九」　小林一茶
「寝る門を初雪ぢやとて叩きけり」　夏目漱石
「合点ぢや萩のうねりの其事か」　正岡子規
「冗談ぢやないわハンカチまちがへて」　岡田史乃

ちゃう-じゃ《チヨウジヤ》【長者】〈名〉❶年長者。長老。❷金持ち。財産家。富豪。❸一族の長。氏《うじ》の長。
「三椀《さんわん》の雑煮《ざふに》かゆるや長者ぶり」　与謝蕪村
「芭蕉忌やみな俳諧の長者顔」　前田普羅
「川上の欅長者に春の雷」　桑原三郎

ちゃう・ず《チヨウズ》【長ず】〈自動・サ変〉｛ぜ／じ／ず／ずる／ずれ／ぜよ｝❶成長する。育つ。❷年上である。年長である。❸ぬきんでる。すぐれる。

「長じても尚訥弁や棕梠の花」　松崎鉄之介
「蟷螂の青し長ずる哀しみに」　大木あまり

ぢやう-みやう【定命】《ジョウミョウ》〈名〉前世の因縁によって定まっている人の寿命。▼仏教語。
「秋尽日童の**定命**を如何にせん」　飯田蛇笏
「**定命**の尽きて集まる淀の鮭」　平畑静塔

ぢやう-ろく【丈六】《ジョウロク》〈名〉❶一丈六尺（約四・八五メートル）。❷「丈六の仏（高さが一丈六尺の仏）」の略。
「**丈六**の見下ろし給ふ甘茶佛」　大野林火
「**丈六**に膝を正せば菊明り」　伊丹三樹彦
「荒梅雨や**丈六**佛の躁と鬱」　津田清子

ち-よ【千代・千世】〈名〉千年。非常に長い年月。永遠。
「天秤や京江戸かけて**千代**の春」　松尾芭蕉
「未だ会はぬ何十億人**千代**の春」　桑原三郎

ぢよく-せ【濁世】《ジョクセ》〈名〉濁り汚れた世。人間界をいう。▼仏教語。
「なつかしの**濁世**の雨や涅槃像」　阿波野青畝
「**濁世**の灯鶏頭へもらす餓鬼忌かな」　小林康治
「風たちて**濁世**ほのぼの焼茄子」　中尾寿美子
「てつせんの花のさきなる**濁世**かな」　松澤　昭

ちよっと【一寸・鳥渡】〈副〉❶時間が短いようす。❷ついうっかり。▼「ちょと」とも。
「寒月を一寸仰いでさつさと行く」　加倉井秋を
「**ちよと**家を出て金魚屋にあひしこと」　波多野爽波
「うしろ手に**一寸**紫式部の実」　川崎展宏
「もうちよつとぬくめてほしきぬくめ酒」　辻　桃子
「**一寸**ゐてもう夕方や雛の家」　岸本尚毅

ちら-ふ【散らふ】《チラウ・チロウ》〈連語〉散り続ける。散っている。▼「ふ」は反復継続の助動詞。上代語。
「花**散らふ**夕風寒し山を前」　臼田亜浪

ちり-ぢり-なり【散り散りなり】〈形動ナリ〉{なら/なり・に/なり/なる/なれ/なれ}別れ別れだ。
「**ちりぢり**に子が去り雪となる三日」　福田甲子雄
「十二時の雲**ちりぢり**の甘茶寺」　廣瀬直人
「石に水触れ冬の日の**ちりぢり**に」　斎藤夏風
「爪を剪る冬のかもめの**ちりぢり**に」　黒田杏子

ちり-ば-む【鏤む】〈他動・マ下二〉{め/め/む/むる/むれ/めよ}彫って金銀・宝玉などをはめ込む。
「冬燈もて**鏤め**て燈の海とせる」　富安風生
「青炎の杉囀りを**鏤め**ぬ」　川端茅舎
「夜光虫身に**鏤め**て泳ぎたし」　右城暮石
「菊日和美しき日を**鏤め**ぬ」　星野立子
「秋の蝶風といふ字を**散りばめ**て」　中嶋秀子

ち-ゑ【知恵・知慧】《エチ》〈名〉❶迷いを断ち、悟りを開く力。❷頭の働き。知能。知性。

「子に**知恵**の兆しや杏熟して落つ」　細見綾子
「今日の**知恵**けふ使ひきり椎の花」　能村登四郎
「灯火親しもの影のみな**智慧**持つごと」　宮津昭彦

ぢん【陣】《ジン》〈名〉❶戦闘のために、兵士を並べて作った隊列。陣形。❷陣営。陣屋。❸宮中や貴族の家で、警護の者の詰める所。また、そこに詰める者。❹「陣の座（宮中で節会《せちえ》や公事《くじ》のとき、公卿《くぎょう》が列座する席）」のこと。

「蝌蚪の**陣**金剛杖ではげませり」　澤木欣一
「夏の**陣**以後なき城史青嵐」　大橋敦子
「元日の一湖を拓く鴨の**陣**」　原　裕

つ

つ【津】〈名〉船着き場。港。渡し場。

「揚州の**津**も見へそめて雲の峰」　与謝蕪村
「浪まくらゆれて絵雛に**津**はあらず」　平畑静塔
「室の**津**を隠し隠さず椿咲く」　森田　峠
「安房に**津**のつく駅いくつ鰯雲」　大屋達治

つ〈格助〉（所属・位置）…の。…にある。▼上代語。連体修飾語を作る。格助詞の「の」に比較して、用法が狭く、中古以降は体言や形容詞の語幹に付いて複合語の中で慣用的に用いられているだけである。「天《あま》つ風」「夕つ方」「先つ年」「まつげ（目つ毛）」「ときつ風」「たなばたつめ」など。

「沖**つ**帆へむかひて盆の供物流る」　中村草田男
「下**つ**瀬は秋日木の間にこもりをり」　篠原　梵
「沖**つ**藻は花咲くらしも朝ぐもり」　福永耕二

つ〈助動・下二〉{て／て／つ／つる／つれ／てよ}㊀（完了）…した。…してしまった。…してしまう。㊁（確述・強意）❶必ず…する。間違いなく…てしまう。❷（「む」「らむ」「べし」など推量の助動詞を伴って）きっと…だろう。間違いなく…（はずだ）。確かに…（したい）。㊂（並列）…たり…たり。「…つ…つ」の形で動作が並行する意を表す。中世以降の用法。

「冬の蝶さてもちひさくなり**つる**よ」　北原白秋
「干鰈はららご共に焼け**て**けり」　石塚友二
「淋しい日蒲の穂絮にくるみ**てよ**」　清水径子
「鴉の子尻なき尻を振り**て**けり」　飯島晴子
「巣立鳥明眸すでに岳を得**つ**」　藤田湘子
「山を見**つ**山に見られ**つ**秋遍路」　日美清史
「師の筆のゆき**つ**戻り**つ**梅雨の稿」　斎藤夏風
「木の家を出**つ**入り**つ**人枯るるなり」　高橋睦郎

づ【頭】《ズ》〈名〉あたま。かしら。

「崖下へ帰る夕焼**頭**より脱ぎ」　西東三鬼
「落ちし凧熊野磧に**頭**を打てり」　山口誓子
「**頭**を振れどつひに五十の秋の雲」　相馬遷子
「吾子生るわれ**頭**を垂れてをりしかば」　渡邊白泉
「**頭**の中の一個處かゆし薄氷」　河原枇杷男

つう・ず【通ず】㊀〈自動・サ変〉{ぜ／じ／ず／ずる／ずれ／ぜよ}とどく。通る。達する。当てはまる。ひそかに心を伝える。精通する。■二〈他動・サ変〉通す。伝える。かよわす。ゆきわたらせる。

「老鶯の谷へ**通ずる**非常口」　後藤比奈夫
「短くて耕牛にのみ**通ずる**語」　津田清子
「冬の山動くものなく径**通ず**」　村越化石
「一本の芒と**通じ**ている老婆」　齋藤愼爾

つかさ-ど・る【司る・掌る・宰る】〈他動・ラ四〉｛ら／り／る／る／れ／れ｝職務として取り扱う。担当する。支配する。

「**宰どる**曝書といへどわれ孤り」　山口誓子
「罌粟《けし》赤く太陽昼を**つかさどる**」　野見山朱鳥
「花鎮め**つかさどる**なるかほと見し」　岡井省二
「外寝して星の運行**司る**」　上田五千石

つか・ぬ【束ぬ】〈他動・ナ下二〉｛ね／ね／ぬ／ぬる／ぬれ／ねよ｝❶集めて一つにくくる。束《たば》ねる。❷こまぬく。

「あきくさをごつたに**つかね**供へけり」　久保田万太郎
「墓裏に手を**つかね**たる時雨雲」　古舘曹人

つか-の-ま【束の間】〈名〉ほんの短い時間。一瞬間。

「こころ燃ゆ夕映え燃ゆる**束の間**は」　三橋鷹女
「涅槃図に**束の間**ありし夕日かな」　安住敦
「耳老いて／死は／**束の間**の／煤降る闇」　高柳重信
「秋濤の**束の間**透きて崩れけり」　西村和子

つがひ【番ひ】《ツガイ》〈名〉❶組み合わせ。組。組み合わせの相手。（動物の雄と雌の）一対。❷つなぎ目。継ぎ目。❸都合。具合。❹ころあい。時分。

「**番ひ**鴨遠くはとばずまた浮寝」　下村梅子
「浮く雲を褥に春の**番**鴨」　上村占魚
「冬鵜にてあひ潜きをり**番ひ**なり」　岡井省二
「山鳩の**つがひ**来てをり雛の家」　矢島渚男

つか・ふ【仕ふ】《ツカウ・ツコウ》〈自動・ハ下二〉｛へ／へ／ふ／ふる／ふれ／へよ｝❶（貴人などの）そば近くで働く。奉仕する。❷官職につく。仕官する。奉公する。

「火祭の戸毎ぞ荒らぶ火に**仕ふ**」　橋本多佳子
「炎帝に**つかへ**てメロン作りかな」　篠原鳳作
「炎帝に**事へ**て怯むこともなし」　石塚友二
「一病に**仕ふ**余生や吾亦紅」　角川源義
「日に**仕へ**月に**仕へ**し萩を刈る」　後藤比奈夫
「出品の菊に**仕へ**て鞠躬如」　川崎展宏
「**仕へ**たき閻魔を仰ぐ白日傘」　大木あまり

つか-まつ・る【仕る】■一〈自動・ラ四〉｛ら／り／る／る／れ／れ｝お仕え申し上げる。（「仕ふ」の謙譲語）■二〈他動・ラ四〉❶してさし上げる。し申し上げる。（「す」「行ふ」「作る」などの謙譲語）❷いたす。します。（「す」「行ふ」の丁寧語）■三〈補助動・ラ四〉（漢語サ変動詞の語幹に付いて）❶…申し上げる。（謙譲の意を表す）❷…いたす。（丁寧の意を表す）▼「つかへまつる」のウ音便「つかうまつる」の変化した語。

「燭台や小さん鍋焼**仕る**」　芥川龍之介
「太郎冠者**仕る**べく青蛙」　阿波野青畝

「春の炉に三昧つかまつる正座かな」　辻 桃子
「仕る涅槃の身こそ軽からむ」　中里麦外

-づ-から《ズカラ》〈接尾〉❶（名詞に付いて）…のまま。…によって。…でもって。「み（身）づから」「手づから」「徒《かち》づから」❷人間関係などに関する名詞に付いて、…の関係にあるの意を表す。「隣づから」「いとこづから」▼上代の格助詞「つ」に名詞「から」が付いて濁音化したもの。

「薔薇剪つて手**づから**活けし書斎哉」　正岡子規
「セル着れば風なまめけりおの**づから**」　久保田万太郎
「自《おの》**づから**古りゆくものに花氷」　中村苑子
「指環凍つみ**づから**被る恋の果」　鈴木しづ子
「み**づから**をすこし咎《とが》めて藤袴」　友岡子郷

つか-る【疲る】〈自動・ラ下二〉{れ／れ／る／るる／るれ／れよ}❶疲れる。疲労する。❷腹がすく。飢える。

「母の日や大方の母けふも**疲れ**」　及川 貞
「冬の日や眼が**疲るれ**ば目をつぶり」　安住 敦
「あさがほの花びらの縁**疲れ**来ぬ」　篠原 梵
「雛壇の緋にも**疲るる**齢かな」　能村登四郎
「東京に**疲る**空風に髪吹かれ」　橋本美代子
「春の闇身の闇わけもなく**疲れ**」　手塚美佐
「水となり**疲れ**て眠る河骨よ」　高澤晶子

つき-かげ【月影】〈名〉❶月光。月明かり。月光の当たる所。❷月の姿。❸月明かりの中の姿。

「日かげいつか**月かげ**となり木のかげ」　種田山頭火
「踏絵の徒花影**月影**わが前に」　原 裕
「緑泥をがちがちと去る**月影**よ」　四ツ谷龍

つぎ-つぎ【次次・継ぎ継ぎ】㊀〈名〉❶（地位・身分などが）その次に位置すること。それより下。❷子孫。㊁〈副〉順々に。次から次へと。

「春の闇より**つぎつぎ**に濤頭」　清崎敏郎
「鳥の影**つぎつぎ**花野の水を過ぎ」　川崎展宏
「**つぎつぎ**に子が着き除夜の家となる」　福田甲子雄
「**つぎつぎ**に鳥啼きこもる花野かな」　廣瀬直人

つ-く【付く・着く】㊀〈自動・カ四〉{か／き／く／く／け／け}❶くっつく。付着する。❷備わる。加わる。❸（物の怪《け》などが）とりつく。（多く「憑く」と書く）❹（気持ちなどが）生じる。❺付き従う。❻到着する。❼（座席や地位に）つく。就任する。❽決まる。❾（「につき」「につきて」の形で）…に関して。㊁〈他動・カ四〉❶身に供える。身につける。体得する。❷（名を）つける。命名する。㊂〈他動・カ下二〉{け／け／く／くる／くれ／けよ}❶くっつける。付着させる。❷（気持ちを）起こさせる。関心を払う。❸付き従わせる。❹任せる。委嘱《いしょく》する。❺（地位に）つける。即位させる。❻（名を）つける。名づける。命名する。❼（和歌・俳諧などで、上の句、または下の句を）詠み加える。❽対応させる。応じさせる。関連させる。❾（「につけて」の形で）…に関して。…につけて。

「物の怪の**つく**時眠し青芒」　長谷川かな女

「渡舟着くやおくれてあがる蜆売り」　高橋淡路女
「燃えつかぬ焚火葬列よりあはれに」　八田木枯
「固くつく白山吹の四粒の実」　福田甲子雄
「戀なれや卽かず離れず枯柳」　加藤郁乎
「手袋に付きて解けざる霜払ふ」　茨木和生
「寒禽の取り付く小枝あやまたず」　西村和子
「恰好がつく〈春愁〉とつぶやけば」　櫂未知子

つ・く【尽く】〈自動・カ上二〉{き/き/く/くる/くれ/きよ} ❶消えてなくなる。果てる。尽きる。❷極に達する。極まる。
「一村ここに尽く青々と芒山」　野澤節子
「尿《とし》尽きてまた湧く日日や梅の花」　三橋敏雄
「滴りの声尽くるなき寺の奥」　中川宋淵
「金鉱尽き海に屈する天の川」　津田清子
「水芭蕉奥へ奥へと数尽きず」　森田峠
「夏野尽く青き網截る女居て」　岡本眸

つ・く【吐く】〈他動・カ四〉{か/き/く/く/け/け} ❶呼吸をする。(息を)吐く。❷(へどを)吐く。排泄する。❸(よくないことを)口外する。(うそを)言う。
「きぬかつぎつるり嘘つく夫の舌」　熊谷愛子
「唇つけし泉息つくひまもなし」　橋本美代子

つ・く【漬く・浸く】〈自動・カ四〉{か/き/く/く/け/け} 水にひたる。水につかる。
「藻の花の水漬くに底の流れ疾し」　横山房子
「手をつけて海のつめたき桜かな」　岸本尚毅
「水に漬く大き一枝や舟遊」　辻　桃子

つ・ぐ【告ぐ】〈他動・ガ下二〉{げ/げ/ぐ/ぐる/ぐれ/げよ} 伝える。知らせる。
「汝に告ぐ母が居は藤真盛りと」　竹下しづの女
「涸沼のぬれてゐるなり僧に告ぐ」　永田耕衣
「われは恋ひきみは晩霞を告げわたる」　渡邊白泉
「良きことばかり母に告ぐるや稲妻す」　山田みづえ
「木枯は死の順番を告げて去る」　福田甲子雄
「告げざる愛雪嶺はまた雪かさね」　上田五千石
「妻告ぐる胎児は白桃程の重さ」　有馬朗人

つ・ぐ【継ぐ・続ぐ】〈他動・ガ四〉{が/ぎ/ぐ/ぐ/げ/げ} ❶絶えないようにする。続ける。保ち続ける。❷受け伝える。継承する。❸跡を受ける。相続する。❹つなぎ合せる。繕う。
「寒柝を打てば星屑こぼれつぐ」　相生垣瓜人
「地蟲鳴くつぐべき声をたしかめつ」　中村汀女
「炭つげばまことひととせながれゐし」　長谷川素逝
「柚子梯子まん中へんが継いであり」　伊藤白潮
「咲きついで朱色一塊木瓜の花」　廣瀬直人
「藪茗荷秘すれば花のこぼれつぎ」　手塚美佐
「生まれつぐ数のつぼみや夏椿」　坂内文應

つ・ぐ【次ぐ】〈自動・ガ四〉{が/ぎ/ぐ/ぐ/げ/げ} ❶すぐそのあとに続く。❷すぐその下に位する。
「道の上の葉洩れ日からだを遡《のぼ》り次ぐ」　篠原　梵

「梢煙るなかに目覚めて旅を**次ぐ**」　木村蕪城
「ほととぎす聲相**次ぐ**は山に富む」　高橋睦郎

-づ・く〈接尾・カ四〉{か/き/く/く/け/け}名詞に付いて、その状態・趣を帯びるの意の動詞をつくる。「秋づく」「愛嬌《あいぎやう》づく」▼動詞「つ(付)く」の変化した語。
「野は風のまほろば稲の色**づく**も」　北原志満子
「時鳥ゆふ**づく**町にセロリ買ふ」　堀口星眠
「蛇いちご魂二三個色**づき**ぬ」　河原枇杷男

つく-づく(と)〈副〉❶しみじみ(と)。しんみり(と)。(思いにふけるさま)❷ぽつねん(と)。ぼんやり(と)。(手持ちぶさたなさま)❸よくよく。じっくり。(考えなどを集中させるようす)
「**つく〴〵と**雪山近く歩きけり」　星野立子
「白地着て**つくづく**妻に遺されし」　森　澄雄
「門ひとつ残り**つくづく**春の暮」　高柳重信
「黒板の**つくづく**黒き休暇明」　片山由美子
「しろかねのすすき**つくづく**日曜日」　櫂未知子

つくづくし【土筆】季・春〈名〉つくし。
「**つくづくし**悲し疑ひ無きことも」　川端茅舎
「**つくづくし**筆一本の遅筆の父」　中村草田男
「**つく〴〵し**尽きざる不思議ある山に」　中川宋淵

つぐな・ふ【償ふ】《ツグナウ・ツグノウ》〈他動・ハ四〉{は/ひ/ふ/ふ/へ/へ}うめあわせる。賠償する。
「破蓮身をもて**償ふ**ものありや」　栗林千津
「露さむや詫びざるをもて**償ひ**に」　岡本　眸

つく・ぬ【捏ぬ】〈他動・ナ下二〉{ね/ね/ぬ/ぬる/ぬれ/ねよ}❶手でこねてまるくする。❷乱雑に積み重ねる。
「**つくね**たる網のごとくにさくら蘂」　安東次男

つくばひ【蹲・踞】《ツクバイ》〈名〉庭の縁側近くに備えてある手水鉢《ちようずばち》。
「**つくばひ**の藻もふるさとの暑さかな」　芥川龍之介
「炉開きや**つくばひ**苔をこまやかに」　及川　貞
「**つくばひ**に暮天の残る石蕗の花」　文挾夫佐恵
「**つくばひ**の氷一片初昔」　井沢正江
「**蹲居**のほとりに畳替へてをる」　清崎敏郎

つく-ば・ふ【蹲ふ・踞ふ】《ツクバウ・ツクボウ》〈自動・ハ四〉{は/ひ/ふ/ふ/へ/へ}よつんばいになる。平伏する。つくばる。
「甲比丹《かぴたん》も**つくばは**せけり君が春」　松尾芭蕉
「怪の物となりて**つくばふ**青葉かな」　平井照敏

つくろ・ふ【繕ふ】《ツクロウ》〈他動・ハ四〉{は/ひ/ふ/ふ/へ/へ}❶修理する。直す。❷治療する。❸(姿・形を)整え飾る。化粧する。❹(表面の体裁を)とりつくろう。▼動詞「つくる」の未然形「つくら」に上代の反復継続の助動詞「ふ」がついた「つくらふ」の変化した語。
「手すさびに尼の**つくろふ**垣根かな」　阿波野青畝
「大滝は裾の乱れを**つくろは**ず」　山口誓子

「つくろへり我は外套鴉は羽」　木下夕爾
「**繕**ひし垣より走り出て湖」　波多野爽波
「何囲ふともなき垣を**つくろへる**」　森田　峠
「火の雲が石榴の裂けを**つくろひ**に」　鷹羽狩行
「芦の火に帆を**繕ふ**や夢の父」　吉田汀史

つ‐ごもり【晦日・晦】〈名〉❶月の最後の日。みそか。❷月の終わりごろ。下旬。月末。▼「月隠《つきこもり》」の変化した語。
十二月の最終日は「大晦日」で冬の季語。
「春や来し年や行きけん小**晦日**」　松尾芭蕉
「母の日の五月**つごもり**紅粉の花」　山口青邨
「吹き晴れし大**つごもり**の空の紺」　星野立子
「初島へ大**つごもり**の水尾を引く」　星野　椿

つたな・し【拙し】〈形ク〉(〈く〉・から/く・かり/し/き・かる/けれ/かれ) ❶愚かだ。劣っている。❷未熟だ。へただ。❸運が悪い。❹見苦しい。みすぼらしい。
「郭公の**拙き**声を試みぬ」　石田波郷
「夕焼に遺書の**つたなく**死にけり」　佐藤鬼房
「雪やけの洋琴**拙き**もよけれ」　楠本憲吉
「生きのこるもの**拙く**て衣被《きぬかつぎ》」　正木ゆう子

つた・ふ【伝ふ】ツタウ・ツトウ ━〈自動・ハ四〉(は/ひ/ふ/ふ/へ/へ) ━〈他動・ハ下二〉(へ/へ/ふ/ふる/ふれ/へよ) ❶ある物に沿って移る。伝わる。伝え残す。伝言する。伝授する。❷伝え受ける。受け継ぐ。教わる。
「潮ぬれの藁垣**つたふ**蝶々かな」　永田耕衣
「ゆふぐれの溝を**つたへり**稲の香は」　平畑静塔
「鍬に雨**つたふ**筍掘りにけり」　木村蕪城
「**伝ふる**にただ秋風の牛の鞍」　神尾久美子
「蓬萊や竹**つたひ**くる山の水」　宇佐美魚目
「玫瑰《はまなす》や鉄路**沿《たづ》ひ**に夕日となり」　堀井春一郎
「豆飯や佳きことすこしづつ**伝へ**」　上田日差子

つつ〈接助〉❶(反復)何度も…しては。❷(継続)…し続けて。(ずっと)…していて。❸(複数動作の並行)…しながら。…する一方で。❹(複数主語の動作の並行)みんなが…ながら。それぞれが…して。❺(逆説)…ながらも。…にもかかわらず。❻(単純な接続)…て。❼(動作の継続を詠嘆的に表す)しきりに…していることよ。▼和歌の末尾に用いられ、「つつ止め」といわれる。
「大木を見**つつ**閉《さ》す戸や秋の暮」　飯田蛇笏
「波を織り波を織り**つつ**透き通る」　三橋鷹女
「夏草の根元透き**つつ**入日かな」　桂　信子
「夜明け**つつ**なほ雪嶺は夜の方」　森　澄雄
「春の鳶寄りわかれては高み**つつ**」　飯田龍太

‐づつツズ〈接尾〉(分量を表す語の下に付いて)❶…ずつ。(おのおのに割り当てる分量を表す)❷…ずつ。(その分量だけ繰り返してゆくことを表す。「少しづつ」)
「郭公一声毎に十里**づつ**」　正岡子規
「一と日**づつ**一と日づつ冬紅葉かな」　後藤比奈夫

「蕪塚は二つづつ善為し難し」　藤田湘子
「一日づつ消して銀河の裏へ行く」　矢島渚男

つつが【恙】〈名〉病気。わずらい。さしさわり。
「目借時恙ある目の借られけり」　相生垣瓜人
「秋立つや恙の胸を少しひらく」　岸田稚魚
「黒南風に吹かれ恙を得しならむ」　角川照子
「はこべらの花もつ頃の恙かな」　蓬田紀枝子

つつが-な-し【恙無し】〈形ク〉{（く）・から／く・かり／し／き・かる／けれ／かれ}無事である。さしさわりがない。
「門の木も先つつがなし夕涼」　小林一茶
「恙なしや今日立春の鳥獣」　北原志満子
「つゝがなく氷室を過ぎしごとくなり」　岡井省二
「芹増えて観世音寺も恙なし」　斎藤夏風
「恙なく家族居ぬ昼花うばら」　寺井谷子

つづ-く【続く】㊀〈自動・カ四〉{か／き／く／く／け／け}❶途切れることなく連なる。つながる。❷後に従う。㊁〈他動・カ下二〉{け／け／く／くる／くれ／けよ}連ねる。つなげる。続ける。付き従える。
▼古くは「つつく」。
「雪踏みの無言につづく深雪空」　松村蒼石
「床下に枯野続けり能舞台」　澤木欣一
「月の富士あはれ崩落続きをり」　眞鍋呉夫
「死へ続く病と思ふ菜種梅雨」　古賀まり子
「籠負うてまだ摘草を続けゐる」　森田峠
「冷まじや身のうちの鈴鳴り続け」　久保純夫

つつし-む【慎む・謹む・虔む】〈他動・マ四〉{ま／み／む／む／め／め}❶用心する。自重する。おそれかしこまる。❷物忌みをする。斎戒する。
「寺の湯に音つつしめば雉子鳴けり」　大野林火
「イヴの燭黄色の皮膚つつしみて」　平畑静塔
「秋の蚊を打つて虔む墓前かな」　岸田稚魚
「めぐり来るものに虔しみ更衣」　村越化石
「種蒔いてものに虔しむ齢とも」　廣瀬直人

つつま-し【慎まし】〈形ク〉{（く）・から／く・かり／し／き・かる／けれ／かれ}❶気が引ける。気兼ねされる。遠慮される。❷きまりが悪い。気恥ずかしい。
「つつましく月を祀れるゆかしさよ」　富安風生
「虔ましきすがたに人の麦を播く」　高橋淡路女
「美しく木の芽の如くつつましく」　京極杞陽
「つつましき白さに蕪坐りゐる」　宇佐美魚目
「忘れられゐてつつましき返り花」　青柳志解樹

つづら【葛籠】〈名〉つる草または竹で編んだ櫃《ひつ》。主に衣類を入れる。
「木枯は暗い葛籠の絹を呼ぶ」　飯田龍太
「桐の花母の葛籠に風入れて」　古賀まり子
「姉が泣き葛籠の中は紐ばかり」　鳴戸奈菜

つづら-をり【葛折り・九十九折り】《ツヅラオリ》〈名〉幾重にも

折れ曲がった坂道。▼「つづら」のつるが曲がりくねっていることから。
「青枇杷や**九十九折**なす島の道」 石川桂郎
「紅萩や死んで山道**九十九折**」 澁谷道
「囀りや死後への径の**つゞらをれ**」 加藤郁乎

つづれ【綴れ・襤褸】〈名〉布を継ぎ合わせた、粗末な衣服。僧衣にもいう。▼「つづり」とも。
「蟷螂が曳きずる翅の**襤褸**かな」 山口誓子
「金剛の**綴織**《おり》なす滝つらら」 野見山朱鳥

つつゐ‐づつ【筒井筒】ツツィヅツ〈名〉「筒井《つつゐ》(円筒状に掘った井戸)」を囲む筒状の外枠。▼『伊勢《いせ》物語』二十三段の話から、幼なじみ・幼ない男女の遊び仲間を表す語ともなる。
「**筒井筒**白き粉ふき御形咲く」 岡井省二
「**筒井筒**いまや偕老桐の花」 上田五千石
「氷りたる木賊の青や**筒井筒**」 鷲谷七菜子
「虎杖や母ありし日の**筒井筒**」 今瀬剛一

つと〈副〉❶そのまま。ずっと。じっと。ぴったりと。❷急に。さっと。
「蜩《ひぐらし》の**つと**鳴き出しぬ暦見る」 星野立子
「手袋にかくさざりし手**つと**ひらく」 加藤楸邨
「忘れ潮蜻蛉の影**つと**消えし」 西村和子

つと【苞・苞苴】〈名〉❶食品などをわらで包んだもの。わらづと。❷贈り物にする土地の産物。みやげ。
「龍門の花や上戸の**土産**《つと》にせん」 松尾芭蕉
「雪山の泉の鯉を**苞**にせる」 水原秋櫻子
「**苞**ひらき醜《しこ》の自然薯現はるる」 澤木欣一
「藁**苞**を出て鯉およぐ年の暮」 宇佐美魚目
「**苞**にして柿の葉鮓や雲に人」 角川春樹

つと‐に【夙に】〈副〉❶朝早く。早朝に。❷早くから。以前から。
「鵙高音学校**つとに**始まりぬ」 芝不器男
「花棕梠や園丁**つとに**夏帽子」 篠原鳳作
「**夙に**古りたり秋を背に負ふ父母の景」 中村苑子
「梅雨めくと**夙に**わが身の骨の音」 藤田湘子
「夏蝶や女神の首は**つとに**なし」 古舘曹人

つと・む【勤む・努む・勉む】〈他動・マ下二〉〔め/め/む/むる/むれ/めよ〕❶努力する。励む。❷仏道修行に励む。❸勤める。
「やすまざるべからざる風邪なり**勤む**」 竹下しづの女
「遮莫《さもあらばあれ》花冷を**努め**けり」 阿波野青畝
「寒光の万のレールを渡り**勤む**」 鈴木六林男
「正門を出入り**勤む**八月は」 森田智子

つね【常】〈名〉❶ふだん。平常。❷普通。あたりまえ。
「世の**つね**の幸は念はず兼好忌」 稲垣きくの
「世の**つね**の浮き沈みとや蜆汁」 鈴木真砂女
「粉雪ふる**常**はおもひのなき径」 飯田龍太
「**つね**の文のみに状受鳥總松《とぶさまつ》」 井沢正江

「黄水仙**常**はくもらぬ窓となし」　松澤　昭

「病みて夫**常**より強気鉄線花」　岡本　眸

つね-な-し【常無し】〈形ク〉{(く)・から／く・かり／し／き・かる／けれ／かれ}変わりやすい。定まっていない。無常である。▼漢語「無常《むじよう》」の訓読。

「焚火の穂よぢれよぢれて**常なき**なり」　山口誓子

「蜻蛉や秀嶺の雲は**常なけれ**」　芝不器男

つね-なら-・ず【常ならず・恒ならず】〈連語〉変わりやすい。無常である。はかない。▼名詞「つね」＋断定の助動詞「なり」の未然形＋打消の助動詞「ず」

「**常ならぬ**人に既望の空白し」　長谷川かな女

「**常ならぬ**窓の明りや花の暁」　桂　信子

つね・なり【常なり】〈形動ナリ〉{なら／なり・に／なり／なる／なれ／なれ}❶普通だ。あたりまえだ。❷永久だ。不変だ。

「鳶稀に鳩は**常なり**秋深む」　阿部みどり女

「たそがれは**常に**水色死処ばかり」　三橋鷹女

「**常に**高みを行く秋風の色の旒《はた》」　文挾夫佐恵

「**つねに**一二片そのために花篝」　鷹羽狩行

つの-ぐ・む【角ぐむ】〈自動・マ四〉{ま／み／む／む／め／め}新芽が角のように出始める。▼「ぐむ」は接尾語。

「水中に**角組む**芦や雛流す」　大橋敦子

「**角ぐみ**て葦原の水浸しなり」　廣瀬直人

つは-もの【兵】《ツワモノ》〈名〉❶武器。兵器。❷兵士。武士。勇士。豪傑。

「夏草や**兵**共がゆめの跡」　松尾芭蕉

「夕顔や**兵**共の雨祝」　小林一茶

「**つはもの**となり春の丘下り行きし」　中村汀女

つばら-・なり【委曲なり】〈形動ナリ〉{なら／なり・に／なり／なる／なれ／なれ}❶詳しい。事細かだ。❷十分だ。存分だ。心ゆくまで。▼「つばらかなり」とも。

「仙丈岳雪渓太く**つばらなり**」　水原秋櫻子

「**つばらかに**月夜の枯木枝を張り」　上村占魚

「節分草**つばらなる**蘂もちゐたる」　加藤三七子

「優曇華を**つばらに**見せつ稲光」　高橋睦郎

つひ【終】《ツイ》〈名〉つまるところ。終わり。人生の終わり。死。

「もろこしの花咲く**つひ**の栖《すみか》かな」　富安風生

「雑草の種蒔く**終**の栖家にて」　永田耕衣

「**つひ**の葉を落せし枝は雲摑む」　林　翔

「**終**の栖のふかぶかと切炬燵」　鷹羽狩行

「夕冷えの**終**の光の絮も消ゆ」　中嶋秀子

「花守の**つひ**のかたみの返り花」　長谷川櫂

つひ-に【終に・遂に】《ツイニ》〈副〉❶しまいに。最後に。❷(多く下に打消の語を伴って)まだ一度も。いまだに。

「頭《づ》を振れど**つひに**五十の秋の雲」　相馬遷子

「腕立ての**遂に**伏したる夏畳」　桂　信子

「月今宵**つひに**はじけし桶の箍」　眞鍋呉夫

「鴨の引く空なり**つひ**にしづかなり」　今井杏太郎
「畑打つや**つひ**に娶らぬ友ひとり」　原　裕
「句座**つひ**に名のらぬ一人雪女郎」　今瀬剛一

つひ・ゆ【弊ゆ・潰ゆ】ツイユ〈自動・ヤ下二〉〔え／え／ゆ／ゆる／ゆれ／えよ〕❶崩れる。破れる。❷弱る。やせ衰える。
「手賀沼に**潰ゆる**小田や牛鋤けり」　水原秋櫻子
「唇《ちく》にあて苗代茱萸の紅**潰ゆ**」　山口青邨
「夜振の火**潰えし**魞《りえ》を照すなり」　山口誓子
「**潰え**たる朱ヶの廂や乙鳥」　篠原鳳作
「畦**潰ゆ**獅子舞獅子を肩に垂れ」　石川桂郎

つぶさ・なり【具さなり・備さなり・審さなり】〈形動ナリ〉〔なら／なり・に／なり／なる／なれ／なれ〕❶欠けるところがない。完全だ。❷細かくて詳しい。
「一月の翳を**つぶさ**に人あるく」　長谷川双魚
「牡丹の芽ほぐるるさまを**つぶさにす**」　安住　敦
「村びとの盆供**つぶさ**に橋の上」　石田勝彦
「帚木の**つぶさ**に枝の岐れをり」　波多野爽波
「**具さ**にて納涼の船出て行くを」　中原道夫

つぶて【飛礫・礫】〈名〉投げつけるための小石。転じて、小石。
「いづこより**礫**うちけむ夏木立」　与謝蕪村
「人の世は命**つぶて**や山桜」　森　澄雄
「雄ごころの萎えては雪に雪**つぶて**」　川崎展宏
「冬の石個性なければ**飛礫**とす」　新谷ひろし
「父亡くて春の川越す石**つぶて**」　鎌倉佐弓

つぶら・なり【円らなり】〈形動ナリ〉〔なら／なり・に／なり／なる／なれ／なれ〕まるくふっくらとしている。▼「つぶらかなり」とも。
「**つぶらなる**汝《な》が眼吻《す》はなん露の秋」　飯田蛇笏
「吾子よ汝が**つぶら**の瞳さへ夕焼くる」　山口草堂
「苺**つぶら**幸福のみを追ひ来たり」　殿村菟絲子
「**つぶら**にて雪の信濃に伊予蜜柑」　森　澄雄
「浅草の灯の**つぶらなる**冬の潮」　大木あまり

つぶ・る【潰る】〈自動・ラ下二〉〔れ／れ／る／るる／るれ／れよ〕❶つぶれる。こわれる。❷(驚き・悲しみなどで)どきどきする。
「落ち柿の**つぶれ**し沈黙の部分」　平井照敏
「芋虫の一つは**潰れ**一つ歩む」　辻　桃子

つ-べし〈連語〉❶(「べし」が推量の意の場合)きっと…てしまうだろう。…てしまうにちがいない。❷(「べし」が可能の意の場合)…てしまうことができるだろう。❸(「べし」が意思の場合)…てしまいたい。…てしまおう。▼完了(確述)の助動詞「つ」の終止形＋助動詞「べし」
「この梅に牛も初音と鳴き**つべし**」　松尾芭蕉
「茲《ここ》十日萩大名と謂ひ**つべし**」　阿波野青畝
「大滝の音純白と謂**つべし**」　深川正一郎

つぼ・む【蕾む・莟む】〈自動・マ四〉〔ま／み／む／む／め／め〕つぼみをつける。つぼみになる。

「冷やかに牡丹**蕾み**居る遅日かな」　渡邊水巴
「花筏**蕾み**ぬ隈なき葉色の面《も》に」　中村草田男
「梅**蕾む**甘きもの身にゆきわたり」　清水径子

つま【夫・妻】〈名〉❶夫。（妻から夫を呼ぶときに用いる語）❷妻。（夫から妻を呼ぶときに用いる語）❸動物のつがいの一方をいう語。▼「つま（端）」から出た語。妻問いの時代、女の家の端《つま》に妻屋《つまや》を建てて、夫がそこに通ったことから、「端の人」の意でいったとされる。普通、夫婦の間で互いに呼び合う語。中古以降は、②の用法で固定した。
「**妻**よさびしき顔あげて見るか夕空」　栗林一石路
「雪はげし**夫**の手のほか知らず死す」　橋本多佳子
「惜春やことば少なき**夫**とゐて」　三橋鷹女
「マスク白くいくさに**夫**をとられきぬ」　加藤楸邨
「春寒し**夫**の葬《はふ》りに**妻**粧ひ」　相馬遷子

つま-ごみ【妻籠み】〈名〉妻を住まわせること。一説に、夫婦が一緒に住むこと。▼「つまごめ」とも。
「**妻ごめ**の古蚊帳たるむ顔の上」　富安風生
「**妻籠み**に白雪降りて積りけり」　日野草城
「**妻籠**に蓑虫の音をきく日かな」　石田波郷
「**妻ごめ**に八方の屋根雪雫」　澤木欣一
「捕へ飼ひしたる虫の音**妻ごめ**に」　三橋敏雄

つま-だ・つ【爪立つ】〈自動・タ四〉｛た／ち／つ／つ／て／て｝〈自動・タ下二〉｛て／て／つ／つる／つれ／てよ｝つま先で立つ。つまだてる。
「鳥雲に天守にてなほ**爪立ち**ぬ」　小泉八重子
「朝日墜つ　草深き野に**爪立て**ば」　夏石番矢
「秋の野にライターの火の**爪立つる**」　皆吉　司
「**爪立っ**て水に触れたり星祭」　五島高資

つま-づ・く【躓く】《ツマズク》〈自動・カ四〉｛か／き／く／く／け／け｝❶歩む時に誤ってつまさきを物に蹴当てる。❷予定通りにゆかない。
「鉦叩**つまづく**音を待つごとし」　稲垣きくの
「過去は運にけふは枯野に**躓け**り」　鈴木真砂女
「日脚伸ぶ母を**躓か**せぬやうに」　廣瀬直人
「傷つける蟬か**つまづき**つつ鳴くは」　岡本　眸
「花びらに**つまづき**ながら子が駈ける」　加藤瑠璃子
「流燈となりても母の**躓け**り」　中嶋秀子
「**つまづき**し子に初蝶も**つまづき**ぬ」　西村和子

つま-はじき【爪弾き】〈名〉親指の腹に人さし指の爪《つめ》を掛けて強くはじくこと。不満な気持ちを発散させる動作。
「秋晴や一片雲も**爪弾き**」　高濱虚子
「葛水や一塵発矢と**爪弾き**」　松根東洋城
「美しき芙蓉の蟲を**爪はじき**」　後藤夜半

つまびら-か・なり【詳らかなり・審らかなり】〈形動ナリ〉｛なら／なり・に／なり／なる／なれ／なれ｝事細かだ。詳しい。
「初便り一子を語る**つまびらか**」　中村汀女
「浜焚火松葉の燠の**つまびらか**」　加藤三七子
「マタイ書に**つまびらかなり**雲の峯」　山本洋子

「猫の貌つまびらかに見る秋の暮」 鳴戸奈菜

つ・む【積む】一〈自動・マ四〉{ま/み/む/む/め/め}積もる。二〈他動・マ四〉❶重ねる。積み重ねる。❷(船や車などに荷を)載せる。❸ふやす。増す。

「黴の書架読むこともなきもの**積めり**」 下村梅子
「雪**積む**夜夫待つごとく刻過ごす」 横山房子
「骨護る石を氷のごとく**積み**」 澤木欣一
「今年藁**積み**て夜の庭ほのぬくし」 古賀まり子
「白菜を山**積み**にして富士隠す」 能村研三

つむり【頭】〈名〉あたま。つぶり。

「雪掃や地藏菩薩の**つむり**迄」 小林一茶
「年酒酌む赤子の**つむり**撫でながら」 皆川盤水
「大空を**つむり**よろこぶ椿山」 岡井省二
「朧夜の**頭**剃ること残りゐる」 手塚美佐
「道元の**つむり**に似たる梨一つ」 長谷川櫂

つめた・し【冷たし】[季・冬]〈形ク〉{(く)・から/く・かり/し/き・かる/けれ/かれ}❶温度が低く、ひややかである。❷冷淡である。

「螢火の**つめたく**ひとをめぐりけり」 松村蒼石
「蠟涙やふれて**つめたき**ひとの肌」 富澤赤黄男
「激雷に剃りて女の頸《えり》**つめたし**」 石川桂郎
「土**冷たから**む崩るる夕罌粟に」 鷲谷七菜子
「夫婦となり空に**つめたき**日が一つ」 八田木枯

つや【艶】〈名〉❶潤いのある美しい光沢。❷愛敬《あいきょう》。お世辞。❸色事。情事。

「晩秋や**艶**あるものは愛を得て」 原コウ子
「炎天に訣る洋傘の絹の**艶**」 津田清子
「紅梅の老いたる故の花の**艶**」 清崎敏郎
「大蕪の首根ひつさげ**艶**ばなし」 熊谷愛子
「茄子の**艶**畝の湿りにくもりけり」 宮津昭彦

つや・め・く【艶めく】〈自動・カ四〉{か/き/く/く/け/け}❶つやつやとしている。❷色気が感じられる。▼「めく」は接尾語。

「朱の緒のなほ**艶めく**や別れ蚊帳」 前田普羅
「もろ袖にハンカチ探るとき**艶めく**」 山口誓子

つや・やか・なり【艶やかなり】〈形動ナリ〉{なら/なり・に/なり/なる/なれ/なれ}❶潤いがあって美しいようすだ。❷色めいた感じがする。▼「やか」は接尾語。

「泥葱の肌**つややか**に剥《む》かれけり」 眞鍋呉夫
「**艶やか**に仔犬乳を吸ふ雷のあと」 岸本尚毅
「**つややか**に炭となりたる木目かな」 河野多希女

つゆ【露】[季・秋]一〈名〉❶露。(消えやすいものとしてとらえることが多い)❷涙のたとえ。(多く①の意をかけて用いる)❸はかなく消えやすいもののたとえ。❹ほんのわずかなこと。少しばかりのこと。二〈副〉(下に打消の語を伴って)少しも。まったく。

「古扇**つゆ**惜しからず捨てにけり」 高橋淡路女
「**露**涼し日輪は地を離れつゝ」 西島麥南

「一度だけの妻の世終る**露**の中」　能村登四郎
「獏枕子のよき夢を**つゆ**知らず」　赤尾兜子
「**露**の世に妊りし掌のあつさかな」　上田五千石

つゆ‐け・し【露けし】 季・秋 〈形ク〉〔(く)・から／く・かり／し／き・かる／けれ／かれ〕❶露にぬれてしめっぽい。❷涙勝ちである。▼「けし」は接尾語。
「**露けき**夜喜劇と悲劇二本立」　西東三鬼
「**露けし**や松山人も消息なく」　石田波郷
「**露けし**や雨に濡れたる松の色」　今井杏太郎
「**露けし**と思ひ**露けき**齢と思ふ」　鷹羽狩行
「**露けし**や面影死ねばひとりの生ょ」　手塚美佐

つよ・し【強し】〈形ク〉〔(く)・から／く・かり／し／き・かる／けれ／かれ〕❶丈夫だ。強い。❷気丈だ。(意志が)強い。❸堅固だ。すきまがない。❹はげしい。きびしい。
「青芒子よりも父に風**強し**」　飯田龍太
「秋風とともに流れて水**強し**」　松澤　昭
「鯉の口朝から**強し**半夏生」　藤田湘子
「暗黒の**強き**黒らは産卵せり」　攝津幸彦

つら【列・連】〈名〉❶列《つれ》。また、列を数える語。❷仲間。同類。同列。
「二《ふた》**列**《つら》の曼珠沙華路行方知らず」　中村草田男
「一神将雁**列**見むと手を翳す」　安住　敦
「かりがねのひと**つら**過ぎて寒牡丹」　角川春樹

つら【面】〈名〉❶ほお。❷顔。(多く卑しめていう)❸表面。おもて。❹ほとり。かたわら。そば。❺通りに面した側。
「夕立や蛙の**面**に三粒程」　正岡子規
「鬼をこぜ見そこなふな**面**がまへ」　加藤知世子
「根の国のこの魴鮄の**つら**がまへ」　有馬朗人
「**つら**憎の冠者が柿とるたもとかな」　筑紫磐井

つら・し【辛し】〈形ク〉〔(く)・から／く・かり／し／き・かる／けれ／かれ〕❶薄情だ。冷淡だ。つれない。❷たえがたい。苦痛だ。つらい。
「鞍馬夕月花著莪に佇つ**つらき**人」　赤尾兜子
「**つらき**日の過ぎゆく夜の障子かな」　岩田由美

つら‐つら(に・と)〈副〉つくづく。よくよく。(念を入れて見たり考えたりするようす)
「**つらつらと**雁並びたる冬田かな」　正岡子規
「梅擬**つらつら**晴るゝ時雨かな」　川端茅舎
「**つらつらに**見つつ椿と船の水脈」　島谷征良

つら・ぬ【連ぬ・列ぬ】 一〈自動・ナ下二〉〔ね／ね／ぬ／ぬる／ぬれ／ねよ〕❶並ぶ。連なる。❷連れ立つ。二〈他動・ナ下二〉❶一列に並べる。❷引き連れる。伴う。❸詩歌・文章をつくる。(文字・言葉を並べる意から)
「蛸が嘆くよ肢に指輪を嵌め**つらね**」　三橋鷹女
「盆の夜の尿くさき軒**つらねける**」　永田耕衣
「真珠筏敷きて春山を**連ねたり**」　清崎敏郎
「箱型のたましい**連ね**オオハクチョウ」　澁谷　道

「峰雲や奈良井千軒のき**つらね**」　加古宗也

つ・らむ〈連語〉❶(「らむ」が現在の推量の意の場合)…ているだろう。…たであろう。(目の前にない事柄について、確かに起こっているであろうと推量する)❷(「らむ」が現在の原因・理由の推量の意の場合)…たのだろう。(目の前に見えている事実について、理由・根拠などを推量する)▼完了(確述)の助動詞「つ」の終止形＋推量の助動詞「らむ」

「白芥子や時雨の花の咲き**つらん**」　松尾芭蕉
「世の中はしぐるゝに君も痩せ**つらん**」　正岡子規
「いたづらに菊咲き**つらん**故郷は」　夏目漱石

つ・る【連る】㊀〈自動・ラ下二〉(れ/れ/る/るる/るれ/れよ)❶一列に並ぶ。連なる。❷連れ立つ。同行する。❸(「…につれて」の形で)…に従って。…に応じて。㊁〈他動・ラ下二〉従えて行く。伴って行く。

「双鷹の次第に遠く舞ひ**連るゝ**」　高野素十
「垣外を舟漕ぎ**連るる**良夜かな」　富安風生
「旅に見る冥府の鹿火の三つ**連るる**」　皆吉爽雨
「**連れ**添うて宝なりけり秋扇」　加藤郁乎

つる・む【連るむ・交尾む】〈自動・マ四〉(ま/み/む/む/め/め)❶つれる。連れ立つ。❷交尾する。

「新涼のいのちしづかに蝶**交む**」　松村蒼石
「熱ひそかなり空中に蠅**つるむ**」　西東三鬼
「かたつむり**つるめ**ば肉の食ひ入るや」　永田耕衣
「草灼くるにほひみだして鶏**つるむ**」　篠原鳳作
「こぼれ墜ちて蟇《ひき》**交む**なり滝の前」　藤田湘子
「犬**つるむ**出雲は神のふきだまり」　夏石番矢

つれ・づれ【徒然】㊀〈名〉❶手持ちぶさた。退屈であること。所在なさ。❷しんみりしたもの寂しさ。物思いに沈むこと。㊁〈副〉つくづく。▼近世語。

「**つれ〴〵**の人美しき睦月かな」　長谷川かな女
「**つれづれ**の旅にもありぬ赤のまま」　森　澄雄
「**つれづれ**の海を枕の外寝かな」　上村占魚
「**つれづれ**慰まんには烏賊火淋しけれ」　西村和子

つれ・づれ・なり【徒然なり】〈形動ナリ〉(なら/なり・に/なり/なる/なれ/なれ)❶することもなく手持ちぶさただ。所在ない。❷しんみりと物思いにふけっている。物寂しくぼんやりしている。▼その状態が長く続くことがもとの意味。

「**つれ〴〵に**浸る湯壺や秋の雨」　杉田久女
「**つれづれに**跼《かが》めば跳ねて水馬」　水原秋櫻子
「肋骨を愛す**つれづれなる**手以《も》て」　日野草城
「手袋を買ふも銀座の**つれづれに**」　星野　椿
「**つれづれに**父を加ふる火の見かな」　桑原三郎

つれ・な・し〈形ク〉((く)・から/く・かり/し/き・かる/けれ/かれ)❶素知らぬふうだ。平然としている。さりげない。❷冷淡だ。薄情だ。❸ままならない。思うにまかせない。何ごともしない。変わらない。▼もとは漢字で「連れ無し」。

「あか〳〵と日は**難面**《つれなく》もあきの風」　松尾芭蕉

「断腸花**つれなき**文の返事かな」　正岡子規
「ゆかた着のたもと**つれなき**秋暑かな」　飯田蛇笏
「軒つばめお遍路に**つれなかり**けり」　高屋窓秋
「水咲きの百合は**つれなし**故郷よ」　柿本多映
「**不情**《つれなく》も海鼠腸しぼる指ぢから」　高橋睦郎

つゑ【杖】ツエ〈名〉❶（竹や木で作った）つえ。❷刑具の一つ。杖罪《じょうざい》の者を打つ棒で、長さ一メートルほどの節《しふ》を削った竹の棒。
「**杖**ついて畳を歩く鵙日和」　日野草城
「かりそめの**杖**の身に添ふ梅日和」　馬場移公子
「身の丈の**杖**は漕ぐさま秋遍路」　井沢正江
「凍戻るわが欲りゐしは**杖**か鞭か」　鷹羽狩行

て

て【手】〈名〉❶手。（指・手のひら・手首・腕などにいう）❷（器具の）取っ手。横木。❸筆跡。文字。❹腕前。技量。❺（物事の）やり方。型。❻部隊。軍勢。配下。❼傷。負傷。
「**手**にのせて柿のすがたのほれぼれ赤く」　種田山頭火
「病快しかげろふ砂を**手**に握る」　山口誓子
「寒林や**手**をうてば**手**のさみしき音」　柴田白葉女
「舞ひの**手**や浪花をどりは前へ出る」　藤後左右
「買ひ**手**待つ絵を芽吹く木に架けにけり」　下村梅子
「誰の**手**にありし古書なる梅雨深し」　有馬朗人

て　㊀〈接続〉❶（継起）…して、それから。（ある動作・状態から、次の動作・状態に移ることを表す）❷（並行）…て。…て、そして。（動作・状態が同時に進行・存在していることを表す）❸（順接の確定条件）…のために。…から。…ので。❹（逆説の確定条件）…のに。…ても。…にもかかわらず。❺（順接の仮定条件）…たら。…なら。❻（状態）…のようすで。…まま。❼（補助動詞に続けるのに用いて）…て。㊁〈終助〉（感動をこめて軽く念を押したり、返答をうながしたりする）…ね。（言い切りの形に付く）
「家ありて**て**そして水仙畠かな」　小林一茶
「枯山飲むほどの水はあり**て**」　種田山頭火
「雪山のそびえ幽《く》らみ**て**夜の天」　飯田蛇笏
「春泥をいゆき**て**人を訪はざりき」　三橋鷹女
「黄落にまぎれはせず**て**雉子の瑠璃」　細見綾子
「ひそかに**て**すでに炎天となりゆくも」　相馬遷子
「機関車を涙のように思われ**て**」　阿部青鞋
「夜ざくらやほとけが肩に重たく**て**」　岸田稚魚
「虎落笛胎児は耳の形し**て**」　森田智子
「かしこげに首を傾げ**て**子猫かな」　長谷川櫂

で　〈格助〉❶（場所・時）…で。…において。…の時。❷（状態・事情）…で。…でいて。…のままで。❸（手段・方法・道具・材料）…によって。…で。❹（原因・動機・理由・根拠）…によって。…だから。…ために。▼格助詞「にて」が変化したもの。中古末期以降の用法。
「こんなよい月を一人**で**見て寝る」　尾崎放哉

「ある家で猫に慕はれ寒明くる」　秋元不死男
「幼な妻肩掛で肩狭め狭め」　香西照雄
「百歳で春の小川となりにけり」　鳴戸奈菜

で〈接助〉（打消の接続）…ないで。…ずに。▼中古以降に見られる語。語源については、「にて」（打消の助動詞「ず」の古い連用形「に」＋接続助詞「て」）または「ずて」（打消の助動詞「ず」の連用形＋接続助詞「て」）の変化したものともいわれる。

「山桃の日蔭と知ら**で**通りけり」　前田普羅
「なつやせや死な**で**さらへる鏡山」　飯田蛇笏
「むくろじと知ら**で**拾ひし木の実かな」　三橋鷹女
「撫子《なでしこ》や死な**で**空しき人のむれ」　永田耕衣
「花種を蒔きなどもしつ書か**で**けり」　石塚友二
「横這ひにくちなし黒町出でもせ**で**」　小川双々子
「知らぬこと知ら**で**よきこと四月馬鹿」　岡本眸

て-うづ【手水】《チヨウズ》〈名〉手や顔などを洗い清めること。また、そのための水。▼「てみづ」のウ音便。

「団栗や屋根をころげて**手水**鉢」　正岡子規
「菖蒲《しやうぶ》萌え流れの**手水**ながれゐる」　水原秋櫻子
「冬ざれや青竹映る**手水**鉢」　日野草城
「春の夜のぬつと使はぬ**手水**鉢」　川崎展宏

て-うど【調度】《チヨウド》〈名〉❶（日常生活に使う）身の回りの道具。調度品。❷弓矢。（弓矢を武具のうちの第一としたことから）

「榾火《ほたび》に見渡される**調度**である」　尾崎放哉
「後の雛**調度**乏しく飾りけり」　高橋淡路女
「黴蔵の**調度**一生に何度使ふ」　福田蓼汀
「人の世の塵美しき雛**調度**」　後藤比奈夫

てうな【手斧】《チヨウナ》〈名〉大工道具の一つ。斧で削った後を平らにするのに用いる。▼「ておの」の転。

「しぐるるや**手斧**で彫れる雉子車」　野見山朱鳥
「森閑と**手斧**の痕に昼の月」　和田悟朗

て-おひ【手負ひ】《テオイ》〈名〉負傷。負傷者。▼「て」は傷の意。

「**手負**猪萩に息つく野分かな」　河東碧梧桐
「稲妻や**手負ひ**狸の息熱し」　加藤知世子
「**手負**鳥深追ひせざる鷹師かな」　森田峠

て-ぐさ【手種・手草】〈名〉手なぐさみ。おもちゃ。▼「たぐさ」とも。

「外套の釦《ボタン》**手ぐさ**にただならぬ世」　中村草田男
「りんだうを**手草**に絹の道なりき」　平畑静塔
「わが翁眉を**手草**に東風の中」　秋元不死男

て-くらがり【手暗がり】〈名〉手のために光線がさえぎられて手元が暗くなること。その暗い方。

「雁風呂や膳椀を拭く**手くらがり**」　長谷川双魚
「鶴折るに**手暗がり**なり雪吹雪」　澁谷道
「夜濯ぎの白ばかりなる**手くらがり**」　井上雪
「恋文のようにも読めて**手暗がり**」　池田澄子

て-けり〈連語〉❶（「けり」が過去の事柄を伝聞として回想する場合）…てしまった（そうだ）。…た（そうだ）。❷（「けり」が今まで気付かなかったことに気が付いて詠嘆する意を表す場合）…ていることよ。▼完了の助動詞「つ」の連用形＋過去の助動詞「けり」

「六つなるは父の布団にねせて**けり**」　杉田久女
「鴉の子尻なき尻を振りて**けり**」　飯島晴子
「戦争にはゆかずに枯木束ね**てけり**」　小川双々子
「沢蟹を嚙んで朧を酔う**てけり**」　飴山　實
「天命は詩に老い**てけり**秋の暮」　加藤郁乎
「羽抜鶏眼冷たく燃え**てけり**」　徳弘　純

て-ざはり【手触り】《テザワリ》〈名〉手にさわる感覚。

「紅梅や和紙の**手ざはり**母に似て」　後藤綾子
「総毛立つ紙の**手ざはり**春の暮れ」　桂　信子
「蒲の穂の**手触り**誰も知るまいに」　飯島晴子
「**手触り**のあるごとき闇遠花火」　蓬田紀枝子

て-しょく【手燭】〈名〉携帯用の、柄をつけた小型のろうそく立て。手とぼし。

「**手燭**して能《よ》きふとん出す夜寒哉」　与謝蕪村
「柑子剪る庭石凍る**手燭**かな」　長谷川かな女
「時宗廟夜ははくれんの**手燭**めき」　宮脇白夜

です〈終助〉（断定）…であります。▼相手への敬意を込める。室町時代に用例が見え始めるが、江戸語においては主に遊里の女性の言葉。一般に広まったのは、江戸に集まった地方出の武士たちがまねて使ったことによるという。明治時代以後、丁寧語として用いられるようになった。

「あたたかい雨**です**えんま蟋蟀**です**」　三橋鷹女
「草や木の魂飛ぶ冬田日和**です**」　栗林千津
「野菊道笑ひおくれし写真**です**」　清水径子
「眠れない夜は束ねた芒**です**」　松本恭子

て-づから【手づから】《テズカラ》〈副〉❶自分の手で。❷自分自身で。みずから。

「傾城《けいせい》の**手づから**くべる蚊遣《かやり》かな」　正岡子規
「裏山に**手づから**剪りて歯朶長し」　富安風生
「青葦を**手づから**刈つて簾を編むも」　竹下しづの女

でで-むし【蝸牛】季・夏〈名〉カタツムリ。でんでんむし。▼「出よ出よ虫」の意。

「**でで虫**が桑で吹かるゝ秋の風」　細見綾子
「**でゞむし**や砂漠の氷はた悲風」　高屋窓秋
「喉に湿布して**ででむし**のから蹴りぬ」　菖蒲あや
「**でで虫**や昨夜《よべ》に上がりし雨こぼす」　角川春樹

て-ならひ【手習ひ】《テナライ》〈名〉❶習字。文字を書くことを習うこと。❷（和歌などを）心のおもむくままに書き流すこと。その紙。❸稽古《けいこ》。修行。学問。

「火箸もて**手習**されし炉を思ふ」　阿波野青畝
「**手習ひ**のあとそら豆をむきにけり」　山本洋子

て

て-な・る【手馴る・手慣る】〈自動・ラ下二〉〔れ／れ／る／るる／るれ／れよ〕
❶使い慣れる。❷熟練する。
「萩を刈ることは**手馴れ**ておはしけり」　後藤夜半
「爽やかや白き**手馴れ**の一重帯」　柴田白葉女
「読初や**手慣れ**そめたる筆写本」　西村和子

て-は〈連語〉❶…て(は)。…の状態で(は)。(「て」の付いた語句を強調する)❷…ので。…したからには。(順接の確定条件を表す)❸…たら。…なら。(順接の仮定条件を表す)❹…たかと思うと。…と。(動作・作用の反復を表す)❺…(する)と、決まって。…(する)と、いつでも。(ある条件のもとでは決まってそうなることを表す)❻…てからは。(ある事実の実現を表す)▼接続助詞「て」＋係助詞「は」
「女の月日白き紙漉き重ね**ては**」　津田清子
「猫やなぎ呆け**ては**独り愼めり」　小川双々子
「蟷螂よ意中の雲に去られ**ては**」　堀井春一郎
「登り**ては**摺り減らす山秋半ば」　桑原三郎
「眠り**ては**飢ゑをまぎらす隼か」　大木あまり
「いくたびも虹を吐い**ては**山眠る」　高野ムツオ

で-は〈連語〉❶…では。▼格助詞「で」＋係助詞「は」❷(多く下に打消の語や、否定的な意味の表現を伴って)❶…なくては。…ずには。❷(「体言」＋「では」の形で)…以外には。▼打消の接続助詞「で」＋係助詞「は」
「ほろりとぬけた歯**では**ある」　種田山頭火
「夜なら**では**人を訪ひ得ず夜の春蘭」　中村草田男
「豆ごとき**では**出て行かぬ鬱の鬼」　飯島晴子
「見えざれば霧の中**では**霧を見る」　折笠美秋
「地上**では**おおかた牛が横向きに」　安井浩司
「大頭なら**では**見えじ春の虹」　和田悟朗

て-ふ《チョウ》〈連語〉…という。▼「とい(言)ふ」の変化したもの。中古に入ってから和歌に多く用いられる。
「先師**てふ**ことば始めの夜涼かな」　能村登四郎
「夜咄や夢**てふ**文字のくづしやう」　草間時彦
「秋**てふ**文字を百たび書きて秋の暮」　高柳重信
「更衣**てふ**なまみなることしける」　宗田安正
「すだち**てふ**小つぶのものの身を絞る」　辻田克巳

てふ-てふ【蝶蝶】《チョウチョウ》［季・春］〈名〉ちょうちょう。
「**てふてふ**うらからおもてへひらひら」　種田山頭火
「一睡の**てふてふ**となり遠くまで」　大井戸辿
「**てふてふ**のひらがなとびに水の昼」　上田五千石
「**てふてふ**の毛虫の顔をいたしけり」　辻　桃子

て-ぶり【手風・手振り】〈名〉❶習わし。風俗。❷手を振り動かすこと。
「いにしへの**てぶり**の屠蘇をくみにけり」　鈴木しづ子
「ゆふがたの**てぶり**の芹を洗ひをり」　岡井省二

て-まへ【手前】《テマエ》❶〈名〉❶自分の目の前。また、こちら側。❷体面。❸腕前。技量。❹暮らし向き。生活。❺茶を立てること。その作法。ふつう「点前」と書く。❷〈代名〉❶

私。自分。❷おまえ。多く目下の者に対していう。「てめえ」とも。

「朝**点前**初音となりてゐたりけり」　加藤知世子

「極月や月の**手前**に欅の木」　池田澄子

「**手前**から暗くなる山秋の水」　岡田史乃

「すすきより**手前**に捨ててある帯よ」　大屋達治

て‐む〈連語〉❶…てしまおう。（強い意志を表す）❷きっと…だろう。きっと…にちがいない。（推量を強調する）❸…できるだろう。（実現の可能性を推量する）❹…してしまうのがよい。…してしまうべきだ。（適当・当然の意を強調する）▼「てん」とも表記される。完了（確述）の助動詞「つ」の未然形＋推量の助動詞「む」

「たまはれる破魔矢は恋の矢として**てむ**」　山口青邨

「新緑めぐらし胎児《こぁ》育て**てむ**われ尊《とうと》」　金子皆子

て‐も〈連語〉❶…ても。…の状態でも。❷たとえ…ても。…たとしても。❸…したにもかかわらず。…けれども。▼接続助詞「て」＋係助詞「も」

「紙魚ならば棲み**ても**見たき一書あり」　能村登四郎

「こぼれ**ても**山茶花薄き光帯び」　眞鍋呉夫

「ひぐらしに氷嚢重し眠り**ても**」　古賀まり子

「どの道を行き**ても**墓へ芝桜」　福田甲子雄

「悲しみは水温み**ても**温み**ても**」　稲畑汀子

で‐も〈連語〉❶…ないで。…ずに。（上を打ち消し、下に続ける）❷…なくても。…ないでも。（打消の逆説仮定条件を表す）▼打消の接続助詞「で」＋係助詞「も」

「月が昇って何を待つ**でも**なく」　種田山頭火

「蕗の薹は云は**でも**春の野菜籠」　水原秋櫻子

「河骨の流れ行く**でも**来る**でも**なく」　清水径子

「思ふ**でも**なく白玉をおもひをり」　安東次男

「言は**でも**のこと言ひし悔走り梅雨」　大井戸辿

て‐や〈連語〉❶…して…か。▽接続助詞「て」＋疑問の係助詞「や」❷…してくれ。（他に対する願望を表す）▽接続助詞「て」＋間投助詞「や」❸…わ。…よ。（言い聞かせる気持ちを表す）▽近世語で、終助詞「て」＋間投助詞「や」

「鶯に美を盡し**てや**冬木立」　与謝蕪村

「小鏡をとりおとし**てや**木下闇」　石橋秀野

「地の冷えの色に出で**てや**実紫」　林　翔

「月光にとり出し**てや**鯛の鯛」　岡井省二

「この庭を知り尽くし**てや**細る虫」　山田弘子

てら‐・ふ【衒ふ】《テラウ・テロウ》〈他動・ハ四〉〜{は/ひ/ふ/ふ/へ/へ}〜自慢する。誇示する。ひけらかす。

「俗吏にも徹せず**衒ふ**寒の酒」　藤田湘子

てら・ふ【照らふ】《テラウ》〈自動・ハ四〉〜{は/ひ/ふ/ふ/へ/へ}〜輝くようにする。明るくする。

「白梅の日に**照らふ**なき花瓣ちる」　永田耕衣

「雪深き夜の金屏風**照らひ**けり」　永井東門居

「青銅の尖塔**てらふ**秋の晴」　小川濤美子

てん・しん【天心】〈名〉❶天の意志。天意。天子の心。❷天の中心。天空の真中。中天。

「月**天心**貧しき町を通りけり」　与謝蕪村
「**天心**の小さき月の錐を揉む」　川端茅舎
「三山の**天心**にして春の雷」　澤木欣一
「**天心**に笑窪ぞあらめ龍の玉」　糸　大八
「**天心**に鶴折る時の響きあり」　攝津幸彦

てん・ず【点ず】〈他動・サ変〉{ぜ／じ／ず／ずる／ずれ／ぜよ}❶点を打つ。点を打ったように連ねる。❷訓点をつける。❸指定する。❹くわしく点検する。❺火をともす。❻書き入れる。えがく。

「つくばひの杓に**点じ**て蠅生る」　富安風生
「茶の花のうひうひしくも黄を**点じ**」　阿波野青畝
「藍に白を**点じ**ぬ城ある鰯雲」　中村草田男
「聖夜に読む光の中に燭を**点じ**」　香西照雄
「万緑に美男の僧を**点じ**たる」　川崎展宏

と

と【外】〈名〉外。外側。屋外。反対語は内《うち》。

「聖き書《ふみ》**外**よりも黒く魚と在り」　西東三鬼
「まんさくや峡人はまだ**外**に出でず」　森　澄雄
「**外**の闇にのら猫はべり通夜涼し」　辻　桃子

と【門・戸・扉】〈名〉❶出入り口。戸口。❷瀬戸。海峡。両岸が迫って、水の流れの出入り口となる所。

「海の**門**や二尾に落つる天の川」　山口誓子
「墓の**門**に塵取か丶る盆会かな」　芝不器男
「男死にゆく大寒の**扉**を開き」　小川双々子
「雪虫が遊ぶこころの**扉**の前に」　鷹羽狩行

と **一**〈格助〉❶(動作を共にする相手)…と。…と一緒に。❷(比較の基準)…と。…に比べて。❸(引用)…と。(「言ふ」「思ふ」「聞く」などの内容を示す)❹(目的)…として。…と言って。…と思って。❺(変化の結果)…と。…に。…となって。❻(比喩《ひゆ》)…のように。❼(強意)(同じ動詞の間に用いて)㋐…ものはすべて。(動詞の意味を強める)㋑どんどん…する。(動作の進行を表す)❽(並列)…と。(並列助詞とする説もある)**二**〈接助〉(逆説の仮定条件)たとえ…でも。…としても。

「虫なくや我れ**と**湯を呑む影法師」　前田普羅
「漬物桶に塩ふれ**と**母は産んだか」　尾崎放哉
「蝶とべり飛べよ**と**おもふ掌の菫」　三橋鷹女
「夕顔の花は暮れず**と**思へども」　中村汀女
「銃後**と**いふ不思議な町を丘で見た」　渡邊白泉
「虹自身時間はあり**と**思いけり」　阿部青鞋
「ものの芽に触れをり指も芽吹かむ**と**」　林　翔
「雁鳴く**と**ぴしぴし飛ばす夜の爪」　飯田龍太
「夢ありや生き**と**し生けるものに雪」　折笠美秋
「遠くまで行く秋風**と**すこし行く」　矢島渚男
「斑鳩や冬至**と**いへど藁塚月夜」　角川春樹

ど〈接助〉❶（逆説の確定条件）…けれども。…が。…のに。❷（逆説の恒常条件）…ても、いつも。…であっても必ず。

「石をもてうて**ど**ひるまぬ羽蟻かな」　飯田蛇笏

「行け**ど**行け**ど**一頭の牛に他ならず」　永田耕衣

「つひに戦死一匹の蟻ゆけ**ど**ゆけ**ど**」　加藤楸邨

「梅を見に来しにあらね**ど**その見頃」　清崎敏郎

「海に沖あり霧時雨して見えざれ**ど**」　高柳重信

「一汁一菜なれ**ど**夏料理」　吉田汀史

と-ある〈連語〉ちょっとした。▼副詞「と」にラ変動詞「あり」の連体形「ある」が付いて一語化したもの。

「**とある**家におそろしかりし古雛《ふるひひな》」　相馬遷子

「**とある**日を虫に食はれし霞かな」　中尾寿美子

「町筋の**とある**涼しさ祭了ふ」　吉田鴻司

「**とある**日の夏木さびしさ見せにけり」　加藤三七子

「**とある**短日うどん屋にわれ一人」　辻田克巳

「**とある**漁港に廻り澄む独楽《こま》一つ」　友岡子郷

とう【磴】〈名〉石を敷きつめた坂。石段になった坂道。いしざか。

「**磴**上る影きくきくと秋遍路」　深見けん二

「**磴**よりは誰も来たらず夕牡丹」　神尾久美子

「かんかんと**磴**転げ落つ遍路杖」　鈴木鷹夫

どう-じ【童子】〈名〉❶子供。わらべ。❷仏・菩薩《ぼさつ》・明王《みょうおう》などの眷族《けんぞく》。❸寺に入って僧の弟子となり、学びながら雑用に従う少年。

「筆持《も》った**童子**いくつぞ菊の花」　小林一茶

「竹林を**童子**と覗く春夕べ」　西東三鬼

「砂掘つて**童子**あそべり終戦日」　岸風三樓

と-か〈連語〉はっきりしない事柄を示したり、いくつかの事柄を例示的に並べあげるのに使う。▼格助詞「と」＋係助詞「か」

「雨のノエルの愛**とか**自律神経**とか**」　池田澄子

「男**とか**女を超えて日向ぼこ」　櫂未知子

と-か〈連語〉…というのであろうか。…というわけなのか。▼不確実な想像または伝聞を表す。格助詞「と」＋終助詞「か」

「御徒歩のこの落葉ふみ給ふ**とか**」　富安風生

「西教寺道より見しは芦火**とか**」　阿波野青畝

とが【咎・科】〈名〉❶欠点。過失。❷犯罪。罪。

「**咎**のやうに蛇うすれゆくねむりゆく」　栗林千津

「新雪に足跡残すは**咎**のごと」　古賀まり子

「冬ざくら**科**人の目の澄みわたる」　宇多喜代子

と-かく【兎角・左右】〈副〉❶あれやこれや。何やかやと。❷ややもすれば。ともすれば。❸いずれにしても。とにかく。

「わが死後の**とかく**の噂いわし雲」　山口草堂

「道ききし冬耕**とかく**距たれる」　上田五千石

「**とかく**群れたがる目高の群れにけり」　行方克巳

と-かげ【常陰】〈名〉(山の陰など)いつも日の当らない場所。
「初恋や/**常陰**の/雪の/斎笹《ゆざさ》姫」　林　桂
「山の**常陰**は切株ごとに翁立つ」　夏石番矢

と-かま【利鎌】〈名〉よく切れる鎌。切れ味の鋭い鎌。▼「とがま」とも。
「燕来て天心ことに**利鎌**の羽」　皆吉爽雨
「稲を刈る**利鎌**の冴えの音はしる」　大橋敦子

とが・む【咎む】〈他動・マ下二〉{め/め/む/むる/むれ/めよ}❶非難する。責める。❷あやしむ。❸問いただす。尋問する。
「神の留守句碑にあそべる子を**咎めず**」　長谷川かな女
「蜥蜴走す籐椅子夫人に**咎められ**」　中村汀女
「みづからをすこし**咎めて**藤袴」　友岡子郷

と-か-や〈連語〉❶(文中の場合)…とかいう。❷(文末の場合)…とかいうことだ。▼格助詞「と」+係助詞「か」+間投助詞「や」
「雨乞の室生の寺といふ**とかや**」　後藤夜半
「姉**とかや**合歓の青莢冴ゆる谷」　飯島晴子
「一怒すれば一老**とかや**茗荷の子」　川崎展宏
「山桜ここらも堂の跡**とかや**」　長谷川櫂

とき【時】〈名〉❶(過ぎていく)時間。時の流れ。❷(一昼夜を区分した)時間。時刻。❸時節。季節。❹よい時機。好機。❺時代。年代。世。❻時勢。時世。世のなりゆき。❼その当時。そのころ。❽(そういう状態の)時。折。場合。❾栄えている時期。勢いが盛んな時期。
「いづれのおほん**とき**にや日永かな」　久保田万太郎
「朝澄みてさくらみし**とき**風邪わする」　高屋窓秋
「**時**の彼方へ草軽鉄道霧に消ゆ」　文挾夫佐恵
「晩年へ**時**の急流菜殻燃ゆ」　野見山朱鳥
「ある**時**は罌粟の赤さを憎みけり」　野見山ひふみ

とき【斎】〈名〉❶僧の食事。特に、午前中にとる定時の食事。❷法事などの際に、僧や参会者に出す食事。▼食事をすべき時《とき》の意から。僧は午前中の一日一食であった。
「十人に**斎**の膳あり夏の寺」　高野素十
「**斎**の火を落せし庫裡の涅槃闇」　野澤節子
「鳥渡りまた鳥わたるお**斎**かな」　岡井省二

とき・じ【時じ】〈形シク〉{(じく)・じから/じく・じかり/じ/じき・じかる/じけれ/じかれ}❶時節外れだ。その時ではない。❷時節に関わりない。常にある。絶え間ない。▼上代語。「じ」は形容詞を作る接尾語で、打消の意味を持つ。
「ただに必然《ことはり》**不時**《ときじく》の死と春雪と」　中村草田男
「**ときじく**のかくの木の花耶蘇《ヤソ》の父」　森　澄雄
「**ときじく**の小鼓を聴く春の鹿」　赤尾兜子
「**非時**《ときじく》の蝶が白山山系に」　柿本多映
「**ときじく**の菊をあはれに花御堂」　岸本尚毅

とき-しも【時しも】〈連語〉折も折。ちょうどその時。▼名詞「とき」+副助詞「しも」

「**時しも**卯月潮の早瀬の矢の如し」　水原秋櫻子

とき‐な・し【時無し】〈形ク〉｛(く)・から／く・かり／し／き・かる／けれ／かれ｝　いつと決まった時がない。いつもである。絶え間がない。

「花どきの**時なし**に覚め手のありど」　長谷川双魚

「湯の山や**時なし**酒の萩桔梗」　石川桂郎

「**時なし**の筏かづらも島の冬」　清崎敏郎

とき‐に【時に】〈副〉❶どうかすると。たまに。❷その時。時あたかも。

「秋冷や夜の汐**ときに**おそろしき」　鈴木真砂女

「**ときに**火が星座のかたち螢籠」　鷹羽狩行

「夕桜**ときに**背鰭の如きもの」　鳴戸奈菜

「沈丁花冥界**ときに**波の間に」　田中裕明

とき‐には【時には】〈連語〉たまには。場合によっては。

「反抗期で**時には**なぐりたくもなるそのまなざし」　喜谷六花

「足の痛み**時には**忘れ福寿草」　阿部みどり女

「焼けてゆく芝火**時には**琥珀色」　星野立子

「永き日や**時には**水へ蜘蛛の糸」　宇佐美魚目

とき‐は【常盤・常磐】《トキワ》〈名〉❶永遠に変わることのない（神秘な）岩。❷永久不変のこと。▼「とこいは」の変化した語。巨大ないわのもつ神秘性に対する信仰から、永遠に不変である意を生じたもの。

「**常盤**木の老いて枯れぬは淋しやな」　後藤綾子

「歌留多狂《かるたぐるひ》の／**常磐**《ときは》の／刀自《とじ》も／身罷《みまか》りき」　高柳重信

とき‐め・く【時めく】〈自動・カ四〉｛か／き／く／く／け／け｝　❶時流に乗って栄える。もてはやされる。❷格別に目をかけられる。寵愛《ちょうあい》を受けて栄える。▼「めく」は接尾語。

「黴びて持つ今を**ときめく**人の文」　後藤綾子

「**ときめく**よ一糸纏はぬ凍瀧に」　三好潤子

「汝は伽藍夕べ**ときめく**蝙蝠よ」　沼尻巳津子

とき‐をり【時折】《トキオリ》〈副〉時々。ときたま。

「**時折**は心向け見る枯野あり」　村越化石

「茄子畑夕べ**時をり**可笑しくて」　岡井省二

「死蟬を**ときをり**落し蟬しぐれ」　藤田湘子

「病人が**ときをり**開く白障子」　岩城久治

と・く【解く】㊀〈他動・カ四〉｛か／き／く／く／け／け｝　❶ほどく。❷取り外す。脱ぐ。❸ほぐして整える。（櫛《くし》で）すく。❹答えを出す。解答する。㊁〈自動・カ下二〉｛け／け／く／くる／くれ／けよ｝　❶ほどける。❷消える。なくなる。❸うちとける。安心する。❹官職から離れる。

「春雪の**解くる**を苔の吸ひやまず」　野見山朱鳥

「帯**解け**ば疲れなだるる夕薄暑」　古賀まり子

「長き夜の苦しみを**解き**たまひしや」　稲畑汀子

「白牡丹海峡は夜も渦**解か**ず」　吉田汀史

「手袋に付きて**解け**ざる霜払ふ」　茨木和生

「仮りの世のなぞなぞを**解く**寒椿」　大西泰世

と・く【溶く・融く】㊀〈他動・カ四〉｛か／き／く／く／け／け｝　溶く。溶かす。㊁〈自動・カ下二〉〔け/け/く/くる/くれ/けよ〕溶ける。

「初夢のなくて紅とくおよびかな」 三橋鷹女

「母病めり雪じゆじゆと溶く道の上」 岸田稚魚

「無職なり氷菓溶くるを見てゐたり」 眞鍋呉夫

「人死や雪の融けたる土の色」 桑原三郎

「葛湯溶く箸先こをろこをろにぞ」 高橋睦郎

「一度融けふたたび凍る難儀かな」 中原道夫

とく【疾く】〈副〉❶すぐに。早速。急いで。❷すでに。とっくに。

「とくいでて春月高し湖の上」 水原秋櫻子

「輪廻とく老いしは草に横たはり」 横山白虹

「疾く去にし日日よ祭よ浮いてこい」 文挾夫佐恵

「秋思あり人々をとくやりすごし」 井沢正江

と・ぐ【遂ぐ】〈他動・ガ下二〉〔げ/げ/ぐ/ぐる/ぐれ/げよ〕なしとげる。

「朝顔やおもひを遂げしごとしぼむ」 日野草城

「野川《のがは》ひとつ/利根《とね》に/遂《と》げゆく/ふるさとよ」 高柳重信

「男ならなますになつて戀遂げよ」 筑紫磐井

とく・とく【疾く疾く】〈副〉早く早く。さっさと。▼形容詞「と(疾)し」の連用形を重ねて強めた語。

「霜とくとく試みに浮世すすがばや」 松尾芭蕉

「遮断機はとくとく下ろす夜の枯木」 中村汀女

とこ【床・牀】〈名〉❶寝床。寝所。❷牛車《ぎっしゃ》の屋形。車体。❸涼み床。納涼のために川の上などに設ける桟敷。

「蓑掛けし病の牀や日の永き」 正岡子規

「二日はや死病の人の牀に侍す」 相馬遷子

「花林檎ほとほと白し夜の床も」 野澤節子

「気に入りのおもちや召し寄せ風邪の床」 西村和子

とこ・【常】〈接頭〉(名詞・形容詞などに付いて)いつも変わらない、永久不変である意を表す。「とこ夏」「とこ闇《やみ》」「とこ世《よ》」「とこ少女《をとめ》」「とこ懐し」

「常乙女めく夫人去り燕来し」 竹下しづの女

「こほろぎや喞筒《ポンプ》の濡れの常濡れに」 山口誓子

「達治忌や太郎次郎は常童」 文挾夫佐恵

「晩年のわが常臥しや四月馬鹿」 森　澄雄

「端居して常夜の国に近くゐる」 原　裕

「死鼠を常のまひるへ抛りけり」 安井浩司

とこし・なへ・なり【常しなへなり】《トコシナエナリ》〈形動ナリ〉〔なら/なり・に/なり/なる/なれ/なれ〕「とこしへなり」に同じ。

「春惜むおんすがたこそとこしなへ」 水原秋櫻子

「たんぽゝや長江濁るとこしなへ」 山口青邨

「春風のさそつてくれしとこしなへ」 松澤　昭

「遠やなぎ白きブラウスとこしなへ」 加藤郁乎

「とこしなへ憎つくき伯母は蓮根掘る」 大岡頌司

とこし・へ・なり【常しへなり】《トコシエナリ》〈形動ナリ〉〔なら/なり・に/なり/なる/なれ/なれ〕いつまでも変わらない。永久だ。永遠だ。▼「とこしなへなり」とも。

「とこしへの病軀なれども青き踏む」　川端茅舎
「とこしへに天の川あり起ちたまへ」　加藤楸邨
「とこしへに面はさみしと菊に彫る」　野見山朱鳥
「とこしへや鳥のうしろのとりかぶと」　小川双々子
「とこしへに数を捨てゆく手毬うた」　八田木枯
「**常しえ**に天心をゆく夜汽車かな」　須藤　徹

とこ-こそ〈連語〉❶（文中に用いて）…と。❷（文末に用いて）…しろよ。…しろというのだ。

「どかと解く夏帯に句を書け**とこそ**」　高濱虚子
「深山木を黄蝶こぼる、秋**とこそ**」　原　石鼎
「柿若葉妙齢**とこそ**申さばや」　石塚友二
「泣け**とこそ**北上河原の蕗は長けぬ」　岸田稚魚

とこ-とは・なり【常永久なり】《トコトワナリ》〈形動ナリ〉｛なら／なり・に／なり／なる／なれ／なれ｝いつも変わることがない。永遠だ。

「時雨るるや**とことはに**澄む比翼皿」　永田耕衣
「極月や三十日のなげき**とことはに**」　石塚友二
「**とことはに**黄味さす父母や神無月」　三橋敏雄
「夜蛙や**とことはに**墨磨つてをり」　岡井省二

とこ-やみ【常闇】〈名〉永遠のくらやみ。

「**常闇**をいざなひて梅にほふかな」　鷲谷七菜子
「**常闇**の秘仏も修羅や冴返り」　倉橋羊村
「胸像の中の**常闇**冬の城」　徳弘　純
「種袋よりこぼれたる**常闇**よ」　久保純夫

とこ-よ【常世】〈名〉❶永久不変。永遠。永久に変わらないこと。❷常世の国。海のはるかかなたにあり祖先の霊が集まって住むという国。また、不老不死であるという理想郷。

「流し雛スクラム組みて**常世**行」　阿波野青畝
「遠しとは**常世**か黄泉か冬霞」　中村苑子
「籐寝椅子**常世**の波に向けにけり」　有馬朗人

と-ごゑ【鋭声】《トゴエ》〈名〉するどく強い声。

「葭切のをちの**鋭声**や朝ぐもり」　水原秋櫻子
「鵯の谷より**鋭声**雨あがり」　星野立子
「碧空に**鋭声**つづりてゆく鳥よ」　篠原鳳作

とざ・す【鎖す・閉ざす】〈他動・サ四〉｛さ／し／す／す／せ／せ｝戸じまりする。

「山門をぎいと**鎖す**や秋の暮」　正岡子規
「雨に**鎖して**わづかに涼し壁のもと」　富田木歩
「春菜を買ふべく鍵を**鎖し**出づ」　西東三鬼
「夏多情下から**とざす**鶏のまぶた」　阿部青鞋
「果樹園の鉄扉**閉ざされ**冬深む」　福田甲子雄

と・し【疾し・迅し】〈形ク〉｛（く）・から／く・かり／し／き・かる／けれ／かれ｝❶時期が早い。❷速度が速い。速く激しい。

「高空は**疾き**風らしも花林檎」　相馬遷子
「藻の花の水漬くに底の流れ**疾し**」　横山房子
「蛇よりも殺めし棒の**迅き**流れ」　鷹羽狩行

「水中を疾く泳いだる蟇を見し」　岡井省二
「光より迅き想ひあり初茜」　坂本宮尾

と‐し【利し・鋭し】〈形ク〉（（く）・から／く・かり／し／き・かる／けれ／かれ）よく切れる。するどい。鋭利だ。
「**鋭き**声の一鳥若菜はづれけり」　川端茅舎
「早雲かなしくも**鋭き**誰《た》が叫び」　富澤赤黄男
「高嶺みな**鋭き**眼をあげて麦の秋」　飯田龍太
「秋風やちちははは去り**鋭き**鏃」　和田悟朗

と‐じ【刀自】〈名〉❶主婦。（「とうじ」とも）❷…様。…君。（夫人の敬称）❸宮中の「内侍所《ないしどころ》」「御厨子所《みづしどころ》」「台盤所《だいばんどころ》」などに勤めて雑役に従う女官。
「母**刀自**の涙の新た更衣」　高野素十
「メロン一個手つかずにあり**刀自**の家」　佐藤鬼房
「母**刀自**のあるかなきかに端居かな」　下村梅子
「母**刀自**のもの書きおはす夏座敷」　上田五千石

と‐して〈連語〉❶（下に多くの打消の語を伴って）（例外なく）…も。…だって。❷…という身分（資格）で。…として。▼断定の助動詞「たり」の連用形「と」＋接続助詞「して」
「虻**として**飛ぶ充実の淋しけれ」　清水径子
「色**として**白梅の白なかりけり」　齋藤　玄
「父**として**日記は買はず絵本買ふ」　森田　峠
「模糊**として**男旅する薄氷」　長谷川久々子

と‐しも〈連語〉…とも。…ということも。（下に打消の表現を伴うことが多い）
「ふし漬やいつ取りに来るもの**としも**」　松瀬青々
「土雛あり**としも**なきあぎと哉」　前田普羅
「春雁をとゞむる**としも**五湖の雨」　飯田蛇笏
「春風や旅**としも**なく京に来て」　原　石鼎
「寒波来し昨日《きぞ》**としも**なし芝に座す」　竹下しづの女
「明易き潮騒**としも**聴きし音」　稲垣きくの
「探梅**としも**なく美濃の奥にあり」　大峯あきら

‐とせ【年・歳】〈接尾〉年齢や歳月を数えるのに用いる語。「千《ち》とせ」「百《もも》とせ」「幾とせ」
「晦日月なし千**歳**の杉を抱く嵐」　松尾芭蕉
「秋いく**とせ**石鎚山を見ず母を見ず」　石田波郷
「百**とせ**ののち若葉する句なりけり」　加藤郁乎
「喪ごもりのひと**とせ**が過ぎ薺粥」　佐川広治
「と**とせ**まへ玄關に秋服の君」　田中裕明

と‐ぞ〈連語〉❶（文中に用いて）…と。（「と」が受ける内容を強める）❷（文末に用いて）…ということだ。（伝聞あるいは不確実な内容であることを表す）▼格助詞「と」＋係助詞「ぞ」
「涅槃圖にまやぶにん**とぞ**讀まれける」　後藤夜半
「雪深く南部曲家**とぞ**言へる」　山口青邨
「蟬の木を撫でて先生**とぞ**呼べる」　清水径子
「やや晴れて来て梅雨深し**とぞ**思ふ」　後藤比奈夫
「紅葉かつ散るや散り際大事**とぞ**」　村越化石

「白粥は花明りとぞ啜りけり」　山上樹実雄

と‐だ・ゆ【途絶ゆ・跡絶ゆ】〈自動・ヤ下二〉｛え／え／ゆ／ゆる／ゆれ／えよ｝行き来が途絶える。特に、男が女の所に通わなくなる。

「花舞うて焦土の電車**途絶え**たり」　臼田亜浪

「行く方やふと人**途絶え**炎天下」　中村汀女

「低吟のとき**途絶ゆる**や菊根分」　飴山實

‐どち〈接尾〉（名詞に付いて）…たち。…ども。▼互いに同等・同類である意を表す。「思ふどち」「男どち」

「月さすや谷をさまよふ螢**どち**」　原石鼎

「谷戸谷戸に友**どち**住みて良夜かな」　永井東門居

「死に遅れたる父は父**どち**魚遊び」　中村苑子

「葱掘るやしんしん吹雪く遠嶺**どち**」　吉田未灰

「佛**どち**この茎とまれ吾亦紅」　斎藤夏風

ど‐ぢゃう【泥鰌】《ドジヨウ》 季・夏 〈名〉どじょう科の淡水魚。からだは筒状で暗緑色。沼・水田などにすんでいる。食用。▼「どぜう」とも。

「初詣駒形に来て**泥鰌**汁」　小沢碧童

「**泥鰌**掘る手にちよろちよろと左右の水」　阿波野青畝

「**泥鰌**らも知りぬいて居る葱畑」　永田耕衣

「時平ら萍たたへ**泥鰌**伏し」　中村草田男

「**泥鰌**逃ぐ雀隠れの畦踏めば」　石川桂郎

と・づ【閉づ】《トズ》 一〈自動・ダ上二〉｛ぢ／ぢ／づ／づる／づれ／ぢよ｝❶閉ざされる。ふさがる。閉じこもる。❷水が凍る。結ぶ。二〈他動・ダ上二〉❶閉ざす。ふさぐ。しめる。❷閉じこもる。❸水が凍って、流れを止めたり池を覆ったりする。

「晩秋や　くれなゐの貝**とぢ**しまゝ」　富澤赤黄男

「風花や魚死すとも目は**閉ぢ**ず」　鈴木真砂女

「唇**緘ぢ**て綿虫のもうどこにもなし」　能村登四郎

「睡蓮**閉づ**こころいたはる刻とこそ」　野澤節子

「幮《かや》に寝てまた睡蓮の**閉づる**音」　赤尾兜子

と‐つ‐くに【外つ国】〈名〉❶「畿内《きない》」以外の国。❷外国《がいこく》。異国。▼「つ」は「の」の意の古い格助詞。

「名月の夜ぞ**外つ国**に書く手紙」　星野立子

「**外つ国**のつばくろはみな鋭き目なり」　佐川広治

と‐て〈格助〉❶（引用）…と言って。…と思って。❷（動機・目的）…と思って。…として。…ということで。❸（事物の名を示す）…という名で。…といって。❹（原因・理由）…だからといって。▼格助詞「と」に接続助詞「て」が付いて一語化したもの。

「けふは**とて**娵《よめ》も出《いで》たつ田植哉」　与謝蕪村

「野菊道足の指**とて**優しけれ」　中尾寿美子

「支流へと水仙はともる**とて**秘《かく》す」　小川双々子

「水の色**とて**水底のラムネかな」　和田悟朗

「屋敷内**とて**ゆつくりと春の猫」　廣瀬直人

「まめざくら**とて**荒立ちの芽なりけり」　斎藤夏風

「白鳥の子**とて**墨色して混る」　加藤三七子

「丸山遺跡**とて**炎天に曝さるる」　倉橋羊村

とて・も〈連語〉…といっても。…だって。▼格助詞「とて」十係助詞「も」

「海女とても陸《がく》こそよけれ桃の花」　高濱虚子
「墓原路とてもなく夕の漁村に下りる」　尾崎放哉
「衣更へてこののちとてもこのくらし」　鈴木真砂女
「納屋とてもきびしく雪を囲ひけり」　森田峠

とどこほ・る【滞る】《トドコオル》〈自動・ラ四〉{ら/り/る/る/れ/れ}❶つかえて動かない。停滞する。❷ぐずぐずする。ためらう。

「寒鯉の斑のとどこほるささめ雪」　後藤夜半
「夜の障子木犀の香のとどこほる」　橋本多佳子
「百舌鳥の朝噴煙天にとゞこほる」　堀口星眠
「滞る血のかなしさを硝子に頒つ」　林田紀音夫
「鹿島槍寒き日輪とどこほる」　藤田湘子

ととの・ふ【調ふ・整ふ】《トトノウ》[一]〈自動・ハ四〉{は/ひ/ふ/ふ/へ/へ}❶きちんとそろう。不足なく備わる。❷(楽器の)調子が合う。準備する。[二]〈他動・ハ下二〉{へ/へ/ふ/ふる/ふれ/へよ}❶きちんとそろえる。❷調子を合わせる。

「春もやや気色ととのふ月と梅」　松尾芭蕉
「暮色ととのへ螢火を迎ふ時」　山口誓子
「蛇見しあと女人は息を整ふる」　橋本美代子
「息かるくととのへてをりゆすら梅」　平井照敏
「まきひのき形ととのへ盆迎」　坂内文應

とどま・る【止まる・留まる・停まる】〈自動・ラ四〉{ら/り/る/る/れ/れ}❶とどまる。あとに残る。❷止まる。停止する。❸中止になる。❹宿泊する。滞在する。❺(心や耳に)残る。

「とどまればあたりにふゆる蜻蛉かな」　中村汀女
「死ぬほどの愛に留まる若葉かな」　永田耕衣
「春昼の指とどまれば琴も止む」　野澤節子
「澄むといふこと水にとどまらず」　鷹羽狩行
「とどまれば我も素足の曼珠沙華」　あざ蓉子

とど・む【止む・留む・停む】[一]〈他動・マ上二〉{み/み/む/むる/むれ/みよ}とどめる。止める。[二]〈他動・マ下二〉{め/め/む/むる/むれ/めよ}❶引きとめる。とどめる。抑える。制止する。❷中止する。やめる。❸あとに残す。❹集中する。(注意を)向ける。

「梅白く芝一塵をとどめざる」　富安風生
「極寒のちりもとどめず巖ふすま」　飯田蛇笏
「浅山に夕日とどむる合歓の花」　柴田白葉女
「熊野川筏をとどめ春深し」　相馬遷子
「青東風の塵をとどめず神火もゆ」　古舘曹人
「はこべらや旧里にとどむ恨なし」　赤尾兜子

とな・ふ【唱ふ・称ふ】《トナウ・トノウ》〈他動・ハ下二〉{へ/へ/ふ/ふる/ふれ/へよ}声に出して言う。声高に読み上げる。となえる。

「波羅蜜を唱へ頂く秋の飯」　長谷川かな女
「題目を唱へて死ぬるコレラかな」　川端茅舎
「神々の国の青きを踏み称ふ」　鷲谷七菜子
「蕉門十哲指折り唱ふ黴の中」　小澤實

とな・る【隣る】〈自動・ラ四〉{ら/り/る/る/れ/れ} 並んで接している。隣接する。
「秋風や合歓に**隣り**て偽アカシヤ」　石田波郷
「**隣る**世へ道がありさう落し文」　手塚美佐
「褒美の字放屁に**隣る**あたたかし」　中原道夫
「ぶらんこ揺れだすわれの漕げるに**隣れる**も」　小澤　實

と-に-かく(に)【兎に角(に)】〈副〉❶あれやこれやと。何やかやと。❷いずれにせよ。▼副詞「と」+格助詞「に」+副詞「かく」+格助詞「に」
「**とにかくに**坊主をかしや花の春」　正岡子規
「君のそばへ**とにかく**こすもすまで歩く」　清水径子
「初しぐれ江戸は**兎に角**ひろいやね」　加藤郁乎

との-ぐも・る【との曇る】〈自動・ラ四〉{ら/り/る/る/れ/れ} 空一面に曇る。▼「との」は一面にの意を表す接頭語。
「梨咲くと葛飾の野は**との曇り**」　水原秋櫻子
「郭公も奴婢の歎きも**との曇る**」　橋　閒石
「**との曇る**大山蓮華《おほやまれんげ》ひらかむと」　神尾久美子

との-づくり【殿作り・殿造り】〈名〉御殿を作ること。御殿風に立派な家を作ること。造られたさま。
「土手の松花や木深き**殿造り**」　松尾芭蕉
「立春の鳶しばしあり**殿づくり**」　阿波野青畝

と-の-も【外の面】〈名〉家の外側。戸外。
「夢にかよひて**外の面**の雪の暮れ白らむ」　富田木歩
「障子して読めば**外の面**に音おほし」　篠原　梵

との-ゐ【宿直】《トノイ》〈名〉❶宿直《しゅくちょく》。夜、宮中・役所・貴人の邸宅などに職務として宿泊して、警護・事務、その他の奉仕をすること。❷夜、天皇や貴人の寝所に仕えて、お相手をつとめること。
「唐黍を四五本植ゑて**宿居**かな」　村上鬼城
「狂院に身は**宿直**にて大文字」　平畑静塔
「涼やかに鈴なつてゐる**宿直**かな」　筑紫磐井

と-は〈連語〉❶引用語句を説明文の主題として示すのに用いる。❷感情を誘発した事柄を主題として示すのに用いる。▼格助詞「と」+係助詞「は」
「高し**とは**言はず深しと言はむ天」　相生垣瓜人
「なみだ**とは**潜水服のごときもの」　阿部青鞋
「余生**とは**歩くことらし山笑ふ」　清水基吉
「初蝶や何に**とは**なく頭さげ」　河原枇杷男
「悼む**とは**無患子の実を拾ふこと」　山本洋子
「余寒**とは**ずらりと蛇口並ぶこと」　櫂未知子
「裏返す野焼きの火**とは**なりにけり」　五島高資

と-ばし・る【迸る】〈自動・ラ四〉{ら/り/る/る/れ/れ} 飛び散る。ほとばしる。
「山茶花の**とばしる**水に舟を行る」　木村蕪城

とは・なり【永久なり・常なり】《トワナリ》〈形動ナリ〉{なら/なり・に/なり/なる/なれ/なれ} 久しく変化しない。永遠だ。とこしえだ。

「柿をむきて永遠の処女もおもしろし」 竹下しづの女
「形代のわが名はとはに俯《うつ》ける」 中尾寿美子
「ひかがみをとはに揉むなれ春の風」 岡井省二
「郭公の日暮れや北は永遠に北」 藤田湘子

と-ばり【帷・帳】〈名〉室内の仕切りや外との遮断のため鴨居《かもい》などから垂らす大きな布。たれぎぬ。「とはり」とも。
「青柚子や帳もあをき懺悔室」 水原秋櫻子
「春の月うすき帷は影ばかり」 日野草城
「春の夜やホテルはあかき帷ひき」 岸風三樓
「雨が花散らしてしまふ夜の帷」 高木晴子
「葉を懸けて黄檗山に夜のとばり」 波多野爽波
「風呂吹の熱《あ》つ口に夜のとばりかな」 原 裕
「一人立つ夜のとばりの雪舞台」 深谷雄大

とび-か・ふ【飛び交ふ】《トビカウ・トビコウ》〈自動・ハ四〉{は/ひ/ふ/ふ/へ/へ} 入り乱れて飛ぶ。飛びちがう。
「燕とびかふ旅から旅へ草鞋を穿く」 種田山頭火
「生霊か螢か闇を飛び交ふは」 中村苑子
「蜻蛉の気まぐれならず飛びかへる」 西村和子

と・ふ【問ふ・訪ふ・弔ふ】《トウ》〈他動・ハ四〉{は/ひ/ふ/ふ/へ/へ} ❶尋ねる。問う。❷調べる。詰問する。❸訪れる。訪問する。見舞う。❹弔問する。弔う。
「一人来て一人をとふや秋の暮」 与謝蕪村
「朝顔や百たび訪はば母死なむ」 永田耕衣
「道問へば露路に裸子充満す」 加藤楸邨
「枯蓮に問はむ俳諧とは何ぞ」 津田清子
「赤く大きな花のみ訪ふて黒揚羽」 きくちつねこ
「萩に手をふれて昔の如く訪ふ」 深見けん二
「山の墓訪ひこ訪ひこと落葉今朝」 高橋睦郎
「さびしさの絶対量を問ふふくろふ」 夏井いつき

と-ふ《トウ》〈連語〉…という。▼「といふ」の変化したもの。上代には「とふ」「ちふ」が用いられ、中古には「てふ」が用いられる。
「男手をよしとふ新茶わが淹る」 皆吉爽雨
「春浅しステッキとふを手にし持ち」 安住 敦
「青空とふ大いなる枡の底にわれ」 林 翔

とぶら・ふ【訪ふ・弔ふ】《トブラウ・トブロウ》〈他動・ハ四〉{は/ひ/ふ/ふ/へ/へ} ❶尋ねる。問う。❷訪ねる。訪問する。❸慰問する。見舞う。❹探し求める。❺追善供養する。冥福《めいふく》を祈る。▼後世「とむらう」とも。
「蟹の死を舟蟲群れて葬へり」 富安風生
「春潮に弔ふ眸して立上る」 稲垣きくの
「海沿ひを荻沿ひを人弔へ」 蓬田紀枝子

とほ-おや【遠祖】《トオオヤ》〈名〉遠い祖先。
「遠祖の赤毛や油蟬地獄」 栗林千津
「秋の山遠祖ほどの星の数」 野澤節子
「遠祖のひとりと会いぬ稲の花」 宇多喜代子

とほ・し【遠し】《トオシ》〈形ク〉｛(く)・から／く・かり／し／き・かる／けれ／かれ｝❶遠い。離れている。❷疎遠だ。親しくない。❸気が進まない。興味がない。❹縁遠い。似ていない。

「橋渡る**遠き**時雨の海ひかり」　加藤楸邨
「はれし日はさくらの空も**とほく**澄む」　高屋窓秋
「白絣荒波**とほく**闘へる」　桂　信子
「つひに吾れも枯野の**とほき**樹となるか」　野見山朱鳥
「横川**遠から**ずと言はれ鴨料理」　森田　峠
「冬桜**とほき**うしほの音とどく」　藤田湘子
「はらいそのみくに**とほし**や藍を刈る」　小澤　實

とぼ・し【乏し】〈形シク〉｛(しく)・しから／しく・しかり／し／しき・しかる／しけれ／しかれ｝❶不十分である。足りない。❷まずしい。

「や、寒や**とぼしき**ま、の髪油」　石橋秀野
「焚く榾の**とぼしき**留守をあづかりぬ」　木村蕪城
「**とぼしく**て大きくて野の春ともし」　鷲谷七菜子

-どほし【通し】《ドオシ》〈接尾〉（動詞連用形に付いて）「ずっと…しつづけ」の意を表す。

「昬むすび**どほし**の旅のかいつぶり」　能村登四郎
「塩田に百日筋目つけ**通し**」　澤木欣一
「濡れ**通し**の崖に白藤父逝けり」　鍵和田秞子
「現れてより立ち**通し**曼珠沙華」　倉田紘文
「松葉降る颪に撞木のゆれ**通し**」　岸本尚毅

とぼ・す【点す・灯す】〈他動・サ四〉｛さ／し／す／す／せ／せ｝あかりをつける。ともす。

「爪に灯を**とぼし**おふせて夷講《えびすかう》」　小林一茶
「砂**とぼす**螢や妻とふたりゐて」　山口誓子
「汝が禿びし指もて**とぼす**白切子」　村越化石

と-ぼそ【枢・扉】〈名〉❶開き戸の上下の端に設けた回転軸である「とまら(枢)」を差し込むために、梁《はり》と敷居とにあける穴。❷扉。戸。くるる戸。▼「戸臍《とぼそ》(「臍」は、へそ)」の意。

「此宿は水鶏《くひな》もしらぬ**扉**かな」　松尾芭蕉
「越冬燕に**とぼそ**を洩るる月明り」　安住　敦
「椿隠れにやうやうなれりわが**扉**」　小檜山繁子
「卯の花を**とぼそ**に咲かせ隠れ宿」　手塚美佐
「日と月は会うや垂木と**扉**より」　安井浩司

とほ-つ【遠つ】《トオツ》〈連語〉遠くの。遠い。はるかな。「とほつ淡海《あふみ》」「とほつ沖」「とほつ祖先《おや》」など。▼「つ」は「の」の意の上代の格助詞。

「**遠つ**峯にかがよふ雪の青あらし」　芥川龍之介
「**遠つ**わだきらびやかなり業をはる」　細谷源二
「葛の花**遠つ**江《あふみ》へ怨み文」　能村登四郎
「**遠つ**世へゆきたし睡し藤の昼」　中村苑子

とほ-ね【遠音】《トオネ》〈名〉遠くのほうで聞こえる音。

「朝夕の潮の**遠音**も羽子《はね》日和」　西島麥南
「麦笛やおのが吹きつつ**遠音**とも」　皆吉爽雨
「邯鄲の鳴ける**遠音**に颪の出て」　行方克巳

とほ‐み【遠み】《トオミ》〈派生語〉遠いので。▼形容詞「とほし」の語幹＋接尾語「み」。

「嶺を**遠み**光りみだるる冬嵐」　飯田蛇笏

「湖此処に死の影を見き虫**遠み**」　臼田亜浪

「山々や都を**遠み**梅雨晴れず」　相馬遷子

とほ‐やま【遠山】《トオヤマ》〈名〉遠方に見える山。

「**遠山**に日の当りたる枯野かな」　高濱虚子

「**遠山**をせつに畏み竹酔日」　後藤綾子

「**遠山**に及ぶ思ひを秋の暮」　齋藤　玄

「町はずれ秋**遠山**の色なつかし」　山田みづえ

「**遠山**のまだ見えてゐる寒暮かな」　片山由美子

とほり【通り】《トオリ》〈名〉❶通行すること。人通り。❷通路。街路。❸それと同じ経過をたどること。または同じ状態にあること。❹方法・様式の種類を数える語。

「淋しさに二**通り**あり秋の暮」　三橋敏雄

「ゆつくりと烏丸**通り**牡丹雪」　角川照子

「種蒔の思ひど**ほり**の長き畝」　斎藤夏風

とほ・る【通る】《トオル》〈自動・ラ四〉{ら/り/る/る/れ/れ}❶通る。通過する。❷貫く。突き抜ける。(「徹る」とも書く)❸すき通る。(「透る」とも書く)❹うまくいく。達成する。❺理解する。悟る。

「早稲刈りにそばへが**通り**虹が出し」　細見綾子

「スキー長し改札口を**とほる**とき」　藤後左右

「透き**とほる**までは散らざる萩黄葉」　後藤比奈夫

「冬に入る墓碑透き**とほる**まで磨く」　有馬朗人

「佛見に師走の市をぬけ**とほる**」　上田五千石

「葉桜の凮が厨の中**とほる**」　長谷川櫂

とま‐や【苫屋】〈名〉「苫《とま》(菅《すげ》や茅《かや》をあんで、こものようにしたもの)」でふいた粗末な小屋。

「夜話や浦の**苫屋**の秋近き」　正岡子規

「夏芝に載りて**苫屋**の閾《しきい》かな」　中村草田男

とまれ〈副〉ともかく。ともあれ。▼「ともあれ」の約音。

「**とまれ**弱者蟹は目を立て鋏あげ」　福田蓼汀

「**とまれ**彼岸父母へは無事を手向けとす」　平井さち子

とみ‐かうみ【と見かう見】《トミコウミ》〈連語〉あっちを見たり、こっちを見たり。あっち見、こっち見。▼「かうみ」は「かくみ」のウ音便。「左見右見」とも当てる。

「みぞそばの花を手折りて**とみかう見**」　星野立子

「**と見かう見**白桃薄紙出てあそぶ」　赤尾兜子

とみ・なり【頓なり】〈形動ナリ〉{なら/なり・に/なり/なる/なれ/なれ}急だ。にわかだ。

「鶯や炊煙**とみ**に増えて来し」　阿部みどり女

「寒波来ぬ月光**とみ**に尖りつゝ」　竹下しづの女

「鴨うてば**とみ**に匂ひぬ水辺草」　芝不器男

「**頓**に冬教師の服の紺寂びて」　石田波郷

「**頓**に冬門辺の萩を刈りしより」　安住　敦

「情欲や乱雲とみにかたち変へ」　鈴木しづ子

と・む【止む・留む・停む・泊む】〈他動・マ下二〉〔め／め／む／むる／むれ／めよ〕❶（進むのを）とめる。❷後に残す。とどめる。❸つなぎとめる。❹（「心をとむ」「目をとむ」の形で）関心をもつ。注目する。❺（船を）停泊させる。（人を）宿泊させる。

「取り留むる命も細き薄かな」　夏目漱石
「頬白の目覚し止むる術もなし」　堀口星眠
「人泊むるごとくに柚子を俎に」　神尾久美子
「風邪の髪にピンゆるく止め人と逢ふ」　井上　雪

と・む【尋む・求む】〈他動・マ下二〉〔め／め／む／むる／むれ／めよ〕さがしもとめる。たずねる。

「尋めゆけどゆけどせんなし五月闇」　久保田万太郎
「浦波の奥処《おくが》とめ来てミモザあり」　水原秋櫻子
「春の夜の船のポストを尋めあてぬ」　横山白虹
「尋めて来し河鹿ぞなける水の綾」　日野草城
「母求めぬ雪のひかりにめしひつつ」　篠原鳳作
「山茶花の白尋めゆくや石鼎忌」　原　裕

と・も〈接助〉❶（逆説の仮定条件）たとえ…ても。❷（既定の事実を仮定の形で強調）確かに…ているが。たとえ…でも。▼語源については、格助詞「と」＋係助詞「も」、接続助詞「と」＋係助詞「も」の二説がある。

「汝《なれ》と我相寄らずとも春惜む」　阿波野青畝
「杣のみち今雪山に見えずとも」　平畑静塔
「良く酔えば花の夕べは死すとも可」　原子公平
「牡丹見る背後を何が通るとも」　橋本美代子
「煤逃げと言はれやうとも呼ばうとも」　榎本好宏
「厳父たれ蚊取線香滅ぶとも」　攝津幸彦

と・も〈連語〉…ということも。▼「と」の受ける部分の意味を和らげたり、含みをもたせる。格助詞「と」＋係助詞「も」

「卯の花や巫女ともなくてくしけづる」　村上鬼城
「養花天わが身養ふ曇りとも」　加倉井秋を
「夏川の声ともならず夕迫る」　飯田龍太
「らしくともらしくなしとも猪の跡」　飯島晴子
「熱燗や動くともなき甲斐の闇」　廣瀬直人
「死にごろとも白桃の旨き頃とも思ふ」　河原枇杷男
「月草は日盛りの花とも思ふ」　行方克巳
「帚木の浮くとも沈むともあらず」　五島高資

ど・も〈接助〉❶（逆説の確定条件）…けれども。…のに。…だが。❷（逆説の恒常条件）…てもいつも。…であっても必ず。▼「ど」とほとんど同義。中古では、和文には「ど」、漢文訓読文には「ども」が多用されたが、中世以降は「ども」が優勢になる。

「何とかしたい草の葉のそよげども」　種田山頭火
「わが詩嚢《しのう》貧しけれども菊多し」　山口青邨
「卯の花は咲けども起てず病われ」　石田波郷
「冬木空を刺せども洩るる日はあらず」　木下夕爾

「急流切る泳法正しからねども」 津田清子

-ども【共】〈接尾〉❶ら。体言に付いて、同類の複数を表す。❷自分を表す語や身内の者を表す語に付いて、謙遜の意を表す。「身ども」❸目下の者を表す語に付いて、相手への呼びかけに用いたり、相手を低く扱ったりする。

「バス囃す小わつぱ**ども**や独活《どう》の花」 富安風生

「梅雨雲へ夜はゆたかの火の粉**ども**」 北原志満子

「鶏は交める車輪繕う女**ども**」 安井浩司

「着ぶくれてよその子**ども**にぶつかりぬ」 黒田杏子

とも-がき【友伴・朋友・友垣】〈名〉友達。▼交わりを結ぶのを垣を結ぶのにたとえていう。

「雨の蝙蝠ひた狎れ初めし**友垣**や」 中塚一碧楼

「**友垣**や句碑を小春の寄り辺とし」 中村汀女

「鳥渡る**友垣**ありて此の世よし」 村越化石

とも-かくも〈副〉❶どのようにでも。なんとでも。とにかく。❷(下に打消の語を伴って)どちらとも。どうとも。なんとも。▼副詞「と」+係助詞「も」+副詞「かく」+係助詞「も」が一語化したもの。「ともかうも」とも。

「**ともかくも**あなたまかせの年の暮」 小林一茶

「**ともかくも**生かされてはゐる雑草の中」 種田山頭火

「似非菖蒲湯らしきを浴びぬ**兎も角も**」 石塚友二

「初湯して**ともかくも**けふからと思ふ」 金田咲子

とも-がら【輩・徒・儕】〈名〉仲間。同輩。

「さいはての海鳥《ごめ》は**ともがら**近餓《ちかがつゑ》」 堀井春一郎

「謐《しづ》かなる忌の**ともがら**に菊華盛る」 松村蒼石

とも・し【羨し】〈形シク〉{(しく)・しから／しく・しかり／し／しき・しかる／しけれ／しかれ}❶慕わしい。心引かれる。❷うらやましい。

「老い朽ちてゆく母**羨し**玉霰」 永田耕衣

「冬空をいま青く塗る画家**羨し**」 中村草田男

「波の畝の青さ**羨しく**冬日記」 高屋窓秋

「**羨しく**て姉の琴爪を砂隠し」 中村苑子

「**羨し**とすをのこをみなの幕営を」 森 澄雄

「冬旅耐えし廃れ空洞《カベルネ》こそ**羨し**」 楠本憲吉

「秋風の**羨し羨し**と思はる」 松澤 昭

「おぼろ夜や**羨しき**ものに山の牧」 宮坂静生

とも・し【乏し】〈形シク〉{(しく)・しから／しく・しかり／し／しき・しかる／しけれ／しかれ}❶少ない。不足だ。❷貧しい。▼中世以降「とぼし」に転ずる。

「秋の蟬**ともしく**大嶺雲がくる」 飯田蛇笏

「いよ、歯も**乏しく**白魚澄みにけり」 渡邊水巴

「青箸や**乏しけれ**ども庭芒」 加藤楸邨

「真水**乏し**はるか幾千の陽あたる墓」 鈴木六林男

とも・し・む【羨しむ・乏しむ】㊀〈自動・マ四〉{ま／み／む／む／め／め}うらやましく思う。▼「ともしぶ」とも。㊁〈他動・マ下二〉{め／め／む／むる／むれ／めよ}物足りなく思わせる。うらやましく思わせる。

「嫁ぎゆく友**羨しまず**柿をむく」 竹下しづの女

「若き厨夫《ちゆうふ》一眼プールを**羨しめり**」 山口誓子

「飲食の子規を**羨しむ**寝正月」　石田波郷
「少年は馬を**羨しみ**灌仏会」　神尾久美子

とも-な・ふ【伴ふ】トモナウ・トモノウ ㊀〈自動・八四〉{は/ひ/ふ/ふ/へ/へ} 連れ立つ。連れ添う。㊁〈他動・八四〉連れて行く。
「暗《くら》がりを**ともなひ**上る居待月」　後藤夜半
「探梅の母を**伴ふ**一青年」　三橋鷹女
「秋高く挙措みな声を**伴へり**」　林　翔
「虫出しのいつとき雪を**伴ひ**し」　岸田稚魚
「はじらひの**ともなへ**る紅李《すもも》にあり」　宮津昭彦
「ひとひらの雪を**ともなふ**初芝居」　三田きえ子

と-や〈連語〉❶（文中の場合）…と…か。…というのか。（「と」で受ける内容について疑問の意を表す）❷（文末の場合）㋐…とかいうことだ。（伝聞あるいは不確実な内容であることを表す。逆接などの末尾に用いられる。「とや言う」の「言う」が省略された形）㋑…というのだな。…というのか。（相手に問い返したり確認したりする意を表す）▼格助詞「と」＋係助詞「や」
「胡桃なほ青きを落し何す**とや**」　安住　敦
「新さゝげ婆が掌餘すかなしめ**とや**」　小林康治
「鉦叩今宵は人を憶へ**とや**」　下村梅子
「手をついて見よ**とや**露の石ぼとけ」　安東次男
「みの虫の遊びをせん**とや**蓑を出で」　伊藤白潮
「爽節**とや**人もけもののも淋しきに」　澁谷　道
「六つ**とや**母のつまづく手毬唄」　大石悦子
「魚偏に少なしと書くさかな**とや**」　田中裕明

と-やま【外山】〈名〉人里に近い山。
「菊月や**外山**は雪の上日和」　小林一茶
「咲き移る**外山**の花を愛で住めり」　杉田久女

と-よ〈連語〉❶…と思うよ。…ということだよ。（「と」で引用したことに念を押す）❷（多く文末に用いて）…だよ。…だなあ。（感動・詠嘆の意を表す）❸（「かとよ」の形で）…だったか。（不確かな事柄を確認する意を表す）▼格助詞「と」＋間投助詞「よ」
「華厳**とよ**かなかなも樹も雨あがり」　清水径子
「旱には涸るる瀧**とよ**涸れてをり」　上村占魚
「体刑の青葦の泥かゞやけ**とよ**」　飯島晴子
「うつつをれば瓜になる**とよ**湖の鳶」　岡井省二
「死後も栄《えは》**とよ**雪原を叫《おら》ぶ鳥」　宮入　聖
「十三夜薬師に化けしむじな**とよ**」　筑紫磐井

とよ-あしはら【豊葦原】トヨアシワラ〈名〉日本国の美称。▼豊かに葦が茂った原の意。▼「とよ」は接頭語。
「八月の**豊葦原**にくぐもれる」　柿本多映
「月の輪が**豊葦原**の葦を吹く」　加藤郁乎

とよ-はたくも【豊旗雲】〈名〉旗のようになびく美しい雲。▼「とよはたぐも」とも。「とよ」は接頭語。
「**豊旗雲**の上に出てよりすろうりい」　阿部完市
「滅ぶべく**豊旗雲**を指す草矢」　鳴戸奈菜

と

とよ・む【響む】 ㊀〈自動・マ四〉｛ま/み/む/む/め/め｝鳴り響く。響きわたる。大声で騒ぐ。▼後世「どよむ」とも。㊁〈他動・マ下二〉｛め/め/む/むる/むれ/めよ｝鳴り響かせる。とよもす。

「鳴りとよむ火口に霧の巻くしづけさ」　山口草堂

「百済仏見しより秋の濤響む」　文挾夫佐恵

「しばらくはなか空とよみ揚雲雀」　齋藤愼爾

とよも・す【響もす】〈他動・サ四〉｛さ/し/す/す/せ/せ｝鳴り響かせる。とよむ。

「春蟬のとよもすみちの湖に沿ふ」　水原秋櫻子

「稲雀とよもし鳴けばおそろしき」　山口青邨

「蜩のとよもしあへる泊瀬かな」　西村和子

とら・ふ【捕らふ・捉らふ】《トラウ・トロウ》〈他動・ハ下二〉｛へ/へ/ふ/ふる/ふれ/へよ｝❶捕らえる。取り押さえる。❷握る。手でしっかりとつかむ。❸問題にする。

「絶壁に月を捕へし捕虫網」　三橋鷹女

「初蝶をとらふればみな風ならむ」　齋藤玄

「レーダーが雷神とらふ操縦室《コックピット》」　橋本美代子

「手鏡のまず秋の灯をとらへけり」　岡田史乃

とり-【取り】〈接頭〉動作を表す動詞の上に付いて、語勢を強める。「とりそふ」「とりつくろふ」「とりまかなふ」

「杉山に取り囲まれて菜種梅雨」　右城暮石

「縋るものなし寒風に取り縋る」　三橋鷹女

「鶏頭燃ゆ八方不如意取り巻く日」　村山古郷

「東京に覚め淡雪に取り乱す」　宇多喜代子

とりあへ-ず【取り敢へず】《トリアエズ》〈副〉❶あっという間に。たちまち。❷（ほかの事はさておいて）即座に。すぐさま。

「夢の世やとりあへず桃一個置く」　中尾寿美子

「とりあへず揚羽としても暮さうか」　宗田安正

「とりあへず小豆を移す箱二つ」　大岡頌司

と・る【取る・捕る・盗る・採る】〈他動・ラ四〉｛ら/り/る/る/れ/れ｝❶握り持つ。手に取る。得る。❷捕らえる。つかまえる。❸採取する。収穫する。❹取り上げる。奪う。討ち平らげる。❺選び定める。選び用いる。❻あやつる。（拍子を）とる。❼取り去る。取り除く。❽（「…とりて」「…にとって」の形で）…に関連して。…に関して。

「筆とりて門辺の草も摘む気なし」　杉田久女

「大綿は手に捕りやすしとれば死す」　橋本多佳子

「尺取虫傍目もふらず尺を取る」　清崎敏郎

「雪囲取りたる鯉の散らばらず」　茨木和生

「誰もとらぬ一句そこより柚子匂ふ」　中嶋秀子

「もの、葉の大きな露をとらむとす」　角川春樹

「二百年来諸植ゑいまもすこし採る」　竹中宏

とん-と【頓と】〈副〉❶（下に打ち消しの語をともなって）すっかり。少しも。❷全く。ちょうど。

「枇杷咲くか裏庭とんと用のなく」　大橋敦子

「睦ごとはこのごろとんと桜餅」　茨木和生

な

な【名】〈名〉❶名。名前。名称。❷虚名。名目。名ばかりで実質を伴わないこと。❸うわさ。評判。名声。名誉。
「月の**名**をいざよひと呼びなほ白し」　竹下しづの女
「**名**に残る紫野ゆき風邪気なり」　橋 閒石
「積もる雪降る雪いまだ**名**なき児に」　野見山ひふみ
「人の子に**名**を授けたる月見草」　黒田杏子
「けふひとつ樹の**名**を覚え小鳥待つ」　鎌倉佐弓

な【汝】〈代名〉そなた。おまえ。（対称の人称代名詞。目下の者や親しい者に対して用いる）
「つぶらなる**汝**が眼吻《す》はなん露の秋」　飯田蛇笏
「愛すれば**汝**も虚空なり秋の暮」　永田耕衣
「幼なの日**汝**が曳きし山車何処行く」　文挾夫佐恵
「**汝**が胸の谷間の汗や巴里《パリー》祭《さい》」　楠本憲吉
「鶏頭の肉かたく**汝**も中年か」　鷹羽狩行
「東の山の**汝**が白骨とたけくらべ」　夏石番矢

な〈格助〉❶…の。❷…に。（体言に付く）
「菫程**な**小さき人に生れたし」　夏目漱石
「其処**な**門五山の一つ秋ふかし」　阿波野青畝
「髪撫づれば吾子**な**よりくる秋夜かな」　大野林火

な〈終助〉❶（自己の意志・願望）…したい。…しよう。❷（勧誘）さあ…しようよ。❸（他に対する願望）…してほしい。▼主語が一人称の時は①、一人称複数の時は②、二・三人称の時は③の用法。
「瓜作る君があれ**な**と夕すゞみ」　松尾芭蕉
「紅梅のこの真盛りの子を抱か**な**」　中村汀女
「天翔るハタハタの音《と》を掌にとら**な**」　篠原鳳作
「土師の子ら草摘みてをり吾も摘ま**な**」　下村梅子
「碧揚羽逃げゆく何を煮て食は**な**」　清水径子
「朝顔が日ごとに小さし父母訪は**な**」　鍵和田秞子
「あの世まで橇引き行か**な**わがたてがみ」　中里麦外

な〈終助〉…（する）な。（「な…そ」より強い禁止の意を表す）
「涅槃図に不参の猫よ身を売る**な**」　有馬朗人
「月明の山巓の舟降ろす**な**よ」　宗田安正
「烈風の氷の富士につまづく**な**」　矢島渚男
「身心の継ぎ目知らる**な**青芒」　齋藤愼爾
「ぎしと鳴る冬の夕陽に近づく**な**」　鎌倉佐弓

な〈副〉❶…（する）な。…（してくれる）な。（すぐ下の動詞の表す動作を禁止する意を表す）❷（終助詞「そ」と呼応した「な…そ」の形で）…（し）てくれるな。→な……そ。
「花の日々此教師に**な**失《とが》ありそ」　中村草田男
「秋しぐれいたく**な**降りそ浄瑠璃寺」　伊丹三樹彦
「春のこの沖**な**忘れそ忘れ潮」　平井さち子

なか【中・仲】〈名〉❶中ほど。中央。あいだ。中旬。❷中位。

中等。❸二番目。次男。次女。❹（物の）内部。内側。中。心の内。胸中。❺内。中。❻間柄。間。仲。

「早梅や日はありながら風の**中**」　原　石鼎

「夢の**中**より鳴きいでて朝の雉子」　馬場移公子

「石榴裂け吾が**中**に濃き鬼子母神」　野見山ひふみ

「降る雪の真ん**中**にあり自在鉤」　森田智子

「煉炭の燃えどき猫の不**仲**なる」　大木あまり

なが・し【長し・永し】〈形ク〉（く）・から／く・かり／し／き・かる／けれ／かれ ❶長い。（空間的な隔たり）❷長い。永久である。（時間的な隔たり）

「待つ**長し**電線つかみ仔燕等」　橋本多佳子

「老い父に日は**長から**む日短か」　相馬遷子

「ふところに乳房ある憂さ梅雨**ながき**」　桂　信子

「夕焼の**なが**かりしあと鮑食ふ」　森　澄雄

「いまは最後の恐龍として**永き**春」　高柳重信

「街道の一日は**永し**苜蓿」　赤尾恵以

「やや**永く**人生はあり冬花火」　矢島渚男

「君は亡しおでんの串の**長けれ**ど」　田中裕明

なが・す【流す】〈他動・サ四〉さ／し／す／す／せ／せ ❶流す。❷島流しにする。流罪にする。❸伝え広める。流布させる。

「遠花火ひとの愁ひをきき**流す**」　柴田白葉女

「雪眼鏡そびらに過去を**流し**つつ」　文挟夫佐恵

「**流さ**れてたましひ鳥となり帰る」　角川春樹

「出発や麦のほとりに血を**流し**」　徳弘　純

なか・ぞら【中空】〈名〉❶空の中ほど。❷中途。旅の途中。

「**中空**に澄み切る秋の骸《むくろ》かな」　中川宋淵

「**中天**《なかぞら》の巨人懸垂もう止めよ」　江里昭彦

「**なかぞら**に漲るものを月渡る」　正木ゆう子

なか・なか〈副〉❶かえって。むしろ。なまじっか。❷（下に打消の語を伴って）簡単には。とても。❸思いの外。ずいぶん。いっそ徹底して。まことに。

「端居して濁世《ちょくせ》**なかなか**おもしろや」　阿波野青畝

「**なかなか**の居残り寒むといふべしや」　上田五千石

「幽霊に**なかなか**遇はず夏館」　桑原三郎

「みづうみの荒れも**なかなか**青々忌」　茨木和生

「春の海大工**なかなか**降りてこぬ」　永末恵子

なかなか・に〈副〉❶なまじ。なまじっか。中途半端に。❷いっそのこと。かえって。むしろ。

「**なか／＼に**咲くあはれさよ歸り花」　正岡子規

「**なかなかに**暮れぬ人出や花火待つ」　高野素十

「兜虫の**なかなかに**死なざる故郷」　永田耕衣

「夕づきて夜の**なかなかに**茄子の花」　石塚友二

「後家といふ身の**なかなかに**芋の月」　飯島晴子

「初夢の死者**なかなかに**語りけり」　綾部仁喜

「甘酒や美濃の山越**なかなかに**」　小川軽舟

なか・ば【半ば】㊀〈名〉❶半分。❷まん中。❸まっ最中。たけなわ。㊁〈副〉❶半分ほど。❷だいぶ。おおかた。

「秋の暮笑ひ**なかば**にしてやめぬ」　大野林火
「風邪妻の咀嚼**なかば**の眼のあそび」　能村登四郎
「数珠玉を**半ば**本気で集めだす」　伊藤白潮
「はつゆめの**半ば**を過ぎて出雲かな」　原　裕
「**なかば**閉ぢ扇子の白さ改まる」　鷹羽狩行
「この旅も**半ば**は雨の夏雲雀」　田中裕明

なが・む【眺む】〈他動・マ下二〉{め/め/む/むる/むれ/めよ}❶（物思いにふけりながら）ぼんやりと見やる。（ぼんやりと）物思いに沈む。❷見やる。見渡す。眺める。
「わが船の水尾を**ながむる**遅日かな」　日野草城
「愛染や早苗ばかりが**眺め**られ」　清水径子
「病む夏の空とはべつの空**眺め**」　澁谷　道
「独り出て道**眺め**ゐる盆の父」　伊藤通明
「ありふれし花とて**眺め**空穂草」　手塚美佐

なが・め-や・る【眺め遣る】〈他動・ラ四〉{ら/り/る/る/れ/れ}物思いにふけりながら遠くを見る。遠くに視線を送る。

「破れ傘一境涯と**眺めやる**」　後藤夜半

ながら【乍ら】〈接助〉❶（状態の継続）㋐…のまま。…のままで。㋑そっくりそのまま。そのまま全部。❷（二つの動作の並行）…ながら。…つつ。❸（逆接）…けれども。…のに。…❹（その本質・本性に基づくことを示す）…そのままに。…としてまさに。
「露の世はつゆの世**ながら**さり**ながら**」　小林一茶
「稲妻や消えてあとなき恋**ながら**」　芥川龍之介

「雨**ながら**紅葉を雲に小谷城」　水原秋櫻子
「栗拾ふ遠きいかづち聞き**ながら**」　皆川盤水
「頬白来春あかつきの雨**ながら**」　山田みづえ
「日向ぼこし**乍ら**出来るほどの用」　稲畑汀子

ながら-に〈連語〉❶…のままで。❷…すべて。…ごと。
「早梅や吹雪**ながらに**日のさして」　辻　桃子
「水走り**ながらに**暑し街の川」　石塚友二

なが・ら・ふ【永らふ・長らふ・存らふ】《ナガラウ》〈自動・ハ下二〉{へ/へ/ふ/ふる/ふれ/へよ}❶ずうっと続く。長続きする。❷長生きする。生きながらえる。
「犬猫と共に**永らふ**牡丹雪」　西東三鬼
「流氷や幽暗の日を**永らふる**」　齋藤　玄
「蝦蟇《がま》よわれ混沌として**存へ**ん」　佐藤鬼房
「**永らへ**てわがために哭け雪女」　眞鍋呉夫
「**存へ**てかつての菊の友とかな」　村越化石
「**永らふ**や山椒摘みどき違へずに」　吉本伊智朗

なが・る【流る】〈自動・ラ下二〉{れ/れ/る/るる/るれ/れよ}❶流れる。❷（月日が）過ぎる。たつ。流れる。❸広まる。しだいに伝わる。❹回る。❺生きながらえる。❻流罪になる。島流しになる。
「春寒やお蠟**流るゝ**苔の上」　川端茅舎
「あはれわが形代**ながる**つまづきつ」　岸風三樓
「天の川露路を夜明けの風**ながる**」　加藤楸邨

「月光や闕は川の如流れ」　上野　泰

「雲流るる方へながれて春の鴨」　友岡子郷

なかれ【無かれ・勿かれ・莫かれ・毋れ】（形容詞「なし」の命令形）…するな。…してはいけない。▼多く、形式名詞「こと」を挟んで「…ことなかれ」の形で用い、禁止（打消の命令）の意を表す。

「チボリの灯白夜の悔を説く勿れ」　阿波野青畝

「餅花や不幸に慣るること勿れ」　中村草田男

「鴨帰る勿れ白山白きうち」　山口誓子

「花くれなゐなんぢ姦淫する勿れとぞ」　富澤赤黄男

「花火音死者呼びさますこと勿れ」　津田清子

「何蟬か問ふことなかれ山寺なり」　大岡頌司

なかん-づく【就中】《ナカンズク》〈副〉とりわけ。殊に。特に。▼「なか（中）につ（就）く」の撥《はつ》音便。「中に就きて」の意で漢文訓読から出た語。

「就中學窓の灯や露の中」　飯田蛇笏

「就中おん蒔柱《まきばしら》五月雨るる」　高野素十

「就中たましいの冬景色かな」　橋　閒石

「なかんづく古九谷の黄の涼しさよ」　澤木欣一

「なかんづく揚羽もわれも水なりき」　宗田安正

「海山の幸厳冬に就中」　高橋睦郎

なき-かず【亡き数】〈名〉亡き人の数。死者の仲間。

「亡き数の父の黒き瞳青葉の夜」　森　澄雄

「初蕨亡き数の人佇ち並び」　和田悟朗

「巣立鳥雨中嘴開く亡き数に」　赤尾兜子

なき-がら【亡き骸】〈名〉死骸《しがい》。死体。

「なきがらの昨日も花を鋤きしとか」　飴山　實

「裏返る蟬のなきがら蟬時雨」　蓬田紀枝子

「なきがらや木影ほのかに冬障子」　斎藤夏風

「やがてかのなきがらも無し春の空」　正木ゆう子

なぎさ【渚・汀】〈名〉川・湖・海などの波が寄せる所。波打ちぎわ。

「死の先を越えゆくものよ冬渚」　齋藤　玄

「愕然とかげりて冬の渚なる」　清崎敏郎

「ハンモックくるりと天の汀見ゆ」　山田みづえ

「春の雪しばらくつもる渚かな」　大峯あきら

「雷浴びて我が荒魂は渚に一つ」　折笠美秋

な-く【泣く・哭く】一〈自動・カ四〉｛か／き／く／く／け／け｝人が悲しみなどで声を立てたり涙を流したりする。二〈他動・カ下二〉｛け／け／く／くる／くれ／けよ｝泣かせる。

「うきことを身一つに泣く砧かな」　高橋淡路女

「枯原に石あり人が泣きに来る」　中村苑子

「或る闇は蟲の形をして哭けり」　河原枇杷男

「藁塚の中にこもりて泣かむとす」　寺井谷子

「涅槃図や身を皺にして象泣ける」　橋本榮治

な-く【鳴く・啼く】〈自動・カ四〉｛か／き／く／く／け／け｝鳥・獣・虫など

が声を立てる。
「**鳴き立て**、つく／＼法師死ぬる日ぞ」　夏目漱石
「これ着ると梟が**啼く**めくら縞」　飯島晴子
「全く暮れかなかなは**鳴か**ざりしごと」　井沢正江
「魚**啼い**て夕霧太夫の忌なりけり」　今井杏太郎
「虫**鳴け**り太平洋もまつくらに」　茨木和生

な・ぐ【投ぐ】〈他動・ガ下二〉｛げ／げ／ぐ／ぐる／ぐれ／げよ｝❶遠くへ投げる。❷投げ捨てる。身投げをする。入水《じゅすい》する。
「命綱**投ぐる**ごと蟬鳴きいだす」　馬場移公子
「身を**投ぐる**井戸など滅び牡丹雪」　高柳重信
「蕗の薹遠くより影**投げ**くる山」　宮津昭彦
「未来への石一つ**投ぐ**湖おぼろ」　鍵和田秞子
「肉親へ一直線に早苗**投ぐ**」　能村研三

な・ぐ【凪ぐ・和ぐ】〈自動・ガ上二〉｛ぎ／ぎ／ぐ／ぐる／ぐれ／ぎよ｝❶心が穏やかになる。なごむ。❷風がやみ海が静まる。波が穏やかになる。
「寒**凪ぐ**や比叡頂きはとんがり帽」　及川　貞
「春を**凪ぎ**浄きひかりを妊れり」　高澤晶子

な・ぐ【薙ぐ】〈他動・ガ四〉｛が／ぎ／ぐ／ぐ／げ／げ｝横に払って切る。
「長柄大鎌夏草を**薙ぐ**悪を刈る」　西東三鬼
「枯菰を吹き**薙ぐ**夜のあきらかに」　佐藤鬼房
「左より現れて草**薙ぎ**にけり」　久保純夫

なぐさ・む【慰む】■一〈自動・マ四〉｛ま／み／む／む／め／め｝気が紛れる。心が晴れる。■二〈他動・マ四〉気分を晴らす。心を楽しませる。■三〈他動・マ下二〉｛め／め／む／むる／むれ／めよ｝❶心を安める。心を晴らす。❷なだめる。
「人ひとり簾《す》の動き見て**なぐさまん**や」　中村草田男
「青林檎旅情**慰む**べくもなく」　深見けん二
「ひらひらと春鮒釣れて**慰まず**」　大井戸辿
「**慰むる**はあやすに似たり根深汁」　岡本　眸
「長き夜や孔子も磬を打ち**慰さむ**」　有馬朗人

な-く-に〈連語〉❶…ないことだなあ。（文末に用いて、打消に詠嘆の意を込めて言い切る）❷…ないことなのに。…ないのに。（文末・文中で用いて、打消に、逆接の意を込めて言い切ったり下に続けたりする）❸…ないのだから。…ない以上は。（倒置表現の和歌の末尾に用いて、打消に理由を添える）▼打消の助動詞「ず」の上代の未然形＋接尾語「く」＋助詞「に」
「しののめや雲見え**なくに**蓼の雨」　与謝蕪村
「剝製の鵙鳴か**なくに**昼淋し」　夏目漱石
「碧揚羽静臥の上を去ら**なくに**」　山口誓子

なく-もがな【無くもがな】〈連語〉ないといい。あってほしくない。▼形容詞「なし」の連用形＋終助詞「もがな」
「喰積の慈姑その他は**なくもがな**」　石塚友二
「かいつぶりほどの愛嬌**なくもがな**」　片山由美子

なげか-・ふ【嘆かふ】《ナゲカウ》〈自動・ハ四〉｛は／ひ／ふ／ふ／へ／へ｝嘆く。嘆き続ける。▼動詞「なげく」の未然形「なげか」＋反復継続の

助動詞「ふ」

「諸鳥の地に嘆かへり涅槃像」 水原秋櫻子

「嘆かへば熱いづるのみ年の暮」 石田波郷

「嘆かへば白息のまたありにけり」 猪俣千代子

なげ・く【嘆く・歎く】〈自動・カ四〉{か/き/く/く/け/け} ❶ため息をつく。嘆息する。❷悲しむ。悲しんで泣く。❸願う。強く望む。やっきになる。

「蜩や暮るるを**嘆く**木々の幹」 日野草城

「地芝居のおぼつかなくも**嘆きけり**」 長谷川双魚

「**嘆く**たび鶏頭いろを深めたる」 馬場移公子

「錦繡の秋鰐口は**嘆く**なり」 川崎展宏

なごり【名残】〈名〉❶余韻。影響。❷心残り。❸(心残りな)最後の別れ。❹遺児。忘れ形見。遺産。❺(連歌・俳諧《はいかい》で、連句を書き記す)懐紙の最後の一枚。

「明々と灯して秋も**なごり**かな」 松村蒼石

「すだれには見えぬ雨ふり避暑**なごり**」 皆吉爽雨

「口ふくむ清水に春の**名残**かな」 中川宋淵

「人波の**名残**を路地へ夕ざくら」 林 翔

「隣家に盆の**名残**の花火の音」 矢島渚男

「花の日の**名残**の衣をたたみけり」 三田きえ子

「亀鳴くや人体にある尾の**名残**」 辻美奈子

なさけ【情け】〈名〉❶情愛。思いやり。❷愛情。恋情。男女間の異性を思う心。❸みやび心。風流心。情趣・風流を解する心。❹情趣。風情。趣。

「散る花の**なさけ**知りたる栄螺かな」 中川宋淵

「螢火の一つ二つといふ**情**」 下村梅子

な・し【無し・亡し】〈形ク〉{(く)・から/く・かり/し/き・かる/けれ/かれ} ❶ない。いない。存在しない。❷留守だ。不在だ。❸死んでいる。生きていない。❹世間から見捨てられている。ないも同然だ。❺またとない。無類だ。❻正体がない。正気を失っている。

「桃が実となり君すでに**亡し**」 種田山頭火

「昼三日月蜥蜴《とかげ》もんどり打つて**無し**」 西東三鬼

「芒野は青みたり忘れ物**なき**や」 橋 閒石

「水温むとも動くもの**なかる**べし」 加藤楸邨

「ゑんどうむき人妻の悲喜いまは**なし**」 桂 信子

「養花天うかれごころも**なかりけれ**」 岸田稚魚

「地球儀に空の**なかりし**野分かな」 鈴木六林男

なじ・む【馴染む】〈自動・マ四〉{ま/み/む/む/め/め} なれ親しむ。▼「馴《な》れ染《し》む」の約語。

「二夜はや**馴染む**ホテルの秋灯」 中村汀女

「春寒くこのわた塩に**馴染みけり**」 鈴木真砂女

「西日さし**なじま**ぬ花の数くもる」 松澤 昭

「松山の人に**馴染め**ば秋の風」 斎藤夏風

「**馴染む**とは好きになること味噌雑煮」 西村和子

な・す【生す】〈他動・サ四〉{さ/し/す/す/せ/せ} (子を)生む。

「うんもすんも言はぬ鵜匠の子を**生せり**」 後藤綾子

「夜蛙や沿線に子を産して住む」　佐藤鬼房
「子を生して紅梅ちかく睡りをり」　宮坂静生
「子を生さで空から手繰る烏瓜」　鍵和田秞子

な・す【為す・成す】一〈他動・サ四〉{さ/し/す/す/せ/せ}❶実行する。行う。❷変える。…にする。ならせる。❸作り上げる。実現する。成就する。二〈補助動・サ四〉(動詞の連用形に付いて)ことさらに…する。
「厨水暮春の音をなしにけり」　木下夕爾
「水の中芭蕉群島なせりけり」　野見山朱鳥
「雪山の春の夕焼瀧をなす」　飯田龍太
「秋いかに長濤を作す力かな」　三橋敏雄
「白桃を剝くや膜なす光の蜜」　眞鍋呉夫
「花の芯すでに苺のかたちなす」　飴山實
「沈丁や一と夜のねむり層なせる」　澁谷道
「為すことを為して悔あり十二月」　中嶋秀子
「牛の背の稜線なせる夏薊」　正木ゆう子

-なす〈接尾〉(体言、ときに動詞の連用形に付いて)…のように。…のような。(比況・例示の意を示し、副詞のように用いる)
「かりそめに住みなす飾かかりけり」　阿波野青畝
「泥田の夫婦寄れば玉なす汗見合う」　細谷源二
「四万六千日の山なすカルメ焼」　斎藤夏風

なぜ【何故】〈副〉どうして。どういうわけで。(理由・原因などを問う)
「古草やときどき何故と口走る」　中尾寿美子
「なぜ浮かぶ冬の竹藪亡母の忌」　北原志満子

な……そ〈副〉〈終助〉…ないでくれ。(願望を含む禁止)
「山風に闇な奪られそ灯取虫」　原　石鼎
「冬蜘蛛の緑や吾が歯な衰へそ」　永田耕衣
「吾妹子《わぎもこ》のいのちにひびきさはな鳴きそ」　篠原鳳作
「月並の句をな恐れそ獺祭忌」　茨木和生
「恥らひて貧にな慣れそ木瓜の花」　小林康治

な-ぞ【何ぞ】〈副〉❶(疑問)どうして(…か)。なぜ(…か)。❷(反語)どうして…か、いや…ではない。▼文末の活用語は連体形で結ぶ。代名詞「なに」+係助詞「ぞ」からなる「なにぞ」が変化した「なんぞ」の撥音《はつおん》「ん」が表記されない形。
「雪はげし書き遺すこと何ぞ多き」　橋本多佳子
「枯菊焚く為残しのこと何ぞ多き」　上田五千石
「赤き芽はいたどりかさなくば何ぞ」　上村占魚

なぞへ《ナゾエ》〈名〉❶斜め。はす。すじかい。❷斜面。傾斜。
「道白や月を背に坂なぞへ」　松根東洋城
「梅匂ふなぞへなぞへを紙干場」　大野林火
「天籟や山のなぞへを鴨の群」　文挾夫佐恵

なぞら・ふ【準ふ・擬ふ】《ナゾラウ・ナゾロウ》一〈自動・ハ四〉{は/ひ/ふ/ふ/へ/へ}肩を並べる。準じる。二〈他動・ハ下二〉{へ/へ/ふ/ふる/ふれ/へよ}❶同程度。同格のものと見なす。比べる。❷同じようなものに似せる。まねる。▼「なずらふ」とも。

「仏手柑に擬《ぞな》らふわが掌胼《ひび》もなし」 山田みづえ

なだ【灘】〈名〉風波や潮流が激しい航海の難所。

「音なしの幾夜の冬の相模灘」 原 石鼎
「朝顔のみな空色に日向灘」 川崎展宏
「初冬の浄土びかりす熊野灘」 福田甲子雄
「明易し灘の名かはるあたりにて」 中原道夫

なだ・む【宥む】〈他動・マ下二〉（め／め／む／むる／むれ／めよ）❶ゆるやかに扱う。寛大な扱いをする。❷人の心を和らげる。❸とりなす。調停する。

「春いくたび逆立つ髪を梳き宥む」 中村苑子
「髪切虫母恋い童女負ひなだめ」 堀口星眠
「引く波の渚なだめて利休の忌」 片山由美子

なだ・る【傾る・雪崩る】〈自動・ラ下二〉（れ／れ／る／るる／るれ／れよ）❶かたむく。傾斜する。❷ななめにくずれ落ちる。崩壊する。

「帯解けば疲れなだるる夕薄暑」 古賀まり子
「魚島へ春潮なだれくる正午《まひる》」 原 裕
「水ぎはになだれてしまひ袋掛け」 竹中 宏

な・づ【撫づ】《ナズ》〈他動・ダ下二〉（で／で／づ／づる／づれ／でよ）❶さする。なでる。❷いつくしむ。かわいがる。

「手炉を撫づ火の無きごとく有るごとく」 阿波野青畝
「筍を撫づるより旅くつろぎぬ」 村越化石
「六月の手や父を撫で母を撫で」 桑原三郎
「枯草を撫づ一瞬の永遠よ」 鳴戸奈菜

なつか・し【懐かし】〈形シク〉（（しく）・しから／しく・しかり／し／しき・しかる／しけれ／しかれ）❶心が引かれる。親しみが持てる。好ましい。なじみやすい。❷思い出に心引かれる。昔が思い出されて慕わしい。

「花人の包み負へるはなつかしき」 富安風生
「十六夜の寒さや雲もなつかしき」 渡邊水巴
「長き長き春暁の貨車なつかしき」 加藤楸邨
「昔より今が懐かし初竈」 手塚美佐

な・づき【脳・髄】《ナズキ》〈名〉脳・脳髄・脳蓋《のうがい》などの称。転じて頭。

「夾竹桃の中から脳髄に揚羽来て」 安井浩司
「あるきつつ醒す脳や木の実降る」 小川軽舟

なつ・く【懐く】■一〈自動・カ四〉（か／き／く／く／け／け）なれ親しむ。親しみ寄る。なじむ。なつく。■二〈他動・カ下二〉（け／け／く／くる／くれ／けよ）なれ親しませる。なじませる。なつかせる。

「春過てなつかぬ鳥や杜鵑」 与謝蕪村
「牛頭馬頭を手懐けて野に遊びけり」 赤尾兜子

な・づ・く【名付く】〈他動・カ下二〉（け／け／く／くる／くれ／けよ）名付ける。

「わが名づく赤子つよかれ初霜に」 長谷川かな女
「かの鷹に風と名づけて飼ひ殺す」 正木ゆう子
「名付けられざる波打際を匍ふ花火」 夏石番矢
「秋草のきみをちひろと名づけしは」 田中裕明

なづ・む【泥む】《ナズム》〈自動・マ四〉（ま／み／む／む／め／め）❶行き悩む。停滞する。❷悩み苦しむ。❸こだわる。気にする。

「蘇芳の花一木、行春の行き**泥む**かや」　荻原井泉水
「麦秋の野はまだらにて暮れ**なづむ**」　高屋窓秋
「暮れ**なづむ**夏至ビフテキの血を流す」　松崎鉄之介
「暮れ**なづむ**大阪湾はワルツの色」　八木三日女
「濃き菖蒲こころの襞に暮れ**なづむ**」　小檜山繁子
「たましいの色　暮れ**なずむ**桔梗色」　折笠美秋

な‐と〈連語〉…でも。▼「…なりと」の約。
「其銀で裘《けごろも》**なと**得よ和製ユダ」　中村草田男
「時雨忌や古りし酒**なと**あた〻めよ」　石塚友二
「桐の花夕卜《ゆふうら》に**なと**問はまほし」　飯島晴子
「母なき川曼珠沙華**なと**流れ来よ」　村越化石
「土筆**なと**摘まな三月戦災忌」　上田五千石

など〈副〉❶(疑問)どうして。なぜ。❷(反語)どうして…か、いや、…ない。▼文末の活用語は連体形で結ぶ。
「相撲乗せし便船の**など**時化となり」　河東碧梧桐
「しぐるるや**など**白波は誘ふなる」　中村汀女

など〈副助〉❶(例示)たとえば…など。…など。❷(婉曲《えんきょく》)…なんか。…など。❸(強調)…なんか。❹(引用)…などと。
「廃園の爪紅の実をはじき**など**」　臼田亜浪
「芹を摘み**など**して英詩ほのぼのと」　橋　閒石
「恵方**など**知らず用ある方へ行く」　藤田湘子
「木にのぼりあざやかあざやかアフリカ**など**」　阿部完市
「青蚊帳のたたみ方**など**思ひ出す」　能村研三

なな‐そ‐ぢ【七十・七十路】《ナナソジ》〈名〉しちじゅう。七十歳。七十年。▼「ぢ」は接尾語。
「如月や**七十路**四つの今朝童心」　松根東洋城
「**七十路**は夢も淡しや宝舟」　水原秋櫻子

なに【何】〈代名〉なにごと。なにもの。何。(不定称の指示代名詞。名前や実体のわからない事物をさす)
「凍りあふて**何**を夢みる海鼠《なまこ》哉」　松瀬青々
「ゆく秋や**何**をおそる〻心ぜき」　久保田万太郎
「**なに**もなき川寒むひとりひとり見る」　寺田京子

なに‐か【何か】㊀〈連語〉何が…か。何を…か。また、不特定のあるものをさす。▽代名詞「なに」+係助詞「か」㊁〈副〉どうして…か。なぜ…か。どうして…か、いや、…ない。(疑問・反語の意を表す)㊂〈感〉いやいや。どうして。いやなに。(相手の言葉を打ち消し、反対のことを述べるときに発する語)▼㊀㊁の場合、文末の活用語は連体形で結ぶ。
「枯園に**何か**心を置きに来し」　中村汀女
「ねんねこの主婦ら集まる**何か**ある」　森田　峠
「牡丹焚火**何か**ささやく他の牡丹」　山田みづえ
「ふと**何か**うしろすぎゆく冬日向」　平井照敏

なに‐がし【何某・某】㊀〈名〉なんとかという人。だれそれ。どこそこ。(人・事物・場所・方向などで、その名前がわからないとき、また知っていても省略するとき用いる)㊁〈代名〉わたくし。(自称の人称代名詞。男性が謙譲の意

をこめて、改まった気持ちでいう)

「なにがしの忌日ぞけふは冴返れ」 正岡子規

「何某の門の残れる枯野かな」 山本洋子

「夏芝居監物《けんもつ》某出てすぐ死」 小澤 實

なに-か-と【何彼と】〈副〉あれこれと。なにやかやと。いろいろと。

「初笑ふことの何かと発行所」 長谷川かな女

「蠅生る何彼と言ひて妻太る」 清水基吉

なに-がな【何がな】〈連語〉何か。何かしら。▼代名詞「なに」+副助詞「がな」

「あらくさのなにがな吹かれ秋に入る」 岸田稚魚

なに-かは【何かは】〈連語〉㊀(「なに」が代名詞の場合)何が…か(いや、…ない)。何を…か(いや、…ない)(多く反語の意)㊁(「なに」が副詞の場合)❶どうして(なぜ)…か。どうして…か、いや…ない。(疑問・反語の意)❷なんの。どうしてどうして。いやなに。(感動詞的に用いる)

「うるし紅葉水なにかはと燃えうつる」 篠田悌二郎

なにくれ-と【何くれと】〈副〉なにやかやと。あれやこれや。

「冬田明るさなにくれとたてかける」 松澤 昭

なに-ごと【何事】〈名〉❶どんなこと。何のこと。❷(下に助詞「も」を伴って)万事。すべてのこと。❸(下に助詞「ぞ」を伴って)どうしたこと。なんたること。(とがめる意を表す)❹なになに。(不定の事柄をさしていう)

「何事ぞ手向けし花に狂ふ蝶」 夏目漱石

「何ごとも半端は嫌ひ冷奴」 鈴木真砂女

「何事もおどろかぬ顔秋の暮」 桂 信子

「死が見ゆるとはなにごとぞ花山椒」 齋藤 玄

「絵空事とは何事ぞ大花火」 山﨑十生

「なにごとか薔薇につぶやき薔薇を剪る」 黒田杏子

なに-びと【何人】〈名〉どんな人。何者。▼「なにひと」「なんぴと」とも。

「何人もさわるべからず雷の穴」 宇多喜代子

なに-ほど【何程】〈副〉❶どれくらい。どれほど。❷どんなに。

「なにほどの朝の来りて蟬の穴」 柿本多映

「麦秋や国亡ぶとも何ほどぞ」 金箱戈止夫

「なにほどの快楽《けら》か大樹揺れやまず」 大西泰世

なに-も【何も】〈連語〉❶なにもかも。すべて。❷何一つ。まったく。▼代名詞「なに」+係助詞「も」

「何も言はず妻倚り坐る夜の秋」 能村登四郎

「母と来て何もうつさぬ潦」 柿本多映

「白雲のあと何も来ぬ秋湯治」 山本洋子

なに-も-かも【何も彼も】〈連語〉何事も。すべて。▼代名詞「なに」+係助詞「も」+代名詞「か」+係助詞「も」

「何もかもあっけらかんと西日中」 久保田万太郎

「**何**も**彼**も遠し天河は白き鹿」　沼尻巳津子
「今日**何**も**彼**も**なに**も**か**も春らしく」　稲畑汀子
「冬蝶のことりと**なに**も**か**も終る」　正木浩一
「**何**も**か**も見ゆる月夜や桐一葉」　岸本尚毅

なに‐やら【何やら】〈連語〉❶何であろうか。❷なんとなく。なんだか。▼代名詞「なに」＋副助詞「やら」
「踊子草かこみ**何やら**揉めてゐる」　飯島晴子
「初夢に**何やら**力出しきりし」　岡本　眸

なに‐ゆゑ【何故】《ナニユエ》〈連語〉どういうわけ。なぜ。なんのため。▼代名詞「なに」＋名詞「ゆゑ」
「**何故**の牡丹なるかと人問へり」　細見綾子
「日焼してらんらんと**何故**の飢ゑ」　今瀬剛一

なは【縄】《ナワ》〈名〉藁・麻・棕櫚《しゅろ》の毛など、植物の繊維を細長くより合わせて一本にしたもの。
「中陰の**縄**の端跳ぶ烏の子」　長谷川双魚
「鳥居出てにはかに暗し火**縄**振る」　日野草城
「**縄**とびのきらりきらりと雲の峰」　加藤知世子
「すこし濡らして斧に巻く**縄**冬霞」　能村登四郎
「**縄**とびの輪のなか大き入日かな」　中村苑子

なは‐て【縄手・畷】《ナワテ》〈名〉❶あぜ道。❷長く続くまっすぐな道。
「遠野火や松の**畷**の夕景色」　芝不器男
「田を植ゑて**畷**の子等となりにけり」　石田波郷
「刈りどきの稲や**畷**を猫歩く」　猪俣千代子
「田を植ゑし**畷**にあそぶ消防車」　飴山　實

なび・く【靡く】㊀〈自動・カ四〉｛か／き／く／く／け／け｝❶（風・波などの力で）雲・煙・海藻・草木などがなびく。❷心から従う。同意する。㊁〈他動・カ下二〉｛け／け／く／くる／くれ／けよ｝❶なびかせる。❷服従させる。同意させる。
「湯葉の帯椀に**なびける**安居《あんご》かな」　井沢正江
「草**靡き**つつ郭公の声揃ふ」　廣瀬直人
「眠りたるのちは**靡け**り真葛原」　久保純夫
「流星にとどろき**なびく**銀の髪」　高澤晶子

な・ふ【綯ふ】《ナウ》〈他動・ハ四〉｛は／ひ／ふ／ふ／へ／へ｝よる。縄などをよる。よりあわせて一本にする。
「枯蔓の日蔭日向と**綯ふ**ひかり」　水原秋櫻子
「**綯ひ**上ぐる縄を頭の上までも」　高野素十
「百尋《ひろ》といふ蛸壺の縄を**綯ふ**」　森田　峠
「月の道まつりの注連を**綯ひ**に行く」　大串　章
「縄を**綯ふ**簞笥ま黒き奥座敷」　佐川広治

なべ‐て【並べて】〈副〉❶全般に。総じて。すべて。一般に。❷ひととおり。あたりまえ。普通。❸（あたり）一面に。
「散る花の**なべて**芝生をよろこばず」　石川桂郎
「冬木かげわが影**なべて**あるがまま」　林　翔
「蝶**なべて**双蝶の白山葵《わさび》沢《ざわ》」　野澤節子
「夕雲は**なべて**横雲法師蟬」　鷲谷七菜子

「うららかや眼中なべて海の紺」　三田きえ子
「秋風やなべて大きな京野菜」　岸本尚毅

なべ-に【並べに】〈副〉…にあわせて。…とともに。…するちょうどそのときに。
「子を欲れりぼたんざくらの散る**なべに**」　三橋鷹女
「郭公や韃《だつ》靼《たん》の日の没る**なべに**」　山口誓子
「父を焼く閻魔こほろぎ鳴く**なべに**」　上村占魚

な-へん【那辺・奈辺】〈名〉どのあたり。どのへん。どこ。いずこ。▼「那」は疑問または不定の指示語。
「昏睡の死者は**那辺**に青葡萄」　磯貝碧蹄館
「魂胆の**那辺**にありや茄子の花」　飯島晴子

なほ【猶・尚】《ナオ》〈副〉❶依然として。相変わらず。やはり。❷何といっても(やはり)。それでもやはり。❷さらにいっそう。ますます。❹ふたたび。やはりまた。
「葬も了へて**なほ**靴音をまつ秋夜」　飯田蛇笏
「地の籠に枇杷採りあふれ**なほ**運ばる」　橋本多佳子
「向日葵《ひまはり》の大声で立つ枯れて**尚**」　秋元不死男
「枯色を**なほ**枯色に岬の雨」　細見綾子
「雪たのしわれにたてがみあれば**なほ**」　桂　信子
「咲きふえて**なほ**枝軽き朝桜」　深見けん二
「空蟬の**なほ**苦しみを負ふかたち」　鷹羽狩行

なほ・し【直し】《ナオシ》〈形ク〉{(く)・から/く・かり/し/き・かる/けれ/かれ}❶まっすぐである。❷整っていて平らである。❸普通である。
「鳴る如く蛙鳴く夜の**直き**道」　中塚一碧樓
「壜《びん》はまどかに鏡は**直し**冬将軍」　中村草田男
「さみどりの**直き**茎よし曼珠沙華」　石田波郷

なほ・す【直す】《ナオス》〈他動・サ四〉{さ/し/す/す/せ/せ}❶ただしくする。もどおりにする。修繕する。改める。❷とりなす。調停する。
「つらあらつて出**なほし**てこいくつわ虫」　熊谷愛子
「綿菅の綿打ち**直せ**ほととぎす」　堀口星眠
「梅漬けて気をとり**直す**ことも又」　中嶋秀子
「棲みながら**直す**二階屋籠枕」　小川軽舟

なほ-も【猶も・尚も】《ナオモ》〈副〉相変わらず。それもまだ。
「湯浴みつつ黄塵**なほも**にほふなり」　相馬遷子
「極月や**なほも**枯れゆく散紅葉」　渡邊白泉
「励ませば昼すぎて雪**なほも**降る」　高柳重信
「雑煮食ひ**なほも**不敵不敵しく生きん」　有馬朗人

なほらひ【直会】《ナオライ》〈名〉神事の後、神前の供物を下げて飲食すること。また、その下がり物。▼斎《みい》から平常に直る意。
「**直会**にゆふべの藤の揺れにけり」　阿波野青畝
「虫送りたる**直会**の機嫌かな」　猪俣千代子
「**直会**の煮しめの匂ふ里神楽」　佐川広治

なほ・る【直る】《ナオル》〈自動・ラ四〉{ら/り/る/る/れ/れ}❶もとどおりになる。回復する。改まる。❷きちんと座る。正座する。

「野菊は左右《うさ》へ撥ねては**直る**乙女行く」　中村草田男
「むなしさに踏みし笹の葉立ち**直る**」　藤木清子
「きぐすりで**直る**病や一葉忌」　石川桂郎

なまじ【憖】 ❶できもしないのに強いて。無理して。❷そうしなくてもいいのに。なまじっか。▼「なまじひ」の転。
「買つて来て**なまじ**手品の種夜寒」　久保田万太郎
「高浪の**なまじ**色ある寒さかな」　鈴木真砂女
「木枯の**なまじ**やみをる月明かり」　阿部青鞋
「初冬の**なまじ**日を得し波淋し」　西村和子
「**なまじ**離れ出て七夕竹候補」　中原道夫

なま-めか-し〈形シク〉{(しく)・しから／しく・しかり／し／しき・しかる／しけれ／しかれ} ❶若々しい。みずみずしい。清新だ。❷優美だ。優雅だ。上品だ。しっとりしている。❸色っぽい。つやっぽい。
「古家や芙蓉咲いて人**なまめかし**」　正岡子規
「元旦の深山鴉の**なまめかし**」　橋閒石

なま-め・く〈自動・カ四〉{か／き／く／く／け／け} ❶みずみずしくて美しい。清らかである。❷上品である。優雅である。情緒がある。❸色っぽいようすをする。好色そうな態度をとる。
「セル着れば風**なまめき**ぬおのづから」　久保田万太郎
「裏畑に牡丹の肌の**なまめかす**」　滝井孝作
「牡蠣といふ**なまめく**ものを啜りけり」　上田五千石

-なみ【並み】〈接尾〉❶同じものが並んでいること、また、重なっていることを表す。❷同じものが一定の単位で繰り返されることを表す。❸同程度・同類の意を表す。
「町**並**も木々はむさし野鳥雲に」　皆吉爽雨
「わが髪も荒布の浜に荒布**並み**」　津田清子
「山**なみ**の上の高嶺の秋意かな」　鷲谷七菜子
「夕辛夷山**なみ**天の奥へ消え」　友岡子郷

なみ【無み】〈連語〉ないので。ないために。▼形容詞「なし」の語幹＋接尾語「み」
「袖汚すらん田螺の海士の隙を**無み**」　松尾芭蕉
「茶摘子や夜干し朝干し暇**なみ**」　松瀬青々

なみ-・す【無みす・蔑す】〈他動・サ変〉{せ／し／す／する／すれ／せよ} かろんずる。あなどる。ないがしろにする。
「揚舟に猫日向ぼこ海を**なみし**」　中村草田男
「風かゝる黍《きび》のほとりに**蔑され**ぬ」　渡邊白泉
「桐の花揃ひ立ちして吾を**蔑す**」　三橋敏雄

なみ-まくら【波枕】〈名〉波を枕にする意から、船の中で旅寝すること。また、枕もとに波の音を聞くこと。
「**浪まくら**ゆれて絵雛に津はあらず」　平畑静塔
「放生の河豚しばらくは**波枕**」　森田峠
「丈夫《ますらを》やマニラに遠き**波枕**」　攝津幸彦

なむ〈係助〉❶(強意) 文中に用いられて、その付いた上の語句を強調する。文末の活用語は連体形で結ぶ。❷(余情)「なむ」を受ける結びの「ある」「言ふ」「侍《はべ》る」などを省略した形で余情を表す。▼「なん」とも表記される。

「ころもがへ母なん藤原氏也けり」　与謝蕪村
「五月なむ花をまきゆく空中溺死」　折笠美秋
「光秀の花なむひうがみづきとは」　七田谷まりうす

な-む〈連語〉❶…てしまおう。必ず…しよう。（強い意志を表す）❷…てしまうだろう。きっと…するだろう。確かに…だろう。（強い推量を表す）❸…ことができるだろう。…できそうだ。（実現の可能性を推量する）❹…するのがきっとよい。…ほうがよい。…すべきだ。（適当・当然の意を強調する）▼完了の助動詞「ぬ」の未然形＋推量の助動詞「む」。「なん」とも表記される。
「春の夕《ゆふべ》たへなむとする香をつぐ」　与謝蕪村
「帰らなんいざ草の庵は春の風」　芥川龍之介
「雪の嶺消えなんばかり鳥雲に」　相馬遷子
「道急ぐ雪もありなむ雪催」　清水径子
「鳥なんぞになり炎天に消えなむか」　岸田稚魚
「晩景は浜昼顔もて埋めなむ」　柿本多映
「雨季来りなむ斧一振りの再会」　加藤郁乎

な・む【並む】━〈自動・マ四〉〈ま／み／む／む／め／め〉ならぶ。つらなる。━〈他動・マ下二〉〈め／め／む／むる／むれ／めよ〉ならばせる。つらねる。
「稲塚の影おどろ並む衣川」　松村蒼石
「並みて行く吾子の若者ころもがへ」　及川貞
「朝涼や汀づたひに馬並めて」　下村梅子

な・む【嘗む・舐む】〈他動・マ下二〉〈め／め／む／むる／むれ／めよ〉❶舌の先でなでる。❷味わう。❸十分に味わう。❹みくびる。
「花鳥やはては舐めみる墨くらべ」　能村登四郎
「肉醤《ししびしほ》舐めて時雨てゐたりけり」　糸大八
「傷舐めて母は全能桃の花」　茨木和生
「生き急ぎては塩舐むる祭の日」　桑原三郎
「ライオンは寝てゐるわれは氷菓嘗む」　正木ゆう子

な-や・む【悩む】〈自動・マ四〉〈ま／み／む／む／め／め〉❶病気になる。病気で苦しむ。❷困る。苦労する。❸困らせることを言う。非難する。
「佇ちなやむ人間といひあやめといひ」　永田耕衣
「筍と竹の間に立ち悩む」　鈴木六林男
「夜桜に若く悩みて一歩一歩」　森田智子

な・ゆ【萎ゆ】〈自動・ヤ下二〉〈え／え／ゆ／ゆる／ゆれ／えよ〉❶力がなくなってぐったりする。なえる。❷衣服が着なれて柔らかになる。❸草木がしおれる。
「喪の花環ミモザをはじめ既に萎ゆ」　山口誓子
「祭着は谷のしめりに萎えたりや」　藤後左右
「黄に紅にカンナのみだれ四肢萎ゆる」　藤田湘子
「一日旅忽ち萎ゆる菜の花と」　福永耕二
「はうれん草女の野心萎え易き」　西村和子
「人声のして朝顔の萎えはじむ」　片山由美子

な-らく【奈落】〈名〉❶悪人が死後に落ちて、責め苦を受ける所。地獄。❷最終の所。果て。どん底。❸歌舞伎《かぶき》劇場の舞台や花道の床下。回り舞台・せり出しなどの設備が設けられ、通路にも用いられる。

「千曲川**奈落**に冬日照りにけり」　阿波野青畝
「冬の滝**奈落**の音となりゆけり」　柴田白葉女
「めつむりて**奈落**一瞬炭匂ふ」　石橋秀野
「春灯にひとりの**奈落**ありて座す」　野澤節子
「十三夜畳をめくれば**奈落**かな」　河原枇杷男
「初夢に落ちし**奈落**の深かりき」　鷹羽狩行

な-・らし〈連語〉❶(たしかに)…であるらしい。❷…であるよ。…だなあ。▼断定の助動詞「なり」の連体形＋推定の助動詞「らし」からなる、「なるらし」の変化した語。

「忘却の断面**ならし**花菜畑」　藤後左右
「春筍といふこのごろのもの**ならし**」　安東次男
「山吹を折る音**ならし**あらし山」　岡井省二

なら-・ず〈連語〉…でない。…ではない。▼断定の助動詞「なり」の未然形＋打消の助動詞「ず」

「生くことも死もまま**ならず**卯月空」　阿部みどり女
「朝月に高名**ならぬ**蝌蚪泳ぐ」　秋元不死男
「柴負ふて街角まがる妻**ならずや**」　佐藤鬼房
「餅一つ焙り妻**ならず**母**ならず**」　岡本　眸
「生娘**ならず**雪さんさんと舌で受け」　鎌倉佐弓

なら-で-は〈連語〉…でなくては。…以外には。▼断定の助動詞「なり」の未然形＋打消の接続助詞「で」＋係助詞「は」

「夜**ならでは**人を訪ひ得ず夜の春蘭」　中村草田男
「大頭**ならでは**見えじ春の虹」　和田悟朗
「蜃氣樓**ならでは**のもの見せる由」　中原道夫

なら-な-く-に〈連語〉❶…でないことだなあ。…ではないのだよ。(文末に用いる)❷…ではないのに。(文中に用いる)▼断定の助動詞「なり」の未然形＋打消の助動詞「ず」の古い未然形「な」＋体言化する接尾語「く」＋助詞「に」

「戯れむ年**ならなくに**万愚節」　相生垣瓜人
「白蟻の家**ならなくに**崩れゆく」　文挾夫佐恵

ならはし【慣らはし・習はし】《ナラワシ》〈名〉❶しつけ。練習。❷しきたり。風習。慣習。

「**ならはし**や木曾の夜寒の膝頭」　小林一茶
「**ならはし**の朝寝に疲れ花の露次」　石塚友二
「竹皮を脱ぐ**ならはし**よ見て涼む」　村越化石

ならひ【慣らひ・習ひ】《ナライ》〈名〉❶慣れること。習慣。しきたり。ならわし。❷(世間の)きまり。さだめ。世の常。❸(昔からの大事な)言い伝え。由緒。

「洗ひ飯**ならひ**のごとく妻は食ぶる」　瀧　春一
「いつよりか秋風ごろを病む**ならひ**」　能村登四郎
「昼酒もこの世の**ならひ**初諸子」　森　澄雄
「更けてよりもの書く**習ひ**青葉木菟」　鷹羽狩行

ならび-な・し【並び無し・双び無し】〈形ク〉{(く)・から／く・かり／し／き・かる／けれ／かれ}肩を並べるものがない。無類だ。

「露の川うつくしき肩ならびなく」　飯島晴子

ならふ【習ふ・倣ふ】ナラウ・ナロウ〈他動・ハ四〉{は／ひ／ふ／ふ／へ／へ}経験して身につける。学ぶ。
「竹のことは竹に習へと時雨の忌」　臼田亜浪
「桃花またさくら吹雪に倣ひけり」　大橋敦子
「他の花にならひて咲くや胡麻の花」　波多野爽波
「竹皮を脱ぐ倣ふもののなきなかに」　宮津昭彦
「ほととぎすときどき松に習ひけり」　桑原三郎
「習ひ吹く笛冬萠の雨の中」　友岡子郷
「革布団愚直を父に習ひけり」　大石悦子

ならぶ【並ぶ】■一〈自動・バ四〉{ば／び／ぶ／ぶ／べ／べ}❶整いそろう。連なる。❷匹敵する。肩を並べる。■二〈他動・バ下二〉{べ／べ／ぶ／ぶる／ぶれ／べよ}❶並べる。連ねる。そろえる。❷優劣を比べる。比較する。
「描きかけの椅子を並べし如月野」　栗林千津
「霜の墓並ぶ大名大大名」　下村梅子
「雨遠き思ひに並び蟻地獄」　後藤比奈夫
「虹立ちて悲しきいろの並びゐる」　金田咲子
「鶯にちびた頭を並べおり」　永末恵子

ならむ〈連語〉…であるのだろう。…なのだろう。▼断定の助動詞「なり」＋推量の助動詞「む」
「懸崖菊いかな高さに置くならん」　山口誓子
「初夢のなかのひとりは吾ならむ」　吉田鴻司
「笹鳴も五里夢中なる霧ならめ」　安東次男
「夜焚火を囲むパリサイ人ならむ」　津田清子
「颱風は明日何しにくるならむ」　小川双々子
「ドン・ファンの口笛ならむ星祭」　堀井春一郎
「青葡萄ほどの固さの頰ならむ」　岩田由美

なり〈助動・ラ変型〉{○／(なり)／なり／なる／なれ／○}❶(音・声として聞こえることを表す)…の音(声)がする。…が聞えるよ。❷(推定)…ようだ。…らしい。(音・声や周囲の気配、相手の話などをもとにして推定する意を表す)❸(伝聞)…という。…そうだ。…と聞いている。(人から伝え聞いたことであることを表す)
「鶯の松に鳴くなり寛永寺」　正岡子規
「日盛りに蝶のふれ合ふ音すなり」　松瀬青々
「四万六千日なる大き夜空あり」　岸田稚魚
「花栗に男もすなる洗ひ髪」　飯田龍太
「凍蝶を風の栞りてゆきしなる」　片山由美子

なり〈助動・ナリ型〉{なら／なり・に／なり／なる／なれ／(なれ)}❶(断定)…である。…だ。❷(存在)…にある。…にいる。❸(状態・性質)…である。▼格助詞「に」＋ラ変動詞「あり」から成立した。
「朝焼の風の中なる一樹鳴り」　加藤楸邨
「橋上に涙し夕日鏡なる」　高屋窓秋
「暗闇の眼玉濡さず泳ぐなり」　鈴木六林男
「指輪時計はづしてよりの夜長なる」　野澤節子
「春なれや人玉に尾のあることも」　中尾寿美子

「有頂天なれば雲雀の声ばかり」　糸　大八

「死ぬならば自裁晩夏の曼珠沙華」　橋本榮治

なり【形・態】〈名〉❶物のかたち。かっこう。❷身なり。服装。❸ありさま。ようす。状態。

「鶯のとびうつりゆく枝の**なり**」　横光利一

「草餅やしきりにほむる**姿**《なり》のこと」　安東次男

「滴りの顔搏つてよき山の**なり**」　原　裕

「ふくろうに柩のやうな森の**形**」　齋藤愼爾

「ほたるぶくろといふときの口の**形**」　小澤　實

なり・けり〈連語〉❶（「けり」が過去を表す場合）…であった。…だったそうだ。❷（「けり」が詠嘆を表す場合）…であったのだなあ。…であるなあ。▼断定の助動詞「なり」の連用形＋助動詞「けり」

「茶の花も小鳥も寒き日**なりけり**」　石井露月

「西行忌**なりけり**昼の酒すこし」　京極杞陽

「こゑのして朧**なりけり**母ならむ」　鈴木鷹夫

「夕日濃き書棚も子規の忌**なりけり**」　永島靖子

「耕衣忌の秋烈々の日**なりけり**」　大石悦子

「どう見ても子供**なりけり**懐手」　岸本尚毅

なり・と〈副助〉…だけでも。▼断定の助動詞「なり」＋接続助詞「と」。消極的な範囲で受け入れる意を表す。

「僧来ませり水飯**なりと**参らせん」　高濱虚子

「床の間に秋草**なりと**欲しきかな」　阿部みどり女

「山雀の初声**なりと**聞きたしよ」　飯島晴子

なり・はひ【生業《ナリワイ》】〈名〉❶農業。農作。また、その作物。❷職業。家業。生業《せいぎょう》。▼「はひ」は接尾語。

「蔵の香に狎《な》れし**なりはひ**桃の花」　飯田蛇笏

「桑枯れて**なりはひ**もなき町の音」　水原秋櫻子

「**なりはひ**の下駄の片減り啄木忌」　鈴木真砂女

「風船やかかる男の**なりはひ**に」　木村蕪城

「**なりはひ**の沈丁香るほどでなし」　松澤　昭

な・る【生る】〈自動・ラ四〉{ら/り/る/る/れ/れ}❶生まれる。❷実がなる。結実する。

「**生り生り**て**生り**垂れるへちまのながさかな」　荻原井泉水

「胡瓜**生る**したかげふかき花のかず」　飯田蛇笏

「茄子**生り**しことにここと夕風に」　宇佐美魚目

「葡萄青し人の**生る**木を夢の中」　柿本多映

「押入に無花果**生る**よな夕空よ」　鳴戸奈菜

な・る【成る】㊀〈自動・ラ四〉{ら/り/る/る/れ/れ}❶（別の状態に）なる。変わる。❷（地位に）就く。任官する。❸実現する。完成する。❹（歳月が）たつ。❺実を結ぶ。生育する。実る。❻おいでになる。お行きになる。㊁〈補助動・ラ四〉（敬意を含む漢語に付いて）…なさる。お…になる。

「毛むしりて細首と**成る**つぐみ哉」　松瀬青々

「梅の実の夜は月夜と**なり**にけり」　西東三鬼

「一掬のこの月光の石と**なれ**」　篠原鳳作

「鮭を打つ棒は門にも**ならず**」　加藤三七子
「冬の底の冬のすみれと**なる**心地」　平井照敏
「竹美人君と別るる日と**なん**ぬ」　高橋睦郎
「ひまはりはひまはり自分以外には**なれ**ぬ」　櫂未知子

な・る【慣る・馴る】〈自動・ラ下二〉｛れ／れ／る／るる／るれ／れよ｝❶慣れる。❷うちとける。なじむ。親しくなる。❸よれよれになる。体によくなじむ。❹古ぼける。
「郵便の疎さにも**馴る**雲雀飼ふ」　竹下しづの女
「藤咲くや水をゆたかにつかひ**馴れ**」　馬場移公子
「秋彼岸濯ぎ**慣れ**たる川瀬あり」　友岡子郷
「夏の波見**馴れ**し靴を揃えけり」　高澤晶子
「螢の夜何処も濡るることに**慣れ**」　鎌倉佐弓

なる‐かみ【鳴る神】［季・夏］〈名〉かみなり。雷鳴。▼「かみなり」は「神鳴り」、「いかづち」は「厳《か》つ霊《ち》」から出た語で、古代人が雷を、神威の現れとしていたことによる。
「**鳴神**の一鼓百鼓や壺中天」　大須賀乙字
「**鳴神**の風狂が又過ぎにけり」　相生垣瓜人
「**鳴神**の滝の枯れざましかと見き」　稲垣きくの

なる‐べし〈連語〉…であろう。…であるに違いない。▼断定の助動詞「なり」の連体形＋推量・意志の助動詞「べし」
「古白《こはく》とは秋につけたる名**なるべし**」　夏目漱石
「冬薔薇は法楽の死の黄**なるべし**」　小檜山繁子
「愚直**なるべし**愚直なるべし初燕」　宇多喜代子
「亀鳴くや男は無口**なるべし**と」　田中裕明

なる‐ほど【成る程】〈副〉❶できるだけ。なるべく。❷ずいぶん。なかなか。十分。❸（相手の言葉に同意して）いかにも。確かに。
「**なるほど**信濃の月が出てゐる」　種田山頭火
「紫雲英編む**なるほど**恋に後れたる」　大石悦子
「雙魚紋**なるほど**雪の日の鯉や」　中原道夫

なれ【汝】〈代名〉おまえ。汝《な》。（対称の人称代名詞。親しい者、目下の者、動物などに用いる）
「**汝**よ**汝**の葬式に行く冬日低く」　中村草田男
「また**汝**の離《か》れゆく闇の梅雨滂沱」　角川源義
「**汝**と我そのどちらかは春のゆめ」　津沢マサ子
「縁の下の筍**汝**を掘り出だす」　鎌倉佐弓

なれ‐ど〈接続〉ではあるが。しかし。けれども。なれども。
「初霜のわが母**なれど**面冴え」　中村汀女
「破れ屏風**なれど**三十六歌仙」　下村梅子
「朝顔や片肺**なれど**声涼し」　中山純子
「一汁に一菜**なれど**夏料理」　吉田汀史
「ムキアサリ**なれど**深空を崇め居る」　鳴戸奈菜

なれ‐ども〈接続〉ではあるが。しかし。▼断定の助動詞「なり」の已然形に接続助詞「ども」が付いて一語化したもの。
「天津日は春日**なれども**雪まぶし」　水原秋櫻子
「話途中**なれども**客に虹を指す」　山口誓子

「とこしへの病軀なれども青き踏む」　川端茅舎
「たわいなき春夢なれども汗すこし」　能村登四郎

なれ‐や〈連語〉㊀「や」が係助詞の場合 ❶(「や」が疑問の意を表す場合)…だからなのだろうか。❷(「や」が反語の意を表す場合)…なのだろうか、いや、…ではない。㊁(「や」が詠嘆を表す間投助詞の場合)…であることよ。▼断定の助動詞「なり」の已然形＋助詞「や」

「椿落つ捨身の事もあるなれや」　相生垣瓜人
「萩の間のくろ髪なれやぬすみ見る」　藤後左右
「窯焚いて春田は打たぬ君なれや」　堀口星眠
「旅なれや柿の葉鮨のつめたさも」　山田みづえ
「春なれや紅殻格子ともりたる」　井上　雪
「奥海なれや波を噛んでは躍る犬」　安井浩司

なゐ【地震】ナイ〈名〉地震。▼古く「なゐ」は大地の意で、「なゐ振(震)る」「なゐ揺《ゆ》る」の形で地震が起こる意に用いた。のちに、「なゐ」だけで地震の意を表すようになった。

「なゐふるや寒ゆるみけるけものの影」　臼田亜浪
「夕顔や方丈記にも地震のこと」　阿波野青畝
「炎夏の扉凭れば地震ゆりぬやや長く」　加藤楸邨
「今死にし母をゆすりて春の地震」　岸田稚魚
「赤土のなゐの国またゆらぐなり」　三橋敏雄

なん‐ぎ【難儀】〈名〉❶苦難。苦しみ。❷めんどう。迷惑。

「あれこれと死後も難儀や鰯雲」　中村苑子

「一度融けふたたび凍る難儀かな」　中原道夫

なん‐ぞ【何ぞ】㊀〈連語〉なんだ。なんなのか。㊁〈副〉❶どうして…か。なぜ…か。(理由への疑問の意を表す)❷どうして…か。いや…ない。(反語の意を表す)❸なにか。なにかしら。▼代名詞「なに」＋係助詞「ぞ」からなる「なにぞ」の変化した語。「なぞ」とも。

「梅花とは何ぞ父母何寂しき」　永田耕衣
「落日へなんぞ男の息荒き」　富澤赤黄男
「胸にある宙とは何ぞ椿散る」　和田悟朗
「きのふ見てなんぞはるかなるけふの月」　加藤郁乎
「耕すや長城なんぞかかはらん」　有馬朗人

なんぢ【汝】ナンジ〈代名〉おまえ。そなた。(対称の人称代名詞。多く男性が同等または目下の者に対して用いる)▼「なむぢ」とも。

「五月闇汝帰りしには非ず」　西東三鬼
「てんと虫汝も天の火を盗む」　平井照敏
「語らねど哭かねど汝ひきがえる」　黒田杏子
「ユダはわれそれともなんぢ冬館」　遠藤若狭男

なん‐と【何と】㊀〈副〉❶どう。どのように。(疑問の意を表す)❷どうして(…か、いや、…ない)。(反語表現に用いる)㊁〈感〉ねえ。どうだ。(人に問いかけたり、同意を求めるときに発する語)▼「なにと」の変化した語。

「天高く人生なんと恥多き」　鈴木真砂女
「きさらぎの雨粒なんと蕾なる」　中尾寿美子

な

「金屏風**何と**すばやくたたむこと」　飯島晴子
「武具飾り鶏鳴**何と**はるかなる」　大峯あきら
「紅葉して汝《な》は**何と**いふ水草ぞ」　鷹羽狩行

なん‐によ【男女】〈名〉男と女。また、人々。▼「だんじょ」とも。
「顔くらき**男女**が溜まる螢谷」　横山房子
「形代の**男女**ひらひら重なりぬ」　山田みづえ
「花よ花よと老若**男女**歳をとる」　池田澄子

なん‐の【何の】■一〈連体〉どういう。どんな。■二〈副〉❶どうして(…か、いや、…ない)。(反語表現に用いる)❷なんだ。どうということはない。❸「何の彼《か》の」の略。なんだのかんだの。▼「なにの」の変化した語。
「夕映に**何の**水輪や冬紅葉」　渡邊水巴
「花氷頂の色**何の**影」　原　石鼎
「菊咲けり母病ませては**何の**幸」　古賀まり子
「一対の凍鶴**何の**黙示なる」　上田五千石
「胸中に**何の**火種ぞ黄落す」　手塚美佐

に

に【丹】〈名〉赤土。また、顔料や色彩としての赤色。
「**丹**の欄にさへづる鳥も惜春譜」　杉田久女
「まどろすが**丹**の海焼けや労働祭」　山口誓子
「初雛や**丹**の椀とれば芹にほふ」　及川　貞
「**丹**の廊の一《いち》隅《ぐう》照らす冬西日」　秋元不死男

に〈格助〉❶(場所)…で。…に。❷(時・場合)…に。…ときに。❸(動作や作用の帰着点)…に。❹(動作や作用の方向)…の方に。…に。❺(動作や作用の対象)…に。❻(動作や作用の目的)…ために。❼(動作や作用の原因・理由)…により。…によって。…ために。❽(動作や作用の手法・手段)…で。…によって。❾(動作や作用の結果、変化の結果)…に。❿(受身表現や使役表現で動作の主体)…に。…によって。⓫(婉曲《えんきょく》に主体を示し、敬意を表す)…におかれては。⓬(資格・地位)…として。⓭(比較の基準や比況)…より。…と比べて。…のように。⓮(状況・状態)…の状況で。…において。
「蘆原の中**に**家あり行々子」　正岡子規
「枯枝ほきほき折る**に**よし」　尾崎放哉
「大き花の向日葵《ひまはり》咲けりをみなら**に**」　三橋鷹女
「花の月待ちしか**に**友即答す」　中村草田男
「蛇穴に入る歳時記を忘れず**に**」　橋　閒石
「秋灯のくるしきまで**に**明るきに」　京極杞陽

に〈接助〉❶(逆接の確定条件)…のに。…けれども。❷(順接の確定条件)…ので。…ために。❸(単純接続)…ところ。…と。❹(添加)…のうえ、さらに。…に加えて。
「初猟や月良かりし**に**幸乏し」　阿波野青畝
「風花や墨書のまだ乾かぬ**に**」　秋元不死男
「秋風を来し**に**ベッドを遠くに置き」　岸田稚魚
「冬菫この世四五日離れたき**に**」　河原枇杷男

「くちびるは二枚ならむに秋の風」　桑原三郎

に-あは・し【似合はし】《ニアワシ》〈形シク〉｛(しく)・しから／しく・しかり／し／しき・しかる／しけれ／しかれ｝ふさわしい。

「**似あはし**や豆の粉《こ》めしにさくら狩」　松尾芭蕉

「紅梅と都鳥とは**似合はしや**」　京極杞陽

にが・し【苦し】〈形ク〉｛(く)・から／く・かり／し／き・かる／けれ／かれ｝❶苦い。❷不愉快である。おもしろくない。気まずい。

「茗荷汁ほろりと**苦し**風の暮」　日野草城

「蕗**苦しけ**ふ陥つるなり伯林は」　石田波郷

「ほうたるやどつちの水も**苦からめ**」　行方克巳

「蕗の薹死に近づくはほろ**苦き**」　高澤晶子

「乳房抱く少女の夏のほろ**苦し**」　鎌倉佐弓

に-・き〈連語〉…た。…てしまった。▼完了の助動詞「ぬ」の連用形＋過去の助動詞「き」

「頬を削る風と思ひ**にき**霜や濃き」　石塚友二

「川筋に一揆あり**にき**冬の星」　榎本好宏

「枯萩の影も枯れ**にき**毘楼博叉《びるばくしゃ》」　角川春樹

にぎ-【和】〈接頭〉穏やかな。柔らかい。細かい。整った。▼「にき」とも。

「そば咲くや姿を作る**和**言葉」　平畑静塔

「**和**ぎ土の塀青桐の影滲みる」　細見綾子

「**和**魂の霧高階の窓窓に」　金子兜太

「荒魂の**和**魂《にきたま》の暁青高原」　佐藤鬼房

にぎ-は・し【賑はし】《ニギワシ》〈形シク〉｛(しく)・しから／しく・しかり／し／しき・しかる／しけれ／しかれ｝❶富み栄えている。豊かである。裕福である。❷にぎやかで活気がある。明るくて陽気である。▼「にぎははし」とも。

「**賑はし**や喉《のんど》を滑る瓜の種」　前田普羅

「芽ぐみたる枝**賑はしや**影法師」　富安風生

「甘茶佛杓**にぎはしく**こけたまふ」　川端茅舎

「**にぎはしき**雪解雫の伽藍かな」　阿波野青畝

「**賑はしき**匂ひの中の三の酉」　山田みづえ

「**にぎはしく**螢は家を通りけり」　桑原三郎

にぎはひ【賑はひ】《ニギワイ》〈名〉にぎわうこと。

「転倒すわが長生の**賑はひ**に」　中尾寿美子

「新巻の塩のこぼれし**賑はひや**」　角川照子

「夕雲の一ト**にぎはひや**冬構」　大峯あきら

「死の**賑はひ**にも似て辛夷花ざかり」　能村研三

「春銀河柩を据うる**賑はひ**に」　正木ゆう子

「月の出よ枯菊のこの**賑はひは**」　岸本尚毅

にぎ-は・ふ【賑はふ】《ニギワウ・ニギオウ》〈自動・ハ四〉｛は／ひ／ふ／ふ／へ／へ｝❶富み栄える。繁栄する。❷にぎやかになる。

「生き過ぎし者で**賑はふ**茸山」　小泉八重子

「鰤あがり漁港は昼も夜も**にぎはふ**」　岡田日郎

「夕雲の**にぎはふ**ころを稲車」　友岡子郷

「雨の日の衛府**にぎはへる**篝かな」　筑紫磐井

「崩れ簗水**賑はつて**ゐたりけり」　中原道夫

に・ぐ【逃ぐ】〈自動・ガ下二〉｛げ／げ／ぐ／ぐる／ぐれ／げよ｝逃げる。避ける。

「隙間風**逃ぐる**術なき夜々の肩」石塚友二
「秋風や蝶は**逃げ**蜂向ひくる」三橋敏雄
「秋刀魚焼く煙の**逃ぐる**ところなき」菖蒲あや
「婚の荷を解くや百尾の蛇**逃ぐる**」八木三日女
「**逃げよ**母かの神殿の加留多取り」安井浩司
「十二支みな闇に**逃げ**こむ走馬燈」黒田杏子
「雉子の子も屈み走りに畦を**逃ぐ**」茨木和生

にくから・ず【憎からず】〈連語〉❶情愛が細やかである。❷あいきょうがある。感じがよい。▼形容詞「にくし」の未然形＋打消の助動詞「ず」

「塗下駄に展墓の素足**にくからぬ**」飯田蛇笏
「花冷はかこちながらも**憎からず**」富安風生
「**にくからぬ**深大寺蕎麦や初詣」水原秋櫻子
「や、褪せし浴衣着たるも**憎からず**」高橋淡路女
「鼠出て栗曳く音の**憎からぬ**」馬場移公子

にく・し【憎し】〈形ク〉｛(く)・から／く・かり／し／き・かる／けれ／かれ｝❶しゃくにさわる。気に入らない。いやだ。憎らしい。❷感じが悪い。みっともない。見苦しい。❸あっぱれだ。見事だ。優れている。(憎く感じるほど優れているようす)

「僧恋うて僧の**憎し**や額の花」橋本多佳子
「落葉ふみ**憎き**かの眸を欲りもする」稲垣きくの
「男**憎し**されども恋し柳散る」鈴木真砂女
「よその子が少し**憎く**て鳳仙花」辻田克巳

に・けり〈連語〉❶(「けり」が過去の意を表す場合)…てしまった。…てしまったそうだ。❷(「けり」が気づき・詠嘆の意を表す場合)…てしまったのだなあ。…しまったことだ。▼完了の助動詞「ぬ」の連用形＋過去・詠嘆の助動詞「けり」

「世に人あり枯野に石のあり**にけり**」松根東洋城
「星月夜山なみ低うなり**にけり**」芥川龍之介
「芋虫の太り**にけり**な露の宿」山口青邨
「老斑のうするる梅雨の明け**にけり**」石川桂郎
「綱わたりうつくしき顎にてあり**にけり**」小川双々子

にこ-【和・柔】〈接頭〉(名詞に付いて)柔らかい。柔和な。

「天よりぞ鳥の抜毛の**柔毛**落つ」山口誓子
「春愁や草の**柔毛**のいちしるく」芝不器男

にこ-やか・なり【和やかなり・柔やかなり】〈形動ナリ〉｛なら／なり・に／なり／なる／なれ／なれ｝❶もの柔らかだ。しとやかだ。❷にこにこしている。▼「やか」は接尾語。②は近世以降に使われる。

「白魚の眼の**にこやかに**離れたる」茨木和生

にごり-え【濁り江】〈名〉水の濁っている入り江。

「**濁り江**の潮どきかなし秋祭」水原秋櫻子
「**濁り江**に梅雨空染まる祭の日」柴田白葉女
「**濁り江**に出荷のための蕪洗ふ」森田　峠

に-し〈連語〉…てしまった。▼完了の助動詞「ぬ」の連用形＋過去の助動詞「き」の連体形

「青春のすぎ**にし**こゝろ苺喰ふ」　水原秋櫻子
「単衣着て若く読み**にし**書をひらく」　能村登四郎
「赤人のすみれ摘み**にし**野よいづこ」　下村梅子
「母よりも父の愛で**にし**古雛」　大橋敦子
「さむや田の風と散り**にし**十七字」　手塚美佐

に-し〈連語〉…で。▼断定の助動詞「なり」の連用形「に」＋副助詞「し」

「血潮濃き水**にし**なほも鰤洗ふ」　山口誓子
「冷凍酒旅**にし**あれば妻ものむ」　森川暁水
「ああ大和**にし**白きさくらの寝屋に咲きちる」　折笠美秋
「菜の花や妻**にし**あれば耳冷ゆる」　田中裕明

に-して〈連語〉…において。…で。…に。（場所・場合・時などの意を表す）▼格助詞「に」＋格助詞「して」

「ラテン語の風格**にして**夏蜜柑」　橋　閒石
「満開**にして**ふつと消ゆ桃の花」　齋藤　玄
「乱世**にして**晴れわたる人の木よ」　高柳重信
「一鉢**にして**こぞり立つ小菊かな」　藺草慶子

にじ・る【躙る】　㊀〈自動・ラ四〉{ら/り/る/る/れ/れ}座ったままの姿勢でひざをするようにして、じりじりと移動する。㊁〈他動・ラ四〉（物を）押しつぶすように、じりじりとねじ回す。

「餅は皆**にじり**居るらし雪の暮」　永田耕衣
「軍配昼顔熱砂を**にじり**つつ咲けり」　堀口星眠
「梵天かと一枯艸に**にじり**寄る」　河原枇杷男

に-ぞ〈連語〉…に。▼格助詞「に」＋係助詞「ぞ」

「青萩の青**にぞ**染り生れし蟬」　後藤夜半
「一群の寒烏**にぞ**囃されし」　相生垣瓜人
「夜はかなし淡雪明り瞳**にぞ**馴れ」　三橋鷹女
「ふるさとの朝曇**にぞ**起きにける」　高屋窓秋
「麦秋やドラム罐さがし**にぞ**ゆかん」　小川双々子

にて〈格助〉❶（場所）…において。…で。❷（時間・年齢）…で。❸（資格・状態）…として。…で。❹（手段・方法）…によって。…で。❺（原因・理由）…ことで。…によって。…のために。❻（材料）…で。…によって。

「京**にて**も京なつかしやほとゝぎす」　松尾芭蕉
「さはればすぐあく落葉の戸**にて**」　尾崎放哉
「寒夜**にて**川の奔流あらはなり」　大野林火
「ぽつぺんは口より遠く**にて**鳴れり」　後藤比奈夫
「寒梅のあたり**にて**日の終りかな」　岸田稚魚
「菫嚙む山姥の歯の日ぐれ**にて**」　飯島晴子
「闇汁の闇**にて**火傷いたしけり」　辻　桃子

に-て〈連語〉…で。…であって。▼断定の助動詞「なり」の連用形「に」＋接続助詞「て」

「影させしその蝶**にて**はあらざりき」　竹下しづの女
「生きるとは死なぬこと**にて**つゆけしや」　日野草城
「麦秋の野はまだら**にて**暮れなづむ」　高屋窓秋
「晩年もなほ日永**にて**摘む蓬」　中村苑子
「待春か耐寒か石しづか**にて**」　中嶋秀子

「棒は棒夢は夢にてひきがへる」　鎌倉佐弓

にな・ふ【担ふ・荷ふ】《ニナウ・ニノウ》〈他動・ハ四〉（は／ひ／ふ／ふ／へ／へ）かつぐ。肩にのせて運ぶ。

「雀躍りに秋の百姓肥に**なふ**」　飯田蛇笏

「天秤に**荷ふ**牡丹の化粧水」　平畑静塔

「春風や狂言はもの**担ひ**つつ」　宇佐美魚目

には【庭】《ニワ》〈名〉❶家屋の前後などにある平地。のち、邸内の、草木を植え、池・島などを設けた場所。❷神事・農事・狩猟・戦争・教育など、物事が行われる場所。場。❸海面。❹家の中の土間。

「土濡れて久女の**庭**に芽ぐむもの」　杉田久女

「こぼつ家失ふ**庭**いまつつじ燃ゆ」　及川貞

「わが**庭**に蟬なく切にわが家あり」　秋元不死男

に・は〈連語〉…では。▼断定の助動詞「なり」の連用形「に」十係助詞「は」

「我が頭穴に**は**あらずや落椿」　永田耕衣

「弓を射る鵙にひれ伏すに**は**あらず」　古舘曹人

「ばら剪つてすでに短命に**は**あらず」　寺田京子

に・は〈連語〉…には。▼格助詞「に」十係助詞「は」

「お前の歩むさくらの樹に**は**桜の実」　滝井孝作

「刹那刹那に生く焚火に**は**両手出し」　津田清子

「花冷えや昼に**は**昼の夜に**は**夜の」　鷹羽狩行

「啓蟄や沖の沖に**は**夜の沖」　池田澄子

「寒暮光彼に**は**光我に闇」　高澤晶子

にはか・なり【俄なり】《ニワカナリ》〈形動ナリ〉（なら／なり・に／なり／なる／なれ／なれ）❶突然だ。だしぬけだ。急だ。❷病気の容態が急変する。危篤《きとく》になる。

「萩刈れば昴《すばる》**俄に**近づきし」　阿波野青畝

「読まず書かぬ月日**俄に**夏祭」　野澤節子

「こほろぎや**俄かに**落つる厨水」　森田峠

「山一つ二つ**俄に**春めきし」　宇佐美魚目

「花満ちて芭蕉没年に**はかなり**」　矢島渚男

「宵闇の緋鯉に**はか**に非を明かす」　攝津幸彦

には・たづみ【潦・行潦・庭潦】《ニワタズミ》㊀〈名〉雨が降ったりして、地上にたまり流れる水。㊁《枕詞》地上にたまった水が流れることから「流る」「行く」「川」にかかる。

「松の花きのふはここに**潦**」　山口誓子

「わが死後の乗換駅の**潦**」　鈴木六林男

「**にはたづみ**みな玻璃なせり今朝の冬」　高橋睦郎

「映すもののなき歳晩の**潦**」　永方裕子

「うぐひすや朝日をかへす**潦**」　藺草慶子

には・び【庭火・庭燎】《ニワビ》〔季・冬〕〈名〉庭でたいて明りとする火。特に宮中で神楽を行うときなどのかがり火。

「御社や**庭火**に遠き浮寝鳥」　正岡子規

「燃えしきる**燎火**となりぬ削掛」　長谷川零餘子

「**庭燎**とふ神楽歌あることを聞く」　後藤夜半

にひ-【新】《ニイ》〈接頭〉〈名詞に付いて〉新しい。初めての。まだだれも手をつけていない。
「**新**盆の含羞に似て火を焚けり」文挾夫佐恵
「おうつりの柳川鍋や**新**枕」加藤郁乎
「**新**草を古草つつむ妻癒えむ」矢島渚男
「**新**妻の砒素の楽しみ雪月花」筑紫磐井

にび-いろ【鈍色】〈名〉染め色の一つ。橡《つるばみ》の実の梂《さか》で染める濃いねずみ色。▼「にぶいろ」とも。
「沈丁や**にびいろ**に潮満つる音」栗林千津
「**にびいろ**の浦波となるきりたんぽ」小宅容義
「**鈍いろ**の振つて涼しき鬼の鈴」山田みづえ

にひ-ばり【新治・新墾】《ニイバリ》〈名〉荒れ地を新たに開墾したこと。また、その土地。
「三日月に川一筋や**新墾**田」河東碧梧桐
「ほととぎす**新墾**に火を走らする」橋本多佳子
「**新墾**やどこへも行かぬ蛙の声」秋元不死男
「揚雲雀**新治**のみち幾曲り」原　裕

にぶ-し【鈍し】〈形ク〉(（く）・から／く・かり／し／き・かる／けれ／かれ)❶切れ味が悪い。❷のろのろしている。
「餅を切る包丁**鈍し**古暦」夏目漱石
「炎せや炎せ才覚**鈍き**吾が焚火」細谷源二
「よろこびに**鈍く**をるなり菊焚きをり」大石悦子
「蜜蜂の**にぶき**ひかりのむらがれる」中田　剛

にへ【贄】《ニエ》〈名〉❶古代・豊作を感謝して、神にその年の新穀を供えること。また、その供え物。❷神や朝廷に献上する供え物。穀物・野菜・魚・鳥などをさす。❸貢物《みつぎもの》。
「初花を古青空の**贄**としぬ」高橋睦郎
「猪肉のかたまりふたつ年の**贄**」茨木和生
「風祭**贄**の如くに香炷けり」小林貴子

にほ【堆・藁塚】《ニオ》［季・秋］〈名〉東北・中部地方で円錐形に刈稲を高く積み上げたもの。
「**藁塚**すこしほどいてありし雪間かな」後藤夜半
「**堆**の霜櫨《はぜ》はもみぢを尽しけり」西島麦南
「**藁塚**裏の陽中夢みる次男たち」福田甲子雄

にほのうみ【鳰の海】《ニオノウミ》〈名〉地名。歌枕《うたまくら》。琵琶《びわ》湖の別名。
「鳰がゐて**鳰の海**とは昔より」高濱虚子
「苗代の水のつゞきや**鳰の海**」松瀬青々
「**鳰の海**紅梅の咲く渚より」森　澄雄

にほは-し【匂はし】《ニオワシ》〈形シク〉(（しく）・しから／しく・しかり／し／しき・しかる／しけれ／しかれ)つややかに美しい。
「箸にかけて山葵**匂はし**雪の暮」渡邊水巴
「寒灸や悪女の頸の**にほはしき**」飯田蛇笏

にほは-す【匂はす】《ニオワス》〈他動・サ四〉(さ／し／す／す／せ／せ)❶美しく染める。美しく色づける。❷香りを漂わせる。薫らせる。❸それとなく知らせる。ほのめかす。

「寒餅は網目匂はせ焼くべかり」　水原秋櫻子
「白い服で女が香水匂はせる」　高屋窓秋
「天皇誕生日未明に鮨を匂はしめ」　林　翔
「爪入れて蜜柑匂はす未婚なほ」　三好潤子

にほひ【匂ひ】ニオイ〈名〉❶(美しい)色あい。色つや。❷(輝くような)美しさ。つややかな美しさ。❸魅力。気品。❹(よい)香り。におい。❺栄華。威光。❻(句に漂う)気分。余情。俳諧《はいかい》用語。
「藁星よ藁のにほひのゆふぞらに」　高屋窓秋
「奈良格子の奥に蕗煮る匂ひかな」　桂　信子
「木犀の匂の中ですれ違ふ」　後藤比奈夫
「顔の上草のにほひの初蚊鳴く」　野澤節子
「螢火やをんなの匂ひ水よりす」　上村占魚

にほ・ふ【匂ふ】ニオウ 一〈自動・八四〉(は／ひ／ふ／ふ／へ／へ)❶美しく咲いている。美しく映える。❷美しく染まる。(草木などの色に)染まる。❸快く香る。香が漂う。❹美しさがあふれている。美しさが輝いている。❺恩を受ける。おかげをこうむる。二〈他動・八四〉香りを漂わせる。香らせる。
「くちそそぐ花枇杷《はなびわ》鬱として匂ひ」　橋本多佳子
「病院のユーカリにほふ春の闇」　中村草田男
「義士祭香煙かへりきてもにほふ」　石田波郷
「雷火なほ匂へる河に鵜飼見る」　野見山朱鳥
「刈られたる麦さへにほふ月はあり」　小川双々子

に・も〈連語〉❶…においても。❷…におかれても。❸…につけても。❹…に比べても。…よりも。❺…の場合も。…の時も。❻…さえも。▼格助詞「に」+係助詞「も」
「春立つとまづは水にも思ふべし」　細見綾子
「月あかり霜ふるけはひ目にも見ゆ」　高屋窓秋
「花吹雪天の管弦かすかにも」　河原枇杷男
「蟬声が湧く満願の日にも似て」　鷹羽狩行
「蚕にもとほくがありて首を振る」　矢島渚男
「低きにも星見えそめし梅筵」　藺草慶子

に・も・あら・ず〈連語〉…でもない。▼断定の助動詞「なり」の連用形「に」+係助詞「も」+ラ変補助動詞「あり」の未然形「あら」+打消の助動詞「ず」
「廃墟にて月にもあらず風にもあらず」　富澤赤黄男
「ふらここを漕ぐにもあらず二人かな」　中村苑子
「水母《くらげ》浮き水にもあらず母にもあらず」　折笠美秋

に・や〈連語〉❶…であろうか。…であったのだろうか。(多く「にやあらむ」「にやありけむ」の形で用いられ、疑問を表す)❷…であろうか。…であったのだろうか。(下の「あらむ」などが省略された形で、文末や、挿入句の末尾に用いられる)❸…であろうか。(断言しない形にすることによって文の調子を柔らげる)▼断定の助動詞「なり」の連用形「に」+係助詞「や」
「雲と隔つ友にや雁の生きわかれ」　松尾芭蕉
「白酒に酔ひしにやあらん愉しかり」　高橋淡路女
「魚城移るにや寒月の波さざら」　久米三汀

「冬の雷**にや**皺腹の応ふる**にや**」　川崎展宏
「いずれのおおんとき**にや**螢とぶ」　齋藤愼爾

に・ゆ【煮ゆ】〈自動・ヤ下二〉{え／え／ゆ／ゆる／ゆれ／えよ} ❶煮える。熱湯などで物に熱が通る。❷水が沸騰して湯になる。
「鮟鱇もわが身の業も**煮ゆる**かな」　久保田万太郎
「院々の肉**煮ゆる**香や夕紅葉」　川端茅舎
「八月の炉あり祭のもの**煮ゆる**」　木村蕪城
「ぐち〴〵と愚痴をこぼしておでん**煮え**」　清崎敏郎
「寒き日や障子のうちに**煮ゆる**もの」　高橋睦郎

にょう-ばう【女房】《ニヨウバウ》〈名〉❶宮中や院の御所、天皇や后《きさき》に仕え、一室（局《つぼね》）を与えられている上級職の女性。❷貴族の家や武家に仕える女性。❸妻。❹女性。婦人。▼「にょうぼ」とも。
「青物を買ふ**女房**の袷かな」　河東碧梧桐
「**女房**をたよりに老うや暮の秋」　村上鬼城
「褞袍着て風邪の**女房**となりけらし」　原コウ子
「**女房**が蓮を見てゐし蓮見茶屋」　京極杞陽

にょ-しん【女身】〈名〉女性のからだ。女体。女性の姿。
「松見るに**女身**見る如し春の雨」　永田耕衣
「十方にこがらし**女身**錐揉に」　三橋鷹女
「指切りの野道も**女身**も地平線」　小泉八重子
「**女身**とは光をはじく岬かな」　鎌倉佐弓

にょ-にん【女人】〈名〉おんな。婦人。女子。
「**女人**遠流《をんる》の**女人**を詠めりさくら散る」　大野林火
「堂おぼろ青衣の**女人**現れませよ」　下村梅子
「螢放生**女人**高野の橋の上」　加藤三七子
「石を産む**女人**の裾や赤蜻蛉」　夏石番矢
「遠ければ**女人**とおもふ桐の花」　田中裕明

に・る【似る・肖る】〈自動・ナ上一〉{に／に／にる／にる／にれ／によ} 物の形や性質が同じように見える。
「旅人のこゝろにも**似よ**椎の花」　松尾芭蕉
「寒雲のはびこるは糊塗するに**似つ**」　相生垣瓜人
「脇僧に**似**て坐りをり鳰の湖」　能村登四郎
「わが声のふと母に**似**て鬼やらひ」　古賀まり子
「あてどなく急げる蝶に**似**たらずや」　藤田湘子
「霜旦の鶏鳴悲鳴にも**似**たり」　宮津昭彦
「春深し稀にはとり使者に**肖**て」　攝津幸彦

ぬ

ぬ【寝】〈自動・ナ下二〉{ね／ね／ぬ／ぬる／ぬれ／ねよ} 寝る。眠る。横になる。
「寒けれど二人**寝る**夜ぞ頼もしき」　松尾芭蕉
「ぽつくりと蒲団に入りて**寝**たりけり」　臼田亜浪
「木の葉降る闇やはらかと思ひ**寝む**」　松村蒼石
「京近しと思ひつゝ**寝る**鳰の闇」　安東次男
「数へ日の昼よく**寝**たる一時間」　茨木和生

ぬ〈助動・ナ変型〉{な／に／ぬ／ぬる／ぬれ／ね} ❶（完了）…てしまった。…てしまう。…た。❷〈確述〉きっと…だろう。間違いなく…はずだ。〈多く、「む」「らむ」「べし」など推量の意を表す語とともに用いられ、その事態が確実に起こることを予想し強調する〉❸〈並列〉…たり…たり。〈「ぬ…ぬ」の形で、動作が並行する意を表す。「浮きぬ沈みぬ」〉

「鵯《ひよどり》のこぼし去り**ぬる**實の赤き」　与謝蕪村

「寒牡丹触れ**な**ばひびく心欲し」　山口草堂

「冬の蜘蛛眉間をはしり失せ**に**ける」　加藤楸邨

「冬　去　り　**ね**　門　に　彩　る　茜　雲」　高屋窓秋

「ひとづまにゑんどうやはらかく煮え**ぬ**」　桂　信子

「淋《さみ》しさよ／秩父《ちちぶ》も／鬼《おに》も／老《お》い**ぬれ**ば」　高柳重信

「この恋に生**な**ば麦の金の禾」　林　桂

ぬか【額】〈名〉❶ひたい。❷ぬかずくこと。礼拝。

「**額**を刺す冠り慣れざる経木帽」　山口誓子

「点眼に**額**みどりめくクリスマス」　秋元不死男

「牛の**額**飛雪一片の睡りかな」　藤田湘子

「春の昼**額**に失火の兆しあり」　柿本多映

ぬか・づ・く【額突く】《ヌカズク》〈自動・カ四〉{か／き／く／く／け／け}ひたいを地や床につけて、お辞儀や礼拝をする。

「**額づけ**ば秋冷至るうなじかな」　竹下しづの女

「**ぬかづけ**ばわれも善女や仏生会」　杉田久女

「沙羅双樹**ぬかづく**にあらず花拾ふ」　橋本多佳子

「父の墓に母**額づき**ぬ音もなし」　中村草田男

「ひざまづき**ぬかづき**檜苗植うる」　上田五千石

ぬかり【抜かり】〈名〉油断。手落ち。

「二日にも**ぬかり**はせじな花の春」　松尾芭蕉

「**抜かり**無くまどろみもする尾花かな」　橋　閒石

ぬきん・づ【抽んづ・擢んづ】《ヌキンズ》〈自動・ダ下二〉{で／で／づ／づる／づれ／でよ}ひいでる。まさる。ぬきんでる。

「すすき新穂**抽んづ**夫は目に日を溜め」　細見綾子

「青比丘や鬼灯市《ほほづきいち》に**抽んで**て」　石田波郷

「秋風に**抜きんで**一遍が墓といふ」　吉田鴻司

「**抽んで**て宙にとどまる蓮の花」　手塚美佐

ぬ・く【抜く・貫く】━〈自動・カ下二〉{け／け／く／くる／くれ／けよ}❶抜ける。離れる。出る。❷抜きん出る。秀でる。優れる。❸はずれる。逃げ出す。━〈他動・カ四〉{か／き／く／く／け／け}❶取り出す。取り去る。引き抜く。❷ごまかす。だます。❸つらぬく。

「青田**貫く**一本の道月照らす」　臼田亜浪

「空蟬のいづれも力**抜かず**ゐる」　阿部みどり女

「葱**抜く**や春の不思議な夢のあと」　飯田龍太

「**抜き**たてのはうれん草は青い鳥」　熊谷愛子

「糸遊を**抜け**ねばあだし野へ行けず」　伊藤白潮

「人去れば藤のむらさき力**ぬく**」　澁谷　道

ぬぐ・ふ【拭ふ】《ヌグウ》〈他動・ハ四〉{は／ひ／ふ／ふ／へ／へ}❶ふきとる。❷恥・汚点・気持などを消し去る。

「夏ちかし髪膚の寝汗**拭ひ**得ず」　石橋秀野

「魂を抜いて御身《みおん》を**拭ひ**けり」　眞鍋呉夫

「美しき五月の汗を**拭は**ずに」　鷹羽狩行
「氷水ぬれぎぬ**拭ふ**こと知らず」　宇多喜代子
「甘茶佛肌《はだ》へすみずみまで**ぬぐふ**」　小澤　實

ぬさ【幣】〈名〉神に祈るときの捧《ささ》げ物。古くは麻・木綿《ゆう》などをそのまま用いたが、のちには織った布や紙などを用い、多く串《くし》につけた。
「宵ひそと一夜飾りの**幣**裁ちぬ」　富田木歩
「**幣**見えて祭の列の近づかず」　長谷川かな女
「風が出てどんどの**幣**を吹きながす」　古舘曹人
「**幣**として卯の花を挿す杣の畑」　飴山　實

ぬし【主】㊀〈名〉❶（ご）主人。あるじ。（主従関係での、主人。従者から尊敬してもいう）❷主人。あるじ。（一家の主人）❸お人。お方。…様。（その人を軽い敬意や親しみをこめていう語）❹所有者。持ち主。❺夫。恋人である男。❻山・川・池などに住みつき、不可思議な魔力を持つといわれる動物。❼（動作をする）本人。当人。㊁〈代名〉あなた。（対称の人称代名詞。軽い敬意を表す）
「老いぼれて目も鼻もなし榾の**主**」　村上鬼城
「庵《ほい》**ぬし**の西日たのしむ柘榴かな」　松根東洋城
「隻脚に村治の忙や桃の**主**」　小沢碧童

ぬす-びと【盗人】〈名〉❶どろぼう。盗賊。❷人をののしっていう語。したたか者。曲者。▼「ぬすっと」とも。
「**盗人**とならで過ぎけり虫の門」　前田普羅
「町長の**盗人**被り踊の輪」　下村梅子
「著莪の花踏んで別れるわれら**盗人**《ぬすつと》」　飯島晴子
「瓜**盗人**どうしてゆつくり歩くのか」　岡田史乃

ぬ-ち〈連語〉…の内部。▼「…のうち」の約。
「村**ぬち**に霞ふるなり實朝忌」　永田耕衣
「足袋**ぬち**に歩きづかれのほてりかな」　中村草田男
「秋晴の屋**ぬち**に風をあふれしむ」　上村占魚
「秋すだれ捲く庭**ぬち**や夜雨くる」　鈴木しづ子
「家**ぬち**を濡羽の燕暴れけり」　夏石番矢

ぬ-なは【蓴】［季・夏］《ヌナワ》〈名〉水草の名。じゅんさい。若芽は食用にする。
「**ぬなは**生ふ池の水かさや春の雨」　与謝蕪村
「旅人に遠く唄へり**蓴**採」　飯田蛇笏
「いつ沈む蹠ふたつの**蓴菜**沼」　中村苑子

ぬ-・なり〈連語〉…ないのだ。▼打消の助動詞「ず」の連体形＋断定の助動詞「なり」
「化粧《けは》ふれば女は湯ざめ知ら**ぬなり**」　竹下しづの女
「禅堂に蟇《ひき》鳴く声の絶え**ぬなり**」　中川宋淵
「春雷や水仙の芽の足ら**ぬなり**」　金田咲子

ぬの-こ【布子】［季・冬］〈名〉木綿の綿入れ。古くは麻の袷《あわせ》や綿入れ。
「砂叺《かます》負ひて**布子**の衿紅く」　富安風生
「野に干せる四五歳の子の**布子**かな」　高野素十
「生き恥を重ね古りたる**布子**かな」　石塚友二

ぬばたま‐の【射干玉の・野干玉の】《枕詞》ぬばたま（ひおうぎ）の実が黒いところから「黒し」「黒髪」など黒いものにかかり、さらに「黒」の連想から「髪」「夜《よ・よる》」などにかかる。▼「うばたまの」「むばたまの」とも。

「あらたまのぬばたまの夜の大麓」 平畑静塔
「ぬばたまの実といふ晴るる日の黒さ」 後藤比奈夫
「紅梅の家ぬばたまの闇に入る」 飯田龍太
「ぬばたまの夢に花火を見しいくさ」 大屋達治

ぬ・ふ【縫ふ】ヌウ〈他動・ハ四〉（は／ひ／ふ／ふ／へ／へ）糸などで、布きれなどをつなぐ。

「花を縫ひ柩はとほく遠くゆく」 高屋窓秋
「北窓はほむらたちそめ縫ふ衣」 鈴木しづ子
「この池の翡翠葦をぬひにけり」 岡井省二
「もめん縫ふひとつ窓より緑さす」 井上雪
「螢とぶ闇縫ひ合はせ縫ひ合はせ」 正木ゆう子

ぬ・べし〈連語〉❶（「べし」が推量の意の場合）きっと…だろう。…てしまうにちがいない。❷（「べし」が可能の意の場合）…できるはずである。…できそうだ。❸（「べし」が意志の意の場合）…てしまうつもりである。きっと…しよう。…てしまおう。❹（「べし」が当然・義務の意の場合）…てしまわなければならない。どうしても…なければならない。
▼完了（確述）の助動詞「ぬ」の終止形＋助動詞「べし」

「芥子咲けば碧き空さへ病みぬべし」 篠原鳳作
「鳥渡る衣縫ふ鳥も居りぬべし」 清水径子
「竹煮草だんだん鬼になりぬべし」 平井照敏
「眠る山狸寝入りもありぬべし」 茨木和生

ぬ・る【濡る】〈自動・ラ下二〉（れ／れ／る／るる／るれ／れよ）ぬれる。

「濡るる夜や風立てば炎え螢籠」 鷲谷七菜子
「蟋蟀のこゑが濡れたるものに附く」 八田木枯
「空蟬の両眼濡れて在りしかな」 河原枇杷男
「霧の海吾れも一樹として濡るる」 今瀬剛一
「指も唇も濡れにぞ濡れし桃に痴る」 高橋睦郎
「花びらのおもては濡れず流れをり」 奥坂まや

ぬる・し【温し】〈形ク〉（く・から／く・かり／し／き・かる／けれ／かれ）❶ぬるい。なまあたたかい。❷ゆるやかである。❸鈍い。のろい。おっとりしている。❹熱心でない。情が薄い。冷淡である。

「手を洗ふ田の水ぬるきげんげかな」 高橋淡路女
「ぬるき茶を残して発てり麦の秋」 橋閒石
「猫と灰いづれが温き二日かな」 柿本多映
「十二月八日やぬるき湯に浸かり」 森田智子
「ひぐらしの日暮れて温き子供かな」 攝津幸彦
「温きまま終はる冬にて惜しまるる」 能村研三

ね

ね【音】〈名〉音。なき声。ひびき。〈情感のこもる、音楽的な音〉

「朝夕の潮の遠音も羽子《はね》日和」 西島麦南

「風鈴の秋に入るなる**音**を出せり」　岸田稚魚
「忘れ**音**といふこと威銃にあり」　石田勝彦
「**音**短かに一度々々の鉦叩」　野澤節子
「しのび**音**といへど鋭し磯嘆き」　加藤三七子
「琴の**音**や片蔭に犬は眠りつつ」　藤田湘子

ね【根】〈名〉❶植物の根。根もと。❷もと。根源。物事の始まるもととなる所。
「闇涼し草の**根**を行く水の音」　石井露月
「葱の**根**の白さしのぼるごとくなり」　能村登四郎
「山の**根**の脈打つてをりどんど焼」　熊谷愛子
「束ねたる髪の**根**つよし青嵐」　岡本　眸
「虹の**根**のありしところか菫濃し」　齋藤愼爾
「竹の**根**が岬を縛る朧かな」　大屋達治

ね【峰・嶺】〈名〉山の頂。みね。
「遠**嶺**より日あたつてくる鴨の水」　桂　信子
「夜蛙や高**嶺**をめざす人に逢ふ」　堀口星眠
「秩父**嶺**の藍より出でし秋の川」　川崎展宏
「卓に白墨立て教へ子と夏**嶺**恋ふ」　友岡子郷

ねが・ふ【願ふ】《ネガウ・ネゴウ》〈他動・ハ四〉{は/ひ/ふ/ふ/へ/へ}❶祈願する。祈る。❷望む。
「**願ひ**事なくて手古奈の秋淋し」　長谷川かな女
「ごはさんで**ねがひ**ましては蔓」　栗林千津
「奥津城や**願ひ**しごとく花下に在り」　下村梅子

「花いちご母より先の死を**願ふ**」　古賀まり子
「子の恋の成就を**願ふ**蛍の夜」　福田甲子雄
「延命を**願は**ぬ日あり落葉焚く」　中嶋秀子

ねぎ【禰宜】〈名〉神官の位の一つ。宮司または神主の下、祝《はふり》の上に位した。また、神官一般にもいう。
「くちすすぐとのゐの**禰宜**や春の雪」　橋本鶏二
「一位の実とりて含みぬ**禰宜**が妻」　木村蕪城
「掃く音す苗代寒の**禰宜**の家」　大峯あきら

ねぎら・ふ【労ふ】《ネギラウ・ネギロウ》〈他動・ハ四〉{は/ひ/ふ/ふ/へ/へ}相手の労苦を慰め、それに感謝の意を表す。
「信者来て**ねぎらひ**行くや蚊火の宿」　前田普羅
「流木を**ねぎらふ**焚火はじめけり」　中原道夫
「広田の陽遠来の雁**ねぎらへ**り」　平井さち子

ね-ぐら【塒】〈名〉鳥の巣。鳥の寝場所。
「寒鴉富田川原は**塒**かも」　阿波野青畝
「身に余る髪を**塒**に生きんとす」　栗林千津
「山鳩の**塒**うしなう月の道」　赤尾兜子
「霜降や鳥の**ねぐら**を身に近く」　手塚美佐

ね-ざめ【寝覚め】〈名〉眠りの途中でふと目が覚めること。
「風鈴に起きて**寝ざめ**のよき子かな」　高橋淡路女
「旅に病む浮寝鳥にも似し**寝覚め**」　稲垣きくの
「萱の原近くにあれば**寝覚め**がち」　清水径子

ね (tab)

ねた・し【妬し】〈形ク〉{(く)・から／く・かり／し／き・かる／けれ／かれ}くやしい。しゃくだ。いまいましい。腹立たしい。憎らしい。
「三輪山を**妬し**と畝火山霧隠」　後藤綾子
「ぼうたんや妍を競へば情夫《いろ》**妬し**」　筑紫磐井

ねたま・し【妬まし】〈形シク〉{(しく)・しから／しく・しかり／し／しき・しかる／しけれ／しかれ}いまいましい。憎らしい。
「**妬ましき**とは美しき晩夏の蠅」　八田木枯
「東京の噂**妬まし**春の風邪」　西村和子

ねた・む【妬む】〈他動・マ四〉{ま／み／む／む／め／め}いまいましく思う。ねたましく思う。憎らしく思う。
「しらべよき歌を**妬む**や実朝忌」　阿波野青畝
「十三夜**妬み**てからむ髪おそろし」　筑紫磐井

ね・づ【捩づ・捻づ】《ネズ》〈他動・ダ上二〉{ぢ／ぢ／づ／づる／づれ／ぢよ}ひねる。ねじる。
「ハンケチを**捩ぢ**て憩へり高山寺」　川崎展宏
「病床の首**捻ぢ**てまた枯木みる」　辻田克巳

ね・ば〈連語〉❶(「ば」が順接の確定条件を表す場合)…ないので。…ないから。❷(「ば」が恒常条件を表す場合)…ないと。…ないときは、いつも。❸(多く上に「も」を伴い、「ば」が逆接の確定条件のような意味を表す場合)…ないのに。▼打消の助動詞「ず」の已然形＋接続助詞「ば」
「一宿に紅梅吹雪帰ら**ねば**」　秋元不死男
「春の闇なにも見え**ねば**安心す」　阿部青鞋
「光ら**ねば**冬の芒になり切れず」　後藤比奈夫
「秋風や書か**ねば**言葉消えやすし」　野見山朱鳥
「地虫鳴く母の前借返さ**ねば**」　伊藤白潮

ねはん【涅槃】〈名〉❶いっさいの煩悩を超越した、不生不滅《ふしょうふめつ》の悟りの境地。❷仏、特に釈迦《しゃか》が入滅すること。高貴な人が死ぬことにいうこともある。❸「涅槃会(釈迦入滅の日の陰暦二月十五日に寺で行われる追悼の法会)」の略。▼仏教語。
「一の字に遠目に**涅槃**したまへる」　阿波野青畝
「近海に鯛睦み居る**涅槃**像」　永田耕衣
「春風かと思ひお**涅槃**かと思ふ」　清水径子
「竹林に遊ぶ**涅槃**に遅れをとり」　後藤綾子
「**涅槃**より今年の朧はじまりし」　森　澄雄

ね・ぶか【根深】〔季・冬〕〈名〉ねぎ(野菜の名)の別名。特に、太ねぎ(根深ねぎ)にいう。
「易水《えきすい》に**ねぶか**流るゝ寒《さむさ》かな」　与謝蕪村
「日輪の寂と渡れる**根深**かな」　川端茅舎
「後ろより死は覗くらむ**根深**汁」　河原枇杷男
「腰強き湯気たちのぼり**根深**汁」　片山由美子

ねぶた・し【眠たし・睡たし】〈形ク〉{(く)・から／く・かり／し／き・かる／けれ／かれ}ひどくねむい。▼「ねぶ(眠)りいた(甚)し」の変化した語。「ねむたし」とも。

「能なしの**眠たし**我を行行子」　松尾芭蕉

「牡丹や眠たき妻の横坐り」　日野草城
「麻の実や湖も眠たき日のあらむ」　大木あまり

ねぶ・る【舐る】〈他動・ラ四〉｛ら／り／る／る／れ／れ｝なめる。しゃぶる。
「蜂舐ぶる舌やすめずに蟷螂《いぼむしり》」　山口誓子
「音たて、波が舐れり磯の雪」　石塚友二
「氷片を舐り費し少し老ゆ」　三橋敏雄
「核舐りつくし白桃を啖ひ終へたり」　坂戸淳夫
「雪国の鱈の目玉もねぶり喰ぶ」　中山純子
「常節が若布を舐る月夜かな」　大屋達治

ねまち-の-つき【寝待ちの月】季・秋〈連語〉出るのがおそくて、寝て待つ月の意。陰暦の十九日の夜の月。特に、陰暦の八月十九日の夜の月をいうことが多い。寝待ち。臥《ふ》し待ちの月。
「肩冷えて寝待の月も出でざりき」　石田波郷
「笛吹《ふえふき》川にとほからねども寝待月」　黒田杏子
「京のものからだによろし寝待月」　田中裕明

ねま・る【寝まる】〈自動・ラ四〉｛ら／り／る／る／れ／れ｝❶うずくまる。ひれふす。❷くつろいで楽な姿勢になる。寝そべる。
「アベマリア秋夜をねまる子がいへり」　橋本多佳子
「梅雨寒の夫婦まづしく寝まりけり」　岸風三樓
「灯を消して朧に慣れて寝まるなり」　林　翔
「寝まるほか用なきひとり虎落笛」　菖蒲あや
「われのみの見し雁《かりがね》とねまるなり」　矢島渚男

ねむごろ・なり【懇ろなり】《ネンゴロナリ》〈形動ナリ〉｛なら／なり・に／なり／なる／なれ／なれ｝手厚い。丁重だ。▼「ねもころなり」「ねもごろなり」「ねんごろなり」とも。
「しぐるゝやねむごろに包む小杯」　渡邊水巴
「ねむごろに水底もみぢ泥となりぬ」　松村蒼石
「遠泳の指ねんごろに折りにけり」　五十嵐播水
「秋耕のねんごろなるにたづね寄り」　中村汀女
「寒肥の杓ねもごろにさしのべて」　橋本鶏二
「ねむごろにもの言ひをれば大蛍」　大石悦子

ねむ・し【眠し・睡し】〈形ク〉｛(く)・から／く・かり／し／き・かる／けれ／かれ｝ねむりたい。ねむたい。
「物の怪のつく時眠し青芒」　長谷川かな女
「熱眠し暮秋嘆ずることもなし」　日野草城
「遠つ世へゆきたし睡し藤の昼」　中村苑子
「ねむき子を負ひメーデーの後尾ゆく」　佐藤鬼房
「石仏のねむき青天返り花」　野見山ひふみ
「起きてすぐ眠き五月の草あかり」　福田甲子雄

ねや【閨】〈名〉❶寝室。寝所。❷奥深い所にある、婦人の居室。深窓《しんそう》。▼「寝屋《ねや》」の意。
「いなびかり終に子のなき閨照らす」　山口誓子
「ぬば玉の閨かいまみぬ嫁が君」　芝不器男
「初鏡閨累累と横たはり」　波多野爽波
「白木蓮咲きしを閨のあかりとす」　井上　雪
「囀りの美しかりしこと閨に」　矢島渚男

ねら・ふ【狙ふ】ネラウ〈他動・ハ四〉―は/ひ/ふ/ふ/へ/へ　❶手に入れようと機会を待つ。❷目標とする。
「菊あれて鶏**ねらふ**鼬かな」　正岡子規
「雀**ねらふ**猫平然と春蘭嗅ぐ」　長谷川かな女
「銃眼に更けては**狙ふ**夏天の星」　横山白虹

ね・る【練る】㊀〈他動・ラ四〉―ら/り/る/る/れ/れ　❶こねる。こねまぜる。❷絹を灰汁《あく》で煮て柔らかくする。❸精錬する。精製する。㊁〈自動・ラ四〉静かにゆっくり歩く。ねり歩く。
「凩や大葬ひの町を**練る**」　芥川龍之介
「怠けざれ独りごちつゝ麨《こがし》を**練る**」　中村草田男
「燕の巣能登のやさ土**練り**混へ」　加倉井秋を
「待たれゐる楽しさ白玉**練る**ことも」　西村和子

ねん・ず【念ず】〈他動・サ変〉―ぜ/じ/ず/ずる/ずれ/ぜよ　❶心の中で祈る。心の中で願う。❷がまんする。じっとこらえる。
「木の葉髪子の親なれば子を**念ず**」　安住　敦
「寒の水**念ずる**やうにのみにけり」　細見綾子
「父母を**念じ**て残す雁の空」　岸田稚魚

ねん・ねん【念念】〈名〉❶一瞬間一瞬間。時々刻々。（「念」は極めて短い時間、一瞬間の意。仏教語）❷一刹那一刹那におこる思い。一つ一つの思い。
「**念念**雪ふる**念念**つもる」　荻原井泉水
「**念々**にさくらしだれて地も熱す」　大野林火
「**念々**の氷れる夜の女人講」　鷲谷七菜子
「**念々**に雪よりくろき雪降らす」　平井照敏

の

の【野】〈名〉草や低木が生えている広くて平らな地。多くは、山すその傾斜地。のら。
「着物着て蛇の**野**に我が遊びけり」　永田耕衣
「萩の**野**は集つてゆき山となる」　藤後左右
「**野**は風のまほろば稲の色づくも」　北原志満子
「一途なる**野**の蛾に燈あり死ありけり」　津田清子
「夏痩せてゆふすげ淡き**野**にきたる」　堀口星眠
「摘み草の**野**の歳月を共にせり」　森田智子

の〈格助〉❶（連体修飾語をつくる）㋐（所有）…の。…がもっている。…のものである。㋑（所属）…の。…にある。㋒（所在）…の。…にある。㋓（時）…の。㋔（作者・行為者）…の。…の作った。…のした。㋕（材料）…の。㋖（名称・資格）…の。…という。㋗（様子・状態）…の。（下に「ごとし」「やうなり」「まにまに」「からに」「ゆゑに」などを伴う）❷（主語を示す）…が。❸（同格）㋐（同様の体言を前後に伴って）…であって（しかも）。…でまた。㋑（下の体言を省略して）…であって（しかも）。❹（下の体言を省略して、体言の意味を含んだ働き）…のもの。…のこと。❺（連用修飾語をつくる）㋐（比喩）…のように。㋑（動作の目的・対象）…を。❻（並列）…だの…だの。…とか…とか。
「冬滝を日**の**しりぞけば音変る」　西東三鬼
「猫**の**眼**の**青炎よぎる花**の**闇」　野見山朱鳥

「雪の日ぐれはいくたびも読む文のごとし」　飯田龍太
「冬たんぽぽ細き柱の家の建つ」　飯島晴子
「はるかひとりの近江の雨意の単線の」　阿部完市
「象の眼の枯れゆくものの中にあり」　有馬朗人

のう-れん【暖簾】〈名〉のれん。店の軒先に、屋号などを染めてたらしてある布。▼「のう」は唐音。
「のうれんに東風《こち》吹《ふ》くいせの出店《でみせ》哉」　与謝蕪村
「のうれんの内は竈《かまど》や春の雪」　松瀬青々

のが・る【逃る・遁る】〈自動・ラ下二〉{れ/れ/る/るる/るれ/れよ}❶逃げる。逃れる。避けて遠ざかる。❷言い逃れる。
「遁れゆきかへり来る蚊を殺したり」　山口誓子
「月明の地より逃れむこと思ふ」　加倉井秋を
「曼珠沙華逃るるごとく野の列車」　角川源義
「踏み裂きし茸の朱をのがれ来る」　澁谷　道
「秋の繭買ひて逃るるごとく去る」　廣瀬直人
「霰打つ男女の世より逃るべし」　大木あまり

のき【軒・檐・簷】〈名〉屋根の下端が建物の外にさし出た部分。また、軒下。
「晩涼や石に樹てたる簷柱」　富安風生
「花冷の簷を雲ゆく別れかな」　石田波郷
「命日の軒の垂氷をくぐりけり」　寺井谷子
「潮臭き軒に瓢を吊るしけり」　仙田洋子

の・く【退く】■一〈自動・カ四〉{か/き/く/く/け/け}❶しりぞく。どく。立ちのく。❷地位を離れる。身を引く。手を引く。❸間が隔たる。離れる。■二〈他動・カ下二〉{け/け/く/くる/くれ/けよ}❶しりぞかせる。どかせる。❷間を隔てる。離す。■三〈補助動・カ下二〉(動詞連用形＋助詞「て」の下に付いて)…てしまう。
「鈴虫のいつか遠のく眠りかな」　阿部みどり女
「児の泣けばはつと飛び退く狐かな」　中村汀女
「とほのくは愛のみならず夕螢」　鈴木真砂女
「ほんだはら潰し尽くしてからなら退く」　飯島晴子

のこ・す【残す・遺す】〈他動・サ四〉{さ/し/す/す/せ/せ}❶残るようにする。なくさないように取っておく。❷もとの所に留まらせる。
「滝壺へ蝶下りてゆき残さるる」　原コウ子
「流灯に残されし手の冷えて闇」　鷲谷七菜子
「聖餐に殻を残せるエスカルゴ」　橋本美代子
「鳥とんで玉座を遺す山の秋」　大峯あきら
「少年に咬みあと残す枯野かな」　櫂未知子

のご・ふ【拭ふ】《ノゴウ》〈他動・ハ四〉{は/ひ/ふ/ふ/へ/へ}ふき取る。ぬぐう。
「秋風に泪のごはず去りゆけり」　富澤赤黄男
「涙のごふひとみえてゐる簾かな」　木下夕爾
「ゆく秋の涙のごはぬほとけたち」　伊丹三樹彦

のこ・る【残る・遺る】〈自動・ラ四〉{ら/り/る/る/れ/れ}❶残る。❷生き残る。死におくれる。❸後世に伝わる。❹(打消の語を伴って)もれる。

「先生の月の句**遺る**青田道」 京極杞陽
「胸の火の**残ら**ば燃せと火焚鳥」 文挟夫佐恵
「一条のみどり**残れる**枯蟷螂」 横山房子
「寝不足や大根ぬきし穴**残り**」 鈴木六林男
「逝く年の顔**残り**たるおでんの灯」 川崎展宏
「人間に尾のあと**残る**新樹の夜」 和田耕三郎

のこん‐の【残んの】〈連体〉残っている。▼「のこりの」の撥《はつ》音便。
「芭蕉忌や**残んの**菊に鮓寒し」 松瀬青々
「強《こは》秋《あき》や我に**残んの**一死在り」 永田耕衣
「大文字の**残んの**火こそ天がかり」 皆吉爽雨
「春なれや**残**の我に息の穴」 三橋敏雄
「**残んの**香かたみに薄れ竹夫人」 手塚美佐

の‐ざらし【野晒し】〈名〉❶野外で風雨にさらされること。また、さらされたもの。❷山野で風雨にさらされて白骨となった頭蓋骨《ずがいこつ》。髑髏《どくろ》。されこうべ。
「**野ざらし**を心に風のしむ身哉」 松尾芭蕉
「風の尼僧に／愛されて／**野晒し**は／耳なし」 高柳重信
「**野ざらし**のオクラの花の阿波にをる」 岡井省二
「**野ざらし**に見ゆ炎天の蟹港」 福田甲子雄

の・す【乗す・載す】〈他動・サ下二〉〔せ／せ／す／する／すれ／せよ〕❶乗せる。❷記載する。❸調子よくだます。
「花冷えの悪寒叢雲《むらくも》われを**のせ**」 野見山朱鳥
「比良ばかり雪を**のせ**たり初諸子《もろこ》」 飴山 實
「西施**乗せ**月下に白き帆を張りぬ」 有馬朗人
「早苗饗《さなぶり》の人も**乗せ**たる佐渡通ひ」 山本洋子
「絨毯《じゅうたん》は空を飛ばねど妻を**乗す**」 中原道夫

の・す【伸す】〈他動・サ四〉〔さ／し／す／す／せ／せ〕引きのばす。しわなどをのばす。のばす。
「花の香へ蝸牛《くわぎう》角**伸し**殻も揺り」 香西照雄
「餅**伸す**とにはかに畏りゐたる」 辻 桃子

の‐ずゑ《ノズエ》【野末】〈名〉野の果て。
「錦する秋の**野末**のかかしかな」 与謝蕪村
「蘆の穂に家の灯つづる**野末**かな」 富田木歩
「**野ずゑ**澄み雨をよびつつ紫苑立てり」 高屋窓秋

のぞ・む【望む】〈他動・マ四〉〔ま／み／む／む／め／め〕❶遠くから眺める。❷願う。希望する。
「野分止んで夕日の富士を**望み**けり」 寺田寅彦
「待ち**のぞむ**ものを旭《ひ》とせし義仲忌」 竹中 宏
「鳥葬を**望む**女の夏帽子」 大西泰世
「風だけを**望む**夏服ゆゑに青」 櫂未知子

のぞ・む【臨む】〈自動・マ四〉〔ま／み／む／む／め／め〕❶向かい合う。面する。❷直面する。❸出席する。臨席する。
「法帖の古きに**臨む**衣がへ」 正岡子規
「春水に**臨む**茶房に寄つてみよか」 京極杞陽
「炭竈を見て天界を**臨み**もし」 八木三日女

のたま・ふ【宣ふ《ノタマウ》】〈他動・ハ四〉{は/ひ/ふ/ふ/へ/へ}❶おっしゃる。(「言ふ」の尊敬語)❷申し聞かせる。言い聞かせる。

「白露や堪へ来しことは**宣はず**」　殿村菟絲子

のち【後】〈名〉❶のち。あと。以後。❷未来。将来。❸死後。後世《ごせ》。来世。❹子孫。後裔《こうえい》。

「朴ちりし**後**妻が咲く天上華《てんじようげ》」　能村登四郎

「海に出て**後**の雨月ぞ只ならね」　高橋睦郎

「**後**の世に逢はば二本の氷柱かな」　大木あまり

「紅梅を過ぐ華やぎは老いて**後**」　大串　章

「その**後**も合点のゆかぬ霜柱」　田中裕明

の-ぢ【野路《ノジ》】〈名〉野の中の道。

「**野路**こゝにあつまる欅落葉かな」　芝不器男

「**野路**暮れて草の陰より鉦叩」　星野　椿

のち-の-つき【後の月】季・秋〈名〉陰暦八月十五日の夜の月に対して陰暦九月十三日の夜の月。やはり名月とされ、月見をする。栗《りく》名月。豆名月。名残の月。

「白々と椽に差し来ぬ**後の月**」　前田普羅

「**後の月**二夜あふぎて一夜欠け」　井沢正江

「霧に寝て夢に漂ふ**後の月**」　堀口星眠

「**後の月**潮の満ちくる鏡の間」　加藤三七子

「思はざる山より出でし**後の月**」　福田甲子雄

の-づかさ【野司・野阜】〈名〉野原の中で小高くなっている場所。

「**野づかさ**や笹鳴のゐるばかりなり」　高屋窓秋

のど-か・なり【長閑なり】〈形動ナリ〉{なら/なり・に/なり/なる/なれ/なれ}❶穏やかだ。うららかだ。❷のんびりしている。ゆったりしている。❸落ち着いている。平気だ。

「**長閑なる**水暮れて湖中灯ともれる」　河東碧梧桐

「もの縫へば**長閑に**ホ句も忘れけり」　長谷川かな女

ののし・る【罵る】㊀〈自動・ラ四〉{ら/り/る/る/れ/れ}❶声高《こわだか》に物を言う。わめく。❷高い声・大きい声で鳴く。やかましく音をたてる。❸口々に言い騒ぐ。大騒ぎする。❹うわさする。評判になる。❺はぶりをきかす。勢力を持つ。㊁〈他動・ラ四〉声を荒くして悪く言う。口やかましく言う。

「主よ人等ゆふべ互《たか》みに**のゝしれり**」　西東三鬼

「花冷や詩人**罵らる**ゝごとと」　小林康治

「したたかに転んで雪を**罵れる**」　小原啄葉

「**罵られ**吹飛び出づる膝まで雪」　山田みづえ

「俳諧を阿呆と**ののしり**梢《たほ》を継ぐ」　辻　桃子

「唐辛子咲くや**罵る**イエス亡し」　夏石番矢

のば・す【伸ばす・延ばす】〈他動・サ四〉{さ/し/す/す/せ/せ}❶のばす。長びかせる。❷まっすぐにする。広げる。❸逃げのびさせる。逃がす。

「散歩圏**伸ばし**て河鹿鳴くところ」　右城暮石

「廊涼し少し歩行を**伸さ**むか」　石塚友二

「かなしみつ青蔦触手**延ばす**のみ」　熊谷愛子

「背を**伸ばせ**冬至冬なか冬はじめ」　平井照敏

「皺の手が皺のシーツをのばす冬」　多田智満子

の・ぶ【伸ぶ・延ぶ・展ぶ】㊀〈自動・バ上二〉〔び／び／ぶ／ぶる／ぶれ／びよ〕❶伸びる。長くなる。❷延びる。遅れる。❸のんびりする。ゆったりする。❹逃げのびる。落ちのびる。❺(倹約して)たまる。ふえる。㊁〈他動・バ下二〉〔べ／べ／ぶ／ぶる／ぶれ／べよ〕❶伸ばす。長くする。(うすく広げる意では「展ぶ」とも書く)❷延期する。❸のんびりさせる。ゆったりとさせる。

「敷きのぶるさみだれの夜の臥床かな」　中村汀女
「するするとのびし岬や夏霞」　桂　信子
「首のべてこゑごゑ雁の渡るなり」　森　澄雄
「遠足の列伸ぶところ走りをり」　波多野爽波
「如月のうすぎぬ展べし海の色」　西村和子
「伸び縮みする光あり瀧しぶき」　五島高資

の-べ【野辺】〈名〉❶野のあたり。野原。❷火葬場。

「野辺の草草履の裏に芳しき」　正岡子規
「古事記には海なる野辺の若菜摘」　赤松蕙子
「野辺をゆくごとくに舞うて神楽巫女」　斎藤夏風

のべ-おくり【野辺送り】〈名〉野おくり。野辺のおくり。葬送。

「つるぎなす雪嶺北に野邊おくり」　飯田蛇笏
「わびしさに沖の鵜を指し野辺送り」　佐野まもる
「極月妻にかはらす野辺おくり」　森川暁水
「四五人の稲架に触れゆく野辺送り」　殿村菟絲子

のぼ・る【上る・登る・昇る】〈自動・ラ四〉〔ら／り／る／る／れ／れ〕❶高い所・上の方に行く。のぼる。❷川の上流へ行く。さかのぼる。❸行く。参上する。参内《さんだい》する。❹上京する。都に行く。❺(京の町で)北へ行く。❻(官位・階級が)進む。昇進する。❼あがる。上陸する。川や海から陸地に移る。

「受験子の登りて海を見る木かな」　長谷川双魚
「海見えず蟹ののぼれる屋根が見ゆ」　森田　峠
「遠い煙が白瓜抱いて昇るらん」　安井浩司
「山鳩よ月光ひとひらずつのぼる」　齋藤愼爾
「一心に鮭上り来る寒さかな」　辻　桃子

のみ㊀〈副助〉❶(限定)…だけ。…ばかり。❷(特に強調)とりわけ。特に。❸(強調)ただもう…する。ひたすら…でいる。(「のみ」を含む文節が修飾している用言を強める)㊁〈終助〉…だけだ。

「木蓮に白磁の如き日あるのみ」　竹下しづの女
「冬濤のひゞき破船のしゞまのみ」　中村草田男
「寒さのみ包丁の音皿の音」　細見綾子
「春眠や覆面の馬ゆきし而已」　八田木枯
「青蘆や墓石は村ありとのみ」　大井戸辿
「はつあらし葛のみならず裏白し」　正木ゆう子

の-もり【野守】〈名〉立ち入りが禁止されている野の番人。

「飛火野は今も野守のをりて焼く」　後藤夜半
「かつしかや野守とはなり秋の風」　深川正一郎
「春は大和にわれ半日の野守かな」　後藤綾子

の

「母にどこか似たる八十路の花**野守**」　古賀まり子
「ひるすぎの**野守**は水や遠花火」　桑原三郎

のり【法・則】〈名〉❶規準。模範。手本。❷規則。法律。法令。❸仏の教え。仏法。仏道。
「道をしへ**法**のみ山をあやまたず」　杉田久女
「**法**の池堕ちて溺るる蝸牛《かたつむり》」　中村草田男
「冬菊やほとけの美身**法**を超え」　井沢正江
「涅槃会や雪清浄の**法**の山」　大橋敦子

の・る【告る・宣る】〈他動・ラ四〉〔ら/り/る/る/れ/れ〕言う。告げる。
「剪定師神のごと**宣る**豊の作」　山口青邨
「かの口の**告ら**むとせしか合歓の夢」　和田悟朗
「春潮が**宣り**孔雀かつ**宣り**にけり」　岡井省二
「万緑の山高らかに**告り**たまへ」　奥坂まや

の・る【罵る】〈他動・ラ四〉〔ら/り/る/る/れ/れ〕悪口を言う。ののしる。
「誰《はた》けよと**罵ら**へしひとや義士祭」　山口誓子

のろ・し【鈍し】〈形ク〉〔(く)・から/く・かり/し/き・かる/けれ/かれ〕❶（速度が）遅い。のろい。にぶい。❷女性に甘い。ほれっぽい。
「放屁してしまへば**のろき**屁ひり虫」　加藤知世子
「**鈍き**詩人《うたびと》青梅あをきまま醸す」　中村苑子

のろ・ふ【呪ふ《ノロウ》】〈他動・ハ四〉〔は/ひ/ふ/ふ/へ/へ〕恨みのある人に災いがふりかかるように神に祈る。
「ラムネあふる重き背の糧**呪は**れよ」　竹下しづの女
「**呪ふ**人は好きな人なり紅芙蓉」　長谷川かな女
「玲瓏と**呪ひ**終りし罌粟《けし》の花」　藤田湘子

の‐わき【野分】季・秋〈名〉秋に吹く激しい風。今の台風に当たる。▼「のわけ」とも。
「**野分**して芭蕉は盥を平手打ち」　川端茅舎
「音荒く**野分**の蕎麦を啜《すす》るかな」　大野林火
「火の中に死なざりしかば**野分**満つ」　加藤楸邨
「**野分**来る九鬼水軍の波白め」　野見山ひふみ
「ああをと滝うらがへる**野分**かな」　角川春樹

のんど【喉・咽】〈名〉のど。▼「の(飲)みと(門)」の変化した語。
「葭切の**のんど**はげしく吹かれけり」　松村蒼石
「花冷えの女の**のんど**うごきけり」　岸田稚魚
「寒卵**喉**生きるを識るときか」　河野多希女
「鬼灯か祖母の**咽喉**《のんど》か鳴りにけり」　平井照敏
「素魚《しらうを》のあえかに**咽**打ちにけり」　矢島渚男
「一字金輪佛**喉**の皺の涼しかり」　辻　桃子

は

は【端】〈名〉はし。へり。ふち。
「笠の**端**に山かさなりて秋の風」　正岡子規
「崖の**端**のひなげし浅間山《あさま》さやうなら」　川崎展宏
「永き日の山の**端**にある笑ひかな」　柿本多映

「山の端に釣瓶落しの仕掛あり」　中原道夫
「山の端にのこりしひかり瓜の馬」　藺草慶子

は〈係助〉❶（主題・題目の提示）…は。…については。（体言や体言に準ずる語につく）❷（他と区別して取り立てる）…は。❸（強調）…は。❹（順接の仮定条件）…ならば。❺（感動・詠嘆）…なあ。…よ。
「天も地も泉のなかに声**は**して」　高屋窓秋
「秋の田をくる黒傘のキリスト**は**」　田川飛旅子
「いつも二階に肌ぬぎの祖母ゐるから**は**」　飯島晴子
「山眠るまばゆき鳥を放ちて**は**」　山田みづえ
「秋草のきみをちひろと名づけし**は**」　田中裕明

ば〈接助〉㊀未然形に付く場合。（順接の仮定条件）…たら。…なら。…ならば。㊁已然形に付く場合。❶（順接の確定条件、原因・理由）…ので。…から。❷（順接の確定条件、偶然の条件）…と。…たところ。❸（順接の恒常条件）…と決まって。…ときはいつも。❹（二つの事柄を並列・対照）…と、一方では。
「忘れず**ば**佐夜の中山にて涼め」　松尾芭蕉
「枯草や住居無くん**ば**命熱し」　永田耕衣
「浅間嶺に眼凝らせ**ば**秋燕」　京極杞陽
「鷹飛ばず天の創痕深けれ**ば**」　石塚友二
「死な**ば**死螢生きてゐしか**ば**火の螢」　中村苑子
「鵙の昼何せ**ば**心やすまらむ」　桂　信子

はい‐す【拝す】〈他動・サ変〉（せ／し／す／する／すれ／せよ）拝礼する。おがむ。拝見する。
「観音を**拝し**露けき身を思ふ」　大橋敦子
「春近き思ひに聖母子像**拝す**」　上田五千石
「日光もて**拝す**月光菩薩かな」　和田悟朗

はう【方】《ホウ》〈名〉❶方角。方位。方向。❷幾つかあるうちの一つのがわ。❸正方形。正方形の一辺。❹方法。やり方。❺（薬や香の）調合。処分。
「踊りゆく踊りの指のさす**方**へ」　橋本多佳子
「ふるさとも南の**方**の朱欒かな」　中村汀女
「見えぬ眼の**方**の眼鏡の玉も拭く」　日野草城
「師の**方**へ途は折れつつ昼の虫」　石川桂郎

ばう【坊】《ボウ》〈名〉❶平城京・平安京で、四方を大路で囲まれた一画。❷「東宮坊《とうぐうぼう》」の略。転じて東宮（皇太子）。❸僧の住む所。僧坊。❹僧。❺宿坊。
「起臥の神鳴月や峰の**坊**」　河東碧梧桐
「郭公に耳かす斎や山の**坊**」　飯田蛇笏
「夏山を峨々と重ねて**坊**夜明け」　星野　椿

はう‐げ【放下】《ホウゲ》〈名〉心身の一切の執着を捨て去ること。仏教語。
「さくら満ち一片をだに**放下**せず」　山口誓子
「すこしづつ**放下**のこころ竹植ゑて」　能村登四郎
「えごの花一切**放下**なし得るや」　石田波郷
「**放下**して白き牡丹の中にゐる」　後藤綾子

は

はう‐じゃう【放生】《ホウジヨウ》〈名〉功徳《くどく》を積むために、捕らえた生き物を放してやること。仏教語。

「**放生**の生簀舁きいづ河豚《ふぐ》供養」　水原秋櫻子
「螢**放生**女人高野の橋の上」　加藤三七子
「定食にきつねがついて**放生**会」　辻　桃子
「螢**放生**貌よかりしは不幸《ふしあはせ》」　筑紫磐井

ばう‐ず【坊主】《ボウズ》〈名〉❶住職。寺の宿坊や僧坊の主《あるじ》である僧。「房主」とも書く。❷僧。❸江戸時代、城中で剃髪《ていはつ》した姿で雑用などを勤めた者。

「春の田に埃掃き出す**坊主**かな」　前田普羅
「黒日傘乞食**坊主**か高僧か」　辻田克巳

‐はう‐だい【放題】《ホウダイ》〈接尾〉（動詞連用形や助動詞「たい」、形容詞の語幹に付いて）思いのままにする意。

「愚さの伸び**放題**や竹煮草」　松根東洋城
「川ながれ**はうだい**椿散り**放題**」　三橋鷹女
「朝顔の咲き**放題**にいつも留守」　石橋秀野
「乱菊となり**放題**を抱き起す」　倉橋羊村
「爽波先生言ひたい**放題**露涼し」　辻　桃子

ばう‐だ‐たり【滂沱たり】《ボウダタリ》〈形動タリ〉{たら／たり・と／たり／たる／たれ／たれ}涙がとめどもなく流れ出るようす。

「赤富士に露**滂沱たる**四辺かな」　富安風生
「芋の葉の**滂沱と**露の面かな」　川端茅舎
「**滂沱たる**汗のうらなる独り言」　中村草田男
「海霧《じり》が来てあらぬ白藤**滂沱たり**」　文挾夫佐恵

はう‐ちゃう【庖丁・包丁】《ホウチヨウ》〈名〉❶料理すること。料理人。❷料理の腕前。❷「包丁刀《がたな》」の略。料理に使用する刃物の総称。

「**庖丁**を納めて小言初めかな」　加藤知世子
「**包丁**を研ぐ一心を蝶よぎる」　横山房子
「**包丁**に集まるをみな倒立す」　攝津幸彦

はう‐ぢゃう【方丈】《ホウジヨウ》〈名〉❶一丈（約三メートル）四方（の広さ）。❷寺の住職の居室。寺の住職。▼「ほうぢゃう」とも。仏教語。インドの維摩居士《ゆいまこじ》の居室が一丈四方であったことによる。

「**方丈**のまさら木の香に日向ぼこ」　大野林火
「**方丈**の大庇《おほひさし》より春の蝶」　高野素十
「たかだかと活け**方丈**の花菖蒲」　鷲谷七菜子

は‐う‐つ【羽搏つ・羽撃つ】〈自動・タ四〉{た／ち／つ／つ／て／て}はばたく。鳥が両翼を広げて上下に動かす。

「二三歩をあるき**羽搏て**ば天の鶴」　野見山朱鳥
「月光に落葉松**羽搏つ**雪けむり」　堀口星眠
「囀に**羽搏つ**こととなき石天使」　野見山ひふみ
「星月夜こころに**羽搏つ**もの棲みて」　河原枇杷男

は‐がため【歯固め】［季・春］〈名〉正月の三が日に、鏡餅《かがみもち》などを食べて、長寿を願う行事。また、その食べ物。▼「歯」は齢《よはひ》（年齢）の意で、「年齢を固める（寿命を延ばす）」意がこめられている。

「**歯固**の歯一枚もなかりけり」　小林一茶

「**歯固**やかねて侘しき飯の砂」　松瀬青々

「朝寒や児が**歯固**めの豆腐汁」　富田木歩

はか‐な・し【果無し・果敢無し】〈形ク〉｛(く)・から／く・かり／し／き・かる／けれ／かれ｝❶頼りない。むなしい。あっけない。❷ちょっとしたことだ。何ということもない。❸幼い。たわいない。❹粗末だ。取るに足りない。

「蛸壺や**はかなき**夢を夏の月」　松尾芭蕉

「夏深きもの**果敢なし**や水羊羹」　久保田万太郎

「頼家も**はかなかりし**が実朝忌」　水原秋櫻子

「ぢかに触る髪膚**傷し**天の川」　三橋敏雄

「雪嶺んで**はかなし**山の裾まはる」　小川双々子

「**はかなく**も我あり牡蠣を酢にひたす」　有馬朗人

「渡鳥**はかなき**ものを落しゆく」　高橋睦郎

はかな・む【果無む・果敢無む・儚む】〈自動・マ四〉｛ま／み／む／む／め／め｝はかなく思う。むなしく感じる。頼りなく思う。▼「はかなぶ」とも。「む」は接尾語。

「駅員木の芽空のレールの我を**はかなみ**」　河東碧梧桐

「山に住み時を**はかなむ**春北風」　飯田蛇笏

「蚊のこゑと活字**はかなむ**夕焼に」　野澤節子

ばかり〈副助〉❶(範囲・程度)…ほど。…ぐらい。…あたり。(時刻・時期・場所・数量・大きさなどのおおよその範囲を示す)❷(動作や作用の程度)…ほど。…ぐらい。❸(最上・最高の程度)…ほど。…ぐらい。❹(限定)…だけ。❺(動作や作用の程度の限定)…だけ。…にすぎない。

「茶の花のちる**ばかり**ちらしておく」　種田山頭火

「まづ白が先手と**ばかり**沈丁花」　石塚友二

「鬼に随っき炎天の道ある**ばかり**」　岸田稚魚

「比良**ばかり**雪をのせたり初諸子」　飴山　實

ばかり‐に〈連語〉❶…ほどに。…ぐらいに。(範囲・程度を表す)❷…だけに。(限定を表す)▼副助詞「ばかり」十格助詞「に」

「月の面消えん**ばかりに**霧迅し」　原　石鼎

「ただ寒き**ばかりに**過ぎて今昔」　能村登四郎

「柴垣の溶けん**ばかりに**陽炎へり」　清崎敏郎

「雪垣を組みし**ばかりに**雀来る」　井上　雪

はか・る【計る・量る】〈他動・ラ四〉｛ら／り／る／る／れ／れ｝❶おしはかる。推量する。❷予測する。予想する。❸機会をとらえる。見てとる。見はからう。❹計量する。測定する。計算する。

「金魚赤し賞与もて人**量らる**る」　草間時彦

「巻尺をもてはたはたの地を**測る**」　波多野爽波

「白魚売**量り**こぼしはなかりけり」　森田　峠

「ぽっぺんの闇の深さを**計り**たり」　岡田史乃

はか・る【謀る・企る】〈他動・ラ四〉｛ら／り／る／る／れ／れ｝❶相談する。❷くわだてる。たくらむ。❸計略にかける。だます。

「葦を薙ぎ逆臣乱を**謀る**かな」　和田悟朗

「波寄せて蘇生をはかる夕渚」　林田紀音夫
「神謀りゐる十月の水鏡」　原　裕

はが・る【剝がる】〈自動・ラ下二〉〔れ／れ／る／るる／るれ／れよ〕（表面にはったりぬったりした物が）めくれて取れる。はげて離れる。
「薄紙を**剝がれ**て桃となりにけり」　眞鍋呉夫
「跫音に夜の**剝がれ**ぬ草紅葉」　松澤　昭
「仮面**はがれ**月に盲《めしひ》となる戦《いくさ》」　大屋達治

はぎ【脛】〈名〉すね。足の膝《ひざ》から下、踝《くるぶし》から上の部分。
「夕風や水青鷺の**脛**をうつ」　与謝蕪村
「刈稲の泥《ひぢ》にまみれし**脛**幼し」　竹下しづの女
「疲れ寝の妻の白**脛**雷火立つ」　佐藤鬼房
「百日紅**脛**を惜しまず濯ぎをり」　森　澄雄

は・く【着く・著く・穿く】㊀〈他動・カ四〉〔か／き／く／く／け／け〕❶衣類や履物を下半身につける。❷弓に弦をかける。㊁〈他動・カ下二〉〔け／け／く／くる／くれ／けよ〕弓に弦をかける。
「蓑虫や足袋**穿け**ば子も**はき**たがり」　渡邊水巴
「登山靴**穿き**て歩幅の決りけり」　後藤比奈夫
「夜は孔雀拡がるごとし足袋**はく**とき」　中嶋秀子
「梅に向き靴下を**穿く**出窓かな」　林　桂

は・く【佩く・帯く】㊀〈他動・カ四〉〔か／き／く／く／け／け〕（太刀《たち》を）腰におびる。㊁〈他動・カ下二〉〔け／け／く／くる／くれ／けよ〕（太刀を）腰におびさせる。
「雪かづく小角は細き太刀**佩け**り」　横山白虹
「竹伐や雉子も**佩い**たる飾太刀」　五十嵐播水
「太郎**佩き**次郎結べる菖蒲かな」　大石悦子

は・く【掃く・刷く】〈他動・カ四〉〔か／き／く／く／け／け〕❶（ちり・ごみなどを）ほうき・ブラシなどで払い除く。また、寄せ集めて捨てる。❷（はけ・筆などで）なでるようにして軽く塗る。❸蚕のはきたてをする。
「**掃き**とるや落葉にまじる石の音」　高橋淡路女
「山住みの裏戸は**掃か**ず散紅葉」　馬場移公子
「残雪を**刷く**蝦夷の山見えはじむ」　清崎敏郎
「雲を**刷き**枯れ木を連れて外出す」　津沢マサ子
「帚木の枯れたる影の**掃か**れけり」　宮津昭彦
「錫《すず》さつと**刷き**たるごとく鱸あり」　長谷川櫂
「ゆつくりと**掃く**音のして小鳥村」　田中裕明

は・ぐ【剝ぐ】㊀〈他動・ガ四〉〔が／ぎ／ぐ／ぐ／げ／げ〕❶（表面にあるものを）むしり取る。はがす。❷（着ている衣類を）はぎ取る。脱がす。㊁〈自動・ガ下二〉〔げ／げ／ぐ／ぐる／ぐれ／げよ〕❶（表面にあるものが）はがれる。はげる。❷毛が抜け落ちる。はげる。
「草餅に塗箸の**剝げ**旅めくよ」　石川桂郎
「高棕櫚を**剝ぐ**とて脚立雨の中」　手塚美佐
「太刀魚の銀の鍍金《めっき》は**剝げ**やすし」　坂本宮尾

は-ぐく・む【育む】〈他動・マ四〉〔ま／み／む／む／め／め〕❶羽で包みこんで保護する。❷育てる。養育する。❸世話をする。めんどうをみる。▼「羽《は》含《く》む」の意から。「はごくむ」とも。

は

「春の日やたまを**はぐくむ**真珠貝」 高橋淡路女
「**はぐくめる**巣つばめ蝶の羽をこぼす」 皆吉爽雨
「いちめんの花の葎なり**はぐくみぬ**」 岡井省二
「やがて日の雫**はぐくむ**草氷柱」 三田きえ子
「数ふるは**はぐくむ**に似て手毬唄」 片山由美子

はげ・し【烈し・激し】〈形シク〉｛(しく)・しから/しく・しかり/し/しき・しかる/しけれ/しかれ｝❶(勢いが)強い。(程度が)はなはだしい。❷(山などが)けわしい。

「梟《ふくろふ》に水の**はげしき**山の闇」 鷲谷七菜子
「蔑め**激しから**ざる雷などを」 山田みづえ
「花筵**はげしき**手話となりにけり」 吉本伊智朗
「今日がある**激しく**蟻が角ふる時」 平井照敏
「夕の虹**はげしき**ことを草に見し」 金田咲子
「雪**激し**ピアノ売りたる夜のごとし」 櫂未知子

はげ・む【励む】〈自動・マ四〉｛ま/み/む/む/め/め｝心を奮いたたせる。その事にうち込む。

「たんぽぽの絮光り飛ぶ**はげむ**べし」 原コウ子
「ほどほどに**励め**と亀の鳴くゆふべ」 古賀まり子
「梅雨を生き何に**はげめ**と遺影の眼」 野見山ひふみ
「かなかなや少し怠り少し**励み**」 矢島渚男

はこ・ぶ【運ぶ】〈他動・バ四〉｛ば/び/ぶ/ぶ/べ/べ｝❶(物を)運搬する。❷(歩みを運ぶ・足をはこぶなどの形で)歩く。出向く。おもむく。❸(物事を)おし進める。(時を)経過させる。

「**運ば**むと四枚屛風に抱きつきぬ」 後藤綾子
「鴨を煮て素顔の口に**運ぶ**なり」 澁谷 道
「あるだけの明るさを負ひ麦**運び**」 福田甲子雄
「鮟鱇鍋**はこぶ**畳の鳴りにけり」 鈴木鷹夫
「まつさらの畳**運べ**る十三夜」 山本洋子

ばさ・たり【婆娑たり】〈形動タリ〉｛たら/たり・と/たり/たる/たれ/たれ｝❶舞う袖のひるがえるようす。❷歩きまわるようす。❸影などの乱れ動くさま。❹竹の葉などの風にあたって鳴る音。❺琴などの音調が曲折のあるさま。

「花影**婆娑と**踏むべくありぬ岨の月」 原 石鼎
「草刈つて**婆娑と**日暮るる方里かな」 長谷川双魚
「ものの影**ばさと**置きたる枯葎」 木下夕爾
「腕組みの男へ**ばさと**卯浪かな」 川崎展宏
「**ばさと**落ちはらはらと降り松手入」 片山由美子

はさ・ま【狭間・迫間】〈名〉❶(物と物との間の)すきま。❷谷。谷間。❸あいま。❹弓・鉄砲などをうつために、城壁に設けた穴。▼中世以降は「はざま」。

「石斛に瀑落つる巌の**はざま**かな」 松瀬青々
「矢**狭間**《やざま》より昔の秋の海見ゆる」 文挟夫佐恵
「つゆけくて倉の**はざま**の星月夜」 伊丹三樹彦

は・し【愛し・美し】〈形シク〉｛(しく)・しから/しく・しかり/し/しき・しかる/しけれ/しかれ｝愛らしい。いとおしい。慕わしい。▼上代語。

「壁炉**美し**吾れ令色を敢へてなす」 竹下しづの女

「小春日におろして**美しき**鯛の肉」　相馬遷子
「紫陽花剪るなほ**美しき**ものあらば剪る」　津田清子
「芋殻火を焚きけぶらせて地平**美し**」　沼尻巳津子
「初夢のあまりに**美しき**馬の貌」　宗田安正

はし【階・梯】〈名〉❶（庭から建物に上る）階段。▽「きざはし」「きだ」「きざ」「きだはし」とも。❷はしご。
「**階**登り来しが寒月よそよそし」　三橋鷹女
「更待ちや**階**きしませて寝にのぼる」　稲垣きくの
「天の**階**あるとき近し落葉焚」　古賀まり子
「鳥雲に天守の**階**のかくも急」　藤田湘子
「遠島のわがいちじくへ**梯**立てり」　安井浩司

はし【端】〈名〉❶（物の）はし。先端。末端。へり。ふち。❷（家の）外に近いところ。縁側。❸（物の）一部分。一端。切れ端。❹（物事の）発端。端緒。はじまり。❺折。時。間。❻中途はんぱ。はんぱ者。
「崖高くこゝに銀河の**端**垂れよ」　澤木欣一
「さつきから夕立の**端**にゐるらしき」　飯島晴子
「薄氷の吹かれて**端**の重なれる」　深見けん二
「しみじみと端居の**端**といふところ」　鷹羽狩行
「吉野山絵巻の**端**に入りゆく」　矢島渚男
「湯豆腐の**端**ふるへつつ煮られけり」　高橋睦郎

はし【嘴】〈名〉くちばし。
「鴨の**嘴**よりたらたらと春の泥」　高濱虚子
「文は鉛筆枝で**嘴**研ぐ寒雀」　秋元不死男
「廃園や燕も**嘴**を胸にうめ」　中村草田男
「川せみの**嘴**にあまりし鯎《うぐひ》の尾」　福田甲子雄

はじ‐かみ【薑】 季・秋 〈名〉しょうがの別名。
「**薑**に梅酢色づく一夜かな」　松瀬青々
「**薑**や一度は紙のごと炎えたと」　竹中　宏
「**薑**に谷中を冠し夏来たる」　中原道夫

はしき‐よし【愛しきよし】〈連語〉ああ、いとおしい。ああ、なつかしい。ああ、いたわしい。▼「はしけやし」「はしきやし」とも。形容詞「は（愛）し」の連体形「はしき」に間投助詞「よし」が付いたもの。上代語。
「**はしきよし**妹背並びぬ木彫雛《きぼりびな》」　水原秋櫻子
「若水にざぶと双手《もろて》や**はしけやし**」　星野立子
「**はしけやし**玉章《たまづさ》の花咲きにけり」　京極杞陽
「**はしきやし**汝がつま紅の踊り笠」　下村梅子
「**はしけやし**熊襲の国の蟬の声」　福永耕二

はした【端】〈名〉❶はんぱ。端数。ふぞろい。❷召使いの女。下女。
「九十の**端**を忘れ春を待つ」　阿部みどり女
「父の死や布団の下に**はした**銭」　細谷源二

はした‐な・し【端なし】〈形ク〉｛（く）・から／く・かり／し／き・かる／けれ／かれ｝❶不似合いだ。どっちつかずで落ち着かない。中途半端だ。❷きまりが悪い。体裁が悪い。❸そっけない。無愛想だ。❹

激しい。甚だしい。▼「なし」は程度が甚だしいことを表す接尾語。

「はしたなき昼寝の様をみられけり」　篠原鳳作

「厄落し想ひ起こせばはしたなき」　岩城久治

はし-ぢか【端近】〈名〉建物の中で、外に近い所。

「端近の吾をすさめて萩の蝶」　阿波野青畝

「水鳥の昏れ果つ声を端近に」　中村汀女

はじ-む【始む】〈他動・マ下二〉{め/め/む/むる/むれ/めよ}❶始める。新しく事をおこす。❷(「…をはじめて」「…よりはじめて」などの形で)最初として。はじめとして。第一のものとして。

「左手の槌のはじむる藁砧《わらぎぬた》」　後藤夜半

「男より掬ひ始めぬ夜光蟲」　平畑静塔

「冬晴の感謝で始む祈の語」　田川飛旅子

「綿雪やしづかに時間舞ひはじむ」　森　澄雄

「冬蝶よ草木もいそぎ始めたり」　柿本多映

「形而上学二匹の蛇が錆はじむ」　鳴戸奈菜

はじめ-て【初めて・始めて】〈副〉❶最初に。はじめて。❷以前と変わって。❸改めて。いまさら。

「雷の始めて青き木の芽かな」　正岡子規

「父無き冬子等は騏驎《きりん》を始めて見き」　石田波郷

「初めての螢水より火を生じ」　上田五千石

「初めての町なつかしき夕桜」　西村和子

「秋雨の新居はじめて電話鳴る」　皆吉　司

はし-ゐ【端居】《ハシイ》 季・夏 〈名〉(涼を求めて)縁先に出ていること。

「さりげなくゐてもの思ふ端居かな」　高橋淡路女

「珊瑚《さんご》採る男端居に夜も孤独」　大野林火

「端居してこころは明日に立向ひ」　野見山朱鳥

「あめ去れば月の端居となりにけり」　鈴木しづ子

は-す【馳す・走す】㊀〈自動・サ下二〉{せ/せ/す/する/すれ/せよ}走る。駆ける。㊁〈他動・サ下二〉❶走らせる。駆けさせる。❷(心を)向ける。

「百姓が稲田走せいつまでも走す」　山口誓子

「寒しづもり燈る海道犬馳せすぐ」　佐藤鬼房

「死神馳す晴れに吹雪いて八ヶ岳」　小澤　實

はず【筈・弭】〈名〉❶弓の両端の、弦を掛けるところ。弓筈《ゆはず》。❷矢の上端の、弦を掛ける所。矢筈《やはず》。❸当然のこと。道理。予定。▼筈と弦とはよく合うことから、「当然」の意味が出た。

「七月の海がさみしきはずはなし」　長谷川双魚

「夜田を刈るはずが炉辺に酔ひ臥しぬ」　木村蕪城

「来るはずの人待つてゐる吾亦紅」　川崎展宏

「寒泳にゐる筈もなき吾さがす」　能村研三

は-ずゑ【葉末】《ハズエ》〈名〉葉の先の部分。

「霧とぶや青萱の葉末びびそよぎ」　山口青邨

「葉末なる螽《いなご》も顔をかくすなり」　阿波野青畝

「短日の松の**葉末**のなほ暮れず」　山口誓子

はた【将】㊀〈副〉❶…もまた。やはり。さらにまた。❷しかしながら、やはり。そうはいうものの。さりとて。❸（下に打消の語を伴って）言うまでもなく。おそらく。❹もしかすると。❺それにしてもまあ。㊁〈接続〉あるいは。それとも。

「竿燈のたわたわと**はた**おぼおぼと」　西村和子

「山の火か**はた**明星か臘八か」　福田甲子雄

「双子めき**はた**三つ子めき烏瓜」　下村梅子

「唇濡らす水は涼しく**はた**哀しく」　清水径子

はた【端・傍・側】〈名〉❶へり。ふち。❷わき。そば。ほとり。

「炭のにほひす故人炉の**端**へ来る」　中塚一碧楼

「山焼くやひそめき出でし**端**の山」　芝不器男

「道**端**に売る白桃も百済かな」　有馬朗人

はだか・る【開かる】〈自動・ラ四〉{ら/り/る/る/れ/れ}❶広がる。目や口などが大きく開く。❷手や足を大きく広げて立つ。立ちはだかる。▼「はたかる」とも。

「秋風や街に**はだかる**椴《とど》大樹」　富安風生

「泡立草枯るると見せて**はだかれる**」　岸田稚魚

「蜃気楼ここにも虚子の**はだかりて**」　宇佐美魚目

「老柳の立ち**はだかれる**日暮かな」　鳴戸奈菜

はだ・く【開く】〈他動・カ下二〉{け/け/く/くる/くれ/けよ}大きく広げる。

「夏百夜**はだけ**て白き母の恩」　三橋敏雄

「伊吹聳つ豊かに雪の胸**はだけ**」　茨木和生

「心軽くなる夏シャツの胸**はだけ**」　行方克巳

はたご‐や【旅籠屋】〈名〉江戸時代、各宿駅にあって、食事付きで旅人を泊めた宿屋。略して「旅籠」とも。

「**旅籠屋**に夕餉《ゆふげ》待つ間の暮れ遅し」　正岡子規

「含み吐く**旅籠**の水や半夏生」　長谷川かな女

「海棠や**旅籠**の名さへ元酒屋」　水原秋櫻子

「風花に馬を繋ぎて**旅籠**なる」　清崎敏郎

「**旅籠屋**と言ふべくありぬ夕桜」　大串　章

はたし‐て【果して】〈副〉❶（確定の意を表す語を伴って）思っていたように、やはり。案の定。果たせるかな。❷（疑問・仮定などの語を伴って）ほんとうに。まことに。▼「果たす」の連用形に助詞「て」が付いたもの。

「みつむれば　**はたして**くろき足跡あり」　富澤赤黄男

「枯木宿**はたして**犬に吠えられし」　芝不器男

「綿虫の**はたして**あそぶ櫟みち」　石川桂郎

「加賀ことば**はたして**雁の渡るなり」　黒田杏子

はた・す【果たす】〈他動・サ四〉{さ/し/す/す/せ/せ}❶成し遂げる。し終える。❷（神仏に掛けた願いがかなって）願《がん》ほどきのお礼参りをする。❸しとめる。殺す。

「垂直に崖下る猫恋**果し**」　橋本多佳子

「行く年や何**果し**たることなくに」　石塚友二

「合流を**はたして**の緩冬芒」　上田五千石

「土筆生ふ夢**果たさ**ざる男等に」　矢島渚男

はたた-がみ【霹靂神】 季・夏 〈名〉激しく鳴りとどろく雷。「はたた」は激しい音の擬音語。
「はたた神夜の大山現れたまふ」　阿波野青畝
「はたゝ神過ぎし匂ひの朴に満つ」　川端茅舎
「はたた神紛れこみたる遠花火」　平井さち子

はたて【果たて・極・涯】〈名〉果て。限り。
「野火消えて果の枯は深まりぬ」　平畑静塔
「海紅豆《かいこうづ》海の涯を見るごとし」　森　澄雄
「はたた神古寺巡礼のはたてにて」　和田悟朗
「あをば木菟硯の海の涯てかな」　岡井省二

はた-と【礑と】〈副〉❶ぱしっと。どんと。❷きっと。❸急に。突然。ぐっと。❹まったく。すっかり。❺ぴっしりと。しっかりと。▼「はったと」とも。
「道はたと絶えしが雪の演習場」　加藤知世子
「牡丹雪はたとやみしを訪はれけり」　野澤節子
「春障子水かげろふのはたと消え」　飯島晴子
「白繭の翳れば山河はたと暮れ」　井沢正江
「投げ早苗はたと宙にてとまるとき」　小川双々子
「はたと遇ふ秋風の眼の緬甸《ビルマ》僧」　川崎展宏
「鰺刺やはたと濃くなる海の色」　永方裕子

はだ-へ【肌・膚】《ハダエ》〈名〉皮膚。はだ。
「鳥おごそかに　雲の肌へに　身を起こす」　高屋窓秋
「うす日焼して憂鬱なはだへかな」　岸田稚魚
「泳ぎ子の五月の肌近く過ぐ」　飯田龍太
「白樺の薄き膚に春惜しむ」　堀口星眠
「蜜壺の肌への湿る春の月」　ながさく清江
「生身より熱き肌の墓洗ふ」　鷹羽狩行

はだれ【斑・斑雪】 季・春 〈名〉「はだれゆき」の略。はらはらとまばらに降る雪。また、うすくまだらに降り積もった雪。
「燕来て八ヶ岳北壁《やつほくへき》も斑雪なす」　相馬遷子
「日がさしてくるはさびしや斑雪山」　清崎敏郎
「幾代《いくよ》織り山の斑雪に絣《かすり》似る」　宮津昭彦

はぢ【恥・辱】《ハジ》〈名〉❶不名誉。不面目。❷恥を知ること。名誉を重んずること。
「天高く人生なんと恥多き」　鈴木真砂女
「緑蔭に銭乞ふことを恥とせず」　橋本美代子
「今生のひと時恥を柿の種」　徳弘　純

ばち【撥・桴・枹】〈名〉❶琵琶《びわ》や三味線などを弾き鳴らすためのいちょうの葉の形をしたもの。❷太鼓《たいこ》などを打つための棒状のもの。
「弾初の撥を秘めたる袱紗かな」　日野草城
「木琴の撥もて垂氷打ちおとす」　津田清子
「外人墓地風の三味線ぐさの撥」　中尾寿美子

はちす【蓮】 季・夏 〈名〉「はす」の別名。花托《かたく》が「蜂巣《はちす》」に似るところから。
「利根川のふるきみなとの蓮かな」　水原秋櫻子

「紅**はちす**密教のことよく知らず」 加藤三七子

「黄金の**蓮**へ帰る野球かな」 攝津幸彦

はぢら・ふ【恥ぢらふ】ハジラウ・ハジロウ 〈自動・ハ四〉{は／ひ／ふ／ふ／へ／へ} 恥ずかしがる。はにかむ。

「肉白き泳ぎの父を**恥ぢらへ**り」 山口誓子

「初紅葉せる**羞ひ**を杉囲み」 能村登四郎

「新教師若葉楓に**羞らふ**や」 森　澄雄

「霧深く**恥ぢらふ**ごとく山法師」 菖蒲あや

は・つ【果つ】■一〈自動・タ下二〉{て／て／つ／つる／つれ／てよ} ❶終わる。終了する。❷死ぬ。息を引き取る。■二〈補助動・タ下二〉(動詞の連用形に付いて)すっかり…してしまう。…し終わる。完全に…になる。

「秋白し旅人の木に旅**果つる**」 前田普羅

「晩学や道緑蔭で**果つる**かに」 香西照雄

「サーカスが**はて**みづいろの夜となる」 眞鍋呉夫

「行き**果て**の夢山脈よ行き**果てず**」 折笠美秋

「波はみな渚に**果つる**晩夏かな」 友岡子郷

は・つ【泊つ】〈自動・タ下二〉{て／て／つ／つる／つれ／てよ} 停泊する。船が港に着いてとまる。

「わが**泊つる**森のホテルの白夜なる」 山口青邨

「七日目の湯浴みと朝寝京に**泊つ**」 稲畑汀子

「北前船**泊つる**九谷を春の夢」 高橋睦郎

「流星の滴る島に**泊つる**なり」 正木ゆう子

はつ-【初】〈接頭〉(名詞または動詞の連用形に付いて)最初の。新しい。

「**初**映画ほろほろ泣けて恥かしや」 富安風生

「おとなしくなるなと友へ**初**電話」 中村草田男

「去年《こぞ》よりの雪小止《をやみ》みなき**初**湯かな」 久保田万太郎

「**初**夢の盲《めしひ》となりて泣きにけり」 秋元不死男

「**初**節句牡丹の白に祝はれぬ」 大野林火

「紅梅の**初**の一花に溺れむと」 手塚美佐

は・づ【恥づ・羞づ・愧づ・慙づ】ハズ 〈自動・ダ上二〉{ぢ／ぢ／づ／づる／づれ／ぢよ} ❶恥じる。恥ずかしく思う。みっともないと思う。❷気がねする。遠慮する。気にかける。❸(下に打消の語を伴って)劣る。ひけをとる。

「晩学を**恥づる**にあらず実朝忌」 下村梅子

「路地照れり葡萄の種を吐きて**恥づ**」 石田波郷

「黄に徹し睡蓮森の名に**恥ぢず**」 古舘曹人

「蕾また為朝百合の名に**愧ぢず**」 大橋敦子

「白地着て手足を**羞づる**齢かな」 倉橋羊村

はづか・し【恥づかし】ハズカシ 〈形シク〉{(しく)・しから／しく・しかり／し／しき・しかる／しけれ／しかれ} ❶気づまりだ。気が引ける。気恥ずかしい。❷こちらが気恥ずかしくなるほどりっぱだ。すぐれている。▼古文では②の意で用いることが多い。

「うらゝかな朝の焼麵麭《トースト》**はづかしく**」 日野草城

「いなづまに誘はれ飛びて蝶**はづかし**」 橋本多佳子

「**恥かしき**身の構造や冬の人」 永田耕衣

「運動会授乳の母をはづかしがる」 草間時彦
「水没やうれしはづかし水中花」 櫂未知子

はつ‐か‐なり【僅かなり】〈形動ナリ〉{なら／なり・に／なり／なる／なれ／なれ} ❶かすかだ。ほのかだ。❷ほんのわずかだ。ちょっとだ。
▼「わづかなり」は分量の少なさを意味し別語だが、中世から混同が生じ、「はつかなり」が消滅した。
「更衣野路《のぢ》の人**はつかに**白し」 与謝蕪村
「ゆふづつや凪の**はつかに**雪柳」 石川桂郎
「色の欲**はつかに**残り春の雲」 森 澄雄
「花あかりなめくぢにも紅**はつか**」 宮坂静生

はっ‐さく【八朔】 季・秋 〈名〉陰暦八月一日。また、この日に行われる行事。本来は農家の行事で「田の実」の祝いともいい、その年取れた穀物を神に供え、主家や知人に贈った。のち、一般にも広まり、物品の贈答を行う風習が定着したのが、現在の「中元」のもと。
「**八朔**や最上は水位満ち足りて」 平畑静塔
「**八朔**の夜空は山の匂ひせり」 皆川盤水
「声あげて**八朔**の夜の火が走る」 福田甲子雄

はっし(と)【発止(と)】〈副〉❶固い物と固い物とが勢いよくぶつかり合うようす。❷(矢などが)飛んできてするどくつき立つようす。また、勢いよく飛んでくるものを力強く受けとめるようす。
「御空より**発止**と鵙や菊日和」 川端茅舎
「水番と士官夫人の眼が**発止**」 渡邊白泉
「**発止**ときし鶺鴒つぶて深雪原」 鷲谷七菜子
「**発止**と鵙先生の国に紛れなし」 山田みづえ

はづ‐す【外す】《ハズス》〈他動・サ四〉{さ／し／す／す／せ／せ} ❶取り除く。取りのける。❷取り損なう。取り逃がす。❸ねらいをそらす。❹避ける。かわす。
「曇天の罠よりぬくきもの**外す**」 長谷川双魚
「切りごろは**外さ**ず切りし寒の餅」 能村登四郎
「花疲れマネキン両手**外**《はず》**され**て」 宮脇白夜
「飛び石を**はづさ**ず踏んで除夜詣」 廣瀬直人
「釦もうひとつ**外し**ぬ虹の後」 鎌倉佐弓
「川涸れてをりエプロンを**はづす**とき」 藺草慶子

はつ‐ね【初音】 季・春 〈名〉鳥の、その季節に初めて鳴く声。うぐいす・ほととぎすについていうのが多い。初声《はつこえ》。
「**初音**き、十七日とメモしおく」 星野立子
「朝点前**初音**となりてゐたりけり」 加藤知世子
「**初音**して少し潤みし向う山」 鍵和田秞子

はつ‐はつ(に)〈副〉わずか(に)。かすか(に)。▼形容動詞「はつかなり」の「はつ」を重ねた語。
「白梅の花**はつはつに**雨さむし」 日野草城
「**はつはつに**触れし紅花棘の中」 福永耕二

はづ‐む【弾む】《ハズム》 一〈自動・マ四〉{ま／み／む／む／め／め} ❶勢いよくはね上がる。❷勢いに乗る。❸息が荒くなる。二〈他動・マ四〉おごる。奮発する。▼歴史的仮名遣いは「はずむ」とする説

もある。
「訪づれに心**はづみ**ぬ三味線草」　阿部みどり女
「とび下りて**弾み**やまずよ寒雀」　川端茅舎
「ナイターに息**はづむ**とは告げざりし」　中村汀女
「**弾み**つ、夜の深さへ実梅落つ」　馬場移公子
「流氷に**はづみ**移りの鴉かな」　森田　峠
「花まゆみ女人の私語の語尾**弾み**」　大石悦子

はつ-むかし【初昔】季・新〈名〉❶元日になって、前の年をさして言う言葉。宵の年。古年《ふるとし》。❷抹茶や上等の煎茶の銘の一。
「**初昔**白き卓布にうすき翳」　大野林火
「わが胸の茜を染めよ**初昔**」　安東次男
「つくばひの氷一片**初昔**」　井沢正江
「美しき鯉魚と群れゐし**初昔**」　上田五千石

はづ・る【外《ハズ》る《ル》】〈自動・ラ下二〉〔れ／れ／る／るる／るれ／れよ〕❶外に出る。はみ出る。外れる。❷離れる。のく。分かれる。❸及ばない。届かない。❹その中に入らない。除外される。もれる。❺目標からそれる。外れる。
「チューリップ花びら**外れ**かけてをり」　波多野爽波
「春眠の一つ**はづれ**し蝶つがひ」　眞鍋呉夫
「秋の夢浮標よりロープ**外れ**をり」　鳴戸奈菜

はづれ【外《ハズ》れ《レ》】〈名〉❶ものの端《はし》。果て。❷はしばし。❸「棲外《つまはづ》れ」の略。ようす。態度。振る舞い。
「初冬や日和になりし京**はづれ**」　与謝蕪村
「水涸るる音の**はづれ**の逆さ蝶」　永田耕衣
「山葵田の**はづれ**昼寝の男ゐて」　岡井省二
「秋風の**はづれ**に見ゆる父の墓」　今井杏太郎

はて【果て・涯】〈名〉❶終わり。最後。しまい。❷喪の終わり。そのときの仏事。❸末路。なれのはて。❹遠いかなた。最果て。
「地の**涯**に倖せありと来しが雪」　細谷源二
「青き都市運河の**涯**にかなしく炎ゆ」　高屋窓秋
「葭刈の一日の**果て**の火を揚げぬ」　野澤節子
「うたた寝の足折ることも夏の**果**」　井沢正江
「その**果**の炎の床や秋の風」　長谷川櫂

はな-いばら【花茨】季・夏〈名〉野いばらの花。▼「はないばら」とも。
「**花いばら**古郷の路に似たる哉」　与謝蕪村
「**花茨**ゴルフボールが孵りさう」　鍵和田秞子
「強情な子でありし日の**花茨**」　大木あまり
「うごきゆく黒潮が見ゆ**花茨**」　大屋達治

はな・つ【放つ】〈他動・タ四〉〔た／ち／つ／つ／て／て〕❶身から離す。手放す。❷自由にする。解き放す。ばらばらにする。❸(戸などを)あける。開く。❹人手に渡す。譲る。売る。❺見放す。見捨てる。❻(音・声や光を)発する。出す。❼(矢を)射る。❽さしおく。無視する。

「牡丹しろし人倫を説く眼**はなてば**」 飯田蛇笏
「晩涼の闇にこころの魚**放つ**」 上村占魚
「泰山木鬱気を花へ**放ちけり**」 川崎展宏
「磨崖仏おほむらさきを**放ちけり**」 黒田杏子
「月の夜へけものを**放ち**深く眠る」 大西泰世
「白障子閉ざすはこころ**放つ**なり」 正木ゆう子

はな-ぬすびと【花盗人】 季・春 〈名〉 花の枝を折って、盗む者。はなどろぼう。▼「はなぬすと」とも。
「山の月**花ぬす人**をてらし給ふ」 小林一茶
「**花盗人**さつても雨にふられけり」 岸田稚魚

はなはだ【甚だ】〈副〉❶たいそう。非常に。ひどく。❷（打消の語を伴って）全く。
「涼舟**はなはだ**暗き燈をおけり」 富安風生
「父母所生《ふもしよじやう》一家**甚だ**氷柱垂る」 三橋敏雄
「闇汁に**甚だ**齢を距てけり」 波多野爽波

はなはだ-・し【甚だし】〈形シク〉{(しく)・しから／しく・しかり／し／しき・しかる／しけれ／しかれ} 甚だしい。程度がひどい。度を越えている。▼「はなはだしう」はウ音便。
「枯草の**甚し**とも思はざる」 高野素十
「葉櫻のみどりに**甚しく**ひがむ」 藤後左右

はな-・ひる【嚔る】〈自動・ハ上二〉{ひ／ひ／ひる／ひる／ひれ／ひよ} くしゃみをする。▼古くは「はなふ」で、上二段活用。
「聖堂に**嚔ひし**ひとや出で来たる」 山口誓子

はな-むけ【餞・贐】〈名〉「うまのはなむけ」の略。旅立ちや門出のとき、別れの宴を催したり金品や詩歌などを贈ったりして、祝ってやること。また、その宴や金品・詩歌など。▼旅立つ人の馬の鼻を行く方向へ向けた習慣から。
「**餞**の僕の歯痕《はがた》を憶えておいで」 江里昭彦
「淡雪やこの一疋を**はなむけ**に」 田中裕明

はな-もり【花守】 季・春 〈名〉桜の花の番人。花を守る人。
「一里《ひとさと》はみな**花守**の子孫かや」 松尾芭蕉
「**花守**の小田か一枚打ちてあり」 殿村菟絲子
「**花守**の僧行きずりに合掌す」 角川源義
「**花守**の花に生まれて匂ひけり」 攝津幸彦

はな-やか・なり【華やかなり・花やかなり】〈形動ナリ〉{なら／なり・に／なり／なる／なれ／なれ} ❶鮮やかだ。明るく美しい。華麗だ。❷（雰囲気が）にぎやかだ。陽気だ。❸きわだっている。（明るく）はっきりしている。❹（勢いが）きわだって盛んだ。栄えている。
「霙《みぞ》るるや灯《ともし》**華やかなれば**なほ」 臼田亜浪
「**はなやかに**沖を流るる落椿」 山口青邨
「**華やかに**風花降らすどの雲ぞ」 相馬遷子
「椎や竹雨の古郷忌**はなやかに**」 石田波郷

はなや・ぐ【花やぐ・華やぐ】〈自動・ガ四〉{が／ぎ／ぐ／ぐ／げ／げ} ❶はなやかになる。陽気になる。❷時めく。栄える。▼「やぐ」は接尾語。

「鰯雲**はなやぐ**月のあたりかな」 高野素十
「若葉透く日に**はなやぎ**て妻の客」 長谷川双魚
「折鶴に**はなやぎ**灯し針まつり」 深川正一郎
「落椿とはとつぜんに**華やげる**」 稲畑汀子
「風の吹くところ**華やぎ**草紅葉」 倉田紘文
「囀のひと色にして**はなやげる**」 西村和子

はな・る【離る・放る】〈自動・ラ下二〉{れ／れ／る／るる／るれ／れよ} ❶離れる。遠ざかる。去る。❷別れる。離縁する。逃げ去る。❸官職をとかれる。免官になる。❹開く。あく。

「炎天や死ねば**離るゝ**影法師」 西島麦南
「山茱萸と知りて**はなるる**月の中」 加藤楸邨
「水音と即かず**離れ**ず紅葉狩」 後藤比奈夫
「春夕日伊勢を**はなるる**電車かな」 山田みづえ
「木を**離る**拈華微笑の柘榴の実」 小檜山繁子
「枯野とはしづかに**離れ**ゐるこころ」 平井照敏

はに【埴・埴土】〈名〉赤黄色の粘土。瓦《かわら》や陶器の原料にしたり、衣にすりつけて模様を表したりする。

「轆轤まはり**埴**のつめたき光り消ゆ」 篠原梵
「**埴**の鈴振れば音して春の暮れ」 神尾久美子
「風船売大和の**埴土**を長靴に」 飴山實

は・ぬ【撥ぬ・跳ぬ】㊀〈自動・ナ下二〉{ね／ね／ぬ／ぬる／ぬれ／ねよ} ❶飛び上がる。跳ね上がる。躍り上がる。❷はじける。飛び散る。
㊁〈他動・ナ下二〉❶勢いよく上げる。跳ね上げる。❷首を刀で切り落とす。〈普通「刎ぬ」と書く〉❸一部分をかすめとる。

「くちびるに**撥ね**上げて甘き冬耕土」 能村登四郎
「五六本萱の**撥ね**たる雪解かな」 藤田湘子
「親車子車秋の水を**撥ね**」 友岡子郷
「大鯉が立つて**跳ね**たり藤の花」 茨木和生
「**撥ね**飛ばす一枚恋の歌がるた」 加古宗也

ばば【婆】〈名〉❶年を取った女。❷乳母《うば》。❸父や母の母親。〈普通「祖母」と書く〉❹トランプのばば抜きで、ジョーカーの担う役。

「**ばば**が餅ぢぢいが櫻咲にけり」 小林一茶
「金輪際わりこむ**婆**や迎鐘《むかへがね》」 川端茅舎
「**ばば**さまの種蒔いてゐるころかしら」 松澤昭

はばか・る【憚る】㊀〈自動・ラ四〉{ら／り／る／る／れ／れ} ❶行き悩む。進めないでいる。行けないでいる。❷はびこる。満ちふさがる。いっぱいになる。㊁〈他動・ラ四〉遠慮する。気がねする。嫌がる。

「道に稲扱き帝王も**憚ら**ず」 山口誓子
「月涼し**憚り**て雲近づかず」 富安風生
「葡萄園を来し泥靴を**憚ら**ず」 安住敦
「湯を浴びる音**はばから**ず一家に夏」 野澤節子
「夜の秋の鍵鎖す音を**憚り**ぬ」 西村和子

ははき【帚・箒】〈名〉ほうき。

「あら〳〵と**帚**のあとや萩の門」 阿部みどり女

「生前も死後もつめたき帚の柄」　飯田龍太
「天淋し箒と遊びゐる蝶も」　河原枇杷男

ははき‐ぐさ【帚草】 季・夏 〈名〉草の名。ほうきぐさ。干して草ぼうきにする。「帚木《ははきぎ》」ともいう。
「帚草余生の母に夜も青し」　大野林火
「ははきぐさ雨たかぶればくれなゐに」　鍵和田秞子
「ははきぎも草の真《まこと》をつらぬけり」　中嶋秀子

ははそは‐の【柞葉の】《枕詞》「ははそは」は「柞《ははそ》」の葉。「はは」から、同音の「母《はは》」にかかる。▼「ははそばの」とも。
「ははそはの母にすすむる寝正月」　高野素十
「ははそはの母と歩むや遍路来る」　中村草田男
「ははそはの母に歯はなく桃の花」　三橋敏雄
「ははそはの母からははへ春の風」　鎌倉佐弓

はは‐ぢゃ‐びと【母者人】ハハジヤビト〈名〉子が母を親しんで呼ぶ称。▼「母である人」の意。「母人」「母者」とも。
「寒椿昔言葉に母者人」　森　澄雄
「鬼の子の母者母者と哭くもあり」　中田　剛

はひ【灰】ハイ〈名〉物の燃焼後の粉状のもの。
「埋火や垂《なんなん》ンとして灰は火は」　松根東洋城
「夜空より大きな灰や年の市」　桂　信子
「煙草の灰ふんわり落とす蟻の上」　鈴木しづ子

はひ・る【入る・這入る】ハイル〈自動・ラ四〉{ら/り/る/る/れ/れ}❶外から内に移る。❷(仲間・団体などに)参加する。❸自分の所有・管理するものとなる。❹ある時刻・時期や状態になる。❺(異質のものが)加わる。まじる。❻所属している。▼「はひいる」の約。
「寝筵や窓から這入る草いきれ」　小林一茶
「白蝶の森に這入るを見て涼し」　阿部みどり女
「枢《くるる》よりはひりし蛇のうはさかな」　阿波野青畝
「微かなる径よりはひる葡萄園」　飯島晴子

は・ふ【這ふ】ハウ〈自動・ハ四〉{は/ひ/ふ/ふ/へ/へ}❶はう。腹ばいで前進する。❷つるや根がのび広がる。
「うそ寒や草の根這へる裏の山」　永田耕衣
「枕上み夜はふ蜘蛛も影負ひて」　石塚友二
「裸子や涙の顔をあげて這ふ」　野見山朱鳥
「鍋尻を這ひて春行く炎かな」　辻　桃子
「白桃をくも這ひたればくもの糸」　長谷川櫂

はふり【葬り】〈名〉葬送。葬儀。▼「はぶり」とも。
「明けて葬り昏れて婚《とめ》りや濃紫陽花」　竹下しづの女
「葬りの火夜の代田に映りをらむ」　木下夕爾
「み葬りに秋の山川ひびきけり」　中川宋淵
「刈田距てて見てゐる〈私〉のはふり」　小川双々子
「猪道のぬかるみをゆく葬かな」　吉本伊智朗
「葬りあり白雨のなかに白き花」　澁谷　道

はふ・る【葬る】〈他動・ラ四〉{ら/り/る/る/れ/れ}❶埋葬する。ほうむる。❷火葬する。▼「はぶる」とも。

「霜柱はや立つ父を**葬り**しに」　津田清子

「枯山にのぼりておのれ**葬る**ごと」　井沢正江

「きんきんと虹に響きて**葬り**けり」　八田木枯

「**はぶり**火の熾《さか》るを夏の宴とす」　高橋睦郎

はふ・る【放る・抛る】 ㊀〈他動・ラ四〉{ら/り/る/る/れ/れ}ほうり出す。散らす。追放する。▼「はぶる」とも。㊁〈自動・ラ下二〉{れ/れ/る/るる/るれ/れよ}❶さすらう。❷落ちぶれる。

「汗のもの**抛り**て籠にをさまりし」　波多野爽波

「僧侶来て下駄箱**抛る**月の谷」　西川徹郎

「湯たんぽは海に**放ら**れ天気雨」　四ツ谷龍

はべ・り【侍り】 ㊀〈自動・ラ変〉{ら/り/り/る/れ/れ}❶おそばにいる。ひかえている。お仕えする。（「あり」「居《を》り」の謙譲語）❷あります。ございます。おります。（「あり」「居《を》り」の丁寧語）㊁〈補助動・ラ変〉❶（動詞の連用形に付いて）…ます。…（て）おります。（丁寧語）❷（形容詞・形容動詞・助動詞の連用形に付いて）…（で）ございます。…（で）あります。

「月光は美し吾は死に**侍り**ぬ」　橋本多佳子

「大絵図に**侍ら**しめたる女郎花」　京極杞陽

「死に**侍る**は誰か鵺かや春の闇」　中村苑子

「蟲干に無用の女**侍る**こと」　田中裕明

はま-ゆふ【浜木綿】ハマユウ 季・夏 〈名〉浜辺に生える草の名。「浜万年青《はまおもと》」の別名。

「**はまゆふ**の花終らんと月夜雨」　松村蒼石

「**浜木綿**の花と暴風圏に入る」　後藤比奈夫

「**浜木綿**や女は陶《すゑ》を頭で運び」　澤木欣一

は・む【食む】〈他動・マ四〉{ま/み/む/む/め/め}❶食う。飲む。ついばむ。❷（俸禄《ほうろく》や知行を）受ける。

「玉椿大空に日は**食ま**れをり」　川端茅舎

「蟷螂の鋏ゆるめず蜂を**食む**」　山口誓子

「こりこりと柿**食む**音のはや夜更け」　大野林火

「流星や恋恋として**喰む**いちじく」　鈴木しづ子

「影の山羊影の草**喰み**敗戦日」　熊谷愛子

「秋の昼寒立馬また草を**食み**」　中岡毅雄

は・む【塡む・嵌む】〈他動・マ下二〉{め/め/む/むる/むれ/めよ}❶落とし入れる。投げ入れる。入れ込む。❷計略にかける。だます。

「睡蓮に雨意あり胸の釦《ボタン》**嵌む**」　中村草田男

「一島に鷹を**嵌め**たる虚空かな」　林　翔

「枯れし明るさ黒手袋を深く**嵌む**」　鷲谷七菜子

-ば・む〈接尾・マ四〉{ま/み/む/む/め/め}（体言や動詞の連用形、形容詞の終止形などに付いて）…じみる。…めく。…がかる。

「どん栗の汗**ばむ**熱の掌なりけり」　稲垣きくの

「黄**ばむ**田や農婦一団鉱泉へ」　相馬遷子

「くちなしのまぬがれがたく黄**ばみ**そむ」　下村梅子

「秋風に体温黄**ばむ**夕べ来ぬ」　宇多喜代子

は-も〈連語〉…は。（文中に用いて上の語を取り立てて強める意を表す）▼上代語。係助詞「は」＋係助詞「も」

「幾《いく》日《か》はも青うなばらの円心に」　篠原鳳作

「冬薔薇にかがやく日はも海に落つ」　高屋窓秋

「愛居はも春の吹雪の忽《たちまち》に」　飯島晴子

「秋の蟬我はも何に口ごもる」　行方克巳

「夜の梅机の下はも夜の海」　攝津幸彦

は‐も〈連語〉…よ、ああ。（文末に用いて、強い詠嘆の意を表す）▼上代語。係助詞「は」＋終助詞「も」

「そくばくの銭を獲て得しあせぼはも」　竹下しづの女

「春怨の麗妃が焚ける香煙はも」　杉田久女

「明け易きよべ裾ひきし女はも」　山口青邨

「元日の夕心ちふ心はも」　相生垣瓜人

「帚木や夢に出て来し男はも」　寺井谷子

はや【早】〈副〉❶すみやかに。一刻も早く。❷早くも。もう。すでに。❸（下に詠嘆の助動詞「けり」を伴って）もともと。元来。実は。

「夜店はや露の西国立志伝」　川端茅舎

「柳蔭われはをみなとなりしはや」　永田耕衣

「小諸はや塗りつぶされし初夏の景」　星野立子

「早や春の雲と覚えぬ白く浮く」　高木晴子

「茂はや盆栽棚のうしろより」　波多野爽波

「花御堂虻きてはやも翅鳴らす」　皆川盤水

ば‐や〈終助〉（動詞型活用語の未然形に付く）❶（自己の願望）…たいものだ。❷（事態の実現の願望）…てほしい。（「あり」「侍《はべ》り」などに付く）❸（意志）…よう。❹（強い打消）…どころか、まったく…ない。（多く「あらばや」の形で用いる）▼接続助詞「ば」に係助詞「や」が付いて一語化したもの。

「九月蟬椎伐らばやと思ふかな」　正岡子規

「俳諧に遊ばばや明易くとも」　阿波野青畝

「生きてみばや枯野の犬と生命《いのち》の共に」　中村草田男

「釜炊きの茸飯せめて惜しまばや」　石塚友二

「故里を語らばや蝌蚪生る、など」　細見綾子

「この国を捨てばやとおもふ更衣」　安東次男

はやく【早く】〈副〉❶急いで。すみやかに。❷すでに。とっくに。❸以前。昔。かつて。❹もともと。元来。

「十三夜はやくも枯る、草のあり」　久保田万太郎

「早く行かむと油虫飛翔せり」　山口誓子

「いちはやく白山覚めし冬野かな」　金尾梅の門

「戸を早くたててともしび冬近き」　大野林火

はや・し【早し・速し・疾し】〈形ク〉―(く)・から／く・かり／し／―き・かる／けれ／かれ ❶速い。急だ。❷（時期・時刻が）早い。❸激しい。強い。❹香りが強い。香りがきつい。

「水疾し岩にはりつき啼く河鹿」　杉田久女

「てのひらをひらけば雪のはやく降る」　清水径子

「松の花水より速きものを見ず」　林田紀音夫

「秋蝶の黄のあと迅く何か過ぎ」　伊藤白潮

「揚羽より速し吉野の女学生」　藤田湘子

「雨戸引くこと**早き**家龍の玉」 大峯あきら

はや・す【囃す】〈他動・サ四〉{さ/し/す/す/せ/せ} ❶囃子《はやし》を奏する。❷声を出して拍子を取る。調子を引き立てる。はやし立てる。❸盛んに言う。言いはやす。

「窯開けや鵙の高音に**囃され**て」 鈴木真砂女

「網引くやさあさあさあと**囃したり**」 澤木欣一

「曼珠沙華尽《すがり》の白を鵙**囃す**」 森 澄雄

「百千鳥雌蘂雄蘂を**囃す**なり」 飯田龍太

はや-て【疾風】〈名〉急に強く吹く風。突風。▼「はやち」の変化した語。

「螢火や**疾風**《はやち》のごとき母の脈」 石田波郷

「春**はやち**野は石まじり墓まじり」 三橋敏雄

「春**疾風**逆らひ目指す淡路島」 小川濤美子

「春**疾風**星またたけば星近む」 廣瀬直人

「春風の**疾風**にかはる夜の柱」 大木あまり

は-やま【端山】〈名〉人里に近い山。外山《とやま》。

「露草に落ち木もあまた**端山**哉」 飯田蛇笏

「韮臭き僧と**端山**の月を見たり」 橋 閒石

「蚊遣火に雨はれてゐる**端山**かな」 高屋窓秋

「行くからに**端山**鶯諄《くど》いほど」 飯島晴子

「ぽつと桜ぽつと桜の**端山**かな」 川崎展宏

はや-み【早み・速み】〈連語〉早いので。速いので。…の早さに。▼形容詞「はやし」の語幹に接尾語「み」が付いた。

「瀬を**早み**色鳥の声はるかにす」 臼田亜浪

「瀬を**はやみ**船夏山につきあたる」 水原秋櫻子

「瀬を**早み**いよよ細身の鵜飼舟」 鷹羽狩行

はや・む【早む・速む】〈他動・マ下二〉{め/め/む/むる/むれ/めよ} 速める。急がせる。

「浅春や物言ふて足**早め**をり」 岸田稚魚

「熾んなる焚火見てより歩を**早む**」 岡本 眸

「山言葉ときに**早め**て蕨売」 斎藤夏風

はや・る【逸る・早る】〈自動・ラ四〉{ら/り/る/る/れ/れ} ❶興に乗る。夢中になる。❷勇み立つ。勢いづく。❸あせる。いらだつ。

「氷海や**はやれる**橇《そり》にたわむところ」 山口誓子

「匹夫《ひっぷ》も**逸る**《はやる》／飛雪《ひせつ》の／比叡《ひえい》／はじまりぬ」 高柳重信

「初蝶や人に出会いてのち**逸る**」 和田悟朗

「火祭の果てし水音**逸る**なり」 菖蒲あや

「**はやり**鵜のふり返る間を流さるる」 正木ゆう子

はや・る【流行る】〈自動・ラ四〉{ら/り/る/る/れ/れ} ❶時めく。時流に乗って栄える。❷流行する。はびこる。世の中に広がる。

「ながあめの祖国の異国下痢**はやる**」 佐藤鬼房

「銃眼の視野ことごとく風邪**流行る**」 野見山ひふみ

「父の世の外套**はやる**港町」 古賀まり子

は・ゆ【映ゆ・栄ゆ】〈自動・ヤ下二〉{え/え/ゆ/ゆる/ゆれ/えよ} ❶他のものと調和して、いっそう鮮やかに見える。引き立って見える。❷いっそう盛んになる。つのる。

「星合の夜はうち栄えてものの綺羅」　後藤夜半
「凩に菊こそ映ゆれ田居辺り」　芝不器男
「青葉映ゆ茶筅《ちゃせん》転びたり如何にせむ」　石田波郷
「水に日のいくたびか映え浮寝鳥」　桂 信子

は・ゆ【生ゆ】〈自動・ヤ下二〉〔え／え／ゆ／ゆる／ゆれ／えよ〕枝や新芽、髪の毛など将来伸びるものが、もとからわずかに姿をあらわす。
「茸**生ゆ**げほんげほんと犬の咳」　秋元不死男
「年の暮ひら〳〵**生える**親知らず」　中川宋淵
「門前に土筆が**生え**て暮れかねる」　柿本多映
「馬死んで馬糞に麦の**生え**ゐたる」　平井照敏

はら‐から【同胞】〈名〉同腹の(母を同じくする)兄弟姉妹。転じて、(一般に)兄弟姉妹。▼「はら」は腹、「から」は「うから」「やから」の「から」で、血縁関係を意味するという。
「**はらから**の訪ひつ訪はれつ松の内」　星野立子
「前うしろ竹の**はらから**竹落葉」　平畑静塔
「鮟鱇鍋**はらから**といふよき言葉」　鈴木真砂女
「**兄弟**《はらから》に黒き柱を一本ずつ」　宇多喜代子
「雲の峰**はらから**に遭ふ旅をまた」　福永耕二

はら‐だ・つ【腹立つ】㊀〈自動・タ四〉〔た／ち／つ／つ／て／て〕❶腹を立てる。怒る。❷けんかする。言い争う。㊁〈自動・タ下二〉〔て／て／つ／つる／つれ／てよ〕腹を立てる。怒る。
「秋風の、**腹立て**てゐるかまきりで」　種田山頭火
「**腹立て**て愚かに秋刀魚焦がしたり」　西村和子

はら‐はら(と)〈副〉❶さらさら(と)。❷物が砕けたり、壊れたり、破れたりする音を表す語。❸ばちばち(と)。❹長い髪などがゆらめいて垂れ下がるようす。❺ぱらぱら(と)。ぽろぽろ(と)。❻気をもむようす。
「**はらはらと**真昼の雨や佛生会」　中村汀女
「わが手紅葉し**はらはらと**散りゆくか」　平井照敏
「**はらはらと**霜へおとして火を運ぶ」　今瀬剛一
「ばさと落ち**はらはらと**降り松手入」　片山由美子

はら・ふ【払ふ・掃ふ】ハラウ・ハロウ〈他動・ハ四〉〔は／ひ／ふ／ふ／へ／へ〕❶取り除く。除き去る。❷片づける。掃き清める。❸討伐する。平定する。
「目まとひを**払ひ払へ**る手つきかな」　清崎敏郎
「銀河の粉**はらひ**男女が岬去る」　鷹羽狩行
「袖**払ふ**定家かづらに昔の香」　手塚美佐

はら・ふ【祓ふ】ハラウ・ハロウ㊀〈他動・ハ四〉〔は／ひ／ふ／ふ／へ／へ〕神に祈って罪・汚《けが》れや災いを除き清める。はらい清める。㊁〈他動・ハ下二〉〔へ／へ／ふ／ふる／ふれ／へよ〕㊀に同じ。
「かしこみて煤を**祓ふ**と奏しける」　後藤夜半
「寒暁の汽笛行手の海**祓ふ**」　山口誓子
「蟻の地をわれらを**祓ひ**句碑斎《つい》く」　皆吉爽雨

はら・む【孕む・妊む】㊀〈自動・マ四〉〔ま／み／む／む／め／め〕❶身ごもる。妊娠する。❷(稲などの)穂が出ようとしてふくらむ。張る。㊁〈他動・マ四〉胎内に宿す。身ごもる。

「夏のれん**孕めば**鵜川見えわたり」　富安風生
「海鳴るやあらくさの露日を**孕み**」　長谷川双魚
「大海のまんなか凹み死魚**孕む**」　三橋鷹女
「聖燭祭**妊まぬ**夫人をとめさび」　西東三鬼
「薄氷は嵐を**はらむ**笘ならん」　中尾寿美子
「日の洲《なかす》光と泥《ひぢ》の**胎む**葦牙」　坂戸淳夫

はり【玻璃】〈名〉❶七宝《しっぽう》の一つ。水晶。❷ガラス。
「寒雷やびりりびりりと真夜の**玻璃**」　加藤楸邨
「一寒星燃えて**玻璃**戸に炬《きょ》のごとし」　相馬遷子
「聖**玻璃**の五彩西日に強めらる」　津田清子
「毛糸玉**玻璃**へ音なき濤迫る」　藤田湘子
「新緑のアパート妻を**玻璃**囲ひ」　鷹羽狩行

は・る【晴る・霽る】〈自動・ラ下二〉{れ/れ/る/るる/るれ/れよ}❶晴れる。❷憂いや悩みが解消する。心がはればれとする。❸広々とする。❹広く開ける。見晴らしがきく。
「霽れ降りの**霽るゝ**高きに上りけり」　芝不器男
「比良**晴れて**花に浮身のかいつぶり」　矢島渚男
「太古より宇宙は**霽れ**て飾松」　正木ゆう子
「夜**晴れ**しことにつどひて薬喰」　田中裕明

は・る【張る】㊀〈自動・ラ四〉{ら/り/る/る/れ/れ}❶(氷が)はる。一面に広がる。❷(芽が)ふくらむ。出る。芽ぐむ。㊁〈他動・ラ四〉❶一面に広げる。(縄などを)張る。❷張りつける。(紙などを)張る。❸(気を)引き締める。緊張させる。❹構え設ける。張る。❺平手でたたく。なぐる。
「**張り**とほす女の意地や藍ゆかた」　杉田久女
「野兎の肢ぴんと**張る**むくろかな」　福田甲子雄
「鳥影へ目を**張れ**ば目に雪解風」　岡本　眸
「霧の山売れて荒縄**張られ**けり」　小泉八重子
「日本海へすこし傾き田水**張る**」　能村研三

はる・か・なり【遥かなり】〈形動ナリ〉{なら/なり・に/なり/なる/なれ/なれ}❶遠く離れている。ずっと遠い。(距離的・空間的に隔たっているようす)❷ほど遠い。ずっと将来である。(時間的に隔たっているようす)❸気が進まない。その気になれない。うとましい。(気分的に隔たっているようす)❹(程度が)甚だしい。▼「はろかなり」とも。
「**はるかなる**冬木と夢に遊びけり」　橋　閒石
「**遥かなる**ものばかりなる夜寒かな」　石田波郷
「海へ去る水**はるかなり**金魚玉」　三橋敏雄
「佛より**はるかに**遠い虫のこゑ」　今井杏太郎
「新宿は**はるかなる**墓碑鳥渡る」　福永耕二
「**はるかなる**天動説や畑を打つ」　坂本宮尾

はる・け・し【遥けし】〈形ク〉{(く)・から/く・かり/し/き・かる/けれ/かれ}❶(空間的に)はるかだ。遠い。❷(時間的に)遠い。久しい。ずっと先だ。❸(心理的に)隔たっている。
「海坂や見えて**はるけき**鯊《はぜ》の舟」　山口誓子
「盆の月**遥けき**ことは子にも言はず」　松村蒼石
「母の頬に**はるけく**動く山火かな」　中村汀女

は

「春暁のはるけくねむる嶺のかず」 飯田龍太
「錦鯉の買手花野に遥けしや」 斎藤夏風
「みほとけの素足はるけし蕗の薹」 原　和子

はる‐ばる【遥遥】〈副〉❶はるか遠く。❷久しく。
「はるばる花もちて尋ねてきたのも石の前」 荻原井泉水
「杉の花はるばる飛べり杉のため」 山田みづえ
「はるばると障子を貼りに赤穂より」 有馬朗人
「はるばると来てほのぼのとかまぼこ板」 折笠美秋
「はるばると泪運ばれ麦の禾」 徳弘　純

はれ‐がま・し【晴れがまし】〈形シク〉{(しく)・しから/しく・しかり/し/しき・しかる/しけれ/しかれ}❶華やかだ。いかにも晴れの場らしい。公である。❷きまりが悪い。表だっていて、おもはゆい。▼「がまし」は接尾語。
「草の戸や晴れがましくも貸小袖」 高橋淡路女
「遠き嶺々雪を迎へて晴れがまし」 和田耕三郎

はろ‐か・なり【遥かなり】〈形動ナリ〉{なら/なり・に/なり/なる/なれ/なれ}遠く離れている。ずっと遠い。▼「はるかなり」と同じ。
「うまや路や松のはろかに狂ひ凧」 芝不器男
「麦笛を吹きつつ思ひはろかなる」 福田蓼汀
「麦殻を焼く火の闇のなほはろか」 長谷川素逝
「はろかなる女雪解けを渉りをり」 岸田稚魚

はろ‐ばろ【遥遥】〈副〉はるか遠く。はるばる。▼「はろはろ」とも。
「はろばろと来て汝が肩に草の絮」 鷹羽狩行
「天の川はろばろと父還り来ぬ」 原　裕

はんべ・り【侍り】■一〈自動・ラ変〉{ら/り/り/る/れ/れ}❶おそばにいる。ひかえている。お仕えする。❷あります。ございます。おります。■二〈補助動・ラ変〉❶(動詞の連用形に付いて)…ます。…(て)おります。❷(形容詞・形容動詞・助動詞の連用形に付いて)…(で)ございます。…(で)あります。▼「はべり」に撥音《はつおん》「ん」が挿入された形という。
「新参の眼鼻立ちよくはんべりぬ」 飯田蛇笏
「侍ンべりてまこと公卿顔初蹴鞠」 大橋敦子

ひ

ひ【妣】〈名〉死んだ母。▼考(死んだ父)に対する。
「かきつばた江戸むらさきは考妣かな」 加藤郁乎
「疎林起伏に菫濃淡妣の国へ」 鍵和田秞子
「考妣に考妣在しお盆の落し蓋」 池田澄子

ひ【樋】〈名〉❶はなれた場所に湯や水を送るしくみ。とい。❷せきとめた水の出口の戸。水門。❸物の表面(特に刀身の背)につけた、細長いみぞ。
「鵙の村水ゆく音の樋をくぐる」 山口誓子
「青竹の樋の山清水寒も鳴る」 及川　貞
「添水樋に沈む紅葉の鋭さよ」 細見綾子

ひ【婢】〈名〉召使の女。女中。

「かりがねに乳はる酒肆《しゅし》の**婢**ありけり」　飯田蛇笏
「心合ふ**婢**と茄子漬けて暮しけり」　長谷川かな女

ひ‐あはひ【廂間・庇間】《ヒアワイ》〈名〉家と家との間の狭いところ・通路。▼「ひあひ」とも。
「**庇間**の青き空より作り雨」　富安風生
「**ひあはひ**の凧に棚経すみにけり」　渡邊水巴

ひい・づ【秀づ】《ヒイズ》〈自動・ダ下二〉〔で／で／づ／づる／づれ／でよ〕ぬきんでる。目立つ。特にすぐれる。
「初富士**秀づ**列車ボーイの過ぎしかな」　長谷川かな女
「対の供華おのおの芒**秀で**けり」　水原秋櫻子
「月に**秀で**し女の額《ぬか》の小さゝよ」　中村草田男
「春暁のすべての中に凧**秀づ**」　野澤節子

びいどろ【硝子】《ビードロ》季・夏〈名〉❶ガラスの鉢。❷ガラス。ガラス製品。▼ポルトガル語よりの外来語。
「**硝子**の魚《いを》おどろきぬけさの秋」　与謝蕪村
「**びいどろ**や葡萄酒《ワイン》の色の殉教史」　文挾夫佐恵
「**びいどろ**の出何處《でどこ》何處《いづこ》ぞ冷し酒」　高橋睦郎

ひいな【雛】季・春〈名〉紙などで作った小さな人形。特に、後世では、ひな祭りの人形をさす。▼「ひな」「ひひな」とも。
「結はである髪や**雛**《ひひな》に恨みあり」　小沢碧童
「鎌倉の松風さむき**雛**《ひひな》かな」　久保田万太郎
「髪そぎて臈たく老いし**雛**かな」　杉田久女
「きぬぎぬのうれひがほある**雛**かな」　加藤三七子
「ほほ笑みて笛休ますする**雛**かな」　上田五千石

ひ‐おほひ【日覆】《ヒオオイ》季・夏〈名〉❶日よけに使う覆い。❷夏、学帽などの上部をおおう白い布。▼「ひおひ」とも。
「**日覆**の下腰かけの被《おほ》ひも汚れ」　滝井孝作
「**日蔽**やキネマの衢《ちまた》鬱然と」　山口誓子
「**日覆**のはためきつづけ午後の波」　桂　信子
「**日覆**の影プールより離れけり」　辻　桃子

ひ‐おもて【日面・日表】〈名〉ひなた。
「みちのくの日うら**日おもて**秋の旅」　柴田白葉女
「並びゆく母こそ**日おもて**花の中」　野澤節子
「**日面**《テ》の色となりたる葛の花」　行方克巳

ひ‐かげ【日陰・日蔭】〈名〉日光の当たらない場所。世間から顧みられない境遇にたとえることもある。
「山桃の**日蔭**と知らで通りけり」　前田普羅
「ここにして**日蔭**ただ恋ふ異邦人」　稲垣きくの
「敦盛草しなのはどこも**日蔭**冷え」　上田五千石
「水神の花括らるる**日蔭**かな」　山本洋子

ひ‐かげ【日影】〈名〉❶日の光。日ざし。❷太陽。▼「日陰」と混同しないこと。
「今朝冬や格子から来る朝**日影**」　小沢碧童
「春**日影**どの墓もみな倖に」　高橋淡路女
「廃墟中瓦礫の抱く秋**日影**」　深見けん二
「初**日影**ゆるきは父のあるところ」　金田咲子

「巨大ビル羽あるごとし初**日影**」　和田耕三郎

ひ-かげ・る【日蔭る・昃る】〈自動・ラ四〉〔ら/り/る/る/れ/れ〕❶曇る。❷太陽が西に傾く。

「**昃れ**ば春水の心あともどり」　星野立子

「**昃り**て紅葉一本づつになる」　後藤比奈夫

「鳰の水**昃り**やすく照りやすく」　飯島晴子

ひか・ふ【控ふ】《ヒカウ・ヒコウ》㊀〈自動・ハ下二〉〔へ/へ/ふ/ふる/ふれ/へよ〕❶進まないで待つ。待機する。❷そば近くにいる。控える。㊁〈他動・ハ下二〉❶止める。抑える。引き止める。❷引っ張る。手にとる。つかむ。❸やめておく。見合わせる。控え目にする。

「大いなる泉を**控へ**酒煮かな」　石井露月

「郎党の**控ふる**武者を飾りけり」　後藤夜半

「書を見るを**ひかへ**てをりぬ春の鴨」　岡井省二

「鉦叩**ひかへ**めにして正確に」　中嶋秀子

ひか・る【光る】〈自動・ラ四〉〔ら/り/る/る/れ/れ〕❶光る。輝く。❷（容姿などが）美しく輝く。

「たんぽぽの絮**光り**飛ぶはげむべし」　原コウ子

「熊谷の涙**光り**ぬ村芝居」　文挾夫佐恵

「あげさげの羽**ひかる**なり渡り鳥」　川崎展宏

「狂ひ泣く童女**光れ**り薮からし」　原　裕

「わが死と詩枯野の末に**光る**もの」　徳弘　純

「**光る**とはかなしむことや花すすき」　仙田洋子

ひき-ぐ・す【引き具す】〈他動・サ変〉〔せ/し/す/する/すれ/せよ〕❶引き連れる。伴う。❷（才能などを）身につける。具備する。

「おへんろを**引き具し**てをる出家かな」　阿波野青畝

「汐干潟襤褸の妻子を**引き具し**て」　小林康治

ひき-・ゐる【率ゐる】《ヒキイル》〈他動・ワ上一〉〔ゐ/ゐ/ゐる/ゐる/ゐれ/ゐよ〕❶引き連れる。❷統率する。指揮する。

「夕立を**率ゐ**て去れるものの影」　三橋敏雄

「大揚羽翳を**率ゐ**て現はれし」　上野　泰

「枯野より千筋の枯を**ひきゐ**くる」　上田五千石

ひ・く【引く・曳く】㊀〈自動・カ四〉〔か/き/く/く/け/け〕❶後ろへ下がる。しりぞく。退却する。逃げる。❷ひきつけられる。㊁〈他動・カ四〉❶引っぱる。引き寄せる。引き抜く。❷連れる。後に従える。❸張りめぐらす。❹（弓を）引く。❺とりはずす。❻引きずる。❼注意をひく。❽引用する。❾平らにする。❿贈り物を配る。贈る。㊂〈自動・カ下二〉〔け/け/く/くる/くれ/けよ〕引かれる。

「踊るなり月に髑髏の影を**曳き**」　三橋鷹女

「牛の顔枯野へ向けて**曳き**出す」　藤田湘子

「花よりも濃き光**ひき**飛花一つ」　深見けん二

「枯蔦を**引け**ば鉄鎖となりにけり」　澁谷　道

「鳴子**引く**蒼穹を**引き**緊めむため」　山田みづえ

「杖**曳け**ば初蜩の水尾を**引く**」　原　裕

ひく・し【低し】〈形ク〉〔（く）・から/く・かり/し/き・かる/けれ/かれ〕高さが少な

い。丈が短い。身分が低い。数値が小さい。声が低い。

「あら浪や或は**低き**雁の列」　原 石鼎
「鳶**ひくし**秋明菊の紅ひらく」　柴田白葉女
「曇天の**ひくき**揚羽を怖れけり」　桂 信子
「京へ出る**ひくき**峠や寒見舞」　大峯あきら
「山涼し葎に星の**低ければ**」　廣瀬直人
「落葉焚松陰神社**低からず**」　斎藤夏風

ひさかた‐の【久方の】《枕詞》天空に関係のある「天《あま・あめ》」「雨」「空」「月」「日」「昼」「雲」「光」などに、また、「都」にかかる。語義・かかる理由は未詳。

「**久方の**空色の毛糸編んでをり」　久保田万太郎
「**久方の**雲井雛と申すあり」　水原秋櫻子
「**ひさかたの**蒼空に餅倒れあひ」　中尾寿美子
「**ひさかたの**京の野山の錦かな」　鷹羽狩行
「**ひさかたの**宙を走れる春の夢」　五島高資

ひさ・く【販く・鬻く】〈他動・カ四〉〔か／き／く／く／け／け〕売る。商う。▼後世は「ひさぐ」。

「美しき漆器を**ひさぐ**登山口」　阿波野青畝
「寒鯉を**鬻ぎ**焚火をさかんにす」　中村汀女
「飛騨涼し朴の葉にのせもの**ひさぐ**」　大野林火
「**ひさぐ**ものあぶな絵その他黴の宿」　星野石雀
「冬ざれや惑星の絵を地に**ひさぎ**」　蘭草慶子

ひさ・し【久し】〈形シク〉〔(しく)・しから／しく・しかり／し／しき・しかる／しけれ／しかれ〕❶長い。❷時間がかかる。❸久しぶりだ。

「はなびらの欠《か》けて**久しき**野菊かな」　後藤夜半
「煮る前の青唐辛子手に**久し**」　日野草城
「虹消えて**久し**野の家灯さず」　柴田白葉女
「女正月和服まとはぬこと**久し**」　横山房子
「絶えて**久し**や地面に○を書く遊び」　高柳重信
「人間であること**久し**月見草」　和田悟朗

ひさし【廂・庇】〈名〉❶寝殿造りで、母屋《もや》の外側、「簀《す》の子」の内側の部分。❷建物や牛車《ぎっしゃ》などの出入口、縁側、窓、塀などの上に設けた小屋根。

「方丈の大**庇**より春の蝶」　高野素十
「あたたかや水輪ひまなき**廂**うら」　杉田久女
「**庇**にもおよぶ寂光朴ひらく」　井沢正江
「雪催ひ**庇**はみだす唐がらし」　蓬田紀枝子
「吹き上げて塔の**廂**に花のいろ」　矢島渚男

ひざま‐づ・く【跪く】《ヒザマズク》〈自動・カ四〉〔か／き／く／く／け／け〕ひざをついて身をかがめる。礼拝・屈服を表す姿勢。

「根雪やさし**ひざまづき**ては湯浴みなす」　寺田京子
「**ひざまづく**者に復活したまへり」　森田 峠
「**ひざまづき**飾る高さに官女雛」　片山由美子

ひし・ぐ【拉ぐ】**一**〈他動・ガ四〉〔が／ぎ／ぐ／ぐ／げ／げ〕押しつぶす。**二**〈自動・ガ下二〉〔げ／げ・ぐ／ぐる／ぐれ／げよ〕押されてつぶれる。ぺしゃんこになる。ひしゃげる。

「鬼ひしぐ手を徒に接木かな」 尾崎紅葉

「水洟や鼻を拉げば鴨飛んで」 森 澄雄

ひし‐と【緊と・犇と】〈副〉❶みしみしと。(物がきしむ音の形容)❷びっしりと。ぴったりと。(すき間のないようす)❸ぴたっと。ぱったりと。(急に中断するようす)❹しっかりと。(行動が確かであるようす)

「夕雀土塀に迫る冬**ひしと**」 中村汀女

「寒の雷おのれを庇《かば》ふ**ひしと**庇ふ」 山田みづえ

「鳥帰る磯村**ひしと**砂の上」 友岡子郷

ひし‐め・く【犇く】〈自動・カ四〉{か/き/く/く/け/け}❶ぎしぎしと鳴る。きしる。❷大勢集まって騒ぎ立てる。わいわいと声に出して騒ぐ。▼「ひし」は擬態語、「めく」は接尾語。

「ものの種子にぎればいのち**ひしめける**」 日野草城

「燃ゆる火に**ひしめく**闇も去年今年《こぞことし》」 木下夕爾

「愉しきかな零余子《むかご》の衆愚**犇く**は」 飯田龍太

「秋風の路地や哀歓**ひしめける**」 藤田湘子

「**犇き**て発す鴫ともいへぬ声」 倉橋羊村

「百燭に**犇く**桃の柔毛かな」 宇多喜代子

ひじり【聖】〈名〉❶天皇。❷聖人。❸達人。名人。❹高徳の僧。聖僧。❺修行僧。僧。法師。

「一声の春の蚊を知る**聖**かな」 阿波野青畝

「**聖**の僧枯木影せる道を来る」 山口誓子

「水澄めり**聖**ひらきし山の上に」 大野林火

ひそか・なり【密かなり・窃かなり・私かなり】〈形動ナリ〉{なら/なり・に/なり/なる/なれ/なれ}❶物ごとをこっそりする。❷私的なこと・ものだ。▼「か」は接尾語。

「まゆ玉のしだれ**ひそかに**もつれけり」 久保田万太郎

「**ひそかに**てすでに炎天となりゆくも」 相馬遷子

「裸木**ひそかに**わが磔《たく》刑の日待つらむ」 堀井春一郎

「**ひそかなる**亀の死をもち冬終る」 有馬朗人

「夏めくや**ひそかな**ものに鹿の足」 長谷川櫂

ひそ・む【潜む】■一〈自動・マ四〉{ま/み/む/む/め/め}人目につかないように隠れる。■二〈他動・マ下二〉{め/め/む/むる/むれ/めよ}❶目立たないようにする。隠す。忍ばせる。❷ひっそりと静かにする。

「街騒や花咲く枇杷に**ひそむ**虻《あぶ》」 木下夕爾

「妻の行水音**ひそめ**をりかなしきや」 小林康治

「薺咲き足音**ひそめ**ざるを得ず」 岸田稚魚

「万緑に**ひそみ**て聴けり陽の跫音《あしおと》」 楠本憲吉

「寒明の月の**ひそむ**や真竹原」 鷲谷七菜子

「凩は息**ひそめ**て過ぎぬ二人静」 片山由美子

ひそ‐やか・なり【密やかなり】〈形動ナリ〉{なら/なり・に/なり/なる/なれ/なれ}❶人の声、物の音などが生ぜず、ひっそりとしているようす。❷人に知られないように静かにするようす。▼「やか」は接尾語。

「**ひそやかに**女とありぬ年忘」 松根東洋城

「**ひそやかに**栗育ちゐる酷暑かな」 阿部みどり女

「**密やかに**這ひ上り来る寒さあり」 相生垣瓜人

「ひそやかにじだらくにゐる木槿《むくげ》かな」　森　澄雄

ひ-ぞ・る【乾反る】〈自動・ラ四〉{ら/り/る/る/れ/れ}（板などが）乾燥してそりかえる。

「朴落葉鋼の硬さもて**乾反る**」　富安風生

「みかへりの塔涸川の底**乾反り**」　西東三鬼

「**乾反**《ひぞ》り葉の洗ひあげたる湯舟にも」　川崎展宏

ひた-【直】〈接頭〉（名詞に付いて）❶直接の。じかに。❷まっすぐ。❸ひたすら。いちずに。❹すべて。まったく。

「誕生佛螺髪《らほつ》**ひた**濡れたまひけり」　水原秋櫻子

「**ひた**急ぐ犬に会ひけり木の芽道」　中村草田男

「猫も野の獣ぞ枯野**ひた**走る」　山口誓子

「**ひた**さむし冬の落暉の丘をはしり」　加藤楸邨

「馬の目に雪ふり湾を**ひた**ぬらす」　佐藤鬼房

「糸とんぼ水**ひた**打つも音持たず」　小檜山繁子

ひ-た・く【日闌く】〈自動・カ下二〉{け/け/く/くる/くれ/けよ}日が高く上る。

「樹氷林むらさき湧きて**日闌け**たり」　石橋辰之助

「赤潮や**日闌け**し靄のなほ流れ」　木村蕪城

ひた-すら（に）【只管（に）】〈副〉❶すっかり。まったく。❷ただただ。いちずに。

「わが山河いま**ひたすらに**枯れゆくか」　相馬遷子

「**ひたすらに**蛾はふるへたり生きるもの」　高屋窓秋

「まんさくや**ひたすら**濡る丶崖の傷」　草間時彦

「火垂《ほたる》の火源氏の恋の**ひたすらに**」　平井さち子

「**ひたすら**種を播き続けをり種見えず」　大串　章

ひた-と【直と・専と】〈副〉❶ぴったりと。❷ぱっと。❸ひたすら。❹突然。急に。

「秋の夕日**ひたと**東寺の塔をうばふ」　臼田亜浪

「夕明り紅梅**ひたと**花揃へ」　中村汀女

「夏山を**直と**出てくる濁り川」　安東次男

「海山の**ひたと**ととのふ秋の杭」　平井照敏

「シリウスの青眼**ひたと**薬喰」　上田五千石

ひた-に【直に】〈副〉いちずに。ひたすらに。

「年暮るる忘却の石**ひたに**積み」　稲垣きくの

「冬凪や**ひたに**延べあふ岬二つ」　井沢正江

「水さわがねばさびしき畦を**ひたに**塗る」　今瀬剛一

ひたひ【額《ヒタイ》】〈名〉❶おでこ。ぬか。❷「額髪《ひたひがみ》（額から左右に分けて垂らした女性の前髪）」の略。❸女官が正装のときに、前髪に付ける飾り。❹冠・烏帽子《えぼし》などの額に当たる部分。❺突き出た所。

「風邪の子や眉にのび来し**ひたひ**髪」　杉田久女

「梅林を**額**明るく過ぎゆけり」　桂　信子

「ひばり野に父なる**額**うち割られ」　佐藤鬼房

「**額**に皺よせて南蛮煙管《なんばんぎせる》かな」　川崎展宏

ひた-ぶる・なり【頓なり・一向なり】〈形動ナリ〉{なら/なり・に/なり/なる/なれ/なれ}❶ひたすら。いちずに。❷（連用形の形で、下に打消の語を伴って）いっこうに。まったく。

「立春より仰臥ひたぶるにつづけける」　石田波郷

「ひたぶるにねんぶついたせ龍の玉」　辻　桃子

ひ-だる・し【饑し】〈形ク〉{(く)・から／く・かり／し／き・かる／けれ／かれ}空腹だ。ひもじい。▼現代語の「ひもじい」は「ひだるし」の女房詞《にょうぼうことば》である「ひ文字」の形容詞化。

「道作りみなひだるしやみちをしへ」　阿波野青畝

「午後のひだるき八月の芥川」　辻田克巳

「胸赤くひだるき草と歩くなり」　桑原三郎

ひぢ【泥】《ヒジ》〈名〉どろ。ぬかるみ。

「ちりひぢのごとく斎庭はひじき干す」　阿波野青畝

「泥こねるうなゐ遊びも梅若忌」　富安風生

「刈稲の泥にまみれし脛幼し」　竹下しづの女

ひ・つ【漬つ・沾つ】[一]〈自動・タ四〉{た／ち／つ／つ／て／て}ひたる。水につかる。ぬれる。[二]〈自動・タ上二〉{ち／ち／つ／つる／つれ／ちよ}[一]に同じ。[三]〈他動・タ下二〉{て／て／つ／つる／つれ／てよ}ひたす。水につける。ぬらす。▼近世以降「ひづ」となる。

「菱採ると遠賀の娘子《いらつこ》裳《すそ》濡づも」　杉田久女

ひ・づ【秀づ】《ヒズ》〈自動・ダ下二〉{で／で／づ／づる／づれ／でよ}❶穂が出る。❷他よりまさる。ひいでる。▼「ほ（秀）い（出）づ」が「ひいづ」「ひづ」と変化した語。

「月に秀でし女の額《ぬか》の小さゝよ」　中村草田男

ひつ-ぎ【棺・柩】〈名〉遺体を入れる木の箱。棺《かん》。棺桶《かんおけ》。

「春眠や金の柩に四肢氷らせ」　三橋鷹女

「赤き蚤柩の前を歩きをり」　永田耕衣

「二階より枯野におろす柩かな」　野見山朱鳥

「このゆふべ柩は蝶に喰はれけり」　柿本多映

「寒き夜のオリオンをわが棺とせむ」　鷹羽狩行

ひと-きは【一際】《ヒトキワ》[一]〈名〉❶身分・地位などの一段階。❷一時。ひとたび。[二]〈副〉❶一段と。さらにいっそう。❷（多く「に」を伴って）一筋に。いちずに。

「梅咲て一際人の古びけり」　小林一茶

「風立ちて一際蓮のすがれ見ゆ」　竹下しづの女

「もののねの秋はひときは猫の鈴」　高橋睦郎

ひと・し【等し・均し・斉し】〈形シク〉{(しく)・しから／しく・しかり／し／しき・しかる／しけれ／しかれ}❶（多くのものが）そろっている。同じである。❷（「…とひとしく」の形で）…と同時に。

「空蟬にひとしき人生吹けばとぶ」　阿部みどり女

「常滴り石筍《せきじゆん》ひとしからざりき」　阿波野青畝

「独活育つ等しき高さ白さにて」　大橋敦子

「冬欅ひとしく昏れてゆかんとす」　加藤三七子

ひと-しほ【一入】《ヒトシオ》[一]〈名〉染め物を、一回染め汁に浸すこと。[二]〈副〉一段と。いっそう。

「蚶満寺菖蒲一入田植済む」　山口青邨

「花了へてひとしほ一人静かな」　後藤比奈夫

「少年に日の暮があり夏**ひとしほ**」　八田木枯

ひと-すぢ【一筋】《ヒトスジ》〈名〉❶（細長いものの）一本。❷一つの血統。一族。

「別る、や夢**一筋**の天の川」　夏目漱石

「炎天に嘆き**一すぢ**昇り消ゆ」　文挾夫佐恵

「歳晩の涙**ひとすぢ**役者稼業」　堀井春一郎

「雪しぐれ身にくひこみし紐**ひとすぢ**」　鷲谷七菜子

ひと-とせ【一年・一歳】〈名〉❶一年。一年間。❷以前のある年。先年。

「**ひととせ**のわが霜鬢《さうびん》や羊軒忌」　水原秋櫻子

「炭つげばまこと**ひととせ**ながれゐし」　長谷川素逝

「**ひととせ**はかりそめならず藍浴衣」　西村和子

ひと-と-なり【為人】〈名〉❶天性。生まれつきの性質。❷体つき。体格。背丈。

「**ひととなり**炭つぐ時もたのしげに」　京極杞陽

「茶の花や退きどきを知る**為人**」　鷹羽狩行

ひと-ひ【一日】〈名〉❶いちにち。❷一日じゅう。終日。❸ある日。先日。❹ついたち。

「菊きりしけふの**ひと日**のしあはせを」　高屋窓秋

「**ひと日**かけ裏返りたる朴落葉」　桂　信子

「秋深む**ひと日ひと日**を飯炊いて」　岡本　眸

「夏雲の高さに**ひと日**口籠る」　津沢マサ子

「漁夫の婚**一と日**雷鳴る裏日本」　齋藤愼爾

ひと-ひら【一片・一枚】〈名〉薄く平らなもののいちまい。いっぺん。

「暮れのこる**ひとひら**の水蝌蚪の水」　藤田湘子

「如月の水に**ひとひら**金閣寺」　川崎展宏

「**ひとひら**の火もなき春の焚火かな」　大木あまり

ひと-へ【一重】《ヒトエ》〈名〉❶（重ならないである）一枚。❷花びらが一枚ずつで重なっていないこと。また、その花。

「薄氷を重ぬれば端《はし》**一重**かな」　永田耕衣

「夕風の**一重**山吹つと二重」　井沢正江

「春の月大輪にして**一重**なる」　長谷川櫂

ひと-へ【単・単衣】《ヒトエ》［季・夏］〈名〉裏がついていない着物のこと。

「手織縞この**単**物親ゆづり」　滝井孝作

「松籟に**単衣**の衿をかき合はす」　阿部みどり女

「たてとほす男嫌ひの**単**帯《ひとへおび》」　杉田久女

「血の音のしづまるを待つ**単衣**着て」　能村登四郎

ひとへ-に【偏に】《ヒトエニ》〈副〉❶いちずに。ひたすら。❷まったく。

「梅雨を病む**ひとへに**旅の疲れかな」　久保田万太郎

「文机や**ひとへに**ひゆる鴨の羽」　中田　剛

ひと-まづ【一先づ】《ヒトマズ》〈副〉（事が終わるわけではないが）さしあたって。とにかく。

「日盛りを**ひとまづ**死亡時刻とす」　攝津幸彦

ひ

「ジッパー上げて春愁**ひとまづ**完」　櫂未知子

ひともし-ごろ【火灯し頃・火点し頃】〈名〉(日が沈んで)あかりをつける頃。夕暮れ時。

「かなしさは**ひともしごろ**の雪山家《ゆきやまが》」　原　石鼎

「鮎宿の**ひともしごろ**を愛すなり」　安住　敦

ひと-もと【一本】〈名〉(草や木などの)いっぽん。

「草枯や**一もと**残る何の花」　正岡子規

「仙翁も**ひともと**挿せり舟徳利」　森　澄雄

「水源の奥に**ひともと**花明り」　眞鍋呉夫

ひと-よ【一夜】〈名〉❶一晩。いちや。❷一晩中。終夜。❸ある夜。先夜。

「星空と濡れて**一夜**の紅葉山」　松村蒼石

「地の息の**一夜**詰まりて霜柱」　殿村莵絲子

「相会ふて別る**一と夜**の里祭」　小川濤美子

ひと-り【一人・独り】■一〈名〉❶一人。その人だけ。❷独身。■二〈副〉ひとりでに。自然に。▼「り」は接尾語。

「柚子湯して柚子とあそべる**独り**かな」　及川　貞

「**ひとり**見る**一人**の田植雨の中」　鈴木六林男

「かげろふの**独り**舞台の石舞台」　山田みづえ

「母**一人**子**一人**の冬門に牛」　原　裕

「雲の峰ゆきつくところ**孤り**なり」　日美清史

「**独り**とはたまたま**独り**亀鳴くや」　手塚美佐

ひとり-ご・つ【独りごつ】〈自動・タ四〉{た/ち/つ/つ/て/て}独り言をいう。つぶやく。

「真夜覚めて梨をむきゐたり**ひとりごち**」　加藤楸邨

「虹を見て鬼のごとしと**独りごつ**」　阿部青鞋

「赤坊の**ひとりごち**せる彼岸寺」　岸田稚魚

「門に出でて苗代寒と**ひとりごち**」　大橋敦子

ひとり-むし【灯取虫・火取虫】季・夏〈名〉夏、灯火に飛んでくる虫の総称。特に(火取)蛾をいう。

「山風に闇な奪《と》られそ**灯取虫**」　原　石鼎

「読むことを止めよと**火取虫**が来る」　下村梅子

「**火取虫**思ひをさやにかはし得ず」　文挟夫佐恵

「西安の闇深きより**灯取虫**」　片山由美子

ひな【鄙・夷】〈名〉都から遠く離れた、開けていない所。地方。田舎。

「**鄙**の宿燈心草も花咲きぬ」　石井露月

「天ざかる**鄙**に住みけり星祭」　相馬遷子

「冬青き松葉を踏むも**鄙**のこと」　飯島晴子

ひなた-くさ・し【日向臭し】〈形ク〉{(く)・から/く・かり/し/き・かる/けれ/かれ}日光にさらされた物に特有のにおいがする。

「はつたいの**日向臭き**をくらひけり」　日野草城

「祖母いつも**日向くさかりき**良弁忌」　森　澄雄

ひな-と【陰門】〈名〉女子の陰部。ほと。

「はこべらや人は**陰門**へむかう旅」　安井浩司

「この道は**ひなと**につづく揚羽蝶」　宗田安正

ひな・ぶ【鄙ぶ】〈自動・バ上二〉{び／び／ぶ／ぶる／ぶれ／びよ}田舎風になる。田舎じみる。やぼったくなる。▼「ぶ」は接尾語。

「繭玉の濃ゆしといはで**鄙びし**を」　後藤夜半

「子心も**鄙び**銀杏の黄葉手に」　京極杞陽

ひに-けに【日に異に】〈連語〉日増しに。日が変わるたびに。

「好晴や**日にけに**荒れて花畠」　水原秋櫻子

ひねもす(に)【終日(に)】〈副〉朝から晩まで。一日じゅう。終日。

「**ひねもす**曇り浪音の力かな」　尾崎放哉

「牡丹散り**終日**本を読まざりき」　山口青邨

「紺青のつらら**ひねもす**見れど飽かじ」　川端茅舎

「子を思ふ**日ねもす**捨菊見えてをり」　石田波郷

「七面鳥**ひねもす**怒り四月馬鹿」　伊丹三樹彦

「**ひねもす**を本に嵌りて霾や」　五島高資

ひね・る【捻る・拈る・撚る】一〈他動・ラ四〉{ら／り／る／る／れ／れ}❶つまむ。ひねる。❷よじる。❸苦心して作り出す。二〈自動・ラ四〉一風変わった趣を出す。

「髪虱**ひねる**戸口も春野哉」　小林一茶

「紅梅を**捻り**て折りし執念よ」　津田清子

「男が身**ひねり**て胡弓風の盆」　大橋敦子

ひ-の-もと【日の本】〈名〉日本。▼「日の本の国」の略。

「**日の本**の男の子かなしも業平忌」　三橋鷹女

「**日本**に死して陽炎たらんかな」　金子晉

「**日の本**の水城《みづき》に落つる諸涙《もろなみだ》」　夏石番矢

びは【琵琶】《ビワ》〈名〉弦楽器の一つ。木製の楕円形《だえんけい》の平たい胴に、四本または五本の弦を張ったもの。撥《ばち》で弦をはじいて演奏する。ペルシアまたはインドから中国を経て、奈良時代に伝えられた。琵琶の琴《こと》。

「**琵琶**一曲月は鴨居に隠れけり」　正岡子規

「くらやみに　なおも花散る　平家**琵琶**」　伊丹三樹彦

ひ-はだ【檜皮】《ヒワダ》〈名〉ひのきの樹皮。屋根を葺《ふ》く材料として、神殿・皇居などの建物に使われる。

「吹きまろぶ病葉あそぶ**檜皮**屋根」　阿波野青畝

「よべの雪**檜皮**にのこり梅花祭」　大橋敦子

ひび・く【響く】〈自動・カ四〉{か／き／く／く／け／け}❶響き伝わる。鳴り響く。響く。❷世間に広く伝わる。知れ渡る。

「母亡くて殊に**ひびか**ふ白障子」　伊藤白潮

「去る人も枯野も**響き**易きかな」　小泉八重子

「柚子剪つて鋏**ひびき**ぬ二日月」　小川軽舟

「盆の波ゆるやかにして**響き**けり」　岸本尚毅

ひま【隙・暇】〈名〉❶すきま。物と物との間。❷絶え間。❸心の隔たり。不仲。不和。❹よい機会。❺時間のゆとり。❻休暇。いとま。

「まどろみのひまも仮面や花の冷」 橋 閒石
「新涼の書肆《しょし》水うてり人のひま」 石田波郷
「双塔のひまの国原鳥帰る」 井沢正江
「数へ日の一日の暇を盗みけり」 清崎敏郎
「深梅雨の暇もてあます渚あり」 岡本 眸
「呆とあるいのちの隙を雪降りをり」 上田五千石

ひま‐な‐し【隙なし・暇なし】〈形ク〉{(く)・から/く・かり/し/き・かる/けれ/かれ} ❶すきまがない。❷絶え間がない。ひっきりなしである。❸心のすきがない。
「月影に種井ひまなくながれけり」 飯田蛇笏
「或時の燕ひまなし淵の面」 原 石鼎
「あたたかや水輪ひまなき廂《ひさし》うら」 杉田久女

ひ‐む【秘む】〈他動・マ下二〉{め/め/む/むる/むれ/めよ} 隠して秘密にする。秘める。
「時鳥女はものゝ文秘めて」 長谷川かな女
「まつ先に初蝶見しをなぜか秘め」 能村登四郎
「白頭に火を秘めわれも炭の尉」 林 翔
「香函や/王妃は/秘むる/聖免罪符」 高柳重信
「手のひらの芒原こそ秘めおかむ」 河原枇杷男
「秘めごとのように反りだし裏白よ」 久保純夫

ひむがし【東】〈名〉方角の一つ。ひがし。▼「ひむかし」とも。のちに「ひんがし」「ひがし」と変化した。
「ひむがしに我また今日の日と昇る」 高屋窓秋
「ひむがしのちよこんとありぬ雪淡し」 松澤 昭
「東はすでに冥界蚊喰鳥」 鈴木鷹夫

ひ‐むろ【氷室】季・夏〈名〉冬の氷を夏まで貯蔵しておく、日のあたらない山かげの穴ぐら。
「氷室守《も り》清き草履のうらを干す」 前田普羅
「この落葉氷室の神の踏みたまふ」 後藤夜半
「鉄扉して大岩がねの氷室かな」 阿波野青畝
「肩張りし山を南に氷室あり」 中村草田男

ひも‐じ〈形シク〉{(じく)・じから/じく・じかり/じ/じき・じかる/じけれ/じかれ} 腹がすいて食べ物がほしい。空腹である。▼「ひだるし」の女房ことば「ひ文字」を活用させた語。
「春陰や犬はひもじき眼をもてる」 石橋秀野
「地平線ひもじかりけり蟬の声」 小川双々子
「啓蟄のひもじき顔の鹿ばかり」 加藤三七子

ひ‐も‐すがら【終日】〈副〉朝から晩まで。一日中。
「日もすがら繋がれてあり厩出《うまやだし》」 高野素十
「日もすがら卯の花腐し茶を淹る、」 星野立子
「籾を干するすの日なたの日もすがら」 長谷川素逝
「清明のまさをなる雨終日」 高橋睦郎

ひも‐と‐く【紐解く・繙く】❶〈自動・カ四〉{か/き/く/く/け/け} 衣服の紐をほどく。特に衣服の下紐をほどく。男女が共寝することにいう。❷〈他動・カ四〉(書物を)開く。また、そうして読む。

「**ひもとけ**る金槐集のきら、かな」　山口青邨
「目を覚ます去年**繙き**しものの辺に」　石川桂郎
「秋草を**ひもとく**ごとく分けて坐す」　鷹羽狩行
「気休めに**ひもどく**一書鳥曇」　宇多喜代子
「**紐解く**やこはくて溺る桜闇」　高澤晶子
「辣韮を漬けて**ひもとく**革命史」　坂本宮尾

ひもろぎ【神籬】〈名〉祭りのとき、神の宿る所として立てる神聖な木。▼古くは「ひぼろぎ」。後世は「ひもろき」とも。
「**神籬**に禰宜ぞ手かざし賀茂競馬」　岸風三樓
「**神籬**の白砂にとんで道をしへ」　大橋敦子
「**ひもろぎ**の身のしくしくとしぐるるも」　中里麦外

ひ‐や【日矢】〈名〉雲間などからもれる日光。日ざし。日あし。
「茶が咲いて土橋の上に**日矢**直立」　大野林火
「ふりむかぬ大勢に射す春の**日矢**」　桂　信子
「沖に**日矢**十一月の波頭」　星野　椿

びゃう‐ぶ【屏風】《ビヨウブ》 季・冬 〈名〉室内に立て、装飾を兼ねて風を防ぎ、仕切りとする家具。表面は絵や書で飾る。
「春暁や夢の尾消ゆる**屏風**の絵」　松根東洋城
「羅かけし**屏風**に透きて歌麿畫」　阿部みどり女
「枕**屏風**花鳥の裏の何もなき」　高橋淡路女
「夜の雪**屏風**一枚ものおもふ」　中尾寿美子

ひ・ゆ【冷ゆ】〈自動・ヤ下二〉{え/え/ゆ/ゆる/ゆれ/えよ}冷たくなる。冷える。▼「冷やか」で秋の季語。「冷たし」は冬の季語。
「向日葵の金色**冷ゆれ**月の秋」　渡邊水巴
「血が**冷ゆる**夜の土から茸生え」　西東三鬼
「夕**冷え**て鶏頭の朱の改まる」　馬場移公子
「**冷ゆる**森遥かに馬の鈴休む」　飯田龍太
「道**冷え**て十薬は咲き満ちにけり」　山田みづえ
「柊に山が隠れてしんに**冷ゆ**」　廣瀬直人

ひ‐より【日和】〈名〉❶晴れて穏やかな空模様。好天。晴天。❷空模様。天気。❸物事のなりゆき・事情・形勢。
「茶の花や月一痕の**日和**にて」　水原秋櫻子
「大山の根雪もとれぬ羽子**日和**」　皆吉爽雨
「童ゐて十一月の**日和**かな」　村越化石
「茶の花の**日和**を待たず咲きにけり」　手塚美佐
「厨ごと一気にこなす鵙**日和**」　野木桃花

‐ひら【枚・片・葉】〈接尾〉…枚《まい》。薄く平たいものを数えるとき、数を表す語の下につける言葉。
「短日や味噌漬三**ひら**進じそろ」　芥川龍之介
「ひと**ひら**の月光より小さき我と思ふ」　篠原鳳作
「山茶花の散りし一**ひら**日を経たり」　清崎敏郎
「ひと**ひら**の骨灰と棲み春の暮」　齋藤愼爾

ひら・く【開く】■一〈自動・カ下二〉{け/け/く/くる/くれ/けよ}❶咲く。❷始まる。起こる。明ける。興る。❸盛んになる。繁栄する。■二〈自動・カ四〉{か/き/く/く/け/け}❶あく。広がる。ひらく。ひら

ける。❷逃げる。退散する。帰る。終える。㊂〈他動・カ四〉❶あける。ひらく。あけ広げる。❷明らかにする。解き明かす。❸盛んにする。繁栄させる。

「松の花瀬戸物市を**開**かんと」　川崎展宏
「てのひらを**ひらけ**ば秋の寒さあり」　今井杏太郎
「露の山越ゆれば**啓く**鬼の景」　沼尻巳津子
「初夏に**開く**郵便切手ほどの窓」　有馬朗人
「冬晴に泉もまなこ見**開け**り」　茨木和生
「焚火中丸めし屑が**開き**をり」　能村研三

ひら-め・く【閃く】〈自動・カ四〉｛か/き/く/く/け/け｝❶ぴかっと光る。きらめく。❷ひらひらと揺れ動く。翻《ひるがえ》る。▼「めく」は接尾語。

「熱帯魚見るや心を**閃かし**」　後藤夜半
「水天に**閃**《ひらめ》く鯔《ぼら》か与田の浦」　川端茅舎
「瑠璃啼いて青嶺**閃く**雨の中」　秋元不死男

ひる【干る・乾る】〈自動・ハ上一〉｛ひ/ひ/ひる/ひる/ひれ/ひよ｝❶かわく。❷(潮が)引く。

「旅衣時雨るゝがまゝ**干る**がまゝ」　竹下しづの女
「蓮の葉の露**干る**ころを郵便夫」　飴山　實

ひる【簸る】〈他動・ハ上一〉｛ひ/ひ/ひる/ひる/ひれ/ひよ｝(穀物に混じるくずやごみを取り除くために)箕《み》でふるいわける。

「麦を**簸る**堤の月のまどかさよ」　富安風生

ひ・る【放る・痢る】〈他動・ラ四〉｛ら/り/る/る/れ/れ｝体外に出す。排泄《はいせつ》する。垂れる。

「大《いだ》とこの糞**ひり**おはす枯野かな」　与謝蕪村
「屁も**ひら**ず沈香もたかず年の暮れ」　小林一茶

ひるがへ・す【翻す】《ヒルガエス》〈他動・サ四〉｛さ/し/す/す/せ/せ｝❶ひらひらさせる。❷(態度や考えを)急に変える。急いで改める。

「青嵐広葉の苗を**ひるがへし**」　原　石鼎
「風当りては牡丹を**ひるがへす**」　清崎敏郎
「紅茸と遇ひて前言**ひるがへす**」　上田五千石

ひるがへ・る【翻る】《ヒルガエル》〈自動・ラ四〉｛ら/り/る/る/れ/れ｝❶風にひらひらする。❷裏返しになる。❸急に心が変わる。

「渓声に鷹**ひるがへる**睦月《むつき》かな」　飯田蛇笏
「つばめの子**ひるがへる**こと覚えけり」　阿部みどり女
「**ひるがへる**葉に沈みたる牡丹かな」　高野素十
「**ひるがへる**遊戯を尽す秋の鯉」　齋藤　玄
「縄とびの子が戸隠へ**ひるがへる**」　黒田杏子

ひる-げ【昼食・昼餉】〈名〉昼食。昼飯。

「**昼餉**終へ夢の如くに遠干潟」　星野立子
「雪嶺を天の高みに田の**昼餉**」　大野林火
「遠雷やひとり**昼餉**の青菜汁」　石橋秀野
「**晝餉**どき庭の秋日は闌けてゐる」　高屋窓秋
「そこの芹摘んで**午餉**や水いらず」　清水基吉

ひる-む【怯む】〈自動・マ四〉｛ま/み/む/む/め/め｝気力が弱る。なえる。おじけづく。

「炎帝に事へて**怯む**こともなし」　石塚友二
「木の葉髪**ひるま**ず生きてひとに燃ゆ」　稲垣きくの
「庖丁の**怯む**筍合掌す」　殿村菟絲子

ひれ【領巾・肩巾】〈名〉首から両の肩に掛けて左右に垂らす、細長くて薄い、白い絹布。古代から魔よけなどの力をもつと信じられ、祭儀のときの服飾にも使われ、男女ともに用いた。平安時代からは女性のみの装飾品となり、礼服・朝服として用いられた。
「白鷺の羽**領布**振るや炎天に」　山口誓子
「月のぼる**領巾**振る雲にいざよひて」　下村梅子
「**領巾**振るは額田女王か冬蝶か」　津田清子
「**ひれ**振るは人か雲かと秋の暮」　原　裕

ひろ【尋】〈名〉両手を左右に伸ばし広げた長さ。
「玫瑰《はまなす》に礁透く潮の幾**尋**ぞ」　水原秋櫻子
「咳きしあと撚れし百**尋**もみほぐす」　稲垣きくの
「薔薇立つてゐる下半身は百**尋**」　小川双々子
「若布負ひ歩く青空幾**尋**ぞ」　友岡子郷
「根の長さ**尋**にて数ふ朴ひらく」　中戸川朝人

ひろ・ぐ【広ぐ】〈他動・ガ下二〉{げ／げ／ぐ／ぐる／ぐれ／げよ}❶広げる。❷(一族を)繁栄させる。
「毛皮売露人大いなる掌を**ひろげ**」　加藤楸邨
「まんじゆさげ月なき夜も蘂**ひろぐ**」　桂　信子
「死ぬときも翼**広げ**て檻の鷲」　小泉八重子

「安房は手を**広げ**たる国夏つばめ」　鎌倉佐弓

ひろ・ご・る【広ごる】〈自動・ラ四〉{ら／り／る／る／れ／れ}❶広くなる。広がる。広まる。❷繁《しげ》る。繁栄する。▼「ひろがる」の古い形。
「あるときを**ひろごり**もゆる雲の峰」　原　石鼎
「萩白しえんまこほろぎ鳴き**ひろごり**」　三橋鷹女
「死に消えて**ひろごる**君や夏の空」　三橋敏雄
「鰯雲**ひろごれ**り呟《つぶや》きゐたり」　藤田湘子
「暁天に**ひろごる**茜田鶴わたる」　大橋敦子

ひろ・し【広し】〈形ク〉{(く)・から／く・かり／し／き・かる／けれ／かれ}❶広い。広々としている。広大だ。❷多い。大勢である。栄えている。❸行き渡っている。❹心が広い。寛大である。
「花杏たひらに**広き**夜の雲」　川崎展宏
「紅梅や死にゆく鳥の翅**広し**」　柿本多映
「ただ**広き**ことのかなしき干潟かな」　山本洋子
「大地より大空**広し**霞網」　池田澄子

ひろ・ふ【拾ふ】《ヒロウ》〈他動・ハ四〉{は／ひ／ふ／ふ／へ／へ}❶拾う。❷自分の物とする。❸徒歩で行く。歩く。
「秋風の石を**拾ふ**」　種田山頭火
「米粒に跼んで**拾ふ**朝曇」　古舘曹人
「衣更ふますほの小貝**拾はむ**と」　飯島晴子
「冬野来て**ひろふ**小さく青い独楽」　有馬朗人
「どんぐりを**拾へ**ば根あり冬日向」　蘭草慶子

ひ

ひ-わ・る【干割る】〈自動・ラ下二〉｛れ／れ／る／るる／るれ／れよ｝（乾燥して）裂け目ができる。ひびが入る。

「雪風を聴く**干割**れんと円空佛」　大野林火
「**干割**れたる河原も黄土脱れず」　清崎敏郎

ひ-を【氷魚】《ヒオ》 季・冬 〈名〉鮎《あゆ》の稚魚。体が半透明なことからの名。琵琶《びわ》湖や宇治川に多く産し、秋から冬にかけてとれる。▼「ひうを」とも。

「**氷魚**くへば瀬々の網代木見たきかな」　松瀬青々
「**氷魚**を酢に堅田の雨の宿りせん」　飴山　實

ひ-をけ【火桶】《ヒオケ》 季・冬 〈名〉木製の丸火鉢。胴の表面に漆を塗って蒔《まき》絵《え》を施したものもある。

「六波羅へ召れて寒き**火桶**哉」　夏目漱石
「死病得て爪美しき**火桶**かな」　飯田蛇笏
「癌といふ病の前の春**火桶**」　石川桂郎
「**火桶**抱けば隠岐へ通ひの夜船かな」　石橋秀野
「六月の雨さだめなき**火桶**かな」　石田波郷

ひ-をどし【緋縅・火縅】《ヒオドシ》〈名〉鎧《よろい》の縅《おどし》の一つ。緋色（燃えるような赤色）の革や組糸を用いたもの。紅縅《くれないおどし》。

「供華《くげ》多き中に**緋縅**の鶏頭花」　水原秋櫻子
「火口開けば**緋縅**のごと火夫たくまし」　細谷源二
「**緋縅**の蝶吹き上げよ那智の瀧」　筑紫磐井

びん【鬢】〈名〉頭の左右、耳の上にある髪。

「炉開や左官老行《おいゆく》**鬢**の霜」　松尾芭蕉
「愁あり**鬢**髱《びんたぼ》つめし祭髪」　竹下しづの女
「**鬢**かくや春眠さめし眉重く」　杉田久女
「師走の夜**鬢**どめ一つうじうじと」　栗林千津

ひんがし【東】〈名〉方角の一つ。ひがし。▼「ひむがし」の変化した語。

「ひんがしに鶯機先高音して」　川端茅舎
「**東**の星の光やクリスマス」　日野草城
「ひんがしの日に山裂けて華厳落つ」　野見山朱鳥
「ひんがしに霧の巨人がよこたわる」　夏石番矢

ふ

ふ【訃】〈名〉人が死んだという知らせ。訃報《ふほう》。訃音《ふいん》。

「**訃**を聞くや月の大樹を見すゑつつ」　平畑静塔
「眼を閉ぢて秋風聴くは**訃**のごとし」　安住　敦
「**訃**をいだきゆく秋風に追ひつかず」　岸田稚魚
「人の**訃**を聞いて外套ひつかけて」　上村占魚
「白鳥の帰心一つの**訃**を連れて」　小泉八重子

ふ【斑】〈名〉地の色の中に他の色が点々とまじっている模様。まだら。

「鹿消えて鹿の**斑**色の餅ならぶ」　澁谷　道
「うすうすと蛤の**斑**や出雲崎」　永島靖子
「雪山の**斑**や友情にひゞ生ず」　上田五千石
「冬の海**斑**の多きものばかり釣れ」　永末恵子

ふ【腑】〈名〉❶内臓。❷（思慮分別の宿る所の意で）心根。性根《しょうね》。

「粥すする杣が胃の**腑**や夜の秋」　原 石鼎

「冬眠の蛇の胃の**腑**に残るもの」　有馬朗人

「葉桜や生きていて**腑**におちぬ日の」　池田澄子

ふ【経】〈自動・ハ下二〉｛へ／へ／ふ／ふる／ふれ／へよ｝❶時がたつ。年月が過ぎる。過ぎ去る。❷通る。通って行く。通り過ぎる。

「一本の紅梅を愛で年を**経**たり」　山口青邨

「入学の一と月**経**たる紫雲英《げんげ》道」　橋本多佳子

「同温の妻の手とこの冬を**経**なむ」　能村登四郎

「山河また一年《ひととせ》**経**たり田を植うる」　相馬遷子

「誰もが**経**し少女期雪は埃臭し」　津田清子

「母逝きて幾夜を**経**たる鉦叩」　三好潤子

-ぶ〈接尾・バ上二〉｛び／び／ぶ／ぶる／ぶれ／びよ｝名詞・形容詞の語幹に付いて、そのような状態になる、そのように振る舞うの意を表す。

「一八の白は夜の花風荒**ぶ**」　阿部みどり女

「奉る和布鄙**び**ぬ人麻呂忌」　阿波野青畝

「大人**び**て草に敷きたるハンカチフ」　後藤比奈夫

「朴の花父を尊**ぶ**ごと対し」　深見けん二

ふう-・ず【封ず】〈他動・サ変〉｛ぜ／じ／ず／ずる／ずれ／ぜよ｝❶封をする。封じる。❷（神仏の力や念力で）押さえ込む。封じ込める。❸禁止する。

「辞書を蚊に**封ず**女のふたごころ」　稲垣きくの

「風船つなぐ森に野犬の群を**封じ**」　八木三日女

「姿見に真神を**封じ**日ごと会ふ」　沼尻巳津子

「棺桶に**封ず**この世の菊・言葉」　辻田克巳

「弟を一夜老杉に**封じ**たり」　宇多喜代子

ふう-りう【風流】《フウリュウ》〈名〉❶伝統。遺風。❷みやびやかなこと。優雅なこと。また、みやびやかな遊び。詩歌・芸術の遊び。❸意匠をこらして飾りたてること。❹祭礼の行列などで、笠《かさ》や仮装などを華やかに意匠すること。また、華やかに仮装し、「囃子物《はやしもの》」を奏して踊る踊り。また、その囃子物。▼「ふりう」とも。

「**風流**のはじめや奥の田植うた」　松尾芭蕉

「**風流**は苦しきものぞ蟬の声」　正岡子規

「都**風流**なり一色にさだめけり」　阿部完市

ふえ【笛】〈名〉❶弦楽器の総称である「琴《こと》」に対して、管楽器の総称。横笛・笙《しょう》・篳篥《ひちりき》・尺八など。❷特に、横笛。

「片蔭へ沈む祭の**笛**の声」　秋元不死男

「にぎりめし屍焼く間の雪の**笛**」　寺田京子

「野も**笛**を失ひつつや鰯雲」　熊谷愛子

「捨雛傾ぎて**笛**を手離さず」　大串 章

ふか・し【深し】〈形ク〉｛（く）・から／く・かり／し／き・かる／けれ／かれ｝❶厚みがある。深い。奥まっている。❷（季節が）たけなわだ。時がたっている。夜が更けている。❸密度が濃い。色が濃い。香りが強い。草木が密生している。❹なみたいていでない。甚だしい。著しい。❺（回数）が多い。❻十分である。親密だ。

(気持ちが)強い。

「螢火の明滅滅の深かりき」 細見綾子

「波すずしキャンプの色も深からぬ」 高屋窓秋

「歯を抜いて闇こそ深し鉦叩」 野澤節子

「深くなる眠り二ノ瀧光りだす」 眞鍋呉夫

「深く寝てゆめあさく見てきりぎりす」 藤田湘子

「明易や愛憎いづれ罪深き」 西村和子

ふか・す【深す・更かす】〈他動・サ四〉〔さ/し/す/す/せ/せ〕夜が更けるのを待つ。

「手花火のそこに消えたる夜を**更かし**」 後藤夜半

「夜を**更かす**聖菓の花も星も食べ」 津田清子

「ことし雛飾らず雛の夜を**更かす**」 片山由美子

ふか・む【深む】〈他動・マ下二〉〔め/め/む/むる/むれ/めよ〕深くする。深める。深く思う。

「秋**深み**万年筆を落しけり」 橋 閒石

「言へばまた冬の**ふかむ**を知りながら」 岸田稚魚

「齢**深み**たりいろいろの茸かな」 森 澄雄

「影**ふかむ**落葉する木もせざる樹も」 福田甲子雄

「冬**深み**かも菜箸を湯にさせば」 正木ゆう子

ふき-の-たう【蕗の薹】《フキノトウ》 季・春 〈名〉春の初めに蕗の根茎から生える芽。食用。ほろ苦く、香味がある。

「**蕗の薹**小さき壺の緑かな」 川端茅舍

「水洗ひすれば佛や**蕗の薹**」 清水径子

「**蕗の薹**死に近づくはほろ苦き」 高澤晶子

ぶ-きりやう【無器量・不器量】《ブキリヨウ》〈名〉❶才能や力量が乏しいこと。また、その者。❷容貌がすぐれないこと。

「**不器量**の猫を愛して卯の花腐し」 長谷川かな女

「錦鯉**不器量**が来て花菖蒲」 加藤三七子

ふ・く【更く・深く】〈自動・カ下二〉〔け/け/く/くる/くれ/けよ〕❶時がたち、季節が深まる。たけなわになる。❷更ける。夜が深くなる。❸年をとる。老いる。

「春**更け**て諸鳥《もろどり》啼くや雲の上」 前田普羅

「**更け**まさる火かげやこよひ雛の顔」 芥川龍之介

「節分の夜も**更け**鬼気も収まれり」 相生垣瓜人

「板橋や春も**ふけ**ゆく水あかり」 芝不器男

ふ・く【吹く・噴く】㊀〈自動・カ四〉〔か/き/く/く/け/け〕風が吹く。㊁〈他動・カ四〉❶息を吹き出す。❷勢いよく出す。❸(管楽器を)吹き鳴らす。❹(鉱石から金属を)溶かし分ける。精錬する。

「露草や飯《ひい》**噴く**までの門歩き」 杉田久女

「晩秋や蔵の中**吹く**風の音」 中川宋淵

「火**噴く**山西に東に年明くる」 桂 信子

「白粥に遅秋《おそあき》を**噴き**零しつつ」 安東次男

「木曾はいま青し**吹かれ**て余り苗」 宇佐美魚目

ふ・く【拭く】〈他動・カ四〉〔か/き/く/く/け/け〕(布・紙・手などで)表面をこすって、よごれや水分を取り去る。

「雪解けの水にて手足**拭き**給へ」　澤木欣一
「薔薇を前くやし涙は**拭か**ざるよ」　橋本美代子
「秋風や柱**拭く**とき柱見て」　岡本　眸

ふ・く【葺く】〈他動・カ四〉｛か／き／く／く／け／け｝❶（板・瓦《かわら》・檜皮《ひわだ》・かやなどで）屋根を覆う。❷草木などを軒端《のきば》に挿して飾る。
「道すがら拾ひし菖蒲**葺き**にけり」　石田波郷
「黒髪は女雛の命毛**葺か**るる」　上野　泰
「**葺き**かはる軒の下にも藻を干して」　清崎敏郎
「姥が茶屋枝垂桜を**葺く**ごとし」　長谷川櫂

ふ・く【老く】〈自動・カ下二〉｛け／け／く／くる／くれ／けよ｝年とる。年寄りじみる。
「うたはれし名妓**老け**たり二の替」　阿部みどり女
「鈴蟲の**老け**しと思ふ冷まじき」　後藤夜半
「小紋着てたやすく**老け**し妻の冬」　草間時彦
「朝あり夕ありて砂漠は**老け**こむよ」　津田清子
「冬鳩の**老け**ごゑ宝石筥からっぽ」　堀井春一郎
「**老け**ごえの冬の椿に呼ばれをり」　齋藤愼爾

ふく-いく・たり【馥郁たり】〈形動タリ〉｛たら／たり・と／たり／たる／たれ／たれ｝よい香のただようさま。
「星ぞらや飛天の蝶が**馥郁と**」　高屋窓秋
「鉾の稚児**馥郁と**して過ぎにけり」　能村登四郎
「シクラメン白**馥郁と**忌日過ぐ」　古賀まり子
「喪ごころの封じ目ほどけ梅**馥郁**」　鍵和田秞子

「**馥郁と**内臓はあり春の雪」　高野ムツオ
「エレベーター開き**馥郁と**雪の街」　奥坂まや

ふくべ【匏・瓠・瓢】［季・秋］〈名〉❶ひょうたん。❷ひょうたんなどの実を抜いて乾燥させたもの。酒を入れるのに使った。▼「ひさご」とも。
「大**ふくべ**土牆《としやう》を越えて多少あり」　阿波野青畝
「にんげんをこわす音して青**瓢**」　栗林千津
「馬鹿でかい夕顔**瓢**抱いてみる」　後藤綾子
「病よき妻ゆゑ眩し青**瓢**」　成田千空
「おもしろう生きるは未だ青**ふくべ**」　手塚美佐

ふく・む【含む】㊀〈自動・マ四〉｛ま／み／む／む／め／め｝ふくらんでいる。ふくらむ。㊁〈他動・マ四〉❶中に包み持つ。中に入れる。❷心にとどめおく。心中にいだく。㊂〈他動・マ下二〉｛め／め／む／むる／むれ／めよ｝❶含ませる。❷納得させる。言い聞かせる。
「花七分しまし**含み**て口の酒」　石川桂郎
「櫻湯を**含め**ばとほる山がらす」　飯田龍太
「うしろむきの空や椿を**ふくみ**たる」　小川双々子
「口**含む**くすり春雷海わたる」　鷲谷七菜子
「薄氷に蝶**含まれ**てゐたりけり」　平井照敏
「小さな草が蟷螂を**含み**しか」　金田咲子

ふく-よか・なり【脹よかなり】〈形動ナリ〉｛なら／なり・に／なり／なる／なれ／なれ｝ふっくらとしている。▼「よか」は接尾語。

「肘まくら御身涅槃を**ふくよかに**」　平畑静塔

「頬杖という杖ふくよかに沙羅の花」　澁谷　道

ふぐり【陰嚢】〈名〉睾丸。いんのう。

「秋耕や牛の**ふぐり**はきらきらと」　加藤楸邨

「冬夜世に欲る**ふぐり**のごときやさしきもの」　森　澄雄

「銃口を見ている鹿の**ふぐり**かな」　眞鍋呉夫

「散り柳**ふぐり**引きつれ出たりけり」　加藤郁乎

ふく・る【脹る・膨る】〈自動・ラ下二〉{れ/れ/る/るる/るれ/れよ}❶ふくれる。❷中に含み持つ。心の中で思う。

「鍵穴に蒲団**膨くるる**ばかりかな」　石塚友二

「葵下草《したくさ》姉たちの祠**膨るゝ**」　飯島晴子

「繕ひし垣**膨れ**むと力かな」　波多野爽波

「着**膨れ**てなんだかめんどりの気分」　正木ゆう子

ふさが・る【塞がる】〈自動・ラ四〉{ら/り/る/る/れ/れ}❶閉じる。❷立ちふさがる。❸いっぱいになる。詰まる。❹(思いが胸に)いっぱいになる。

「極月といふものの立ち**塞がれる**」　富安風生

「傷口を泥に**塞がれ**田を植うる」　津田清子

ふさは・し【相応し】《フサワシ》〈形シク〉{(しく)・しから/しく・しかり/し/しき・しかる/しけれ/しかれ}似つかわしい。つりあう。

「憩ふ石に**ふさはしけれ**ば赤のまま」　阿部みどり女

「八月は食器を買ふに**ふさはしき**」　阿部青鞋

「鶏鳴の刻**ふさはしき**飾り臼」　中戸川朝人

「首級《しるし》とる夜に**ふさはしき**朧かな」　榎本好宏

「カトレアの花**ふさはしき**たたずまひ」　長谷川櫂

ふし【節】〈名〉❶節。竹や葦《あし》などの茎にある区切りで、盛り上がっている部分。❷こぶのように盛り上がっている部分。❸事柄。箇所。点。❹根拠。わけ。❺きっかけ。機会。❻節まわし。旋律。歌の調子の高低。

「花茣蓙の端にて泣きぬ嘆き**節**」　岸田稚魚

「青竹の太き**節**抜く虹の下」　橋　閒石

「冬竹の**節**ことごとく粉を噴けり」　原コウ子

「**節**黒き指のすばやく裂鱠《さきなます》」　川崎展宏

「盆唄はゆるく**節**目のささくれし」　八田木枯

ふ・しぎ【不思議】〈名〉❶理解を超えていること。考えられないこと。思いがけないこと。❷とっぴなこと。非常識なこと。▼「不可思議」の略。

「野遊のみんな**不思議**になつてゐる」　松澤　昭

「伊勢海老の**不思議**のこゑを秋の暮」　宇佐美魚目

「人間に耳ある**不思議**明易し」　岡田史乃

ふし・ど【臥し所・臥し処】〈名〉寝所。寝床。ねや。

「糸引女夜は稲妻の**臥し処**」　細見綾子

「足袋ぬがぬ**臥所**や夜半の乳つくり」　石橋秀野

「繪襖の裏に春病む**臥處**あり」　中原道夫

ふし・ぶし【節節】〈名〉❶その時その時。折々。❷あのこと、このこと。事々。❸体のあちこちの関節。

「水みれば**ふしぶし**にあり春の風邪」　阿部みどり女

「圧さえた鯰と共に笑う身の**節節**」　永田耕衣

ふ‐しん【普請】〈名〉❶禅宗で、多くの人に頼んで労役に従事してもらうこと。仏教語。❷寺の堂・塔の建築・修理をすること。また、土木・建築工事をすること。

「川**普請**同じところをとほりけり」　岡井省二

「捕はれて鯉は尾で泣く池**普請**」　鍵和田秞子

「みちのくのおほてらの池**普請**かな」　小澤　實

ふ・す【伏す・臥す】㊀〈自動・サ四〉{さ／し／す／す／せ／せ}❶横になる。寝る。❷うつぶす。うつむく。❸ひそむ。隠れる。㊁〈他動・サ下二〉{せ／せ／す／する／すれ／せよ}❶腹ばいにする。うつぶせにする。❷横たえる。倒す。❸寝かせる。床につかせる。❹ひそませる。隠す。

「空気銃兵なりし手を突きて**臥す**」　山口誓子

「ひと日**臥し**庭の真萩もすでに夕べ」　橋本多佳子

「**臥し**ゐても遠く春くる足音して」　能村登四郎

「**臥し**をりて音のみきこえ水の秋」　森　澄雄

「冬の日や**臥し**て見あぐる琴の丈」　野澤節子

「黒猫を組み**伏せ**愛す日向かな」　正木ゆう子

ふすぼ・る【燻ぼる】〈自動・ラ四〉{ら／り／る／る／れ／れ}❶くすぶる。けぶる。❷すすける。黒ずむ。

「湯けぶりに**ふすぼり**もせぬ月の皃《かほ》」　小林一茶

「煙たつ軒に**ふすぼる**もみぢかな」　正岡子規

ふすま【衾・被】［季・冬］〈名〉寝るときに身体にかける夜具。かけ布団・かいまきなど。

「減らしたる**衾**の上も夜のおぼろ」　皆吉爽雨

「木犀や屋根にひろげしよき**衾**」　石橋秀野

「ひきかぶる**衾**みじかし寒の宿」　石田波郷

「母子の寝の寒夜の**衾**ふみ過ぎつ」　飯田龍太

ふせ・ぐ【防ぐ】〈他動・ガ四〉{が／ぎ／ぐ／ぐ／げ／げ}くいとめる。防止する。遮る。▼「ふせく」とも。

「霜**ふせぐ**一把の草や大燈忌」　松瀬青々

「梅雨の漏**防ぐ**バケツもまた漏りぬ」　加藤楸邨

「猿**防ぐ**ことも一つに雪囲い」　右城暮石

ふせ‐や【伏屋】〈名〉伏せたように軒が地面に接している、みすぼらしい家。ふせいほ。

「華葦の**伏屋**ぞつひの吾が棲家」　竹下しづの女

「散り急ぐ花の**伏屋**に酒器納め」　松村蒼石

「夜泣する**伏屋**は露の堤陰」　川端茅舎

「宿題や露の**伏屋**に子の香満つ」　石川桂郎

ふせ・る【伏せる・臥せる】〈自動・ラ四〉{ら／り／る／る／れ／れ}横になる。

「のこり咲く嵯峨菊**臥せり**后の如」　長谷川かな女

「鳥墜ちて青野に**伏せり**重き脳」　安井浩司

ふ‐そ【父祖】〈名〉父の代まで続いてきた祖先。先祖。

「**父祖**の地に杭うちこまる脳天より」　栗林一石路

ふ

「鮎汲みて遠き**父祖**より世捨人」　堀口星眠
「竹原に**父祖**千人が戦ぎおり」　西川徹郎

ふたが・る【塞がる】〈自動・ラ四〉｛ら／り／る／る／れ／れ｝❶詰まる。ふさがる。❷悪い方角に当たっている。
「予備隊の開襟わが胸ただ**ふたがり**」　中村草田男
「一つある窓**塞がり**て衣紋竹」　長谷川かな女
「冬の日や前に**塞がる**己が影」　村上鬼城

ふた・ぐ【塞ぐ】㊀〈他動・ガ四〉｛が／ぎ／ぐ／ぐ／げ／げ｝覆う。ふたをする。遮る。ふさぐ。㊁〈他動・ガ下二〉｛げ／げ／げ・ぐ／ぐる／ぐれ／げよ｝❶いっぱいにする。占領する。❷妨げる。遮る。
「炎昼の軒**塞ぎ**たる乳房かな」　永田耕衣
「めし粒で紙子《かみこ》の破れ**ふたぎ**けり」　与謝蕪村
「雪眼**ふたぎ**て来し方をおもふなり」　成瀬櫻桃子

ふた-たび【再び】〈副〉もう一度。かさねて。二度。
「**再び**は生れ来ぬ世か冬銀河」　細見綾子
「一度死ぬ**再び**桔梗となるために」　中村苑子
「山風の**ふたたび**みたび薄氷」　廣瀬直人
「病癒え山に**ふたたび**七竈」　大屋達治

ふた-へ【二重】フタエ〈名〉二つ重なっていること。二重《にじゅう》。
「虹**二重**神も恋愛したまへり」　津田清子
「虹**二重二重**のまぶた妻も持つ」　有馬朗人
「**二重**三重すぐ八重咲きの揚花火」　鷹羽狩行
「椎夏木當麻《たえま》を謡ふ**二重**顎」　竹中宏

ふた-め・く〈自動・カ四〉｛か／き／く／く／け／け｝❶ばたばたと音を立てる。❷ばたばた騒ぎ立てる。あわて騒ぐ。▼「ふた」は擬声語、「めく」は接尾語。
「**ふためい**て金《きん》の間《ま》を出る燕哉」　与謝蕪村
「春眠の**ふためき**覚めて何かある」　三橋鷹女
「緋マントや母へ手出さん**ふためき**に」　中村草田男

ふだらく【補陀洛・補陀落】〈名〉インドの南海岸にあるという山。観世音菩薩《かんぜおんぼさつ》が住む浄土といわれる。また観音《かんのん》の霊場をもいう。▼「補陀洛山《せん》」とも。仏教語。
「**補陀落**や休めば塩からとんぼ来し」　細見綾子
「**補陀落**の海まつくらや後の月」　鷲谷七菜子
「**補陀落**の海きらきらと秋遍路」　古賀まり子
「蚊帳吊草はらばへば見ゆ**補陀落**も」　河原枇杷男

ふち【淵】〈名〉水がよどんで深くなっている所。
「**淵**のぞく蟻ことごとく影を曳き」　赤尾兜子
「俳句ちふ**淵**やあるらし星の秋」　河原枇杷男
「また冬がくるぞムンクの絵の**淵**に」　矢島渚男
「翡翠の声のはなるる**淵**の色」　永方裕子

ふ-づくえ【文机】〈名〉書物を載せて読むために使う机。書机。▼「ふみづくえ」の変化した語。
「**文机**に坐れば植田淡く見ゆ」　山口青邨
「**文机**や秋思のうちに筆撰ぶ」　石川桂郎

ぶっ-しゃう-ゑ【仏生会】ブッショウエ　季・春　〈名〉陰暦四月八

日の釈迦《しゃか》の誕生日に、誕生仏を安置して甘茶《あまちゃ》を注ぎかけて供養する法会《ほうえ》。灌仏会《かんぶつえ》。仏教語。

「**仏生会**金魚をつれて退院す」　阿部みどり女

「無憂華《むゆうげ》の木蔭はいづこ**仏生会**」　杉田久女

「寺に来て日に浴す人**仏生会**」　大橋敦子

「**仏生会**鎌倉のそら人歩く」　川崎展宏

「生涯を足袋干す暮らし**仏生会**」　井上　雪

ぶっちゃう-づら【仏頂面】ブッチョウズラ〈名〉無愛想な顔つき。ふくれっ面。▼仏頂尊（密教の仏像）の恐ろしい顔つきからいう。

「見れば見る程**佛頂面**の鰒《ふぐと》哉」　小林一茶

ふっ-と〈副〉❶すっぱりと。❷ひょいと。突然。

「満開にして**ふつと**消ゆ桃の花」　齋藤　玄

「妻**ふつと**見えずなりたる千草かな」　石田勝彦

「春の山**ふつと**亡き子の名がうかび」　日美清史

「秋の雲子供の**ふつと**ゐなくなる」　奥坂まや

ふ-と〈副〉❶さっと。すばやく。❷不意に。思いがけず。急に。❸たやすく。簡単に。

「ささなきの**ふと**われを見し瞳かな」　原　石鼎

「山鳩の**ふと**鳴くこゑを雪の日に」　高屋窓秋

「冬夜**ふと**むかしの猫の名を言へり」　村越化石

「**ふと**したることのあはれやひめ始」　今井杏太郎

「睡蓮や**ふと**日月は食しあう」　安井浩司

「老父**ふと**鳥の如くに空を見ぬ」　鳴戸奈菜

ふところ【懐】〈名〉❶懐中。❷周囲をものにすっぽり包まれた所。

「紅の櫛**ふところ**に阿波遍路」　有馬朗人

「**懐**に夕風入れて牛蒡引」　古賀まり子

「菓子鉢の**ふところ**ゆたか切山椒」　鷹羽狩行

「西行のうた**懐**に耕せり」　原　裕

「**ふところ**に水のながれる国境」　久保純夫

ふと・し【太し】〈形ク〉{（く）・から／く・かり／し／き・かる／けれ／かれ}❶太い。❷太っている。❸しっかりしていて動じない。たくましい。

「灯はちさし生きてゐるわが影は**ふとし**」　富澤赤黄男

「いくさ経しわが指**太き**桜貝」　有馬籌子

「花のなか**太き**一樹は山さくら」　桂　信子

「あめのおと**太き**うれしさ夏来り」　鈴木しづ子

「墓に来て日傘の**太く**巻かれけり」　岸本尚毅

ふ-びん【不便・不愍】〈名〉❶弱い者が不幸な状態にいてかわいそうなこと。❷都合がわるいこと。❸いとしいこと。かわいいこと。▼「ふべん」の転。

「いつ刈ると問はるる萩を**不愍**とす」　後藤夜半

「穀象を水に篩《ふる》ひて**不愍**とせず」　山口誓子

「目刺焼く妻に**不愍**をかけにけり」　森川暁水

ふ-びん・なり【不愍なり・不便なり】〈形動ナリ〉{なら／なり・に／なり／なる／なれ／なれ}❶不都合だ。具合が悪い。都合が悪い。

❷かわいそうだ。気の毒だ。❸かわいい。いとしい。
「雪白く仰臥の眼ふびんなり」　飯田龍太
「グラジオラス裾のところが不憫なり」　あざ蓉子

ふふ・む【含む】━〈自動・マ四〉〔ま/み/む/む/め/め〕花や葉がふくらんで、まだ開ききらないでいる。つぼみのままである。㊁〈他動・マ四〉口に含む。
「神の火の万燈籠にふふむ梅」　大野林火
「口ふふみゐて花冷えの酒と思ふ」　能村登四郎
「櫻桃をふふむ昔もかくしたり」　森　澄雄
「新雪をふふめり雀らもわれも」　永島靖子
「梨むくや夜空は水をふゝみをり」　小川軽舟

ふま・ふ【踏まふ】《フマウ・フモウ》〈他動・ハ下二〉〔へ/へ/ふ/ふる/ふれ/へよ〕❶踏みつける。❷抑える。支配する。❸思案する。考えあわせる。
「岸踏まへ立ちのたしかに冬の松」　石塚友二
「青栗を踏まへて尼の庵とあり」　石橋秀野
「限りなき雄波を踏まへ雲の峰」　上村占魚

ふみ【文・書】〈名〉❶書物。文書。漢籍。❷手紙。❸学問。漢字。❹漢詩。
「蛾の眼すら羞ぢらふばかり書を書く」　竹下しづの女
「相許せどなほ文もせず居る涼し」　中塚一碧楼
「黴びて持つ今をときめく人の文」　後藤綾子
「紅梅や母の文箱に父の文」　原　裕
「出さざりし文のごとくに種袋」　片山由美子

ふ・む【踏む】〈他動・マ四〉〔ま/み/む/む/め/め〕❶踏みつける。❷踏み歩く。❸位につく。❹(値段を)見積もる。値ぶみする。
「ぬかるみに踏まれし歯朶《だし》や年の市」　渡邊水巴
「浜草に踏めば踏まる、雀の子」　原　石鼎
「落葉踏む音のひとりになりたがる」　後藤比奈夫
「毒茸を踏みての後を見ざりけり」　八木三日女
「青き踏む海の青さも踏みたけれ」　鷹羽狩行
「踏みはづす径恋しけれ水鶏鳴く」　矢島渚男

ぶ・も【父母】〈名〉父と母。ふぼ。
「父母未生以前青葱の夢のいろ」　中村苑子
「父母所生《しよじやう》一家甚だ氷柱《つらら》垂る」　三橋敏雄
「全伽藍雪降れり父母未生の闇」　倉橋羊村
「もらひ泣く父母の化生の白魚とも」　筑紫磐井
「脂浮く水甕の水祈る父母《ふも》」　夏石番矢

ふ・ゆ【増ゆ・殖ゆ】〈自動・ヤ下二〉〔え/え/ゆ/ゆる/ゆれ/えよ〕(数・量が)多くなる。
「地吹雪や遠野に増ゆる天の音」　斎藤夏風
「霧の海いつか鼠の殖えに殖え」　多田智満子
「実石榴や五戸より増えぬ隣組」　手塚美佐
「食器冷え眩暈のごとく鷗ふゆ」　中嶋秀子
「椿落つ赤き不幸の殖ゆるごと」　齋藤愼爾

ぶらここ【鞦韆】季・春〈名〉ぶらんこ。▼「ぶらここ」「しゅ

うせん」とも。

「**ふらここ**の他にも音の軌《しき》むもの」　後藤夜半

「白濁の愛**ふらここ**を揺すりつつ」　磯貝碧蹄館

「乗り捨てし**ふらここ**の揺れ古墳群」　川崎展宏

「**ふらここ**の着地いづれも窪みをり」　能村研三

ふり【振り】〈名〉❶振る舞い。身ぶり。ようす。❷そぶり。❸しぐさ。所作《しょさ》。❹振り売り。❺金のやりくり。

「死ぬ**ふり**を子蜘蛛ながらにしてみする」　細見綾子

「考える**振り**して蟷螂肢上げる」　小泉八重子

「鶏の目の見てみぬ**ふり**の桃の花」　上田五千石

「亀虫はそしらぬ**ふり**や象虫に」　辻　桃子

-ぶり【振り】〈接尾〉（名詞に付いて）❶…のようす。…風《ふう》。…ざま。❷時の経過の程度を表す。

「心よきもてなし**ぶり**よ菊ましろ」　星野立子

「汗見せぬ横顔にくき男**ぶり**」　稲垣きくの

「婆**振り**もどうやらきまる桐の花」　飯島晴子

「蛇の出た穴大きくて武藏**ぶり**」　丸谷才一

「不揃ひの葉も鄙**ぶり**の椿餅」　山田弘子

ふり-さ・く【振り放く】〈他動・カ下二〉｛け/け/く/くる/くれ/けよ｝はるか遠くを望む。ふり仰ぐ。

「年忘れ**ふりさけ**見れば不二立てり」　大野林火

「二上を**ふりさけ**見れば冬紅葉」　澤木欣一

「大変や**ふりさけ**見れば麦の秋」　小川双々子

「羊雲や**ふりさけ**みればついてくる」　今泉康弘

ふり-しき・る【降り頻る】〈自動・ラ四〉｛ら/り/る/る/れ/れ｝しきりに降る。絶え間なく降る。

「生死の中の雪**ふりしきる**」　種田山頭火

「落葉松《からまつ》の葉の**ふりしきる**とき陽の箭《や》」　富澤赤黄男

「ふり出して雪**ふりしきる**山つばき」　森　澄雄

「去年《こぞ》今年雪**降りしきる**閉伊郡《へいごほり》」　眞鍋呉夫

「**降りしきる**聞かせてよ君の雪の歌」　高澤晶子

ふり-し・く【降り敷く】〈自動・カ四〉｛か/き/く/く/け/け｝敷き詰めたように一面に降る。

「肉体の薄闇に雪**降り敷き**ぬ」　徳弘　純

ふりみ-ふらずみ【降りみ降らずみ】〈連語〉降ったりやんだり。▼「み」は接尾語で、「…み…み」の形で現象や動作が交互に反復して継続していることを表す。

「銅像に**降りみ降らずみ**花吹雪」　平畑静塔

「紅さして**降りみ降らずみ**木瓜の花」　永井龍男

ふ・る【旧る・古る】〈自動・ラ上二〉｛り/り/る/るる/るれ/りよ｝❶年月がたつ。年月が過ぎる。年月を過ごす。❷年をとる。老いる。❸古びる。ありふれる。

「世に**ふる**もさらに宗祇のやどり哉」　松尾芭蕉

「探梅の人が覗きて井は**古り**ぬ」　前田普羅

「郭公や柱と**古り**し一家族」　木下夕爾

「五重塔西日を浴びるたびに**旧る**」　和田悟朗

「金屏や父の世に古りいまに古り」　上田五千石
「棲み古りてふたり年玉交しけり」　黒田杏子

ふ・る【降る】〈自動・ラ四〉{ら/り/る/る/れ/れ}❶雨や雪が降る。❷涙が流れる。
「限りなく降る雪何をもたらすや」　西東三鬼
「落葉ふるしづけさ埴輪《はにわ》開眼す」　野見山朱鳥
「氷屋の簾の外に雨降れり」　清崎敏郎
「亡き父母の吐息降るかな春の雪」　堀口星眠
「思ひ寝の死貌あれば月ぞ降る」　沼尻巳津子
「降りだして地に着くまでの牡丹雪」　加藤瑠璃子
「木の葉降る降れよと子らが樹を叩く」　寺井谷子

ふ・る【触る】㊀〈自動・ラ四〉{ら/り/る/る/れ/れ}(軽く)さわる。ふれる。㊁〈自動・ラ下二〉{れ/れ/る/るる/るれ/れよ}❶(軽く)さわる。ふれる。(食事に)はしをつける。❷(ほんの少し)かかわり合う。関係する。㊂〈他動・ラ下二〉(広く)告げ知らせる。
「ひとの恋知れども触れず啄木忌」　安住　敦
「雲ふるるばかりの花野志賀の奥」　細見綾子
「花ひらく幹にふるれば冷きよ」　高屋窓秋
「宮城野のどの子に触るる風花ぞ」　藤田湘子
「花に花ふれぬ二つの句を考へ」　加藤郁乎
「彫りものの龍鱗《うろこ》の汗に触れてみよ」　筑紫磐井

ふ・る【振る】〈他動・ラ四〉{ら/り/る/る/れ/れ}❶揺り動かす。❷(神霊を)移す。(神輿《みこし》を)担ぎ動かす。❸すげなくする。❹入れ換える。振り替える。
「鈴虫や浄土に案内の鈴を振れ」　阿部みどり女
「屋根替の竹を大きく宙に振り」　森田　峠
「めんどりにして蟷螂をふりまはす」　飴山　實
「からし菜に塩ふる父の海ゆくころ」　吉田汀史
「人間へ塩振るあそび桃の花」　あざ蓉子

ふ・る【狂る】〈自動・下二〉{れ/れ/る/るる/るれ/れよ}❶普通でない。常軌を逸する。❷狂う。
「春の野の狂れなば如何に父如何に」　永田耕衣
「花菜の夜こころはひとつずつ狂れる」　宗田安正

ふる‐さと【古里・故郷・故里】〈名〉❶旧都。旧跡。❷古くからのなじみの土地。もとの住まい。❸生まれ故郷。
「名月や故郷遠き影法師」　夏目漱石
「古里に母を置き捨て黍嵐」　三橋鷹女
「子にうつす故里なまり衣被」　石橋秀野
「生れたるのみの故郷盆の月」　大橋敦子
「故里や打てば炎えたつしびと花」　河原枇杷男
「遠退いてゆくふるさととふるさとびと」　坂戸淳夫

ふる・し【古し・旧し・故し】〈形ク〉{(く)・から/く・かり/し/き・かる/けれ/かれ}❶遠い昔のことである。❷年を経ている。年功を積んでいる。古参である。❸古びている。
「祇園会や古き錦に汗の玉」　松瀬青々
「古き山古き佛と微笑めり」　相生垣瓜人

「口切やふるきまじはりまた重ね」　及川　貞
「仰向いて天井古し秋の暮」　辻　桃子
「根釣してふるき世のことはなさんか」　田中裕明
「古きよき厠のにほひ冬桜」　小川軽舟

ふる・ふ【振るふ】フルウ〈他動・ハ四〉{は/ひ/ふ/ふ/へ/へ} ❶揺り動かす。ふるわせる。❷存分に発揮する。❸思いのままに勢いよく動かす。❹すっかり出す。
「百合の蘂《しべ》みなりんりんとふるひけり」　川端茅舎
「白魚のまことしやかに魂《たま》ふるふ」　阿波野青畝
「雪ふるひ落しては樹の姿正す」　津田清子
「凍蝶のたましひはしり翅ふるふ」　宇佐美魚目

ふる・ふ【震ふ】フルウ〈自動・ハ四〉{は/ひ/ふ/ふ/へ/へ} ❶身ぶるいがする。ふるえる。❷(大地が)揺れ動く。
「水仙の束解くや花ふるへつゝ」　渡邊水巴
「鐘の音の絡みて震ふ髪を梳く」　中村苑子
「翅震ひながら柱を攀ぢゐる蛾」　波多野爽波
「冬の日の熟れて梢にふるへをり」　多田智満子
「群れ着きし鈴鴨に闇顫へけり」　橋本榮治
「水仙の花や萏や地震ふるふ」　長谷川櫂

ふる・ぶ【古ぶ・旧ぶ】〈自動・バ上二〉{び/び/ぶ/ぶる/ぶれ/びよ} ❶古風になる。古くさくなる。❷年寄りじみる。
「繪屏風のわが世になりて古びたる」　後藤夜半
「あぢさゐやきのふの手紙はや古ぶ」　橋本多佳子
「螢火に念珠《ねんじゅ》の糸の古びたる」　飯田龍太
「籐椅子の家族のごとく古びけり」　加藤三七子
「暁《あけ》咲きて昼は古びぬ水芭蕉」　山田みづえ
「父として歳月ふるぶ蕗の薹」　福永耕二
「日輪の古びつつあり桜の中」　徳弘　純

ふる・まひ【振る舞ひ】フルマイ〈名〉❶動作。行動。❷もてなし。饗応《きょうおう》。
「白梅や立居ふるまひ娘に教ふ」　加藤知世子
「白鷺の振まひ途中から夜に」　飯島晴子
「振舞の筍飯も遍路寺」　吉田鴻司

ふる・めか・し【古めかし】〈形シク〉{(しく)・しから/しく・しかり/し/しき・しかる/しけれ/しかれ} ❶古風である。古くさい。❷年寄りじみている。年寄りくさい。
「尾をつゝむ馬古めかし摩耶参」　河東碧梧桐
「裸子も古めかしくてこの辺り」　京極杞陽

ふる・め・く【古めく】〈自動・カ四〉{か/き/く/く/け/け} ❶古びて見える。古風に見える。❷年寄りじみて見える。
「古めきて月ひかりいづ焼野かな」　飯田蛇笏
「鼓うつ櫓古めく踊かな」　長谷川かな女

ぶん・こ【文庫】〈名〉❶書籍や文書を納めておく蔵。書庫。❷手紙や書物などを入れておく小箱。
「おさな子や文庫へ仕廻ふはつ氷」　小林一茶
「紅葉山の文庫保ちし人は誰」　正岡子規

ふ

「御**文庫**に百合の莟のふれてをり」　田中裕明

ふん-たい【粉黛】〈名〉❶おしろいとまゆずみ。転じて、化粧。❷うわべを美しく見せるために塗りかくすもの。

「**粉黛**を娯しむ蝌蚪《くわと》の水の上」　西東三鬼

「ゆきずりの**粉黛**匂う恵方道」　鈴木六林男

「**粉黛**のおとこが笑う桜闇」　須藤　徹

へ

へ【上】ェ〈名〉(「…のへ」の形で)うえ。ほとり。

「帯の**上**の乳にこだはりて扇さす」　飯田蛇笏

「乗鞍岳雪さやかなり桑の**上**に」　水原秋櫻子

「寒鴉己《し》が影の**上**におりたちぬ」　芝不器男

「さざなみの碧きその**上**に土ふるか」　高屋窓秋

「水の**上**を水が流れて春の暮」　桂　信子

「砂の**上**を砂粒はしる浜防風」　星野恒彦

へ【辺・方】〈名〉❶辺り。ほとり。そば。❷海辺。海岸。

「春昼を大海の**辺**に避けにけり」　相生垣瓜人

「芥子燃えぬピアノの音のたぎつ**へ**に」　篠原鳳作

「秋の蜂やすらひし**辺**の濡れてをり」　能村登四郎

「旅晩夏喫泉の**辺**の月桂樹」　野見山朱鳥

「熔接光も暗し五月雨ダムの**辺**は」　楠本憲吉

「かたかごの花の**辺**ことば惜しみけり」　鍵和田秞子

へ〈格助〉(体言に付く)❶(方向)…の方に。…に向かって。❷(帰着点)…に。❸(対象)…に対して。…に。

「霧の中靴音急くは妻子**へ**か」　三橋鷹女

「雪の地**へ**滴るシャツは罰すべし」　津田清子

「いまは見えない海**へ**夏障子あける」　飯島晴子

「古道は西**へ**信濃**へ**別れ霜」　廣瀬直人

「学校**へ**一里は歩く竹の秋」　茨木和生

-べ【辺】〈接尾〉❶…の辺り。…の方。❷…のころ。

「村人ら来て句座となる秋の炉**辺**」　柴田白葉女

「枕**辺**に夜の水賜る蟲襖」　齋藤　玄

「四季なしに紫薇《さるすべり》咲くわが水**辺**」　澁谷　道

べから-ず〈連語〉❶…してはならない。❷…はずがない。…ないにちがいない。❸…できない。▼推量の助動詞「べし」の未然形「べから」に打消の助動詞「ず」が付いたもの。

「この二日五月雨なんど降る**べからず**」　正岡子規

「露更けし星座ぎつしり死す**べからず**」　山口誓子

「かたつむりより速きものある**べからず**」　阿部青鞋

「くわりんの実教材につき盗る**べからず**」　澤木欣一

「菌八のなかる**べからず**岡時雨」　加藤郁乎

べし〈助動・ク〉〔(べく)・べから/べく・べかり/べし/べき・べかる/べけれ/〕❶(推量)…にちがいない。きっと…だろう。(当然)…しそうだ。❷(意志)(必ず)…しよう。…するつもりだ。…してやろう。❸(可能)…できる。…できそうだ。…できるはずだ。❹(適当・

勧誘）…（する）のがよい。…（する）のが適当である。…（する）のがふさわしい。❺（当然・義務・予定）…するはずだ。当然…すべきだ。…しなければならない。…することになっている。❻（命令）…せよ。▼「べう」は「べく」のウ音便。

「稲妻のゆたかなる夜も寝**べき**ころ」　中村汀女
「むささびに逢ふ**べく**夢の淵わたる」　佐藤鬼房
「青林檎旅情慰む**べく**もなく」　深見けん二
「金雀枝や時計を隠しおほす**べう**」　柚木紀子
「歳月を花守とこそ言ふ**べけれ**」　岩城久治
「引力の匂ひなる**べし**蓬原」　正木ゆう子

へ・す【圧す】〈他動・サ四〉｛さ／し／す／す／せ／せ｝❶押さえつける。❷圧倒する。へこます。

「起重機の巨軀青空を**圧し**めぐる」　篠原鳳作
「木蓮のあまりに白く家を**圧す**」　有馬朗人

へだた・る【隔たる】〈自動・ラ四〉｛ら／り／る／る／れ／れ｝❶隔たる。（距離的に）離れる。❷経過する。月日がたつ。❸（心理的に）離れる。疎遠になる。

「草の香よ愛慾と**へだたれ**るかな」　富澤赤黄男
「死者ついにわれと**隔たる**曼珠沙華」　和田悟朗
「引鴨と**へだたる**ばかり昼の月」　宮津昭彦
「絵日傘をひとつ廻して**へだたり**ぬ」　永末恵子

へだ・つ【隔つ】■一〈他動・タ下二〉｛て／て／つ／つる／つれ／てよ｝❶（間を）離す。（間を）仕切る。さえぎる。隔てる。❷別にする。区別する。❸（間に）時間を置く。間《ま》を置く。❹疎んじる。疎み遠ざける。■二〈自動・タ四〉｛た／ち／つ／つ／て／て｝「へだたる」に同じ。

「この朧海やま**へだつ**おもひかな」　原　石鼎
「陽炎を**隔て**て急ぐものばかり」　橋　閒石
「ひとごゑを**へだつ**夜長の襖かな」　長谷川素逝
「暗黒にそそげる梅雨は子を**へだつ**」　石田波郷
「牛の胴花菜あかりの湖**へだつ**」　桂　信子
「草摘のこゑは応へてなほ**へだつ**」　上田五千石

へつら・ふ【諂ふ】《ヘツラウ・ヘツロウ》〈自動・ハ四〉｛は／ひ／ふ／ふ／へ／へ｝追従《ついしよう》する。お世辞をいう。相手に気に入られるように振舞う。

「**へつら**へば己れさみしき藤も淋しき」　稲垣きくの
「毒茸の蹴られ踏まれて**へつらへる**」　鷹羽狩行
「古すだれ世に**へつらは**ぬ手酌これ」　加藤郁乎

へん・うん【片雲】〈名〉一片の雲。ちぎれ雲。

「**片雲**の見よ秋風に誘はるる」　相生垣瓜人
「**片雲**やこぼしてゆきし二輪草」　矢島渚男

へん・ろ【遍路】［季・春］〈名〉祈願のために、四国八十八か所の札所をめぐり歩くこと。また、その人。巡礼。

「元日にかわいや**遍路**門に立」　小林一茶
「中二階くだりて炊《かし》ぐ**遍路**かな」　芝不器男
「初夢のなかをわが身の**遍路**行」　飯田龍太
「湖見むとそつくり返る老**遍路**」　伊藤白潮
「秋**遍路**まつりの路に餅食へり」　吉田汀史

ほ

ほ【秀】〈名〉❶ぬきんでていること。秀《ひ》でていること。また、そのもの。❷表面に出て目立つもの。多く、「ほ」を穂にかけていう。

「夜光虫波の**秀**に燃え**秀**にちりぬ」　山口草堂

「雪嶺さめゆく一赤松の**秀**が日ざし」　森　澄雄

「父母や杉の**秀**に水たどりつく」　徳弘　純

「噴水の**秀**へ置け父のシルクハット」　夏石番矢

ほ【穂】〈名〉（稲・麦・すすきなどの）穂。

「青麦の**穂**が暮るるなりしづかなり」　日野草城

「波の**穂**の風に揃はぬ二月かな」　鈴木真砂女

「ながき**穂**の溝萩いつも濡るる役」　能村登四郎

「一徹の弘法麦《こうほふむぎ》の**穂**なりけり」　飯島晴子

「優《さや》草の**穂**のこまごまと其角堂」　手塚美佐

ほ‐い【布衣】〈名〉❶（貴族の）平常の衣服。平服。私服。❷六位以下の者が着る、無紋（無地）の狩衣《かりぎぬ》。また、それを着る身分の者。❸江戸時代、将軍に面会できる身分の幕臣が礼服として着た、絹地の無紋の狩衣。また、それを着る身分の者。▼①②は「ほうい」とも。「ふい」と読むと、官位のない人。庶民の意。

「風鈴の下にけふわれ一**布衣**たり」　富安風生

「身は**布衣**の牡丹は風にただよへる」　山口青邨

「**布衣**の身に余る賀状を賜りぬ」　安住　敦

ほい‐な・し【本意無し】〈形ク〉―（く）・から／く・かり／し／き・かる／けれ／かれ　❶不本意だ。思うようにいかない。❷残念だ。期待外れだ。

「ほいないわかれの暮れやすい月が十日ごろ」　種田山頭火

ほう・く【惚く・呆く】〈自動・カ下二〉―け／け／く／くる／くれ／けよ　❶ぼける。ぼんやりする。❷一つのことに夢中になる。▼「ほく」とも。

「風邪の子の遊び**ほうけ**てもどりけり」　西島麥南

「北風あと心**呆け**し夕餉かな」　富田木歩

「筒鳥に霧**呆け**ゆく暁の坂」　角川源義

「大足の靴の減り癖梅**呆け**」　佐藤鬼房

「立春の顔**呆け**たる仰臥かな」　廣瀬直人

ほうたる【蛍】 季・夏 〈名〉ほたる。虫の名。夏の夜、光を発しながら飛び交う。

「**ほうたる**に逢はず山河のほのぼのと」　阿部みどり女

「**ほうたる**ほい先立ちし人ぞろぞろほい」　後藤綾子

「扇一枚**螢**のいる眠りぎわ」　金子皆子

「人影や**ほうたる**二十日蟬三日」　齋藤愼爾

ほう‐わう【鳳凰】《ホウオウ》〈名〉中国の想像上の鳥の名。頭は鶏、首は蛇、顎《あご》は燕《つばめ》、背は亀《かめ》、尾は魚に似ており、羽には五色の模様がある大きな鳥。めでたい鳥とされ、天下に正しい道が行われれば、現れるという。

「春月に宇治の**鳳凰**羽ばたけり」　阿波野青畝

「万緑の中**鳳凰**は釘づけに」　大橋敦子
「**鳳凰**もくたびれてをる干蒲団」　櫂未知子

ほか【外】〈名〉❶別の場所。よそ。❷別のところの物・事。❸それ以外。その他。❹外界。世間。❺そと。外側。表面。
「わが前にくる**ほか**はなき冬日差」　阿部青鞋
「わが性を愛す**ほか**なし下萌ゆる」　林　翔
「初蛍みづから光る**ほか**はなく」　眞鍋呉夫
「雷の**ほか**に雀のこゑ聞ゆ」　今井杏太郎
「竹節虫《ななふし》のことなななふしにきく**ほか**は」　矢島渚男

ほ-かげ【火影・灯影】〈名〉❶灯火の光。火の明かり。❷灯火に照らされた姿や形。
「住む方の秋の夜遠き**火影**かな」　与謝蕪村
「山焼の夜叉の**火影**のはしるかな」　大橋敦子
「花よりも**灯影**やさしき秋桜」　古賀まり子
「かへりみる**灯影**ひとつら風の盆」　西村和子

ほがら-か-なり【朗らかなり】〈形動ナリ〉{なら/なり・に/なり/なる/なれ/なれ}❶明るい。❷晴れやかだ。明るくて晴れ晴れしている。❸(物事に)明るい。(物事に)通暁《つうぎょう》している。明快だ。▼「か」は接尾語。
「白露や病顔かくも**朗らかに**」　日野草城
「炎天の卒**ほがらかに**號令す」　筑紫磐井

ほぎ-ごと【祝事】〈名〉祝いの行事。祝いごと。
「**祝ぎごと**も悲しみごとも室の花」　石田勝彦
「**祝ぎごと**の絶えたる門の八重桜」　澁谷　道
「**祝ぎ事**のはじめの雪を掻きにけり」　山本洋子

ほぎ-ごと【祝言・祝詞・寿言】〈名〉よい結果を生むように唱える祝いのことば。祝いの心をのべることば。神にほぎ申すことば。
「白椿主治医**祝ぎ言**賜ひけり」　石田波郷

ほ-く【発句】〈名〉❶詩歌の第一句。起句。❷連歌《れんが》・俳諧《はいかい》の最初の五・七・五の句。❸②が独立して、一つの短詩となったもの。俳句。▼「ほっく」とも。
「**ホ句**たのし松葉くゆらせ煖炉たく」　杉田久女
「寒燈や**ホ句**のまことのひとすぢに」　西島麦南
「夜寒うれしこの頃われと**ホ句**うれし」　京極杞陽
「この町に**ホ句**育てつつ鬼城の忌」　上村占魚

ほ-く【祝く・寿く】〈他動・カ四〉{か/き/く/く/け/け}祝い言を唱える。ことほぐ。祝う。▼後世は「ほぐ」。
「新玉の年**祝ぎ**生ける験あり」　右城暮石
「若人らどかどかと来て年**祝ぐ**も」　大野林火
「年**寿ぐ**と無用の壺を飾りけり」　桂　信子
「**祝ぐ**ために繭の一句を投ずべし」　古舘曹人
「生を**祝ぐ**脚長うしてつくしんぼ」　村越化石

ほ-く【惚く・呆く】■一〈自動・カ四〉{か/き/く/く/け/け}ぼんやりする。ぼける。■二〈自動・カ下二〉{け/け/く/くる/くれ/けよ}[一]に同じ。▼「ほうく」「ぼく」とも。

ほ

「夕づつの光りぬ呆きぬ虎落笛」 阿波野青畝
「呆けし母に神がひらめく露晨」 能村登四郎
「呆けるたんぽぽ女は常に下積みに」 菖蒲あや
「茶の咲いて父やすやすと呆けにけり」 辻 桃子

ほ‐くち【火口】〈名〉火打ち石の火を移し取るもの。
「寒梅や**ほくち**にうつる二三輪」 与謝蕪村
「天を焼く**火口**と思へ芒原」 平井照敏

ほぐ・る【解る】〈自動・ラ下二〉{れ/れ/る/るる/るれ/れよ}(もつれたもの、こりかたまったものなどが)とけて正常な状態になる。
「芍薬の芽の**ほぐれ**たる明るさよ」 星野立子
「初蝶に合掌のみて**ほぐるる**ばかり」 橋本多佳子
「**ほぐれ**てはもつれ煖炉に明治の火」 鷹羽狩行
「八重垣の雲の**ほぐれ**し秋日和」 原 裕
「濃き菖蒲呻き**ほぐるる**夜もあらむ」 小檜山繁子

ほ‐ご【反故・反古】〈名〉❶文字などを書いて不用になった紙。❷役にたたなくなった物事。むだになった物事。▼「ほうぐ」「ほうご」「ほぐ」とも。
「僕の春**反古**破るべし破るべし」 滝井孝作
「**反古**のごと過ぎゆく一ト日木葉髪」 有馬籌子
「**反故**焚いてをり今生の秋の暮」 中村苑子
「身の**反古**をまた焚きに出ん露の中」 飴山 實

ほころ・ぶ【綻ぶ】〈自動・バ上二〉{び/び/ぶ/ぶる/ぶれ/びよ}❶(縫い目が)ほころびる。ほどける。❷(つぼみが)少し開く。ほころびる。❸口をあける。口をあけて笑う。❹(外に)現れる。露見する。
「夕霞あれやこれやと**綻び**て」 橋 閒石
「外套の**綻び**て世に狎れゆくか」 伊丹三樹彦
「**ほころび**し白衣八十八夜なり」 井上 雪

ほ・し【欲し】〈形シク〉{(しく)・しから/しく・しかり/し/しき・しかる/しけれ/しかれ}❶得たい。ほしい。❷そうありたいと思う。願わしい。
「小鳥来て午後の紅茶の**ほしき**ころ」 富安風生
「羽子板の寫楽うつしやわれも**欲し**」 後藤夜半
「勇気こそ**欲し**今日以後を飛ぶ燕」 秋元不死男
「空蟬を妹が手にせり**欲し**と思ふ」 山口誓子
「雲を透く秋空見れば笛**欲しや**」 藤田湘子
「虹立つと呼ぶ七人の子供**欲し**」 中嶋秀子

ほしい‐まま‐なり【恣なり・縦なり・擅なり】〈形動ナリ〉{なら/なり・に/なり/なる/なれ/なれ}勝手気ままである。▼「ほしきままなり」のイ音便。
「**ほしいまゝ**に月と日を見て真夏待つ」 原 石鼎
「谺《こだま》して山ほととぎす**ほしいまま**」 杉田久女
「蘇鉄葉の凍光**恣なり**し」 飯島晴子

ほ・す【干す・乾す】〈他動・サ四〉{さ/し/す/す/せ/せ}❶ぬれたものを乾かす。❷涙を乾かす。
「梅を**干す**真昼小さな母の音」 飯田龍太
「かかるもの洗ひて**干し**て秋風に」 波多野爽波

「大根の**干さ**れて三日目になりぬ」　今井杏太郎
「海のもの大地に**干し**て二月かな」　大串　章

ほそ・し【細し】〈形ク〉（く）・から／く・かり／し／き・かる／けれ／かれ ❶（太さが）細い。（幅が）狭い。（体が）やせている。ほっそりしている。❷（量・力・程度が）小さい。少ない。弱々しい。低い。

「ブレストのきらめき**織き**波をひき」　高屋窓秋
「西行の道みな**細し**落し文」　鷲谷七菜子
「寒行の足首**細く**ふみだしぬ」　有馬朗人
「腕**細き**働き盛り花ざかり」　高澤晶子
「春の筆かなしきまでに**細かりし**」　田中裕明

ほぞ-の-を【臍の緒】《ホゾノオ》〈名〉へその緒。▼古くは「ほぞのを」とも。

「旧里《ふるさと》や**臍の緒**に泣としの暮」　松尾芭蕉
「真綿ぐるみの**ほぞの緒**や燃えてなし」　三橋敏雄
「**臍の緒**をこなごなにして夏ひばり」　飯島晴子
「万緑や**臍の緒**ひそと函の中」　日美清史

ほそ・る【細る】〈自動・ラ四〉（ら／り／る／る／れ／れ）❶細くなる。やせる。❷身をすぼめる。人目を忍ぶ。

「臘月や檻の狐の**細り**面《ほが》」　原　石鼎
「月光や身**細る**まで浴びて来し」　原コウ子
「二十日月**細り細らば**子が発つ日」　林　翔
「遠雷に現し身**ほそる**隠し部屋」　寺井谷子
「日わたりて松影**ほそる**夏花かな」　田中裕明

「逢ふたびに女の**細る**さくらかな」　蘭草慶子

ほた【榾】季・冬〈名〉たきぎにする木の切れ端。そだ。▼「ほだ」とも。

「老いぼれて目も鼻もなし**榾**の主」　村上鬼城
「心に隙**榾**やすやすと燃え移り」　津田清子
「夫にして悪友なりし**榾**を焚く」　大木あまり
「妙齢や大小の**榾**胸に抱き」　久保純夫

ほ-つ-え【上枝・秀つ枝】〈名〉上の方の枝。▼「ほづえ」とも。「ほ」は突き出る意、「つ」は「の」の意の上代の格助詞。

「光陰を**ほづえ**にわする冬の鵙」　飯田蛇笏
「永き日の**上枝**《ほづえ》の椿落ちにけり」　日野草城
「青柿の**上枝**に父の曠野見ゆ」　佐藤鬼房

ほっ-しん【発心】〈名〉菩提心を起こすこと。また一般に、あることをしようとすること。発意。発起。

「**発心**の小机作る雪の果」　石田波郷
「古希といふ**発心**のとき花あらし」　野澤節子
「隣る田へ行かむと田螺**発心す**」　小澤　實

ほっ・す【欲す】〈他動・サ変〉（せ／し／す／する／すれ／せよ）❶ほしがる。望む。❷（「…むとほっす」の形で）…しようとする。…しそうになる。▼「ほ（欲）りす」の促音便。

「草引きて夕べは甘きもの**欲す**」　澤木欣一
「死水を**欲せ**りかつての螢の身」　齋藤愼爾

ほつ・る【解る】〈自動・ラ下二〉｛れ／れ／る／るる／るれ／れよ｝（縫い目などが）ほどけてゆるむ。
「あき風の**ほつるる**ごとく小灰蝶《しじみてふ》」　安東次男
「病袋《やみぶくろ》**ほつるる**もなし嚔して」　中原道夫

ほと【陰】〈名〉❶女の陰部。❷山間のくぼんだ所。
「露の光**ほと**毛を拾ふひそけさは」　岸田稚魚
「**陰**に生《な》る麦尊けれ青山河」　佐藤鬼房
「卯の花や縦一文字**ほと**の神」　森　澄雄
「十三夜なきがらの**陰**火のごとし」　熊谷愛子
「春はあけぼの**陰**の火傷のひりひりと」　辻　桃子
「人形の**陰**のみ太る夜の秋」　攝津幸彦

ほど【程】〈名〉❶くらい。ほど。程度。❷ようす。状態。具合。❸間。うち。❹ころ。時分。時節。❸時間。月日。年月。❻道のり。距離。❼途中。❽あたり。付近。❾広々。大きさ。❿身分。地位。家柄。⓫年ごろ。年齢。年配。
「有る**程**の菊抛げ入れよ棺の中」　夏目漱石
「とんぶりを茂吉の欲りし**ほど**も食ぶ」　後藤比奈夫
「申し訳**ほど**の鏡台浮寝鳥」　波多野爽波
「耕して昼月偶像**ほど**淡し」　澁谷　道
「はせを忌の手紙みじかき**ほど**恋し」　黒田杏子

ほど・く【解く】〈他動・カ四〉｛か／き／く／く／け／け｝結んであるもの、もつれているものを、ときはなす。
「桑**ほどく**桑の機嫌に雨の粒」　松村蒼石
「鳥雲に今日の手甲の紐**ほどく**」　後藤夜半
「藻の花や魚を巻きては**ほどき**ては」　加藤三七子
「夕風の汨羅《べきら》の粽**ほどき**けり」　山田みづえ
「きみが髪わが髪**ほどき**浄土とや」　大西泰世

ほとけ【仏】〈名〉❶仏陀《ぶっだ》。真理を悟った者。❷仏像。❸仏法。仏教。❹死者またその霊。❺（仏のように）慈悲深い人。正直な人。お人好し。好人物。❻大切に思う人。
「寒き夜の**仏**に何を参らせん」　渡邊水巴
「母のこし寒の**仏**となりし吾子」　柴田白葉女
「白地着る奈良の**ほとけ**に遇はむため」　野見山ひふみ
「むきだしの**仏**の肩も寒の内」　上田五千石
「**ほとけ**より神はおほらか公孫樹散る」　茨木和生

ほどこ・す【施す】〈他動・サ四〉｛さ／し／す／す／せ／せ｝❶（広く）行き渡らせる。広める。❷付け加える。飾りつける。いろどる。❸恵みを与える。及ぼす。❹（他人のために）行う。用いる。
「秋雨や我に**施す**我の在る」　永田耕衣
「冬の蚊に**施す**ほどの血は持たず」　鈴木真砂女

ほど・な・し【程無し】〈形ク〉｛（く）・から／く・かり／し／き・かる／けれ／かれ｝❶間《ま》もない。❷年若い。❸近い。❹狭い。
「廃刀令出でて**程なき**黄帷子《きかたびら》」　芥川龍之介
「**ほどなく**も母くるといひ鍬始」　山本洋子

ほど・に〈接助〉（活用語の連体形に付く）❶（事態の推移、時間の経過）…すると。…するうちに。❷（原因・理由）…ので。…から。

「百合鷗中洲が白くなる**程に**」 山口誓子

「行く**ほどに**長城しかと秋日満つ」 中村汀女

「行く**ほどに**枯野の坂の身高まる」 中村草田男

「摺鉢に羽蟻の降つて来る**ほどに**」 岸本尚毅

ほと・ぶ【潤ぶ】〈自動・バ上二〉{び/び/ぶ/ぶる/ぶれ/びよ} ❶(水分を含んで)ふやける。❷大きな顔をする。のさばる。

「**ほとびて**は山草を這ふ梅雨の雲」 飯田蛇笏

「まんさくや昼を**ほとびて**雪の山」 上田五千石

「**ほとびたる**水餅に言ふ友ありや」 大岡頌司

ほと-ほと(と) 〈副〉とんとん。こつこつ。こんこん。かんかん。戸をたたく音や、斧《おの》で木を切る音などを表す。

「狐火の**ほと〳〵**いうて灯るかも」 星野立子

「**ほとほとと**春来る鬼か風音か」 山田みづえ

「**ほとほとと**白のうすれて梅雨の蝶」 川崎展宏

「**ほとほとと**陰たたくこの夜寒かな」 平井照敏

ほと-ほと(に)【殆と(に)・幾と(に)】〈副〉❶もう少しで。すんでのところで。危うく。❷おおかた。だいたい。

▼後に「ほとんど」となり、現代に至る。

「涅槃より衆生**ほとほと**死にたる図」 皆吉爽雨

「雉子鳴けり**ほとほと**疲れ飯食ふに」 加藤楸邨

「桐の花**ほとほと**遠き色なりし」 飯島晴子

「かたかごの蕾**ほとほと**人遠し」 深見けん二

「初ざくら自愛**ほとほと**くたびれる」 池田澄子

ほとほ・る【熱る】《ホトオル》〈自動・ラ四〉{ら/り/る/る/れ/れ} ❶熱くなる。発熱する。❷怒る。腹を立てる。▼「ほとぼる」とも。

「礁原の夜を**ほとぼれる**厄日かな」 岸田稚魚

「田螺たくさん食べて**ほとぼり**冷ましけり」 栗林千津

ほと-め・く 〈自動・カ四〉{か/き/く/く/け/け} ことことと音を立てる。▼「ほと」は擬声語。「めく」は接尾語。

「**ほとめきて**霰が胸を打ちにけり」 岸田稚魚

ほとり【辺】〈名〉❶辺境。果て。❷そば。かたわら。近辺。❸関係の近い人。縁故のある人。

「河**ほとり**荒涼と飢ゆ日のながれ」 高屋窓秋

「忘年や身**ほとり**のものすべて塵」 桂信子

「冬耕の人松陰の墓**ほとり**」 高木晴子

「茶が咲いて肩の**ほとり**の日暮かな」 草間時彦

「白朮火《をけらび》の妻の**ほとり**をゆきにけり」 古舘曹人

ほとり・す【辺す】〈自動・サ変〉{せ/し/す/する/すれ/せよ} そばにいる。そばに住む。

「我も死して碑《ひ》に**邊《ほとり》せむ**枯尾花」 与謝蕪村

ほど-ろ 〈名〉(「夜《よ》のほどろ」の形で)(夜が)明け始めるころ。明け方。▼「ろ」は接尾語。

「夜振火のもどりくるとき夜の**ほどろ**」 阿波野青畝

ほの-【仄】〈接頭〉(動詞・形容詞に付いて)ほのかに。かす

ほ

かに。ちょっと。

「涼しさやほの三日月の羽黒山」 松尾芭蕉
「鮨店にほの聞く人の行方かな」 正岡子規
「ほの暗らく雪のつめたさ帯にある」 細見綾子
「ぎんなんを焼くたらちねのほの暗し」 佐藤鬼房
「末《うら》生《な》りの永遠をほの愛しけり」 増田まさみ
「漉き紙のほの暗き水かさねたり」 矢島渚男

ほの-か-なり【仄かなり】〈形動ナリ〉（なら／なり・に／なり／なる／なれ／なれ）❶うっすらしている。ほんのりしている。ぼんやりしている。かすかだ。❷わずかだ。ほんの少しだ。

「うるほへる色仄かにて花すすき」 飯田蛇笏
「太子像ほのかに息を白くせり」 和田悟朗
「鬼灯と書きてしばらくほのかなり」 平井照敏
「夕虹やほのかなる雨降る安房に」 大屋達治
「肌のものほのかに白し夕涼み」 長谷川櫂
「十一面観音ほのか星涼し」 五島高資

ほ-の-ほ【炎・焰】《ホノオ》〈名〉（「火《ほ》の穂」の意）気体が燃えるときに熱や光を発している部分。火炎。

「芥子一ひら散りぬ炎のいろのまま」 柴田白葉女
「送り火のほのほの丈をほとけとす」 井沢正江
「人を焼くほのほがたたく冬の河」 黒田杏子
「冬の月煮炊きのほのほおちしとき」 金田咲子

ほの-ぼの【仄仄】㊀〈副〉ほのかに。かすかに。ほんの少し。㊁〈名〉明け方。ほのぼのと夜の明けるころ。

「柚子の香のほのぼの遠い山なみ」 種田山頭火
「ほの〴〵と初明りして古人の句」 高野素十
「純情の蛸ほのぼのと茹で上がる」 鳴戸奈菜
「ほのぼのとおかずの多き春の雲」 永末恵子

ほの-めか-す【仄めかす】〈他動・サ四〉（さ／し／す／す／せ／せ）ほのかに示す。それとなく言う。▼「めかす」は接尾語。

「砂浜や残る暑さをほのめかす」 正岡子規
「日本海沖かけて梅雨ほのめかす」 能村登四郎

ほの-め-く【仄めく】〈自動・カ四〉（か／き／く／く／け／け）ほのかに現れる。かすかに…する（見える・聞こえる・香る）。ちょっと会う。▼「めく」は接尾語。

「枝炭の火もほのめけや焼林檎」 芥川龍之介
「よこたへて金ほのめくや櫻鯛」 阿波野青畝
「にんげんのほのめきわたる残ん花」 松澤昭
「瀧落ちて巌上若葉仄めきぬ」 斎藤夏風

ほふ-し【法師】《ホウシ》〈名〉❶僧。出家。仏法に精通し人々の師となる者。仏教語。❷男の子。

「うすれ文字うすれて影の影ぼふし」 三橋鷹女
「泉はなきかカイバル越えの弱法師」 加藤楸邨
「百千の石の小法師《こぼし》の秋の声」 野澤節子

ほふ-る【屠る】〈他動・ラ四〉（ら／り／る／る／れ／れ）❶（鳥獣などの）体を切りさく。きり殺す。はふる。❷敵を破る。

「纏ふ蚊の一つを遂に**屠り**得し」　日野草城
「蚊帳の蚊を**屠る**女の拍手音」　西東三鬼
「雪の上にけもののごとく**屠りたる**」　長谷川素逝

ほほ【頬】ホオ〈名〉顔の両わきから目の下にかけてのやわらかい所。
「湯上りも**頬**被りして湯治人」　大野林火
「**頬**冷ゆるまで月明の山に向く」　横山房子
「わが**頬**にゑくぼさづかり春隣」　鈴木しづ子

ほほ・く【蓬く】ホオク〈自動・カ下二〉{け/け/く/くる/くれ/けよ}ほぐれ乱れる。けば立つ。
「来て見れば**ほゝけ**ちらして猫柳」　細見綾子
「**ほゝけ**たる蒲公英ふみておどろきぬ」　高屋窓秋
「なほ芒**ほほけ**むとする騒ぎなり」　鎌倉佐弓

ほほ‐ゑ・む【微笑む・頬笑む】ホホエム〈自動・マ四〉{ま/み/む/む/め/め}❶微笑する。ちょっと笑う。❷花がわずかに開く。咲きかかる。
「古き山古き佛と**微笑め**り」　相生垣瓜人
「**微笑み**て征けり蟬鳴きしんに鳴く」　加藤楸邨
「**ほほ笑み**て笛休まする雛かな」　上田五千石

ほ・む【誉む・褒む・讃む】〈他動・マ下二〉{め/め/む/むる/むれ/めよ}❶(幸福・繁栄がもたらされることを)祈りたたえる。ことほぐ。祝う。❷称賛する。ほめる。
「母の忌に亡父**讃め**らる梅の花」　永田耕衣
「布袋草に浮袋あり神を**讃む**」　田川飛旅子
「子を**褒むる**言葉匂はす冬日の卓」　林　翔
「世を捨てしと云ひつゝ**ほむる**春着かな」　安東次男
「白鳥はねむり無類の天を**讃む**」　古舘曹人
「夏怒濤白髪**誉め**られてをりぬ」　飯島晴子

ほ‐むら【焔・炎】〈名〉ほのお。火災。心の中に起こる、燃え立つような激しい感情をたとえていうこともある。
「げんげ田の**ほむら**をのぼる月の色」　松村蒼石
「月白し牡丹の**ほむら**猶上る」　川端茅舎
「迎火の**ほむら**を渡る佛たち」　今井杏太郎
「雪椿**ほむら**の如き夜明けかな」　井上　雪
「蚊遣火にわらわらうずく身の**ほむら**」　岸本マチ子

ほめ・く【火めく・熱く】〈自動・カ四〉{か/き/く/く/け/け}熱を帯びる。ほてる。赤くなる。熱する。
「野祠に秋日の**ほめく**あたりかな」　飯田蛇笏
「寒の闇**ほめく**や赤子泣く度に」　西東三鬼
「霧ごめに月の出**ほめく**影からまつ」　野澤節子
「耳**ほめく**日和を染井吉野かな」　猪俣千代子

ほ・ゆ【吠ゆ・吼ゆ】〈自動・ヤ下二〉{え/え/ゆ/ゆる/ゆれ/えよ}❶ほえる。獣が声を張り上げて鳴く。❷泣きわめく。❸どなる。
「おろかなる犬**吠え**てをり除夜の鐘」　山口青邨
「日に**吼ゆる**鮮烈の口あけて虎」　富澤赤黄男
「万緑のわくがごとしや一犬**吠ゆ**」　加藤楸邨

ほ

「雪雲の鉄骨を接ぐ火口《ひぐち》吼ゆ」 佐藤鬼房
「満開の桜に**吼ゆる**海驢《あしか》かな」 和田悟朗
「犬若し月光をうしなへば**吠ゆ**」 藤田湘子

ほ・る【欲る】〈他動・ラ四〉{ら/り/る/る/れ/れ}願い望む。欲する。
「**欲りて**世になきもの**欲れ**と青葉木菟」 竹下しづの女
「しづかなる世を**欲れ**ばゐる枯芝《かれしば》に」 三橋鷹女
「枯野ゆく幼子絶えず言葉**欲り**」 馬場移公子
「氷原に鷲来て吾の生身**欲る**」 津田清子
「まだ馴れぬこの世の寒さ乳を**欲る**」 鷹羽狩行

ほ・る【掘る】〈他動・ラ四〉{ら/り/る/る/れ/れ}❶土を取り除いて地面に穴をあける。また、そのようにしてくぼみを作る。❷地面に穴をあけ、地中にあるものを取り出す。
「砂**ほれ**ば肉の如くにぬれて居り」 阿部青鞋
「藷**掘ら**れ土と無縁のごと乾く」 津田清子
「久々に穴**掘る**ことも年用意」 能村研三
「月光の届くところを**掘り**急ぐ」 高澤晶子
「雲雀野に鍬振り記憶**掘り**起す」 徳弘純

ほ・る【惚る・恍る】〈自動・ラ下二〉{れ/れ/る/るる/るれ/れよ}❶(放心して)ぼんやりする。茫然《ぼうぜん》となる。本心を失う。❸(異性に)ほれる。異性に思いをかける。
「もの涼し春日の巫の眼に**惚れ**た」 正岡子規
「日曜日わが来て**惚るる**大樹の根」 西東三鬼
「伝法の肌ぬげば汗見**惚れ**けり」 筑紫磐井

ほろ【母衣・保呂・幌】〈名〉矢を防ぐために鎧《よろい》の背にかける、袋状の布製防具。
「野馬追の緋の**母衣**孕みおん大将」 富安風生
「忘れたころの青ぞらのかなしみの**幌**」 林田紀音夫
「鬼灯の**母衣**の破れや蜩に」 平井照敏
「**母衣**張つて向きまちまちに坐禪草」 手塚美佐

ほろ・ぶ【亡ぶ・滅ぶ】〈自動・バ上二〉{び/び/ぶ/ぶる/ぶれ/びよ}❶なくなる。滅びる。消滅する。破滅する。❷亡くなる。死ぬ。❸落ちぶれる。衰えすたれる。
「火を焚くや狼の**ほろびし**話など」 赤尾兜子
「**ほろびし**もの折々雪に目覚めけむ」 宮津昭彦
「いわし雲**亡ぶ**片鱗も遺さずに」 上田五千石
「**亡びたる**ものらこゑあげ緑樹海」 矢島渚男

ほろぼ・す【滅ぼす・亡ぼす】〈他動・サ四〉{さ/し/す/す/せ/せ}❶消滅させる。滅亡させる。破滅させる。❷殺す。死なせる。
「風呂吹や忙は心を**亡ぼす**と」 森澄雄
「城の冬**滅ぼさ**れたる遺品展べ」 大橋敦子
「夏暁我を**亡ぼす**夢に覚む」 鳴戸奈菜

ほろ・ほろ(と)〈副〉❶はらはら(と)。ぱらぱら(と)。(木の葉や花などが散り落ちるようす)❷ばらばら(と)。(人が分かれ散るようす)❸はらはら(と)。ぼろぼろ(と)。(涙がこぼれ落ちるようす)❹びりびり(と)。ぼろぼろ(と)。(物が裂けたり、砕けたりするようす)❺ほろほろ(と)。(雉《きじ》・山鳥などの鳴き声を表す)

「ほろほろと山吹散るか瀧の音」　松尾芭蕉
「月光ほろほろ風鈴に戯れ」　荻原井泉水
「舌荒のほろ〳〵食べる目刺かな」　野見山朱鳥
「ほろほろと秋蝶いのち一途なる」　古賀まり子
「喪の菓子を食めばほろほろ薄暑かな」　片山由美子

ほん-たう【本当《ホントウ》】〈名〉❶うそや見せかけでなく、実際にそうであること。また、本物であること。❷本来の筋道であること。まとも。あたりまえ。
「君堂へ来て**ほんたう**の鵙日和」　後藤比奈夫
「**本当**の雨脚となる穀雨かな」　平井さち子
「**本当**は淋しがり屋の単帯」　山田弘子
「**ほんたう**は寒くて罷りたる憶良」　今瀬剛一
「**ほんたう**の色と思へず紫木蓮」　正木ゆう子

ぼん-なう【煩悩《ボンノウ》】〈名〉欲望・苦悩・怒り・愚痴など、人の身心を煩わせ悩ます妄執《もうしゅう》。仏教語。
「寒の闇**煩悩**とろりとろりと燃ゆ」　日野草城
「**煩悩**の願の絲の五色かな」　富安風生
「葱提げて**煩悩**の歩の前のめり」　殿村菟絲子
「**煩悩**の音さやさやと墓の前」　飯田龍太

ほん-に【本に】〈副〉本当に。実に。全く。
「**ほんに**しづかな草の生えては咲く」　種田山頭火

ぼん-ぶ【凡夫】〈名〉❶煩悩にとらわれて、悟りの境地に至れない人。仏教語。❷普通の人。▼「ぼんぷ」とも。
「花ちるや末代無智の**凡夫**衆」　小林一茶
「寒食や**凡夫**の立てるひざがしら」　飯田蛇笏
「妻われを**凡夫**といへり蜆汁」　辻田克巳
「水中りしてゐる**凡夫**凡婦かな」　三田きえ子

ま

ま【間】〈名〉❶すきま。あいだ。❷柱と柱の間。❸部屋。❹うち。あいだ。（連続している時間をさす）
「春の雪青菜をゆでてみたる**間**も」　細見綾子
「学校に畳の**間**ある歌留多かな」　森田峠
「**間**をおいて少年濡るる春の雨」　八田木枯
「母とゐて雛の**間**といふ眠たき**間**」　大木あまり

ま-【真】〈接頭〉❶完全・真実・正確・純粋などの意を表す。「ま盛り」「ま幸《さき》く」「まさやか」「ま白し」❷りっぱである、美しい、などの意を表す。「ま木」「ま玉」「ま弓」
「窓ありて聖菓の家の**真**暗がり」　秋元不死男
「かの秋の横浜沖を**真**悲しむ」　三橋敏雄
「パンジーの花弁拡げつ陽に**ま**向き」　小川濤美子
「**まかがやく**金雀枝《えにしだ》見れば病波郷」　藤田湘子
「人形を**真**殺しに行く紫蘇畑」　鳴戸奈菜

ま-あひ【間合ひ《マアイ》】〈名〉❶あいだ。あいま。❷ころあい。
「渡御過ぎの**間合**もよくて鮨届く」　能村登四郎
「**間合**大事の師弟の交わり　彼岸花」　伊丹三樹彦

ま

まい〈助動・特殊〉｛○/○/まい/まい/まいけれ/○｝❶（打消しの推量）（きっと）…ないだろう。…はずがない。❷（打消しの意志）…しない（つもりである）。…しないようにしよう。❸（禁止）…してはいけない。…してはならない。❹（不適当）…しないほうがよい。…すべきではない。▼助動詞「まじ」から「まじい」「まい」となった語。中世後期以後に口語として用いられ、現代語に至る。

「もう逢へます**まい**木の芽のくもり」　種田山頭火
「泣く**まい**妻の火によせる顔がやせているのも」　橋本夢道
「木犀に歩く言はうか言ふ**まい**か」　鈴木しづ子
「聲出して哭《な》く**まい**魚も孤獨なる」　眞鍋呉夫
「兜子忌の扉押さうか押す**まい**か」　柿本多映
「紅葉する**まい**ぞと耐えてゐるごとし」　平井照敏

まう・く【設く・儲く】《モウク》〈他動・カ下二〉｛け/け/く/くる/くれ/けよ｝❶準備する。用意する。❷作り構える。こしらえる。❸（妻や子を）持つ。❹得をする。手に入れる。❺かかる。

「横川はや秋短しと炉を**設く**」　阿波野青畝
「花氷かかる日思ひ**まうけ**しや」　中村苑子

まう・す【申す】《モウス》■一〈他動・サ四〉｛さ/し/す/す/せ/せ｝❶申し上げる。（「言ふ」の謙譲語）❷お願いする。お頼みする。（「願ふ」「請ふ」の謙譲語）❸いたす。してさし上げる。（「す」「なす」の謙譲語）❹言います。申します。（「言ふ」の丁寧語）■二〈補助動・サ四〉（動詞の連用形に付いて）お…申し上げる。ご…申し上げる。お…する。ご…する。▼「まをす」の変化した語。

「鵜飼名を勘作と**申し**哀れ也」　夏目漱石
「裔が守り蜩屋敷と**申す**べし」　大野林火
「桑刻む音をはばかり泊め**まうす**」　木村蕪城
「日和見の花のあはきを**申し**けり」　七田谷まりうす
「芭蕉布の誰の形見と**申さ**ねど」　黒田杏子
「もしもしにもしもし**申す**雪月夜」　攝津幸彦

まう・づ【参づ・詣づ】《モウズ》〈自動・ダ下二〉｛で/で/づ/づる/づれ/でよ｝❶参る。参上する。（「行く」の謙譲語）❷お参りする。参詣《さんけい》する。参拝する。

「みちのくの東風吹く墓に**詣で**けり」　松村蒼石
「針納めちらつく雪に**詣で**けり」　高橋淡路女
「**詣づれ**ばお天守見ゆる父の墓」　川端茅舎
「ほととぎす長谷へ**まうづる**道すがら」　筑紫磐井

まが【禍・凶・曲】〈名〉曲がっていること。邪魔なこと。災い。▼「まが神」「まが事」などのように、複合語の構成要素となることが多い。

「年の**禍**元日すでにひそみけり」　久保田万太郎
「迅く去れと言ひ**禍**年を惜しむなり」　福田蓼汀
「**まが**雨の降りもつづきて九月尽」　佐藤鬼房

ま-がき【籬】〈名〉竹や柴《しば》などで、目を粗く編んで作った垣。▼「ませ」「籬垣《ませがき》」とも。

「葛飾や桃の**籬**も水田べり」　水原秋櫻子
「みちのくは**籬**の檜葉《ひば》を蚊遣草《かやりぐさ》」　山口青邨

「海苔舟の棹さし出づる**籬**かな」　後藤夜半
「霧**籬**《きりまがき》木槿は花を尽くしけり」　西島麥南
「荒波の響く**籬**や冬至粥」　中岡毅雄

ま-かげ【目陰・目蔭】〈名〉❶遠方やよく見えないものを見定めようとして、目の上に手をかざして光を遮ること。❷疑っているようなまなざし。また、ためらっているようなまなざし。
「ものを見る明るき月に**目蔭**して」　山口誓子
「**まかげ**して杜氏《とうじ》太陽熱をよむ」　平畑静塔
「**まかげ**して涼しき仏見出しき」　加藤楸邨

まが-こと【禍事】〈名〉不吉なこと。災い。凶事。▼反対語は善事《よごと》。
「**曲がごと**の重なる目刺焼いてをり」　中村苑子
「**まがごと**のうつつに醒むる雪のこゑ」　深谷雄大

まが・ふ【紛ふ】《マガウ・マゴウ》 ㊀〈自動・ハ四〉｛は／ひ／ふ／ふ／へ／へ｝❶入りまじる。入り乱れる。入りまじって区別できない。❷まちがえる。よく似ている。区別がつかない。㊁〈他動・ハ下二〉｛へ／へ／ふ／ふる／ふれ／へよ｝❶かきまぜる。まぎれこませる。区別がつかなくする。❷見失う。❸思いちがえる。見まちがえる。聞きちがえる。
「冬すでに路標に**まがふ**墓一基」　中村草田男
「片陰の草木に**まがふ**眉のいろ」　飯島晴子
「青稲や寺かと**まがふ**大構へ」　波多野爽波
「木の瘤を鴉と**まがふ**春の土堤」　飴山實

まがまが・し【禍禍し・曲曲し】〈形シク〉｛(しく)・しから／しく・しかり／し／しき・しかる／しけれ／しかれ｝❶不吉だ。縁起が悪い。❷いまいましい。憎らしい。
「菖蒲湯の一夜経たるは**禍々し**」　大石悦子
「飛魚もヤマトタケルも**まがまがし**」　夏石番矢
「**まがまがしき**アイスキャンデーなら選ぶ」　櫂未知子

まか・る【罷る】〈自動・ラ四〉｛ら／り／る／る／れ／れ｝❶退出する。おいとまする。❷出向く。下向する。下る。（高貴な場所や都から地方へ行く）❸参上する。参る。（「行く」の謙譲語）❹行きます。参ります。（「行く」の丁寧語）❺（他の動詞の上に連用形が付いて）…ます。…いたします。（高貴な人のもとから離れることを表す）
「初雪や幸ひ庵に**まかり**ある」　松尾芭蕉
「蠅打てば則ち蟻の**罷り**出づ」　川端茅舎
「**罷り**来て羽子板市の人となる」　楠本憲吉

ま-ぎは【間際・真際】《マギワ》〈名〉ちょうどそのことが行われようとする直前。
「春時雨昏るる**真際**をあがりけり」　飯島晴子
「三月や暮るる**間際**の空青し」　西村和子
「藻の花や眠り**間際**に死は怖く」　辻美奈子

まぎらは・し【紛らはし】《マギラワシ》〈形シク〉｛(しく)・しから／しく・しかり／し／しき・しかる／しけれ／しかれ｝❶まぶしい。まばゆい。❷区別がしにくい。紛らわしい。❸取り紛れている。❹めまぐるしい。忙しい。▼古くは「まきらはし」とも。

ま

「烏賊賣の声まぎらはし杜宇《ほととぎす》」 松尾芭蕉
「揖斐長良まぎらはしけれ夜鴨鳴く」 森田峠

まぎ・る【紛る】〈自動・ラ下二〉{れ/れ/る/るる/るれ/れよ} ❶見まちがえる。区別できなくなる。❷紛れる。見つかりにくくなる。❸心が奪われる。熱中する。❹気が紛れる。薄らぐ。弱まる。忘れる。

「柴刈の枯山まぎれ日向ぼこ」 森澄雄
「羽搏《うは》つごと霙へ一歩まぎれけり」 藤田湘子
「鳥は鳥にまぎれて永き日なりけり」 八田木枯
「祀られて枯にまぎるる蕈の蛇」 宮津昭彦
「涅槃図にちちははまぎれゐはせぬか」 吉田汀史
「ぶらんこを降り人波に紛れ込む」 五島高資

まぎれ・な・し【紛れなし】〈形ク〉{(く)・から/く・かり/し/き・かる/けれ/かれ} まちがいない。とりまぎれていない。あきらかである。

「天が下千鳥の迹のまぎれなき」 富安風生
「目の上に花さくいろのまぎれなし」 高屋窓秋
「わが声の二月の谺《こだま》まぎれなく」 木下夕爾
「まぎれなく貧し鼻うつ夕霰」 小林康治

ま・く【負く】㊀〈自動・カ下二〉{け/け/く/くる/くれ/けよ} ❶負ける。敗れる。❷気がひける。ひけめを感じる。❸相手の主張に従う。譲る。㊁〈他動・カ下二〉値引きする。まける。

「女郎花裾野の雨に負けしかな」 長谷川かな女
「野火に負け来て妻子らの餉に坐る」 佐藤鬼房
「青梅雨に負けてくづれしひと日かな」 草間時彦
「夏負けて鳥にも木にもならず居る」 中尾寿美子
「山水の迅きに負けず菜を洗ふ」 大串章

ま・く【設く】〈他動・カ下二〉{け/け/く/くる/くれ/けよ} ❶前もって用意する。準備する。❷前もって考えておく。❸時期を待ち受ける。▼上代語。中古以後は「まうく」。

「鵙が鳴く三日埒なく夕まけて」 石塚友二
「春まけてをれど日の丸因果骨」 加藤郁乎

ま・く〈連語〉…だろうこと。…(し)ようとすること。(活用語の未然形につく)▼推量の助動詞「む」の古い未然形「ま」+接尾語「く」

「桜咲き吾が生ままくの子をおもふ」 三橋鷹女
「年暮る、何に寄らまく杜あり」 細見綾子
「たらちねの声を聞かまく初電話」 星野立子

ま・ぐ【曲ぐ・枉ぐ】〈他動・ガ下二〉{げ/げ/ぐ/ぐる/ぐれ/げよ} ❶曲げる。❷(道理や事実などを)ゆがめる。まげる。❸(感情を)そこなう。❹(意志や願望を)おさえる。

「茂吉の墓空せみはみな背を曲げて」 松村蒼石
「脚まげて寝る癖はかなし夜の鳥」 富澤赤黄男
「その尻をきゆつと曲げたる秋茄子」 清崎敏郎
「今年竹自《みづか》らを曲げ風通す」 三好潤子
「そこんとこ枉げて種用胡瓜かな」 中原道夫

まぐはひ【目合ひ・婚ひ】《マグワイ》〈名〉❶男と女が互いに目

と目を見合わせて、愛情を通わせること。❷結婚。男女の関係を結ぶこと。性交。

「**まぐはひ**の飛鳥の石にしぐれけり」　阿波野青畝

「**まぐはひ**の女めつぶる渡り鳥」　加藤楸邨

「炎天やをすめすの綱大**まぐはひ**」　澤木欣一

「**まぐはひ**のしづかなるあめ居とりまく」　鈴木しづ子

「**まぐはひ**は神ぞよろこぶ朱欒かな」　岡井省二

「**媾合**や留守を預るするめいか」　攝津幸彦

ま-ぐは・ふ【目合ふ・媾ふ】《マグワウ》〈自動・ハ四〉｛は／ひ／ふ／ふ／へ／へ｝交合する。交接する。

「中尉貴官は蛤となり妻に**媾はむ**」　藤後左右

「生きて**まぐはふ**きさらぎの望の夜」　佐藤鬼房

まくら-がみ【枕上】〈名〉（寝ている）まくらもと。

「**枕上み**夜はふ蜘蛛も影負ひて」　石塚友二

「春眠や八坂の塔を**枕上**」　安住　敦

「大津絵の鬼**枕上ミ**宿夜長」　大橋敦子

「寒灯を消す紐たるる**枕上**」　福田甲子雄

「味方となせる朱欒一箇を**枕上ミ**」　沼尻巳津子

ま-こと【真・実・誠】㊀〈名〉❶真実。事実。本当。❷誠実。誠意。真心。㊁〈副〉実に。本当に。㊂〈感〉そうそう。あっ、そうだ。

「花人の続くや**まこと**列をなし」　波多野爽波

「花満ちてうそも**まこと**も桃の村」　廣瀬直人

「ははきぎも草の**真**をつらぬけり」　中嶋秀子

「夢にも来ず**まこと**逝きたり明易し」　岩城久治

「かなぶんの死んでをりたる**真実**かな」　行方克巳

まことしやか・なり【真しやかなり・実しやかなり】〈形動ナリ〉｛なら／なり・に／なり／なる／なれ／なれ｝いかにもまじめらしい。

「初午や**まことしやかに**供餉《げく》の魚」　水原秋櫻子

「夜の蟬の**まことしやかに**鳴きにけり」　安住　敦

「青鬼灯**まことしやかに**夢で死ぬ」　寺井谷子

「餅花の**まことしやかに**枝垂れたる」　三村純也

まこと-に【真に・実に・誠に】㊀〈副〉本当に。まったく。㊁〈感〉ああ、そうそう。

「春の雪ふる女は**まことに**うつくしい」　種田山頭火

「山ざくら**まことに**白き屏風かな」　山口青邨

「そら豆は**まことに**青き味したり」　細見綾子

「つみとりて**まことに**かるき唐辛子」　飯田龍太

「尼の荷の**まことに**小さき十二月」　黒田杏子

ま-さか【目前】〈名〉目のまえ。まのあたり。また、さしあたっての今。現在。

「雨明くなりし**目前**のひつじ草」　臼田亜浪

「北越雪譜**まさか**の晴れを晴れとほす」　手塚美佐

ま-さきく【真幸く】〈副〉無事で。つつがなく。▼「ま」は接頭語。

「老皺に**真幸く**現ず夏の汗」　三橋敏雄

ま

「八月十五日真幸く贅肉あり」　池田澄子

まさぐ・る【弄る】〈他動・ラ四〉｛ら／り／る／る／れ／れ｝もてあそぶ。いじる。▼「ま」は接頭語。

「ライターをまさぐりをれば夏鶯」　横山白虹
「眼より鱗落ちてまさぐるおぼろ闇」　文挾夫佐恵
「豆柿にまさぐる旅の金平糖」　岡井省二

まさ・し【正し】〈形シク〉｛(しく)・しから／しく・しかり／し／しき・しかる／しけれ／しかれ｝❶見込みどおりである。(予想したことが)本当である。❷正当である。正しい。❸確かだ。

「白菊のまさしくかをる月夜かな」　高橋淡路女
「松聳ゆまさしくも秋五十年」　中村汀女
「まさしくは死の匂いかな春の雪」　橋閒石
「緑蔭に憩ふ方《さま》しくお陰様」　辻田克巳

まさ・に【正に・当に・将に】〈副〉❶確かに。間違いなく。❷いま現に。ちょうど今。❸(下に反語表現を伴って)どうして…か(いや、そうではない)。

「春まさに盡きんとすなり感いかに」　久保田万太郎
「まさに春孔雀の羽根の拡げやう」　桂信子
「春正に呟き出づる門四五歩」　石塚友二

ま・さやけ・し【真清けし】〈形ク〉｛(く)・から／く・かり／し／き・かる／けれ／かれ｝明るくてすがすがしい。▼「ま」は接頭語。

「月てるや薙《なぎ》の稗畑まさやけく」　前田普羅
「柾《まさき》の実裂けてくれなゐまさやけし」　大橋敦子

まさ・る【増さる】〈自動・ラ四〉｛ら／り／る／る／れ／れ｝(数量や程度などが)多くなる。ふえる。

「あけぼのや白まさりくる大手毬《おほでまり》」　松村蒼石
「寒の雨降りまさりつゝ夜に入りぬ」　星野立子
「風花の御空のあをさまさりけり」　石橋秀野
「歌垣の空澄みまさり初筑波」　原裕
「霜柱一夜に髭は伸びまさり」　福永耕二

まし〈助動・特殊〉｛(ませ)・ましか／○／まし／まし／ましか／○｝❶(反実仮想)(もし)…であったら、…であるだろうに。…であっただろう。…であるだろう。❷(悔恨や希望)…であればよいのに。…であったならば、よかったのに。❸(ためらい・不安の念)…すればよいだろう(か)。…したものだろう(か)。…しようかしら。❹(単なる推量・意志)…だろう。…う(よう)。▼中世になると、①②③の用法は衰え、推量の助動詞「む」と同じ用法④となってゆく。

「蛙ともならまし悔や草朧」　原石鼎
「髪濃ゆく吾子は生ままし朝ざくら」　三橋鷹女
「吾亦紅折らましものを霧こばむ」　阿波野青畝
「応へまし勿忘草《わすれなぐさ》がそろひ揺るる」　中村草田男
「雪降れば石の耳輪はおもからまし」　野澤節子

まじ〈助動・シク〉｛(まじく)・まじから／まじく・まじかり／まじ／まじき・まじかる／まじけれ／○｝❶(打消の推量)(きっと)…ないだろう。…ないにちがいない。…はずがない。…まい。❷(不可能の推量)…できそうにない。❸(不適当な事態)…てはならない。…ないほうがよい。❹

(打消の意志)決して…ないつもりである。…する気はない。…まい。

「木の葉浮けて底見せ**まじき**水の色」　臼田亜浪
「鶯や雨やむ**まじき**旅ごろも」　水原秋櫻子
「雪が皆隔つ老ゆ**まじく**老ゆ**まじく**」　大野林火
「春の虹消え**まじ**としてかかりをり」　細見綾子
「原爆許す**まじ**蟹かつかつと瓦礫あゆむ」　金子兜太

ましぐら〈副〉いっさんに。まっしぐら。▼古くは「ましくら」とも。

「**ましぐら**に汽車過ぎもとの雪の景」　山口誓子
「おもふことみな**ましぐら**に二月来ぬ」　三橋鷹女

まし-て【況して】〈副〉❶それにもまして。なおさら。❷いうまでもなく。いわんや。

「水仙は一本が佳し**まして**予後」　鈴木鷹夫
「雨多き大台ヶ原**まして**梅雨」　稲畑汀子

まじはり【交はり】《マジワリ》〈名〉つき合い。交際。

「**交はり**の柿を以てす菜を以てす」　高野素十
「口切やふるき**まじはり**また重ね」　及川　貞
「寒桜**交はり**淡くして長し」　古賀まり子

まじは・る【交はる】《マジワル》〈自動・ラ四〉〔ら/り/る/れ/れ〕❶入りまじる。❷まぎれ入って身を隠す。❸交際する。つき合う。❹(男女が)関係する。

「世の友に**交はり**てゆく夏帽子」　村越化石
「杉山に相**交はら**ず山ざくら」　山田みづえ
「**交はら**ぬ週山茶花をまぶしめり」　大木あまり

まじ・ふ【交ふ】《マジウ》〈他動・ハ下二〉〔へ/へ/ふ/ふる/ふれ/へよ〕❶交ぜる。混合させる。まぜ合わせる。❷交差させる。まじえる。

「散紅葉**交へ**て離々と初氷」　川端茅舎
「雀の巣かの紅絲を**まじへ**をらむ」　橋本多佳子
「霜凪や影を**交へ**て榲欅」　岸田稚魚
「やませいま雨**まじへ**たり夜鳴鶏」　野澤節子

まし-ま・す【坐します】㊀〈自動・サ四〉〔さ/し/す/す/せ/せ〕いらっしゃる。おいでになる。㊁〈補助動・サ四〉…て(で)いらっしゃる。…て(で)おいでである。(尊敬の意を表す)

「温石や鎮座**まします**臍の上」　日野草城
「一仏の残り**まします**北風の中」　山口青邨

ましら【猿】〈名〉猿《さる》の古名。

「山の子の**猿**にも似て通草とる」　大橋敦子
「**ましら**酒酔うてすだまと出会ひたる」　手塚美佐
「**山猿**《まし》《ら》美しじりじりと火に近づきぬ」　宇多喜代子
「茸狩や**ましら**にかへる目鼻して」　矢島渚男

ま-しろ【真白】〈名〉純白。まっ白。

「顔はまだ見えず**真白**の服の人来る」　篠原　梵
「辛夷**真白**失ふものに気付かずに」　津田清子
「江の島の裏は**ましろ**の秋の波」　長谷川櫂

「スリッパの裏ましろなる秋の暮」 小川軽舟

ま‐じろ・く【瞬く】〈自動・カ四〉｛か／き／く／く／け／け｝まばたきをする。またたく。

「寒雀風の簇《やじり》に**まじろが**ず」 竹下しづの女

「梟の目じろぎいでぬ年木樵」 芝不器男

「汗ばみし黒子《ほくろ》見てゐて**まじろがず**」 加藤楸邨

ま・す【坐す・座す・存す】㊀〈自動・サ四〉｛さ／し／す／す／せ／せ｝❶いらっしゃる。おいでである。おいでになる。おありである。(「あり」の尊敬語)❷いらっしゃる。おいでになる。(「行く」「来《く》」の尊敬語)㊁〈補助動・サ四〉(動詞の連用形に付いて)…て(で)いらっしゃる。お…になる。(尊敬の意を表す)

「出家して親王《みこ》**ます**里の若葉かな」 与謝蕪村

「父在し梢のままに夏の月」 中村汀女

「流し雛冠《かぶり》をぬいで船に**ます**」 山口誓子

「母ませし年を惜しみて余りある」 高木晴子

「松山《まつちやま》の麦の芽の列師**まさ**ねど」 平井さち子

ます〈助動・サ変〉｛ませ／まし／ます・ますする／ます・まする／ませ・ますれ／ませ・ませい・まし｝❶(謙譲)…申し上げる。お…する。❷(丁寧)…ます。▼「まゐ(参)らす」が変化した「まらする」からできた語で、現代語の助動詞「ます」につながる。

「うちかけを被て冬の蛾は飛べ**ませ**ぬ」 三橋鷹女

「母とともに伯母も老い**まし**麦青む」 中村汀女

「炉を焚きて静かに老い**ませ**寒の日々」 殿村菟絲子

「青大将わたしは兄へ嫁ぎ**ます**」 栗林千津

「吉祥天歩み出でませげんげの野」 品川鈴子

ま・ず【交ず・雑ず・混ず】〈他動・ザ下二〉｛ぜ／ぜ／ず／ずる／ずれ／ぜよ｝❶まぜる。まぜ合わせる。❷(言葉を)さしはさむ。

「ざくざくと雪かき**交ぜ**て田打哉」 小林一茶

「かたつむり**交ぜ**て赤肌離《なば》り焼」 澤木欣一

「ゆつくりとかき**まぜ**てゐるひやしあめ」 岡田史乃

「媚薬そもそも霞いくらか**混ぜ**しもの」 中原道夫

ますら‐を【益荒男・丈夫】《マスラオ》〈名〉心身ともに人並みすぐれた強い男子。りっぱな男子。▼反対語は手弱女《たわやめ・たおやめ》。

「**ますらを**の父か夏足袋の真白なる」 水原秋櫻子

「妻の筆**ますらを**ぶりや花柘榴」 澤木欣一

「立ち葵**益荒男**咲きと申すべし」 原子公平

「**丈夫**やマニラに遠き波枕」 攝津幸彦

ま‐せ【馬柵】〈名〉馬が逃げるのを防ぐさく。

「馬飼も**馬柵**して住めり竹煮草」 前田普羅

「**馬柵**つづくかぎり空ある月見草」 桂 信子

「はまなすの咲けるを以て**馬柵**となす」 森田 峠

まぜ【真風】季・夏〈名〉太平洋岸で使われる、主として南または南西の季節風の呼び名。▼「ませ」「まじ」とも。

「春さきの音ぞと夜半の**まぜ**を聞く」 原 石鼎

「待つことに馴れて沖暮る桜**まじ**」 福田甲子雄

ま‐そほ【真赭・真朱】《マソオ》〈名〉❶(顔料や水銀などの原料の)赤い土。❷赤い色。特にすすきの穂の赤みを帯びた色にいう。▼「ますほ」とも。「ま」は接頭語。

「七夕や**真赭**の地獄湧きたぎつ」　山口誓子
「焚火せる岳人は眼も**真赭**なり」　平畑静塔
「仲秋や**ますほ**の小貝拾ふべく」　大峯あきら

また【又・亦・復】 ■一〈副〉❶再び。もう一度。❷〈多く「…もまた」の形で〉やはり。同じように。同じく。❸そのほかに。それとは別に。■二〈接続〉❶（並列）ならびに。および。❷（添加）それに。そのうえ。加えて。❸（選択）一方では。あるいは。❹（話題の転換）さて。それから。

「今朝咲きしくちなしの**又**白きこと」　星野立子
「暖かな海が見ゆ**また**海が見ゆ」　佐藤鬼房
「ねころべば血も**また**横に蝶の空」　八田木枯
「大寒に入る鳥獣の界も**また**」　吉田汀史
「草を引く手応へに**また**深入りす」　正木ゆう子
「鱧《はも》食ふや**また**もかるがるしき恋を」　仙田洋子

まだ【未だ】〈副〉今もなお。いまだに。まだ。▼「いまだ」の変化した語。多く下に打消の言い方が来る。

「待つことの世に**まだ**ありて朴咲けり」　馬場移公子
「海鼠腸や生きること**未だ**おもしろし」　小原啄葉
「漂ひてゐて雁の**まだ**消えず」　齋藤愼爾
「白揚羽**未だ**見ぬ姉が塩道に」　攝津幸彦
「女童の**未だ**戀知らず追ふ螢」　筑紫磐井

まだき【未だき・夙】〈副〉その時期にならないのに、早くも。もう。

「**まだき**とも散りしとも見ゆれ山桜」　与謝蕪村
「朝**まだき**深雪の垣根通る人」　原　石鼎
「白雲の木の芽に**まだき**慕ひよる」　高屋窓秋
「金剛の青葱抜かめ朝**まだき**」　沼尻巳津子

また・し【全し】〈形ク〉｛（く）・から／く・かり／し／き・かる／けれ／かれ｝❶完全だ。欠けたところがない。❷無事である。安全だ。▼後に「まったし」とも。

「亀行けば甲羅が去りぬ**全き**冬」　秋元不死男
「春**全き**塔や地上に影わづか」　大野林火
「八重椿水子の塚に**全く**あり」　平畑静塔

まだ・し【未だし】〈形ク〉｛（く）・から／く・かり／し／き・かる／けれ／かれ｝❶まだその時期になっていない。時期尚早だ。❷まだ未熟だ。まだ整っていない。不十分だ。

「月見草に食卓就りて母**未だし**」　竹下しづの女
「八甲田連峯秋色**未だし**西つ方」　能村登四郎
「仔猫抱く　変声期**未だし**の頰」　伊丹三樹彦

ま-たま【真玉・真珠】〈名〉玉の美称。▼「ま」は接頭語。

「**真珠**採る沖島かけて菊日和」　水原秋櫻子
「豌豆の煮えつつ**真玉**なしにけり」　日野草城
「飾られて**ま玉**まが玉春寂びぬ」　稲垣きくの

ま-ぢか・し【間近し】〈形ク〉｛（く）・から／く・かり／し／き・かる／けれ／かれ｝❶非常に近い。すぐそばである。❷ごく最近だ。

「物音の隣**まぢかき**夜寒哉」　中川宋淵

「立春の間近き室戸岬かな」　飯田龍太
「日の沈む山を間近く柿甘し」　和田耕三郎

まち-わ・ぶ【待ち侘ぶ】〈他動・バ上二〉｛び/び/ぶ/ぶる/ぶれ/びよ｝待ちくたびれる。待ちあぐむ。
「子の帰り待ちわぶ谿の藪柑子」　福田甲子雄
「待ち侘びしポインセチアに染まるほど」　山田弘子

まづ【先づ】《マズ》〈副〉❶初めに。まっさきに。第一に。❷何はさておき。ともかくも。とりあえず。❸（否定の表現を伴って）いっこうに。どうにもこうにも。
「大輪の白菊の辺へがまづ暮れぬ」　加藤楸邨
「死後の春先づ長箸がゆき交ひて」　中村苑子
「坂づくし先づいろは坂ロシヤ坂」　高柳重信
「こころまづ動きて日脚伸びにけり」　綾部仁喜
「まづもって点す灯のあり大旦」　手塚美佐

まっ-かう【真っ向】《マッコウ》〈名〉❶額《ひたい》のまん中。❷兜《かぶと》の鉢の前正面《まえしょうめん》。
「真っ向に名月照れり何はじまる」　西東三鬼
「急流の真っ向にくる桜かな」　鷲谷七菜子

まつ-ご【末期】〈名〉死にぎわ。臨終。
「玉虫の末期は草に寝かせやる」　林　翔
「青揚羽末期の兄を越えてゆく」　宇多喜代子

まづ・し【貧し】《マズシ》〈形シク〉｛（しく）・しから/しく・しかり/し/しき・しかる/しけれ/しかれ｝❶貧乏である。❷少ない。乏しい。貧弱である。
「夕立は貧しき町を洗ひ去る」　松瀬青々
「光輪を負ひて貧しき田螺《たにし》かな」　川端茅舎
「海髪《おご》を干し岸を貧しくして去れり」　大野林火
「出世して上る雙六ふと貧し」　後藤比奈夫

まったう-・す【全うす】《マットウス》〈他動・サ変〉｛せ/し/す/する/すれ/せよ｝まっとうする。最後まで成し遂げる。完全に保ち続ける。
「落葉ふんで人道《ひとどう》念《ねん》を全うす」　飯田蛇笏
「霜枯を全うしたる力草」　岸田稚魚
「葱すべて折れたり何を全うせし」　小川双々子
「向日葵や天寿全うせし家に」　村越化石
「駈けあがる朱ヶもて虹の全うす」　中戸川朝人

まった・し【全し】〈形ク〉｛（く）・から/く・かり/し/き・かる/けれ/かれ｝❶完全だ。❷安全だ。無事だ。▼形容詞「またし」の促音便。
「全しや寒の太陽猫の交尾」　西東三鬼
「てのひらにうけて全き熟柿かな」　木下夕爾
「一粒を欠きて葡萄の全しや」　鷹羽狩行
「夏来たる街に全き橋かかり」　徳弘　純
「小さくて全き六腑水温む」　田中裕明

まづ-は【先づは】《マズハ》〈副〉❶最初に。第一に。❷とりわけ。
「先づは思ふべし草の戸にさす初日」　細見綾子
「半島のまづは稲刈る姿《なり》をする」　小川双々子
「たんぽぽのまづは葉っぱの嬉しさよ」　正木ゆう子

まつは・る【纏はる】《マツワル》■一〈自動・ラ下二〉｛れ/れ/る/るる/るれ/れよ｝❶

からみ付く。巻き付く。❷いつもそばに付いている。付きまとう。❸執着する。とらわれる。〔二〕〈自動・ラ四〉{ら/り/る/る/れ/れ}からみ付く。巻き付く。

「花衣ぬぐや**まつはる**紐いろ〳〵」　杉田久女
「寒柝の音の**まつはる**歩みかな」　相生垣瓜人
「はぐれたるはかなき霧に**まつはられ**」　平畑静塔
「秋の蟬**まつはる**入日解きがたし」　飯田龍太
「少年の川に**まつはる**冬雲雀」　飯島晴子
「冷えといふ**まつはる**ものをかたつむり」　宇佐美魚目

まつ・る【祭る・祀る】〈他動・ラ四〉{ら/り/る/る/れ/れ}❶供物・奉楽などをして神霊を慰める。祈願する。❷神としてあがめる。❸祈禱する。

「人の声今美しく星**祭る**」　深見けん二
「奥信濃二十三夜の月**まつる**」　福田甲子雄
「つばくらめ死は金色をもて**祀る**」　山西雅子
「新宿の最上階に月**祀る**」　上田日差子

まつ・る【奉る】〔一〕〈他動・ラ四〉{ら/り/る/る/れ/れ}❶献上する。差し上げる。(「与ふ」「やる」の謙譲語)❷召し上がる。(「飲む」「食ふ」の尊敬語)〔二〕〈補助動・ラ四〉(他の動詞の連用形に付いて)お…申し上げる。お…する。(謙譲の意を表す)

「母菩薩春日に白髪抜き**奉る**」　殿村菟絲子

まつろ・ふ【服ふ・順ふ】マツロウ〔一〕〈自動・ハ四〉{は/ひ/ふ/ふ/へ/へ}服従する。つき従う。仕える。〔二〕〈他動・ハ下二〉{へ/へ/ふ/ふる/ふれ/へよ}服従させる。従わせる。仕えさせる。▼動詞「まつ(奉)る」の未然形に反復継続の助動詞「ふ」が付いた「まつらふ」の変化した語。貢ぎ物を献上し続けるの意から。

「虎杖やわれ**まつろは**ぬ民の裔」　矢島渚男

まで〈副助〉❶(範囲・限度)…まで。❷(添加)…までも。…さえ。❸(程度)…ほどに。…くらいに。ほどまで。❹(強調・感動)…(だ)なあ。…(だ)ね。

「九品仏**迄**てくてくと春惜しむ」　川端茅舎
「**迄**と云い先と云うハテ春の道」　永田耕衣
「海へ没《い》る冬日なれば斯く淡む**まで**」　中村草田男
「月天心家の中**まで**眞葛原」　河原枇杷男
「鶴啼くやわが身のこゑと思ふ**まで**」　鍵和田秞子

まどか・なり【円かなり】〈形動ナリ〉{なら/なり・に/なり/なる/なれ/なれ}丸い。円満だ。安穏だ。

「宿木《やどりぎ》の**まどかに**夕日をさめけり」　加藤三七子
「春月の暈も**円かに**聖受胎」　上田五千石
「遠ざかるほど**円かなる**海月かな」　大木あまり

まど・ふ【惑ふ】マドウ〔一〕〈自動・ハ四〉{は/ひ/ふ/ふ/へ/へ}❶乱れる。思い悩む。迷う。❷うろたえる。悲しみもだえる。あわてふためく。❸さまよう。迷い歩く。〔二〕〈補助動・ハ四〉(動詞の連用形に付いて)ひどく…する。たいへん…する。▼上代は「まとふ」。

「氷上や雲茜して暮れ**まどふ**」　原石鼎
「俳諧に**惑は**ず銀河南北に」　日野草城
「信濃なる灯にきて**惑ふ**道をしへ」　稲垣きくの

ま

「京扇どれも美し買ひまどふ」　下村梅子
「白緑の蛇身にて尚惑ふなり」　飯島晴子

ま-どほ【間遠】《マドオ》〈名〉❶間隔があいていること。❷編み目や織り目があらいこと。
「威銃間遠間近に精神科」　伊丹三樹彦
「雨だれの間遠となりし涼しさよ」　片山由美子
「雷鳴の間遠になればまたにくむ」　仙田洋子

ま-どろ-む【微睡む】〈自動・マ四〉〔ま/み/む/む/め/め〕うとうとと眠る。うつらうつらする。
「籐椅子にまどろむ刻ぞきりぎりす」　水原秋櫻子
「主よ人等あさの電車にまどろめり」　西東三鬼
「まどろみぬ藤波のゆれやむごとく」　木下夕爾
「銀化する貝のまどろみ花氷」　磯貝碧蹄館

ま-と-ゐ【円居・団居】《マトイ》〈名〉❶人々が輪になって座ること。車座《くるまざ》。団欒《だんらん》。❷人々が一か所に集まること。会合。▼後には「まどゐ」とも。
「春の夜のまどゐの中にゐて寂し」　杉田久女
「吾子とゐて父なきまどゐ壁炉もえ」　橋本多佳子
「霜蟹を食ふべしと夜の円居かな」　高木晴子

ま-な-うら【目裏】〈名〉眼の奥。
「罌粟野来て夜はまなうらに炎ゆるもの」　稲垣きくの
「まなうらに今の花火がしたたれり」　草間時彦
「ガウディの塔まなうらに青き踏む」　宮脇白夜
「まなうらに火傷しさうな雪のこと」　櫂未知子

ま-な-かひ【眼間・目交】《マナカイ》〈名〉目と目の間。目の前。目の辺り。▼「ま」は目の意、「な」は「つ」の意の古い格助詞、「かひ」は交差するところの意。
「目交に懸かるものなく栗食めり」　相生垣瓜人
「まなかひに来れる霧に小さき子よ」　中村汀女
「まながひに青空落つる茅花《つばな》かな」　芝不器男
「魂のまなかひに在り蟬の穴」　齋藤愼爾

ま-な-ざし【眼差し・眼指し】〈名〉目つき。▼「な」は「の」の意の上代の格助詞。「さし」はそのものの状態。
「露の灯にまなざし深くものいへり」　柴田白葉女
「われを見る深きまなざし雪降るなか」　鷲谷七菜子
「まなざしを髪でかくして絵踏かな」　鷹羽狩行
「鶏頭にわれの眼差など失せよ」　奥坂まや

ま-な-し【間無し】〈形ク〉〔(く)・から/く・かり/し/き・かる/けれ/かれ〕❶すき間がない。❷絶え間がない。とぎれることがない。❸間を置かない。即座である。
「雲の峰おのれに甘えゐる間なし」　飯田龍太
「秋蟬の鳴きをり間なく墓を辞す」　松村蒼石
「降る雪のまなし方丈記を読める」　宗田安正

ま-な-じり【眦・眥】〈名〉目じり。▼「ま」は目の意、「な」は「の」の意の上代の格助詞、「じり」は「しり(後)」の意。
「まなじりのすずしけれども別れかな」　野見山朱鳥

「一片にまなじり引かれ花ふぶく」　井沢正江

「円空の眦を彫る秋没日」　原　裕

「眦に鳥はありけり秋彼岸」　桑原三郎

ま-な-ぶ-た【瞼】〈名〉まぶた。▼「目（ま）の蓋（ふた）」の意。

「まなぶたをとぢ大年の夕日おく」　上村占魚

「まなぶたの一重と二重若菜籠」　磯貝碧蹄館

「眼蓋のうごきて蟇の動きけり」　藤田湘子

「一重こそよし山吹もまなぶたも」　永島靖子

ま-に-ま【随・随意】〈名〉他の人の意志や、物事の成り行きに従うこと。まま。

「羊歯谷の石のまにまの人肌か」　飯島晴子

まにま-に【随に】〈連語〉❶…に任せて。…のままに。❷…とともに。▼名詞「まにま」に格助詞「に」の付いた語。

「焼帛《やきしめ》や風のまにまに露しろき」　松瀬青々

「蝸牛や風のまにまに毛雨舞ひ」　阿波野青畝

「印南野や露のまにまに水涸れて」　永田耕衣

「晩年のまにまに小梨咲きにけり」　中尾寿美子

「花のまにまに煙をはさむ二枚板」　安井浩司

まぬか・る【免る】〈他動・ラ下二〉｛れ／れ／る／るる／るれ／れよ｝かかわらないですむ。まぬがれる。▼「まぬがる」とも。

「昼も蟲まぬがれがたき老を身に」　三橋鷹女

「くちなしのまぬがれがたく黄ばみそむ」　下村梅子

「また春や免れがたく菫咲き」　柿本多映

「火事跡の火をまぬがれし便器かな」　大木あまり

ま-の-あたり【目のあたり】㊀〈名〉❶ちょうど目の前。眼前。❷直接すること。じか。㊁〈副〉目の前で。現実に。まざまざと。

「大萩を押し吹く風やまのあたり」　原　石鼎

「杉くらし佛法僧を目のあたり」　杉田久女

「まのあたり修羅なす雪の別れかな」　西村和子

「屋根替や吹晴れの山まのあたり」　坂内文應

ま-ばゆ・し【目映ゆし・眩し】〈形ク〉｛（く）・から／く・かり／し／き・かる／けれ／かれ｝❶まぶしい。❷まぶしいほど美しい。際立ってすばらしい。❸恥ずかしい。きまりが悪い。❹目をそむけたくなる。見ていられない。

「しばらくは入日まばゆき霞かな」　久保田万太郎

「わが睫毛まばゆく雲雀見むとする」　鷲谷七菜子

「山眠るまばゆき鳥を放ちては」　山田みづえ

「秋麗の産後まばゆき妻迎ふ」　能村研三

まひ-い・づ【舞ひ出づ】《マイイズ》〈自動・ダ下二〉｛で／で／づ／づる／づれ／でよ｝舞いながら現れ出る。舞い始める。

「月今宵あるじの翁舞ひ出でよ」　与謝蕪村

「遊蝶花蝶を残して舞ひ出でし」　相生垣瓜人

「子が覗く家計簿螻蛄《けら》も舞ひいでよ」　小林康治

「北ぐにの蛾の舞ひ出づる能舞台」　桂　信子

まへ【前】《マエ》〈名〉❶前方。前。❷以前。前。昔。❸神や貴人などを間接的にさしていう語。❹伺候《しこう》。参上。伺い。❺女性を尊敬して名前につける語。

「捨てきれない荷物のおもさまへうしろ」　種田山頭火

「煮る前の青唐辛子手に久し」　日野草城

「海女潜くまへの生身が生火《なまび》欲る」　飯島晴子

「ひと昔まへも潮とぶ青真菰」　山本洋子

まほし〈助動・シク〉{(まほしく)・まほしから／まほしく・まほしかり／まほし／まほしき・まほしかる／まほしけれ／○}❶(自己の動作の実現の希望)…たい。❷(事態の実現の希望)…が望ましい。…てほしい。(ラ変動詞「あり」などの下に付いて)

「香水に孤高の香りあらまほし」　高濱虚子

「女にて見まほしき子よ辻が花」　松瀬青々

「蓑虫のち、よと鳴くを聞かまほし」　星野立子

「秋袷襟つめて着て逢はまほし」　きくちつねこ

まほら〈名〉まことにすぐれた所。▼「ま」は接頭語、「ほ」はすぐれたものの意、「ら」は場所を表す接尾語。上代語。「まほろば」「まほらま」とも。

「郭公や国の真洞《まほら》は夕茜」　芝不器男

「楝木上ぐ鬩炎天の真洞かな」　石塚友二

「鶴のこゑ空のまほらにひびくなり」　橋本鶏二

「鷹一つ天のまほらをのぼりゆく」　長谷川櫂

まぼ・る〈他動・ラ四〉{ら／り／る／る／れ／れ}食べる。▼「召し上がる」の意とする説、「むさぼり食う」の意とする説もある。

「猫が鼠まぼるを些事とす冬籠」　中村草田男

まぼろし【幻】〈名〉❶幻影。まぼろし。たちまち消えるはかないものをたとえていうこともある。❷幻術を使う者。

「幻の女《ひと》ゆく夜の花八ッ手」　横山白虹

「幻の栖《すみか》となりぬ冷し酒」　眞鍋呉夫

「葛掘れば荒宅まぼろしの中にあり」　赤尾兜子

「春の鹿幻を見て立ちにけり」　藤田湘子

「補陀落といふまぼろしに酔芙蓉」　角川春樹

まほろ-ば〈名〉すぐれたよい所・国。▼上代語。「まほらま」「まほら」とも。

「まほろばの物心はみな残花かな」　永田耕衣

「もとほるやまほろばの月くまもなく」　下村梅子

「まほろばの山まぼろしの梅雨明り」　和田悟朗

「まほろばに人の柱と木の柱」　夏石番矢

まま【儘・随】〈名〉❶(…の)とおり。(…の)まま。(成り行きに任せること)❷心のまま。思うとおり。❸そのまま。それきり。

「谺して山ほととぎすほしいまゝ」　杉田久女

「秋声碑しぐれつたひしままの痕」　細見綾子

「はるけさや溢れたるまま氷りけり」　小川双々子

「避寒して鏡台の気に入らぬまま」　波多野爽波

「踊着のままのねむりに川の音」　澁谷　道

「外套やこころの鳥は撃たれしまま」　河原枇杷男

まま-に【儘に・随に】〈連語〉❶…につれて。❷…にまかせ

て。…ままに。❸…のとおりに。❹…とすぐに。…やいなや。❺…ので。…によって。▼名詞「まま」十格助詞「に」

「牧草の丈なすままにほととぎす」　水原秋櫻子

「ままならぬ世をままに生き秋扇」　鈴木真砂女

「月見草砂地は風の吹くままに」　桂　信子

「菩提子を拾ひぬ寺の暮るるままに」　岸田稚魚

ま-み【目見】〈名〉❶目つき。まなざし。❷目もと。

「松の花わが恋ふまみを隔てたり」　渡邊白泉

「山の子のまみつぶらなり頬冠り」　清崎敏郎

「蜉蝣《かげろふ》へ太子の眸《まみ》の光りけり」　和田悟朗

まみ・ゆ【見ゆ】〈自動・ヤ下二〉{え/え/ゆ/ゆる/ゆれ/えよ}お目にかかる。お会いする。(「会ふ」「見《み》ゆ」の謙譲語)▼「ま(目)み(見)ゆ」の意。

「尊像の芭蕉に見ゆ蘇枋《すはう》どき」　森　澄雄

「この世の蟲かすかまみゆること無しに」　野澤節子

「白露やまみえし富士のおん姿」　村越化石

「伎芸天に春のコートを脱ぎ見ゆ」　川崎展宏

「堅香子にまみえむ膝をつきにけり」　石田郷子

まみ・る【塗る】〈自動・ラ下二〉{れ/れ/る/るる/るれ/れよ}べっとりとものがつく。ぬれてよごれる。

「薫風や蚕は吐く糸にまみれつつ」　渡邊水巴

「海も雪にまみるゝ波をあぐるかな」　久保田万太郎

「花栗に寄りしばかりに香にまみる」　橋本多佳子

「春の鷹日まみれに飢つのるらし」　矢島渚男

「初景色海の匂ひにまみれをり」　野木桃花

まら【魔羅】〈名〉❶仏道修行の妨げとなるもの。❷陰茎。▼もと僧侶の隠語。

「古魔羅や盆の山川痩せ細り」　平畑静塔

「子の閛《まら》を吸ふ母やここ桑の海」　夏石番矢

まら-うと【客人・賓】《マロウト》〈名〉客。▼もとは「稀《まれ》に訪ねて来る人」の意で、「まらひと」のウ音便。近世以降「まらうど」。「まれうと」「まれびと」とも。

「冬日あび庭にまらうど外を飴屋」　富安風生

「客人《まらうど》として濡縁に桐一葉」　手塚美佐

まり【毬・鞠】〈名〉❶「蹴鞠《けまり》」に用いるまり。鹿《しか》のなめし革二枚を縫い合わせた袋に米糠《こめぬか》を入れて作る。❷「蹴鞠」のこと。❸子どもなどが遊びに使うたま。

「よき毬を吉野の奥の奥につく」　大峯あきら

「冬波の引き忘れたる毬ひとつ」　中嶋秀子

「色ありて三和土の鞠や秋のくれ」　小澤　實

-まり【余り】〈接尾〉❶…ぐらい。…余。(数量を表す語に付いて、その数量よりいくらか多いことを表す)❷…と。(二桁《けた》の数を示すとき、十の位の数の後に付け、一の位の数がその後にあることを示す)▼「-あまり」の変化した語。

「芭蕉忌や十まり七つの灯をつがん」　中村草田男

「不確かな世とや十まり菊芽挿す」　伊藤白潮

まる【糞る・放る】〈他動・ラ四〉{ら/り/る/る/れ/れ}身体の外へ出す。排泄する。

「露の虫大いなるものを**まり**にけり」　阿波野青畝
「寒雀そが糞ほどをくそ**まり**ぬ」　石塚友二
「木曾のなあ木曾の炭馬並び**糞る**」　金子兜太
「鶴凍てて花の如きを**糞り**にけり」　波多野爽波
「祇王寺の愛猫**糞り**ぬうすごほり」　辻桃子

まる・む【丸む】〈他動・マ下二〉{め/め/む/むる/むれ/めよ}❶丸くする。丸める。❷頭髪をそって坊主頭になる。

「つぶつぶと**丸む**力や露の玉」　正岡子規
「焚火中**丸め**し屑が開きをり」　能村研三
「古暦**丸め**て犬の頭を叩く」　岸本尚毅

まれ・なり【稀なり】〈形動ナリ〉{なら/なり・に/なり/なる/なれ/なれ}めったにない。まれだ。

「白樺の**まれに**はななめ秋晴るる」　皆吉爽雨
「人**稀に**月光を来る菊供養」　大野林火
「漆山**まれに**降りくるわれならん」　安井浩司
「春深し**稀に**はとり死者に肖て」　攝津幸彦

まろ・し【丸し・円し】〈形ク〉{(く)・から/く・かり/し/き・かる/けれ/かれ}丸い。まるまるとしている。円満である。▼室町時代中期以後「まるし」とも。

「我を怒らしめこの月を**まろから**しめ」　竹下しづの女
「春山越えて人語は**まろし**冷し飴」　中村苑子
「春燈下**まろき**音楽を抱くごとし」　林　翔
「夕焼を経し雲**まろく**皆眠げ」　香西照雄
「薫風を入れて酢をうつ飯**まろし**」　古賀まり子

まろ・ね【丸寝】〈名〉衣服を着たまま寝ること。独り寝や旅寝をいうこともある。丸臥《まろぶし》。▼「まるね」とも。

「浪音に**まろね**の魂を洗はるる」　篠原鳳作

まろ・ぶ【転ぶ】〈自動・バ四〉{ば/び/ぶ/ぶ/べ/べ}❶ころがる。❷ころぶ。倒れる。

「熊笹の顫ひて初音**まろび**くる」　川端茅舎
「木の卓にレモン**まろべ**りほととぎす」　草間時彦
「波は波をくるんで**轉ぶ**春の沙」　多田智満子
「月山の月夜**まろば**む蕗の薹」　小檜山繁子

まろ・む【丸む・円む】㊀〈自動・マ四〉{ま/み/む/む/め/め}丸くなる。㊁〈他動・マ下二〉{め/め/む/むる/むれ/めよ}❶丸くする。丸める。❷こねて固める。

「日は雲を**まろめまろめ**つ朳《えぶり》唄」　林　翔
「古語に舌**まろめ**て読書文化の日」　井沢正江
「鴨**まろみ**ゐて岩よりも遠く見ゆ」　斎藤夏風

まゐら・す【参らす】《マイラス》㊀〈他動・サ下二〉{せ/せ/す/する/すれ/せよ}献上する。差し上げる。奉る。㊁〈補助動・サ下二〉(動詞の連用形に付いて)お…申し上げる。お…する。

「旅路なれば残るいちごを**参らせ**ん」　正岡子規
「寒き夜の佛に何を**参らせ**ん」　渡邊水巴

ま

「虚子百句遅日に偲び**まゐらする**」　阿部みどり女
「願ひ**まゐらす**一言様《いちごんさん》に鳥総松」　沼尻巳津子
「白粥を父に**まゐらす**夏ゆふべ」　大石悦子

まゐ・る【参る】《マイル》 ■一〈自動・ラ四〉{ら／り／る／る／れ／れ} ❶参上する。うかがう。お仕えする。❷(神社・寺院などに)お参りに行く。お参りする。参詣《さんけい》する。❸(天皇・皇太子の妃《きさき》として)おそばに上る。入内《じゅだい》する。❹参ります。■二〈他動・ラ四〉❶差し上げる。献上する。奉る。❷してさしあげる。奉仕する。❸召し上がる。お食べになる。お飲みになる。❹なさる。おやりになる。

「長病の今年も**参る**雑煮かな」　正岡子規
「大朝寝しては恩師の忌に**まゐる**」　山口青邨
「肌脱ぎを入れて佛飯**参らする**」　皆吉爽雨
「どの墓へ**参りし**人か戻り来る」　深見けん二
「田の墓へ日照雨の如く**参る**なり」　徳弘純

まを・す【申す・白す】《マオス》 ■一〈他動・サ四〉{さ／し／す／す／せ／せ} 申し上げる。■二〈補助動・サ四〉(動詞の連用形に付いて)…申し上げる。▼「まうす」の古形。中古以降は「まうす」となる。

「なり**まをし**そろと云ふまで木を責むと」　相生垣瓜人
「紅梅の咲いて初音と**まをす**宿」　日野草城
「一觴一詠日永の主と**申す**べし」　宇佐美魚目

まんだら【曼荼羅・曼陀羅】〈名〉❶悟りを得るための修行の道場。また、諸仏を安置する壇。❷仏の悟りの境地を絵に表したもの。特に、密教で重視されて礼拝《らいはい》の対象ともされるが、これは密教の教主大日如来《だいにちにょらい》の悟りの境地を絵に表したものである。

「ひろ〴〵と露**曼陀羅**の芭蕉かな」　川端茅舎
「大空は雲の**まんだら**千草咲く」　矢島渚男
「**曼荼羅**を敷き臥し繭となりはつる」　夏石番矢

み

み【身】■一〈名〉❶からだ。身体。❷自分。わが身。❸身の上。境遇。身分。❹刀身。❺(容器の蓋《ふた》に対して)物を入れる方。■二〈代名〉私。われ。(中世以降、男性が用いる自称の人称代名詞)

「凧糸の白のひとすぢ**身**より出て」　桂信子
「花嵐**身**は花守のなげきかな」　高柳重信
「露の世に露の**身**ひとつ宇宙塵」　深谷雄大

み-【美・深】〈接頭〉名詞に付いて、美しい、立派な、などの意を添えたり、語調を整えたりするときに用いる。「み冬」「み山」「み雪」「み吉野」▼「美」「深」は当て字。

「**み**よしの、百花の中やひそと著莪」　及川貞
「山さくら春をふりくる**み**空かな」　高屋窓秋
「**深**吉野の花冷え星座にも及ぶ」　鷹羽狩行

み-【御】〈接頭〉名詞に付いて尊敬の意を表す。古くは神・天皇に関するものにいうことが多い。「み明かし」「み軍《いくさ》」「み門《かど》」「み子」

「お彼岸のお彼岸花を**み**ほとけに　種田山頭火
「ことごとく畦塗られたる**御**幸かな」　大峯あきら
「何色の何が寒きか花**御**堂」　金田咲子
「蓼の花**御**寺へあそびながらゆく」　田中裕明

-み〈接尾〉❶(形容詞の語幹、および助動詞「べし」「まじ」の語幹相当の部分に付いて)(…が)…なので。(…が)…だから。❷(形容詞の語幹に付いて)…と(思う)。❸(形容詞の語幹に付いて)その状態を表す名詞を作る。❹(動詞および助動詞「ず」の連用形に付いて)…たり…たり。▽「…み…み」の形で、その動作が交互に繰り返される意を表す。
「や、寒**み**襟を正して坐りけり」　正岡子規
「茶摘子や夜干し朝干し暇な**み**」　松瀬青々
「麦の穂の微妙に揃ふ山近**み**」　富安風生
「あがり来て忍坂の凧峰をちか**み**」　山口誓子
「冬紅葉潭を出では水迅**み**」　森　澄雄

み-あかし【御明かし・御灯】〈名〉神や仏に供える灯火。お灯明《とうみよう》。▼「み」は接頭語。
「雨の日は**御灯**ともし一人居る」　尾崎放哉
「早苗饗《さなぶり》の**御あかし**上ぐる素つ裸」　高野素十
「**御灯**のうへした暗し涅槃像」　芝不器男

み-いだ・す【見出だす】〈他動・サ四〉{さ/し/す/す/せ/せ}❶外を見る。ながめやる。❷見つける。見つけ出す。発見する。❸(目を)むく。みはる。みひらく。
「井戸の暗さにわが顔を**見出す**」　尾崎放哉

「月あびてゐたるわが手を**見出しき**」　加藤楸邨
「遂に/谷間に/**見出だされたる**/桃色花火」　高柳重信

み-い・づ【見出づ】ミイズ〈他動・ダ下二〉{で/で/づ/づる/づれ/でよ}❶見つけ出す。❷内から外を見る。
「葉かげの蛾**見出づ**夕風到りけり」　臼田亜浪
「薄氷のとぢたる芹を**見出**たり」　石川桂郎

み-い・る【見入る】〈他動・ラ下二〉{れ/れ/る/るる/るれ/れよ}❶外から内をのぞく。❷気にとめて見る。目をかける。心を込めて世話をする。❸(悪霊などが)目をつけてとりつく。
「夏帽の茂吉地に坐し**見入る**河」　文挾夫佐恵
「蟻地獄**見入る**少女の鎖骨美し」　熊谷愛子
「深々と礼をするかに薔薇**見入る**」　上田日差子

み-おや【御祖】〈名〉親や先祖の尊敬語。▼母・祖母を尊んでいうことが多い。「み」は接頭語。
「穂すすきの根に伏し海の**御祖**呼ぶ」　細見綾子
「初ひ、な陸奥と大和の**御祖**かな」　石橋秀野

み-ぎは【水際・汀】ミギワ〈名〉水のほとり。水ぎわ。▼「み(水)きは(際)」から。「みなぎは」とも。
「螢火の瓔珞《やうらく》たれし**みぎは**かな」　川端茅舎
「蟷螂の枯れにしたがふ**水際**かな」　原　裕
「春雪の**みぎは**を行くはみそさざい」　山本洋子
「**水際**より咲きのぼるなり崖櫻」　髙橋睦郎
「遠く近く**みぎは**の僕の匂ひかな」　林　桂

み‐ぎり【砌】〈名〉❶雨滴を受けるために、軒下などに石などを敷いた所。転じて庭。❷場所。所。❸時。折。場合。▼「水《み》限《きり》（「限《きり》」は限《かぎ》るの意）」「水《み》切《き》り」からの語。
「雨上がり蝸牛居並ぶ**砌**かな」　阿波野青畝

み‐くさ【水草】〈名〉水草《みずくさ》。水辺に生える草。
「みづうみや**水草**紅葉も枯れそめて」　草間時彦
「流れ着く**水草**言の葉面影など」　鳴戸奈菜
「**水草**生ふうなづきながら眠る妻」　岸本尚毅

み‐ぐし【御髪】〈名〉貴人の「髪《かみ》」の尊敬語。▼「み」は接頭語。「くし」は櫛《くし》の意。
「門院の**みぐし**にさむき花咲きぬ」　長谷川かな女
「紅梅の**御髪**おろせしはたちかな」　筑紫磐井

み‐くまり【水分り】〈名〉山から流れ出る水が分かれる所。分水嶺《ぶんすいれい》。▼上代語。「水配り」の意。
「**水分**の神よりくだる夜振かな」　阿波野青畝
「夢に見し花をたづねて**水分**へ」　眞鍋呉夫
「**水分**や鬼百合の鬼出てあそぶ」　小泉八重子
「**みくまり**をいまあらたまのみづのおと」　中原道夫

み‐ぐる・し【見苦し】〈形シク〉{（しく）・しから／しく・しかり／し／しき・しかる／しけれ／しかれ}❶見ているのがつらい。見るに忍びない。❷みっともない。不体裁だ。
「ががんぼのもがきて死ぬは**見苦しし**」　安住　敦
「**見苦しき**世にはさみあぐ潮まねき」　仙田洋子

み‐こ【巫女・神人・神子】〈名〉神に奉仕して、神楽を舞ったり祈禱《きとう》をしたり、また、神託を告げたり、口寄せをしたりする女性。多くは未婚。
「占ひの**巫女**の白衣も梅雨じめる」　桂　信子
「小春日の兎とあそぶ**巫女**の膝」　福田甲子雄
「春昼をひらりと**巫女**の曲りけり」　柿本多映
「八朔や太鼓うながす**巫女**の鈴」　小川軽舟

みごと‐なり【見事なり】〈形動ナリ〉{なら／なり・に／なり／なる／なれ／なれ}みごとだ。りっぱだ。巧みだ。
「**見事なる**蚤の跳躍わが家にあり」　西東三鬼
「裏切者それは**見事に**日焼けして」　鈴木六林男
「陸の六月兎の前歯**みごとなり**」　津沢マサ子

みこと‐のり【詔・勅】〈名〉天皇のお言葉。
「灯を明ふせよと新涼の**みことのり**」　長谷川かな女
「風薫る伊勢へまゐれと**みことのり**」　筑紫磐井

み‐ごも・る【身籠る・妊る】〈自動・ラ四〉{ら／り／る／る／れ／れ}子をはらむ。妊娠する。
「賢にして**みごもる**妻や春の雷」　松瀬青々
「白魚の**みごもり**ゐるがあはれかな」　鈴木真砂女
「露の世に**妊り**し掌のあつさかな」　上田五千石
「**身籠もり**て冬木ことごとく眩し」　中嶋秀子

み‐さ・く【見放く】〈他動・カ下二〉{け／け／く／くる／くれ／けよ}❶遠くを望み見る。❷会って思いを晴らす。▼「放く」は遠くへやる意。

「蛙田を見さくる辻に苗木市」　水原秋櫻子
「望台は枯野見さくるに低からず」　山口誓子

みささぎ【陵】〈名〉天皇・皇后などの墓所。御陵《ごりよう》。山陵。▼「みささき」とも。
「探梅やみささぎどころたもとほり」　阿波野青畝
「陵や眼鏡を落す雪の上」　秋元不死男
「みささぎの天武持統に柿日和」　井沢正江

みじか・し【短し】〈形ク〉（（く）・から／く・かり／し／き・かる／けれ／かれ）❶短い。低い。（空間的に）❷短い。早い。（時間的に）❸身分が低い。卑しい。❹あさはかだ。思慮分別に欠ける。
「みちのくの蚯蚓短かし山坂勝ち」　中村草田男
「短かかりし夕焼を思ひ煖炉去る」　加藤楸邨
「ひとごゑの短く過ぎて厚氷」　岡本眸
「岩魚焼く短かき刻を待ちにけり」　辻桃子
「鶏鳴のみじかし今日も暑からむ」　片山由美子
「みづうみのみなとのなつのみじかけれ」　田中裕明

み-じろ・く【身動く】〈自動・カ四〉（か／き／く／く／け／け）体を動かす。身動きする。▼「みじろぐ」とも。
「寒燈に蔭みじろがぬ子を目守る」　西島麥南
「身じろぎもせず炎昼の深ねむり」　野見山朱鳥
「流るるは春の夜みじろがぬは川」　殿村菟絲子
「みじろげば哀しみ兆す寒灯」　鷲谷七菜子
「はんざきの身じろぎを混沌といふ」　大石悦子

み・す【見す】㊀〈他動・サ四〉（さ／し／す／す／せ／せ）ご覧になる。（「見る」の尊敬語）㊁〈他動・サ下二〉（せ／せ／す／する／すれ／せよ）❶見せる。見させる。見るようにさせる。❷嫁がせる。結婚させる。❸占わせる。判断させる。
「暑に耐へる貴船の人ら顔見せず」　原コウ子
「螢を揺らして見する人来るたび」　細見綾子
「午睡にも深ねむりして老を見す」　能村登四郎
「冬海の心見せたる浪白し」　堀口星眠
「牡丹園牡丹の荒れも見するなり」　大木あまり

み-す・う【見据う】〈他動・ワ下二〉（ゑ／ゑ／う／うる／うれ／ゑよ）❶しっかり見る。見つめる。❷見さだめる。
「訃を聞くや月の大樹を見すゑつつ」　平畑静塔
「隻眼に見据ゑてふかし梅雨の寺」　中川宋淵
「獵銃を鹿は静かに見据ゑけり」　櫂未知子

み-すがら【身すがら】〈名〉❶体一つであること。身一つ。❷（家族・親族などの）係累がないこと。独り身。▼「すがら」は接尾語。
「身すがらの鬼すがたかな山百合打ち」　飯島晴子

み-すぎ【身過ぎ】〈名〉暮らしのてだて。生計。なりわい。
「蜘の子はみなちりぢりの身すぎ哉」　小林一茶
「かす〳〵の身過ぎうたてし冬菜生ゆ」　長谷川零餘子

みすず-かる【水篶刈る・三篶刈る】《枕詞》「すず」は篠竹《すずたけ》の意。篠竹の産地であるところから「信濃《しなの》」にかかる。

「みすずかる信濃は句碑に黒つぐみ」　水原秋櫻子
「みすずかる信濃の薄月に挿す」　山口青邨
「みすずかる信濃の夕焼青葡萄」　福田蓼汀

みす-みす【見す見す】〈副〉目の前に見ているうちに。▼動詞「見す（見せる）」を重ねたものが一語化したもの。
「又言はむ**見す見す**年を逝かしむと」　相生垣瓜人

みせ【見世・店】〈名〉❶店。商店。また、商品の陳列棚。（「見世棚《なだ》」の略）❷遊里で、遊女が客を待ち居並ぶ座敷。
「みじか夜や小**見世**明たる町はづれ」　与謝蕪村
「淡雪や昼を灯して鏡**店**《せみ》」　日野草城
「セルを着て村にひとつの**店**の前」　飯田龍太
「**店**の中月の芒の一間あり」　深見けん二

み-せう【微笑】《ミシヨウ》〈名〉ほほえみ。
「雁来つつあらむ**微笑**の観世音」　森　澄雄
「拈華《げねん》して乞食《こつじき》**微笑**《みせう》花の山」　多田智満子

みそ-か【三十日・晦日】〈名〉❶三十日（間）。❷（月末に当たる）月の三十日目。月末。晦日《つごもり》。
「ありあけも**三十日**にちかし餅の音」　松尾芭蕉
「巨大なる蜂の巣割られ**晦日**午後」　西東三鬼
「病む母の枕頭**晦日**蕎麦すする」　大橋敦子

みそか-ごと【密か事】〈名〉内緒事。また、密通。
「けぶらせて夜長の尼の**みそかごと**」　後藤綾子
「鶏頭に風吹く母の**みそかごと**」　星野石雀

み-そぎ【禊・御祓】季・夏〈名〉罪や汚れのある身を海や川の水で洗って、身を清めること。
「山へ紙ひらひらとんで**御祓**かな」　宇佐美魚目
「百日の闇を**禊**の黒葡萄」　小檜山繁子
「思はざる**禊**の朝寝とはなりぬ」　手塚美佐

みそ-ぢ【三十・三十路】《ミソジ》〈名〉（数の）三十《さんじゆう》。（年齢の）三十。三十歳。▼「みそち」とも。「ぢ」は、数を示す接頭語「つ」から「ち」「ぢ」と転じたもの。のち、「ぢ」が「路」と解されて「三十路」とも表記された。殊に、年齢は「三十路」と書かれることが多い。
「おん顔の**三十路**人なる寝釈迦かな」　中村草田男
「**三十路**たつわぎもが春の小袖かな」　西島麥南
「はじまりし**三十路**の迷路木の実降る」　上田五千石
「赤蜻蛉**三十路**ふりむくこと多し」　行方克巳

み-そなは・す【見そなはす】《ミソナワス》〈他動・サ四〉｛さ／し／す／す／せ／せ｝ご覧になる。（「見る」の尊敬語）▼「見そなふ」とも。
「さし木すや八百万神**見そなはす**」　前田普羅
「麦刈の終んぬる野を**みそなはせ**」　中村汀女
「**みそなはせ**九重ざくら咲きにけり」　下村梅子
「雪の日は雪**みそなはす**寝釈迦かな」　山田みづえ

みぞ・る【霙る】季・冬〈自動・ラ下二〉｛れ／れ／る／るる／るれ／れよ｝みぞれが降る。

「みぞるるや犬の来てねる炭俵」　芥川龍之介
「山鳩も噂も遠くみぞれけり」　三橋鷹女
「みぞる夜の孤りの鼠木を齧じる」　西東三鬼
「霙れけり人より貰ふ銭の額」　鈴木しづ子

みた・す【満たす・充たす】〈他動・サ四〉〔さ/し/す/す/せ/せ〕❶満ちるようにする。一杯にする。❷満足させる。
「曼珠沙華天のかぎりを青**充たす**」　能村登四郎
「誰訪ひて心**満たさ**む夕朧」　林　翔
「寒き檻**充たす**孔雀の翼拡げ」　津田清子
「つちふるやリチウム電池**満たされ**る」　五島高資

みだ・す【乱す・紊す】〈他動・サ四〉〔さ/し/す/す/せ/せ〕乱れた状態にする。
「行春を琴掻き鳴らし掻き**乱す**」　夏目漱石
「赤とんぼ算を**乱せ**り死者の丘」　澤木欣一
「一睡の**乱さ**るるもよし青嵐」　村越化石
「虹**紊す**ことなくて子の生れたる」　八田木枯

み-たま【御霊・御魂】〈名〉「魂《たましい》」の尊敬語。（死者をうやまっていう）
「春の山春の水**御魂**鎮まりぬ」　正岡子規
「婉転とみやここことばを生**御魂**」　茨木和生
「板東やけふ稲妻の荒**御魂**」　筑紫磐井

み-たらし【御手洗】〈名〉神を拝む前に手を洗い、口を漱いで、身を清めること。また、その水や、その水のある所。
▼「み」は接頭語。
「**みたらし**の杓の灯影や初詣」　五十嵐播水
「**みたらし**に炎上の火のうつるなり」　橋本鶏二
「**御手洗**をかこむ遍路の白脚絆」　森田　峠

みだ・る【乱る】㊀〈自動・ラ下二〉〔れ/れ/る/るる/るれ/れよ〕❶乱れる。混乱する。❷しまりがなくなる。格式ばらなくなる。❸（心が）乱れる。平静でなくなる。㊁〈他動・ラ四〉〔ら/り/る/る/れ/れ〕❶乱す。混乱させる。❷（心を）乱す。平静でなくす。思いわずらわせる。思い悩ます。
「門の辺に**みだるる**萩をくくりけり」　安住　敦
「林揺れ蛾の**みだるれ**ば風すぐる」　高屋窓秋
「凍てきれずあり瀧音の**乱れ**ざる」　鷲谷七菜子
「七五調**乱れ**て手毬こぼれけり」　今瀬剛一
「遠景は**乱れ**ず風の花すすき」　倉橋羊村

みち-すがら【道すがら・途次】〈副〉道中ずっと。道を行きながら。
「蕎麦白き**道すがら**なり観音寺」　河東碧梧桐
「**道すがら**見し稲扱きの手を真似て」　山口誓子
「**道すがら**煎餅買ひぬ春星忌」　田中裕明

みちのく【陸奥】〈名〉旧国名。東山道八か国の一つ。今の青森・岩手・宮城・福島の四県。東海道・東山道の奥の意で、今の東北地方全体をさしていうこともある。陸奥《むつ》。陸州《りくしゅう》。奥州《おうしゅう》。
「**みちのく**のまつくらがりの夜涼かな」　高野素十

み

「**みちのく**の淋代《さびしろ》の浜若布寄す」　山口青邨
「**みちのく**に遠き都の雛の顔」　阿波野青畝
「**みちのく**や餅に搗きこむ二日月」　橋　閒石
「**みちのく**の菊のひかりにつまづくや」　黒田杏子

みち-の-べ【道の辺】〈名〉道のほとり。道ばた。▼「みちのへ」「みちべ」とも。
「**道のべ**の木槿《むくげ》は馬にくはれけり」　松尾芭蕉
「**道のべ**に牡丹散りてかくれなし」　後藤夜半
「**道のべ**に春霜解けてにじむほど」　皆吉爽雨
「桜桃の花**みちのべ**に出羽の国」　角川源義
「**道の辺**の籬も主《ぬし》も琥珀いろ」　小檜山繁子

み-ぢん【微塵】《ミジン》〈名〉❶こまかい塵。❷極めてこまかいこと。また、そのもの。
「露**微塵**忽ち珠となりにけり」　川端茅舎
「渡り鳥**微塵**のごとしオホーツク」　大野林火
「冬麗の**微塵**となりて去らんとす」　相馬遷子
「青鷺の**みぢん**も媚びず二夜経ぬ」　殿村菟絲子

み・つ【満つ・充つ・盈つ】■一〈自動・タ四〉{た/ち/つ/つ/て/て}❶(限度まで)いっぱいになる。充満する。満ちる。広まる。❷満月になる。❸思いや願いがかなう。成就する。充足する。■二〈他動・タ下二〉{て/て/つ/つる/つれ/てよ}❶(限度まで)いっぱいにする。満たす。❷(思いや願いを)かなえる。充足させる。
「春愁の白きおもひと花と**満つ**」　高屋窓秋
「蝶**満て**り七夕待ちのキャベツ畑」　石田波郷
「物**盈つる**ごとく水仙蕾みけり」　安東次男
「戦後の空へ青蔦死木の丈に**充つ**」　原子公平
「野に**満つる**桑の木母よもう寝しか」　林　桂
「天暗く赤き椿の咲き**満てる**」　長谷川櫂

みづ【瑞】《ミズ》〈名〉❶若々しくて生き生きと美しいこと。(「みづ枝」「みづ穂」などのように接頭語的に用いられることが多い)❷めでたいしるし。瑞兆《ずいちょう》。
「形代《かたしろ》と結ひなす**瑞**の真菰かな」　水原秋櫻子
「**瑞**の茎いつもそろへり曼珠沙華」　山口青邨
「盆路をつくるや**瑞**の夜空あり」　能村登四郎
「**瑞**照りの蛇と居りたし誰も否」　渡邊白泉

みづ-え【瑞枝】《ミズエ》〈名〉みずみずしい若い枝。
「桃林は**みづえ**をそろへ麦青む」　飯田蛇笏
「馬刀葉椎**瑞枝**の矛を総立ちに」　石塚友二
「菩提樹**瑞枝**享けて富貴のあるごとし」　山田みづえ
「朧夜の草にも**瑞枝**ありにけり」　手塚美佐

みづ-かがみ【水鏡】《ミズカガミ》〈名〉姿が映って見える、静かな水面。
「秋涼し魚木に上る**水鏡**」　澤木欣一
「蝶昏れて**水鏡**に棲む貌ひとつ」　河原枇杷男
「誰がための秋天を置く**水鏡**」　原　裕
「**水鏡**してあぢさゐのけふの色」　上田五千石

み-づ-から【自ら】《ミズカラ》 [一]〈名〉自分自身。本人。▼「みつから」の変化した語。「み」は「身」、「つ」は「の」の意の上代の格助詞、「から」はそれ自体の意の名詞。[二]〈代名〉私。（自称の人称代名詞。古くは男女ともに用いたが、近世では女性語となった）[三]〈副〉自分自身で。直接に。

「暮れ方を野菊**みづから**暮るるなり」　永田耕衣
「**みづから**の光りをたのみ八ツ手咲く」　飯田龍太
「砂漠の木**自ら**の影省略す」　津田清子
「白南風や船**みづから**の飛沫あび」　友岡子郷

み-つ・く【見付く】 [一]〈自動・カ四〉｛か／き／く／く／け／け｝見なれる。見てなじむ。[二]〈自動・カ下二〉｛け／け／く／くる／くれ／けよ｝見なれる。見てなじむ。[三]〈他動・カ下二〉見つける。発見する。

「**見つけ**たる夕日の端の蕗の薹」　柴田白葉女
「蕗の薹**見つけ**し今日はこれでよし」　細見綾子
「夢殿におのれを**見付け**涼しさよ」　和田悟朗

み-づ・く【水漬く】《ミズク》〈自動・カ四〉｛か／き／く／く／け／け｝水に浸る。水につかる。

「**水漬き**つつ木賊は青し冬の雨」　中村汀女
「コスモスや**水漬く**屍もそよぐらむ」　鍵和田秞子
「柳川や**水漬き**て灯る烏瓜」　寺井谷子
「はつ夏や中洲に**水漬く**胡桃の木」　藺草慶子
「**水漬き**たる草に花あり一遍忌」　小川軽舟

みづ-くき【水茎】《ミズクキ》〈名〉❶筆。❷筆跡。手紙。▼水茎の跡《あと》の意から。「みづぐき」とも。

「**水茎**の一気多佳子の命青」　平畑静塔
「秋立つや師の**水茎**を御魂代」　林　翔
「**水茎**をほめまゐらせし扇かな」　筑紫磐井

み-づくろひ【身繕ひ】《ミヅクロイ》〈名〉身じたく。

「赤富士を待つ雲たちの**身づくろひ**」　富安風生
「連立ちてパリの初冬に**身繕ひ**」　沼尻巳津子

みづ-し【水仕】《ミズシ》〈名〉水仕事をすること。台所で立ち働くこと。また、それをする男女。

「なきむしの**水仕**につもる夜の雪」　飯田蛇笏
「夕顔に**水仕**もすみてたゝずめり」　杉田久女
「いさゝかの**水仕**のこすや初鴉」　石橋秀野
「冬紅葉**水仕**いよいよあはれなり」　森　澄雄

みづ-ほ【瑞穂】《ミズホ》〈名〉みずみずしい、りっぱな稲の穂。

「まのあたり**瑞穂**恋しき涙かな」　永田耕衣
「名は八穂子**瑞穂**のつゆに生れし子」　大野林火

みづ-みづ・し【瑞瑞し】《ミズミズシ》〈形シク〉｛(しく)・しから／しく・しかり／し／しき・しかる／しけれ／しかれ｝生気に満ちている。新鮮で美しい。

「**みづみづし**セロリを嚙めば夏匂ふ」　日野草城
「笹の根の**みづみづしき**をとりつくす」　飴山　實
「星消えてゆき鴨のこゑ**みづ**〲**し**」　中岡毅雄

み

み-つ・む【見詰む】〈他動・マ下二〉{め／め／む／むる／むれ／めよ}じっと熱心に見続ける。

「髑髏の眼われを**見詰め**て黴びてをり」　野見山朱鳥
「青年を**見詰む**口中に生卵」　鳴戸奈菜
「**見つめ**ゐる影まで掃かれ菊花展」　能村研三
「冬夕焼くちびる乾くまで**見つむ**」　鎌倉佐弓

みづら【角髪・角子】《ミズラ》〈名〉男性の髪型の一つ。髪を頭の中央で左右に分け、耳のあたりで束ね結んだもの。上代には成年男子、平安時代には少年の髪型となった。

「**みづら**結ひ何々朝臣墨雛」　下村梅子
「駒草の顔ぞ等し**みづら**髪」　大橋敦子

み-てぐら【幣】〈名〉神に奉る物の総称。特に、絹・木綿・麻などの布にいうことが多い。▼「にきて」「ぬさ」とも。「み」は接頭語。

「水の穂を**みてぐら**と揺り泉湧く」　中村草田男

みどり-こ【嬰児】〈名〉おさなご。乳幼児。▼後には「みどりご」とも。

「**みどり子**の頬突く五月の波止場にて」　西東三鬼
「**みどりご**をイエスの前に昼寝さす」　有馬朗人
「**みどり子**に光あつまる蝶の昼」　上田五千石
「**みどりご**に光の束の花降れり」　須藤徹
「百年は生きよ**みどりご**春の月」　仙田洋子

み-な-ぎは【水際】《ミナギワ》〈名〉みずぎわ。水のほとり。▼「みなきは」「みぎは」「みづぎは」とも。「な」は「の」の意の上代の格助詞。

「駈けてゆく**水際**遠し雲の峰」　星野立子
「沫雪の**水際**ばかり光りけり」　佐藤鬼房
「**水際**に日暮れを掬ふ紋白蝶」　宇多喜代子

み-な-くち【水口】〈名〉井や川の水を、田などへ引き入れる口。

「**水口**に集まつて来る田螺かな」　正岡子規
「化粧鍬あてて**水口**祭りけり」　阿波野青畝
「五月雨の**水口**にゐる田鯉かな」　右城暮石

み-な-そこ【水底】〈名〉水の底。▼「みなぞこ」とも。「な」は「の」の意の上代の格助詞。

「**水ナ底**を秋が過ぎゆく山の影」　中村苑子
「**水底**に石敷きつめて花曇」　廣瀬直人
「**水底**のけぶれるさくらうぐひかな」　小澤實
「**水底**に藻の照りわたる余寒かな」　藺草慶子

み-な-と【水門・湊・港】〈名〉❶川や海の、水の出入り口。河口・湾口・海峡など。❷船のとまる所。船着き場。❸行き着く所。▼「みと」とも。「な」は「の」の意の上代の格助詞。「水の門《と》(出入り口)」の意。

「峰雲の映りみちたる**湊**に寄る」　篠原梵
「剥き蜆洗ふ**水門**の神を負ひ」　木村蕪城
「**港**出てヨット淋しくなりにゆく」　後藤比奈夫

「能面のくだけて月の港かな」　黒田杏子

み-な-も【水面】〈名〉水の表面。▼「みのも」とも。

「愛すとき水面を椿寝て流る」　秋元不死男
「更衣どこの水面も平らかに」　森田智子
「敗荷となりて水面に立ち上がり」　片山由美子

み-な-もと【源】〈名〉❶水源。❷起源。根源。▼「な」は「の」の意の上代の格助詞。「水《み》の本《もと》」の意。

「燃えはしるここをみなもと曼珠沙華」　皆吉爽雨
「春川の源へ行きたかりけり」　京極杞陽
「源の水のありかや寒一斗」　原　裕
「春怨のみなもと汲まんたなごゝろ」　高橋睦郎

み-な-わ【水泡】〈名〉水の泡。はかないものをたとえていう。▼「水《み》な泡《あわ》」の変化した語。「な」は「の」の意の上代の格助詞。

「蝌蚪小さし浮かびて消ゆる水泡よりも」　中村草田男
「永睡りしたり冬濤の白水沫」　石田波郷
「純白の水泡を潜《かづ》きとはに陥つ」　三橋敏雄

み-にく-し【見悪し・醜し】〈形ク〉{(く)・から/く・かり/し/き・かる/けれ/かれ}
❶見苦しい。みっともない。❷(顔かたちが)よくない。

「恋猫に月の葛城醜けれ」　阿波野青畝
「ひしめけるものらみにくし白梅さへ」　三橋鷹女
「裏窓の裸醜し又美し」　瀧　春一
「扇風機止り醜き機械となれり」　篠原　梵

み-ぬち【身ぬち】〈連語〉身体のなか。▼「ぬち」は「のうち」と同じ。

「酒はしづかに身ぬちをめぐる夜の一人」　種田山頭火
「出水去り身ぬちも家も秋日沁む」　松村蒼石
「青芒身ぬちのどこもつまさきだち」　吉田未灰
「行く水も身ぬちの水も春の暮」　宗田安正
「身ぬちより山姥のこゑ秋の谿」　手塚美佐

みの【蓑・簑】〈名〉雨具の一つ。茅《かや》・菅《すげ》や藁《わら》などを編んで作り、肩から羽織って用いる。同時に、頭には菅笠《すげがさ》をかぶる。

「雨に田を植う簑の裡《ちう》褌ひとつ」　山口誓子
「蓑を着て売りにきたりし盆のもの」　大野林火
「話したくて蓑虫は蓑重ねしか」　柚木紀子

み-は-つ【見果つ】〈他動・タ下二〉{て/て/つ/つる/つれ/てよ}❶終わりまで見る。残らず見る。❷最後まで見届ける。世話をし通す。

「大文字を見果てし窓の燈籠《とうろう》かな」　小沢碧童
「納豆や切れて見果てぬ獄中夢」　秋元不死男
「高階にシネマ見果てて湧く思慕か」　安住　敦

み-はるか-す【見晴るかす】〈他動・サ四〉{さ/し/す/す/せ/せ}遠く見はらす。はるかに見渡す。

「見はるかす山河はあれど牡丹の芽」　水原秋櫻子
「豪華なる薔薇盛り沼を見はるかす」　林　翔
「蘇鉄咲く開国の海見はるかし」　川崎展宏

み-まが・ふ【見紛ふ】《ミマガウ》〈他動・ハ四〉〔は/ひ/ふ/ふ/へ/へ〕見まちがえる。見誤る。

「鰡《ぼら》とぶや島と**見紛ふ**幾岬」　安住　敦

「春暁の雪と**見まがふ**白さあり」　高木晴子

み-まか・る【身罷る】〈自動・ラ四〉〔ら/り/る/る/れ/れ〕あの世へ行く。死ぬ。

「雛祭すみしばかりに**みまかりぬ**」　篠原鳳作

「**みまかりて**桜吹雪に加はるや」　中尾寿美子

「かの后鏡攻めにて**みまかれり**」　飯島晴子

み-まく【見まく】〈連語〉見るだろうこと。見ること。▼上代語。動詞「みる」の未然形＋推量の助動詞「む」の古い未然形「ま」＋接尾語「く」

「吾子の絵の賞**見まく**雪の学校へ」　能村登四郎

「朝寒みほとけの蹠**見まく**欲る」　伊丹三樹彦

み-まや【御馬屋・御廏】〈名〉御うまや。（廏《うまや》の尊敬語）▼「みうまや」の変化した語。

「枯原に**御厩**の馬を石としぬ」　山口誓子

「**御厩**《みうまや》に逢ふ約雪も降り出しぬ」　筑紫磐井

みみ-た・つ【耳立つ】■一〈自動・タ四〉〔た/ち/つ/つ/て/て〕聞いて、心に留まる。聞いて、注意が向く。■二〈他動・タ下二〉〔て/て/つ/つる/つれ/てよ〕注意して聞く。きき耳をたてる。

「**耳立てて**泳ぐや沖の声なき声」　西東三鬼

「枯芦の沖へ沖へと**耳立つる**」　山田みづえ

み-め【見目・眉目】〈名〉❶目に見える姿・ようす。見た目。外見。❷容貌《ようぼう》。❸名誉。面目。

「女すぐをさなき**眉目**となり泳ぐ」　後藤夜半

「踊り笠被りて**眉目**の生れけり」　後藤比奈夫

「雛の**眉目**真中につどふ親しけれ」　大橋敦子

みめ-よ・し【見目好し・眉目佳し】〈形ク〉〔（く）・から/く・かり/し/き・かる/けれ/かれ〕顔かたちが美しい。

「二番目の娘**みめよし**雛祭」　正岡子規

「**みめよく**てにくらしき子や天瓜粉」　飯田蛇笏

「芦刈の**眉目佳き**はみな男なり」　大石悦子

みやう-が【冥加】《ミヨウガ》〈名〉❶（目に見えないまま、知らず知らずのうちに受ける）神仏の恵み。神仏の加護。❷報恩。お礼。

「**冥加**あれや日本の花惣鎮守」　小林一茶

「白椿われに**冥加**の痣《あざ》ひとつ」　藤田湘子

「息吸つて吐くこと**冥加**草の花」　鈴木鷹夫

みやび【雅び】〈名〉風雅。風流。▼奈良時代から平安時代を通じての美的理念の一つ。「里び」「鄙《ひな》び」に対して、繊細な感受性や洗練された言動など、宮廷風・都会風に洗練された優雅の美をいう。

「仮初の**雅び**なるべしメロン食ぶ」　相生垣瓜人

「枯萩にものの**雅び**のひそみゐし」　後藤比奈夫

みやび-やか・なり【雅びやかなり】〈形動ナリ〉

み

〔なら／なり・に／なり／なる／なれ／なれ〕上品で優雅だ。

「藪からしも枯れてゆく時**みやびやか**」 細見綾子

「元日を睡りくらして**雅《みやび》やか**」 中尾寿美子

み・やま【深山】〈名〉人里から遠く離れた山。奥深い山。奥山。▼反対語は外山《とやま》・端山《はやま》。

「笹鳴や**深山**たびたび日をかくす」 長谷川双魚

「人あらぬ**深山**の螢おもふべし」 宇多喜代子

「大王《おほきみ》の耳は**深山**や椿落つ」 大屋達治

「酔ふままに**深山**へ入りぬ蕨狩」 田中裕明

み・や・る【見遣る】〈他動・ラ四〉〔ら／り／る／る／れ／れ〕その方を見る。遠くその方を眺める。

「少年の**見遣る**は少女鳥雲に」 中村草田男

「初音せり**見やり**て息のけぶる方」 皆吉爽雨

「行商の土橋に**見遣る**吹流し」 大野林火

みや・ゐ【宮居】〔ミヤイ〕〈名〉❶神が鎮座すること。また、その住まいとするもの。神社。❷天皇が宮殿を造って、そこにお住みになること。また、皇居。

「蚕《こ》の**宮居**端山霞に立てり見ゆ」 水原秋櫻子

「**宮居**よりその田は遠し田を植うる」 山口誓子

「神さびて大緑蔭に**宮居**あり」 星野立子

み・ゆ【見ゆ】〈自動・ヤ下二〉〔え／え／ゆ／ゆる／ゆれ／えよ〕❶見える。目に入る。❷見られる。❸見せる。思わせる。❹姿を見せる。現れる。来る。❺会う。対面する。❻結婚する。妻になる。❼思われる。考えられる。▼上一段動詞「みる」の未然形に上代の助動詞「ゆ」が付いた語。

「冬の海に雲やけ**見ゆれ**懐かしき」 原 石鼎

「月の家窓も扉も凹み**見ゆ**」 野見山朱鳥

「永遠がちらりと**見え**し蜥蜴かな」 津沢マサ子

「枯木**見ゆ**すべて不在として**見ゆる**」 加藤郁乎

「太郎に**見え**次郎に**見え**ぬ狐火よ」 上田五千石

「セーターに顔出して遠き山が**見ゆ**」 鎌倉佐弓

み・ゆき【行幸】〈名〉天皇のお出まし。

「**行幸**なき雨の櫻に召されけり」 富安風生

「おほ**みゆき**かしこ緑陰むかひあふ」 森川暁水

「**みゆき**祝《ほ》ぐ砲ぞ楠照る空に鳴る」 岸風三樓

み・ゆき【御幸】〈名〉上皇・法皇・女院《にょういん》のお出まし。▼「み行《ゆ》き」の意で、「み」は接頭語。貴人の外出の尊敬語。和語としては「行幸」「御幸」ともに「みゆき」であるが、平安時代末期からは、「行幸」を「ぎゃうかう」または「ぎゃうがう」、「御幸」を「ごかう」と音読して区別するようになった。

「法皇の**御幸**になりし桜かな」 河東碧梧桐

「**御幸**ありし小学校や夏の山」 高野素十

「いくたびの**御幸**の村の土筆かな」 大峯あきら

みる【見る】■〈他動・マ上一〉〔み／み／みる／みる／みれ／みよ〕❶見る。目にする。眺める。❷見て思う。見て判断する。理解する。❸男女が関係を結ぶ。結婚する。妻にする。❹世話する。面倒をみる。❺であう。経験する。㊁〈補助動・マ上一〉（動詞の連用形や助詞「て」に付いて）ためしに…する。試みる。

「石をもて斧とせし世の野火を**見る**」　野見山朱鳥

「十景の一景も**見**ず牡丹**見る**」　後藤比奈夫

「砂の庭海**見る**ごとく野菊瞠る」　宮津昭彦

「割つて**みよ**や頭蓋のなかは星月夜」　河原枇杷男

「燕子花**見よ**銀の雨黒き雨」　攝津幸彦

「花火**見**しきのふの石に坐りけり」　藺草慶子

み-を【澪・水脈・水尾《ミオ》】〈名〉❶川や海の中の、帯状に深くなっている部分。水が流れ、舟の通る水路となる。❷船が通ったあとにできる、水の筋。航跡。

「引鳥となる日の**水尾**を賑やかに」　安東次男

「雁の数渡りて空に**水尾**もなし」　森　澄雄

「**水脈**の果炎天の墓碑を置きて去る」　金子兜太

「稲舟の**水尾**も大河に入りにけり」　斎藤夏風

みを-つ-くし【澪標《ミオツクシ》】〈名〉往来する舟のために水路の目印として立ててある杭。▼「水脈《みを》つ串《くし》」の意。「つ」は「の」の意の古い格助詞。難波の淀《よど》川河口のものが有名。昔、淀川の河口は非常に広がっていて浅く、船の航行に難渋したことから澪標が設けられた。

「汐上げて淋しくなりぬ**澪標**」　長谷川かな女

「夕焼一筋なにに身を尽す**澪標**」　中村草田男

「**澪標**身を尽くしたる泣きぼくろ」　中村苑子

「現身は寒し水には**みをつくし**」　八田木枯

みんなみ【南】〈名〉みなみ。▼「みなみ」の撥音便。

「梅遠近《をちこち》**南**すべく北すべく」　与謝蕪村

「長城や**みんなみ**さして芹の水」　澤木欣一

「新松子《しんちぢり》**南**に海見て育つ」　小澤　實

む

-む〈接尾〉形容詞の語幹などに付いて、…のような状態になる（させる）、…のように振る舞う、の意の動詞を作る。「あか（赤）む」「かなしむ」「にがむ」「ひろむ」

「老いゆくをさぶし**む**歌の賀状かな」　下村梅子

「蛇笏忌の目鼻と近**む**深山星」　飯田龍太

「死を近**む**夫ありてこそ夏深**む**」　中山純子

「鱧食べて悲し**む**ことのまだありぬ」　大木あまり

む（ん）〈助動・四〉｛(ま)/○/む/む/め/○｝❶（推量）…だろう。…う。❷（意志）…（し）よう。…（する）つもりだ。❸（仮定・婉曲《えんきょく》）…としたら、その…。…のような。❹（適当・勧誘）…するのがよい。…したらどうだ。…であるはずだ。▼中世以降は「ん」と表記する。

「五月雨に鳰《にほ》の浮巣を見に行**む**」　松尾芭蕉

「悔ゆる身を忘ぜ**ん**とする冬日かな」　飯田蛇笏

「わが死後も寒夜この青き天あら**む**」　加藤楸邨

「ほたる火の冷たさをこそ火と言は**め**」　能村登四郎

「大寒の没日わが肺汚れたら**む**」　藤田湘子

「空深くなりぬ隼迎へんと」　矢島渚男
「双眸に風つよからむ渡り鳥」　正木ゆう子

む‐えん【無縁】〈名〉❶前世で仏と縁が結ばれていないこと。反対語は有縁《うえん》。❷（仏の慈悲が）特定の縁あるものだけでなく、すべてに平等に及ぶこと。❸この世に縁者がいないこと。また、死後を弔う縁者がいないこと。❹縁がないこと。関係がないこと。
「恋愛と全く無縁落し文」　阿波野青畝
「秋風や有縁《うえん》無縁の抽象句」　相馬遷子
「埋立地市政無縁の昼餉ならず」　佐藤鬼房
「白菜洗う死とは無縁の顔をして」　寺田京子

むかう【向う】《ムコウ》〈名〉❶むかい。正面。❷自分から離れているがわ。遠方。❸今から。今後。❹相手。先方。▼「むかふ」とも。
「ばらばらに飛んで向うへ初鴉」　高野素十
「海とほく海のむかうへ鳥世界」　高屋窓秋
「向ふから俳句が来るよ冬日和」　村越化石
「はぎかぜやむかう側まだ荒れしまま」　小川双々子
「暗幕の向うあかるし鳥の戀」　田中裕明

むか・ふ【向かふ・対ふ】《ムカ・ムコウ》━〈自動・ハ四〉｛は/ひ/ふ/ふ/へ/へ｝❶向き合う。相対する。対座する。❷出向く。赴く。❸敵対する。対抗する。はむかう。❹匹敵する。肩を並べる。かなう。━〈他動・ハ下二〉｛へ/へ/ふ/ふる/ふれ/へよ｝❶向かい合わせる。向ける。❷出向かせる。
「はくれむの翳をかさねて日に対ふ」　臼田亜浪
「壁炉もえ主のなき椅子の炉にむかひ」　橋本多佳子
「冬滝に対ひ刻々いのち減る」　後藤比奈夫
「嶽嶽《やまやま》の立ち向ふ嶽を撃ちまくる」　三橋敏雄
「雁の列鎌倉山に向ひけり」　斎藤夏風
「白光のレールを月に向はしむ」　上田五千石

むか・ふ【迎ふ】《ムカ・ムコウ》〈他動・ハ下二〉｛へ/へ/ふ/ふる/ふれ/へよ｝❶待ち受ける。用意して待つ。（時や時節の）来るのを待ち、受け入れる。❸呼び寄せる。出迎える。
「逆縁の魂迎ふるもひとりかな」　松村蒼石
「朝迎ふ裸木を日に押立てて」　林　翔
「巌鼻に何か急かるる夏来迎ふ」　野澤節子
「春灯の一つ一つに迎へられ」　深見けん二
「春風とくる西行を迎ふべし」　山上樹実雄

むき‐むき【向き向き】〈名〉めいめいが別の方向を向いていること。思い思い。
「コスモスの花の向き向き朝の雨」　中村汀女
「遠火事へ耳向きむきに餅の夜」　安井浩司

む・く【向く】━〈自動・カ四〉｛か/き/く/く/け/け｝❶向かう。（正面が）ある方向に対する。❷傾く。心や物事がある状態の方向に進む。❸うまく合う。似合う。━〈他動・カ下二〉｛け/け/く/くる/くれ/けよ｝❶向ける。向かせる。❷（人を）行かせる。赴かせる。❸従わせる。服従させる。❹（神や霊などに）供え物をする。手向《たむ》ける。

「海に**向き**山を見て亡き人のこと」　林田紀音夫
「ふり**向か**ぬ父の背雉子を抱いて蹤く」　金子皆子
「遠雷や身をあお**向け**て草の上」　久保純夫
「上を**向く**父の自画像紅葉冷え」　皆吉　司

むぐら【葎】 季・夏 〈名〉山野や道ばたに繁茂するつる草の総称。やえむぐら・かなむぐらなど。
「露**葎**鴉のあそぶ松少し」　石田波郷
「**葎**にも山焼の火の一雫」　平畑静塔
「山涼し**葎**に星の低ければ」　廣瀬直人
「出て来たる玉の日輪露**葎**」　茨木和生

む-くろ【身・軀・骸】〈名〉❶からだ。胴体。❷死骸《しがい》。なきがら。特に、首を切られた胴体だけの死体。
「死の軽さ小鳥の**骸**手より穴へ」　西東三鬼
「掌に吹く冬蜂の**軀**かな」　飯島晴子
「冬蝶の**むくろ**を掃いてあそびけり」　藤田湘子
「空蟬とならびて蟬の**むくろ**あり」　平井照敏

むさぼ・る【貪る】〈他動・ラ四〉{ら/り/る/る/れ/れ}欲深く物をほしがる。執着する。
「老銀杏散ずる快を**貪れ**る」　相生垣瓜人
「束の間の睡り**むさぼる**海は墓」　徳弘　純
「晩年さながら紅葉を**貪り**ぬ」　櫂未知子

む-ざん・なり【無慙なり・無慚なり・無惨なり】〈形動ナリ〉{なら/なり・に/なり/なる/なれ/なれ}❶罪を犯しながら恥じない。❷残酷だ。むごい。❸気の毒だ。いたましい。
「夕空や**むざんに**晴れて凍みわたる」　相馬遷子
「西日照りいのち**無惨に**ありにけり」　石橋秀野
「夏の柱人の愛など**無惨なり**」　宇多喜代子

む-じゃう【無常】《ムジョウ》〈名〉❶すべてのものが絶えず生滅《しょうめつ》・変化して、少しの間も同じ状態にとどまっていないこと。（仏教語。特に、鎌倉・室町時代の文芸に共通して見られる理念。平安時代中期からの末法思想を背景に、戦乱が続いて精神・生活両面に不安の大きかった中世の民衆の間に広まり、無常観としてしだいに時代の風潮となった）❷死。（人の世がはかないことから）
「野牡丹散華**無常**とはかく美しき」　富安風生
「螢火の**無常**に且つは迅速に」　安住　敦
「人の世の**無常**迅速言はずとも」　後藤比奈夫

むしろ【寧ろ】〈副〉どちらかと言えば。
「田が植わり**むしろ**さびしや島の隅」　大野林火
「滝凍てて**むしろ**この世のものとなる」　阿部青鞋
「**寧ろ**間が大事夕べのさるすべり」　宇佐美魚目
「**むしろ**寒くて雛の間に灯をやれば」　金田咲子

む・す【生す・産す】〈自動・サ四〉{さ/し/す/す/せ/せ}生える。生じる。
「ひきがえる苔**生す**までは深ねむり」　筑紫磐井

む・す【噎す・咽す】〈自動・サ下二〉{せ/せ/す/する/すれ/せよ}❶むせる。❷（悲しみで）胸がつまったようになる。

「酢に噎せて母の声聴く心太」　石塚友二
「柚《ゆ》の花に噎せて別れし後《うしろ》影」　石川桂郎
「牡蠣の酢に噎せてうなじのうつくしき」　鷹羽狩行

むず〈助動・サ変〉{○／○／むず／むずる／むずれ／○} ❶(推量)…だろう。❷(意志)…(し)よう。…(する)つもりだ。❸(仮定・婉曲)…としたら、その…。…ような。❹(適当・当然)…するのがよい。…すべきである。▼推量の助動詞「む」＋格助詞「と」＋サ変動詞「す」からなる「むとす」の変化した語。
「時雨れ**むず**橋下の水の秋の声」　臼田亜浪
「大過去やなんの花野や叫ば**むず**」　加藤郁乎

むす・ぶ【掬ぶ】〈他動・バ四〉{ば／び／ぶ／ぶ／べ／べ} (水などを)左右の手のひらを合わせてすくう。
「湯を**むすぶ**ちかひもおなじ岩清水」　松尾芭蕉
「二人して**むすべ**ば濁る清水哉」　与謝蕪村
「山清水掌白く**むすび**けり」　篠原温亭
「寒泉を南無や南無やと**掬び**けり」　斎藤夏風

むす・ぶ【結ぶ】㊀〈自動・バ四〉{ば／び／ぶ／ぶ／べ／べ} (霧・露・霜・水・泡などが)できる。生じる。形をなす。固まる。㊁〈他動・バ四〉❶つなぐ。結び会わせる。❷関係をつける。約束する。❸両手で印《いん》の形を作る。❹(物を)作る。構える。編んで作る。組み立てる。❺(状態・形を)作る。かたちづくる。構成する。
「くちびるを**むすべ**る如き夏の空」　阿部青鞋
「髪**むすび**拾ひ昆布の濤かぶる」　福田甲子雄
「またの世に露を**結び**ぬ蝸牛」　増田まさみ
「靴紐を故宮に**むすぶ**ねこじやらし」　黒田杏子
「単帯高く**結び**て酔ひにけり」　岡田史乃
「草に木にちぎりを**結ぶ**針まつり」　田中裕明

むせ・ぶ【噎ぶ・咽ぶ】〈自動・バ四〉{ば／び／ぶ／ぶ／べ／べ} ❶むせる。(胸などに)つかえる。❷声をつまらせながら激しく泣く。むせび泣く。❸むせび泣くような音・声を立てる。❹流れなどが、つかえる。滞る。▼古くは「むせふ」。
「**むせぶ**ほどこのひとを見つ若葉の夜」　原　石鼎
「麦こがしなつかしなめて**むせび**ける」　篠田悌二郎
「霧吹けり朝のミルクを飲み**むせぶ**」　石田波郷
「母なる伊豆春月の乳を**噎ぶ**ほど」　文挾夫佐恵

むつか・し【難し】〈形シク〉{(しく)・しから／しく・しかり／し／しき・しかる／しけれ／しかれ} ❶いやな感じだ。見苦しい。気味が悪い。❷煩わしい。めんどうだ。❸不快だ。うっとうしい。❹わかりにくい。理解しにくい。▼近世以降「むづかし」とも。
「日本語の**難し**すぎたるゆすらうめ」　後藤比奈夫
「**むつかしき**神の名となへ大祓」　山上樹実雄
「身に余る羽**むづかし**や黄落期」　齋藤愼爾
「**むつかしく**考へてゐる糸瓜かな」　小川軽舟

むつき【襁褓】〈名〉❶産着《うぶぎ》。❷おしめ。おむつ。
「正月の太陽**襁褓**もて翳《かげ》る」　山口誓子
「かはほりは月夜の**襁褓**嗅ぎました」　篠原鳳作

「昆布干し檻褸《むっき》干しかつ昆布干す」　堀井春一郎

むつ・ぶ【睦ぶ】〈自動・バ上二〉｛び／び／ぶ／ぶる／ぶれ／びよ｝仲むつまじくする。親しくする。仲よくする。▼「むつむ」とも。

「秋虹のかなたに**睦べ**吾子ふたり」　能村登四郎
「父ら**睦み**て濡れ紙いろの小魚干す」　中村苑子
「空と山**睦み**て狐火がともる」　佐藤鬼房
「花の夜や異国の兵と指**睦び**」　鈴木しづ子
「さびしくて梅もぐ兄と**睦み**ゐる」　飯田龍太
「炒飯《チャーハン》は炎と**睦む**薄暑かな」　櫂未知子

むつま・し【睦まし】〈形シク〉｛(しく)・しから／しく・しかり／し／しき・しかる／しけれ／しかれ｝❶親しい。仲がよい。親密である。❷慕わしい。懐かしい。▼中世末ごろから「むつまじ」とも。

「初鶏や雌を小突きて**睦しき**」　阿波野青畝
「**むつまじ**しとはとんだこと渋団扇」　石川桂郎

む-と-・す〈連語〉❶…だろう。❷…しようとする。▼推量の助動詞「む」の終止形＋格助詞「と」＋サ変動詞「す」

「春潮の幾重も夜に入ら**むとす**」　桂　信子
「散り果て**むとする**梅林や死の匂ひ」　齋藤　玄
「毛絲編む何かに辿りつか**むとし**」　小檜山繁子
「夏木立鰭をたたみて抜け**むとす**」　正木ゆう子
「電気毛布にも青空を見せ**むとす**」　中原道夫

むな・し【空し・虚し】〈形シク〉｛(しく)・しから／しく・しかり／し／しき・しかる／しけれ／しかれ｝❶からっぽだ。中に何もない。❷うそだ。事実無根だ。❸むだだ。効果がない。❹はかない。かりそめだ。❺からだけあって魂がない。死んでいる。

「きりぎりす山中の昼**虚しうす**」　原コウ子
「撫子《なでしこ》や死なで**空しき**人のむれ」　永田耕衣
「牡丹雪早や止んでゐて**空しかり**」　細見綾子
「噫一つ正法眼蔵すら**虚し**」　鈴木六林男

むな-ぢ【胸乳】〈名〉乳房。▼「むなち」とも。

「枯れの中**胸乳**たわわにうつむきて」　佐藤鬼房
「春や子の**胸乳**に触れて愕きぬ」　大石悦子
「蒼き**胸乳**へ蒼き唇麦の秋」　夏石番矢

む-みゃう【無明《ムミヤウ》】〈名〉十二因縁の一つで、真理に暗く、無知に迷うこと。煩悩の根本をなすものとされる。

「蟋蟀《こほろぎ》の**無明**に海のいなびかり」　山口誓子
「杉の間の**無明**長夜の霧雫」　大野林火
「雪青菜月光魚影秘花**無明**」　高屋窓秋

むら【群・叢・聚】〈名〉同じ種類のものが集まって、まとまること。また、そのもの。

「仔馬跳ぶえぞにうの**叢**にはゞまれて」　長谷川かな女
「風さそふ遠賀の萱**むら**焰鳴りつゝ」　杉田久女
「岩**叢**は冬来る濤を打返す」　福田甲子雄
「一**叢**の芒粗ならず密ならず」　深見けん二

むらきも-の【群肝の】《枕詞》「心」にかかる。心は内臓に宿るとされたことからか。▼「むらぎもの」とも。

「むらぎもの心牡丹に似たるかな」　松瀬青々
「むらぎもの来し方のいまを息づく胸」　栗林一石路
「むらぎもの牡丹ほつれを見せそむる」　細見綾子
「むらぎもの心のさきの初桜」　川崎展宏
「むらぎもの色に燃えけり古暦」　高橋睦郎

むら-くも【群雲・叢雲】〈名〉集まりまとまっている雲。一群の雲。
「白晝のむら雲四方に蕃茄《ばんか》熟る」　飯田蛇笏
「青き踏む叢雲踏むが如くなり」　川端茅舎
「筆洗にむらぐもつくる寒四郎」　上田五千石

むら-たけ【叢竹・群竹】〈名〉群がって生えている竹。
「強霜の群竹の奥まつさをな」　大野林火
「群竹を傾けつくし東風離れ」　野澤節子

むら-やま【群山】〈名〉群がっている山々。多くの山々。
「甲斐となる瀬々群山を帰省みち」　皆吉爽雨
「鶸渡り群山こぞり雲を出づ」　相馬遷子

む・る【群る】〈自動・ラ下二〉{れ／れ／る／るる／るれ／れよ}群れる。群がる。
「鴛鴦《をし》を群るる隠り沼《こもりぬ》黒く光るかな」　山田みづえ
「朝顔やはるかな海に水母《くらげ》群れ」　矢島渚男
「おほわたの触れ合はずして群るるなり」　永方裕子
「不惑とはカンナの群れてゐるあたり」　櫂未知子

むろ【室】〈名〉❶自然の洞窟《どうくつ》。また、掘って造った岩屋。「窟」とも書く。❷上代、周囲を壁などで塗り込めた家屋・部屋。（寝室や産室などに用いた）❸保存・保温などのために特別に作った所。氷室《ひむろ》・麹室《こうじむろ》や温室など。❹こもり住む所。特に、僧房。庵室《あんしつ》。
「室の花きびしき部屋にまだ馴れず」　星野立子
「蠅ひかりゆふべの室を蒼くせり」　渡邊白泉

む-ゐ【無為】《ムイ》〈名〉❶自然のままで作為のないこと。❷因果関係から生じたものではない、絶対的なもの。現象を超越した常住不変の存在。真理。▼仏教語。反対語は有為《うゐ》。
「秋の雲眺めて無為や俳諧師」　山口青邨
「無為徒食二月三月尾を生やし」　栗林千津
「今すこし汗ばみてよき程の無為」　鎌倉佐弓

め

め【女】〈名〉❶女《おんな》。女性。❷妻《つま》。❸（主に、動物の）めす。▼③は「牝」「雌」とも書く。
「薬玉やものつたへ来る女の童」　河東碧梧桐
「男の狐振り向いてゐる女の狐」　正木ゆう子

めい-ど【冥土・冥途】〈名〉死者の霊魂がいくとされる世界。あの世。
「愚案ずるに冥土もかくや秋の暮」　松尾芭蕉
「春禽や冥土渡るに水無瀬《みなせ》川」　角川源義
「花薊冥土へ三里江戸へ二里」　熊谷愛子

-めか・す〈接尾・サ四〉（名詞などに付いて）…のように見せる。…めくようにする。「人めかす」「物めかす」（動詞を作る）
「ちとの間は我宿**めかす**おこり炭」　小林一茶
「菊の香や一間した、か唐**めかす**」　尾崎紅葉

-め・く〈接尾・カ四〉❶（名詞・形容詞・形容動詞の語幹に付いて）…らしくなる。…のように見える。「春めく」「古めく」「ほのめく」「今めく」❷（擬声語・擬態語に付いて）…ような状態になる。「きらめく」「ひしめく」（四段動詞を作る）
「飾り太刀倭《やまと》**めく**なる熊祭」　山口誓子
「枝にかけかりそめ**めける**飾かな」　富安風生
「青ざめて八ッ手が咲けばあの世**めく**」　三橋鷹女
「曇日や一憂**めき**て野火はしる」　秋元不死男
「白川村夕霧すでに湖底**めく**」　能村登四郎
「白き息黙ればけもの**めく**息よ」　津田清子
「冷たさの遺品**めき**たる男帯」　山上樹実雄

め-ぐ・む【芽ぐむ・萌む】〈自動・マ四〉{ま/み/む/む/め/め}（草木が）芽を出す。▼「ぐむ」は接尾語。
「蔓かけて共に**芽ぐみ**ぬ山桜」　前田普羅
「大空に鳶のひかれり蘆**めぐむ**」　高屋窓秋
「掛詞とけて柳の**芽ぐみ**けり」　橋　閒石

めぐ・る【廻る・回る・巡る】〈自動・ラ四〉{ら/り/る/る/れ/れ}❶（周囲を）回る。❷回り歩く。あちこち歩く。❸くるくる回る。回転する。❹（周囲を）取り囲む。取り巻く。❺（時間が）経過する。（その季節が）再びめぐって来る。❻幾度もこの世に生まれかわる。転生する。❼この世に生きている。生きながらえる。
「鮎落ちて水も**めぐら**ぬ巌かな」　芝不器男
「枯蓮を**めぐり**一生を経しごとし」　鷹羽狩行
「白牡丹星辰**めぐり**はじめけり」　伊藤敬子
「風景のしづかに**めぐる**種瓢《たねひさご》」　正木ゆう子

め-くるめ・く【目眩く】〈自動・カ四〉{か/き/く/く/け/け}目がくらむ。目が回る。せわしく動き回る。
「**めくるめく**野分の鳩の頸強し」　小林康治
「**めくるめく**天へ供華とす凌霄花」　文挟夫佐恵
「**めくるめく**闇をたよりに桜さく」　鎌倉佐弓

め-こ【妻子】〈名〉❶妻と子。❷妻。
「象かこむ人垣にわが**妻子**もあり」　安住　敦
「**妻子**もたぬ志賀の男《を》が生け赤羅だりあ」　渡邊白泉

め-ざと・し【目敏し・目聡し】〈形ク〉{（く）・から/く・かり/し/き・かる/けれ/かれ}見つけるのが早いさま。
「焚火せる子らは**目敏く**教師を見」　森田　峠
「春逝くや鳥に**目敏き**老牧師」　廣瀬直人

めさ・む【目覚む】〈自動・マ下二〉{め/め/む/むる/むれ/めよ}目を覚ます。目がさめるような新鮮な思いがする。
「花神なお**目覚め**ぬ播磨風土記かな」　橋　閒石

「目覚むれば朝ひぐらしの蚊帳なびき」 加藤楸邨
「蹼《みづかき》の生えてめざめし月夜かな」 眞鍋呉夫
「いくたびか馬の目覚むる夏野かな」 福田甲子雄

めさ・る【召さる】㊀〈他動・ラ下二〉{れ/れ/る/るる/るれ/れよ}なさる。(「す」の尊敬語)㊁〈補助動・ラ下二〉(動詞の連用形に付いて)…なさる。▼動詞の「め(召)す」の未然形に尊敬の助動詞「る」が付いて一語化したもので、尊敬の意を添える。室町時代以後に用いられた。
「佐保姫に**召さるゝ**妹のわかれかな」 日野草城
「バルコンの客よ詩病を**召さるる**な」 宇多喜代子
「炎帝に**召され**しなかに母もをり」 能村研三

め・す【召す】㊀〈他動・サ四〉{さ/し/す/す/せ/せ}❶お呼びになる。お召しになる。(「呼ぶ」「招く」の尊敬語)❷お取り寄せになる。持って来させなさる。(「取り寄す」の尊敬語)❸召し上がる。お食べになる。お飲みになる。(「食ふ」「飲む」の尊敬語)❹お着けになる。お召しになる。(「着る」の尊敬語)㊁〈自動・サ四〉お乗りになる。(「乗る」の尊敬語)㊂〈補助動・サ四〉尊敬の意の動詞の連用形に付いて、さらに尊敬の気持ちを高める。「思《おぼ》し召す」「聞こし召す」「知ろし召す」
「馬も**召され**ておぢいさんおばあさん」 種田山頭火
「襟巻のまゝ、**召し**たまへ蜆汁」 芥川龍之介
「坊が妻とろろ**召せ**といふ西行忌」 阿波野青畝
「對岸に鹿の立つ朝粥を**召せ**」 高橋 龍

め-ぢ【目路・眼路】メジ〈名〉目で見通せるところ。視界。
「**目路**の果青田の果の秋の雲」 原コウ子
「遍路笠かぶりし**眼路**にまた風花」 橋本多佳子
「**眼路**といふものの末なる秋の暮」 齋藤 玄
「降りかくす**眼路**寸尺に雪新し」 野澤節子

め・づ【愛づ】メズ㊀〈他動・ダ下二〉{で/で/づ/づる/づれ/でよ}❶愛する。恋慕する。思い慕う。❷賞賛する。ほめる。❸好む。好きになる。気に入る。㊁〈自動・ダ下二〉感動する。心がひかれる。感じ入る。
「掌《てのひら》に枯野の低き日を**愛づる**」 山口誓子
「睡りゐるその掌のちささ吾が**めづる**」 篠原鳳作
「照り翳るガーベラを**賞づ**不惑前」 林 翔
「指に巻き蔓竜胆《つるりんだう》を**めで**にけり」 森田 峠
「壺**めづる**君なればこの冬至梅」 田中裕明

めつむ・る【瞑る】〈自動・ラ四〉{ら/り/る/る/れ/れ}まぶたをとじる。
「**瞑り**て冬の雲雀《ひばり》を聴きゐしか」 安住 敦
「目開けば海**目つむれ**ば閑古鳥」 飯田龍太
「耳に泪《なみだ》溜めて**めつむる**夜寒かな」 眞鍋呉夫
「**瞑り**て凍星ひとつ呼び覚ます」 片山由美子
「目隠しの中も**眼つむる**西瓜割」 中原道夫

めづら・し【珍し】メズラシ〈形シク〉{(しく)・しから/しく・しかり/し/しき・しかる/しけれ/しかれ}❶愛すべきだ。賞賛すべきだ。すばらしい。❷見慣れない。今までに例がない。❸新鮮だ。清新だ。目新しい。
「山繭は**めづらしけれ**どあはれなり」 後藤夜半

「御田植や今日**めづらしく**空晴れて」 草間時彦
「家にゐることの**珍し**虎が雨」 宇多喜代子

め-て【右手・馬手】〈名〉❶右手《みぎて》。❷右の方。右側。▼馬の手綱を取るほうの手の意。反対語は弓手《ゆんで》。
「白息やわれに挙げきし**右手**左手」 加藤楸邨
「紅梅の**右手**にはげしき水あらむ」 飯島晴子
「**右手**つめたし凍蝶左手へ移す」 澁谷道

め-と・る【娶る】〈他動・ラ四〉｛ら／り／る／る／れ／れ｝妻として迎える。
「吾子**娶り**良夜かすかに老い重り」 能村登四郎
「齢来て**娶る**や寒き夜の崖」 佐藤鬼房
「暗きもの泉に棲めり**娶り**けり」 河原枇杷男
「畑打つやつひに**娶ら**ぬ友ひとり」 原裕
「紙漉の濡れ手そのまま**娶る**べし」 辻田克巳

め-の-こ【女の子】〈名〉❶女性。婦人。女。❷女の子供。娘。▼反対語は男《を》の子。
「年とへば**メノコ**は六つ秋の風」 星野立子
「子のこゑのことに**女の子**の春の暮」 森澄雄
「**女の子**摘み男の子ふくめり桑熟るる」 井沢正江

め-の-と【乳母】〈名〉母親に代わって、子供に乳を飲ませ、養い育てる女。うば。
「まつはつて泣く子に**乳母**汗しとど」 筑紫磐井

め-も-あや-なり【目もあやなり】〈連語〉❶まばゆいほどにりっぱだ。▼きらびやかで直視できないようす。❷目をまわすほどひどい。▼名詞「め」＋係助詞「も」＋形容動詞「あやなり」
「大銀杏黄は**めもあやに**月の空」 川端茅舎

め-や〈連語〉…だろうか、いや…ではない。▼推量の助動詞「む」の已然形＋反語の係助詞「や」
「一息に母を訪は**めや**鴫の声」 永田耕衣
「忘れ**めや**花の怨みの埋れ木を」 中村苑子
「白山が見え玉乗りを忘れ**めや**」 橋閒石
「銀閣のけふの底冷え忘れ**めや**」 鷹羽狩行

めり〈助動・ラ変〉｛○／（めり）／めり／める／めれ／○｝❶（推定）…のように見える。…と見える。…のように思われる。❷（婉曲《えんきょく》）…ようである。
「夏に入るどこの板戸の鳴る**なめり**」 前田普羅
「冷す牛暮色に耐へず啼くな**めり**」 篠田悌二郎

め-をと【妻夫・夫婦】《メオト》〈名〉妻と夫。夫婦《ふうふ》。▼後に「めうと」と書かれ、「ミョウト」のように発音されるようになる。
「紙雛の薄くも抱く**女夫**かな」 渡邊水巴
「**めをと**鴆玉のごとくに身を流す」 加藤知世子
「いつの世も**めをと**は二人流し雛」 吉田汀史

めん-ぼく【面目】〈名〉名誉や体面。▼「めいぼく」「めんもく」とも。
「夏襟となりて**面目**一新す」 高野素十

「冬瓜の面目もなく重ねられ」　川端茅舎

も

も【面・方】〈名〉表面。方角。▼「おも(面)」の変化した語。

「泉の面月訪ひ月色しのび寄る」　中村草田男
「ピストルがプールの硬き面にひびき」　山口誓子
「のぼる日に瑠璃の面となり雪解滝」　井沢正江
「川の面に夕日まだある簾かな」　ながさく清江

も【裳】〈名〉❶上代、女性が腰から下を覆うようにまとった衣服。裙《くん》。❷平安時代、成人した女性が正装のときに、最後に後ろ腰につけて後方へ長く引き垂らすようにまとった衣服。多くのひだがあり、縫い取りをして装飾とした。❸僧が、腰から下にまとった衣服。

「畦焼の火色天女の裳に残る」　細見綾子
「玉虫はかの郎女《いらつめ》の裳のごとし」　下村梅子

も【喪】〈名〉❶人の死後、その人を弔うために、親族が一定期間家にこもって交際を避け、慎み深く過ごすこと。❷わざわい。凶事。

「喪の家や埃にまじる年の豆」　石橋秀野
「喪をかかげいま生み落とす竜のおとし子」　中村苑子
「喪づかれの深酒したる戻り梅雨」　草間時彦

も〈係助〉❶(列挙・並列)…も…も。❷(添加)…もまた。…も。❸(類推)…でも。…さえも。❹(最小限の希望)せめて…だけでも。❺(総括)…もみな。(不定の意を表す語に付いて)❻(強意)…もまあ。(感動をこめて意味を強める)▼「も」は、文を言い切る力が文末にかかっていって、文末の述語は終止形となる。

「消えたるもほのかに流れ燈籠かな」　高橋淡路女
「妖しくも霧ぞ動ける夜明前」　水原秋櫻子
「あやめ黄に卯月はものを思ひもす」　三橋鷹女
「近松忌しのび泣きもす女とは」　鈴木真砂女
「女人寄りおのもおのもに衣の透ける」　桂　信子
「窓覆ふ青桐誰も来ねばよし」　横山房子
「ああと言ふもあつと思ふも秋の風」　小檜山繁子

も〈接助〉(動詞と動詞型活用助動詞の連体形に付く)❶(逆接の確定条件)…けれども。…のに。…が。❷(逆接の仮定条件)…ても。…としても。

「晩年や狭庭《さにわ》を踏むも天揺るる」　永田耕衣
「一日にて風邪瘉さむと打臥すも」　草間時彦
「枯野バス通ると聞くも遂に見ず」　岡本　眸

も〈終助〉(詠嘆)…なあ。…ね。…ことよ。▼上代語。

「なづな粥泪ぐましも昭和の世」　澤木欣一
「阿波縮着て二タ心遊ばすも」　山田みづえ
「寂しさよ巨大な白い蛾となるも」　鳴戸奈菜

もえ-い・づ【萌え出づ】モエイズ〈自動・ダ下二〉{で/で/づ/づる/づれ/でよ}

草木が芽ぐんでくる。
「鳥も来ずすくよかに草**萌え出でぬ**」　石井露月
「われを刺す野茨として**萌え出でぬ**」　石田勝彦

もえ-ぎ【萌葱・萌黄】〈名〉❶黄色がかった薄緑色。❷襲《かさね》の色目の一つ。表・裏ともに萌葱色。（一説に、表は薄青、裏は縹《はなだ》色とも）▼萌え出たばかりの葱《き》（ねぎ）の色の意とも、萌え木の芽の色の意ともいう。「もよぎ」とも。
「山々は**萌黄**浅黄やほとゝぎす」　正岡子規
「とぢ糸の**萌黄**食ひ入る布団かな」　篠原温亭
「白樺林**萌黄**に雲を流したり」　臼田亜浪
「蕗のたう**萌黄**の被衣《かつぎ》雪に刎ね」　山口青邨

もが-な〈終助〉〈願望〉…があったらなあ。…があればいいなあ。▼終助詞「もが」に詠嘆の終助詞「な」が付いて一語化したもの。
「秋風に殺すと来る人**もがな**」　原　石鼎
「芹の花かざせば失せむ我**もがな**」　河原枇杷男
「雛の世の永く**もがな**と雛あられ」　宮坂静生
「や、かな、けり、**もがな**尽してみなみかぜ」　櫂未知子

もがり-ぶえ【虎落笛】 季・冬 〈名〉冬の風が柵や竹垣などに吹きつけておこす笛のような音。
「樹には樹の哀しみのあり**もがり笛**」　木下夕爾
「**もがり笛**風の又三郎やあーい」　上田五千石
「**虎落笛**子は散りやすく寄りやすく」　山本洋子
「日輪の月より白し**虎落笛**」　川端茅舎

も・ぐ【捥ぐ】〈他動・ガ四〉｛が／ぎ／ぐ／ぐ／げ／げ｝ねじりとる。ちぎる。もぎる。
「実梅**もぐ**最も高き枝にのり」　杉田久女
「梅**もが**れ入日の中へ葉を垂らす」　原コウ子
「いちゞく買ひぬ山に**もぎ**し日子も在りき」　及川　貞
「柿**もぐ**や殊にもろ手の山落暉」　芝不器男
「夏みかん**捥ぐ**や瞬く海の星」　西村和子

も-くづ【藻屑】《モクズ》〈名〉水中にある、藻などのくず。
「冬浪の壁おしのぼる**藻屑**かな」　野見山朱鳥
「流灯や水中界の**藻屑**覚め」　野澤節子
「汀なる**藻屑**のなかに蟬の殻」　大屋達治

も-こそ〈連語〉❶…も。…だって。❷…したら困る。…したら大変だ。▼係助詞「も」＋係助詞「こそ」。「こそ」を受ける文末の活用語は已然形となる。
「とりわくるときの香**もこそ**桜餅」　久保田万太郎
「沈丁の香**もこそ**しるき旅疲れ」　稲垣きくの

もし【若し】〈副〉❶仮に。万一。もし。（仮定表現に用いる）❷ひょっとして。あるいは。（疑問・推量の表現に用いる。疑問の係助詞「や」と呼応することが多い）
「**もし**人生が祭であればまたさびし」　橋本夢道
「牡蠣の口**もし**開かば月さし入らむ」　加藤楸邨
「**もし**泣くとすれば火男《ひょっとこ》頬かむり」　佐藤鬼房
「青鬼灯**もし**火が入らば何のいろ」　岡本　眸

もし・や【若しや】〈副〉「もし❷」に同じ。
「石工もしや始祖鳥を見しかこの日ざし」　澁谷　道
「朝の火事もしや蟬の薄羽根が」　安井浩司

も・すそ【裳裾】〈名〉裳の裾。また、衣服の裾。
「草じらみおのがもすそをかへり見し」　星野立子
「百合咲くや裳裾をつぼめ糝糸《けしっし》」　香西照雄
「貝寄風《かひよせ》の舷や裳裾を膝ばさみ」　三好潤子
「牡丹雪傘に裳裾に待ちにけり」　岡田史乃

も・ぞ〈連語〉❶…だって。…も。(「も」の意味を強調する)❷…したら困る。…したら大変だ。▼係助詞「も」＋係助詞「ぞ」。「ぞ」を受ける文末の活用語は連体形となる。
「額よせてかたりもぞすれ帰雁なく」　久保田万太郎
「よしあしを問はれもぞして蘆を刈る」　阿波野青畝
「萩紅し人を恋ひては蹴もぞする」　渡邊白泉

もだ【黙】〈名〉黙っていること。何もしないでじっとしていること。
「黙の清水へ声の小清水ゆんでより」　中村草田男
「毛糸編はじまり妻の黙はじまる」　加藤楸邨
「里山の春の祭の人の黙」　金子兜太
「巌の黙一つを見ても秋と思ふ」　上村占魚
「遠雷や襖へだてし兄の黙」　池田澄子

もた・ぐ【擡ぐ】〈他動・ガ下二〉〔げ／げ／ぐ／ぐる／ぐれ／げよ〕持ち上げる。▼「も(持)ちあ(上)ぐ」の変化した語。
「青みどろもたげてかなし菖蒲の芽」　高野素十
「立春の大地をもたげもぐらもち」　長谷川素逝
「春の野を持上げて伯耆大山を」　森　澄雄
「亀鳴くと首をもたげて亀の聞く」　中原道夫

もた・す【持たす・凭す】〈他動・サ下二〉〔せ／せ／す／する／すれ／せよ〕寄せかける。もたせかける。
「今たたみ凭せし日傘息づける」　後藤夜半
「海女小屋を閉づ流木を扉に凭せ」　津田清子

もだ・す【黙す】〈自動・サ変〉〔せ／し／す／する／すれ／せよ〕❶言わない。黙る。❷黙って見過ごす。そのままに捨てておく。
「春昼のくらげを食みしかば黙す」　三橋鷹女
「背を向けて籐椅子に在り且つ黙し」　安住　敦
「黙しをれば忽ち芦に囲まるる」　岸田稚魚
「濱夕顔いつしか默しをりふたり」　楠本憲吉

もだ・ゆ【悶ゆ】〈自動・ヤ下二〉〔え／え／ゆ／ゆる／ゆれ／えよ〕苦悩する。もがき苦しむ。
「遠景を容れて緑蔭の悶ゆる」　永田耕衣
「武者の如くうらうら照りのうちに悶ゆ」　渡邊白泉
「海胆裂くに悶えし曉は幼時なり」　赤尾兜子
「鯛網を狭めて鯛の紅もだゆ」　三好潤子

もたら・す【齎(ら)す】〈他動・サ四〉〔さ／し／す／す／せ／せ〕持って来る。持って行く。
「春雷の暗さもたらし雹降らす」　阿部みどり女

「**もたら**して夜をよく匂ひさくら餅」　皆吉爽雨
「川越えの通草の花を**もたらせ**し」　飴山　實
「**もたらせる**枇杷に似て友の明るき語」　宮津昭彦
「白桃の**もたらされ**たる驟雨かな」　山本洋子
「冬座敷鹿の匂ひを**もたらす**　誰」　宮入　聖

もた・り【持たり】〈他動・ラ変〉〔ら／り／り／る／れ／れ〕持っている。所有している。▼「も(持)てあ(有)り」の変化した語。
「浜木綿に鍵を忘れず**持たれ**しか」　長谷川かな女
「肥汲みや凍糞倒す斧**持たり**」　山口誓子
「かじかめる手を**もたら**せる女房かな」　山口青邨

もた・る【凭る】〈自動・ラ下二〉〔れ／れ／る／るる／るれ／れよ〕よりかかる。
「朝蜩力なきものに**凭れ**ゐて」　安東次男
「**もたれ**たる壁に瀬音や今年蕎麦」　草間時彦
「枯れきりし安堵の蓮の**凭れ**あふ」　西村和子
「鰻屋のふすまに**凭れ**年詰まる」　小川軽舟

もち【望】〈名〉満月であること。また、満月の日。陰暦で十五日。▼「望月」は秋の季語。
「木がくれの**望**のいざよふけしきかな」　阿波野青畝
「おのれ照るごとくに照りて**望**の月」　日野草城
「くまもなき**望**の光の寝釈迦哉」　篠原鳳作

もちひ【餅】〈名〉餅の古称。▼「もちいひ(餅飯)」の変化した語。
「近松忌墓に**もちひ**の一重ね」　松瀬青々
「谷戸の宿**餅**を炙《あぶ》る梅白し」　富安風生
「野崎まつりの**餅**のまろし菊の秋」　長谷川かな女

もち・ふ【用ふ】《モチウ》〈他動・ハ上二〉〔ひ／ひ／ふ／ふる／ふれ／ひよ〕「もちゐる」に同じ。▼鎌倉時代ごろ、ワ行上一段活用の「用ゐる」が、「ゐ」と「ひ」の混同からハ行になり、さらに二段活用化して生じたもの。
「くさ〴〵の団扇**用ひ**ずなりにけり」　阿波野青畝
「温室の机上しがなく**用ひら**る」　平畑静塔
「閏年に**用ふ**御座船別にあり」　後藤比奈夫

もち・ゐる【用ゐる】《モチイル》〈他動・ワ上一〉〔ゐ／ゐ／ゐる／ゐる／ゐれ／ゐよ〕❶(物を)使う。使用する。役立てる。❷(人を)登用する。任につかせる。とりたてる。❸採用する。聞き入れる。▼中世前期ごろからハ行上二段に活用する「用ふ」が生じ、さらにヤ行上二段に活用する「用ゆ」の形も使われるようになった。
「**用ゐ**ねば己れ長物蠅叩」　高濱虚子
「この扇愛し**用ゐ**て女持」　山口青邨
「**用ゐ**ざる火熨斗の遺灰母の灰」　三橋敏雄

もっ‐て【以て】〈連語〉「もて」に同じ。▼「もちて」の促音便。
「蛾を**以て**扇としけり須磨の浦」　永田耕衣
「強情を**以て**今年を終るなり」　藤田湘子
「万緑や死は一弾を**以て**足る」　上田五千石
「石笛《いはぶえ》を**以て**挨拶春の山」　正木ゆう子

もっとも【最も】〈副〉❶非常に。たいそう。とりわけ。(「も

「とも」とも。肯定文の中で用いる）❷（下に打消の語を伴って）少しも。全く。決して。

「七五三妊婦もっとも美しき」　佐藤鬼房

「潮満ちて海鼠最も油断の時」　津田清子

「洛陽の麦は最も青みたり」　有馬朗人

「冬に入りもっとも欲しきもの嘴」　宗田安正

もつ・る【縺る】〈自動ラ下二〉{れ/れ/る/るる/るれ/れよ} からみ合って乱れる。まつわりつく。

「舞ひもつる蝶々分かれゆく二つ」　高野素十

「もつれしは天女の如し秋の風」　永田耕衣

「煮細りし芹のもつるる寄鍋に」　有馬籌子

「離々離々と定家葛の花もつれ」　矢島渚男

「囀りや振子がもつれもつれる家」　夏石番矢

も-て【以て】〈連語〉❶…でもって。…で。…（を）使って。（手段・材料を示す）❷…から。…がもとで。…ゆえに。（動作のきっかけ・理由を示す）❸…（を）もって。（ある事柄を取り立てて示す）▼「も（以）ちて」の促音便「もって」の促音「っ」が表記されない形。

「石をもてうてどひるまぬ羽蟻かな」　飯田蛇笏

「対岸の人と寒風もてつながる」　西東三鬼

「一滝《うろ》をもて縦となす大暑かな」　安東次男

「白をもて一つ年とる浮鷗」　森　澄雄

「寒暁や神の一撃もて明くる」　和田悟朗

「八つ頭包む新聞全紙もて」　伊藤白潮

もて-あそ・ぶ【弄ぶ・玩ぶ・翫ぶ】〈他動・バ四〉{ば/び/ぶ/ぶ/べ/べ} ❶興じ楽しむ。慰みとする。❷大切に扱う。大切にもてなす。▼「持て遊ぶ」の意。

「しぐるゝや沙弥竈火を弄ぶ」　川端茅舎

「数珠玉の花のつづれをもてあそぶ」　宮津昭彦

「乳房とはならぬ瓢箪弄び」　久保純夫

もて-な・す【持て成す】〈他動・サ四〉{さ/し/す/す/せ/せ} ❶物事をとり行う。処理する。取り計らう。❷身を処する。振る舞う。立ち回る。❸（人を）取り扱う。待遇する。応対する。世話する。❹珍重する。もてはやす。❺饗応《きょうおう》する。ごちそうする。（客を）もてなす。▼「もて」は接頭語。

「寒夕焼人をもてなす葱買ひに」　鈴木真砂女

「鱵《さより》にも旬《しゅん》といふものもてなされ」　清崎敏郎

「人日の客をもてなす炭の色」　山田弘子

もと【下・許】〈名〉❶物の下《した》。そのあたり。❷影響がおよぶ範囲。❸居所。

「名月やまゐりてかたる母が許」　小沢碧童

「向日葵の照り澄むもとに山羊生るる」　篠原鳳作

「露けしやその子の許に妻を遣り」　安住　敦

もと【本・元・基】㊀〈名〉❶根もと。幹。❷下の方。かたわら。付近。ほとり。（「下」とも書く）❸（人のいる）所。（「許」とも書く）❹以前からのもの。昔からあるもの。（「旧」「故」とも書く）❺基本。根本。よりどころ。原因。❻はじめ。起こり。起源。❼（和歌の）上《かみ》の句。㊁〈副〉以前に。以前から。

「うぐひすの巣のぬけがらを枕**元**」　川崎展宏

「寒の水喉**元**を過ぎ大曲り」　原　裕

「枯野**もと**の枯野玄室より出づる」　斎藤夏風

「ひとみ**元**消化器なりし冬青空」　攝津幸彦

「足**元**にすみれかためて泣く女」　四ツ谷龍

「鴨の餌を水輪に投げて**元**闘士」　大木あまり

-もと【本】〈接尾〉…本。…株。（草木を数える語）

「白菊の一**もと**寒し清見寺《せいけんじ》」　与謝蕪村

「ひと**もと**の椎にそゝぐや春の雨」　前田普羅

「水源の奥にひと**もと**花明り」　眞鍋呉夫

もどか・し〈形シク〉（しく・しから／しく・しかり／し／しき・しかる／しけれ／しかれ）❶非難したくなるようすである。気にくわない。❷じれったい。歯がゆい。

「少年に帯**もどかし**や蚊喰鳥」　木下夕爾

「覚めぎはの一興**もどかしく**冷やか」　田中裕明

もとほ・る【廻る】モトオル〈自動・ラ四〉（ら／り／る／る／れ／れ）巡る。回る。

「**もとほる**と言へるこころの足袋白し」　後藤夜半

「**もとほる**や夕野火あかりまとひつつ」　下村梅子

「昼寒く帝の傍へ**もとほり**来《く》」　渡邊白泉

もと・む【求む】〈他動・マ下二〉（め／め／む／むる／むれ／めよ）❶さがし求める。❷手に入れたいと願う。❸誘い出す。招く。❹買い求める。買う。

「寒菊を懐炉を市に**求め**けり」　臼田亜浪

「何か**求むる**心海へ放つ」　尾崎放哉

「院の址何に**もとめ**む冬すみれ」　水原秋櫻子

「露けしや眼鏡はじめて**求め**し日」　井上　雪

もと‐より【元より・固より】〈副〉❶以前から。昔から。❷もともと。元来。▼名詞「もと」に格助詞「より」が付いて一語化したもの。

「会ふ人も**もとより**あらね春の月」　中村汀女

「千曲川磧《かはら》**もとより**秋の暮」　草間時彦

「川涸れて／夏野／**もとより**／谺なし」　高柳重信

「幟立つ島は**もとより**潮の中」　友岡子郷

も‐ぬ・く【蛻く】〈自動・カ下二〉（け／け／く／くる／くれ／けよ）（蛇や蟬などが）殻を脱ぐ。脱皮する。

「蟬**蛻く蛻き**慣れたる者の如」　相生垣瓜人

「死して師は家を出て行く**もぬけ**の春」　三橋敏雄

「冬が来る**もぬけ**のからの枯野より」　齋藤愼爾

「莨《たばこ》あまし朝は**もぬけ**の螢宿」　寺井谷子

もの【物】〈名〉❶物。（衣服・飲食物・楽器など形のある存在）❷物事。もの。（芸能・音楽・行事など形のない存在）❸もの。こと。❹人。者。❺ある所。❻怨霊《おんりょう》。鬼神。物の怪《け》。（超自然的な恐ろしい存在）

「**物**として我を夕焼染めにけり」　永田耕衣

「夕霧忌昔は**もの**のやさしかり」　後藤比奈夫

「まつすぐに物の落ちけり松手入」　森田 峠
「細雪枕を出で入る鬼《もの》の声」　夏石番矢

もの‐【物】〈接頭〉（形容詞・形容動詞などに付いて）なんとなく…。「もの恐ろし」「ものめづらし」「ものはかなし」「もの清げ」（漠然とした様態を表す語を作る）
「撫子やものなつかしき昔ぶり」　正岡子規
「夜燕はものやはらげに羽ばたきぬ」　阿波野青畝
「天高く起重機の鈎もの欲しげ」　津田清子
「文月やものなつかしき夕日影」　深見けん二

もの‐いひ【物言ひ】《モノイイ》〈名〉❶物の言いぶり。言葉づかい。❷うわさ。風評。❸話の上手な人。口の達者な人。おしゃべり。❹言い争い。口げんか。
「花合歓に風の物言ひ突然激し」　中村草田男
「雪霏々と妻へはげしきもの言ひす」　今瀬剛一

もの‐い‐ふ【物言ふ】《モノイウ》〈自動・ハ四〉（は／ひ／ふ／ふ／へ／へ）❶口に出して言う。口をきく。❷気のきいたことを言う。❸親しく言葉を交わす。男女が情を通わせる。
「物いへば唇寒し秋の風」　松尾芭蕉
「猫も犬もともにもの言はず秋の暮」　久保田万太郎
「日が暮れて凧がもの言ふ雛をさめ」　八田木枯
「はきはきと物言ふ子供春立ちぬ」　山田みづえ
「水餅にものいふわれの知らぬ妻」　鷹羽狩行

もの‐う‐し【物憂し・懶し】〈形ク〉（（く）・から／く・かり／し／き・かる／けれ／かれ）❶なんとなくおっくうだ。なんとなく心が晴れない。❷つらい。嫌だ。▼「もの」は接頭語。
「生れ代るも物憂からましわすれ草」　夏目漱石
「山寺の庫裏ものうしや蠅叩」　正岡子規
「ものうくて二食になりぬ冬籠」　河東碧梧桐
「大空に懶き虻の舞ひ隠る」　阿波野青畝
「もの憂きは五月半ばの杣の顔」　飯田龍太

もの‐おも‐ふ【物思ふ】《モノオモウ》〈自動・ハ四〉（は／ひ／ふ／ふ／へ／へ）物思いにふける。思い悩む。
「おぼろ夜のかたまりとしてものおもふ」　加藤楸邨
「物思ふひとりはたのし雪の日も」　野見山ひふみ
「もの思ふとき女とて懐手」　品川鈴子
「ものおもふ竹となりけり梅雨の中」　大木あまり

もの‐か〈連語〉❶…ものか。…していいものか。❷（なんとまあ）…ことよ。（驚いたことに）…ではないか。▼活用語の連体形に接続する。形式名詞「もの」＋係助詞「か」
「散るさくら骨壺は子が持つものか」　安住 敦
「地獄にも雪降るものか父の頭に」　川崎展宏
「百千鳥柩は石で打つものか」　平井照敏

もの‐がな‐し【物悲し】〈形シク〉（（しく）・しから／しく・しかり／し／しき・しかる／しけれ／しかれ）なんとなく悲しい。▼「もの」は接頭語。
「落し文ゆるく巻きたるものかなし」　山口青邨

もの-ぐるひ【物狂ひ】《モノグルイ》〈名〉❶気がおかしくなること。狂気。また、その人。物の怪《け》などがのりうつった場合などにもいう。❷能や狂言で、気にかかる対象（尋ね求める子供、亡くした夫・妻、愛玩《あいがん》物など）を思い浮かべて、狂乱状態になった人。また、それを演じること。

「鶏頭にしやぼん玉吹く**物ぐるひ**」　岡井省二

「**もの狂ひ**してゐる春の峠かな」　柿本多映

「水といふ水澄むいまを**もの狂ひ**」　上田五千石

もの-さ・ぶ【物寂ぶ】〈自動・バ上二〉｛び／び／ぶ／ぶる／ぶれ／びよ｝❶なんとなくさびれる。❷なんとなく古びて趣がある。▼「もの」は接頭語。

「**物寂び**たる欲しき墓あり墓参り」　永田耕衣

もの-の-け【物の怪・物の気】〈名〉（人に取り付いて、病気を起こさせたり、死なせたりする）悪霊《あくりょう》。死霊（死者の怨霊《おんりょう》）・生き霊（生きている人の怨霊）など。

「**もののけ**の如くふくれて月の波」　星野立子

「夕ざくら家並を走る**物の怪**よ」　中村苑子

「浮人形なに**物の怪**の憑っくらむか」　角川源義

「蜘蛛の子の**物の怪**憑きしごと散りぬ」　角川照子

もの-の-ふ【武士】〈名〉❶朝廷に仕えるすべての官人。文武百官。❷武人。武士《ぶし》。

「もののふの誉の岩に鯊《はぜ》ひとつ」　水原秋櫻子

「われもまたむかし**もののふ**西行忌」　森　澄雄

「**武士**の貌して甲斐の兜虫」　角川春樹

もの-を〈終助〉（感動）…のになあ。…のだがなあ。▼形式名詞「もの」に間投助詞「を」が付いて一語化したもの。

「笛ふけや日日に祭は来ぬ**ものを**」　細谷源二

「貴船道日傘たゝめばよき**ものを**」　森田　峠

「破芭蕉一気に亡びたき**ものを**」　西村和子

も-はや【最早】〈副〉今となっては。もうすでに。

「春**もはや**うこん桜に風雨かな」　原　石鼎

「妻**もはや**朝田に水輪起てをらむ」　香西照雄

「蟬時雨**もはや**戦前かもしれぬ」　攝津幸彦

も・ふ【思ふ】《モウ》〈他動・ハ四〉｛は／ひ／ふ／ふ／へ／へ｝思う。▼「おもふ」の約。

「今日の月すこし缺けてありしと**思ふ**」　後藤夜半

「百日紅《さるすべり》あかるきもとに流人**もふ**」　大野林火

「水母《くらげ》より西へ行かむと**思ひ**しのみ」　藤田湘子

もみ・づ【紅葉づ・黄葉づ】《モミズ》 季・秋 〈自動・ダ上二〉｛ぢ／ぢ／づ／づる／づれ／ぢよ｝紅葉・黄葉する。もみじする。▼上代は「もみつ（タ行四段活用）」。

「白根かなし**もみづる**草も木もなくて」　上村占魚

「かくまでも**もみづれる**とは荒蝦夷《あらえみし》」　飯島晴子

「柿の葉鮨少し**もみづる**葉を以て」　大橋敦子

もも-【百】〈接頭〉数の多いことをさす。「もも枝《え》」「もも度《たび》」

▼ふつう「百」は実数ではなく、比喩《ひゆ》的に用いられる。

「三輪山の百千《ももち》の椿落つらんか」　大峯あきら

「いしぶみの表裏に雨意の百千鳥」　宇多喜代子

「百草《ももくさ》に土筆は老の姿かな」　矢島渚男

「摘草や百日百夜《ももかももよ》は独り寝と」　辻　桃子

もも‐とせ【百歳・百年】〈名〉ひゃくねん。ひゃくさい。また、多くの年月。

「百歳の氣色を庭の落葉哉」　松尾芭蕉

「ももとせを経し風流ぞ霧の家」　水原秋櫻子

「百とせののち若葉する句なりけり」　加藤郁乎

も‐や〈連語〉❶…も…か。…かもしれない。（軽い疑問を表す）▼係助詞「も」十疑問の係助詞「や」❷…まあ。…よ。（感動・詠嘆を表す）▼詠嘆の終助詞「も」十詠嘆の間投助詞「や」

「さみだるゝ小家河童の宿にもや」　石井露月

「恰もや秋篠寺の秋の暮」　松根東洋城

「啄木忌いくたび職を替へてもや」　安住　敦

「今年もや椎のさやぎに梅雨兆す」　岸田稚魚

もや・ふ【舫ふ】モヤウ〈他動・ハ四〉〔は／ひ／ふ／ふ／へ／へ〕船を他の船とつなぎ合わせたり、杭《くい》に船をつなぎとめたりすること。

「いさざ舟もやひて花の二三軒」　阿波野青畝

「水涸れし杭の細りに舫ふなり」　中村汀女

「洗ひたる舟を舫へり年の暮」　清崎敏郎

「緑蔭に舫ひし如く木のベンチ」　行方克巳

も・ゆ【萌ゆ】〈自動・ヤ下二〉〔え／え／ゆ／ゆる／ゆれ／えよ〕草木の芽が出る。芽ぐむ。

「苗もの萌え朝寝の二階静なり」　富安風生

「麦萌ゆや海がそこまで来て光る」　渡邊白泉

「口に吸ふ指の生傷萌ゆる岸」　佐藤鬼房

も・ゆ【燃ゆ】〈自動・ヤ下二〉〔え／え／ゆ／ゆる／ゆれ／えよ〕❶火が燃える。陽炎《かげろう》が立ちのぼることや、蛍が光を放つことなどを見立てていうこともある。❷火が燃え盛るように心が高ぶる。

「炎ゆる海わんわんと児が泣き喚き」　山口誓子

「秋の暮業火となりて秬《きび》は燃ゆ」　石田波郷

「大野火の中より誰か燃えきたる」　阿部青鞋

「瓦斯もゆるまはりはものの露けしや」　長谷川櫂

も‐よ〈連語〉ねえ。ああ…よ。（強い感動・詠嘆を表す）▼上代語。係助詞「も」十間投助詞「よ」

「手もよ足もよいまは死にせまる妻を前」　栗林一石路

「老杉が放てる鷹の眩しもよ」　石塚友二

「踊り見に来て川音のよろしもよ」　細見綾子

「今年また渡来の鶴の親しもよ」　中村苑子

もよひ【催ひ】モヨイ〈名〉❶準備。用意。❷（名詞の下に付けて）それが起こりそうなきざしが見える意。

「蝙蝠や夕日はかなき暴れもよひ」　富田木歩

「藁灰の底のぞきみる雪催ひ」　福田甲子雄

「小男鹿の声ふりしぼる雨催」　宇多喜代子

もよほ・す【催す】《モヨオス》〈他動・サ四〉{さ/し/す/す/せ/せ}❶引き起こす。誘い出す。❷促す。催促する。せきたてる。❸とり行う。挙行する。開催する。❹呼び集める。召集する。集める。❺準備して待つ。待ちうける。待ちかまえる。

「下萌を**催す**頃の地震かな」　正岡子規
「百年の亂を**催す**父子草」　三橋敏雄
「ちらちらと爐は紅葉を**催せ**り」　清崎敏郎

もら・す【漏らす・洩らす】〈他動・サ四〉{さ/し/す/す/せ/せ}❶(水などを)漏らす。こぼす。❷秘密などをひそかにほかに知らせる。❸気持ちをうっかり外に現す。❹抜かす。省く。❺取り逃がす。取り残す。

「咳暑し茅舎小便又**漏らす**」　川端茅舎
「炎天に出て**洩らし**たる微笑かな」　橋　閒石
「牡丹木焚いて炉明り**洩らす**まじ」　原　裕
「先斗町春灯洩るも**洩らさ**ぬも」　西村和子

もら・ふ【貰ふ】《モラウ・モロウ》〈他動・ハ四〉{は/ひ/ふ/ふ/へ/へ}❶与えられて受け取る。また、くれるように頼む。ねだる。❷他人から食事の世話を受ける。❸(嫁・婿《こむ》・養子などを)迎え入れる。❹(けんか・口論などの)仲裁を引き受ける。❺(補助動詞として)依頼して他人に行為をさせる意を表す。

「**もらひ**たる柚にも峡の日のぬくみ」　木下夕爾
「山の色冷たし長き皿**もらふ**」　飯島晴子
「道で逢ひ郵便**もらふ**はなずはう」　岡本　眸
「玉虫の**貰はれ**てゆくみやこかな」　中原道夫
「母の日の母にだらだらして**もらふ**」　正木ゆう子

も・る【守る】〈他動・ラ四〉{ら/り/る/る/れ/れ}❶番をする。見張る。❷(常にそばにいて)守《まも》る。守護する。❸(人目に立たないように)見定める。▼中古以後は「まもる」が用いられるようになり、「もる」は主に歌語として残った。

「あはれさは鹿火屋に月を**守る**ことか」　原　石鼎
「那智の神灘**守り**たまふ吹流し」　水原秋櫻子
「水夫《かこ》がゐて外套黒く夜を**守れる**」　山口誓子
「目張して密教の密いまに**守る**」　上田五千石

も・る【盛る】〈他動・ラ四〉{ら/り/る/る/れ/れ}❶高く積み上げる。❷(飲食物を器に)入れて満たす。❷(酒を)飲ませる。

「なつめ**盛る**古き藍絵のよき小鉢」　杉田久女
「さくらんぼ**盛れ**ば方々灯りぬ」　後藤比奈夫
「種子**盛る**椀地面に傾ぎ農婦の出」　金子兜太
「ただいまは古酒**盛ら**れたり金襴手」　加藤三七子
「皿に**盛る**流るる型に青芹は」　今瀬剛一

も・る【漏る・洩る】㊀〈自動・ラ四〉{ら/り/る/る/れ/れ}❶(水・光・音などが)漏れる。こぼれる。❷(秘密などが他に)知られる。ばれる。❸除かれる。省かれる。㊁〈自動・ラ下二〉{れ/れ/る/るる/るれ/れよ}㊀と同じ。▼下二段型は、中古中期以後に用いられている。

「ほとゝぎす大竹藪を**もる**月夜」　松尾芭蕉
「菊の香や灯**もる**ゝ観世音」　高野素十
「水道栓**漏る**を漏らしめ秋ふかく」　石塚友二

「白樺の葉漏れの月に径《みち》を得ぬ」　石橋辰之助
「目ざめよし朝日も鵙も壁を漏る」　林　翔

もろ-【諸・双・両】〈接頭〉❶二つの。両方の。「もろ手」「もろ刃」❷多くの。もろもろの。「もろ人」「もろ神」❸いっしょの。共にする。「もろ涙」「もろ持ち」
「身につもる諸厄落さんすべもなし」　富安風生
「諸鳥の地に嘆かへり涅槃像」　水原秋櫻子
「雪野ゆくもろ手隠して背を曲げて」　鈴木真砂女
「日の本の水城《みづき》に落つる諸涙」　夏石番矢

もろ-がへり【青鷹《モロガエリ》】［季・冬］〈名〉三年を経た鷹《たか》。
「海へ出て空のまぶしき青鷹」　森　澄雄
「天空は生者に深し青鷹」　宇多喜代子
「妬心てふ理由なきもの青鷹」　櫂未知子

もろ-し【脆し】〈形ク〉(く・から／く・かり／し／き・かる／けれ／かれ)❶こわれやすい。命がはかない。❷動揺しやすい。(涙が)こぼれやすい。
「とりいでてもろき錦や月の秋」　飯田蛇笏
「つらぬきしもの露ほどに脆かりき」　稲垣きくの
「造船の火を対岸にいのち脆し」　林田紀音夫
「人類は猛くて脆し鳥帰る」　矢島渚男

もろ-て【諸手・双手・二手】〈名〉左右の手。両手。
「吾子は死にもろ手をたもちわれ残る」　渡邊白泉
「谷川をわたる双手の柚子の籠」　飯田龍太
「中年の双掌で愛す露の墓」　岡本　眸
「何もなく死は夕焼に諸手つく」　河原枇杷男

もろとも-に【諸共に】〈副〉いっしょに。そろって。
「最上川嶺もろともに霞みけり」　石田波郷
「初蝶を見てもろともに飛びゐたり」　大橋敦子
「葛の花崖もろともに吹かれけり」　宮津昭彦
「綿虫と吾ともろともに抱きしめよ」　藺草慶子

もろ-は【諸刃】〈名〉(刀剣などで)身の両側に刃をつけてあること。両刃。
「露燦《さん》と諸刃の剣の薬飲む」　相馬遷子
「ひとりの夏見えるところに双刃の剣」　鈴木六林男

もろ-ひと【諸人】〈名〉もろもろの人。多くの人。▼「もろびと」とも。
「水澄みて亡き諸人の小声かな」　秋元不死男
「もろびとの血は深きより呼ぶ子鳥」　高屋窓秋
「五月爽やか諸人の声主を讃へ」　上田五千石

もろ-もろ【諸諸】〈名〉多くのもの。すべてのもの。多くの人々。すべての人々。
「もろもろの愚者も月見る十夜哉」　小林一茶
「夕枯野もろもろの影徘徊す」　中村苑子
「動き出す地のもろもろに蟇も居り」　村越化石
「春の日のもろもろのなか草うごく」　八田木枯
「もろもろの御霊《ごれやう》の集ふ人丸忌」　川崎展宏
「白鳥にもろもろの朱閉ぢ込めし」　正木ゆう子

もんどり〈名〉とんぼ返り。
「寒雀**もんどり**打って飛びにけり」　川端茅舎
「昼三日月蜥蜴《とかげ》**もんどり**打って無し」　西東三鬼
「風の子の**もんどり**打って秋果つる」　原　裕

や

や【屋・家・舎】〈名〉❶家屋。家《えい》。建物。❷屋根。
「春なれや満月上げし大藁**家**」　川端茅舎
「夕桜あの**家**この**家**に琴鳴りて」　中村草田男
「帚草山と軒端に一軒**家**」　星野立子
「界隈の冬木わが**家**の木も加ふ」　大野林火
「母が**家**は初松籟のあるところ」　山本洋子

や〈係助〉❶(疑問)…か。❷(問いかけ)…か。❸(反語)…(だろう)か、いや、…ない。▼文中にある場合は、受ける活用語は連体形で結ぶ。
「冬の風人生誤算なからん**や**」　飯田蛇笏
「菜殻火は観世音寺を焼かざる**や**」　川端茅舎
「八十の思いを余花と云い得る**や**」　橋　閒石
「白き蝶昨日と同じ蝶なる**や**」　細見綾子
「わがしづめ博物館にあり**や**なし」　阿部青鞋
「みちのくの菊のひかりにつまづく**や**」　黒田杏子

や〈間投助〉❶(詠嘆)…だなあ。…よ。❷(呼びかけ)…よ。…や。❸(列挙)…と…(と)。…や…(や)。❹(語調を整える)上の体言を下に結び、軽い感動の意を添えて語調を整える。上が連体修飾語の場合もある。❺ある場面を詠嘆の意をこめて示す。▼⑤の「や」は、④から生まれた用法で、表現を切って余情を持たせる働きをする。連歌・俳諧《はいかい》では「切れ字」という。
「尼寺**や**彼岸桜は散りやすき」　夏目漱石
「鮨桶の中が真赤**や**揚雲雀」　波多野爽波
「灯を消す**や**こころ崖なす月の前」　加藤楸邨
「おいしい水にわれはなりた**や**雲の峰」　清水径子
「おのづからくづるる膝**や**餅やけば」　桂　信子
「受験期**や**少年犬をかなしめる」　藤田湘子

や-いん【夜陰】〈名〉夜の暗い時。夜分。
「煉炭が**夜蔭**の其処にうづくまる」　西東三鬼
「盆すぎの**夜陰**を統《す》ぶるみづたまり」　大野林火
「仲仕らの焚火**夜陰**にかこまれて」　佐藤鬼房

やう【様】ヨウ〈名〉❶ようす。状態。姿。❷様式。流儀。やりよう。❸方法。手段。❹事情。理由。わけ。❺(活用語の連体形を受け、形式名詞として)…こと。(言う・思う)ことには。
「酔芙蓉午後の紅さのうその**やう**」　五十嵐播水
「鶏頭の**やう**な手をあげ死んでゆけり」　富澤赤黄男
「陽影の兵は女にでも會ってる**様**だ」　藤後左右
「血の**やう**な牡丹の底といふところ」　古舘曹人
「大風の**やう**なかほして読んでをる」　小川双々子

や

「中也生前馬がけむりのやうに行き」　柿本多映
「水仙と矢の翔ぶやうな青空と」　奥坂まや

-やう【様】《ヤウ》〈接尾〉❶(名詞に付いて)…風《ふう》。❷(活用語の連用形に付いて)…の仕方。…の具合。
「月あらぬ空の澄みやう月見草」　臼田亜浪
「月へ萱の穂の伸びやう」　種田山頭火
「茸狩《たけがり》やけものの道の急ぎやう」　秋元不死男
「コスモスとしか言ひやうのなき色も」　後藤比奈夫

やう-す【様子】《ヤウス》〈名〉❶ありさま。❷なりふり。❸事情。❹けはい。❺そぶり。
「電話して土用の波の様子聞く」　高木晴子
「風の吹く様子知られぬ冬青草」　田中裕明

やう-なり《ヤウナリ》〈助動・ナリ〉(なら/なり・に/なり/なる/なれ/○)❶(比況)まるで…である。…みたいである。…のようだ。❷(例示)(たとえば)…のようだ。…のようだ。❸(状態)…の状態にある。…のようすである。❹(願望・意図)…ように。❺(不確かな断定・婉曲《えんきょく》)…ようだ。▼名詞「やう(様)」に断定の助動詞「なり」が付いて一語化したもの。
「共に泳ぐ幻の鱶《ふか》僕のやうに」　三橋敏雄
「樵初《こりぞめ》や糸のやうなる熊野径」　大峯あきら
「船のやうに年逝く人をこぼしつつ」　矢島渚男
「流れ来しやうに鳥の巣掛かりをり」　大串　章
「暦のやうにいつも富士見る青芒」　大木あまり
「遠き世のことのやうなる氷水」　岩田由美

やう-やく【漸く】《ヤウヤク》〈副〉❶だんだん(と)。しだいに。❷やっと。かろうじて。
「やうやくに倦みし帰省や青葡萄」　水原秋櫻子
「睡蓮の浮葉漸く多きかな」　高野素十
「蜩《ひぐらし》ややうやく白く那谷《なた》の石」　加藤楸邨
「かりがねの棹のやうやく真一文字」　鷹羽狩行
「白浪のやうやく目立つ松の花」　上田五千石

やう-らく【瓔珞】《ヤウラク》〈名〉仏像や天蓋《てんがい》(仏像にかざす絹の笠《かさ》)などに掛ける飾り物。貴金属や珠玉などを糸で貫いて作る。
「蛍火の瓔珞たれしみぎはかな」　川端茅舎
「うつむきて瓔珞重しわがひひな」　及川　貞
「瓔珞と見れば水なり秋の暮」　永田耕衣

-やか〈接尾〉(擬態語の語幹的部分、形容詞の語幹、名詞に付いて)…の感じ。(性質や状態を表す形容動詞の語幹を作る)「さはやか」「たをやか」「にほひやか」
「小庵や夕づく炭火にほやかに」　西島麦南
「富士爽やか妻と墓地買ふ誕生日」　秋元不死男
「パンを噛む唾液こまやかみどりの森」　細見綾子
「元日を睡りくらして雅《みや》びやか」　中尾寿美子
「木にのぼりあざやかあざやかアフリカなど」　阿部完市
「秋冷の琥珀に入りし翅きはやか」　矢島渚男

やがて【頓て・軈て】〈副〉❶そのまま。引き続いて。❷す

や

ぐに。ただちに。❸ほかでもなく。とりもなおさず。❹そっくり。そのまま全部。❺まもなく。そのうち。いずれ。

「頓て死ぬけしきは見えず蟬の聲」　松尾芭蕉
「杖となるやがて麓のをみなへし」　三橋鷹女
「点となりやがて霞める旅の雁」　殿村菟絲子
「光陰のやがて淡墨桜かな」　岸田稚魚
「夕桜やがて夜汽車となる窓に」　鈴木鷹夫
「むらむらと驟て隈なき時雨かな」　高橋睦郎
「やがてわが真中を通る雪解川」　正木ゆう子

やから【族】〈名〉❶同族。一族。一門。❷仲間。同輩。▼「や」は家、「から」は血縁集団の意。②は「輩」とも書く。

「目刺やく歌舞吹弾の族かな」　松瀬青々
「餅搗のうからやからや土間板間」　松根東洋城

やく【厄】〈名〉❶わざわい。❷「厄年（陰陽道で、災難を避けるため忌み慎まねばならないとする年齢）」の略。❸疱瘡《ほうそう》。

「宿酔ながらに厄を落しけり」　波多野爽波
「ごそ〴〵と厄を落してゐたりけり」　岡井省二
「美しき厄を山積み雛の舟」　鷹羽狩行
「遠嶺みな雲にかしづく厄日かな」　上田五千石

や・く【焼く・灼く】㊀〈他動・カ四〉{か/き/く/く/け/け}❶燃やす。❷熱する。加熱する。❸悩ます。思い焦がれさせる。㊁〈自動・カ下二〉{け/け/く/くる/くれ/けよ}❶燃える。焼ける。❷熱せられる。熱くなる。❸思い乱れる。思い焦がれる。

「野を焼けと阿蘇の火振の神祭」　後藤比奈夫
「雪山を灼く月光に馬睡る」　飯田龍太
「あらたまの春愕けば堂焼くる」　和田悟朗
「草餅を焼く天平の色に焼く」　有馬朗人
「山を焼き七堂伽藍焼く火かな」　行方克巳

-や・ぐ〈接尾〉（名詞、形容詞の語幹などに付いて動詞をつくる）…のような状態になる。…のようになる。「花やぐ」「若やぐ」

「芙蓉の実枯れてはなやぐことありぬ」　安住　敦
「枯れ切つて日ざしはなやぐ杏村」　宮津昭彦
「八ッ手咲きこの世ひととき華やぐか」　中嶋秀子
「人参を切つて華やぐ女かな」　仙田洋子

や・くも【八雲】〈名〉❶幾重にも重なっている雲。❷和歌。短歌。▼②は、『古事記』神代巻にある須佐之男命《すさのおのみこと》の歌「八雲立つ出雲《いづも》八重垣妻ごみに八重垣作るその八重垣を」を和歌の最古のものとするところからいう。

「八雲立つ出雲は雷《みか》のおびただし」　角川源義
「八雲わけ大白鳥の行方かな」　澤木欣一
「八雲《やくも》さし／島《しま》ひとつ／いま／春山《はるやま》なり」　高柳重信

やさ・し【優し・恥し】〈形シク〉{(しく)・しから/しく・しかり/し/しき・しかる/しけれ/しかれ}❶身も細るほどだ。つらい。肩身が狭い。たえがたい。❷気恥ずかしい。❸つつましい。慎み深い。❹しとやかだ。上品だ。優美だ。❺けなげだ。殊勝だ。▼動詞「痩《や》す」が形容詞化したもので、自分がやせ細る思いをすることから、

「つらい」「気恥ずかしい」となり、それを他人から見て、「慎み深い」「殊勝だ」の意味が出てくる。

「萩もまた人やさしやと思ふらん」 後藤夜半

「雪解川合ふ間際まで千曲やさし」 山口誓子

「帆をあげて優しく使ふ帆縫針」 三橋敏雄

「風花を言葉やさしく告げらるる」 村越化石

「走馬灯ひらがなといふ優しきもの」 辻田克巳

「帰省子に村の不良といふが優し」 大串 章

やしな・ふ【養ふ】ヤシナウ・ヤシノウ〈他動・ハ四〉｛は／ひ／ふ／ふ／へ／へ｝❶はぐくみ育てる。養育する。❷飼育する。飼う。❸活力を長く保たせる。養生する。

「虫時雨いで湯をのみて養ふ胃」 上村占魚

「木枕よ夏の首をやしなはむ」 岡井省二

「鮮しき椎茸に歯を養ひぬ」 川崎展宏

「盃は老を養ふ合歓の花」 原 裕

「猟銃音いつしか鬼を養ひぬ」 小泉八重子

や-しま【八州・八洲・八島】〈名〉日本。日本国。▼数多くの島の意から。

「名月の波に浮ぶや大八洲」 正岡子規

「惨敗の八州に高く夏の月」 宇多喜代子

やしろ【社】〈名〉❶来臨した神を迎えまつる所。❷神をまつる建物。神社。▼神を迎えまつる所に仮に小屋を設けたことが「屋代」であり、それが恒久的なものとなり、神が常住することになって②の意を生じた。

「春山や家根ふきかへる御ン社」 村上鬼城

「禰宜の来ぬ竈《みおか》の社黴びにけり」 阿波野青畝

「社から寺から三輪の初鴉」 中村草田男

や-す【痩す】〈自動・サ下二〉｛せ／せ／す／する／すれ／せよ｝やせる。やつれる。

「夏菊や戦さに痩せし身をいとふ」 渡邊水巴

「花氷ねむき給士に融け痩する」 日野草城

「血を吐きて痩するや谷の氷水」 高屋窓秋

「冬越す蝶荒地は母のごとく痩す」 津田清子

「詩に痩するおもひのもづくすすりけり」 上田五千石

やす-い【安寝・安眠】〈名〉安らかに眠ること。安眠《あんみん》。▼「い」は眠りの意。

「人参太る碧南郡に安寝かな」 大野林火

「鼻低く子は安寝せり年逝けり」 石田波郷

「冬たかき麒麟《きりん》見てきぬ安睡しぬ」 森 澄雄

やすけ-く【安けく】〈派生〉心が安らかであること。▼形容詞「やすし」の古い未然形＋接尾語「く」

「一株のすすきや臥せば安けくて」 細見綾子

「安けく眠れけさは幼なきいわし雲」 古沢太穂

「安けくて晝寝によしや佛の間」 森 澄雄

やす・し【安し・寧し】〈形ク〉｛（く）・から／く・かり／し／き・かる／けれ／かれ｝❶心が穏やかだ。不安がない。❷気軽だ。軽々しい。安っぽい。

「もの縫へば何やら安し草萌ゆる」 中村汀女

「八十八夜都にこころ**やすからず**」　鈴木六林男
「白桃や弱音を吐かば**寧からむ**」　山田みづえ
「秋の馬水にかこまれゐて**寧し**」　大木あまり

やす・し【易し】 ■一〈形ク〉｛(く)・から／く・かり／し／き・かる／けれ／かれ｝❶易しい。たやすい。容易だ。❷簡単だ。無造作だ。あっさりしている。■二〈補助形ク〉（動詞の連用形に付いて）…しやすい。…しがちだ。（その動作が容易に行われる意を添える）
「物言はぬ独りが**易し**胡瓜もみ」　阿部みどり女
「庭枯れて夜の雨ひびき**易きかな**」　村山古郷
「鉛筆の遺書ならば忘れ**易からむ**」　林田紀音夫
「泉こんこん母思ひ出すこと**易し**」　橋本美代子
「山すそはかすみ**易くて**鳥けもの」　小宅容義

やす・む【休む・息む】 ■一〈自動・マ四〉｛ま／み／む／む／め／め｝❶休息する。いこう。❷心身が安らかになる。休まる。❸横になる。寝る。■二〈他動・マ下二〉｛め／め／む／むる／むれ／めよ｝❶休息させる。休ませる。❷心身を安らかにする。ゆるやかにする。
「補陀落や**休めば**塩からとんぼ来し」　細見綾子
「冷ゆる森遙かに馬の鈴**休む**」　飯田龍太
「囀の片岡に頭**休めゐる**」　沼尻巳津子
「母の灯のいまだ**休まず**青葉木菟」　原　裕
「夕焼の柩をおろし**休みけり**」　久保純夫

やすら-か・なり【安らかなり】〈形動ナリ〉｛なら／なり・に／なり／なる／なれ／なれ｝❶穏やかだ。平穏無事だ。❷心配がなく気楽だ。❸たやすい。容易だ。❹落ち着きがある。
「歯朶はさむ戸に**安らかに**住ひけり」　長谷川かな女
「こゝに又夏草に人**安らかに**」　高野素十
「**やすらかに**死なば昼寝のごとからむ」　平井照敏

やすら・ふ【休らふ】ヤスラウ・ヤスロウ ■一〈自動・ハ四〉｛は／ひ／ふ／ふ／へ／へ｝❶ためらう。躊躇《ちゅうちょ》する。❷たたずんでいる。足を止めている。❸しばらくとどまる。滞在する。❹休む。休息する。■二〈他動・ハ下二〉｛へ／へ／ふ／ふる／ふれ／へよ｝休ませる。休息させる。ゆるめる。
「雲雀より空に**やすらふ**峠哉」　松尾芭蕉
「藤こぼれ遺族の人等**やすらへり**」　山口青邨
「田鋤牛《たすきうし》**やすらふ**や前のめりして」　山口誓子
「夏闌けて硯**やすらふ**水の中」　宇佐美魚目
「夕凪や鳶の**寧らふ**松赤し」　蓬田紀枝子
「幻のひとつ**休らふ**大銀杏」　攝津幸彦

や-そ【八十】〈名〉八十《はちじゅう》。数の多いこと。▼「やそ川」「やそ国」「やそ隈《くま》」など、数多くの意での接頭語的な用法も多い。
「吉野川**八十**瀬の隈に鮎を掛く」　鈴鹿野風呂
「松の花**八十**路の耳に潮しづか」　阿部みどり女
「流灯の末路**八十**島かき消えし」　平畑静塔
「雲海やいま**八十**島を浮ばしめ」　下村梅子
「母の日の**八十**路の母は何欲しき」　清崎敏郎
「弾初や**八十**路の母の桜狩」　古賀まり子
「**八十**蘊の大和の月や花桔梗」　林　桂

やち-くさ【八千草・八千種】〈名〉❶たくさんの草。❷多くの種類。種々。さまざま。

「**八千草**のあさきにひろふ零余子かな」 阿波野青畝

「**八千草**もにんげんも秋黒けむり」 中尾寿美子

「**八千草**を挿せ鎌足の冠に」 大屋達治

「花の雨**八千草**に丈生まれけり」 小川軽舟

や-つか【八束・八拳】〈名〉束《つか》(こぶし一握り)の八つ分の長さ。また、長さが長いこと。▼上代語。

「**八束**穂は露にみだれて曼珠沙華」 西島麦南

「かかへ掛く出雲の**八束**穂の稲を」 大野林火

やつ・す【窶す・俏す】〈他動・サ四〉{さ/し/す/す/せ/せ}❶(服装を)目立たないようにする。みすぼらしくする。質素にする。❷僧や尼の出家姿に変える。❸(「身をやつす」の形で)やせるほど思いなやむ。また、あることに熱中する。❹まねをする。もじる。❺省略する。くずす。くつろぐ。乱す。▼自動詞「やつる」の他動詞形。

「夏の炉の灰から灰へと身を**俏す**」 飯島晴子

「海酸漿を噛み髯をもて**やつしたり**」 岡井省二

「男ありき菊にうき身を**窶したる**」 川崎展宏

「身を**やつす**ならば残暑の南口」 正木ゆう子

やつ・る【窶る・俏る】〈自動・ラ下二〉{れ/れ/る/るる/るれ/れよ}❶目立たなくなる。みすぼらしくなる。粗末になる。簡素になる。❷衰える。見ばえがしなくなる。

「セルを着て乳房**窶るゝ**科ありや」 石橋秀野

「鶯の朝しきりなる**やつれ**顔」 岸田稚魚

「やや**窶れ**木曾の土産に山牛蒡」 森 澄雄

「夏雲を育ててわが日**窶れける**」 津沢マサ子

「日は**窶れ**月なほ夭き白夜かな」 沼尻巳津子

や-ど【宿・屋戸】〈名〉❶家。家屋。❷戸。戸口。入り口。❸庭。庭先。前庭。❹旅先の宿。(一時的に泊まる家のことをさす)❺主人。あるじ。

「根岸にて梅なき**宿**と尋ね来よ」 正岡子規

「古りし**宿**柊挿すをわすれざり」 水原秋櫻子

「春月や**宿**とるまでの小買物」 芝不器男

「牧小屋を今日の**宿**とし天の川」 野見山朱鳥

「天地をわが**宿**にして桜かな」 長谷川櫂

やど・す【宿す】〈他動・サ四〉{さ/し/す/す/せ/せ}❶宿を貸す。宿泊させる。❷とどめる。残す。❸預けておく。❹妊娠する。はらむ。(「子をやどす」などの形で用いる)

「水仙の蕋に**宿せ**り五黄星《ごわうぼし》」 長谷川かな女

「萩の露消ぬべく月を**宿したる**」 柴田白葉女

「羅《うすもの》に螢のやうな子を**宿し**」 眞鍋呉夫

「稲妻に額だけ照らし子を**胎す**」 八田木枯

「花辛夷どこかに昼の月**宿す**」 山田弘子

やどり【宿り】〈名〉❶旅先で泊まること。宿泊。宿泊所。宿所。宿。❷住まい。住居。(特に、仮の住居にいうことが多い)❸一時的にとどまること。また、その場所。

「雨蛙牧舎の**やどり**風呂湧きて」 水原秋櫻子

「夜ざくらや棺に**宿り**の着物きて」　平畑静塔
「氷魚を酢に堅田の雨の**宿り**せん」　飴山　實
「螢袋に雨**やどり**してゆかぬかと」　中原道夫

やど・る【宿る】〈自動・ラ四〉〔ら／り／る／る／れ／れ〕❶旅先で宿を取る。泊まる。宿泊する。❷住みかとする。住む。一時的に住む。❸ある場所や、内部にとどまる。❹寄生する。
「きさらぎの一夜を**やどる**老舗かな」　飯田蛇笏
「松の露必ず萩に**やどり**たる」　阿波野青畝
「神**宿る**てふオリーブの実の苦かりき」　赤尾兜子
「冬銀河かくもしづかに子の**宿る**」　仙田洋子

や-な〈終助〉〈感動〉…だなあ。…よねえ。▼間投助詞「や」に終助詞(間投助詞とも)「な」が付いて一語化したもの。
「御僧等別れ惜し**やな**百千鳥」　星野立子
「常盤木の老いて枯れぬは淋し**やな**」　後藤綾子
「累代の母恋し**やな**昼寝覚」　三橋敏雄
「球体の地球恋し**やな**春の暮」　齋藤愼爾

やなぎ-ち・る【柳散る】季・秋〈自動・ラ四〉〔ら／り／る／る／れ／れ〕秋になって柳の葉が散り落ちること。
「**柳ちり**清水かれ石ところ〴〵」　与謝蕪村
「病めば死が何時もそびらに**柳散る**」　古賀まり子
「ふところに江戸切絵図や**柳散る**」　加藤郁乎
「**柳散る**直路直歩のかなしみ湧き」　友岡子郷
「深酒とおもふ**柳の散る**夜は」　田中裕明

やには-に【矢庭に】《ヤニワニ》〈副〉その場で。即座に。たちどころに。
「捶木いまや**やはに**退り年の鐘」　中原道夫

や-は〈係助〉❶(反語)…(だろう)か、いや…ない。❷(疑問)…か。❸(「やは…ぬ」の形で勧誘・希望)…ないか。…てくれたらいいのに。▼係助詞「や」に係助詞「は」の付いたもの。文中に用いられた場合、文末の活用語は連体形となる。
「薬盗む女**やは**ある朧月」　与謝蕪村
「男**やは**何買ひに来し年の市」　高橋淡路女
「烏瓜見つけしからに取らで**やは**」　相生垣瓜人

やは・し【柔し】《ヤワシ》〈形ク〉〔(く)・から／く・かり／し／き・かる／けれ／かれ〕やわらかい。
「冬の雨石を濡らせり情**柔はく**」　松村蒼石
「欺かんか握りて**柔し**薄暑の手」　岸田稚魚
「鯛焼の尾鰭と言へる**柔き**もの」　有馬朗人

やはらか・し【柔らかし・軟らかし】《ヤワラカシ》〈形ク〉〔(く)・から／く・かり／し／き・かる／けれ／かれ〕やわらかである。
「麦の芽をつつみてひかり**やはらかし**」　長谷川素逝
「障子貼り子に**やはらかく**家匂へ」　殿村菟絲子
「身の内に死は**やはらかき**冬の疣」　多田智満子
「**やはらかく**心耕せいわし雲」　中嶋秀子

やはら-か・なり【柔らかなり・和らかなり】《ヤワラカナリ》〈形動ナリ〉〔なら／なり・に／なり／なる／なれ／なれ〕❶柔軟だ。しなやかだ。❷(性格などが)穏やかだ。柔順だ。おとなしい。

「はなびらの肉**やはらか**に落椿」　飯田蛇笏
「ゆく春やとげ**柔らか**に薊の座」　杉田久女
「永き日よ人**やはらか**に草を踏み」　宇佐美魚目

やはら・ぐ【和らぐ・柔らぐ】《ヤワラグ》 ■一〈自動・ガ四〉{が/ぎ/ぐ/ぐ/げ/げ} ❶仲よくなる。むつまじくなる。❷温和になる。穏やかになる。■二〈他動・ガ下二〉{げ/げ/ぐ/ぐる/ぐれ/げよ} ❶仲よくさせる。むつまじくさせる。❷穏やかにする。なごやかにする。❸(言葉・表現を)わかりやすく平易にする。
「芽柳に焦都**やはらぎ**そめむとす」　阿波野青畝
「けものわれ毛先**柔らげ**冬眠らむ」　能村登四郎
「**やはらぐ**やさ、と倒れし霜柱」　川崎展宏
「夕雲に百合の断崖**やはらげ**り」　大串　章
「咳きこむあと他人《ひと》の騒音に**やはらげ**られ」　竹中　宏

やぶ・る【破る】■一〈他動・ラ四〉{ら/り/る/る/れ/れ} ❶うち砕く。こわす。裂く。❷傷つける。損なう。❸突破する。負かす。うち破る。❹無視する。犯す。乱す。■二〈自動・ラ下二〉{れ/れ/る/るる/るれ/れよ} ❶こわれる。砕ける。破れる。❷傷つく。損なわれる。❸成り立たなくなる。だめになる。❹負ける。敗北する。▼現代語「やぶる」に相当する古語は「破《や》る」。
「僕の春反古**破る**べし**破る**べし」　滝井孝作
「肩の継ぎそれも**破れ**て芦刈女」　森田　峠
「ひとところ**破れ**てゐたる花の空」　小泉八重子
「うぐひすに障子を**破る**男かな」　桑原三郎
「大年といふ日を風の**破る**かな」　和田耕三郎

や‐へ【八重】《ヤエ》〈名〉八つ重なっていること。また、数多く重なっていること。また、そのもの。
「白桃《しろもも》の**八重**の花瓣に降る緋桃」　原コウ子
「桃は**八重**人買船に似たる船」　三橋鷹女
「野分が七重**八重**にかこんで銀の宿」　阿部完市
「**八重**垣の雲のほぐれし秋日和」　原　裕

やへ‐むぐら【八重葎】《ヤエムグラ》 季・夏 〈名〉幾重にも生い茂っている葎(つる草や雑草)。
「**八重葎**白露綿のごときかな」　川端茅舎
「**八重むぐら**照してゆくは夜振の火」　下村梅子
「**八重葎**かたちなき目に瞶《み》つめらる」　柿本多映
「月の出や詞華のごとくに**八重葎**」　河原枇杷男

や‐ほ【八百】《ヤオ》〈名〉八百《はっぴゃく》。また、数が極めて多いこと。
▼多く名詞の上に付いて接頭語的に用いる。
「薬猟《やくれふ》や**八百**重《やほへ》の雲の山蔽ふ」　飯田蛇笏

やほ‐よろづ【八百万】《ヤオヨロズ》〈名〉限りなく数の多いこと。
「さし木すや**八百万**神見そなはす」　前田普羅
「空の稲架《さは》**八百万**の神帰しにける」　平畑静塔

やま‐あひ【山間】《ヤマアイ》〈名〉山と山との間。山間《さんかん》。山峡。
「雪の**山間**馬のはせくる音なれや」　中村草田男
「**山間**の小駅の櫻咲くといふ」　細見綾子
「**山間**にのぞく雪山涸れたり」　松崎鉄之介
「**山間**の霧ににじめる花火かな」　清崎敏郎

やま‐が【山家】〈名〉山の中にある家。山里の家。
「ざうざうと竹は夜を鳴る春**山家**」　臼田亜浪
「かなしさはひともしごろの雪**山家**」　原　石鼎
「木瓜咲いて天日近き**山家**あり」　大峯あきら
「露涼し**山家**に小さき魚籠吊られ」　大串　章

やま‐かは【山川】《ヤマカワ》〈名〉山と川。また、(古く山や川にいると信じられていた)山の神と川の神。▼「やまがは」は山の中を流れる川のこと。
「み葬《はふ》りに秋の**山川**ひびきけり」　中川宋淵
「**山川**のはためく中の墓参かな」　山田みづえ
「覚えなき**山川**蟬の殻流れ」　齋藤愼爾

やま‐がひ【山峡】《ヤマガイ》〈名〉山と山との間の谷間。山間《やまあい》。▼「やまかひ」とも。
「**山がひ**の杉冴え返る谺《こだま》かな」　芥川龍之介
「**山峡**に帰る人あり十三夜」　佐藤鬼房
「**山峡**に稲の音あり秋まぼろし」　金子兜太

やま‐ぎは【山際】《ヤマギワ》〈名〉❶空の、山の稜線《りょうせん》に接するあたり。❷山のほとり。
「**山際**の雲に青空今朝の秋」　右城暮石
「**山際**のあさぎ空より北風は来る」　篠原　梵
「**山際**はともし夕づく花ひさご」　上田五千石

やま‐ずみ【山住み】〈名〉山の中や、山里に住むこと。また、その人。多く、仏道修行のために山寺にこもることをいう。▼反対語は「里住《さとず》み」。
「小鳥渡るや**山住**いつに月を重ね」　松根東洋城
「**山住み**の蕨《わらび》も食はぬ春日かな」　芥川龍之介
「**山住み**の裏戸は掃かず散紅葉」　馬場移公子
「山に死にたくて**山住み**一位の実」　井沢正江

やま‐つ‐み【山祇】〈名〉山を支配する神霊。山の神。▼「つ」は「の」の意の上代の格助詞、「み」は神・霊の意。後に「やまづみ」とも。反対語は「海神《わたつみ》」。
「**山祇**の灯もまたたきて大雷雨」　富安風生
「**山祇**へ覚め睡蓮の白つぼみ」　古沢太穂
「花御堂わだつみ照れば**山つみ**も」　大峯あきら

やまと【大和・倭】〈名〉❶旧国名の一つ。現在の奈良県。❷日本。日本国。▼奈良時代までの歴代の都が「大和①」にあったことから。
「夕焼くる**大和**よ恋も死もあまた」　沼尻巳津子
「**大和なる**美男葛も闌けにけり」　柿本多映
「立雛**やまと**の月ののぼりきし」　黒田杏子
「人亡くて山河したゝる**大和**かな」　角川春樹
「曇りのちさくらちりゆく**大和**かな」　大屋達治

やまと‐しまね【大和島根】〈名〉❶大和の国(奈良県)。❷日本国の別名。
「大白鳥**大和島根**に来て餌づく」　堀口星眠

「桜貝大和島根のあるかぎり」　川崎展宏

やま‐の‐は【山の端】〈名〉山の、空に接する部分。山の稜線《りょうせん》。山ぎわ。

「山の端に冬三日月の金沈む」　阿部みどり女
「永き日の山の端にある笑ひかな」　柿本多映
「山の端といふ短日のあるところ」　稲畑汀子
「鍵盤に山の端が映え卒業歌」　今瀬剛一

やま‐の‐べ【山の辺】〈連語〉山のほとり。山辺。

「やまのべのみささぎの刈草を踏み」　高野素十
「山の辺に春鳴く鳥は鋭くて」　細見綾子

やまひ【病】《ヤマイ》〈名〉❶病気。❷欠点。短所。❸苦。苦労の種。気がかり。

「夏風邪や老の疲れといふ病」　松根東洋城
「ゆく秋やわれとわが知る身のやまひ」　久保田万太郎
「半跏《はんか》して病も古りぬ落葉ふる」　石田波郷
「おもはざる病をもらひ古暦」　石川桂郎

やま‐ふところ【山懐】〈名〉周囲を山で囲まれた奥深い所。

「山ふところの、ことしもここにりんだうの花」　種田山頭火
「葛城の山懐に寝釈迦かな」　阿波野青畝
「日を封じ山ふところに寒の鯉」　齋藤　玄
「綾取りの山ふところの桃の花」　原　裕

やみ【闇】〈名〉❶暗やみ。月の出ていない夜。闇夜。❷〈心の〉乱れ。思慮分別が失われている状態。❸煩悩に迷う世界。現世。

「落し水闇もろともに流れをり」　草間時彦
「山際にたまる端午の紺の闇」　福田甲子雄
「木下闇抜け人間の闇の中」　平井照敏
「花の闇お四国の闇我の闇」　黒田杏子
「暗闇のさくら一本しぶき上ぐ」　和田耕三郎

やみ‐ぢ【闇路】《ヤミジ》〈名〉❶夜の道。❷心が迷い、分別のつかないことのたとえ。❸憂き世（この世）のたとえ。❹死者が迷いながら行く闇の道。死出の旅路。

「肩あげて花の闇路へ逝かれけり」　阿部みどり女
「よき声の椿をはこぶ闇路あり」　飯島晴子
「更待や闇路の果に岬の灯」　手塚美佐

や‐む【止む】㊀〈自動・マ四〉〔ま／み／む／む／め／め〕❶おさまる。やむ。❷途中で終わる。なくなる。起こらないままで終わる。とりやめとなる。❸（病気が）なおる。（気持ちが）おさまる。❹死ぬ。死亡する。㊁〈他動・マ下二〉〔め／め／む／むる／むれ／めよ〕❶終わらせる。とりやめる。やめる。❷治す。

「流氷や宗谷の門波荒れやまず」　山口誓子
「夏の蝶　大洋うねりやまざりき」　富澤赤黄男
「丘の半日かげろひやまぬ土饅頭」　三橋鷹女
「五月雨が含歓に止む時虹かゝる」　細見綾子
「木蓮に大風やまぬ日なりけり」　木下夕爾
「これは子殺《し》／牛の乳／搾りてやまず」　高柳重信

や・む【病む】 ━〈自動・マ四〉〔ま/み/む/む/め/め〕❶病気になる。病気で苦しむ。❷思い悩む。━〈他動・マ四〉❶病気におかされる。体を悪くする。❷心配する。(心を)いためる。

「唐草の薄き布団や秋を**病む**」　原　石鼎
「**病む**われに妻の観月短かけれ」　日野草城
「白蛾**病み**一つ墜ちゆくその響き」　高屋窓秋
「吹雪く夜の影の如くにわれ**病めり**」　秋元不死男
「**病む**窓のあかるし落葉終りしや」　鷲谷七菜子
「癌を**病み**父母なきを謝す秋の暮」　中嶋秀子
「人体図何処とどこ**病む**秋深し」　行方克巳

や-も〈連語〉❶…かなあ、いや、…ない。(詠嘆の意をこめつつ反語の意を表す)❷…かなあ。(詠嘆の意をこめつつ疑問の意を表す)▼係助詞「や」+終助詞「も」。「やも」が文中で用いられた場合、文末の活用語は連体形となる。

「韓国の音**やも**知れず松林」　和田悟朗
「穴子焼く世を捨てしにはあらめ**やも**」　八田木枯
「桜かげ負パチンコの老吏**やも**」　藤田湘子
「和事《わごと》**やも**つくづく鶴の羽踊り」　山上樹実雄
「ビール注ぎ何を言ひ出す**やも**知れず」　山田弘子

やや【児・稚・嬰】〈名〉あかんぼ。あかご。▼「ややこ」の略。

「手うつしの**嬰**がくさめをすることも」　長谷川双魚
「眠る**嬰児**水あげてゐる薔薇のごとし」　飯田龍太
「**嬰**ありて今年まことに世継榾」　森　澄雄
「白絹に**嬰**包み来て春祭」　茨木和生

や-や【漸・稍】〈副〉❶だいぶ。ちょっと。いくらか。少しばかり。(程度が普通でないようす)❷しだいに。だんだんと。やがて。(程度が少しずつ増していくようす)

「友も**やや**表札古りて秋に棲む」　中村草田男
「療園の風**やや**荒《すさ》ぶ星祭」　石田波郷
「曇天の雷雲に**やや**日当れる」　阿部青鞋
「麦は穂に**やや**高まりし午後の浪」　木下夕爾
「女**やや**著崩れて瀧拝みけり」　波多野爽波

や-よ〈感〉❶やあ。おい。さあ。(呼びかけるときに発する語)❷やれ。やんれ。(囃子、またはかけ声)

「竜田姫**やよ**我が足を弱らすな」　藤田湘子

やら〈副助〉❶(不確実)…だろうか。…だか。❷(列挙)…やら。▼室町時代以降の語。「にやあらむ」(中古)→「やらむ(ん)」(中古末)→「やらう」(中世)→「やら」(中世末)と変化してできた。

「屋根の上にペンペン草**やら**薊**やら**」　篠原鳳作
「踊子草かこみ何**やら**揉めてゐる」　飯島晴子
「薄氷の何**やら**抱へゐたりけり」　吉田鴻司
「それとこれ理**やら**非**やら**と秋の暮」　加藤郁乎

やら-・ふ【遣らふ《ヤラウ・ヤロウ》】〈他動・ハ四〉〔は/ひ/ふ/ふ/へ/へ〕追い払う。追放する。

「留守の日の何**やら**ふとて鬼やらひ」　安東次男
「鬼**やら**ふとき大閤の相模灘」　原　裕

「鬼やらふ面をめくれど同じ貌」　小泉八重子

や‐らん〈連語〉❶…だろうか。…のだろうか。❷…とか言うことだ。❸…か。▼「にやあらむ（断定の助動詞「なり」の連用形「に」＋係助詞「や」＋ラ変動詞「あり」の未然形＋推量の助動詞「む」の連体形）」の変化した形。「やらむ」とも表記する。

「貞女石に化す悪女海鼠に化すやらん」　正岡子規

「この落葉どこ迄まろび行くやらん」　高濱虚子

「伊達結びして霜除の何やらむ」　富安風生

やり‐すご・す【遣り過ごす】〈他動・サ四〉｛さ／し／す／す／せ／せ｝後から来るものを先に行かせる。追い越させる。

「大雷雨やりすごしたる朴の花」　大橋敦子

「青葉木菟《あをばづく》声とめて何やりすごす」　上田五千石

や・る【破る】■一〈自動・ラ下二〉｛れ／れ／る／るる／るれ／れよ｝破《ぶや》れる。裂ける。こわれる。■二〈他動・ラ四〉｛ら／り／る／る／れ／れ｝破《ぶや》る。引きちぎる。うちこわす。

「破れ若布《めわか》解き放たれて旅人よ」　細見綾子

「さんざんに破れて蓮の枯れにけり」　清崎敏郎

「胸抱くやさはさは芭蕉破れはじめ」　田中裕明

や・る【遣る】■一〈他動・ラ四〉｛ら／り／る／る／れ／れ｝❶行かせる。出発させる。派遣する。❷（手紙や物を）送る。届ける。贈る。❸晴らす。気を晴らす。なぐさめる。❹与える。払う。■二〈補助動・ラ四〉（動詞の連用形に付いて）❶遠く…する。はるかに…する。最後まで…する。…しきる。❷（多く下に打消の語を伴って）すっかり…する。

「興奮のなほ冷めやらぬ落椿」　相生垣瓜人

「人日の言葉を水に流しやる」　佐藤鬼房

「螢にまぎれし兄を思いやる」　宇多喜代子

「おぼろなる仏の水を蘭にやる」　大木あまり

「サイネリア咲くかしら咲くかしら水をやる」　正木ゆう子

やるせ‐な・し【やる瀬なし】〈形ク〉｛（く）・から／く・かり／し／き・かる／けれ／かれ｝心をまぎらすことができない。思いを晴らす方法がない。

「枯真菰やるせなければなびきけり」　松村蒼石

「ねむり草眠らせてゐてやるせなし」　三橋鷹女

「花老いてやるせなければ枝垂れけり」　山田みづえ

やれ〈感〉これ。やあ。いや。（呼びかけたり、注意を引いたり、ふと気づいたり、思いがけないことのあったりしたときなどに発する語）

「涼風ややれ西方山極楽寺」　小林一茶

「やれ一年新藁庭に敷きつめて」　平畑静塔

やをら《ヤオラ》〈副〉ゆっくり。静かに。そっと。（物事が静かに進行するさま）

「萩を刈る神将やをら堂下りて」　安住　敦

「春の石亀の手足のやをら出て」　桂　信子

「恋人のやをら立ちたる夜の噴水」　長谷川久々子

「夕風をやをら入れたる牡丹かな」　飯島晴子

ゆ

ゆ〈格助〉❶(起点)…から。…以来。❷(経由点)…を通って。…を。❸(動作の手段)…で。…によって。❹(比較の基準)…より。

「天ゆ落つ華厳日輪かざしけり」 臼田亜浪
「月ゆ声あり汝《な》は母が子か妻が子か」 中村草田男
「疲れ寝を窓ゆ見らるる夏は来ぬ」 林　翔
「宙ゆあり空蟬のこゑ『恥づべし』と」 宗田安正
「木枯や海ゆ来たれば海へ去る」 徳弘　純

ゆ〈助動・下二〉{え/え/ゆ/ゆる/ゆれ/○}❶(受身)…れる。…られる。❷(可能)…できる。❸(自発)自然と…するようになる。…れる。▼「おもほゆ」「おぼゆ」「聞こゆ」「見ゆ」などの「ゆ」も、もと、この助動詞であった。現代語では連体詞「あらゆる」「いわゆる」などにのみ化石的に残る。

「浪騒ぐ礁《いくり》の見ゆれ夜光虫」 水原秋櫻子
「水ちかくあると思ほゆ鉦叩」 猪俣千代子
「雛を手にとれば聞こゆる雛の息」 橋本美代子
「麦秋を流るる水の高さ見ゆ」 松澤　昭

ゆ‐あみ【湯浴み】〈名〉❶湯や水を浴びて、体を洗うこと。❷湯治《とうじ》。温泉に入って病気などを治すこと。

「ゆあみして来てあぢさゐの前を過ぐ」 山口誓子
「我年に母吾を生みぬ初湯浴み」 石橋秀野
「湯浴みして望の月まつ赤子かな」 長谷川櫂

ゆか・し【懐し・床し】〈形シク〉{(しく)・しから/しく・しかり/し/しき・しかる/しけれ/しかれ}❶見たい。聞きたい。知りたい。❷心が引かれる。慕わしい。懐かしい。▼動詞「行《ゆ》く」が形容詞化した語。

「秋の燈やゆかしき奈良の道具市」 与謝蕪村
「琴の音の聞えてゆかし冬籠」 正岡子規
「春月や屋号ゆかしき白酒屋」 阿波野青畝
「半纏の折目ゆかしき祭かな」 藺草慶子

ゆが・む【歪む】㊀〈自動・マ四〉{ま/み/む/む/め/め}❶曲がりねじれる。よじれる。❷心や行いが正しくなくなる。よこしまになる。㊁〈他動・マ下二〉{め/め/む/むる/むれ/めよ}❶形を崩して曲げる。ゆがめる。❷(心や行いを)ゆがめる。正しくなくする。道理や真実から外れさせる。

「望月のふと歪みしと見しはいかに」 富安風生
「泥濘のつめたさ春の城ゆがむ」 西東三鬼
「こころもち月歪み出る麦の秋」 橋　閒石

ゆかり【縁】〈名〉❶かかわり。つながり。縁《えん》。関係するところ。❷血縁。縁者。縁故。

「白足袋にいと薄き紺のゆかりかな」 河東碧梧桐
「瓜きざむ蓮如ゆかりの寺にして」 大峯あきら
「山菫たたずむものをゆかりかな」 宮津昭彦
「亀鳴くや南都ゆかりの廃寺趾」 山本洋子

ゆき‐あ・ふ【行き合ふ・行き逢ふ】ユキアウ・ユキオウ ㊀〈自動・ハ四〉

〔は／ひ／ふ／ふ／へ／へ〕❶たまたま出あう。出くわす。❷交差する。重なる。▼「いきあふ」とも。㊁〈他動・ハ下二〉〔へ／へ／ふ／ふる／ふれ／へよ〕交差させる。交わらせる。

「枯はげし吾に行きあふこと恐れ」　栗林千津
「行き逢ひて猟夫とかはす言葉なし」　橋本美代子
「少年のわれと行き会ふ木下闇」　平井照敏

ゆき-か-ふ【行き交ふ】ユキカウ・ユキコウ〈自動・ハ四〉〔は／ひ／ふ／ふ／へ／へ〕❶行き来する。往来する。行き違う。❷いつも行ったり来たりする。親しい所へ出入りする。❸入れ替わりたち替わりして移って行く。過ぎ去ってまたやって来る。巡り移る。

「朝凪や行き交ふなべて藻刈舟」　水原秋櫻子
「左義長《さぎちやう》へ行く子行き交ふ藁の音」　中村草田男
「花の世のゆめと行き交う箸の先」　津沢マサ子
「たましひのふたつゆきかふ冬の橋」　宮入　聖

ゆき-く-る【行き暮る】〈自動・ラ下二〉〔れ／れ／る／るる／るれ／れよ〕行く途中で日が暮れる。

「行きくれて大根畑の月夜かな」　正岡子規
「行き暮れてなんとここらの水のうまさは」　種田山頭火
「香煙に行きくれて身の錆を拭く」　林田紀音夫
「行き暮れて雪の鴉となりたるか」　平井照敏

ゆき-げ【雪消・雪解】季・春〈名〉❶雪が消えること。雪どけ。また、その時。❷雪どけ水。▼「ゆき(雪)ぎ(消)え」の変化した語。

「赤松に山風湿る牧雪解」　野澤節子
「天の鳶地の墓ひかる雪解かな」　福田甲子雄
「光堂より一筋の雪解水」　有馬朗人
「山国の雪解しづくは星からも」　鷹羽狩行

ゆき-す-ぐ【行き過ぐ】〈自動・ガ上二〉〔ぎ／ぎ／ぐ／ぐる／ぐれ／ぎよ〕通り過ぎる。

「行き過ぎて思ひ出す人秋の暮」　中村汀女
「行き過ぎて胸の地蔵会明りかな」　鷲谷七菜子
「行き過ぎて戻る暗黒、菫に酢」　攝津幸彦
「逢えぬ日の祭りの中を行き過ぎる」　松本恭子

ゆき-ずり【行き摺り・行き摩り】〈名〉❶すれ違うこと。❷通りすがり。❸一時のでき心。かりそめ。ふとしたこと。

「牛の眼なつかしく堤の夕の行きずり」　尾崎放哉
「春風といふ肉体の行きずりぞ」　永田耕衣
「結菊を焚く行きずりの火によりぬ」　稲垣きくの
「行きずりの音楽熱し末枯るる」　堀口星眠

ゆき-ま【雪間】〈名〉❶季・春 降り積もった雪がところどころとけて消えている所。❷雪の降りやんでいる間。雪の晴れ間。

「雪間より雪間へ風を路傍仏」　村越化石
「尼講のもどりの道の雪間かな」　大峯あきら
「弔ひのざわめきのある雪間かな」　山本洋子
「一つづつ幹のまはりの雪間かな」　倉田紘文

ゆ

ゆき-まるげ【雪丸げ・雪転げ】 季・冬 〈名〉 雪を転がし丸めて大きくする遊び。▼「ゆきまろげ」とも。

「君火をたけよきもの見せむ**雪まるげ**」　松尾芭蕉

「**雪**まろげ非番看護婦も加はりぬ」　星野麥丘人

ゆき-もよひ【雪催ひ】《ユキモヨイ》 季・冬 〈名〉 今にも雪が降りそうな空模様。雪模様。

「**雪催ひ**まこと貉の鳴く夜にて」　馬場移公子

「**雪催**ふ琴になる木となれぬ木と」　神尾久美子

「藁灰の底のぞきみる**雪催ひ**」　福田甲子雄

「**雪催ひ**庇はみだす唐がらし」　蓬田紀枝子

ゆ-ぎゃう【遊行】《ユギヨウ》 一〈名〉 ❶所定めず、ぶらぶらと歩きまわること。❷行脚《あんぎや》。僧が、人々の教化や、修行のために諸国を巡り歩くこと。二〈名〉「遊行上人《しやうにん》」の略。鎌倉時代中期の僧一遍《いつぺん》上人を始祖とする時宗《じしゆう》遊行派の歴代の住職。特に、一遍上人のこと。

「**遊行**てふこころ焚火の煙にも」　後藤比奈夫

「俯ぶせの霧夜の**遊行**青ざめて」　金子兜太

「**遊行**して三河も奥の月にあふ」　森　澄雄

「病むことの**遊行**めく日の鳥曇」　野澤節子

ゆき-ゆ・く【行き行く】〈自動・カ四〉{か/き/く/く/け/け} どんどん進んで行く。

「**行きゆき**て深雪の利根の船に逢ふ」　加藤楸邨

「揚雲雀死より遠くは**行きゆけ**ず」　河原枇杷男

ゆき-をれ【雪折】《ユキオレ》 季・冬 〈名〉 雪の重みで竹や木が折れること。雪のために折れた木。

「**雪折**も遠く聞へて夜ぞふけぬ」　与謝蕪村

「**雪折れ**の竹生きてゐる香をはなつ」　加藤知世子

「**雪折**の無惨根こじとなりにけり」　下村梅子

「**雪折れ**を焚きてあてなき湯の沸ける」　馬場移公子

ゆ・く【行く・往く・逝く・征く】 一〈自動・カ四〉{か/き/く/く/け/け} ❶出かけて行く。去って行く。進んで行く。通りすぎて行く。❷移り行く。過ぎ去る。流れて行く。❸(物事が)思うように進む。はかどる。順調にゆく。❹この世を去る。死ぬ。逝去《せいきよ》する。❺(心が)晴れ晴れする。すっきりする。せいせいする。満足する。❻出征する。二〈補助動・カ四〉(動詞の連用形に付いて)いつまでも…しつづける。ずっと…する。だんだんと…する。

「晩涼や海ちかけれどみに**行かず**」　久保田万太郎

「長子次子稚《かわ》くて**逝け**り浮いて来い」　能村登四郎

「花杏この道**往け**ば母が居て」　中村苑子

「寝ているや家を出て**行く**春の道」　鈴木六林男

「**征く**人に冬木一本づつ来る」　三橋敏雄

「紐いろいろ選びて夏を**逝かせ**けり」　柿本多映

「人**逝き**て少し地震ある秋の夜半」　岸本尚毅

ゆく-かた【行く方】〈名〉 ❶進んで行く方角。行く先。❷心を晴らす方法。やるかた。▼「ゆくがた」とも。

「**行く方**を何か忘れぬ末枯るる」　中村汀女

「稲妻や妻の来し方我行く方」　石田波郷

ゆく-すゑ【行く末】《ユクスエ》〈名〉❶（はるか遠くの）行き先。（遠くの）目的地。❷将来。この先。結末。❸余命。
「行く末は誰が肌触れむ紅の花」　松尾芭蕉
「カナ〳〵や世のはて人の行末も」　松根東洋城
「蟬の穴覗き行く末漠然と」　殿村菟絲子

ゆく-て【行く手】〈名〉❶進んでいく方向。行く先。❷行くついで。行きがけ。
「仲見世を出て行く手なし秋の暮」　渡邊水巴
「行商のゆく手秋日の岩襖」　飯田龍太
「此の道やゆくてゆくてと蚊喰鳥」　高柳重信

ゆく-ひと【行く人】〈名〉道を行く人。旅人。
「此道や行人なしに秋の暮」　松尾芭蕉
「門《かど》を出れば我も行人秋のくれ」　与謝蕪村
「山眠る行く人なしの道入れて」　上田五千石

ゆく-へ【行く方】《ユクエ》〈名〉❶進んで行く方向。❷行き先。❸今後の成り行き。将来。結末。
「胆洗う水のゆくえの百日紅」　橋　閒石
「色悪しき蝶の来し方行方かな」　三橋敏雄
「世のゆくへ生殖さむきかもめたち」　八田木枯
「夜のわがこころの行方いなびかり」　藤田湘子

ゆくり-な・し〈形ク〉（(く)・から／く・かり／し／き・かる／けれ／かれ）思いがけない。不意だ。不用意だ。軽はずみだ。
「身の幸のけふゆくりなきしぐれかな」　久保田万太郎
「濡縁のリラを眺めてゆくりなし」　後藤夜半
「ゆくりなく乗るSLも枯野行き」　柿本多映
「ゆくりなく途切れし眠り明易し」　深谷雄大
「ゆくりなく冬夕焼の尾をつかむ」　櫂未知子

ゆす・る【揺する】㊀〈自動・ラ四〉（ら／り／る／る／れ／れ）❶揺れ動く。❷大騒ぎする。どよめく。㊁〈他動・ラ四〉❶揺り動かす。❷おどし取る。
「二年や獄出て湯豆腐肩ゆする」　秋元不死男
「好晴の空をゆすりて冬木かな」　篠原鳳作
「身を揺する音のなかなる雪解川」　桂　信子
「青竹に空ゆすらる、大暑かな」　飴山　實

ゆた-か・なり【豊かなり】〈形動ナリ〉（なら／なり・に／なり／なる／なれ／なれ）❶富み栄えている。富裕だ。❷ゆったりとしている。おおようだ。
「菊白く死の髪豊かなりかなし」　橋本多佳子
「ゆたかなる詩の時を経てぬくき飯」　香西照雄
「土師《はじ》邑《むら》の泥ゆたかなり初つばめ」　山田みづえ
「秋は豊かに山富む国の晴れわたり」　福田甲子雄

ゆた-け・し【豊けし】〈形ク〉（(く)・から／く・かり／し／き・かる／けれ／かれ）❶（空間的に）ゆったりとしている。広々としている。❷（気持ち・態度などに）ゆとりがある。おおらかだ。❸（勢いなどが）盛大だ。

「みたらしの水は**ゆたけし**川の上」 荻原井泉水
「大蕪売ってこころの**ゆたけしや**」 斎藤夏風

ゆ-だち【夕立】季・夏〈名〉ゆうだち。
「祖母山も傾山《かたむくさん》も**夕立**かな」 山口青邨
「ひぐらしや**夕立**したたる舟日覆」 水原秋櫻子
「さつきから**夕立**の端にゐるらしき」 飯島晴子
「人のこゑ鈴となりたる**夕立**あと」 原　裕

ゆたに-たゆたに【寛にたゆたに】〈連語〉ゆらゆらと。
不安定で落ち着かないようす。
「鴨とぶや**ゆたにたゆたに**初御空」 森　澄雄

ゆだ・ぬ【委ぬ】〈他動・ナ下二〉{ね/ね/ぬ/ぬる/ぬれ/ねよ}まかせる。
「濡れ縁や無数の蟬に身を**ゆだね**」 阿部みどり女
「町に出づ落葉を焚くは妻に**委ね**」 安住　敦
「みづうみにひかりを**ゆだね**避暑期去る」 飯田龍太
「花も葉も水に**ゆだね**て水中花」 亀田虎童子
「散るまへの光に**ゆだね**冬薔薇」 鍵和田秞子

ゆ-つ-【斎つ】〈接頭〉(名詞に付いて)神聖な。清浄な。▼「つ」は「の」の意の上代の格助詞。また「五百箇《いほつ》」の変化した語で、数が多いこととする説もある。
「流し雛**ゆつ**巌群《いはむら》の阿田の瀬を」 下村梅子

ゆづ・る【譲る】《ユズル》〈他動・ラ四〉{ら/り/る/る/れ/れ}❶自分のものを他人に与える。❷他人にまかせる。
「老牛に道を**ゆづら**れ陽炎へり」 三橋鷹女
「**譲ら**んと思ふ帯あり冬支度」 星野立子
「紅梅や一人の姉に家**ゆづる**」 村越化石
「芦の花昼**ゆづら**れてゐるごとく」 岡井省二
「道**ゆづり**しは雪女かも知れず」 鷹羽狩行

ゆ-には【斎庭】《ユニワ》〈名〉神事を行う神聖な庭。
「除幕待つ**斎庭**の空を春の鳶」 富安風生
「ちりひぢのごとく**斎庭**はひじき干す」 阿波野青畝

ゆ-ばり【尿】〈名〉小便。にょう。▼「いばり」「ゆまり」とも。
「わが**ゆばり**月の光をあつめけり」 日野草城
「葱坊主見下し長き**尿**せり」 大野林火
「木之助の盆興行の大**ゆばり**」 岸田稚魚

ゆふ【夕】《ユウ》〈名〉夕方。日暮れどき。▼「朝夕《あさゆふ》」「夕月《ゆふづき》」などのように複合語の中で多く用いられ、単独で夕方の意を表す場合は「ゆふべ」が用いられる。
「**夕**せまるこゝろに椋鳥《むく》の群れ渡る」 原　石鼎
「鳴くと言へば蟇また鳴けり春の**夕**」 及川　貞
「すがる子のありし浴みや夏の**夕**」 石橋秀野
「**夕**さむし麦踏に声かけてより」 馬場移公子
「**夕**の虹はげしきことを草に見し」 金田咲子

ゆ・ふ【結ふ】《ユウ》〈他動・ハ四〉{は/ひ/ふ/ふ/へ/へ}❶結ぶ。縛《しば》る。❷髪を調え結ぶ。髪を結う。❸組み立てる。作り構える。こしらえる。❹縫う。つくろう。糸などで結び合わせる。

「七夕や暗がりで結ふたばね髪」 村上鬼城
「狩の刻荒鵜手縄をみな結はれ」 橋本多佳子
「春さむし髪に結ひたるリボンの紺」 鈴木しづ子
「どの席もいつか空《あ》く席粽結ふ」 手塚美佐
「雛の家篠竹垣を結ひしばかり」 山本洋子

ゆふ-かげ【夕影・夕蔭】《ユウカゲ》〈名〉❶夕暮れどきの光。夕日の光。❷夕暮れどきの光を受けた姿・形。
「しらぎくの夕影ふくみそめしかな」 久保田万太郎
「夕かげとなりゆく空を花のひま」 長谷川素逝
「供養針にも夕影といへるもの」 深見けん二

ゆふ-ぐれ【夕暮(れ)】《ユウグレ》〈名〉太陽が沈んで、暗くなるころ。日暮れ。夕方。
「珈琲や夏のゆふぐれながかりき」 日野草城
「足許にゆふぐれながき菫の花」 大野林火
「恋愛に暑き夕ぐれきておりし」 鈴木六林男
「夕暮の手がさみしくて泰山木」 金田咲子

ゆふ-け【夕食・夕餉】《ユウケ》〈名〉夕方の食事。夕飯。▼後には「ゆふげ」。反対語は朝食《あさけ》。
「板じきに夕餉の両ひざをそろへる」 尾崎放哉
「牡丹を活けておくれし夕餉かな」 杉田久女
「家郷の夕餉始まりをらむ夕桜」 大串 章
「霜くすべ夕餉了へても明るかり」 中原道夫
「夕餉までの眠りの中の遠ひぐらし」 和田耕三郎

ゆふ-さ・る【夕さる】《ユウサル》〈自動・ラ四〉（ら／り／る／る／れ／れ）夕方になる。日暮れになる。▼名詞「ゆふ」に移動して来るという意味の動詞「さる」が付いて一語化したもの。已然形「ゆふされ」に接続助詞「ば」が付いた「ゆふされば」の形で用いられることが多い。
「向日葵に海女のゆききの夕さりぬ」 篠原鳳作
「夕されば春の雲みつ母の里」 飯田龍太
「夕されば人と離るる春の鹿」 和田悟朗
「夕されば水の上なる畦火かな」 小川軽舟

ゆふ-しほ【夕潮・夕汐】《ユウシオ》〈名〉夕方満ちてくる潮。
「牡蠣剝くや洗ふや巌の夕汐に」 石塚友二
「夕潮の紺や紫紺や夏果てぬ」 藤田湘子
「梨むいて夕潮にとりまかれゐる」 友岡子郷

ゆふ-づ・く【夕づく】《ユウヅク》〈自動・カ下二〉（け／け／く／くる／くれ／けよ）夕方になる。日暮れに近づく。▼古くは「ゆふつく」。
「鴛鴦《をし》の水古鏡のごとく夕づきぬ」 高橋淡路女
「夕づく蛾柏大樹をめぐりをり」 石田波郷
「夕づけば雀言問ふ寒牡丹」 堀口星眠
「夕づきて励み仕舞ひの茶摘唄」 宮津昭彦

ゆふ-つづ【夕星・長庚】《ユウツヅ》〈名〉夕方、西の空に見える金星。宵の明星《みようじよう》。▼後に「ゆふづつ」。反対語は明星《あかぼし》。
「夕星やおとろへそめし雪解風」 相馬遷子
「郭公の日は夕星を珠となす」 古舘曹人

「桑解きて**夕星**匂ふばかりなり」　古賀まり子
「あひびきの**夕星**にして樹にかくれ」　鈴木しづ子
「**夕星**のいきづきすでに冬ならず」　藤田湘子

ゆふ-ばえ【夕映え】《ユウバエ》〈名〉❶夕方に、昼間よりも物の色などがくっきりと映えて見えること。❷夕焼け。
「冬泉**夕映**うつすことながし」　柴田白葉女
「春の沼**夕栄**うつしをはりけり」　安住　敦
「風邪の背に**夕映**の刻迫りをり」　野澤節子

ゆふ-べ【夕べ】《ユウベ》〈名〉❶夕暮れどき。夕方。❷昨夕。昨夜。▼上代は「ゆふへ」。
「ぼたん切て気のおとろひし**ゆふべ**哉」　与謝蕪村
「水の**ゆふべ**のすこし波立つ」　種田山頭火
「**ゆふべ**鳥すべて孤影となりにけり」　高屋窓秋
「葉桜の**夕べ**かならず風さわぐ」　桂　信子
「斑鳩の**ゆふべ**螢の火を落とす」　加藤郁乎

ゆふ-まぐれ【夕まぐれ】《ユウマグレ》〈名〉夕方の薄暗いこと。また、その時分。▼「まぐれ」は「目暗」の意。
「羽ばたいてごらんよ夏の**夕まぐれ**」　清水径子
「七月は手足が淋し**夕間暮**」　藤田湘子
「姦通よ夏木のそよぐ**夕まぐれ**」　宇多喜代子
「人声や竹の皮脱ぐ**夕まぐれ**」　徳弘　純

ゆ-まり【尿】〈名〉小便。にょう。▼「湯まり」の意。「いばり」「ゆばり」とも。
「天高く妻に**ゆまり**のところなし」　矢島渚男

ゆ-ま・る【尿まる・湯放る】〈自動・ラ四〉{ら/り/る/る/れ/れ}小便をする。放尿する。▼名詞は「ゆまり」。動詞「まる」は、大小便するの意。
「わが**ゆまる**音のしづかに年暮るる」　日野草城
「女立たせて**ゆまる**や赤き旱星《ひでりぼし》」　西東三鬼
「吾子**尿る**庭の落花の浮ぶまで」　香西照雄
「立ち**尿る**農婦が育て麦青し」　佐藤鬼房

ゆめ-うつつ【夢現】〈名〉夢と現実。また、夢か現実かはっきりせず、ぼんやりしていること。
「コーランを**夢うつゝ**聞く外寝かな」　森田　峠
「花鳥風月虫を加へて**ゆめうつつ**」　手塚美佐
「春たつや醪《もろみ》に櫂の**夢うつつ**」　宮坂静生

ゆめ-・む【夢む】〈自動・マ上二〉{み/み/む/むる/むれ/みよ}夢を見る。夢見る。
「母と寝て母を**夢むる**藪入かな」　松瀬青々
「あけくれに富貴を**夢む**風邪哉」　前田普羅
「冬の野に壜を捨てては**夢みけり**」　正木ゆう子

ゆゆ・し〈形シク〉{(しく)・しから/しく・しかり/し/しき・しかる/しけれ/しかれ}❶おそれ多い。はばかられる。神聖だ。❷不吉だ。忌まわしい。縁起が悪い。❸甚だしい。ひととおりでない。ひどい。とんでもない。❹すばらしい。りっぱだ。▼神聖なものを表す「斎《ゆ》」を重ね形容詞化した語。神聖なもの、不浄なものなど、触れてはならぬものを忌み遠ざけるようす。そこから、よい意味でも、悪い意味でも程度が甚だしい意味になった。

「葵朱に世やゆゝしきを人に恋」　石塚友二
「龍胆咲く由々しき事はなき如し」　細見綾子
「腹当の紺の**ゆゆしき**菊師かな」　野見山朱鳥
「蔓草の垂れの**ゆゆしき**水の秋」　石田勝彦
「髪飾り**ゆゆしく**来たり花御堂」　波多野爽波

ゆら・く【揺らく】〈自動・カ四〉{か／き／く／く／け／け}❶（玉や鈴が）揺れて触れ合って、音を立てる。❷ゆれる。ゆれ動く。▼後に「ゆらぐ」とも。

「月照りて山上の日は**ゆらぎ**をり」　渡邊水巴
「唐独楽の**ゆらぐ**に木々も色づくか」　橋　閒石
「小鳥来る沖の一線**ゆらぎそめ**」　原　裕
「萩**ゆらぎ**水影**ゆらぎ**鯉売女」　斎藤夏風
「浮石を踏んで天地の**揺らぐ**夏」　森田智子

ゆらり（と）〈副〉❶ひらり（と）。（軽く身を動かすさま）❷ふわり（と）。（物がゆっくりと大きくゆれ動くさま）

「大揚羽**ゆらりと**岨の花に酔ふ」　飯田蛇笏
「時計**ゆらりと**止まり遅日の波ひびく」　鷲谷七菜子
「永き日は**ゆらりと**胸に立つ墓標」　津沢マサ子
「かんたんをきく会のあり**ゆらりと**日」　阿部完市
「菊枕**ゆらりと**島の浮いて来し」　永末恵子

ゆ・る【揺る】[一]〈自動・ラ四〉{ら／り／る／る／れ／れ}❶震動する。揺れる。❷ためらう。[二]〈他動・ラ四〉揺すって動かす。揺する。

「枯萩の西日**揺らし**て刈られけり」　阿部みどり女
「螢籠昏ければ**揺り**炎えたたす」　橋本多佳子
「白藤や**揺り**やみしかばうすみどり」　芝不器男
「渓川の身を**揺りて**夏来たるなり」　飯田龍太
「舟底に蜑の子昼寝漕げば**揺る**」　橋本美代子
「凍湖よこたはり赤子を宙に**揺り**」　友岡子郷

ゆるがせ・なり【忽なり】〈形動ナリ〉{なら／なり・に／なり／なる／なれ／なれ}❶なげやりだ。おろそかだ。なおざりだ。❷寛大だ。▼古くは「ゆるかせなり」。

「**ゆるがせ**にあるとは見えぬ牡丹の芽」　後藤夜半

ゆる・ぐ【揺るぐ】〈自動・ガ四〉{が／ぎ／ぐ／ぐ／げ／げ}❶揺れ動く。揺らぐ。❷心が動揺する。気が変わる。❸ゆったりとくつろぐ。

「**ゆるぎ**なく金木犀の香のほとり」　中村汀女
「荒南風や**揺るが**ぬ青き島一つ」　野澤節子
「一人逝き**ゆるが**ざるもの雪の量」　村越化石
「潮さして干潟の岩の**ゆるぎそめ**」　清崎敏郎
「**ゆるぎ**なき五七五や秋の風」　加藤郁乎

ゆる・し【緩し】〈形ク〉{（く）・から／く・かり／し／き・かる／けれ／かれ}❶ゆるやかだ。❷（心に）厳しさがない。たるんでいる。

「遠く降る雪より**緩く**吾に降る雪」　加倉井秋を
「辛夷咲き胸もと**緩し**人妻は」　中村苑子
「大木を挽く音**緩し**長き夏」　大高弘達

「松とれて**ゆるき**刻あり没日あり」　金田咲子
「藤房をゆらして**ゆるき**時流る」　大屋達治

ゆる・す【緩す・許す・赦す・宥す】〈他動・サ四〉〔さ/し/す/す/せ/せ〕❶ゆるめる。ゆるくする。ゆるやかにする。❷解放する。自由にする。逃がす。❸承諾する。承認する。❹認める。評価する。
「人**宥す**齢を涼しと思ひけり」　鈴木真砂女
「観桜といふ砂埃**許しつつ**」　後藤比奈夫
「われ病めり今宵一匹の蜘蛛も**宥さず**」　野澤節子
「覗けども深淵泳ぐこと**ゆるさず**」　八田木枯
「いもうとの平凡**赦す**謝肉祭」　林　桂
「さくらさくら私を**許す**やうに散れ」　櫂未知子

ゆる・ぶ【緩ぶ・弛ぶ】㊀〈自動・バ四〉〔ば/び/ぶ/ぶ/べ/べ〕❶たるむ。ゆるくなる。❷（暑さや寒さが）やわらぐ。❸（気持ちの張りや緊張が）とける。気がゆるむ。怠る。❹のびのびする。（心に）余裕がある。㊁〈他動・バ下二〉〔べ/べ/ぶ/ぶる/ぶれ/べよ〕❶ゆるめる。たるませる。❷（厳しさを）ゆるめる。寛大にする。手心を加える。▼上代には「ゆるふ」。
「寒**ゆるぶ**一夜の靄《もや》や山廂」　西島麦南
「砂丘の虹風紋いづこより**ゆるぶ**」　鷲谷七菜子
「啓蟄の朱肉**ゆるび**てゐたりけり」　柿本多映
「凍蝶のふるふるふると**ゆるび**けり」　大石悦子
「体内の時計の**ゆるび**花の昼」　坂本宮尾

ゆゑ【故】《ユエ》〈名〉❶原因。理由。わけ。❷素性。由緒。由来。❸風情。趣。❹縁故。ゆかり。❺さしさわり。支障。❻（体言や活用語の連体形に付いて）㋐…によって。…のために。…ので。（順接的に原因・理由を表す）㋑…なのに。（逆接的に原因・理由を表す）
「鰐浦は涯の道**ゆゑ**ひじき干す」　阿波野青畝
「秋の浜女が欹く**ゆゑ**鳶が啼く」　三橋鷹女
「暑き**故**ものをきちんと並べをる」　細見綾子
「むらがりて蝶が舞ひしも荒地**ゆゑ**」　高屋窓秋
「芍薬の珠の日暮をいだく**ゆゑ**」　岡井省二

ゆゑ-な・し【故無し】《ユエナシ》〈連語〉❶理由がない。根拠がない。❷情趣がない。たしなみがない。❸縁故がない。無縁である。
「文旦の**故なく**をかし笑ひけり」　岡本　眸
「遠火事や湯ざめ**故なく**恐れをり」　斎藤夏風
「**故なく**哀しふんだんに桜見て」　篠崎圭介

ゆゑん【所以】《ユエン》〈名〉理由。わけ。いわれ。
「我が子病む梅のおくるる**所以**なり」　竹下しづの女
「冷麦に朱のひとすぢの**所以**かな」　藤田湘子

ゆん-で【弓手・左手】〈名〉❶弓を持つ方の手。左の手。❷左の方。左側。▼「ゆみて」の撥《はつ》音便。反対語は馬手《めて》。
「黙《もだ》の清水へ声の小清水**ゆんで**より」　中村草田男
「**左ン手**に剣神将萩を刈りに立つ」　安住　敦
「皇国や**左手**のごとく旗すすき」　攝津幸彦

「右手から弓手へ春の夕べかな」　五島高資

よ

よ【世・代】〈名〉❶（人の）一生。生涯。❷前世（この世に生まれる前の世）・現世（現在の世）・来世（死後の世）のそれぞれ。❸時代。時分。時。❹御代。治世。政治。国政。一人の統治者が国を治める期間。❺世間。世の中。社会。❻俗世間。俗世。浮き世。❼時流。時勢。❽男女の仲。夫婦の仲。❾生活。生業。境遇。

「古き**代**の呪文の釘のきしむ壁」　篠原鳳作
「鮎落ちて美しき**世**は終りけり」　殿村菟絲子
「蝶も夏あの**世**とこの**世**と飛び疲れ」　河原枇杷男
「うつし**世**の縞うつくしき麦生かな」　鷹羽狩行
「寒の雨しづかに御**代**のうつりつつ」　山本洋子

よ〈間投助〉❶（感動・詠嘆）…なあ。…よ。❷（呼びかけ）…よ。❸（念押し）…よ。❹（取り立て）…だぞ。…だよ。

「百寿までこの月光を保たれ**よ**」　阿部みどり女
「蝶とべり飛べ**よ**とおもふ掌の菫」　三橋鷹女
「夢の世に葱を作りて寂しさ**よ**」　永田耕衣
「鶏にも夜が長かりし**よ**餌つかみてやる」　津田清子
「いつもこのかたちに眠る流氷**よ**」　飯島晴子
「峡の子**よ**空より青き凧を揚げ」　鍵和田秞子

よう【用】〈名〉❶用事。用件。所用。❷必要。入用。費用。❸効用。用途。❹事物の作用。はたらき。

「**用**ひとつ思ひ出したる団扇かな」　草間時彦
「日向ぼこし乍《なが》ら出来るほどの**用**」　稲畑汀子
「月明の葦の中州に**用**はなし」　池田澄子

よう【俑】〈名〉人に似せて造った人形。

「**俑**の店老一人ゐて煖爐《だんろ》守る」　大野林火
「木**俑**《もくよう》のひとりは哄《わら》ふ秋日和」　黒田杏子

よう-がん【容顔】〈名〉顔かたち。顔つき。

「秋の霜ギイと**容顔**廻されき」　永田耕衣
「螢捕り来て**容顔**を粧ひし」　山口誓子

よぎ・る【過る】〈自動・ラ四〉{ら/り/る/る/れ/れ}前を通り過ぎる。通りすがりに立ち寄る。▼古くは「よきる」。

「くもの絲一すぢ**よぎる**百合の前」　高野素十
「菜殻火《ながらび》に燃え包まれて馬車**よぎる**」　野見山朱鳥
「秋深む蚊帳ぬちを蚊の**よぎり**をり」　岸田稚魚
「茸飯白雲低く**よぎり**けり」　蓬田紀枝子
「蝮《はめ》の野を**よぎれ**り父を焼くために」　徳弘　純
「早馬が夢の花野を**過り**けり」　高山れおな

よ・く【避く・除く】一〈他動・カ四〉{か/き/く/く/け/け}さける。よける。二〈他動・カ上二〉{き/き/く/くる/くれ/きよ}さける。よける。▼上代は上二段活用のみ。後に、上二段・四段活用が併用され、中世以降は下二段活用が用いられた。

「寒星や世にある歎き**除け**がたし」　阿部みどり女

「残菊の風**避く**べくもなかりけり」　中村汀女
「海の風**除くる**も高き稲架《さは》の役」　山口誓子
「走り根を**よけ**て夜店の出来あがる」　中原道夫

よく【良く・善く・能く】〈副〉❶十分に。念入りに。詳しく。❷巧みに。上手に。うまく。❸少しの間違いもなく。そっくり。❹甚だしく。たいそう。❺良くぞ。よくも。よくもまあ。❻たびたび。ともすれば。
「立葵けふは砥石の**よく**乾く」　眞鍋呉夫
「小鳥死に枯野**よく**透く籠のこる」　飴山　實

よく-よく【良く良く・善く善く・能く能く】〈副〉念には念を入れて。十二分に。
「水仙を**よくよく**見たる机かな」　桂　信子
「柿の種**よくよく**見れば眼あり」　小泉八重子
「誰にでも見える満月**よくよく**見る」　池田澄子

よこ-ぐも【横雲】〈名〉横に長くたなびく雲。多く、和歌で用い、また、明け方の東の空にたなびく雲をいうことが多い。
「美しき**横雲**日々に貝割菜」　中村汀女
「夕雲はなべて**横雲**法師蟬」　鷲谷七菜子
「**横雲**の長くて雛の夕べかな」　大峯あきら

よこたは・る【横たはる】《ヨコタワル》 ■一〈自動・ラ四〉｛ら／り／る／る／れ／れ｝横になる。横に伏す。■二〈自動・ラ下二〉｛れ／れ／る／るる／るれ／れよ｝横になる。横に伏す。

「秋晴や宇治の大橋**横たはり**」　富安風生
「たなばたの天**横たはる**廓かな」　後藤夜半
「桐一葉落ちて心に**横たはる**」　渡邊白泉
「十三夜陸に白鯨**横たはり**」　熊谷愛子
「夜の柿隣家に人の**横たはり**」　柿本多映
「元旦や分厚き海の**横たはり**」　大串　章

よこた・ふ【横たふ】《ヨコタウ・ヨコトウ》 ■一〈他動・ハ下二〉｛へ／へ／ふ／ふる／ふれ／へよ｝横にする。横たえる。■二〈自動・ハ四〉｛は／ひ／ふ／ふ／へ／へ｝横になる。横たわる。
「荒海や佐渡に**よこたふ**天河《あまのがは》」　松尾芭蕉
「柄香炉を**よこたふ**厨子や菊供養」　水原秋櫻子
「日々同じ秋風に身を**横たへ**て」　相馬遷子
「岩に身を**よこたへ**いこふ滝を前」　木村蕪城
「てつせんの欠けし花びら地に**横たふ**」　宮津昭彦

よご・る【汚る】〈自動・ラ下二〉｛れ／れ／る／るる／るれ／れよ｝よごれる。きたなくなる。また、けがれる。
「ソース壜**汚れ**て立てる野分かな」　波多野爽波
「五月尽旅はせずとも髪**汚る**」　中嶋秀子
「わが朱夏の雪渓なれば**汚るる**な」　大石悦子
「春禽のすこし**汚れ**て橋の上」　繭草慶子

よ-ごろ【夜頃・夜来】〈名〉数夜このかた。このごろ毎晩。
「薬煮るわれうそ寒き**夜ごろ**哉」　芥川龍之介
「梟や千葉で足蒸す**夜頃**なり」　富田木歩

「鍬立てて白露をはかる夜来かな」 安東次男

よ・さり【夜さり】〈名〉夜となるころ。今夜の意でも用いる。▼「ようさり」「よさら」「よさ」とも。

「春風や夜さりも参る亦打山」 小林一茶

「夜さりこの河べの氷思ほゆる」 高屋窓秋

「腸氷る夜さりこの地《ちっ》去る由なし」 佐藤鬼房

「白地着て雲に紛ふも夜さりかな」 八田木枯

よし【由】〈名〉❶理由。いわれ。わけ。❷口実。言い訳。❸手段。方法。手だて。❹事情。いきさつ。❺趣旨。❻縁。ゆかり。❼情趣。風情。❽そぶり。ふり。

「花に暮れて由ある人にはぐれけり」 夏目漱石

「蟾蜍長子家去る由もなし」 中村草田男

「蜃氣樓ならではのもの見せる由」 中原道夫

よ・し【善し・良し・好し】㊀〈形ク〉{(く)・から/く・かり/し/き・かる/けれ/かれ} ❶りっぱだ。上等だ。❷美しい。きれいだ。❸すぐれている。善良だ。賢い。❹高貴だ。身分が高く、教養がある。上品だ。❺上手だ。巧みだ。すぐれている。❻栄えている。豊かだ。幸せだ。❼感じがよい。快い。楽しい。好ましい。❽ちょうどよい。適当だ。都合がよい。ふさわしい。❾親しい。親密だ。㊁〈補助動・形ク〉(動詞の連用形に付いて)…しやすい。▼「よし」は積極的にすぐれていると認められるようすを表し、「よろし」は消極的にまあよいと認められるようすを表す。「よし」の反対語は「あし」で、「よろし」の反対語は「わろし」。

「枯枝ほきほき折るによし」 尾崎放哉

「野火燃やす男は佳《よ》けれどやすからず」 橋本多佳子

「佳きひとと水を距てし寒九かな」 桂　信子

「鈴に入る玉こそよけれ春のくれ」 三橋敏雄

「川明り美《よ》し夜神楽の帰り道」 飯島晴子

「初月といひて響のよかりけり」 川崎展宏

よし・な・し【由無し】〈形ク〉{(く)・から/く・かり/し/き・かる/けれ/かれ} ❶理由がない。根拠がない。❷方法がない。手段がない。❸つまらない。とりとめがない。くだらない。無意味だ。❹関係がない。縁がない。

「しぐるれど御笠参らすよしもなし」 正岡子規

「長き日の自ら欺くに由もなし」 村上鬼城

「ひぐらしや急ぐ由なき家路にて」 石川桂郎

よし・み【好み・誼】〈名〉❶新しい交わり。親交。❷関係。因縁。縁故。ゆかり。

「配り餅して近隣に誼あり」 安住　敦

「稲《たう》門《もん》の誼ぞこそれ新年會」 筑紫磐井

よ・す【寄す】㊀〈他動・サ四〉{さ/し/す/す/せ/せ} 近づける。近寄らせる。寄せる。よこす。㊁〈他動・サ下二〉{せ/せ/す/する/すれ/せよ} ❶近づける。近寄らせる。寄せる。❷相手に送る。贈る。寄進する。❸(心を)寄せる。頼りにする。ゆだねる。❹口実にする。かこつける。関係づける。㊂〈自動・サ下二〉❶寄る。うち寄せる。❷攻め寄せる。敵陣に押し寄せる。

「露けさに白波もなく寄する波」 山口誓子

「激浪のひかり枯れんと陸に**寄す**」 野見山朱鳥
「西行忌渚をば身に**寄せ**にけり」 安井浩司
「梅雨の月皓々と雲**寄せ**つけず」 中嶋秀子

よす‐が【縁・因・便】〈名〉❶頼り。ゆかり。身や心を寄せる所。❷(頼りとする)縁者。夫・妻・子など。❸手がかり。手段。便宜。▼上代は「よすか」。
「訓読《くんどく》の經《きやう》を**よすが**や秋のくれ」 与謝蕪村
「家かはる**よすが**もなしや紫苑生ふ」 森川暁水
「物思ふ**よすが**の湯浴み夜の秋」 手塚美佐
「越冬の巣に**よすが**なきもの溜まる」 中原道夫
「秋深し墓を**よすが**の蝶や蜂」 岸本尚毅
「冬来る一書**よすが**に父偲び」 上田日差子

よ‐すがら【夜すがら】〈名〉〈副〉夜じゅう。夜通し。▼「すがら」は接尾語。反対語は「日《ひ》すがら」。
「風雲の**夜すがら**月の千鳥哉」 与謝蕪村
「**夜すがら**の卒業の歌暁《あけ》に冴え」 中村草田男

よ‐すぎ【世過ぎ】〈名〉世渡り。渡世。生活。
「虹二重つたなき**世すぎ**子より子へ」 篠田悌二郎
「万両や身過ぎ**世過ぎ**をきれいにし」 上田五千石

よ‐そ【余所・他所】〈名〉❶離れた所。別の所。❷別の人。他人。
「**餘所**並の正月もせぬしだら哉」 小林一茶
「野ゆく子に**余所**なる冬日暮れにけり」 臼田亜浪
「うちの雀**他所**の雀と囀れる」 山田みづえ
「雪の夜の隣にふつと**よそ**のひと」 今井杏太郎

よそ‐ぢ【四十・四十路】《ヨソジ》〈名〉❶四十《しじゅう》。❷四十歳。▼「ぢ」は数詞に付く接尾語。
「眉引も**四十路**となりし初鏡」 杉田久女
「**四十路**さながら雲多き午後曼珠沙華」 中村草田男
「たたずむこと多き**四十路**の片陰や」 村越化石

よそ‐ながら【余所ながら】〈副〉❶ほかの所にいたままで。遠く離れていながら。❷それとなく。間接的に。
「河岸かへて**よそながら**片しぐれかな」 加藤郁乎

よそ‐ふ【装ふ】《ヨソウ》〈他動・ハ四〉(は/ひ/ふ/ふ/へ/へ)❶身づくろいする。飾り整える。❷整え設ける。準備する。支度する。❸(飲食物を)整え用意する。器に盛る。
「水無月を水色に着て老**装ふ**」 長谷川かな女
「推参の敵も**装へ**る菊人形」 平畑静塔

よそほ‐ふ【装ふ】《ヨソオウ》〈他動・ハ四〉(は/ひ/ふ/ふ/へ/へ)❶正装する。❷化粧する。
「**粧ひ**て一切経はとはに燃ゆ」 富安風生
「何物が蛾を**装ひ**て入り来るや」 相生垣瓜人
「春寒し夫《つま》の葬《はふ》りに妻**粧ひ**」 相馬遷子
「月光の我が剥落を**装へ**る」 沼尻巳津子
「**装ひ**て兜のごとき山かたち」 原　裕
「花火の夜兄へもすこし**粧へ**り」 正木ゆう子

よそ-め【余所目・外目】〈名〉❶よそながら見ること。それとなく見ること。❷人目。はた目。❸傍観。よそ事として見ること。

「うらがれを余所目に弁財天多彩」　上村占魚

よそよそ-し【余所余所し】〈形ク〉{（く）・から／く・かり／し／き・かる／けれ／かれ}❶関係ない。かけ離れている。❷隔てがましい。冷たい。

「穂高下り晩夏の街のよそよそし」　松澤　昭

「今年竹三日見ざればよそよそし」　山田みづえ

よ・づ【捩づ・攀づ】《ヨズ》〈他動・ダ上二〉{ぢ／ぢ／づ／づる／づれ／ぢよ}つかんで引き寄せる。よじる。ねじる。上ろうとしてすがりつく。

「髭白きまで山を攀ぢ何を得し」　福田蓼汀

「受験期や宝塔攀づる金の竜」　大島民郎

「ハンケチを捩ぢて憩へり高山寺」　川崎展宏

「氷壁を攀づくれなゐの命あり」　大串　章

よど【淀・澱】〈名〉淀み。川などの流れが滞ること。また、その場所。

「巣離れの淀うかがふや鮒釣師」　水原秋櫻子

「乗込みの鮒にしのつく淀の雨」　阿波野青畝

「川淀や夕づきがたき楓の芽」　芝不器男

よど・む【淀む・澱む】〈自動・マ四〉{ま／み／む／む／め／め}❶水の流れが滞る。❷（物事が）順調に進まない。停滞する。

「峰幾重霧澱みゐる我家かな」　加藤知世子

「滝落ちし白さをかこみよどむ紺」　篠原　梵

「海ほどのさびしさよどむ樹下の椅子」　林田紀音夫

「雲を置き水温まむとして澱む」　今井千鶴子

よ-な〈間投助〉❶（感動）…だなあ。❷（取り立て）…だな。▼間投助詞「よ」に助詞「な」が付き一語化したもの。

「罪深き女よな菖蒲湯や出でし」　芥川龍之介

「木の如く凍てし足よな寒鴉」　富田木歩

よな-よな【夜な夜な】㊀〈名〉毎夜。㊁〈副〉夜ごとに。毎夜毎夜。▼反対語は「朝な朝な」。

「鈴虫へ夜な夜な読めぬ本溜めて」　長谷川かな女

「夜な〳〵のはまちの海のまつくらな」　高野素十

「がちやがちやに夜な夜な赤き火星かな」　大峯あきら

よ-は【夜半】《ヨワ》〈名〉夜。夜中《よなか》。

「山祭すみたる夜半のはつ蛙」　飯田蛇笏

「夜半の春なほ処女なる妻とをりぬ」　日野草城

「夜半いづる山月障子かがやきて」　水原秋櫻子

「祭典の夜半にめざめて口渇く」　西東三鬼

よはひ【齢】《ヨワイ》〈名〉❶年齢。年ごろ。❷寿命。

「朝顔や病も知らずわが齢」　石田波郷

「柿撫でて齢のごとく見つつをり」　森　澄雄

「若き日を眩しむよはひ名残雪」　古賀まり子

「日脚のび父の齢をひとつ越ゆ」　飴山　實

よばひ【婚ひ・呼ばひ】《ヨバイ》〈名〉❶求婚。男が女に言い寄ること。❷男が女の寝所に忍んで行くこと。妻問い。▼「夜這ひ」とも書く。

「干梅は夜這ひの星を見つつあり」　阿波野青畝

「はなめうが婚の蟲を照しもす」　中原道夫

よば-・ふ【呼ばふ】ヨバウ・ヨボウ〈他動・八四〉{は/ひ/ふ/ふ/へ/へ}❶呼び続ける。何度も呼ぶ。❷言い寄る。求婚する。▼元来は動詞「よぶ」の未然形に、反復継続の助動詞「ふ」が付いた言葉だが、中古には一つの語(動詞)として用いられるようになった。

「武蔵野の此処に水凝り鴨呼ばふ」　臼田亜浪

「雪の嶺々の平らな山が春呼ばふ」　大野林火

「汝を呼ばふすべなきか茫々と河涸れをり」　佐藤鬼房

「禁鳥《とどめどり》人を呼ばふになうなうと」　茨木和生

よひ【宵】ヨイ〈名〉晩。また、夜に入って間もないころ。▼夜の時間区分で、「ゆふべ」の次の段階。日没から夜半ごろまでをさす。

「切株の松脂ひかる春の宵」　前田普羅

「故郷去る十三日の月の宵」　下村梅子

「暗がりのこゑ確かむる宵まつり」　馬場移公子

「雪嶺かがよう峡の口なる宵の星」　金子兜太

よひ-やみ【宵闇】ヨイヤミ 季・秋〈名〉月がまだ出ない宵の間の暗やみ。また、その時分。特に、陰暦十六日から二十日ごろまでの宵の暗やみ。

「宵闇の水うごきたる落葉かな」　渡邊水巴

「黒ペンキ塗り了へ宵闇栄もなく」　香西照雄

「宵闇やひとにしたがふ石だたみ」　鈴木しづ子

「宵闇や水打ちしあとぽつねんと」　田中裕明

よ・ふ【酔ふ】ヨウ〈自動・八四〉{は/ひ/ふ/ふ/へ/へ}❶酒を飲んで理性や感覚が乱れる。❷魅せられて、心を奪われる。▼「ゑふ」の転。

「夏ゆくとしんしんとろり吾が酔へる」　三橋鷹女

「浅漬を嚙みその音に酔ひゐたり」　能村登四郎

「さらしくぢら浅草に来てすこし酔ふ」　草間時彦

「ささなみの国の濁酒《どぶろく》酔ひやすし」　赤尾兜子

よ-ぶり【夜振】季・夏〈名〉夏の夜、たいまつを振り照らして魚をとること。

「雨後《ごう》の月誰《た》ソや夜ぶりの脛《はぎ》白き」　与謝蕪村

「夜振の火かざせば水のさかのぼる」　中村汀女

「火を消して夜振の人と立話」　芝不器男

「上流の闇美しき夜振かな」　上田五千石

よ-べ【昨夜】〈名〉昨夜《さくや》。ゆうべ。▼夜半から夜明け前までの時点では、それまでに過ぎた夜分をいい、夜明け以後の時点では、その夜明けまでの一晩をいう。「ようべ」「よんべ」とも。

「牡蠣舟やよべの小火の穢うちかづき」　後藤夜半

「朝焼によべのランプはよべのまま」　福田蓼汀

「昼顔のほとりによべの渚あり」　石田波郷

「青胡桃《あをぐるみ》テラステラスによべの雨」　林　翔

よみ【黄泉】〈名〉死者が行って住む地下の世界。あの世。黄泉《よみじ》。黄泉《よみ》の国《くに》。黄泉《よも》つ国《くに》。
「**黄泉**に来てまだ髪梳くは寂しけれ」　中村苑子
「じゆず玉のいろいろに熟れ**黄泉**の母」　北原志満子
「**黄泉**のもの兄は食べしや霧の墓」　津田清子
「うすうすと稲の花さく**黄泉**の道」　飯島晴子
「姑《はは》のほとこんなに暗い**黄泉**の道」　岸本マチ子

よみ‐がへ・る【蘇る】ヨミガエル〈自動・ラ四〉{ら/り/る/る/れ/れ}生き返る。蘇生する。▼「黄泉《よみ》」から帰るの意。
「**甦る**春の地霊や踏の薹」　杉田久女
「**蘇る**なにもなけれど盆の道」　齋藤玄
「鎧武者墓の名読まれ**蘇り**」　上野泰
「雪國に雪**よみがへり**急ぎ降る」　三橋敏雄
「**よみがへる**天の深さや鰯雲」　古賀まり子

よみ・す【嘉す】〈他動・サ変〉{せ/し/す/する/すれ/せよ}ほめる。（目上の者が目下の者を）めで、たたえる。
「吾娘《あこ》夫妻のスケート**嘉す**番傘携《さ》げ」　中村草田男
「ししむらのかげを**嘉せ**し干潟かな」　岡井省二
「争ひを仏**嘉する**裸押」　宮津昭彦
「蠅生れて寺の人出を**嘉しけり**」　大串章

よみ‐ぢ【黄泉・黄泉路】ヨミジ〈名〉❶黄泉《よみ》に行く道。冥土《めいど》へ行く道。❷「よみ」に同じ。
「**黄泉路**にて誕生石を拾ひけり」　高屋窓秋
「ごんごんと**黄泉路**の下り簗激つ」　秋元不死男
「**黄泉路**の路銀は芒一束斬れば足る」　原子公平

よ・む【読む】〈他動・マ四〉{ま/み/む/む/め/め}❶順に数える。数を数える。❷文字や文章を見て、そのまま声に出して言う。また、その意味を理解する。
「霜夜**読む**洋書大きな花文字より」　田川飛旅子
「ピカソのこと**読み**し新聞に葱つつむ」　北原志満子
「夜の菊の白妙に**読む**禁書かな」　朔多恭
「屋根が鳴る冬や**読まざる**書が溜る」　寺田京子
「十三夜掛軸の字の**読めぬ**まゝ」　川崎展宏

よ・む【詠む】〈他動・マ四〉{ま/み/む/む/め/め}和歌を作る。詩歌を作る。▼「読む」とも書いた。
「菊の句も**詠まず**この頃健かに」　杉田久女
「女人遠流《をんる》の女人を**詠めり**さくら散る」　大野林火
「西行の**詠み**たる清水掬めど澄む」　森田峠
「暮れてゆく海も**詠み**込み初歌仙」　山田みづえ
「空のみを**詠む**詩人ゐて西行忌」　皆吉司

よ‐め【夜目】〈名〉夜、見ること。また、夜、物を見る目。
「旅枕**夜目**にも茅花流しかな」　沼尻巳津子
「法然忌**夜目**利く如し榧の木も」　河原枇杷男
「殉教の孤島**夜目**にも紅桜」　原裕

よめ‐が‐きみ【嫁が君】季・新〈名〉正月三が日の忌詞。ネズミ。

「音さやに家一とめぐり**嫁が君**」　中村草田男
「**嫁が君**飢ゑの記憶の遠くあり」　澤木欣一
「**嫁が君**夜つぴて鼠鳴きをせり」　成瀬櫻桃子
「**嫁が君**父の家いま兄の家」　辻田克巳

よ-も【四方】〈名〉❶東西南北。前後左右。四方《しほう》。❷あたり一帯。いたるところ。
「移り来て**四方**の蛙を私す」　石塚友二
「枯れ枯れし**四方**ふかければ吾もまた」　栗林千津
「斑雪嶺を**四方**に立掛け雪解村」　林　翔
「短日の胸厚き山**四方**に充つ」　飯田龍太

よもぎ-ふ【蓬生】ヨモギウ　季・春　〈名〉よもぎなどの雑草が生い茂っている所。草深い荒れた所。
「**蓬生**の乱れは父母の乱れかな」　永田耕衣
「**蓬生**に土けぶり立つ夕立かな」　芝不器男
「**蓬生**に下宿屋錠をささざるよ」　小澤　實

よ-も-すがら【夜もすがら】〈副〉夜通し。一晩じゅう。▼「すがら」はその間ずっとの意の接尾語。
「名月や池をめぐりて**夜もすがら**」　松尾芭蕉
「**よもすがら**雪ふりつもる檻褸《らんる》かな」　富澤赤黄男
「**よもすがら**とろ火にかけよ冬隣」　橋　閒石
「**夜もすがら**噴水唄ふ芝生かな」　篠原鳳作

よも-つ-ひらさか【黄泉つ平坂】〈名〉黄泉《よみ》の国と現世との境にあるという坂。▼「よも」は「よみ」の変化した語。「つ」は「の」の意の上代の格助詞。「よみつひらさか」とも。
「誰が突く**黄泉平坂**紙風船」　鈴木鷹夫
「『大和』より**ヨモツヒラサカ**スミレサク」　川崎展宏
「砂こぼしゆくは月氏か**よもつひらさか**」　柿本多映
「夕凪ぎて**黄泉比良坂**どの撓《わた》ぞ」　宮津昭彦
「ひとりひとりの**黄泉平坂**合歓咲けり」　小檜山繁子

よも-やま【四方山】〈名〉❶四方《しほう》の山々。❷あちこち。天下。❸さまざま。雑多。
「さびしさの**四方山**梅にかかはらず」　齋藤　玄
「**四方山**の紅葉疲れを昭和びと」　三橋敏雄

よ-よ【世世・代代】〈名〉❶多くの世代。長い年月。❷その時、その時。❸それぞれの世。特に、男女が別れて別々に送る世をいう。❹過去・現在・未来のそれぞれの世。生々世々《しょうじょうせせ》。世々《せせ》・《ぜせ》。▼仏教語。
「**世世**踏まむ嬰に泪す秋の霜」　永田耕衣
「白藤や**代々**の女《をみな》の伏瞼」　香西照雄

よ-よ(と)〈副〉❶おいおい(と)。(しゃくり上げて泣くようす)❷たらたら(と)。だらだら(と)。(しずくやよだれなどがしたたり落ちるようす)❸ぐいぐい(と)。ごくごく(と)。がぶがぶ(と)。(水・酒・汁などを勢いよく飲むようす)
「風**よよと**落穂拾いの横鬢に」　西東三鬼
「冬瓜や**よよと**泣きたる覚えなし」　中尾寿美子

「よよと出て春の真鯉となりにけり」　吉田鴻司
「枝垂桜よよと長糸庇冷ゆ」　文挟夫佐恵

より〈格助〉❶(起点)…から。…以来。❷(経由点)…を通って。…を。❸(動作の手段・方法)…で。❹(比較の基準)…より。❺(範囲を限定)…以外。…より。❻(原因・理由)…ために。…ので。…(に)よって。❼(即時)…やいなや。…するとすぐに。

「名所や壁の穴より秋の月」　小林一茶
「夕立晴れるより山蟹の出てきてあそぶ」　種田山頭火
「凧糸の白のひとすぢ身より出て」　桂　信子
「悔ゆることばかり脚より消ゆる虹」　津田清子
「イエスよりマリアは若し草の絮」　大木あまり
「猫柳水の何処より明日といふ」　鎌倉佐弓

よ・る【寄る・依る・因る】〈自動・ラ四〉{ら/り/る/る/れ/れ}❶近づく。近寄る。接近する。❷寄り集まる。寄り合う。❸立ち寄る。訪問する。❹頼る。頼りにする。すがる。❺もたれかかる。寄りかかる。❻(心霊・物の怪《け》などが)のり移る。とりつく。❼(心が)寄る。傾く。❽基づく。原因となる。

「蟲の名ををしへあひつつ母子寄れる」　三橋鷹女
「肩に手を置くごと何時も倚る冬木」　林　翔
「この国の言葉によりて花ぐもり」　阿部青鞋
「青竹に父の人玉依りつつあり」　桑原三郎
「元日の炊煙寄り合ひ母癒えゆく」　新谷ひろし
「墓の声聞かむと寄ればかぎろひぬ」　手塚美佐

よ・る【縒る・撚る・搓る】㊀〈他動・ラ四〉{ら/り/る/る/れ/れ}❶何本かをねじり合わせて一本にする。❷ねじ曲げる。ひねり巻く。㊁〈自動・ラ四〉しわになる。

「山川の縒りて流るる冬月夜」　森　澄雄
「円盤投の縒る全身や春の鷹」　熊谷愛子
「如是我聞針金を縒るきりぎりす」　伊藤敬子

よる・べ【寄る辺】〈名〉❶身を寄せる所。頼りとする所。❷頼みとする配偶者。▼古くは「よるへ」とも。

「草抜けばよるべなき蚊のさしにけり」　高濱虚子
「汲み溢る寒水の杓よるべなし」　飯田蛇笏
「燈籠のよるべなき身のながれけり」　久保田万太郎
「春やこの鬼の家こそわが寄辺」　沼尻巳津子
「自転車の灯のよるべなし芋嵐」　小川軽舟

よろ・し【宜し】〈形シク〉{(しく)・しから/しく・しかり/し/しき・しかる/しけれ/しかれ}❶まずまずだ。まあよい。悪くない。❷好ましい。満足できる。❸ふさわしい。適当だ。❹普通だ。ありふれている。たいしたことはない。▼反対語は「わろし」。

「朝夕がどかとよろしき残暑かな」　阿波野青畝
「神々の言のよろしき神楽歌」　野見山朱鳥
「戒名は真砂女でよろし紫木蓮」　鈴木真砂女
「魂あそびにはよろしけれ風の五月」　坂戸淳夫

よろづ【万】《ヨロズ》㊀〈名〉❶万《まん》。たくさんあること。非常に多い数。❷万事。あらゆること。さまざまなこと。㊁〈副〉万事につけて。

「よろづ枯る一萩叢をのみ残し」　安住　敦
「青葉闇萬の眉を満たしけり」　岡井省二
「松過やよろづに七味唐辛子」　岸本尚毅

よろ・ふ【鎧ふ】《ヨロウ》〈他動・ハ四〉{は/ひ/ふ/ふ/へ/へ} 鎧《よろい》をつける。甲冑《かっちゅう》をつける。
「製炭夫樹氷鎧へる樹を背にす」　臼田亜浪
「ギザギザの露を鎧ひて今年藁」　竹下しづの女
「昼の月柏は枯れし葉を鎧ふ」　横山房子

よろぼ・ふ【蹌踉ふ】《ヨロボウ》〈自動・ハ四〉{は/ひ/ふ/ふ/へ/へ} ❶よろよろと歩く。よろめく。❷崩れかかる。▼古くは「よろほふ」。
「林道を蛾のよろぼへる露時雨」　富安風生
「花桐を酔うてよろぼひ出づる蟻」　辻　桃子

よわ・し【弱し】〈形ク〉{(く)・から/く・かり/し/き・かる/けれ/かれ} ❶勢いが乏しい。弱い。❷能力が劣っている。❸衰弱している。
「鬼灯を揉む指弱き乙女かな」　原コウ子
「天ありて脳天弱し百千鳥」　三橋敏雄
「凍星の汝弱しとまたゝくよ」　大橋敦子
「風下に歯弱きわれと阿呆鳥」　桑原三郎
「ひとり子のひ弱かりけり春祭」　山本洋子

よ-わた・る【世渡る】〈自動・ラ四〉{ら/り/る/る/れ/れ} 世の中で生活してゆく。生計をたてる。
「こがらしや何に世わたる家五軒」　与謝蕪村
「白露や世渡りの猪現るる」　永田耕衣

よわ・る【弱る】〈自動・ラ四〉{ら/り/る/る/れ/れ} ❶弱くなる。衰える。❷困る。
「秋の日の弱りし壁に唐辛子」　阿部みどり女
「ねむ咲くや弱れる足の道に浮き」　石川桂郎
「白い体操の折目正しく弱るキリン」　赤尾兜子
「水無月や弱りし者を高階に」　森田智子

ら

-ら【等】〈接尾〉❶(名詞・代名詞に付いて)…たち。複数であることを表す。❷(名詞に付いて)親愛の意を表す。❸自分を表す名詞に付いて、卑下の意を表す。❹(相手や他人を表す名詞に付いて)軽べつの意を表す。
「ラガー等のそのかちうたのみじかけれ」　横山白虹
「けもの等の眼に青炎の月の罠」　井沢正江
「忍冬《すひかづら》乙女ら森を恋ひ来り」　堀口星眠
「土筆生ふ夢果たさざる男等に」　矢島渚男

らい-せ【来世】〈名〉前世《ぜんせい》・現世《げんせい》とならぶ「三世《さんぜ》」の一つ。死後の世界。後世《ごせ》。
「梅筵来世かならず子を産まむ」　岡本　眸
「来世には天馬になれよ登山馬」　鷹羽狩行
「来世また君に逢はむと踊り抜く」　中嶋秀子

らう【廊】《ロウ》〈名〉❶寝殿造りなどで、建物と建物を結ぶ、板敷きの渡り廊下。細殿《ほそどの》・渡殿《わたどの》などがある。❷廊下。

「廊走り流れ花火に照らされし」 長谷川かな女

「廊の果夜はカーテンに蛾の眠り」 殿村菟絲子

「廊拭きし後秋風のかよふまま」 能村登四郎

「素足まだ廊になじまず藤咲けり」 馬場移公子

らう-ぜき・なり【狼藉なり】《ロウゼキナリ》〈形動ナリ〉（なら／なり・に／なり／なる／なれ／なれ）❶入り乱れている。乱雑だ。❷乱暴だ。無礼だ。

「蕗の葉を**狼藉**として切捨てし」 篠原温亭

「狭土《どさ》の夏草訪ひ踏むなきに**狼藉**に」 中村草田男

「流木の骨**狼藉**の出水跡」 福田蓼汀

「一湾にヨット**狼藉**西東忌」 鷹羽狩行

らかん【羅漢】〈名〉仏教の修行の最高段階、また、その段階に達した人で、すべての迷いを断ち切り、最高の悟りを得た者。

「春風や残らず晴し**らかん**達」 小林一茶

「**羅漢**一体につくき人に似て寒し」 鈴木真砂女

「春雪拭へば我も吾もと**羅漢**たち」 山田みづえ

「五百**羅漢**声あげてをり雪催」 蓬田紀枝子

「みどりさす**羅漢**の千の膝頭」 藤木俱子

-らく〈接尾〉❶…すること。（上に接する活用語を名詞化する）❷…ことよ。（文末に用いて、詠嘆の意を表す）

「庭の柘榴床の柘榴を笑ふ**らく**」 寺田寅彦

「安産の神に老**らく**初詣」 山口青邨

「請ふ**らく**は父の日の父を嘆かすな」 安住 敦

「老い**らく**を極楽坊の垣手入れ」 上田五千石

らし〈助動〉（○／○／らし／らし（らしき）／らし／○）❶（推定）…らしい。きっと…しているだろう。…にちがいない。（現在の事態について、根拠に基づいて推定する）❷（原因・理由の推定）（…であるのは）…であるかららしい。（…しているのは）きっと…というわけだろう。（…ということで）…らしい。（明らかな事態を表す語に付いて、その原因・理由となる事柄を推定する）

「山雨来る**らし**蓮の花皆傾きて」 芥川龍之介

「わがねむる間も寒雲は覆ふ**らし**」 藤田湘子

「砥部焼の大根の絵も冬**らし**や」 今井杏太郎

「夜遊びに出てゐる**らしき**瓜の馬」 小泉八重子

「別の世を見てきたる**らし**秋の川」 平井照敏

らち-も-な・し【埒も無し】〈連語〉むちゃくちゃである。筋が通らない。とりとめがない。▼埒は馬場の周囲の柵《さく》。転じて、物事のそれ以上はこえられないさかいめ。くぎり。

「**埒もなき**もの奪ひあひ鳥の子」 長谷川双魚

「がゝんぼに熱の手をのべ**埒もなし**」 石橋秀野

「**埒もなし**炎天に蔓ひきまはす」 中田 剛

らば【熔岩・溶岩】〈名〉地下にあるマグマが火山の噴出口から地表に流れ出したもの。また、それが冷え固まった岩石。ラバ。▼英語 lava から。

「雪の**熔岩**紫濃きは雪を被ず」 山口誓子

「秋晴の**溶岩**《ラバ》につきたる渡舟かな」　篠原鳳作
「夏山と**熔岩**の色とはわかれけり」　藤後左右
「天に入る**溶岩**《らば》原《はら》風の仏桑花」　古賀まり子

らふ-そく【蠟燭】《ロウソク》〈名〉糸などを芯にして円筒状にろうを固めたもの。芯に火をつけて明かりにする。
「昼は灯が消えてたたずむ絵**らふそく**」　三橋鷹女
「一つづつ春の空ゆく絵**蠟燭**」　津沢マサ子
「夕立の寺に**らふそく**立てて帰る」　大屋達治
「**らふそく**の炎伸びたり泉殿」　小川軽舟

らふ-た-く【臈たく】《ロウタク》〈自動・カ下二〉｛け／け／く／くる／くれ／けよ｝洗練されて上品である。
「髪そぎて**臈たく**老いし雛かな」　杉田久女
「**臈たけ**て紅の菓子あり弥生尽」　水原秋櫻子
「閏二月饅頭を置き**臈たけ**ぬ」　中尾寿美子
「菱餅や峡空はいま**臈たけ**て」　加藤三七子
「**臈たけ**し梅の盛りと思ひ見る」　西村和子

らむ（らん）〈助動〉｛○／○／らむ／らむ／らめ／○｝❶（現在の推量）今ごろは…しているだろう。（目の前以外の場所で現在起こっている事態を推量する）❷（現在の原因の推量）…（のため）だろう。どうして…だろう。（目の前の事態からその原因・理由となる事柄を推量する）❸（現在の伝聞・婉曲《えんきょく》）…という。…とかいう。…のような。（伝聞している現在の事柄を不確かなこととして述べる）▼中世以降「らん」と表記する。

「かの母子の子は寝つ**らん**か月見草」　中村草田男
「鰯雲故郷の竈火いま燃ゆ**らん**」　金子兜太
「黄沙いまかの樓蘭《ろうらん》を発つ**らむ**か」　藤田湘子
「後ろより死は覗く**らむ**根深汁」　河原枇杷男

らる〈助動・下二型〉｛られ／られ／らる／らるる／らるれ／られよ｝❶（受身）…られる。❷（尊敬）…なさる。お…になる。❸（自発）自然と…される。…ないではいられない。❹（可能）…することができる。…られる。
「鳩に豆やる児が鳩にうづめ**らる**」　尾崎放哉
「降る雪に胸飾られて捕へ**らる**」　秋元不死男
「見ることが見ら**るる**思ひ林檎買ふ」　原子公平
「うしろからいぼたのむしと教へ**らる**」　飯島晴子
「田草取り立ち上らねば忘れ**られ**」　野見山ひふみ
「人生の温め酒に耐へ**られよ**」　稲畑汀子

らん-る【襤褸】〈名〉ぼろきれ。ぼろ。
「詩《たう》書くや**襤褸**の中の春夜人」　竹下しづの女
「一瞬のわれは**襤褸**や揚雲雀」　中尾寿美子
「山茶花に入日の**襤褸**四十代」　小檜山繁子
「陸奥の國**襤褸**の中に星座組み」　高野ムツオ

り

り〈助動・ラ変型〉｛ら／り／り／る／れ／れ｝㊀（完了）…た。…てしまった。㊁（存続）❶…ている。…てある。（動作・作用の結果が残っ

ていることを表す）❷…ている。…である。（動作・作用が現在続いていることを表す）

「青栗の朝夕となくうるほへり」　飯田蛇笏
「耕しの昔の鍬を以てせり」　高野素十
「冬に入る照れる所に水捨てて」　細見綾子
「雪山に日は入り行けり風吹けり」　相馬遷子
「夢の景とすこし違へる焼野かな」　能村登四郎

り・き〈連語〉…ていた。（過去の時点で、ある動作・作用が存続していたことを回想する）▼完了の助動詞「り」の連用形＋過去の助動詞「き」

「薔薇の門一つづつもち住まへりき」　山口青邨
「緑陰に三人の老婆わらへりき」　西東三鬼
「がらくたの余生の冬と思へりき」　佐藤鬼房
「米蔵を多くの祖父ら襲へりき」　三橋敏雄

り・けり〈連語〉❶（「けり」が過去の意の場合）…していた。…ていたのだった。…ていたのだった。❷（「けり」が詠嘆の場合）…ていたのだったなあ。▼完了の助動詞「り」の連用形＋過去の助動詞「けり」

「ただ立つに似てさび鮎を釣れりけり」　皆吉爽雨
「さくら咲き肝胆暗く病めりけり」　野見山朱鳥
「白息のゆたかに人を恋へりけり」　藺草慶子

りゃう・す【領す《リヨウス》】〈他動・サ変〉（せ／し／す／する／すれ／せよ）❶（土地や物などを）自分のものとして所有する。占有する。❷（霊・魔物などが）とりつく。のりうつる。

「霜百里《しもひやくり》舟中《しうちゆう》に我月を領す」　与謝蕪村
「花の戸やひそかに山の月を領す」　原　石鼎
「公園のベンチを領し詩人たり」　木下夕爾
「老の咳しばし満座を領しけり」　香西照雄

りょ・ぐわい【慮外《リヨガイ》】〈名〉思いのほかであること。思いがけないこと。だしぬけ。ぶしつけ。無礼。

「罌粟の花さやうに散るは慮外なり」　夏目漱石
「暖冬が慮外なホテル生みつづく」　寺井谷子

りり・し【凛凛し】〈形シク〉（しく・しから／しく・しかり／し／しき・しかる／しけれ／しかれ）❶いきいきとして賢い。❷ひきしまっていて勇ましい。

「小さなる凛々しき枡の年の豆」　後藤夜半
「甘草の沖へ凛々しや咲きなびき」　秋元不死男
「日の出待つ蜂の子すでに凛々しくて」　蓬田紀枝子

りん・ゑ【輪廻《リンネ》】〈名〉❶車輪が無限に回転するように、衆生《しゆじよう》が三界六道の迷いの世界にさまよい、永久に生死《しようじ》を繰り返すこと。❷執念深いこと。▼「りんね」とも。

「輪廻とく老いしは草に横たはり」　横山白虹
「木下闇輪廻とまはる後生車」　文挟夫佐恵
「春暁の雪輪廻とも放下とも」　星野麥丘人

る

る〈助動・下二型〉（れ／れ／る／るる／るれ／れよ）❶（受身）…れる。❷（尊敬）…なさる。お…になる。❸（自発）自然と…される。…ないではいられない。❹（可能）…することができる。…れる。

「夏蜜柑いづこも遠く思は**るる**」　永田耕衣

「多勢にて青麻引のいそが**るる**」　平畑静塔

「つめたよと妻に言は**るゝ**手足かな」　渡邊白泉

「綿虫の一つふたつは愛さ**るる**」　山田みづえ

「薔薇一枝挿しぬ忘ら**れ**てはゐずや」　藤田湘子

「さもなくば独活の花見て帰ら**れよ**」　榎本好宏

「『唄わ**れよ**』夜顔の花風の盆」　金子皆子

る-てん【流転】〈名〉煩悩のために生死《しょうじ》を繰り返して、迷いの世界をさまよい続けること。移り変わっていくこと。

「なほ続く病床**流転**天の川」　野見山朱鳥

「秋簗《あきやな》の水の**流転**を見るばかり」　井沢正江

「秋高しわが振りし酢の**流転**の香」　奥坂まや

「このさり気なきやどかりの**流転**かな」　中原道夫

る-にん【流人】〈名〉流罪に処せられた人。

「炎日のもと来しなげき**流人**帖」　大野林火

「浜木綿に**流人**の墓の小ささよ」　篠原鳳作

「野に住めば**流人**のおもひ初つばめ」　飯田龍太

「自然薯掘むかし**流人**の髪ぬれて」　吉田汀史

「白波は**流人**の囲ひきりぎりす」　友岡子郷

る-らう【流浪】《ルロウ》〈名〉❶さすらい歩くこと。❷生計の道を失って路頭に迷うこと。

「**流浪**して鵜の嘴も減りゆくか」　小檜山繁子

「唐辛子雲を**流浪**の塊と見し」　斎藤夏風

るり【瑠璃・琉璃】〈名〉❶「七宝《しちほう》」の一つ。青色の宝玉をいう。❷紫がかった紺色。瑠璃色。❸ガラスの古名。

「瑠璃鳥の**瑠璃**隠れたる紅葉かな」　原　石鼎

「野葡萄の**瑠璃**さんざめく風日和」　文挟夫佐恵

「尾を曲げて**瑠璃**の濃くなる糸蜻蛉」　堀口星眠

「囀に色あらば今**瑠璃**色に」　西村和子

れ

れう・す【了す】《リヨウス》〈自動・サ変〉｛せ／し／す／する／すれ／せよ｝❶おわる。終了する。❷さとる。

「冷腹を暖め**了す**干菜汁」　高濱虚子

「まひ〱の舞も**了せ**ず花吹雪」　川端茅舎

「虫の夜々つなぎやうやく稿**了す**」　稲畑汀子

れう・る【料る】《リヨウル》〈自動・ラ四〉｛ら／り／る／る／れ／れ｝料理する。

「鯛**料る**只今ばかり涅槃かな」　齋藤　玄

「大鯉を**料り**て盆のならず者」　森　澄雄

「煌々とこうばく蟹を**料り**をる」　飴山　實

れき-じつ【暦日】〈名〉❶こよみ。❷こよみで定めてある日。❸年月。月日。❹こよみの上での一日。午前0時から翌日の午前0時まで。

「冬青空**暦日**よその姿かな」　中村汀女

「**暦日**やみづから堕ちて向日葵黄」　鈴木しづ子

「首飾りわが**暦日**は汚れたり」　津沢マサ子

れん-じ【櫺子・連子】〈名〉窓などに設けた格子。

「**連子**透く花菜の果てに海あらば」　和田悟朗

れん-れん-たり【恋恋たり】〈形動タリ〉〔たら／たり・と／たり／たる／たれ／たれ〕恋い慕っている。恋い慕っていつまでも思いきれない。未練がましいようすである。

「一弁の**恋々**として牡丹果つ」　稲垣きくの

「熱き夜の夢**恋々**と蛾にたたかれ」　伊丹三樹彦

「火事の火の**恋々たる**を遠見たり」　上田五千石

ろ

ろ〓〈間投助〉❶〈感動〉…よ。（終止した文に付く）❷〈感動〉…よ。…なあ。（体言、形容詞の連体形に付く。「ろかも」の形で用いる）〓〈接尾〉❶強調したり、語調を整えたりする。❷親愛の気持ちを添える。

「海人《あま》の子**ろ**犬が来ぬ間に甘藷《いも》食へや」　山口誓子

「裸になるとき土不踏かなしき**ろ**」　小川双々子

ろう【楼】〈名〉高く造った建物。楼閣。高殿《たかどの》。

「名月や野に面す**楼**の謡会」　正岡子規

「森の**楼**薫風に立つ鷺も見て」　河東碧梧桐

「**楼**の秋風騒夜々に星近む」　飯田蛇笏

「盃を挙ぐ**楼**のましたに夜振の火」　山口青邨

ろく【禄】〈名〉❶給与。俸禄《ほうろく》。扶持《ふち》。❷褒美。祝儀。

「野馬追武者祖の**禄**高の皆薄し」　松崎鉄之介

「**禄**すてゝえたり万巻寒に入る」　加藤郁乎

ろく-こん【六根】《ロッコン》〈名〉人間の迷いの根元となる六つの認識器官。眼《げん》・耳《に》・鼻・舌・身・意（心）。▼仏教語。

「**六根**に巒《らん》気の沁みるほととぎす」　富安風生

「**六根**の舌のよろこび椿餅」　鷹羽狩行

ろく-だう【六道】《ロクドウ》〈名〉すべての人が、生前の行いの報いによって、死後に必ず行くとされる六つの迷いの世界。地獄・餓鬼・畜生の三悪道と、修羅・人間・天上の三善道とからなる。▼仏教語。「りくどう」とも。

「**六道**の闇へ逃がして息白き」　伊藤白潮

「**六道**のどの道をいま春の泥」　上田五千石

ろ-ぢ【露地・露路】《ロジ》〈名〉❶屋根などの覆うもののない地面。❷門内や庭の通路。❸茶室に至る庭の通路。❹建物と建物の間の狭い通路。▼「路地」とも書く。

「わが**路地**の帯のごとしや暮の春」　鈴木真砂女

「**露地**晩夏風にマッチの焔先反り」　神尾久美子

「子に土産なく手花火の**路地**を過ぐ」　大串　章

「**露地**裏を夜汽車と思ふ金魚かな」　攝津幸彦

ろ‐びらき【炉開き】 季・冬 〈名〉茶道で、陰暦十月一日に（または十月の亥の日）風炉《ふろ》（釜をかけて湯をわかす夏用の炉）をしまって地炉（地上または床に切った炉）を使い始めること。反対語は炉塞《ふさ》ぎ。

「**爐開**やあつらへ通り夜の雨」　小林一茶

「**炉開き**や仏間に隣る四畳半」　夏目漱石

「**炉開**の畳に袂ひと流れ」　井沢正江

「**炉開き**やいくさなかりし日のごとく」　加藤知世子

ろん‐・ず【論ず】 〈他動・サ変〉｛ぜ／じ／ず／ずる／ずれ／ぜよ｝❶議論する。論評する。❷言い争う。非難する。❸（道理などを）正しく解き明かす。

「煮凝に老いてをみなを**論じ**をり」　吉田汀史

「**論ずる**に千年早い浮いて来い」　高澤晶子

「虚子与《くみし》難《がたき》を**論ず**秋の風」　小澤實

わ

わ【我・吾】 〈代名〉私。（自称の人称代名詞）

「人の子の卒業論文**わ**が閲す」　山口青邨

「**我**が来たる道の終りに揚羽蝶」　永田耕衣

「昼寝覚万尺の嶺に**わ**がゐたる」　相馬遷子

「好晴に癒えてさびしく**わ**が匂ふ」　藤木清子

「**わ**が行けばどんぐり光り触れ合えり」　金子兜太

わう【王】《オウ》〈名〉❶一国の君主の称号。国王。❷天皇の子や孫で、親王宣下《げせん》のない、また臣下としての姓を賜らない男子。

「筆とればわれも**王**なり塗火鉢」　杉田久女

「手の薔薇に蜂来れば我**王**の如し」　中村草田男

「麦秋やここなる**王**は父殺し」　有馬朗人

「冬苺ひとりじめして猿の**王**」　宇多喜代子

わう‐じゃう【往生】《オウジョウ》〈名〉❶死んで現世を去り、極楽浄土にいって生まれること。❷死ぬこと。❸押しつけられて仕方なく観念すること。

「**往生**際雲厚からず薄からず」　栗林千津

「涅槃し給へり**往生**かくせよと」　後藤比奈夫

「蒲の絮立ち**往生**も百態の」　伊丹三樹彦

「**往生**に茜さすべしかたつむり」　上田五千石

わう‐らい【往来】《オウライ》〈名〉❶行ったり来たりすること。行き帰り。行き来。❷人が行き来する道。道路。街道。❸手紙のやりとり。手紙。書簡。❹贈答。手みやげ。

「**往来**のへりにあそべる畦火かな」　阿波野青畝

「帰省子と書物**往来**ありにけり」　下村槐太

「鏡面に雲の**往来**避暑前期」　上田日差子

わ‐が【我が・吾が】 〈連語〉❶（「が」が主格を表して）私が。❷（「が」が連体格を表して）私の。❸自分の。（その人）自身の。▼「わが」は現代語では連体詞だが、古文では代名詞「わ」＋格助詞「が」からなる二語として扱う。

「**己が**庵に火かけて見むや秋の風」　原石鼎

「我が生の不徹底なる墓参り」 京極杞陽
「わが泣けば我家が揺るる落葉焚く」 後藤綾子
「昼顔を吾が白骨の咲かすべし」 和田耕三郎

わか‐うど【若人】ワコウド〈名〉❶若い人。若者。❷若い女房《にょうぼう》。宮仕えに不慣れな未熟な女房。▼「わかびと」のウ音便。

「晩涼空より若人の声戸口より」 大野林火
「喪疲れの若人の瞳や去年今年」 殿村菟絲子
「若人の宴青林檎火口に落つ」 津田清子

わか‐し【若し・稚し】〈形ク〉{(く)・から/く・かり/し/き・かる/けれ/かれ}❶若い。幼い。年少だ。年若い。❷あどけない。子供っぽい。❸技量や考え方が未熟だ。❹若々しい。活気がある。みずみずしい。

「天人草古花つけて夏稚き」 阿部みどり女
「公卿若し藤に蹴鞠《けまり》をそらしける」 橋本多佳子
「入学児脱ぎちらしたる汗稚く」 飯田龍太
「寒月光われより若き父ふりむく」 眞鍋呉夫
「穴惑刃《やいば》の如く若かりき」 飯島晴子
「髪若し夜学は雨月物語」 宇佐美魚目

わか‐つ【分かつ・別つ・頒つ】〈他動・タ四〉{た/ち/つ/つ/て/て}❶切り離す。別々にする。❷分配する。❸区別して判断する。判別する。

「蜜柑むいて寒さわかたん雛かな」 渡邊水巴
「水底に昼夜を分ち冬の鯉」 桂 信子
「春の日を頒ち三十三露仏」 上村占魚

「滞《とどこほ》る血のかなしさを硝子に頒つ」 林田紀音夫
「赤と黄を寺にも分かち山装ふ」 鷹羽狩行
「晩夏なり日向日影を川分かつ」 倉橋羊村
「邯鄲ときときわかつまで風葎」 福永耕二

わか‐や‐ぐ【若やぐ】〈自動・ガ四〉{が/ぎ/ぐ/ぐ/げ/げ}若々しく振る舞う。若返る。▼「やぐ」は接尾語。

「雪国や人若やぎて盲縞」 橋 閒石
「昼顔は半開のさま妻若やぐ」 香西照雄

わか‐る【別る・分かる】〈自動・ラ下二〉{れ/れ/る/るる/るれ/れよ}❶別々になる。分かれる。❷別れる。離別する。❸区別がつく。相違がはっきりする。

「別れてはひとりひとりの秋の暮」 能村登四郎
「くさめして我は二人に分かれけり」 阿部青鞋
「父とわかりて子の呼べる秋の暮」 鷹羽狩行
「冬帽子別るるときは目深なり」 大串 章
「死をもって消息わかる寒の星」 能村研三
「螢火のふいに二手に分かれけり」 夏井いつき
「御僧のさらばと別る野焼かな」 田中裕明

わかわか‐し【若若し】〈形シク〉{(しく)・しから/しく・しかり/し/しき・しかる/しけれ/しかれ}❶いかにも若く見える。子供っぽい。幼稚である。❷経験が浅い。未熟で世間知らずである。

「闇の林檎嚙み嚙み餓ゑは若々し」 中村草田男
「胸許に鶏頭の紅わかわかし」 石田波郷
「青海原炎帝はまだ若々し」 友岡子郷

わ

わき【脇・腋】〈名〉❶体のわき。わきの下。また、衣服の体のわきに当たる部分。❷傍ら。横。❸能・狂言でシテ（主役）の相手役。「ワキ」と書く。❹「脇句」の略。❺別の所。別の人。❻二の次。のけもの。

「撫子の**脇**を思へば河ばかり」　永田耕衣
「**腋**の下あたたか霧の禁猟区」　池田澄子
「山桜見事な**脇**のさびしさよ」　攝津幸彦

わき-て【分きて・別きて】〈副〉とりわけ。特に。ことに。▼「わけて」とも。

「**わきて**夜の情なし皺む一人蚊帳」　石塚友二
「秋風の**わきて**も熊野詣かな」　岸田稚魚

わき-ま・ふ【弁ふ】（ワキマウ・ワキモウ）〈他動・ハ下二〉〔へ／へ／ふ／ふる／ふれ／へよ〕❶見分ける。判別する。❷道理を理解する。心得る。

「こくげんを**わきまふ**寒の嶽颪」　飯田蛇笏
「生みの親**わきまへ**混る鹿の子かな」　阿波野青畝
「順番を**わきまへ**て鳴く山の蟬」　福田甲子雄

わぎも【吾妹】〈名〉私の愛する人。いとしい人。▼接尾語「こ」を付けて、「わぎもこ」とも。

「**わぎもこ**のはだのつめたき土用かな」　日野草城
「はたはたは**わぎも**が肩を越えゆけり」　山口誓子
「梅雨ふかしいづれ**吾妹**と呼び難く」　西東三鬼
「泡白き谷川越えの**吾妹**かな」　金子兜太

わ・く【分く・別く】■一〈他動・カ四〉〔か／き／く／く／け／け〕❶区別する。分ける。❷判断する。理解する。■二〈他動・カ下二〉〔け／け／く／くる／くれ／けよ〕❶区別する。分ける。❷押し分けて進む。切り開いて進む。❸物を分ける。分配する。

「生も死も**分か**ず五月も過ぎんとす」　阿部みどり女
「雛暮れて面輪も**わか**ずなりにけり」　芝不器男
「濁流に立ちひぐらしを聞き**分くる**」　細見綾子
「男女**分か**ぬまで日焼して浮浪して」　津田清子
「恋人よ麦**分け**行けば岸がある」　安井浩司

わ・く【湧く・涌く・沸く】〈自動・カ四〉〔か／き／く／く／け／け〕❶水などが地中から出る。❷物事が次々とあらわれ出る。❸感情・考えなどが生じる。❹水などが熱せられて沸騰する。❺さかんに起こる。騒ぎ立てる。

「ゆふやみの**わき**くる羽子をつきつゞけ」　久保田万太郎
「菊枯るるいのちあるゆゑ**湧く**泪」　秋元不死男
「菊匂ふ深きより水**湧く**ごとく」　橋閒石
「ごうごうと風呂**沸く**降誕祭前夜」　石川桂郎
「家中にてふてふ**湧け**り覚めにけり」　後藤綾子
「女在らず湯が**沸き**て影上昇す」　林田紀音夫
「綿虫の空より**湧き**て燈をふやす」　福田甲子雄
「雲の**湧く**たびに伸びんと夏蓬」　廣瀬直人

わく-ご【若子】〈名〉幼い子。幼児。年若い男子。また若者をほめていう語。

「トマトに鹽《ほし》いまも**若子**の位置われに」　野澤節子
「**若子**ありよろこぶ炉火を手捕らんと」　宇佐美魚目

わ

わけ‐て‐も【分けても・別けても】〈連語〉とりわけて。ことさらに。▼副詞「わけて」＋係助詞「も」

「鏡餅**わけても**西の遙かかな」　飯田龍太

「母死後の**わけても**梅の夕景色」　小檜山繁子

「夕づつや**わけても**艶に菊畑」　手塚美佐

「日輪の**わけても**行進曲《マーチ》淋しけれ」　攝津幸彦

わざ【業・態・技】〈名〉❶行い。しわざ。行為。仕事。❷行事。仏事。神事。法要。❸事の次第。ありさま。ようす。こと。❹技術。技芸。方法。

「今日の**わざ**今日終へんとし夕焼濃し」　中村汀女

「冬河原かなしき**業**を鵜に教へ」　野見山朱鳥

「種浸すありける**わざ**をいまになほ」　上村占魚

「野遊びや一死もとより屠龍の**技**」　加藤郁乎

「水と火の妻の**業**終へ年明くる」　能村研三

わざ‐をぎ【俳優】《ワザオギ》〈名〉役者。▼「わざをき」とも。「わざ（業）を（招）き」で、神を招き、神がかりして振る舞うことが本義という。

「蓬《ほう》萊《らい》や老いし**わざをぎ**湯治して」　水原秋櫻子

「花陰の**わざをぎ**ならめ舞ひ出でよ」　筑紫磐井

わ‐さん【和讃】〈名〉平安時代に始まった仏教歌謡。仏の功徳や高僧の徳をたたえる。

「母とゐて**和讃**うたふや夜半の冬」　富田木歩

「目つむりて媼《おうな》つゆけし浅間**和讃**」　大野林火

「狗尾草や五七五七の似非《えせ》**和讃**」　沼尻巳津子

わし‐る【走る】〈自動・ラ四〉｛ら／り／る／る／れ／れ｝❶はしる。かける。❷あくせくする。

「髻《もとどり》切つて**走ら**んか蛙呑まるる声」　中村草田男

「三界はやせ犬**わしる**天のがは」　高橋睦郎

わす‐る【忘る】㊀〈他動・ラ四〉｛ら／り／る／る／れ／れ｝つとめて忘れる。しいて忘れる。思い切る。㊁〈他動・ラ下二〉｛れ／れ／る／るる／るれ／れよ｝自然に忘れる。いつの間にか忘れる。

「梅雨の雷何か**忘れ**ゐし胸さわぐ」　加藤楸邨

「美しき虹なりしかば約**忘る**」　相馬遷子

「元日や**忘ら**れてゐし白兎」　飯田龍太

「花蘂**忘るる**ごとく山の空」　岡井省二

「雪間草書きうつせしが**忘れ**けり」　田中裕明

わすれ‐ね【忘れ音】〈名〉季節はずれに鳴く虫の音。

「きり〴〵す**わすれ音**になくこたつ哉」　松尾芭蕉

「**忘れ音**といふこと威銃にあり」　石田勝彦

わた【海】〈名〉海。▼「わだ」とも。

「**わた**の日を率てめぐりゐる花一つ」　篠原鳳作

「**わだ**の星高きにしぐれ一葉忌」　神尾久美子

わだかま‐る【蟠る】㊀〈自動・ラ四〉｛ら／り／る／る／れ／れ｝❶（蛇などが）とぐろを巻く。❷複雑に曲がりくねる。❸不満・不信などの感情がたまって、さっぱりしない。㊁〈他動・ラ四〉だまし取る。着服する。

「冬木の根床几の下に蟠る」　富安風生
「秋潮の紺消す雲の蟠り」　阿部みどり女
「口腔にわだかまりけり森の端」　攝津幸彦

わたくし【私】㊀〈名〉❶私的なこと。個人的なこと。❷私心をもつこと。自己の利益をはかること。私心。㊁〈代名〉わたくし。（自称の人称代名詞）▼中世末期以降の用法。

「私を消す消しゴムがない晩秋」　栗林千津
「わたくしはみどりに化けて鮎つるなり」　阿部完市
「霙るるや私の川いや深く」　池田澄子
「媼てふ遠きわたくし朧の木」　正木ゆう子

わた・す【渡す】㊀〈他動・サ四〉{さ/し/す/す/せ/せ}❶越えさせる。渡す。❷別の場所に移す。移動させる。❸浄土へ行かせる。仏教の力で人々を救う。済度《さいど》する。❹与える。授ける。やる。㊁〈補助動・サ四〉（動詞の連用形に付いて）広く…する。ずっと…する。めいめいが…する。（ある動作・行為が広く、遠く及ぶ意を表す）

「ちよいと渡してもらふ早春のさざなみ」　種田山頭火
「弟に白梅わたす夢の中」　清水径子
「一つだけ突いて紙風船渡す」　後藤比奈夫
「白樺の橋を渡せる鱒の池」　清崎敏郎
「乳房わたすも命渡さず鵙高音」　中嶋秀子

わた-つ-み【海神】〈名〉❶海の神。❷海。海原。▼「わだつみ」とも。「海《わた》つ霊《み》」の意。「つ」は「の」の意の上代の格助詞。

「わだつみの神とも申す冬日和」　高野素十
「綿津見や骨と抱きあふ秋の暮」　中尾寿美子
「わたつみの神女《かみんちょ》三日山籠り」　澤木欣一
「わたつみのなみのつかれよ渡り鳥」　三橋敏雄
「花御堂わだつみ照れば山つみも」　大峯あきら

わだ-なか【海中】〈名〉海の中。海上。▼「わたなか」とも。

「わだなかや鵜の鳥群るゝ島二つ」　水原秋櫻子
「わだなかに春曙のすめらみくに」　阿波野青畝
「わだなかのこのしづけさに霧笛きゆ」　橋本多佳子
「ちるさくら病院船はわだなかに」　三橋鷹女
「海中になかりし色を桜貝」　片山由美子

わた-まし【渡座・移徙】〈名〉ご移転。ご転居。貴人が移転することの尊敬語。

「燕光るわたまし嘗てなき町に」　中村草田男

わたり【辺り】〈名〉❶付近。あたり。❷かた。あたり。（人や人々を間接的にさしていう）

「茶屋へ行くわたりの雪や初芝居」　久保田万太郎
「このわたりの者にてござる秋の暮」　伊藤白潮
「今吹きし秋風にしてどのわたり」　手塚美佐

わた・る【渡る・渉る】㊀〈自動・ラ四〉{ら/り/る/る/れ/れ}❶越える。渡る。❷移動する。移る。❸行く。来る。通り過ぎる。❹（年月が）過ぎる。経過する。（年月を）過ごす。（年月を）送る。暮らす。❺行き渡る。広く通じる。及ぶ。❻（多く「せ給ふ」とともに用いて)いらっしゃる。おられる。(「あり」の尊敬語)㊁〈補助動・ラ四〉(動詞の連用形に付いて)❶一面に…する。広く…する。❷ずっと…しつづける。

「山国の虚空日わたる冬至かな」　飯田蛇笏

「佐保姫の梢を渉る落花かな」　日野草城

「窓開くてっせんの花咲きわたり」　山口青邨

「父の忌にあやめの橋をわたりけり」　永田耕衣

「われは恋ひきみは晩霞を告げわたる」　渡邊白泉

「鳥渡れひかりが苦くなる前に」　鎌倉佐弓

わづか・なり【僅かなり】《ワズカナリ》〈形動ナリ〉(なら／なり・に／なり／なる／なれ／なれ)❶ほんの少しだ。少しばかりだ。非常に小さい。わずかだ。❷(「わづかに」の形で副詞的に用いて)やっと。かろうじて。❸貧弱だ。取るに足りない。

「目さむるや湯婆わづかに暖き」　正岡子規

「風よりもわづかに重き蜻蛉かな」　正木ゆう子

「鶏の目のわづかにひらく草朧」　夏井いつき

わづらは・し【煩はし】《ワズラワシ》〈形シク〉((しく)・しから／しく・しかり／し／しき・しかる／しけれ／しかれ)❶面倒だ。やっかいだ。❷気遣いされる。気を遣う。はばかられる。❸病気が重い。

「わづらはしき蟆子《ぶと》居ぬウイーンの森の話」　中村草田男

わづら・ふ【煩ふ・患ふ】《ワズラウ・ワズロウ》㊀〈自動・ハ四〉(は／ひ／ふ／ふ／へ／へ)❶苦しむ。悩む。❷病気になる。病む。❸煩わしい思いをする。苦労する。難儀する。手間をかける。㊁〈補助動・ハ四〉(動詞の連用形に付いて)…するのに困る。…するのに苦労する。…するのに悩む。

「余花散るや誰かわづらふ駐在所」　前田普羅

「秋風に向けわづらふや遠目鏡」　中村汀女

「ち、は、の指をわづらふほたるぶくろ」　飯島晴子

「患ひて檻を出る猿夕あんず」　小泉八重子

わび・し【侘びし】〈形シク〉((しく)・しから／しく・しかり／し／しき・しかる／しけれ／しかれ)❶つらい。やりきれない。❷興ざめだ。つまらない。がっかりする。情けない。物足りない。❸困ったことだ。閉口する。❹貧しい。みすぼらしい。❺もの寂しい。心細い。

「鍵の錆手につく侘びし晝千鳥」　中塚一碧楼

「夏野来て鳰に色なきことわびし」　原コウ子

「梅雨明けし今もわびしき夢を見る」　相生垣瓜人

「鳥の名のわが名がわびし冬侘し」　三橋鷹女

「鯛焼のあつきを食むもわびしからずや」　安住敦

「梅雨侘びし南京豆の殻とゐる」　藤木清子

わ・ぶ【侘ぶ】㊀〈自動・バ上二〉(び／び／ぶ／ぶる／ぶれ／びよ)❶気落ちする。悲観する。嘆く。悩む。❷困る。困惑する。当惑する。❸つらく思う。せつなく思う。寂しく思う。❹落ちぶれる。貧乏になる。まずしくなる。❺わびる。謝る。❻静かな境地を楽しむ。わび住まいをする。閑寂な情趣を感じとる。㊁〈補助動・バ上二〉(動詞の連用形に付いて)…しづらくなる。…しかねる。…しきれない。

「飽き飽きて侘び侘ぶ梅雨や抱ける膝」　松根東洋城

「朝時雨夕時雨とぞわび住めり」　星野立子

「書ふかき星も見ゆべし侘ぶるとき」　篠原鳳作
「待ち侘びしポインセチアに染まるほど」　山田弘子

わら‐しべ【藁稭】〈名〉わらの茎。▼「わらすぢ」「わらすべ」とも。
「一本の藁しべ軒に雀の子」　石橋秀野
「火の中に藁しべ母の面輪過ぐ」　栗林千津
「鳥帰る藁しべいろに田をつなぎ」　岡本眸

わら‐ぢ【草鞋】《ワラジ》〈名〉藁《わら》で編んだはきもので、ひもで足にゆわえつけてはく。▼「わらぐつ」→「わらうづ」→「わらんづ」→「わらんぢ」→「わらぢ」と変化してできた。
「此海に草鞋《わらんぢ》すてん笠しぐれ」　松尾芭蕉
「山門の涼一丈の大草鞋」　辻田克巳
「素わらぢの雲水あそぶ花の山」　坂内文應

わら‐ふ【笑ふ】《ワラウ・ワロウ》[一]〈自動・ハ四〉{は／ひ／ふ／ふ／へ／へ}❶笑う。❷（比喩《ひゆ》的に）つぼみが開く。果実が熟してさける。[二]〈他動・ハ四〉あざける。あざわらう。ばかにして笑う。▼[二]は「嗤う」とも書く。
「マスクして彼の目いつも笑へる目」　京極杞陽
「めらめらと焚火患者を嗤へりき」　石田波郷
「哄ひゐるこころの底のきりぎりす」　野澤節子
「笑はむとせしがそのまま畝傍山《うねびやま》」　鷲谷七菜子
「芋虫を木曾山中に嗤ひけり」　波多野爽波
「梅雨の雷黒眼鏡のみ嗤いこけ」　赤尾兜子

「山笑ふみづうみ笑ひ返しけり」　大串章
「衰残の歯を嗤ひをる海鼠かな」　中原道夫

わらべ【童】〈名〉子供。子供たち。▼単数にも複数にも用いる。「わらはべ」「わらんべ」とも。
「真菰刈る童に鳰《にほ》は水走り」　水原秋櫻子
「匙なめて童たのしも夏氷」　山口誓子
「泉より生きもの獲んと童たち」　津田清子
「童居て十一月の日和かな」　村越化石

わらん‐べ【童部】〈名〉❶子供。子供たち。❷貴族の家や寺に使われる子供の召使い。▼「わらはべ」の撥音語。
「わらんべの溺るるばかり初湯かな」　飯田蛇笏
「わらんべの蛇投げ捨つる湖の荒れ」　金子兜太
「わらんべに白き遠山桜かな」　黒田杏子

わり‐な‐し〈形ク〉{(く)・から／く・かり／し／き・かる／けれ／かれ}❶むやみやたらだ。道理に合わない。分別がない。無理やりだ。❷何とも耐え難い。たまらなくつらい。言いようがない。苦しい。❸仕方がない。どうしようもない。❹ひどい。甚だしい。❺この上なくすぐれている。何ともすばらしい。▼「わり」は「ことわり」で、それが「なし」だから、道理や常識に合わないこと。普通でないこと。
「朝顔の白が咲きつづくわりなし」　尾崎放哉
「馬虻はわりなき馬子を刺しにけり」　阿波野青畝
「若さとはわりなく妬《ねた》し青芒」　富安風生

わ

「みほとけに秋の憂さごとわりなけれ」 伊丹三樹彦

わ・る【割る・破る】 一〈自動・ラ下二〉〔れ/れ/る/るる/るれ/れよ〕 ❶割れる。裂ける。壊れる。❷分かれる。離れ離れになる。❸思い乱れる。二〈他動・ラ四〉〔ら/り/る/る/れ/れ〕 ❶割る。裂く。壊す。❷分ける。分配する。❸押し分ける。かき分ける。

「青き野の割れて水鳴る坐禅草」 堀口星眠

「天高し『ワレモノ』ならば割るがよい」 津沢マサ子

「花野わが棒ひと振りの鬼割らる」 安井浩司

「いちじくを割るむらさきの母を割る」 黒田杏子

「野分後太極拳が空気割り」 須藤 徹

わる・し【悪し】〈形ク〉〔(く)・から/く・かり/し/き・かる/けれ/かれ〕「わろし」に同じ。▼「わろし」の変化した語。

「声悪き蟬は必死に鳴くと云ふ」 相生垣瓜人

「午後からは頭が悪く芥子の花」 星野立子

「機嫌悪き日や八方に黐の花」 草間時彦

「柿の色悪し位牌に見下され」 林田紀音夫

われ【我・吾】〈代名〉❶私。(自称の人称代名詞)❷自分。その人自身。❸おまえ。(対称の人称代名詞)

「行く我にとゞまる汝《なれ》に秋二つ」 正岡子規

「白桃や我は不断に生れ居る」 永田耕衣

「雪野行き吾には吾の放浪記」 大橋敦子

「汝の手の芒をいつか我が持つ」 加藤三七子

「土曜日は我もさざなみ蒸鰈」 高野ムツオ

わろ・し【悪し】〈形ク〉〔(く)・から/く・かり/し/き・かる/けれ/かれ〕 ❶よくない。好ましくない。感心できない。❷見栄えがしない。見劣りがする。みっともない。美しくない。❸下手だ。つたない。上手でない。❹貧しい。▼「わるし」とも。反対語は「よろし」。

「夕月や又此宿も酒わろし」 正岡子規

「顔わろき石仏ら待つ山開」 阿波野青畝

ゐ

ゐ【井】ヰ〈名〉❶泉または流水から飲み水をくみとる所。❷掘り抜き井戸。

「手を入れて井の噴き上ぐるものに触る」 山口誓子

「弘法の井のあたゝかさ山眠る」 森田 峠

「風荒し春星ひとつ井の底に」 川崎展宏

「井の中も蛙も見なくなりにけり」 攝津幸彦

ゐ【居】ヰ〈名〉❶すわること。いること。また、その所。❷存在すること。存在する所。

「籠り居の二月の風を高くきく」 阿部みどり女

「汝に告ぐ母が居は藤真盛りと」 竹下しづの女

「独り居のうれしき日なり鵙をきく」 及川 貞

「旅疲れどつと夕永き友が居ぞ」 大野林火

ゐ【囲】ヰ〈名〉❶かこむこと。かこい。❷まわり。まわりの長さ。

「**囲**をはりて坐りし蜘蛛や月の中」　長谷川かな女
「**囲**づくりに余念なき蜘蛛太藺中」　星野立子
「方形の**囲**がありて牢ほととぎす」　伊藤敬子

ゐ【威】《イ》〈名〉他のものを恐れ従わせる勢い。威力。
「鷹の**威**に凡夫は小さく薪割りて」　細谷源二
「朝ざくら雪嶺の**威**をゆるめざる」　木村蕪城
「従六位が**威**で練り歩く祭かな」　筑紫磐井

ゐ-ざ-る【居ざる】《イザル》〈自動・ラ四〉{ら/り/る/る/れ/れ} ❶座ったまま、膝《ひざ》や尻《しり》などで移動する。❷（船などが）のろのろと進む。
「春の雲塔を仰げば**ゐざる**なり」　清崎敏郎
「はたたがみ烏滸《をこ》の三郎**ゐざら**する」　筑紫磐井

ゐ-しき【居敷・臀】《イシキ》〈名〉❶座席。❷尻。▼座る意の動詞「ゐしく」の名詞形。
「大空を**臀**としたる氷かな」　岡井省二
「肝胆を据ゑし**坐**《ゐしき》や水の秋」　沼尻巳津子
「麻服の**臀**は皺をたくはへぬ」　大石悦子

ゐ-ずまひ【居住まひ】《イズマイ》〈名〉座った姿勢。座り方。
「**居ずまひ**を正し白鳥来しと告ぐ」　有馬朗人

ゐ-づつ【井筒】《イヅツ》〈名〉井戸の地上の部分に木・石で作った囲い。
「連翹や手古奈が汲みしこの**井筒**」　水原秋櫻子
「**井筒**より蝶ひきかへす益子窯《ましこがま》」　平畑静塔
「**井筒**の薄見てより暗し十三夜」　文挟夫佐恵
「**井筒**より深空へをみな声を出す」　攝津幸彦

ゐ-で【井手・堰】《イデ》〈名〉用水をほかへ引くために川水をせき止めた所。井堰《いせき》。
「山吹や**井手**を流るゝ鉋屑」　与謝蕪村
「花よりも水くれなゐに**井手**の木瓜《ぼけ》」　飯田蛇笏
「稲の花**井手**みなあふれそめにけり」　木下夕爾

ゐなか【田舎】《イナカ》〈名〉❶都から離れた土地。地方。❷（接頭語的に用いて）野卑《ひや》・粗暴であること。
「わたり鳥**田舎**酌婦の眼の光り」　松瀬青々
「つひに碑となる**田舎**紳士と野菊佇ち」　中村苑子
「業俳の**田舎**まはりや走馬燈」　加藤郁乎

ゐ-の-しし【猪】《イノシシ》 季・秋 〈名〉イノシシ科の哺乳類動物、体は太く、首は短く、くちびるが突き出ている。ヨーロッパ中南部からアジア東部の山野に生息。豚の原種。▼「しし」「い」「いのこ」とも。「猪《ゐ》の獣《しし》」の意。
「**猪**に露の事あり最晩年」　永田耕衣
「**猪**の四つ脚吊りの無月かな」　後藤綾子
「**猪**の荒胆を抜く風の音」　宇多喜代子

ゐや【礼】《イヤ》〈名〉敬うこと。礼儀。敬意。敬礼。▼「うや」とも。
「千万の露草の眼の**礼**をうく」　富安風生
「獄凍てぬ妻きてわれに**礼**をなす」　秋元不死男

「元日やい行き道ゆき礼をなす」　森　澄雄

「はるかより礼送られて下萌ゆる」　綾部仁喜

ゐる【居る】ヰル　一〈自動・ワ上一〉｛ゐ/ゐ/ゐる/ゐる/ゐれ/ゐよ｝❶座る。腰をおろす。座っている。❷動かないでいる。じっとしている。とまる。❸とどまる。滞在する。居つく。❹ある地位に就く。就任する。❺おさまる。静まる。静かになる。二〈補助動・ワ上一〉(動詞の連用形に付いて)ずっと…している。…しつづける。

「いづこより月のさし居る葎哉」　前田普羅

「女ゐて吾子に青梨を剥きくれぬ」　加藤楸邨

「踊りゐるうしろ姿のみな暗く」　加倉井秋を

「死後のわれ月光の瀧束ねゐる」　佐藤鬼房

「雪をんな黙つてゐれば歩が揃ふ」　山田みづえ

ゐる【率る】ヰル〈他動・ワ上一〉｛ゐ/ゐ/ゐる/ゐる/ゐれ/ゐよ｝❶伴う。引き連れる。連れる。❷身につけて持つ。携帯する。携える。

「船ゆけり夏の島山を率てゆけり」　山口誓子

「遠足率て行く世の見るまじき見せまじと」　中村草田男

「わたの日を率てめぐりゐる花一つ」　篠原鳳作

「兜虫漆黒の夜を率てきたる」　木下夕爾

「長明忌蝶いつぴきを率てゆくも」　河原枇杷男

ゐん【院】ヰン〈名〉❶周囲に垣をめぐらした大きな構えの建物。宮殿・役所・寺院・貴族の邸宅など。❷上皇・法皇・女院《にょういん》の御所。❸上皇・法皇・女院の尊敬語。

「奥の院見えて蜩十八町」　正岡子規

「一院の静かなるかな杜若」　高濱虚子

「草桔梗咲くや昔の院の芝」　後藤夜半

「連翹や焼杭を打つ宇治の院」　澤木欣一

ゑ

ゑ【穢】ヱ〈名〉けがれること。けがらわしいこと。また、そのもの。

「障子の日いつてんの穢をとどむなし」　長谷川素逝

「盃洗に浮くを野焼の穢と思ひ」　波多野爽波

「一輪の冬ばら遠ちに干潟の穢」　神尾久美子

ゑ-かう【回向・廻向】エコウ〈名〉❶自分が行った善行功徳《くどく》を他人にめぐらし、ともに浄土に往生するように願うこと。❷供養。読経をしたり、念仏を唱えたりして死者の冥福を祈ること。❸法事などの終わりに唱える回向文《えこうもん》。また、それを唱えること。

「和讃して回向して朝涼の内」　高木晴子

「白昼の回向につづき道消える」　林田紀音夫

ゑ-が-く【描く・画く】エガク〈他動・カ四〉｛か/き/く/く/け/け｝❶物の姿・形を絵にあらわす。❷文章や音楽などに表現する。❸こうではないかと姿やイメージを想像する。

「虻飛んで一大円をゑがきけり」　村上鬼城

「牡丹の夕や逢ふ顔描き来て」　長谷川かな女

「春の水光淋模様ゑがきつつ」　上村占魚

「夢ゑがき臥す夜を匂ふ冬薔薇」　古賀まり子

ゑ-くぼ【靨・笑窪】《エクボ》〈名〉笑う時にほおにできる小さなくぼみ。
「その**ゑくぼ**吸ひもきえよと唇づくる」　篠原鳳作
「わが頬に**ゑくぼ**さづかり春隣」　鈴木しづ子
「栗鼠跳ねしあと**ゑくぼ**なす春の雪」　宮津昭彦

ゑぐ・る【抉る・刳る】《エグル》〈他動・ラ四〉｛ら／り／る／る／れ／れ｝❶刃物などを突き刺し、まわしてくりぬく。❷独特のやり方をして人の意表に出る。❸相手の弱点や隠されている事実などを容赦なく突く。
「一溪を**抉り**し天斧ほととぎす」　富安風生
「母の砥石**ゑぐれ**てくぼむ真夏かな」　平畑静塔
「榛の木の根株を**ゑぐる**雪代川」　細見綾子
「闘うて鷹の**ゑぐり**し深雪なり」　村越化石

ゑ-じ【衛士】《エジ》〈名〉律令制時代に宮中の警備にあたった兵士。諸国の「軍団」から交替で徴集された。平安時代には雑役に駆使された。
「**衛士**の火のます〱もゆる霰哉」　小林一茶
「加茂祭ねむり歩きの**衛士**ひとり」　小澤　實

ゑ-ど【穢土】《エド》〈名〉煩悩に汚れたこの世。娑婆《しゃば》。
「涅槃図の**穢土**も金泥ぬりつぶし」　阿波野青畝
「**穢土**の川葭青々と施餓鬼かな」　山口誓子
「豆殻を逆に立てて汝が**穢土**か」　飯島晴子

ゑ-はう【恵方】《エホウ》 季・新 〈名〉年ごとに吉《きち》と定められた方角。年神の来臨する方角で、万福・食物・財宝の豊かな方角とされる。▼「明《あき》の方《かた》」「吉方」「兄方」とも。
「山風に買ふ矢真白き**恵方**かな」　渡邊水巴
「**恵方**とて杉山上りつめてをり」　廣瀬直人
「**恵方**より風あり風の方へ行く」　鷹羽狩行

ゑひ【酔ひ】《エイ》〈名〉(酒などに)酔うこと。また、何かに夢中になって我を忘れること。
「屠蘇の**酔ひ**男の顔のうるはしき」　高橋淡路女
「秘薬のんで牡丹の**酔ひ**をさますべし」　稲垣きくの
「夕焼けやあさきゆめみて**ゑひ**もして」　平井照敏

ゑ・ふ【酔ふ】《エウ・ヨウ》〈自動・ハ四〉｛は／ひ／ふ／ふ／へ／へ｝❶酔う。心を奪われる。❷中毒する。
「縁側の日に**ゑひ**にけりお元日」　村上鬼城
「はやも**酔ふ**雨月の酒と思ひつつ」　後藤比奈夫
「やや**酔ひ**て子の部屋を訪ふ細雪」　鈴木鷹夫

ゑ-ま【絵馬】《エマ》〈名〉神社や寺に奉納する。板に描いた馬の絵。祈願や、それがかなえられたお礼に、神馬《しんめ》の代わりに奉納した。後には、馬以外の絵を描いたものもいう。▼「ゑうま」「ゑん(む)ま」とも。
「辻堂に**絵馬**のふゑたる弥生哉」　正岡子規
「裏がへる**絵馬**一つあり東風の宮」　阿部みどり女
「**絵馬**の蜂牡丹の蜂に混りけり」　永田耕衣

ゑま・ふ【笑まふ】《エマウ》〈連語〉❶にこにこする。ほほえむ。❷花のつぼみがほころびる。▼動詞「ゑむ」の未然形＋反復継続の助動詞「ふ」

「葉牡丹やわが想ふ顔みな**笑まふ**」　石田波郷
「よく**笑まふ**嬰にも少し桜鯛」　森　澄雄
「浮かびきし寒鯉のふと**笑まふ**かな」　宗田安正
「たれとなく**笑まふ**風船蔓かな」　黒田杏子
「おはぐろ蜻蛉とんで羅漢の**笑まひ**顔」　橋本榮治

ゑ・む【笑む】《エム》〈自動・マ四〉〔ま/み/む/む/め/め〕❶ほほえむ。にっこりする。微笑する。❷(花が)咲く。

「手を組みて**笑める**男を殺し度し」　渡邊白泉
「花八ッ手**笑ま**しごと言ひ通り過ぐ」　文挾夫佐恵
「赤坊の頰に月光来て**笑める**」　野見山朱鳥
「受口に小面の**笑む**初座敷」　大橋敦子

ゑん【円】《エン》〈名〉❶まるいこと。まるいもの。❷角ばらないさま。十分であること。❸あたり一帯。❹貨幣の単位。

「**円**涼し長方形も亦涼し」　高野素十
「富士の弧の秋空ふかく**円**を蔵す」　篠原　梵
「半**円**をかきておそろしくなりぬ」　阿部青鞋

ゑん【怨】《エン》〈名〉うらむこと。▼「をん」とも。

「月面に**怨**少し見ゆ慰みつ」　永田耕衣
「花栗の香を隣国の**怨**となす」　飯田龍太
「水に映れば紅梅に**怨**の色」　鷲谷七菜子

ゑん・ず【怨ず】《エンズ》〈他動・サ変〉〔ぜ/じ/ず/ずる/ずれ/ぜよ〕恨む。恨み言をいう。

「椿落つ**怨じ**昂みの足踏み音に」　文挾夫佐恵
「袖かみて**怨ず**仕種や雁の声」　角川源義

ゑん・りよ【遠慮】《エンリヨ》〈名〉❶先を見通した深い考え。❷他人に対して言動を控え目にすること。気がねすること。❸江戸時代、武士・僧侶に対する刑罰の一種。軽い謹慎刑。

「**遠慮**する人なく淋し避暑に来て」　星野立子
「帰り花枝に**遠慮**をしてをりぬ」　後藤比奈夫

を

を〈格助〉❶(動作の対象)…を。❷(動作の起点・経由点)…を。…から。❸(持続する時間)…を。❹(動作の相手)…に。…と。❺(心情の対象)…が。…を。❻(「…を…に」「…を…にて」の形で)…を(…として)。(体言や体言に準ずる語に付く)

「食事とりつつ秋雲の流るる**を**」　波多野爽波
「五指**を**もて無月の句碑**を**読まんとす」　古舘曹人
「秋の蝶海に落ちし**を**目のあたり」　阿部みどり女
「糸遊**を**抜けねばあだし野へ行けず」　伊藤白潮
「まくなぎ**を**はらひ男**を**はらふべし」　仙田洋子

を〈接続助〉❶(逆接の確定条件)…のに。…けれども。❷(順接の確定条件)…ので。…から。❸(単純接続)…と。…と

ころ。…が。〈活用語の連体形に付く。まれに体言に付く〉
「地虫鳴くさなきだに谷戸低きもの**を**」　大野林火
「萩刈つて焚くべかりし**を**よべの雨」　石塚友二

を〈間投助〉❶〈強調〉…ね。…よ。〈文中に用いる〉❷〈感動・詠嘆〉…なあ。…なのになあ。…よ。〈文末に用いる〉❸〈原因・理由〉…が…なので。〈「を…み」の形で用いる〉
「ひとりの火の燃えさかりゆく**を**」　種田山頭火
「豁然と寒も明くべきものなる**を**」　相生垣瓜人
「夜**を**寒み髪のほつれの影となる」　石橋秀野
「パイナップル驟雨は香り去るもの**を**」　野澤節子

を-【小】《オ》〈接頭〉❶〈名詞に付いて〉小さい。細かい。❷〈名詞に付いて〉語調を整える。❸〈形容詞や動詞の連用形に付いて〉少し。わずか。
「一人が還《かへ》り来し**小**川夏朝のひかり」　中塚一碧楼
「去年《こぞ》よりの雪**小**止みなき初湯かな」　久保田万太郎
「春の夜や**小**暗き風呂に沈み居る」　芥川龍之介
「花守の**小**田か一枚打ちてあり」　殿村菟絲子

を-【雄】《オ》〈接頭〉〈名詞に付いて〉雄々しい。勇ましい。「を心」「をたけび」
「限りなき**雄**波を踏まへ雲の峰」　上村占魚
「**雄**叫びの犬そのあとは海に行く」　和田悟朗
「遠目にも**雄**時《をどき》の高さ松の芯」　手塚美佐
「冬木鳴る教師**雄**ごころ保たずば」　友岡子郷

を-えつ【嗚咽】《オエツ》〈名〉むせび泣くこと。すすり泣き。
「おしころす母が**嗚咽**の冬みぞれ」　橋閒石
「うなぎ鳴くをんなが**嗚咽**もらすかに」　熊谷愛子
「白鳥やすでに**嗚咽**の口あけて」　金田咲子

をか【丘・岡】《オカ》〈名〉周囲より小高くなっている土地。おか。
「曼珠沙華あつまり**丘**をうかしけり」　長谷川かな女
「曲る角かならずしどみ麦の**丘**」　及川貞
「この**丘**のつくしをさなききつね雨」　木下夕爾

をか・し《オカシ》〈形シク〉{(しく)・しから／しく・しかり／し／しき・しかる／しけれ／しかれ}❶こっけいだ。おかしい。変だ。❷興味深い。心が引かれる。おもしろい。❸趣がある。風情がある。❹美しい。優美だ。愛らしい。❺すぐれている。見事だ。すばらしい。
「逢ふもよし逢はぬも**をかし**若葉雨」　杉田久女
「昼寝覚われに妻子のありて**をかし**」　大串章
「以後の夜も**をかしき**桜吹雪かな」　攝津幸彦

をか・す【犯す・侵す】《オカス》〈他動・サ四〉{さ／し／す／す／せ／せ}❶法律・道徳などを破る。悪事を行う。❷〈心や体を〉害する。損なう。女性に乱暴する。❸〈他の領分を〉不当に奪う。侵略する。
「ひんぷんと雪がさくらを**侵す**さま」　岸田稚魚
「罪**犯す**かも梅雨浜の青年等」　清崎敏郎
「ダリヤ活け婚家の家風**侵し**ゆく」　鍵和田秞子
「**侵**されている山間の夜長し」　森田智子

をが・む【拝む】《オガム》〈自動・マ四〉{ま／み／む／む／め／め}❶〈神仏に〉礼拝

を

する。おがむ。❷拝顔する。お目にかかる。❸嘆願する。懇願する。

「黒衣着てヨハネの墓を拝みけり」　下村梅子

「うつそみの懐炉抱きて墓をがむ」　木村蕪城

「身を屈め椎を拾ふは地を拝む」　多田智満子

「雨降れば雨を拝みて生身魂」　如月真菜

を-ぐら・し【小暗し】《オグラシ》〈形ク〉｛（く）・から／く・かり／し／き・かる／けれ／かれ｝うす暗い。ほの暗い。▼「を」は接頭語。

「枯芦や日かげ小暗らき家そがひ」　富田木歩

「夏木二本小暗き墓を守りけり」　永田耕一郎

「春寒くをぐらき家並坂をなす」　伊丹三樹彦

をけ【桶】《オケ》〈名〉細長い板を縦に並べ合わせて円筒形の側《がわ》を作り、底をつけ、たがで締めて作った入れもの。水を入れたり、漬物をするのに用いる。

「夜窃《ひそ》かに海鼠《なまこ》の桶を覗きけり」　石井露月

「桶の水泳ぎの褌《こん》の身にかぶる」　山口誓子

をこ【痴・烏滸・尾籠】《オコ》〈名〉愚かなさま。ばかげたさま。

「四十路以後の自嘲烏滸なれ葱坊主」　中村草田男

「初夢の烏滸の限りを尽したる」　安住　敦

「ほととぎす烏滸の面を打ちにけり」　澤木欣一

を-ごころ【雄心】《オゴコロ》〈名〉雄々しい心。勇気ある心。

「雄ごころのなかなか起きず玉子酒」　伊藤白潮

「雄心のまだ少しくは羽抜鶏」　大井戸辿

「雄心をふるいたたせむ木菟の声」　宇多喜代子

「雄ごころを尽して裸木となれり」　遠藤若狭男

をさ【長】《オサ》〈名〉頭《かしら》。長《ちょう》。

「翁面脱ぎたる長は寒からむ」　中里麦外

を-ざかり【男盛り】《オザカリ》〈名〉男ざかり。男の若くて血気盛んな年ごろ。

「夏雲の壮子時《をさかり》なるを見て泪す」　山口誓子

「男壮りの鵜の匠にて火の粉の中」　橋本多佳子

「をさかりを過ぎて裸や燕子花《かきつばた》」　森　澄雄

をさな【幼】《オサナ》〈名〉幼い子供。幼児。おさなご。また、形容詞「をさなし」の語幹。

「書初やをさなおぼえの万葉歌」　竹下しづの女

「七夕柳かこみ点せりをさならは」　臼田亜浪

「祇王寺裏幼を蝶がつれ去りぬ」　河原枇杷男

「寒夕焼をさなのごとく母を見る」　原　裕

をさ-な・し【幼し】《オサナシ》〈形ク〉｛（く）・から／く・かり／し／き・かる／けれ／かれ｝❶小さい。幼少である。幼い。❷幼稚だ。子供っぽい。

「兵の顔あはれ稚し汗拭くなど」　加藤楸邨

「まくわ瓜をさなき息をあて、食ふ」　木村蕪城

「をさなきは幼きどちや春ゆふべ」　上村占魚

「をさなくて螢袋のなかに栖む」　野澤節子

「陽炎やをさなき竹にをさなき葉」　宇佐美魚目

「をさなくて昼寝の國の人となる」　田中裕明

をさ・まる【治まる・修まる】《オサマル》〈自動・ラ四〉〔ら／り／る／る／れ／れ〕❶（世の中が）平穏になる。❷（乱れた気持ちや苦痛などが）しずまる。落ち着く。

「降りを**さまり**降りを**さまり**て霰かな」　京極杞陽
「春あかつき醒めても動悸を**さまらず**」　眞鍋呉夫
「蘆張れば 凧の **治まる** 彼岸花」　伊丹三樹彦
「吹きどよむ風も**をさまり**彼岸過ぐ」　加藤三七子

をさ・まる【収まる・納まる】《オサマル》〈自動・ラ四〉〔ら／り／る／る／れ／れ〕❶消える。なくなる。弱くなる。❷きちんと入る。かたづく。決着する。

「汗のもの抛りて籠に**をさまり**し」　波多野爽波
「太刀魚の魚籠に**をさまる**雁渡し」　原　裕
「石の影石に **を さ ま る** 秋の暮」　矢島渚男
「秋 瀑 の 壺 に **収 ま る** 水 の 列」　能村研三

をさ・む【治む・修む】《オサム》〈他動・マ下二〉〔め／め／む／むる／むれ／めよ〕❶統治する。治める。平定する。❷正しくする。落ち着かせる。❸（病気などを）なおす。治療する。

「蟷螂の翔びて怒りを**をさめ**けり」　加藤かけい
「海 国 に 光 **を さ め** し 鰯 雲」　原　裕

をさ・む【収む・納む】《オサム》〈他動・マ下二〉〔め／め／む／むる／むれ／めよ〕❶しまう。納める。収納する。貯蔵する。❷物事を終える。葬る。埋葬する。

「凍蝶の翅を**をさめ**て死ににけり」　村上鬼城
「法師蟬海へ放ちしこゑを**さむ**」　山口誓子
「蜂の尻ふわ〳〵と針を**さめ**けり」　川端茅舎
「空港のロビー遍路杖突き**をさめ**」　飯島晴子
「ピッコロを**収め**て朱夏の革袋」　七田谷まりうす

をさ-をさ《オサオサ》〈副〉❶（下に打消の語を伴って）ほとんど。あまり。めったに。なかなか。❷しっかりと。きちんと。はっきりと。

「根雪待つ用意**をさをさ**怠らず」　清崎敏郎

をし【鴛鴦】《オシ》 季・冬 〈名〉おしどりの古名。

「岩かげを流れ出て**鴛鴦**美しき」　原　石鼎
「涅槃圖に侍れるときも**鴛鴦**の沓《くつ》」　後藤夜半
「**鴛鴦**ねむる氷の上の日向かな」　長谷川素逝
「山月に白きは **鴛鴦** の夜会服」　堀口星眠

を・し【惜し】《オシ》〈形シク〉〔（しく）・しから／しく・しかり／し／しき・しかる／しけれ／しかれ〕残念だ。心残りだ。手放せない。惜しい。

「冬山や**惜しき**月日が今も過ぐ」　細見綾子
「あきらめし命なほ**惜し**冬茜」　相馬遷子
「**をしく**も死取り逃がしたる去年今年」　佐藤鬼房
「絽羽織の似合ひて別れ**惜しかり**し」　星野　椿

を・し【愛し】《オシ》〈形シク〉〔（しく）・しから／しく・しかり／し／しき・しかる／しけれ／しかれ〕いとしい。かわいい。

「春惜しむ心と別に命**愛し**」　富安風生
「兎**愛し**前菜なればなほ旨し」　櫂未知子

をし・ふ【教ふ】《オシウ》〈他動・ハ下二〉{へ/へ/ふ/ふる/ふれ/へよ}❶（導くために）教える。さとす。❷告げ知らせる。
「夜学生教へ桜桃忌に触れず」　澤木欣一
「うしろからいぼたのむしと教へらる」　飯島晴子
「秋日失せ易きを教ふ杣人は」　西村和子
「へうたんが何かを子らにをしへけり」　田中裕明

をし・む【惜しむ】《オシム》〈他動・マ四〉{ま/み/む/む/め/め}❶物惜しみをする。❷捨てにくく思う。名残り惜しく思う。残念がる。
「春惜しみ命惜しみて共にあり」　星野立子
「指揮者への拍手に年を惜みけり」　森田　峠
「をしみなく曲がつてゐたる茄子の馬」　大木あまり

を・す【食す】《オス》〈他動・サ四〉{さ/し/す/す/せ/せ}❶お召しになる。召し上がる。（「飲む」「食ふ」「着る」「（身に）着く」の尊敬語）❷統治なさる。お治めになる。（「統《す》ぶ」「治む」の尊敬語）
「楤の芽を摘み来て揚げてあさず食す」　森　澄雄

をち【彼方・遠】《オチ》〈名〉❶遠く隔たった場所。遠方。かなた。❷それより以前。昔。❸それより以後。将来。
「駅遅日遠の方にも汽車が居り」　中村汀女
「をみな等も涼しきときは遠を見る」　中村草田男
「遠の枯木桜と知れば日々待たる」　野澤節子
「遠は照り近きは陰り花あふち」　林　徹
「未だ長老ならず遠の夕雲雀」　安井浩司

をち-かた【彼方・遠方】《オチカタ》〈名〉遠くの方。向こうの方。あちら。
「羅を着て遠方の不幸かな」　長谷川双魚
「葭切もをち方に幸ありといふ」　相生垣瓜人

をち-こち【彼方此方・遠近】《オチコチ》〈名〉❶あちらこちら。❷将来と現在。
「をちこちに夜紙漉とて灯るのみ」　阿波野青畝
「をちこちに死者のこゑする蕗のたう」　三橋鷹女
「白牡丹遠近人《びと》のすさびかな」　安東次男
「千手観音遠近に揚雲雀かな」　川崎展宏

をと-こ【男】《オトコ》〈名〉❶若い男。元服して一人前になった男。❷男。成人男性。❸夫。恋人である男。❹在俗男性。❺召使いの男性。下男。
「鳶群れてをとこは簾下ろすなり」　永田耕衣
「子をもたぬをとことをんな毛虫焼く」　黒田杏子
「道祖神《だうそじん》／漢《をとこ》のすなる／肉《にく》の／華《はな》」　林　桂
「水売りの漢につきて羽抜鶏」　蘭草慶子
「葦の角をとこ青くさきがよけれ」　辻美奈子

をと-つ-ひ【一昨日】《オトツイ》〈名〉いっさくじつ。▼「をと（彼方）つひ（日）」の意。「つ」は「の」の意の上代の格助詞。「をととひ」とも。
「一昨日のことなりけるに卯月寒」　富安風生
「をとつひのけふの墓前の落葉かな」　岸田稚魚
「をととひの事とし忘る山茶花や」　大岡頌司

をと‐め【少女・乙女・処女】《オトメ》〈名〉❶年若い娘。未婚の娘。処女。❷五節《ごせ》《ち》の舞姫。

「天平のをとめぞ立てる雛かな」　水原秋櫻子
「住吉に凧揚げゐたる処女はも」　山口誓子
「麦束をよべの處女のごとく抱く」　橋本多佳子
「真をとめの梅ありにけり石《そい》の上《みか》」　細見綾子
「未通女らが領布布留《ひれふる》山の春の鳥」　澤木欣一
「冬の鵙時に石打つ乙女の鍬」　飯田龍太

をとめ‐こ【少女子】《オトメコ》〈名〉年若い娘。未婚の娘。▼「をとめご」とも。

「乙女子と見ゆる菩薩に草の花」　松瀬青々
「珈琲濃しけふ落第の小女子に」　石田波郷
「をとめごに浪人の名を冠し梅雨」　林　翔

を‐とり【囮・媒鳥】《オトリ》〈名〉❶季・秋　他の鳥獣を誘い寄せて捕らえるための鳥や獣。❷他の者を誘い寄せるために利用する手段。

「鳴き負けてかたちづくりす囮哉」　前田普羅
「うつくしき鶸も囮よ鳴いてゐる」　山口青邨
「鳴き鳴きて囮は霧につつまれし」　大野林火
「雪原の囮のごとく鴉ゐて」　小泉八重子

をど・る【踊る・躍る】《オドル》〈自動・ラ四〉｛ら／り／る／る／れ／れ｝❶飛び跳ねる。跳ね上がる。はやく動く。❷舞踏をする。

「をどるをどる湯山の月の満つる夜を」　臼田亜浪
「露の玉をどりて露を飛越えぬ」　川端茅舎
「蝶をどる子に忘られし泣き顔に」　岸田稚魚
「押し出され踊らされをり花筵」　清崎敏郎
「冬ざれや破船の中に濤をどり」　岡本　眸

をな‐ご【女子】《オナゴ》〈名〉❶女。女性。❷下女。女中。

「春寒のをなごやのをなごが一銭持つて出てくれた」　種田山頭火
「ゐちご刈田のみどりぐさゐちごをなごら」　中塚一碧楼

をの【斧】《オノ》〈名〉木をきったり割ったりする道具。おの。

「糸萩に斧たはぶれて蟷螂かな」　高野素十
「斧一丁寒暮のひかりあてて買ふ」　福田甲子雄
「雨季来りなむ斧一振りの再會」　加藤郁乎

を‐の‐こ【男子・男】《オノコ》〈名〉❶男。男子。❷男の子。男児。❸殿上人。殿上に出仕する男性。❹召使いの男性。下男。

「むかし吾を縛りし男の子凌霄花」　中村苑子
「男の子等に母の春著の美しや」　高木晴子
「羨《もと》しとすをのこをみなの幕営を」　森　澄雄
「男手に育ちし男の子柿若葉」　藤田湘子
「矢車が鳴る男の子ならもう一人」　鷹羽狩行

をのこ‐ご【男子】《オノコゴ》〈名〉❶男の子。男児。❷男。男性。

「をのこ子のみたりのひとり兄は欠けぬ」　日野草城
「をのこ子の父となりける秋刀魚苦し」　岸田稚魚

をのの・く【戦く】《オノノク》〈自動・カ四〉｛か／き／く／く／け／け｝おそれふる

える。わななく。
「遊蝶花風立ち春はをののけり」　水原秋櫻子
「をののく日雪山にきて胸にしむ」　高屋窓秋
「烈風に古葉をののく芽立ちつつ」　林　翔
「戦《よそ》ぐと訓み戦くと訓め帰り花」　竹中　宏

を‐の‐へ【尾の上】《オノエ》〈名〉山や丘の頂。峰。▼「を（峰）のうへ（上）」の変化した語。
「鮎落ちていよいよ高き尾上かな」　与謝蕪村
「冬木一本立てる尾上の日を追へり」　臼田亜浪
「秋の雲尾上の松をいま離る」　安住　敦

を‐ば〈連語〉…を。▼「を」によって示された動作・作用の対象を「ば」によって強調する。格助詞「を」＋係助詞「は」からなり、「をは」が濁音化した形。
「微笑をば立ちたる春が強ふるなり」　相生垣瓜人
「一歩をば痛感したり芹なづな」　永田耕衣
「西行忌渚をば身に寄せにけり」　安井浩司

をはり【終はり】《オワリ》〈名〉❶物事が終わること。終わり。おしまい。最後。❷人の一生の最後。臨終。
「花御堂夕日のをはり射してをり」　藤田湘子
「夜あそびのをはりは雪になりにけり」　今井杏太郎
「霜月のをはりに塔のたちにけり」　山本洋子
「夏鶯道のをはりは梯子かな」　田中裕明

をは・る【終はる】《オワル》〈自動・ラ四〉{ら／り／る／る／れ／れ}❶終わる。済む。❷死ぬ。往生する。
「ほととぎすここここと啼きをはりける」　後藤夜半
「水中花にも花了りたきこころ」　後藤比奈夫
「月光のをはるところに女の手」　林田紀音夫
「水晴れぬ角伐り神事をはりしや」　宇佐美魚目
「大航海時代終りし鯨かな」　橋本榮治

をはん‐ぬ【畢んぬ・了んぬ】《オワンヌ》〈連語〉❶終わった。❷（動詞・助動詞の連用形について）…しまった。…た。▼動詞「をはる」の連用形＋完了の助動詞「ぬ」からなる「をはりぬ」の撥《はつ》音便。
「礫像や泰山木は花終んぬ」　山口誓子
「鳥雲に入り終んぬるわれ残り」　下村梅子
「桐の花畢んぬ淀の自刃跡」　大橋敦子

を・ふ【終ふ・了ふ】《オウ》㊀〈自動・ハ下二〉{へ／へ／ふ／ふる／ふれ／へよ}終わる。果てる。㊁〈他動・ハ下二〉終える。果たす。尽きさせる。
「天寿終ふ五月の晴に葬られ」　津田清子
「水弾く白さに葱を洗ひ了ふ」　宮津昭彦
「裏返りては花了ふる甘茶かな」　手塚美佐
「けんめいに母が日を終へ五加木かな」　金田咲子

をみな【女】《オミナ》〈名〉若く美しい女性。女。
「菊の香やをみな埴輪は乳もてり」　野見山朱鳥
「柳蔭われはをみなとなりしはや」　永田耕衣
「をみなをみなと唱へてをりし男郎花」　中尾寿美子

「うぐひす餅食ふや**をみな**をまじへずに」　森　澄雄
「立秋やかつて**をみな**に裾たもと」　榎本好宏

をみな‐ご【女子】《オミナゴ》〈名〉❶女の子。女児。❷女。女性。
「**をみな子**を生ままく欲れり花のもと」　三橋鷹女
「**をみなご**のひとりあそびし柚子湯かな」　川崎展宏
「**をみなご**の声もて山の笑ひゐる」　伊藤敬子

を‐や〈連語〉❶(文末に用いて)…じゃないか。…だなあ。(強い詠嘆・感動を表す)❷(「いはんや…(において)をや」の形で)…はなおさらだ。▼間投助詞「を」＋間投助詞「や」
「種蒔いて明日さへ知らず遠き**をや**」　水原秋櫻子
「弟子あらず女弟子**をや**春の雪」　右城暮石

をやみ‐な‐し【小止みなし】《オヤミナシ》〈形ク〉(く)・から／く・かり／し／き・かる／けれ／かれ (雨や雪が)少しもやむことがない。とぎれない。
「**をやみなき**雪を劒岳《つるぎ》の夕明り」　金尾梅の門
「柚子風呂に妻をりて音**小止みなし**」　飴山　實

を・り【居り】《オリ》 ㊀〈自動・ラ変〉ら／り／り／る／れ／れ ❶座っている。腰をおろしている。❷いる。存在する。㊁〈補助動・ラ変〉(動詞の連用形に付いて)…し続ける。…している。
「雪がふるふる雪みて**をれ**ば」　種田山頭火
「月影に春の霰のたまり**居り**」　原　石鼎
「灯を消せば船が過ぎ**をり**春障子」　加藤楸邨
「綿菓子屋**をら**ねばならぬ祭かな」　阿部青鞋
「夏帯をしめ濁流をおもひ**をり**」　飯島晴子
「松虫を聞いて**をら**れし今は亡き」　清崎敏郎
「枯木にて枝ののびのびと岐ち**をり**」　上田五千石
「山清水さびしき指の揃ひ**をり**」　鎌倉佐弓
「この部屋に誰も**居ら**ざる障子かな」　長谷川櫂

をり【折】《オリ》〈名〉❶その時。その場合。❷季節。
「雨ほつと**折**から野路のたんぽゝ黄」　星野立子
「晩夏光正座をくずす**折**失す」　永末恵子

をり‐から【折柄】《オリカラ》 ㊀〈名〉それにふさわしいとき。ちょうどそのとき。㊁〈副〉ちょうどそのときに。折しも。
「**をりから**の望月くらし涅槃変」　高橋淡路女
「**をりから**の月光まぶし忘れ草」　三橋鷹女
「鰤大漁**折から**雪をともなひて」　鈴木真砂女
「**折から** チャイム はらら はららと 麦蒔く指」　伊丹三樹彦

をり‐しも【折しも】《オリシモ》〈副〉ちょうどそのときに。折りも折。▼名詞「をり」に副助詞「しも」が付いて一語化した。
「初櫻**折しも**けふは能《よき》日なり」　松尾芭蕉
「落柿舎は**折しも**柿の落葉どき」　阿部みどり女
「遅ざくら散るや**をりしも**ほととぎす」　安住　敦
「隠國の**をりしも**葛の月夜かな」　角川春樹

をり‐ふし【折節】《オリフシ》 ㊀〈名〉❶その場合場合。その時々。❷季節。時候。㊁〈副〉❶ちょうどそのとき。❷ときどき。たまに。

「初秋の**折**ふし須磨の便りかな」 内藤鳴雪
「餅花に**をり**ふしひびく古風鈴」 飯田龍太

をり-をり【折折】《オリオリ》 ■一〈名〉その時々。そのつど。■二〈副〉機会があるごとに。たびたび。ときどき。
「松の塵**をり**〳〵落つれ墓詣」 芝不器男
「手花火のこだま**折折**霧の宿」 金子兜太
「雛まつり馬臭**をりをり**漂ひ来」 波多野爽波
「きつつきの**をりをり**ひびく泉かな」 原 裕

を・る【折る】《オル》 ■一〈自動・ラ四〉（ら/り/る/る/れ/れ）（波が）寄せては返す。■二〈他動・ラ四〉折る。折り曲げる。折り取る。■三〈自動・ラ下二〉（れ/れ/る/るる/るれ/れよ）❶折れ曲がる。曲がる。❷続き具合が悪くなる。
「すこやかな五體を没し芒**折る**」 阿部みどり女
「をみなへし又きちかうと**折り**すすむ」 山口青邨
「月光のつらら**折り**持ち生き延びる」 西東三鬼
「帰り花鶴**折る**うちに**折り**殺す」 赤尾兜子
「鶴を**折る**千羽超えても鶴を**折る**」 あざ蓉子

をろが・む【拝む】《オロガム》〈自動・マ四〉（ま/み/む/む/め/め）拝《おが》む。礼拝する。▼「をが（拝）む」の古い形。上代語。
「はるかにも**をろがむ**墓の冬霞」 西島麥南
「大師像**をろがみ**て春行くを思ふ」 高木晴子
「水仙を手に大仏**をろがめ**り」 飴山 實

をろ-ち【大蛇】《オロチ》〈名〉大きな蛇《へび》。大蛇《だいじゃ》。うわばみ。
「文化祭八岐**大蛇**の尻尾の子」 文挾夫佐恵
「行秋の**をろち**をつかふぬひぐるみ」 三橋敏雄
「神無月穹《そら》より**大蛇**鎖《をろちぐさり》かな」 岡井省二

をを・し【雄雄し・男男し】《オオシ》〈形シク〉（（しく）・しから/しく・しかり/し/しき・しかる/しけれ/しかれ）いかにも男らしい。勇ましい。
「芒《のぎ》ついてをりて**雄々しき**稲穂かな」 後藤比奈夫
「打水を浴びて**雄々しき**芭蕉かな」 野見山朱鳥
「狐火にせめて**ををしき**文字書かん」 飯島晴子

をん【怨】《オン》〈名〉うらむこと。▼「ゑん」とも。
「走馬燈草いろの**怨**流れゐる」 友岡子郷

をんな【女】《オンナ》〈名〉❶女。成人した女性。❷妻。恋人である女。▼「をみな」の「み」が撥《はつ》音化したもの。「をうな」「をむな」とも。
「夏深く我れは火星を恋ふ**をんな**」 三橋鷹女
「雪**をんな**魂《たま》触れあへば匂ふなり」 眞鍋呉夫
「水仙が捩れて**女**はしりをり」 小川双々子
「立冬の**女**生きいき両手に荷」 岡本 眸

をん・る【遠流】《オンル》〈名〉「流罪」のうちで最も重い刑罰。京都から遠く離れた伊豆《いず》・安房《あわ》・常陸《ひたち》・佐渡・隠岐《おき》・土佐などに流す。
「天高く**遠流**の遠を飛びて来し」 山口誓子
「降る雪に**遠流**のごとし鶴の色」 齋藤 玄
「海すずめ**遠流**の国に野火走る」 角川源義

付録

古語文法要覧

◉動詞活用表

文語

種類	行	基本形	語幹	未然形	連用形	終止形	連体形	已然形	命令形
四段	カ	歩く	ある	か	き	く	く	け	け
	カ	行く	ゆ	か	き	く	く	け	け
	ガ	泳ぐ	およ	が	ぎ	ぐ	ぐ	げ	げ
	サ	話す	はな	さ	し	す	す	せ	せ
「略す」は文語ではサ行変格活用▼									
四段	タ	打つ	う	た	ち	つ	つ	て	て
	バ	学ぶ	まな	ば	び	ぶ	ぶ	べ	べ
	マ	読む	よ	ま	み	む	む	め	め
	ラ	取る	と	ら	り	る	る	れ	れ
	ラ	なさる	なさ	ら	り	る	る	れ	れ
	ハ	買ふ	か	は	ひ	ふ	ふ	へ	へ
ナ変	ナ	死ぬ	し	な	に	ぬ	ぬる	ぬれ	ね
ラ変	ラ	有り	あ	ら	り	り	る	れ	れ
下一段	カ	蹴る	(け)	け	け	ける	ける	けれ	けよ
上一段	ヤ	射る	(い)	い	い	いる	いる	いれ	いよ
	ワ	居る	(ゐ)	ゐ	ゐ	ゐる	ゐる	ゐれ	ゐよ

口語

種類	行	基本形	語幹	未然形	連用形	終止形	連体形	仮定形	命令形
五段	カ	歩く	ある	か / こ	き / い	く	く	け	け
	カ	行く	い	か / こ	き / っ	く	く	け	け
	カ	行く	ゆ	か / こ	き / ○	く	く	け	け
	ガ	泳ぐ	およ	が / ご	ぎ / い	ぐ	ぐ	げ	げ
	サ	話す	はな	さ / そ	し	す	す	せ	せ
	サ	略す	りゃく	さ / そ	し	す	す	せ	せ
	タ	打つ	う	た / と	ち / っ	つ	つ	て	て
	バ	学ぶ	まな	ば / ぼ	び / ん	ぶ	ぶ	べ	べ
	マ	読む	よ	ま / も	み / ん	む	む	め	め
	ラ	取る	と	ら / ろ	り / っ	る	る	れ	れ
	ラ	なさる	なさ	ら / ろ	いり / っ	る	る	れ	れい
	ワア	買う	か	わ / お	い / っ	う	う	え	え
	ナ	死ぬ	し	な / の	に / ん	ぬ	ぬ	ね	ね
	ラ	有る	あ	ら / ろ	り / っ	る	る	れ	れ
	ラ	蹴る	け	ら / ろ	り / っ	る	る	れ	れ
	ア	射る	(い)	い	い	いる	いる	いれ	いろ いよ
	ア	居る	(い)	い	い	いる	いる	いれ	いろ いよ

○はその活用形がないことを示す。（ ）は語幹と語尾との区別がないことを示す。

	カ	着る	（き）	き	き	きる	きる	きれ	きよ
	ナ	似る	（に）	に	に	にる	にる	にれ	によ
	ハ	干る	（ひ）	ひ	ひ	ひる	ひる	ひれ	ひよ
	マ	見る	（み）	み	み	みる	みる	みれ	みよ
上二段	ハ	強ふ	し	ひ	ひ	ふ	ふる	ふれ	ひよ
	ヤ	老ゆ	お	い	い	ゆ	ゆる	ゆれ	いよ
	カ	起く	お	き	き	く	くる	くれ	きよ
文語は「飽く」で、四段活用▼									
上二段	ガ	過ぐ	す	ぎ	ぎ	ぐ	ぐる	ぐれ	ぎよ
	ダ	閉づ	と	ぢ	ぢ	づ	づる	づれ	ぢよ
	タ	落つ	お	ち	ち	つ	つる	つれ	ちよ
	バ	浴ぶ	あ	び	び	ぶ	ぶる	ぶれ	びよ
文語は「染む」で、古くは四段活用▼									
上二段	ラ	降る	お	り	り	る	るる	るれ	りよ
文語は「借る」で、四段活用▼									
文語は「信ず」で、サ行変格活用▼									
上二段	ガ	凪ぐ	な	ぎ	ぎ	ぐ	ぐる	ぐれ	ぎよ
	マ	恨む	うら	み	み	む	むる	むれ	みよ
下二段	ア	心得	こころ	え	え	う	うる	うれ	えよ
	ハ	教ふ	をし	へ	へ	ふ	ふる	ふれ	へよ
	ヤ	覚ゆ	おぼ	え	え	ゆ	ゆる	ゆれ	えよ
	ワ	植う	う	ゑ	ゑ	う	うる	うれ	ゑよ
	カ	分く	わ	け	け	く	くる	くれ	けよ
	ガ	上ぐ	あ	げ	げ	ぐ	ぐる	ぐれ	げよ
	サ	乗す	の	せ	せ	す	する	すれ	せよ

上一段	カ	着る	（き）	き	き	きる	きる	きれ	きろ きよ
	ナ	似る	（に）	に	に	にる	にる	にれ	にろ によ
	ハ	干る	（ひ）	ひ	ひ	ひる	ひる	ひれ	ひろ ひよ
	マ	見る	（み）	み	み	みる	みる	みれ	みろ みよ
	ア	強いる	し	い	い	いる	いる	いれ	いろ いよ
	ア	老いる	お	い	い	いる	いる	いれ	いろ いよ
	カ	起きる	お	き	き	きる	きる	きれ	きろ きよ
	カ	飽きる	あ	き	き	きる	きる	きれ	きろ きよ
	ガ	過ぎる	す	ぎ	ぎ	ぎる	ぎる	ぎれ	ぎろ ぎよ
	ザ	閉じる	と	じ	じ	じる	じる	じれ	じろ じよ
	タ	落ちる	お	ち	ち	ちる	ちる	ちれ	ちろ ちよ
	バ	浴びる	あ	び	び	びる	びる	びれ	びろ びよ
	マ	染みる	し	み	み	みる	みる	みれ	みろ みよ
	ラ	降りる	お	り	り	りる	りる	りれ	りろ りよ
	ラ	借りる	か	り	り	りる	りる	りれ	りろ りよ
	ザ	信じる	しん	じ	じ	じる	じる	じれ	じろ じよ
▲口語「凪ぐ」は五段活用（文語では四段も）									
▲口語「恨む」は五段活用（文語では四段も）									
下一段	ア	心得る	こころ	え	え	える	える	えれ	えろ えよ
	ア	教える	おし	え	え	える	える	えれ	えろ えよ
	ア	覚える	おぼ	え	え	える	える	えれ	えろ えよ
	ア	植える	う	え	え	える	える	えれ	えろ えよ
	カ	分ける	わ	け	け	ける	ける	けれ	けろ けよ
	ガ	上げる	あ	げ	げ	げる	げる	げれ	げろ げよ
	サ	乗せる	の	せ	せ	せる	せる	せれ	せろ せよ

付録

行	基本形	活用を考えるときに下に続けてみる語(下接語例)	ず	たり	○	とき	ども ば	○
下二段								
ザ	混ず	ま	ぜ	ぜ	ず	ずる	ずれ	ぜよ
タ	立つ	た	て	て	つ	つる	つれ	てよ
ダ	出	(づ)	で	で	づ	づる	づれ	でよ
ダ	撫づ	な	で	で	づ	づる	づれ	でよ
ナ	寝	(ぬ)	ね	ね	ぬ	ぬる	ぬれ	ねよ
ナ	尋ぬ	たづ	ね	ね	ぬ	ぬる	ぬれ	ねよ
ハ	経	(ふ)	へ	へ	ふ	ふる	ふれ	へよ
バ	食ぶ	た	べ	べ	ぶ	ぶる	ぶれ	べよ
マ	止む	と	め	め	む	むる	むれ	めよ
ラ	暮る	く	れ	れ	る	るる	るれ	れよ
カ変								
カ	来	(く)	こ	き	く	くる	くれ	こ こよ
サ変								
サ	す	(す)	せ	し	す	する	すれ	せよ
サ	接す	せっ	せ	し	す	する	すれ	せよ
ザ	論ず	ろん	ぜ	じ	ず	ずる	ずれ	ぜよ

下一段								
ザ	混ぜる	ま	ぜ	ぜ	ぜる	ぜる	ぜれ	ぜろ ぜよ
タ	立てる	た	て	て	てる	てる	てれ	てろ てよ
ダ	出る	(で)	で	で	でる	でる	でれ	でろ でよ
ダ	撫でる	な	で	で	でる	でる	でれ	でろ でよ
ナ	寝る	(ね)	ね	ね	ねる	ねる	ねれ	ねろ ねよ
ナ	尋ねる	たず	ね	ね	ねる	ねる	ねれ	ねろ ねよ
ハ	経る	(へ)	へ	へ	へる	へる	へれ	へろ へよ
バ	食べる	た	べ	べ	べる	べる	べれ	べろ べよ
マ	止める	と	め	め	める	める	めれ	めろ めよ
ラ	暮れる	く	れ	れ	れる	れる	れれ	れろ れよ
カ変								
カ	来る	(く)	こ	き	くる	くる	くれ	こい
サ変								
サ	する	(す)	し / せ / さ	し	する	する	すれ	しろ せよ
サ	接する	せっ	し / せ	し	する	する	すれ	しろ せよ
ザ	論ずる	ろん	じ / ぜ	じ	ずる	ずる	ずれ	じろ ぜよ

◉形容詞活用表

文語

種類	基本形	語幹	未然形	連用形	終止形	連体形	已然形	命令形
ク活用	高し	たか	から	く / かり	し	き / かる	けれ	かれ
シク活用	美し	うつく	しから	しく / しかり	し	しき / しかる	しけれ	しかれ
シク活用	むつまじ	むつま	じから	じく / じかり	じ	じき / じかる	じけれ	じかれ

口語

基本形	語幹	未然形	連用形	終止形	連体形	仮定形	命令形
高い	たか	かろ	く / かっ	い	い	けれ	○
美しい	うつくし						
むつまじい	むつま						

○はその活用形がないことを示す。

付録

◉形容動詞活用表

文語

種類	基本形	語幹	活用語尾 未然形	連用形	終止形	連体形	已然形	命令形
ナリ活用	静かなり	静か	なら	なり・に	なり	なる	なれ	なれ
タリ活用	堂堂たり	堂堂	たら	たり・と	たり	たる	たれ	たれ

口語

種類	基本形	語幹	活用語尾 未然形	連用形	終止形	連体形	仮定形	命令形
ニナ型活用	静かだ	静か	だろ	だっ・で・に	だ	な	なら	○
トタル型活用	堂堂たる	堂堂	○	○・○・と	○	たる	○	○

○はその活用形がないことを示す。

◉主要助動詞活用表

(1) 助動詞の分類方法には、意味によるもの、活用の型によるもの、どのような語を受けるか(活用語ならば何形を受けるか)という接続によるもの、の三種があるが、この活用表では、活用の型によって語を配列し、各語の活用欄の下に意味および接続の欄を設けた。

(2) ○はその活用形がないことを示す。( )はふつうには使われない形であることを示す。〈 〉は古風な書き方であることを示す。

文語

種類	基本形	未然形	連用形	終止形	連体形	已然形	命令形	意味	接続
下二段型	す	せ	せ	す	する	すれ	せよ	使役・尊敬	未然形(四段・ナ変・ラ変)。
	さす	させ	させ	さす	さする	さすれ	させよ		未然形(右以外の動詞)。
	しむ	しめ	しめ	しむ	しむる	しむれ	しめよ		未然形(用言)。
	る	れ	れ	る	るる	るれ	れよ	受身・尊敬・自発・可能	未然形(四段・ナ変・ラ変)。
	らる	られ	られ	らる	らるる	らるれ	られよ		未然形(右以外の動詞、「す」「さす」「しむ」)。
	つ	て	て	つ	つる	つれ	てよ	完了	連用形(用言・助動詞)。
ナ変型	ぬ	な	に	ぬ	ぬる	ぬれ	ね	完了	連用形(動詞・形容詞・助動詞)。
ラ変型	たり	たら	たり	たり	たる	たれ	たれ	完了・存続	連用形(ラ変以外の動詞・助動詞)。
	り	ら	り	り	る	れ	れ		已然形または命令形(四段)。未然形(サ変)。
	けり	(けら)	○	けり	ける	けれ	○	過去詠嘆(回想)	連用形(用言・助動詞)。
	めり	○	(めり)	めり	める	めれ	○	推量	終止形(ラ変以外の動詞・助動詞)。連体形(ラ変・形容詞・形容動詞・助動詞)。
	なり	○	(なり)	なり	なる	なれ	○	伝聞・推定	
	侍り	侍ら	侍り	侍り	侍る	侍れ	侍れ	丁寧	連用形(動詞)。

付録

四段型		候ふ	候は	候ひ	候ふ	候ふ	候へ	候へ	丁寧	連用形(動詞)。
サ変型		んず〈むず〉	○	○	んず〈むず〉	んずる〈むずる〉	んずれ〈むずれ〉	○	推量・意志	未然形(用言・助動詞)。
形容詞型	ク活型	べし	べく べから	べく べかり	べし	べき べかる	べけれ	○	推量・意志・可能・当然・命令	終止形(ラ変以外の動詞・助動詞)。連体形(ラ変・形容詞・形容動詞・助動詞)。
		たし	たく たから	たく たかり	たし	たき	たけれ	○	希望	連用形(動詞、「る」「らる」「す」「さす」)。
		ごとし	ごとく	ごとく	ごとし	ごとき	○	○	比況・例示	連体形(用言・助動詞)。連体形+「が」。名詞+「の」。
	シク活型	まほし	まほしく まほしから	まほしく まほしかり	まほし	まほしき まほしかる	まほしけれ	○	希望	未然形(動詞、「す」「さす」など)。
		まじ	まじく まじから	まじく まじかり	まじ	まじき まじかる	まじけれ	○	打消の推量・打消の意志・禁止	終止形(ラ変以外の動詞・助動詞)。連体形(ラ変・形容詞・形容動詞・助動詞)。
形容動詞型	ナリ活型	なり	なら	なり に	なり	なる	なれ	なれ	指定	名詞。連体形(活用語)。副詞。助詞。
		ごとくなり	ごとくなら	ごとくなり ごとくに	ごとくなり	ごとくなる	ごとくなれ	ごとくなれ	比況・例示	連体形(用言・助動詞)。連体形+「が」。名詞+「の」。
	タリ活型	たり	たら	たり と	たり	たる	たれ	たれ	指定	名詞。
特殊型		ず	(な) ず ざら	(に) ず ざり	ず (ざり)	ぬ ざる	ね ざれ	ざれ	打消	未然形(用言・助動詞)。
		まし	(ませ)	○	まし	まし	ましか	○	反実仮想 予想	
		き	(せ)	○	き	し	しか	○	過去(回想)	連用形(用言・助動詞)。[カ変・サ変は特別]。
		ん〈む〉	○	○	ん〈む〉	ん〈む〉	め	○	推量・意志	未然形(用言・助動詞)。
		けん〈けむ〉	○	○	けん〈けむ〉	けん〈けむ〉	けめ	○	過去の推量(回想的)	連用形(用言・助動詞)。
		らん〈らむ〉	○	○	らん〈らむ〉	らん〈らむ〉	らめ	○	現在の推量	終止形(ラ変以外の動詞・助動詞)。連体形(ラ変・形容詞・形容動詞・助動詞)。
無変化型		らし	○	○	らし	らし (らしき)	らし	○	推定	終止形(ラ変以外の動詞・助動詞)。連体形(ラ変・形容詞・形容動詞・助動詞)。
		じ	○	○	じ	(じ)	(じ)	○	打消の推量・打消の意志	未然形(用言・助動詞)。

付録

口語

種類	基本型	未然形	連用形	終止形	連体形	仮定形	命令形	意味	接続
動詞下一段型	せる	せ	せ	せる	せる	せれ	せろ・せよ	使役	未然形（五段・サ変の「さ」）。
	させる	させ	させ	させる	させる	させれ	させろ・させよ		未然形（上一・下一・カ変・サ変の「せ」）。
	しめる	しめ	しめ	しめる	しめる	しめれ	しめよ		未然形（動詞・文語形容詞・文語形容動詞）。
	れる	れ	れ	れる	れる	れれ	れろ・れよ	受身・可能・自発・尊敬	未然形（五段・サ変の「さ」）。
	られる	られ	られ	られる	られる	られれ	られろ・られよ		未然形（上一・下一・カ変・サ変の「せ」、「せる」「させる」「しめる」）。
形容詞型	ない	○ / なかろ	なく / なかっ	ない	ない	なけれ	○	打消	未然形（動詞・動詞型活用の助動詞）。〔サ変は「し」の形〕
	たい	○ / たかろ	たく / たかっ	たい	たい	たけれ	○	希望	連用形（動詞・動詞型活用の助動詞）。
	らしい	○	らしく / らしかっ	らしい	らしい	○	○	推定	終止形（動詞・形容詞・助動詞）。語幹（形容動詞、「そうだ」）。名詞など。
形容動詞型	だ	○ / だろ	で / だっ	だ	な	なら	○	指定	名詞。ある種の助詞。〔未然形・仮定形は、動詞・形容詞・一部の助動詞の終止形にも〕
	そうだ	○	そうで / ○	そうだ（そうな）	○	○	○	伝聞	終止形（用言・助動詞）
	そうだ	○ / そうだろ	そうで・そうに / そうだっ	そうだ	そうな	そうなら	○	様態	連用形（動詞・動詞型活用の助動詞）。語幹（形容詞・形容動詞）。
	ようだ	○ / ようだろ	ようで・ように / ようだっ	ようだ	ような	ようなら	○	比況・推量	連体形（用言・助動詞）。助詞「の」。連体詞「この」「その」「あの」「どの」。
	みたいだ	○ / みたいだろ	みたいで・みたいに / みたいだっ	みたいだ	みたいな	みたいなら	○	比況	名詞。連体形（用言）〔俗語的〕
特殊型	た	○ / たろ	○	た	た	たら	○	過去・完了・存続	連用形（用言、「ぬ」「う」「よう」「まい」「そうだ（伝聞）」以外の助動詞）。
	です	○ / でしょ	○ / でし	です	です	○	○	丁寧な指定	名詞。助詞。語幹（形容動詞・その型の助動詞）。終止形（形容詞・その型の助動詞）。〔未然形は動詞の終止形にも〕
	ます	ませ / ましょ	○ / まし	ます	ます	○	ませ・まし	丁寧	連用形（動詞・動詞型活用の助動詞）。
	ぬ	○	ず / ○	ぬ・ん	ぬ・ん	ね	○	打消	未然形（動詞・文語形容詞・文語形容動詞・動詞型活用の助動詞および「ます」）。〔サ変は「せ」の形〕
無変化型	う	○	○	う	う	○	○	推量・意志・勧誘	未然形（五段動詞・形容詞・形容動詞、「ない」「たい」「だ」「ようだ」「そうだ」「ます」「です」「た」）。
	よう	○	○	よう	よう	○	○		未然形（上一・下一・カ変・サ変、動詞型活用の助動詞）。〔サ変は「し」の形〕
	まい	○	○	まい	まい	○	○	打消の推量・打消の意志	終止形（五段動詞、「ます」）。未然形（上一・下一・カ変・サ変、動詞型活用の助動詞）。〔カ変・サ変などは終止形にも〕

◉助詞一覧

1 格助詞（体言や、体言に準ずる語に付く）

助詞	主な意味・用法	注意
の が	連体形修飾語（ノ） 主語（ガ・ノ） 同格（デ） 体言の意味を含んだ働き（準体助詞とも）（ノモノ・ノコト）	▽「の」には比喩の用法（ノヨウニ）もある。
を	動作の対象（ヲ） 動作の相手（ニ・ト） 経過する場所・時間（ヲ） 動作の起点（カラ・ヲ通ッテ）	▽経過の場所や、動作の起点の用法は移動の意の自動詞を伴う。
に	時間・場所（ニ） 動作の帰着点（ニ） 変化の結果（ニ） 動作の目的（ノタメニ） 動作の対象（ニ） 動作をさせる相手（ニ） 原因・理由（ニヨリ） 比較の基準（ト比ベテ） 強意（ヒタスラ）	▽強意の用法は「開きに開きぬ」などで、連用形接続。同じ用法は格助詞「と」にもある。 ▽動作の目的の用法の場合は連用形接続。

へ	動作の方向（ノ方ニ）	
と	動作の共同者（トトモニ） 引用（ト） 目的（トシテ） 変化の結果（ト・ニ） 比喩（ノヨウニ） 比較の基準（ト比ベテ） 強意	▽引用の用法の場合は文の形や会話をも受ける。 ▽強意の用法は「ありとある」などで、連用形接続。同じ用法は格助詞「に」にもある。
より から	動作・作用の起点（カラ） 経過点（ヲ通ッテ） 手段・方法（デ） 原因・理由（ニヨッテ） 即時（スルトスグニ）	▽「より」には比較の基準の用法（ヨリ）もある。 ▽中古までは「より」が一般的。
にて	場所（デ） 手段・方法（デ） 原因・理由（ニヨッテ） 資格（トシテ）	
して	使役の対象（ニ命ジテ） 手段・道具（デ・デモッテ） 動作の共同者（トトモニ）	

2 接続助詞（活用語に付く）

助詞	主な意味・用法	注意
ば	順接 ［未然形に付いて］ 仮定条件（タラ・ナラ） ［已然形に付いて］ 確定条件 ①原因・理由（ノデ）　②偶然の条件（タトコロ・ト）　③恒時条件（トキハイツモ）	▽未然形に付くか、已然形に付くかによって、仮定か確定かに分かれる。 ▽「をば」の「ば」は、係助詞「は」が濁音化したもの。
とも・と	逆接 仮定条件（テモ）	▽「と・とも＝仮定」「ど・ども＝確定」である。
ど ども	逆接 確定条件（ケレドモ）	
が	逆接の確定条件（ノニ） 単純な接続（ガ）	▽中古末期以後の語。
に	逆接の確定条件（ノニ） 順接の確定条件（ノデ・タトコロ）	▽一つの語に逆接・順接の両用法がある。
を	単純な接続（ト・トコロ）	
		格助詞から転じたもの

ものの ものから ものを ものゆゑ（に）	逆接の確定条件（ノニ・モノノ・ケレド）	▽「ものから・ものを・ものゆゑ（に）」は順接の確定条件（ノデ・ダカラ）の場合もある。
て	物事の継起・並行（テ・テイテ） 順接（ノデ） 逆接（テモ・ノニ） 状態（デ） 補助動詞に続ける（テ）	▽逆接は前後の文脈で決まる。
して	対等並列（デ） 状態（デ） 原因・理由（タメニ） 逆接（ノニ）	▽逆接は前後の文脈で決まる。
で	打消の接続（ナイデ）	▽「で＝ずて」と理解するとよい。
つつ	動作の反復・継続（シ続ケテ） 動作の並行（ナガラ）	▽和歌の末尾の「つつ」は詠嘆を余情として残す表現。
ながら	動作の存続・並行（ノママ・ナガラ） 逆接（ノニ・ケレドモ）	▽並行の用法は二つの動作の同時進行を表す。

3 副助詞（種々の語に付く）

助詞	主な意味・用法	注意
だに	類推（サエ） 最小限の希望（セメテ…ダケデモ）	▽「すら」は中古になるとあまり用いられなくなる。 ▽「さへ」は中世末期から「だに・すら」に近い意味をも表すようになる。 ▽「だに・サエ、すら・デモ、さへ・マデモ」と覚えておくとよい。
すら	類推（サエモ・デモ） 最小限の希望（セメテ…ダケデモ）	
さへ	添加（ソノ上…マデモ） 最小限の限定（セメテ…ダケデモ）	
のみ	限定（ダケ） 強調（タダモウ・ヒタスラ）	▽強調は「のみ」だけの、範囲・程度は「ばかり」だけの用法である。
ばかり	範囲・程度（ホド・クライ） 限定（ダケ）	
など（なんど）	例示（ナド） 婉曲（ナンカ・ナド） 引用（ナドト）	
まで	範囲・限界（マデ） 程度（クライニ・ホドマデ）	▽程度の用法は「ばかり」と異なり、程度の甚だしさを表す。 ▽「より」は格助詞だが、「まで」は副助詞。
しも	強調（ニカギッテ）	▽強調の度合いは「しも」が強い。 ▽肯定にも否定にも用いられる。

4 係助詞（種々の語に付く）

助詞	主な意味・用法	結びの活用形	注意
は	取り立て・強調（ハ）	終止形	▽「は」「も」はその文に一定の拘束力を与えるので、係助詞とされる。
も	列挙・並列（モ） 添加（モマタ） 強調（モマア） 類推（サエモ）		
こそ	強調（強意）	已然形	▽いわゆる「係り結び」を作る。 ▽意味・用法は強調と疑問に大別できる。 ▽「結び」は省略されたり、消滅したりすることもある。
ぞ		連体形	
なむ（なん）			
や・やは	疑問（カ） 反語（カ、イヤ…デハナイ）	連体形	▽「やは・かは」は反語を表すことが多い。
か・かは			

付録

5 終助詞（文末に用いられる）

助詞	主な意味・用法		注意
な	禁止	強い禁止（…スルナ）	▽「な…そ」より禁止が強い。 ▽動詞型活用語の終止形（ラ変型活用語の連体形）に付く。
そ		「「な…そ」の形で」禁止（シテクレルナ）	▽「な…そ」の形に注意。この「な」は禁止の副詞。
ばや	願望	自己の希望（タイ）	▽ともに願望を表すが、自分へか相手へかの違いがある。
なむ		他に対する願望（テクレ・テホシイ）	
てしが てしがな にしが にしがな	願望	自己の願望（デキタラ…タイナア）	▽「てしが」の系列と、「にしが」の系列とがある。 ▽清音の「てしか・てしかな・にしか・にしかな」の形もある。
もが もがな がな	願望	希望（モシ…ガアレバナア・…トイイナア）	▽「もがな」は中古以降の語。上代の「もがも」に取って代わった。
か かな かも	詠嘆（ナア・ヨ）		▽「かも」は上代に、「かな」は中古以降に用いられ、代表的な切れ字の一つ。
な			▽念押しの用法（ヨ・ネ）もある。 ▽文の終止した形に付く。
も			▽主に上代に用いられた。
かし	念押し（ヨ・ネ）		▽「…ぞかし」の形で用いられることが比較的多い。

6 間投助詞（文節の末尾に付く）

助詞	主な意味・用法	注意
を	詠嘆（ナア） 強調（ネ）	▽「…を…み」の形に注意。
や	詠嘆（ナア・ヨ） 呼びかけ（ヨ）	▽「や」は重要な切れ字の一つ。
よ		

字音仮名遣い対照表

(1)この表は、現代仮名遣いと歴史的仮名遣いによる字音の表記を対照したものである。
(2)上段は現代仮名遣い、中段は歴史的仮名遣い（現代仮名遣いと一致するものも掲げた）。下段は代表的漢字である。

【あ】		
アイ	あい	哀挨隘愛
【い】		
イ	い	已以夷伊衣依易異移意
	ゐ	位囲威為畏偉遺韋慰緯
イキ	ゐき	域
イツ	いつ	一壱逸溢
イン	いん	音引因印咽姻寅陰飲慇隠
	ゐん	尹員院韻
【え】		
エ	え	衣依
	ゑ	会絵回廻恵壊懐衛穢
エイ	えい	永泳英栄営詠影鋭叡
	ゑい	衛（この字のみ）
エツ	えつ	悦謁閲
	ゑつ	越
エン	えん	延沿炎宴煙塩演縁燕艶
	ゑん	円宛苑垣怨園媛援猿遠
【お】		
オ	お	於
	を	汚烏悪乎
オウ	あう	央桜奥鸚
	あふ	凹圧押
	おう	応欧謳鷗
	わう	王往枉皇凰黄横
オク	おく	奥億憶臆
	をく	屋（この字のみ）
オツ	おつ	乙
	をつ	越（この字のみ）
オン	おん	音恩陰飲隠厭
	をん	苑怨温園遠穏
【か】		
カ	か	下可加何仮価佳河苛架個夏家嫁
	くゎ	化花靴火果和科華過貨菓渦課寡
ガ	が	牙我賀雅駕餓
	ぐゎ	瓦画臥（3字のみ）
カイ	かい	刈介改戒海界皆階開解
	くゎい	会灰回快怪槐懐
ガイ	がい	亥咳害涯街慨鎧
	ぐゎい	外（この字のみ）
カク	かく	各角客格覚較確鶴
	くゎく	画拡郭廓獲穫

カツ	かつ	渇喝割轄
	くゎつ	括活闊滑
ガツ	ぐゎつ	月(この字のみ)
カン	かん	干旱甘函姦看陥乾韓勘寒間感漢
	くゎん	官完冠巻貫慣喚款勧歓観灌寛関還
ガン	がん	含岩岸眼雁顔
	ぐゎん	丸元玩頑願
【き】		
キュウ	きう	九鳩久丘灸旧休求糾救球
	きふ	及泣急給級
	きゅう	弓窮宮
ギュウ	ぎう	牛(この字のみ)
キョウ	きゃう	兄向狂京卿饗強竟境経軽郷警鏡驚
	きょう	共供恭恐凶胸興
	けう	叫校孝教矯橋
	けふ	夾狭協峡脅脇
ギョウ	ぎゃう	行刑形仰
	ぎょう	凝(この字のみ)
	げう	暁堯僥楽
	げふ	業
【こ】		
コウ	かう	亢巧交好行考更幸香降高航康講
	かふ	合閤甲
	くゎう	広光皇荒慌黄紘曠
	こう	工功攻口公孔後肯洪紅控溝構興
	こふ	劫
ゴウ	がう	号剛拷強毫郷豪
	がふ	合
	ぐゎう	轟(この字のみ)
	ごう	后恒逅
	ごふ	劫業(二字のみ)
【し】		
ジ	じ	示次寺字自児事耳似侍時慈辞磁
	ぢ	地治持
ジキ	じき	食(この字のみ)
	ぢき	直(この字のみ)
ジク	ぢく	竺軸
ジツ	じつ	日実
	ぢつ	昵(この字のみ)
シュウ	しう	州舟秀秋修祝収囚周臭週愁就蹴
	しふ	拾執習集襲
	しゅう	宗崇終衆
ジュウ	じう	柔獣
	じふ	入十什汁拾渋
	じゅう	充銃従縦
	ぢゅう	住重
ジョ	じょ	如序助徐叙
	ぢょ	女除(二字のみ)

ショウ	しゃう	上正生性笙庄床声尚相省荘装将 商章唱菖精傷聖障
	しょう	升松昇承称勝誦鐘
	せう	小少抄昭詔消逍笑焼焦蕉蕭
	せふ	妾捷渉摂
ジョウ	じゃう	上成城盛状浄常情譲
	じょう	冗丞乗尉縄
	ぜう	饒
	ぢゃう	丈杖定貞場錠嬢
	でう	条
	でふ	帖畳
ジョク	じょく	辱
	ぢょく	濁(この字のみ)
ジン	じん	人仁尽甚訊尋腎
	ぢん	沈陳塵(三字のみ)
【す】		
ズ	ず	主受珠数誦
	づ	図豆厨頭
スイ	すい	水吹垂衰粋酔睡
ズイ	ずい	随隋瑞
【そ】		
ソウ	さう	争早草倉相荘装桑笙箏操騒
	さふ	挿(この字のみ)
	そう	走宋宗奏送僧層
ゾウ	ざう	造象像蔵臓
	ざふ	雑(この字のみ)
	ぞう	増憎贈
【ち】		
チュウ	ちう	丑宙昼抽鋳
	ちゅう	中虫沖忠注柱衷
チョウ	ちゃう	丁打庁頂町長帳張腸梃停聴
	ちょう	重徴懲澄寵
	てう	弔兆鳥朝銚調超
	てふ	帖諜蝶
【つ】		
ツイ	つい	対追堆墜
【と】		
トウ	たう	刀当到党唐堂島桃討悼盗湯糖蹈
	たふ	答納塔踏
	とう	冬投豆登頭東等凍透桶痘筒読統
ドウ	だう	堂道萄
	どう	同胴動童働銅憧
【に】		
ニュウ	にう	柔(この字のみ)
	にふ	入(この字のみ)
	にゅう	乳(この字のみ)
ニョウ	ねう	尿繞鐃
【の】		

付録

ノウ	なう	悩脳嚢
	なふ	納
	のう	能農濃

【ひ】

ビュウ	びう	謬(この字のみ)
ヒョウ	ひゃう	平兵拍評
	ひょう	氷憑
	へう	表俵票漂
ビョウ	びゃう	平病屏
	べう	苗秒描猫廟

【ほ】

ホウ	はう	方包芳放訪邦庖砲
	はふ	法(仏教以外で)
	ほう	朋奉封峰逢崩豊蓬
	ほふ	法(仏教で)
ボウ	ばう	亡望卯坊防房紡膨
	ぼう	某剖眸貿謀
	ぼふ	乏(この字のみ)

【み】

ミョウ	みゃう	名命明冥
	めう	妙

【も】

モウ	まう	亡妄望孟猛
	もう	耗蒙朦

【ゆ】

ユイ	ゆい	唯遺
ユウ	いう	友右有幽郵遊誘優
	いふ	邑
	ゆう	勇裕雄融

【よ】

ヨウ	えう	夭幼要揺謡曜耀
	えふ	葉
	やう	羊洋陽楊様養影
	よう	用庸踊容擁鷹

【り】

リュウ	りう	柳竜流硫留
	りふ	立笠粒
	りゅう	竜隆
リョウ	りゃう	令領両良涼量霊
	りょう	竜陵稜綾
	れう	了料漁聊寮僚療
	れふ	猟(この字のみ)

【る】

ルイ	るい	涙累塁類

【ろ】

ロウ	らう	老牢労郎朗狼浪廊
	らふ	臈臘蠟
	ろう	弄楼漏籠

主な旧字体一覧

＊『常用漢字表』『人名用漢字別表』に示される以前の、従来正字とみなされてきた『康熙字典』体の活字を「旧字体」「旧（漢）字」といい、人名の場合や、作家や俳人によっては、これにこだわる人も多い。俳句の場合、一般的にも、螢・瀧・燈…など旧字体を使うことも多く、参考資料として収録した。代表的な音読み（または訓読み）の五十音順に配列した。ただし、著しい差異のない漢字は省略したので、それらについては漢和辞典をご参照願いたい。

亞（亜）	惡（悪）	壓（圧）	圍（囲）	醫（医）	爲（為）	壹（壱）	隱（隠）	榮（栄）	營（営）	衞（衛）	驛（駅）
謁（謁）	圓（円）	鹽（塩）	緣（縁）	應（応）	歐（欧）	毆（殴）	櫻（桜）	奧（奥）	横（横）	溫（温）	穩（穏）
假（仮）	價（価）	禍（禍）	會（会）	繪（絵）	壞（壊）	懷（懐）	擴（拡）	覺（覚）	學（学）	嶽（岳）	樂（楽）
喝（喝）	渴（渇）	褐（褐）	罐（缶）	卷（巻）	陷（陥）	勸（勧）	歡（歓）	關（関）	觀（観）	巖（巌）	氣（気）
祈（祈）	歸（帰）	僞（偽）	戲（戯）	犧（犠）	舊（旧）	據（拠）	擧（挙）	虛（虚）	峽（峡）	挾（挟）	狹（狭）
曉（暁）	區（区）	驅（駆）	勳（勲）	薰（薫）	徑（径）	莖（茎）	惠（恵）	揭（掲）	溪（渓）	經（経）	螢（蛍）
輕（軽）	繼（継）	鷄（鶏）	藝（芸）	擊（撃）	缺（欠）	硏（研）	縣（県）	儉（倹）	劍（剣）	險（険）	圈（圏）
檢（検）	獻（献）	權（権）	顯（顕）	驗（験）	嚴（厳）	廣（広）	恆（恒）	黃（黄）	鑛（鉱）	號（号）	國（国）
黑（黒）	碎（砕）	濟（済）	齋（斎）	劑（剤）	雜（雑）	參（参）	棧（桟）	蠶（蚕）	慘（惨）	贊（賛）	殘（残）
絲（糸）	祉（祉）	視（視）	齒（歯）	兒（児）	辭（辞）	濕（湿）	實（実）	寫（写）	社（社）	釋（釈）	壽（寿）
收（収）	從（従）	澁（渋）	獸（獣）	縱（縦）	祝（祝）	肅（粛）	處（処）	敍（叙）	將（将）	祥（祥）	稱（称）

付録

燒(焼) 證(証) 奬(奨) 條(条) 狀(状) 乘(乗) 淨(浄) 剩(剰) 疊(畳) 繩(縄) 壤(壌) 孃(嬢)
讓(譲) 釀(醸) 穰(穣) 觸(触) 囑(嘱) 神(神) 眞(真) 寢(寝) 愼(慎) 盡(尽) 圖(図) 粹(粋)
醉(酔) 穗(穂) 隨(随) 髓(髄) 樞(枢) 數(数) 瀨(瀬) 聲(声) 齊(斉) 靜(静) 竊(窃) 攝(摂)
專(専) 淺(浅) 戰(戦) 踐(践) 錢(銭) 潛(潜) 纖(繊) 禪(禅) 祖(祖) 雙(双) 壯(壮) 爭(争)
莊(荘) 搜(捜) 插(挿) 巢(巣) 裝(装) 僧(僧) 層(層) 總(総) 騷(騒) 增(増) 憎(憎) 藏(蔵)
贈(贈) 臟(臓) 卽(即) 屬(属) 續(続) 墮(堕) 對(対) 體(体) 帶(帯) 滯(滞) 臺(台) 瀧(滝)
擇(択) 澤(沢) 擔(担) 單(単) 膽(胆) 團(団) 斷(断) 彈(弾) 遲(遅) 癡(痴) 蟲(虫) 晝(昼)
鑄(鋳) 廳(庁) 聽(聴) 敕(勅) 鎭(鎮) 遞(逓) 禎(禎) 鐵(鉄) 點(点) 轉(転) 傳(伝) 燈(灯)
當(当) 黨(党) 盜(盗) 稻(稲) 鬪(闘) 德(徳) 獨(独) 讀(読) 屆(届) 貳(弐) 惱(悩) 腦(脳)
霸(覇) 拜(拝) 廢(廃) 賣(売) 麥(麦) 發(発) 髮(髪) 拔(抜) 蠻(蛮) 祕(秘) 彌(弥) 濱(浜)
甁(瓶) 福(福) 拂(払) 佛(仏) 倂(併) 竝(並) 塀(塀) 邊(辺) 變(変) 辨・瓣・辯(弁) 寶(宝)
豐(豊) 褒(褒) 墨(墨) 飜(翻) 萬(万) 滿(満) 默(黙) 譯(訳) 藥(薬) 祐(祐) 與(与) 豫(予)
餘(余) 譽(誉) 搖(揺) 樣(様) 謠(謡) 來(来) 賴(頼) 亂(乱) 覽(覧) 欄(欄) 龍(竜) 虜(虜)
兩(両) 獵(猟) 綠(緑) 壘(塁) 禮(礼) 勵(励) 靈(霊) 齡(齢) 曆(暦) 歷(歴) 戀(恋) 練(練)
鍊(錬) 爐(炉) 勞(労) 樓(楼) 錄(録) 祿(禄) 灣(湾)

二十四節気一覧

季節		二十四節気名	節気	太陽黄経(度)	現行暦による日付＊	東京の日の出入の時刻＊	例句
春	初春	立春	正月節	315	2月4日	出 六時三九分 入 一七時一一分	「雨の中立春大吉の光あり」 高濱虚子 「立春の竹一幹の目覚めかな」 野澤節子
		雨水	正月中	330	2月18日	出 六時二五分 入 一七時二六分	「書道部が墨擦つてゐる雨水かな」 大串 章 「猪垣のほころびゐたる雨水かな」 大石悦子
	仲春	啓蟄	二月節	345	3月5日	出 六時〇六分 夕 一七時四〇分	「啓蟄の蚯蚓の虹もすきとほる」 山口青邨 「啓蟄の雲にしたがふ一日かな」 加藤楸邨
		春分	二月中	0	3月20日	出 五時四五分 入 一七時五三分	「春分の田の涯にある雪の寺」 皆川盤水 「春分の日をやはらかくひとりかな」 山田みづえ
	晩春	清明	三月節	15	4月5日	出 五時二二分 入 一八時〇六分	「清明の路ゆく媼が念珠かな」 飯田蛇笏 「清明を稱ふる鶯語聞き足りし」 相生垣瓜人
		穀雨	三月中	30	4月20日	出 五時〇二分 入 一八時一八分	「伊勢の海の魚介豊かにして穀雨」 長谷川かな女 「清明につづく穀雨のよき日かな」 川崎展宏
夏	初夏	立夏	四月節	45	5月5日	出 四時四五分 入 一八時三一分	「朝月のうすれ〳〵し立夏かな」 久保田万太郎 「甲板に羽毛立夏の落しもの」 秋元不死男
		小満	四月中	60	5月21日	出 四時三二分 入 一八時四四分	「小満の風を青しと遊びけり」 草間時彦 「小満の貝の紐から所望せる」 中原道夫
	仲夏	芒種	五月節	75	6月5日	出 四時二五分 入 一八時五四分	「眉青く芒種の空を降りきたる」 佐藤鬼房 「芒種はや人の肌さす山の草」 鷹羽狩行
		夏至	五月中	90	6月21日	出 四時二五分 入 一九時〇〇分	「夏至空の暮六つを啼く海の鳥」 上田五千石 「木曽馬の遊びて夏至となりにけり」 森田 峠
	晩夏	小暑	六月節	105	7月7日	出 四時三二分 入 一九時〇〇分	「部屋ぬちへ小暑の風の蝶ふたたび」 皆吉爽雨 「空梅雨のあけて降りそむ小暑かな」 弘埜ひで女
		大暑	六月中	120	7月23日	出 四時四二分 入 一八時五三分	「大津絵の鬼の朱色の大暑かな」 能村登四郎 「しづかさの背骨にしづむ大暑かな」 森 澄雄

＊日付・時刻は年により変動があるが、記載は二〇〇五年のものである。

季	区分	節気	月	黄経	日付	日の出・日の入	例句	作者
秋	初秋	立秋	七月節	135	8月7日	出 四時五三分 入 一八時四〇分	「立秋の雨はや一過朝鏡」 「立秋の鋏は錆びて使われる」	中村汀女 宇多喜代子
		処暑	七月中	150	8月23日	出 五時〇六分 入 一八時二一分	「鳰の子のこゑする処暑の淡海かな」 「処暑の僧漢語まじりにいらへけり」	森　澄雄 星野麥丘人
	仲秋	白露	八月節	165	9月7日	出 五時一七分 入 一八時〇〇分	「白露の日神父の裳裾宙に泛《う》き」 「粥食つて腹透き通る白露かな」	桂　信子 福永耕二
		秋分	八月中	180	9月23日	出 五時二九分 入 一七時三七分	「嶺聳《そばだ》ちて秋分の闇に入る」 「山かがし秋分の日の草に浮く」	飯田龍太 松村蒼石
	晩秋	寒露	九月節	195	10月8日	出 五時四一分 入 一七時一六分	「口あけて鴉息吸ふ寒露かな」 「伊勢の海に鳶あそびをる寒露かな」	井沢正江 宇佐美魚目
		霜降	九月中	210	10月23日	出 五時五四分 入 一六時五六分	「霜降の陶ものつくる翁かな」 「霜降や鳥のねぐらを身に近く」	飯田蛇笏 手塚美佐
冬	初冬	立冬	十月節	225	11月7日	出 六時〇八分 入 一六時四一分	「立冬の木の影遊ぶ芝の上」 「冬来れば母の手織の紺深し」	木下夕爾 細見綾子
		小雪	十月中	240	11月22日	出 六時二三分 入 一六時三一分	「小雪の箸ひとひらの千枚漬」 「小雪の朱を極めたる実南天」	長谷川かな女 富安風生
	仲冬	大雪	十一月節	255	12月7日	出 六時三七分 入 一六時二八分	「大雪や棕梠葉鋭くひろがりて」 「大雪といふ日息子は嫁欲しと」	柴園芳衛 只野利舟
		冬至	十一月中	270	12月22日	出 六時四七分 入 一六時三二分	「貧乏な儒者とひ来る冬至哉」 「物干の影に測りし冬至かな」	与謝蕪村 正岡子規
	晩冬	小寒	十二月節	285	1月5日	出 六時五一分 入 一六時四二分	「とぼしては油惜しむや寒の入」 「小寒や枯草に舞ふうすほこり」	石田波郷 長谷川春草
		大寒	十二月中	300	1月20日	出 六時四八分 入 一六時五六分	「大寒の埃の如く人死ぬる」 「大寒をただおろおろと母すごす」	高濱虚子 大野林火

付録

旧国名・県名対照地図・例句

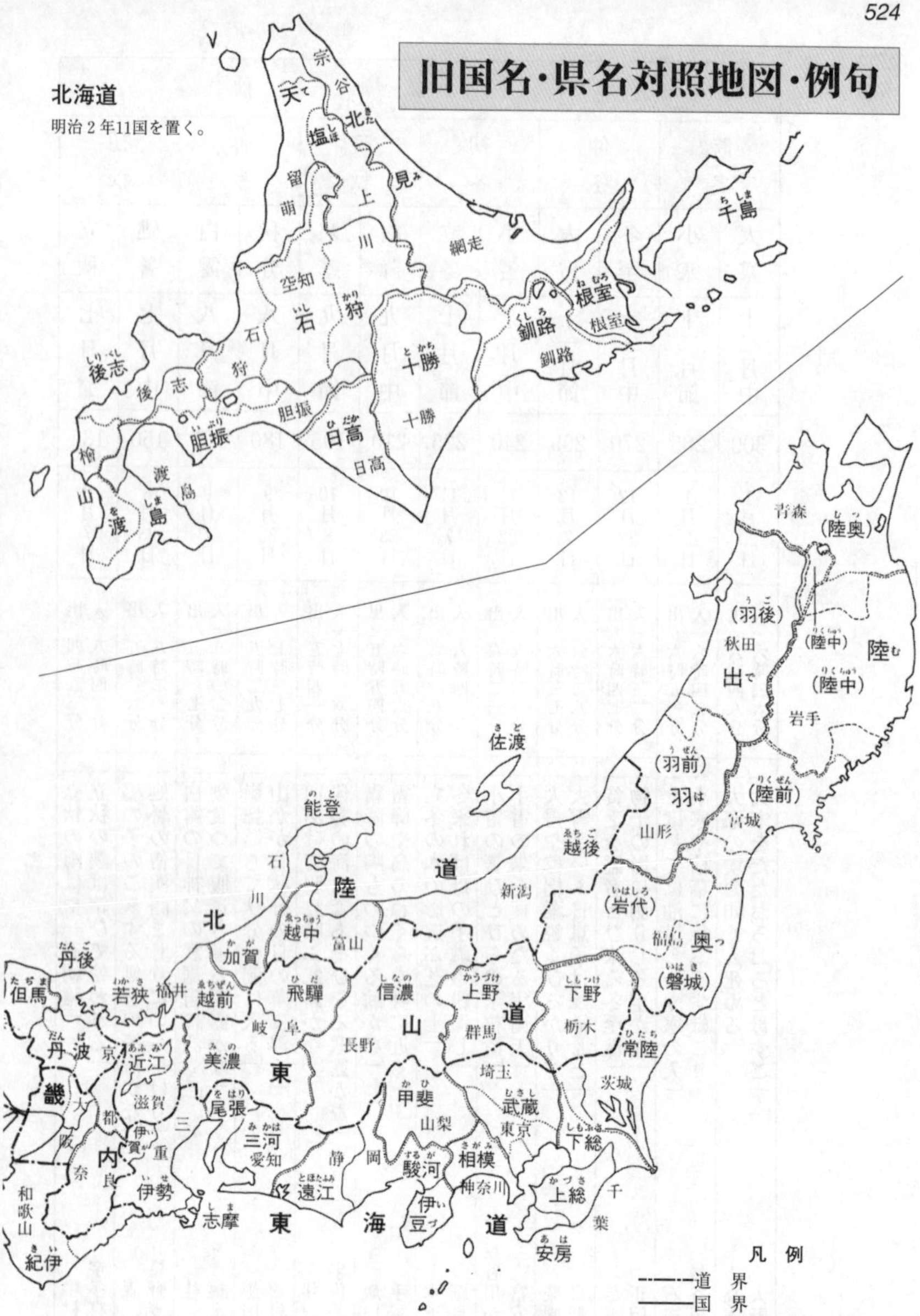

【北海道】

北見
「皆降りて**北見**富士見る旅の秋」　高濱虚子
「雁渡し**北見**青透く薄荷飴」　文挾夫佐恵

根室
「昆布の貨車と客車二輌の**根室**線」　大野林火
「見えて来て**根室**の灯なり冷まじや」　石塚友二

釧路
「玫瑰の砂丘に月の**釧路**線」　橋本鶏二
「啄木の歌碑も**釧路**の火も凍る」　上村占魚

石狩
「鶏の翔ける大**石狩**の夕焼雲」　飯田蛇笏
「**石狩**にゐてしぐるるや波郷の忌」　齋藤　玄

十勝
「**十勝**野のあるうま小屋の夕茜」　細谷源二
「**十勝**野の牛は青野に腹冷やす」　赤城さかえ

日高
「秋のいろしづかに移る**日高**川」　柴田白葉女
「**日高**路の馬柵の海音冬近し」　皆川盤水

（蝦夷）
「**蝦夷**の裔《すゑ》にて手枕に魚となりたる」　中村苑子
「頃ならん**蝦夷**春蟬の鳴きそめし」　清崎敏郎

【北陸道】（七国）

越後《ゑちご》
「土龍《もぐら》打つさまを**越後**のむかし唄」　加藤楸邨
「ぶあつうて**越後**の山や寒椿」　小川軽舟

佐渡
「荒海や**佐渡**によこたふ天河」　松尾芭蕉
「短夜の六人の輪の**佐渡**おけさ」　蓬田紀枝子

越中《ゑつちゆう》
「**越中**の海の日和の干鱈全し」　滝井孝作
「ふるさとは**越のなか国**盆の月」　大橋敦子

加賀
「松手入空にいちにち**加賀**言葉」　井上　雪
「半ぜんは茶づけに**加賀**の今年米」　丸谷才一

能登
「うすもみぢ**能登**は入江のやさしさに」　細見綾子
「**能登**瓦すべりて落葉海に落つ」　澤木欣一

越前《ゑちぜん》
「**越前**や近江の植田も雨の中」　鈴木六林男
「越後より**越前**遠し冬の旅」　平井照敏

若狭
「桃の花**若狭**鰈《かれひ》の干されけり」　阿波野青畝
「新豆腐**若狭**は水を誇りけり」　森田　峠

【東山道】（十三国）

陸奥
「**陸奥**白兎しんぷるにたべてならんで」　阿部完市
「胡桃《くるみ》の木**陸奥**に多しや春ふぶき」　宮岡計次

陸中
「**陸中**の田植を見たり帰らなむ」　前田普羅

陸前
「今朝海猫となる**陸前**の水泡かな」　高野ムツオ
「**陸前**のとある岩間のみなし蟹」　佐藤鬼房

羽後
「**羽後**雨のあとを耕すただ一田」　平畑静塔
「花菜売りここに冴えざえ**羽後**訛」　加藤知世子

羽前
「涼しさや**羽前**をのぞく山の穴」　正岡子規
「朴咲いて暮るるばかりよ**羽前**道」　安東次男

磐城《いはき》
「時雨ふる**磐城**ぞ琵琶の弾きがたり」　佐藤鬼房

岩代《いはしろ》
「**岩代**は汽車も留らず稲の色」　松瀬青々

下野
「**下野**につばめ孵りて芦の上」　岸田稚魚
「**下野**の国の那須野のたんぽぽ黄」　後藤比奈夫

上野《かうづけ》
「**上州**の寒さ半鐘いまも吊り」　宮津昭彦
「**上州**の空つ風さへなく晴れて」　稲畑汀子

信濃
「紫陽花に秋冷いたる**信濃**かな」　杉田久女
「田を植ゑてゐるうれしさの**信濃**空」　矢島渚男

飛驒
「植ゑし田に映りて**飛驒**の蔵庇」　馬場移公子
「**飛驒**吉城郡地縛草に坐す」　安井浩司

美濃「**美濃**の子の蛙泳ぎや流れつつ」殿村菟絲子
「畦を焼くけむりの上る**美濃**の国」今井杏太郎

近江《あふみ》「鳥帰る**近江**に白き皿重ね」柿本多映
「時雨忌の片寄りて濃き**近江**の灯」鍵和田秞子

【東海道】（十五国）

常陸「狐火に読みしは**常陸**風土記のみ」齋藤愼爾
「荒東風に柱の乾く**常陸**かな」奥坂まや

下総《しもふさ》「**下総**の籬《まがき》々に蝶とぶ日」高野素十
「**下総**の風の手ごはき種おろし」片山由美子

上総《かづさ》「安房**上総**岬重ねて土用波」鈴木真砂女
「なのはなのうへに海揺れ安房**上総**」大屋達治

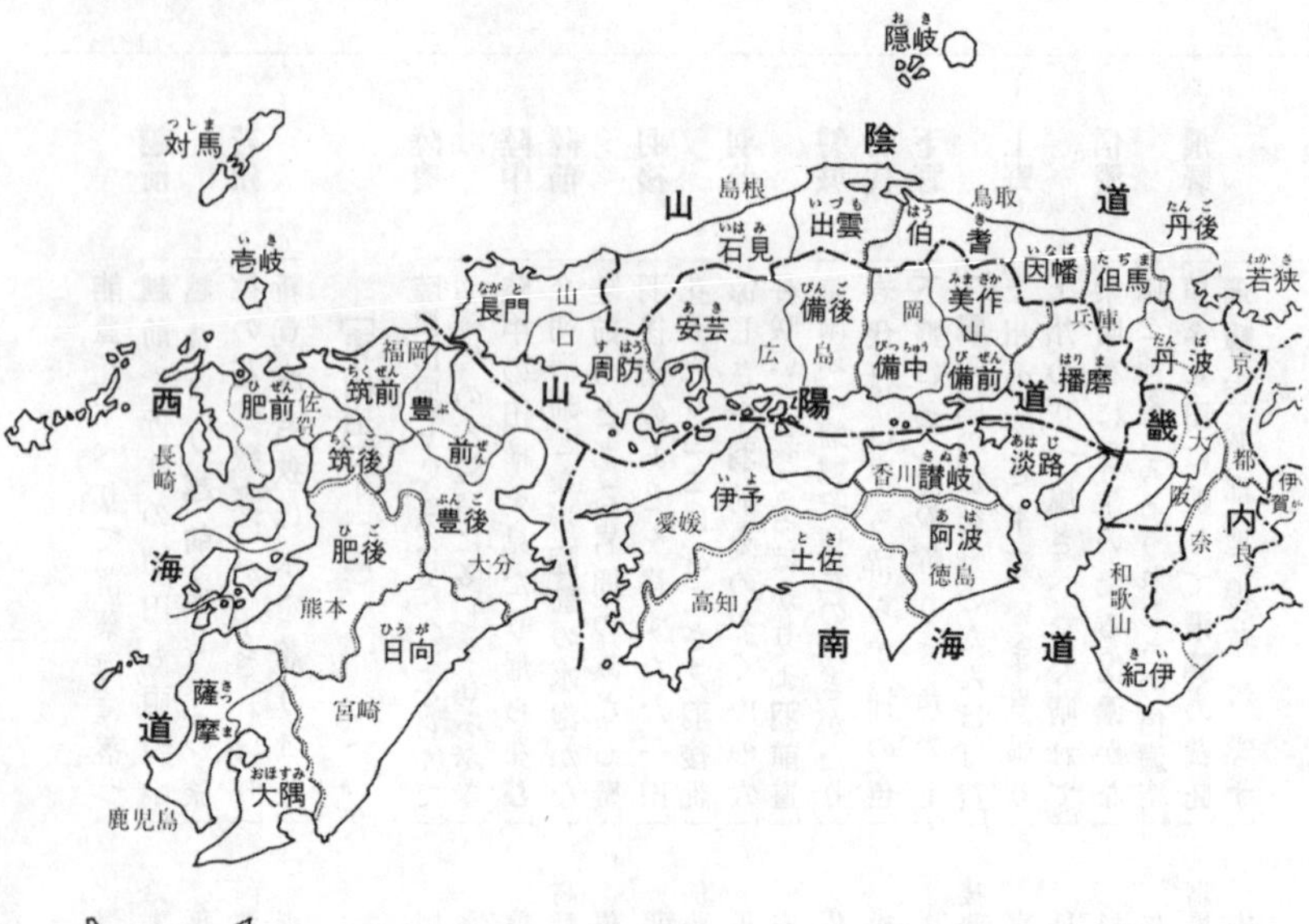

付録

安房《あは》
「冬の虹安房への船に乗り合はす」　榎本好宏
「安房は手を広げたる国夏つばめ」　鎌倉佐弓

武蔵
「武蔵野の黍《きび》を供華とす蘆花の墓」　水原秋櫻子
「武蔵野に大きな春の雲浮ぶ」　森田　峠

相模
「音なしの幾夜の冬の相模灘」　原　石鼎
「相模野の春暮になじむとりけもの」　桂　信子

伊豆《いづ》
「伊豆の海や大島寒く横はる」　河東碧梧桐
「伊豆はあたたかく野宿によろしい波音も」　種田山頭火

甲斐《かひ》
「水澄みて四方に関ある甲斐の国」　飯田龍太
「稲刈つて鳥入れかはる甲斐の空」　福田甲子雄

駿河
「するが野や大きな富士が麦の上」　臼田亜浪
「日脚伸ぶ帯雲の根の駿河まで」　廣瀬直人

遠江《とほたふみ》
「凌霄花のまひるの火勢遠江」　熊谷愛子
「浅蜊の舌いとをさなしや遠江」　永島靖子

三河《みかは》
「万歳の三河の国へ帰省かな」　富安風生
「をととひは三河の雨に業平忌」　宇佐美魚目

尾張《をはり》
「一枚の雪を敷きたる美濃尾張」　山口誓子
「水厚き尾張早苗をさざなみし」　小川双々子

伊勢
「伊勢の国刈田となりてかく広し」　山口波津女
「百千鳥伊勢の小鳥のすべて見ゆ」　大峯あきら

志摩
「志摩の海霞みて渚澄みにけり」　榎本冬一郎
「今日は御座見えて俯瞰の志摩の春」　稲畑汀子

伊賀
「山のいろかはりて伊賀や燕来る」　橋本鶏二
「沼ともす忍びの伊賀の烏瓜」　横山房子

【畿内】（五国）

大和
「秋の田の大和を雷の鳴りわたる」　下村槐太
「花菜日和大和三山喚び合ふも」　河原枇杷男

山城
「山城の国明るくて竹の秋」　右城暮石
「山城も大和も径の犬ふぐり」　川崎展宏

摂津
「日の永くなりし摂津の国を瞰る」　日野草城
「酒倉の摂津深江や風光る」　七田谷まりうす

河内《かはち》
「狐火に河内の国のくらさかな」　後藤夜半
「雉子鳴いて河内の寺のものしづか」　山本洋子

和泉《いづみ》
「菜の花や和泉河内へ小商」　与謝蕪村
「月昇る紀伊と和泉の境より」　正岡子規

【山陰道】（八国）

丹波
「ふろふきに吐く大息《たいそく》も丹波かな」　高橋睦郎
「栗の花丹波は雲の厚き国」　茨木和生

丹後
「北丹後ぴかりぴかりと氷柱に日」　宇多喜代子
「夕鶴いるかな　日暮丹後の機織る音」　伊丹公子

但馬《たぢま》
「野菊にも雨ふりがちの但馬住」　京極杞陽
「蟹ちりに煮込む但馬の冬菜かな」　山田弘子

因幡
「因幡即ち白兎憶いて春寒し」　金子兜太
「降りつづき因幡の浮巣流れけり」　山本洋子

伯耆《はうき》
「春の野を持上《もた》げて伯耆大山を」　森　澄雄
「伯耆とは母来《ははき》の国や鳥渡る」　大石悦子

出雲《いづも》
「出雲への峠晴れたり初蕨」　鷲谷七菜子
「犬つるむ出雲は国のふきだまり」　夏石番矢

隠岐
「隠岐やいまこの芽をかこむ怒濤かな」　加藤楸邨
「隠岐日和干されて白き烏賊の聯」　古賀まり子

石見《いはみ》
「石見路《いはみぢ》や曼珠沙華もて墓うつ子」　金尾梅の門
「天離る石見の国の神楽見つ」　野見山朱鳥

付録

【山陽道】(八国)

播磨 「花神なお目覚めぬ播磨風土記かな」 橋　閒石
「左義長や播磨の山はみなまろく」 加藤三七子
美作 「ふるさとの美作の梅熟れにけむ」 西東三鬼
「美作の空を横切る火事の雲」 桑原三郎
備前 「備前は山まろし満月にかはほり飛び」 坂戸淳夫
「備前壺を置き裏山の初しぐれ」 和田耕三郎
備中 「備中に春はのぼりて谷いそぎ」 森　澄雄
「備中の海を見にゆく瓜畑」 関戸靖子
備後 「菊月や備後表の下駄買はむ」 鈴木真砂女
安芸 「鴨に安芸の島山濃かりけり」 長谷川かな女
周防《すはう》 「山肌の白し周防に月出づる」 桂　信子
「夕焼の火の飛んで来る周防灘」 川崎展宏
長門 「波暗き長門の磯菜摘むが見ゆ」 野見山朱鳥
「腹割いて男花咲く長門の墓」 高柳重信

【南海道】(六国)

紀伊 「桜濃き紀伊山中に界を分つ」 宇多喜代子
「紀の国の水はひかりが貫けり」 久保純夫
阿波《あは》 「初時雨川に抱かるる阿波の町」 松本　旭
「紅の櫛ふところに阿波遍路」 有馬朗人
淡路《あはぢ》 「高きより青淡路見る鳥の眼で」 山口誓子
「うすずみの淡路の見ゆる木の葉かな」 田中裕明
讃岐 「讃岐路やこのもあのもの鯉幟」 鈴鹿野風呂
「朴の花讃岐は低き山ばかり」 佐野典子
土佐 「指さして樗の花ぞ土佐一宮《いっく》」 藤田湘子
「秋暮るるなり長汀の土佐の国」 小澤　實
伊予 「春の雪ちりこむ伊予の湯桁哉」 松瀬青々
「蜜柑山海は裾ひく伊予の国」 皆川盤水

【西海道】(十二国)

豊前 「橡の実のつぶて颪や豊前坊」 杉田久女
豊後 「肥後の赤牛豊後黒牛冬草に」 鈴木真砂女
「昼寝覚豊後しぼりの中にかな」 黒田杏子
日向《ひうが》 「秋時雨松より青き日向の杉」 瀧　春一
「春立ちぬ日向《ひむか》放髪《はなり》の乙女らに」 加倉井秋を
筑前 「秋灯の下筑前の国と書く」 高野素十
「太古より人淋しくて筑前煮」 攝津幸彦
筑後 「筑後路や丸い山吹く春の風」 夏目漱石
「きちきちや筑後邊春《へばる》は父が郷《くに》」 高橋睦郎
対馬 「朝鮮をうしろにかすむ対馬哉」 正岡子規
「榛の花対馬は海と山ばかり」 角川源義
壱岐 「夕凪やぽつんぽつんと壱岐の牛」 阿波野青畝
「田舟一つ置かれて壱岐は米どころ」 小坂順子
肥前 「花どころつづり肥前の古窯図譜」 大島民郎
「肥前秋麗長汀とつて返しつつ」 伊藤白潮
肥後 「早稲にまだ青味のはしる肥後の国」 能村登四郎
「馬刺《ばさし》うまか肥後焼酎の冷《ひや》うまか」 鷹羽狩行
大隅《おほすみ》 「大隅に湧く夏雲ぞ目に恋し」 篠原鳳作
「石蕗うまし大隅に骨埋むべきか」 藤後左右
薩摩 「海坂の薩摩の岬の秋一つ」 皆吉爽雨
「うれしげに薩摩切子が冷えている」 澁谷　道
琉球《りうきう》 「涼新た琉球軍鶏の朝のこゑ」 滝沢伊代次
「琉球の壺と睦める良夜かな」 山田みづえ

付録

現代仮名索引

あい→あひ【間】……17
あい→あひ—【相】……17
あいだ→あひだ【間】……17
あいびき→あひびき【逢引】……17
あう→あふ【合ふ】……17
あう→あふ【会ふ】……17
あうせ→あふせ【逢ふ瀬】……18
あえく→あへく【喘く】……19
あえず→あへず【敢へず】……19
あえて→あへて【敢へて】……20
あえなし→あへなし【敢へ無し】……20
あお→あを【青】……31
あおあらし→あをあらし【青嵐】……31
あおぐ→あふぐ【仰ぐ】……18
あおぐ→あふぐ【扇ぐ】……18
あおし→あをし【青し】……31
あおつ→あふつ【煽つ】……18
あおによし→あをによし【青丹よし】……31
あおのけ→あふのけ【仰のけ】……18
あおひとくさ→あをひとくさ【蒼生】……31
あおむ→あをむ【青む】……31
あおむく→あふむく【仰向く】……19
あおむけ→あふむけ【仰向け】……19
あおる→あふる【煽る】……19
あがなう→あがなふ【購ふ】……3
あがなう→あがなふ【贖ふ】……3
あぎとう→あぎとふ……4
あきなう→あきなふ【商ふ】……4
あさがお→あさがほ【朝顔】……7
あさじ→あさぢ【浅茅】……8
あさゆう→あさゆふ【朝夕】……9
あじ→あぢ【味】……11
あじきなし→あぢきなし【味気無し】……12
あじわい→あぢはひ【味はひ】……12
あじわう→あぢはふ【味はふ】……12
あずかる→あづかる【与る】……12
あずく→あづく【預く】……12
あずさ→あづさ【梓】……13
あずさゆみ→あづさゆみ【梓弓】……13
あずま→あづま【東】……13
あずまや→あづまや【四阿】……13
あたい→あたひ【価】……11
あたう→あたふ【与ふ】……11
あつかう→あつかふ【扱ふ】……12
あまぎらう→あまぎらふ【天霧らふ】……20
あまじ→あまぢ【天路】……21
あまづたう→あまづたふ【天伝ふ】……21
あまなう→あまなふ【甘なふ】……21
あやうし→あやふし【危ふし】……23
あらう→あらふ【洗ふ】……27
あらがう→あらがふ【抗ふ】……25
あらそう→あらそふ【争ふ】……26
あらわす→あらはす【現す】……27
あらわなり→あらはなり【露なり】……27
あらわる→あらはる【現る】……27
ありあう→ありあふ【有り合ふ】……28
ありがとう→ありがたう【有り難う】……29
あわあわし→あはあはし【淡淡し】……15
あわい→あはひ【間】……16
あわし→あはし【淡し】……15
あわす→あはす【合はす】……15
あわせ→あはせ【袷】……15
あわや→あはや……16
あわゆき→あはゆき【淡雪】……16
あわれ→あはれ……16
あわれなり→あはれなり……16
あわれむ→あはれむ【哀れむ】……16
い→ゐ【井】……492
い→ゐ【居】……492
い→ゐ【囲】……492
い→ゐ【威】……493
いい→いひ【飯】……47
いい→いひ【謂】……47
いいなす→いひなす【言ひ做す】……47
いう→いふ【言ふ】……47
いえ→いへ【家】……48
いえい→いへゐ【家居】……48
いえども→いへども【雖も】……48
いお→いほ【庵】……48
いお→いほ【五百】……48

付録

いおり→いほり【庵】……49
いかずち→いかづち【雷】……33
いきおい→いきほひ【勢ひ】……34
いきどおる→いきどほる【憤る】……34
いくえ→いくへ【幾重】……36
いこう→いこふ【息ふ】……36
いさかい→いさかひ【諍ひ】……36
いさかう→いさかふ【諍ふ】……36
いざなう→いざなふ【誘ふ】……37
いさよい→いさよひ【十六夜】……37
いさよう→いさよふ【猶予ふ】……38
いざる→ゐざる【居ざる】……493
いしき→ゐしき【居敷】……493
いしずえ→いしずゑ【礎】……38
いず→いづ【出づ】……41
いずかた→いづかた【何方】……42
いずく→いづく【何処】……42
いずこ→いづこ【何処】……42
いずち→いづち【何方】……42
いずまい→ゐずまひ【居住まひ】……493
いずれ→いづれ【何れ】……43
いそがわし→いそがはし【忙はし】……38
いそじ→いそぢ【五十】……39
いたずらなり→いたづらなり【徒らなり】……40
いたわし→いたはし【労し】……40
いたわり→いたはり【労り】……40
いたわる→いたはる【労る】……40
いづつ→ゐづつ【井筒】……493
いつわり→いつはり【偽り】……43
いつわる→いつはる【偽る】……43
いで→ゐで【井手】……493
いとう→いとふ【厭ふ】……44
いとおし→いとほし……44
いとおしむ→いとほしむ……44
いとわし→いとはし【厭はし】……44
いとゆう→いとゆふ【糸遊】……45
いなか→ゐなか【田舎】……493
いにしえ→いにしへ【古へ】……45
いのしし→ゐのしし【猪】……493
いむかう→いむかふ【い向かふ】……50
いや→ゐや【礼】……493
いらう→いらふ【答ふ】……52
いらえ→いらへ【答へ】……52
いりあい→いりあひ【入相】……52
いる→ゐる【居る】……494
いる→ゐる【率る】……494
いわ→いは【岩】……46
いわう→いはふ【祝ふ】……47
いわお→いはほ【巌】……47
いわく→いはく【曰く】……46
いわくら→いはくら【岩座】……46
いわば→いはば【言はば】……46
いわゆる→いはゆる【所謂】……47
いわれ→いはれ【謂はれ】……47
いん→ゐん【院】……494
いんが→いんぐゎ【因果】……53
うい→うひ-【初】……65
ういういし→うひうひし【初初し】……65
ういてんぺん→うゐてんぺん【有為転変】……72
うえ→うへ【上】……66
うえ→うゑ【飢ゑ】……72
うお→うを【魚】……72
うかい→うかひ【鵜飼】……55
うがい→うがひ【嗽】……55
うかがう→うかがふ【窺ふ】……54
うぐいす→うぐひす【鶯】……56
うけがう→うけがふ【肯ふ】……56
うじ→うぢ【氏】……59
うしお→うしほ【潮】……57
うしなう→うしなふ【失ふ】……56
うず→うづ【渦】……61
うずく→うづく【疼く】……61
うずくまる→うづくまる【蹲る】……61
うずしお→うづしほ【渦潮】……61
うずたかし→うづたかし【堆し】……62
うずみび→うづみび【埋み火】……63
うずむ→うづむ【埋む】……63
うずもる→うづもる【埋もる】……63
うすらい→うすらひ【薄氷】……58
うたい→うたひ【謡】……59
うたう→うたふ【歌ふ】……59
うたがわし→うたがはし【疑はし】……58
うちかえす→うちかへす【打ち返す】……60
うったう→うったふ【訴ふ】……62
うつろう→うつろふ【移ろふ】……63
うつわ→うつは【器】……62
うない→うなゐ【髫】……64
うばう→うばふ【奪ふ】……65
うべなう→うべなふ【諾ふ】……66
うやまう→うやまふ【敬ふ】……68

うらなう→うらなふ【占ふ】……68
うるう→うるふ【閏】……70
うるおう→うるほふ【潤ふ】……71
うるおす→うるほす【潤す】……70
うるわし→うるはし【麗し】……70
うれい→うれひ【憂ひ】……71
うれう→うれふ【憂ふ】……71
うろくず→うろくづ【鱗】……71
うろたう→うろたふ【狼狽ふ】……71
うわ→うは―【上】……65
うわさ→うはさ【噂】……65
うわなり→うはなり【後妻】……65
え→へ【上】……390
え→ゑ【穢】……494
えい→ゑひ【酔ひ】……495
えいが→えいぐゎ【栄華】……73
えう→ゑふ【酔ふ】……495
えがく→ゑがく【描く】……494
えくぼ→ゑくぼ【靨】……495
えぐる→ゑぐる【抉る】……495
えこう→ゑかう【回向】……494
えじ→ゑじ【衛士】……495
えど→ゑど【穢土】……495
えほう→ゑはう【恵方】……495
えま→ゑま【絵馬】……495
えまう→ゑまふ【笑まふ】……496
えむ→ゑむ【笑む】……496
えん→ゑん【円】……496
えん→ゑん【怨】……496
えんず→ゑんず【怨ず】……496
えんりょ→ゑんりょ【遠慮】……496
お→を―【小】……497
お→を―【雄】……497
おい→おひ【笈】……81
おいたち→おひたち【生ひ立ち】……81
おいばね→おひばね【追羽子】……81
おう→おふ【生ふ】……81
おう→おふ【負ふ】……81
おう→おふ【追ふ】……81
おう→わう【王】……485
おう→をふ【終ふ】……502
おうじょう→わうじゃう【往生】……485
おうち→あふち【楝】……18
おうまがとき→あふまがとき【逢魔が時】……18
おうみ→あふみ【淡海】……19
おうらい→わうらい【往来】……485
おえつ→をえつ【嗚咽】……497
おお→おほ―【大】……82
おおいなる→おほいなる【大いなる】……82
おおう→おほふ【覆ふ】……84
おおうちやま→おほうちやま【大内山】……82
おおかた→おほかた【大方】……82
おおかみ→おほかみ【狼】……82
おおし→おほし【多し】……83
おおし→おほし【大し】……83
おおし→ををし【雄雄し】……504
おおす→おほす【仰す】……83
おおす→おほす【果す】……83
おおどかなり→おほどかなり……84
おおとし→おほとし【大年】……84
おおはは→おほはは【祖母】……84
おおみそか→おほみそか【大晦日】……84
おおむね→おほむね【大旨】……84
おおよそ→おほよそ【大凡】……85
おおらかなり→おほらかなり【多らかなり】……85
おおわた→おほわた【大海】……85
おか→をか【丘】……497
おかし→をかし……497
おかす→をかす【犯す】……497
おがむ→をがむ【拝む】……497
おぎなう→おぎなふ【補ふ】……75
おぐらし→をぐらし【小暗し】……498
おけ→をけ【桶】……498
おこ→をこ【痴】……498
おごころ→をごころ【雄心】……498
おさ→をさ【長】……498
おさう→おさふ【押さふ】……77
おさおさ→をさをさ……499
おざかり→をざかり【男盛り】……498
おさな→をさな【幼】……498
おさなし→をさなし【幼し】……498
おさまる→をさまる【治まる】……499
おさまる→をさまる【収まる】……499
おさむ→をさむ【治む】……499
おさむ→をさむ【収む】……499
おし→をし【鴛鴦】……499
おし→をし【惜し】……499
おし→をし【愛し】……499
おしう→をしふ【教ふ】……500
おしとおす→おしとほす【押し通す】……77

付録

おしむ→をしむ【惜しむ】……500
おす→をす【食す】……500
おず→おづ【怖づ】……78
おそう→おそふ【襲ふ】……77
おち→をち【彼方】……500
おちあう→おちあふ【落ち合ふ】……78
おちかた→をちかた【彼方】……500
おちこち→をちこち【彼方此方】……500
おとがい→おとがひ【頤】……78
おとこ→をとこ【男】……500
おとずる→おとづる【訪る】……78
おとつい→をとつひ【一昨日】……500
おとなう→おとなふ【音なふ】……79
おとめ→をとめ【少女】……501
おとめこ→をとめこ【少女子】……501
おとり→をとり【囮】……501
おどる→をどる【踊る】……501
おとろう→おとろふ【衰ふ】……79
おなご→をなご【女子】……501
おの→をの【斧】……501
おのえ→をのへ【尾の上】……502
おのこ→をのこ【男子】……501
おのこご→をのこご【男子】……501
おのずから→おのづから【自ら】……80
おのずと→おのづと【自づと】……80
おののく→をののく【戦く】……501
おみな→をみな【女】……502
おみなご→をみなご【女子】……503
おもい→おもひ【思ひ】……86
おもいいず→おもひいづ【思ひ出づ】……86
おもいつむ→おもひつむ【思ひ詰む】……86
おもいね→おもひね【思ひ寝】……86
おもいみる→おもひみる【思ひ見る】……86
おもう→おもふ【思ふ】……86
おもえらく→おもへらく【思へらく】……87
おもおゆ→おもほゆ【思ほゆ】……87
おやみなし→をやみなし【小止みなし】……503
おり→をり【居り】……503
おり→をり【折】……503
おりおり→をりをり【折折】……504
おりから→をりから【折柄】……503
おりしも→をりしも【折しも】……503
おりふし→をりふし【折節】……503
おる→をる【折る】……504
おろがむ→をろがむ【拝む】……504
おろち→をろち【大蛇】……504
おわす→おはす【御座す】……80
おわり→をはり【終はり】……502
おわる→をはる【終はる】……502
おわんぬ→をはんぬ【畢んぬ】……502
おん→をん【怨】……504
おんな→をんな【女】……504
おんる→をんる【遠流】……504
かい→かひ【峡】……114
かい→かひ【効】……114
かいちょう→かいちゃう【開帳】……91
かいどう→かいだう【海道】……91
かいな→かひな【肱】……114
かいろう→かいらう【偕老】……91
かう→かふ【飼ふ】……114
かう→かふ【交ふ】……114
かう→かふ【替ふ】……114
かう→かふ【変ふ】……114
かう→かふ【支ふ】……115
かう→かふ【買ふ】……115
かえす→かへす【返す】……115
かえす→かへす【帰す】……115
かえって→かへって【却って】……115
かえりみる→かへりみる【顧みる】……116
かえる→かへる【反る】……116
がえんず→がへんず【肯んず】……116
かお→かほ【顔】……116
がお→-がほ【顔】……116
かおばせ→かほばせ【顔ばせ】……116
かおり→かをり【香り】……124
かおる→かをる【薫る】……124
かかう→かかふ【抱ふ】……93
かかずらう→かかづらふ【拘ふ】……93
かがよう→かがよふ【耀ふ】……94
かぎろい→かぎろひ【陽炎】……95
かぎろう→かぎろふ【陽炎ふ】……95
かくそう→かくさふ【隠さふ】……96
かくまう→かくまふ【匿ふ】……97
かくろう→かくろふ【隠ろふ】……97
かぐわし→かぐはし【香ぐはし】……97
かけい→かけひ【懸け樋】……98
かけがえ→かけがへ【掛け替へ】……98
かけごい→かけごひ【掛け乞ひ】……98
かけじ→かけぢ【懸け路】……98
かげろう→かげろふ【陽炎】……99

付録

かげろう→かげろふ【蜻蛉】……99
かげろう→かげろふ【影ろふ】……99
かこい→かこひ【囲ひ】……100
かこう→かこふ【囲ふ】……100
かじ→かぢ【揖】……107
かしずく→かしづく【傅く】……102
かしわで→かしはで【柏手】……102
かずく→かづく【被く】……108
かずく→かづく【潜く】……108
かぞう→かぞふ【数ふ】……104
かたえ→かたへ【片方】……106
かたらう→かたらふ【語らふ】……107
かたわら→かたはら【傍ら】……106
かどわかす→かどはかす【誘拐かす】……109
かなう→かなふ【適ふ】……110
かなえ→かなへ【鼎】……110
かなず→かなづ【奏づ】……110
かまう→かまふ【構ふ】……117
かもい→かもゐ【鴨居】……118
かよう→かよふ【通ふ】……119
からくれない→からくれなゐ【韓紅】……120
かろうして→からうして【辛うして】……119
かわ→かは【川】……111
がわ→がは【側】……112
かわいがる→かはいがる【可愛がる】……112
がわし→-がはし……112
かわす→かはす【交はす】……112
かわす→かはす【躱す】……112
かわず→かはづ【蛙】……112
かわたれどき→かはたれどき【彼は誰時】……112
かわと→かはと【川音】……112
かわほり→かはほり【蝙蝠】……113
かわも→かはも【川面】……113
かわや→かはや【厠】……113
かわら→かはら【川原】……113
かわらけ→かはらけ【土器】……113
かわる→かはる【代はる】……113
かわる→かはる【変はる】……113
かんがう→かんがふ【考ふ】……124
きおう→きおふ【気負ふ】……125
きおう→きほふ【勢ふ】……131
きずな→きづな【絆】……128
きそう→きそふ【競ふ】……127
きたう→きたふ【鍛ふ】……128
きちこう→きちかう【桔梗】……128
きのう→きのふ【昨日】……129
きぼう→きばう【既望】……130
きむかう→きむかふ【来向かふ】……131
きゅうなり→きふなり【急なり】……131
きょう→けふ【今日】……151
きらう→きらふ【霧らふ】……132
きらう→きらふ【嫌ふ】……133
きりょう→きりゃう【器量】……134
きわ→きは【際】……129
ぎわ→-ぎは【際】……130
きわまる→きはまる【極まる】……130
きわみ→きはみ【極み】……130
きわむ→きはむ【極む】……130
きわやかなり→きはやかなり【際やかなり】……130
ぐあい→ぐあひ【具合】……135
くいぜ→くひぜ【杭】……140
くう→くふ【食ふ】……141
くおん→くをん【久遠】……147
くぐい→くぐひ【鵠】……136
くさのいお→くさのいほ【草の庵】……136
くしけずる→くしけづる【梳る】……137
くじら→くぢら【鯨】……139
くずおる→くづほる【頽る】……139
くずす→くづす【崩す】……139
くずる→くづる【崩る】……139
くちおし→くちをし【口惜し】……139
くちなわ→くちなは【蛇】……139
くつがえる→くつがへる【覆る】……139
くもい→くもゐ【雲居】……142
くよう→くやう【供養】……142
くらい→くらゐ【位】……143
くらう→くらふ【食らふ】……143
くるう→くるふ【狂ふ】……145
くるおし→くるほし【狂ほし】……145
くれない→くれなゐ【紅】……145
くわう→くはふ【銜ふ】……140
くわう→くはふ【加ふ】……140
くわし→くはし【詳し】……140
くわし→くはし【細し】……140
けじめ→けぢめ……149
けしょう→けしゃう【化性】……149
けずる→けづる【削る】……150
けそう→けさう【懸想】……148
けわい→けはひ【気配】……151
けわい→けはひ【化粧】……151

けわう→けはふ【化粧ふ】……151
けわし→けはし【険し】……151
けんか→けんくゎ【喧嘩】……153
こいし→こひし【恋し】……163
こいぶみ→こひぶみ【恋文】……163
こいわたる→こひわたる【恋ひ渡る】……163
こう→かう【更】……91
こう→かう【斯う】……91
こう→こふ【恋ふ】……163
こう→こふ【劫】……164
こう→こふ【乞ふ】……164
ごう→ごふ【業】……164
こういん→くゎういん【光陰】……146
ごうか→ごふくゎ【業火】……164
こうこうたり→かうかうたり【皓皓たり】……91
こうこうたり→
くゎうくゎうたり【煌煌たり】……146
こうこつたり→くゎうこつたり【恍惚たり】……146
こうじん→かうじん【行人】……92
こうす→かうす【抗す】……92
こうはい→くゎうはい【光背】……146
こうばし→かうばし【香ばし】……92
こうべ→かうべ【首】……92
こうぼう→くゎうばう【光芒】……147
こうむる→かうむる【被る】……92
こえ→こゑ【声】……170
こおし→こほし【恋ほし】……164
こおり→こほり【氷】……164
こおり→こほり【郡】……165
こおる→こほる【凍る】……165
ごしょう→ごしゃう【後生】……157
こしらう→こしらふ【拵ふ】……157
こずえ→こずゑ【梢】……157
こたう→こたふ【答ふ】……158
こだわる→こだはる……158
こちょう→こてふ【胡蝶】……159
こととう→こととふ【言問ふ】……161
こもりい→こもりゐ【籠り居】……167
こよい→こよひ【今宵】……168
こらう→こらふ【堪ふ】……168
ころおい→ころほひ【頃ほひ】……169
ころもがえ→ころもがへ【衣更へ】……169
こわ→こは-【強】……162
こわし→こはし【強し】……163
こわし→こはし【怖し】……163
こわる→こはる【壊る】……163
こんごう→こんがう【金剛】……170
こんじょう→こんじゃう【今生】……170
さえ→さへ……185
さえぎる→さへぎる【遮る】……185
さお→さを【竿】……192
さおとめ→さをとめ【早乙女】……192
さおひめ→さほひめ【佐保姫】……185
さかずき→さかづき【杯】……173
さかほがい→さかほがひ【酒祝ひ】……173
さからう→さからふ【逆らふ】……173
さきしょう→さきしゃう【前生】……174
さきわい→さきはひ【幸ひ】……175
さきわう→さきはふ【幸ふ】……175
ささう→ささふ【支ふ】……176
さずく→さづく【授く】……181
さすらい→さすらひ【流離(ひ)】……179
さすらう→さすらふ【流離ふ】……179
さそう→さそふ【誘ふ】……179
さつお→さつを【猟夫】……181
さにつらう→さにつらふ……182
さばえ→さばへ【五月蠅】……183
さぶらう→さぶらふ【侍ふ】……185
さまよう→さまよふ【彷徨ふ】……186
さようなら→さやうなら【左様なら】……188
さようなり→さやうなり【左様なり】……188
さらう→さらふ【復習ふ】……189
さらう→さらふ【浚ふ】……189
さらう→さらふ【攫ふ】……190
さらぼう→さらぼふ……190
されこうべ→されかうべ【髑髏】……191
さわだつ→さはだつ【爽だつ】……183
さわに→さはに【多に】……183
さわやかなり→さはやかなり【爽やかなり】……183
さわり→さはり【障り】……183
さわる→さはる【障る】……183
さわる→さはる【触る】……184
さわれ→さはれ……184
さんこう→さんかう【三更】……192
じ→-ぢ【路】……263
しあわせ→しあはせ【仕合はせ】……193
しいて→しひて【強ひて】……204
しう→しふ【強ふ】……204
しお→しほ【潮】……205
しおさい→しほさゐ【潮騒】……205

しおたる↓しほたる【潮垂る】……205
しおひ↓しほひ【潮干】……205
しおり↓しをり【枝折り】……213
しおる↓しをる【枝折る】……213
しおる↓しをる【萎る】……213
じか↓ぢか【直】……264
しこうして↓しかうして【而して】……194
じごく↓ぢごく【地獄】……265
じじい↓ぢぢい【爺】……266
ししびしお↓ししびしほ【肉醤】……196
しず↓しづ【賤】……199
しずえ↓しづえ【下枝】……199
しずく↓しづく【雫】……199
しずく↓しづく【沈く】……199
しずけさ↓しづけさ【静けさ】……199
しずけし↓しづけし【静けし】……200
しずごころ↓しづごころ【静心】……200
しずまる↓しづまる【鎮まる】……200
しずむ↓しづむ【沈む】……200
しずむ↓しづむ【鎮む】……200
しずもる↓しづもる【鎮もる】……200
しずる↓しづる【垂る】……201
じぞう↓ぢざう【地蔵】……266
したう↓したふ【慕ふ】……198
したがう↓したがふ【従ふ】……197
しちどうがらん↓
しちだうがらん【七堂伽藍】……199
じちょう↓じちゃう【仕丁】……199
しつらう↓しつらふ……201
しなう↓しなふ【撓ふ】……202
しばい↓しばゐ【芝居】……204
しほう↓しはう【四方】……203
しまい↓しまひ【仕舞ひ】……206
しまう↓しまふ【仕舞ふ】……206
じゃ↓ぢゃ……267
じゃっこう↓じゃくくゎう【寂光】……209
しゅうしん↓しふしん【執心】……204
しゅうす↓しふす【執す】……205
しゅうねし↓しふねし【執念し】……205
しょう↓せう……226
しょうぎ↓しゃうぎ【床机】……208
じょうご↓じゃうご【上戸】……208
しょうじ↓しゃうじ【生死】……209
しょうじ↓しゃうじ【障子】……209
しょうじゃ↓しゃうじゃ【精舎】……209
しょうじょうたり↓
せうでうたり【蕭条たり】……226
じょうず↓じゃうず【上手】……209
しょうぞく↓しゃうぞく【装束】……209
しょうそこ↓せうそこ【消息】……226
じょうど↓じゃうど【浄土】……209
じょうみょう↓ぢゃうみゃう【定命】……268
じょうろく↓ぢゃうろく【丈六】……268
じょくせ↓ぢょくせ【濁世】……268
しょもう↓しょまう【所望】……210
しりえ↓しりへ【後方】……211
しろたえの↓しろたへの【白妙の】……212
しわぶく↓しはぶく【咳く】……204
じん↓ぢん【陣】……269
しんじゅう↓しんぢゅう【心中】……214
じんじょうなり↓
じんじゃうなり【尋常なり】……213
ず↓づ【頭】……269
すえ↓すゑ【末】……225
すえ↓すゑ【陶】……225
ずから↓ -づから……271
すくう↓すくふ【巣くふ】……217
すくう↓すくふ【掬ふ】……217
すじ↓すぢ【筋】……221
すじかい↓すぢかひ【筋交】……221
ずつ↓ -づつ……274
すなおなり↓すなほなり【素直なり】……222
すなわち↓すなはち【即ち】……222
すまい↓すまひ【住まひ】……224
すまう↓すまふ【住まふ】……224
すもう↓すまう【相撲】……223
すわ↓すは……222
せい↓せゐ【所為】……229
せわし↓せはし【忙し】……228
せん↓せむ【為む】……229
そう↓さう【左右】……171
そう↓さう【相】……172
そう↓ -さう……172
そう↓さう【然う】……172
そう↓そふ【沿ふ】……235
そう↓そふ【添ふ】……235
ぞうす↓ざうす【蔵す】……172
そうらう↓さうらふ【候ふ】……172
そがい↓そがひ【背向】……231
そぐう↓そぐふ……231

付録

そこい→そこひ【底ひ】……232
そこなう→そこなふ【損ふ】……232
そなう→そなふ【備ふ】……234
そのう→そのふ【園生】……234
そばえ→そばへ【日照雨】……235
そろう→そろふ【揃ふ】……238
そわ→そは【岨】……234
たいら→たひら【平ら】……253
たいらかなり→たひらかなり【平らかなり】……253
たいらなり→たひらなり【平らなり】……253
たう→たふ【耐ふ】……254
たえがたし→たへがたし【堪へ難し】……255
たえなり→たへなり【妙なり】……255
たおやかなり→たをやかなり【嫋やかなり】……263
たおやめ→たをやめ【手弱女】……263
たおる→たふる【倒る】……255
たおる→たをる【手折る】……263
たがいに→たがひに【互ひに】……241
たがう→たがふ【違ふ】……241
たぐい→たぐひ【類】……242
たぐいなし→たぐひなし【類無し】……243
たぐう→たぐふ【類ふ】……243
たくわう→たくはふ【蓄ふ】……242
たけなわ→たけなは【酣】……244
たず→たづ【鶴】……249
たずき→たづき【方便】……249
たずさう→たづさふ【携ふ】……249
たずぬ→たづぬ【尋ぬ】……249
たたう→たたふ【称ふ】……247
たたう→たたふ【湛ふ】……247
たたずまい→たたずまひ【佇まひ】……246
たたなずく→たたなづく【畳なづく】……246
たたなわる→たたなはる【畳なはる】……246
たちい→たちゐ【立ち居】……248
たとう→たとふ【譬ふ】……250
たとえば→たとへば【例へば】……250
たまう→たまふ【賜ふ】……257
たまう→たまふ【給ふ】……257
たまう→‐たまふ【給ふ】……257
たまきわる→たまきはる【魂極る】……255
たましい→たましひ【魂】……256
たまずさ→たまづさ【玉梓】……256
たまのお→たまのを【玉の緒】……256
たまわる→たまはる【賜る】……257
ためらう→ためらふ【躊躇ふ】……258
たもとおる→たもとほる【徘徊る】……258
たゆたう→たゆたふ【揺蕩ふ】……259
たらい→たらひ【盥】……260
たらう→たらふ【足らふ】……260
たわぶる→たはぶる【戯る】……252
たわぶれ→たはぶれ【戯れ】……252
たわやすし→たはやすし【たは易し】……252
たわる→たはる【戯る】……253
ちいお→ちいほ【千五百】……264
ちいさし→ちひさし【小さし】……267
ちえ→ちゑ【知恵】……268
ちかう→ちかふ【誓ふ】……264
ちがう→ちがふ【違ふ】……264
ちゅう→ちふ……267
ちょう→てふ……286
ちょうじゃ→ちゃうじゃ【長者】……267
ちょうず→ちゃうず【長ず】……267
ちょうず→てうづ【手水】……284
ちょうちょう→てふてふ【蝶蝶】……286
ちょうど→てうど【調度】……284
ちょうな→てうな【手斧】……284
ちらう→ちらふ【散らふ】……268
つい→つひ【終】……277
ついに→つひに【終に】……277
ついゆ→つひゆ【弊ゆ】……278
つえ→つゑ【杖】……283
つがい→つがひ【番ひ】……270
つかう→つかふ【仕ふ】……270
つぐなう→つぐなふ【償ふ】……273
つくばい→つくばひ【蹲】……273
つくばう→つくばふ【蹲ふ】……273
つくろう→つくろふ【繕ふ】……273
つたう→つたふ【伝ふ】……274
つついずつ→つつゐづつ【筒井筒】……276
つづらおり→つづらをり【葛折り】……275
つまずく→つまづく【躓く】……279
つわもの→つはもの【兵】……277
ておい→ておひ【手負ひ】……284
てざわり→てざはり【手触り】……285
てずから→てづから【手づから】……285
てならい→てならひ【手習ひ】……285
てまえ→てまへ【手前】……286

てらう→てらふ【衒ふ】……287
てらう→てらふ【照らふ】……287
とう→とふ【問ふ】……298
とう→とふ……298
どう→だう【堂】……239
どうしゃ→だうしゃ【道者】……239
とうとし→たふとし【尊し】……254
とうとぶ→たふとぶ【尊ぶ】……255
とうぶ→たうぶ【食ぶ】……240
とおおや→とほおや【遠祖】……298
とおし→とほし【遠し】……299
どおし→-どほし【通し】……299
とおつ→とほつ【遠つ】……299
とおね→とほね【遠音】……299
とおみ→とほみ【遠み】……300
とおやま→とほやま【遠山】……300
とおり→とほり【通り】……300
とおる→とほる【通る】……300
ときおり→ときをり【時折】……291
ときわ→ときは【常盤】……291
とごえ→とごゑ【鋭声】……293
とこしえなり→とこしへなり【常しへなり】……292
とこしなえなり→
とこしなへなり【常しなへなり】……292
とことわなり→とことはなり【常永久なり】……293
どじょう→どぢゃう【泥鰌】……295
とず→とづ【閉づ】……295
とどこおる→とどこほる【滞る】……296
ととのう→ととのふ【調ふ】……296
となう→となふ【唱ふ】……296
とのい→とのゐ【宿直】……297
とびかう→とびかふ【飛び交ふ】……298
とぶらう→とぶらふ【訪ふ】……298
とみこうみ→とみかうみ【と見かう見】……300
ともなう→ともなふ【伴ふ】……303
とよあしわら→とよあしはら【豊葦原】……303
とらう→とらふ【捕らふ】……304
とりあえず→とりあへず【取り敢へず】……304
とわなり→とはなり【永久なり】……297
ない→なゐ【地震】……323
なう→なふ【綯ふ】……315
なお→なほ【猶】……316
なおし→なほし【直し】……316
なおす→なほす【直す】……316
なおも→なほも【猶も】……316
なおらい→なほらひ【直会】……316
なおる→なほる【直る】……316
ながらう→ながらふ【永らふ】……307
なかんずく→なかんづく【就中】……308
なげかう→なげかふ【嘆かふ】……309
なず→なづ【撫づ】……312
なずき→なづき【脳】……312
なずむ→なづむ【泥む】……312
なぞえ→なぞへ……311
なぞらう→なぞらふ【準ふ】……311
ななそじ→ななそぢ【七十】……313
なにゆえ→なにゆゑ【何故】……315
ならい→ならひ【慣らひ】……319
ならう→ならふ【習ふ】……320
ならわし→ならはし【慣らはし】……319
なりわい→なりはひ【生業】……321
なわ→なは【縄】……315
なわて→なはて【縄手】……315
なんじ→なんぢ【汝】……323
にあわし→にあはし【似合はし】……325
にい→にひ-【新】……329
にいばり→にひばり【新治】……329
にえ→にへ【贄】……329
にお→にほ【堆】……329
におい→にほひ【匂ひ】……330
におう→にほふ【匂ふ】……330
におのうみ→にほのうみ【鳰の海】……329
におわし→にほはし【匂はし】……329
におわす→にほはす【匂はす】……329
にぎわい→にぎはひ【賑はひ】……325
にぎわう→にぎはふ【賑はふ】……325
にぎわし→にぎはし【賑はし】……325
になう→になふ【担ふ】……328
にょうぼう→にょうばう【女房】……331
にわ→には【庭】……328
にわかなり→にはかなり【俄なり】……328
にわたずみ→にはたづみ【潦】……328
にわび→にはび【庭火】……328
ぬう→ぬふ【縫ふ】……334
ぬかずく→ぬかづく【額突く】……332
ぬきんず→ぬきんづ【抽んづ】……332
ぬぐう→ぬぐふ【拭ふ】……332

ぬなわ→ぬなは【蓴】……333
ねがう→ねがふ【願ふ】……335
ねぎらう→ねぎらふ【労ふ】……335
ねず→ねづ【捩づ】……336
ねらう→ねらふ【狙ふ】……338
ねんごろなり→ねむごろなり【懇ろなり】……337
のごう→のごふ【拭ふ】……339
のじ→のぢ【野路】……341
のずえ→のずゑ【野末】……340
のたまう→のたまふ【宣ふ】……341
のろう→のろふ【呪ふ】……343
はい→はひ【灰】……358
はいる→はひる【入る】……358
はう→はふ【這ふ】……358
はじ→はぢ【恥】……352
はしい→はしゐ【端居】……350
はじらう→はぢらふ【恥ぢらふ】……353
はず→はづ【恥づ】……353
はずえ→はずゑ【葉末】……350
はずかし→はづかし【恥づかし】……353
はずす→はづす【外す】……354
はずむ→はづむ【弾む】……354
はずる→はづる【外る】……355
はずれ→はづれ【外れ】……355
はだえ→はだへ【肌】……352
ははじゃびと→ははぢゃびと【母者人】……358
はまゆう→はまゆふ【浜木綿】……359
はらう→はらふ【払ふ】……362
はらう→はらふ【祓ふ】……362

ひあわい→ひあはひ【廂間】……365
ひいず→ひいづ【秀づ】……365
びーどろ→びいどろ【硝子】……365
ひお→ひを【氷魚】……378
ひおおい→ひおほひ【日覆】……365
ひおけ→ひをけ【火桶】……378
ひおどし→ひをどし【緋縅】……378
ひかう→ひかふ【控ふ】……366
ひきいる→ひきゐる【率ゐる】……366
ひざまずく→ひざまづく【跪く】……367
ひじ→ひぢ【泥】……370
ひず→ひづ【秀づ】……370
ひたい→ひたひ【額】……369
ひとえ→ひとへ【一重】……371
ひとえ→ひとへ【単】……371
ひとえに→ひとへに【偏に】……371
ひときわ→ひときは【一際】……370
ひとしお→ひとしほ【一入】……370
ひとすじ→ひとすぢ【一筋】……371
ひとまず→ひとまづ【一先づ】……371
びょうぶ→びゃうぶ【屏風】……375
ひるがえす→ひるがへす【翻す】……376
ひるがえる→ひるがへる【翻る】……376
ひろう→ひろふ【拾ふ】……377
びわ→びは【琵琶】……373
ひわだ→ひはだ【檜皮】……373
ふうりゅう→ふうりう【風流】……379
ふきのとう→ふきのたう【蕗の薹】……380
ぶきりょう→ぶきりゃう【無器量】……380

ふさわし→ふさはし【相応し】……382
ふたえ→ふたへ【二重】……384
ぶっしょうえ→ぶっしゃうゑ【仏生会】……384
ぶっちょうずら→ぶっちゃうづら【仏頂面】……385
ふまう→ふまふ【踏まふ】……386
ふるう→ふるふ【振るふ】……389
ふるう→ふるふ【震ふ】……389
ふるまい→ふるまひ【振る舞ひ】……389
へつらう→へつらふ【諂ふ】……391
ほう→はう【方】……344
ぼう→ばう【坊】……344
ほうおう→ほうわう【鳳凰】……392
ほうげ→はうげ【放下】……344
ほうし→ほふし【法師】……398
ほうじょう→はうじゃう【放生】……345
ほうじょう→はうぢゃう【方丈】……345
ぼうず→ばうず【坊主】……345
ほうだい→はうだい【放題】……345
ぼうだたり→ばうだたり【滂沱たり】……345
ほうちょう→はうちゃう【庖丁】……345
ほお→ほほ【頬】……399
ほおく→ほほく【蓬く】……399
ほぞのお→ほぞのを【臍の緒】……395
ほとおる→ほとほる【熱る】……397
ほのお→ほのほ【炎】……398
ほほえむ→ほほゑむ【微笑む】……399
ほんとう→ほんたう【本当】……401
ぼんのう→ぼんなう【煩悩】……401
まあい→まあひ【間合ひ】……401

まいいず→まひいづ【舞ひ出づ】……413
まいらす→まゐらす【参らす】……416
まいる→まゐる【参る】……417
まえ→まへ【前】……413
まおす→まをす【申す】……417
まがう→まがふ【紛ふ】……403
まぎらわし→まぎらはし……403
まぎわ→まぎは【間際】……403
まぐわい→まぐはひ【目合ひ】……404
まぐわう→まぐはふ【目合ふ】……405
まじう→まじふ【交ふ】……407
まじわり→まじはり【交はり】……407
まじわる→まじはる【交はる】……407
まず→まづ【先づ】……410
まずし→まづし【貧し】……410
まずは→まづは【先づは】……410
ますらお→ますらを【益荒男】……408
まそお→まそほ【真赭】……408
まっこう→まっかう【真っ向】……410
まっとうす→まったうす【全うす】……410
まつろう→まつろふ【服ふ】……411
まつわる→まつはる【纏はる】……410
まとい→まとゐ【円居】……412
まどう→まどふ【惑ふ】……411
まどお→まどほ【間遠】……412
まなかい→まなかひ【眼間】……412
まろうと→まらうと【客人】……415
みいず→みいづ【見出づ】……418
みお→みを【澪】……429
みおつくし→みをつくし【澪標】……429
みぎわ→みぎは【水際】……418
みしょう→みせう【微笑】……421
みじん→みぢん【微塵】……423
みず→みづ【瑞】……423
みずえ→みづえ【瑞枝】……423
みずかがみ→みづかがみ【水鏡】……423
みずから→みづから【自ら】……424
みずく→みづく【水漬く】……424
みずくき→みづくき【水茎】……424
みずし→みづし【水仕】……424
みずほ→みづほ【瑞穂】……424
みずみずし→みづみづし……424
みずら→みづら【角髪】……425
みそじ→みそぢ【三十】……421
みそなわす→みそなはす【見そなはす】……421
みづくろい→みづくろひ【身繕ひ】……424
みなぎわ→みなぎは【水際】……425
みまがう→みまがふ【見紛ふ】……427
みやい→みやゐ【宮居】……428
みょうが→みゃうが【冥加】……427
むい→むゐ【無為】……434
むかう→むかふ【向かふ】……430
むかう→むかふ【迎ふ】……430
むこう→むかう【向う】……430
むじょう→むじゃう【無常】……431
むみょう→むみゃう【無明】……433
めおと→めをと【妻夫】……437
めじ→めぢ【目路】……436
めず→めづ【愛づ】……436
めずらし→めづらし【珍し】……436
もう→もふ【思ふ】……445
もうく→まうく【設く】……402
もうす→まうす【申す】……402
もうず→まうづ【参づ】……402
もえいず→もえいづ【萌え出づ】……438
もくず→もくづ【藻屑】……439
もちいる→もちゐる【用ゐる】……441
もちう→もちふ【用ふ】……441
もとおる→もとほる【廻る】……443
ものいい→ものいひ【物言ひ】……444
ものいう→ものいふ【物言ふ】……444
ものおもう→ものおもふ【物思ふ】……444
ものぐるい→ものぐるひ【物狂ひ】……445
もみず→もみづ【紅葉づ】……445
もやう→もやふ【舫ふ】……446
もよい→もよひ【催ひ】……446
もよおす→もよほす【催す】……447
もらう→もらふ【貰ふ】……447
もろがえり→もろがへり【青鷹】……448
やえ→やへ【八重】……456
やえむぐら→やへむぐら【八重葎】……456
やお→やほ【八百】……456
やおよろず→やほよろづ【八百万】……456
やおら→やをら……460
やしなう→やしなふ【養ふ】……452
やすらう→やすらふ【休らふ】……453
やにわに→やにはに【矢庭に】……455

やまあい→やまあひ【山間】……456
やまい→やまひ【病】……458
やまがい→やまがひ【山峡】……457
やまかわ→やまかは【山川】……457
やまぎわ→やまぎは【山際】……457
やみじ→やみぢ【闇路】……458
やらう→やらふ【遣らふ】……459
やわし→やはし【柔し】……455
やわらかし→やはらかし【柔らかし】……455
やわらかなり→やはらかなり【柔らかなり】……455
やわらぐ→やはらぐ【和らぐ】……456
ゆう→ゆふ【夕】……465
ゆう→ゆふ【結ふ】……465
ゆうかげ→ゆふかげ【夕影】……466
ゆうぐれ→ゆふぐれ【夕暮(れ)】……466
ゆうけ→ゆふけ【夕食】……466
ゆうさる→ゆふさる【夕さる】……466
ゆうしお→ゆふしほ【夕潮】……466
ゆうじょ→いうぢょ【遊女】……33
ゆうづく→ゆふづく【夕づく】……466
ゆうつづ→ゆふつづ【夕星】……466
ゆうばえ→ゆふばえ【夕映え】……467
ゆうべ→ゆふべ【夕べ】……467
ゆうまぐれ→ゆふまぐれ【夕まぐれ】……467
ゆえ→ゆゑ【故】……469
ゆえなし→ゆゑなし【故無し】……469
ゆえん→ゆゑん【所以】……469
ゆきあう→ゆきあふ【行き合ふ】……461
ゆきおれ→ゆきをれ【雪折】……463
ゆきかう→ゆきかふ【行き交ふ】……462
ゆきもよい→ゆきもよひ【雪催ひ】……463
ゆぎょう→ゆぎゃう【遊行】……463
ゆくえ→ゆくへ【行く方】……464
ゆくすえ→ゆくすゑ【行く末】……464
ゆずる→ゆづる【譲る】……465
ゆにわ→ゆには【斎庭】……465
よい→よひ【宵】……475
よいやみ→よひやみ【宵闇】……475
よう→やう【様】……449
よう→ -やう【様】……450
よう→よふ【酔ふ】……475
ようす→やうす【様子】……450
ようなり→やうなり……450
ようやく→やうやく【漸く】……450
ようらく→やうらく【瓔珞】……450
よこたう→よこたふ【横たふ】……471
よこたわる→よこたはる【横たはる】……471
よず→よづ【捩づ】……474
よそう→よそふ【装ふ】……473
よそおう→よそほふ【装ふ】……473
よそじ→よそぢ【四十】……473
よばい→よばひ【婚ひ】……474
よばう→よばふ【呼ばふ】……475
よみがえる→よみがへる【蘇る】……476
よみじ→よみぢ【黄泉】……476
よもぎう→よもぎふ【蓬生】……477
よろう→よろふ【鎧ふ】……479
よろず→よろづ【万】……478
よろぼう→よろぼふ【蹌踉ふ】……479
よわ→よは【夜半】……474
よわい→よはひ【齢】……474
りょうす→りゃうす【領す】……482
りょうす→れうす【了す】……483
りょうる→れうる【料る】……483
りょがい→りょぐゎい【慮外】……482
りんね→りんゑ【輪廻】……482
るろう→るらう【流浪】……483
ろう→らう【廊】……479
ろうぜきなり→らうぜきなり【狼藉なり】……480
ろうそく→らふそく【蠟燭】……481
ろうたく→らふたく【臈たく】……481
ろくどう→ろくだう【六道】……484
ろっこん→ろくこん【六根】……484
ろじ→ろぢ【露地】……484
わきまう→わきまふ【弁ふ】……487
わこうど→わかうど【若人】……486
わざおぎ→わざをぎ【俳優】……488
わずかなり→わづかなり【僅かなり】……490
わずらう→わづらふ【煩ふ】……490
わずらわし→わづらはし【煩はし】……490
わらう→わらふ【笑ふ】……491
わらじ→わらぢ【草鞋】……491

〈注〉漢字表記が複数ある場合は最初の表記形のみを掲げた。

付録

詳解 俳句古語辞典

2005年4月23日　初　版　発　行
2008年4月8日　初版第3刷発行

発行人　　東　樹　正　明
印刷所　　日本写真印刷株式会社

発行所　株式会社　学習研究社
〒145-8502　東京都大田区上池台4-40-5

★この本に関するお問い合わせは、下記あてにお願いいたします。

●文書は、〒146-8502　東京都大田区仲池上1-17-15
学研お客さまセンター
「詳解俳句古語辞典」係

●電話は、
内容について…(03)3726-8371(辞典編集部)
在庫・不良品に関して…
(03)3726-8154(出版営業部)
その他……(03)3726-8124(学研お客さまセンター)

★学研の辞典に関する情報は…
http://www.gakken.co.jp/jiten/